国家出版基金资助项目
"十二五"国家重点图书出版规划项目
教育部人文社会科学重点研究基地重大项目成果
上海市哲学社会科学规划中长期课题

中国分体文学学史

ZHONGGUO FENTI WENXUE XUESHI

黄霖 主编

诗学卷 上

周兴陆 著

山西出版传媒集团 山西教育出版社

图书在版编目（C I P）数据

中国分体文学学史．诗学卷/周兴陆著．—太原：山西教育出版社，2013.6

ISBN 978－7－5440－5897－1

Ⅰ．①中… Ⅱ．①周… Ⅲ．①诗歌史－中国 Ⅳ．①I207

中国版本图书馆CIP数据核字（2013）第057685号

中国分体文学学史·诗学卷

ZHONGGUO FENTI WENXUE XUESHI SHIXUEJUAN

出 版 人 荆作栋
编辑主持 雷俊林 刘立平
责任编辑 刘晓露 张大同 张静波 王爱仙
复　　审 郭志强
终　　审 刘立平
装帧设计 薛 菲
印装监制 贾永胜

出版发行 山西出版传媒集团·山西教育出版社
（太原市水西门街馒头巷7号 电话：0351－4035711 邮编：030002）
印　　装 山西臣功印刷包装有限公司
开　　本 787×960 1/16
印　　张 65.5
字　　数 965千字
版　　次 2013年6月第1版 2013年6月山西第1次印刷
印　　数 1—5000册
书　　号 ISBN 978－7－5440－5897－1
定　　价 148.00元（上、中、下）

前 言

黄 霖

近十年前，我们本着拓展中国古代文学理论批评史研究领域的目的，大致完成了七卷本《20世纪中国古代文学研究史》的编写工作。之后，就立即溯流而上，投入了这一套《中国分体文学学史》的研究与撰写，试图对20世纪以前中国古代文学的认知与研究的历史作一番比较全面的梳理与审视。经几位同仁的共同努力，这五卷文稿即将面世。借此机会，我想就“中国文学学史”与我们编写的有关问题谈几点想法。

一

所谓“文学学史”，就是有关“文学”的学术史。“文学”大致覆盖文学批评、文学理论、文学史三个方面。“文学”的学术史既不等于文学史与文学批评史、文学理论史，也不等于单纯的文学研究史。文学史或文学批评史、文学理论史是梳理文学创作与文学理论批评演变的历史，文学研究史当是总结如何研究文学的历史，而文学学史则是总结认知文学、研究文学变迁的历史。

作为“学术史”研究对象的“学术”之名，虽古已有之，但含义多混，出入较大。时至今日，如《现代汉语词典》尚列有八种解释：“学习治国之术”“指治国之术”“犹教化”“学问、学识”“指有系统的、较专门的学问”“观点；主张；学说”“犹学风”“法术”等。其中“学问、学识”“指有系统的、较专门的学问”“观点；主张；学说”

等解释大致与我们所说的“学术”有点接近，但尤感未能剀切中的。实际上，在清末民初，人们曾对“学术”的含义作过认真的辩说与界定。如1902年严复所译的《原富》中有按语说：“盖学与术异，学者考自然之理，立必然之例。术者据既知之理，求可成之功。学主知，术主行。”① 后又说：“学者，即物而穷理……术者，设事而知方。”② 差不多同时刘师培也说：“学为术之体，术为学之用。”③ 五六年后，梁启超对“学”与“术”作了更为详明的辨析，说：“学也者，观察事物而发明其真理者也；术也者，取所发明之真理而致诸用者也。例如以石投水则沉，投以木则浮，观察此事实，以证明水之有浮力，此物理学也，应用此真理以驾驶船舶，则航海术也；研究人体之组织，辨别各器官之机能，此生理学也，应用此真理以疗治疾病，则医术也。学者术之体，术者学之用。”④ 看来，当时的贤达，都将“学”与“术”分而论之，大要仍然与《说文》所释相同：将“学”释为“觉悟也”⑤，将“术”释为“邑中道也”。段玉裁注曰：“邑，国也；引申为技术。”⑥ 即将学术视为“学识”与“技术”两端。然而，严复、梁启超他们所言“学术”与我们现在所论“文学”这门学科的“学术”有很大的差别。他们所论，是综合文、理、医、农各学科从整体上来解释“学”与“术”的不同，实际上将所有学问分成了理论（学）与方法（术）两大块。这与研究某一个学科的学术史时所说的“学”与“术”显然是不能合榫的。其所以不合榫，主要在于对“术”的理解。我们所理解的“术”

---

① 严复：《亚当斯密〈原富〉》，上海南洋公学书院1902年版；今据王栻主编《严复集》第四集，中华书局1986年版，第885页。

② 严复：《政治讲义》，原系严复于1905年4月至1906年5月在上海青年会的八次演讲稿，先由《中外日报》《政艺通报》《广益丛报》等分批连载，1906年由商务印书馆结集出版，1959年新加坡刊行其稿本，文字略有出入，今据王栻主编《严复集》第五集，中华书局1986年版，第1248页。

③ 刘师培：《国学发微》，《国粹学报》第1年第6号；亦见《刘申叔先生遗书》，江苏古籍出版社1997年版，第480页。

④ 梁启超：《学与术》，《国风报》，1911年6月26日；亦见《梁启超全集》第四册第八卷《新中国建设问题》，北京出版社1999年版，第2351页。

⑤ 许慎撰、段玉裁注：《说文解字注》，上海古籍出版社1988年影印经韵楼臧版，第127页上。

⑥ 许慎撰、段玉裁注：《说文解字注》，上海古籍出版社1988年影印经韵楼臧版，第78页上。

并非是取本学科的发明去用于其他，而是用各种“术”来发明本学科的“真理”。换言之，严、梁等所说的“学”与“术”是指向不同学科的，已经逸出了某一学科学术史研究的范围；而就某一个学科的学术史研究而言，“学”与“术”都是在一个学科范围之内，为发明本学科的学问而服务的。假如结合文学学史来说，其“学”就是有关文学的知识、理论、思想及演变规律等的认知，其“术”即是文学研究的方法、手段与途径。“术”的指向既突出地表现在资料的整理、考证、辨伪等文献实证的层面，同时也指向理论批评与方法总结的层面。“学术史”包容了“术”，就与“文学理论批评史”鲜明地划清了界线；“学术史”包容了“学”，则当与“研究史”的侧重于“术”有所区别。目前，不少研究史将论述的对象扩展到了“学”，并不专注于“术”，这就与学术史混同为一了；反之，有的称之为文学或某文体、某作品研究的“学史”，则只论述了文学的理论、批评与思想，毫不涉及“术”的探讨与总结，故实质上只是一部文学批评史或文学思想史而已。总之，“文学学史”是有别于“文学史”“文学理论批评史”，同时也与“文学研究史”各有侧重的一门相对独立的学科，属于学术史的范畴。

对于中国文学的认知与研究，古代早已有之。先秦时代各家就从多种角度对文学表示了各种看法，并进行了编辑、整理等工作，孔子删《诗》并发表了不少评论，就是一个突出的例子。但是，将这种对于文学的认知与研究作为研究对象来加以评论与总结的，恐怕要在两汉以后。人们先后通过专著、序跋、诗话、文评、批点、笔记、著录、传记、年谱、选注等各种形式，或专论，或描述，或批评，或品第，或列系，或作谱，或考订，或训诂，或辨伪，或辑佚，或欣赏，从而探索了文学思想的真谛、艺术表现的奥秘，乃至时代的思潮、文体的区别、流派的纷争、风格的纷呈、故事的来源、作者的风采、作品的优劣、字句的原义、版本的真伪等众多的问题，构建了丰富多彩而又有鲜明民族特色的文学学史。不过，平心而论，在20世纪以前，尽管如“诗学”“词学”“曲学”等名目早就出现，例如就元明时期的“诗学”而言，就有《诗学禁脔》(范德机)、《诗学梯航》(周叙)、《诗学杂言》(冒愈昌)、《诗学正宗》(浦南金)、《诗学权舆》(黄溥)、《圆机活法诗学全书》(李衡)等，其中有的也初具理论形态，如周叙的《诗学梯航》，述源流、辨诗格、论诗体等颇成体统；就“词学”而言，如明代王溯元的《与杨抑所论词学》所说的“词学”，实际上已经部分含有现在所说的“词学”了。但多数仍是挂着“诗学”“词学”之名，实为“诗话”“词话”之作，只是随意点评，乃至是散叙故实而已。直至1897年康有为所说的“小说学”①，1928年朱自清所说的“散文学”②，究其实质，也只是“小说”与“散文”的代名词而已，既与文学的“理论”“思想”等没有沾上边，又未从“学”与“术”的角度来观照文学，至于与用“史”的眼光来总结文学学术的演变，更是有很大的距离。至19、20世纪之交，在西方文化与学术的强劲刺激下，一些学者纷纷打出了重振“国学”的旗号，强调要重新发现、阐释、振兴中国固有的文化学术传统，中国学术史的研究就被提到议事日程上来了。如1902年，梁启超就发表了《论中国学术思想变迁之大势》，尽管当初他写得比较粗略，但能鸟瞰全局。后来，他于20世纪20年代撰成的《清代学术概论》《中国近三百年学术史》，就比较成熟，对于推动中国学术史研究功不可没。自20世纪初起，特别是20世纪20年代之后，雨后春笋般地出现了许多中国文学某某“学”及一些有关学术史的研究著作，不能不说与此大有关系。另一方面，影响中国文学学史观念自觉的是文学学科意识的逐步明确。在东瀛西国文学观念的影响下，人们对于学术的分类和“文学”的认识都产生了变化，特别是《钦定京师大学堂章程》明文规定“文学科”作为大学七大分科之一，且下设“词章学”一门之后，逐步确立了中国古代文学的学科意识，《中国文学史》著作的编写也成一时之风尚。在这样的情势下，中国文学学术史的研究也逐渐自觉，陆续出现了一些明确标举中国文学之“学”的著作，如邬启祚的《诗学要言》(1911)、许之衡的《曲学及曲选》(1912)、谢无量的《诗学指南》《词学指南》(1918)、董巽观的《小说学讲义》、徐敬修的《词学常识》(1923)、陈景新的《小说学》(1925)、徐珂的《清

---

① 康有为：《日本书目志·识语》，上海大同译书局1897年版；亦见《康有为全集》第三集，中国人民大学出版社2007年版，第522页。参见本丛书谭帆等撰《小说卷》第一章《导论》。

② 朱自清：《背影·序》，《文学周报》第345期，1928年11月25日；亦见《朱自清全集》第一卷，江苏教育出版社1988年版，第31—32页。

代词学概论》、龚自知的《文章学初编》（1926）、陈去病的《诗学纲要》、黄节的《诗学》（1927）、杨鸿烈的《中国诗学大纲》及江恒源的同名著作（1928），以及金慧莲的《小说学大纲》（1929）、徐国桢的《小说学杂论》（1930）等。诸如此类有关“文学学”的著作，其中不少只是着眼于某一分体文学本身的介绍与分析，并不注重评述研究这一文体的“学问”，即对某一文体的认知与研究缺乏深度的论述。有之，多数只是在“批评史”的视野下，对某一文体的认识与思想有所梳理；而且，这类“学”的著作，大都是横向的整合，缺少“史”的纵向的描述。因此，长期以来，真正意义上的“中国文学学史”尚未出现。直到20世纪80年代，夏传才作《〈诗经〉研究史概要》（1982），继而叶长海作《中国戏剧学史稿》（1986），才揭开了真正意义上的“中国文学学史”的序幕。特别是到了20、21世纪之交，或许是受到“一个世纪”的时段的召唤，总结一个世纪学术史乃至整个中国学术史的热情的空前高涨，各类学术史著作犹似雨后春笋，其中有关文学的学术史著作也纷至沓来。在20世纪90年代，郭英德的《中国古典文学研究史》（1995）、赵敏俐的《20世纪中国古典文学研究史》（1997），作为顾及各体文学的全史或通史出现，在当时产生了较大的影响。尽管他们还是用了“研究史”的名目，但实际上还是将中国文学学术史的编写推上了一个新的台阶。至21世纪，不同类型、不同规模的有关中国古代文学的学术史著作更是层出不穷，“中国文学学史”的编写迎来了一个真正的春天，也为我们思考编写中国文学学史奠定了一些理论基础。

二

编写“中国文学学史”的时代真正到来了，摆在我们面前的第一个问题是：现在究竟为什么要编写中国文学学史？

在20世纪初，人们把编写学术史的意义提得很高。有人说：“国有学，则虽亡而复兴；国无学，则一亡而永亡。何者？盖国有学则国亡而学不亡，学不亡则国犹可再造；国无学则国亡而学亡，学亡而国之亡遂终亡矣。”① 当时不要说把编写中国的学术史与爱国保种联系起来，就是编写“中国文学史”也是与民族的危亡、国家的前途紧密相连的，黄人在他编的《中国文学史》的《总论》中说，编中国文学史就是为了“动人爱国保种之感情”。他认为“国有语言文字，此其国必不劣”；假如我们见外国文学就欢迎恐后，授祖国文学则攒肩掉首，久而久之，则“不待人之灭我而我行将自灭也”②。而一部《中国文学史》，就可以使后人了解祖国光辉灿烂的文学宝库，以奋起继述之志，这样，文学史就无异于国史，是爱国主义教育的极好教科书。当然，时间过去了一百年，今天读起这些话来，已有恍然隔世之感。乍看起来，我们现在是莺歌燕舞，天下太平，更何况我们还不时听到一些嘲笑“爱国”的论调，似乎在当下“全球化”的浪潮中再讲国家、民族的利益，有点狭隘和落伍了。实际上，这种论调是十分危险的，实在不亚于当年针对我们的坚船利炮。当然，世界大同，自有来日，但当今之天下，哪一个国家，哪一个民族，不竭力维护自己的利益？有的为了自己国家的利益，还千方百计地去掠夺他国的财富，破坏他人的国家，甚至因此而不惜双手沾满鲜血。我们面对的世界，有平等友好待我之民族，但也有亡我之心不死者。比起一百年前，我们的祖国是强大了，但还充满着危机，爱国家、爱民族的精神不能丢。编写《中国文学学史》，张扬中国传统文学的精神，正是凝聚中国民族向心力与弘扬爱国精神的一条重要而有效的途径。

时代呼唤着我们将文学学术史的研究与祖国的命运联系在一起，但我们总结与张扬中国传统文学的学术史并不意味着排斥学习与接受国外特别是西方的文学思想与研究方法，而是要更加注意如何处理好中与西的关系问题。我们当然注意到，一百多年来，在一波又一波的西方学术浪潮的冲击下，中国传统的学术思想、学术话语、学术规范，乃至表达的方式等，不断地受到改造与销蚀。这里有积极的一面，同时也有明显的消极的一面。许多传统学术中的菁华就此被曲解或抛弃，致使当代的

---

① 许守微：《论国粹无阻于欧化》，1905 年 8 月 20 日《国粹学报》第 1 年第 7 期。亦见《国粹学报》第 3 册，广陵书社 2006 年版，第 98 页。

② 黄人：《中国文学史》第一册《总论》，国学扶轮社印行东吴大学堂课本，第 4b－5a 页。

学术研究在不少方面已与传统脱节，民族的自尊心受到了严重的压抑。所以，整理与编写中国传统的学术史，在扬弃一些糟粕的同时，更要弘扬其科学、精彩、有生命力的学术思想与研究方法，从而弘扬传统的优秀的文学精神。当然，这不等于盲目排斥国外先进、科学的文学思想、理论与研究方法。比如长在中国土地上的一棵树，我们应当让它吸取各种有益的养料使之更健康地成长，也可以嫁接不同的树木使之开出新异的花朵，但决不可以将它连根拔去，遍插异种。这在理论上、口头上，大家几乎都能接受，但在实际操作过程中往往还不尽如人意。究其缘由，实在是从甲午战争以来，一种弱国自卑的心理并没有彻底铲除，再加上趋新好奇的心理、卖弄学问的心理，交并作用，一些莫名其妙、乱七八糟的东西常常会被吹得天花乱坠，甚至一时会泛滥成灾。当然，要彻底铲除盲目崇洋、弱国自卑的心理，有待于我们祖国国力的真正强大，但我们所做的总结中国文学学术史的工作，正如黄人当年写《中国文学史》一样，希望“厌家鸡爱野鹜之风或少息乎”①，希望促使社会真正重视、明确与坚守中国传统的优秀文学精神，在当前文学现代化的进程中坚持以中化西，而不是去以西化中，更不是去以西除中。

我们总结传统文学的学术史，还必须理直气壮地强调有用于当世。这里就有个求真与求用的问题。任何学术史，当然要以求真为鹄的，不能用这样或那样的政治的、民族的以及其他任何狭隘、片面的目的与方法去歪曲或掩盖事物的真相。我们中华民族研究文学自有在长期实践中形成的一套独特的路数，我们有责任排除各种干扰，将它真实、科学地总结出来。这就是求真。但求真与求用并不是绝对对立的。有些人强调学术的求真与独立，往往会将求真与求用对立起来，简单地认为求用就是追求社会功利，就是媚俗，就会亵渎学术，于是就将自己困锁在象牙塔里进行所谓的“求真”。其实，研究自然科学的学术及学术史，最终的目的无非是为了促进自然科学的研究，使人类在改造与利用自然资源时得到利益，即有用，这是不辨而自明的。那么，研究社会科学与人文科学的学术与学术史，难道就不是为了对人类社会发展有用吗？我们研究文学的学术史，难道能与弘扬爱国精神，与当今的文学事业健康发

① 黄人：《中国文学史》第一册《总论》，国学扶轮社印行东吴大学堂课本，第3b页。

展、繁荣昌盛，与丰富我们的精神世界、美化我们的心灵、纯洁我们的情操无关吗？反过来看，也只有抱着正当崇高的、有用的目的，才能保证求得研究学术史的真谛，才能真正求得其真。有人在这里会担心，你在追求有用时，是否会被强权政治所胁迫？是否会被某种狭隘的利益所驱动？假如真是这样的话，我们的研究的确会无法求其真，只能得其伪。这里的关键是，研究者要坚守自己的良知与公德，而不是轻率地抛弃其有用的追求。学术纯独立而求真，实际上在许多社会科学与人文科学的研究中是不存在的，那种说法充其量只是为了某类目的而作的一种宣传罢了。总之，我们今天以今视古编写中国文学学史，既为了求真，也为了求用，揭橥的是“中国文学学”的民族传统，着意在当代的学术与文学的建设，希望我们总结出来的一些中国古人所认知与研究中国文学的特质、基因、传统与规律性的东西，在当今文学贯通古今、融会中外的进程中，有助于反思过去，理清思路，提供借鉴，有助于建设当代的学术与繁荣当代的文学。而反过来看，只有立足当今，经过当代学术与文学的检验，才能使我们更相信中国传统文学精神的光辉灿烂。研究编写一部中国文学学史，就应当抱着求真与求用相统一的目标，追求弘扬传统精神与当代的学术建设、文学繁荣相结合。

三

那么，中国古代认知文学的最核心的特质、基因与传统是什么呢？

答曰：文学原人论。即认为文学原于人，以人为本。这个“本”，既是“本源”的本，也是“根本”的本。这个“人”，是指作为人类的人、社会群体的人，不是指个体的人（论述个体创作时除外）。所以，中国的“原人论”与以鼓吹以个人为本的什么“人本主义”“人学”等完全是两条道上跑的车。它的核心内容是：文自人，文似人，文为人。文自人，即文章的产生，根本在于人，而不是对客观世界的被动描摹。中国诗学的开山纲领曰“诗言志”，就是强调诗歌是抒发人的思想与感情的。创作的发生，不论是“物感”还是“感物”，都是以人的主体作用为主的。从创作过程中的“神与物游”，到将意象用文字迹化，就是一个“心化”的过程。道学家有“大心”说，就是将客观的世界认作主体心的扩大化，“视天下无一物非我”①。中国诗学的主流理论，也就是将客观世界心灵化，“情景交融”之所以被认为是创造有“境界”的作品的关键，就是强调了作品中有人在。至于从评价的标准来看，无论是认为作品有“滋味”“味外之味”，还是认为有“兴趣”，有“神韵”，有“意境”，都是以人的体味为中心的，认为文学的“本源”在于“人”，而不在于“物”。所谓“文似人”，更是清晰地反映了中国古代认知文学的一个基本的特色。《易·系辞》云：“近取诸身……以通神明之德，以类万物之情。”文学的各种问题，几乎都会“近取诸身”，以作比喻。文论中神、气、骨、心、眼、窍、筋、脉、髓、味等概念与范畴，触处皆是。“生生不息”的精神更是贯串始终。西方尽管也有人用“生命”哲学来观照文学，但这是以后的事情，且不是一种带有主流色彩与普遍性的理论，充其量只是“西洋批评家的偶语”而已。早在20世纪30年代，钱锺书先生就指出“中国固有的文学批评的一个特点”，即是“把文章通盘的人化或生命化”，“把文章看成我们自己同类的活人”②，这是很有道理的。所谓“文为人”，也是中国古代一直强调的文学是为人服务的。文章就是用来“载道”“劝善惩恶”“有用于世”，起“教化”作用的。在论述人与现实、德与言、文与质等关系，以及提倡“温柔敦厚”“中和之美”等时，占主导地位的都是以追求伦理性、实用性、功利性为最终鹄的。但同时我们也应该注意到，“为人”不仅仅都是围着功利转的，也不断有人强调文学的怡情悦性的“乐”人、“自适”等作用。这同样是“文为人”。过去我曾经用心化、生化、实化来解释“原人”思想的主要内容，其中“实化”一题与我原来的想法有很大的距离，不太准确，现今改“心化、生化、实化”为“文自人、文似人、文为人”的提法，或许能更好地概括“原人论”的基本思想。

关于“原人论”，我在《中国古代文学理论体系·原人论》中已有论述，得到了一些先生的认同，认为这是近年来研究古代文论最具原创

---

① 张载：《正蒙·大心篇》，《张载集》，中华书局1978年版，第24页。

② 钱锺书：《中国固有的文学批评的一个特点》，《文学杂志》第1卷第4期，1937年8月1日。亦见《中国比较文学研究资料（1919—1949）》，北京大学出版社1989年版，第46页。

意义的成果之一，是用中国的思维方式去体悟传统的理论。但草创伊始，难免会留下不少疑问。借这个机会，我再作一些补充与说明。

第一个疑问就是“原人论”只是在中国古代思想史上出现过，而在中国古代文论史上从未见过有什么人讲过，有的只是“原道论”。特别是古文论的经典《文心雕龙》头三篇《原道》《征圣》《宗经》似乎已经讲得很清楚，文学的根本在于“原道”。此后，讲文学“原道”的声音不绝于耳。所以，只有“原道论”才真正体现了古代理论家对文学本体、本原的认识。强调“原人论”，岂非弱化了“原道论”的价值意义？此言不差，古文论中从未有人提过“原人论”，我今强调“原人论”是中国古代文学家认知文学的一个真正的根本立足点，在某种意义上就是为了“弱化”“原道论”，更确切地说，也就是为了对“原道论”作一个重新的认识与估价。不错，对于中国古代的“原道论”不能一概否定。在某种情况下，强调用某种“道”，反对某种不良的风气，是有一定的积极意义的，但它在整个中国文论史上所产生的极其严重的负面影响是绝不可低估的。只有当这个“道”与“原人”相通，能直面人生，对广大人民有利的时候，这个“原道论”才有它真正的价值。我们站在今天的立场上，要认知中国古代文论的特质时，不能重复过去，而是要努力把被历史所包裹在“道”外面的层层迷雾彻底拨开，将它真正有价值的东西凸现出来，将那些与“人”相背的东西彻底扬弃。在这样的情况下，我们就会自然地看到，原来“原人”才是中国古代文论中对于文学的本体与本源真正有价值的认识，而绝不是“原道”。

再说“道”，我们现在常常将它视为一个“哲学范畴”，所以会认为“原道”“体现了古代哲学对文论的指导和制约，也使古代文论具有了更高的形而上层次”。其实，这个“道”，在中国古代社会里，儒家、道家、法家、墨家，到后来的释家等，各道其所“道”，众说纷纭，莫衷一是。就是刘勰所说的“道”究竟是什么“道”，也有不同的说法。在这样的情况下，我们笼统地说“原道”，究竟“原”的是什么“道”？难道有一个什么统一的“原道论”吗？这样笼统地标举“原道”，究竟有多少实际意义呢？更何况，我们不难看到，历史上许多被打扮得冠冕堂皇的“道”，往往包裹着的是反人类进步、反社会文明的内核。因此，我们必须抛弃笼而统之的“道”，必须将“道”放在具体的历史背景中，放在“人”面前加以审视，显示其“道”的真正原形。所以，与其高举“原道”，还不如提倡“原人”更为切实，不为“道”的幌子所迷惑。

当然，我们今天在审视古代认知文学的最基本、最有特色的观点时，必须抓住一个最主要、最关键的“道”入手来加以分析。毫无疑问，在中国漫长的古代社会中，儒家在总体上处于主导地位，儒家的观点是主流话语。道家、释家等观点在正常情况下只是一种补充与调剂。即使到了后来“三教合一”的呼声比较高涨的时期，不少文人具有尊道重佛的倾向，儒学还是在社会上、在文人中占据着牢不可破的统治地位。所以要找中国社会、学术、文化的基本特质，首先要到儒家的经典、儒家的圣人及他们所说的“道”中去发现。而在儒家之中，最有权威性的当然是孔子。在这里，我们不妨将《论语》中有关论“道”的部分整理一下，就不难发现他所说的“道”大致可分成两类：

一类是抽象而未及具体内涵的，如：“朝闻道，夕死可矣。”（《论语·里仁第四》）“邦有道，不废，邦无道，免于刑戮。”“道不行，乘桴浮于海，从我者其由与!”（《论语·公冶长第五》）“君子谋道不谋食。”“道不同，不相为谋。”（《论语·卫灵公第十五》）这里的“道”究竟是什么？孔子没有明说。

另一类是关系到具体内容的，可以从中发现孔子所说“道”的具体内容：

君子务本，本立而道生。孝弟也者，其为仁之本与？（《论语·学而第一》）

道千乘之国，敬事而信，节用而爱人，使民以时。（《论语·学而第一》）

礼之用，和为贵。先王之道，斯为美。（《论语·学而第一》）

曾子曰：“夫子之道，忠恕而已矣。”（《论语·里仁第四》）

子谓子产：“有君子之道四焉。其行己也恭，其事上也敬，其养民也惠，其使民也义。”（《论语·公冶长第五》）

子曰：“志于道，据于德，依于仁，游于艺。”（《论语·述而

第七》)

君子道者三，我无能焉。仁者不忧，知者不惑，勇者不惧。(《论语·宪问第十四》)

君子学道则爱人，小人学道则易使也。(《论语·阳货第十七》)

从中可见，孔子所论的“道”并不是所谓“玄之又玄”，难以捉摸的，而是很实在的，其目标都是针对社会中的人，其核心是“仁”。“仁”由“人”与“二”构成，有了“二”个人，就有了人与人之间的关系。处理好人与人之间的关系，就要“依于仁”。“仁者，爱人”，对他人要遵循“忠恕之道”，更具体一点就是：“己欲立而立人，己欲达而达人。”反过来说，就是：“己所不欲，勿施于人。”在人与人的关系中，父母兄弟当然是最为直接的，所以“孝悌”是“仁之本”。与“仁”相关的“礼”在孔子思想体系中也十分重要。实际上，两者是相辅相成的。“仁”是人的内在的德性，“礼”则是外在行动的表现，两者共同的要求就是要顺应和维护社会秩序的规范与稳定。所以说，“克己复礼为仁”①，“人而不仁，如礼何”②。总之，孔子的“道”在本质上是以伦理道德为核心，要求人们能处理好有秩序的社会中人与人之间的各种关系。孔孟的文论观，也与此相适应，认为：“弟子入则孝，出则弟，谨而信，泛爱众，而亲仁，行有余力，则以学文。”③“文之以礼乐，亦可以为成人矣。”④将学“文”与“仁”、成“文”与“礼”紧密地联系在一起。他提出“兴观群怨”“有德者必有言”，赞赏“乐而不淫，哀而不伤”“思无邪”等，都明显地强调了“文”在社会中对人的作用。假如说孔子在《论语》中的观点比较侧重“文为人”方面的话，那么，其他儒家经典所提出的“诗言志”⑤，“凡音者，生于人心者也”“其本在人心之感于物也”⑥，以及孟子的“养气”说、《易·系

①《论语·颜渊》，中华书局影印《十三经注疏》本，1980年版，第2502页。
②《论语·八佾》，中华书局影印《十三经注疏》本，1980年版，第2466页。
③《论语·学而》，中华书局影印《十三经注疏》本，1980年版，第2458页。
④《论语·宪问》，中华书局影印《十三经注疏》本，1980年版，第2511页。
⑤《尚书·尧典》，中华书局影印《十三经注疏》本，1980年版，第131页。
⑥《礼记·乐记》，中华书局影印《十三经注疏》本，1980年版，第1527页。

辞》所说“近取诸身……以通神明之德，以类万物之情”等，都为“文自人”“文似人”的思想奠定了基础。一部中国古代文论史的主流话语，就是沿着“文自人”“文似人”“文为人”的路子走下来的。这就是中国古人对文学的最基本、最有特色的认知。

有人或许会说，这算什么特色？古今中外“任何人文社会科学的发生与发展，都是与人密不可分的，都是以人为本源而生发出来的”，故而“原人”“显得没有说出中国文论自身的特点，故而其意义也就不那么大”。这里的前一句话没错，千真万确，但是后一句的推理就有问题了。“任何人文社会科学的发生与发展，都是与人密不可分，都是以人为本源而生发出来的”作为客观存在，的确是古今如此，中西皆然。但是，对于这种客观存在的认知，却是古与今、中与西大不相同、千差万别的。我对西方古代的文论没有专门研究，不敢妄说，但据我粗浅地了解，关于“原人论”所包涵的三个核心问题，并不是西方一贯的主流的话语，他们自有自己的认知的兴奋点、出发点与归宿点。假如有的时候、有的人说过类似中国古代“原人论”的话，那也只是在“人同此心，心同此理”的必然下出现的偶然而已，不能因此而否定中国古代文论的独特性。

或许还有人说，你这个“原人论”“难以涵盖古代文学理论体系的所有方面”，因为“原人文学论”所包容的理论范围主要是古代文论中与“人”相关的那些方面，而不是古代文论中的所有方面。比如，像艺术思维论、文体论、技巧方法论等方面，就与“人”的关系“疏远”了。当然，我想世界上是很难有一种理论能包罗万象，中国古代文学的“原人论”是对文学的最基本特质的认知，也可以说是中国古代文论的纲，它具有统摄性，但决不能涵盖所有的问题。不过，它比起“原道论”来，显然更具有广泛的涵盖性。比如就艺术思维论来看，“原道论”与艺术思维的理论基本上是对立的，而“原人论”所论的文学创作的“心化”过程，就是中国式的艺术思维论。中国古代论“文体”，大致有两种：一种是论文学的体性、体气，如《典论·论文》云“文以气为主，气之清浊有体，不可力强而致”，钟嵘《诗品》论陶潜诗“文体省净，殆无长语”，《文心雕龙·体性》所总结的“典雅”“远奥”“精约”等八体，后世所说的建安体、太康体、陶体、谢体、梅村体等。显然，如此论文体，是与人以及与人相关的时代精神、民族特点等紧密相连的。另一种论文体，主要是论文学的体制、体裁，乃至文章的作法、结构、修辞等，如《典论·论文》云：“夫文本同而末异。盖奏议宜雅，书论宜理，铭诔尚实，诗赋欲丽。”陆机的《文赋》云：“诗缘情而绮靡，赋体物而浏亮。碑披文以相质，诔缠绵而凄怆。铭博约而温润，箴顿挫而清壮。颂优游以彬蔚，论精微而朗畅。奏平彻以闲雅，说炜晔而谲诳。”这里，陆机所论的不同文体比曹丕扩大了许多，从四种增加到了十类，但其精神是一致的，即论及不同体裁的作品当有不同的表现形态与方法。这一类论文体，偏于表现和形式方面，这是否与人、与社会无关呢？显然不是。我们不妨引述《文心雕龙》的一些论述，来看一看它是如何认识不同体裁的形式技巧的表现与人的关系的。其《明诗》云：“在心为志，发言为诗。”即《毛诗序》之“在心为志，发言为诗，情动于中而形于言”。这说明不论以何种方式与技巧表现为外在的各种形态的诗，都是出于“心”与“情”。《诠赋》云：“赋者，铺也；铺采摛文，体物写志也。”这更清楚地说明了“铺采摛文”都是“体物写志”的表现。《史传》云：“开辟草昧，岁纪绵邈，居今识古，其载籍乎！”《论说》云：“圣哲彝训曰经，述经叙理曰论。论者，伦也，伦理无爽，则圣意不坠。”这都说明了不论是记事还是说理，都是离不开社会与人的。后来文体发展得更细密，都是与人的需要分不开的。如历史演义的产生，就是为了将《后汉书》《三国志》《通鉴》中的一些故事通俗化；话本小说中的一些体式，如入话、回前诗、韵语的插入等，也都是为了使观众容易接受。梁启超创造“新民体”，使散文产生变革，也是为了适应当时政治宣传的需要。总之，文体的发展离不开人的需要，离不开社会的需要，并不是离开了人而抽象地产生与发展的。现在有的人就喜欢将某些形式的东西抽象出来，认为可以脱离人、脱离社会而独立地产生和发展，其实这种理论像拉着自己的头发要离开地球一样，是经不起推敲的。

我强调“原人”是中国古代认知文学最基本的特质，其意义还在于“原人”正是中国文学传统与现代性相关联的大动脉，看到中国文学的现代生命中正传递着传统“原人”的基因。“现代”一词，本身就是一个流动的概念。中国何时有了现代性？什么叫现代性？这又是一个众说纷纭的问题。1933年，钱基博出版《现代中国文学史》，始明确用“现代”来观照中国文学，虽写的是“民国纪元以后者”，但实际上关系到我们现在一般所称的“近代”的作家。在日本，“近代”与“现代”基本上是一个意思。我们现在所称的“近代文学”，实际上已有别于“传统文学”，正处在急速现代化的进程之中。那么，从所谓近代到当代，不同于古代的文学的现代性究竟是什么呢？我想，要义主要有三点：第一，为什么人的问题变了。古代的文学尽管也有“为民”的内容及纯抒发自己的感情、自娱自适的作品，但总体上是为了“兴观群怨”“文以载道”“有补于世”“劝善惩恶”，归根到底，用周作人在1908年所说的话来说，就是“实利所归，一人而已”，或者说是为专制统治者服务的。现代的文学是“万姓所公”①，是为全体“国民”、为“人民大众”服务的。第二，写的内容新了，更强烈地体现了生生不息的精神，随着时代的进步，文学不断地表现当下社会的新思想、新事物与作者的新体验。第三，创作的独立自由的意识加强了。晚明至近代，尽管不断有人张扬“性灵说”，从袁宏道提出“独抒性灵，不拘格套”，到龚自珍高喊“尊心”“尊情”，以及他的朋友何绍基力主“真我自立”“独往独来”，都有追求个性独立、创作自由的意义，但他们所提倡的个性解放的理论基础主要是从儒、道、佛三家体系中提炼出来的，基本上还属于旧的思想范畴之中。自19世纪六七十年代开始传入西方的自由、民主思想，特别是经过维新派的大力宣扬用“自由主义”来写作“自由文学”之后，“创作自由”的精神在文艺界逐步深入人心，彻底改造了传统的“性灵说”，冲决了文艺专制主义在创作过程中的精神桎梏。以上三点是从接受对象、文学本体、创作主体三个角度的根本方面来考察的。其他如语言的白话化、对于文体的认识与文体结构的变化等，可以从很多方面来揭示现代性的特征，但最基本的还是这三点。从这三点来看，文学的现代性从未与传统文学之间产生过“断层”的现象，中国传统文学的基因不曾在现代文学中丢失。中国文学的现代性与传统之间血脉相连，其相连的主要血脉是什么呢？是“原人”精神，

① 周作人：《论文章之意义暨其使命因及中国近时论文之失》，1908年5—6月刊《河南》4—5期，亦见钟叔河编《周作人文类编③·本色》，湖南文艺出版社1998年版，第29—30页。

是以人为本。文学不为封建统治者少数人服务，而是为最广大的人民大众服务；文学注重描写新时代的新思想、新事物、新体验；文学创作加强个体独立自由的精神，等等，这都是人性精神的进一步高扬。五四新文化运动中提倡的“人的文学”“活的文学”，以及“美的文学”等，实际上最根本的一点就是立足在“人”之上。因此，我自认为“原人论”能超越“以西释中”的定势，横贯文论与创作，纵连传统与现代。文学“原人论”，就是中国文学传统与现代性相关联的大动脉。

四

“原人论”是中国古代对文学最基本而有价值的认知，那么，什么是中国古代最基本、最有统摄力和贯穿力的研究方法、手段与途径呢？

答曰：治经之法以治文。当然，在儒家的元典中本身就提出了一些很重要的治学方法与原则，例如，“见仁见智”“知人论世”“以意逆志”等，成为中国文学研究史上重要的方法论的源泉，但更广泛的是包含在历代解经的一些思想、原则与方法之中。中国的学术史，真正的起步是从解经开始的。一部学术史，最主要的内容就是经学史，由此而旁及史学、子学、文学及其他学术史。文学的学术研究史显然也被儒家治经的一套方法所笼罩，打上了鲜明的经学印记。经学对中国古代的文学研究所起的重要影响，综其大要，有这样几点：

第一，依经立义。自汉武帝提出“罢黜百家，独尊儒术”之后，几部儒家的著作被法定为“经”，设立了《诗经》《书经》《礼经》《易经》《春秋经》的五经博士。自此之后，就形成了一种专门训解与阐释儒家经典的学问，称之为“经学”。显然，这门学问的灵魂就是“尊经”，并从尊经到尊敬写作这些经典的圣人与这些经典中阐发的道义。解经的方法千变万化，其要点无非有二：一是尽力阐明经典的原意，二是阐发经典的道义。正因为这种研究成了一时治学的主宰，也就自然地成了研究其他学问的规范。研究文学，当然也遵循这种思维模式，首先用儒家的道义来审视作品，同时从作品中寻求其符合儒家经典的道义。比如《离骚》，班固曾批评它“多称昆仑、冥婚、宓妃虚无之语，皆非法度之政、经义所载”（《离骚序》），认为其艺术想象逸出了儒家“经义”的规范，所以不能称它“兼《诗》风雅而与日月争光”。但是，王逸作《楚辞章句》用儒家的道义来重新考量屈原后，在《离骚章句序》中明确批驳了班固的观点，指出屈原的为人符合儒家道义的规范，说：“今若屈原，膺忠贞之质，体清洁之性，直若砥矢，言若丹青，进不隐其谋，退不顾其命，此诚绝世之行，俊彦之英也。”而且，屈原的作品也都是“依经立义”的：

> 夫《离骚》之文，依托“五经”以立义焉：“帝高阳之苗裔”，则“厥初生民，时惟姜嫄”也；“纫秋兰以为佩”，则“将翱将翔，佩玉琼琚”也；“夕揽洲之宿莽”，则《易》“潜龙勿用”也；“驷玉虬而乘鹥”，则“时乘六龙以御天”也；“就重华而陈词”，则《尚书》咎繇之谋谟也；“登昆仑而涉流沙”，则《禹贡》之敷土也。……屈原之词，诚博远矣。

王逸的这段评述，完全是用经学的思维模式来对《离骚》作出价值判断，刘勰在《文心雕龙·辨骚》中就概括王逸的这种文学研究是将“《离骚》之文，依经立义”。这种运用儒家经学的阐释方式，强调作品“依经立义”的精神，对后世的文学研究起了很大的影响，即使论述“小道”之小说与“艳科”之词曲，也都会竭力从中找出符合“经义”的精神来，如可一居士《醒世恒言序》称“三言”“为《六经》国史之补”；陈廷焯论词选词的原则为“归于雅正”，本于《风》《骚》。甚至在论“诲盗”之作《水浒传》时也赞其“水浒之众，皆大力大贤有忠有义之人”①；辨“诲淫”之作《西厢记》时说是“词曲之《关雎》”②，“《风》之遗也”③；而《金瓶梅》也是“先师不删郑卫之旨”④，亦“关系世道风化，惩戒善恶，涤虑洗心，无不小补”⑤。如此等等，都可窥见“依经立义”就是贯穿中国古代文学研究始终的一个传统。

---

① 李贽：《忠义水浒传序》，明万历容与堂刊《忠义水浒传》卷首。
② 程巨源：《崔氏春秋序》，徐士范刊本《重刻元本题评音释西厢记》卷首。
③ 王骥德：《评语》，王骥德校注《新校注古本西厢记》附录。
④ 廿公：《金瓶梅跋》，古佚小说刊行会影印明万历本《金瓶梅词话》卷首。
⑤ 欣欣子：《金瓶梅词话序》，古佚小说刊行会影印明万历本《金瓶梅词话》卷首。

第二，“文”的关注。中国古代的文学研究往往遵循“依经立义”的原则，用解经的方法来阅读与研究文学作品，这是否会造成对文学特性的认知的排斥呢？的确，从表面上看，强调“理”与注重“文”是矛盾的，因此，人们常常会将两者简单地对立起来。比如，对于《诗经》的研究，人们常常认为是经过了一个从经学到文学的演变过程。或认为从魏晋、或认为从宋代、或认为从明代开始的《诗经》研究从经学向文学转型。这样的看法不能说没有一点道理，但事实上，从汉代，甚至从孔子起，对于《诗》的认识就包含着从文学的角度上来加以认知；而反过来看，一直到清末，实际上所有的《诗经》研究都没有跳出经学的牢笼，所谓“文学性”的研究，仍然都是在经学的范围之内。我们不妨先从汉代的《毛传》来看，其《诗大序》说：“情动于中而形于言。”它虽然要求文学作品的内容能符合经义，所谓“止乎礼义”，但它非常强调文学创作要“发乎情”。《诗大序》又总结《诗经》有“赋比兴”的不同的表现手法。这三种表现手法，具有极强的概括力。那么，文学的基本特性是什么？现在有各种各样的说法，可以说令人眼花缭乱，但究其根本，实为两点：一是有真的感情，二是有美的形式。《诗大序》接触与抓住了这两个根本，难道能说它不注意文学性吗？再看《离骚》，自从汉武帝令刘安研究《离骚》而称之为“经”之后，汉代的解经家也始终注重其“文采”。王逸的《离骚经序》云：“《离骚》之文，依《诗》取兴，引类譬喻。故善鸟香草，以配忠贞；恶禽臭物，以比谗佞；灵修美人，以媲于君；宓妃佚女，以譬贤臣；虬龙鸾凤，以托君子；飘风云霓，以为小人。其词温而雅，其义皎而朗，凡百君子，莫不慕其清高，嘉其文采。”这里对《离骚》“依《诗》取兴”的表现特点作了充分的肯定，在赞扬“其义皎而朗”的同时，对“其词温而雅”也充分注意。今就汉代对于《诗》《骚》两经的解读来看，都清楚地说明了经学家在强调作品的“义”的同时，都未排斥其“文”。我们再看后世被认为是用文学的观点来解读《诗经》的研究，如明代的陈组绶，作《诗经副墨》，论者曾谓其批点“把握的是诗中最具生命活力的东西”，就《君子于役》一篇，“长达近四百字的评析，竟无一语不是与文学相关，也无一语不是对诗境、诗趣的领悟的”①。然陈氏在其书的《序言》开头即说：“诗，难言也，声歌畅于性情，义蕴通于传序。”后在《凡例》中又说其作是“取其言约理长，足发明诗旨者，存为经翼”②。显然，他还是将自己的著作看作是一种解经。晚至清咸丰年间，有陈继揆者在明戴君恩《读风臆评》的基础上作《读风臆补》，曾用明确的语言表示“以经读《诗》，不若以诗读《诗》之感人尤捷也”。他认为“诗可意会而不可言传”，“传之于言，笺疏愈烦，性情愈晦；会之于意，性情既通，笺疏可废”，似乎要摆脱经学的眼光来研究《诗经》。然而，其《总评》第一条即说：“孔子以‘思无邪’一言蔽全诗，教人读诗之法也。……故‘思无邪’为读《风》之第一法。”后面又说“《风》始以《南》，终以《豳》，可以见周德矣”；“杨升庵曰：《春秋》有例，《诗》亦有话。子夏《大序》，卫宏《小序》，诗话祖于此”。可见，他实际上还是没有彻底摆脱经学的羁绊，故徐发仁在为《读风臆补》作《叙》时说：“戴君逆诗以臆而诗意明，陈子补《臆评》之评，而戴评之意尤明，而风人作诗之志愈益明，岂第不失之愚，亦觉温柔敦厚之旨盎然于字里行间焉。”③这说明了陈继揆之作归根到底还是发明了“风人作诗之志”与《诗经》的“温柔敦厚之旨”，还是没有真正跳出经学的范围。

第三，实证返原。经学是从汉代开始的，汉代的经学称为“汉学”，注重对经典的文字、声音、训诂、名物的实证研究，以求对经典的原貌与原义有一个真实的认识。比如就《诗经》研究而言，毛传与郑笺就是代表，以后由汉至唐，乃至到清代，不断有人对儒家经典作“传”“笺”“诂”“注”“解故”“故训”等，且由解经到注释史、子、集部的著作，包括对小说与戏曲的阐释，形成了一个注重实证、追求还原历史本来面貌的研究传统。就目前认为的“文学”作品而言，从《诗经》《楚辞》以后，对多用奇字僻语与广载山川风物的大赋就较早

① 刘毓庆：《从经学到文学》，商务印书馆2001年版，第393、392页。

② 陈组绶：《诗经副墨》，明末光启堂刻本，《四库全书存目丛书》经部第71册，齐鲁书社，第1、5页。

③ 陈继揆：《读风臆补》，光绪宁郡述古堂刊本，《续修四库全书》第58册，上海古籍出版社2002年版，第160页。

有人予以注释。《隋书·经籍志》载《杂赋注本》三卷下注云：“梁有郭璞注《子虚》《上林》赋一卷、薛综注张衡《二京赋》二卷、晁矫注《二京赋》一卷、武巽注《二京赋》二卷、张载及晋侍中刘逵和晋怀令卫瓘注左思《三都赋》三卷、綦毋邃注《三都赋》三卷、项氏注《幽通赋》、萧广济注木玄虚《海赋》一卷、徐爰注《射雉赋》一卷，亡。”同时还载有李轨《二都赋音》、褚诠之《百赋音》、佚名作《赋音》及郭徵之《杂赋图》十七卷等。可见晋以后注赋之风甚盛。有关注诗的情况，《隋书·经籍志》虽然未有著录，但据《文选》李善注所引，也有若干。自此以降，后世不少中国古代文学研究家，有的甚至倾注了毕生的心力，对有关的文学作品进行注释文字，考据故实，检验版本，整理材料，为人们进一步去阐发文学作品的义理与价值打下了坚实的基础。

第四，因时适变。经学的研究本身不是一成不变的，它随着时世的变化而不断地变化。汉代的经学一开始是以章句训诂为主的汉学面世，但不久即与盛行于时的谶纬相合流。至魏晋南北朝时，又有学者融会《周易》《老子》《庄子》所谓“三玄”的妙论来注解儒家的经典，形成了“玄学”。宋代又兴起了“理学”，注重阐发儒家经典的义理。宋学中又有陆王心学一路，从“我注六经”走向“六经注我”，王阳明明确提出：“盖‘四书’‘五经’不过说这心体，这心体即所谓道。心体明即是道明，更无二：此是为学头脑处。”① 清代学者则又反过来继承汉儒的学风，注重考据训诂之学，于乾嘉年间尤盛，清陈康祺《燕下乡脞录》卷十四云：“乾嘉钜卿魁士，相率为形声训诂之学，几乎人肆篆籀，家耽《苍》《雅》矣。诹经榷史而外，或考尊彝，或访碑碣，又渐而搜及古专，谓可以印证朴学也。”② 经学的变化，势必促进文学研究的演进。比如，以宋学为指导的朱熹的《诗经》研究，就冒着被指为“异端”的风险，起而批驳了以《序》《传》为代表的汉学的解诗方法，突破了千百年来的思维定势，使《国风》中的一些民歌，得到了接近本来意义上的解释，将“《诗经》学”推进到了一个新的阶段。明代心

①《传习录》上，《王阳明全集》卷一，上海古籍出版社1992版，第14—15页。

②《郎潜二笔：燕下乡脞录》，光绪七年刊本《近代中国史料丛刊》第553册，（台湾）文海出版社1966年版，第554页。

学的兴起，对于文学界呼唤“童心”，兴起“不拘格套，独抒性灵”的思潮与通俗文学的发展也都起到明显的推动作用。至清代朴学流行后，经学中的汉宋之争，也影响了文学观念的变化。例如本来强调“义理”的桐城派，受到攻击后，就改用“义理、考据、辞章”来号召。至于在诗歌领域内，不再强调“诗有别才”，只重“唐诗”，只讲“性情”，而是讲究学问的风气大张，论诗看“肌理”，主张“学人之诗”与“诗人之诗”合一，所谓“宋诗派”的声势大盛，一直到清末，几乎掩盖了唐音。诸如此类，都说明了因时适变的经学，对于文学研究视野与方法的改变、创新起着直接的作用。

第五，经世致用。儒家的总体精神是入世的。孔子说：“小子何莫学夫诗？诗可以兴，可以观，可以群，可以怨。迩之事父，远之事君，多识于鸟兽草木之名。”又说：“诵《诗》三百，授之以政，不达；使于四方，不能专对；虽多，亦奚以为？”一开始就将诗歌与政教紧密地联系在一起。后来的经学家们，抱着“穷则独善其身，达则兼济天下”的人生目标，其解经工作尽管有时也为了从中找到个人安身立命的生活乐趣，但更多的是希望从中发挥自己的政治见解，探求社会稳定与政治清明的治世良方。受到经学影响的文学研究也不例外。《毛诗序》开头即说：“《关雎》，后妃之德也，风之始也，所以风天下而正夫妇也。故用之乡人焉，用之邦国焉。风，风也，教也；风以动之，教以化之。”它指出，诗歌的功用就在于“经夫妇，成孝敬，厚人伦，美教化，移风俗”。其对“风雅颂”的解释，都是从政治的角度来考察的。汉代的文论家们，往往把文学是否有用于社会作为一条最重要的价值标准。如王充《论衡·自纪篇》就说：“为世用者，百篇无害；不为世用，一章无补。”扬雄就悔恨早年所作的辞赋是“壮夫不为”之“雕虫篆刻”。所以有人概括说：“汉儒言诗，不过美刺二端。”① 这正点明了汉儒判断文学的价值标准即能经世致用。至魏晋南北朝时期，人们对文学的认识更为自觉，但在经学指导下的文学价值观还是没有丝毫削弱。通常被视为中国古代第一篇文学专论的《典论·论文》就强调文学乃“经国之大

① 程廷祚：《诗论》十三《再论刺诗》，《金陵丛书》乙集之十《青溪集》卷二第7b页，亦见于《青溪集》，黄山书社2004年版，第38页。

业，不朽之盛事”。陆机的《文赋》尽管主要论创作，但同样关注文学的社会作用，认为文学可以“济文武于将坠，宣风声于不泯”。《文心雕龙》则多处论述了文学的致用功能，如其《序志》篇云：“唯文章之用，实经典枝条，五礼资之以成，六典因之致用，君臣所以炳焕，军国所以昭明。”后世的文论，始终坚持这一原则，特别是在反对过分强调形式美的时候，这种声音就特别强烈，而且，即使在比较突出娱乐功能的戏曲小说中，同样贯串着经世致用的观点。如《琵琶记》说：“不关风化体，纵好也徒然。”胡应麟《少室山房笔丛·九流绪论》云：“小说者流……有补于世，无害于时。”明末清初，顾炎武、黄宗羲、王夫之等学者有感于明季空疏学风的误国教训，更加明确地提倡经世致用的学术风气，这对有清一代的文学思想产生了深刻的影响。鸦片战争之后，国运衰微，姚莹、曾国藩等桐城派人士，即在“义理、考据、辞章”之外增加了“经济”一项。姚莹的《与吴岳卿书》说，读书作文“要端有四：曰义理也，经济也，文章也，多闻也”①。到了晚清，面对着西方国家的军事逼迫与政治、文化思想的渗透，康有为等也大力张扬“经世致用”，试图在中西文化交融中寻找一条崭新的救国自强之路。尽管这时所提的经世致用已与传统的经学精神并不完全一致，已经包含着一些异国异质的因素，但还深深地打着传统经学的印记。这样的情况，恐怕一直延续到现在。

以上主要从积极的方面来看中国经学对传统文学研究方法所起的若干关键性的作用。不可否认，经学对传统的文学研究也带来不少消极和负面的影响，比如，解经的核心问题还是集中在阐发儒家经典的“理义”，这往往会这样那样地削弱了对文学性的重视，在评判文学时将文学性放在“第二”的位置；在经学的笼罩下，遵循“疏不破注，注不破传”的原则，容易滋长因袭、保守的学术风气，多阐发前人的陈说，少独立原创的观点；经学中今古、汉宋之争不断，往往自视正宗，排斥异己，门户之见，水火不容，有时会严重左右着对文学的客观评价。诸如此类，也就是由经学带给我们传统文学研究的一些弊端，不容讳言。

---

① 姚莹：《与吴岳卿书》，《东溟文集·外集》卷二，《续修四库全书》第1512册，第449页。

经学对中国传统文学研究的方式方法影响巨大，具有高度的统摄力，但必须说明的是，社会毕竟是十分复杂的，中国传统文学研究的特点的形成，还会受到多方面的影响。比如，“史官之学”与“小学”的传统，儒家之外释、道等思想与文学观点，文学之外其他各种艺术的见解等。除此之外，一时的政治空气、理论潮流，以及批评家的个性因素等有时也会起着至关重要的作用。例如，明末之士喜欢谈宋末文人，清末的学者喜欢研究明末的遗民。明人好唐诗，就忽略了宋诗的研究，一时间宋集亡佚殆尽；清代宋诗派起，对于宋集的研究蔚然成风。一些隐逸之士喜欢推崇陶渊明，积极用世者则多好杜甫。同样评杜甫，则黄庭坚、朱熹、方回、徐渭、钱谦益、金圣叹、沈德潜、严复等都各不相同，都渗透着个人的因素。总之，整个中国古代文学研究的方法是丰富多彩、生动活泼的，而绝不是僵死的、一成不变的。我强调中国古代文学研究中的经学影响，只是拈出其最基本、最有统摄力的一点而已。

五

编纂中国文学学史，还有个书写方式的问题。以往中国文学的学术史著作的书写方式，大致有以下几类：以书为中心（以论著为论述对象并以此列目）、以人为中心（以研究者为研究对象并以人名列目）、以事为中心（以有关文学现象、文学事件、文学运动的论述为研究对象并以此列目）、以时为中心（将有关一个个时代的文学现象、文学思潮等论述作为研究对象并以时代列目）、以学为中心（以学术思想、学术流派、学术问题等为对象并以此列目）。在这些不同的书写方式中，前三者的研究对象是一个个具体的且往往是以个体为主的，所以能给人以一种“实”的感觉；而后两种，是建立在对一系列具体现象作概括、思考、总结之后再加以分门别类地论述的基础上的，所以有一种“虚”的色彩。但就这些不同的书写方式本身而言，很难说孰浅孰深，有什么高下之分。立足于论书，可以由书而论人、论事、论时、论学；反之，立足于论学，也可以由论学而论时、论事、论人、论书。有识力，下工夫，都可以写得深；反之，都可以显得浅。更何况一般的文学学术史著作都是融合了多种书写的方式，显得犬牙交错，并不是划一单调的，所以没有必要强作解人，硬分高下，而应当鼓励百花齐放，百舸竞流。

所谓“不同”，是文学学术史的书写方式可以各不相同，但不论以何种方式来书写，都应该努力有一个相同的学术追求，而不是将学术史写成一本日用账簿。以往的文学学史性质的著作，或多或少地包含了以下几点内容：1. 梳理演变脉络；2. 品评学术成果；3. 总结治学方法；4. 提炼学术思想；5. 探索演进规律；6. 追求当代意义。

梳理学术演变的脉络，这是任何一部学术史都必须要做的一件事。一部学术史，即使是断代的或者是专体的、专题的，甚至是就一个人或一部书写的，之所以能成“史”，其材料必然是相当丰富，且往往是纷繁复杂的，研究者必须在尽力网罗所有材料的基础上，将所有的史料作一全面的梳理。这种梳理包括选择、排序与分期等，使纷乱的历史现象变得有序。假如说著史是使历史成为一条线的话，那么在这条线上必须串上一颗颗珍珠，才能成为一条光彩夺目的项链。品评学术成果即是在一条历史的线上串上一颗颗的珍珠。学术史的书写方式不论是以人为中心、以事为中心，还是以时为中心、以学为中心，都必须落实到具体的学术成果上。离开了学术成果，就谈不上学者与学派，看不到治学的方法与思想，就不可能形成学术史，正像没有珍珠的线，就不成为项链。将历史上有关的学术成果的述评有序地排列起来，应该说是一部学术史的最基本的内容。当然，这个对于学术成果的品评并不是孤立的，一般都是与人、与事，与治学的方法、学术的思想，以及与文学的时尚、社会的思潮等紧密相连的。在这些研究的内容之中，假如说要分层次的话，这当是最基础的一层。有些学术史著作就是停留在这样的一个层面上。在这个层面上再上一层，就是要在不同的学术成果中提炼出不同的治学的方法、思想与精神。也就是说，要在具体的学术成果中总结出具有一定普遍意义的东西。这就对治学术史者提出了较高的要求。不过，这种抽象与提高，还是直接从具体的书、人、事中提炼出来的。假如再进一步从种种学术的方法、思想、精神中再作概括与思考，探索学术形成、发展的社会机制，辨析不同学术门类、不同学术流派之间的相互联系与影响，总结出历史发展中带有规律性的东西，并对现实的学术研究提供某些借鉴的话，显然就进入了更高的一个层次。这六点内容、三个层次有实有虚，有易有难。前两点是基本的，一般都予以正面论述；后四点是向理论上升，有的著作能直接表述，但也有的隐含在史的述论之中，或只是稍加点评而已。

全面地编写以上三个层次的六点内容当然比较完整与理想，但事实上，以往的文学学史与其他学科的学术史著作一样，都是很少能写得面面俱到的。我们编写这套《中国分体文学学史》也不强行规定统一的书写模式，去自套上一个框框，而是根据不同文体的特点与编者的不同才性，让编者各自有所侧重、有所选择地去自由挥洒。我们这样做，可能也是为探求一种较好地处理“集体编写”的方法。一段时间以来，时见有人对“集体编写”说三道四，但实际上，自古至今，从中到西，从来就有集体编写的方式。这正像个人编写一样，有其利也有其弊。我们要编写一套《中国分体文学学史》这样规模较大的著作，要避免拼凑，要写出个性，写出真知灼见来，那分工合作，集体编写，无疑是一种较好的方式。问题是如何趋利远弊。这种编写方式的弊端之一，即用僵硬的框框去捆住各人的手脚，无视不同文体的特点，抹杀各位编者的个性。因此，我们的做法是，大家在大致认同学术史的基本要求的前提下，充分尊重各自的独立见解与学术个性，发挥各人的聪明才智，编写出不同文体的学术史来，于同中求不同，又于不同中见同。当然，这是我们工作的目标。应该说，十年来，我们也尽了力，但限于水平，肯定与我们的目标还有相当的距离。我们真诚地期待着各位专家与读者的批评与指正。

目　录

导论：传统诗学演化的内在动力 …………………………………… 1

第一编　言志诗学 …………………………………………… 19

第一章　诸子时代的《诗》论………………………………… 21

第一节　“诗言志”：诗论滥觞的主体性指向 ………… 22

第二节　孔子仁学中的《诗》论……………………………… 29

第三节　从“赋诗言志”到“以意逆志” ……………… 39

第四节　老、庄道论的诗学启悟 …………………………… 52

第二章　儒家诗学思想的隆兴……………………………… 68

第一节　早期乐论中的诗学思想 …………………………… 69

第二节　上古采诗制度的诗学意义 ………………………… 79

第三节　汉代《诗》论与儒家诗学的确立 ……………… 87

第四节　儒家诗学观向“屈骚”评价的渗透 ………… 101

第二编　缘情诗学 …………………………………………… 115

第一章　魏晋南北朝的文化与诗学 ……………………… 117

第一节　魏晋南北朝文化生活中的诗 ………………… 118

第二节　魏晋玄学与山水诗审美意识的觉醒………… 126

第二章　走向自觉和独立的诗论 ………………………… 135

第一节　从汉魏思想到陆机的“诗缘情” …………… 136

第二节　诗歌音律美的理论探索 ……………………… 146

第三节　诗歌批评中历史意识的萌发 ………………… 157

第三章　钟嵘《诗品》和魏晋南北朝诗学 ……………… 171

第一节　魏晋南北朝的诗论、诗集和诗选 …………… 171

第二节　钟嵘及其《诗品》 …… 179
第三节　钟嵘《诗品》的基本理论 …… 189
第四节　魏晋南北朝诗歌别集的编撰和评注 …… 198
第五节　魏晋南北朝诗歌总集的编撰 …… 224
第四章　初盛唐的士风与诗学 …… 246
第一节　初唐宫廷诗苑与律体的定型 …… 246
第二节　盛唐气象与建安风骨的重倡 …… 258
第五章　缘情诗歌经验的理论提升 …… 271
第一节　王昌龄的《诗格》 …… 272
第二节　殷璠的《河岳英灵集》 …… 278

第三编　尚意诗学 …… 285

第一章　多元走向的中晚唐诗学 …… 287
第一节　承前启后的杜甫诗论 …… 287
第二节　尚变主创的皎然诗论 …… 301
第三节　搜奇刻意的韩孟诗论 …… 310
第四节　中晚唐儒家诗论的重倡 …… 320
第五节　唐代意境论的发轫 …… 334
第二章　苏轼的诗学精神和创作理论 …… 343
第一节　“有为而作”的精神及其在北宋的消歇 …… 343
第二节　苏轼的诗歌创作论 …… 353
第三章　黄庭坚与江西诗派的诗歌理论 …… 363
第一节　黄庭坚对诗本旨的重新认识 …… 363
第二节　黄庭坚与宋代的学古创新论 …… 373
第三节　江西派诗学的“活法”与“悟入”论 …… 383
第四节　方回的江西定论及其理论新变 …… 396
第四章　宋代诗论的道学气象 …… 409
第一节　尚“韵”的审美意趣 …… 409
第二节　宋代诗歌评论中的道学气象 …… 419
第三节　宋学背景中的诗歌鉴赏论 …… 432

第五章　宋代的形式诗学 …………………………………… 442
第一节　“化古生新”论 …………………………………… 443
第二节　“破体求奇”论 …………………………………… 453
第三节　“刻意精工”论 …………………………………… 467

第四编　格调神韵诗学 …………………………………… 481

第一章　《沧浪诗话》与唐诗学的复兴 ………………………… 483
第一节　宋代的汉魏盛唐诗论 ………………………………… 483
第二节　严羽《沧浪诗话》之标举盛唐 ……………………… 490
第三节　元好问的诗论 ……………………………………… 500
第四节　元代的唐诗学及其理论问题 ……………………… 508
第二章　明清的格调诗学 …………………………………… 520
第一节　理学浸染与台阁诗风 ……………………………… 521
第二节　格调诗学的诗歌范本——高棅的两部唐诗选 …………………………………… 532
附录:《唐诗正声凡例》论诗文字非高棅所作 ……………… 541
第三节　李梦阳、何景明的复古诗学 ……………………… 547
第四节　李攀龙、王世贞与复古诗论的丕变 ………………… 558
第五节　格调诗学的理论总结 ……………………………… 566
第三章　神韵论 …………………………………………… 585
第一节　明代中后期神韵诗学的萌生 ……………………… 585
第二节　王夫之的“情景”与“现量”论 ………………… 601
第三节　王士禛与“神韵”说 ……………………………… 613
第四节　神韵诗学的反响 …………………………………… 631
第四章　诗歌辨体论 ………………………………………… 641
第一节　五言古诗论 ………………………………………… 642
第二节　七言古诗论 ………………………………………… 650
第三节　乐府诗论 …………………………………………… 661
第四节　律体论 ……………………………………………… 670
第五节　绝句论 ……………………………………………… 683
第六节　“起承转合”论与“分解”批评 ………………… 693

第五章 唐诗选本、别集的笺注与评论 …… 705
第一节 唐诗重要别集的刊刻与评注 …… 705
第二节 唐诗选本的编撰与评论 …… 732

第五编 诗学的近代化走向 …… 747

第一章 性灵诗学 …… 749
第一节 宋元心学与诗论 …… 749
第二节 王守仁心学与中晚明诗学 …… 762
第三节 泰州之学与公安派性灵诗学 …… 771
第四节 公安派之变和竟陵派诗论 …… 785
第五节 清代前中期的性灵诗学 …… 796
第六节 性灵诗学的近代走向 …… 814
第七节 性灵诗学影响下的清代闺秀诗论 …… 824
第二章 清代的尊宋诗学 …… 841
第一节 明末清初尊宋诗论的崛起 …… 842
第二节 浙派与清中叶的尊宋诗学 …… 862
第三节 桐城亦有诗派 …… 877
第四节 同光体与近代的尊宋诗学 …… 886
第五节 宋诗别集、选本的编纂与评注 …… 906
第三章 明清诗学中的经世思想 …… 925
第一节 明末清初的经世思想与诗学 …… 926
第二节 晚清的经世思想与诗学革新 …… 941
第四章 金元明清诗集的编撰与评注 …… 960
第一节 金元诗总集、别集的编纂与刊刻 …… 960
第二节 明诗总集十三种论要 …… 972
第三节 清诗选本与别集笺注 …… 985

主要参考书目 …… 996

后记 …… 1010

导 论
传统诗学演化的内在动力①

【内容提要】传统诗学演化的内在理路可以概括为四组对立观念的矛盾与转化：心物关系论是传统诗学的根基，最早而且影响深远的是“感物兴情”说，或偏于物色，或重视情致。自中晚唐和宋代出现了超越感物、重视心意独立性的“物我观”，在其影响下诗学表现出“尚意”倾向；而“心学”思想影响下的诗学，进一步将“人心”从“理”的桎梏中解脱出来，尊性灵，尚真趣，甚至提出诗歌应表达人类普遍性的情怀。传统诗学的诗人主体论在重性情和重学问之间徘徊，唐型诗和宋型诗的分野在诗学上转化为性情和学问的矛盾。学问是性情之助，还是性情之阻？每个时代的论者都面对这个问题作出自己的回答，二者之间的冲突和张力，构成了诗学发展的内驱力。传统诗歌功用论既主张治心娱情，也着意于经世致用，对内、对外并行不悖，在不同时代各有所偏重，导引诗歌在人的精神生活和传统士的文化结构中发挥重要的作用。复古与革新构成另一对矛盾，推动诗史的演进：在诗学史上，校正当下弊端的资源往往来自于复古；而纠正拟古不化之弊，在于“抵死生新”。两者相克相生，勾画出诗学史螺旋式演化的轨迹。

① 按，《导论》曾发表于《文学评论》2011 年第 1 期，此次略作修改。

传统诗学的现代研究，经黄节、杨鸿烈、田明凡、萧华荣、陈良运等，至陈伯海先生主编的七卷本《中国诗学史》，已经奠定了扎实的基础。在对诗学史发展脉络有了较为清晰的梳理后，我们需要从更高的层次上，再回头去对诗学史作宏观整体的把握。特别是摆脱了杨鸿烈所谓“援引欧美诗学家研究所得的一般诗学原理来解决中国诗里的许多困难问题”① 的“以西释中”模式后，我们立足于中国社会和文化发展的实际，对传统诗学或许有另一番洞见。

传统诗学的演化，既有外因，也有内力。作为外因的社会文化哲学思潮，往往通过影响诗学内部的矛盾关系的平衡而转化为内在动力，推动诗学的演变。从心物关系的角度看，是心为物役，还是超然物外？在不同的哲学背景下，诗学本体论对此有不同的认识，随之而形成不同的诗论范型。面对不同的创作弊端，不同的诗学主体论在学问和性情的两极之间，各有所偏。响应不同的时代需求，诗歌功用论或重“治心”或倡“经世”。诗歌史徘徊于“复变之道”，理论上“复古”和“革新”论则相互纠正，力革前弊。正是众多相互依存、相互对立和转化的观念与范畴构成了一部中国诗学史。这里从本体论、主体论、功用论、发展论寻绎传统诗论的主要矛盾因子，探讨其如何相互转化而推动诗学的演变。

一、诗学本体：心与物

不论中国还是西方，传统文学理论最根本的哲学论基础，是如何认识和处理主体和客体关系的问题。就中国诗学来说，其本体论表现为“心”“物”关系论。在不同的时代，不同的哲学背景下，对待“心”和“物”的关系存在不同的认识，诗学的基本观念也随之而演变。

最早且影响深远的“心物关系”论，是“物感”说。滥觞于《礼记·乐记》和《毛诗大序》，经过陆机《文赋》的阐发，至刘勰《文心

① 杨鸿烈《中国诗学大纲》，商务印书馆 1928 年版，第 1 页。

雕龙》和钟嵘《诗品》而成熟。古代“物感说”的“物”，既指自然景物、四季物候的变迁，也指社会人事、人生遭际。陆机《文赋》所谓“悲落叶于劲秋，喜柔条于芳春”；刘勰《文心雕龙·物色》所谓“岁有其物，物有其容；情以物迁，辞以情发”，都论及自然物候节序与人类情感之间的感应关系。钟嵘《诗品序》不仅注意到“四候之感诸诗者也”，而且着重于社会动荡、人生遭际等各种变故所产生的情感需要用诗歌来表现。六朝诗人开启自然审美的眼睛，敏锐地感悟自然之美。左思《招隐诗》曰：“何必丝与竹，山水有清音。何事待啸歌，灌木自悲吟。”摈弃俗世人为的音乐，聆听天地之籁；自然有情，和人心相感应。因此，其时诗歌理论上，“感物兴情”重在“物”、“物色”；诗歌创作上，重视自然物色的描写，期于“穷形尽相”，“极貌以写物”，“穷力而追新”，乃至产生“连篇累牍，不出月露之形；积案盈箱，唯是风云之状”（《隋书·李谔传》）的弊端。

物极必反。至初盛唐时，日益强盛的国势和新辟的仕途，激发士人的热情，创作上情思激越；理论上，“感物兴情”论也发生了微妙的变化。元兢《古今诗人秀句序》里记载：他曾经与诸学士览阅谢朓诗，论其秀句，诸人都以为“行树澄远阴，云霞成异色”最好。元兢认为此句不若“落日飞鸟还，忧来不可极”之妙。因为“行树澄远阴，云霞成异色”的写景，中人以下，偶可得之；而“落日飞鸟还，忧来不可极”，谓“扪心罕属，而举目增思，结意惟人，而缘情寄鸟。落日低照，即随望断，暮禽还集，则忧共飞来”，正体现谢朓情思之深邃。于是诸君咸服。元兢因此提出他的审美标准是：“以情绪为先，直置为本；以物色留后，绮错为末。”“情绪”和“物色”谁先谁后，正表征着同是建立在“感物兴情”的基础上，盛唐和六朝诗歌创作和理论的差异。六朝重“物色”，而盛唐重“情绪”，重“兴寄”、“逸兴”。而“安史之乱”和随后的社会矛盾将梦游高蹈的诗人拉回“岂闻一绢直万钱，有田种谷今流血”（杜甫《忆昔》）的现实。中唐以降，国势委颓，诗人的精神状态也日趋逼仄内敛，甚至遁世而逃禅。

中唐诗人多受佛学影响。佛学“心性”论，颠覆了传统诗学“感物兴情”说的心物结构关系，诗学“本体”论出现了新的变革。其实早在南朝刘宋时，谢灵运就咏过“虑澹物自轻，意惬理无违”（《石壁精舍还湖中作》)；“矜名道不足，适己物可忽”(《游赤石进帆海》)。外物的轻重取决于思虑的浓淡，若能无往而不适，则外物的诱惑可以轻松搁置。但是佛理尚不能化开谢灵运诗歌浓郁的情思和繁复的物色。佛教唯识宗在心物关系上认为宇宙外物是“空”，“万法唯识”，“万境唯心”，更强调人的“意识”具有呈现世界万有现象的精神功能。在这种新哲学观的启悟下，中唐皎然、刘长卿、刘禹锡都表达过超越物感、描写“心象”、“心境”的诗学主张。皎然在《唐苏州开元寺律和尚坟铭》中说：“境非心外，心非境中。两不相存，两不相废。”他对于诗歌“本体”论给出新的理解，说：“诗情缘境发，法性寄筌空。”(《秋日遥和卢使君游何山寺宿扬上人房论涅般义》)此“境”非客观之物色，而是识力超卓的心之境。同时代的刘长卿说：“心镜万象生，文锋众人服。”(《赠别于群投笔赴西安》)，万象之生，来自于心的“照亮”(镜)，诗歌意象来自于心中之境。主体的真性心识，在外物的触发下得到了意象性的呈现。

宋人的“心物关系”论，与中晚唐一样超越了“物感说”，而在理学背景下，偏向于主体心志的自主性、独立性，侧重于表现超越性人格的精神境界和道学气象。苏轼论“心物关系”，把“心意”放在第一位，主体心意超越外物的束缚。其《超然台记》论“物”、“我”关系，说：

> 凡物皆有可观。苟有可观，皆有可乐，非必怪奇玮丽者也。铺糟啜漓，皆可以醉；果蔬草木，皆可以饱。推此类也，吾安往而不乐？夫所为求福而辞祸者，以福可喜而祸可悲也。人之所欲无穷，而物之可以足吾欲者有尽。美恶之辨战乎中，而去取之择交乎前，则可乐者常少，而可悲者常多，是谓求祸而辞福。夫求祸而辞福，岂人之情也哉？物有以盖之矣。彼游于物之内，而不游于物之外。物非有大小也，自其内而观之，未有不高且大者也。彼挟其高大以临我，则我常眩乱反覆，如隙中之观斗，又乌知胜负之所在？是以美恶横生，而忧乐出焉。可不大哀乎？①

① 孔凡礼点校《苏轼文集》，中华书局1986年版，第351页。

这段话深刻地阐明了在物、我之间发生冲突时主体超越外物的重要性，这是宋代最为基本的“物我观”。苏轼在《地狱变相偈》里说：“乃知法界性，一切唯心造。”这正是佛学万法唯心，心外无识的哲学观。对于外物，他提出“君子可以寓意于物，而不可以留意于物”（《宝绘堂记》）的观点。所谓留意于物，就是源物兴情，心意为外物所感动，为外物所左右；而寓意于物，则是主体自有其胸襟心意，它不因外物而改变，外物只是寄托、表现心意的手段。在这种哲学观念的主导下，苏轼乃至整个宋代的主流诗学都表现出“尚意”的倾向，表现为对诗人内在主体人格境界超越性的重视。苏轼标尚的是人生境界的豁达超然，而黄庭坚重视“深根固蒂”的“忠信孝友”，更具有理学气息。理学家程颐《入关语录》说：“寂然不动，万物森然已具在，感而遂通。感则只是自内感，不是外面将一物来感于此也。”① 所谓“内感”，是源自于“性与天通”的悟道，而非外物之感。

若仔细考究，宋代理学把诗人从外物的羁绊下解放出来，主张道德人格的提升，当然有重要的意义；但又落入了“理”的窠臼，“理”别是一“物”，制约人心，主体依然有窒碍，不自由。所以，又别生陆（九渊）、王（阳明）心学一派，提出“心即是理”，“心外无理”，人性本善，“吾心之良，吾所固有”，不必外求，只需存养静悟，剥落蒙蔽，便内外融彻。这种心学理论影响于诗学，则演化为肯定独立不倚的主体精神，摆脱精神束缚和形式桎梏，为中国古代诗学本体论的发展，开创了一个新的层次。王守仁《传习录》下记载一则有名的故事：

> 先生游南镇，一友指岩中花树问曰：“天下无心外之物。如此花树，在深山中自开自落，于我心亦何相关？”先生曰：“你未看此花时，此花与汝心同归于寂。你来看此花时，则此花颜色一时明白起来：便知此花不在你的心外。”②

这则故事可以有不同的哲学阐释，从诗学立场看，它生动地阐述了“心学”视野中的心物关系论。王守仁“心学”，不是否认外物的客观性存

---

① 程颢、程颐《二程遗书》，上海古籍出版社2000年版，第200页。
② 王守仁《王阳明全集》，上海古籍出版社1992年版，第108页。

在，而是强调：是主体照亮了外物，只有主体的观照才赋予外物以意义，外物只有进入主体的心灵世界才获得其存在的意义。王守仁从哲学论上提出“心外无物”说，推尊主体之心自由无碍的本体性，进一步扬弃了传统诗学的“物感”模式。在《书东斋风雨卷后》一文中，王守仁直接论述了外物相感的反复无定：

> 悲喜忧快之形于前，初亦何常之有哉？向之以为愁苦凄郁之乡，而今以为乐事者，有矣；向之歌舞欢愉之地，今过之而叹息咨嗟、泫然而泣下者，有矣。二者之相寻于无穷，亦何以异于不能崇朝之风雨，而顾执而留之于胸中，无乃非达者之心欤？①

心中无道，自然心无定性，忽悲忽喜，忽哀忽乐，喜怒哀乐完全受制于外物。东斋主人所写一时之感遇，“夫其隐几于蓬窗之下，听芹波之春响，而咏夜檐之寒声，自今言之，但觉其有幽闲自得之趣，殊不见其有所苦也”。这里的“自得之趣”，是王守仁所追求的达者境界，只有超越外物、臆见的阻障，而游心于道，才觉悟到“幽闲自得之趣”。明代后期，心学从王守仁到王艮，发生进一步的变化，借用徐渭的话来说，就是从“良知无不知”转变为“所知无不良”②，对穿衣吃饭等世俗欲望给予大胆的肯定。李贽在罗汝芳“赤子之心”的基础上提出“童心”说，为公安派性灵诗学确立了理论基础。性灵诗学虽然不忽视外物，但能超越外物的羁绊，而得自然之趣。袁宏道《叙陈正甫〈会心集〉》说：“夫趣得之自然者深，得之学问者浅。”趣来自于主体的真性灵与天地间一种慧黠之气的相感相应，不是“感物兴情”所谓“喜柔条于芳春，悲落叶于劲秋”的对应关系。至清代，袁枚《再答彭尺木进士书》说：“人欲当处，即是天理。”戴震《孟子字义疏证》卷上说：“理也者，情之不爽失也，未有情不得而理得者也。”都在和宋儒理学唱反调，努力把人性从理学的桎梏中解救出来，尊重人心的感性、世俗性和个体性。

值得注意的是，明清时期除了性灵派重视主体心意的感性、世俗性

---

① 同上，第916页。

② 徐渭《奉赠师季先生序》，《徐渭集》，中华书局1983年版，第515页。

和个体性之外，还开始出现了对于诗人心意之“同然”普遍性的认识。莫秉清《徐嘉讷诗草序》云：

> 诗者，思也，以我之思，可通于彼；以一二人之思，可通于千万人；且千百年以上之思，由今思之，而恍如我意中之所欲吐。①

金圣叹《答沈匡来元鼎》云：

> 作诗须说其心中之所诚然者，须说其心中之所同然者。说心中之所诚然，故能应笔滴泪；说心中之所同然，故能使读我诗者应声滴泪也。

所谓“诚然”，是指抒写真实的情感；所谓“同然”，则是指诗人一人的情感须与千万人相通，甚至与千百年以上之人相通，表达人类普遍性的情怀，书写基于共同人性的精神诉求。这是对晚明“性灵”诗学趋俗趋艳的缺点的矫正，是“性灵”诗学的境界提升。

诗学“心物关系”论发展至明清，已经为20世纪新文学的迸发积淀了思想基础。周作人《新文学的源流》，就把新文学的源头追溯至晚明。他在《诗的效用》里说：“我始终承认文学是个人的，但因‘他能叫出人人所要说而苦于说不出的话’，所以我又说即是人类的。”这种思想，往传统里追溯，与金圣叹“诗非异物，只是人人心头舌尖所万不获已、必欲说出之一句说话耳”（《与家伯长文昌》）云云是一脉相承的。

二、诗人主体：性情和学问

诗歌是诗人天性自露，触兴而就；还是必须研阅穷照，学问为助？这是在诗学史上被不断提出的问题。不同的诗学主张，对于诗人的主体机制也有不同的认识。这种诗人主体论的分野，在“宗唐”、“尊宋”，甚至“五四”以后的“新诗”、“旧诗”之争上都有体现。

---

① 莫秉清《傍秋庵文集》卷一，《明清史料汇刊》第8册《华亭莫葭士先生遗稿》，台湾文海出版社1973年影印。

学问和性情并非起始就是矛盾的。在陆机《文赋》和刘勰《文心雕龙》中，诗仅为文之一体，他们所论，均重视学问。如陆机说“颐情志于典坟”，刘勰论作家主体标举“才”、“气”、“学”、“习”。迨钟嵘《诗品》专论五言诗，凸现了学问和性情之间的紧张。钟嵘重视诗歌的抒情性，且抒情的方式应该是“直寻”、“自然”，因此反对当时诗歌学问化的倾向。在《诗品序》里，钟嵘辨析诗、文体制之别，说：“若乃经国文符，应资博古；撰德驳奏，宜穷往烈。至乎吟咏情性，亦何贵于用事?”诗歌与其他实用性文体有着本质性区别。然后他列举“古今胜语”、“多非补假，皆由直寻”。然近代诗歌堆积学问，滞塞性情，学问成了诗歌之累。在五言古诗的第一个繁盛期，在如何对待学问这个问题上，诗歌创作和理论是舛背的。创作上，堆砌典故，似乎重视学问；而理论上，尚“兴致”、“直寻”。

盛唐诗歌，出于逸兴胸臆，如孟浩然诗文“伫兴而就”（王士源《孟浩然诗集序》），但杜甫“读书破万卷，下笔如有神”（《奉赠韦左丞丈二十二韵》），以饱学自许，其诗歌开宋人“以才学为诗”之先声。严羽就是以学问和性情相对立的观念来区分“唐型诗”和“宋型诗”的，《沧浪诗话·诗评》云：“本朝人尚理，而病于意兴；唐人尚意兴，而理在其中。”对宋人“以才学为诗”颇致不满。在《沧浪诗话·诗辩》里严羽说：“孟襄阳学力下韩退之远甚，而其诗独出退之之上者，一味妙悟而已。”严羽认为，妙悟来自天机自动，学问则滞塞灵机；学力不是诗歌的辅助，而是障碍。几乎同时还有刘克庄，严格区分“风人之诗”与“文人之诗”，说：

> 余尝谓以情性礼义为本，以鸟兽草木为料，风人之诗也。以书为本，以事为料，文人之诗也。世有幽人羁士，饥饿而鸣，语出妙一世；亦有硕师鸿儒，宗主斯文，而于诗无分者：信此事之不可勉强欤?①

显然，这里所谓“风人之诗”和“文人之诗”是有高下之分的，“文人之诗”充斥学问，堆砌典故，在刘克庄看来实非诗歌的正途。

---

① 刘克庄《跋何谦诗》，《后村先生大全集》卷一百零六，《四部丛刊》影印旧钞本。

后代的唐宋之辨、诗文体制之辨，其实与这里的“性情”与“学问”之争有着内在的联系。一般来说，论者若严格区分诗歌和文章体制的差别，往往会崇“性情”而黜“学问”；论者若主张“以文为诗”，“诗、文体异而质同”，则会消泯“性情”与“学问”之间的冲突。又，“宗唐”论者，多是反对诗人卖弄“学问”的；而“尊宋”论者，则多强调诗人积学识理的重要。其中，在唐宋之间徘徊的王士禛似乎有意调停两者的矛盾，其《突星阁诗集序》云：

> 夫诗之道，有根柢焉，有兴会焉，二者率不可得兼。镜中之象，水中之月，相中之色，羚羊挂角，无迹可求，此兴会也。本之《风》《雅》以导其源，溯之楚《骚》、汉魏乐府诗以达其流，博之《九经》《三史》、诸子以穷其变，此根柢也。根柢原于学问，兴会发于性情。①

王士禛认为“兴会发于性情”和“根柢原（源）于学问”是两种不同的诗歌类型，“二者率不可得兼”，他没有在二者之间强分高下。大体来说，唐型诗属于“兴会发于性情”，宋型诗属于“根柢原于学问”，两者的确面目各异，而各有所长，难以轩此轾彼。

诗“言志”、“缘情”，因此“兴会发于性情”似乎是不证自明的定律，而“根柢原于学问”则需要论者据理力争。走出明代复古樊篱的清人，多努力证明学问识见之于诗歌的重要。翁方纲的“肌理说”可谓是将“根柢原于学问”发挥至极点，乃至博得袁枚“错把抄书当作诗”之诮(《仿元遗山论诗绝句》)。而袁枚批评翁方纲的理论武器是钟嵘的“自然英旨”说，学问和性情的矛盾可谓渊源有自。在性情和学问这一对矛盾中，袁枚无疑是偏向性情的。他变“性情”为“性灵”，更强调诗人的天趣灵妙。他说：“自《三百篇》至今日，凡诗之传者，都是性灵，不关堆垛。”(《随园诗话》卷五)

从摆脱理学桎梏的角度说，“性灵”说自其精神解放的意义，但其又是片面的。法式善《梧门诗话》引鲍文逵言云：“若易‘情’为

① 王士禛《突星阁诗集序》，袁世硕主编《王士禛全集》，齐鲁书社 2007 年版，第 1560 页。

'灵'，凡天事稍优者，类皆枵腹可办，由是街谈俚语无所不可，粪秽轻薄，流弊将不可胜言矣。"（卷二）这是击中要害的。人情本身也存在善与恶、美与丑的差异，并非人心中一切的情欲都可以通过诗歌来表现。诗歌该如何表现性灵呢？许乔林《学诗》提出："到得性灵归蕴藉，还从训典结根荄。"（《弇榆山房诗略》卷一）性灵的表现要蕴藉含蓄，归于雅正；性灵要以经典学问为根柢，似乎在调停二者的矛盾。

晚清宋诗派的出现，其中一个背景就是针对袁枚"性灵"说之弊的有意纠偏，因此对于诗歌的学问化多持正面肯定态度。陈衍就提出"学人之言与诗人之言合"（《近代诗钞述评叙》），"诗、文合一"（《石遗室诗话》卷二十六）等命题。而"性灵"说之标举兴会，经过龚自珍的倡扬，至周树人《摩罗诗力说》，与西方浪漫主义文学精神相结合而流贯至现代新诗学。"五四"以后的新诗，之所以说它"内容是诗的，形式是散文的"（废名《谈新诗》），一个原因是它沿承了"兴会发于性情"的古典诗歌正途。而同时的旧诗创作，基本上是宋诗派的余绪，标尚"学人之诗"，是"根柢原于学问"的"文人之诗"，而非"风人之诗"。所以新旧诗之争，除了体制格律外，还蕴涵着性情和学问的对立。

到底学问是性情之助，还是性情之阻？这可能是永远无法定论的问题。正如王士禛所谓"二者率不可得兼"，学问和性情，各得其偏，无法调和，但二者却可相纠偏、相补阙，诗学史的发展正是摇摆在二者之间。正是学问和性情之间的冲突和张力，构成了诗学发展的一个内驱力。

三、诗歌功能：治心和经世

治心和经世，是关乎诗歌的功能和意义。古代诗学功用论，可划分为对外、对内，或者说对诗人或读者个体、对社会群体两个方面。对作者和读者个体内心的作用，大致包括"娱心抒愤"和"治心养性"。对外在现实的作用，大致包括对上层统治者的美刺，对异族入侵和压迫的反抗，对社会民众的教化，和士人群体之间的联络感情互通声气的"群"这样几个方面。总体上来说，对个体内心的作用属于"治心"，对社会现实的作用属于“经世”。当然两者的划分不可绝对化。

先秦的诗乐理论，治心与经世并重。孔子说《诗》可以兴、观、群、怨。前二者“兴”和“观”，即感发意志，增长识见，是对读诗者个人内心的作用；而“群”和“怨”，即群居相切磋，怨刺上政，是对社会群体乃至政治制度发挥作用。《礼记·乐记》所谓“声音之道与政通矣”，是说文艺与社会政治之间的互动关系，其着眼点在于诗乐应发挥讽上化下、沟通君民、服务于社会治理的作用。《礼记·乐记·乐化》提出“致乐以治心”的思想，云：“礼乐不可斯须去身，致乐以治心，则易直子谅之心，油然生矣。”即圣人制礼作乐，以教化民众，发挥诗乐陶冶情操、修养品格的意义。这是传统儒家文艺思想中非常重要的一个方面。诗乐在传统士人人格品行的修养和提升方面发挥着重要的意义，这种意义是由审美愉悦的潜移默化而产生的，但又远远超越审美愉悦意义。

汉代《毛诗大序》的“美刺”说，侧重于诗歌对社会现实的政治意义。其时的诗经学，掘发诗歌背后的政治事件，意义阐释指向政治生活，甚至提出以诗为“谏书”的主张，着意在诗歌对于现实政治的意义；《毛诗大序》又提出“吟咏情性”论，使诗具有发抒、排解内心情感郁积的功能。魏晋以后的诗歌创作多以宣寄情志、自娱娱人为目的，主导性的趋向是“治心”。特别是此时还出现了一个新的价值论指向，即“山水娱情”论。一批存心用世而“有志不获骋”的士人，在庙堂之外发现了田园，发现了山水。孙绰在《兰亭集序》里明确地说：“振辔于朝市，则充屈之心生；闲步于林野，则辽落之志兴。”陶渊明《饮酒二十首自序》云：“余闲居寡欢，兼比夜已长，偶有名酒，无夕不饮。顾影独尽，忽焉复醉；既醉之后，辄题数句自娱。”朝市庙堂是压抑、扭曲人心的所在，而山林田野，则可以翻飞逸兴，自由骋怀。在诗人生活态度由庙堂转向山水田园的同时，诗歌的功能也在发生着内转，由“经世”转向“治心”。刘勰和钟嵘尽管诗学观有很大的不同，而对于诗歌功能的认识，则都是注重于“治心”。汉代《诗纬·含神雾》说：“诗者，持也。在于敦厚之教，自持其心；讽刺之道，可以扶持邦家者也。”“持心”和“讽刺”并举。刘勰《文心雕龙·明诗》则说：“诗者，持也，持人情性。”显然有意忽略了《诗纬·含神雾》的“讽刺之道”一面。钟嵘《诗品序》谓“凡斯种种，感荡心灵，非陈诗何以展其义；非长歌何以骋其情？故曰：‘《诗》可以群，可以怨。’使穷贱易安，幽居靡闷，莫尚于诗矣。”钟嵘对“怨”的理解，不是“怨刺上政”，而是排解释放怨情，恢复内心的平和。

“安史之乱”后，盛唐国势急转直下，宦官专权，藩镇割据，民生凋敝，乱象横生，人们不得不面对这些现实问题，强调务实尚用，思考济时救世的良方，于是，传统儒家诗学的“美刺”、“风化”论，又重新得到提倡，支持着一些关注现实、关心国计民生的诗人把笔触伸向社会的黑暗和不平。诗歌有补于世的“经世”论，逐渐恢复，得到许多诗人的响应，其中以白居易的讽谕诗理论为代表，在晚唐五代也绵延不绝，在宋初得到了新的激扬。因为随着宋朝政治稳定下来，新的社会矛盾也日益暴露出来，时代需要诗歌为它鸣不平。梅尧臣自觉发扬《诗经》《离骚》以来的美刺比兴传统，“诙嘲刺讥托于诗”（《宋史·梅尧臣传》）。苏轼继其后提出“有为而作”的命题，并且在创作实践中贯彻这一诗学精神。苏轼“有为而作”的创作精神和他诗歌的现实批判性，最终导致他的政治挫折。而“乌台诗案”则是对北宋兴起不久的“直言镗论”的士气的一次重创。对苏轼创作精神的反思，便成为此时和此后文人的共同话题。在苏轼为杭州通判时，文同《送行诗》就有“北客若来休问事，西湖虽好莫吟诗”之句，劝慰苏轼和光同尘，明哲保身。（叶梦得《石林诗话》卷中）苏轼的不幸，给当时的士气和诗风以沉重的打击。黄庭坚的诗学转向就是明显的一例。黄庭坚早年《戏呈孔毅父》云：“文章功用不经世，何异丝窠缀露珠。”肯定文章经世致用的意义。但是，“乌台诗案”和编修《神宗实录》事件的一系列打击，促使黄庭坚对北宋前期的讽谕诗学进行反思，重新思考诗学的义旨。其《书王知载朐山杂咏后》云：

> 诗者，人之情性也，非强谏争于庭，怨忿诟于道，怒邻骂坐之为也。其人忠信笃敬，抱道而居，与时乖逢，遇物悲喜；同床而不察，并世而不闻，情之所不能堪，因发于呻吟调笑之声，胸次释然，而闻者亦有所劝勉。比律吕而可歌，列干羽而可舞，是诗之美也。其发为讪谤侵陵，引颈以承戈，披襟而受矢，以快一朝之忿

者，人皆以为诗之祸，是失诗之旨，非诗之过也。①

这是他在政治上屡遭打击后而对过去曾受之影响的讽谕诗学的检省。所谓“强谏争于庭，怨忿诟于道，怒邻骂坐之为”，就是苏轼前期诗歌中所表现的讽刺时政的创作精神，黄庭坚《答洪驹父书》说苏轼文章“短处在好骂”，正是一个意思。黄庭坚认为诗歌的主题指向外在的现实政治，“是失诗之旨”，违背了诗歌的木旨，实际上是否定了儒家诗学传统中的讽谏兴刺的创作精神，是对中唐以来兴起的讽谕诗学的清算。

现实政治的高压，迫使黄庭坚放弃这种经世精神，重新提倡儒家诗学之向心内敛的情感宣泄功能。黄庭坚在上文中重新提起“诗者，人之情性也”的命题，诗人道德修养若能够忠信笃敬，其内心即使有不能堪之情，通过诗歌的抒写排解，也会胸次释然，归于淡泊平静，而不会讪谤侵陵，招致祸端。显然，在儒家诗学向外、向内两种不同的价值取向上，黄庭坚否定前者，肯定后者。黄庭坚的这个观点，对于北宋后期的诗歌发展具有一定的导向意义。

传统诗学经世论，在宋代以后并没有消失，而是随着政治矛盾的转化也发生演变。自宋代始，社会矛盾有了很大的变化，民族矛盾日益成为社会主要矛盾。南宋的诗文创作中已经强烈地表现出鼓吹民族志气，抨击投降主义，反抗外来侵略的时代精神。这种精神内容在儒家“华夷之辨”的正统思想中可以找到渊源，但超越了“讽谏”、“美刺”文学思想的范围，也可以看成是传统儒家文艺功用论的新发展。其理论代表是明清之际的陈子龙、钱谦益和黄宗羲。陈子龙论诗之本“盖忧时托志者之所作也”。② 钱谦益说：“夫文章者，天地之元气也。忠臣志士之文章，与日月争光，与天地俱磨灭。然其出也，往往在阳九百六、沦亡颠覆之时。宇宙偏沴之运，与人心愤盈之气，相与轧磨薄射，而忠臣志士之文章出焉。”③深受钱谦益影响的黄宗羲说：“夫文章，天地之元气也。

① 黄庭坚《豫章黄先生文集》卷二十六，《四部丛刊》影印本。

② 陈子龙《六子诗叙》，《陈子龙文集》，华东师范大学出版社 1988 年影印本。

③ 钱谦益《纯师集序》，《初学集》卷四十，《钱牧斋全集》（贰），上海古籍出版社 2003 年版，第 1085 页。

元气在平时，昆仑旁博，和声顺气，发自廊庙，而鬯浃于幽遐，无所见奇；逮夫厄运危时，天地闭塞，元气鼓荡而出，拥勇郁遏，坌愤激讦，而后至文生焉。”① 这些思想虽然与传统的“变风”、“变雅”说有一定的联系，但又非“变风”、“变雅”说所能限，而具有了时代的新内容，这新内容就是在论诗歌与时代关系时，从诗人一己之坎坷遭际扩大到整个时代国运阳九百六、穷极生变的危乱之世；此“厄运危时”，在明清之际表现为神州陆沉，异族入侵，天地闭塞，天地自然的道义理法被打破、被阻遏，必然激发有识之士挺立傲然的主体精神，与悖谬的时代相对抗，曲折执拗地彰显这种在道义上不可违拗的天地自然元气。实际上就是肯定一种抨击黑暗，抵御篡统，扭转乾坤，伸张正义的政治精神。这也是传统文学功用论的新内容。

到了晚清，民族矛盾的性质又有了新的变化，面对海外列强的入侵，文学思想上经世致用的精神再度高涨，出现了张际亮、黄遵宪等一大批注重文学“干预时政”、“兴革政教”的理论家。林昌彝的《射鹰楼诗话》“意专主‘射鹰’”，谐音“射英”，记述人民反抗侵略、保家卫国的壮丽诗篇，激发人民的爱国主义情感。近代中国，东南处于西方列强入侵的前沿阵地，遭受的蹂躏最为悲惨，苦难最为深重，经世致用的文学精神也最为高涨，除了林昌彝外，还有台湾诗人王松的《台阳诗话》、魏秀仁的《陔南山馆诗话》、洪弃生的《寄鹤斋诗话》等等。每当国难危急时，这种抗争的火焰就会再次燃起，成为民族文化不屈的脊梁。至1909年南社成立时，更是以诗歌作为宣传民主思想，进行政治革命的武器。高旭《愿无尽庐诗话》，号召诗文“鼓吹人权，排斥专制，唤起人民独立思想，增进人民种族观念”；要求文学发挥关切时政、抨击弊政、唤醒民众的作用，服务于时代的主旋律和大问题，将文学的经世精神提到新的高度。

四、诗史演进：复古和革新

过去很长一段时间里，学界曾接受“生物进化论”，将之简单化地

① 黄宗羲《谢皋羽年谱游录注序》，《黄宗羲全集》第10册，浙江古籍出版社1994年版，第34页。

转变为“社会进化论”运用于历史研究，中国诗史研究亦未能幸免。陆侃如等的《中国诗史》（大江书铺1931年），置“词盛行以后的诗”于“劣作之列”，视宋明时代为“诗的束缚史”，一概删却。刘圣旦的《诗学发凡》（天马书店1935年）第二篇《诗的演化》，从远古歌谣叙至唐代，绝口不提宋代及以后的诗歌。同样，“半部诗史”现象也出现在其他文学史著述中。近来学界已经认识到这种历史观的狭隘，捡起了被漠视多年的宋、元、明、清诗，但如何在理论上认识诗史的演进，依然是个问题。

其实，中国古代有其独立的史学观念，传统诗论对诗史演进的轨迹和规律也有独特的认识，或主张复古，或提倡创新，二者互相纠正补救，诗史呈螺旋式演进。复古和革新论的相互消长，除了外在的现实政治原因外，也有其内在的动力。其一是“穷极而变”。《周易·系辞下》所谓“穷则变，变则通，通则久”，是古人的基本历史观，传统的诗史观也奠基于此。每当一种偏向走入绝境时，必然出现相反方向的运动，向另一偏向回归。《老子》第四十章所谓“反者道之动”，揭示了社会文化运动的这种规律。救“讹滥翻新”之弊，必然是宗经复古；纠“唐临晋帖”之失，自然是不拘格套。刘勰的“宗经”思想、陈子昂的“兴寄”说、严羽的标举盛唐，都是以复古为革新，救当时诗文之穷。范仲淹《上时相议制举书》提出“质文相救”的观点，说：

> 唯圣人质文相救，变而无穷。前代之季，不能自救，则有来者，起而救之。是故文章以薄，则为君子之忧；风俗其坏，则为来者之资。①

后代的“格调”、“性灵”的变奏，也是“穷极而变”之“救”。袁中道《答须水部日华》论“格调派”与“公安派”之间的递转关系，说：

> 不肖谬谓本朝修词，历下诸公力救后来凡近之习，故于诗字字取则盛唐。然愈严愈隘，迫胁情境，使不得畅。穷而必变，亦其势然。先兄中郎矫之，多抒其意中之所欲言，而刊去套语，间入

① 范能浚编集、薛正兴校点《范仲淹全集》，凤凰出版社2004年版，第209页。

俚易。①

“间入俚易”，又必然被校正而生出清代王士禛的“神韵”说、沈德潜的“格调”说。诗歌史的事实往往就是旧弊去而新弊生，而历史就是在“穷极而变”的往复运动中前进。王国维《人间词话》所谓“四言敝而有《楚辞》，《楚辞》敝而有五言，五言敝而有七言，古诗敝而有律绝”云云，正是对诗史“穷极而变”的概括。

其二是因“盛极难继”而“抵死生新”。前代之弊，是来者之资；但若面对前代之盛，后代须独辟蹊径，另立新机。面对盛唐诗歌之盛，韩愈、孟郊一派以奇绝险怪胜，故而能别开新境。沈德潜《唐诗别裁集》称韩愈为“大家”，说：

> 昌黎从李、杜崛起之后，能不相沿习，别开境界；虽纵横变化不逮李、杜，而规模堂庑，弥见阔大，洵推豪杰之士。（卷七）

黎简批《昌黎先生诗集注》说：“李唐以来，作诗而不出力求新，断难讨好。三家村学究动称渊明、王、孟、韦、柳，以恬淡为正宗，此亦何尝不是。然恬淡难到，涵养难醇，元非粗浅人所易籍口也。大抵近千年以后，作诗不自抵死生新，决难名家。”②“宋人生唐后，开辟真难为。”（蒋士铨《辨诗》）面对矗立眼前的这座唐诗高峰，宋人在学习的同时，也寻求超越的途径。黄庭坚的“破弃声律”、“无一字无来处”等等，无不是“抵死生新”的奇招。

就创新精神来说，杜甫对诗境的开拓，在诗史上意义尤为显著。李东阳《怀麓堂诗话》说：“汉魏以前，诗格简古，世间一切细事长语，皆著不得。其势必久而渐穷。赖杜诗一出，乃稍为开扩，庶几可尽天下之情事。”杜甫极大地增强了诗歌的表现力，正如王世懋《艺圃撷余》所说：“杜子美出，而百家稗官都作雅音，马浡牛溲咸成郁致，于是诗之变极矣。”虽然王世懋之论不无贬义，但他揭示出杜甫将诗境拓展至俗世生活，日常生活皆可入诗。诗歌发展至清代，其表现广度和深度又大为开阔。方苞《蒋詹事牡丹诗序》说：

---

① 钱伯城点校、袁中道《珂雪斋集》，上海古籍出版社 1989 年版，第 1047 页。

② 黎简手批康熙三十八年顾氏秀野草堂刻本《昌黎先生诗集注》，复旦大学图书馆藏。

余性好诵古人之诗，而未尝自为之。盖自汉、魏到今，诗之变穷，其美尽矣；其体制大备，而不能创也；其径涂各出，而不能辟也。自赋景、历情以及人事之丛细、物态之妍媸，凡吾所矜为心得者，前之作者已先具焉。故骛奇凿险，不则于古，则吊诡而不雅；循声按律，与古皆似，则习见而不鲜。以此知诗之难为也。①

方苞所论，也就是所谓“一切好诗都被古人做尽”的意思。现代新诗正是在这种古诗“盛极难继”的形势下进一步解放诗体、拓展诗境，是杜甫之后的又一次解放。

面对前代之“弊”或之“盛”，诗论家或主复古，或崇创新。复古和革新，是相互消长的力量，推动诗论的演进。复古论至现代的章太炎，依然有其声音。章太炎《国故论衡·辨诗》就视诗史为一代不如一代，而主张溯源于汉魏盛唐之上。而革新论，自晚明至清代，渐趋主流，成为诗论的基本精神。叶燮所论尤为精粹，《原诗》内篇上说：

大凡物之踵事增华，以渐而进，以至于极。故人之智慧心思，在古人始用之，又渐出之，而未穷未尽者，得后人精求之而益用之出之。乾坤一日不息，则人之智慧心思，必无尽与穷之日。②

叶燮认为踵事增华、精益求精是人类文化的一种本然的生命动力，只要不离经叛道，创造力可以破除一切程式和格套的束缚而争新竞异。清人的这种革新精神在“五四”新文化运动时期，得到新的飞跃，从而出现了胡适等人对于新诗的尝试。现代新文学萌动时期的创造意识，其实也是明清时期复古和革新这对矛盾因子力量转化的结果。

① 方苞《方望溪先生全集集外文》卷四，《四部丛刊》影印本。

② 霍松林校注、叶燮《原诗》，人民文学出版社 1979 年版，第 6 页。

第一编　言志诗学

"诗言志"，是《尚书·尧典》提出的诗学命题，因其产生之早，影响之大，而被誉为中国诗论"开山的纲领"①；自汉代以降，随着《诗》《书》上升为"经"，"诗言志"被"经典化"，尊为不刊之鸿教，成为儒家诗学的核心思想，尽管学界关于"言志"和"缘情"的关系还有各种争论，然而在历代的诗学语境中，"言志"无疑更具有正统性的内涵。"言志"兼具"发乎情"和"止乎礼义"的意味，至少在后世如纪昀、沈德潜等论者看来，"诗缘情而绮靡"易引人入歧途，而"诗言志"切合"诗之本旨"，更为中正无颇。就先秦两汉时期来看，"诗言志"命题至少有这样几方面的独特性：一、其所指涉对象"诗"，是特指的。先秦时期的"诗"，主要是指《诗三百》；后人解释"诗言志"，有的主要是针对《诗经》而发；有的则将这个特指判断推衍为全指判断，视为诗歌的普遍性本质。二、先秦时期的"诗言志"命题，是在贵族政教语境中产生的，是圣人的雅训，其中的"诗"作为"乐"之"乐辞"部分，是"教胄子"的科目。三、它是站在业已产生的诗歌文本的立场来阐释的，用现在的话来说，是从接受的角度来论诗的，而不是采取发生论的角度。"诗言志"命题因其经典性力量，而能在魏晋"缘情"诗学产生以后，乃至在后来整个诗学史上发挥着矫正诗歌歧途、端正诗歌方向的意义。当然，后代论者采取经典阐释策略，对"志"的内涵和外延作出各自的解释。"诗言志"本身并不是僵化的、一成不变的命题。

① 朱自清《诗言志辨序》，《诗言志辨》，华东师范大学出版社1996年版，第4页。

第一章
诸子时代的《诗》论

【内容提要】“诗言志”是中国诗论的开山纲领。《今文尚书·尧典》是在“典乐，教胄子”的语境里提出这个命题的，将“诗”视为“乐教”的一个内在要素，指出其“言志”的本质。先秦诸子反复重申这一命题，均是从接受者而非创作者的立场来论诗的，其中的“诗”多特指《诗三百》。孔子重视《诗三百》在“仁”的人格养成中的意义；关于如何正确解读诗意，孟子提出“以意逆志”和“知人论世”的重要原则；老子、庄子虽没有对诗发表多少直接的评论，但他们论道、论言，给予后世诗学深远的启发。诸子时代的《诗论》，是后世诗学的源头，它决定了中国诗学的性质和发展方向。

先秦是诸子时代，先秦诸子从各自的思想立场出发，对于天道、人性、礼法、王霸等发表了独特的见解，是中华民族精神思想一次激越的绽放，也成为后代思想发展的不竭源泉，沾溉着后世文化。先秦时期没有独立的诗论，诸子所论之诗，往往特指《诗三百》。但后世则将这些关于《诗三百》特指性的评论，上升为普泛性的诗歌理论原则。先秦诸子关于仁与礼、道与言等的思想表述，给后世诗学以丰富的理论启发，也值得去探究。

第一节 “诗言志”：诗论滥觞的主体性指向

理论形态的诗学的孕育，一方面依赖于文化环境的滋养，另一方面又是直接关涉着具体的感性对象——诗歌本身。中国古代的文化，从最宽泛的意义上说，不属于纯粹的哲学思辨类型，也不是虔诚忘我的宗教膜拜类型，而是属于关怀人生，体验生命，提升灵魂的生存体悟类型。中国远古的诗歌，从传说中尧时的《击壤歌》“吾日出而作，日入而息，凿井而饮，耕田而食：帝力于我何有哉”起，就表现出咏叹人生、讴歌生命情怀的审美倾向。因此，在这样的文化环境中孕育出来的、从这样的感性对象中提炼出来的古代诗学，必然更多地去思考“人”，探讨人的现实生存，人的生命追求，人的价值实现，紧切关涉在宇宙中生存、咏唱着的“人”这个主体。古代诗学的这种主体性指向，在最早的诗学命题“诗言志”中就已昭然揭示了。《今文尚书·尧典》曰：

> 帝曰：“夔！命汝典乐，教胄子。直而温，宽而栗，刚而无虐，简而无傲。诗言志，歌永言，声依永，律和声。八音克谐，无相夺伦，神人以和。”夔曰：“于！予击石拊石，百兽率舞。”

关于《尚书·尧典》的写作年代，今人有春秋战国、秦汉时期等不同的看法，但是《尧典》的记述并非凭空臆造，而是有一定的历史依据。因此，《尧典》提出“诗言志”的命题，是最早对诗歌特征的理论概括，是中国诗论的源头。虞舜指示乐师夔掌管音乐，教育子弟，培养他们正直而温和、宽宏而庄严、刚毅而不苛刻、简易而不傲慢的品格。教育的内容，则是诗、乐、舞紧密联系在一起的“乐德”、“乐语”、“乐舞”。其中“诗”，也即“乐辞”、“乐语”，其内容特征是“言志”，即表达人的内心怀抱、思想情感。①

《尧典》这一段记载，可以与《国语》相参。《国语·楚语》记载楚庄王因为士亹之善，故而请他当太子箴的师傅。士亹推辞说："夫善在太子，太子欲善，善人将至；若不欲善，善则不用。"但推辞不了，于是请教于申叔时。申叔时提出的方法是教之以《春秋》《世》《诗》《礼》《乐》《令》《语》《故志》《训典》等。其中曰："教之《诗》，而为之导广显德，以耀明其志；……教之《乐》，以疏其秽而镇其浮……"导广显德，就是通过《诗》中赞美成汤、文、武、周、召、僖公等德化伟绩的诗篇来感发太子的善心，使太子之"志"显耀明朗。《楚语》正是从教胄子的角度来说《诗》的，重点不在诗"言志"，而在"耀明其志"，在读诗者之志。但是与《尧典》记载并非没有内在的联系：《尧典》着重在作为教育胄子的教材《诗》的性质，《楚语》着重在这部教材的教育效果。

在先秦士人的文化观念中，"言志"是"诗"的最基本特征。特别是在对《诗三百》的认识中，"诗言志"确立了稳固的根基。《左传·襄公二十七年》载赵文子对叔向说："《诗》以言志。"《庄子·天下》曰："《诗》以道志，《书》以道事，《礼》以道行，《乐》以道和，《易》以道阴阳，《春秋》以道名分。"《荀子·儒效》云："《诗》言是其志也，《书》言是其事也，《礼》言是其行也，《乐》言是其和也，《春秋》言是其微也。"庄子和荀子所言的"诗"，并不是泛指一切诗歌，而是特指《诗三百》，他们都是把《诗》与《书》《礼》《乐》《春秋》并举，认识到在人的文化生活中，《诗》关涉的是人自身的内心世界，与《书》之言"事"、《礼》之言"行"等各司其职，各有特征。

的确，"诗言志"的命题在《诗三百》中可以得到明确的印证。《诗三百》就是许多诗人的"言志"之作：

《魏风·葛屦》曰："维是褊心，是以为刺！"穿着草鞋，履霜受冻

---

①志，从心从止，止兼声，意为"止乎心上"。闻一多在《歌与诗》中训"志"为记忆、记录、怀抱。从先秦文献用例看，人内心的一切思想、情感、意念，都可为"志"。汉代《春秋纬·说题辞》云："在事为诗，未发为谋。恬淡为心，思虑为志，故诗之为言志也。"以"思虑"训"志"，就指人的一切思想怀抱。成伯玙《毛诗指说·解说》引梁简文帝萧纲云："诗者，思也，辞也，发虑在心，谓之思，言见其怀抱者也，在辞为诗，在乐为歌，其本一也。"用"思"和"怀抱"来释"志"，是合乎本义的。

去缝衣的女子，作此诗讽刺穿着厚衣、体态安详的贵妇人。

《魏风·园有桃》曰：“心之忧矣，我歌且谣。”一位大夫议论当世，而遭遇挫折，忧谗畏讥，心灰意懒，在那里反复吟唱。①

《小雅·四牡》曰：“岂不怀归，是用作歌，将母来念。”使臣劳于王事，没有宁息，不能奉养父母，因此心中悲伤，作此诗歌来咏叹自己的劳苦和对双亲的思念。

《小雅·节南山》曰：“家父作诵，以究王讻。式讹尔心，以畜万邦。”幽王任用师尹，为政不平。大夫家父作此诗，以究王之凶德，希望他能改变心志，畜养万邦。

《小雅·白华》曰：“啸歌伤怀，念彼硕人。”幽王本是娶申女为后，后来又娶褒姒而黜申后，于是申后作此诗歌唱她失去了的爱情。

《小雅·四月》：“君子作歌，维以告哀。”

《大雅·崧高》曰：“吉甫作诵，其诗孔硕，其风肆好，以赠申伯。”宣王之舅申伯出封于谢地，在饯行的场景中，尹吉甫叙述其事，颂美申伯功德，以诗送行。

《大雅·烝民》曰：“吉甫作诵，穆如清风。仲山甫永怀，以慰其心。”宣王命仲山甫往齐筑城，尹吉甫作诗颂赞仲山甫之美德，以慰其心，盼望他早日归来。

这些诗句，都是在诗篇之末，以明作诗之意。从中可以看出，诗人表达的思想情感是非常广泛的：讽谏不良的政治，赞颂德化之美，是“志”；倾诉内心的悲伤，赠送友朋以慰深情，也是“志”。只要是内心涌动的意志、情感，无不可以写进诗歌里面。联系《诗三百》里诗人所直接诉说的作诗意旨来看“诗言志”，“志”就是人的内心世界，内容很宽泛。《国语·鲁语下》记师亥云：“诗所以合意，歌所以咏诗也。”“合意”，也就是“言志”。《左传·昭公二十五年》记载太叔与简子的对话，太叔曰：“吉也闻诸先大夫子产曰：‘民有好、恶、喜、怒、哀、乐，生于六气。是故审则宜类，以制六志。’”孔颖达《正义》解释说：“此六志，《礼记》谓之‘六情’。在己为情，情动为志，情、

① 依陈子展解，见陈子展《诗经直解》，复旦大学出版社1983年版，第325页。

志一也，所从言之异耳。”① 这也说明，“诗言志”的“志”包括情感在内。

当然，从先秦时期的人性论观念来看，群体涵容于个体之中，“成己”即是要求“成物”、“成人”，“己”和“群”之间密不可分，个体的人生追求，是以社会普遍规范的“礼”或宇宙自然本原的“道”为目标，而不是背离群体性观念去发挥情志，张扬个性。因此，“诗言志”的志，多偏重于群体性的、伦理意义上的社会性情感；而对于出自个体内在私心的个人性情感，还缺少理论上的自觉和认可。即使是男女恋情，如果是合乎社会义礼法则的，也属于“言志”的范围。而超越礼义的私情、私欲，则给予忽视和排斥。这可以从先秦士人对《诗》中某些篇章的态度上看出来。《诗·邶风·静女》是一篇表现男女私情的诗歌。诗分三章，曰：

> 静女其姝，俟我于城隅。爱而不见，搔首踟蹰。
> 静女其娈，贻我彤管。彤管有炜，说怿女美。
> 自牧归荑，洵美且异。匪女之为美，美人之贻！

《左传·定公九年》论及这首诗时说：“《静女》之三章，取‘彤管’焉。”为什么全诗三章，仅取第二章呢？杜预注说《左传》作者以为：“静女三章之诗，虽说美女，而义在彤管。彤管，赤管笔，女史记事规诲之所执。”读《诗》者，漠视《静女》中“说美女”，表现的私情，而取其表现社会政治伦理的部分。同样，孔子提出“郑声淫”、“放郑声”（《论语·卫灵公》），也是旨在摈斥不符合伦理性社会情感的私情。而《关雎》虽写男女爱情，但是“琴瑟友之”，“钟鼓乐之”，礼乐齐备，所以孔子说：“《关雎》乐而不淫，哀而不伤。”（《论语·八佾》）在后人看来，《诗三百》不乏抒写私情、怨情的诗篇，但是在春秋时期，这些诗篇经过乐师的加工、配乐，献诸朝廷，其本意如同其作者一样被抹去了，而被赋予政治性、伦理性的内涵。《左传·僖公二十七

---

① 孔颖达《春秋左传正义》卷五十一，《十三经注疏》，中华书局1980年影印。按，似乎从宋代开始有人将“情”和“志”对立起来，“情性之正”才是“志”。张炎《词源》说：“词欲雅而正之。志之所之，一为情所役，则失其雅正之音。”然而“为情所役”，一本作“为物所役”。

年》记载，晋国发兵救宋，谋元帅，赵衰推荐郤縠，说："臣亟闻其言矣，说（同'悦'）《礼》《乐》而敦《诗》《书》。《诗》《书》，义之府也；《礼》《乐》，德之则也；德、义，利之本也。"视《诗》《书》为道义之府库，显然与上文《国语·楚语》里申叔时说"教之《诗》，而为之导广显德，以耀明其志"一样，都是视之为培养道德人格的范本，而不顾及具体诗篇的私人性情思。

直到战国后期的伟大诗人屈原，在《离骚》等诗篇中抒发的哀怨愤激之情，依然是把个人身世与国家政治紧密相连的社会性情感。屈原在《九章·惜诵》里说："惜诵以致愍兮，发愤以抒情。"又在《悲回风》里说："介眇志之所惑兮，窃赋诗之所明。"这里的"抒情"、"明志"和"诗言志"的意义是相通的。但是，联系上引《诗三百》的一些诗句来看"诗言志"，着意在诗人抒发社会性情感要能够发生影响作用，对现实社会政治情况和他人进行赞美和讽刺，所以《毛诗序》就发挥成为"美刺"说；而屈原的"发愤以抒情"则是从诗人创作主体内在情感冲动的角度切入问题。就"诗言志"这个命题的原初意义来说，"诗人"是被遮蔽了的，而屈原是第一个明确地以"诗人"的身份表达了诗歌抒写情志的本质，表现出诗学观念的发展。到了屈原弟子宋玉的赋作里，私情的分量增加了。宋玉《神女赋》慨叹："情独私怀，谁者可语！"又在《登徒子好色赋》里写道：

> 臣少曾远游，……从容郑、卫、溱、洧之间，是时向春之末，迎夏之阳。鸧鹒喈喈，群女出桑。此郊之姝，华色含光。体美容冶，不待饰妆。臣观其丽者，因称诗曰："遵大路兮，揽子祛。"赠以芳华，辞甚妙。于是处子恍若有望而不来，忽若有来而不见，意密体疏，俯仰异观，含喜微笑，窃视流眄。

宋玉用无限神往的深情描写了当年从容于郑卫之风中的场景，而且还参与到人群的嬉戏中，引《诗·郑风·遵大路》以赞之，这已远远背离了孔子"放郑声"的原则，比起孟子提出的"今之乐犹古之乐"（《孟子·梁惠王下》），亦有过之而无不及。

总体上来说，对于"诗言志"这个命题，我们应该有这样几方面的认识：一、"诗言志"是在春秋贵族礼乐教化的背景中提出来的命题，并要求“诗”能服务于礼乐教化和人格培养。二、言志的“诗”，不是后世一般文士创作的诗，而是指或经过采诗官层层筛选，或由乐官制作，配合音乐，应用于朝廷宗庙祭祀、盟会飨宴、诸侯应对的《诗》，它承载着文治德化、道义仁理的政治伦理内涵。三、“诗言志”命题中的“诗人”是被湮没的，它并不关注“诗人”的动机。它所关涉的“诗人”主体，往往是赋诗之人，而不是作诗之人，它更重视接受主体的熏陶效果。从后面关于“赋诗言志”的相关部分，我们可以看出，“赋诗言志”很强调赋诗者的才德心志与所赋之诗句的意旨的一致性，这一点引申出后来关于“德”与“言”、人品与文品一致性的思想，也即是说，重在赋诗者（后世引申为作诗者）的德行之善良贞正。

虽然在先秦士人的观念中，情、志不分，但是自汉代以后，一些文人从儒家正统思想出发去理解“诗言志”，把“情”从“志”中排除出去，即使承认“情”，也加以引导和限制。《毛诗序》在承认诗歌“发乎情”的同时，又加以限定:“止乎礼义。”董仲舒在《春秋繁露·深察名号》里用阴阳观念解释情与性，以情为阴，以性为阳，强调性对情的遏制。宋代理学家如邵雍、包恢等论诗，也立足于“言志”，对“情”的一面有所顾忌，有意回避①。深受儒家思想影响的张戒甚至拿“言志”说来排斥潘岳、陆机以后“专意咏物”之诗。他说：“言志乃诗人之本意，咏物特诗人之余事。”“诗者，志之所之也。情动于中而形于言，岂专意于咏物哉!”（《岁寒堂诗话》卷上）到了清代，正统的诗论家，尽管无法否定诗歌表现情的事实，但是在解释“诗言志”时，还是加以一定的限定。如纪昀在《郭茗山诗集序》里说：“钟嵘以后，诗话冗杂如牛毛，而要其本旨，不出圣人之一语，《书》称‘诗言志’是也。盖志者，性情之所之，亦即人品学问之所见。”② 在以“性情”解释“志”的同时，又加上“人品学问”予以限定。

而历代更多的诗论家，既不是从儒家“教化”出发强调“诗言志”要合乎礼义；也不再像先秦士人那样对个体情感的不自觉，而是把“言志”和“言情”结合起来，从个体内在情感涌动的意义上来解释“诗

---

① 如，邵雍《击壤集自序》虽然也承袭“在心为志，发言为诗，情动于中而形于言”的话头，但着意处在近世诗人“大率溺于情好也。噫！情之溺人也，甚于水”。

②《纪文达公遗集》卷九，《续修四库全书》影印嘉庆十七年刻本。

言志”。如唐代孔颖达《毛诗正义·诗大序》说：

诗者，人志意之所之适也。虽有所适，犹未发口，蕴藏在心，谓之为志。发见于言，乃名为诗。言作诗者，所以舒心志愤懑，而卒成于歌咏。故《虞书》谓之“诗言志”也。(卷一)

这实际上就是以“情”释“志”。陆游在《曾裘父诗集序》里说：

古之说诗曰言志。夫得志而形于言，如皋陶、周公、召公、吉甫，固所谓志也。若遭变遇谗，流离困悴，自道其不得志，是亦志也。①

陆游强调的重点是个人遭遇逆厄而产生的情志。袁枚则认为个人瞬间的感兴体悟也是“志”。他在《再答李少鹤书》里说：

诗人有终身之志，有一日之志，有诗外之志，有事外之志，有偶然兴到、流离光景、即事成诗之志，“志”字不可看杀。②

“诗言志”，是“千古诗教之源”③。汉代许慎《说文解字·言部》就直接以“志”训“诗”，说：“诗，志也。从‘言’，‘寺’声。”郑玄《诗谱序》说：“诗之道放于此也。”“诗言志”，出自圣人之口，是儒家的经典文本，因此，它像一根红线，贯穿于古代诗学中，深刻影响了古代诗学的内在特征和发展方向。在宇宙的道、外界的事、内在的志三者中，“诗言志”指向主体内在的情志，它指引着古代的诗歌创作不断地向人类心灵深处开掘；它启迪着后代诗学，继续探索人类丰富复杂的内心世界，探索诗歌与人类内心世界的复杂关系。我们可以说，自源头始，中国诗学的“言志”和古希腊的“摹仿”说，就是向着不同的方向各自前进的。

① 陆游《曾裘父诗集序》，《渭南文集》卷十五，《陆放翁全集》世界书局 1936 年版，中国书店 1986 年影印。

② 袁枚《小仓山房尺牍》卷十，《袁枚全集》第 5 册，江苏古籍出版社 1993 年版。

③ 刘毓崧《杜观察古谣谚序》云：“千古诗教之源，未有先于言志者矣。”见舒芜等编《近代文论选》，人民文学出版社 1959 年版，第 143 页。

第二节 孔子仁学中的《诗》论

孔子（前551—前479），名丘，字仲尼。鲁国陬邑（今山东曲阜东南）人。祖先是宋国贵族，但到了孔子时，地位已大为下降，先后做过委吏（司会计）、乘田（管畜牧）等小官。后曾周游宋、卫、陈、蔡、齐、楚等国，终不见用。晚年回到鲁国，致力于教育和文化整理工作。相传他先后有弟子三千人，其中“贤者”七十余人；他整理编订了《诗》《书》《礼》《乐》《春秋》等典籍。孔子的弟子和再传弟子记录关于孔子的言行，编成《论语》。孔子的思想集中体现在《论语》中。

孔子生于春秋战国社会急剧动荡的时期，旧的制度文化遭到破坏，新的社会制度文化尚未建立起来。他“开始代表社会知识分子的自觉”①，提出关于社会政治和道德文化的理想。

孔子学说的核心是仁学，“仁”在孔子思想体系中占据着核心地位。尽管《论语·子罕》中说：“子罕言利与命与仁。”但事实上，在《论语》里“仁”字出现了105次，远远超过此前文献对“仁”的阐述②。正如耿介说：“孔门所重在求仁，所谓罕言者，如克己敬恕，皆有切实用力处，不向微妙处说之耳。”③ 孔子说“仁”，注重道德实践功夫，而不是纯粹的抽象思辨，通过道德修养与精神提升，达到人性与天道的融合。在《论语》中孔子论及恭、宽、信、敏、惠、义、礼、忠、恕等精神品质，这些精神品质都归结为“仁”，仁是心德之全。仁在个人，表现为美好的品格和精神境界；在群体中，表现为“里仁”的风俗之美；在国家，表现为仁政；而最高的社会理想则是“天下归仁”。仁是个体人的精神内省和道德实践，它属于道德论范畴，而不是知识论范畴，但是“仁”与“知”相互为济，相得益彰。《论语》里多处将

---

① 徐复观《中国人性论史（先秦篇）》，上海三联书店2001年版，第56页。

② 据徐复观《中国人性论史（先秦篇）》，“仁”字始见于《尚书·金縢》的“予仁若考”，《诗·郑风·叔于田》则有“洵美且仁”；《左传》大约出现有三十个左右的“仁”字。见该书第89页。

③ 转引自姚永朴《论语解注合编》，黄山书社1994年版，第143页。

"仁"与"知"并举。知识、智慧的目的在于成仁，即实践完美的道德人格。"仁"的内涵，孔子在《论语》里作了多层面的解释：

> 克己复礼为仁。一日克己复礼，天下归仁焉。为仁由己，而由人乎哉？（《颜渊》）
>
> 仲弓问仁。子曰："出门如见大宾，使民如承大祭。己所不欲，勿施于人。在邦无怨，在家无怨。"（《颜渊》）
>
> 樊迟问仁。子曰："爱人。"（《颜渊》）
>
> 子贡曰："如有博施于民而能济众，何如？可谓仁乎？"子曰："何事于仁，必也圣乎！尧舜其犹病诸！夫仁者，己欲立而立人，己欲达而达人。能近取譬，可谓仁之方也。"（《雍也》）

综合言之，"仁"包括"成己"和"达人"两大方面："克己复礼"，以礼义来战胜身体的私欲，使自己的心思言行符合礼义规范；在实践自己的道德修养和精神提升的同时，能"爱人"，"博施于民而能济众"，在立己、达己的同时立人、达人。将追求个人的道德精神与担负起无限的社会使命融合起来，表现出人性的伟大和崇高。

孔子对"仁"的追求，表现出理性的自觉和弘毅的勇气。他说："当仁，不让于师。"要坚韧而执着地以仁为己任，任重道远，死而后已，甚至在生命与仁发生冲突时，"杀身以成仁"（《卫灵公》）。

就孔子来说，他论"仁"，主要是着眼于个体的道德修养、人格建立，而不像孟子和荀子着眼于社会政治的角度论"仁"。从个体道德人格的修养看，"仁"，既是起点，又是终点。人的本性中都有建立至善人格的内在要求，这一点向"仁"的要求，是礼乐教化的前提，是建立至善之"仁"的人格基础。所以孔子说："人而不仁，如礼何？人而不仁，如乐何？"（《八佾》）又说："仁远乎哉？我欲仁，斯仁至矣。"（《述而》）但是，在后天的生活中又有许多"人欲"、"私欲"遮障了"仁"的发挥，所以真正建立"仁"的品格，还需要后天的努力追求，甚至永远成为至善的理想与目标。孔子就认为自己没有达到至善的"仁"的境界："子曰：'若圣与仁，则吾岂敢？抑为之不厌，诲人不倦，则可谓云尔已矣。'"（《述而》）孔子的弟子中最受孔子称赞的贤人颜回，也只是"其心三月不违仁"（《雍也》），其余弟子则是数日半月内偶尔达到“仁”罢了。

孔子“仁学”中，从人性最初对“仁”的那份要求，达到最高的“仁”的道德精神境界，换句话说，从蒙昧的禀赋到对“仁”的自觉体认和履践，需要一段漫长坚毅的努力，其中，《诗》《书》《礼》《乐》的教化，是重要的内容。孔子论《诗》，需要放在他的仁学理论中去理解。

据说，我国古代最早的诗歌总集《诗三百》是由孔子编纂的。《史记·孔子世家》曰：“古者诗三千余篇，及至孔子，去其重，取可施于礼义，上采契、后稷，中述殷、周之盛，至幽、厉之缺，三百五篇。孔子皆弦歌之，以求合《韶》《武》《雅》《颂》之音。礼乐自此可得而述，以备王道，成六艺。”但是，后人对司马迁的记述多表示怀疑。唐代孔颖达《毛诗正义〈诗谱序〉疏》说：“书、传所引之诗，见在者多，亡逸者少，则孔子所录，不容十分去九，马迁言古诗三千余篇，未可信也。”按照司马迁的说法，孔子从三千篇诗歌中删选了三百零五篇，编纂成《诗三百》，理应有大量的逸诗存在于早期的典籍中。但是，孔颖达考察了《尚书》《左传》等文献中的引诗，多保存于《诗三百》中，逸出《诗三百》之外的很少。因此说孔子删《诗》，并不可信。孔子删《诗》问题是《诗经》学史上一大疑案，后世论者或是或否，无法论定。大体而言，以否定论居多。但是，从文学批评史上来看，孔子删《诗》的意义远远超越了这一事件本身的真实与否，它为后代的诗歌删选确立了经典性的根据。通过选本对诗歌的删选来表达选者的理论倾向，是文学批评史上选本批评的基本手段，这种批评的渊源就可以追溯到孔子删《诗》。甚至有一些选家还明确表明自己的删选就是以孔子为示范。如元代范梈（德机）的《杜工部诗批选》，从1400余首杜诗中选出351篇，正好合《诗三百》之数。明代张綖在《杜诗五言选序》里曾论及范《选》，说：

> 清江范德机先生《批选杜诗》，共三百十一篇，皆精深高古之作，盖欲合《葩经》（按指《诗三百》）之数。标点分节，悉有深意。太史公云：“古者诗三千余篇，孔子删之为三百五篇，皆弦歌之，以求合《韶》《武》《雅》《颂》之音。”然则，清江《杜选》

其亦有志求合《韶》《武》《雅》《颂》之音者耶！①

此外，如明代李攀龙《古今诗删》之类的诗歌选本，未尝不是秉持孔子删《诗》的精神，通过诗歌删选来端正诗风。

如果说孔子删《诗》问题还只能存疑的话，那么，孔子对《诗三百》作过一些加工、修订工作，则是有文献可征的：

子曰："吾自卫反鲁，然后乐正，《雅》《颂》各得其所。"(《子罕》)

孔子晚年自知其道不能通行于世，于是回到鲁国，整理典籍文化。其中一项重要的工作就是"正乐"，使《雅》《颂》各得其所。古代诗与乐相互配合，因此孔子整理乐章，同时也是整理诗歌。这里仅提及《雅》《颂》，而不及《风》，大约是因为《雅》《颂》具有特定的内容，运用于特定的场合；而《风》则是言在此而意在彼，通于上下，本无定所。

孔子正乐的目的，不仅在于保存古代文献，同时也寄寓着他的社会观念和文化理想。《史记·孔子世家》记载，孔子"以《诗》《书》《礼》《乐》教弟子"。他把《诗三百》作为教材，强调弟子学《诗》，显然，孔子是将《诗三百》与《书》《礼》《乐》一同作为培养"仁"的理想人格的重要手段。《论语·泰伯》曰：

子曰："兴于诗，立于礼，成于乐。"

这是就个人道德人格的建立和"仁"、"圣"境界的追求而言的。据《礼记·内则》，古人十三岁开始学乐诵《诗》，二十而后学礼。"兴于诗"，何晏《论语集解》引包咸注："兴，起也。言修身当先学《诗》。"朱熹更详细地解释说：

《诗》本性情，有邪有正，其为言既易知，而吟咏之间，抑扬反复，其感人又易入。故学者之初，所以兴起其好善恶恶之心，而不能自已者，必于此而得之。②

① 见张綖《杜诗通》卷首，明隆庆壬申张守中浙江刊本，台湾大通书局1974年影印。
② 朱熹《四书章句集注》，中华书局1983年版，第104页。

孔子认为，诗歌对人的道德品质具有特殊的感染和启发意义，道德教化、人格培养应从学《诗》起步。因为“诗言志”，《诗》本乎人的性情，语言浅易，在吟诵咏叹中可以不知不觉地感发学《诗》者的意志，接受是非善恶观念，获得道德的提升。

作为“仁学”教化手段的《诗三百》，符合孔子的道德标准；或者说孔子是从自己的道德观念去理解和评论《诗三百》的。《论语·为政》载：

子曰：《诗三百》，一言以蔽之，曰：“思无邪。”

“思无邪”一语出自《诗·鲁颂·駉》，本是赞马之真诚，孔子借来评定《诗三百》。“思”字本为语助词，没有实义，但后代有人把它解释作实词。“无邪”二字是什么意思呢？何晏《论语集解》引包咸说：“无邪，言归于正。”对于“无邪”的“正”，后人又从诗人的创作意图和诗歌的社会效果两方面给予解释。朱熹注说：“凡《诗》之言，善者，可以感发人之善心；恶者，可以惩创人之逸志。其用使人得其性情之正而已。”（《论语集注》卷一）诗歌表达的内容有善与恶的区别，但是诗歌兴善惩恶，最终的社会效果是使学《诗》之人的性情归于中正。马端临则把辞与思分开，说：“孔子言‘思无邪’，以其辞不能不邻于邪也。盖《诗》于男女、夫妇多忧思感伤，于君上不免怨怼。要其意在刺时，不可谓邪。”谓《诗》之辞多言男女夫妇之情，抒发对君上的怨愤，这已近于邪了。但是诗人创作的本意和目的不在此，而在于“刺时”，因此还是合乎无邪的原则。联系孔子的整个《诗》论来看，“无邪”实是指“诗意”和“乐章”符合中和之美的原则，体现了“仁”与“礼”的思想。中庸，是孔子理想人格的内在品性。他说：

中庸之为德也，其至矣乎！民鲜久矣！（《论语·雍也》）

内在的中庸之德，呈现于外则是中和之美。《礼记·中庸》说：“喜怒哀乐未发谓之中，发而皆中节谓之和。”《礼记·儒行篇》说：“歌乐者，仁之和也。”符合中和原则的就是“无邪”。孔子论《关雎》说：

> 《关雎》，乐而不淫，哀而不伤。(《论语·八佾》)

“乐而不淫，哀而不伤”，就体现了中和之美。朱熹注说：“淫者，乐之过而失其正者也。伤者，哀之过而害于和者也。……盖其忧虽深而不害于和，其乐虽盛而不失其正，故夫子称之如此。”(《论语集注》卷二)《关雎》诗中君子思慕淑女，“辗转反侧”，“寤寐求之”，情感深挚缠绵而不至于绝望；“琴瑟友之”，“钟鼓乐之”，迎婚时欢欣愉悦而能合乎礼义，因此是中正无邪的。“乐而不淫，哀而不伤”，是孔子对《诗三百》首篇《关雎》的评价，也代表了他对整个《诗三百》的看法。它与“思无邪”，在道德观念和美学原则上是相同的，成为儒家诗学的一项重要原则。而“郑声”就违背了这个原则，因此受到孔子的排斥：

> 颜渊问为邦。子曰：“行夏之时，乘殷之辂，服周之冕，乐则《韶》舞。放郑声，远佞人。郑声淫，佞人殆。”(《论语·卫灵公》)①

孔子最高的艺术理想是仁乐《韶》所体现的“尽善尽美”境界，最为鄙弃的是“郑声”，把郑声与佞人并提，要禁绝郑声。《论语·阳货》说：“恶郑声之乱雅乐也，恶利口之覆家邦者。”这是对“放郑声，远佞人”的进一步阐述。“郑声”是指什么呢?《礼记·乐记》说：“郑音好滥，淫志。”意指郑声放纵情感，发挥得太过分，把淫乱的心思都表现出来了。古代郑国地区风俗放荡，诗乐“淫滥”。这从上一节引宋玉《登徒子好色赋》中描写郑、卫之间，春夏之交，群女出桑，称诗赠答，含笑流眄的场面，可见一斑。许慎《五经异义》引《今论语》说：“郑国之为俗，有溱洧之水，男女聚会，讴歌相感，故云‘郑声淫。’”②《吕氏春秋·孟春记》论郑卫音乐，说：“靡曼皓齿，郑卫之

---

① 孔子说“郑声淫”，后人把“郑声”直接理解为“郑诗”。汉儒郑玄《驳五经异义》说：“郑诗二十一篇，说妇人者十九，故郑声淫也。”朱熹《诗集传》卷四“《郑风》总案”也是持“郑诗淫”的说法，稍后，王柏则建议删去淫诗，上自《召南》，下至秦、陈，凡在疑似之间，共删31篇，而《郑诗》删去13篇，仅存8篇。清代学者力辨郑声、郑诗之别，认为郑声并非郑诗，在《左传》《国语》中记载大量外交场合赋《郑诗》的例子，说明《郑诗》不淫。程廷祚《青溪文集》卷一《诗论五》“郑诗”，有详细解释。

② 陈寿祺《五经异义疏证》卷下，《续修四库全书》影印清嘉庆年间刻本。

音，务以自乐，命之曰伐性之斧。”这种“郑卫之音”出自男女的私情鼓荡，追求的是自乐相感，流连忘返，是“伐性之斧”，涤荡人性中的一点仁根。因此，对于强调守住“仁”心的孔子来说，“郑卫之音”就是“邪”，需要严加禁绝。这种“郑声”讴歌相感，务以自乐，当然不乏格调卑下庸俗的成分，但是它未尝不是青年男女真情至性的释放，而孔子从“无邪”尚雅的标准批判这种俗乐为“淫”，对之一概加以贬斥，这至少说明孔子“仁学”体系中的诗论，对诗乐抒发个人性情这一点还不够自觉。“放郑声”的口号在中国文学史上发生了消极的影响。后代许多正统文人，反对民间声乐歌诗，否定表现个人私情的作品，压制新兴艺术形式的发展，往往就是以孔子“放郑声”为借口的。

《诗三百》的内容是丰富多样的，既有符合礼、义的典雅之作，也有表现男女私情的作品，而孔子一律视为“无邪”，看似孔子“无邪”的标准相当宽泛。其实，并非如此。从《论语》里引《诗》情况来看，孔子完全是从他的“礼”、“仁”的观念来读《诗》的，即使对于一些爱情诗，也是如此。我们看《论语》里用诗的情况：

> 子贡曰：“贫而无谄，富而无骄，何如？”子曰：“可也。未若贫而乐，富而好礼者也。”子贡曰：“《诗》云‘如切如磋，如琢如磨。’其斯之谓欤？”子曰：“赐也，始可于言《诗》已矣！告诸往而知来者。”（《论语·学而》）

“如切如磋，如琢如磨”，出自《诗·卫风·淇澳》，本是比喻君子的修养。孔子在这里借来说明义理无穷，虽有所得，不可自满，而要不断追求进益。

> 子夏问曰：“‘巧笑倩兮，美目盼兮，素以为绚兮。’何谓也？”子曰：“绘事后素。”曰：“礼后乎？”子曰：“起予者商也！始可与言诗已矣。”（《论语·八佾》）

“巧笑倩兮，美目盼兮”，出自《诗·卫风·硕人》，本是描绘美人的神态。孔子则用来说明“礼必以忠信为质”。

> 曾子有疾，召门弟子曰：“启予足！启予手！《诗》云：‘战战

兢兢，如临深渊，如履薄冰。’而今而后，吾知免夫！小子。”（《论语·泰伯》）

“战战兢兢”数句，出自《诗·小雅·小旻》，比喻执政而没有政策，或有政策而不能施行的危害。而曾子在此处则是用这几句诗来说明保全身体的艰难。

> 子曰：“衣敝缊袍，与衣狐貉者立，而不耻者，其由也与？‘不忮不求，何用不臧？’”子路终身诵之。子曰：“是道也，何足以臧？”（《论语·子罕》）

“不忮不求，何用不臧？”出自《诗·邶风·雄雉》。《雄雉》诗，序曰：“大夫久役，男女怨旷，国人患之，而作是诗。”今人一般也认为妇人以其君子久役于外，有所思而作。“不忮不求，何用不臧？”意即：“不嫉害人也不贪求，何所施行而不吉利。”① 孔子引这两句诗，则是赞美子路能不以贫富动心，可以进于道矣。

> 子曰：“可与共学，未可与适道；可与适道，未可与立；可与立，未可与权。”“唐棣之华，偏其反而。岂不尔思？室是远而。”子曰：“未之思也，夫何远之有？”（《论语·子罕》）

“唐棣”四句是古逸诗，意即：唐棣之华，翩翩翻飞，难道不思念你，只因距离太遥远了。从诗意看，是一首爱情诗。但是，这里孔子也是借以论道。何晏《论语集解》说：“思其人而不得见者，其室远也，以言思权而不得见者，其道远也。”

> 子张问崇德、辨惑。子曰：“主忠信，徙义，崇德也。爱之欲其生，恶之欲其死。既欲其生，又欲其死，是惑也。‘诚不以富，亦只以异。’”（《论语·颜渊》）

“诚不以富，亦只以异”，出自《诗·小雅·我行其野》。《我行其野》是一首弃妇诗，写一位女子被弃之后别求新偶，以示报复。诗末两句

① 陈子展《诗经直解》，复旦大学出版社1983年版，第99页。

“诚不以富，亦只以异”，意即：“实在不是因为他有钱（我才离开你），只因为你见异思迁不对了呀！”而孔子却引这两句诗来“辨惑”。马其昶说：“《诗》言弃旧姻而求新特者，诚非利其财贿，只以性情反常，爱憎用事尔。此引之以见惑所由来。”①

通过对《论语》中用诗情况的分析，可以看出，孔子把《诗》纳入到他的仁学观念中，用《诗》来阐述人的道德修养问题，同样也是从仁学观念来阐释《诗》意的。那些在后人看来是表现爱情、私情的诗篇，孔子是从“仁学”视野给予解读的，对于《诗》中所表现的后人所谓的爱情、私情，他还没有理性自觉的认识。

那么，到底《诗》在建立“仁”的道德人格中具有什么意义呢？孔子从知识论和道德论上认识学《诗》的意义。

> 陈亢问于伯鱼曰：“子亦有异闻乎？”对曰：“未也。尝独立。鲤趋而过庭。曰：‘学《诗》乎？’对曰：‘未也。’‘不学诗，无以言。’鲤退而学《诗》。”（《论语·季氏》）
>
> 子谓伯鱼曰：“女为《周南》《召南》矣乎？人而不为《周南》《召南》，其犹正墙面而立也欤？”（《论语·阳货》）
>
> 子曰：“诵《诗》三百，授之以政，不达；使于四方不能专对；虽多，亦奚以为？”（《论语·子路》）

春秋时期，人们在抒发怀抱，交流思想，特别是外交的场合，多称引《诗》。在双方对《诗》意有共同认识的基础上，称引《诗》句，更能够简要得体、含蓄优雅地表达思想，增强语言的艺术性，也能够显示称《诗》者的学识与修养。因此，孔子一再谆谆教诲弟子和儿子学《诗》。孔子在追求仁的道德境界时，也强调知识学问的重要性。求知，本身就是实现“仁”的重要组成部分。《诗》就是丰富知识的储备。

> 子曰：“小子何莫学夫诗？诗，可以兴，可以观，可以群，可以怨。迩之事父，远之事君，多识于鸟兽草木之名。”（《论语·阳货》）

---

① 转引自姚永朴《论语解注合编》，黄山书社1994年版，第207页。

“多识于鸟兽草木之名”，指出《诗》的知识性价值，《诗》在人的学识培养上具有重要意义。当然，孔子论《诗》，更是强调它的道德意义，所以说：“诗，可以兴，可以观，可以群，可以怨。迩之事父，远之事君。”

兴，何晏《集解》引孔安国说是“引譬连类”，朱熹《集注》释为“感发志意”，是指《诗》可以启发人的内在心志，通过形象的想象、引申，兴起人善善恶恶的道德情感，促使道德精神的启蒙。

观，何晏《集解》引郑玄注：“观风俗之盛衰。”朱熹《集注》释为“考见得失”，意即通过诗歌可以观察政治得失、社会风俗和民心向背。《左传·襄公二十九年》记载了吴国公子季札在鲁国观乐的情形，可以借来作对“可以观”的形象的说明：

> 请观于周乐。使工为之歌《周南》《召南》，曰：“美哉！始基之矣，犹未也。然勤而不怨矣。”为之歌《邶》《鄘》《卫》，曰：“美哉，渊乎！忧而不困者也。吾闻卫康叔、武公之德如是，是其《卫风》乎？”为之歌《王》，曰：“美哉！思而不惧，其周之东乎？”为之歌《郑》，曰：“美哉！其细已甚，民弗堪也，是其先亡乎！”为之歌《齐》，曰：“美哉，泱泱乎，大风也哉！表东海者，其大公乎！国未可量也。”为之歌《豳》，曰：“美哉，荡乎！乐而不淫，其周公之东乎？”为之歌《秦》，曰：“此之谓夏声。夫能夏则大，大之至也，其周之旧乎？”为之歌《魏》，曰：“美哉，沨沨乎！大而婉，险而易，行以德辅，此则明主也。”为之歌《唐》，曰：“思深哉！其有陶唐氏之遗民乎？不然，何忧之远也，非令德之后，谁能若是？”为之歌《陈》，曰：“国无主，其能久乎？”自《郐》以下无讥焉。为之歌《小雅》，曰：“美哉！思而不贰，怨而不言，其周德之衰乎？犹有先王之遗民焉。”为之歌《大雅》，曰：“广哉，熙熙乎！曲而有直体，其文王之德乎？”为之歌《颂》，曰：“至矣哉！直而不倨，曲而不屈，迩而不偪，远而不携，迁而不淫，复而不厌，哀而不愁，乐而不荒，用而不匮，广而不宣，施而不费，取而不贪，处而不底，行而不流。五声和，八风平，节有

度，守有序，盛德之所同也。”①

诗乐是政风民情的反映，通过诗乐可以观察政化之得失，风俗之厚薄。《礼记·乐记》说：“声音之道，与政通矣。……审乐以知政，而治道备矣。”也是从“可以观”的意义上说的。赋诗者用诗来表达自己的思想，因此通过诗，也可以观察到赋诗者的思想和品质，如上引孔子夸奖子贡和子夏用诗论礼、论学，也是“可以观”应有之意。

群，何晏《集解》引孔安国语释为“群居相切磋”，朱熹《集注》解释为“和而不流”，是指诗歌可以用来和他人交流思想、融洽感情，取得沟通协调的作用。

怨，何晏《集解》引孔安国语释为“怨刺上政”，朱熹《集注》说是“怨而不怒”，意即通过诗歌可以表达对社会政治的不满，对上层人物的讽谏，从而疏散内心积蓄的怨情，不至于怒。

兴、观、群、怨，概括了《诗》培养道德情感，认识社会，协调人群关系，讽谏政治等多方面作用，这些作用既包括个人精神境界的提升，也包括个人对社会的参与，实际上这正是《诗》对于建立成己成物“仁”的品格的意义。

孔子论《诗》，贴近生活，贴近人性。他把《诗》论纳入到建立“仁”的道德人格的大主题中去，发表了许多重要的见解，对于古代诗学具有非常重要的意义。传统诗学的一个重要特征是重视诗与伦理的内在联系。而中国诗学与伦理学的亲缘，就是奠基于孔子论《诗》。

第三节 从“赋诗言志”到“以意逆志”

艺术的产生，一般都源于某种实用目的，而且在最初的很长一段时间内还摆脱不了实用的目的。学诗，在西周和春秋时期，主要还是作为一种修养和能力，在君臣廷议、外交盟会、燕宴酬酢中从容应对，在现实的政治生活中发挥实际的作用。在西周和春秋时期，《诗三百》是上层政治生活的重要组成部分。一些士大夫在政治生活、外交辞令中都常

① 孔颖达注疏《春秋左传正义》卷三十九，《十三经注疏》，中华书局 1980 年影印。

常称引《诗三百》。《诗》是历史，是政治，也是修辞。正如孔子说："诵《诗》三百，授之以政，不达；使于四方，不能专对；虽多，亦奚以为？"（《论语·子路》）熟练地掌握《诗三百》并能在政治外交场合灵活运用，是政治人物的基本素质。《国语·晋语》里记载的晋国大夫赵衰就是一位富有这种政治文化素质的人物。晋国公子重耳过宋时，公孙固曾在宋襄公面前称赞赵衰"文以忠贞"。"文"，就突出表现在赋诗得体上。后来重耳和子犯辗转到秦国，秦伯要设宴招待晋公子重耳，重耳让子犯随从，子犯谦虚说自己没有赵衰"文"，请让赵衰和您一起去（"吾不如衰之文也，请使衰从"）。第二天宴会上，秦伯赋《采菽》。《采菽》为王赐诸侯命服之乐。赵衰让重耳下堂敬拜后赋《黍苗》，《黍苗》诗曰："芃芃黍苗，阴雨膏之。"重耳赋此诗，意即："重耳之仰君也，若黍苗之仰阴雨也。"秦伯赋《鸠飞》，表达安集晋国君臣之思，重耳赋《沔水》，《沔水》诗曰："沔彼流水，朝宗于海。"意指重耳就像水之归海一样，终于归向秦国。赵衰得体地引导重耳赋诗，出色地完成这次外交使命。这就印证了"文"的赞誉。

《左传》《国语》等春秋时的典籍记载了许多用《诗》、赋《诗》的史料。大致来说，有四种情形：

第一种是记述作诗的背景和意义。《诗三百》里，大多数诗歌的创作背景现在已不得而知。但是有些诗作，是在特定的政治场合中创作出来的。《左传》《国语》等史书也作了零星的记载。如《诗·鄘风·载驰》，是许穆夫人悯其宗国颠覆，归唁卫侯而作，是一般人所熟知的。另《左传·文公六年》记载，秦穆公去世，以子车氏三人为殉葬，这三人都是秦国的良人。国人不忍，于是赋《黄鸟》诗哀念他们。这是《秦风·黄鸟》的由来。《小序》说："《黄鸟》，哀三良也。国人刺穆公以人从死，而作是诗也。"三家无异说。朱熹《诗序辨说》也肯定"此序最为有据"。又定公四年《左传》载，吴伐楚，逐楚王于草莽中，楚大夫申包胥到秦国请求兵援，立于庭墙痛哭不绝，绝食七天，终于感动了秦哀公，"秦哀公为之赋《无衣》，九顿首而坐。秦师乃出"。这是《秦风·无衣》的创作背景和主旨。但是像这种记述诗歌写作背景的史料，在先秦典籍中毕竟不多，更多的是用诗、赋诗的事例。

第二种是言语引诗。在西周和春秋时期，诸侯国君臣之间商议重大国事时，臣下常常引用《诗》中语句，以先王先公为殷鉴，讽谏国君，表达自己的意志。这时引用的诗，多是《雅》《颂》中具有深刻历史内涵和政治意义的诗篇。如《国语·周语上》记载：

穆王将征犬戎，祭公谋父谏曰："不可。先王耀德不观兵。夫兵戢而时动，动则威，观则玩，玩则无震。是故周文公之颂曰：'载戢干戈，载櫜弓矢。我求懿德，肆于时夏，允王保之。'先王之于民也，懋正其德而厚其性，阜其财求，而利其器用，明利害之乡，以文修之，使务利而避害，怀德而畏威，故能保世以滋大。"

西周时穆王要征讨犬戎，祭公谋父以修德、道化之理谏阻，并引用了《诗·周颂·时迈》的诗句。《时迈》是武王时周公所作巡守、告祭的乐歌，颂赞武王的美德遍施中国，算得上是先公祖训了。这里祭公谋父引用"载戢干戈"四句，以先王的懿德为典范，规劝穆王偃武修文。《周语》上还记载了另一个言语引诗以讽谏的例子。周襄王十三年，郑人伐滑国，抓住了襄王的使者。襄王很生气，决定以狄伐郑，大夫富辰知道后赶快阻谏，说：

周文公之诗曰："兄弟阋于墙，外御其侮。"若是则阋乃内侮，而虽阋不败亲也。

富辰引用了《诗·小雅·棠棣》中的两句，意即兄弟尽管在家里斗争，可一旦遇到外侮时，还是同仇敌忾；郑国虽不从王命，毕竟是兄弟之国，曾有功于周室，不应该鼓动夷狄去攻打它。又，《左传·襄公七年》记载：

冬十月，晋韩献子告老，公族穆子有废疾，将立之。辞曰："《诗》曰：'岂不夙夜？谓行多露。'又曰：'弗躬弗亲，庶民弗信。'"

韩献子告老致仕，本来是要穆子无忌代韩献子为卿，但是穆子因为自己有残疾，就推辞掉了。他引用两句《诗》来表达不愿为卿之意。第一处的"岂不夙夜？谓行多露"，出自《召南·行露》，诗本意是写男女爱情有所畏惧，但是穆子断章取义，用来说明自己有病，不能起早贪黑地办公事。第二处“弗躬弗亲，庶民弗信”，见《小雅·节南山》，本是刺厉王任用小人尹氏，尹氏不躬亲教养，民众不信任他。穆子引用此诗，具有殷鉴之意，谓自己有疾，不能亲自办事，不能取信于民。在臣下对君主的辞令中引用《诗》中语句，既具有深厚而丰富的历史内涵，又显得含蓄文雅，因此成为时人辞令的一个重要特征。

用诗的第三种情形，就是在外交场合，诸侯、卿大夫非常普遍地运用“赋诗言志”的方式来互相应对，表达自己的意旨和态度，表明双方之间的关系，《诗》作为“雅言”运用于外交场合，显得庄重典雅，委婉得体。《雅》《颂》中有的诗篇，根据内容的不同，也适用于不同的场合，因而显示出外交的等级和规格。如襄公四年《左传》记载鲁国叔孙穆子出使晋国的一次外交礼乐场面：

> 穆叔如晋，报知武子之聘也。晋侯享之，金奏《肆夏》之三，不拜。工歌《文王》之三，又不拜。歌《鹿鸣》之三，三拜。
>
> 韩献子使行人子员问之，曰：“子以君命辱于敝邑，先君之礼，藉之以乐，以辱吾子。吾子舍其大，而重拜其细。敢问何礼也?”对曰：“三夏，天子所以享元侯也，使臣弗敢与闻。《文王》，两君相见之乐也，使臣不敢及。《鹿鸣》，君所以嘉寡君也，敢不拜嘉?《四牡》，君所以劳使臣也，敢不重拜?《皇皇者华》，君教使臣曰：‘必咨于周。’臣闻之：‘访问于善为咨，咨亲为询，咨礼为度，咨事为诹，咨难为谋。’臣获五善，敢不重拜?”

这件事还记载于《国语·鲁语下》。鲁国叔孙穆子是大夫，去见晋悼公，是使臣与国君的关系。因此，当乐工奏《文王》《大明》《绵》时，他不敢拜答，因为这是“两君相见之乐”。后又奏《鹿鸣》《皇皇者华》《四牡》时，叔孙“三拜”。因为《鹿鸣》“我有嘉宾，德音孔昭”，是嘉善先君之德。《四牡》“王事靡盬，不遑启处”等句，是国君慰劳使臣的勤苦。《皇皇者华》是君遣使臣之乐。很明显，《文王》与《鹿鸣》是不同规格的诗乐，有各自的适用场合。文公四年《左传》记载了相似的场景，卫国宁武子来鲁国行聘礼，鲁文公设宴款待，赋《湛露》及《彤弓》。宁武子不辞也不赋。行人私下问他，宁武子回答说：

臣以为肄业及之也。昔诸侯朝正于王，王宴乐之，于是乎赋《湛露》，则天子当阳，诸侯用命也。诸侯敌王所忾，而献其公，王于是乎赐之彤弓一、彤矢百、玈弓矢千，以觉报宴。今陪臣来继旧好，君辱贶之。其敢干大礼以自取戾？

行礼奏乐中，当诗乐超出规格，来客通常是不接受的，以免僭越礼数。一般情况下，外交场合往往互相赋诗言志。襄公二十七年《左传》记载的郑国七子赋诗，是一次著名的外交“赋诗言志”场面：

郑伯享赵孟于垂陇，子展、伯有、子西、子产、子大叔、二子石从。赵孟曰：“七子从君，以宠武也。请皆赋，以卒君贶，武亦以观七子之志。”子展赋《草虫》。赵孟曰：“善哉，民之主也！抑武也，不足以当之。”伯有赋《鹑之贲贲》。赵孟曰：“床笫之言不逾阈，况在野乎？非使人之所得闻也。”子西赋《黍苗》之四章。赵孟曰：“寡君在，武何能焉？”子产赋《隰桑》。赵孟曰：“武请受其卒章。”子大叔赋《野有蔓草》。赵孟曰：“吾子之惠也。”印段赋《蟋蟀》。赵孟曰：“善哉，保家之主也！吾有望矣。”公孙段赋《桑扈》。赵孟曰：“‘匪交匪敖’，福将焉往？若保是言也，欲辞福禄，得乎？”

卒享，文子告叔向曰：“伯有将为戮矣。诗以言志，志诬其上而公怨之，以为宾荣，其能久乎？幸而后亡。”叔向曰：“然，已侈，所谓不及五稔者，夫子之谓矣。”文子曰：“其余皆数世之主也。子展其后亡者也，在上不忘降。印氏其次也，乐而不荒。乐以安民，不淫以使之，后亡，不亦可乎！”

襄公二十七年，晋大夫赵武自宋返国，途经郑国，郑国君在七子的陪同下，在垂陇设宴招待赵武，赵武让七子赋诗言志。在这场外交辞令中，赋诗既表达了赋诗者对受诗者的称赞，同时也让受诗者通过所赋之诗，观察出赋诗者的志意，这正是一件事情的两个方面。七子赋诗，其中子展赋《召南·草虫》，取“未见君子，忧心忡忡。亦既见止，亦既觏止，我心则降”诗句意，以君子称赵武，表达向往之情。所以赵武谦虚说“不足以当之”。子西赋《小雅·黍苗》四章，取“肃肃谢功，召伯营之。列列征师，召伯成之”诗意，把赵孟比作召伯。赵孟谦逊说一切成功应归之于晋君，非我赵武之能。子产赋《小雅·隰桑》，取“既见君子，其乐如何”诗句意，表达相见的喜悦。子大叔赋《郑风·野有蔓草》，取“邂逅相遇，适我愿兮”诗句意，表达对这次不期而遇的惊喜。印段赋《唐风·蟋蟀》，公孙段赋《小雅·桑扈》都是称赞赵武能尽礼文。赵武也谦让一番。但是伯有却赋了《鄘风·鹑之贲贲》。《鹑之贲贲》，据《诗序》是刺卫宣姜淫乱之作，而且其中有“人之无良，我以为君”两句，比较直接地怨刺君上。因此赵孟回答说：这是床笫上的私言，不能传之于外，更何况在垂陇这郊野之地。通过各人所赋之诗，赵武观察出各人的志意和前途。宴后，赵武在叔向面前评价各人志意，认为其他人都是数世之主，但是伯有“志诬其上而公怨之”，一定不能长久。叔向也同意他的看法，说伯有五年之内必被杀。果然，三年后，即襄公三十年，郑人杀伯有。从这段外交赋诗的记载可以看出，在外交活动中，赋诗言志是非常重要的。所赋之诗不仅要贴切具体场景，恰如其分地表达赋诗者对受诗者的态度，而且赋诗也坦露了赋诗者的心胸志意，直接影响到赋诗者留在受诗者心中的印象。刘勰《文心雕龙·明诗》说：“春秋观志，讽诵旧章，酬酢以为宾荣，吐纳而成身文。”外交酬酢中赋诗，是一种礼仪，可以使宾客荣耀，也可以展现双方的言辞才能。

外交场合的赋诗言志，一般都是即景生情、随心所欲地从整首诗中摘取一章或几句，赋诗者和受诗者各取所求，而不顾及整首诗的意义。这已成为春秋时士人用诗的基本态度。襄公二十八年《左传》记载庆舍要把女儿嫁给卢蒲癸。但是庆舍与卢蒲癸都是姜姓。古人同姓不婚。所以庆舍的家臣就对卢蒲癸说：“你为什么不避宗姓呢?”卢蒲癸回答说：

> 宗不余辟，余独焉辟之？赋诗断章，余取所求焉，恶识宗？

意即庆舍都不避宗姓，愿意与我作为臣下的通婚，我为什么要避之呢?就像赋诗言志那样，断章取义，不顾本义，我们也是各有所取，哪里管他宗姓呢！在这里，“赋诗断章”是作为譬喻语，说明了春秋时人们对于赋诗言志的普遍态度。的确，在诸侯国的外交中，赋诗者和受诗者都是各有所取，不顾本义的。如《国语・鲁语下》载，各国联合伐秦，至泾水不能渡，晋国叔向来见鲁国叔孙穆子，叔孙穆子并没有明确表态，而是赋诗《匏有苦叶》。叔向回去对人说："苦匏没有什么用处，佩上匏瓜则可以渡水。鲁国叔孙赋了《匏有苦叶》，下定决心要渡过泾水。你们快准备船只渡河，否则就要受罚。"这次外交接触中，鲁国叔孙穆子取《匏有苦叶》首章"匏有苦叶，济有深浅，深则厉，浅则揭"之意，来表达将要济河的意旨，而完全没有顾及到《匏有苦叶》整首诗的意义①。这就是断章取义。这种各取所需式的断章取义，虽然没有顾及整首诗的完整意义，但是在当时，人们对诗篇的意义还是有较为相近的理解。特别是《雅》《颂》中的诗篇，意义比较具体，认识也较为一致。如《黍苗》诗，据《左传・襄公十九年》，季武子参观晋国军队，范宣子赋《黍苗》，季武子站起来稽首说："小国之仰大国也，如百谷之仰膏雨焉！若常膏之，其天下辑睦，岂唯敝邑？"这里季武子对《黍苗》的理解，与前引重耳赋此诗的意思是相同的，都取"芃芃黍苗，阴雨膏之"的意义而略加引申。

用诗的第四种情形，是《左传》作者在对某件事情发表评论时，引用《诗》中语句表达自己的观点。这种例子在《左传》里很常见。《左传・僖公二十八年》记述晋楚城濮之战，晋国颠颉、祁瞒、舟之侨三人，因为违反军令被处死，《左传》作者记述此事后引《诗》说：

> 《诗》云："惠此中国，以绥四方。"不失赏刑之谓也。

这两句诗出自《大雅・民劳》。《民劳》本是召穆公大谏厉王的诗。"惠此中国，以绥四方"，是诗人讽谏厉王要爱抚国人，绥靖四方。而《左传》作者则用来称赞晋文公赏罚分明。又《左传・文公二年》载，这年春天秦国伐晋。先前晋国大将狼瞫曾受到贬黜，很生气，他的朋友劝他作乱，狼瞫不愿意，而要死得其所，终于在这次秦晋之战中大败秦军，以身殉国。《左传》作者记述这件事后评价说：

> 君子谓狼瞫于是乎君子。《诗》曰："君子如怒，乱庶遄沮。"

---

①《邶风・匏有苦叶》，《序》曰："刺卫宣公也。公与夫人并为淫乱。"今人一般认为是女子向男子求爱的情诗。

又曰“王赫斯怒，爰整其旅。”怒不作乱而以从师，可谓君子矣。

这里两处引用《诗》，前一处出自《小雅·巧言》，意即君子有愤怒就发出来，乱子就可以很快平息了。后一处出自《大雅·皇矣》，意即文王赫然愤怒，就整顿好他的军队。作者在这里借用《诗》句，恰如其分地表现了狼瞫“怒不作乱而从师”的好品德。又，在《左传·襄公十五年》中，作者赞美楚国善于用人时说：

君子谓：“楚于是乎能官人。官人，国之急也。能官人，则民无觎心。《诗》云：‘嗟我怀人，置彼周行。’能官人也。王及公、侯、伯、子、男、甸、采、卫大夫，各居其列，所谓周行也。”

“嗟我怀人，置彼周行”，见《周南·卷耳》，原意是妇女思念远行的丈夫，无心采摘卷耳菜，就把筐子放置在大道旁。而《左传》作者则认为此诗内容是思君子，官贤人，安置贤才，能各得其所。这完全是以己意解诗。《左传》作者引诗论理，影响到其后《论语》《孟子》《荀子》《韩非子》等私家著述大量引用《诗》句阐述道理。

《左传》里外交场合赋诗言志的例子，在后期逐渐减少。《战国策》里记述诸侯国之间的外交斗争，很少赋诗言志。由此可见，赋诗言志的现象，到了战国以后逐渐消歇了。消歇的原因是多方面的。战国后礼崩乐坏的现象更为严重，外交斗争更为复杂激烈，人们不再是温文尔雅，彬彬有礼，而是尔虞我诈，剑拔弩张。所以赋诗言志的外交方式也相应减少。另一个原因是战国时在士人心中，《诗三百》的独立文本意识逐渐明确。在春秋时代“赋诗言志”的活动中，尽管有时双方对诗句有相近的理解，但是《诗》还不是作为单纯独立的文本现象出现的，而是作为外交活动的思想和文化资源，人们往往是把一些诗句从完整的诗篇中分离出来，纳入到赋诗时的具体语境中，赋予它特定的意义，还没有顾及到诗篇自身独立的完整的意义。到了战国时期，开始有人提出《诗》的意义的独立性、完整性问题。他就是孟子。

孟子提出论《诗》要“以意逆志”和“知人论世”，要综合全文、全篇，联系诗歌产生的时代环境和作者的生平来理解诗意，而不是断章取义，随意比附。这是在中国诗学史上首次提出阐释《诗》的原则和方法。支配这种释《诗》原则方法背后的深层理念，是把《诗三百》当成独立、完整的意义文本，认为诗的意义不在于个别语句，而在于完整的篇章，个别语句的含义要联系整个篇章才能理解；诗有它独立的意义，不是任何赋诗者临时附加的，而是由创作者在具体的时代背景和生活环境中产生的通过语言传达的稳定的意义。《孟子·万章上》载：

> 咸丘蒙曰："舜之不臣尧，则吾既得闻命矣。《诗》云：'普天之下，莫非王土；率土之滨，莫非王臣。'而舜既为天子矣，敢问瞽瞍之非臣，如何?"曰："是诗也，非是之谓也；劳于王事而不得养父母也。曰：'此莫非王事，我独贤劳也。'故说诗者，不以文害辞，不以辞害志。以意逆志，是为得之。如以辞而已矣，《云汉》之诗曰：'周余黎民，靡有孑遗。'信斯言也，是周无遗民也。"

这是咸丘蒙与孟子之间一段关于舜是否以其父瞽瞍为臣的论辩。此前，孟子已经驳斥咸丘蒙关于尧率诸侯北面朝舜的说法，所以，这段开头，咸丘蒙说："舜之不臣尧，则吾既得闻命矣。"咸丘蒙接着又提出了舜以其父瞽瞍为臣，并以《诗·小雅·北山》之"普天之下，莫非王土；率土之滨，莫非王臣"作为论据，既然天下没有一人不是天子的臣民，那么瞽瞍应该也是他儿子舜的臣民。这看似很合乎逻辑，但是很显然，咸丘蒙这里还是采取过去赋诗、用诗的路数，没有顾及到这诗句的本来意思，所以遭到孟子的批评。孟子说，这诗不是咸丘蒙所说的意思，本来的意思应是臣民"劳于王事而不得养父母"而发出的感叹。这里孟子解释诗句，就是从全诗完整的意义出发，他解释所引四句诗，是"此莫非王事，我独贤劳也"。这与《北山》诗的整体意义相一致的。孟子进一步推论说，假如按咸丘蒙这样不顾及全诗的本意而妄加推论，那么《大雅·云汉》"周余黎民，靡有孑遗"，说周朝没有一个百姓存留，不是太荒唐了吗？孟子提出说《诗》原则："不以文害辞，不以辞害志。以意逆志，是为得之。""文"指夸张、比喻等修饰性文采，"辞"是言辞，"意"指作品的意义，"志"指作者的情志。孟子的意思是，解释《诗》时，不要纠缠于个别夸张修饰的艺术性语言作机械的理解，迷失了言辞的本来意思；不要胶着于言辞的片面意义，望文生义，迷失了作者本来所要传达的情志；而应该从作品整体出发，把握整个作品的精神实质，探究作者的创作意旨。咸丘蒙所犯的错误，就是“以辞而已”，仅仅专注于诗句的言辞，没有顾及全篇的意思，更没有考虑到作者的创作意图，就根据个别言辞妄加引申推论。其实孟子批评的，正是春秋时一些士大夫赋诗言志时较常见的错误。所以孟子在这里严辞以辩，反复诘难。

孟子提出的“以意逆志”说，后人有着不同的理解，关键就在于“意”是读诗者之“意”，还是诗歌作品之“意”。从孟子和咸丘蒙的论辩，以及《孟子》一书引《诗》情况看，孟子对《诗》的理解还是比较接近诗歌本来意旨的。但是后人多理解“意”为读诗者之意。如赵岐注云：“意，学者之心意也。”“人情不远，以己之意逆诗人之志，是为得其意矣。”朱熹注云：“当以己意迎取作者之志，乃可得之。”意即读诗者调动自己的审美感受力，凭着自身的阅历体验，去体会作家作品的意义。“他人之心，余忖度之。”古人相信人心相通，读诗者和作诗者通过“以意逆志”是可以达成一致的，重要的是读诗者的修养、方法和路径。从后人对“以意逆志”原则和方法的遵从运用来看，大多数还是主张以读诗者之意去逆作诗者之志，如明清之际黄生在《杜诗说自序》里，对“以意逆志”的这个意思作出生动形象的解释：

> 余以为说诗者，譬若出户而迎远客，彼从大道而来，我趋小径以迎之，不得也；彼从中道而来，我出其左右而迎之，不可也。宾主相失，而欲与之班荆而语，周旋揖让于阶庭几席之间，岂可得哉？故必知其所由之道，然后从而迎之，则宾主欢然把臂，欣然促膝矣，此以意逆志之说也。……唯以我之意逆杜之志，窃比于我孟子，兢兢免宾主相失之诮。①

把“以意逆志”的“意”，理解为读诗者之意，一方面是强调读诗者要具有良好的诗歌修养，对诗人创作要有真切的了解，以正确的方法去品味、领会诗歌的意蕴；另一方面又为读诗者在阐释时调动自己的主观能动性参与作品意义的创造，甚至“以他人之酒杯，浇自己之块垒”，提

① 黄生《杜诗说自序》，《杜诗说》，黄山书社 1994 年版。

供了理论的支持。后来诗学中所谓“诗必与诗人评之”①，“作者用一致之思，读者各以其情而自得”② 等等说法，都与“以意逆志”有着渊源关系。这正体现出中国古代诗学批评切己会心和开放灵活的特点。

对“以意逆志”的另一种解释，是把“意”理解为作品之意。清代吴淇在《六朝选诗定论缘起》里说：

> 诗有内有外。显于外者曰文曰辞，蕴于内者曰志曰意。……汉宋诸儒以一“志”字属古人，而“意”为自己之意。夫我非古人，而以己意说之，其贤于蒙之见也几何矣。不知志者古人之心事，以意为舆，载志而游，或有方，或无方，意之所到，即志之所在，故以古人之意求古人之志，乃就诗论诗，犹之以人治人也。即以此诗论之，不得养父母，其志也；“普天”云云，文辞也。“莫非王事，我独贤劳”，其意也。其辞有害，其意无害，故用此意以逆之，而得其志在养亲而已。③

吴淇更强调说诗要贴切文义，符合诗人本来意旨，所以他解释“以意逆志”为“以古人之意，求古人之志”，这种解释更为切合孟子的本义。

孟子还提出与“以意逆志”密切相关的另一命题“知人论世”。《孟子·万章下》曰：

> 孟子谓万章曰：“一乡之善士斯友一乡之善士，一国之善士斯友一国之善士，天下之善士斯友天下之善士，以友天下之善士为未足，又尚论古之人。颂其诗，读其书，不知其人，可乎？是以论其世也。是尚友也。”

在这段话里，孟子对万章谈论“尚友”的道理。善士不仅与身边的善士交朋友，与本国的、天下的善士交朋友，还要与古代的善士交朋友。孟子在《万章下》还说过：“闻伯夷之风者，顽夫廉，懦夫有立志。”“闻柳下惠之风者，鄙夫宽，薄夫敦。”意即受到古代有德之士的风节

① 刘克庄《跋刘澜诗集》，《后村先生大全集》卷一百零九，《四部丛刊》影印旧抄本。
② 王夫之《薑斋诗话·诗绎》，人民文学出版社 1961 年版。
③ 吴淇《六朝选诗定论缘起》，吴淇《六朝选诗定论》，《四库全书存目丛书》补编第 11 册影印清刻本。

的感化，可以促使人转化性情，提高品格。这正是“尚友”古人的意义。古人已死，尚友古人，就要讽诵、研讨古人留下的诗书，领会古人诗书中的精神意蕴。而要正确完整地领会作品的精神意蕴，还需要了解作者的生平、情志；而了解作者的生平情志，就需要考察作者所生存的时代背景、社会环境。“知人论世”就是说，《诗》《书》作品具有独立完整的稳定意义，对这种意义的认识，需要联系作者的生平思想和所处的社会环境进行整体的考察。

“知人论世”与“以意逆志”是孟子提出的读诗的两种基本原则和方法。“知人论世”是从作品意义生成的角度强调读诗时要同时考察作品赖以产生的作者生平思想和社会环境。“以意逆志”是从作品意义呈现的角度强调读诗时不能孤立于只言片语作机械理解，而应该领会全篇的整体意义和作者的精神实质。这二者是相辅相成的，紧密关联的。“以意逆志”时要“知人论世”，“知人论世”可以更好地“逆”（迎）作者之“志”；而把握了作者之志，也有助于“知人论世”。清代顾镇《虞东学诗》“以意逆志”条说：

> 然则所谓逆志者何？他日谓万章曰：“颂其诗，读其书，不知其人，可乎？是以论其世也。”正惟有世可论，有人可求，故吾之意有所措，而彼之志有可通。……夫不论其世，欲知其人，不得也；不知其人，欲逆其志，亦不得也。……故必论世知人，而后逆志之说可用之。①

后来，王国维在《玉溪生诗年谱会笺序》里也说：“是故，由其世以知其人，由其人以逆其志，则古诗虽有不能解者，寡矣。”② 这都是在强调“知人论世”是达到“以意逆志”的前提条件。

孟子引诗、论诗，已抛弃了赋诗言志、断章取义的方法，而运用了“以意逆志”和“知人论世”的方法，尊重诗作的本来意旨。据梁玉绳《史记志疑》卷二十九，《孟子》七章“援《诗》凡三十五”。这些援《诗》证理的例子，多数都符合诗篇本来的意旨。如《公孙丑上》援引

---

① 焦循《孟子正义》卷十八引，《续修四库全书》影印道光年间刻本。

②《观堂集林》卷二十三，《王国维遗书》，上海古籍书店 1983 年影印本。

《诗·豳风·鸱鸮》中“迨天之未阴雨，彻彼桑土，绸缪牖户。今此下民，或敢侮予？”来论证“国家闲暇，及是时，明其政刑”的道理。这实际上是符合《鸱鸮》篇“未雨绸缪”的本来用意的。在《告子下》中，孟子与公孙丑论《诗》，更是“以意逆志”与“知人论世”方法的生动例证：

> 公孙丑问曰：“高子曰：‘《小弁》，小人之诗也。’”孟子曰：“何以言之？”曰：“怨。”曰：“固哉！高叟之为诗也。有人于此，越人关弓而射之，则己谈笑而道之；无他，疏之也。其兄关弓而射之，则己垂涕而道之；无他，戚之也。《小弁》之怨，亲亲也。亲亲，仁也。固矣夫，高叟之为诗也！”曰：“《凯风》何以不怨？”曰：“《凯风》，亲之过小者也；《小弁》，亲之过大者也。亲之过大而不怨，是愈疏也；亲之过小而怨，是不可矶（矶，“激”也）也。愈疏，不孝也；不可矶，亦不孝也。”

《诗·小雅·小弁》，《毛诗》说是“刺幽王也”，“幽王娶申女，生太子宜咎。又说（悦）褒姒，生子伯服，立（褒姒）以为后，而放宜咎”；鲁、韩《诗说》则认为是尹吉甫之子伯奇被放而作。总之，这是一首放子呼吁之词，抒发放臣逐子的忧怨。高叟因为这首诗里的“靡瞻匪父，靡依匪母。不属于毛，不罹于里”数句，言辞沉痛，以至于怨愤，于是说这首诗“怨”，是“小人之诗”。孟子则从全书的整体意义和诗人的写作动机考虑，提出不同的看法，认为：“《小弁》之怨，亲亲也。亲亲，仁也。”《小弁》虽然蕴含着怨情，但那是臣子对君父严重过失的怨，这种怨，正是“亲亲”和热爱君父的表现，是合乎仁的，未可厚非。高叟又发难说，《凯风》是讽刺母亲过失的，为什么不怨呢？孟子比较了《小弁》和《凯风》两诗作者遭遇的不同，父母过失大小不同，因而诗中有怨，也有不怨，都合乎仁。反之，若父母过失小而怨，父母过失大而不怨，这都是不孝。可见，孟子对《小弁》和《凯风》的理解，不是像高叟那样抓住个别文辞、语句望文生义，而是从全诗的整体意义出发，联系诗人作诗的情况和诗歌的整体内容作具体分析，这正是“以意逆志”和“知人论世”的根本精神。孟子确立了诗歌意义的独立性、完整性，强调领悟作者情志是读诗的归宿。他提出的“以意逆志”和“知人论世”原则与方法，开创了中国诗歌批评的优良传统。

第四节　老、庄道论的诗学启悟

道家是中国古代思想的重要源头之一。以老、庄为代表的道家思想，与以孔、孟为代表的儒家思想，相互对立，又相互补充，成为中国思想文化的渊源，沾溉其后数千年的华夏文化。道家创始于老子，其年代大约与孔子同时；庄子发挥了老子学说，成为道家思想的代表，其年代也与孟子相当。在春秋战国大动乱、大转型的时代里，孔、孟与老、庄，从不同的角度，朝着不同的方向，思考着人的存在，人与社会、自然的关系。孔子、孟子关心的是在社会中个人如何成仁成圣，个人如何修炼“仁”的道德人格，实现修身齐家治国平天下的社会理想。老子、庄子思考的是人如何在纷乱的现实中保持原初的本性，守住恒久不变的常道，在无己无物的虚静中，超越现实的羁绊，享受体道的自由，获得个体生命在宇宙中的存在。老、庄反对儒家的仁义：“大道废，有仁义。智慧出，有大伪。”（《老子》十八章）“夫子亦放德而行，循道而趋，已而若至矣！又何偈偈乎揭仁义，若击鼓而求亡子焉！”（《庄子·天道》）他们认为，仁义伪装、扭曲人的自然本性，人束缚于仁义之中，就违背了自然，失去了自由。老、庄也反对儒家一贯重视的《诗》《书》《礼》《乐》：“五色令人目盲，五音令人耳聋，五味令人口爽。”（《老子》十二章）“失道而后德，失德而后仁，失仁而后义，失义而后礼。礼者，道之华而乱之首也。”（《老子》三十八章）“性情不离，安用礼乐！五色不乱，孰为文采！五声不乱，孰应六律！”（《庄子·马蹄》）与其说孔、孟与老、庄是对立的，不如说老、庄思想是在纠正孔、孟仁义礼乐有可能存在的偏颇，特别是当儒家的仁义礼乐违背人的自然本性，成为对真的遮障和掩饰，成为“伪”时，其消极性一面就暴露出来了，老、庄就是针对这种消极性而发难的。在老、庄看来，儒家所重视的文采、音乐和美味，都是迎合并助长了人的某方面欲望，扰乱人虚静、浑全的自然本性。因此，从根本上说，老子、庄子是反对文艺的。在他们的著作中也很少有关于文艺的正面的直接的论述。但是，老子和庄子对道的论述，特别是庄子的体道境界，实际上就是一种超越功利、超越现实，实现精神自由，进入虚无的审美境界。老庄对体道的论述，多与后代诗论相通，启发了后代许多重要的诗学思想。因此，在诗学史上不能没有老、庄的位置。

道与言：道是老庄思想的最高范畴，在老庄思想中，道，是宇宙的本源，是世界的本然，是浑融的圆整，不可言说。《老子》开篇说："道可道，非常道；名可名，非常名。"可以言说的，仅是局部的个别的事物的道，但永恒普遍的道，是不可言说的；个别的暂时的事物名称是可以指称的，但永恒普遍的名称，则不可以指称。也就是说，对于浑融、圆整、永恒的宇宙之道来说，一切语言都是多余的，任何语言都是将完整切割为碎片，将变动不居的永恒凝固为暂时，因此语言的切割，就是对道的肢解，道不可言，道的普遍性、永恒性、完整性，远远超越了语言文字的表达能力。但是，对于不可名状的"道"，老子又不得不强为之名，于是他只能用形象来描绘"道"的影像，说：

> "道"之为物，惟恍惟惚。惚兮恍兮，其中有象；恍兮惚兮，其中有物。窈兮冥兮，其中有精；其精甚真，其中有信。自今及古，其名不去，以阅众甫。(《老子》二十一章)
>
> 有物混成，先天地生。寂兮寥兮，独立而不改，周行而不殆，可以为天地母。吾不知其名，强字之曰"道"，强为之名曰"大"。(《老子》二十五章)

其中"象"、"物"、"精"、"信"，都是就"道"之生化万物的"有"而言的。而"恍惚"、"窈冥"、"寂寥"，则是指道原初"无"的状态的。任何有边界的事物，都只是道的产物，而不是道本身，道是没有边界的，道是"有"，更是"无"：

> 无，名天地之始；有，名万物之母。(《老子》第一章)

道化生万物，就是"有"，"有"是可以言说的。而道本身为天地之本始，出于虚无，"无"是不可言说。"无"化生"有"，"有"指向"无"，"有"与"无"相蕴相生，便是常道。《老子》十一章云：

三十辐共一毂，当其无，有车之用。埏埴以为器，当其无，有器之用。凿户牖以为室，当其无，有室之用。故有之以为利，无之以为用。

这是用形象的比喻说明“有”与“无”、“虚”与“实”的关系。器物本身是实有的，但是只有当其“有”蕴涵着空虚“无”，才能发挥它的作用。有与无是相互依存的。《老子》四十一章用凝练的语言概括道之有无，说：“大音希声，大象无形。”关于这句话的意思，历来有不同的认识①。其实，这正是老子论道之有无的进一步发挥，声和形为声响和形体，是具体的、个别的实有；大音、大象，是符合蕴蓄深广、运行不息的“道”的音乐与视象，老子认为，在真正符合道的音乐和视象中，具体、个别实有的声响和形体，不是突出它的存在，而是销湮自己的存在，融化在浑全的虚无中。虚无的道是不断地禀贷实有，消融实有，以成就自己之“大”。所以《老子》紧接其后就说：“夫唯道，善贷且成。”庄子发挥了老子的道论，也是以形象来描述道之“有无相生”：

视乎冥冥，听乎无声。冥冥之中，独见晓焉；无声之中，独闻和焉。(《庄子·天地》)

听之不闻其声，视之不见其形，充满天地，苞裹六极。(《庄子·天运》)

这是说至道深玄，非色非声，非人的感官所能及，因此是“无”；但是，在虚静之中，又体悟出道充满天地，苞裹六极，陶甄万象，谐韵八音，无所不在，因此是“有”。

老庄对道之“有”、“无”的阐述，是对宇宙间普遍道理的揭示，它与诗歌的艺术有相通之处。老庄那种“天地与我并生，万物与我为一”的“体道”境界，就是最高的诗境，是诗歌意境的最高追求。古代诗歌审美意趣的一个重要方面，就是指向超越有形、超越语言的悟道

① 可参考顾易生、蒋凡《先秦两汉文学批评史》，上海古籍出版社 1990 年版，第 177—185 页。

境界。老庄道论对后代的诗论也产生了深远的影响。陆机《演连珠》说："繁会之音，生于绝弦。"[①] 就是在"无"中孕育着丰富的"有"。司空图《二十四诗品·含蓄》说："不著一字，尽得风流。语不涉难，已不堪忧。"[②] 这都是强调诗歌在有限的实在中，表现无限的意蕴和余味。古代诗论强调处理"虚"与"实"的和谐关系，情和景要相互融浃，情融于景，有理趣而无理语，都是说诗歌要善于用"虚"。宋范晞文《对床夜语》说："不以虚为虚，而以实为虚，化景物为情思，从首至尾，自然如行云流水。"明焦竑《诗名物疏序》说："夫《诗》有实有虚，虚者其宗趣也，……实者其名物也。"[③] 屠隆《与友人论诗文》说："顾诗有虚有实，有实有虚，有虚虚，有实实，有虚而实，有实而虚，并行错出，何可端倪。"清李调元《雨村诗话》说："文章妙处，俱在虚空，或奇峰插天，或千流万壑，或喧湍激濑，或烟波浩渺，只须握定线索，十方八面，自会凭空结撰，并不费力也。"袁枚《续诗品·空行》说："钟厚必哑，耳塞必聋。万古不坏，其唯虚空。诗人之笔，列子之风。离之愈远，即之弥工。"这些都是强调诗歌要虚实相生，善于创造出虚灵奇妙的意趣。古代诗论要求诗歌既关注现实，表现自然，又要抬高一步，超越有限，指向无垠的虚空。这都直接或间接地受到老、庄"有"、"无"论的启发。

老庄论道，既重视"有"，更强调"无"。"有"勉强可以用语言名之，而"无"是语言所无法企及的。老、庄很早就自觉地意识到语言表达的有限性。《老子》五章说："多言数穷。"《庄子·齐物论》："言隐于荣华。"这不是否定语言的表现力，而是珍重语言，强调语言的真实性，反对故弄玄虚，反对过多地雕琢语言，若过分专注于语言，语言反而会成为达意的障碍，遮蔽了语言背后的意义。庄子也认识到语言表达与大道之间有难以逾越的鸿沟。在《庄子·天运》里，他借老子的话说：

①《陆机集》，中华书局 1982 年版，第 94 页。本文引陆机文字均依据此版，不赘注。

② 祖保泉、陶礼天笺校《司空表圣诗文集笺校》，安徽大学出版社 2002 年版，第 165 页。本书引司空图文字，据此本者不再标注。

③ 焦竑《澹园集》，中华书局 1999 年版，第 127 页。本书引焦竑文字均依此本。

然使道而可献，则人莫不献之于其君；使道而可进，则人莫不进之于其亲；使道而可以告人，则人莫不告其兄弟；使道而可以与人，则人莫不与其子孙。然而不可者，无他也，中无主而不止，外无正而不行。

意即道的获得，依靠人亲证亲悟的体会，而不是人与人之间的交流传递，道的感悟是不可言说，不可传递的。成玄英疏曰："夫至道深玄，妙绝言象，非无非有，不自不他。是以不进献于君亲，岂得告于子弟！所以然者，无他由也。……中既无受道之心，故外亦无能正于己者，故不可行也。"（《南华真经注疏》卷十六）人对道的把握，是心灵的感悟和体验，是生命精神上与道合一，亦即是"体道"。《庄子·知北游》说："夫体道者，天下之君子所系焉。"而理性化、逻辑化的语言，只是诉诸人的认知能力，因此，两者相互睽隔，难以相通。《庄子·应帝王》的一则寓言中，壶子对弟子列子说：

吾与汝既其文，未既其实，而固得道与？

成玄英疏曰："吾比授汝，始尽文言，于其妙理，余（全）未造实。汝固执文字，谓言得道，岂知筌蹄异于鱼兔耶？"（《南华真经注疏》卷九）这正说明了道不可言，所谓的传道，不过是在语言文字上周旋纠缠，不论是授者还是受者，都无法摆脱语言而且进入得道的境地。《天道》的"轮扁斫轮"的故事又一次生动地说明道之不可言传。所以庄子怀疑书籍文字的表达能力说：

世之所贵道者，书也。书不过语，语有贵者。语之所贵者，意也，意有所随。意之所随者，不可以言传也，而世因贵言传书。世虽贵之，我犹不足贵也，为其贵非其贵也。（《庄子·天道》）

夫六经，先王之陈迹也，岂其所以迹哉！今子之所言，犹迹也。夫迹者，履之所出，而迹岂履哉！（《庄子·天运》）

可以言论者，物之粗也；可以意致者，物之精也；言之所不能

论，意之所不能察致者，不期精粗焉。(《庄子·秋水》)①

在庄子看来，“语”、“意”、“道”之间存在距离，难以相通，语粗意精，然而语言和意义都不过是“道”所留下的脚印，当人们砣砣追求语意时，道已走得很远。其实庄子并非全然否定语言的表现功能，他自己就不得不借助语言来表述他的道。他只是在强调道并非语言所能穷尽，人们不能专注于语言，枉费精力，而迷失了语言背后的道。作用于认知领域的语言，不过是指月的“指”，而不是月本身，如若求道，还得跨过语言的障碍，超越语言，用生命精神去体道，与道合一。所以庄子不惜用“寓言”、“重言”、“卮言”来绕过语言的障碍，引人入道。

庄子所提出的道与言的问题，是后代语言哲学的重要论题，也是古代诗学所面对的重要问题，特别是经过魏晋玄学“言意之辩”的激扬，后代许多诗学家都不得不面对这个问题作出自己的回答。陆机《文赋》开篇就提出他的担心：“恒患意不称物，文不逮意，盖非知之难，能之难也。”而解决文学表达中言、意、物之间的矛盾，也就是《文赋》的主旨。刘勰《文心雕龙·神思》说：“至于思表纤旨，文外曲致，言所不追，笔固知止。”也是明确认识到语言的有限性。中国古代诗学的智慧，是并不把语言的有限性看作无法弥补的缺憾，而是要诗人充分利用有限的语言，指向无尽的言外之意，获得韵外之致，味外之旨。正是语言的有限性，使语言与大道之间留有大片空白，为古代诗人留下驰骋才艺的天空，也蕴蓄出兴趣、意境、神韵等诗学范畴。

玄览与游心：老、庄思想中的一个重要问题是，人怎样才能摆脱与道隔绝的状态，超越物质世界的羁绊，超越私心欲望的束缚，回复到与道为一的境界。老子对此的回答是，人只有心地精神的绝对安静，才能得道致德。《老子》第八章说：“心善渊。”人心应该像深渊之水一样空虚、深静、清明。《老子》第十章说：

载营魄，抱一，能无离，专气致柔，能婴儿。涤除玄览，能无疵。

---

① 按，郭象注曰：夫言意者，有也；而所言所意者，无也。故求之于言意之表，而入乎无言无意之域而后至焉。

营魄，即魂魄，是指人的精神。这句话的意思是：得道的人，能精神安静，志意不分，宁神守气，意念不乱；洗净内心一切虚妄，使之净洁；心处静默，而深照万事。第十六章又谓："至虚极，守静笃。"老子这些话总的意思是，人的精神安定静默，摆脱一切的妄想与欲念，达到心地清明，而能烛照万物，实现人心与天道的冥合。

如果说老子的"涤除玄览"，还只是在强调人之精神的静默的话，到了庄子"游心"，则更强调人的精神自由。《庄子》中常用"游心"二字来描述人与道冥合的精神状态。《庄子·德充符》云："游心乎德之和。"《庄子·应帝王》云："游心于淡，合气于漠，顺物自然而无容私焉，而天下治矣。"《庄子·田子方》云："吾游心于物之初。"这都是"游心于道"、"心游于道"的意思，即人的精神与道之间没有障碍睽隔，自由冥契的状态。《庄子·大宗师》云："鱼相造乎水，人相造乎道。……鱼相忘乎江湖，人相忘乎道术。"人之游心于道，就像鱼在江湖水中自由游弋一样。和"游心"相对立的是"机心"：《庄子·天地》云："机心存于胸中，则纯白而不备。纯白不备，则神生不定。神生不定者，道之所不载也。""机心"，就是机变之心，心存机巧、诡诈，忙于应付世事，就与道无缘了。与"游心于道"相对立的，是"游心于知"：《庄子·骈拇》云："骈于辩者，累瓦结绳窜句，游心于坚白同异之间。"在坚白异同中骋其私智，肆其辩锋，就与道无缘了。《庄子·齐物论》所谓"吾丧我"，所谓"天地与我并生，而万物与我为一"的境界，就是"游心于道"的境界。

在庄子看来，人要达到精神自由，"游心于道"，而"不以心捐道"（《庄子·大宗师》），人的精神主体首先要摆脱世俗实用功利的羁绊。一切关于"有用"与"无用"的计较，都是以某种社会价值观念为准绳的，必然受到社会观念的约束而有所取舍，有取舍必然有所亏损，人心与大道之间因这种社会观念的遮障而产生距离，所以庄子多处反复申说人的精神主体要实现对实用功利的超越。在《逍遥游》和《人间世》里，庄子都曾用树木的比喻来说明："无所可用，故能若是之寿。""此果不材之木也，以至于此其大也。""故未终其天年而中道夭于斧斤，此材之患也。""人皆知有用之用而莫知无用之用也。"《庄子·外物》

又云："知无用而始可与言用矣。""无用"，对"用"的超越，就是对世俗的是非善恶等价值观念的超越，解除社会观念对"大道"的遮障，这样才有可能实现精神主体的自由。

"游心于道"，还要求人的精神主体从世俗的纷扰中退隐回来，进入虚静的精神状态。庄子继承和发展了老子"玄览"的思想，强调人内心的虚静明澈。他常用"心斋"、"坐忘"等说明精神主体的虚静状态：

> 回曰："敢问心斋？"仲尼曰："若一志，无听之以耳而听之以心，无听之以心而听之以气。听止于耳，心止于符①。气也者，虚而待物者也，唯道集虚。虚者，心斋也。"颜回曰："回之未始得使，实自回也；得使之也，未始有回也，可谓虚乎？"夫子曰："尽矣。"（《庄子·人间世》）

"一志"，就是"用志不分，乃凝于神"的意思。耳朵的听，只能停留于外在的声响上，心里的想象也只是停留于具体的情境上，且夹杂着偏私。这些都与道隔着距离。庄子说要"听之以气"，实际上是取"气"之"虚而待物"的意思，因为道是虚的，因此精神主体也应该"虚而待物"，彻底地虚静下来，就是"心斋"。《庄子·大宗师》云：

> 仲尼蹴然曰："何谓坐忘？"颜回曰："隳肢体，黜聪明，离形去智，同于大通，此谓坐忘。"

《庄子·在宥》云：

> 崔瞿问于老聃曰："不治天下，安藏人心？"老聃曰："汝慎，无撄人心。"（郭象注："撄之则伤其自善也。"）……云将曰："吾遇天难，愿闻一言。"鸿蒙曰："意！心养！汝徒处无为，而物自化。隳尔形体，吐尔聪明，大同乎涬溟。解心释神，莫然无魂。万物云云，各复其根，各复其根而不知。浑浑沌沌，终身不离。"

---

① 成玄英疏："符，合也。心起缘虑，必与境合。庶令凝寂，不复与境相符。此释'无听之以心'者也。"（《南华真经注疏》卷五，《续修四库全书》，据涵芬楼影印明正统道藏本影印）

“坐忘”，就是通过长时间的静寂而达到忘记自己的生理性存在，忘记自己的知识性存在和社会性存在，没有世俗的外物来“铙心”、“撄心”，而达到与天地精神相往来的通彻。通过“心斋”和“坐忘”，达到心地的虚静恬淡，朗彻清明。《德充符》云：“人莫鉴于流水而鉴于止水。唯止能止众止。”流水因为自身的动荡，而不能照鉴万物；止水因为自身的虚静，而能照鉴万物。人心亦是如此。《天道》又云：“水静犹明，而况精神。圣人之心静乎，天地之鉴也，万物之镜也！虚静恬淡，寂寞无为者，天地之平而道德之至也。……夫虚静恬淡，寂寞无为者，万物之本也。”只有内心虚静，心地明澈，才能鉴天地之精微，镜万物之玄赜，而达到“体道”，与道冥契的境界。《庄子·田子方》记载一则关于艺术创作的故事：

宋元君将画图，众史皆至，受揖而立；舐笔和墨，在外者半。有一史后至者，儃儃然不趋，受揖不立，因之舍。公使人视之，则解衣盘礴，裸。君曰：“可矣，是真画者也。”

这里记述的“众史”，还受社会礼法规范乃至利禄赏赐的束缚，“受揖而立”，不越常人；而后至的史，则完全摆脱世俗礼法名利观念的束缚，进入逍遥自由虚静空明的创作状态，所以宋元君赞叹说：“真画者也。”这则故事，对于后世的艺术理论具有深刻的思想启迪，王士禛《渔洋诗话》卷上说“诗文须悟此旨”。后代论者多方面发挥了这个寓言的意义：

一是强调艺术创作必须敢作敢为，一空依傍，摆脱精神束缚。如恽南田《南田画跋》谓“作画须有解衣盘礴、旁若无人意，然后化机在手，元气狼藉，不为先匠所拘，而游于法度之外矣。”吴乔《围炉诗话》：“作诗须将古今人诗一帚扫却，空旷其心，于茫然中忽得一意，而后成篇，定有可观。”吴雷发《说诗菅蒯》说：“胸明眼高，每觉前无古人，后无来者，则笔端自然磊落而雄放。”这种撑开只眼，独立乾坤的创作主体精神，可以溯源至庄子的“真画史”。

一是强调艺术创作必须适意怡情、心闲无事，摆脱现实功利的干扰。如郭若虚说：“夫内自足，然后神闲意定。神闲意定，则思不竭而笔不困也。”（《图画见闻志》卷一《论用笔得失》）元人赵文说：“诗之为物，其作之也，亦必心闲无事而后能，未有扰扰焉得失利害之中而能诗者也。”（《青山集》卷四《竹易吟院记》）刘将孙《养吾斋集》卷九《本此诗序》：“人间好语，无非悠然自得于幽闲之表。”王文禄《文脉》卷一：“为文如蚕口抽丝作茧，一闻响则口停而丝肠断矣，使乱乃心，文焉得妙？”反面的例子是宋代葛立方《韵语阳秋》记载的一则故事：

> 谢无逸问潘大临云：“近日曾作诗否？”潘云：“秋来日日是诗思。昨日捉笔得‘满城风雨近重阳’之句，忽催租人至，令人意败，辄以此一句奉寄。”亦可见思难而易败也。①

人的精神主体实现对世俗世界、物质世界的超越，对自身生理形体和私欲私智的超越，进入虚静状态，游心于道，就能够打破“物我”之间的疆界，应自然之理，达万物之情。《庄子·秋水》记载一则著名的对话：

> 庄子与惠子游于濠梁之上。庄子曰：“儵鱼出游从容，是鱼之乐也。”惠子曰：“子非鱼，安知鱼之乐？”庄子曰：“子非我，安知我不知鱼之乐？”惠子曰：“我非子，固不知子矣；子固非鱼也，子之不知鱼之乐，全矣！”庄子曰：“请循其本。子曰：‘汝安知鱼乐’云者，既已知吾知之而问我。我知之濠上也。”

惠子的世界，只是知性的世界，主体也只是知性的主体，主体还没有摆脱生理形体的束缚，没有超越个体的知识欲念的束缚，因此物我之间、彼此之间是遮掩着一道屏障，惠子不知庄子之知鱼乐，更不知鱼之乐。而庄子的世界，是“游心于道”的世界，精神主体摆脱了生理形体的束缚，超越了世俗观念和欲念智慧的羁绊，因此，尽管物性不同，水陆殊致，但能善达物理而体其情。庄子对鱼之乐的“知”，不是是非、善恶的判断，也非知识论的思辨，而是审美性的情感体验。因此可以说，

---

① 葛立方《韵语阳秋》卷二，见何文焕辑《历代诗话》，中华书局1981年版，第500页。本书引此诗话均依此版。

庄子对精神主体“心斋”、“坐忘”的阐述，实际上已经接触到审美心境的问题。

后代许多文论家，都发展了老庄的“玄览”、“心斋”、“坐忘”说，阐述文艺创作时审美主体虚静的精神状态。陆机《文赋》论创作构思之始，“皆收视反听，耽思傍讯，精骛八极，心游万仞”。刘勰《文心雕龙·神思》云：“陶钧文思，贵在虚静。疏瀹五藏，澡雪精神。”宋代苏轼《送参寥师》云：“欲令诗语妙，无厌空且静。静故了群动，空故纳万境。”等等，都是强调文艺创作时创作主体要摆脱一切世俗的躁动，进入审美的虚静心境，使审美思维处于活跃状态，达世理而体物情。

道与技：《庄子》中有许多关于能工巧匠技艺创造的寓言故事。在先秦时代还很少具有纯粹自觉的艺术创造活动，而这些能工巧匠的劳动技艺，已摆脱物性的制约，合乎事物的规律，达到主体与对象的契合无间、出神入化的境地。因此，这些劳动技艺在内在精神上与艺术创造相通，也具有了艺术创造的意味。庄子的这些寓言，给予后世文论家以无穷的启示，对于后代诗论、文论也产生了深刻的影响。

庖丁为文惠君解牛，手之所触，肩之所倚，足之所履，膝之所踦，砉然响然，奏刀騞然，莫不中音，合于《桑林》之舞，乃中《经首》之会。文惠君曰：‘嘻，善哉！技盖至此乎？’庖丁释刀对曰：‘臣之所好者道也，进乎技矣。始臣之解牛之时，所见无非牛者；三年之后，未尝见全牛也；方今之时，臣以神遇而不以目视，官知止而神欲行。依乎天理，批大郤，导大窾，因其固然。技经肯綮之未尝微碍，而况大軱乎！……’”（《庄子·养生主》）

庖丁解牛，一举一动，顺乎牛理，合乎音节。文惠君在一旁叹为观止。赞叹说：技艺的纯熟竟然一至于此。庖丁说：我所好的是寄道理于技，非仅是技而已。当初我刚刚学解牛时，未得其理，触处皆碍；三年以后，明了牛之腠理，目无全牛；而今我已不需要凭借感官，而是纵心游神，暗与理会，纯依天理。

梓庆削木为鐻。鐻成，见者惊犹鬼神。鲁侯见而问焉，曰：

“子何术以为焉?”对曰:“臣工人,何术之有!虽然,有一焉。臣将为鐻,未尝敢以耗气也,必齐(同“斋”字,下同)以静心。齐三日,而不敢怀庆赏爵禄;齐五日,不敢怀非誉巧拙;齐七日,辄然忘吾有四枝形体也。当是时也,无公朝,其巧专而外滑消,然后入山林,观天性;形躯至矣,然后成见鐻,然后加手焉;不然则已。则以天合天,器之所以疑神者,其由是与?”(《庄子·达生》)

梓庆刻木为鐻(一种似钟的乐器),鬼斧神工。为什么能如此出神入化呢?他说:我将要做鐻的时候,静心养气,不敢有丝毫损耗。斋戒三日,爵禄之赏忘乎于心;斋戒五日,世俗的是非毁誉不存于心;斋戒七日,忘记了自已的四肢形体的生理性存在。内心专一而消除外乱之事,然后到山林中去观看天性好木,随手加工,因物之妙,以天合天,这样做成的鐻,自然就巧若天工了。

工倕旋而盖规矩,指与物化而不以心稽,故其灵台一而不桎。忘足,履之适也;忘要,带之适也;忘是非,心之适也;不内变,不外从,事会之适也。始乎适而未尝不适者,忘适之适也。(《庄子·达生》)

尧时一位叫倕的工人,巧觑天工,手虽物化而心不碍物,心神凝一而不枯桎。心合乎道,而忘乎道,本性常适,与天冥契。

仲尼适楚,出于林中,见痀偻者承蜩,犹掇之也。仲尼曰:“子巧乎?有道邪?”曰:“我有道也。五六月累丸二而不坠,则失者锱铢。累三而不坠,则失者十一。累五而不坠,犹掇之也。吾处身也,若厥株拘;吾执臂也,若槁木之枝,虽天地之大,万物之多,而惟蜩翼之知。吾不反不侧,不以万物易蜩之翼,何为而不得也。”孔子顾谓弟子曰:“用志不分,乃凝于神,其痀偻丈人之谓乎?”(《庄子·达生》)

孔子到楚国,在树林中见一个驼背老头持竿而粘蝉,就像俯身从地上拾起一样方便,就上前询问。老人说:我训练承蜩,有道也。是经过长时间的反复训练才能达到今天如此纯熟准确的地步。我训练承蜩的时候,像槁木枝一样心神凝寂，用心唯在承蜩，不管万物的纷杂。孔子听后回头对身边的弟子说：佝偻丈人承蜩，运心用志，凝静不离。

> 孔子观于吕梁，县（同“悬”）水三十仞，流沫四十里，鼋鼍鱼鳖之所不能游也。见一丈夫游之，以为有苦而欲死也，使弟子并流而拯之。数百步而出，被发行歌而游于塘下。孔子从而问焉，曰：“吾以子为鬼；察子，则人也。请问蹈水有道乎?”曰：“亡，吾无道。吾始乎故，长乎性，成乎命。与齐俱入，与汩偕出，从水之道而不为私焉。此吾所以蹈之也。”孔子曰：“何谓始乎故，长乎性，成乎命?”曰：“吾生于陵而安于陵，故也；长于水而安于水，性也；不知吾所以然而然，命也。”（《庄子·达生》）

吕梁之水，飞流湍急，鱼鳖都不能游水。但是孔子却见到一个男人散发行歌，逍遥自得地遨游其间。问之，回答说：我不懂得什么道理。从小就在这水边出生，长大就游于水中，现在习水成性，顺游逆游，都心无惮惧，逍遥自由而与水相宜。

> 大马之捶钩者，年八十矣，而不失豪芒。大马曰：子巧与！有道与？曰：臣有守也。臣之年二十而好捶钩。于物无视也，非钩无察也。（《庄子·知北游》）

楚国大司马家有一位锻打腰带的老头儿，八十高龄，锻打腰带，无毫芒之差。大司马很惊奇，问道：你的手艺如此工巧，难得别有道术吗？老头儿回答说：我一生心守乎此。自二十岁以来，专好此术，心不旁骛，习以成性，以至于此。

以上这些寓言，谈的都是技艺的炉火纯青，出神入化。但是，庄子的本意不是在谈人的技艺，而是在论道。庖丁说：“臣之所好者道也，进乎技矣。”也就是说，道是超越技艺，比技艺更进一层的。但反过来说，技艺若更进一步，就进入得道的境地了。承蜩的佝偻直接说：“我有道也。”蹈水的丈夫虽然说“吾无道”，但是“始乎故，长乎性，成乎命”的话，正是他蹈水之道。总之，庄子创作这么多关于技艺的寓言，其宗旨是在说明“道”与“技”的关系。在庄子看来，道与技是密切联系的。当人们还仅仅在追求技术的规范、熟练时，技与道之间还存在遥远的距离；当技艺的纯熟达到一定地步，消除了物性与人心之间的暌隔，能顺物适性，随物之情，习以成性时，主体与对象之间对立的状态已转化为相宜相适的契合状态，这时的“技”，就合乎“道”了。“技”的最高层面就是“道”，“道”蕴涵在“技”中，在“技”中见“道”。

那么，技艺如何才能达到道的境界呢？从《庄子》的寓言中我们大致可以看出，技艺要达到道的境地，需要这样几个方面的条件：

首先，是长久的技艺训练和实践。庖丁解牛三年后才能目无全牛，承蜩的佝偻老人的技艺是通过一辈子的磨练才得到的，大司马家的“捶钩者”年已八十，斫轮的轮扁也是“行年七十”……这都说明，高超的技艺要通过长期艰苦的训练和实践，甚至要耗费终生的精力才能得到。

其次，在技艺的训练实践中要保持虚静无己的精神状态。庖丁所说“官知止而神欲行”；梓庆所说“斋以静心”忘记庆赏爵禄、非誉巧拙，乃至四肢形体；工倕所谓“灵台一而不桎”；佝偻者所谓身若株拘，臂若槁木，天地之大，惟蜩翼之知，以及“用志不分，乃凝于神”云云，都是强调实践主体心无杂念，专心致志，虚静无待，保持内心的清净空明，也就是说，主体摆脱世俗污染，回复到合乎“天”的境界。

最后，技艺训练实践要顺乎物性，用现代的话说，就是要掌握对象的客观规律，从而实现主体与客体的契合无间。庖丁所说“依乎天理”，梓庆所谓“观天性”、“然后加手”、“以天合天”，蹈水丈夫所谓“始乎故，长乎性，成乎命”，都是说明主体要在长期的实践中摸索掌握对象的客观规律，并能依从对象的客观规律从事技艺创作。“以天合天”，前一个“天”，就是通过保持虚静状态，消除理性和私心杂念的主体精神；后一个“天”，就是对象世界的“物性”、客观规律，“以天合天”，达到主体精神与对象规律的相互契合，冥合无间。而当技艺创造达到“以天合天”的境地时，实际上就是进入了艺术自由的天地，也就是大道的境界。

庄子的道技关系论，对后代诗论具有深刻的启示。“大巧若拙”是古代诗歌艺术技巧论的理想，“大巧”是暗合天理，看似不见人工，是“拙”，但却是合乎自然的“天巧”。韩愈《答孟郊》说：“文字觑天巧。”所谓“天巧”，就是技入于道的境界。黄庭坚《题意可诗后》评陶渊明诗，“所谓不烦绳削而自合”，又在《与王观复书》中赞美杜甫诗“妙处乃在无意于文”，“无意而意已至”。苏轼《答谢民师书》所谓“行云流水，初无定质”，“文理自然，姿态横生”，都是技进于道的境界。

庄子虽然没有直接对文艺发表精粹的论述，但是，他关于道、心、言、技等方面的璀璨思想，给后代诗歌创作和理论以无穷的启悟。庄子寓言的哲学智慧，给予后代诗论以无穷的启迪。如“九方皋相马”故事，后代的诗文鉴赏和批评就曾屡屡提及。明代杨慎《丹铅总录》卷十云：“知九方皋相马法，则可以观人文章。”胡应麟引申出诗歌鉴赏“兴象风神”和“格律音调”的问题。胡应麟《诗薮》外编卷一说：

> 《九方皋相马》一节，《南华》本不为诗家说，然诗家无上菩提尽具此。盖作诗大法，不过兴象风神，格律音调。格律卑陬，音调乖舛，风神兴象，无一可观，乃诗家大病。至于故实矛盾，景物汗漫，情事参差，则骊黄牝牡类也。制作诚工，即在楚言秦，当壮称老，后世但睹吾诗，宁辨何时何地。即洗垢索瘢，可谓文人无实，不可谓句语不工。不尔，即三者纤毫曲尽，焉能有无。

《庄子》“象罔得珠”的故事，看似是对人类聪明智慧的否定，但其本意是，人若逞其私志则与大道暌隔。清人陈玉璂将之与诗歌创作联系起来，阐述作诗“无心而得妙”与“有心而反拙”的问题：

> 庄子曰：“黄帝游乎赤水之北，登昆仑之邱，南望还归，遗其玄珠。使智索之，不得；使离朱索之，不得，使吃诟索之，不得。乃使象罔，象罔得之。黄帝曰：‘异哉！象罔乃可以得之乎？’”庄子之言，盖以天下之物，有心而求之，不若无心而得之也。惟诗亦然。今之人规摹古人之诗，刿心鉥肾，以求其工，而卒未必工。偶观于天地间之景物，可喜可愕，触之成吟，其工反足胜于古人。何也？所为无心之得也。设有人焉，目无所睹，意无所触，强设无端

之景物而入之于诗，其为诗也，亦偶人而已，焉得工耶？①

的确，《庄子》不是诗歌，却沾溉着后代的诗歌和诗论。胡应麟《诗薮》外编卷一说："蒙叟《逍遥》，屈子《远游》，旷荡虚无，绝去笔墨畦径。百代诗赋源流，实兆端此。"郭沫若在《鲁迅与庄子》一文里说："秦汉以来的一部中国文学史，差不多大半是在他的影响之下发展。"中国文学史是如此，中国诗学史也未尝不是如此。

① 陈玉璂《墨井诗钞序》，吴历《墨井诗钞》卷首，丛书集成续编第125册。按，《四库全书存目丛书》补编影印清康熙年间刻本陈玉璂《学文堂集》序八《吴渔山诗序》，文字略有不同。

第二章
儒家诗学思想的隆兴

【内容提要】随着儒家思想在汉代之趋于一尊，先秦儒家的诗乐理论在汉代发展为较系统的儒家诗学思想，儒家诗学将诗歌纳入政治生活中，重视诗歌与社会政治的互动关系，对于诗歌的创作意旨、艺术风格和表现形式提出相应的原则要求，这些理论原则既体现在汉代的《诗经》阐释中，也制约着汉人对于“屈骚”的评论。儒家诗学思想或强或弱、或明或暗贯穿于后代诗学史中。

秦二世而亡，大汉帝国的建立，不仅彻底结束了战国纷争的社会局面；同时，思想上诸子争鸣的时代也结束了，而逐渐趋于一尊，尊的是孔子、荀子的儒家思想；先秦时期自由的“士”，在汉代也成为“莫非王臣”的臣，镶嵌在牢固的政治结构中。随着稳定的社会制度和思想结构的建立，儒家的诗学思想也逐渐隆兴，成为思想意识形态的重要组成部分。所谓“隆兴”，是指与儒家政教相关联、相适应的诗学思想在《礼记·乐记》和《毛诗大序》中得到全面的阐发，而且成为占统治地位的社会意识形态，并支配着对于《诗》《骚》的评论。

第一节 早期乐论中的诗学思想

诗、舞、乐三位一体，是上古时期文艺的最基本特征。诗歌一般都是在燕享祭祀等特定场合配合着歌舞音乐来表演的。因此声歌与义理一样重要。先秦时期的哲人对音乐曾发表一些重要的见解，虽然论的是乐，其实也包含着诗。因此，这些乐论中也蕴涵着可贵的诗学思想。先秦的诗论往往就是针对《诗三百》甚至具体的个别诗篇而发的，还较少触及到诗歌的一些普遍性问题。而乐论则突破了这种个别性的论述，深入到诗乐的普遍性、实质性内容，探讨诗乐的一些基本理论问题。

自孔子提出“兴于诗，立于礼，成于乐”之后，孟子对于音乐，也提出一些可贵的见解，如孟子认识到音乐强烈的艺术感染力，说：“仁言不如仁声之入人深也。”（《孟子·尽心上》）孟子代表新的社会阶层提出“与民同乐”的光辉思想，肯定老百姓也具有享受音乐娱乐的权利，上层统治阶级应该满足老百姓的音乐娱乐需求，与民同乐；而且，孟子还赞美那些为老百姓所喜爱的世俗之乐，与“先王之乐”有同等重要的价值，“今之乐犹古之乐”（《孟子·梁惠王上》）。这些都表明在孔子的音乐思想的基础上，孟子有了相当的进步，对音乐感染力的认识也深入了一层。

与儒家肯定音乐的教化意义相反，墨家、道家、法家则对音乐文艺持否定的态度。特别是墨子，曾提出“非乐”的主张。墨子从小生产者的自身利益出发，反对统治阶级穷奢极欲，繁文缛节，从而强烈谴责统治者的音乐活动，说：

> 仁之事者，必务求兴天下之利，除天下之害，将以为法乎天下。利人乎，即为；不利人乎，即止。且夫仁者之为天下度也，非为其目之所美，耳之所乐，口之所甘，身体之所安。以此亏夺民衣食之财，仁者弗为也。是故子墨子之所以非乐者，非以大钟鸣鼓琴瑟竽笙之声以为不乐也，非以刻镂华文章之色以为不美也，非以犓豢煎炙之味以为不甘也，非以高台厚榭邃野之居以为不安也。虽身知其安也，口知其甘也，目知其美也，耳知其乐也，然上考之不中

圣王之事，下度之不中万民之利，是故子墨子曰：为乐非也！

墨子完全从实利的标准出发来衡量音乐，虽然也“目知其美”，但认为演奏和欣赏音乐劳民伤财，荒废政事，有害无益。他没有认识到良好的音乐具有教化民众，陶冶情操的积极意义。其“非乐”论，尽管是出于善良的政治目的，但是其理论还是片面的、狭隘的。

所以，荀子针对墨子的“非乐”论专门写了一篇《乐论》，阐述音乐的产生、性质、感染教育作用，以及音乐与政治关系等问题。这是现存的先秦时期第一篇关于音乐的专论。他批评墨子不懂得“道”，说：“墨子之于道也，犹瞽之于白黑也，犹聋之于清浊也，犹欲之楚而北求之也。”荀子论乐说：“使其声足以乐而不流，使其文足以辨而不諰(諰，通“葸”，难顺也)。”很显然，他是兼顾“声”与“文”两个方面的，“文”，就是音乐中的诗。因此，他的《乐论》实际上是关于诗乐的理论。荀子的诗乐理论是建立在他的明道、征圣、宗经的思想框架上的，具体内容有如下几点：

首先，荀子认识到诗乐产生于人们心中不可避免的情感诉求。他说：

夫乐者，乐也，人情之所必不免也，故人不能无乐。乐则必发于声音，形于动静；而人之道，声音动静，性术之变尽是矣。(《乐论》)

故乐者，天下之大齐也，中和之纪也，人情之所必不免也。(同上)

人的内心有不可压抑的悲欢情感，必然要通过声音舞蹈表现出来，这就是诗乐。人的内在思想感情的变化，表现于外在的声音形态，通过诗乐可以尽情地传达出来。荀子承认“人生而有欲”(《礼论》)，因此内在情感的萌发、表达，是不可遏制、不可避免的。关键的问题是不能“一之于情性”，任凭情感恣肆横流，所以圣人应该通过制作《雅》《颂》之声，来疏导、调节这种情感，使情感从正当的渠道得到宣泄，还能够感动人们的善心，发生良好的社会作用。荀子说：

故人不能不乐，乐则不能无形，形而不为道，则不能无乱。先王恶其乱也，故制《雅》《颂》之声以道之，使其声足以乐而不流，使其文足以辨而不諰，使其曲直、繁省、廉肉、节奏，足以感动人之善心，使夫邪污之气无由得接焉：是先王立乐之方也。(同上)

夫民有好恶之情而无喜怒之应则乱。先王恶其乱也，故修其行，正其乐，而天下顺焉。(同上)

荀子认识到诗乐的产生是源自于人内在的情感要求，而且这种情感要求，是不可避免的，也是合理的。这比“诗言志”说，已经深入一层了。荀子还从诗乐的根源上，强调圣人制礼作乐来疏导情感的意义。这就把诗乐论与宗经观念紧密联系在一起了。

其次，荀子明确地认识到诗乐具有强烈的艺术感染力，对于陶冶人们思想情感，敦厚社会风俗，安定社会秩序，具有非常重要的意义。他说：

夫声乐之入人也深，其化人也速，故先王谨为之文。

乐者，圣人之所乐也，而可以善民心，其感人深，其移风易俗，故先王导之以礼乐而民和睦。

故乐在宗庙之中，群臣上下同听之，则莫不和敬；闺门之内，父子兄弟同听之，则莫不和亲；乡里族长之中，长少同听之，则莫不和顺。故乐者，审一以定和者也，比物以饰节者也，合奏以成文者也，足以率一道，足以治万变。(同上)

这正是孟子“仁言不如仁声之入人深也”的意思，诗乐入人深，化人速，感发陶冶人们的情感，容易发挥移风易俗、正身安国的作用。而不同的诗乐，对人们情感的陶冶作用是不一样的：

乐中平则民和而不流，乐肃庄则民齐而不乱。民和齐则兵劲城固，敌国不敢婴也。如是，则百姓莫不安其处，乐其乡，以至足其上矣。然后名声于是白，光辉于是大，四海之民莫不愿得以为师。是王者之始也。乐姚冶以险，则民流僈鄙贱矣。流僈则乱，鄙贱则争。乱争则兵弱城犯，敌国危之。如是，则百姓不安其处，不乐其乡，不足其上矣。故礼乐废而邪音起者，危削侮辱之本也。故先王

贵礼乐而贱邪音。(同上)

中平、肃庄、和齐之乐，都能够对世风人心产生积极正面的影响，可以使百姓和睦，安居乐业，军队强大，国家兴盛；而姚冶之容，郑卫之音，会使人轻慢粗俗，不守礼义，这是大乱的根源。所以荀子指出，君子应该谨慎，“耳不听淫声”，避免奸声感人，生逆气而致乱。作为统治者应该注意以先王礼乐为法则，来审定音乐，禁淫声，使夷俗邪音不致乱雅乐：

君子以钟鼓导志，以琴瑟乐心。动以干戚，饰以羽旄，从以磬管。故其清明象天，其广大象地，其俯仰周旋有似于四时。故乐行而志清，礼修而行成，耳目聪明，血气和平，移风易俗，天下皆宁，美善相乐。故曰：乐者，乐也。君子乐得其道，小人乐得其欲，以道制欲，则乐而不乱；以欲忘道，则惑而不乐。故乐者，所以道乐也。金石丝竹，所以道德也。乐行而民乡方矣（乡，同“向”；方，“道”也）。故乐者，治人之盛者也。(同上)

君子象天法地，顺乎四时，合乎道德，制作诗乐，移风易俗，天下太平。

第三，荀子已隐约看到社会的治乱兴衰，对诗乐文艺的风格具有决定性的影响。他说：

乱世之征，其服组，其容妇，其俗淫，其志利，其行杂，其声乐险，其文章匿而采，其养生无度，其送死瘠墨，贱礼义而贵勇力，贫则为盗，富则为贼。治世反是也。

乱世表现于音乐，是“其声乐险”，而治世则相反。这是“声音之道与政通矣”的另一表征，后来在《礼记·乐记》和《毛诗大序》里被进一步表述为“治世之音安以乐”、“乱世之音怨以怒”。

综合起来看，荀子的《乐论》主要是针对墨子的“非乐”而发的，所以他一方面认识到诗乐产生的根源和性质，提出诗乐的产生是“人情之所不免”，其产生有着必然性，因此即使有所非难，也是没办法除去的。另一方面，荀子肯定诗乐具有强烈的社会作用与教育意义，不应该非难和压制，而应该加以疏导，使它对社会人心发生积极的作用，避免其消极影响。

荀子《乐论》的出现，使先秦儒家诗乐理论达到了新的高度，同时也为汉代诗学的发展，提供了理论资源。汉代前期出现的《礼记·乐记》，直接继承了《乐论》的基本思想，并吸收了先秦时期儒家各派以及《吕氏春秋》等书的理论观点而加以发挥，在汉代封建大一统的时代背景中，对儒家诗乐理论进行系统的理论总结，成为构筑汉代儒家诗学的重要组成部分。

关于《乐记》的作者和时代，班固《汉书·艺文志》曾明确记述，为武帝时河间献王刘德与毛生等人杂采先秦《周礼》与其他文献中的音乐资料编撰而成。班固说，自周朝衰微以来，礼乐崩坏，邪声乱正，致使乐官也只知道雅乐的声律，而不晓其义。于是，“武帝时，河间献王好儒，与毛生等共采《周官》及诸子言乐事者以作《乐记》，献《八佾》之舞，与制氏不相远。”《隋书·音乐志》引沈约《奏答》说：“《乐记》取公孙尼子。”即为孔子弟子或再传弟子公孙尼子所作。这是关于《乐记》作者的另一种说法。但是，从《乐记》的内容来看，其文字多采自《易传》《管子》《吕氏春秋》《荀子·乐论》等先秦后期的文献，《乐记》中已经明显杂有阴阳五行和天人感应的观念。因此不可能产生于先秦时期，更不是春秋末期公孙尼子所作。今人一般采纳班固《汉书·艺文志》的说法。

《乐记》明确地认识到，人类早期文艺是诗、舞、乐三位一体的。用现在话来说，是综合艺术。其中云：

> 诗，言其志也。歌，咏其声也。舞，动其容也。三者本于心，然后乐器从之。
>
> 故歌之为言也，长言之也。说（同“悦”）之故言之，言之不足，故长言之；长言之不足，故嗟叹之；嗟叹之不足，故不知手之舞之，足之蹈之也。

诗、舞、乐，都是本于人心，是人内在情志的表达。随着人们内心郁积的情志的增长，需要兼用诗、舞、乐，通过语言、声调、节奏和形体动作等艺术手段的相互协调来表现情志。《乐记》所论的“乐”，实际上是兼诗、舞而言的，可以说，《乐记》的音乐理论思想，就是关于诗乐的理论。

《乐记》对于诗乐的起源、本质、作用等多方面问题都提出了比较系统的见解，而且对许多理论问题的认识，也比《乐论》前进了一步。

关于诗乐的起源，《乐论》曾提出“乐者，人情之所必不免也”的观点；《乐记》不仅认识到“音由心生”，而且，进一步提出“感物而动”，继续探究诗乐起源的问题，第一次提出关于诗乐产生的“物感”说。《乐记》说：

> 凡音之起，由人心生也。人心之动，物使之然也。感于物而动，故形于声；声相应，故生变；变成方，谓之音；比音而乐之，及干戚羽旄，谓之乐。
>
> 乐者，音之所由生也，其本在人心之感于物也。是故其哀心感者，其声噍以杀；其乐心感者，其声啴以缓；其喜心感者，其声发以散；其怒心感者，其声粗以厉；其敬心感者，其声直以廉；其爱心感者，其声和以柔。六者非性也，感于物而后动。
>
> 夫民有血气心知之性，而无哀乐喜怒之常；应感起物而动，然后心术形焉。

《乐记》与《乐论》一样，也是从人内心的情感萌动的角度来解释诗乐的产生，认为音乐的产生，来自于人内心的情感需求。而《乐记》对这种情感需求的产生，又作了进一步的探索。《乐记》认为“人心”包括“血气心知”的性和“哀乐喜怒”的情，性与情是不一样的，《乐记》说：“六者（按，指六情）非性也，感于物而动。”性静情动。“性”是与生俱来的、恒常的血气和心智；“情”则是后天的、在外界环境刺激下心理产生的反应，具有喜怒哀乐的情感状态。人心受到外物的感动，就萌发了相应的情感。情感萌发后，需要通过声音来表现，当发出的声音合乎一定的节奏法度时，就是音乐了。《乐记》对微妙的人心认识得更细腻，而且认识到人的情感产生的社会物质原因。“物”就是指客观存在，包括自然与社会，即人类生存的外界环境。“乐”就是因作为艺术主体的“心”与作为艺术对象的“物”之间的刺激、感应而产生的。《乐记》提出的“物感”说，第一次对艺术产生的社会物质根源给予合理的解释，成为古代诗学的一个重要命题，对于后代诗歌的创作和理论都产生了深远的影响。仅就汉代来说，许多作家在诗赋创作中都明确指出创作的心理动力来自“感物”。如，《古长歌行》云：“感物怀所思。”班固《幽通赋》云：“精通灵而感物兮，神动气而入微。”① 张衡《东京赋》云：“蒸蒸之心，感物增思。”王逸《鲁灵光殿序》云：“诗人之兴，感物而作。”马融《长笛赋》云：“是故可以通灵感物，写神喻意。”魏晋以后，“感物兴情”说成为诗学中普遍性的理论命题。

诗乐源自于主体的“心”与客体的“物”之间的感应激荡。因此“心”与“物”两方面的性质，就决定了诗乐的内容和性质。《乐记》分别探索主体的“心”与客体的“物”对乐的制约作用。

首先看对于主体“心”方面的探究。《乐记》把自然界与人类发出的声音分成三个层次：声、音、乐。《乐记》说：“是故知声而不知音者，禽兽是也。”就是说，禽兽出于本能发出的响声，只是“声”，而不是“音”。同样，“情动于中，故形于声”，人由于情感激荡而发出的响声，如果不加以节奏和音律的节制引导，也只能算是“声”，“声”只是出于刺激反应的自然声响。《乐记》说：“其哀心感者，其声焦以杀。其乐心感者，其声啴以缓。其喜心感者，其声发以散。其怒心感者，其声粗以厉。其敬心感者，其声直以廉。其爱心感者，其声和以柔。”这里说的“焦以杀”、“啴以缓”等等，只能是“声”，而并非就是音乐。《乐记》又说：“知音而不知乐者，众庶是也。”“音”是介于“声”与“乐”之间的一个层次。“声成文，谓之音。”文，错画也，物相交，谓之文。成文，意即按一定的节奏、音调适当地配合起来。当人发出的声响符合一定的音律节奏，“成文”了，就是“音”。平民百姓只知“音”而不知“乐”，他们的歌唱，有节奏，有韵律，就是“音”，是民间的咏叹，但还不能说就是符合礼义的“乐”。《乐记》说：“夫乐者，与音相近而不同。”“音”有“治世之音”，也有“郑卫之音”、“乱世之音”，甚至还有“桑间濮上之音”、“亡国之音”。像魏文侯喜爱

① 班固《班兰台集》，《汉魏六朝一百三家集》本，江苏广陵古籍刻印社影印光绪五年彭懋谦信述堂刊本。本书引《汉魏六朝一百三家集》，均据此本，不另赘注。

的新乐就是“溺音”，而乐是“德音”。《乐记》说：“乐者，通伦理者也。”“乐者，天地之和也。”“乐也者，圣人之所乐也，而可以善民心。”“乐者，德之华也。”乐是和儒家的伦理道德相通的，符合儒家“善”的最高要求，是道德的完美体现，所以“唯君子为能知乐”。《乐记》虽然也认为诗乐是“人情之所不可免”的，但是它并不认为诗乐是人的情感的纯粹自然的流露，而是人之情感经过“道”的制约和过滤之后，以合乎“道德”的方式表现出来，用现在的话来说，乐表达的情感，经过社会理性过滤了，合乎社会规范，体现社会道德理想。《乐记》云：

> 乐者，所以象德也。
>
> 乐者，乐也。君子乐得其道，小人乐得其欲。以道制欲，则乐而不乱。以欲忘道，则惑而不乐。是故君子反情以和其志，广乐以成其教。

《礼记》作者认为君子和小人都追求精神上的享受。但是具有实质的差别，君子之乐（音“勒”），合乎其道，这才是真正的乐（音“月”）；“小人”，即上文的“众庶”，只顾及情感欲望的满足，只能算是“音”了，还称不上是乐。先秦文化中已有性善情恶观念的端倪，性善情恶，更是汉人普遍的思想，汉人还经常把“情”与“欲”相提并论。《乐记》中虽然没有明确标举这一观念，但是，《乐记》说“以道制欲”，“君子反情以和其志”。显然其作者是把“情”与“欲”放在一起，把“道”与“志”放在一起的，也就是说，圣人要对世俗的“情欲”有所约束，有所规范，使它能符合儒家的“道”和“志”，才能成为“乐”。《乐记》对此还有精粹的阐发，说：

> 是故先王之制礼乐也，非以极口腹耳目之欲也，将以教民平好恶，而反人道之正也。人生而静，天之性也；感于物而动，性之欲也。物至知知，然后好恶形焉。好恶无节于内，知诱于外，不能反躬，天理灭矣。夫物之感人无穷，而人之好恶无节，则是物至而人化物也。人化物也者，灭天理而穷人欲者也。于是有悖逆诈伪之心，有淫泆作乱之事，是故强者胁弱，众者暴寡，知者诈愚，勇者

苦怯，疾病不养，老幼孤独，不得其所。此大乱之道也。是故先王之制礼乐，人为之节：衰麻哭泣，所以节丧纪也；钟鼓干戚，所以和安乐也；昏姻冠笄，所以别男女也；射乡食飨，所以正交接也，礼节民心，乐和民声。政以行之，刑以防之。礼乐刑政，四达而不悖，则王道备矣。

这里说："感于物而动，性之欲也。"显然，《礼记》作者是把情与欲同样看待的。《礼记》认为圣人制作礼乐，不是要来满足人们的情欲，而是要对情欲加以节制、导引，恢复正当的人道。因为人生活在这个世界上，"物之感人无穷"，人内心的好恶若没有节制，就会沉溺于物欲之中而迷失本性，这就是"人化物"，人之非人。物欲滞心，天理泯灭，人成为物质世界的奴隶，就会有悖逆诈伪之心，淫泆作乱之事，势必造成社会大乱。因此，圣人制作礼乐，就是要来节制和疏导人的情欲，用"乐"来"和民声"，引导人们合乎社会规范、道德伦理地来表达情志。当人们具有这种内在道德之时，其发露于外，就能够创造出美好的作品。《乐记》说："情深而文明，气盛而化神，和顺积中而英华发外。唯乐不可以为伪。"情深、气盛、和顺积中，都是强调人内心的情感意志要真实深切而合乎道德伦理规范。《乐论》也曾提出了圣人制乐来节制疏导人的情感，使之归于正的思想。《乐记》对此加以继承，并进行了更为深入的阐发。这种文艺观念，强调用社会道德伦理对个人的情感加以调节引导，稍后在《毛诗序》里归结为"发乎情，止乎礼义"，成为儒家文学批评的重要理论原则。

再看对于"物"的方面的探究。《乐记》所说的"物"，不是仅仅指客观的自然物，主要是指社会政治生活。《乐论》曾说过，乱世的声乐"险"，而"治世反是"。不过《乐论》主要关注的是音乐对社会政治风俗的作用，《乐记》则注意到社会治乱、政治得失等"物"方面的原因对音乐性质与风格的影响作用。《乐记》说：

治世之音安以乐，其政和。乱世之音怨以怒，其政乖。亡国之音哀以思，其民困。声音之道，与政通矣。

世乱则礼慝而乐淫，是故其声哀而不庄，乐而不安，慢易以犯节，流湎以忘本。

社会的治乱兴亡，直接影响到人们的情志，因此也决定着诗乐的表现内容和艺术风格。反过来，通过对诗乐内容和风格的考察，也可以了解其所赖以产生的社会政治情况。因此说："声音之道，与政通矣。"《礼记》已经认识到诗乐文艺与社会政治生活之间的内在互通，用现代的话说，就是政治的通塞盛衰，必然要反映到诗乐文艺中，影响到诗乐文艺的盛衰和风格的变化；而不同内容和风格的诗乐文艺通过对人心风俗的影响，对社会政治也会发生不同的作用。

《乐记》发挥了《乐论》关于"乐"的教育、感染作用的论述，进而提出人君要"谨其好恶"的光辉思想。《乐记》说：

> 是故志微噍杀之音作，而民思忧。啴谐、慢易、繁文、简节之音作，而民康乐。粗厉、猛起、奋末、广贲之音作，而民刚毅。廉直、劲正、庄诚之音作，而民肃敬。宽裕、肉好、顺成、和动之音作，而民慈爱。流辟、邪散、狄成、涤滥之音作，而民淫乱。

音乐感人至深，移风易俗。不同的音乐，对民众情感的感染影响作用是不同的。因此，先王制作雅乐来导引民众的情感，感动人之善心，不使"放心"、邪气发露出来。后代的统治者应该法先王，进雅乐，黜新乐，自己谨慎好恶，同时制作礼乐，泄导人情，提升人性。《乐记》是礼乐并重的，"礼"与"乐"具有不同的功能，却可以协同作用：

> 乐者为同，礼者为异。同则相亲，异则相敬。乐胜则流，礼胜则离。合情饰貌者，礼乐之事也。礼义立则贵贱等矣，乐文同则上下和矣。乐由中出，礼自外作。乐由中出故静，礼自外作故文。

"致乐以治心。"统治者要发挥"乐"对人们情感的巨大陶冶感染作用，达到"乐终而德尊"的教化目标。因此应该时时刻刻重视礼乐：

> 君子曰，礼乐不可斯须去身。致乐以治心，则易、直、子、谅之心，油然生矣。易、直、子、谅之心生，则乐，乐则安，安则久，久则天，天则神，天则不言而信，神则不怒而威，致乐以治心者也。

统治者不仅要“致乐以治心”，同时也要谨慎自己的好恶情志：

> 为人君者，谨其所好恶而已矣。君好之，则臣为之；上行之，则民从之。

如果统治者不能以身作则，而是肆滥情志好恶，喜好新乐，那么上行下效，就必然对社会民众和政治风俗产生严重的不良影响。这里，《乐记》作者对上层统治者沉溺于声色犬马、荒淫奢靡提出了严正的告诫，具有一定的民主性倾向。当然《乐记》还与《乐论》一样，对新乐采取排斥的态度，不免显得保守。

《乐记》作为儒家经典《礼记》的重要篇章，其中的诗乐理论，成为汉代儒家诗学的重要组成部分，对于古代诗学发生重大而深远的影响。特别是其中的“物感”说和关于社会政治与诗乐关系的论述，为后代许多诗学家所接受，成为儒家传统诗学的基本理论原则。仅仅从汉代的情况来说，《毛诗序》就继承和发展了《乐记》的许多重要理论思想，甚至有大段的文字相似。司马迁《史记·乐书》、班固《汉书·礼乐志》、刘向《说苑·修文》、王褒《四子讲德论》等，都大量引录《乐记》中的文字，足以见得《乐记》的诗乐理论，在汉代已普遍为人所接受。

第二节　上古采诗制度的诗学意义

在古代的政治文化结构中，诗乐担负着沟通上下的重要功能，上层统治者既需要通过诗乐了解下层百姓的苦乐、民间社会的风俗，也可以通过制作雅乐教化百姓，移风易俗。远离政治中心的下层民众，需要通过诗乐表达现实生活情怀，向上传达对社会治乱、文教兴废的反应。诗乐这种沟通作用之所以能够得到发挥，很大程度上依靠“采诗”制度。

关于先秦的采诗制度，早期文献中有较为丰富的记载。大体上来说，包括“使者采诗”和“瞽史献诗”两个过程。关于使者采诗，最早的记载是《左传》襄公十四年师旷谏晋悼公时引《夏书》曰：“遒人以木铎徇于路，官师相规，工执艺事以谏。”西汉后期刘歆与扬雄赠答书，也涉及此事。刘歆《与扬雄书》记述成帝诏问“三代、周、秦，轩车使者、遒人使者，以岁八月巡路，宋代语僮谣歌戏”①。扬雄《答书》曰：“尝闻先代輶轩之使，奏籍之书，皆藏于周秦之室。及其破也，遗弃无见之者，独蜀人有庄君平、临邛林闾翁孺者，深好训诂，犹见輶轩之使。”② 輶轩之使，就是采诗之官，然而扬雄和刘歆只说得隐隐约约，不够详细。至东汉班固的《汉书》，有更明确的记载：

> 故哀乐之心感，而歌咏之声发。诵其言谓之诗，咏其声谓之歌。故古有采诗之官，王者所以观风俗，知得失，自考正也。(《汉书·艺文志》)
>
> 冬，民既入，妇人同巷。……男女有不得其所者，因相与歌咏，各言其伤。……孟春之月，群居者将散，行人振木铎徇于路以采诗，献之大师，比其音律，以闻于天子。故曰王者不窥牖户而知天下。此先王制土处民，富而教之之大略也。(《汉书·食货志》)

班固提到采诗是由一种专门官职“行人”负责的。行人，也就是遒人。《周官》中的大、小“行人”，大行人掌大宾之礼，迎送宾客以亲诸侯；小行人掌邦国宾客之礼，藉以待四方之使者，因此能够在春季至各诸侯国采诗。而民间流传的歌诗的最初的采集，可能还不是由“行人”担当的。据《公羊传·宣十五年》何休注：

> 男女有所怨恨，相从而歌，饥者歌其食，劳者歌其事。男年六十，女年五十无子者，官衣食之，使之民间求诗，乡移于邑，邑移于国，国以闻于天子。故王者不出牖户尽知天下所苦，不下堂而知四方。

饥劳之歌闻于天子，需要经过层层上达的过程，最初是由年老无子的男女深入民间求诗，后再经过“行人”振木铎以采纳，才进入朝廷。进入朝廷之后，还须以“瞽史献诗”的方式上达天听。《左传》和《国语》都记述了“瞽史献诗”事：

---

① 刘歆《与扬雄求方言书》,《刘子骏集》,《汉魏六朝一百三家集》本。

② 扬雄《答刘歆书》,《扬侍郎集》,《汉魏六朝一百三家集》本。庄君平，一作严君平，避明帝讳改。

天生民而立之君，使司牧之，勿使失性。……自王以下，各有父兄子弟，以补察其政。史为书，瞽为诗，工诵箴谏，大夫规诲，士传言，庶人谤，商旅于市，百工献艺。(《左传·襄公十四年》)

故天子听政，使公卿至于列士献诗，瞽献典，史献书，师箴，瞍赋，蒙诵，百工谏，庶人传语，近臣尽规，亲戚补察，瞽史教诲，耆艾修之，而后王斟酌焉。(《国语·周语上》)

《国语》这段文字的本旨只是在诤谏厉王弭谤的不当，故而罗列了一系列天子听政的事，献诗是其中之一。郑玄记述得更为明晰：

国史采众诗时，明其好恶，令瞽蒙歌之，其无作主，皆国史主之，令可歌。(《郑玄答张逸》，郑小同《郑志》)

这里值得注意的是，“明其好恶”是说所采之诗要经过国史的鉴别裁汰；“令可歌”是说所采之诗，要经过国史的重新整理加工，配合音乐。这种采诗观风的制度，在周代前期是有序进行的。《礼记·王制》说：“天子五年一巡守，岁二月东巡守，至于岱宗，柴而望，祀山川，觐诸侯，问百年者就见之，命大师陈诗以观民风。”我们在《左传·襄公二十九年》“季札观乐”中还隐约可见这种陈诗观风盛况的影子。

但是，这种采诗观风的制度，随着周王朝的衰微，到了孔子的时代，就已经颓废不行了。《孟子·离娄下》：

孟子曰：王者之迹熄而诗亡，诗亡然后《春秋》作。晋之《乘》、楚之《梼杌》、鲁之《春秋》一也。其事则齐桓、晋文，其文则史。孔子曰：“其义则丘窃取之矣。”

关于“王者之迹熄而诗亡”，后世有不同的解释，通常认为是圣王之道止熄，于是《雅》《颂》之声亡矣。但是将“诗亡”缩小为《雅》《颂》亡，不免有掣肘之处。清人朱骏声《说文通训定声》解此句说：“《孟子》王者之迹熄而诗亡，‘迹’盖‘迈’之误。”许慎《说文解字》：“迈，古之遒人，以木铎记诗言。”因此“王者之迹熄”，就是采诗制度熄止了。陈仅《竹林答问》说：“孟子言诗亡，自谓采诗之职亡而变风不陈耳。”顾镇《虞东学诗·诗说》云：“洎乎东迁，而天子不省方，诸侯不入觐，庆让不行，而陈诗之典废，所谓‘迹熄而诗亡’也。”没有了采诗制度，即使民间还有诗歌，但不为天子所知，风俗民情不能上达朝廷，故而曰“诗亡”。“诗亡”并非是诗歌不作了。班固《汉书·艺文志》说：

春秋之后，周道寖坏。聘问歌咏不行于列国，学诗之士逸在布衣，而贤人失志之赋作矣。

一方面民间依然还有布衣之诗，另一方面，诗衍而为赋，劳饥之歌衍化为坎壈失志者的骚怨。班固《两都赋序》说“赋者，古诗之流”，就是这个意思。

孟子所谓的“诗亡”，是指随着采诗制度的消亡，而诗歌褒善贬恶、发挥美刺政治的精神也消亡了。故而后面一句说：“诗亡然后《春秋》作。”就是说诗歌褒贬善恶委婉讽谏的精神传统在《春秋》等史书撰著中得到继承和发挥。关于《春秋》，《孟子·藤文公下》云：“世衰道微，邪说暴行有作，臣弑其君者有之，子弑其父者有之。孔子惧，作《春秋》。”在周道寖坏的衰世中，孔子作《春秋》，微而显，志而晦，惩恶劝善，在基本精神上与《诗》是一致的。早期的“诗”与“史”在微委婉晦、褒贬美刺的精神上，是一致的。

自战国至秦，霸道横行，雅乐不复，采诗制度也阒然无闻。至汉代又渐渐恢复，甚至有乐府这种专门的音乐机关掌管民间诗歌的采集。关于乐府产生的时间，班固《汉书·艺文志》曾有“自孝武立乐府”的记载，唐代颜师古注云：“始置之也。乐府之名盖起于此，哀帝时罢之。”意谓乐府乃是汉武帝时建立。然司马迁《史记·乐书》记载：“高祖过沛诗《三侯之章》，令小儿歌之。高祖崩，令沛得以四时歌舞宗庙。孝惠、孝文、孝景无所增更，于乐府习常肄旧而已。”班固《汉书·礼乐志》记载：“高祖乐楚声，故《房中乐》楚声也。孝惠二年，使乐府令夏侯宽备其箫管，更名曰《安世乐》。”可见汉初已有乐府。近年来随着秦乐府钟和一些刻有“乐府丞印”、“左乐丞印”的秦代封泥的出土，可以将乐府这一官署的设置上推之秦代。班固《汉书·艺文志》记述音乐沿革说：

> 周衰俱坏，乐尤微眇，以音律为节，又为郑、卫之音所乱，故无遗法。汉兴，制氏以雅乐声律，世在乐官，颇能纪其铿锵鼓舞，而不能言其义。

雅乐为郑卫之音所乱，可以从李斯《谏逐客书》“今弃击瓮叩缻而就郑、卫”得到旁证，所谓“世在乐官”云云，可能是指太乐令丞职掌雅乐。郑卫之音扰乱雅乐，到了汉代，即使善乐事的制氏对于雅乐声律也不能言其义。于是汉武帝时重新设置、整顿乐府。所采取的措施包括两方面：一是“以李延年为协律都尉，多举司马相如等数十人造为诗赋，略论律吕，以合八音之调，作十九章之歌”（《汉书·礼乐志》）①。一是“采诗夜诵，有赵、代、秦、楚之讴”（同上）；“立乐府而采歌谣，于是有代、赵之讴，秦、楚之风，皆感于哀乐，缘事而发，亦可以观风俗，知薄厚云”（《汉书·艺文志》）。乐府所职，主要是采自各地的俗乐，时称郑卫之乐。从《汉书·礼乐志》所记载乐府中郑四会员、楚鼓员、秦倡员、蔡讴员、齐讴员等等“大凡八百二十九人”，可以想见武帝、宣帝时乐府的盛况。班固提到所采的歌谣，“皆感于哀乐，缘事而发”，这八个字很精辟地概括了乐府歌谣的内容和形式特征：“感于哀乐”就如先秦采诗一样，是“饥者歌其食，劳者歌其事”；“缘事而发”则是汉代乐府的鲜明特征。班固认识到采诗，可以观风俗，知薄厚。基于“声音之道与政通矣”的思想，肯定采诗对于现实政治的积极意义。从《汉书·礼乐志》的记述来看，班固对于所采之诗乐并没有具体的记录，而对于李延年等文士新造“十九章之歌”，班固都进行了详细的记录，并说：“天子自竹宫而望拜，百官侍祠者数百人皆肃然动心焉。”所采歌谣与文士新造诗歌之间孰轻孰重，是一目了然的。

宣帝、元帝时，乐府人员都有所减少。至成帝时，又有所复兴。班固《汉书·礼乐志》记载说：“是时，郑声尤甚。黄门名倡丙强、景武之属富显于世，贵戚五侯定陵、富平外戚之家淫侈过度，至与人主争女乐。”物极必反，成帝一死，刚刚继位的哀帝就开始整顿乐府。哀帝自为定陶王时就痛恨乐府，他天性就不喜好音乐。因此即位后在绥和二年

---

①按，武帝置乐府在公元前114年，而司马相如于公元前117年去世，班固记载司马相如参与其事，可能有误。

六月下诏，视乐府为郑卫之音，罢乐府官。据孔光、何武的奏章，乐府原有 829 人，罢 441 人，留 388 人。所罢之人，主要是郑、楚、秦、蔡、齐的四会员、鼓员、倡员、讴员等，且均被定性为“皆郑声，可罢”。所保留之人，主要是郊祭乐人、朝贺鼓员。班固《汉书·礼乐志》说：“然百姓渐渍日久，又不制雅乐有以相变，豪富吏民湛沔自若，陵夷坏于王莽。”在班固看来，这些各地方的歌谣，也是与雅乐相违背的，因为朝廷不能制作雅乐以移风化俗，郑卫之音浸淫人心。随着王莽乱汉，乐府更是陵夷衰微了。

乐府作为一种音乐官署被罢废了，但是民间歌谣并非就此而销声匿迹；采纳歌谣以观民风，在汉代的政治生活中也并未消失。相反，在东汉时期，采观歌谣是察举制度的重要补充，在政治活动中具有重要的意义。据范晔《后汉书》，光武帝“广求民瘼，观纳风谣”；和帝即位后，“分遣使者，皆微服单行，各至州县，观采风谣”；章帝时，侍御史何敞上疏直言，圣王之治“立敢谏之旗，听歌谣于路”。举谣言、采问风谣、谣言奏事，在汉代察举制度中是上层考察下层政绩，纠责下层弊政的重要手段。应劭《汉官仪》具体记述“举谣言”的场面说：

> 国每有大议，天子车驾亲幸其殿。殿西王侯以下更衣并存。每岁州郡听采长吏臧否，民所疾苦，还条奏之，是为之举谣言者也。顷者举谣言者，掾属令史都会殿上，主者大言某州郡行状云何，善者同声称之，不善者各尔衔枚。(《后汉书·百官志》“司徒”注引。)

范晔《后汉书》中有大量关于民间歌谣的记载，一方面是因为汉代谶纬之风盛行，另一方面，是因为民谣的确在政治活动中具有重要的实际效用。

在专制严峻、等级分明的封建社会中，民间歌谣是底层民众生活状况的最真实表达，也是各层吏治得失的最公正的考课评语。汉代统治者能够认识到民间歌谣的价值，注意采纳歌谣以考镜政治，骘黜官吏，改善统治，可谓是圣王遗风尚存。到了魏晋以后，随着九品中正制的建立和士族庶族的一步步分化，举谣言奏事之风也歇息了，反映政治得失的民间歌谣也失去了补察时政的意义，从而消蔫不彰。这等于说百姓既置身于苦难之中，又被剥夺表达苦难哀吟的权利——六朝时期，真正“饥者歌其食，劳者歌其事”的作品有多少呢？这真是双重的不幸！

“立敢谏之旗，听歌谣于路”的采诗制度，在唐代以后，只是作为圣王文教之治的一种象征，存在于人们的精神幻境中。盛唐时，崔日用曾采《毛诗》《大雅》《小雅》二十篇及司马相如《封禅书》，以规讽玄宗，玄宗手诏也有“夫诗者，动天地，感鬼神，厚于人，美于教矣。朕志之所尚，思与之齐，庶乎采诗之官，补朕之阙”的答语（《册府元龟》卷九十七引），然采诗官制度并未实行。开元十三年（725）封泰山，《新唐书》有所谓“太常卿采诗陈之，以观风俗”的记载，也不过是一种有名无实的仪式，不可因文害意而认为真的是采诗观风。曾经作为圣王之治的采诗制度，对于后代诗学还是有影响的。张籍、刘禹锡、皮日休等许多人都创作了不少表现乡风民俗的诗歌，文士之所以能够将笔触深入到鄙野的民间，原因当然是多方面的，其中一个很重要的精神动力，就是所谓“歌以俟采诗者”（刘禹锡《插田歌并引》、温庭筠《张静婉采莲曲序》），诗人担当起民间疾苦的代言人，希望有朝一日能被“采诗官”进纳天听。当然这些表现民间生活的诗歌，作者多是采取旁观者同情的立场，多非切己之感，与汉乐府之“感于哀乐，缘事而发”还是隔着一层的。宋初的王禹偁能够欣赏“男女互相调，其词事奢淫”（《唱山歌》）的楚州下里巴音，明代李梦阳倡言“真诗乃在民间”，冯梦龙收集山歌，大致可以看出文士对待民歌俗谣的态度的缓慢变化。

采诗制度蕴涵的重要诗学精神，是作为上层统治者和文人应该重视发挥诗歌“下以风刺上”、“抒下情而达讽谕”的政治讽谏作用；关心现实的文人应该将笔触深入到下层百姓中去，表现百姓的苦难，揭露政治的弊端；上层统治者应该重视通过诗歌了解风俗民情，以知得失，自考正。中唐时的白居易，呼吁重新建立采诗制度，发挥诗歌补阙时政、泄导人情的作用。白居易有鉴于前王乱亡之由，作《采诗官》曰：

采诗官，采诗听歌导人言。言者无罪闻者诫，下流上通上下泰。周灭秦兴至隋氏，十代采诗官不置。郊庙登歌赞君美，乐府艳词悦君意。若求兴谕规刺言，万句千章无一字。不是章句无规刺，渐及朝廷绝讽议。诤臣杜口为冗员，谏鼓高县作虚器。一人负扆常端默，百辟入门两自媚。夕郎所贺皆德音，春官每奏唯祥瑞。君之堂兮千里远，君之门兮九重闷。君耳唯闻堂上言，君眼不见门前事。贪吏害民无所忌，奸臣蔽君无所畏。君不见，厉王胡亥之末年，群臣有利君无利。君兮君兮愿听此：欲开壅蔽达人情，先向歌诗求讽刺！①

白居易说，自从采诗官废止以后，历代的创作是有美无箴，所呈的无不是阿谀“德音”。其实不是民间没有疾苦，不是下层没有刺诗，而是朝廷防民之口，杜绝讽议。阻断了采诗这条途径之后，深居庙堂重门的帝王的耳目是壅蔽的，于是奸臣贪吏可以肆意弄权害民，毫无畏惧。前朝政纲的乱亡是殷殷可鉴的。所以白居易呼吁君王：“欲开壅蔽达人情，先向歌诗求讽刺。”希望能够恢复远古的采诗制度，革除弊政。元和二年（807），白居易为府试官，出《进士策问五道》，其中第三道专门涉及恢复采诗制度的问题。文曰：

问：大凡人之感于事，则必动于情，发于叹，兴于咏，而后形于歌诗焉。故闻《蓼萧》之咏，则知德泽被物也；闻《北风》之刺，则知威虐及人也；闻“广袖”“高髻”之谣，则知风俗之奢荡也。古之君人者，采之以补察其政，经纬其人焉。夫然则人情通而王泽流矣。今有司欲请于上，遣观风之使，复采诗之官，俾无远迩，无美刺，日采于下，岁闻于上，以副我一人忧万人之旨。识者以为何如？

《策林》六十九“采诗”，也是专门议论建立采诗之官，开讽刺之道，察其得失之政，通其上下之情等问题。尽管采诗官制的恢复，尚未成为现实，但是白居易以及他的同道者元稹，还有张籍，乃至晚唐的皮日休、陆龟蒙，北宋的苏轼等，以自己的实际创作承担起了采诗官的重任，以诗歌深切揭露时弊，陈述民痛，发挥了上古时期箴谏规诲的诗歌精神，如果说要发扬民族传统，弘扬中华优秀文化，这就是民族优秀文

① 白居易著、朱金城笺校《白居易集笺校》，上海古籍出版社 1988 年版，第 263 页。本书引白居易文字，均据此本。

化精神传统的重要内容，在古代有其积极作用，在今天的现实生活中，依然有值得传承、发扬的意义。

第三节　汉代《诗》论与儒家诗学的确立

先秦时期，孔子、孟子和荀子都曾从自己的思想立场出发，提出过一些精粹的诗学见解。但是这些诗学见解还只是零散的只言片语，算不上是系统的诗学理论。直到汉代，一些经学家，通过对《诗经》的阐释，深化了先秦儒家的诗学思想，对诗歌的产生、本质、特征、风格、作用等多方面问题作出了理论的说明，形成了较为系统、完整的诗学观念，正式确立了儒家诗学的理论原则。

汉代传《诗》者，早期有鲁、齐、韩三家，鲁为申培公，齐为辕固生，韩为韩婴，三家诗为今文经学，注重经世致用，都立于学官，后均亡逸。清代王先谦曾撰著《诗三家义集疏》。西汉时鲁人毛亨（大毛公），自谓从子夏所传，作《诗故训传》，授赵人毛苌（小毛公）。毛苌为河间献王博士，后人把大小毛公传的诗，统称为《毛诗》，属于古文经学。鲁、齐、韩三家说《诗》，在具体观点上与毛《诗》多有不同，但是他们都注重从政治角度论诗，把《诗经》与周代的政治生活联系起来，在一些说《诗》基本原则上又多有相通之处。

据后人考证，鲁、齐、韩三家诗都曾有序①，但后已亡逸。今仅存《毛诗序》。《毛诗》在每一首诗的前面都有一段文字解释诗意。其中第一首诗《关雎》下有一大段论述性文字，后人称之为《毛诗序》或《诗大序》，而解释具体诗篇的，称为“小序”。关于《毛诗序》的作者，历来众说纷纭，莫衷一是。尊序者，认为是国史、孔子、子夏或诗人自作；废序者则斥之为山东学究、村野妄人所作；也有人认为是汉代

① 魏源《诗古微·齐、鲁、韩、毛异同论》说：“考《新唐书·艺文志》：‘《韩诗》二卷，卜商序，韩婴注。’而引《水经注》引《韩诗·周南叙》曰：‘其地在南郡南阳之间。’至诸家所引《韩诗》如：‘《关雎》，刺时也。’‘《汉广》，说人也。’‘《汝坟》，辞家也。’……与《毛诗》首语一例，则《韩诗》有序明矣。《齐诗》最残缺，而张揖魏人，习《齐诗》，其《上林赋》注曰：‘《伐檀》，刺贤者不遇明主也。’其为《齐诗》之序明矣。刘向，楚元王孙，世传《鲁诗》，其《烈女传》以《芣苡》为蔡人妻作，《汝坟》为周南大夫妻作。……而向所著书亦曰《新序》，是《鲁诗》有序明矣。”

毛公、卫宏等人所作。今人一般认为《毛诗》大、小序非一人一时之作，大致出于西汉中期以前的学者之手。

《毛诗序》具有自身相对的理论完整性，概论诗的特征、内容、分类、表现方法和社会作用，是对先秦至西汉儒家诗学理论的总结。《毛诗大序》的理论观念基本上都贯彻于《小序》的具体的诗歌阐释中，东汉后期郑玄的《毛诗笺》和《诗谱》进一步丰富和发展了《毛诗大序》的理论观念。因此到汉代，在儒学上升为统治阶级意识形态的时势中，儒家的诗学理论原则和构架就已确立了。

《毛诗序》有许多理论见解是直接继承《乐记》中的某些观念而加以引申发展的。《乐记》里对诗、舞、乐三位一体的综合艺术特征，曾作过具体的说明，《毛诗序》对此加以继承，并主要从诗歌的角度来审视这个现象：

> 诗者，志之所之也，在心为志，发言为诗。情动于中而形于言，言之不足，故嗟叹之；嗟叹之不足，故永歌之；永歌之不足，不知手之舞之，足之蹈之也。

这一段关于诗歌本质的论述，从语句到内容都是承续了先秦的诗学思想。不过其中“情动于中而形于言”一句，则是对《乐记》的诗乐思想的发展。先秦时期论诗，一般都持“诗言志”说。《乐论》和《乐记》则注意到“情”的因素，都明确指出诗乐是“人情之所必不免也”，但是这一表述并非正面肯定诗歌表情的正当性，特别是《乐记》一再强调君子“反情以和其志”，对诗歌言“情”，多有抑制。而《毛诗序》则在“诗言志”的基础上，肯定“情动于中而形于言”，说明其作者在汉代前期楚风盛行的文化环境里吸收了《楚辞》文艺观念的合理因素，深化了对诗歌本质的认识。《楚辞》的文艺观念强调诗歌抒发个人的悲怨情怀。屈原《九章·惜诵》曾说：“惜诵以致愍兮，发愤以抒情。”《毛诗序》吸取这一思想资源，把“言志”和“抒情”统一起来，阐述诗歌的本质特征。

《毛诗序》论社会治乱对诗歌的影响说：“治世之音安以乐，其政和；乱世之音怨以怒，其政乖；亡国之音哀以思，其民困。”这也是承袭《乐记》的诗乐思想。不过《毛诗序》又说：

故正得失，动天地，感鬼神，莫近于诗。先王以是经夫妇，成孝敬，厚人伦，美教化，移风俗。

《毛诗序》充分肯定诗歌在培养人们的道德修养、伦理观念，调节人与人之间的关系，乃至改善社会风俗方面的重要作用。这是对孔子所谓“兴、观、群、怨”和《乐记》所谓“移风易俗”的继承与发展。至于把诗歌的功能夸大到“动天地，感鬼神”，则是汉代“天人感应”观念的印迹。《毛诗序》对诗歌社会作用的认识，比《乐记》深入了一层。其中说：

风，风也，教也。风以动之，教以化之。
上以风化下，下以风刺上。
吟咏情性，以风其上。

《毛诗序》把诗歌作为社会政治生活中的重要思想工具。《论语·颜渊》说：“君子之德，风；小人之德，草。草上之风，必偃。”《战国策·秦策一》说：“山东之国，从风而服。”《毛诗序》借此比喻来说明，上层统治阶级利用诗歌来教化百姓，就像风吹草偃一样，感人至深，无远弗届。而下层民众也可以通过诗歌来怨刺上政，讥讽国事。这样，诗歌就可以起到上通下达的宣传和反馈作用。《毛诗序》对诗歌教化意义的阐述，是儒家诗学的重要内容，历代统治者都注重诗歌对社会民众的教化垂范作用。许多上层文人也注意发挥诗歌对社会风俗人心的影响作用。《毛诗序》同时又提出下层民众可以通过诗歌来怨刺上政，这一方面是对《诗经》中一些诗篇创作精神的理论提炼，如《魏风·葛屦》：“维是褊心，是以为刺。”《陈风·墓门》：“夫也不良，歌以讯之。”另一方面也是从社会意义的角度来发挥屈原的“发愤”说。这种把诗歌作为讥刺时政、表达民情的手段，不仅直接贯穿于《毛诗小序》对诗篇意义的诠释中；对后代的诗歌创作和理论，也有着深远的影响。

《毛诗小序》在解释《周南》《召南》诗篇时，多解释为“后妃之德”、“文王之化”，强调的是“上以风化下”，如：

《周南·葛覃》，后妃之本也。后妃在父母家，则志在于女功之事；躬俭节用，服浣濯之衣，尊敬师傅，则可以归安父母，化天下以妇道也。

《周南·兔罝》，后妃之化也。《关雎》之化行，则莫不好德，贤人众多也。

《汉广》，德广所及也。文王之道被于南国，美化行乎江汉之域，无思犯礼，求而不可得也。

《汝坟》，道化行也。文王之化行乎汝坟之国，妇人能闵其君子，犹勉之以正也。

《羔羊》，《鹊巢》之功致也。召南之国，化文王之政，在位皆节俭正直，德如羔羊也。

《摽有梅》，男女及时也。召南之国被文王之化，男女得以及时也。

《毛诗小序》解释《国风》的诗篇，更注重以“刺”释诗，如《邶风·北风》“刺虐也”，《鄘风·郭之奔奔》“刺卫宣姜也”，《鄘风·桑中》“刺奔也”，《唐风·扬之水》“刺晋昭公也”，《郑风·子衿》“刺学校废也”，《魏风·汾沮洳》“刺俭也”，《魏风·伐檀》“刺贪也”，《齐风·卢令》“刺荒也”，《秦风·无衣》“刺用兵也”，《唐风·绸缪》“刺晋乱也”，《素冠》“刺不能三年也”，等等。《小序》正是把《诗经》之“风”视为沟通上下，表现圣王贤妃之德化及民间，下层民众美刺时政的作品，这是对《大序》“教化”、“美刺”说的具体运用。郑玄也遵循《毛诗序》的“教化”、“美刺”说，在《仪礼·乡射礼注》中，他认为《周南》中《关雎》《葛覃》《卷耳》，《召南》中《鹊巢》《采蘩》《采苹》等诗，“其风化之原也，是以合金石丝竹而歌之”（《仪礼注疏》卷五）。不过郑玄生活于汉朝大厦倾颓的末世，更注重诗歌的“美刺”说，特别是“刺”的作用。他说：

论功颂德，所以将顺其美；刺过讥失，所以匡救其恶。各于其党，则为法者彰显，为戒者著名。（《诗谱序》）

诗者，弦歌讽谕之声也。自书契之兴，朴略尚质，面称不为谄，目谏不为谤，君臣之接如朋友然，在于恳诚而已。斯道稍衰，奸伪以生，上下相犯。及其制礼，尊君卑臣，君道刚严，臣道柔

顺。于是箴谏者稀，情志不通，故作诗者以诵其美而讥其恶。（孔颖达《毛诗正义》引《六艺略》）

《汉书·儒林传》曾记载《鲁诗》学者王式“以三百五篇为谏书”讽谏昌邑王的事①。这还只是诵诗为谏，郑玄则把《诗经》中的“变风”解释为是在衰世、乱世中，君臣之义乖，箴谏不作，于是诗人作诗“诵美讥恶”。也就是说《诗经》中的许多诗篇实际上是发挥着“谏书”作用的。这是对《毛序》“美刺”说的发挥。后代如白居易等就秉承了这一创作精神，把作诗视为谏书，发挥诗歌讥刺时弊、襄助政治的现实功能。

《周礼·春官·大师》最早提出“六诗”：“大师教六诗：曰风、曰赋、曰比、曰兴、曰雅、曰颂。以六德为之本，以六律为之音。”《毛诗大序》则把“六诗”改为“六义”，说：

诗有六义焉：一曰风，二曰赋，三曰比，四曰兴，五曰雅、六曰颂。上以风化下，下以风刺上，主文而谲谏，言之者无罪，闻之者足以戒；故曰风。……是以一国之事，系一人之本，谓之风；言天下之事，形四方之风，谓之雅。雅者，正也，言王政之所由废兴也。政有大小，故有小雅焉，有大雅焉。颂者，美盛德之形容，以其成功告于神明者也。

《毛诗序》不仅提出“六义”说，还从诗歌与政治生活密切关联的角度，对风、雅、颂作出明确的解释。所谓“风”，是“以一国之事，系一人之本”。所谓“一国”，是指春秋时期的诸侯国；“一人”，则是指“诗人”。因此，风，就是诸侯国的地方风俗人情，通过诗人的情志表现出来。孔颖达解释说：“诗人览一国之意以为己心，故一国之事系此一人，使言之也。”所谓“雅”，是“言天下之事，形四方之风”，即是

①《汉书·儒林传》云：“王式，字翁思，东平新桃人也。事免中徐公及许生，式为昌邑王师。昭帝崩，昌邑王嗣立……以行淫乱废，……式系狱，当死。治事使者责问曰：‘师何以亡谏书?’式对曰：‘臣以诗三百五篇，朝夕授王。至于忠臣孝子之篇，未尝不为王反复诵之也。至于危亡失道之君，未尝不流涕为王深陈之也。臣以三百五篇谏，是以亡谏书。’使者以闻，亦得减死论。归家不教授。”

周王朝统治中心的诗歌，直接关涉着周朝的政治兴衰。而颂，则是宗庙祭祀时赞美祖宗的诗乐。郑玄注《周礼·春官·大师》说："风，言贤圣治道之遗化。……雅，正也，言今之正者以为后世法。颂之言诵也，容也，诵今之德，广以美之。"也是把对风、雅、颂的解释与政治德化紧紧联系在一起。我们联系《诗经》的篇章来看，这种对风、雅、颂的分类和解释，大体还是符合《诗三百》事实的。不过《诗经》的《国风》和《小雅》中的一些篇章，今人认为是采自民歌，与所谓"风化"、"风刺"、王政"废兴"可能没有直接的关系，把它们纳入到政治教化的视野中，实是采诗和释诗者的用意。

对于赋、比、兴，《毛诗序》没有明确的解释。《毛诗故训传》对"兴"体，则多作标识。刘勰《文心雕龙·比兴》开篇说："《诗》文宏奥，包韫六义。毛公述传，独标'兴'体。岂不以风通而赋同，比显而兴隐哉!"意即"赋"与"比"的意义显豁；而"兴"义幽隐，所以特意标出。《毛诗故训传》标明"兴也"的，有116首，其中《风》70首，《小雅》40首，《大雅》4首，《颂》2首。《毛传》一般是在诗的首章次句之下标出"兴"，也就是说，兴是诗中发兴的起句。有时还点明兴义。如《小雅·鹿鸣》首句"呦呦鹿鸣，食野之苹"，《毛传》曰："鹿得苹，呦呦然鸣而相呼，恳诚发乎中，以兴嘉乐宾客，当有恳诚相招呼以成礼也。"《小雅·黄鸟》首句"黄鸟黄鸟，无集于谷，无啄我粟"，《毛传》云："黄鸟宜集木啄粟者，喻天下室家，不以其道而相去，是失其性。"郑众对于比和兴曾给予很概括的解释，说："比者，比方于物也；兴者，托物于事也。"后来郑玄注《周礼·春官·大师》引述了郑众的说法，并提出他的解释，说：

> 赋之言铺，直铺陈今之政教善恶。比，见今之失，不敢斥言，取比类而言之。兴见今之美，嫌于媚谀，取善事以喻劝之。

但是，这样把"比"解释为刺，把"兴"解释为美，则过于机械，也不合《诗经》实情。所以，唐人孔颖达很不以为然①。郑玄之后，历代文论家和《诗经》学家都试图揭示赋、比、兴的本意，作出各自的阐释。晋挚虞《文章流别论》说："赋者，敷陈之辞也。比者，喻类之言也。兴者，有感之辞也。"（《全晋文》卷七十七）孔颖达《毛诗正义》卷一说："然则风雅颂者，诗篇之异体；赋比兴者，诗文之异辞耳。大小不同，而得并为六义者，赋比兴是诗之所用，风雅颂是诗之成形，用彼三事，成此三事，是故同称为义，非别有篇卷也。"宋代朱熹在《诗集传》里解释说："兴者，先言他物，以引起所咏之词也。""赋者，敷陈其事而直言之者也。""比者，以彼物比此物也。"今人多从朱熹的解释。《诗经》中有些诗篇是直接的敷陈铺叙，但更多的诗篇是把情感融入具体的物象和景象之中，或描绘物象来譬喻诗人的情志，或托物起兴，借眼前景象来兴起诗人的情思。赋、比、兴，正是对这些艺术表现手法的概括。"比兴"以寄"美刺"是自《诗经》开创的艺术精神，贯穿于后代的创作与理论之中。后代学者从不同方面阐述、丰富和发展了赋、比、兴的意义。

《毛诗序》还概括了《诗经》中诗歌的风格特征。《礼记·经解》曾提出："温柔敦厚，《诗》教也；……温柔敦厚而不愚，则深于《诗》者也。"这里还不是直接说明《诗经》的风格特征，只是说通过学《诗》、用《诗》，使人们情性品行温润柔和。而"诗教"之所以能产生这种效果，正是因为《诗经》表达情志，是"依违谲谏，不直言君之过失"（孔颖达《毛诗正义》卷一），所以，这与《诗经》的风格特征也有关系。《毛诗序》指出，《诗经》中在下位者以"风"刺上，能够做到"主文而谲谏，言之者无罪，闻之者足以戒"，意即诗歌的本心主意与宫商之乐相应，声歌与义理相互配合，依违谲谏，譬喻托讽，不直接明言君上的过失。所以人君能够接受，不但不加罪责，还能知过悔改（这里是综合郑玄、孔颖达等人的解释）。如果说"温柔敦厚"还是着重于诗歌效果的话，那么"主文而谲谏"则是直接揭明《诗经》的风格特征，而在后代诗论中，"温柔敦厚"和"主文而谲谏"实际上是一

---

①孔颖达《毛诗正义》卷一《毛诗序》疏："诗皆用之于乐，言之者无罪。赋则直陈其事。于比、兴云'不敢斥言'、'嫌于媚谀'者，据其辞，不指斥，若有嫌惧之意。其实作文之体，理自当然，非有所嫌惧也。"

个意思了，成为儒家诗论对《诗经》风格的基本概括，也成为儒家诗论对诗歌审美风格的原则性要求。《毛诗序》又说：

> 故变风发乎情，止乎礼义。发乎情，民之性也；止乎礼义，先王之泽也。

这一句是对“变风”而发的。“正风”是“文王之化”、“后妃之德”，本来就是“温柔敦厚”的典范。而“变风”，据汉儒理解主要是一些“刺”诗，也就是孔子所言“可以怨”的诗，《毛诗序》认为这些刺诗也能做到“发乎情”而“止乎礼义”。老百姓心中有怨情，自然要通过诗歌表现出来，但是，老百姓没有忘记先王遗留的恩泽，发表怨情，也不过是要匡正时弊，希望政治改善，因此能合乎礼义，通过委婉含蓄之辞，寄托忠心讽谏之意，批评得不过分，态度不激烈，不伤害统治者的尊严和体面。从政治角度来看，“主文而谲谏”的诗歌，可以协调统治阶级内部的紧张关系，也可以在一定程度上促使政治统治的改善；从文学角度来看，“主文而谲谏”，要求诗歌表现得委曲婉转、含蓄不露，这对于形成古代诗歌“含蓄美”的民族风格具有重要的影响。我国传统的诗歌一般都要求融情于景，寄托深厚，达到含不尽之意见于言外的审美要求。这与“主文而谲谏”具有内在的联系。但是它排斥了那种直露的、尖刻的情感表达方式，因此又成为后代否定那些具有强烈批判性、战斗性的文艺作品的理论依据，成为束缚诗人宣泄情感、批判现实的精神压力。后代诗学要摆脱这种精神压力，需要经历漫长的历程。白居易曾说自己写讽谕诗：“但伤民病痛，不识时忌讳。”（《伤唐衢》）但还是把改变现状的希望寄托在皇帝身上。明末陈子龙《诗论》说：

> 至于寄之离人思妇，必有甚深之思，而过情之怨，甚于后世者。故曰“皆圣贤发愤之所为作也”。后之儒者则曰“忠厚”，又曰“居下位不言上之非”，以自文其缩。然自儒者之言出，而小人以文章杀人也日益甚。①

这是斥责“温柔敦厚”论对世人精神的严重束缚。而到清代沈德潜等

①《陈子龙文集·陈忠裕公全集》卷三，华东师范大学出版社 1988 年影印本。

人的诗论里，又强化了“温柔敦厚”、“主文而谲谏”的诗教，可见其对古代诗歌理论和创作影响之严重和深远。

《荀子·乐论》和《礼记·乐记》都认识到社会政治治乱对诗歌内容和风格的影响，《毛诗序》据此进而首次提出“变风变雅”的说法：

> 至于王道衰，礼义废，政教失，国异政，家殊俗，而变风、变雅作矣。国史明乎得失之迹，伤人伦之废，哀刑政之苛，吟咏情性，以风其上，达于事变而怀其旧俗者也。故变风发乎情，止乎礼义。

《毛诗序》这里所阐述的变《风》变《雅》，接近于《乐论》和《乐记》中所说的“乱世之音”、“亡国之音”。与“变风变雅”相对的“正风正雅”，应该就是“治世之音”了。郑玄《诗谱序》则对《诗经》的正变给予更为具体的说明：

> 文武之德，光熙前绪，以集大命于厥身，遂为天下父母，使民有政有居。其时诗，风有《周南》《召南》，雅有《鹿鸣》《文王》之属。及成王、周公致太平，制礼作乐，而有颂声兴焉，盛之至也。本之由此风雅而来，故皆录之，谓之诗之正经。后王稍更陵迟。懿王始受谮烹齐哀公，夷身失礼。之后邶不尊贤。自是而下，厉也、幽也，政教尤衰，周室大坏。《十月之交》《民劳》《板》《荡》，勃尔俱作，众国纷然，刺怨相寻。五霸之末，上无天子，下无方伯，善者谁赏？恶者谁罚？纪纲绝矣。故孔子录懿王、夷王时诗，迄于陈灵公淫乱之事，谓之变风变雅。

郑玄曾说：“诗者，承也。政善则下民承而赞咏之，政恶则讽刺之。”这是联系政治兴衰得失来论诗。他的《诗谱序》，把《诗经》各篇与商、周的政治历史一一对应起来。其中商代的诗，周代文王、武王、成王时代的诗（主要为《商颂》《周颂》《周南》《召南》，以及部分大小《雅》，凡百余篇），为“正风”、“正雅”；而自懿王、夷王、厉王以后，政治衰败，怨声载道，此时的诗（包括十三国风，大小《雅》之部分，《鲁颂》），主要内容是怨刺上政，属于“变风”、“变雅”。郑玄把正变与美刺结合起来，“正风正雅”为“美”，“变风变雅”为

“刺”。《毛诗序》和《诗谱序》联系社会政治兴衰治乱来说明《诗》之正变，对后代的诗歌理论和批评都有深远的影响，历代论者梳理诗史、阐释诗意时，多深度契合政治结构，从中去寻绎深层根源，后代诗论家也常借用“正变”说来钩稽诗史流变。然对于郑玄的“正变”论，后代《诗经》学家如宋代欧阳修、苏辙，清代汪琬等有不同的看法，一般都不同意郑玄这样机械地把《诗经》各篇与周代王朝更替、政治兴衰对应起来理解正变，认为应该依据诗篇内容定其正变。

汉代传《诗》者鲁、齐、韩、毛四家，虽有今古文之别，但却有着共同的师承渊源，他们都直接或间接源自荀子。三国时陆玑《毛诗草木鸟兽虫鱼疏》曾说过荀卿《诗》学，传授给鲁人大毛公。《汉书·儒林传》曾说鲁人申培公年轻时与楚元王刘交一起师事齐人浮丘伯受《诗》，而浮丘伯为荀子门人。《韩诗外传》，据清汪中《荀卿子通论》统计，引《荀子》说《诗》，凡44则。齐《诗》，今已不知其原委，大致多同于韩、鲁，当亦受到荀子的影响。鲁、齐、韩三家说《诗》，与《毛诗》基调是相同的，都注意联系社会政治生活来论《诗经》，不过在具体观念和见解上时有差异。

三家说《诗》与《毛诗》一样，多持“美刺”说，不过对具体诗篇的理解，各有异同。如，司马迁《史记》多引《鲁诗》，说《关雎》：“周道缺，诗人本之衽席，《关雎》作。”“周室衰而《关雎》作。”据范家相《三家诗拾遗》，《韩诗》：“《关雎》，刺时也。”可见，韩、鲁二家对《关雎》的解释，与《毛诗小序》不同。《史记·周本纪》说《采薇》：“懿王之时，王室遂衰，诗人作刺。”与《毛诗小序》亦不相同。王符《潜夫论·遏利篇》引《鲁诗》说《大雅·桑柔》云：“昔周厉王好专利，芮良夫谏而不入，退赋《桑柔》之诗以讽。言是大风也，必将有遂，是贪人也，必须败其类，王又不悟。故遂流于彘。”与《毛诗小序》同。又，《周颂·烈文》，《韩诗》说：“《烈文》，成王初即洛邑，诸侯助祭之乐歌也。”也与《毛诗小序》同。综合来看，清人程廷祚说：“汉儒言诗，不过美刺两端。”① 这个概括是符合汉儒说《诗》之事实的。

---

① 程廷祚《青溪文集》卷二《诗论》十三“再论刺诗”，《金陵丛书》本。

三家说《诗》的一个共同特点是采取《春秋》杂说。班固《汉书·艺文志》说：

（三家《诗》）或取《春秋》，采杂说，咸非其本义。

这个特点在《韩诗外传》中表现得更为突出。三家诗中以《韩诗》给予后代文学的影响最大，李善注《文选》引《韩诗》相关文字达273处，其中引《韩诗外传》达100处，足以见得《韩诗》对后代诗文创作的影响。我们论三家诗，把注意力也集中到《韩诗外传》上。《荀子》用《诗》，通常是先说一个故事，后引一两句《诗》来佐证；或先发表一通议论，再引《诗》证断，以“此之谓也”把诗与事联系到一起。这种说《诗》方式，多为《韩诗外传》所保留。清人陈乔枞在《韩诗遗说考》里说过：

《外传》之文，记夫子绪论与《春秋》杂说，或引诗以证事，或引事以明诗，使法戒显明，虽非专解经，要其触类引申，断章取义，皆有合于圣门商、赐言《诗》之意。

《韩诗外传》“引诗以证事”，正是对荀子说《诗》的继承，也是汉代《新序》《说苑》《列女传》等书说《诗》的共同方法。而“引事以明诗”，则要么是采辑《左传》《国语》中赋诗言志的故事，要么就是引录民间神话、传说来释诗。前者是断章取义，后者是“触类引申”，如对于《周南·汉广》诗，《韩诗外传》就是引述这样一则神话传说来解释的：“郑交甫过汉皋，遇二女，妖服佩两珠。交甫与之言曰：‘愿请子之佩。’二女解佩与交甫而怀之。去十步，探之，即亡矣；回顾二女，亦即亡矣。”① 这些神奇的传说故事，很难说是诗人作诗的本义。所以明代王世贞就曾批评说：

（《外传》）杂记夫子之绪言，与诸春秋、战国之说家，稍近于理者也。大抵引诗以证事，而非引事以明诗，故多浮泛不切，牵合

① 李善注《文选》引《外传》这则故事，然不见于今本《外传》。《四库全书总目〈韩诗外传〉提要》“疑并有脱简”。

可笑之语。盖驰骋胜而说《诗》之旨微矣。独其辞稍明健可诵，而所记亦不甚诡于伦物。①

但是如果我们能摆脱经学家的立场，而从文学的角度去读《韩诗外传》，那么，它虽不一定符合诗人创作的原意，但未尝不能启迪情思，引人遐想，丰富《诗》的意蕴。今人陈子展说：

今文三家说《诗》，较多采取民间神话、传说、故事，或古史佚文。虽或推演之词，不关本事，不为正训，然亦未为不可。况能丰富义蕴，启发创作。②

的确，《韩诗外传》之开拓文思、激发灵感，我们从《文选》一些篇章中还隐约可见，从曹植的《洛神赋》、陈琳的《神女赋》、郭璞的《江赋》中都可以看见《汉广》神女的影子。

接下来简略谈谈《诗纬》中的诗学思想。纬书是西汉末产生，东汉时大为盛行的一类傍经而行的著述，传有“七纬”，《诗纬》为纬书之一，相传汉代郑玄撰《诗纬注》三卷，郑玄弟子曹魏时的宋均撰《诗纬注》十八卷，然均不传。纬书本是经的支流，衍及旁义，更为庞杂。东汉后期，纬书与预言吉凶灾异的图谶结合，形成谶纬之学，魏晋以后衰落。《诗纬》失传，其文字散落于经注、史传、类书之中，清代乔松年辑《诗纬》一卷，陈乔枞辑录《诗纬集证》四卷。《诗纬·含神雾》：

孔子曰：诗者，天地之心，君德之祖，百福之宗，万物之户也。刻之玉版，藏之金府。③

《尚书·泰誓上》云：“惟天地，万物父母；惟人，万物之灵。”天地有阴阳，人类有性情，性情发而为诗，故曰诗乃“天地之心”。所谓“君德之祖”云云，近似于《毛诗大序》所谓“正得失，动天地，感鬼神，

① 王世贞《读书后》卷五《读韩诗外传》，文渊阁《四库全书》影印本。

② 陈子展《诗经直解》，复旦大学出版社1983年版，第22页。

③ 陈乔枞《诗纬集证》卷三，《续修四库全书》影印道光丙午年小嫏嬛馆刻本。下引《诗纬》均据此本。

莫近于诗。先王以是经夫妇，成孝敬，厚人伦，美教化，移风俗”，在感应天地、沟通人神、设教邦国、移风易俗方面都具有重要的作用。《尚书·泰誓》云：“天视自我民视，天听自我民听。”天地之心，是通过“人”来显现的。因此，“诗者，天地之心”的命题，为后代文论家所采用时往往赋予其新的含义，更为强调作为主体的人，具有代天地以立心的崇高使命。刘勰《文心雕龙·原道》云：“言之文也，天地之心哉！”显然是由《诗纬·含神雾》的命题引申而来的，意谓文饰之言，为天地的本心。直到晚清的刘熙载在《艺概·诗概》中说：

> 《诗纬·含神雾》曰：“诗者，天地之心。”文中子曰：“诗者，民之性情也。”此可见诗为天人之合。

关于“天地之心”，后世的理解有两个向度，一是转化为“仁人之心”。王应麟《困学纪闻》卷五说：“人者，天地之心也。仁，人心也。人而不仁，则天地之心不立矣。为天地立心，仁也。”宋元明时期的诗歌理论，强调“夫诗之为教，务欲得其性情之正”（宋濂《故朱府君文昌墓铭》），便是从这个角度引申下来的。另一向度是转化为“天地之元声”，是发乎本性，出于自然的本初性灵的彰显。明人宋新《吴歌记》云：

> 吴歌自古绝唱，予道姑胥，苍头皆善吴歌，叠歌五六百首。其叙事陈情，有文人骚士啮指断须而不得者，岂非天地之元声，匹夫匹妇所与能者乎？（姚之骃《元明事类钞》卷二十七）

李光地云：“夫诗，乃天地元声，莫知其然而然。唐初诗人何尝不师六朝，然陈子昂辈出，声气便不同，觉得清而厚，此岂人能为之。”（《榕村语录》卷三十）民歌来自社会底层，较少受道学的习染，是人性的本初状态，这是天地之元声；摆脱一切依傍，天机自动，任其自然，莫知其然而然，也是天地之元声。

《诗纬·含神雾》的另一个重要命题是：“诗者，持也。在于敦厚之教，自持其心；讽刺之道，可以扶持邦家者也。”持，谓持守，操持。《春秋纬·说题辞》云：“诗者，天文之精，星辰之度，人心之操也。”“人心之操”，可以用来解释此“持”字。所谓“诗者，持也”，意思是说，诗歌抒写人的情志，不是情感的宣泄放肆，而是有节制地舒布情感，不违背理性和礼义而能恢复到心中平和的状态。“敦厚之教，自持其心”谓诗歌的教化意义和排解怨情的作用；“讽刺之道”即诗歌怨刺上政的意义。“诗者，持也”的命题对后代诗学有重要的影响。刘勰《文心雕龙·明诗》开宗明义云：

> 诗者，持也，持人情性；《三百》之蔽，义归“无邪”，“持”之为训，有符焉尔。

刘勰以孔子所谓“思无邪”训“持”，更多地强调对于情感的持守、克制。钟嵘《诗品序》在“非陈诗何以展其义，非长歌何以骋其情”之后紧接着说，通过悲怨情感的释放而“使穷贱易安，幽居靡闷”，这也是符合“自持其心”的原则的。后代诗学功用论中的“自遣”、“自适”论，都是从“诗者持也”的原则引申开来的。我们看陆龟蒙的《自遣诗并序》：

> 自遣诗者，震泽别业之所作也。故疾未平，厌厌卧田舍中，农夫日以耒耜事相聒，每至夜分不睡，则百端兴怀搅人，思益纷乱无绪。且诗者，持也，谓持其情性，使不暴去。因作四句诗，累至三十绝，绝各有意，既曰“自遣”，亦何必题为？

情性通过诗歌这种“主文”和“谲谏”的形式发舒出来，并且发而中节，不至于过分讦直激烈，这就是“持”，是诗歌的自我排遣、自我调适功能。广泛一点说，这也是符合儒家诗学“教化”论思想的。

综合汉代各家对《诗经》的阐释和批评，我们可以看出，儒家诗学是着眼于从社会政治的角度切入诗学问题的，注重诗歌与政治之间的互动性的内在联系。儒家诗学认为，社会政治的盛衰治乱，直接影响到诗歌内容和风格的变化，而诗歌在教化百姓、讥刺时政方面也发挥着重大的作用，进而影响着政治统治和社会风俗。儒家诗学把诗歌作为整个社会政治生活中的重要组成部分，在沟通、调节上下关系方面发挥着重要作用，因此为了缓解、而不是强化上层统治者和下层民众之间的紧张关系，诗人应该“自持其心”，诗歌应该“温柔敦厚”、“主文而谲谏”，委婉曲折，含蓄不露。儒家的这些诗论纲领，对于两千多年来古代诗歌创作和理论产生了深远的影响，成为中国诗学史的一条主脉。

第四节 儒家诗学观向“屈骚”评价的渗透

《诗经》之外，中国诗歌的另一源头是《楚辞》。以屈原作品为中心的《楚辞》，具有瑰丽神奇的浪漫色彩，表现出远古文化的另一种气质。屈原骚辞神话想象之瑰奇飘逸，追求理想之深沉执著，固然有楚民族的巫文化渊源，但更是屈原独特的内心志向、情感动力所使然。屈原在其作品里曾一再表述了内心的情感郁积和冲动，喷薄而出，发为诗歌：

> 惜诵以致愍兮，发愤以抒情。所作忠而言之兮，指苍天以为正。……心郁邑余侘傺兮，又莫察余之中情。固烦言不可结而诒兮，原陈志而无路。退静默而莫余知兮，进呼号又莫余闻。申侘傺之烦惑兮，中闷瞀之忳忳。(《惜诵》)
>
> 眇远志之所及兮，怜浮云之相羊。介眇志之所惑兮，窃赋诗之所明。(《悲回风》)
>
> 申旦以舒中情兮，志沈菀而莫达。(《思美人》)
>
> 兹历情以陈辞兮，荪详聋而不闻。固切人之不媚兮，众果以我为患。初吾所陈之耿著兮，岂不至今其庸亡？何独乐斯之謇謇兮，原荪美之可完。(《抽思》)
>
> 道思作颂，聊以自救兮。(《抽思》)

这些对创作心理和动机的坦露，虽然与《诗经》里“家父作诵，以究王讻”的讽谏精神尚为相近，但是很显然，屈原所强调的是“发愤以抒情”，是诗人的抱负得不到施展，志向不能够实现，忠贞意志不为楚王所理解而产生的抑郁烦闷，需要发泄，需要排解。屈原已具有自觉的创作意识，认识到用诗歌来发抒内心的郁闷和幽愤之情，用诗歌来表达强烈的情感意识，批判现实政治。在屈原的诗学思想里，“抒情”与“言志”是联为一体的，他所要表达的，不是个人的私情，而是在政治生活中个人受到压抑、阻遏的感情，是个人的政治热情和思想见解；但与儒家的“言志”、“美刺”思想强调诗歌创作要对现实政治发生作用不同，屈原更注重于从创作主体的角度认识诗歌的抒情特征，是因为诗人内心有幽愤，有哀怨，所以才“发愤”以抒情。先秦和西汉的儒家诗学，虽然也认识到文艺创作是“人情所不免也”，但是又从诗歌的社会效果出发，要求“发乎情，止乎礼义”，对于诗歌抒情加以种种限制。而屈原更多地从诗人内心的情感动力的角度来理解抒情言志，只要有利于内心幽怨情感的表达，不妨周游上下，浮求玉女，直斥君王，没有什么礼义的限制。宋玉在《九辩》里也说：“贫士失职而志不平。”这与屈原精神是相通的。只要有“不平”，就需要诗歌来抒情。《离骚》之“骚”，就是忧愁哀怨，屈骚的基本精神就是“怨”，抒发怨情。这是对先秦儒家诗学的重要补充，其精神启发了汉代司马迁“发愤著书”说和晋陆机“诗缘情”说，对后代诗学和诗歌创作也有深远的影响。鲁迅在《汉文学史纲要》里说屈原“其影响于后世之文章，乃甚或在《三百篇》以上”。仅从诗学史来看，屈原的影响或许不在《三百篇》以上，但是，若说屈原对后代诗学的积极性影响，“乃甚或在《三百篇》以上”，不算言过其实吧！

汉代前期笼罩在楚文化煽炽的氛围里。诗歌方面，楚歌也持续不衰，刘邦、戚夫人、唐山夫人等等都有楚歌传世。屈宋骚赋的哀怨精神在汉初的骚体赋创作中还在传承绵延着。贾谊的《吊屈原赋》，既是追伤屈原之沉江，更是自喻，伤悼自己的遭贬。在赋文里，贾谊对屈原的光洁之志不为世人理解表示深切的同情，同时赞美屈原光辉的人格。这篇赋里还没有论及屈原的创作。武帝即位初，淮南王刘安入朝献《淮南子》，并奉诏作《离骚传》，“旦受诏，日食时上”①。在《离骚传》里第一次对屈原的创作精神给予高度的评价。《离骚传》早已散佚，我们只能从班固的《离骚序》的节引中看到片断：

淮南王安叙《离骚传》，以《国风》好色而不淫，《小雅》怨

① 见《汉书》卷四十四《淮南王安传》，据徐复观《两汉思想史》第二卷，时在建元元、二年之间（前140—139）。又，汉武帝即位，举贤良文学之士，董仲舒对策，罢黜百家，独尊儒术。其具体时间，后代有不同的说法。《通鉴》载于建元元年，《汉书·武帝纪》载于元光元年（前134）。王先谦《汉书补注》从元光元年说。虽然汉武帝很早就表现出好儒的倾向，但是若没有弄清楚董仲舒对策的具体时间，不能贸然说刘安受诏作《离骚传》，是要迎合武帝“独尊儒术”的政策。

悱而不乱，若《离骚》者，可谓兼之。蝉蜕浊秽之中，浮游尘埃之外，皭然泥而不滓，推此志，虽与日月争光可也。

在汉高祖和文帝时期，淮南王刘安的祖母和父亲先后遭迫害，冤屈致死，“刘安在帝室中，是两世含冤的一系”①。因此，刘安在《离骚传》里称颂《离骚》之“怨悱”，屈原之蝉蜕秽浊，可与日月争光，未尝没有引屈原为同调，寄寓内心感慨的目的。这里所谓“好色而不淫”、“怨悱而不乱”，是遵循儒家“中和”的审美原则；而“蝉蜕浊秽”云云，则是道家超然世俗的人生志趣。刘安对屈原的评价，实际上是兼综道儒，与《淮南子》的思想旨趣是一致的。但是《淮南子》系刘安招致宾客集体编撰，内容庞杂，甚至自相矛盾，所以《离骚传》与《淮南子》的具体文艺见解也有出入。如《淮南子·泰族训》里对诗乐表现“怨思”是给予否定的。其中说：

今夫雅颂之声，皆发于词，本于情，故君臣以睦，父子以亲。故《韶》《夏》之乐也，声浸乎金石，润乎草木。今取怨思之声，施之以弦管，闻其音者不淫则悲。淫则乱男女之辨，悲则感怨思之气，岂所谓乐哉！

这是与《荀子·乐论》《礼记·乐记》等的儒家诗教乐教原则相一致的，认为诗乐表现悲怨的情思会产生不良的社会影响。但是《离骚传》中用“怨悱”来概括《小雅》的内容，且说屈原《离骚》也兼具“怨悱”的内容，显然与这里是矛盾的。但《淮南子·说林训》则说：

骏马以抑死，直士以正穷，贤者摈于朝，美女摈于宫，行者思于道，而居者梦于床，慈母吟于巷，适子怀于荆……物之聚散，交感以然。

《齐俗训》又说：

且喜怒哀乐，有感而自然者也。故哭之声发于口，涕之出于

① 徐复观《两汉思想史》，第二卷《〈淮南子〉与刘安的时代》，华东师范大学出版社2001年版，第110页。

目，此皆愤于中而形于外者也。

人们与社会现实相矛盾对立，才能被埋没，志向受压制，必然产生心理的压抑和情感的郁结，内心有幽愤，自然要表现于外，形成诗乐文艺。《淮南子》这两篇文字揭示文艺创作是“愤于中而形于外”，明显是继承了屈原“发愤以抒情”的艺术精神，这与《离骚传》里称赞屈原之志可与日月争光，是紧密呼应的。在从汉初道儒杂糅向武帝独尊儒术的转变过程中，刘安的“屈骚”论，一方面与时代精神相适应，兼采道、儒思想来论屈原，另一方面在评价屈骚中寄寓了自己的身世之感和政治情怀。淮南王刘安从“愤中形外”的观念出发，肯定屈原《离骚》的怨悱之情，又直接启迪了司马迁的“发愤著书”说。

司马迁于武帝元封三年（前108）继父职任太史令，着手编写《史记》，天汉二年（前99），因“李陵之祸”，得罪下狱，后又遭受腐刑，肉体和精神人格上都蒙受极大的耻辱，但是，他顽强地承受了这一非人的折磨，继续完成《史记》的编写。司马迁之所以能忍受沉重的精神打击，坚持编写《史记》，除了“立言”不朽的崇高理想的感召外，还受到前代许多著述家（包括屈原）“发愤著书”精神的激励。司马迁《太史公自序》说：

昔西伯拘羑里，演《周易》；孔子厄陈、蔡，作《春秋》；屈原放逐，著《离骚》；左丘失明，厥有《国语》；孙子膑脚，而论兵法；不韦迁蜀，世传《吕览》；韩非囚秦，《说难》《孤愤》；《诗》三百篇，大抵贤圣发愤之所为作也。此人皆意有所郁结，不得通其道也，故述往事，思来者。于是卒述陶唐以来，至于麟止，自黄帝始。

在《报任安书》里也有类似的一段说法。司马迁引用一系列古代的事例来说明，伟大的著述都是由于著作者和现实社会政治相矛盾，受到邪恶政治势力的压制，志向得不到实现，怀抱不能够施展，心中郁结着幽思孤愤，于是通过著书而发泄出来。“屈原放逐，著《离骚》”，屈原的文艺创作就是这种“发愤著书”精神的典型表现。值得提出的是司马迁《史记》引诗、说诗，多从《鲁诗》一派，重视诗歌的讽谏、讥刺意义，因此，他认为《诗三百》是“贤圣发愤之所为作”，与屈原作《离骚》一样，都是发愤著书。这与《毛诗序》所谓“发乎情，止乎礼义”有很大差异，倒是与刘安所谓《小雅》“怨悱而不乱”有些相似。不过刘安还是奉诏而作《离骚传》，不免拘守“中庸”之道，司马迁在武帝儒学逐渐隆起的氛围中，从个人身世和现实遭遇出发，用“发愤著书”的精神来阐释《诗三百》和屈骚的产生，显得尤为卓异。

司马迁的《史记》多为文人立传，是历史著作的一个创举，其中的《屈原贾生列传》，勾勒了屈原的生平，高度评价屈原的人格和创作精神，同时也寄寓了司马迁自己的怀抱。他说：

> 屈平疾王听之不聪也，谗谄之蔽明也，邪曲之害公也，方正之不容也，故忧愁幽思而作《离骚》。离骚者，犹离忧也。……屈平正道直行，竭忠尽智以事其君，谗人间之，可谓穷矣。信而见疑，忠而被谤，能无怨乎？屈平之作《离骚》，盖自怨生也。《国风》好色而不淫，《小雅》怨诽而不乱。若《离骚》者，可谓兼之矣。上称帝喾，下道齐桓，中述汤、武，以刺世事，明道德之广崇，治乱之条贯，靡不毕见。其文约，其辞微，其志洁，其行廉，其称文小而其指极大，举类迩而见义远。其志洁，故其称物芳；其行廉，故死不容自疏。濯淖淤泥之中，蝉蜕于浊秽，以浮游尘埃之外，不获世之滋垢，皭然泥而不滓，推此志，虽与日月争光可也。

司马迁用一个“怨”字来概括屈原创作的内在情感动力。“怨”，来自于屈原的“志洁行廉”与“王听之不聪，谗谄之蔽明，邪曲之害公，方正之不容”的黑暗现实之间不可调和的矛盾冲突。“信而见疑，忠而被谤”，忠贞诚挚却横遭怀疑毁谤，志洁行廉却穷途舛背，因此必然产生痛苦惨怛无法排遣的“怨”情，《离骚》就是屈原“怨”情喷薄而出的发愤之作。司马迁还指出，《离骚》之刺世事，在艺术表现上能借古讽今，以小喻大，因迩及远，文约辞微，达到很高的艺术境界。司马迁编撰《史记》，在创作精神和方法上也秉承《离骚》的传统。鲁迅《汉文学史纲要》赞《史记》是“无韵之《离骚》”，应是兼从发愤抒情和文约辞微两方面来说的。

淮南王刘安和司马迁对屈原的同情和赞美，还折射出汉代前期文人积极用世却遭到阻抑而产生的幽怨心态。汉代兴国，去古不远，战国士风尚未消歇，还影响着文士的风范。新兴的政权又激起文人的淑世热情。文人多抗言直行，激切讽谏，直面君过，表现出战国士人的自由人格和独立精神，甚至有人以生命为代价来换取人格的独立自由①。尽管文士还秉守着战国士人遗风，但事实上，时代已经发生剧烈的变化。群雄争竞的局面已为大一统的封建专制所代替，“所在国重，所去国轻”的文士，已被牢固缚困于封建帝王之下，“率土之滨，莫非王臣”，这种时移世改，使得文士失去了战国士人纵横捭阖的社会基础。东方朔在《答客难》里曾比较汉代大一统的政权结构与战国群雄纷争局面，此一时，彼一时，具有本质的不同，以及给文士造成的精神压力：

> 夫苏秦张仪之时，周室大坏，诸侯不朝。力政争权，相禽以兵，并为十二国，未有雌雄。得士者强，失士者亡，故谈说行焉。身处尊位，珍宝充内，外有廪仓，泽及后世，子孙长享。今则不然。圣帝流德，天下震慑，诸侯宾服，威震四夷。连四海之外以为带，安于覆盂，天下平均，合为一家。动发举事，犹运之掌，贤不肖，何以异哉？……故绥之则安，动之则苦；尊之则为将，卑之则为虏；抗之则在青云之上，抑之则在深泉之下；用之则为虎，不用则为鼠；虽欲尽节效情，安知前后？②

在这种大一统的政权结构中，文士的得失穷达，不是决定于个人的政治观点和才能，而是受制于帝王的好恶。因此，文士的抗言直行、自由精神必然遭到压抑，而产生悲愤幽怨的情怀也是很自然的了。汉代前期文士的这种幽怨情怀，与屈原“信而见疑，忠而被谤”的幽愤是相通的，因此多借对屈原的同情和咏叹，来自悼、自励或自慰。

司马迁赞美屈原，是属于自期自励；而西汉后期扬雄推重屈原，则是自悼和自慰了。扬雄曾依傍《离骚》《惜诵》等屈原骚赋，作《广骚》《畔牢愁》，可惜今已不存。《汉书》本传载扬雄有《反离骚》：

---

①《史记·陆贾列传》记载陆贾就“马上得之不能马上治之”的道理，面折高祖。《汉书·晁错传》载晁错直言极谏，终遭景帝杀戮事。

② 东方朔《答客难》，《东方大中集》，《汉魏六朝一百三家集》本。

雄怪屈原文过相如，而主不容，作《离骚》自投江而死，悲其文，读之未尝不流涕也，以为君子得时则大行，不得时则龙蛇，遇不遇命也，何必湛身哉？乃作书，往往摭《离骚》文而反之，自岷山投诸江流，以吊屈原，名曰《反离骚》。

在这篇《反离骚》里，扬雄赞美了屈原的光辉美德和卓越才华，批评楚国政治的黑暗，奸佞群小的邪恶，对屈原不遇明主，愤而沉江表示深切的同情和惋惜。悲士不遇是汉代文人的普遍心态，在前期文士中不遇之悲表现为怨怼愤激，到了汉末则表现为怨望退守。司马迁曾称赞屈原的“直谏”勇气，而扬雄则以抱道而居，随遇而安的处世态度，反对屈原沉江的激烈行为，说：“知众嫭之嫉妒兮，何必飏累之蛾眉。……终回复于旧都兮，何必湘渊与涛濑。”这正是儒家“无道则隐”、明哲保身的处世观的表现。对屈原赋，扬雄也曾作过评论：

或问：屈原、相如之赋孰愈？曰：原也过以浮，如也过以虚。过浮者蹈云天，过虚者华无根。然原上援稽古，下引鸟兽，其著意于虚，长卿亮不可及也。①

扬雄批评屈原赋“过以浮”，是指《离骚》中周流上下、浮游求女、重华陈辞、巫咸占卜等出于虚幻想象的内容，不符合“丽以则”的标准。这说明扬雄还只是用汉赋铺陈的特点为标准来衡量屈骚，未能充分理解屈原作品的浪漫瑰奇风格。扬雄肯定屈赋“上援稽古，下引鸟兽”，即司马迁所谓“上称帝喾，下道齐桓，中述汤、武”，后来王逸所谓“善鸟香草，以配忠贞；恶禽臭物，以比谗佞”。扬雄认识到屈原赋“著意于虚”，在叙述古今，描写景物中，寄寓着政治抱负和人生情怀，这是司马相如赋所没有的，也正是屈赋高于汉大赋之处。

儒家道德和文艺观念在屈原评论中的渗透，随着汉代思想意识形态的稳固而愈益加强。班固继承父亲班彪的遗业，修《汉书》，起于明帝永平年间。永平十七年（74），明帝下诏评论司马迁和司马相如说：

---

①《文选·谢灵运传论》李善注引《法言》。末句一本作：“其著意，子云、长卿亮不可及也。”

司马迁著书，成一家之言，扬名后世，至以身陷刑之故，反微文刺讥，贬损当世，非谊士也。司马相如污行无节，但有浮华之辞，不周于用，至于疾病而遗忠，主上求取其书，竟得颂述功德，言封禅事，忠臣效也，至是贤迁远矣。(见班固《典引》)

明帝完全是从维护政治统治的立场来评判司马迁与司马相如的，司马迁因“贬损当世”，反不如“污行无节”的司马相如。这实际上是向班固暗示了修《汉书》的取舍评价标准。《后汉书·班固传》记载班固上东平王的奏记，希望东平王能“少屈威神，咨嗟下问，令尘埃之中，永无荆山、汨罗之恨”，其中称赞屈原说：

昔卞和献宝，以离断趾；灵均纳忠，终于沉身，而和氏之璧，千载垂光；屈子之篇，万世归善。

虽然班固称赞屈原作品“万世归善”，但是他是为了规劝东平王纳谏而来肯定屈原的“纳忠”的，并不是站在屈原的角度认识其发“愤抒情”。他所说的屈原“纳忠”和司马迁所称赞的屈原“直谏”，还是有很大距离的。“纳忠”，就是《两都赋序》所谓“抒下情而通讽谕”，班固是把屈原纳入到儒家的思想观念中来评价的。在《汉书·艺文志》中，他认为，“贤人失志”而诗变为赋，并比较荀子、屈原的赋与后代之赋的区别，说：

大儒孙卿及楚臣屈原离谗忧国，皆作赋以风，咸有恻隐古诗之义。其后宋玉、唐勒，汉兴，枚乘、司马相如，下及扬子云，竞为侈丽闳衍之词，没其风谕之义。

班固明确地肯定荀子、屈原赋“咸有恻隐古诗之义”，具有讽谕的意义，所以为宋玉以下赋家所不及。班固曾作《离骚经章句》，已亡佚，现存《离骚赞序》和《离骚序》二篇。班固《离骚赞序》介绍屈原的生平，悉本之于司马迁的《屈原传》，但是对于司马迁论屈原之“怨”，则全予删削，而用“纳忠”、“讽谕”等儒家观念来解释屈原的创作：

屈原以忠信见疑，忧愁幽思，而作《离骚》。离，犹遭也，骚，忧也，明己遭忧作辞也。是时周室已灭，七国并争。屈原痛君不明，信用群小，国将危亡，忠诚之情，情不能已，故作《离骚》。上陈尧、舜、禹、汤、文王之法，下言羿、浇、桀、纣之失，以风怀王。终不觉悟，信反间之说，西朝于秦，秦人拘之，客死不还。至于襄王，复用谗言，逐屈原在野。又作《九章赋》以风谏，卒不见纳，不忍浊世，自投汨罗。

班固说屈原“忠诚之情，情不能已”，“以风（讽）怀王”，在野还作《九章》赋以讽谏，都是从儒家“美刺”、“讽谏”的文艺观出发来分析屈原的思想和创作态度，与司马迁的“穷极而怨”是不同的。其实对屈原的“怨”，班固是持否定态度的。在《离骚序》里，班固发展了扬雄的君子固穷、明哲保身的儒家中庸思想，批评屈原说：

今若屈原，露才扬己，竞乎危国群小之间，以离谗贼。然责数怀王，怨恶椒、兰，愁神苦思，强非其人，忿怼不容，沉江而死，亦贬絜狂狷景行之士。多称昆仑冥婚宓妃虚无之语，皆非法度之政、经义所载。谓之兼诗《风》《雅》而与日月争光，过矣。

对于屈原不挠不屈的抗争精神，班固认为是“露才扬己，竞乎危国群小之间”，是逞其私志的不智行为；对于屈原多称“昆仑”、“冥婚”、“宓妃”，表现幽怨之情的浪漫瑰奇方法，班固批评为“虚无之语，皆非法度之政，经义所载”。这完全是依据儒家经典的是非标准来评判屈原及其作品，以儒家的中庸之道和“温柔敦厚”诗教来审察屈原及其创作，否定屈原强烈批判性、斗争性的创作精神，表现出儒家文艺思想的褊狭和保守。不过在另一些地方，班固也流露出对屈原之不幸的同情，如《汉书·地理志下》中说：“始楚贤臣屈原被谗放流，作《离骚》诸赋以自伤悼。”又，《汉书·冯参传》赞曰：

宜乡侯参鞠躬履方，择地而行，可谓淑人君子，然率死于非罪，不能自免，哀哉！谗邪交乱，贞良被害，自古而然。故伯奇放流，孟子宫刑，申生雉经，屈原赴湘，《小弁》之诗作，《离骚》之辞兴。经曰：“心之忧矣，涕既陨之。”冯参姊弟，亦云悲矣！

在东汉时期，政治上不得意，遭到贬斥的文士越来越多，许多文士“死于非罪”，促使班固去思考文人的命运，批判“贞良被害，自古而然”的不合理的社会现象，同情“屈原赴湘”的不幸。班固在这里也认识到《离骚》是屈原不幸命运的哀怨之辞，与司马迁“发愤著书”精神又是相通的。对于屈原骚赋的文辞艺术，班固是给予肯定的：

然其文弘博丽雅，为辞赋宗，后世莫不斟酌其英华，则象其从容。自宋玉、唐勒、景差之徒，汉兴，枚乘、司马相如、刘向、扬雄，骋极文辞，好而悲之，自谓不能及也。虽非明智之器，可谓妙才者也。(《离骚序》)

他称赞屈赋文辞弘肆广博、华丽典雅，是后代辞赋的宗祖，宋玉、司马相如、扬雄等，莫不猎其英华，效其风度，驰骋文藻，如此，尚觉自愧不如。最后班固评价屈原“非明智之器”，“可谓妙才”。在此，屈原被降格为才华横溢的文人。

东汉中后期上层政权中，外戚与宦官的斗争愈趋激烈，一些文士卷入到复杂的斗争冲突中，受到贬抑和打击，志向得不到施展，不免怀有怨懑之情。他们从屈原赋中得到情感的共鸣，许多文士发扬屈原“发愤以抒情”的精神，转变过去大赋的铺陈风气，开始写作一些抒情小赋，促进了东汉后期抒情赋的勃兴。其中，王逸创作了《九思》《逢尤》《怨上》《疾世》《悯上》《遭厄》《悼乱》等作品①，直接秉承屈原“发愤抒情”、司马迁“发愤著书”的精神，批评现实政治的险恶、黑暗，表达遭受贬黜压迫的幽思。如在《悯上》中说：

悼屈子兮遭厄，沉玉躬兮湘汨。何楚国兮难化？迄于今兮不易。士莫志兮《羔裘》②，竞佞谀兮谗阋。指正义兮为曲，訿玉璧兮为石。殦雕游兮华屋，鵔鸃栖兮柴蔟。

昭揭了方正倒置、群小乱国的黑暗现实。生活在这样的险恶环境里，王

① 王逸的作品多已亡佚，明张溥辑有《王叔师集》一卷，佚文见于严可均辑《全后汉文》卷五十七。

②《诗经》的《郑风》《唐风》《桧风》中都有《羔裘》诗，为刺朝、刺时之作，国君无道，大夫道其去君之志。

逸自然有深沉的哀思，《九思序》中说："逸与屈原，同土共国，悼伤之情，与凡有异。"又说："逸，南阳人，博雅多览，读《楚辞》而伤愍屈原，故为之作解。"王逸著有《楚辞章句》，是现存最早的《楚辞》注本，通过对屈原骚赋的阐释，寄寓自己的"伤愍"之情。在《楚辞章句》总序和各篇序言里，王逸继承和发扬了刘安、司马迁的理论，热情赞美屈原的忠怨之情，批驳班固等人的意见，对楚辞的思想和艺术成就，进行了比较全面的评价。

王逸虽也是从儒家的思想标准来认识和评价屈原及其创作的，但是与班固所谓"君子道穷，命矣"的宿命论、明哲保身态度不同，王逸认为：

> 人臣之义，以忠正为高，以伏节为贤，故有危言以存国，杀身以成仁。是以伍子胥不恨于浮江，比干不悔于剖心，然后忠立而行成，荣显而名著。若夫怀道以迷国，详（同"佯"）愚而不言，颠则不能扶，危则不能安，婉娩以顺上，逡巡以避患，虽保黄耇，终寿百年，盖志士之所耻，愚夫之所贱也。(《楚辞章句序》)

人臣应该忠贞节义，具有危言存国、杀身成仁的勇气和正义，哪怕用生命来捍卫忠贞正义也是值得的，必然荣名不朽。反过来，那些苟容求合之辈，明哲保身，不敢抗言直谏，不能扶颠安危，只是委曲求全，小心自保，即使寿终百年，也是为世人所不齿的。这里实际上就是批评扬雄、班固等人的处世态度。王逸的儒家观念，与扬雄、班固等人的明哲保身、全身远害不同，而是表现出孟子刚正不阿、无私无畏的非凡气概。他犀利地批判班固对屈原的评论中所表现出的懦弱保守思想，说：

> 而班固谓之露才扬已，竞于群小之中，怨恨怀王，讥刺椒兰，苟欲求进，强非其人，不见容纳，忿恚自沉，是亏其高明，而损其清洁者也。昔伯夷、叔齐，让国守分，不食周粟，遂饿而死。岂可复谓有求于世而怨望哉？

也就是说屈原并不是如班固所言"苟欲求进"，营求个人私利微名，而是像伯夷、叔齐那样，用生命捍卫心中坚持的道义和理想。所以，即使是同样从儒家人生观、文艺观出发，王逸却能大胆肯定屈原愤懑的怨情和直谏的勇气。他在《楚辞章句序》中说：

> 而屈原履忠被谮，忧悲愁思，独依诗人之义，而作《离骚》，上以讽谏，下以自慰。遭时暗乱，不见省纳，不胜愤懑，遂复作《九歌》以下凡二十五篇。……今若屈原，膺忠贞之质，体清洁之性，直若砥矢，言若丹青，进不隐其谋，退不顾其命。此诚绝世之行，俊彦之英也。①

王逸深情赞美屈原忠贞高洁的品性，“直若砥矢，言若丹青”，而屈原不顾自身安危，直谏楚王，更是“绝世之行，俊彦之英”。王逸认为屈原创作中的忠贞讽谏精神，是“依诗人之义”，“依托五经以立义”，直接来源于《诗经》的讽谏精神。《诗经·抑》就是卫武公讥刺厉王，耳提面命的诗，是激切的讽谏之作，孔子把它列入《大雅》。把《离骚》和《诗经·抑》相比，屈原的骚赋还算是“优游婉顺”的。把屈原作品与《诗》《易》《尚书》等经典的语句相对照，是符合五经典则的。可见，王逸虽然也是依经立论，依照儒家经典标准来评论屈原，但是他不是秉持儒家所谓“温柔敦厚”、“主文而谲谏”的原则来论屈原，而是发挥《诗经》的讽谏精神，肯定屈原切直讽谏、直面斗争的精神。这实际上是和刘安、司马迁的思想一脉相承的。他曾称赞淮南王刘安作《离骚经章句》，“大义粲然，后世雄俊，莫不瞻慕”，与班固的态度也截然不同。

在各篇的序言里，王逸通过对屈原每一篇作品意义的阐释，张扬了屈原忠愤讽谏的精神。如论《离骚经》说：

> 屈原执履忠贞，而被谗邪，忧心烦乱，不知所诉，乃作《离骚经》。离，别也；骚，愁也；经，径也。言已放逐离别，中心愁思，犹陈直径，以风谏君也。②

把《离骚》推尊为“经”，在经学统治的时代是很高的评价，也是对司马迁把《离骚》与《周易》《春秋》并列的进一步发挥。王逸又解释

---

① 王逸《王叔师集》，《汉魏六朝一百三家集》本。

② 王逸《楚辞章句》卷一，台湾艺文印书馆1967年影印明万历十四年观妙斋刻本。“犹陈直径”，一本作“犹依道径”，可参。

《九歌》说，屈原放逐，“窜伏其域，怀忧苦毒，愁思怫郁”，因俗人歌舞而作《九歌》之曲，“上陈事神之敬，下以见己之冤结，托之以风谏”（《楚辞章句》卷二）；解释《天问》说，“屈原放逐，忧心愁悴”，仰见楚先王庙及公卿祠堂图画而问之，“以泄愤懑，舒泻愁思”（《楚辞章句》卷三）；解释《九章》说“屈原放于江南之野，思君念国，忧心罔极，故复作《九章》。章者，著也、明也，言已所陈忠信之道，甚著明也。卒不见纳，委命自沉”（《楚辞章句》卷四），认为忠怨讽谏是贯穿屈原众多作品的一个共同主题。

对于屈原作品的浪漫精神和艺术手法，王逸也给予分析和评价。班固既肯定屈原文词“弘博丽雅”，又批评其中的神话想象“非法度之政、经义所载”。而王逸却把《离骚》与五经相比照，说明屈原“依托五经以立意”：

> 夫《离骚》之文，依托五经以立义焉。“帝高阳之苗裔”，则《诗》“厥初生民，时惟姜嫄”也。“纫秋兰以为佩”，则“将翱将翔，佩玉琼琚”也。“夕揽洲之宿莽”，则《易》“潜龙勿用”也。“驷玉虬而乘鹥”，则《易》“时乘六龙以御天”也。“就重华而陈词”，则《尚书·咎繇》之谋谟也。“登昆仑而涉流沙”，则《禹贡》之敷土也。故智弥盛者其言博，才益劭者其识远。屈原之词，诚博远矣。（《楚辞章句序》）

王逸称赞屈原智盛才多，因此言辞繁博，识见深远，但是把《离骚》中的神话想象等浪漫主义表现都附会于儒家经典，实际上与班固批评屈原不合经典一样，都是依经立论，而不能大胆肯定屈原作品中神话想象的浪漫主义描写，没有认识到屈原作品中浪漫精神和神话式表现的文学意义。当然，在东汉儒学已经趋于一尊的时势里，这种“依经立论”的策略，是在为屈原发愤直谏的斗争精神寻找合理的理论基础。

对屈原《离骚》的比兴手法和艺术风格，王逸作出较为详细的阐释，这是汉代诗论中的新鲜内容，是对《毛诗故训传》以“兴”说《诗》的发挥。王逸说：

> 《离骚》之文，依《诗》取兴，引类譬喻，故善鸟香草，以配

忠贞；恶禽臭物，以比谗佞；灵修美人，以媲于君；宓妃佚女，以譬贤臣；虬龙鸾凤，以托君子；飘风云霓，以为小人。其词温而雅，其义皎而朗。凡百君子，莫不慕其清高，嘉其文采，哀其不遇，而闵其志焉。(《楚辞章句》卷一《离骚经序》)

“依《诗》取兴”，就是发展了《诗经》比兴寄托的传统，以自然事物意象的善恶香臭，比兴社会事物的善邪好恶，形成相互关联的系列。这一系列比兴的运用，就产生了“词温而雅”、“义皎而朗”的审美风格。

综合起来看，汉代关于屈原及其作品的评论，曾有过一番争论。在汉代前期，文士情绪激烈而不免幽怨，刘安、司马迁秉承屈原“发愤以抒情”的创作精神，对屈原穷极而怨的直谏是持肯定态度的。到了儒学确立一尊地位的西汉中期以后，文人开始以儒家思想标准和文艺观念来评判屈原人格及其创作的是非高下，但是其中又存在着差别。在西汉后期到东汉前期，文人相对较为退守静默，上层政治对文士思想的控制更为严格，因此扬雄、班固都从儒家明哲保身的人生态度出发，批评屈原“过于浮”、“露才扬己”。到了东汉后期，政治环境的险恶，生存命运的舛背，又加深了文士对屈原作品的理解，对屈原命运的同情，其中，王逸对屈原的怨愤有较为深切的认同。尽管他也是“依经立论”，但他更强调儒家杀身舍生、不屈不挠的伟岸品格和激切讽谏的批判精神。

“依经论骚”现象，实际上反映的是汉代建立大一统帝国，确立儒家思想的正统地位后，儒家文化传统价值观的标准化、普遍化。“楚骚”是在儒家经典之外的另一个不同的文学传统，其中突出的“骚怨”精神和瑰丽色彩，并非源于儒家文化的土壤，也难以说是儒家文化影响的结果。而这个“楚骚”传统在汉代却不得不逐渐接受上升为国家意识形态的儒家文化传统的价值评判和意义渗透。这种文化现象在中国历史上比比皆是，在本书后面我们还会看到宋人把李白那些飘逸瑰奇的诗篇作儒家伦理性解释，与这里的“依经论骚”如出一辙。

第二编 缘情诗学

缘情诗学出现于魏晋时期，其最基本的社会背景，是魏晋时期个人意识的觉醒、个体精神的激活，这种个人意识和个体精神，也就成为缘情诗学的基本内核。与“言志”相比，“缘情”没有经典话语的神圣性；它是一些诗歌作者基于对诗歌创作经验的提炼而提出的诗学命题。“缘情”理论与汉代《毛诗大序》的“发乎情”不能说没有关系，但是摆脱了“止乎礼义”的限制，解放了汉代“性善情恶”论等对于情感的种种羁勒；“缘情”理论产生的思想土壤是个性的觉醒，因此其内涵必然包含着对诗歌个性化特征的认可。“诗缘情而绮靡”的“绮靡”，就是美好动人，既包括诗歌辞采音律，也包括情思理致。

“缘情”论与宋代的尚意诗学相比，两者在物我关系论上存在着明显的差异。缘情诗学最基本的心理机制是“应物斯感，感物兴情”。不论是“情以物兴”，还是“物以情观”，都是强调内心之情与外在之物的感应关系，这是缘情诗学最为基本的观物方式。但是，中唐以降，佛学的心物关系论渗透至士人的生命精神，传统的物我关系逐渐被颠覆，至宋代，在新道学思想中，最基本的物我关系是主体精神境界对物质世界的超越性。这构成尚意诗学的理论基础。

缘情诗学的两个最基本要素：感物兴情的创作心理机制和对个性意识的尊重，自曹丕、陆机至盛唐李白、殷璠、王昌龄，具有相对完整而连贯的阶段性。中唐以降，出现了“不感物”、“超感物”的诗学模式，重视“心像”、“心境”、“意境”和主体的人格境界。这些都超越了“感物兴情”的模式。当然，并非说“感物兴情”至此结束了，而是说它不再是中唐和两宋诗学的主导模式。

第一章
魏晋南北朝的文化与诗学

【内容提要】严格地说，中国文人的诗歌时代是从魏晋南北朝开始的。诗歌的创作、品赏与评论此时成为士人生活、政治活动的重要组成部分，正是在这种文化氛围中，传统诗学得到自觉的发展。特别值得提出的是魏晋玄学导引诗人将眼光移向山水，促使山水审美意识得以觉醒。

在古代文学史上，一个时代有一个时代的文学，不同时代流行的文学样式是不同的。汉代是辞赋的时代，诗歌在文人生活中并不具有很重要的地位。钟嵘《诗品序》说："自王、杨、枚、马之徒，词赋竞爽，而吟咏靡闻。从李都尉迄班婕妤，将百年间，有妇人焉，一人而已。诗人之风，顿已缺丧。"直到东汉末年，才有少数文人学习乐府，写作诗歌，"及至建安，而诗章大盛"①。魏晋南北朝时期，诗赋并重，诗歌在文人生活中的地位和作用空前提高。这促使了当时文人对诗歌文体特征的思考。在汉代人们说到诗，多数还是特指儒家经典《诗经》。魏晋以后，人们一般把"诗"作为一种独特的文学体制看待，认识到诗歌的

① 刘义庆《世说新语·文学篇》刘孝标注引《续晋阳秋》中语。

文体特点与其他文章体制不同。不过，魏晋南北朝文人还不像后代那样明确地划分诗文界限，他们说到“文”的时候，通常也包括诗歌①。《文心雕龙》就有《明诗》篇等论诗的内容，《文选》也选了相当数量的诗歌。因此，魏晋南北朝文人关于“文”的理论见解，也应该蕴涵着诗学内容，需要我们去剥离。不过，为了避免与本套丛书散文学卷重复，我们主要以那些直接与诗歌有关、对诗歌发表看法的文字为论述对象。

第一节　魏晋南北朝文化生活中的诗

两汉的主流文学是辞赋，汉武帝、宣帝等帝王爱好辞赋，文士得到帝王的宠遇，享有重名，主要是凭借辞赋创作的成绩。魏晋南北朝时期，诗歌跻身到与辞赋同等重要的地位，帝王、文士普遍表现出对诗歌的喜好，诗歌在整个社会的文学生活中占据着非常重要的地位。这种现象构成了魏晋南北朝诗歌理论的现实背景。

帝王爱好诗歌，是这时期的普遍现象。有的帝王亲操诗笔从事创作；有的帝王招揽文士，相与留连，应和酬酢，命题赋诗；有的帝王还擅长品评优劣，月旦诗才。许多文士因为诗才出众，受到帝王的宠遇，升官晋爵。在帝王身边围绕着许多文士，他们具有优厚的生活待遇，能专心从事创作，互相切磋砥砺，有益于诗歌水平的提高。上层政治集团的这种文化偏好，往往会“上行下效”，发生普遍性影响，弥漫到整个社会风气中，引起社会上的一般文士对诗歌的热爱，对于推动诗歌发展具有很大的影响力。

曹操大约算得上是第一个爱好诗歌的帝王了（操生前虽未称帝，其挟天子而令诸侯，实具帝王之尊）。史书说曹操“御军三十余年，手不舍书，昼则讲武策，夜则思经传。登高必赋，及造新诗，被之管弦，皆成乐章”②。曹操不仅在创作上取得成就，成为建安文坛的领袖之一，

① 这样的例子比比皆是。《南史·丘灵鞠传》载：灵鞠好饮酒，臧否人物，在沈渊座，见王俭诗，渊曰：“王令文章大进。”明明是“诗”，却说“文章大进”，显然在时人的观念中，并不强分诗文。

②《三国志·魏志》卷一《武帝纪》裴松之注引《魏书》。

而且礼遇文士，倡导文学。曹植《与杨德祖书》说：

昔仲宣独步于汉南，孔璋鹰扬于河朔，伟长擅名于青土，公干振藻于海隅，德琏发迹于此魏，足下高视于上京，当此之时，人人自谓握灵蛇之珠，家家自谓抱荆山之玉。吾王于是设天网以该之，顿八纮以掩之，今悉集兹国矣。

曹操把王粲、刘桢、阮瑀、徐干、应玚、陈琳等当时的文学英才聚集帐下，为他们提供了建功立业、施展抱负的机会，激发他们的社会热情和文学才华，对于建安诗歌兴盛具有重要意义。汉末动乱之初，王粲离开长安避难荆州，哀叹曰："悟彼《下泉》人，喟然伤心肝。"（《七哀诗》其一）到了曹操帐下，东征西战，戎马生涯，就高唱："从军有苦乐，但问所从谁？所从神且武，焉得久劳师！"（《从军诗五首》其一）其前后的精神风貌是截然不同的，可以见得是曹操给文士们带来戡乱复国的希望。曹操常与这些文士诗酒酬唱，歌舞佐觞。建安十四年（209），曹操南征孙权，曹丕、刘桢、王粲、陈琳、徐干、应玚等人都随行。刘桢后来在《赠五官中郎将》诗第一首中追叙这次军中生活：

昔我从元后，整驾至南乡。过彼丰沛都，与君共翱翔。四节相推斥，季冬风且凉。众宾会广坐，明镫熺炎光。清歌制妙声，万舞在中堂。金罍含甘醴，羽觞行无方。长夜忘归来，聊且为大康。四牡向路驰，欢悦诚未央。①

元后，指曹操。君，指曹丕。诗歌描绘这年冬天曹操回师谯郡时曹丕和一批文人在军中深夜饮酒聆歌的欢快情景，这给刘桢留下了深刻印象和美好回忆。

曹丕在当太子时常与文士流觞赋诗，他在《与朝歌令吴质书》中说："每念昔日南皮之游，诚不可忘。既妙思《六经》，逍遥百氏，弹棋闲设，终以六博，高谈娱心，哀筝顺耳。……从者鸣笳以启路，文学托乘于后车。""南皮之游"是指曹丕和吴质、阮瑀等文士共游南皮。《与吴质书》又说："昔日游处，行则连舆，止则接席，何曾须臾相失。

---

① 俞绍初辑校《建安七子集》，中华书局1989年版，第182页。

每至觞酌流行，丝竹并奏，酒酣耳热，仰而赋诗，当此之时，忽然不自知乐也。”可见，赋诗是曹丕与文士冶游所不可缺少的节目。吴质《答魏太子笺》回忆当年的盛况：“昔侍左右，厕坐众贤，出有微行之游，入有管弦之欢，置酒乐饮，赋诗称寿。”《初学记》卷十引曹丕《魏文帝集·叙诗》说：“为太子时，北园及东阁讲堂并赋诗，命王粲、刘桢、阮瑀、应场等同作。”文士与帝王的交游成为当时文士诗歌的重要题材。在建安七子的诗歌中，就有不少是以公宴、从军、赠答为内容的。

魏的高贵乡公曹髦也附庸风雅，爱好诗赋，常幸华林，与群臣宴，宴会上他不免要援笔赋诗，并命群臣皆作，不能者罚酒。①

西晋惠帝元康时期，贾谧擅政，权过人主。他爱好文章，当时著名文人潘岳、石崇、左思、陆机、陆云、刘琨等多投其门下，有“二十四友”之称。东晋明帝司马绍在东宫时就“雅好辞章谈论，辩明理义，与二三君子并著诗论，粲然可观”，王导、庾亮、温峤、桓彝、阮放等文士，都受礼遇。②

南朝各代的帝王多附庸风雅，身边簇拥着言语侍从之臣，连章赋诗，习玩品题。宋武帝就常在冶游时命群僚赋诗佐酒③。宋文帝、孝武帝都有许多文学侍从出入，宴饮时常令群臣赋诗酬酢。齐高帝萧道成亲自作诗。齐武帝萧赜于永明九年幸华林园褉宴朝臣，令文士赋诗，赋诗者 45 人，可谓彬彬大盛④。梁武帝更是对诗赋情有独钟。《南史·袁峻传》说：“梁武帝雅好辞赋，时献文章于南阙者相望焉。”吴均、何逊、刘孝绰、沈约、庾肩吾、徐摛、王僧孺等文士，都因为诗文之工，受到梁武帝的礼遇，甚至因诗歌写得好而晋升官职。帝王的喜好，往往具有影响公众舆论、左右时代风气的力量。梁武帝一次宴会上嗟赏刘孝绰几首诗，“由是朝野改观焉”⑤。梁武帝奖掖诗人文士，曾耸动社会上佑文重诗的风气，刺激了文士的创作激情。《南史·文学列传序》说：“于

---

①《初学记》卷十二引《魏高贵乡公集》，梁萧绎《金楼子·杂记》，均有记载。

②《太平御览》卷九十八引孙盛《晋阳秋》。

③ 参见萧绎《金楼子·兴王篇》，《文选》卷二十谢瞻《九日从宋公戏马台集送孔令诗》李善注引《宋书·七志》。

④ 参见《南齐书》卷四十七《王融传》。

⑤《梁书》卷三十三《刘孝绰传》。

时武帝每所临幸，辄命群臣赋诗，其文之善者赐以金帛。是以缙绅之士，咸知自励。”梁代还出现过像元帝萧衍这样的皇帝，当敌军围城时，他登城楼观战，竟然诗兴大发，写起诗来，直到成为阶下囚，临刑前还制诗四绝①。玩物丧志到了不顾性命的地步。而陈后主也宠幸着江总等一班文臣，还自创《玉树后庭花》等曲，亡国后依然饮酒赋诗不止，难怪隋文帝叱骂他说："此败岂不由酒？以作诗工夫，何如思安时事！"②

北朝总体上来说质朴少文，但是南朝雅好诗文的风气也影响到北朝。仅就北魏来看，道武帝、太武帝、孝文帝都常与群臣赋诗射箭，作乐高歌③。北朝帝王爱好诗歌，对于促进南北文学的交流，推进北朝文学的发展，具有积极的意义。

魏晋南北朝帝王爱好诗歌，身边聚集着文学贵游，留连赋诗，对于当时的诗学产生了深刻的影响。首先，这些贵游文学侍从，成为诗歌创作的主体，他们生活在帝王周围，奉命赋诗，顺应帝王的心意，有时“心非郁陶”还要“为文而造情”，因此，自《诗三百》、汉乐府以来的“饥者歌其食，劳者歌其事”的言志传统、讽谏时政精神销湮了，代之而起的是诗歌娱乐功能的膨胀。我们看魏晋南北朝的诗歌创作，具有明确讽刺时政用意的诗人诗作是很少的。在魏晋时期，还或可一见诗人怀着讽刺时政的目的。如：“曹爽秉政，多违法度，璩为诗以讽焉。”④ 这是说应璩《百一诗》激切讥刺时政。钟嵘《诗品中》也说应璩“善为古语，指事殷勤，雅意深笃，得诗人激刺之旨。”藏荣绪《晋书》论张协《咏史诗》说：“协见朝廷贪禄位者众，故咏此诗以刺之。”⑤ 但是宋齐梁陈四代中，这种讽谏精神几乎湮没无闻了。魏晋南北朝诗歌，更多的是为了娱情，而不是讽谏。萧统《文选序》说：“譬陶匏异器，并为入耳之娱；黼黻不同，俱为悦目之玩。”正是对这种娱乐目的的概括。诗歌创作目的转向娱情性，不能不说与当时帝王爱好诗歌、文学贵游的

---

① 参见徐炫《五代新说》《南史》卷八《梁本纪》下。

②《南史》卷十《陈本纪·后主》。

③ 参见《魏书》：卷二十一《献文六王列传》下《彭城王传》、卷十九《景穆十二王列传》、卷五十六《郑义传》、卷五十二《赵逸传》。

④《三国志·魏书》卷二十一裴松之注引《文章叙录》。

⑤《文选》卷二十一张协《咏史诗》李善注引。

兴起有关。其次，帝王身边的文学贵游从事诗歌创作，在情感内容上生不出什么新花样，而在诗歌技巧上可以卖弄功夫，不断花样翻新，不惜假借古语古事，炫示博学多识，或穿凿取新，出奇制胜。魏晋南北朝诗歌讲究用典隶事、缀采摛文，变本加厉地踵事增华，与帝王爱好诗歌、重视文臣，文士多为贵游也有着直接的关系。这种现象，从消极方面说，它丢弃了言志的诗歌传统精神。从积极方面说，它探索和尝试诗歌的各种技巧，追求诗歌的辞采华美，为后来诗歌的发展，积累了丰富的实践经验和艺术滋养。

魏晋南北朝，不仅帝王爱好诗歌，招揽文士流觞赋诗，而且诗歌成为社会的时尚，成为文化生活的重要内容，公宴、饯别、游览、行旅、军戎等生活，无不可入诗，也不可无诗；士人可以用诗来赠答述德，用诗来咏怀咏史。一般士人也常相邀雅集，留连光景，修禊唱诗。甚至对于有些人来说，诗才是他人生际遇的重要因素。刘义庆《世说新语·文学》载，东晋时，袁宏家贫，以给人运租为业。一个清风朗月的夜晚，袁宏在船上吟咏自己的诗歌，被镇西将军谢尚听到。谢尚“叹美不能已”，即招袁宏来相见。袁宏“自咏其所作《咏史》诗”。谢尚因此相邀，大加赞赏。自此袁宏名誉日隆①。在门第等级森严的时代，出身贫寒的袁宏能为权贵谢尚所赏识，靠的就是“甚有情致”的诗歌。梁代的吴均，家世寒贱，好学有才，也是因诗写得好，受到沈约、柳恽的称赏而名声大噪的②。刘孝绰免职后，因奉诏作诗，受梁高祖的赞赏而复升迁③。庾肩吾在侯景之乱中，为宋子仙悬赏抓获，是凭着诗才而获释授官的④。如此之类的掌故，在当时的正史野史里触处皆是。这是以前时代所未有的，从一个侧面说明了社会普遍爱好诗歌的风气。

魏晋南北朝时，士人之间还经常在一起讽诵佳篇，品评诗作，切磋诗艺，讨论技巧。这对于诗人表现手段的提高，诗歌风气的煽炽，诗歌批评的兴起，也具有推波助澜的意义。春秋时期有“赋诗言志”的风

---

① 见余嘉锡笺疏、刘义庆撰、刘孝标注《世说新语》，上海古籍出版社1993年版，第268页。本书引《世说新语》均据此本。

②《梁书》卷四十九《吴均传》。

③《梁书》卷三十三《刘孝绰传》。

④《太平御览》卷六百引《三国典略》。

气，魏晋南北朝时士人也常常赋吟前人的诗句，借以抒发自己的怀抱。从这种现象可以看出当时士人多具良好的诗歌修养，对于前人的名篇佳作可以称口道出，而且能切合自己当时的心理情境。吟他人诗歌抒自己怀抱，也多少带有文学品评的意味。这种现象在魏晋南北朝实在太多，仅举数例：

王处仲每酒后辄咏"老骥伏枥，志在千里。烈士暮年，壮心不已。"以如意打唾壶，壶口尽缺。（刘义庆《世说新语·豪爽篇》）

桓玄西下，入石头。外曰："司马梁王奔叛。"玄时事形已济，在平乘上笳鼓并作，直高咏云："箫管有遗音，梁王安在哉！"（同上）

（吉士瞻）少有志气，不事生业。时征士吴苞见其姿容，劝以经学，因诵鲍照诗云："竖儒守一经，未足识行藏。"拂衣不顾。（《南史》卷五十五《吉士瞻传》）

（王徽之）尝居山阴，夜雪初霁，月色清朗，四望皓然，独酌酒咏左思《招隐诗》，忽忆戴逵。（《晋书》卷八十《王羲之传》附《王徽之传》）

宋武帝登霸陵，乃眺西京，使傅亮等各咏古诗名句。亮诵王仲宣诗曰："南登霸陵岸，回首望长安。"（萧绎《金楼子·捷对篇》）

（萧统）性爱山水，于玄圃穿筑，更立亭馆。与朝士名素者游其中。尝泛舟后池，番禺侯轨盛称"此中宜奏女乐。"太子不答，咏左思《招隐诗》曰："何必丝与竹？山水有清音。"侯惭而止。（《梁书》卷八《昭明太子传》）

刘孝绰当时既有重名，无所与让，唯服谢朓，常以谢诗置几案间，动静辄讽味。简文爱陶渊明文，亦复如此。（颜之推《颜氏家训·文章》）

北魏孝武帝内宴时，"令诸妇人咏诗，或咏鲍照乐府曰：'朱门九重（一作"朱城九门"）门九闺，愿逐明月入君怀。'"（《北史》卷五《魏本纪·孝武帝纪》）

东魏孝静帝为北齐王高澄所辱，咏谢灵运诗曰："韩亡子房奋，秦帝鲁连耻。本自江海人，忠义感君子。"因流涕。（《北齐书》卷

三《文襄帝纪》)

(齐王高澄崩)前数日，崔季舒无故于北宫门外诸贵之前诵鲍明远诗曰：“将军既下世，部曲亦罕存。”声甚凄断，泪不能已，见者莫不怪之。(同上)

东魏孝静帝武定八年五月，魏静帝逊位移宫，与六宫分别，嫔赵国李氏口诵陈思王诗云：“王其爱玉体，俱享黄发期。”(《北齐书》卷三十《高德政传》)

从这些事例来看，当时，从一般士人到太子、帝王，甚至宫女，多具有很高的诗歌修养，对前代名诗张口成诵、随意称引；而且还可以看出，南方人的诗歌盛传于北朝文士的口头，受到青睐。士人还常常在一起对前人诗歌评骘优劣，品第高下。《世说新语·文学》载：

王孝伯在京行散，至其弟王睹户前，问：“古诗中何句为最?”睹思未答。孝伯咏：“‘所遇无故物，焉得不速老?’此句为佳。”

谢公因子弟集聚，问《毛诗》何句最佳?遏称曰：“昔我往矣，杨柳依依，今我来思，雨雪霏霏。”公曰：“讦谟定命，远猷辰告。”此句偏有雅人深致。

品赏的对象，既可以是前代人的诗作，也可以是同时代人的创作。《南史》卷三十四《颜延之传》载，颜延之与谢灵运都以辞采齐名，而迟速不同。一次颜延之问鲍照自己诗与谢灵运诗的优劣，鲍照回答说：“谢五言如初发芙蓉，自然可爱。君诗若铺锦列秀，亦雕缋满眼。”又，《梁书》卷四十九《文学传·何逊传》载，萧绎评沈约和何逊诗，说：“诗多而能者沈约，少而能者谢朓、何逊。”也有人因得不到时人的高评，而深以为憾。齐梁时人称“任笔沈诗”，而在时人的观念中，“诗”的文采是远高于“笔”的。所以任昉听到后，“甚以为病。晚节转好著诗，欲以倾沈（约）”。结果转为穿凿，人叹才尽。梁代沈约执文坛之牛耳，又好奖掖后进。诗人的创作若能得到他的品评推举，就可以马上流传开来，得到社会的承认。王筠、刘显、刘孺等诗人都是因沈约的推重而享盛名的①。

士人不仅称赏前贤诗句，而且还自觉摹仿前人的创作风格，如谢灵运、谢朓、吴均等人的诗歌，都是时人效法的对象。谢灵运的诗在当时就为文人远近传诵，广为传抄。《宋书·谢灵运传》说："每有一诗至都邑，贵贱莫不竞写，宿昔之间，士庶皆遍，远近钦慕，名动京师。"许多诗人就摹拟谢灵运诗歌的体制风貌。史载梁代伏挺有才思，好属文，"为五言诗，善效谢康乐体"，受到才俊任昉的赏识②。《南齐书》卷三十五《高祖十二王传》载：

> （武陵昭王）晔刚颖俊出，工弈棋，与诸王共作短句诗，学谢灵运体以呈上。报曰："见汝二十字，诸儿作中最为优者。但康乐放荡，作体不辩有首尾。安仁、士衡深可宗尚，颜延之抑其次也。"

齐高祖对谢灵运诗略有不满，以为谢诗"放荡，作体不辩首尾"，不如潘岳、陆机诗歌之"尚规矩"。"放荡"，也就是钟嵘《诗品上》所谓"逸荡"，与刘勰《文心雕龙·明诗》所谓"俪采百字之偶，争价一句之奇；情必极貌以写物，辞必穷力而追新"意思相近。但萧晔诗是诸王中最优的，这还是"效谢灵运体"的结果。谢朓诗也为时人所称道摹效。前引《颜氏家训·文章》说刘孝绰有重名，少许可，唯独佩服谢朓，有空就讽味谢诗。梁武帝萧衍也重视谢朓诗，常说："不读谢诗三日，觉口臭。"③ 吴均诗歌也是时人效法的对象。《南史·吴均传》记载说："均文体清拔，有古气，好事者或斅之，谓为'吴均体'"。在南北朝时，北方诗人一般都有意效仿南方诗人。仅举一例：

> 刑卲说："江南任昉，文体本疏，魏收非直模拟，亦大偷窃。"魏收闻乃曰："伊常于沈约集中作贼，何意道我偷任昉！"④

与两汉之重视辞赋相比，魏晋南北朝是诗赋并重的时代。诗歌在整

① 分别见《南史》卷七十二《王昙首传》附《王筠传》，《梁书》卷四十《刘显传》、卷四十一《刘孺传》。

②《梁书》卷五十《文学传》下《伏挺传》。

③ 宋庞士英《谈数》，《太平广记》卷一百八十九引。

④《北齐书》卷三十七《魏收传》。

个社会文化生活中占据重要的地位，诗歌特别发挥其“可以群”的意义，帝王与群臣宴饮赋诗，文士之间诗酒酬唱、赠答述怀、品评咏叹、切磋砥砺。诗歌成为士人生活中不可缺少的节目，甚至是士人文化涵养的表征，关系到一个人的荣辱骘黜。而且上行下效，整个社会形成了重视诗歌的风气。诗歌创作、获得诗名对于一个诗人如此重要，这促使诗人在诗歌创作上花费心思，争奇斗艳，力求创新，以谋得诗名。魏晋南北朝的诗歌创作，在创作题材上，从玄言到山水，从咏物到宫体，甚至边塞；从创作手法和风格上，从繁缛到写意，到追求生奇，讲究声律，无不表现出求新求异的审美趋向。萧子显在《南齐书·文学传论》里说：

> 习玩为理，事久则渎，在乎文章，弥患凡旧。若无新变，不能代雄。建安一体，《典论》短长互出；潘、陆齐名，机、岳之文永异。江左风味，盛道家之言：郭璞举其灵变；许询极其名理；仲文玄气，犹不尽除；谢混情新，得名未盛。颜、谢并起，乃各擅奇，休、鲍后出，咸亦标世。朱蓝共妍，不相祖述。

这段话，扼要地概括了魏晋南北朝诗歌创作追求新奇、诗人个性风格各异的特点，进而提出“若无新变，不能代雄”的文学史观。“新变”正是魏晋南北朝诗歌生活所造成的必然趋势。

第二节　魏晋玄学与山水诗审美意识的觉醒

谈魏晋南北朝的社会文化与诗学的关系，自然撇不开魏晋玄学与诗学的内在联系。魏晋玄学是老庄思想的新发展。它“因于三国，两晋时创新光大，而常谓为魏晋思想，然其精神实下及南北朝（特别南朝）”①。自东汉后期儒学衰落后，玄学代之而起，发扬光大，成为魏晋南北朝的主流哲学思潮，玄学在理论上反拨了两汉儒家思想独尊时期关于天道与人性的种种观念，提出“以无为本”（何晏、王弼），“道即自然”（夏侯玄），“得象忘言”和“得意忘象”（王弼），“顺欲称情”

---

① 汤用彤《魏晋玄学和文学理论》，载《中国哲学史研究》1980年第1期。

（向秀），“适性逍遥”（郭象）等种种新的思想观念。玄学发现自然，尊重人情，张扬个性，在中华民族的精神发展史上迈出了重要的一步。

玄学向内发现了人的情感、个性、风姿和神采，向外发现了宇宙大道、自然真美，玄学把士人从传统道德的操守规范、现实功利中解放出来，培养士人的审美精神，开拓士人的审美心境，士人开始用审美的眼光去品味人生，领略自然。玄学对于士人的宇宙自然观、社会人生观、精神状态，乃至审美意识、思维方式，都产生了深远的影响。而作为人类精神意识之外化的文学，一方面是这种玄学意识的审美表达，另一方面在表现对象、精神意识、审美情趣、表现方式上，也受到玄学的渗透和影响。在诗文理论上，玄学关于宇宙本源的求索，直接启发了文论家对于文艺本源的思考；玄学的审美追求、思维方式，也影响到魏晋南北朝诗文理论。

仅仅就诗学来看，魏晋玄学与魏晋南北朝的诗学，也有着直接的关联：魏晋玄学对情感的尊重，成为一种社会风气，只有在普遍尊情重情的时代氛围里，陆机才会提出“诗缘情”的命题；东晋时，玄学本身就是诗歌表现的主题，出现玄言诗，成为当时受到关注的一个诗学问题；玄学对自然美的发现，为诗歌创作开掘了无限丰富的宝藏，扩大了诗歌的表现范围和内涵；玄学的“言意之辨”，促使了诗论家对诗歌表现手段的思考等等。不过，除了个别诗论家涉及言与意的关系问题，总体上说，把“言意之辨”引入诗学，成为诗学的重要问题，那还是唐宋时期的事。我们在以后适当的地方会给予论述，这一节里暂且搁下。玄学与“诗缘情”的关联、玄言诗等问题，我们也会在后面相应的章节里论及。这里着重于玄学与山水诗审美意识的关系。

在先秦两汉时期，虽然自然山水也曾进入诗歌世界，成为诗歌表现的对象，但是总体上说，山水还没有成为诗歌表现内容的主体，山水也不是作为一种独立的审美的对象进入诗歌，而是作为人的精神品德的某种象征或比附。清人王士禛曾说过：“《诗》三百五篇，于兴观群怨之旨，下逮鸟兽草木之名，无弗备矣。独无刻画山水者，间亦有之，亦不过数篇，篇不过数语，如‘汉之广矣’、‘终南何有’之类而止。汉魏间诗人之作，亦与山水了不相及。迨元嘉间谢康乐出，始创为刻画山水之词，务穷幽极渺，抉山谷水泉之情状。昔人所云‘庄老告退，而山水方滋'者也。"①先秦两汉诗歌表现的主要内容还是人类社会生活，诗人对自然界本身，还没有审美的自觉。诗人把审美目光由社会转向山水，着力去创作山水诗，表现自然山水之美，是有一个过程的。这个过程中，玄学起着重要的作用。

古人的审美眼光从人类社会向自然的转移，最初可以从魏晋清谈中看出苗头。魏晋清谈是由东汉清议发展而来的。东汉的清议还主要侧重于品评人的孝廉道德、操守行为。魏晋清谈的人物品评已经发生了很大的变化，关注的往往是超越外形的精神风貌，超越社会道德的个性风采。在玄学的影响下，魏晋清谈的人物品评由揣摩骨相转向品鉴风姿神采，愈趋空灵，表现出人的个性意识的觉醒。而且魏晋清谈对人物风采的描述，往往采用"拟自然化"的方法，把人神采之美与自然物象的美相比拟。如：

世目李元礼"谡谡如劲松下风"。(《世说新语·赏誉》)

公孙度目邴原："所谓云中白鹤，非燕雀之网所能罗也。"(同上)

庾子嵩目和峤："森森如千丈松，虽磊砢有节目，施之大厦，有栋梁之用。"(同上)

王戎云："太尉神姿高彻，如瑶林琼树，自然是风尘外物。"(同上)

世目周侯，嶷如断山。(同上)

有人叹王恭形茂者，云："濯濯如春月柳。"(《世说新语·容止》)

山公曰，嵇叔夜之为人也，岩岩若孤松之独立。(同上)

我们把魏晋清谈的人物品评与汉代以前"仁者乐山，智者乐水"之类的"比德"对照来看会发现，虽然它们都是把人与自然相譬喻，但是"比德"方法首先是将自然拟人化，赋予自然以人的普遍性品格，然后才把自然与具体的人相比较。而魏晋人物品评的语意指向是自然，是把

① 王士禛《双江唱和集序》，《王士禛全集》，齐鲁书社2007年版，第1542页。

人的风神之美比拟为自然界中的自然物之美，是人的“拟自然化”。[1]魏晋人物品评常用的自然物象如断山、千丈松、松下风、春月柳、瑶树琼林、云中白鹤等，本身就是自然界美的景物，在比拟中不是这些景物的人化，而是人的自然化。这些物象和用语，有的稍作改变，就是诗歌的名句，如晋袁宏有诗，其中一句曰“森森千丈松”，显然是从“森森如千丈松”脱胎而出；唐乔知之《折杨柳》诗起句曰“可怜濯濯春杨柳”，显然也是源于“濯濯如春月柳”。人物品评中运用的词语如清、朗、真、畅、旷、远、高、深、虚、逸、超等等，多数本来就是描写自然美景的词语。现在把这些词语用在对人物的品评，一方面表现出士人对自然美的意识的逐渐自觉，另一方面说明士人的审美追求向自然趋近。因此可以说，人物品评表明了魏晋士人对人的自然美的发现。

自然美意识的自觉，更重要的原因是魏晋玄学的启悟。魏晋玄学把人从儒家的道德伦理、社会功利的束缚中解放出来，肯定人任情自然、钟情山水的合理性。玄学为士人开辟了新的人生境界，就是回到自然。魏晋政治的动乱、社会的黑暗又促使士人绝意社会，隐逸山林。自然山水成为魏晋士人的精神乐园，许多士人厌弃仕途，适性于山水，在山水中寻找到精神托慰之所。嵇康《养生论》说：“顺天和以自然，……任自然以托身。”李充《春游赋》说：“盖适性莫畅乎游。”陶渊明的“少无适俗韵，性本爱丘山……久在樊笼里，复得返自然”（《归园田居》其六），是魏晋时代士人的普遍性感情。《晋书·人物传》里，随处可见“好游山水”、“性好山水”、“性乖山水”等字眼，如：

> 或登山临水，经日忘归。（《晋书·阮籍传》）
>
> 祜乐山水，每风景，必造岘山，置酒言咏，终日不卷。（《晋书·羊祜传》）
>
> 居于会稽，游放山水，十有余年。（《晋书·孙绰传》）

山水可以适性，可以畅玄，可以体道。在畅游山水中，士人获得精神的愉悦，体验到山水的美。山水进入了士人生活，山水美进入了士人的精神世界，成为审美的对象：

---

[1] 参见徐复观《中国艺术精神》，华东师范大学出版社 2001 年版，第 140 页。

顾长康从会稽还，人问山川之美，顾云：“千岩竞秀，万壑争流，草木蒙笼其上，若云兴霞蔚。”（《世说新语·言语》）

简文入华林园，顾谓左右曰，会心处不必在远。翳然林木，便自有濠濮间想也。觉鸟兽禽鱼，自来亲人。（《世说新语·言语》）

王司州至吴兴印渚中看，叹曰，非惟使人情开涤，亦觉日月清朗。（《世说新语·言语》）

王子敬云，从山阴道上行，山川自相映发，使人应接不暇。若秋冬之际，尤难为怀。（《世说新语·言语》）

郭景纯诗云：“林无静树，川无停流。”阮孚云：“泓峥萧瑟，实不可言。每读此文，辄觉神超形越。”（《世说新语·文学》）

上引各则材料，顾恺之（字长康）用诗一般的语言描述山水之美；简文帝、王胡之（官司州刺史）、王献之（字子敬）则感物兴情，由自然景物触动了“人情开涤”、“尤难为怀”的情感，而且此时的自然景物不再是与人彼此对峙的他物，而是“自来亲人”；阮孚品读郭璞的山水诗而产生“神超形越”的审美感受，这些正是表达了自然山水畅情适性的审美意趣，人们敞开心扉，感受自然，品味自然，获得审美愉悦。魏晋南北朝的诗人把这些审美意趣、审美愉悦融入诗歌中，因此在诗歌内容、意境、情趣上与先秦两汉呈现出不同的面貌。

何必丝与竹，山水有清音。何事待啸歌，灌木自悲吟。（左思《招隐诗》）

大矣造化功，万殊莫不均。群籁虽参差，适我无非新。（王羲之《兰亭诗二首》之一）

散怀山水，萧然忘羁。（王徽之《兰亭诗》）

消散肆情志，酣畅豁滞忧。（王玄之《兰亭诗》）

散豁情志畅，尘缨忽已捐。（王蕴之《兰亭诗》）

清晖能娱人，游子憺忘归。（谢灵运《石壁精舍还湖中作》）

萧疏野趣生，逶迤白云起。即玩玩有竭，有兴兴无已。（谢惠莲《泛南湖至石帆诗》）

兹岳蕴虚诡，凭览趣亦赡。……伊余久湽涅，复得味恬淡。愿

逐安期生，于焉惬高枕。（刘铄《过历山湛长史草堂诗》）

晨游任所萃，悠悠蕴真趣。（江淹《殷东阳仲文兴瞩》）

登临情不极，萧散趣无穷。（阴铿《开善寺诗》）

水底见行云，天边看远树。且望沿溯剧，暂有江山趣。（何逊《晓发诗》）

兹山灵妙合，当与天地俱。（江总《入摄山栖霞寺诗》）

这些表现山水真趣、抒发畅适情怀的诗作，是魏晋以后诗歌的崭新内容。在玄学启悟下，人类发现了自然美，表达了新的审美愉悦，诗歌也开拓了新的审美境界。

在玄学思想中，自然本来就是美的，是道的自然呈现，是“自生”、“自性”的。人只有率性无为地融入自然去静观、去体悟，才能发现自然的生趣。这种自然观直接影响到魏晋南北朝诗人对于自然的感悟和体味：在魏晋南北朝的多数诗歌里，自然意象是合乎自然地呈现出来，没有人为地对自然的切割、变形、扭曲，不需要人去裁夺。陶渊明的“采菊东篱下，悠然见南山”，谢灵运的“池塘生春草，园柳变鸣禽”等，都是自然本所具有的生命意趣的自然流露。或许在谢灵运等人的诗作中多了一些语言的锤炼，但是并没有“笔补造化天无功”（李贺《高轩过》）的主观裁夺。

玄学开启了诗人的山水审美意识，大量山水诗的创作，积累了丰富的审美经验。于是从晋代开始，山水诗论也趋向自觉了。一些诗人开始有意识地去探讨山水诗创作的理论问题。

石崇于元康六年（296，按，《水经注》作“七年”）出为征虏将军，建别庐在河南金谷涧中，清泉茂林，水碓鱼池，毕备娱目欢心之物。金谷涧是当时文人聚集的胜地。《晋书》卷六十二《刘琨传》云：

时征虏将军石崇河南金谷涧中有别庐，冠绝时辈，引致宾客，日以赋诗，琨预其间，文咏颇为当时所许。

可以想见，金谷涧是文士雅集的一个中心，也是文士群居切磋，培养造就诗人，扩大名声的一个重要场所。时征西大将军祭酒王诩回长安，道过金谷，石崇与众贤三十人各赋诗相送，后结为一集，叫《金谷诗集》，惜已不存。现在还留传有潘岳的《金谷集作诗》一首。曹摅的《赠石崇诗》，亦与金谷涧有关。从潘岳《金谷集作诗》、曹摅《赠石崇诗》两诗来看，西晋诗人对自然界的美景已经有了深刻的领会，能够细致描摹自然景物的声光色态，而且把自然与人事结合起来，把情感融入到自然景物中去。如潘岳的《金谷集作诗》细致描写金谷涧的美景曰："绿池泛淡淡，青柳何依依。滥泉龙鳞澜，激波连珠挥。"接着写金谷园中饮酒吹箫，乐中生悲："玄醴染朱颜，但诉杯行迟。扬桴抚灵鼓，箫管清且悲。"最后抒发"岁寒良独希"的节序之感，"白首同所归"则表示远遁山林的意趣。曹摅的《赠石崇诗》描摹金谷美景曰："涓涓谷中泉，郁郁岩下林。泄泄群翟飞，咬咬春鸟吟。"用四个叠词绘声绘色地描写涧谷清雅幽深的景象，而"野次何索寞，薄暮愁人心"；"人言重别离，斯情效于今"，则是在这种幽深春景的映衬下抒发了离别的悲愁。这是感物兴情的基本格式。现在流传下来有石崇的《金谷诗序》，交待《金谷诗集》的创作原委，其中说：

遂各赋诗，以叙中怀；……感性命之不永，惧凋落之无期。

这是比较早对山水诗创作给予理论的说明。石崇认识到这些山水诗创作本意不在模山范水，而在于"叙中怀"，也就是"抒情"。在当时特定的时代环境中，在玄学思考人生的哲学氛围里，他们所抒发的感情，主要是面对宇宙的永恒、自然生命的常青而"感性命之不永，惧凋落之无期"。石崇从理论上简要地揭明了山水诗中描绘自然与抒情咏怀相融合的特点。生命悲感与宇宙意识是山水诗的基本主题。金谷涧是晋代文士神往的所在，石崇的《金谷诗序》揭明了晋人的山水审美意识，也引起了后人的无限钦羡。《世说新语·企羡篇》记载："王右军得人以《兰亭集序》方《金谷诗序》，又以己敌石崇，甚有欣色。"东晋永和九年（353）三月三日修禊节，王羲之与孙绰等三十余人，汇聚于会稽山阴的兰亭。兰亭四周是崇山峻岭，茂林修竹，只见清流激湍，映带左右。这一日天朗气清，惠风和畅。在此美景中，士人们娱目骋怀，流觞吟咏，畅叙幽情，其中孙绰等 26 人赋诗，另 15 人不能赋诗，罚酒代诗。这些诗结集为《兰亭诗集》。王羲之在《兰亭诗序》里概括当时诗人面对时光的流逝、生命的凋零而产生"修短随化，终期于尽"的感慨，欣赏眼前的自然美景，兴感触怀，于是临文嗟悼，抒发“不能喻之于怀”的兴致。这实际上是对石崇“感性命之不永，惧凋落之无期”的进一步发挥。王羲之用“兴怀”、“兴感”来概括山水审美的情感，是刘勰《文心雕龙》“感物兴情”说的理论先导。

孙绰参与兰亭集会，也有一篇《兰亭诗序》，从理论上阐发了山水诗的创作问题：

> 古人以水喻性，有旨哉斯谈！非以停之则清，混之则浊耶？情因所习而迁移，物触所遇而兴感。故振辔于朝市，则充屈之心生；闲步于林野，则辽落之志兴。仰瞻羲唐，邈已远矣；近咏台阁，顾深增怀。为复于暧昧之中，思萦拂之道，屡借山水，以化其郁结，永一日之足，当百年之溢。以暮春之始，禊于南涧之滨。高岭千寻，长湖万顷，隆屈澄汪之势，可为壮矣。乃席芳草，镜清流，览卉木，观鱼鸟。具物同荣，资生咸畅。于是和以醇醪，齐以达观，决然兀矣，焉复觉鹏、鷃之二物哉！耀灵纵辔，急景西迈，乐与时去，悲亦系之。往复推移，新故相换，今日之迹，明日陈矣。原诗人之致兴，谅歌咏之有由。

晋人在庙廊与山林之间是有过矛盾和取舍的。嵇康志在山林，其《四言赠兄秀才入军诗》说：“至人远鉴，归之自然。”但是其兄嵇喜则心系庙廊。嵇喜答诗说：“都邑可优游，何必栖山原。”显然兄弟二人具有不同的价值观。郭象注《庄子·齐物论》说：“夫圣人虽在庙堂之上，然其心无异于山林之中。”也就是说，只有圣人才能顺畅地处理庙堂与山林之间的矛盾，凡人不免要于其间有所徘徊，有所取舍。孙绰在《兰亭集序》里则明确地说：“振辔于朝市，则充屈之心生；闲步于林野，则辽落之志兴。”这代表了东晋山水诗人的普遍心态，即从庙堂转向山林，从官场转向田园，直接促发了山水诗的兴起。后来梁代刘孝威《奉和六月壬年应令诗》说：“由来畏市朝，为贪止山水。”这已成为一部分士人的基本心态，对于后世文人与文学有着深远影响。孙绰在山水中畅玄，“玄对山水”①。他在序里说，徜徉山水，借山水化解心中的郁结，可以“具物同荣，资生咸畅”，好像又回到了自然的大化流行中去，融通无碍，加以老庄“达观”的人生态度，因此可以拂平鹏鷃的差别，以道观物。但是一旦见到急景西驰，则又感慨时光的流逝，“乐与时去，悲亦系之”。本是用玄理去参悟山水，而山水还是兴起迁逝之情；本是“屡借山水，以化其郁结”，借山水来陶情思道，却又“物触所遇而兴感”。和王羲之一样，孙绰也强调“兴”，即自然山水不期而然地触发了诗人的情思，这样的审美情思，才是山水诗创作的心理根源。从“玄对山水”到“触物兴感”，正是玄言诗向山水诗转变的内在机制。玄言诗中也写山水，但是多用玄理的眼光审视山水，从山水中悟道②；而“触物兴感”则是强调诗人没有情感和思理的预设，完全由自然物候景象的变化而触动诗人的情思，这才是纯粹意义上的审美情思。稍后佚名的《庐山诸道人游石门诗序》提出“虚明朗其照，闲邃笃其情”，即在虚静明澈的精神状态下体悟自然的“有味”和“神趣”，也是对“触物兴感”理论的深化。这与陆机的“诗缘情”说相比，已有了显豁的进步。

①《世说新语·容止》刘孝标注释：“孙绰《庾亮碑文》曰：‘公雅好所托，常在尘垢之外，虽柔心应世，蠖屈其迹，而方寸湛然，固以玄对山水。’”

② 晋宋时期宗炳《画山水序》提出“山水质有而趣灵”、“山水以形媚道”的命题，王微《叙画》认为山水为“太虚之体”：绘画理论和诗学都发现了山水悟道的审美意趣，两者可以互相发明，都显示出晋宋时期山水审美的觉醒。

第二章
走向自觉和独立的诗论

【内容提要】虽然《诗经》里已零星地出现了诗人自言创作动机的诗句，屈原作为中国第一个伟大的诗人也发表过“发愤以抒情”之类的见解，汉末辞赋作家时而提出“抒情写怨”，但至曹丕和陆机等才真正从创作者的立场自觉地解答了一些文学问题，进行了较为深入的理论探索。陆机提出“诗缘情而绮靡”的命题，并立足于自身的创作经验阐发诗赋创作中的具体问题，齐梁时期对于诗歌音律美的探究，以及一些论者梳理诗歌史、评述历代诗人，等等，都标明人们对于作为文之一体的诗歌的理论问题越发自觉地进行着独立的研索。

诗论的独立和自觉，其标志是将诗视为一种独立的文学体制，认识到其内在本质和文体特性，对其体制的发展历史有较为清晰的梳理。从这个意义上看，魏晋南北朝时期的诗学理论是自觉而独立的。关于诗歌本质，提出了“缘情”说；关于诗歌体制，如四言五言高下之辨、声律、用典等，都有较为明晰的理论表述；刘勰《文心雕龙·明诗》、钟嵘《诗品序》、沈约《宋书·谢灵运传论》，对于诗歌历史也给予详略不一的梳理和评论。

第一节　从汉魏思想到陆机的“诗缘情”

《尚书·尧典》提出“诗言志”，是“中国诗论的开山纲领”，得到后人的普遍认同，《孟子》《荀子》《庄子》等书多次申述这一命题。西晋陆机提出“诗缘情而绮靡”的命题，强调诗歌的抒情性特征。此后，“缘情”、“言情”便成为人们对诗歌本质特征的界定。关于“言志”和“缘情”的关系，古文论研究界一般认识到，“言志”也包括“情”的因素，但“志”主要是社会性的、伦理性的思想感情；而“缘情”之“情”更多指的是个人性的感情，“缘情”说是对“言志”的发展和突破。这些说法，自有其合理之处。但是如果置五百年汉魏思想于不顾，而直接谈“缘情”与“言志”的关系，不免空洞而抽象。这里试图考察汉魏形上哲学观念和形下文学经验的演变，为“缘情”说的提出，寻找内在的依据。

情性之辨与“诗缘情”：其实，与“情”相对应的范畴不仅有“志”，还有更重要的“性”。先秦诸子常常是情性对举，并从各自的哲学观念来认识情性。《孟子·告子上》论人性善时说：“乃若其情，则可以为善矣，乃所谓善也。”这里的“情”，实际上就是人的本性，与“性”是相一致的。庄子则视情为累。《庄子·德充符》篇中，惠子与庄子论情，庄子提出，圣人“有人之形，无人之情”；惠子非难说：“人而无情，何以谓之人？”庄子回答说：“吾所谓无情者，言人之不以好恶内伤其身，常因自然而不益生也。”意即人有好恶之情，就会内伤其身，而圣人则顺应自然，没有好恶之情。《荀子》论“情”更为频繁、具体。荀子认识到性与情之间的内在联系，从“性恶论”出发，他认为情是恶的。他说：“性之好恶喜怒哀乐，谓之情。”“性者，天之就也，情者，性之质也。”也就是说，性是与生俱来的，而情是性在外在环境中的显现。荀子还说：“人无师法则隆情矣，有师法则隆性矣。”有师法教化，性就会得到向善的改变；若无师法教化，则情欲流荡。这已经露出“情恶”的倾向。荀子既看到情是性的显现，是不可避免的，又认识到需要“师法”来化情，所以其《乐论》中既认识到乐是“人情之所必不免也”，又强调圣人礼乐的教化导引。先秦诸子论性情还有一个重要观念，即性静情动，性是未发状态，情是已发状态。《中庸》说：“喜、怒、哀、乐之未发，谓之中。”未发之“中”，就是“性”，发出来为喜、怒、哀、乐，就是情。《乐记》论哀、乐、喜、怒、敬、爱，说：“六者非性也，感于物而后动。”也是性静情动，性内情外，情为物感的意思。

性情，同样是汉代诸儒讨论的重要问题之一。大儒董仲舒提出性善情恶的观念，并产生深广的影响。董仲舒从“天人感应”的哲学观出发，肯定人是生来有情的。《春秋繁露·阳尊阴卑》说：

> 夫喜怒哀乐之发，与清暖寒暑，其实一贯也。……四气者天与人所同有也，非人所当畜也，故可节而不可止也。节之而顺，止之而乱。①

董仲舒既认识到喜怒哀乐之情是天所赋予人，与生俱来，又指出对于情感只能节制，不可完全抹煞。董仲舒把情解释为人欲，说：“质朴之谓性，性非教化不成；人欲之谓情，情非度制不节。”② 董仲舒还用阴阳观念解释情性，性为阳，情为阴。天有阴阳，人有情性。这实际上是为人的情性存在的合理性确定了哲学论基础。但是，“天有阴阳禁，身有情欲桩，与天道一也”，天是亲阳禁阴的，人“安得不损其欲而辍其情以应天”，因此，人也应该禁御（桩）情。董仲舒说：

> 天地之所生谓之性情，性情相与为一瞑（按即“民”字），情亦性也，谓性已善，奈其情何？（《春秋繁露》卷十《深察名号》）

与先秦诸子所谓性内情外不同，董仲舒认为，性与情都是从天而来的，天道中阳善阴恶，人道中性阳情阴，性善情恶。自武帝时起，董仲舒的哲学成为汉代的官方哲学，他的性善情恶论也就成为汉代性情论的典型观念。纬书《孝经钩命诀》《孝经援神契》也发挥董仲舒的性阳情阴、

① 董仲舒《春秋繁露》卷十一，《四库未收书辑刊》影印乾隆二十六年觐光楼刻本，本书所引均据此本。

② 董仲舒《贤良策三》，《董胶西集》卷五，《汉魏六朝一百三家集》本。

性善情恶论，说："情生于阴，欲以时念也；性生于阳，以就理也。阳气者仁，阴气者贪。故情有利欲，性有仁也。"(《孝经钩命诀》) 班固《白虎通·情性篇》说："性情者，何谓也？性者，阳之施；情者，阴之化也。"这实际上是代表着东汉国家意识形态对情性的看法。① 在这种理论前提下，是不可能产生"诗缘情"理论的。所以汉代的主流诗学观，还是"诗言志"。对于"志"，董仲舒在论述天人感应时曾提到"爱志"、"乐志"、"严志"、"哀志"(《春秋繁露·天辨在人》)，这里的志，就是情。但是，《春秋繁露》中谈到"志"，更多的是指"圣人之志"、"孔子之志"。《春秋繁露》中延续"诗言志"说，提出"诗道志"的主张。

但是，在董仲舒性善情恶说主导意识形态的同时，也有一些人对性情提出不同的思考。其中有三个人值得特别提出来，他们是刘向、扬雄和荀悦。荀悦的《申鉴》引刘向论性情说：

> 性情相应，性不独善，情不独恶。

很显然，这是针对董仲舒的性善情恶而发的，明代黄省曾解释刘向这句话说："向之意，以性善者情亦善，情恶者性必恶，故曰性情相应。"王充《论衡·本性篇》引刘向对荀子性恶论的非难，说："如此，则天无气也。阴阳善恶不相当，则人之为善安从生？"王充又引刘向论性说：

> 性，生而然者也，在于身而不发。情，接于物而然者也，出形于外。形外则谓之阳，不发者则谓之阴。

刘向认为性是与生俱来的本性，在身而不发；情是性接于物而发出来的。这正是继承了先秦诸子所谓性内情外的观念，与董仲舒所谓性情天授是不同的；值得特别强调的是，董仲舒认为性阳情阴，而刘向则倒过来，说性为阴，情为阳。这大胆之论，引起了王充的诘难说："夫人禀情，竟有善恶不也？"从王充的诘难就可以反过来认识到刘向性阴情阳的可贵了。刘向认为人性"莫不欲善其德"，但是有的人不能为善德，

---

① 许慎《说文解字》据此解释说："情，人之阴气，有欲者。""性，人之阳气，性善者也。"

因为有后天的利欲败之。① 这样就有了“不肖”与“贤人”之分。不肖与贤人对于情感的态度是不同的。《说苑》卷十八说：

> 不肖者精化始至矣，而生气感动，触情纵欲，故反施乱化。故《诗》云：“乃如之人，怀婚姻也。大无信也，不知命也。”贤者不然，精化填盈，后伤时之不可遇也，不见道端，乃陈情欲以歌。《诗》曰‘静女其姝，俟我乎城隅。爱而不见，搔首踟蹰。’‘瞻彼日月，遥遥我思。道之云远，曷云能来？’急时之辞也。甚焉，故称日月也。②

当人精气萌动的时候，不肖者会“触情纵欲”，结果违反人性，扰乱教化。而贤者则由这种自然的精气萌动而产生出不可抑制的“伤时”之情，并且能“陈情欲以歌”。《诗经》中《静女》《雄雉》之类爱情诗，都是贤者陈情之歌。实际上，刘向已经认识到诗歌是内在情感的抒发这一特点了。《说苑》卷八说“夫言者，所以抒其匈（同‘胸’）而发其情者也。”可见，一旦把情从性的压抑中解放出来，对诗歌抒情的本质就可能有正确的认识。当然，刘向又认为“不肖”是不能处理好情感萌动的，所以他又说：“触情纵欲，谓之禽兽。”（《说苑·修文》）“不肖”者不能将情感与道端联系起来，而是任凭情感的泛滥，当然就离禽兽不远了。

扬雄认为：“人之性，善恶浑。”③ 意即人性中有善的，也有恶的。善多则为君子，恶多则为小人。扬雄《法言·问神》说：“故言，心声也；书，心画也。声画形，君子小人见矣！声画者，君子小人之所以动情乎！”认识到语言文字的外在表达，是人内心情感激动的结果。而通过考察语言文字所表现情感的善恶，可以辨别君子小人。实际上，扬雄也认识到了人的性与情之间的内在联系，性善则情善，性恶则情恶。言辞是人性和人情的表现，也可以反映出人性情的善恶。这也是违背了董

---

① 刘向《说苑·贵德篇》说：“凡人之性，莫不欲善其德。然而不能为善德者，利败之也。故君子羞言利名。言利名尚羞之，况居而求利者也？”

② 向宗鲁校证、刘向著《说苑校证》，中华书局 1987 年版，第 453 页。按，此则又见于《韩诗外传》卷一。

③ 王充《论衡·本性》、荀悦《申鉴》等俱引。

仲舒的性善情恶论，而认识到性与情的一致性。

东汉末年，社会动乱，儒家学说对士人思想的禁锢逐渐松弛。士人对受到官方意识形态认可的“性善情恶”论提出大胆的质疑。其中以汉末荀悦的观念最富有理论冲击力。荀悦，字仲豫，汉献帝时官秘书监侍中，著《汉纪》三十卷，颇受后人重视。又著《申鉴》五篇，论辩政体。其中，《杂言下》篇详细辨析汉代的性情论，并提出自己的卓见。针对秦汉各家关于性之善恶以及性情关系的论断，荀悦诘难说：

> 性善则无四凶，性恶则无三仁。人无善恶，文王之教一也，则无周公、管、蔡；性善情恶，是桀纣无性，而尧舜无情也；性善恶皆浑，是上智怀惠（黄省曾校：惠，当作“恶”），而下愚挟善也。理也未究也，惟向言为然。（《申鉴》卷五）

对性善、性恶说，他都提出具体的例子加以反证，特别是批驳“性善情恶”论，说假如是性善情恶的话，桀纣是天下之大恶情，难道他们没有人性吗？尧舜是天下之至善性，难道他们没有人情吗？这是对《春秋繁露》和《白虎通义》中性善情恶论的有力批驳。最后他比较各家说法，认为刘向所谓“性情相应，性不独善，情不独恶”较为合理。刘向的性情论，百余年后得到荀悦的响应。

荀悦着力于批判“情恶”论，他说：

> 或曰：“仁义，性也；好恶，情也。仁义常善，而好恶或有恶，故有情恶也。”曰：“不然，好恶者，性之取舍也，实见于外，故谓之情尔，必本乎性矣。仁义者，善之诚者也，何嫌其常善；好恶者，善恶未有所分也，何怪其有恶。”（《申鉴》卷五）

荀悦恢复了先秦诸子的性内情外论，认为性“实见于外，故谓之情”，喜好与厌恶，是性的取舍，是性本身对于善与恶的取舍，不能据此论情之善恶。汉儒认识到人的内心中存在着与恶的斗争，董仲舒把它视为“性善”与“情恶”的斗争。当“性”不能战胜“情”，失去对“情”的控制时，就是“情独行”，就是“恶”了。对此，荀悦用形象的譬喻批驳说：

不然。是善恶有多少也，非情也。有人于此，嗜酒嗜肉，肉胜则食焉，酒胜则饮焉，此二者相与争，胜者行矣。非情欲得酒，性欲得肉也。有人于此，好利好义，义胜则义取焉，利胜则利取焉，此二者相与争，胜者行矣，非情欲得利，性欲得义也。(同上)

也就是说，人心中只存在性之善恶的交战，而不是善性与恶情的交战。荀悦还依据《周易》“观其所感，而天地万物之情可见矣”，推论说：

是言情者，应感而动者也，昆虫草木，皆有性焉，不尽善也；天地圣人，皆称情焉，不主恶也。(同上)

荀悦论情是“应感而动”的结果，这已违背了董仲舒所谓“天赋性情”的说法，而与《乐记》所谓“感物而动”相一致。荀悦说：“凡情、意、心、志者，皆性动之别名也。……惟所宜，各称其名而已，情何主恶之有!”明确而有力地批判在汉代占主导地位的“性善情恶”论，将情从性的束缚中解脱出来，洗去贯穿于《春秋繁露》《白虎通义》的情恶论，恢复了人情的合理性。正是在这种思想基础上，荀悦才肯定了诗歌“言情”的特点。荀悦在《前汉纪·孝文皇帝集》里认识到诗歌是“言情”的结果，说：

男女有不得其所者，因而相与歌咏，各言其情。

这实际上是汉人对诗歌本质认识的一个新高度。

从先秦的性内情外、感物动情，到汉代董仲舒、班固的性善情恶论，再到荀悦的性内情外、应感而动、情不主恶论，性情论经历了一个循环的过程。但这个循环不是重复，而是通过对性情论的思考辩难，加深了对情的认识。先秦时期诸子论性情，着眼点是“性”，还没有充分展开对“情”的讨论；汉代董仲舒、班固既认识到情与生俱来的特点，又持“情恶”论，否定情，主张性对情的控制；到了荀悦，虽然其性内情外、感物动情等观念与先秦诸子相一致，但是他论述的重心已经是“情”，而不是性。荀悦虽然论政体时也持“纵民之情谓之乱，绝民之情谓之荒”的观点，但总体上他对不违反人性的“情”，是肯定、尊重的，而且认识到诗歌“言情”的特点。

魏晋时期，儒家思想渐渐失去对部分士人精神的束缚力。玄学促使士人的精神解放，士人可以进一步思索性情的问题。其中向秀在《难嵇叔夜养生论》里提出：

> 有生则有情，称情则自然。若绝而外之，则与无生同，何贵于有生哉？且夫嗜欲，好荣恶辱，好逸恶劳，皆生于自然。……苟心识可欲，而不得从，性气困于防闲，情志郁而不通，而言养之以和，未之闻也。

向秀的“有生则有情”，与董仲舒从“天人感应”的角度论“天赋性情”是完全不同的。董仲舒用天之阴阳论人之情性，实际上是抑制人情的；而向秀的意思则是人情与生俱来，具有天然的合理性，只有“称情”，满足情感需要，才算得上自然，如果压抑情感，时刻防范着情欲的呈露，“情志郁而不通”，这是违反自然的，也不能够“养和”。向秀的情论，是在荀悦的基础上又大大地迈进了一步。陆机对性情也发表过自己的见解。他的《演连珠五十首》之四十二说：

> 臣闻烟出于火，非火之和；情出于性，非性之适。故火壮则烟微，性充则情约。是以殷墟有感物之悲，周京无伫立之迹。（《陆机集》卷八）

“情出于性”，也就是“性情相应”的观念，刘向、荀悦都持此论。陆机认为情的产生“非性之适”。当人性还没有安适、平和时，即人性中还存在压抑、不平时，就会产生感情。《麦秀歌》就是箕子过殷墟，感宫室毁坏、生禾黍，伤之而歌。这就是由于政治兴衰而产生的人心性中的不平，发而为感物之情。陆机的“缘情”说，多侧重哀怨悲伤的情感，也就是外界环境的变故即“非性之适”所产生的情感。

追溯先秦、两汉、魏晋的性情论的过程，我们着重理清汉代刘向、扬雄，特别是荀悦对汉代主流的“性善情恶”论的反拨，晋代向秀对情的尊重，为陆机“缘情”说的产生梳理其思想渊源。陆机就是顺应这股思想潮流，吸收了刘向、扬雄、荀悦、向秀等人论情的思想，而及时肯定诗歌的“言情”特征。只有把陆机“缘情”说放在这个思想背景上，我们才能了解其产生的哲学渊源及其价值。

“发愤以抒情”与“诗缘情”：先秦时期的“诗言志”，是读诗者从接受的角度提出的，而不是作诗者自身对诗歌产生原因的认识。当时能够从创作者的角度论述诗歌抒情言志的是屈原。屈原因为心怀忠贞而在政治上遭到谗毁压制，内心蓄积着悲怨之情、不平之气，发而为诗歌。他对自己创作的内在动力有着明确意识，提出“发愤以抒情”的命题。《惜诵》开篇咏叹：“惜诵以致愍兮，发愤以抒情。”《哀郢》云：“兹历情以陈辞兮，荪详聋而不闻。”“结微情以陈词兮，矫以遗夫美人。”《怀沙》云：“申旦以舒中情兮，志沉菀而莫达。”《思美人》云：“焉舒情而抽信兮，恬死亡而不聊。”“愿陈情以白行兮，得罪过之不意。”这里的陈辞、陈词、历情、舒情、陈情、结微情，都是用言辞来表白内心情感的意思。“诗言志”主要是从接受者的角度来认识诗，强调的是“诗”中能为我所用的“志”，至于诗本身的意思并不重要。而“发愤以抒情”，主要是从创作者的角度来认识诗的，是创作者对内在创作经验、作诗心理动力的体验。因此，“发愤以抒情”是对“诗言志”的发展和补充。

从宋玉、唐勒、景差到汉代司马相如之流，“皆祖屈原之从容辞令，终莫敢直谏”①。在汉大赋的创作中，“发愤以抒情”的创作精神黯淡下去了。但是从西汉后期始，在骚赋和抒情赋的创作中，又激荡起“发愤以抒情”的精神。我们看到汉代文人在解释、接受先秦《诗经》时，持的是“诗言志”的观念，在论述自己的创作精神时，多是发挥着屈原的“发愤以抒情”的精神。而且，在两汉之交，就是前面说过的与董仲舒“性善情恶”论唱异调的刘向和扬雄，首先接过屈原“发愤以抒情”的接力棒，高唱诗赋“舒情”的特征。扬雄《反离骚》说：“舒中情之烦或兮，恐重华之不累与。”刘向《九叹》中的“舒情”意识更为自觉：

> 谗夫蔼蔼而漫著兮，曷其不舒予情。（《九叹序》）
> 指列宿以白情兮，诉五帝以置词。（《怨思》）

① 司马迁《屈原贾生列传》，《史记》第八十四卷，中华书局1974年版。

舒情陈诗，冀以自免兮，颓流下逝，身日以远兮。(《怨思》)

纡阿不遇（一作“御”）焉舒情兮。(《思古》)

联系前面刘向的不肖、贤人情性论，显然这些“舒情”、“白情”都是贤者抒发不可抑制的“伤时”之情，《九叹》就是刘向“陈情欲以歌”。如果刘向不能摆脱董仲舒“性善情恶”论的束缚，也就不可能肯定“舒情”的正当性，不可能如此强调“舒情”、“白情”了。两汉之交，许多文士簸扬于乱世，多有怨情，借诗赋以发抒，因此屈原的“发愤以抒情”的精神得到自觉的秉承。东汉冯衍“久栖迟于小官，不得舒其所怀，抑心折节，意凄情悲”，乃作《显志赋》，“聊发愤而抒情兮，将以荡夫忧心”①。班彪《北征赋》也说：“痛怨旷之伤情兮，哀诗人之叹时。”严忌《哀时命》说：“志憾恨而不逞兮，抒中情而属诗。……独便悁而烦毒兮，焉发愤而抒情。”到了东汉中后期，也就是荀悦的时代，社会大动乱，文士多感时伤怀，写作抒情赋。“抒情”又再次成为文学创作的内在精神。王逸《九思·哀岁》说：“忧纡兮郁郁，恶所兮写情。”张衡《思玄赋序》说：“衡常思图身之事，以为吉凶倚伏，幽微难明，乃作《思玄赋》以宣寄情志。”赋中说：“心犹与而狐疑兮，即歧址而抒情。”张衡还有佚句：“含情哇而吟咏，若离鸿鸣姑邪。”②王粲《思亲为潘文则作》说：“诗之作矣，情以告哀。”③ 意即用这片深情写出诗歌，表达对亡父母的哀悼。抒情性成为建安诗赋创作的主要特征，曹植的诗赋尤多抒发凄怆悲伤之情。而且，更为重要的是，汉代文士多认为对情要压抑、要控制，反对触情、纵情，而曹植则在诗赋里一再表露出“游情”、“娱情”、“放情”、“驰情”的审美倾向，几乎放弃了对情的忌讳和控制，而是以娱情、放情为美④。嵇康也多怨结之情，其《思亲诗》说：“愁奈何兮悲思多，情郁结兮不可化。”《与阮德如诗》说：“自力致所怀，临文情辛酸。”对于这些郁结辛酸之情，他

① 冯衍《显志赋》，《冯曲阳集》《汉魏六朝一百三家集》本。

②《文选》李善注《琴赋》和《七命》引。

③ 俞绍初点校《王粲集》，中华书局 1980 年版，第 3 页。

④ 如曹植《感婚赋》：“登情台以荡志，伏高轩而游情。”《登台赋》：“从明后之嬉游，聊登台而娱情。”《车渠椀赋》：“既娱情而可贵，故求御而不忘。”《七启》：“驰骋足用荡思，游猎可以娱情。……情放志荡，淫乐未终。”《任城王诔》：“魂神驰情。”

不是克制压抑，而是让它驰骋舒放。嵇康《兄秀才公穆入军赠诗十九首》之一说："感寤驰情，思我所钦。"又其《琴赋》说："心慷慨以忘归，情舒放而远览。……诚可以感荡心志，而发泄幽情矣。"魏晋时代真正是以驰情、放情为美的时代，摆脱了汉代人性对人情的束缚。① 陆机的诗赋创作也是感情的宣泄表达，而且他由于生活在政治黑暗的时代，"非性之适"，因此多悲怨之情，在诗赋中一再表露出来："矧余情之含瘁，恒睹物而增酸。"（《感时赋》，同上卷一）"悲缘情以自诱，忧触物而生端。"（《思归赋》，同上卷二）"乐颓心其如忘，哀缘情而来宅。"（《叹世赋》，同上卷三）对于这些悲怨之情，陆机也是主张释放宣泄的。其《拟青青陵上陌》："遨游放情愿，慷慨为谁叹！"（同上卷六）他甚至赞美纵情的品格。在《晋平西将军孝侯周处碑》里他赞叹周处"纵情寡偶，俗弊不忻"（同上卷十）。这是汉代人所不敢想象的。

从先秦屈原的"发愤以抒情"，到汉代的"舒情"、"陈情"，再到魏晋时期的"放情"、"娱情"、"纵情"，可以看出在创作经验这一层面上，"情"一直是绵延不绝的，而且愈益得到强调，得到尊重。这股创作精神的直接源头是《楚辞》，又是对《诗三百》"怨主刺上"精神的发挥。而且汉人以"美刺"解《诗》，尤重"刺"义。乃至司马迁说："《诗》三百篇，大抵贤圣发愤之所为作也。"② 像《韩诗外传》之类也强调情，说："故性缘情而不迷。"说："人有六情，目欲视好色，耳欲听宫商，鼻欲嗅芬香，口欲嗜甘旨，其身体四肢欲安而不作，衣欲被文绣而轻暖。此六者，民之六情也。失之则乱，从之则穆。"汉魏以来在创作经验层面和《诗经》批评层面上逐渐尊重性情，甚至强调性之"缘情"，顺从情感。陆机正是对此加以理论的总结和提升，才提出了"诗缘情"的理论命题。从汉魏诗赋创作实践中，我们也可以找出"诗缘情"理论的实践基础。

综合起来看，陆机"诗缘情"说的意义在于：一、感性的个人的

① 但同时我们应该注意到汉末魏晋时人们对待"志"和"情"还是有不同的认识。仅仅从一些赋篇的题目如崔篆《慰志赋》、冯衍《显志赋》、曹植《潜志赋》《愍志赋》、刘桢和陆机各有《遂志赋》；张衡《定情赋》、蔡邕《静情赋》、应玚《正情赋》、陶渊明《闲情赋》（闲乃"防闲"之"闲"，有"限制"意），就可以看出"志"可以"慰"、"显"、"遂"，而"情"则需"定"、"静"、"正"、"闲"。

② 司马迁《太史公自序》，《史记》卷一百三十。

情在汉代主流思想中受到压制，认为性善情恶，而刘向、扬雄、荀悦等人逐步驳斥了这种谬论，肯定情的合理性，甚至到向秀那里，肯定“称情自然”，陆机及时吸收哲学思想上的这些新成果，在《文赋》里提出“诗缘情”说，肯定诗歌表现人们因生活中“非性之适”而产生的个人感情。二、在汉代主流思想之外，在遭挫折遭厄运的文人那里，屈原的“发愤以抒情”的精神依然在涌动，而且随着时代的愈趋昏乱而越来越强烈，甚至要“娱情”、“放情”，陆机及时总结诗赋创作的这种感性经验，而加以理论提升，提出“诗缘情”说，成为一个普遍性的理论命题，影响着后代创作和理论的发展。①

第二节　诗歌音律美的理论探索

魏晋南北朝对诗体特征认识的自觉，还表现在人们追求诗歌语言的声音之美，并进而提出“声律论”，对诗歌语言的声韵提出具体的规定，这对于唐代律诗的形成，乃至后世的词曲创作，都具有深远的影响，成为古代诗体论的一项基本内容。

上古时期，诗乐一体，诗歌本是合乐的，因此，人们很早就认识到诗歌音韵高下缓急交错的特征。《韩非子·外储说右上》说：“教歌者，先揆以法，疾呼中宫，徐呼中徵。”就是指诗歌音节的疾徐合乎声律。《诗三百》多是押韵的，而且各章韵脚多是明分平仄，平者皆平，仄者皆仄。《毛诗序》曾说：“情发乎声，声成文，谓之音。”郑玄《笺》解释说：“声谓宫商角徵羽也。‘声成文’者宫商上下相应。”汉魏以后，诗歌摆脱了诗乐一体的状态，不再合乐可歌，成为吟诵的作品。但是，音韵谐和依然是诗人和诗论家的美学追求。陆机《文赋》提出“暨音声之叠代，若五色之相宣”，要求诗文的语句，应是不同的声调互相更叠谐和，就像五色互相交错配合而构成鲜明的色彩一样。这是第一次对于诗文作品的语言声音美提出要求。张协的诗歌，钟嵘《诗品上》品评说：“调采葱菁，音韵铿锵，使人味之亹亹不倦。”《续晋阳秋》载东晋袁宏讽咏《咏史》诗为谢尚所激赏，称其“声既清会，辞又藻拔”

---

① 本节曾发表于《江淮论坛》2004 年第 5 期，与韩国国民大学朴英顺合作撰写。

(《世说新语·文学》注引)。孙绰在《答许询诗》里称赞许询诗说:"贻我新诗,韵灵旨清。粲如挥锦,琅若叩琼。"可见晋代诗人在创作中自觉追求声韵的谐和,当然这时还没有提出"四声"说,关于声韵美还没有明确的理论原则。诗人们追求的是合乎自然声韵,要求音节铿锵清脆、谐和悦耳。

汉魏以来,人们的谈吐言辞,也讲究声韵美。《后汉书·列女传》载,董祀犯法当死,蔡琰向曹操求情,"音辞清辩,旨甚酸哀,众皆为改容"。《晋书·王彬传》称王彬"音辞慷慨"。《王裒传》称王裒"音声清亮,辞气雅正"。可见声音之美是魏晋士人风度的一个重要方面。特别是在玄学清谈中更是注重声音之美,《世说新语·容止》载:"庾太尉在武昌,秋夜气佳景清,使吏殷浩、王胡之之徒登南楼理咏,音调始遒。"理咏,就是清谈言理。《晋书·裴遐传》:"善言玄理,音辞清畅,泠然若琴瑟。"《世说新语·豪爽》载,桓温平蜀后,宴集僚佐,"桓既素有雄情爽气,加尔日音调英发,叙古今成败由人,存亡系才,其状磊落,一坐叹赏"。这些还只是用"遒"、"清畅"、"英发"等修饰性词语来描述言谈音调的自然美感,没有对声音美作规律性探讨。东晋文人对诗歌声韵的重视,还可从下面一则按韵联句的故事见出一斑:

> 桓南郡与殷荆州语次,因共作"了"语。顾恺之曰:"火烧平原无遗燎。"桓曰:"白布缠棺竖旒旐。"殷曰:"投鱼深渊放飞鸟。"次复作"危"语。桓曰:"矛头淅米剑头炊。"殷曰:"百岁老翁攀枯枝。"顾曰:"井上辘轳卧婴儿。"殷有一参军在坐,云:"盲人骑瞎马,夜半临深池。"殷曰:"咄咄逼人!"仲堪眇目故也。(《世说新语·排调篇》)

这是比较早的关于文士按韵联句的记载。第一轮是共作"了"语,所押"燎"、"旐"、"鸟"是宵韵。第二轮是共作"危"语,所押"吹"、"枝"、"儿"、"池"是支韵。可见诗人对音韵的意识是自觉的。

声韵学在汉魏以后得到初步的发展。魏代李登的《声类》,晋代吕静的《韵集》,分别声韵的清浊宫商,开了研究声韵的先河。这两部书都已不存,难知其详。但是潘徽《韵纂序》说这两部书:"诗赋所需,卒难为用。"大约对于诗赋创作的声韵协调还没有什么直接的帮助。汉末服虔、应劭曾采用反切之法注音。在此基础上，魏初孙炎作《尔雅音义》，创立了反切。东晋、刘宋时期，佛教兴盛，带来佛经翻译的发达。佛经本身是属于拼音文字的梵文。在翻译佛经过程中，僧徒和文士对汉字的声、韵、调也逐渐有了明确的意识。特别是佛经翻译中的“转读”，对当时人们认识“四声”有很大的启发。释慧皎《高僧传》卷十三论云：

自大教东流，乃译文者众，而传声盖寡。良由梵音重复，汉语单奇。若用梵音以咏汉语，则声繁而偈迫；若用汉曲以咏梵文，则韵短而辞长。是故金言有译，梵响无授。始有魏陈思王曹植，深爱声律，属意经音。既通般遮之瑞响，又感渔山之神制。于是删治瑞应本起，以为学者之宗。传声则三千有余，在契则四十有二。其后帛桥支籥亦云祖述陈思，而爱好通灵，别感神制，裁变有声，所存止一千而已。至石勒建平中，有天神降于安邑厅事，讽咏经音，七日乃绝。时有传者，并皆讹废。逮宋齐之间，有昙迁、僧辩、太傅、文宣等，并殷勤嗟咏，曲意音律，撰集异同，斟酌科例，存于旧法，正可三百余声。自兹厥后，声多散落，人人致意，补缀不同。所以师师异法，家家各制。皆由昧乎声旨，莫以裁正。……天竺方俗，凡是歌咏法言，皆称为呗。至于此土，咏经则称为转读，歌赞则号为梵音。昔诸天赞呗，皆以韵如弦管，五众既与俗违，故宜以声曲为妙。原夫梵呗之起，亦肇自陈思，始著《太子颂》及《睒颂》等，因为之制声，吐纳抑扬，并法神授，今之皇皇顾惟，盖其风烈也。①

又，《梁书·武帝纪》云：

竟陵王子良开西邸，招文学，高祖与沈约、谢朓、王融、萧琛、范云、任昉、陆倕等并游焉，号曰“八友”。

据陈寅恪考辨，周颙与沈约“一为文惠之东宫掾属，一为竟陵王之西邸宾僚，皆在佛化文学环境陶冶之中，四声说之创始于此二人者，诚非偶

① 释慧皎《高僧传》，《续修四库全书》影印碛砂藏本。

然也”①。

在永明“声律论”提出之前，已有文士指出诗文创作中辨别音韵的问题。范晔在《狱中与甥侄书》里说：

> 性别宫商，识清浊，斯自然也。观古今文人，多不全了此处。纵有会此者，不必从根本中来。言之皆有实证，非为空谈。年少中谢庄最有其分。

范晔谈论音韵颇为自负，他所说的“性别宫商，识清浊，斯自然也”，与王融所谓“宫商与二仪并生”，刘勰《文心雕龙·声律》所谓“夫音律所始，本于人声者也。声含宫商，肇自血气”云云，都是一个意思，就是说音韵的高低清浊，是与生俱来的自然现象，但是“古今文人”，对此多不了解，只有谢庄在这方面最具有天分。钟嵘《诗品序》转述王融论宫商的话，其中也说：“唯见范晔、谢庄，颇识之耳。”谢庄论音韵，今已不知其详。《南史》本传记载一则佚事云：

> 王玄谟问庄，何者为双声，何者为叠韵。答曰：“玄、护为双声，磝、确为叠韵。”其捷速若此。

王玄谟是刘宋将领，元嘉末曾参与北伐，时垣护之与之同行。谢庄谓“玄”、“护”双声，即以二人名字为言；“磝、确”则为当时王玄谟攻战之地。谢庄仓促之间能如此巧妙应对，表明他确实颇具审音能力。②此外，颜延之也曾以五声论诗文的音调，但他是把声律牵涉到音乐的律吕音调上，所以钟嵘《诗品序》引王融的话批评他“大谬”。总之，从范晔、谢庄等人对音韵的重视，可以看出在东晋和刘宋时期，文人越来越注意自觉追求言辞的声音之美。正是在这个文化氛围中产生了声律论，范晔、谢庄等人也正是声律论的先声。

声律论产生于南齐永明年间，沈约、王融、谢朓等用当时的“声病”说为标准作诗制韵，称为“永明体”。声律论的理论代表人物是沈

---

① 陈寅恪《四声三问》，《清华学报》1934 年第 9 卷第 2 期，收入《金明馆丛稿初编》，三联书店 2001 年版。

② 参见王运熙、杨明《魏晋南北朝文学批评史》，上海古籍出版社 1989 年版，第 225 页。

约和周颙。《南齐书·陆厥传》云：

永明末，盛为文章。吴兴沈约、陈郡谢朓、琅琊王融以气类相推毂。汝南周颙善识声韵。约等文皆用宫商，以平、上、去、入为四声，以此制韵，不可增减，世呼为“永明体”。

《梁书·庾肩吾传》云：

齐永明中，文士王融、谢朓、沈约文章始用四声，以为新变。至是转拘声韵，弥尚丽靡，复逾于往时。

《南齐书·周颙传》云：

颙音辞辩丽，出言不穷。宫商朱紫，发口成句。

《南史·周颙传》云：

转国子博士，兼著作。太学诸生慕其风，争事华辩。始著《四声切韵》行于时，后卒于官。子舍。舍善诵诗书，音韵清辩。

但周颙深居简出，创作上也没有大的影响。而沈约荣显于宋、齐、梁三朝，执文坛牛耳，因此他提出声律论，发生了普遍的影响，成为声律论在理论与实践上的代表。我们着重论述沈约的声律论。

沈约在《宋书·谢灵运传论》后面部分，阐述了声律理论。他说：

夫五色相宣，八音协畅，由乎玄黄律吕，各适物宜。欲使宫羽相变，低昂互节，若前有浮声，则后须切响。一简之内，音韵尽殊；两句之中，轻重悉异。妙达此旨，始可言文。至于先士茂制，讽高历赏。子建“函京”之作，仲宣“灞岸”之篇，子荆“零雨”之章，正长“朔风”之句，并直举胸情，非傍诗史。正以音律调韵，取高前式。自骚人以来，多历年代，虽文体稍精，而此秘未睹。至于高言妙句，音韵天成，皆暗与理合，匪由思至。张、蔡、曹、王，曾无先觉；潘、陆、颜、谢，去之弥远。世之知音者有以得之，知此言之非谬。如曰不然，请待来哲。

沈约颇为自负，认为他提出的声律论是“自骚人以来，而此秘未睹”，即使曹植“从军渡函谷，驱马过西京”（《赠丁仪王粲诗》）、王粲“南登霸陵岸，回首望长安”（《七哀诗》）、孙楚“晨风飘歧路，零雨被秋草”（《征西官属送于陟阳侯作诗》）、王瓒“朔风动秋草，边马有归心”（《杂诗》）等句音韵调谐，但只是暗与理合，并非作者有意追求的结果。张衡、蔡邕、曹植、王粲、潘岳、陆机、颜延之、谢灵运等人，都没有意识到声律的奥秘。《梁书·沈约传》说沈约“又撰《四声谱》，以为在昔词人，累千载而不寤，而独得胸襟，穷其妙旨，自谓入神之作”。沈约把声律论视为其独得之秘。陆厥在《与沈约书》里提出异议，说：“愚谓前英已早识宫徵，但未屈曲指的。……论者乃可言未穷其致，不得言无先觉也。”（《全齐文》卷二十四）但是陆厥所论，还只是自然的音调，而沈约所论的，是人为制定的音韵美法则，两者并非一回事。沈约在答书里说：“宫商之声有五，文字之别累万。以累万之繁，配五声之约，高下低昂，非思力所学，又非止若斯而已也。”（《全梁文》卷二十九）也就是说，若要人为地探索声韵，必须依据一定的法则和标准，才能够求得音韵谐和。这法则就是“四声”、“八病”说。

四声，即《南齐书·陆厥传》所说：“约等……以平、上、去、入为四声，以此制韵。”据清人段玉裁《六书音韵表》说：“考周秦汉初之文，有平上入而无去，洎乎魏晋，上入声多转而为去声，平声多转为仄声，于是四声大备，而与古不侔。”也就是说，平、上、去、入四声是魏晋以后才完备的。沈约以四声制韵，就是依据四声定韵，避免平仄通叶的毛病。魏晋诗歌中平仄通叶是时常出现的，如曹植《美女篇》押平声韵，但末二句“盛年处房室，中夜起长叹”，落韵为仄声。这种现象在齐梁新体诗中则须极力避忌。四声运用于诗歌，还要求诗句内的字音平仄相间错落，形成异音相和的效果，也就是《宋书·谢灵运传论》所谓“若前有浮声，则后须切响。一简之内，音韵尽殊；两句之中，轻重悉异”。怎样才能达到这种异音相和的效果呢？沈约从消极的方面提出“八病”说。唐皎然《诗式》云：“沈休文酷裁八病，碎用四声。”（卷一）但是，《南齐书·陆厥传》只提到平头、上尾、蜂腰、鹤膝等四病，大约是因为后四病相对来说并不算严重，故予省略。

对于“八病”，隋唐时期刘善经的《四声指归》、佚名的《文笔式》、传为魏文帝所作的《诗格》、元兢的《诗髓脑》等诗格著作，都给出解释，后来日人遍照金刚将之编入《文镜秘府论》。旧题梅尧臣的《续金针诗格》、宋代李淑的《诗苑类格》、魏庆之的《诗人玉屑》也录入对“八病”的解释，相互因袭，时有异同。现主要依据《文镜秘府论·西卷》“文二十八种病”的前八项，简要解释平头、上尾、蜂腰、鹤膝、大韵、小韵、旁纽、正纽这“八病”。

第一，平头：“平头诗者，五言诗第一字不得与第六字同声，第二字不得与第七字同声。同声者，不得同平、上、去、入四声，犯者名为犯平头。”意即五言诗上句第一、二两字是平声，下句第一、二两字就不能再用平声；上句一、二两字是上声，下句一、二两字不能再用上声，去声、入声，也是如此。如“芳时淑气清，提壶台上倾”，上句“芳时”和下句“提壶”，俱为平声，这就是犯平头；“今日良宴会，欢乐难具陈”，“今”和“欢”俱为平声，“日”与“乐”同为入声，这也是犯平头。

第二，上尾：“上尾诗者，五言诗中，第五字不得与第十字同声，名为上尾。”如“西北有高楼，上与浮云齐”，“楼”与“齐”俱为平声；“可怜双飞凫，俱来下建章”，“凫”和“章”俱为平声；“荡子别倡楼，秋庭夜月华”，“楼”与“华”俱为平声。这是“八病”中最为严重的，《诗髓脑》称之为“巨病”，齐梁以前，时有此病；齐梁以来，无有犯者。但是如果第五字和第十字连韵，则不是病，如“青青河畔草，绵绵思远道”，“草”和“道”都是上声，但连韵，所以不算犯病。如果把上面“荡子别倡楼”的“楼”改成“家”，虽然也是平声，但与“华”连韵，就不是上尾了。

上面两者，是八病中较为严重的。刘知几《史通·杂说》：“自梁室云季，雕虫道长，平头上尾，尤忌于时。”

第三，蜂腰：“五言诗一句之中，第二字不得与第五字同声。言两头粗，中央细，似蜂腰也。”如虞炎《咏帘》首句“青轩明月时”，“轩”与“时”俱平声；又如《古诗》“闻君好我甘，窃独自雕饰”两句，“君”与“甘”俱平声；“独”与“饰”俱为入声。《古诗》“徐步金门旦，言寻上苑春”的后句，“寻”与“春”句为平声。这些都是蜂腰病。沈约说："五言之中，分为两句，上二下三，凡至句末，并须要杀。"① 也就是说，五言诗句可以看成上二下三的两小句，第二、五字，分别是这两小句的尾字，因此不能同声。但是，唐代元兢《诗髓脑》又认为："如第二字与第五字同上、去、入，皆是病，平声非病也。"若依据这个原则，上举俱为平声的例子就不算犯蜂腰病了。这是元兢的解释，不一定符合"蜂腰"的本来意思。

第四，鹤膝："鹤膝诗者，五言诗第五字不得与第十五字同声。言两头细，中央粗，似鹤膝也，以其诗中央有病。"如"拔棹金陵渚，遵流背城阙。浪蹙飞船影，山挂垂轮月"，"渚"与"影"均为上声；"陟野看阳春，登楼望初节。绿池始沾裳，弱兰未央节"，"春"与"裳"均为平声；《古诗》"客从远方来，遗我一书札。上言长相思，下言久离别"，"来"与"思"均为平声。这就犯鹤膝病了。

但是对蜂腰与鹤膝，宋代蔡居厚的《蔡宽夫诗话》的说法，与唐人不同。清代仇兆鳌《杜诗详注》卷一《郑驸马宅宴洞中》引《蔡宽夫诗话》，并作解释说：

> 《蔡宽夫诗话》云："蜂腰鹤膝，盖出于双声之变。若五字首尾皆浊音，中一字独清，则两头大而中间小，即为蜂腰。若五字首尾皆清音，中一字独浊，则两头细而中间粗，即为鹤膝矣。"今按张衡诗"邂逅承际会"，是以浊夹清，为蜂腰也。如傅玄诗"徽音冠青云"，是以清夹浊，为鹤膝也。旧注以"客从远方来"、"上言长相思"为鹤膝，意不分明。②

仇兆鳌所批评"意不分明"的"旧注"，正是《文镜秘府论》等唐人著作的看法。他依从宋蔡居厚的说法。蔡居厚所谓的清浊，也就是轻重。《蔡宽夫诗话》曾说过："盖以轻重为清浊尔。"据郭绍虞先生的说法，轻重也就是唐人所谓的平仄，平声为轻，仄声为重。这样来看，"邂逅承际会"是"仄仄平仄仄"，是蜂腰；"徽音冠青云"是"平平仄平平"，是鹤膝。这种解释值得参考。今人郭绍虞就赞同蔡居厚、仇兆鳌

① 遍照金刚《文镜秘府论》，人民文学出版社 1975 年版，第 185 页。
② 仇兆鳌《杜诗详注》，中华书局 1979 年版，第 49 页。

的解释①。

第五，大韵："大韵诗者，五言诗若以'新'为韵，上九字中，更不得安'人'、'津'、'邻'、'身'、'陈'等字，既同其类，名犯大韵。"五言诗两句之中不能有与韵脚同韵、同声调的字。如"紫翮拂花树，黄鹂闲绿枝"，韵脚"枝"是支韵平声，"鹂"也是支韵平声；又如"游鱼牵细藻，鸣禽弄好音"，韵脚"音"是侵韵平声，"禽"也是侵韵平声；"端坐愁苦思，揽衣起四游"，韵脚"游"是幽韵平声，"愁"也是幽韵平声。这就是犯大韵了。

第六，小韵："小韵诗，除韵以外，而有叠相犯者，名为犯小韵病也。"也就是说，五言诗上下两句中除了韵脚外的九个字内有叠韵或同声调的字，这就是犯小韵病了。如"搴帘出户望，霜花朝漾日"，"望"与"漾"都是阳韵去声；"夜中无与悟，独寤抚躬叹"，"悟"与"寤"都是鱼韵去声；又如曹植《又赠丁仪王粲诗》"皇佐扬天惠"，"皇"与"扬"都是阳韵平声。这些都是犯小韵。

第七，旁纽："纽"相当于现代语音学的"声母"。"傍纽诗者，五言诗一句之中有'月'字，更不得安'鱼'、'元'、'愿'等之字，此即双声，双声即犯傍纽。"元兢《诗髓脑》说："傍纽者，一韵之内，有隔字双声也。"一韵之中，特别是五字之内，应严避双声字。如"鱼游见风月，兽走畏伤蹄"，"鱼"、"月"是双声，"兽"、"伤"是双声；"元生爱皓月，阮氏愿清风"，"元"、"阮"、"愿"和"月"，都是疑母双声。这就是犯旁纽。若双声连用，则不为病。

第八，正纽："正纽者，五言诗'壬'、'衽'、'任'、'入'，四字为一纽；一句之中，已有'壬'字，更不得安'衽'、'任'、'入'等字。如此之类，名为犯正纽之病也。"如"心中肝如割，腹里气便燋"，"肝"与"隔"同纽；"我本汉家子，来嫁单于庭"，"家"与"嫁"同纽。这都是正纽。

但是上面对旁纽、正纽的解释，只是《文镜秘府论》《诗髓脑》等所代表的隋唐人的说法。《文镜秘府论》引刘经善转述刘滔、沈约的解

① 见郭绍虞《永明声病说》《蜂腰鹤膝解》等文章（俱载《照隅室古典文学论集》），以及郭绍虞著《中国文学批评史》"永明体与声律问题"部分，上海古籍出版社1979年版。

释却与此不同。沈约称大纽、小纽，刘滔称傍纽、正纽。上面隋唐人对傍纽、正纽的解释，都属于沈约所说的小纽（正纽）。沈约所说的大纽（傍纽）是指："若五字中已有'任'字，其四字不得复用'锦'、'禁'、'急'、'饮'、'荫'、'邑'等字，以其一纽之中，有'金'音等字，与'任'同韵故也。"如王彪之的《登冶城楼诗》"俯观陋室，宇宙六合，譬如四壁"，"譬"与"壁"，声母不同，声调不同，但是"譬"字一纽中有字与"壁"同韵，"壁"字一纽中有字与"譬"同韵，简单地说，虽然两字声母、声调不同，但韵母相同或相近，这就是大纽（傍纽）。①

综观八病，前四病平头、上尾、蜂腰、鹤膝，是声调方面的问题，相对来说更为严重，更应避免。避免这四病就是尽可能做到声调的高低变化，达到"宫羽相变，低昂互节"、"前有浮声，后有切响"、"两句之中，轻重悉异"的效果。后四病中，大韵、小韵是叠韵的问题，正纽、傍纽是声母和韵母方面的毛病，相对来说问题轻微一些，如果能避免这四病，就可以达到"一简之内，音韵尽殊"的效果。

"四声"、"八病"说提出后，对当时的诗歌创作产生了广泛的影响。沈约在《答甄公论》里说："作五言诗者，善用四声，则讽咏而流靡；能达八体，则陆离而华洁。"齐武帝永明年间，沈约、谢朓、王融等把声律理论运用于诗歌创作实践中，作诗遵循"四声"、"八病"的声律理论，创造出一种新的诗歌体制，世称为"永明体"。"声律论"是齐梁时期的新事物，是对汉语音韵特征的一大发现，因此能够及时得到文论家的重视。刘勰在《文心雕龙》中专列《声律》一篇，对之加以阐扬。其中说：

> 凡声有飞沉，响有双叠。双声隔字而每舛，叠韵杂句而必睽；沉则响发而断，飞则声飏不还，并辘轳交往，逆鳞相比，迕其际会，则往蹇来连，其为疾病，亦文家之吃也。

"双声隔字而每舛"，就是沈约所说的小纽，《文镜秘府论》引元兢所说的傍纽。"叠韵杂句而必睽"，就是"八病"中的小韵。"沉则响发而

① 近人刘师培、郭绍虞等人对正纽、傍纽的解释，多依从元兢《诗髓脑》的解释。

断，飞则声飏不还，并辘轳交往，逆鳞相比”相当于“八病”前四病，要求平仄往复更叠。《声律》还提出“异音相从谓之和，同声相应谓之韵”（前者指平仄变化，后者指韵部相同）等等，都可以帮助我们理解齐梁声律论的内涵。

齐梁时期，士人争相讲究声律，盛况空前。钟嵘《诗品序》说：“王元长创其首，谢朓、沈约扬其波。三贤或贵公子孙，幼有文辩。于是士流景慕，务为精密，襞积细微，专相陵架。”足以见得当时诗人对声律的悉心探究，但是钟嵘自己对声律论是持批评态度的。在《诗品序》里，他说：

> 昔曹、刘殆文章之圣，陆、谢为体贰之才。锐精研思，千百年中而不闻宫商之辨，四声之论。或谓前达偶然不见，岂其然乎？尝试言之，古曰诗颂，皆被之金竹，故非调五音，无以谐会。若“置酒高堂上”、“明月照高楼”，为韵之首。故三祖之词，文或不工，而韵入歌唱。此重音韵之义也，与世之言宫商异矣。今既不被管弦，亦何取于声律邪？……使文多拘忌，伤其真美。余谓文制本须讽读，不可蹇碍。但令清浊通流，口吻调利，斯为足矣。至于平上、去、入，则余病未能；蜂腰鹤膝，闾里已具。①

在《诗品》中，钟嵘把被沈约褒赞的谢朓降为中品②，就蕴涵着针砭“永明体”声病论的用意。《文镜秘府论·天卷》论钟嵘此举说：“以谢朓之诗末句多蹇（按：《诗品》作“末篇多踬”），降为中品，侏儒一节，可谓有心哉！”沈约居中品，王融居下品，用意亦在此。

齐梁时声律论兴起后，产生普遍性影响，也曾出现过分拘于声病的流弊。如果说钟嵘否定声律论是针对时病而发，慨叹“文多拘忌，伤其真美”，那还是有一定积极意义的。但是并不能因为时人在运用声律论时产生了流弊，就进而否定声律论。钟嵘肯定诗文创作要“清浊通流，口吻调利”，要音韵谐和，但是对于人为地自觉追求声韵美的声律论则

---

① 曹旭《诗品集注》，上海古籍出版社 1994 年版，第 329—340 页。下文引钟嵘《诗品》均依此本。

②《南齐书·谢朓传》载，沈约常云：“二百年来无此诗也。”

持否定态度。其实，声律论尽管过于繁琐，但它贴切汉语语音的特点，表明在诗学理论上对汉语语音特点的自觉，对古代诗歌创作也发生了积极性影响，显示了它的生命力。钟嵘因声律论的弊端，进而否定新兴的声律论，显现出理论视野的狭隘。

这种声律理论到唐代，由消极的病犯转向积极地探讨“回忌声病”的理论规律，在沈佺期、宋之问手里完成了律体的定型。声律经过历代的演化，成为传统诗歌的特殊技巧；讲究语言声韵美的声律论，也就成为传统诗学独特的形式理论，是传统诗学中诗体论的重要组成部分。纪昀评点《文心雕龙》，评价声律论说：“齐梁文格卑靡，独此学独有千古。”① 可谓中肯之论。

第三节　诗歌批评中历史意识的萌发

魏晋南北朝诗学中诗体论的自觉，还表现在人们开始自觉关注诗歌这种独特体制发生、发展、演变的历史过程，注意梳理诗歌流变的历史线索，评论历代的诗人诗作。魏晋南北朝是诗歌创作取向不断变化的时期。当人们对诗歌这种文学体制的特征有着明确认识的时候，自然会据此评析出现过的各种诗歌现象，探索诗歌的演变历程，评论世人传诵的诗作。反过来，在对诗歌史线索的勾勒和对历代诗人作品的评论中也蕴涵着他们对诗歌体制的理论见解。

首先值得特别提出来的是，魏晋南北朝时期对《诗经》和《楚辞》的批评，与汉代相比已经发生了很大的变化。尽管魏晋南北朝时期人们还是把《诗经》视为儒家经典，但是这时期儒学在社会文化中的影响力已经无法与汉代相比②，在对《诗经》的经学研究上也没有出现很大的成绩，难以望汉儒之项背。此时有人开始用文学的眼光来看待《诗经》和其中的一些篇章，这是汉代所少见的，是《诗经》学史上的新

---

① 见黄霖先生《文心雕龙汇评》，上海古籍出版社 2005 年版，第 113 页。

② 焦循《雕菰楼集》卷十二《国史儒林文苑传议》说：“正始以后，人尚清谈。迄晋南渡，经学盛于北方。大江以南，自宋及齐，遂不能为儒林立传。梁天监中，渐尚儒风，于是《梁书》有《儒林传》，《陈书》嗣之，仍梁所遗也。”可见两晋南北朝时期，只有北方尚儒学，而南方儒学并不盛行，而此时的文化中心实际上在南方。

现象，也是诗体意识逐渐自觉的一个表征。晋初杜预注《左传·隐公元年》说："诗人之作，各以情言，君子论之，不以文害意。"这与早期的"诗言志"说略有不同。傅玄是西晋初期儒家思想较为浓厚的文人，但是他论《诗经》的《雅》《颂》，说："文质足以相副，玩之若近，寻之若远，陈之若肆，研之若隐，浩浩乎其文章之渊府也。"① 他指出《雅》《颂》文质彬彬，言近旨远，形象丰富而意义深远隐微，是文章的渊府，这是从文学的角度来体会《诗经》的内容和语言风格。陆机《七征》有句曰："沬北有采唐之思，淇上有送子之叹。《关雎》以寤寐为戚，《溱洧》以谑浪为欢。"（《陆机集》卷八）前两句分别指《诗经》中的《桑中》和《氓》，陆机认为这两首诗和《关雎》《溱洧》都是表现男女爱情的内容，这与汉儒以政事解释《诗经》是完全不同的。葛洪《抱朴子·尚博》强调正经与子书殊途同归，他举例说："闾陌之拙诗……犹见撰录，亚次典诰。""闾陌之拙诗"指的就是《诗经》的"风"，也就是说葛洪注意到了《诗经·国风》的民歌性质。葛洪称《诗经》为"华彩之辞"，注意到了诗歌语言文辞的华美。《世说新语·文学》记载了一则故事：

> 谢公因子弟集聚，问："毛诗何句最佳？"遏称曰："昔我往矣，杨柳依依；今我来思，雨雪霏霏。"公曰："吁谟定命，远猷辰告。"谓："此句偏有雅人深致。"②

谢安与谢玄（小子"遏"）论《毛诗》，谢玄以为"昔我往矣"四句情景交融，音韵谐和，最佳；谢安则以为"吁谟定命"二句有雅人深致。王夫之《薑斋诗话·诗绎》说："谢安欣赏，而增其遐心。"也就是说，谢安和谢玄一样，都是从文学的角度来欣赏《诗三百》的。谢灵运《山居赋》"秦筝倡而溯游往，《唐上》奏而旧爱还"二句后自注云："秦筝倡《蒹葭篇》，《唐上》奏'蒲生'诗，皆感物致赋。鱼藻苹蘩荇，亦有诗人之咏。"又"卫女行而思归咏，楚客放而防露作"二句自

---

① 原见《北堂书钞》卷九十五、《太平御览》卷五百九十九，这里据《全晋文》卷四十九。

② 按，《晋书·列女传》有另一种说法："叔父安尝问《毛诗》何句最佳，道韫称'吉甫作颂，穆如清风，仲山甫永怀，以慰其心。'安谓有雅人深致。"

注云："卫女思归，作《竹竿》之诗。楚人放逐，东方朔感江潭而作《七谏》。"其中直接提到《诗经》的，有《秦风·蒹葭》《卫风·竹竿》《小雅·鱼藻》等，谢灵运认为这些诗篇都是诗人"感物"而作，诗人因心中有思，发而为诗。这也是把《诗三百》中的一些篇章当成真正的诗歌来对待。这些现象在汉代是很少有的，汉代虽然有人朦胧地意识到了《诗经》的文学性，但总是摆脱不了政治教化观念的束缚，而晋宋这些人谈论《诗经》，重点已不在教化了，而在于《诗经》之为"诗"的特色，也就是《诗经》的感物抒情和辞采华美等特征。后来刘勰和钟嵘都是把《诗经》纳入到诗歌史的流程中来认识的。这从一个方面说明了魏晋南北朝时期诗歌观念渐趋明晰，人们诗歌鉴赏能力日益提高，对诗歌文体特点的认识更为自觉，从而能够在一定程度上突破汉儒说诗的局限，从文学性角度理解《诗经》中的某些作品。

汉代扬雄、班固等论屈原，立足于儒家观念，依经立论，对屈原的悲愤沉江表示不满，批评屈原露才扬己，不能明哲保身，所一致肯定的只是屈原弘博丽雅的文辞。而肯定论者，也多称赞屈原的忠君爱国，依然不出儒家思想的范围。魏晋以后，儒家思想观念对人们的禁锢有很大的松弛。而朝代的频繁更迭，淡化了人们的忠君意识，士族门阀的兴起，家族利益高于国家利益，爱国思想也大大弱化①。而魏晋南北朝是重深情怨情的时代，是重视个性风度，盛行名士风采，审美自觉的时代，因此人们多从这种时代精神去理解屈原的情怀，重塑屈原的形象。曹丕评价屈原与汉人的标准已明显不同。《典论》载：

> 或问："屈原、相如之赋孰愈?"曰："优游案衍，屈原之尚也；穷侈极妙，相如之长也。然原据托譬喻，其意周旋，绰有余度矣。长卿、子云，意未能及已。"②

曹丕通过与汉赋的比较，指出屈原骚体托物譬喻、往复周旋、优游婉

---

① 萧子显《南齐书·褚渊传》："魏氏君临，年祚短促，服褐前代，宦成后朝。晋氏登庸，与之从事，名为魏臣，实为晋有，故主位虽改，臣任如初。自是世禄之盛，习为旧准，羽仪所隆，人怀羡慕，君臣之节，徒致虚名。贵仕素资，皆由门庆，坐至公卿，则知殉国之感无因，保家之念宜切。市朝亟革，宠贵方来，陵阙虽殊，顾眄如一。"

②《北堂书钞》卷一百引，见《全三国文》卷八。

约、绰约多姿的艺术风格；汉赋“穷侈极妙”，以铺叙见长，而不能见意。这是从文学风格美的角度对屈原作品的认识。陆云认为《离骚》是“情文”①。他作《九愍》，描述屈原的不幸遭遇和悲怨情感，其序说：“昔屈原放逐，而《离骚》之辞兴，自今及古，文雅之士，莫不以其情而玩其辞，而表意焉，遂厕作者之末，而述《九愍》。”（《全晋文》卷一百零一）左芬的《离思赋》也说：“惟屈原之哀感兮，嗟悲伤于离别。”（《全晋文》卷十三）引起陆云和左芬感动的，是屈原的哀感悲情，而不是其政治上的忠贞，他们更多的是从情感的角度评论屈原。而且，使得他们与屈原产生心灵共振的，正是这种缠绵哀怨的情感。如果说在汉代人的眼里屈原是一位“忠贞”文士的话，那么魏晋人就在逐渐解构这一屈原形象。《魏书·刘献之传》载：“（献之）曾谓其所亲曰：‘观屈原《离骚》之作，自是狂人，死其宜矣，何足惜也！’”李康《运命论》说：“乱世，运也；穷达，命也；贵贱，时也。而后之君子，区区于一主，叹息于一朝，屈原以之沉湘，贾谊以之发愤，不亦过乎！”（萧统《文选》卷五十三）这些言论看似与汉儒一样在批评屈原，但是角度完全不同，他们是在消解屈原忠君的形象，而重塑起来的则是作为名士的屈原形象。晋代刘毅《上疏请罢中正除九品》说：“屈原、伍胥不容于人主，而显名于竹帛。”（《全晋文》卷三十五）正是政治上的不幸，成就了文学上的屈原。汉代忠君的屈原，在晋宋人眼里演变成高自标举、恃才傲物的名士屈原。谢万《八贤颂》赞曰：“皎皎屈原，玉莹冰鲜。舒采翡林，摛光虬川。”（《全晋文》卷八十三）入宋的颜延之作《祭屈原文》说：“声溢金石，志华日月。如彼树芳，实颖实发。”（《全宋文》卷三十八）这些比喻正是魏晋士人品藻名士的常用方法，难怪《世说新语·任诞》载：“王孝伯言名士不必须奇才，但使常得无事，痛饮酒，熟读《离骚》，便可称名士。”晋人较普遍地把屈原名士化了，把屈原的人生艺术化了。名士精神的特点是钟情、深情。《世说新语·伤逝》篇：“太上忘情，其下不及情。情之所钟，正在我辈。”而那个时代名士所钟爱的怨情，正可从屈原的“发愤以抒情”找到源头，所以才要熟读《离骚》。钟嵘《诗品序》在阐述诗歌“吟咏情性”的理论

① 陆云《与兄平原书》，《全晋文》卷一百零二。

时就偏爱怨情，并举“楚臣去境”的事例。在《诗品》里，《楚辞》是诗歌三大源头之一。李陵、班婕妤、王粲都属于《楚辞》一派。其共同的特点就是多抒发“怨”情。萧统《文选序》也论及屈原，说：“又楚一人屈原，含忠履洁，君匪从流，臣进逆耳，深思远虑，遂放湘南。耿介之意既伤，壹（一作“抑”）郁之怀靡诉，临渊有怀沙之志，吟泽有憔悴之容，骚人之文，自兹而作。”真切地描绘了屈原内心情感的冲突而产生的骚怨之情。沈约赞叹屈原、宋玉等“英辞润金石，高义薄云天”（《宋书·谢灵运传论》），也表现出对怨情和怨情文学的偏赏。

但是，传统的势力也并非顿时荡然。晋代左思的《三都赋序》和挚虞的《文章流别论》都还在继续着屈原之作“尚颇有古诗之义”的传统说法，还存在依经立论的倾向。到了齐梁时，刘勰的儒家观念更为浓厚，他在《文心雕龙》里设有专篇《辨骚》，一方面延续晋代从文学的、审美的眼光评论屈原的道路，赞美屈原《离骚》“奇文郁起”，“惊采绝艳”，“乃《雅》《颂》之博徒，而词赋之英杰也”；另一方面又秉承汉代“依经立论”的传统，评论《离骚》与经典之异同：

> 将核其论，必征言焉。故其陈尧舜之耿介，称禹汤之祗敬，典诰之体也。讥桀纣之猖披，伤羿浇之颠陨，规讽之旨也。虬龙以喻君子，云蜺以譬谗邪，比兴之义也。每一顾而掩涕，叹君门之九重，忠怨之辞也。观兹四事，同于《风》《雅》者也。至于托云龙，说迂怪，丰隆求宓妃，鸩鸟媒娀女，诡异之辞也。康回倾地，夷羿彃日，木夫九首，土伯三目，谲怪之谈也。依彭咸之遗则，从子胥以自适，狷狭之志也。士女杂坐，乱而不分，指以为乐，娱酒不废，沉湎日夜，举以为欢，荒淫之意也。摘此四事，异乎经典者也。

刘勰把《离骚》与儒家经典相比较，指出《离骚》在“典诰之体”、“规讽之旨”、“比兴之义”、“忠怨之辞”四个方面与《风》《雅》相同。但是《离骚》有“诡异之辞”、“谲怪之谈”、“狷狭之志”、“荒淫之意”，《离骚》中记载大量荒诞不经的神话传说，驰骋想象，虚无缥缈，表现狷狭荒淫的思想内容，都是与儒家经典相违背的。从中可以看出刘勰对于《离骚》的思想内容和艺术表现的特色有着比较深刻的认识，分析得远比汉儒细致。但是刘勰对《离骚》中“异乎经典”的瑰奇色彩和张扬个性持以否定态度，暴露出宗经立场的保守性一面。刘勰之后，颜之推《颜氏家训·文章》指责屈原“露才扬己，显暴君过”，这虽是借批评屈原来抨击泛滥的名士风习，但也显示出儒家思想在当时的强化。

魏晋南北朝的文论家已经具有较为明确的历史意识。晋挚虞的《文章流别集》是较早的文学史著作，可惜已经亡逸。现存檀道鸾的《续晋阳秋》(《世说新语》刘孝标注引)、沈约的《宋书·谢灵运传论》、刘勰的《文心雕龙·明诗》、裴子野的《雕虫论》、萧子显的《南齐书·文学传论》等都曾从各自的文学立场概述文学发展的过程，评论文学史出现的新现象，是当时的文学史专论。其中刘勰的《文心雕龙·明诗》专门说明诗体的源流和诗歌发生发展的过程，阐述各个时代的诗歌风尚和诗人的创作成就。我们下面以刘勰《文心雕龙·明诗》为主体，综合其他论者的相关论述，阐述魏晋南北朝时期的诗歌史论。

关于诗歌的起源，汉末郑玄《诗谱序》说：“诗之兴也，谅不于上皇之世。大庭、轩辕，逮于高辛，其时有亡，载籍亦蔑云焉。《虞书》曰：‘诗言志，歌永言，声依永，律和声。’然则诗之道，放于此乎?”郑玄从古文经学派的立场，认为《尚书·舜典》时代最古，其中有关于诗歌的记载，说明诗歌起源于虞舜时代。这显然不符合史实。魏晋以后，人们对于诗歌的起源提出新的看法。沈约在《宋书·谢灵运传论》里说：

> 民禀天地之灵，含五常之德。刚柔叠用，喜愠分情。夫志动于中，则歌咏外发；六义所因，四始攸系；升降讴谣，纷披风什。虽虞夏以前，遗文不睹，禀气怀灵，理或无异。然则歌咏所兴，宜自生民始也。

这是一段很有见地的论述。沈约认为，人类秉承天地自然的灵气，具有本然的性情，而诗歌讴谣是思想感情的表现，因此，虽然虞夏以前的文献后世不存，但是可以推断，自从有人类存在就已经有了歌咏。这是从人类的本性和诗歌的抒情属性两方面对诗歌起源问题的正确认识。当然就文献可征而言，诗歌的源头要迟得多。刘勰《文心雕龙·明诗》说：

昔葛天氏乐辞云，《玄鸟》在曲；黄帝《云门》，理不空弦。至尧有《大唐》之歌，舜造《南风》之诗，观其二文，辞达而已。

刘勰推测远古时期的葛天氏之乐和黄帝时期的《云门》曲，既然是乐曲，就应该有“乐辞”，这与尧时的《大唐之乐》、舜时的《南风》之诗是较早有文献记载的诗歌。他认为，从后两诗的文辞来看，“辞达而已”，还是较为质朴的。这与《文心雕龙·通变》所谓“黄唐淳而质，虞夏质而辨”的说法是相一致的。

商周时期的诗歌最符合刘勰的文学理想，他在《文心雕龙·通变》中赞美说“商周丽而雅”，说商周诗歌文辞华丽而内容典雅。《文心雕龙·明诗》更具体地论述：

及大禹成功，九序惟歌；太康败德，五子咸怨：顺美匡恶，其来久矣。自商暨周，《雅》《颂》圆备，四始彪炳，六义环深。

刘勰这里表现出来的诗学观更多地接近汉儒的观念，他据汉代《诗纬·含神雾》之说，把诗训为“持”，解释为“持人性情”，并与“思无邪”联系起来，与《毛诗序》“发乎情，止乎礼义”的意思很相近，都是强调对人情感的节制。从这种诗学观出发，他赞美夏朝大禹“九序惟歌”和太康时《五子之歌》是“顺美匡恶”。这实际上是继承了汉儒的“美刺”精神，郑玄在《诗谱序》里就曾说过：“论功颂德，所以将顺其美；刺过讥失，所以匡救其恶。”刘勰正是承续了郑玄的“美刺”观念。他论《诗经》之《雅》《颂》“四始彪炳，六义环深”。所谓“四始”、“六义”，也正是汉儒解《诗》的说法。其后，裴子野也强调诗歌的“美刺”教化意义，与刘勰相一致，但显得更为狭隘。他在《雕虫论》里据此观念评论古代诗赋演变的历史说：

古者四始六义，总而为诗，既形四方之气，且彰君子之志，劝美惩恶，王化本焉。而后之作者，思存枝叶，繁华蕴藻，用以自通。若夫悱恻芳芬，《楚骚》为之祖；靡漫容与，相如扣其音。由是随声逐响之俦，弃指归而无执。赋诗歌颂，百帙五车，蔡邕等之俳优，扬雄悔为童子，圣人不作，雅郑谁分？其五言为诗家，则

> 苏、李自出，曹、刘伟其风力，潘、陆固其枝叶。爰及江左，称彼颜、谢，箴绣鞶帨，无取庙堂。宋初迄于元嘉，多为经史。大明之代，实好斯文。高才逸韵，颇谢前哲。波流相尚，滋有笃焉。自是闾阎少年，贵游总角，罔不摈落六艺，吟咏情性，学者以博依为急务，谓章句为专鲁，淫文破典，斐尔为曹。无被于管弦，非止乎礼义。深心主卉木，远致极风云。其兴浮，其志弱，巧而不要，隐而不深。讨其宗途，亦有宋之遗风也，若季子聆音，则非兴国；鲤也趋室，必有不敦。荀卿有言："乱代之征，文章匿而采。"而斯岂近之乎？（《通典》卷十六引）

裴子野赞美《诗经》"形四方之气"，表现了各地的风俗民情；又抒发了"君子之志"，劝善惩恶，为王道教化之本。但是后来的创作，不再关注于政治教化，而是"繁华蕴藻，用以自通"，用华靡艳丽的辞藻，表达个人的情怀，对此萧子显是持批评态度的。从屈原、司马相如一直到颜延之、谢灵运的诗赋创作，他一概批判为"淫文破典"、"匿而采"，是乱代的征象。裴子野从儒家的政教文学观念出发，对于汉魏晋宋创作中抒发个人情感、描绘草木风云、铺排华丽辞藻的现象一律持否定态度，这显然是用褊狭的政教文艺观来反对文学的审美愉悦作用，显得较为保守。相比而言，刘勰对于后世诗歌的发展，还是给予具体分析的。他论汉代诗歌说：

> 汉初四言，韦孟首唱，匡谏之义，继轨周人。孝武爱文，柏梁列韵；严、马之徒，属辞无方。至成帝品录，三百余篇，朝章国采，亦云周备。而辞人遗翰，莫见五言，所以李陵、班婕妤见疑于后代也。按《召南·行露》，始肇半章；孺子《沧浪》，亦有全曲；《暇豫》优歌，远见春秋；《邪径》童谣，近在成世：阅时取证，则五言久矣。又《古诗》佳丽，或称枚叔，其《孤竹》一篇，则傅毅之词。比采而推，两汉之作乎！观其结体散文，直而不野，婉转附物，怊怅切情，实五言之冠冕也。至于张衡《怨篇》，清典可味；仙诗缓歌，雅有新声。（《文心雕龙·明诗》）

刘勰赞美韦孟的《讽谏诗》继承了《诗经》匡谏时政的传统。对于五言诗的起源，他从先秦文献中寻出半章只句，肯定五言诗的发生已经有很久远的历史了。他认识到汉魏以来五言诗高度发展的事实，论述的重点放在五言诗上，分析《古诗十九首》的特点是直质而不粗俗，写物宛转细致，抒情怅恻动人，推崇其为“五言之冠冕”，给予最高的评价。

对于建安文学，刘勰给予很高的评价，他说：

> 暨建安之初，五言腾踊，文帝陈思，纵辔以骋节；王、徐、应、刘，望路而争驱；并怜风月，狎池苑，述恩荣，叙酣宴，慷慨以任气，磊落以使才；造怀指事，不求纤密之巧，驱辞逐貌，唯取昭晰之能：此其所同也。(《文心雕龙·明诗》)

建安是五言诗崛起的时代，所以刘勰说“五言腾踊”。在汉末动乱的时势中，建安诗人意气风发，情志慷慨，用诗笔去关注社会、表现苦难，抒发情怀，在创作上呈现出时代的特色。刘勰指出，建安诗人“怜风月，狎池苑，述恩荣，叙酣宴”，生活在曹氏父子周围，洒笔酣歌，和墨谈笑，把人生的希望也寄托在曹氏政权上，慷慨任气，磊落使才，情怀激烈，个性张扬，表现在创作上，形成了俊爽刚健的风格，抒情叙事，不求细腻委曲，而要昭晰明朗。这是建安时代诗人的共同风格。此前，谢灵运在《拟魏太子邺中集诗序》中论建安诗人说，“遭乱流寓，自伤情多”（王粲）、“述丧乱事多”（陈琳）、“文最有气”（刘桢）、“流离世故，颇有飘薄之叹”（应玚）、“颇有忧生之嗟”（曹植），也是联系时代的风云际会和个人的禀性气质来论建安诗人。沈约《宋书·谢灵运传论》说：“子建（曹植）、仲宣（王粲）以气质为体。”这些与刘勰所谓“慷慨以任气，磊落以使才”的意思是差不多的。

曹魏后期，诗风发生了很大的变化。《文心雕龙·明诗》论说：

> 及正始明道，诗杂仙心；何晏之徒，率多浮浅。唯嵇志清峻，阮旨遥深，故能标焉。若乃应璩《百一》，独立不惧，辞谲义贞，亦魏之遗直也。

正始是魏齐王曹芳的年号。檀道鸾《续晋阳秋》说：“正始中，王弼、何晏好庄、老玄胜之谈，而世遂贵焉。”这正是刘勰所谓“正始明道，诗杂仙心”的意思，当时老庄玄学开始盛行，影响到诗歌，多“杂”有玄言，比如何晏的《言志诗》：“鸿鹄比翼游，群飞戏太清。常恐入网罗，忧祸一旦并。岂若集五湖，顺流唼浮萍。逍遥放志意，何为怵惕惊。”不过是用咏物比兴手法来表达怀忧思退的志趣，看似深奥，而实际上“率多浮浅”。对于风格卓异的嵇康、阮籍，刘勰是推崇的，称赞嵇康诗歌情志清峻，阮籍诗意旨隽永深远，都能高出于众。而应璩的《百一诗》具有明确的讽谏意图，也得到刘勰的肯定。

对两晋以来的诗歌创作倾向，刘勰程度不同地表示不满。他概括西晋诗风的特点是“轻绮”，骨力比建安诗歌柔弱，文采比正始诗歌繁缛。这也是时人的普遍看法。沈约在《宋书·谢灵运传论》里用“特秀”来概括陆机、潘岳诗歌风格，指出西晋诗风是“缛旨星稠，繁文绮合”，这与刘勰的认识都较为接近。对东晋炽盛的玄言诗，刘勰的批评态度显得更为严厉些。他评论东晋诗歌说：

> 江左篇制，溺乎玄风，嗤笑徇务之志，崇盛忘机之谈，袁、孙已下，虽各有雕采，而辞趣一揆，莫与争雄，所以景纯《仙篇》，挺拔而为俊矣。

在刘勰看来，正始时期只是诗“杂”仙心，道学浸染于诗歌，诗歌中开始流露出老庄的志趣，而且玄言与抒情还是融合在一起的；而东晋诗歌则是“溺”乎玄风，诗歌完全成为宣扬老庄玄学的媒介，没有情感，没有形象，只有玄理，文辞枯燥平淡，失去了诗之为诗的意味。虽然袁宏、孙绰以下文辞趋于雕丽，但内容上依然溺于玄谈，玄言诗风一时难以改变，唯有郭璞的《游仙诗》挺拔杰出。刘勰在这里对东晋玄言诗风的批评，与当时论者的一般看法也没有什么太大的差别，如沈约在《宋书·谢灵运传论》中说：

> 有晋中兴，玄风独振，为学穷于柱下，博物止乎七篇，驰骋文辞，义单乎此。自建武暨乎义熙，历载将百，虽缀响联辞，波属云委，莫不寄言上德，托意玄珠。遒丽之辞，无闻焉尔。

钟嵘《诗品序》说：

> 永嘉时贵黄老，稍尚虚谈。于时篇什，理过其辞，淡乎寡味。爰及江表，微波尚传，孙绰、许询、桓、庾诸公诗，皆平典似《道德论》，建安风力尽矣。

值得注意的是刘勰对于郭璞诗歌的评论。檀道鸾《续晋阳秋》曾说："正始中，王弼、何晏好《庄》《老》玄胜之谈，而世遂贵焉。至过江，佛理尤盛。故郭璞五言始会合道家之言而韵之，询及太原孙绰转相祖尚，又加以三世之辞，而《诗》《骚》之体尽矣。"他认为郭璞的《游仙诗》会合老庄、神仙之言，对后来许询、孙绰等人的玄言诗有一定的影响，郭璞游仙诗是玄言诗的先导。萧子显《南齐书·文学传论》直接就把郭璞的《游仙诗》看成是玄言诗，说："江左风味，盛道家之言，郭璞举其灵变，许询极其名理，仲文玄气，犹不尽除。"但是，在刘勰看来，在玄言诗盛行的风气中，郭璞的《游仙诗》能够"挺拔而为俊"，两者有着质的不同。刘勰的看法，在钟嵘的《诗品》里得到呼应，并给予具体的解释。《诗品》评郭璞诗说：

> 文体相辉，彪炳可玩，始变永嘉平淡之体，故为中兴第一，《翰林》以为诗首。但《游仙》之作，词多慷慨，乖远玄宗。

郭璞的《游仙诗》实际上是借游仙来抒情，多寄托诗人内心慷慨激烈的情怀，凄怆悲愤，与当时的玄言诗的淡乎寡味是显然不同的。刘勰意识到郭璞《游仙诗》的独特之处，可谓卓识。

对刘宋时期的诗歌的评价，在齐梁时期产生过不同的意见。刘勰的文学观念是反对"穿凿取新"、"逐奇失正"，因此对于刘宋诗歌的新变给予更多的否定。《文心雕龙·明诗》说：

> 宋初文咏，体有因革。庄老告退，而山水方滋；俪采百字之偶，争价一句之奇，情必极貌以写物，辞必穷力而追新，此近世之所竞也。

刘宋初期，谢灵运等人创作了大量辞采繁富的山水诗，改变了东晋玄言诗一统天下的局面，所以刘勰说"庄、老告退，而山水方滋"。其实，在东晋玄言诗里已有对山水的描写，但是描写山水主要还是为表达玄理服务的，山水还没有作为独立的审美对象，成为诗歌的主要内容。到了刘宋时期，玄学淡化，山水的审美价值就逐渐彰显出来，得到诗人的喜爱和表现。刘勰说庄、老告退，而山水“方”滋，或许有这一层意思。对于谢灵运等人雕琢富丽的山水诗的风格，刘勰概括为“俪采百字之偶，争价一句之奇，情必极貌以写物，辞必穷力而追新”，也就是极力追求形似，追求逼真。看似刘勰是在客观陈述，但是其中蕴涵着他对宋初诗风的不满。在《通变》篇里，刘勰说：“宋初讹而新。”用“讹”和“新”来概括宋初诗风，显然寓有批评的意思。但是沈约对于宋初诗风是持肯定态度的。其《宋书·谢灵运传论》说：“爰逮宋氏，颜、谢腾声。灵运之兴会标举，延年之体裁明密，并方轨前秀，垂范后昆。”“兴会标举”，就是指谢灵运山水诗富于兴致意趣；“体裁明密”，近乎《诗品》中品论颜延之诗所谓“尚巧似，体裁绮密，情喻渊深。动无虚散，一句一字，皆致意焉”的意思。沈约赞美颜、谢在诗歌史上的重要意义。萧子显对于宋初山水文学也是持肯定态度的。他在《南齐书·文学传论》里分析宋初文学对于齐时的影响说：

> 今之文章，作者虽众，总而为论，略有三体：一则启心闲绎，托辞华旷，虽存巧绮，终致迂回。宜登公宴，本非准的。而疏慢阐缓，膏肓之病，典正可采，酷不入情。此体之源，出灵运而成也。次则缉事比类，非对不发，博物可嘉，职成拘制。或全借古语，用申今情，崎岖牵引，直为偶说。唯睹事例，顿失清采。此则傅咸五经，应璩指事，虽不全似，可以类从。次则发唱惊挺，操调险急，雕藻淫艳，倾炫心魂。亦犹五色之有红紫，八音之有郑、卫。斯鲍照之遗烈也。

萧子显把齐代文风概括为三体，而这三体分别是沿着谢灵运、颜延之、鲍照的道路发展而来的。萧子显主张文学的“新变”，曾说过：“若无新变，不能代雄。”因此他肯定宋初文学的革新意义，是理所当然的。

刘勰《文心雕龙·明诗》论历代诗风，至宋初而止。萧纲、沈约等人还对于齐、梁诗风和诗人作过评论，也值得参看。

梁代时儒学逐渐苏醒，受到重视，开始出现儒学的复兴。在诗歌创作上也出现过摹仿儒家经典的倾向。萧纲对于这种不良倾向是持批判态度的。在《与湘东王书》里，他批评当时的诗文风气说：

比见京师文体，儒钝殊常，竞学浮疏，争为阐缓，玄冬修夜，思所不得，既殊比兴，正背风骚。若夫六典三礼，所施则有地，吉凶嘉宾，用之则有所，未闻吟咏情性，反拟《内则》之篇，操笔写志，更摹《酒诰》之作，迟迟春日，翻学《归藏》，湛湛江水，遂同《大传》。

他认识到不同的文体有不同的特征和适用场合，诗歌的特征是“吟咏情性”，因此不能摹仿旨在说理的儒家经典。梁代时有人模仿谢灵运和裴子野的创作，都遭到萧纲的批评。萧纲认为，谢灵运诗歌“吐言天拔，出于自然”，自是其优点，但是也有繁冗拖沓的毛病，学谢者不能学其长反而得其短；裴子野擅长史学，诗赋本来就非他所长，更不可效法。对于梁代谢朓、沈约等人的新体诗，萧纲给予高度的称赞，说：

至如近世谢朓、沈约之诗，任昉、陆倕之笔，斯实文章之冠冕，述作之楷模。(《与湘东王书》)

这也表现出求新尚变的文学史观。元帝萧绎曾推崇沈约、谢朓、何逊等梁代著名诗人，《梁书·何逊传》载：

世祖（萧绎）著论论之云：诗多而能者沈约，少而能者谢朓、何逊。

又，萧绎《金楼子·立言》说：“至于谢玄晖（朓），始见贫小，然而天才命世，过足以补尤。”萧绎称赞沈约、谢朓、何逊是写诗的“能者”，谢朓还是“天才”，评价的确很高。而钟嵘《诗品》却把谢朓、沈约列入中品，可见他们的审美原则是不一致的。沈约也凭其在文坛上的重要地位，品题诗作，乐推人善。《梁书·王筠传》载：

约于郊居宅造阁斋，筠为草木十咏，书之于壁，皆直写文词，不加篇题。约谓人云：“此诗指物呈形，无假题署。”

又，《南史·王筠传》载，沈约曾在王筠伯父王志面前称赞说：“贤弟子文章之美，可谓后来独步。谢朓常见语云：‘好诗圆美流转如弹丸。’近见其数首（指王筠诗），方知此言为实。”从这两个例子，可以看出，沈约欣赏的是“指物呈形”逼真形象，音韵谐和圆润、朗朗上口的诗歌作品。

综合起来看，魏晋南北朝的诗论家，已经具有较为明晰的诗歌史意识，注意通过对诗歌历史的梳理和阐发来表现其诗学思想，寄寓自己对当前诗风的态度。诗论家对于东晋玄言诗的批评态度大致是相同的，表明他们都反对用玄理来遮障诗歌的情感，肯定诗歌的抒情性和辞采的华美，但是具体到对于晋代以后特别是宋齐新变诗风的评价，大家的态度又不尽相同。他们有的主张新变，肯定诗歌的这个发展方向；有的则从儒家的诗学立场出发，对此持批评态度。这多少也反映出诗歌自身审美意识的自觉和传统的儒家政教文艺观之间的冲突。

第三章
钟嵘《诗品》和魏晋南北朝诗学

【内容提要】 随着诗歌创作成果的积累、诗歌品评的活跃和问题的日益暴露，魏晋南北朝时期出现了诸多诗论、诗集和诗选之类的撰述，可惜多已不存。流传于后世的钟嵘《诗品》，专论五言诗，阐述了诗歌“感物兴情”的本质、风力与丹采相兼的审美特征和赋比兴酌而用之的艺术方法，对当时诗歌创作的用典、声律问题发表独特的见解，并追溯诗史流别，分三品评论历代诗人，最富于理论意义。魏晋南北朝时期诗人别集、诗歌总集的编撰和评注，一直是后代诗歌学术史的重要内容。

第一节 魏晋南北朝的诗论、诗集和诗选

魏晋南北朝时期，诗体意识的逐渐自觉促使人们开始讨论诗歌创作和批评的一些理论问题，这一时期产生了一些专门的诗论著作。随着诗歌创作的繁盛，也出现了一些诗集和诗选。这些著述形式，对后代诗学有很大的影响，值得一提。

注释是我国古代经史研究的传统形式。汉代的经学研究就普遍采用

注释的形式。晋初杜预的《春秋左传注疏》也较为著名。魏晋以来，人们开始把注释这种形式运用到诗赋上，为诗赋作注。如郭璞就曾注释过《楚辞》(《晋书·郭璞传》)。据《隋书·经籍志》，应贞注释过应璩《百一诗》八卷，罗潜注释过江淹《拟古》一卷。颜延之和沈约都曾注释过阮籍的《咏怀诗》。《文选》卷二十三在阮籍《咏怀诗十七首》下题“颜延之、沈约等注”，《题解》说颜延之曰：“说者阮籍在晋文代常虑祸患，故发此咏耳。”① 并在第一首后注：“嗣宗身仕乱朝，常恐罹谤遇祸，因兹发咏，故每有忧生之嗟。虽志在刺讥，而文多隐蔽。百代之下，难以情测，故粗明大意，略其幽旨也。”后人一般都认为这是颜延之的注文，李善还摘录了颜、沈的其他若干则注文。钟嵘《诗品上》也说：“颜延注解，怯言其志。”自宋代以降，注释便成为古代诗文研究的一种基本形式，这也是一种独特的批评形式。人们一般是通过注释来表述自己的诗文观念，阐发对诗文文本的理解和评价。而这种著述形式发轫于两晋南北朝时期。

南北朝时期还出现过专门论诗的著作，可惜多已失传。唐人皎然《诗式中序》引李洪说：“早岁曾见沈约《品藻》、惠休《翰林》、庾信《诗箴》。”《品藻》《诗箴》大约是与诗评、诗格近似的论诗著作，可惜，唐代以来均不见。钟嵘《诗品序》载，彭城刘绘（字士章）曾“疾其淆乱，欲为当世诗品”，可惜没有完成。但他启发了钟嵘《诗品》的撰著。在钟嵘之后，萧绎著有《诗评》。遍照金刚《文镜秘府论·论文意》载：“故梁朝湘东王《诗评》云：‘作诗不对，本是吼文，不名为诗。’”然萧绎的《诗评》今已不存。只有钟嵘的《诗品》流传下来，后人誉之为“诗话之伐山”、“诗话之源”②。

晋代孙绰的《答许询诗》曰：“贻我新诗，韵灵旨清。粲如挥锦，琅若叩琼。既欣梦解，独愧未冥。愠在有身，乐在忘生。余则异矣，无往不平。理苟皆是，何累于情。”后几句主要是在谈玄理，而前面数句赞美许询诗歌“韵灵旨清。粲如挥锦，琅若叩琼”，这算是较早的以诗论诗的形式。“杂拟”是一种蕴涵文学批评意味的诗作。《文选》专列

---

① 萧统《文选》，上海古籍出版社1986年版，第1067页。

②《汲古阁书跋·钟仲伟诗品》，上海古籍出版社2005年版，第116页；章学诚《文史通义·诗话》，中华书局1994年版，第559页。

“杂拟”类，选入陆机《拟古诗》、张载《拟四愁诗》等。其中江淹的《杂体诗》，模拟自汉至刘宋 30 名诗人的五言诗，并有一篇序，曰：“关西、邺下，既已罕同；河外、江南，颇为异法。”意谓地域风格之差异。尽管在这些杂体诗里，他没有表述自己的理论态度，但是通过他对模拟对象的选择也可以看出其大致倾向。他模拟的对象，汉代有无名氏的古诗、李陵的《从军诗》和班婕妤的《咏扇》，建安诗人有曹丕、曹植、刘桢、王粲，曹魏诗人有嵇康、阮籍，西晋诗人有张华、潘岳、陆机、左思、张协、刘琨、卢谌，东晋诗人有郭璞、孙绰、许询、殷仲文、谢混、陶潜，刘宋诗人有谢灵运、颜延之、王微、袁淑、谢庄、鲍照、汤惠休。这些诗人大多数都是时人已有共评者，享有盛名。而且，近代诗人数量较多，显示出江淹反对“贵远贱近”的诗学态度。“拟诗”是魏晋南北朝时较为盛行的一种创作风气，拟作本身就是模仿、学习，其中已寄寓了对所拟对象的肯定和喜爱。在唐宋以后，直接“拟”、“效”、“学”什么什么“体”的创作已不多见。但是取法前辈，依然是诗歌创作的基本风气。这种效法、模仿也应该是文学批评史研究的对象。

集部的起源，有各种不同的说法。或以刘向编纂《楚辞》为集部源头。然《隋书·经籍志》认为最早的总集是挚虞的《文章流别集》，其云：“总集者，以建安之后，辞赋转繁，众家之集，日以滋广。晋代挚虞，苦览者之劳倦，于是采擿孔翠，芟剪繁芜，自诗赋下，各为条贯，合而编之，谓为《流别》。”曹丕怀念徐干、陈琳、应玚、刘桢等人，“倾撰其遗文，都为一集，观其姓名，已为鬼录，追思昔游，犹在心目，而此诸子，化为粪壤，可复道哉”（《与吴质书》）。这里的“撰”，就是编纂的意思。曹丕编纂诸人的“遗文”，也应包括诗歌。魏晋以来人们的文学观念渐为明晰，对集部的性质也有自觉的认识。《颜氏家训·勉学》载，北齐文士说：“文集止有诗赋铭诔，岂当论经书事乎？”已经明确地把诗赋铭诔与讨论经书之作加以区别。当时人们编撰别集，有的仅仅取诗赋。如《北史·李公绪传》载：“（李概）撰《战国春秋》及《音谱》，并行于世。又自简诗赋二十四首，谓之《达生丈人集》。”这说明人们的诗体意识越来越明晰，将吟咏情性、留连哀思的诗赋从众文体中凸显出来。据《隋书·经籍志》，两晋南北朝时的各种诗歌总集约四十种，诗文别集就更多了。但是别集和总集的编纂，有的仅是具有保存、传播文献的意义，还没有多少文学批评的意识。如据《隋书·经籍志》和《旧唐书·经籍志》，谢灵运曾编纂过《诗集》五十卷、《诗英》九卷（或云十卷）、《诗集抄》十卷、《回文诗集》一卷，但是钟嵘《诗品序》曾说："至于谢客集诗，逢诗辄取。"逢诗辄取，这是文献学态度，而不是文学批评。北齐后主编纂的《文林诗府》六卷，大约也是如此。据《隋书·经籍志》，荀绰曾编纂《古今五言诗美文》，既然称之为"美文"，可能是由编纂者按一定标准来取舍作品。《梁书·昭明太子传》说："五言诗之善者，为《文章英华》二十卷。"《旧唐书·经籍志》载萧统撰有《古今诗苑英华集》二十卷，或许与《文章英华》是同书异名。萧统选取五言诗之"善者"，也是按一定标准有所取舍。刘孝绰编撰《诗苑》，只取何逊两首诗，"时人讥其不广"（颜之推《颜氏家训·文章》）。不广，正是指刘孝绰取舍标准的褊狭。这些都应该是具有一定文学批评意义的诗歌选本，可惜没有流传下来。魏晋南北朝流传于后的选本有两部：萧统编纂的《文选》和徐陵编纂的《玉台新咏》。

萧统的《文选》是现存最早的文学总集(《诗经》过去归入经类，《楚辞》自《隋书·经籍志》起别为一门，历代因之)，选录先秦至梁代天监年间作者130名诗文，还收入一些无名氏的古乐府诗和古诗十九首。在《文选序》里萧统提出他关于文学的一些看法。他肯定文学的发展变化，是由"质"而趋"文"，"踵其事而增华，变其本而加厉"；在论述各种文体的发展时，他注重诗、骚、赋、颂，认为经、史、子著作是"以立意为宗，不以能文为本"，故而不录，而选录"事出于沉思，义归乎翰藻"的单篇文章。《文选》共六十卷，选录文体三十八类，其中"诗"一类，就有十三卷。足以见得"诗"之一体在《文选》中的分量，萧统对诗的重视。后代甚至有"《选》诗"这一名称专指汉魏六朝的五言古体。宋代曾季狸《艇斋诗话》就说过："若学诗而不知有《选》诗，是大车无輗，小车无軏。"(《历代诗话续编》本）严羽《沧浪诗话·诗体》也列有"《选》体"。

萧统《文选》录五言诗近400首，四言30余首，七言2首，这几种诗在数量上的悬殊，反映了魏晋南北朝时期五言诗高度发展、创作成就最高、数量最多的事实，也体现了他对五言诗的重视。当时的人给诗歌分类，一般是按字数分为三言、四言、五言、七言。萧统《文选序》说："诗赋体既不一，又以类分。"《文选》把"诗"分为二十三类，有的是着眼于作诗的目的，如补亡、献诗、赠答、杂拟等；有的是依据诗的体式，如乐府、杂歌等；而更多的是按照诗的内容题材来分类的，如述德、劝励、公宴、祖饯、咏史、百一、游仙、招隐、反招隐、游览、咏怀、哀伤、行旅、军戎、郊庙、挽歌、杂诗等。这是第一次按照题材进行诗歌分类，对于后代的诗歌类别划分产生了深远的影响。如宋明人编辑杜诗，就有分门类的；元代方回编纂的《瀛奎律髓》，就主要按题材分为四十四类。这种按题材分类的做法，以《文选》为嚆矢。

再从选诗数量上看，除了汉代诗歌以外，选诗最多的是陆机，52首；其次是谢灵运，40首；然后依次是江淹、曹植、颜延之、谢朓、阮籍、鲍照、王粲、沈约、左思、张协、刘桢、郭璞和嵇康等。从中可以看出，萧统既重视魏晋曹植、王粲、刘桢、阮籍、嵇康、陆机、郭璞等人的诗歌，而同时对于近代谢灵运、颜延之、谢朓、沈约等讲究辞采华美、音韵谐和的诗歌，也给予充分的肯定。他选择诗人和诗作，也是与时人的审美风尚相符的。不过若与刘勰、钟嵘相比，在对待魏晋诗人上，相似点更多一些；而对于近代宋、梁的诗人，就不太一致了。萧统选谢灵运诗歌40首，与钟嵘把谢灵运列为上品，是相近的态度，而刘勰对谢灵运的辞采繁富是不满的。萧统很重视颜延之、谢朓、沈约等近代诗人，而钟嵘则把三人均列入中品。钟嵘、刘勰和萧统在齐梁的文学氛围中都重视藻彩，但是刘勰和钟嵘各有忌讳，刘勰反对"穿凿取新"，钟嵘贬斥"文多忌拘"，所以对于近代诗人的评价较为谨慎；而萧统则一以"翰藻"、"沉思"为归，充分肯定近代诗人在诗歌审美追求上的努力。正如许学夷《诗源辩体》卷三十六论萧统《文选》云："子建、渊明选录者少，而士衡、灵运选录最多，终是六朝人意见。"

徐陵的《玉台新咏》是现存最早的诗歌总集。徐陵在梁时曾任东宫学士、通直散骑侍郎等职，与父徐摛和庾肩吾、庾信父子生活在萧纲周围，写作宫体诗，绮丽冶艳，名扬一时。《梁书·徐摛传》云：

（徐摛）属文好为新变，不拘旧体。……摛文体既别，春坊尽学之。"宫体"之号，自斯而始。高祖（萧衍）闻之怒，召摛加让。及见，应对明敏，辞义可观，高祖意释。因问《五经》大义，次问历代史及百家杂说，末论释教。摛商较纵横，应答如响，高祖甚加叹异，更被亲狎，宠遇日隆。①

萧衍重儒术，而且在儒学上颇有造诣，《梁书》本纪说他"少而笃学，洞达儒玄"，因此当徐摛对于经史百家甚至释教都能商较纵横，应答如响时，自然得到宠遇，而他的"宫体"也因此得到高祖的容忍。萧梁家族是历史上少有的爱好文学的皇室。萧衍、萧统、萧纲、萧绎都以佑文著称。徐、庾父子等许多文学贵游侍从其侧，诗风炽盛。《梁书·庾肩吾传》云：

初，太宗在藩，雅好文章士，时肩吾与东海徐摛、吴郡陆杲、彭城刘遵、刘孝仪、仪弟孝威同被赏接。及居东宫，又开文德省，置学士，肩吾子信、摛子陵、吴郡张长公、北地傅弘、东海鲍至等充其选。齐永明中，文士王融、谢朓、沈约文章始用四声，以为新变，至是转拘声韵，弥尚丽靡，复逾于往时。

这是说"太宗在藩"即萧纲出戍石头城，历镇江州、京口、襄阳等地时，宫体诗风已经开始兴起，是自齐永明体后的又一次"新变"，"弥尚丽靡，复逾于往时"，宫体诗创作成为一时风气。徐陵在宫体昌盛的诗风里，编选了一部诗歌总集《玉台新咏》②。据唐刘肃《大唐新语》说：

梁简文帝为太子，好作艳诗，境内化之，浸以成俗，谓之宫体。晚年改作，追之不及，乃令徐陵撰《玉台集》以大其体。（卷三）

《玉台新咏》共十卷，有近800首诗，专门收录自汉代迄梁朝歌咏妇女或与妇女有关的作品，基本上是"凡托男女怀思及语涉绮艳者悉录之"

---

①《南史·徐摛传》亦载此段文字。

② 章培恒先生《〈玉台新咏〉为张丽华所"撰录"考》（载《文学评论》2004年第2期）等文章，提出并考证此书非徐陵所编。然学界亦有异议，姑从旧说。

（许学夷《诗源辩体》卷三十六），因此重在录，而不在选。其中有的诗篇表现妇女的爱情生活，反映妇女在封建社会遭遇的不幸，歌颂她们追求幸福生活的反抗精神；有的则纯粹是写艳情，以靡艳的形式表现帝王与上层文士的淫靡生活。徐陵在《玉台新咏序》里用雕饰华美的语言描写一群后宫佳丽：

> 逸思雕华，妙解文章，尤工诗赋。琉璃砚匣，终日随身；翡翠笔床，无时离手。清文满箧，非惟芍药之花；新制连篇，宁止葡萄之树。九日登高，时有缘情之作；万年公主，非无累德之辞。其佳丽也如彼，其才情也如此。①

她们“无怡神于暇景，惟属意于新诗”，于是“撰录艳歌，凡为十卷，曾无参于《雅》《颂》，亦靡滥于风人，泾渭之间，若斯而已”。徐陵坦言，所选录的都是“艳歌”，既没有《雅》《颂》之流的典正，也不像风人之诗那么俚俗，取其轻艳，仅供娱乐。徐陵编录《玉台新咏》，表现出一个鲜明特点，就是“尚新”，在序中他提到了“新曲”、“新声”、“新制”、“新诗”，书名题为“新咏”。徐陵的“尚新”表现在如下几个方面：一、诗歌描写男女爱情，可以追溯到《诗经》，鲍照、汤惠休都曾描写过艳情，清初冯班在《严氏纠谬》中就曾说：“至于休、鲍，文体轻侧，宫体滔滔，作俑于此。”齐梁时期以写实手法描写女人体态、服饰和女性生活成为时代的审美风尚，徐陵编录《玉台新咏》，专选以妇女为题材的诗歌，就是适应这种新兴的审美风气，表现他在审美趣味上的趋新。二、吴声、西曲是东晋流行的民间曲调，这些民间歌谣，曾因上层人士的喜爱而得到流行，并影响到上层诗人的创作。《世说新语·言语篇》载：“桓玄问羊孚，何以共重吴声？羊曰：以其妖而浮。”“共重吴声”已经是一种时代风气。但是晋宋时期也有人拿正统的儒家观念，斥责这些民间歌咏为郑卫之音。《晋书·王恭传》载：“会稽王道子尝集朝士，置酒于东府。尚书令谢石因醉为委巷之歌。恭正色曰：‘居端右之重，集藩王之第，而肆淫声，欲令群下何所取则？’石深衔

① 吴兆宜注、徐陵编《玉台新咏笺注》，中华书局1985年版，第12页。

之。”这里的“委巷之歌”，就是指吴歌①。又，《南史·颜延年传》载：“颜延之每薄汤惠休诗，谓人曰：‘惠休制作，委巷中歌谣耳，方当误后生。’”至宋、齐时期，吴声、西曲得到上层统治阶级的肯定，宋孝武帝刘骏就曾亲自作吴歌。《南齐书·萧惠基传》说：“自宋大明以来，声伎所尚，多郑卫淫俗，雅乐正声，鲜有好者。”人们对吴声、西曲的喜爱已经超过雅乐。徐陵的《玉台新咏》就反映了当时士人这种新的审美趣味，选录了孙绰的《碧玉歌》，王献之的《桃叶歌》，谢灵运的《东阳溪中赠答》以及《西曲歌》5 首、《吴歌》9 首、《近代杂歌》3 首，刘骏的《丁督护歌》等民间歌咏和文人的仿作。相比而言，同时代萧统的《文选》，在观念上就较为雅正，不收近代民歌，从这里也可以看出徐陵对俗艳诗风的崇尚。三、魏晋南北朝时期诗歌创作的主流是五言，七言诗虽然也有人创作，但是一般都视为流俗的体制。晋傅玄《拟四愁诗序》说：“昔张平子作《四愁诗》，体小而俗，七言类也。”挚虞《文章流别论》说：“七言者，‘交交黄鸟止于桑’之属是也，于俳谐倡乐世用之。”（《全晋文》卷七十七）显然人们认为七言是俚俗的诗体，运用于俳谐倡乐。但是徐陵的《玉台新咏》卷九主要是选录七言歌行这种新的体制，提高了七言古体诗的地位，对于唐代七言诗创作的繁兴具有促进意义。

徐陵《玉台新咏》标举一种新的审美风尚，这种审美风尚偏离了传统的儒家政教文学观念，在后代产生了一定的影响②。特别是在晚明和近代尊崇个性、张扬情感的思潮中，格外得到推重。晚明袁宏道称赞此书说：“抽架上书读之，得《玉台新咏》，清新俊逸，妩媚艳冶，锦绮交错，色色逼真，使胜游携此，当不愧山灵矣。……汉魏六朝诸家先唐人着眼，其风格绝非三唐所及，况孝穆以钟情阑入者哉！读复叫，叫复读，何能已已！”沈逢春还将《文选》与《玉台新咏》相比较，说：“然而统大所选，大都以气格胜，窃狭其以选文之法选诗，而未竟乎诗

---

① 参见王运熙《吴声西曲的产生时代》，《六朝乐府与民歌》，上海文艺联合出版社 1955 年版；又，《乐府诗述论（增补本）》，王运熙著，上海古籍出版社 2006 年版。

② 唐开元年间李康成编撰《玉台后集》，“自陈后主、隋炀帝、江总、庾信、沈、宋、王、杨、卢、骆而下二百九人诗六百七十首，汇为十卷”，然据刘克庄《后村诗话》，李康成评《木兰辞》《孔雀东南飞》云：“木兰始代父征戍，终洁身来归；仲卿妻死不事二夫。二篇庶几‘发乎情性，止乎礼义’。”显然还是把歌咏女性的诗篇纳入儒家诗教传统来认识的。

之情也。夫诗之情通于气之先，游于格之外，以气格范情，非其至情，不为气格役而妙乎气格，则其至者也。夫是以统大而后徐孝穆有《玉台新咏集》，诗不一代，代不一人，人不一诗。总之，情不为气格役而妙乎气格者，斯罗括焉，虽略气格而第言情可也。……中郎与孝穆，庶不愧斯语夫！"① 沈氏称赞徐陵选《玉台新咏》能摆脱一切气格框套的束缚，一以任情为归，而袁宏道能激赏此书，也正是在于其表现真情，展现个性。梁启超也说："《新咏》为孝穆承梁简文意旨所编，目的在专提倡一种诗风，即所谓言情绮靡之作是也。其风格固卑卑不足道，其甄录古人之作，尤不免强彼以就我。虽然，能成一家言。欲观六代哀艳之作及其渊源所自，必于是焉。"② 此书编选之独特性及其在后世的影响，是有目共睹的。

第二节　钟嵘及其《诗品》

钟嵘，字仲伟，祖籍颍川长社（今河南长葛）。远祖钟皓在汉代时就"为郡著姓"（《后汉书》卷六十二），七世祖钟雅在晋代位至侍中，追赠光禄勋。父钟蹈为南齐中军参军。钟嵘就是出身于这个历代官宦的士族。钟嵘兄岏、弟屿，各有著述，史称兄弟三人"并好学，有思理"（《梁书·钟嵘传》）。关于钟嵘的生年，没有确切的记载。今人根据《本传》中"齐永明中为国子生"的记载，推断其生年在宋泰始二年至七年（466—471）之间，但具体说法不一。③ 齐建武初钟嵘约 30 岁时为南康王侍郎，后历官抚军行参军、安国令、司徒行参军等职，梁时历官临川王行参军、衡阳王宁朔记室、西中郎晋安王记室，官位都不高。天监十七年（518），钟嵘卒于记室任内。钟嵘的家庭富有文化教养，其从祖钟宪也曾论过诗，《诗品》下还引用了钟宪论诗的话。《周易》

---

① 袁宏道与沈逢春语，见明沈逢春刻本《玉台新咏》，收入穆克宏点校、吴兆宜《玉台新咏笺注》"附录"，中华书局 1985 年版，第 539—540 页。

② 见穆克宏点校、吴兆宜《玉台新咏笺注》"附录"，中华书局 1985 年版，第 551 页。

③ 参王达津《钟嵘生卒年代考》，载 1957 年 8 月 18 日《光明日报》；段熙仲《钟嵘与〈诗品〉考年及其它》，载《文学评论丛刊》第五辑，1980 年；梅运生《钟嵘的身世与〈诗品〉品第》，载《安徽师范大学学报》1984 年第 4 期；谢文学《钟嵘及其〈诗品〉三考》，载《中州学刊》1987 年第 3 期；张伯伟《钟嵘诗品研究》，南京大学出版社 1999 年版。

为颍川钟氏家学。《本传》载钟嵘“明《周易》，卫将军王俭领国子祭酒，颇赏接之”。钟嵘在《诗品》下里也称王俭为“王师文宪”（文宪，王俭谥号）。王俭任国子祭酒时，郑玄、王弼两家注《周易》，都列于国学，受到重视。可以想见，钟嵘《易》学也是兼采郑、王的。儒学和玄学对钟嵘思想也有一定的影响。

从《诗品》来看，钟嵘对历代的诗文理论都很重视，并与当代诗人和诗论家有很多交往。他在《诗品序》里提到陆机《文赋》、李充《翰林论》、挚虞《文章流别志》、谢灵运《诗集》、张骘《文士传》、颜延之《庭诰》等著作，并提出自己的评价。钟嵘还与当时的诗歌名家谢朓、王融等屡屡论诗。《诗品》中说：“朓极与余论诗，感激顿挫过其文。”他在序里还说“齐有王元长者，常谓余”云云。对于齐永明年间刚刚兴起的声律理论，钟嵘也及时地发表评论。这些都可以看出钟嵘积极关注诗学问题，与当时的诗流密切交往，切磋砥砺。这正是钟嵘著《诗品》的现实基础。而启发钟嵘著《诗品》的直接动因，是当时论诗风气虽盛，但“喧议竞起，准的无依”，刘绘（字士章）愤激而起，欲作《诗品》，未遂而卒。《诗品序》曾说：“近彭城刘士章，俊赏之士，疾其淆乱，欲为当世《诗品》。口陈标榜，其文未遂，嵘感而作焉。”刘绘是刘孝绰之父。《梁书·刘孝绰传》提到沈约、任昉、范云等皆为“父党”，即与刘绘有交谊。皎然《诗式·明四声》曾说：“近自周颙、刘绘流出，宫商畅于诗体，轻重低昂之节，韵合情高，此未损文格。”① 可见刘绘也涉及声律理论。钟嵘作《诗品》正是继承刘绘未竟的事业。关于钟嵘的《诗品》，《南史》本传还有一种说法，说：“嵘尝求誉于沈约，约拒之。及约卒，嵘品古今诗为评，言其优劣……盖追宿憾，以此报约也。”但后人多不相信这种说法。

《诗品序》称梁武帝为“方今皇帝”，可知它撰于梁武帝时。序中又称该书“不录存者”。其中所评的诗人以沈约最晚，沈约卒于天监十二年（513）。据此可以推知《诗品》的写定时间当在天监十二年后钟嵘的晚年。

《诗品》的书名在隋唐时代就有不同的说法。《梁书·钟嵘传》称

① 李壮鹰校注、皎然著《诗式校注》，人民文学出版社2003年版，第14页。

此书为《诗评》。《隋书·经籍志》说：“《诗评》三卷，钟嵘撰，或曰《诗品》。”宋代以来人们一般称之为《诗品》。“九品中正”是魏晋南北朝时期的社会流行的人物品评风气，这种风气影响到当时的诗画理论，出现了一些《画品》《书品》《棋品》之类的著作。据此，可以推断“诗品”应是其本来的书名。《诗品》分品论人的做法，除了是时代风气使然外，还有其文化学术传统。《诗品序》中说：

> 昔九品论人，《七略》裁士，校以宾实，诚多未值。至若诗之为技，较尔可知，以类推之，殆均博弈。

“九品论人”是指东汉以后开始盛行的品评人物的方法，依据某种标准将人分为上、中、下三等，于每一等次中再分上、中、下三等。班固的《汉书·古今人表》论人就列九等之序；魏曹丕称帝后，陈群创立“九品之制”，品评时人，得到施行，形成风气。钟嵘《诗品》的“三品升降”，就受到“九品论人”的影响。魏晋以来人物品评喜好用形象性的比喻，这对于《诗品》中大量借用比喻和意象来品评的方法也深有启发。“《七略》裁士”是指汉代刘向、刘歆父子纂辑群书，分类取舍，追溯源流。这种著述方法也影响到《诗品》“溯流别”的批评方法。章学诚《文史通义》内篇《诗话》就指明这一点：“如云某人之诗，其源出于某家之类，最为有本之学。其法出于刘向父子。”

《诗品》凡三卷，每卷之首各有序言，也有人把它们合在一起，作为全书的总序。序言论述诗歌的性质、作用，概述五言诗的历史发展，介绍写作《诗品》的缘起、体例等。《诗品》正文评论自汉到梁代的五言诗作者共 123 位（包括汉无名氏古诗），分上中下三品，每品一卷。上品 12 人，中品 39 人，下品 72 人。一品之内，以世代为先后，不以优劣为次第。品评对象不涉及活着的诗人。不论是诗人文士，还是帝王将相、僧道女流，一律着眼于其诗歌创作，从诗歌体制风格的角度论述各位诗人创作的主要特色，剖析其优劣得失，有的还追溯其风格特征的渊源所自。从汉代至梁代能诗之人，远不止这一百余人，《诗品序》说：“预此宗流者，便称才子。”钟嵘从众多诗人中选录此 123 人，本身就是对他们创作不同程度的肯定。钟嵘将此 123 人“辨彰清浊，掎摭病利”，分三品论之。对于上、中两品，钟嵘是持程度不同的肯定态度的。

对于下品，则批评较多。这也符合《论语·雍也》所谓“中人以上，可以语上也；中人以下，不可以语上也”的意思。上品12人都是一人一品，中品有7例是数人合评，下品绝大多数都是数人合评。这种体例上的细微差别，含有彰显优劣的意思。中、下品里数人合评，往往是因为他们或同出一源，或风格相似。

钟嵘《诗品》专论创作五言诗的诗人。五言诗作为一种新兴诗体，在魏晋南北朝时期大为盛行。但是，评论家对五言诗的认识和接受还有一个逐渐发展的过程。最早对五言诗发表评论的是曹丕。他在《又与吴质书》里称刘桢“有逸气，但未遒耳。其五言诗之善者，妙绝时人”（《全三国文》卷七）。刘桢在后代的评论家眼里是可以与曹植并驾的诗人。钟嵘《诗品》就曾说：“自陈思而下，桢称独步。”曹丕在诗文创作和评论上勇于创新，较少束缚，因此对新兴的五言诗体能够从审美的角度肯定其“妙”。相对来说，晋代挚虞的儒家思想较为浓厚，他在《文章流别论》里说：

> 夫诗虽以情志为本，而以成声为节。然则雅音之韵，四言为正，其余虽备曲折之体，而非音之正也。（《全晋文》卷七十七）

挚虞认为，诗歌应以四言为雅音之正，其他五言、六言、七言、九言，虽然音节增多，备曲折之体，但都不是“音之正”。这还是出于对儒家经典《诗经》文体规范的尊重，没有认识到五言诗兴起的历史趋势。颜延之在《庭诰》里曾说：“至于五言流靡，则刘桢、张华；四言侧密，则张衡、王粲。若夫陈思王，可谓兼之矣。”（《全宋文》卷三十六）流靡，是流丽绮靡；侧密，是幽微缜密。这是首次指明五言和四言两种诗体的不同风格特征。颜延之的时代，五言诗的创作已经蔚然成风，不可漠视，因此在这里他并没有对五言、四言作轩轾高下。其后，刘勰又从宗经的立场出发，辨别四言、五言的高下，说：

> 若夫四言正体，则雅润为本；五言流调，则清丽居宗。华实异用，惟才所安。（《文心雕龙·明诗》）

正体，即《文心雕龙·章句》所谓“诗颂大体，以四言为正”；流调，即是世俗流行的曲调的意思。刘勰认为，雅润和清丽是四言和五言两体不同的风格特征。尽管刘勰所谓“正体”、“流调”，蕴涵有尊推四言的传统看法，但是他与挚虞标四言为“正”，贬斥其他一切“非音之正”的偏激做法不同。刘勰以为四言诗风格雅润，五言诗风格清丽，两者适用于不同的场合，功用不同；而且，因作者才情的不同，对四言、五言各有擅长。他虽推尊四言，但也没有否定五言。

钟嵘在《诗品序》里通过与四言诗的比较，分析五言诗艺术表现上的优越性，说：

> 夫四言，文约易广，取效《风》《骚》，便可多得。每苦文繁而意少，故世罕习焉。五言居文词之要，是众作之有滋味者也，故云会于流俗。岂不以指事造形，穷情写物，最为详切者邪！

他认为，写四言诗可效法《风》《骚》，但是易成而难工，因为常常会觉得文词繁复，而难以尽意，所以世人很少写作四言诗。而五言，虽仅增加一字，但是音节、结构更为灵活自由，增强了表现力，在叙事、抒情、写物方面更加详尽切要，因此能迎合社会上一般人的趣味。钟嵘肯定五言诗在丰富艺术表现力方面超越了四言诗，由此而得到诗人们的喜爱，成为流行的主要诗体。这一方面是五言诗蔚然兴盛的创作形势在理论上的表现，另一方面也为五言诗的进一步发展张本。稍后，萧子显在《南齐书·文学传》里提出“五言之制，独秀众品”的重要论断。

钟嵘在《诗品序》里，简要地勾勒了五言诗发生、发展的历史过程，评析历代五言诗的创作情况。钟嵘指出，在先秦诗歌里虽然没有出现完整的五言诗，但是《五子之歌》“郁陶乎予心”，《楚辞》“名余曰正则”等五言诗句，可以说是五言诗的滥觞了。汉代是辞赋的时代，诗歌并不发达，但李陵已开始创作完整的五言诗了。“古诗”虽然茫然久远，但也应是汉代的诗歌。此外，还有班婕妤、班固也写作五言诗。但是班固的作品“质木无文”，所以钟嵘得出结论说：“诗人之风，顿已缺丧。”在正文中，钟嵘把“古诗”、李陵、班婕妤列入上品。“古诗”是体源出于《国风》，“文温以丽，意悲而远”；李陵诗源出于《楚辞》，“文多凄怆，怨者之流”；班婕妤诗源出于李陵，“词旨清捷，怨深文绮”。也就是说，汉代这三类作品直接秉承了《诗》《骚》的风格特征，“古诗”表现出《国风》温厚幽远的风格，李陵、班婕妤承续《离骚》

的悲怨。其风格特点都是符合钟嵘的审美理想的，故入上品。汉代秦嘉、徐淑夫妻的叙别诗，“文以凄怨”，但逊于班婕妤的《团扇》，所以列入中品。而班固、郦炎、赵壹列入下品。

对于建安时期的五言诗创作，钟嵘给予热情的推崇，他在序中说：

> 降及建安，曹公父子，笃好斯文；平原兄弟，郁为文栋；刘桢、王粲，为其羽翼。次有攀龙托凤，自致于属车者，盖将百计。彬彬之盛，大备于时矣。

他指出，曹氏父子以帝王之尊而亲操诗笔，围绕在他们周围的诗人，数以百计，形成了五言诗创作彬彬大盛的景象。其中，曹植、刘桢、王粲列入《诗品》上品，钟嵘品评曹植诗说：

> 其源出于《国风》。骨气奇高，词采华茂，情兼雅怨，体被文质，粲溢今古，卓尔不群。

钟嵘把文学上的曹植比拟为人伦上的周公、孔子，给予无以复加的推重。他认为曹植和古诗同出一源，都是渊源于《国风》，秉承了《国风》温厚清远的风格特征。曹植的诗内容充实，情感诚挚深邃，文辞刚劲华美，文质彬彬，是五言诗的典范。其“骨气奇高，词采华茂，情兼雅怨，体被文质”的风格特征，也就是钟嵘关于五言诗思想和艺术的审美理想。刘桢诗歌“源出于《古诗》”，也是《国风》一脉，表现出“奇气”、“真骨”之美，美中不足的是“气过其文，雕润恨少”。而王粲“在曹、刘间别构一体”，其源出于李陵，是《楚辞》一脉，风格幽怨。曹丕的诗源出于李陵，也是《楚辞》一脉，但是“鄙直如偶语”，形成另一种风格，被列入中品。曹操、曹睿、曹彪、徐干等俱被列入下品。曹操、徐干等人的诗歌或以乐府古题写时事，或风格接近民歌，不符合钟嵘的审美标准，故列入下品。

曹魏后期，在钟嵘看来是五言诗“陵迟衰微”的时期，只有阮籍一人被列入上品，但还划入晋代，嵇康被列入中品。进入晋代太康时期，又迎来了另一个五言诗的高潮。《诗品序》说：

> 太康中，三张、二陆、两潘、一左，勃而复兴，踵武前王，风

流未沫，亦文章之中兴也。

在《诗品》正文中，除了阮籍以外，晋代的陆机、潘岳、张协、左思都被列入上品。钟嵘认为，陆机诗歌渊源于曹植，“才高辞赡，举体华美”，不像刘桢和王粲二人，分别在“气”与“文”上各有偏胜，但讲究工整切对，不像曹植、刘桢寓目辄书，不尚雕饰。潘岳渊源于王粲，钟嵘引述李充和谢混的话，与陆机相比较，指出潘岳诗歌轻绮精美的特点。陆机与潘岳相较，李充赞陆深潘浅，谢混则以为潘胜于陆。而在钟嵘看来，陆机与潘岳的高下，正如他们的直接源头曹植和王粲之间的差别，所以他将潘岳置于陆机之后。张华也渊源于王粲，秉承王粲“文秀而质羸”的特点，文体华静，辞彩清丽，但不繁缛，善于形象地摹写事物。从钟嵘对陆机、潘岳、张协的品评来看，钟嵘对于诗歌的藻采是较为重视的，肯定西晋诗歌辞采华美富丽的艺术风格。相比而言，左思则是较为独特的一位。钟嵘认为左思的诗歌渊源于刘桢，虽与曹植、陆机俱为《国风》一脉，但是不像曹植那样文质兼胜，与陆机的辞采丰赡也不同，而是偏于气盛，是直接渊源于“仗气爱奇”的刘桢。左思诗歌的特点是“文典以怨，颇为清切，得讽谕之致”，借史事抒发怀抱，表达怨情，切要清澈，远绍《国风》的讽谏精神。

晋代诗人列入中品的，有张华、孙楚、潘尼、陆云等数人。其中张华诗，颜延之《庭诰》说：“五言流靡，则刘桢、张华。”评价很高。但是钟嵘还是将他置于中品，并认为张华诗风渊源于王粲，“其体华艳，兴托多奇；巧用文字，务为妍冶”，“恨其儿女情多，风云气少”。王粲诗“文秀而质羸”；张华也一样，文采华艳妍冶，较少风云感慨的气骨，于骨气和词采两者，多词采而乏骨气，所以被置于中品。

西晋后期永嘉年间起，玄学在社会上流行起来，给诗坛带来严重的影响。对此，钟嵘在《诗品序》里批评说：

> 永嘉时，贵黄、老，稍尚虚谈。于时篇什，理过其词，淡乎寡味。爰及江表，微波尚传：孙绰、许询、桓、庾诸公诗，皆平典似《道德论》。建安风力尽矣。

这里提到的四人，桓温、庾亮未入诗流，《诗品》没有给予其位置。孙绰、许询，钟嵘将他们列入下品。玄言诗，以诗歌的形式谈论玄理，平直滞钝，没有文采，缺少诗味，所以钟嵘对其深致不满。扭转这种玄言诗风气的，是郭璞、刘琨等人。《诗品序》说：

> 先是郭景纯用隽上之才，变创其体；刘越石仗清刚之气，赞成厥美。然彼众我寡，未能动俗。

《诗品》正文列郭璞和刘琨入中品，称赞郭璞首先变革玄言诗的平淡诗风，是“中兴第一”，肯定郭璞的《游仙诗》“坎壈咏怀”，“辞多慷慨”，与玄言诗有着质的差别。钟嵘评刘琨和卢谌诗说：“其源出于王粲。善为凄戾之词，自有清拔之气。琨既体良才，又罹厄运，故善叙丧乱，多感恨之词。”这是结合刘琨和卢谌生逢乱世的遭际，评述他们的诗歌表现时代的丧乱和人生的苦难，是颇为中肯的。刘琨和卢谌属于《楚辞》一系，偏得王粲“发愀怆之词”的一面，多述怨情，表现出凄怨之美。

诗坛走出玄言的沼泽后，又迎来了一个新的高潮，那就是以谢灵运为首的宋初诗歌。在《诗品序》里钟嵘称赞谢灵运“才高词盛，富艳难踪，固已含跨刘（琨）、郭（璞），凌轹潘（岳）、左（思）”。在正文里，谢灵运是东晋以后唯一被列入上品的诗人。钟嵘品评说：

> 其源出于陈思。杂有景阳之体，故尚巧似，而逸荡过之。颇以繁芜为累。嵘谓若人兴多才高，寓目辄书，内无乏思，外无遗物，其繁富，宜哉！然名章迥句，处处间起，丽典新声，络绎奔会，譬犹青松之拔灌木，白玉之映尘沙，未足贬其高洁也。

曹植是钟嵘标举的诗人典范，其“辞采华茂”的一面深刻影响着晋宋诗风，陆机就是发挥了曹植辞采华茂的特点。在钟嵘看来，谢灵运也是承袭着曹植辞采华茂的一面而加以发展，并具有张协“巧构形似之言”的特征。谢灵运出任永嘉太守后，纵情遨游，寄意山水，兴致勃发，才高词富，以富丽精工之笔细致描摹山水形态，其山水诗创作表现出“繁富”的特征，在当时具有很大的影响，时人称之为“谢灵运体”。但也因过于注重物像的描摹和语言的刻画，具有放荡而无检束的毛病。《南史·齐武陵昭王晔传》载，齐太祖萧道成说：“康乐放荡，作体不辨首尾。”钟嵘也认为谢灵运诗歌“逸荡”，不像张协诗歌“文体华净，少病累”。钟嵘还指出，谢灵运诗歌里不时出现了意象清新、语言凝练的名句，在繁富满眼里挺立着这些名句，就像“青松之拔灌木，白玉之映尘沙”，显得非常高洁。对于宋、齐、梁时期诗歌创作堆砌典故、追求奇险、讲究声律等风气，钟嵘是很不满的。颇受时人好评的颜延之、鲍照和谢朓，都被列入中品。钟嵘批评颜延之“喜用古事，弥见拘束”，批评鲍照“不避危仄，颇伤清雅之调”，批评谢朓“意锐而才弱”。《诗品》所选评宋齐梁的 64 位诗人，上品仅 1 人，中品 17 人，下品 46 人，从中足以见得钟嵘对近代诗歌风气的不满。他推崇汉魏两晋的诗风，具体来说就是以曹植、陆机、谢灵运为代表的《国风》一系。在《诗品序》里，钟嵘对五言诗史作综合评价说：

> 故知陈思为建安之杰，公干、仲宣为辅；陆机为太康之英，安仁、景阳为辅；谢客为元嘉之雄，颜延年为辅。斯皆五言之冠冕，文词之命世也。

钟嵘品评五言诗人，一个重要内容是探寻渊源，追溯流别，这可能与当时谱牒之学的兴盛有关系。《诗品》正文所评 120 余位诗人，其中有 36 家钟嵘分别指出他们源出于《国风》《楚辞》和《小雅》。他所谓“体源于某某”的“体”，主要是指诗人创作的体制风格倾向。在钟嵘看来，《国风》《楚辞》和《小雅》是诗歌创作精神和风格的源头，在它们的影响下，汉魏晋宋的五言诗形成三大派别。把《国风》《小雅》和《离骚》联系起来，从文学的角度给予阐述的，以汉淮南王刘安为最早。司马迁《史记·屈原贾生列传》引述刘安的话：“《国风》好色而不淫，《小雅》怨悱而不乱，若《离骚》者，可谓兼之矣。”后人常常转述此语。这对钟嵘或许有所启发。

《诗品》中《国风》一系，共 14 人，又分为《古诗》和曹植两大支流。“古诗—刘桢—左思”这一支，《古诗》秉承《国风》温厚委婉的风格，而《古诗》“直而不野”的气格，又影响到刘桢，再由刘桢而传递到左思，形成了偏于气盛的风格。钟嵘评刘桢的诗“气过其文，雕润恨少”，这正是发扬《古诗》“惆怅切情”的特点，而左思的诗歌“文典以怨，颇为精切”的风格，也是与之一脉相承的。曹植一支又分为两派："曹植—陆机—颜延之—谢超宗等"一派，是发展了曹植"词采华茂"的特点，追求辞藻的繁缛华艳，甚至堆砌典实；"曹植—谢灵运"一派，是指谢灵运不仅在辞采方面秉承曹植华茂的特色，而且在表现方法、章句结构上也与之有着渊源关系①。

《楚辞》一系，在汉代为李陵。自汉代以来，论者都指出《楚辞》的特征是"怨"，《楚辞》寄寓着屈原在政治上遭遇不幸而产生的怨情。《楚辞》一系的诗人，都濡染着"怨"的特征。李陵因为"生命不协，声颓身丧"，所以"文多凄怆，怨者之流"。李陵而后，又分为班姬、王粲和曹丕三个支流。其中班姬诗的主要特点是偏于抒写"怨"情。曹丕诗歌凄怨而直质，所以钟嵘将之列入中品，批评说"新歌百许篇，率皆鄙直如偶语"，意谓质朴如口语。曹丕而后又分别出嵇康和应璩两派，嵇康愤世嫉俗，过于峻切，表达怨情不够婉转，所以将曹丕的"鄙直"发展成"讦直露才"。应璩则是在语言上表现得更加质朴，"善为古语"，讥切时事；其后源出于应璩的陶渊明，也表现出"质直"的特点。《楚辞》一系，李陵而后最为复杂的是王粲这一支。王粲一脉又分为"潘岳—郭璞"、"张华—谢混—谢朓等"、"张协—鲍照—沈约"、"刘琨和卢谌"这四个支流，钟嵘评王粲诗"发愀怆之词，文秀而质羸"，这四支分别是在这两方面向前发展的。潘岳一支是"文秀"乃至繁富；张华一支是"文秀"但"才弱"，只能"巧用文字，务为妍冶"，在文字上下工夫，但"兴托不奇"，在"质"上较为贫瘠。而这种文字之巧在宋齐时代较有影响力，所以这一支最为兴盛，谢瞻、谢混、袁淑、王微、王僧达等都源出于张华。张协一支里，张协诗的特征是"巧构形似之言"，发展到鲍照，则不仅"善制形状写物之词"，而且显得"諔诡"、"靡嫚"、"不避危仄"，沈约效法鲍照，走得更远，"工丽"但又"淫杂"。刘混和卢谌一支，则是由王粲"发愀怆之词"的一面发展而来的，抒写时代和人生的苦难，感情凄怨沉痛。

《小雅》一系，只有阮籍一人，说明钟嵘认识到在魏晋众多诗人中，阮籍的诗歌风格是独特的。《诗经·小雅》多属于"变雅"，表达

① 参见张伯伟《钟嵘〈诗品〉谢灵运条疏证》，《中国文艺思想史论丛》第3辑，北京大学出版社1988年版。

士大夫伤时悯乱的感慨，但这种情感表现得幽微深远，不像《楚辞》那么激切，与《国风》的温厚亦有不同，钟嵘认为阮籍的诗歌“陶性灵，发幽思”，表现诗人内心深处幽微的感慨，但“言在耳目之内，情寄八荒之表”，情感表现得很幽远，很深邃。这一点正是秉承了《小雅》诗歌的风格特点。

对于钟嵘《诗品》的这种溯源流的做法，后人曾有褒贬不一的评价，但是不论如何，他能把众多诗人纳入到有序的系列中去，鉴识不同诗人诗歌风格上的区别和联系，探寻诗人创作上的相互承袭和影响，而且执简驭繁，把诗歌体制、风格的源头回溯到《国风》《小雅》《离骚》上去，使得诗歌批评更为凝练有序，且富有理论的内涵，其创造性和对于古代诗学发展的积极意义，都是不可忽略的。

第三节　钟嵘《诗品》的基本理论

钟嵘《诗品》作为第一部品评文人五言诗的专论，不仅梳理了五言诗的发展历史，评论众多诗人的高下，而且还提出了关于诗歌的基本理论。钟嵘继承了先秦以来的诗歌理论传统，总结五言诗创作的新经验，对当时一些重要的诗学问题提出自己的看法，鲜明地建树起自己的诗学理论。

从先秦的“诗言志”到汉代《诗大序》的“吟咏情性”，再到陆机的“缘情绮靡”，传统诗论认为抒情性是诗歌的最基本特征。而且，《礼记·乐记》还提出“物感”说，探明诗歌情感的现实来源。陆机在《文赋》里发展了这一点，指出物候节序与创作情感的感应关系，说：“遵四时以叹逝，瞻万物而思纷。悲落叶于劲秋，喜柔条于芳春。”钟嵘在《诗品序》里也认识到诗歌的抒情性特征，开篇明义说：“气之动物，物之感人，故摇荡性情，形诸舞咏。”感人之“物”在陆机《文赋》里主要还是指自然景物。魏晋以来，人们把审美的触角延伸到自然界，在自然中陶冶情怀，怡情适性，体验个体生命与自然宇宙的微妙关系，因此诗人对“感物兴情”这种创作心理机制，已经有了较为自觉的体认。当然，自然景物所兴起的感情，最终还是源自于社会生活的感受，依然具有很实在的人生内容。钟嵘《诗品序》里有一段话论述了诗歌的产生，顾及到自然和社会两个方面，表述得更为全面。他说：

若乃春风春鸟，秋月秋蝉，夏云暑雨，冬月祁寒，斯四候之感诸诗者也。嘉会寄诗以亲，离群托诗以怨。至于楚臣去境，汉妾辞宫；或骨横朔野，或魂逐飞蓬；或负戈外戍，杀气雄边；塞客衣单，孀闺泪尽；或士有解佩出朝，一去忘返；女有扬蛾入宠，再盼倾国。凡斯种种，感荡心灵，非陈诗何以展其义；非长歌何以骋其情？故曰："《诗》可以群，可以怨。"使穷贱易安，幽居靡闷，莫尚于诗矣。

如果我们把这段话与萧统《答湘东王求文集及诗苑英华书》相比较，更可以凸显钟嵘的重点所在。萧统说：

或日因春阳，其物韶丽，树花发，莺鸣和，春泉生，暄风至，陶嘉月而嬉游，藉芳草而眺瞩；或朱炎受谢，白藏纪时，玉露夕流，金风多扇，悟秋山之心，登高而远托；或夏条可结，倦于邑而属词；冬云千里，睹纷霏而兴咏。密亲离则手为心使，昆弟宴则墨以情露。①

萧统虽然提到"密亲离"、"昆弟宴"，但只是狭隘的宫廷生活，所列举感物的重点还在于春秋夏冬四时物候的变化。而钟嵘则指出，感动诗人内心的不仅是四季变迁的自然景物，还有社会生活中的各种人生际遇。君臣友朋聚会需要咏诗来表达心愿，增进感情；而离群索居时更需要写诗来抒发哀怨，安慰情怀。钟嵘列举了"楚臣去境"等种种人生重大变故，这些人生际遇上的变故，感荡心灵，产生出不能抑制的情怀，需要通过诗歌来抒发，来排解。通过诗歌对感情的排解释放，使得诗人恢复内心的平和，达到"穷贱易安，幽居靡闷"的效果。这里，钟嵘是从诗歌的产生和作用两个方面论述诗歌的抒情性特征的。而且他论述的重点是诗人的"怨"情，所列举的种种"感荡心灵"的境遇，都是令人悲怨的事情。诗歌的作用是使"穷贱"、"幽居"所产生的哀怨之情

---

①《全梁文》卷二十，严可均《全上古三代秦汉三国六朝文》，中华书局 1958 年影印。"兄弟宴"原作"晏"，据《昭明太子集》等改。

得到适当的释放。

抒发“怨”情，一直是古代诗歌的优良传统。《诗经》里面就多有怨篇，如《邶风·谷风》《卫风·氓》《小雅·雨无正》等。汉代《毛诗小序》也常以“怨”释诗，如《击鼓》，《小序》说：“怨州吁也。”《扬之水》，《小序》说：“刺平王也。不抚其民而远屯戍于母家，周人怨思焉。”司马迁《屈原贾生列传》引述刘安的话说：“《小雅》怨悱而不乱。”郑玄《诗谱序》认为《诗经》中厉王、幽王以降的诗篇是“刺怨相寻”。《楚辞》也多是著名的怨篇。屈原《离骚》说：“怨灵修之浩荡兮，终不察夫民心。”宋玉《九辨》说：“蓄怨乎积思。”司马迁《屈原贾生列传》说：“屈平之作《离骚》，盖自怨生也。”汉人解释《诗经》时，多以为诗人的“怨”是针对具体的政治问题，解释屈原的怨情时，也多从政治角度着眼。如王逸《楚辞章句》就说：“上政迷乱则下怨。”但是，魏晋以后诗人所抒发的怨情，往往不是针对具体的政治状况而发，更多是出自于个人的人生际遇和现实感触，如谢灵运《拟魏太子邺中集诗序·平原侯植》云：“公子不及世事，但美遨游，然颇有忧生之嗟。”（后来李善注《文选·阮籍〈咏怀诗〉》因之亦云：“嗣宗身仕乱朝，常恐罹谤遇祸，因兹发咏，故每有忧生之嗟。”）钟嵘及时地对诗歌创作的这种新现象给予理论的总结。他在《诗品序》所列举“楚臣去境，汉妾辞宫”、“骨横朔野”、“魂逐飞蓬”等种种现象，都是属于个人困厄的遭际，正是这种人生的失意和不幸郁结心胸，难以抑制，于是长歌当哭。他在具体品评中有时也联系到诗人的遭遇，如在上品中评李陵说：“使陵不遭辛苦，其文亦何能至此！”中品评刘琨和卢谌重其“厄运”。下品评班固、郦炎、赵壹等人的“感叹”、“怀寄”、“散愤”诗歌后，钟嵘慨叹说：“斯人也，而有斯困，悲夫！”钟嵘在这里所概括的实际上是文学创作中的一个普遍性规律。韩愈在《荆潭唱和诗序》里感叹说：“夫和平之音淡薄，而愁思之声要妙；欢愉之辞难工，而穷苦之言易好也。是故文章之作，恒发于羁旅草野。”欧阳修在《梅圣俞诗集序》里指出，诗人因人生舛恶、命运多艰，“内有忧思感愤之郁积，其兴于怨刺，以道羁臣寡妇之所叹，而写人情之难言，盖愈穷则愈工”。这是贯穿于诗歌史的一种绵延不绝的内在精神，也是诗学史上不断得到发扬和深化的不朽的理论话题。钟嵘在具体的诗歌批评中，对于悲怨之美是颇为欣赏的。如在上品里评《古诗》“文温以丽，意悲而远”、“多哀怨”；评李陵诗“文多凄怆，怨者之流”；评班婕妤诗“怨深文绮”；评曹植诗“情兼雅怨”；评左思诗“文典以怨”。在中品里评秦嘉、徐淑夫妻“事既可伤，文亦凄怨”；评郭泰机《答傅咸诗》“孤怨宜恨”；评沈约诗“长于清怨”。在《诗品》里，体现出悲怨之美的主要是《楚辞》一系，在钟嵘所描述的诗歌史里，悲怨风格也是一条或明或暗的线索。

钟嵘在《诗品》里标举曹植诗为诗歌的最高典范，他品评曹植诗歌特色是“骨气奇高，词彩华茂，情兼雅怨，体被文质。粲益古今，卓而不群”。这与他在序里提出“干之以风力，润之以丹采”的审美标准是相一致的。他认为最美好的诗歌应该是“风力”与“丹采”相结合。“风力”二字，是晋代以后品评人物的常见用语。如《晋书·庾翼传》载，庾翼《报兄冰书》曰：“殷君（浩）始往，虽多骄豪，实有风力之益。”《宋书·殷景仁传》载，宋文帝以殷景仁、王华、刘湛、王昙首为侍中，“风力局干，冠冕一时”。《宋书·孔觊传》载：“觊少（按，即年轻时）骨鲠有风力，以是非为己任。”沈约《七贤论》曰：“仲容（按，阮咸字）年齿不悬，风力粗可。”钟嵘之后，陈武帝《赠周铁虎诏》曰：“器局沉厚，风力勇壮。”

用“风力”来形容人，主要是指一种气格，具体来说就是正直伟岸、鲜明爽朗的人格力量，人的气格之流动，就像风之偃草一样，能够给人以强大的影响和深刻的感受。在钟嵘之前，裴子野《雕虫论》已用“风力”形容曹植、刘桢的诗文，说：“曹、刘伟其风力。”刘勰《文心雕龙》专设《风骨》篇，以“风骨”论建安文人。“风骨”和“风力”意思一样，用于诗歌批评，是指诗歌灌注着诗人鲜明爽朗的个性情感，表现了诗人激烈的人生情怀，精神挺拔、富有生气，给人以强烈的心灵震撼和艺术感染的力度美。在《诗品序》里，钟嵘提出了“建安风力”，刘勰在《文心雕龙·明诗》篇论建安诗歌说：“慷慨以任气，磊落以使才。造怀指事，不求纤密之巧；驱辞逐貌，唯取昭晰之能。”这实际上与“建安风力”意思差不多，是指建安时期的诗歌大气磅礴，情志慷慨，气势飞动，鲜明俊爽，不纤巧，不柔弱，不艳丽。钟嵘把建安诗歌与永嘉时期的玄言诗相比较，玄言诗平淡的说理，诗人的个性黯淡下去了，情志隐没下去了，冷静的理性代替了爽朗的气势，因此说“建安风力尽矣”。而建安时期，曹植诗“骨气奇高”，刘桢诗“高风跨俗”、“仗气爱奇”，正是“风力”之美的展现。在钟嵘《诗品》里，“风力”多体现在《国风》一系里。他评《古诗》中《客从远方来》和《橘柚垂华实》两诗“亦为警绝矣”，就是指具有惊心动魄的感染力量；《古诗》一支里的刘桢以“气”胜，左思出于刘桢，也表现出“风力”（评陶潜诗云“又协左思风力”）。曹植一支中，曹植充分体现出风力之美，而其后陆机、谢灵运都偏于向丹采方面发展。也就是说，钟嵘所标举的建安风力，在正始以后就逐渐衰飒了。而他之所以标举建安风力，就是有力地针砭当时靡弱的诗歌风格，要为浮靡冗弱的诗歌灌注一种生命的力量。

“丹采”是指诗歌辞藻的华美。自魏晋以来，诗歌创作中就出现追求语言华美、繁丽的倾向。钟嵘在这种风气里也强调诗歌要有“丹采”，有华美的辞藻。在《诗品》里他常常称道诗人在这方面的成绩。如古诗“文温以丽”，班婕妤诗“文绮”，曹植诗“词采华茂”，王粲诗“文秀”，陆机诗“才高词赡，举体华美”，张华诗“华艳”，郭璞诗“彪炳可玩”，等等。反过来，他批评刘桢的诗“雕润恨少”，班固诗“质木无文”，就是其诗没有“润”以足够的“丹采”；王粲诗则“文秀而质羸”，丹采秀丽而风力不足；“理过其辞”的玄言诗，也是具有缺乏“丹采”的毛病。从《诗品》的具体品评可以看出，钟嵘非常重视诗歌语言词采的华美。但是在“风力”与“丹采”二者之间，他更重视“风力”，比如刘桢和王粲，虽都被置于上品，但是他明显地更肯定刘桢，而对王粲略有批评。他推崇“风力”，旨在矫正当时诗歌创作一味趋于靡丽的现象。当然他的理想是“风力”与“丹采”相结合。若仅有“风力”而没有“丹采”，诗歌就会古质粗豪；若仅有“丹采”而没有“风力”，更不是最上乘之作。只有“风力”和“丹采”兼备，才能达到文质彬彬的境地。

钟嵘在《诗品序》里还提到诗歌运用兴、比、赋方法的问题。他说：

故诗有六义焉。一曰兴、二曰比、三曰赋。文已尽而意有余，

> 兴也；因物喻志，比也；直书其事，寓言写物，赋也。弘斯三义，酌而用之。……若专用比兴，则患在意深，意深则词踬。若但用赋体，则患在意浮，意浮则文散，嬉成流移，文无止泊，有芜漫之累矣。

他不仅解释了兴、比、赋的内涵，而且还要求三者参酌使用。自《周礼·春官·大师》提出风、赋、比、兴、雅、颂“六义”以来，人们一直在探讨“六义”的具体内涵，特别是其中的“兴”，历代学者都试图参透其中的奥妙。人们在解释《诗经》之“兴”的时候，往往又将自己的诗学体验融入其中，不知不觉地丰富和发展了“兴”意的内涵。作为赋、比、兴表现手法之一的“兴”，其含义在历代学者的阐释中也发生着细微的变化。汉代经师郑众对比兴作过简单的解释，说：“比者，比方于物也。兴者，托事于物。”① 他解释“兴”，重在寄托，即在自然的鸟兽草木形象中寄托着人事。汉代经师释《诗经》各篇的“兴”，多是从寄托这个角度着眼的。到了东汉以后，有些作家开始从创作的角度论兴。王延寿《鲁灵光殿赋序》云：“嗟乎，诗人之兴，感物而作。”杨修《孔雀赋序》云：“临淄侯感世人之待士，亦咸如此，故兴志而作赋。”（《全后汉文》卷五十一）傅咸《蜉蝣赋序》云：“读《诗》至《蜉蝣》，感其虽朝生暮死，而能修其翼，可以有兴，遂赋之。”（《全晋文》卷五十一）这些说法，有的还联系到《诗经》的篇章，总体上是从文人创作的角度来解释感物而动的“兴”，虽然与汉代经师所谓“托事于物”不相违背，但角度已经有了很大的变化，也补充了新的内容，这是对感物抒情的诗赋创作的感性经验的凝练概括。汉末以后人们在解释作为《诗经》表现方法之一的“兴”时，就吸收了这些新成果。刘熙《释名·释典艺》云：“诗，之也，志之所之也，兴物而作，谓之兴。”晋挚虞《文章流别论》云：“兴者，有感之辞也。”（《全晋文》卷七十七）刘勰《文心雕龙·比兴》论兴曰：“兴者，起也。”又曰：“起情者，依微以拟议，起情故兴体以立。”这都是在汉代经师的“托事于物”以外，突出诗人“感物”的因素，对于所“托”之人事，也

①《周礼·春官·大师》郑玄注引。

更强调其情感性内容。

钟嵘论兴，也是在汉代经师所谓“托事于物”的基础上，沿着魏晋文人的方向继续发展的。他解释“兴”为“文已尽而意有余”，与“托事于物”还是有内在联系的。《诗经》里的“兴”如《关雎》首二句“关关雎鸠，在河之洲”起兴，从“托事于物”的角度看，二句表面上写雎鸠鸟这个“物”，而实际上寄托着“后妃乐君子之德，无不和谐，又不淫其色，慎固幽深，若关雎之有别焉”的人事。从“文已尽而意有余”的角度看，二句文字的字面意思已完，但是它所隐含的意思还没有完，还余留在下文。再联系汉魏以后的诗赋创作来看，起首往往是写景咏物，是发“兴”，而所要表达的感情意旨则在写景咏物的文字之后再写出来。“文已尽而意有余”，是说写景咏物的“兴”的文字完了，而所要表达的情感意旨则留在后文，需要后文进一步的显示才能明白。这是钟嵘所谓“兴”的本来意思。为了便于理解钟嵘的“兴”，我们可以借用宋代郑樵的解释：

> 《诗》三百篇，第一句曰“关关雎鸠”，后妃之德也，是作诗者一时之兴所见在是，不谋而感于心也。凡兴者所见在此，所得在彼，不可以事类推，不可以理义求也。

“所见在此”就是诗歌的写景咏物，即钟嵘所谓已尽的“文”，而“所得在彼”，就是诗歌借写景咏物所要表达的意旨，即钟嵘所谓有余的“意”。这意旨在后文才得到明确的显示。而“比”的意思是可以以事类推的，故曰：“因物喻志。”赋则是直接描述。钟嵘强调兴、比、赋三者要“酌而用之”，从艺术表达的效果上看，若专门用比兴而不用赋，则作者所要正面呈现的意义隐含不出，就会有“意深词踬”的毛病，过于晦涩，难以理解。若是仅用赋体，则意思表达得太直露，没有意味。诗人若能恰当运用兴、比、赋，则诗歌能避免过深与过浅的弊病。

对于钟嵘所谓“文已尽而意有余”的说法，今人常将它与后代所谓“境生于象外”、“味外之旨”、“含不尽之意见于言外”等说法联系起来，认为钟嵘释“兴”已经涉及诗味的问题。但在我们看来，两者之间还是有着实质的不同的。六朝诗歌审美之重点在于“穷形尽相”，极貌写物，穷力追新，而唐人所谓“味外之旨”，在六朝时尚不是明确的审美旨趣。钟嵘“兴”论，与“境生于象外”、“味外之旨”、“含不尽之意见于言外”似乎无涉。在此略作赘述。

六朝的宋、齐时期，诗歌创作出现了一种追求缉事用典的风气。萧子显《南齐书·文学传论》中指陈这种风气说：“缉事比类，非对不发，博物可嘉，职成拘制。或全借古语，用申今情，崎岖牵引，直为偶说。唯睹事例，顿失清采。”钟嵘在《诗品序》里，对这种不良的诗歌创作风气给予严正的批评，并提出“自然”、“直寻”的美学思想。他说：

> 若乃经国文符，应资博古；撰德驳奏，宜穷往烈。至乎吟咏情性，亦何贵于用事？“思君如流水”，既是即目。“高台多悲风”，亦惟所见。“清晨登陇首”，羌无故实。“明月照积雪”，讵出经史。观古今胜语，多非补假，皆由直寻。颜延、谢庄，尤为繁密，于时化之。故大明、泰始中，文章殆同书抄。近任昉、王元长等，词不贵奇，竞须新事，尔来作者，浸以成俗。遂乃句无虚语，语无虚字，拘挛补衲，蠹文已甚。但自然英旨，罕值其人。词既失高，则宜加事义。虽谢天才，且表学问，亦一理乎！

钟嵘比较诗歌与文章在体制上的差别：国家政治生活中的实用文章，撰述德行的颂、赞、铭、诔，需要追溯历史，借用古事，可以大量用典；但是诗歌的特征是“吟咏情性”，因此不能以用事为贵。钟嵘对诗与文的文体差异性的认识，可以拿萧纲《与湘东王书》的一段话来参照。萧纲说：

> 比见京师文体，懦钝殊常，竞学浮疏，争为阐缓。玄冬修夜，思所不得：既殊比兴，正背《风》《骚》。若夫六典三礼，所施则有地；吉凶嘉宾，用之则有所。未闻吟咏情性，反拟《内则》之篇；操笔写志，更摹《酒诰》之作；“迟迟春日”，翻学《归藏》；“湛湛江水”，遂同《大传》！

萧纲指出，不同的文体具有不同的功能，适应于不同的场合。诗歌是吟咏情性的，不能模拟“六典”、“三礼”的用事；而近年来京师的诗人创作，冥思苦索，含笔腐毫，大量用事数典，缺少比兴，违背了《国风》《离骚》“吟咏情性”的创作精神。这与钟嵘所针砭的正是同一种不良的诗歌创作倾向。

钟嵘不仅指出这种弊端的根源，而且还提出诗歌审美风格的要求，就是“直寻”和“自然”。他列举“思君如流水”是即景抒情，“高台多悲风”是融情于景，“清晨登陇首”是写身之所历，“明月照积雪”是写眼之所见，都是寓目辄书，冲口而出，没有引经据典，没有拘挛挂碍，这就是“直寻”和“自然”美。钟嵘所谓的“直寻”和“自然”，首先是指诗人在生活和自然中有所感兴，而产生情感的激荡，能直观地感受到生活和自然的美，也就是从“即目”、“所见”的情景中感受到美。其次是诗人能够用简洁明白的语言，将目中所见、心中所感生动直接地表现出来。反过来，若心中没有所感，而到经、史里去讨生活，就不是直寻自然了；即使心中有所感，若不能冲口表出，而去从经史里补借古语古事来曲折比附，也不是直寻自然。钟嵘论“直寻”、“自然”，与他关于诗歌内在属性的认识是相一致的。既然诗歌本质上是“吟咏情性”，是“陈情”、“展义”，那么就应该明白自然地抒发情感，表达思想，不应该拘挛于故事语典。钟嵘论诗歌创作重视“兴”，上品评谢灵运“兴多才高”，中品评陶潜诗“辞兴婉惬”，下品评谢庄“兴属闲长”，都是强调诗人应该具有物我相得的情思和兴致，然后才能形之于诗歌。诗歌应具有“直寻”、“自然”之美，而不能被新事陈典滞塞了情思，消泯了兴致。在具体的诗歌品评中，他把刘宋的颜延之、梁代的任昉等在当时颇负盛名的诗人都列于中品，并给予批评：

> 昉既博物，动辄用事，所以诗不得奇。少年士子，效其如此，弊矣。（评任昉）
>
> 动无虚发，一句一字，皆致意焉，又喜用古事，弥见拘束。（评颜延之）

很显然，钟嵘反对诗歌用事，提倡“直寻”、“自然英旨”的审美风格，是试图矫正东晋后期以来诗歌创作中竞尚用事的不良倾向，端正诗歌发展的方向。钟嵘的这一思想给予后代诗学有益的启示。清代袁枚《仿元遗山论诗绝句》曰：“天涯有客太吟痴，错把抄书当作诗。抄到钟嵘

《诗品》日，该他知道性灵时。”袁枚主张性灵，反对诗歌堆砌典故，从钟嵘《诗品》找到了理论的支撑。

钟嵘品诗的特点在于“溯流别”、“列品第”，后人也多从此两方面对钟嵘的品评提出异议。对于钟嵘所谓的某人“源出于”某人，王世贞谓之“恐未尽然”（《艺苑卮言》卷三）；胡应麟斥为“谬悠”（《诗薮》杂编卷二）；许学夷也说：“钟嵘述源流而恒谬。”（《诗源辩体》卷一）宋大樽《茗香诗论》贬其为“皮相”之谈。然亦有为钟嵘辩护者。叶梦得《石林诗话》说：“魏晋间人诗，大抵专工一体，如侍宴、从军之类，故后来相与祖习者，亦但因其所长取之耳。谢灵运《拟邺中七子》与江淹《杂拟》是也。梁钟嵘作《诗品》皆云某人诗出于某人，亦以此。”然叶梦得也辩驳陶渊明出于应璩之非。清人李怀民《重订中晚唐诗主客图》说：“记室亦特就诗论诗，明其体格相近，非真见其一脉相传也。”章学诚《文史通义》卷五《诗话》则称赞说：“《诗品》深从六艺溯流别也。如云某人之诗，其源出于某家之类，最为有本之学，其法出于刘向父子。论诗论文而知溯流别，则可以探源经籍，而进窥天地之纯，古人之大体矣。此意非后世诗话家流所能喻也。”

对钟嵘的另一指责是品第之颠倒，特别是将曹操列为下品，王世贞、许学夷、王士禛等都予以责难。其实品第的不同列置，正可以反映文学批评观念的不同。如被钟嵘列入上品的陆机，就深为宋代严羽所不喜，而这正反映了钟嵘和严羽诗学观念的差异。中品的陶潜，到宋代以后地位远远高于上品的谢灵运。其实这正显示出钟嵘及其时代的诗学思想，不应对此诟病。当然，另外可能的原因就是如四库馆臣所说：“然梁代迄今，邈逾千祀，遗篇旧制，什九不存，未可以掇拾残文，定当日全集之优劣。”（《四库全书总目提要》第一百九十五卷）

第四节　魏晋南北朝诗歌别集的编撰和评注

《曹植集》：曹植是天才式的诗人，在当时就以“天然异禀”（陈琳《答东阿王笺》）得到文士的拥戴。其天资高妙，文思敏捷，才高八斗，加之精意著作，被誉为“建安之杰”。钟嵘《诗品》最为推重曹植，品评曰：

魏陈思王植诗，其源出于《国风》。骨气奇高，词彩华茂，情兼雅怨，体被文质，粲溢今古，卓尔不群。嗟乎！陈思之于文章也，譬人伦之有周孔，鳞羽之有龙凤，音乐之有琴笙，女工之有黼黻。

钟嵘给曹植以最高的称誉，曹植诗是他所标举的兼擅“风力”和“丹采”的诗家典型。其后“太康之英”的陆机和“元嘉之雄”的谢灵运，都源自于曹植，构成《国风》一系的主干，是钟嵘心目中的诗史正途。唐代时，杜甫《奉赠韦左丞丈二十二韵》云：“赋料扬雄敌，诗看子建亲。”皎然《诗式》云：“邺中七子，陈王最高。”都是延续钟嵘品评的基调。

然自宋代以来，在总体肯定曹植为“建安之杰”这个大势不变的情况下出现了一些异调。如张戒《岁寒堂诗话》在陈述“古今诗人推陈王及古诗第一，此乃不易之论”的同时，又指出曹植“虚无求列仙，松子久吾欺”，语虽甚工，“而意乃怨怒”，也就是说，曹植少数诗篇抒发“忧生之嗟”，不够温厚委婉，“怨”而伤“雅”。明代的陆时雍论诗崇尚温雅婉丽，他在《诗镜总论》中批评说：“子建任气凭材，一往不制，是以有过中之病。”所谓“过中之病”也就是张戒所谓的“意乃怨怒”，不符合“哀而不伤，怨而不怒”的诗教原则。明清之际的王夫之在《古诗评选》中完全将曹植和曹丕颠倒过来。王夫之诗论主张与陆时雍较为接近，他更欣赏曹丕的婉娟婉约，对于曹植的排荡沓合深表不满，认为曹植诗“正在陈琳、阮瑀之下”（《赠王粲》评语），甚至怀疑是门下赋客代庖之作。这看似故作惊人语，实际上也是与王夫之比较狭隘的诗学观念相一致的。

《艺文类聚》卷五十五有曹植的《文章序》，谓删定自己的赋 78 篇，撰为《前录》，然未收录诗歌。魏景初中，明帝下诏撰录曹植所著赋、颂、诗、铭、杂论凡百余篇。《隋书·经籍志》载《陈思王集》三十卷。宋晁公武《郡斋读书志》著录《曹植集》一卷，200 篇。陈振孙《直斋书录解题》著录为二十卷。然自宋代以来通行的本子，为诗文合刊的十卷本，有宋刻本、续古逸丛书影宋本、密韵楼景宋大字本、明嘉靖二十一年（1542）郭云鹏刻本（上海图书馆藏本有袁克文据宋本校、叶景葵校两种)、明铜活字印本、万历刻本、《四库全书》本等。明代的评点本主要有凌咸之辑评《曹子建文集》十卷，天启元年（1621）朱墨套印本。该本不仅从《文选》《古诗选》《古诗归》等选本中辑录了吕向、刘辰翁、陈仁子、刘履、何孟春、郭正域、蒋一揆、钟惺、谭元春等评论，还汇录了李梦阳、何景明、杨慎、唐顺之、王慎中、王世贞、汪道昆、沈嘉则、李攀龙、李贽等的评语。其中以李梦阳、王世贞的评论最多。姑举数例：

李梦阳评《名都篇》曰："名都居篇之首，故以为名，刺时人骑射之妙，游骋之乐，而忘忧国之心也。"评《君子行》："再咏周公，见当世无汲引者，所以每致赞叹。"评《浮萍篇》："无限低徊瞻恋，而含韫不露，可谓善怨。"评《驱东篇》："封泰山、禅梁父，识者以为好大喜功之戒，而陈思云'探策或长短，惟德享利贞'，独归美轩皇，见世有轩皇，亦何妨于封禅？非劝非沮，词理俱胜。"

王世贞评《送应氏二首》："董卓迁献帝于西京，洛阳被烧，故多野田萧条之感，末则因送别并念故居也。"评《赠白马王彪》："子建非邺中诸子可及，仲宣、公干远在下风，吾每至'谒帝'一章，便数十过不可了，悲婉宏壮，情事理境，无所不有。"

陈仁子评《远游篇》："此诗虽言神仙，实涉怨望。"评《吁嗟篇》："此诗以转蓬自况，伤魏文骨肉之恩薄，即是'煮豆燃豆萁'之怨，读至末语，沉痛入骨。"

清人整理曹植集取得重要的成绩，主要有朱绪曾的《曹集考异》十卷（1914 年金陵丛书本）和丁晏诠评的《曹子建集》十卷，逸文一卷（1911 年丁福保《汉魏六朝名家集》本)。朱绪曾的考异，托始于道光二十年（1840)，历时十余年，用功深著。卷首汇录历代史传诗话中评论曹植诗文的材料，每一篇诗文，都依据多种版本和类书作校勘，注释则广泛征引李善、刘履及前代诗话的相关资料，将关于曹植的资料网罗殆尽。其中卷五为诗，卷六为乐府。朱绪曾不仅广罗旧说，且多有考辨，如《玉台新咏》收录曹植的《弃妇诗》，曹植本集不载，关于这首诗的作者，宋代以来就有不同说法，朱绪曾广泛征引多则材料，以证明其作者就是曹植；又如曹植的《七步诗》旧有四句和六句两种文本，朱绪曾征引多则材料考其本事和异说。此外，他还从类书史传中辑录逸句残篇多则。丁晏的《曹集诠评》汲取明代休阳程氏刊本和娄东张溥刊本之长，细加校勘，并辑录不少逸诗残简。丁氏的诠评强调曹植的“忠孝之性”，卷四录诗，有一段总评曰：“陈思忠孝之性，溢于楮墨，为古今诗人之冠，钟记室以周孔譬之，可云知言。”卷五录乐府，又总评云：“陈王乐府，如和璧隋珠，希世之宝，异采陆离，令读者爱玩不忍释手。昭明选《箜篌》《美女》《白马》《名都》四篇，未尽其长，华缛中有忠爱至性，所以可贵。建安风骨高骞，非后来浮靡所及。”

《阮籍集》：钟嵘《诗品》列阮籍为上品，论其源“出于《小雅》，……言在耳目之内，情寄八荒之表”，意谓善于怨悱，托言玄远，难以迹求。萧统《文选》选录阮籍《咏怀诗》17首。关于阮籍其人，韩愈《送王秀才序》谓其“有托而逃”。然而在阮籍生活的魏末，礼法之士却憎之如仇，目为名教罪人。宋人也难以容忍阮籍的疏狂散漫。陆游《读阮籍传》云：“天生父子立君臣，万世宁容乱大伦。籍辈可诛无复议，礼非为我为何人!”斥责阮籍所谓“礼非为我辈设”的狂妄。对于阮籍和司马氏的关系，叶梦得《石林诗话》把他与嵇康相比较，谓阮籍“委身于司马氏”，是不得与嵇康并论的。阮籍诗歌深于寄托，冲淡幽远，是历代论者的共识。严羽《沧浪诗话·诗评》说：“黄初之后，惟阮籍《咏怀》之作，极为高古，有建安风骨。”《师友诗传录》中，王士禛也说：“步兵《咏怀》诸作，寄愁天上，埋忧地下，其胸次非复人世机杼。”

《隋书·经籍志》《旧唐书·艺文志》著录《步兵校尉阮籍集》十三卷。晁公武《郡斋读书志》著录《阮籍集》十卷。陈振孙《直斋书录解题》“别集类”著录《阮步兵集》十卷，“诗集类”著录《阮步兵集》四卷，后者系阮籍诗歌的单刻本，“其题皆曰《咏怀》，首卷四言十三篇，余皆五言八十篇，通为九十三篇，《文选》所收十七篇而已”。明代李梦阳曾以所抄《咏怀诗》80篇单独刊行。后又有嘉靖年间“六朝诗集”刻本《阮嗣宗集》三卷，范钦、陈德文于嘉靖二十二年（1543）刻《阮嗣宗集》二卷，万历十一年（1583）翁少麓刊“汉魏诸名家集”本《阮嗣宗集》二卷，张溥“汉魏六朝一百三家集”本《阮步兵集》一卷，张燮“七十二家集”刻本《阮步兵集》五卷，新安汪士贤万历间刻本《阮嗣宗集》二卷，天启三年（1623）刊刻《阮嗣宗集》四卷。各本均大同小异。阮籍诗“厥旨渊放，归趣难求”，晋宋时颜延之曾为之注，但亦“怯言其志”(钟嵘《诗品》)。沈约也曾为阮籍《咏怀》诗作过注，然也仅是“粗明大意，略其幽旨”，李善注《文选》多有采纳，并坦言：

嗣宗身仕乱朝，常恐罹谤遇祸，因兹发咏，故每有忧生之嗟。虽志在刺讥，而文多隐避，百代之下，难以情测也。

阮籍《咏怀》诗入选本者，后世多有笺释，如萧统《文选》选《咏怀诗》诗 17 首，后代笺释《文选》者多对这 17 首作出笺注。刘履《风雅翼》选 13 首，其笺释多采取“比兴说诗”，附会于时政，一一牵涉到曹魏与司马氏的斗争之中。清人陈沆的《诗比兴笺》沿袭同样的方法，亦难免穿凿之言。明代有张运泰、余元熹汇评《阮嗣宗集》，清代有蒋师爚撰《阮嗣宗咏怀诗注》四卷，嘉庆二年（1797）敦良堂刻本。

《嵇康集》：在晋宋以来，一直是阮籍、嵇康并论，然而阮籍和嵇康不仅政治立场迥异，气质性情有别，诗歌风格也大相径庭。刘勰《文心雕龙》多处论及二人，其中《明诗》篇云：“嵇志清峻，阮旨遥深，故能标焉。”“清峻”和“遥深”，准确地概括了二人诗歌风格的各自特征。钟嵘《诗品》列阮籍于上品，嵇康于中品，轩轾之意明显。他虽然称赞嵇康“托喻清远，良有鉴裁”的政治识鉴，但批评嵇康的诗歌“过于峻切，讦直露才，伤渊雅之致”。嵇康的诗歌兴情爽朗豪壮，不如阮籍之诗温润闲旷，故而钟嵘不免有些遗憾。嵇康诗歌的这种风格，在后代的诗歌接受史上多遭非议。如陆时雍《古诗镜》论曰：“嵇阮多材，然嵇诗一举殆尽”，也就是过于讦直，不够含蓄，没有余味。陈祚明甚至认为诗歌应该避忌这种讥刺时政的态度。他在《采菽堂古诗选》中论嵇康诗说：

夫尽言刺讥，一览易识。在平时犹不一可，况猜忌如仲达父子者哉？叔夜衷怀既然，文章亦耳，径遂直陈，有言必尽，无复含吐之致，故知诗诚关乎性情，婞直之人，必不能为婉转之调，审矣。

嵇康的言行不符合儒家的“明哲保身”原则，他的诗歌也不够“温柔敦厚”，不合乎传统诗学所谓“言已尽而意无穷”的审美要求，因此，虽然嵇、阮并名，然“以诗论之，似嵇不如阮耳”（方东树《昭昧詹言》卷三），这是历代公论。

《隋书·经籍志》著录《嵇康集》十五卷。然至宋代，晁公武《郡斋读书志》、陈振孙《直斋书录解题》均只作十卷。王楙《野客丛书》卷八记载：“《嵇康传》曰：‘康喜谈理，能属文，撰《高士传赞》，作《太师箴》《声无哀乐论》。’仆得昆陵贺方回家所藏缮写《嵇康集》十卷，有诗六十八首，今《文选》所载康诗才三数首。”今存的各种十卷本《嵇康集》，存诗仅53首，可见亦非宋本之旧。明嘉靖四年（1525）黄省曾叙刻翻宋本《嵇中散集》十卷(《四部丛刊》影印)，卷一为诗，凡53首；后世《汉魏六朝名家集》本、《汉魏六朝一百三家集》本、《七十二家集》本和《四库全书》本，均从此出，没有大的差异，如张溥《汉魏六朝一百三家集》本，相异者仅《重作四言诗七首》，题名作《秋胡行七首》，又从嵇康《琴赋》中辑录《琴歌》一首。明代又有吴宽丛书堂抄本，与通行本差异较大，鲁迅校勘《嵇康集》即据此本。关于嵇康集的研究，明代有张运泰、余元熹汇评《嵇中散集》，清刻本。清末有佚名的《嵇康集校记续》稿本，藏于国家图书馆。民国时期，鲁迅还精心校辑过《嵇康集》，用力多，成就亦大。

《陆机集》：陆机诗文在两晋南北朝时期影响甚大。钟嵘《诗品》列陆机为上品，称赞陆机为“太康之英”。然而，至宋代严羽，在《沧浪诗话·诗评》中说：“陆士衡独在诸公之下。”可见随着诗学观念的演变，对于陆机“繁缛”诗风的品评态度也不相同。

陆机遗集，梁时存四十七卷，但不久即亡佚。《隋书·经籍志》著录《陆机集》十四卷，《旧唐书·艺文志》著录十五卷。然至宋时已不见，盛行的是十卷本。晁公武《郡斋读书志》载：

> 《陆机集》十卷，所著文章凡三百余篇，今存诗、赋、论、议、笺、表、碑、诔一百七十余首，以《晋书》《文选》校正外，余多舛误。

南宋庆元元年（1200），徐民瞻合刻陆机和陆云文集为《晋二俊文集》。其中，《陆士衡集》即为十卷。然十卷本亡佚已多，如颜之推《颜氏家训》卷上谓陆机有《与长沙顾母书》，就不见于现存的十卷本。明陆元大翻刻宋本《陆士衡文集》十卷(《四部丛刊》影印)，其中，卷五、六、七为“诗”和“乐府”。宛委别藏清抄本与之相同(《续修四库全书》影印)。明代有嘉靖年间“六朝诗集”本《陆士衡集》七卷、张燮“七十二家集”本《陆平原集》八卷、张溥“汉魏六朝一百三家集”本《陆平原集》两卷。而通行的十卷本，则有明“汉魏诸名家集”本、明徐日曦刻本等多种。张溥“汉魏六朝一百三家集”本，诗文分编为两卷，从类书杂记中辑录《赠波丘令冯文罴》《赠顾彦先》《赠潘正叔》《尸乡亭》《咏老》《讲汉书诗》《秋咏》等近十首，为十卷本所不载。

清代关于陆机诗文的研究较为冷落，其中“小万卷楼丛书”本有钱培名撰《札记》一卷，又陆心源《群书校补》中有校补《陆士衡集》。陆机诗歌，历代无单刻本，更无专门的注释本，直至民国时期，才有郝立权注释的《陆士衡诗注》四卷问世。

《陶渊明集》：陶渊明诗歌，在“极貌写物”、“穷力追新”的东晋刘宋诗坛中，算得上是另类。虽然鲍照有《学陶彭泽题》、江淹有《拟陶征君田居》等，但是对其诗歌总体评价并不高。钟嵘《诗品》将陶渊明列为中品，且云“世叹其质直”。从当时的审美标准来看，“质直”是较为严重的缺点。首先给予陶渊明人格和诗风以高度称颂的是萧统。他不仅编纂过八卷本的《陶渊明集》，而且在序中称赞陶渊明“大贤笃志，与道污隆”，谓读陶渊明的诗文“驰竞之情遣，鄙吝之意祛，贪夫可以廉，懦夫可以立”。自唐代以来，陶渊明诗歌越来越为诗人所接受，王维、李白、杜甫、白居易、韦应物等都多少受到陶渊明其人其诗的影响，对陶诗的评价愈发提高，特别是北宋苏轼，以《陶渊明诗集》自遣，阐扬陶渊明达道自适的人生志趣。于是，陶渊明成为宋人标榜的“内敛”自守型人格的典范而得到人们的尊崇，此后一直成为古代诗歌史上与杜甫并列的一位“诗圣”。

在后代的陶渊明诗歌研究史上，有几个值得关注的焦点。一是关于陶渊明政治情怀在诗歌纪年上的印迹。最早是沈约的《宋书·隐逸传》

指出陶渊明"所著文章，皆题其年月，义熙以前，则书晋氏年号；自永初以来，唯云甲子而已"。唐代注《文选》的五臣之一刘良进一步明晰提出："潜诗，晋所作者皆题年号，入宋所作者但题甲子而已。意者耻事二姓，故以异之。"但是北宋治平年间的思悦首先质疑这种说法，他考辨出陶潜诗题甲子者，皆是在晋安帝时所作，远在晋禅宋的元熙二年之前。因此"其所题甲子，盖偶记一时之事耳"，并不具有特定的政治用意。①但是，"入宋但题甲子"的说法，在宋代依然为人们所接受，如黄庭坚《次韵谢子高读渊明传》就赞曰"甲子不数义熙前"；秦观《王俭论》也肯定这种说法。至明代郎瑛的《七修类稿》，则响应思悦的说法，并给予新的补充考证。后世人们依然胶着于这个问题，而有各自的不同认识。二是关于"隐逸诗人"的问题。钟嵘《诗品》称陶渊明为"隐逸诗人之宗"，沈约编撰《宋书》、唐人编撰《晋书》《南史》，也把陶渊明归入《隐逸传》，均认为陶渊明是一位超然世外的隐逸诗人。但是至宋代，施德操、黄彻等都提出不同看法，认为陶渊明也有"入世"情怀，特别是朱熹更精微地察觉出陶渊明"豪放"的一面。《朱子语类》记载朱熹说："陶渊明诗，人皆说是平淡，据某看他自豪放，但豪放得来不觉耳。其露出本相者，是《咏荆轲》一篇，平淡底人，如何说得这样言语出来。"（卷一百四十）自朱熹倡论此说后，陶渊明思想和诗歌的丰富性、复杂性，渐为人们所认识。如明代王圻《稗史》谓陶渊明《咏荆轲》一篇"盖藉之以发孤愤耳"。鲁迅在此基础上，提出陶渊明并非一味静穆，也有"金刚怒目"式的作品(《题〈未定草〉》)。三是关于陶渊明诗歌艺术风格的问题。钟嵘《诗品》中提到"世叹其质直"，钟嵘则举出"欢言酌春酒"等例子给予反驳，意谓陶诗也有"风华清靡"之作。但是这种"质直"还是陶诗给人们的直接印象。杜甫《遣兴五首》之一云："陶潜避俗翁，未必能达道。观其著诗集，颇亦恨枯槁。"所谓"枯槁"也就是"质直"。至宋人陈师道《后山诗话》依然认为"陶渊明之诗，切于事情，但不文耳"。如果把陶渊明诗歌放在六朝的大背景中来看，的确显得"质直"、"枯槁"、"不文"，从诗歌审美的角度来说，六朝诗歌重"物色"，而陶渊明诗歌

① 思悦《论陶》，陶澍集注《靖节先生集》卷三，北京文学古籍刊行社 1956 年影印。

不重于“物色”描写。但是，自唐代“意境”论产生以后，人们的审美观念发生了转变，从“物色”转向“情致”，进而注重意境的玩味，因此，对陶诗艺术的认识也有了重要的变化。最具有代表性的就是苏轼，他评论陶渊明的“枯淡”，是“质而实绮，癯而实腴”（《追和陶渊明诗引》)，即蕴涵着深味余韵。苏轼此说，对后人有深远的影响。明清人论陶渊明，一般都将之置于六朝诗风之外，赞其“淡而厚”、“真而醇”的风格特征。四是关于陶渊明诗其源出于应璩的问题。这首先是钟嵘《诗品》提出的。但是应璩的诗歌存世不多，著名的《百一诗》是一首政治讽刺诗，与陶渊明诗歌风格不相近。因此钟嵘此说不断遭到后世诗论家的质疑。关于钟嵘所谓“源出”某某的说法，宋代叶梦得的解释最为通达，在《石林诗话》中他说：“魏晋间人诗，大抵专工一体，如侍宴、从军之类，故后来相与祖习者，亦但因其所长取之耳。谢灵运《拟邺中七子》与江淹《杂拟》是也。梁钟嵘作《诗品》，皆云某人诗出于某人，亦以此。”但叶梦得也无法解释钟嵘所谓陶诗源出于应璩的问题，乃至批评此“盖嵘之陋也”。

陶渊明的集子，现在可知最早的编撰者为萧统。他编有《陶渊明集》八卷，另同时还有八卷（无序）和六卷（并序目）两种。北齐的阳休之将三本比勘合辑，录为十卷本，此即后世通行的十卷本之祖。然现在均已不存。

现存的陶渊明集最早为唐卷子本《陶文》，残一卷，清代傅云龙《纂喜庐丛书》影刻。宋代刊刻的陶渊明集，存世者主要有绍熙三年(1192）曾集辑《陶渊明诗》一卷，《陶渊明杂文》一卷(《续修四库全书》影印)。曾集本诗文分卷，诗歌总一卷，凡125首，其中后世疑为伪作的《问来使》编在正集，后注云：“南唐本有此一首。”江淹拟作的《归园田居》也未摘出，《四时》后引刘斯立所谓“此顾恺之神情诗”云云。曾集本采用宋庠本、南唐本、韩子苍本等多种作校勘，严谨详赅，值得珍视。淳祐元年（1241）刊刻的汤汉《陶靖节先生诗注》四卷，补注一卷，是最早的陶诗注本。汤汉注本已将《杂诗》（嫋嫋松摽崖)、《归园田居》（种苗在东皋)、《问来使》别辑出来，附于卷末，以示为伪作。汤汉注诗，颇为简要，不在于典故出处的考释，而侧重于诗人情意志趣的钩稽。如《停云》诗“八表同昏，平陵成江”二句，汤汉注云："二句盖寓飙回雾塞、陵迁谷变之意。"汤汉注释受到后人格外重视的，是他解释《述酒》为"零陵哀诗"。他说：

按晋元熙二年六月，刘裕废恭帝为零陵王。明年以毒酒一罂授张祎，使酖王，祎自饮而卒。继又令兵人逾垣进药，王不肯饮，遂掩杀之。此诗所为作，故以《述酒》名篇也。

汤汉此解源于黄庭坚和韩驹而更加详细，可谓推见至隐，为后代读陶诗者所接受。明人来知德《来瞿唐先生日录》称赞云："使无汤汉，此诗亦不知何说也。"

陶渊明集的元代注本，著名的为元代李公焕辑《笺注陶渊明集》十卷，元刻本，《续修四库全书》影印。《总论》一卷，辑录历代诗话笔记关于陶渊明的评论；具体诗篇的笺注，则采辑汤汉、高元之、赵泉山等人笺注。李公焕本正文文字基本上同于汤汉本，只有《读史述九章》独见此本，为汤汉本、曾集本所无。明清时期的陶集刊本，在录诗上大同小异，所异之处主要在对上述几种疑伪之作的不同处理上：如汲古阁本删《问来使》1 首；焦竑本删《归园田居》江淹拟作；张公尔本删《四时》和《联句》2 首；毛晋绿君亭本正集不载《归园田居》江淹拟作、《问来使》《四时》《联句》，而另见于"杂附"中；黄文焕本删《归园田居》江淹拟作和《四时》；吴瞻泰本删《归园田居》江淹拟作、《问来使》和《四时》，并附《读史述九章》；蒋薰本删《四时》1 首。

明代的陶渊明诗歌评注本主要有：何孟春注《陶靖节集》十卷，有明正德年间绵眇阁刻本、明嘉靖二年（1523）范永銮刻本等；黄文焕析义《陶元亮诗》四卷，明末刻本；焦竑评注《陶靖节先生集》八卷，聚奎楼清康熙四十八年（1709）重刻本；张自烈评阅《笺注陶渊明集》六卷，崇祯五年（1632）刻本。清代的陶渊明诗歌评注本主要有：蒋薰评《陶靖节诗集》四卷，康熙二十九年（1690）贵文堂刻本；詹夔锡注《陶诗集注》四卷，宝墨堂康熙三十三年（1694）刻本；吴瞻泰编纂《陶诗汇注》四卷，首一卷，末一卷；吴菘撰《论陶》一卷，康熙四十四年（1705）刻本；董废翁选评《陶靖节集》四卷，康熙间刻本；温汝能辑《陶诗汇评》四卷，嘉庆十二年（1807）听松阁刻本；

李熏评阅《陶靖节诗集》四卷，清刻本；陶澍编撰《靖节先生集》十卷，道光二十年（1840）刻本。此外还有胡凤丹编撰《陶彭泽集》六卷、《采辑历朝诗话》一卷、《辨伪考异》一卷，退补斋刻本；日人近藤元粹评订《陶渊明诗》一卷，光绪元年（1875）据宋刻本影印，以及多种彩色套印本。

《谢灵运诗集》：谢灵运是晋宋著名诗人，他的诗歌在当时就广为流传，《宋书》本传载："灵运移籍会稽，尽幽居之美，每有一诗至都下，贵贱莫不竞写，宿昔间士庶皆遍。"《隋书·经籍志》著录《谢灵运集》二十卷，可见在唐代谢灵运集子依然保存完好，然而可能是毁于五代兵燹，至北宋时，谢灵运的集子就难以觅见了。现今流传的《谢灵运集》，都是后人重新辑录编纂的。

最早选辑谢灵运诗歌的是萧统的《文选》。《文选》选录谢灵运诗歌32题，南、北宋之交的唐庚编集谢灵运、谢惠连、谢朓《三谢诗》时，其中谢灵运诗，就是辑录《文选》的32题40首。后来，郭茂倩编辑《乐府诗集》时，辑录了谢灵运乐府16题17首，其中一首《会吟行》亦见于《文选》。《文选》和《乐府诗集》中收录的谢灵运诗，总计56首。这56首诗，是后代《谢灵运诗集》和《谢灵运集》中诗歌卷的基础。后人都是在此基础上考辨、辑补的。

谢灵运诗歌的大量补辑是在明代。李梦阳《刻陆谢诗序》（《空同集》卷五十）谓"今辑谢诗六十四首，俾徐生刻于邑斋"。这64首中超出了《文选》和《乐府诗集》之外的8首是哪些？因为李序本《陆谢诗》已不可见到，所以无从得知。重要的是，现存有李梦阳弟子黄省曾序刻本《谢灵运诗集》，这是谢灵运诗歌纂辑的一个重要步骤。这个刻本，今人多说已经不存①，然《中国古籍善本书目》著录藏于上海图书馆，笔者于上海图书馆查阅到这部刊刻于嘉靖年间的《谢灵运诗集》。黄刻本，黑框白口，单上鱼尾，板心镌"谢灵运诗上"或"谢灵运诗下"，半页12行，行20字。卷首有署名"吴郡黄省曾撰"的"谢灵运诗集序"。全录如下：

---

① 金开诚等著《古诗文要籍叙录》，中华书局2005年版，第231页："但李（梦阳）、黄（省曾）二本篇帙既少，今又不存。"

> 往时闲居，常录定汉魏以来古诗，每列一家，辄为之品叙，至于谢灵运乃言曰：“康乐雅好山水，故登涉之言，缔构妙绝，穷情极态，如川月岭云，玩之有余，把之不得，可谓神于咏赋者矣。且其肆览《庄》《易》，博综百家，骈球俪金，往往不期而有，虽骨气稍劣，而寓目辄书，万象罗会，诗家能事至是备矣。故使后代擅长之士，内无乏思，外无遗物，皆斯人为之创导也。譬之花萼，在建安时开耀其半，尚多浑含；至于康乐，色彩敷发殆尽，灵机天化，无余蕴矣。千年以来，未有其匹也。”常窃论之如此云。其在当时，每首至都下，贵贱莫不竞写。惜乎学士大夫诵传者止于昭明所集耳，未尝不为之嗟慨。
>
> 后予南游会稽，偶于山人家见旧写本，取展读之，又得登游之诗自《永嘉绿嶂山》以下十三首，皆世所未睹，精驳固存，而格体象兴词致，咸与所集无别。美哉丽矣！三复遗篇，如获罕宝。窃念不与广流，必尔亡逸。乃合其旧新并入乐府，录为二卷，诗凡六十九首，刻之斋中，俾传布不朽焉。

这是一篇重要的序文，且不管作者如何评论谢灵运诗歌，其最后一段介绍自己南游会稽时偶然于山人家见到旧写本，得《永嘉绿嶂山》以下13首，为世人所未睹，于是将新发现的13首和《文选》之旧录，再并入《乐府诗集》中的乐府，构成了黄省曾刻本《谢灵运诗集》。图示如下：

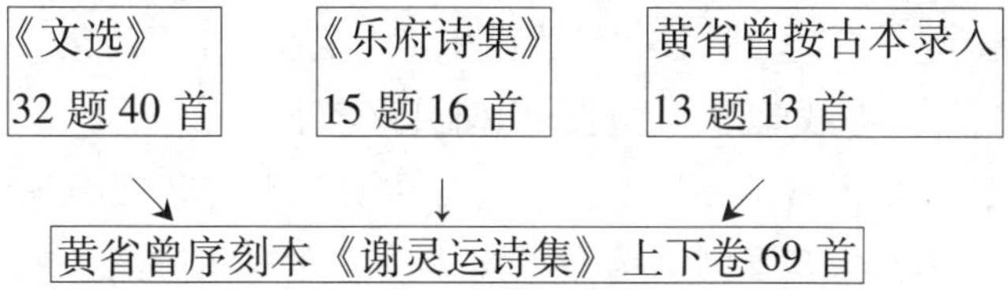

现在再看黄省曾按古本录入的13首诗，分别为：1.《登永嘉绿嶂山》、2.《郡东山望溟海》、3.《发归濑三瀑布望两溪》、4.《过白岸亭》、5.《游岭门山》、6.《白石岩下径行田》、7.《行田登海口盘屿山》、8.《石室山》、9.《过瞿溪山饭僧》、10.《登上戍石鼓山》、11.

《石门岩上宿》、12.《命学士讲书》、13.《种桑》。其中，第 2 和第 11 首，又见于《艺文类聚》，文字略有差异；第 8 和第 9 首，《太平寰宇记》分别摘录四句。另 9 首，未见出处。这些都应该完全是黄省曾增补的。这是现在可知的对于谢灵运诗歌的第一次增补。

第二次的增补是嘉靖末万历初冯惟讷的《古诗纪》。冯惟讷《古诗纪》录诗的最大特征是求全责备，进行了大量的辑佚工作。他不仅全录黄省曾刻本的 69 首诗歌，而且还辑录了大量佚诗残篇，主要有：一、从《艺文类聚》中辑录了《相逢行》《三月三日侍宴西池》《登庐山绝顶望诸峤》《入东道路》《夜发石关亭》《初发入南城》《初往新安桐庐口》《离合诗》《石壁立招提精舍》《答谢惠连》《七夕咏牛女》11 首。二、从《初学记》中辑录了《岁暮》《彭城宫中直感岁暮》2 首。三、从《括苍志》辑录了《东阳溪中赠答》1 首，从《宋书》本传辑录了《临川被收》1 首，从《梁书》本传辑录了《临终诗》1 首。冯惟讷总计在黄省曾的基础上增辑了 16 首，而且均有文献可征。此外，他还增补了《王子晋赞》《岩下见一老翁四五少年赞》《维摩经十譬赞》等 8 首"佛赞"类诗歌。

谢灵运诗歌的第三次增补是沈启原编辑、焦竑作序的《谢康乐集》①。沈启原的《谢康乐集》是诗文合集，其中第三卷为诗歌，除了全录黄省曾和冯惟讷辑补的诗歌（未录冯惟讷辑录的"佛赞类"诗）外，还作了若干补辑。然而，他的补辑不像冯惟讷那样有可靠的文献依据，而是都有问题的。具体来看：

一、黄、冯本乐府《悲哉行》均为 1 首，而沈本则为 2 首，增补了"羁人感淑节"1 首。然而，"羁人感淑节"诗，《乐府诗集》为谢惠连作，《鲍照集》亦载此诗，不应误归谢灵运名下。

二、沈本增入《咏冬》1 首，这首在明刊本《艺文类聚》中标为谢灵运作，但是宋刊本则题为谢惠连作。冯惟讷《诗纪》就归入谢惠连名下，并校云："《艺文》新本字讹作灵运，考旧本正之。"后来张溥编纂《汉魏六朝一百三家集》亦著录于谢惠连集中。

---

① 沈启原编辑《谢康乐集》，明万历十一年刻本，《续修四库全书》影印。其中的校勘征引了《诗纪》，应该是依据甄敬的初刊本，而非万历十四年吴琯等重刊的《诗纪》。

三、沈本第三卷末增补了《大林峰》1首，并自注："见《天池集》。"但是这一首也并非佚诗，而就是谢灵运的《登庐山绝望诸峤》。我们比较这两首诗：

大林峰

积峡忽有起，平途俄已绝。峦垄有合沓，往来无踪辙。

登庐山绝顶望诸峤

积峡忽复启，平涂俄已开。峦陇有合沓，往来无踪辙。昼夜蔽日月，冬夏共霜雪。

很显然，《大林峰》就是《登庐山绝顶望诸峤》遗佚末二句，并非是另一首诗。

四、谢灵运《七里濑》诗，《文选》、黄刻本、冯刻本均只有1首，沈启原增补了"一瞬即七里"1首，明人陆深《诗话》曾云此首为谢灵运作，沈启原可能就是据此而补的。然而，在唐人方干《玄英集》中亦载此诗，题目为《暮发七里滩夜泊严光台下》，因此，这首诗应归于方干名下，是沈氏误辑。

五、沈本据《艺文类聚》增补《净土咏》1首，为佛经颂赞类，后来张溥本题作《无量寿佛颂》。

因此，沈启原本《谢康乐集》在谢灵运诗歌补辑上的成绩实在很有限，难以和黄省曾、冯惟讷相比，甚至也比不得稍后的张溥。

张溥编纂的《汉魏六朝一百三家集》收录谢灵运文和诗两卷，他将冯惟讷本的佛赞类和沈启原本的《净土咏》归入上卷"文"部分的颂赞类，下卷则为乐府和杂诗。张溥本主要是依据冯惟讷本，与沈启原本差异明显，如：乐府部分，冯惟讷在黄省曾本之外增补的《相逢行》，张溥本亦收录；而沈启原在冯惟讷本之外误补的《悲哉行》（羁人感淑节）则予以删削。杂诗《咏冬》1首，沈启原辑为谢灵运作，张溥则从冯惟讷，列入《谢惠连集》中。

张溥在前人的基础上，又补辑了《送雷次宗》《楠溪诗》《泉山诗》，计3首。《送雷次宗》诗辑自《初学记》。《楠溪诗》四句，辑自《太平寰宇记》，但并非独立的诗篇，而是《登永嘉绿嶂山》的摘句。《泉山诗》四句，也是辑自《太平寰宇记》，但也只是《石室山室》的摘句，并非独立的诗篇。所以真正算得上补辑的，仅《送雷次宗》诗1首。

清代辑补谢灵运诗歌作出成绩的首先是丁福保，他编纂《全汉三国晋南北朝诗》，从《文馆辞林》中辑录谢灵运诗若干首。冒广生也撰写《谢康乐集拾遗》和《谢康乐集校勘记》，国家图书馆藏清末民初刻本，笔者未阅。今人顾绍伯先生于谢灵运诗文的校注，用功甚巨，用思尤深。他的《谢灵运集校注》（台湾里仁书局2004年初版），博采群书，校勘精赅，可惜，顾先生尚未见到上海图书馆藏的黄省曾刻本，未能据之作校勘。实际上，黄省曾刊本是很有校勘意义的。另外，丁福保据《永嘉县志》误辑了谢灵运1首《读书斋诗》，顾绍伯先生尚未能辨白剔出。《读书斋诗》云：

> 春事日已歇，池塘旷幽寻。残红被径隧，初绿杂浅深。偃仰倦芳褥，频步忧新阴。谋春不及竟，夏物遽见侵。

顾先生《谢灵运集校注》也收录了这首诗。但是这首诗不是谢灵运的作品，而应该是唐人的作品。《唐诗纪事》卷四十记载：

> 张又新《郡斋三月下旬作》云："春事日已歇，池塘旷幽寻。残红披独坠，初绿间浅深。偃仰卷芳褥，顾步爱新阴。谋春未及竟，夏初遽见侵。"

两诗只有若干文字上的差异，应该是同一首诗的误传。《石仓历代诗选》则署名为崔护作。《全唐诗》并存二说，在崔护、张又新名下都收录此诗。不管怎么说，不能仅仅根据《永嘉县志》就将其算为谢灵运的作品。

还值得注意的是，杨慎《升庵集》卷五十四"谢灵运逸诗"条，从《永嘉记》中辑得《丹山》诗逸句曰："遨游碧沙渚，坦荡丹山峰。"这二句又见于《太平寰宇记》，为谢灵运所作，题目为《游海口诗》，各种《谢灵运诗集》均未补录出来。

对于谢灵运诗集的评点，后世较为冷清，存世的也不多。笔者曾见到过一种清代佚名手批的"三谢集"本《谢灵运诗集》。这里着重介绍的是晚清时期郑文焯、王闿运批校的《谢康乐集》。

上海图书馆善本部藏有一部清同治六年（1867）八月阳夏谢文靖公藏板的《谢康乐集》四卷，由南阳知府刘伯瑗董刊刻之事，全书包括赋、诗和文章。据卷首刘伯瑗的序，知此本系源出于箕城萧氏家藏抄本，然其正文内容基本同于沈启原刻本。外封署“北流陈柱珍藏”，卷首页首行下钤“小坡”阴文长方印和“文焯校读”阳文方印，“小坡”为郑文焯字号；次行钤有“陈柱字柱尊广西北流人也少时名绳孔”阴文大方印、“好为诗及骈散文亦喜收藏金石书画”阳文大方印、“柱尊”、“陈柱长年”等印。

这个刻本有朱墨二色批校，赋和文的批校较少，诗和乐府批校则很详细。在刘伯瑗序文后空白处有郑文焯的一则朱笔题识，云：

> 此萧氏旧藏钞本，亦从《文选》《晋代丛书》及《初学记》《艺文类聚》诸选本类书中裒集而成，刘氏刻之阳夏，以为《康乐全集》。惜雠校未精，讹脱相仍，虽有笺释，未足多也。研经余日，偶与壬秋先生论列八代诗文，肄业及之，特有评注，并录简眉，以志素尚。

批语以眉批为主，也有题下批和行间批，包括校勘、考辨和评论。其中若干则朱批下署“壬秋”或“王壬秋”，应该是郑文焯引录王闿运的评论。

王闿运论诗重汉魏六朝，曾撰有《八代诗选》传世。他的评语，主要是着意于诗艺的玩味赏鉴，多匠心入理之评。如评《晚出西射堂》“连鄣叠巘崿，青翠杳深沉。晓霜枫叶丹，夕曛岚气阴”四句云：“秋望山林，不出此四句之景，妙手偶得之。”评《从游京口北固应诏》“皇心美阳泽，万象咸光昭”云：“春日丽景，作雄阔语，是大手笔。”评《登池上楼》云：“病久始起，耳目为新，思写景未得，故梦醒而偶然成句，并无奇特，安放恰好耳。”评《还旧园作见颜范二中书》云：“中间点染，所以疏其气。气以愈疏而愈回旋，不觉其多也。”评《初发石首城》云：“俶傥纡徐，含意深婉，使人消怨悁之致。”王闿运的批语，也有对诗歌意旨的阐发，如谢灵运永初三年秋赴永嘉途中作《富春渚》，描写浙水之险，其中有“险过吕梁壑”等句，据《庄子·达生》，孔子观于吕梁，悬水三十仞，流沫四十里，鼋鼍鱼鳖之所不能游。

一般读者仅仅认为谢灵运此诗上半篇只是纯粹的写景，但是王闿运批云："此始发会稽，意多去国之感，无心写景，特借山水为题耳。富春不险，而喻以吕梁，刺时人也。"也就是说"险过吕梁壑"，不只是在写自然险境，更是暗喻当时政治环境的险恶。郑文焯在《石门岩上宿》批语中还记载了王闿运的一则轶事：

> 昔壬秋读此篇，忽发奥悟，率尔拟之曰："虚渚雁鸣风，夜江鸡唱寒。寂听动哀响，寥亮满江山。"

郑文焯的评点则更为深入，不仅仅是诗艺的玩赏，更深层地探赜诗人的内心世界，触及到谢灵运在晋宋易代之际政治漩涡中的心灵苦闷。如《登池上楼》，长期以来人们的注意力都集中在"池塘生春草"二句，而郑文焯却从"祁祁伤豳歌，萋萋感楚吟"二句读出深意。他批这两句云："豳歌、楚吟，皆思念公子。此伤庐陵王而作。"庐陵王刘义真为高祖之子，与谢灵运等"周旋异常"，"曾云得志之日，以（谢）灵运、（颜）延之为宰相"（《宋书》卷六十一《庐陵王传》），他们的关系在当时就遭到徐羡之的嫉恨。高祖驾崩后，庐陵王失去了倚靠。终于在景平二年，庐陵王刘义真遭到徐羡之的毒手，年十八而死，谢灵运也因此而出为永嘉太守。谢灵运这首诗中的"祁祁伤豳歌，萋萋感楚吟"，未必没有对庐陵王惨遭非命的感伤之意。谢灵运《过白岸亭》"伤彼人百哀"句，郑文焯亦批云："谓庐陵王。"这种解读，都是值得重视的。元嘉三年，谢灵运入朝，但仅任秘书监、侍中等小官，"文帝惟以文义见接，每侍上宴，谈赏而已"，因此"意不平，多称疾不朝直"，最后"上赐假东归"（《宋书》卷六十七《谢灵运传》）。途中，谢灵运作诗《入东道路》，这首诗既写途中所见之景，又引鲁仲连却千金等古事，郑文焯批云："此皆不得志于朝廷之意。"诗末二句"行路既经见，愿言寄吟谣"，用逆挽法，郑文焯批云："回斡无迹，一笔便引出感愤，仍似写途中经见，是为藏锋敛刚。"也就是说在看似闲旷的山水咏兴中寄寓着政治的感愤。对于谢灵运的山水诗，郑文焯也多掘发其中的政治意味。如《发归濑三瀑布望两溪》既描写归濑的自然景色，也抒发孤独无侣之悲感，其中"窥岩不睹景，披林岂见天"二句，郑文焯批云："'窥岩'、'披林'，忽兴故国之感。"批"风雨非攸吝"一句云："风雨，思君子，闵乱之词。"关于《诗经·郑国·风雨》，《毛诗小序》云："《风雨》，思君子也。乱世，则思君子不改其度焉。"郑文焯认为谢诗"风雨非攸吝"一句将《诗经》"风雨凄凄，鸡鸣喈喈"的意象带入了诗中。《登上戍石鼓山》"日没涧增波，云生岭逾叠"二句，郑文焯亦谓二句："飒然不知忧之所从来。"《登石门最高顶》"来人忘新术，去子惑故蹊"，郑文焯批云："谢诗凡用'新'、'故'者，皆感宋初新贵之蔽己。"这是紧密联系当时的政治环境来解读谢灵运的诗篇。元嘉十年（433），谢灵运以反叛罪"行弃市刑"，作《临终诗》，诗中列举汉代的龚胜、季业等在王莽篡政时一身不事二姓的忠臣，表达对晋室的怀念，控诉刘宋王朝对自己的迫害，郑文焯批此诗云："平生悲怨，《临终诗》却阔达，此是善占身分处，诗家至死不肯落下乘。"正如卷首郑文焯的《题识》所云，他"素尚"谢灵运其人其诗。在晚清颓世中，他对于谢灵运的情怀感同身受，多会心之言，在批点谢灵运诗歌中，多少也寄寓了自己的世变情怀。

这部朱墨二色批点本值得重视的，还有其中的校勘。郑文焯《题识》云，这部刻本"雠校未精，讹脱相仍"，故而他详作校勘，朱笔校改，极为细致。其中有不少是今人校勘谢诗时值得参考的。如《初去郡》"无庸妨周任"的"妨"，郑文焯校云："妨，当作方。方，训作'方人'之'方'，《文选》作'妨'，误。"联系后一句"有疾像长卿"来看，无疑应该作"方"。《石室山》"微戎无远览"之"微戎"，令人费解，郑文焯校改"戎"为"我"，"微我无远览"，文意畅通。今人顾绍伯校本据信述堂重刊本《百三家集》，"微戎"亦作"微我"。《拟魏太子邺中集诗八首·王粲》"纪郢皆扫荡"的"纪郢"，一本误作"宛郢"，郑文焯校云："按，康乐《谢封侯表》中有'凌藉纪郢'句，疑诗中作'宛郢'者非是。"这是以谢证谢的方法，校正直接而有力。

该批点本中还有一些墨笔的校勘，多利用摩崖石刻材料，于谢诗校勘尤有价值。这些墨笔校语，是出于郑文焯之手，还是出于收藏者陈柱之手？尚难以确定，从字迹上看，墨笔与朱笔略有差异，墨笔批校文字与朱笔直接校勘的字迹也有差异，若联系卷首页陈柱"好为诗及骈散文亦喜收藏金石书画"印，墨笔系陈柱所批，更为可能。谢灵运《登石门最高顶》"疏峰抗高馆，对岭临回溪"之"抗"，有的本子作"枕"，墨笔批校云："处州石门洞谢诗残刻作'"枕"高馆'，当据以订板本之讹。"谢诗《石门新营所住四面高山回溪石濑茂林修竹》，关于题目之"茂林修竹"，墨笔批云：

> 嘉兴李金澜《金石志》载此诗，考证精确。摩崖刻作"修竹茂林"，下有"五言"二字，又一行"宋永嘉太守谢灵运"。岩迹确合古题格。
>
> 石本作"修竹茂林"。
>
> 处州青田县石门洞有摩崖，字径寸许，即康乐所题此诗，虽半为唐宋人题名所掩，而字迹尚可识，亦足珍秘也。

又此诗"庶特乘日车"一句，难以解释。墨笔校云：

> 衢州张氏考石本云：《选》本"庶特乘日用"，石刻作"庶持"，今阳夏祠堂本正作"持"，盖《文选》校刻之误尔。
>
> 车，摩崖作"用"，当据以订板本之讹。

现检胡克家《文选考异》和顾绍伯本，均据石刻改为"庶持乘日用"。像这样利用实物文献的校勘，在这部同治刻本中还有一些，均是值得珍视的。

最后，谈郑文焯一则批语对谢灵运《拟魏太子邺中集诗八首·曹植》诗的注释。谢灵运这首诗"中山有美酒"一句，《文选》李善注引《魏都赋》"醇酎中山"云"中山出好酎酒。"五臣注亦云"中山出美酒"，今人注释一般也仅说"中山"本是地名，诗中指"美酒"。但是郑文焯批语云："用《汉书》中山王胜事，寓忧生之叹。"刘胜和汉武帝刘彻是亲兄弟，在景帝时刘胜被封为中山王。后来刘彻继王位，中山王"乐酒好色"，元鼎三年（前114），武帝一次宴饮诸王，中山王在宴上闻乐声而泣，向武帝哭诉"宗室摈却，骨肉冰释，臣窃伤之"云云。第二年，即元鼎四年（前113），中山王胜薨。史书记载，那一年蓝田地震山崩，泾水逆流，意谓定有奇冤。中山王和汉武帝的关系，与曹植和曹丕的关系，具有惊人的一致性。谢灵运《曹植》诗中的"中山有美酒"，仅仅按字面意思去理解，毫无意味。若联系起西汉中山王的故事来，不是深刻了许多了吗？这不禁令人惊叹谢灵运用典之精切。中山王的“乐酒好色”，和曹植一样；盛年陨命，也和曹植差不多。谢灵运诗的下句“饮德方觉饱”，就是对此提出警戒。相较而言，郑文焯的解释比五臣所说“言饮宴不知其醉，但觉饱于道德”，要深刻得多、通达得多。①

《鲍照集》：首先是由齐时的虞炎编纂的。刘宋中，鲍照在刘子勋之乱中被杀，时年五十余岁，“身既遇难，篇章无遗，流迁人间者，往往见在”（虞炎序）。虞炎奉齐文惠太子命，备加研访，尚得其半。《隋书·经籍志》著录“梁六卷”本，当为虞炎编纂本，然而后世已不可见。宋王尧臣等《崇文书目》著录《鲍照集》一卷，后亦不见。现在通行的是《鲍照集》十卷本，晁公武《郡斋读书志》曾著录。清初毛氏汲古阁影宋抄《鲍氏集》十卷，毛斧季校宋本，现有《四部丛刊》影印本。明代刻本有明正德五年（1510）朱应登刻本、明新安汪士贤“汉魏诸名家集”本，凡十卷，卷三至卷八为诗。各本差异不大。此外还有明嘉靖年间“六朝诗集”本《鲍氏集》八卷，张燮“七十二家集”本《鲍参军集》六卷。清代卢文弨有《鲍照集校补》一卷（“抱经堂丛书”本）。上海图书馆藏清代胡燮臣校明汪士贤刻本《鲍明远集》，其中胡燮臣的校勘是有价值的。如《拟青青陵上柏》之“孚愉鸾阁上”，胡校云“‘孚愉’即‘敷愉’”；《从登香炉峰》之“霜崖灭土膏”，胡校改“灭”为“減”；《松柏篇》“明发靡怡愈”，校改“愈”为“悆”，并曰：“悆、愉同，愈非。”

鲍照诗歌本集之外还存在一些佚诗，明清人据类书、总集等作了补辑，其中以冯惟讷《诗纪》功绩最大。如《扶风歌》《吴歌》（夏口樊城岸），冯氏辑自《乐府诗集》；鲍诗《赠顾墨曹》，冯氏辑自《艺文类聚》。另外冯氏还辑得《咏老》和《春咏》二诗，并慎重地注明“《艺文》作陆机”。二诗见于陆机本集，应以陆作为是。

《鲍照集》过去一直没有注本行世。晚清时钱振伦曾有《鲍参军诗注》四卷，尚较为简略。黄节在钱氏的基础上，选其诗歌部分进行补注，撰《鲍参军诗注》四卷，1923 年铅印传世。

① 按，此小节文字曾题《关于谢灵运诗歌的文献学研究》，发表于《复旦学报》2008 年第 2 期。

《谢朓诗》：谢朓擅长五言诗，沈约尝云：“二百年来无此诗。”（《语林》引）可谓对其钦佩之至。在齐梁至唐代古近体诗歌转捩过程中，谢朓具有重要的意义。后人一般认为古诗至谢朓而始有唐风。如《唐子西语录》云：“诗至元晖语益工，然萧散自得之趣亦复少减，渐有唐风矣，于此可以观世变也。”（胡仔《苕溪渔隐丛话·前集》卷二引）赵师秀《秋夜偶书》云：“辅嗣易行无汉学，元晖诗变有唐风。”

《隋书·经籍志》著录《谢朓集》十二卷，谢朓《逸集》一卷。然而在唐代时盛行的是十卷本的《谢朓集》，《新唐书·艺文志》著录的就是十卷本。晁公武《郡斋读书志》著录《谢朓集》十卷，并云：“《文选》所录朓诗，仅二十首，集中多不载，今附入。”可见这个十卷本也多散佚之作，已非十二卷本的原貌。至南宋绍兴丁丑（1157）秋，宣城郡守楼炤锓于郡斋。他在序中介绍原委说：

> 予至郡，视事之暇，裒取郡舍石刻并《宣城集》所载谢诗，才得二十余首；继得蒋公之奇所集小谢诗，以昭亭庙、叠嶂楼、绮霞阁所刻，及《文选》《玉台新咏》本集所有，合成一编，共五十八篇，自谓备矣。然小谢自有全集十卷，但世所罕传。……而余家旧藏偶有之。考其上五卷赋与乐章之外，诗乃百有二首，而唱和联句他人所附见者不与焉。以是知蒋公所谓本集者，非全集矣。于是属之僚士，参校谬误。虽是正已多，而有无他本可证者，故犹有阙文，锓版传之，目曰《谢宣城诗集》。其下五卷，则皆当时应用之文、衰世之事，其可采者已载于《本传》《文选》，余视诗劣焉，无传可也，遂置之。绍兴丁丑秋七月朔东阳楼炤题。

从这则序言可知，楼炤刻本是汇集蒋之奇藏本，宣城昭亭庙、叠嶂楼、绮霞阁等处石刻，《文选》《玉台新咏》等得诗58篇，再与世传十卷本的前五卷诗赋删去重复，合并刊成的。原十卷本后五卷的“应用之文”均被删汰。这个五卷本的《谢宣城诗集》，又过六十余年，至嘉定庚辰年（1220），因为旧版字画漫漶，又由宣城郡守洪伋重新刊刻行世。从此，谢朓诗集就以五卷本为通行，十卷本渐渐消失了。陈振孙《直斋书录解题》著录的就是五卷本。宋刻本今已不存。明代依宋抄五卷本

(《四部丛刊》影印)、清代影宋抄本五卷和清吴骞拜经楼嘉庆元年据宋刻本仿刻五卷本，应该是最为接近宋刻本的。由宋入元的陈仁子也曾刊刻过谢朓的《宣城集》。在序中他说："由陶而上，便有《三百篇》气象；由谢而下，宜其为唐也。古今以陶之兴趣兼谢之材力，惟子美一人。亟刊此编，愿与学诗者以陶诗并读。"这个刻本似不可见。明代传世的《谢宣城诗集》，最早的有正德年间刻本，嘉靖年间有"六朝诗集"本《谢宣城集》五卷，万历七年（1579）史元熙览翠亭刻本、万历十一年（1583）"汉魏诸名家集"刻本、康熙四十九年（1710）蒋杲抄本，均为五卷本。张溥刻《汉魏六朝一百三家集》合谢朓诗赋五卷为一卷，也是依据南宋楼氏刻本。此外，明天启、崇祯间张燮的"七十二家集"本《谢宣城集》为六卷，后又有康熙四十六年（1707）郭戌钊刻本。清代姚培谦曾将陶、谢诗合刻，其中《谢宣城诗》四卷，无赋，有乾隆二十九年（1764）《陶谢诗集》本。清代人胡凤丹曾校刻《谢宣城集》五卷，有退补斋同治九年（1870）刻本。胡凤丹还有《谢宣城集辨讹考异》，光绪间刻本。卢文弨亦曾校勘过《谢宣城集》。谢朓诗歌宋代以后的版本，基本上是一脉相承的，并不复杂。今人逯钦立辑《先秦汉魏晋南北朝诗》，从《合璧事类别集》卷五十四辑得谢朓逸诗二句"夜条风淅淅，晚叶露凄凄"，然而据《艺文类聚》卷八十九和《古诗纪》卷一百零一，乃梁江洪《和新浦侯斋前竹》五、六两句，并非谢朓的佚句。

《江淹诗集》：江淹"少孤贫，常慕司马长卿、梁伯鸾之为人，不事章句之学，留情于文章"(《南史》本传)。他历仕宋、齐、梁三朝，官途显通。据《梁书》本传记载，他曾将自己著述的三百余篇编撰为前、后集。《隋书·经籍志》著录江淹集九卷，梁二十卷，后集十卷。可能是前后集各十卷，合起来为二十卷，而前集佚一卷，故而为九卷。宋代王尧臣《崇文总目》、晁公武《郡斋读书志》、陈振孙《直斋书录解题》都著录《江淹集》十卷。其中晁公武云："著述百余篇，自撰为前、后集。今集凡二百四十九篇。魏晋间名人诗文之行于世者，往往羡于史所载，如曹植、王粲及淹皆是也，岂后人妄附益之欤?"意即十卷本的《江淹集》已非其旧，而是羼入后人的附益。现存的十卷本，从江淹的《自序》提及自己的官职看，是他前期的作品，应该是由《前集》十卷沿承下来的。《江淹集》的宋刻本现已不存。复旦大学图书馆藏莫友芝校清安愚堂刻本，据其题识系“同治丙寅六月在沪有持宋本《文通集》来售者，凡十卷，篇次与四卷本不同。……即炳烛记其卷篇之次于卷目上”。莫友芝所见之宋本，乐府诗无《迎送神升歌》《飨神歌》《牲出入歌》《荐豆呈毛血歌辞》《奏宣列之乐歌舞》《齐凤凰衔书伎辞》，诗则多了《应刘豫章别》1首，而无《咏美人春游》和《征怨》2首。与明翻宋刊本完全一致。现存的明翻宋刊本《梁江文通文集》十卷，有《四部丛刊》影印本，后有校补一卷，系依据元抄本校明翻刻本。孙毓修题识云：

> 乌程蒋氏密韵楼藏明翻宋书棚本《江文通集》，中有校补，盖冯已苍依元人钞本手校，而叶石君过录者也。明刻亦源于宋，岂明人校刻不免窜改，致失其真欤？今迻录校语，附于卷后。江集当以此为致佳之本矣。庚申六月无锡孙毓修记。

冯舒（字已苍）校勘依据的元人抄本，有至正四年（1344）赵贇翁跋，云得自崇文阁旧书。然元抄本与翻宋本相校，已多了《迎送神升歌》《飨神歌》《牲出入歌》《荐豆呈毛血歌辞》《奏宣列之乐歌舞》等乐府诗。明代汪士贤“汉魏六朝名家集”刻本《江文通文集》十卷，基本同于翻宋刊本。冯惟讷《诗纪》本，可能也是以翻宋刻本为基础的。与翻宋本对勘，冯本的乐府诗多了《齐凤凰衔书伎辞》《迎送神升歌》和《飨神歌》（下合称“古乐府三首”）；又自言从《初学记》中录入《牲出入歌》《荐豆呈毛血歌辞》《奏宣列之乐歌舞》，又补入《征怨》《咏美人春游》。明代还有梅鼎祚刊本《江光禄集》十卷，《集遗》一卷，明万历年间玄白堂刻本。梅刊本基本同于翻宋刻本，只是补入《征怨》《咏美人春游》。明代还有胡之骥注《梁江文通集》十卷，万历刻本。这是《江淹集》的唯一注本。其中，诗歌的注释较为简略，仅仅注出语源典故，未及诗意。胡注本底本依据梅鼎祚刊本，并参以汪士贤刻本。胡注本补入“古乐府三首”，并据徐陵《玉台新咏》补入《征怨》《咏美人春游》和《西洲曲》，为“诗”后的《拾遗》。张溥“汉魏六朝一百三家集”刻本《江醴陵集》二卷，内容基本同于冯惟讷刊本，惟删去缺文较多的《应刘豫章别》1首（后来诸本包括安愚堂本均删去此诗）。明代还有张燮“七十二家集”刻本《江醴陵集》十四卷，“汉魏诸名家集”刻本《江文通集》十卷和《梁江文通文集》十卷。清代刊本，有乾隆二十年（1755）江昉群雅堂刻本《醴陵集》十卷，乾隆二十四年（1759）安愚堂刻本《江文通集》四卷，其中以安愚堂刻本最为完善。该本为梁宾辑，以汪士贤本、张溥本参核异同，又益以汤斌家藏钞本参互成编，补入《征怨》《咏美人春游》2首，《古诗纪》辑录的《牲出入歌》等乐府诗也已补入，且剔出胡之骥注本误入的《西洲曲》。关于《西洲曲》，《乐府诗集》《古乐府》《古诗纪》均标为“古词”，未言作者。《古今诗删》标为无名氏作。然明嘉靖时徐学谟海曙楼刊本《玉台新咏》，将《西洲曲》和《征怨》《咏美人春游》一道列入江淹名下，胡之骥沿袭其误，故而将《西洲曲》误为江淹作。其实早于胡之骥注本十多年的冯惟讷《古诗纪》将《西洲曲》编入“杂曲歌辞”的同时，已经辨正说：“《乐府》作古辞。《玉台》新本作江淹，非也。”胡之骥可能没有注意吧。今人整理《江文通集汇注》，若能注上一笔，就会避免以讹传讹了。

《何逊诗集》：何逊早慧，史载他八岁能诗，在南朝时，诗名甚显。与吴筠、刘孝绰、阴铿等俱为一时才俊。沈约感叹“吾每读卿诗，一日三复，犹不能已”（《梁书》本传）。颜之推《颜氏家训》谓何逊诗，“实为清巧，多形似之言”，然当时“扬都论者，恨其每病苦辛，饶贫寒气”，比不上刘孝绰诗的雍容，但是，刘孝绰却很嫉妒他，编《诗苑》时只收取何逊诗2首。后人对何逊多置高评，最为有名的是杜甫《解闷》诗所谓“颇学阴、何苦用心”，后人常钩稽杜甫和何逊诗歌的渊源关系，如宋人蔡絛《西清诗话》谓杜甫《江边小阁》“薄云岩际宿，孤月浪中翻”二句，就是从何逊《入西塞》“薄云岩际出，初月波中上”二句化出。明末陆时雍《古诗镜》选何逊诗近40首，并称赞云：

何逊诗，语语实际，了无滞色，其探景每入幽微，语气悠柔，读之殊不尽缠绵之致。何逊以本色见佳，后之采真者，欲摹之而不及。陶之难摹，难其神也；何之难摹，难其韵也。

所谓“以本色见佳”，也就是《竹林诗评》所谓“不费气力，如庖丁解牛，风成于骣然”。何逊诗，摅写本素，无滞词，无累句。陆时雍评《铜雀妓》云：“语淡情凄，自堪肠断。”又评《寄江州褚谘议》云：“披衷语素，最是恳欵。”王夫之《古诗评选》选五言古体11首，五言近体2首，并称赞《与苏九德别》和《学古》（巩洛上东门）二诗：“乃仲言集中一双玉箸，只东晋以后百余年所希有。江文通且让其高，况他人哉?”张玉谷《古诗赏析》选何逊诗9首，为梁代诗人之首。

何逊的诗文集，最早为同时人王僧孺所编，凡八卷。据《北史》载，“济阴王晖业尝大会宾客，有人将《何逊集》入洛，诸贤皆赞赏之”。《隋书·经籍志》和《新唐书·艺文志》著录《何逊集》八卷。黄伯思《东观余论》有《何水部集跋》，说宋敏求家所传犹有八卷。然至北宋末时，晁公武《郡斋读书志》已谓“八卷今亡逸不全”。韩驹曾见到过五卷本的《何逊集》（见《苕溪渔隐丛话》前集卷六），然今亦不存。今通行的《何逊集》以诗为主，文仅若干篇。主要有明嘉靖年间“六朝诗集”本，乾隆十九年（1754）贻清堂刻本的二卷本，明万历四十一年（1613）张燮“七十二家集”本的三卷本，明张溥的“汉魏六朝一百三家集”本，《四库全书》本的一卷本。各本诗歌部分差异不大。然亡佚诗篇一定不少，如《文镜秘府论·天卷》录有何逊《伤徐主簿诗》五言四句，共3首，就不见于今传本。

《庾信集》:《北史》本传称庾信和徐陵并为抄撰学士时“文并绮艳，故世号‘徐庾体’焉”，又谓庾信有《文集》二十卷。庾信的文集，是由“周旋款至，有若布衣之交”的北周滕王宇文逌编纂的。宇文逌在序中说：

> 昔在扬都，有集十四卷，值太清罹乱，百不一存；及到江陵，又有三卷，即重遭军火，一字无遗。今之所撰，止入魏以来，爰洎皇代，凡所著述合二十卷，分成两帙，付之后尔。

梁朝承圣三年（554），庾信出使西魏，时年42岁，从此一直寄寓北方。宇文逌所编的二十卷《庾信集》，就是收录入魏以来的著述。《隋书·经籍志》著录《庾信集》为二十一卷，或许是在二十卷的基础上增补

42 岁前的佚作。据《隋书·魏澹传》称，魏澹曾注释《庾信集》，然其书不传。元代倪瓒《清秘阁全集》卷十有《与彝斋学士先生书》，提到彝斋先生“新收得《庾子山集》”，可能《庾信集》在元代尚存，然至明代时已亡佚了。现存最早的《庾信集》，为明正德十六年（1521）朱存爵辑《庾开府诗集》四卷，存余堂刻本。明嘉靖年间又有两种，一为朱曰藩刻六卷本，一为“六朝诗集”二卷本。这三种均为庾信诗歌的单刻本。冯惟讷的《诗纪》中，庾信诗和乐府占五卷。庾信诗文合刊者为十六卷，主要有两个系统，一为万历年间屠隆评点《庾子山集》（《四部丛刊》影印），清代倪璠的《庾子山集注》源于此本；二为天启元年（1621）张燮“七十二家集”本，张溥“汉魏六朝一百三家集”本源于此本。就其中的诗歌部分来说，两个系统略有差异：一、冯惟讷《诗纪》本、张燮本、张溥本《咏画屏风诗》为 25 首，而屠隆评点本和倪璠笺注本《咏画屏风诗》为 24 首，《侠客行》独立为 1 首。二、屠隆评点本和倪璠笺注本多了《赠周处士》和《寻周处士弘让》2 首。冯惟讷、张燮、张溥本无此 2 首，而是从《艺文类聚》属庾肩吾。吴兆宜本，《咏画屏风诗》为 25 首，同于冯惟讷、张燮、张溥本；也有《赠周处士》和《寻周处士弘让》两诗，则又同于屠隆评点本。

庾信与同时的文士经历多相似，且相互奉和酬唱，风格亦相类，因此诗篇多有混杂。如《寻周处士弘让》，《艺文类聚》署为庾肩吾诗，《文苑英华》署为庾信诗，庾信本集亦载此诗。《奉和泛江》《艺文类聚》署为王台卿《泛江》，《初学记》《文苑英华》署为庾信诗，庾信本集亦收此诗，张溥“汉魏六朝一百三家集”本收入庾信名下，并校云：“《艺文》署为王台卿，非。”《奉和赵王途中五韵》，《艺文类聚》署为王褒诗，张溥本校云：“旧集载此，疑误收也。”然庾信本集亦载此诗。《咏雁》，《艺文类聚》署为庾信诗，庾信本集亦载此诗；然《初学记》署为周弘正诗，张溥校云：“《初学》作周弘正，非。”朱曰藩本增辑《庭前枯树》《咏桂》，吴兆宜笺注本列入《庾子山别录》部分，并注“见朱曰藩本”。然而《古诗纪》列《庭前枯树》于孙万寿名下，并校云：“《英华》作孙万寿，《庾信集》误载。”《咏桂》，《艺文类聚》署为范云诗，《诗纪》也列入范云名下，并校云：“外编作庾信者，非。”宋蒲积中编《岁时杂咏》卷二十五，收《七夕》1 首，署为庾信作，然庾信本集不载，今人许逸民先生整理《庾子山集注》（中华书局1980年版）采入《庾信集佚文辑存》中，谓又出徐陵《玉台新咏》卷八，然仅吴兆宜笺注本《玉台新咏》载此诗，明代徐学谟海曙楼刊本不载此诗，因此是否为庾信诗也值得怀疑。许逸民先生从宋陈咏《全芳备祖》前集中辑存的《失题》（不愁风嫋嫋），其实这是朱熹《清江道中见梅》诗的中间四句，方回《瀛奎律髓》卷二十早已辨正《全芳备祖》的错误：

> 朱文公乾道三年丁亥访南轩归十二月江西诗也。书坊刊《全芳备俎》（按，俎当为"祖"）节去首尾，以中四句为庾信诗，误甚。

杨慎《升庵诗话》卷一还提到庾信"藏书凡几代，看博已千年"。这也不是庾信的佚句，而是隋李巨仁《登名山行》中的诗句(《乐府诗集》列于梁武帝名下)。

庾信诗文的笺注本，除了上文提及隋朝魏澹注本不存外，《浙江通志》卷二百五十二著录了德清胡渭（字朏明）的《庾开府集注》，然也不流传。现存比较著名的笺注本有吴兆宜的《庾开府集笺注》十卷和倪璠笺注《庾子山集》十六卷，两者都收入《四库全书》。四库馆臣论吴兆宜注本说："后钱塘倪璠别为笺注，而此本遂不甚行，然其经营创始之功，终不可没。"吴兆宜侧重于典故本事的考核；倪璠比核史传，尤为详细，且阐述诗旨，探赜诗心。

第五节　魏晋南北朝诗歌总集的编撰

六朝时期编纂的大量诗文总集，现仅存《文选》和《玉台新咏》两种。后代关于两书的刊刻和研究，较为复杂，这里只能举其大概。

《文选》：《文选》是唐人接受前代诗赋文章的基本教材，唐人对于《文选》很重视。杜甫教训儿子宗武云："熟精《文选》理，休觅彩衣轻。"（《宗武生日》）又，《水阁朝霁奉简严云安》诗云："呼婢取酒壶，续儿诵《文选》。"唐代诗人无不漱《文选》之芳润，得《文选》之滋养。孟浩然诗，明人孙能传《剡溪漫笔》谓"无一语不出《文选》”（卷一）。杜甫诗更是博采《文选》之精粹。近人李祥有《杜诗证选》，钩稽杜诗与《文选》的渊源。唐人称赞他人的诗词华藻，时用“文选楼”的典故，如齐己赞誉贯休诗才云：“争得梁太子，重为文选楼。”（《闻贯休下世》）足以见得《文选》在唐人心目中至高的地位。唐朝帝王也重视《文选》，《韵语阳秋》卷三载：“唐朝有《文选》学，而时君尤见重，分别本以赐金城，书绢素以属裴行俭是也。”

关于《文选》的研究，隋初兰陵人萧该撰有《文选音》三卷（一曰十卷）。由隋入唐的江都人曹宪，为弘文馆学士，善《文选》，撰有《文选音义》十卷，以《文选》授诸生，甚为当时人所重视，很快传播开来。江淮间为《文选》学者，本之于宪，又有许淹、李善、公孙罗复相继以《文选》教授，由是其学大兴于代（据《旧唐书·曹宪传》）。勾容人许淹撰《文选音》十卷（一名《文选音义》），尤精训诂。公孙罗为沛王府参军，注《文选》，有《文选音义》十卷。康国安注驳《文选异义》二十卷。其最著名者，则为李善注《文选》六十卷。对于《文选》李善注，后世有不同的说法。《旧唐书·李邕传》载：

> 父善，尝受《文选》于同郡人曹宪。后为左侍极贺兰敏之所荐引，为崇贤馆学士，转兰台郎。敏之败，善坐配流岭外。会赦还，因寓居汴、郑之间，以讲《文选》为业。年老疾卒。所注《文选》六十卷，大行于时。

《新唐书·李邕传》载：

> 父善，有雅行，淹贯古今，不能属辞，故人号书簏。显庆中，累擢崇贤馆直学士，兼沛王侍读，为《文选注》，敷析渊洽，表上之，赐赉颇渥。除潞王府记室参军，为泾城令，坐与贺兰敏之善，流姚州，遇赦还，居汴郑间讲授，诸生四远至，传其业，号“文选学”。邕少知名。始善注《文选》，释事而忘意。书成以问邕，邕不敢对。善诘之，邕意欲有所更，善曰：“试为我补益之。”邕附事见义，善以其不可夺，故两书并行。

两书所载略有不同，《旧唐书》未明说李善注《文选》的时间，《新唐诗》谓作于李善擢崇贤馆直学士时。《新唐书》还指出李善的注释“释事而忘意”，李邕有所补益，“附事见义”，两书并行。据唐李匡乂《资暇集》卷上，李氏《文选》有初注成的、覆注的，有三注、四注的，当时旋被传写，最后的绝笔之本，皆释音训义，注解甚多。各本相校，不仅注释详略有异，至于科段也互相不同。既然李善注曾经过多次修正，那么间或采纳李邕注，亦非不可能的事。《新唐书·李邕传》就认为“今本事义兼释，似为邕所改定”。可惜，今已难悉其详。

李善注，多引旧注，仍题原注人姓名，于旧注未备处，或兴新意，称“臣善”二字以作分别。李善注，既多溯讨《选》诗的本事语典，又注意阐明诗义，实际上兼备“释事”和“见义”。尤其是对语典、事典的注释，详博精赅，许多文献材料都是通过李善注而得到保存并流传下来的。即使是常见的词句典故，也别有胜义。如《古诗十九首》的“行行重行行，与君生别离”二句，李善注引《楚辞》曰：“悲莫悲兮生别离。”本来这二句诗不联系《楚辞》也能读通，但若一联系《楚辞》，将“生别离”的悲伤置入此诗意境中，体会得更为深切沉痛。注《两都赋序》，李善指出注释“诸引文证，皆举先以明后，以示作者必有所祖也。”对诗歌词句的溯源，是李善注的重要工作。李善注受到《毛诗》小序的影响。“西北有高楼”首云：“此篇明高才之人，仕宦未达，知人者稀也。”这种直述诗意的方式，是承袭汉代的《毛诗》小序。钟嵘谓阮籍《咏怀》诗“归趣难求”，李善说：“嗣宗身仕乱朝，常恐罹谤遇祸，因兹发咏，故每有忧生之嗟。虽志在刺讥，而文多隐避。百代之下，难以情测，故粗明大意，略其幽旨。”李善既联系阮籍的时代背景解释阮籍诗歌隐晦的原因，又尝试对阮籍诗大旨的揭示。解释“堂上生荆杞”云“言无常也”；解释“凝霜被野草，岁暮亦云已”云“繁霜已凝，岁亦暮止。野草残悴，身亦当然”；解释“昔日繁华子”诗云：“以财助人者，财尽则交绝；以色助人者，色尽则爱弛。是以嬖女不弊席，嬖男不弊舆。安陵君所以悲鱼也，亦岂能丹青著誓，永代不忘者哉！盖以俗衰教薄，方直道丧，携手笑言，代之所重者，乃足传之永代，非止耻会一时。故托二子以见其意，不在分桃断袖，爱嬖之欢。丹青不渝，故以方誓。”这是串解全诗的意思。像这类解诗方法对后世诗歌阐释有很大的影响。苏轼对于《文选》注，尊李善而斥五臣，他称赞李善注“本末详备，极可喜”（《东坡全集》卷九十二《李善注文选》)。

李善于显庆三年(658)九月上《文选注表》,显庆六年(661)正月二十七日,李善上《注文选》六十卷,藏于秘府。唐代他人的《文选》注,多为十卷或三十卷,只有李善注为六十卷,这六十卷本的《文选》在中唐以降一直是《文选》的通行本。白居易《偶以拙诗数首寄呈裴少尹侍郎,蒙以盛制四篇一时酬和,重投长句美而谢之》曰:"《毛诗》三百篇后得,《文选》六十卷中无。"所提《文选》显然是六十卷的李善注,而非三十卷的五臣注。

李善注行世不久,开元六年(718),工部侍郎吕延祚以李善释《文选》为繁冗,于是纠集吕向、吕延济、刘良、张铣、李周翰等人为《文选》重新作注,时号五臣注。五臣注,着重在解释字句,然较为粗疏。李匡乂《资暇集》卷上指陈五臣所注:"尽从李氏注中出,开元中进表,反非斥李氏,无乃欺心欤!"五臣注多不辨事典,不详时世,甚至反诬李善之误,迂陋鄙倍,多遭后人讥斥。四库馆臣谓五臣注,"其疏通文意,亦间有可采"(《四库全书总目〈六臣注文选〉提要》),可能是指五臣注的一些以比兴解诗,以诗歌比附政治的例子。李善注诗也有一些追索比兴意义的现象,但尚不普遍;至五臣注,则喜好以比兴说诗,动辄牵连史事,微言大义,穿凿附会,如《古诗十九首·行行重行行》,张铣解释云:"此诗意为忠臣遭佞人谗谮,见放逐也。""浮云蔽白日,游子不顾返"二句,刘良解释云:"白日,喻君也。浮云,谓谗佞之臣也。言佞臣蔽君之明,使忠臣去而不返也。"《青青河畔草》,张铣云:"此喻人有盛才,事于暗主,故以妇人事夫之事托言之。"阮籍《咏怀》诗"孤鸿号外野,翔鸟鸣北林",吕向曰:"孤鸿,喻贤臣孤独在外;号,痛声也。翔鸟,鸷鸟,好回飞,以比权臣在近,则谓晋文王也。"阮籍《咏怀》诗起"开秋兆凉气,蟋蟀鸣床帷"二句,吕向曰:"《诗》云'十月蟋蟀,入我床下',今言初秋始凉已鸣麻帷者,伤时政迫促。"求深求凿,反而不近实情。这种牵合政事以比兴说诗,是儒家诗学解释学的基本方法,汉代《毛诗故训传》就多采用这种方法,一直到明清时期甚至今天都绵延不绝。他们试图把《诗》《骚》以后至六朝的诗歌,也纳入儒家诗教的框架内,发掘那些赋景写物、抒情言志之作的政教功用。其主观用意是赋予诗歌以崇高的政治意义,抬高诗歌的地位，客观上却为后人进入诗歌意境设置了一道道屏障。苏轼讥云："所谓五臣者，真俚儒之荒陋者也。"（《东坡全集》卷九十二《李善注文选》）

《文选》学在唐代的兴盛，与科举试诗赋有着直接的关系。要在科举仕途上有所作为，不能不将《文选》烂熟于胸，时刻借以取资。但是，安史之乱后有人开始检讨进士以诗赋取人的弊端，徒逞文才，不切世用。虽然诗赋还是科举的主要手段，但是德宗贞元年间的沈既济、柳冕等都反对进士科试以文章取士，以至晚唐的李德裕愤激而言吾"家不蓄《文选》"（《苕溪渔隐丛话》前集卷九引）。但是，在晚唐乃至北宋初期，《文选》的地位大约没有受到多少真正的影响，而是依然大盛于时，乃至有"文选烂，秀才半"之语。大约到北宋庆历以后，苏轼、王安石、黄庭坚等人，专将精力用于如何效法唐人而超越唐人，加之科举考试以策论为主，诗赋地位大为降低，于是《文选》热才大大降温。《韵语阳秋》卷三云：

> 《外史梼杌》载：郑奕尝以《文选》教子，其兄曰："何不教读《论语》，免学沈、谢嘲风弄月，污人行止。"郑兄之言，盖欲先德行而后文艺，亦不为无理也。

又，陆游《老学庵笔记》卷八云：

> 国初尚《文选》，当时文人专意此书，故草必称"王孙"，梅必称"驿使"，月必称"望舒"，山水必称"清晖"。至庆历后，恶其陈腐，诸作者始一洗之。方其盛时，士子至为之语曰"《文选》烂，秀才半"。建炎以来，尚苏氏文章，学者翕然从之，而蜀士尤盛。亦有语曰："苏文熟，吃羊肉。苏文生，吃菜羹。"

《文选》的地位俨然被"苏文"所取代了。南宋的刘辰翁甚至说："诗至《文选》为一厄。"（杨慎《丹铅总录》卷二十引）当然，《文选》依然是宋代诗人的必读书，诗人通过《文选》而浸润汉魏六朝诗歌，获得滋养。北宋郭思就说："今人不为诗则已，苟为诗则《文选》不可不熟也。《文选》是文章祖宗，自两汉而下，至魏晋宋齐，精者斯采，萃而成编，则为文章者，焉得不尚《文选》也！"（《宋诗话辑佚·瑶溪集》）宋代“辨疑”的学风也表现在《文选》的评论中。苏轼曾讥刺萧统不解文事。《东坡全集》卷九十二论《文选》去取失当云：

舟中读《文选》，恨其编次无法，去取失当。齐梁文字衰陋，萧统尤为卑弱。如李陵五言皆伪；今日《观澜集》可喜者甚多，而独取数篇；渊明作《闲情赋》，正所谓《国风》好色而不淫，正使不及《周南》，与屈原所陈何异？而统大讥之。此小儿强作解事也。

李陵之作，颜延之《庭诰》就曾谓“元是假托，非尽陵制”。刘勰《文心雕龙·明诗》亦谓“见疑于后代”，然未具体指陈何篇为假托。刘知几《史通·杂说》认为《李陵集》中的《与苏武书》（又见于《文选》）“词彩壮丽，音句流靡，观其文体，不类西汉人，殆后来所为，假称陵作也”。苏轼据此进一步认为《文选》中李陵与苏武赠答五言，也是后人所拟，理由是“李陵、苏武赠别长安而诗有‘江安’之语”（《东坡全集》卷七十六《答刘沔都曹书》）。后人如洪迈、杨慎、顾炎武等都从时地、避讳等角度，补充说明李陵、苏武诗之伪。

宋元时期与《文选》选诗相关的著作主要有南宋高似孙编纂的《选诗句图》一卷(《四库全书存目丛书》影印清抄本)，元方回编撰的《文选颜鲍谢诗评》四卷和元末刘履编撰的《选诗补注》八卷。《选诗句图》摘取《文选》录诗的佳句，并考述其词句的祖述渊源。在《选诗句图》序中，高似孙认为六朝诗人“宋袭晋，齐袭宋，凡兹诸人互相宪述，神而明之，人莫知之。惟李善知之，予亦知之，乃为图诂，略表所以宪述者法精且秘”。《文选颜鲍谢诗评》选取《文选》所录颜延之、鲍照、谢灵运、谢瞻、谢惠连、谢朓的诗歌，加以解析评论。方回评诗，多参以史事、典故，串解诗意，解析句法，品评高下，多入理之论。如对于谢灵运的诗歌，前人如刘勰指责他极貌写物、穷力追新，而方回所赏的重点却在谢灵运诗歌抒情写意的一面。他说：

灵运所以可观者，不在于言景，而在于言情。“虑澹物自轻，意惬理无违”，如此用工，同时诸人皆不能逮也。至其所言之景，如“山水含清晖，林壑敛暝色”，及“他日天高秋，月明春晚绿”，

野秀于细密之中，时出自然，不皆出于织组。颜延年、鲍明远、沈休文，虽各有所长，不到此地。（评《石壁精舍还湖中作一首》）

方回又论谢灵运《永初三年七月十六日之郡初发都》云：“此诗排比整密，建安诸子混然天成不如此，陶渊明剥落枝叶不如此。但当以三谢诗观之，则灵运才高词富、意怆心怛，亦未易涯涘也。”他较为贴切地认识到谢灵运诗歌的特征。方回论诗标句法、诗眼，于诗歌艺术形式的剖析颇多匠心。在论谢灵运诗时他还提出“意脉”的说法。他论谢灵运《过始宁墅》说：

虚谷曰：诗有形有脉，以偶句叙事述景，形也；不必偶而必立论尽意，脉也。古诗不必与后世律诗不同，要当以脉为主。

“形”为叙事述景，一般以偶句铺排；“脉”为立论写情，为诗歌重心所在，可以散句游行。如谢灵运《富春渚》前十句赋景为形，后八句议论则为意脉。

元末入明的刘履，编有《风雅翼》十四卷，前八卷为《选诗补注》，取《文选》中诗歌加以删选训释，笺注大抵依据五臣旧注，释义多本之真德秀《文章正宗》，依朱熹《诗经集传》的方法，注明赋比兴，串解诗意，多以政教说诗，不免穿凿微言大义。如释《古诗十九首·行行重行行》云：“贤者不得于君，退处遐远，思而不忍忘，故作是诗。”又释郭璞的《游仙诗》云：“景纯自谓才志足以有为，而朝廷不能尽吾之用，乃欲遁迹山林，高蹈风尘之外，故托意游仙，赋诗以自见。”明代杨慎《丹铅总录》斥之为“曲说强解，殊非作者之意”。胡应麟《诗薮》评曰：“刘坦之《选诗补注》，虽稍溺宋人，其论汉、魏、六代及唐，剖析深至，亦似具只眼者。”刘履还取散见于经、子、史诸书中的古歌谣词，选录42首为《文选补遗》二卷，又取唐宋诸家诗词之近古者159首，编撰为《文选嗣音》。

宋元时期的《文选》，均为六十卷，主要为两个系统，一是六臣注本，现存的主要有：宋绍兴年间明州刻本、建阳刻本、赣州州学宋刻本宋元明递修本、杭州开笺纸马铺钟家刻本。由宋入元的陈仁子有《增补六臣注文选》六十卷，元大德十三年（1309）古迂书院刻本。所谓

"增补"是指陈仁子辑《诸儒议论》一卷，附录于后。二是李善注本，现存的主要有北宋刻本、南宋刻本、宋淳熙八年（1181）池阳郡斋刻本、元张伯颜刻本。

明代的《文选》学，一方面是继续沿着宋元的两个系统发展下来，另一方面是出现了明人自己评点、音注、纂注类著作。大体可分为三个系统：一是六臣注的六十卷本，主要有明嘉靖年间潘惟时刻本、嘉靖十三至二十八年嘉趣堂刻本覆宋广都县裴氏本、嘉靖二十八年（1549）钱塘洪氏刻本、万历二年（1574）崔孔昕刻本、万历六年（1578）徐成位重修本以及丁覲刻本。二是李善注六十卷本，主要有成化二十三年（1487）唐潘朱芝址刻本、嘉靖元年（1522）汪琼刻本、嘉靖四年（1525）养德书院刻本、嘉靖八年（1529）刻本、万历二十九年（1601）邓原岳刻本、崇祯间毛氏汲古阁刻本等多种。尤以汲古阁本流传最广，影响最大。三是明人评注本，主要有：1.《文选》六十卷，明陆麐祥音注，明吴勉学刻本。2.《新纂六臣注汉文选》十二卷，明张凤翼纂注，万历十四年（1586）刻本。3.《文选》十二卷，明吴近仁音注，明万历十九年（1591）晋陵吴氏刻本。4.《文选章句》二十八卷，明陈与郊章句，万历二十五年（1597）刻本。5.《新刻文选批评》，郭正域批评，明万历三十年（1602）博古堂刻本。6.《文选纂注评林》十二卷，明张凤翼纂注，万历八年（1580）、十年（1582）、二十九年（1601）刻本。7.《梁昭明文选》二十四卷附音释，明张凤翼纂注，明天启六年（1626）卢之颐刻本。8.《文选尤》十四卷，明邹思明评，天启二年（1622）吴兴闵氏套印本。9.《孙月峰先生评文选》三十卷，孙鑛评，闵齐华注，明末乌程闵氏刻本，等。而且，还有两种刻本是将《文选》的诗歌抽出单刻的：1.《选诗》七卷，明郭正域评点，凌濛初辑评，凌氏朱墨套印本。2.《昭明选诗》七卷，明张凤翼《文选纂注》中诗歌的单刊本，清刻本。前书凌濛初序，批判宋人笺注《文选》之凿，云：

> 独怪宋人谈诗，凡即景咏物，无一不谓托讽君臣治乱贤佞，纷纷傅会，令人肌栗。然亦滥于休文、延年之训《咏怀》，五臣袭而衍之，流至宋人，遂为痼疾不可解，而诗道遂堕一大尘劫矣。言

《选》诗者当按《选》于理（按指杜甫“熟精《文选》理”之理，非宋儒之理），征理于《选》，可以直指，可以微言。要之，与沧浪之所谓趣非一非二，勿误认字义，作彼道见，以上负少陵也。

清代的《文选》从刊刻的角度看，以李善注独盛，六臣注本则大为萎靡。李善注本有康熙二十五年（1686）钱士谧刻何焯评本、乾隆二十四年（1759）怀德堂刻本、乾隆二十五年（1760）珠树堂刻本、乾隆三十七（1772）海录轩刻本、《四库全书》本、乾隆五十九年（1794）玉轴楼刻本、嘉庆十五年（1810）文德堂刻本等多种，多是据明末毛氏汲古阁本重修而成。特别是清人胡克家据宋淳熙尤袤刻本影刻李善注《文选》六十卷，并撰《考异》十卷，依据前代诸多版本进行文字校勘，是清代《文选》学的重要成果，胡刻本成为近代以来李善注《文选》通行本的依据。清人辑出《文选》诗单行的，有吴淇《六朝选诗定论》十八卷，康熙八年（1669）刻本；吴学濂、沈麒祯校《文选诗钞》四卷，康熙五十八年（1719）刻本；孙人龙《昭明选诗初学读本》四卷，乾隆四年（1739）刻本。吴淇的《六朝选诗定论》专门解析《文选》中的诗歌，兼备诗话与诗评的特点，详论古诗源流升降，评诸家风格体式。他将古今之诗分为三际：“曰《三百篇》为一际，孟子所云‘王迹’；《选》诗为一际，杜甫所云‘汉道’；唐以后诸近体诗为一际，今人所沿之唐制是也。”（《六朝选诗定论·统论古今之诗》）又将六朝诗分为三会：一曰汉魏，一曰晋，一曰宋，而齐、梁为闰余。评诗则尤为详细，四库馆臣谓其“高而不切，繁而鲜要”，实为苛责。明人评诗多三言两语，点到即止，清人则是注释分解章法结构，渐趋细致，然如吴淇解诗之细腻，终清之世也是很少见的。其探赜作者用心之幽隐，析辨诗歌结构之微妙，多有细致入理之论。如对于《古诗十九首·青青河畔草》的评论达1400余字，辨析得尤为精微。

《玉台新咏》：此书十卷，为南朝徐陵所编，编于梁朝，稍后于《文选》。《隋书·经籍志》著录《玉台新咏》十卷，徐陵撰。现在所见最早的版本为敦煌唐写本《玉台新咏》（鸣沙石室影印）。唐人大约较为重视《玉台新咏》，权德舆有《玉台体十二首》，声词格律与徐陵体相似。然而至宋代，特别是南宋时期，人们以理学眼光审察该集，难以容忍其中的香艳歌曲，斥之为郑卫之音，有害名教。周紫芝《古今诸家乐府序》云：

> 陈后主时，东海徐陵序《玉台新咏》十卷，谓之艳歌词。肆帷幄之言，渎君臣之分，此谓害教之大者。至于古人规箴训诲之意，伤今思古之作，与夫感创时物，纪述节义，使后人歌咏其言而有悲愁感慨之意，则为之扫地矣。然而歌词之丽，如梁简文、陈叔宝辈，皆以风流婉媚之言，而文以闺房脂泽之气，婉而深，情而有味，亦大有可人意者。(《太仓稊米集》卷五十一)

从审美欣赏的角度，周紫芝也不能否认《玉台新咏》诗篇委婉含蓄，深情有味，但是从理学和诗教的角度看，他斥责此书"害教之大者"，因为其中不少诗篇，纯粹歌咏女性体态和女性生活，没有多少规箴训诲、伤今思古的情意，古人风雅比兴传统，为之扫地。刘克庄《后村诗话》亦谓此书"赏好不出月露，气骨不脱脂粉，雅人庄士见之废卷。昔坡公笑萧统之陋，以陵观之，愈陋于统"（卷一）。宋嘉定间陈玉父刊刻《玉台新咏》，其跋语既赞此书"措辞托兴高古，要非后世乐府所能及"，称其中诗歌发乎情同于《风》《雅》，但又批评其"止乎礼义者盖鲜矣"，对于自《玉台新咏》《花间集》，乃至近代狭邪之说"以笔墨动淫者"，尤为贬斥。《玉台新咏》的版本，现存主要有明崇祯六年（1633）赵均小宛堂据宋嘉定陈玉父本影刻本、清翻宋刻本、嘉庆十六年（1811）影宋抄本、明铜活字印本、明陈垣芳订正刻本、清影明抄本、康熙四十六年（1707）刻本、康熙五十三年（1714）刻本，乾隆二十六年（1761）刻本、《四库全书》本等多种。明人郑玄抚辑《续玉台新咏》五卷，与《玉台新咏》十卷本合刊，有嘉靖十八年（1539）刻本、万历七年（1579）刻本、天启二年（1622）刻本等多种。其中天启二年刻本的《玉台新咏》十卷有袁宏道的评批。公安派人物"不断情欲，未绝嬖宠"（袁中道《李温陵传》），标举性灵，张扬个性，因此对待《玉台新咏》的态度不像宋人那么迂执。袁宏道赞此书："清新俊逸，妩媚艳冶，锦绮交错，色色逼真。"（《玉台新咏序》）他读而复叫，叫而复读，狂喜之情不能自抑。是时"明月当窗，丹铅在案，肆笔批阅，遂尔达曙"。袁宏道的批点非常简略，往往就只下一两个字，传达他阅读的兴味。如批《日出东南隅行》曰“趣”，批班婕好《怨诗》曰“凄然”，批《秦嘉妻徐淑答诗》曰“夫妻事既可伤，辞亦凄怨”，《古诗为焦仲卿妻作》末批曰“情景逼真”。

《玉台新咏》在明代时文字上的衍夺舛误就较为严重。如《古诗为焦仲卿妻作》诗，明活字板就妄增了“贱妾留空房，相见尝日稀”二句。清初冯班、冯舒曾以宋本作过校勘(《四库全书存目丛书》收录于“集部”第288册)，纪容舒又有《玉台新咏考异》十卷，广参宋明善本，细致比勘，赅博精审。纪昀有《玉台新咏校正》（国家图书馆藏稿本)。注释本则有清前期吴兆宜注、程际盛删补的《玉台新咏笺注》十卷，乾隆三十九年（1784）刻本。清代主流的正统意识形态标尚程朱理学，对于抒写男女艳情的《玉台新咏》还是有所忌讳的。据《四库全书总目〈回文类聚〉提要》：乾隆皇帝看到朱存孝《回文类聚补遗》内载有《美人八咏》诗非常生气，诫谕四库馆臣云：

> 夫诗以温柔敦厚为教，孔子不删郑卫，所以示刺示戒也。故《三百篇》之旨，一言蔽以“无邪”，即美人香草，以喻君子，亦当原本《风》《雅》，归诸丽则。所谓托兴遥深，语在此而意在彼也。自《玉台新咏》以后，唐人韩偓辈，务作绮丽之词，号“香奁体”，渐入浮靡，尤而效之者，诗格更为卑下。今《美人八咏》内所列《丽华发》等诗，毫无寄托，辄取俗传鄙亵之语，曲为描写，无论诗固不工，即其编造题目，不知何所证据。朕辑《四库全书》，当采诗文之有关世道人心者，若此等诗句，岂可以体近《香奁》，概行采录？所有《美人八咏》诗，著即行撤出，至此外各种诗集内有似此者，亦著该总裁督同总校分校等详细检查，一并撤去，以示朕厘正诗体，崇尚雅醇之至意，钦此！

接下来简略谈谈后代编纂的汉魏六朝诗总集。

唐人编撰了数种前代的诗歌总集，不过唐人编撰前代诗歌总集，一般不只专采古诗，亦兼取今诗，截止于当下。主要有：

《续古今诗苑英华集》十卷，唐僧惠净（一作惠静）撰，辑梁武帝大同年中《会三教编》至唐初刘孝孙《成皋望河》之作，凡154人歌诗548篇，刘孝孙为之序（晁公武《郡斋读书志》卷四下）。据刘肃《大唐新语》卷九，惠净俗姓房，有操识。常言："作之非难，鉴之为贵。吾所搜拣，亦诗《三百篇》之次矣。"颇为自负。

《古今类聚诗苑》三十卷，唐武德时人刘孝孙撰。《旧唐书》本传载，刘孝孙"尝采历代文集，为王撰《古今类序诗苑》四十卷"。

《古今诗人秀句》二卷，元兢撰，皎然说是同越僧玄监合撰。元兢在《古今诗人秀句序》中说："余以龙朔元年，为周王府参军，与文选刘祎之、典签范履冰，时东阁已建，斯竟撰成此录。王家书既多缺，私室集更难求，所以遂历十年，未终两卷。今简《芳林要览》，讨论诸集，人欲天从，果谐宿志。"从这段话可以看出，自龙朔元年，又历十年，才成书。因此此书撰成时间约在唐高宗总章年间。明胡震亨《唐音癸签》卷三十一著录此书，正谓"总章中，元思敬撰"。此书系从《芳林要览》中拣选而成。《芳林要览》三百卷，是唐初的一部大型诗文总集，由许敬宗、顾胤、许圉师、上官仪、杨思俭、孟利贞、姚琦、窦德玄、郭瑜、董思恭、元兢编集而成。元兢在序中介绍此书的编选"时历十代，人将四百，自古诗为始，至上官仪为终"，即选取自汉至唐初的古诗400余家诗。元兢自负甚高，对于前代的选本和摘句都有批评，并且标识自己的选录的标准是"以情绪为先，直置为本；以物色留后，绮错为末"，是对六朝尚物色的诗歌观念的一大变革。然皎然《诗式》依然批评他和越僧玄监"天机素少，选又不精，多采浮浅之言，以诱蒙俗……无益于诗教矣"。

《玉台后集》十卷，唐天宝间李康成编撰，采梁萧子范至唐张赴209人所著乐府歌诗670首，以接续徐陵《玉台新咏》。《新咏》已录的作家，此书一般不录，唯庾信、徐陵又仕周、陈，故亦录诗。（晁公武《郡斋读书志》）初唐虞世南、沈佺期等人诗亦有采录，刘克庄曾亲见此书，并有摘录，见《后村诗话》卷五。

《丽则集》五卷，唐李氏撰，不著名。书名取扬雄"诗人之赋丽以则"之义，集《文选》以后至唐开元人诗凡320首，分门编类，贞元中郑余庆为序（晁公武《郡斋读书志》）。《玉海》卷五十四曰："李吉甫集梁、陈讫唐开元歌诗三百二十首，为《丽则集》五卷。"或为李吉甫编撰。

《文场秀句》一卷，唐文宗时王起撰。《旧唐书》本传载，起“为太子广《王运图》及《文场秀句》等献之”。

《梁词人丽句》一卷，唐李商隐集梁明帝萧岿而下15人诗，并鬼诗童谣。(陈振孙《直斋书录解题》著录)

此外，尚有郭瑜《古今诗类聚》七十九卷、许凌《诗林英选》十一卷等，这些总集，至明代时已多亡佚。从其书名看，当时诗歌总集的编纂多采取《文选》分门编类的体例，又侧重于“丽”、“英华”、“秀句”，即在写景抒情上有警策名句的诗篇。这些诗选今已不存，难窥其貌。

宋人编选、刊刻、阐论诗歌的重点放在唐诗上，因此汉魏六朝诗歌总集的编选不是太多。元祐元年（1086），吴兴人汪闻辑录谢安而下子孙16人诗三百余篇，编《谢氏兰玉集》十卷。唐庚辑录谢灵运、谢惠连、谢朓诗为《三谢诗》一卷，现有日本桥川时雄1934年影印宋嘉泰年间刻本。朱熹曾经将古今诗歌之变分为三个时期：“盖自《书》《传》所记，虞夏以来，下及汉魏，自为一等；自晋、宋间颜谢以后，下及唐初，自为一等；自沈、宋以后，定著律诗，下及今日，又为一等。”他还曾计划“抄取经史诸书所载韵语，下及《文选》古诗，以尽乎郭景纯、陶渊明之作，自为一编，而附于《三百篇》《楚词》之后，以为诗之根本准则。又于其下二等之中，择其近于古者，各为一编，以为之羽翼舆卫。其不合者，则悉去之，不使其接于胸次，要使方寸之中，无一字世俗语言意思，则其为诗，不期于高远而自高远矣”（《答巩仲至》），然并没有成书。其后，真德秀秉朱子之言为准，编纂《文章正宗》二十四卷，分辞命、议论、叙事、诗歌四类，其中卷二十二至二十四为诗歌，录《左传》《国语》以下至唐末之古体诗歌，选诗以杜甫、李白、韦应物、陶渊明为多。真德秀为宋代大儒，选诗主于论理，而不论文，持论甚严，仙释、闺情、宫苑之类，一概不取。据刘克庄《后村诗话》记载，真德秀曾嘱托刘克庄编“诗歌”一门，凡刘克庄所取者，真德秀去之大半，又增入陶诗甚多，如三谢之类多不收。汉武帝的《秋风词》都在删弃之列，更不用说曹丕《燕歌行》之类闺情类之作了。顾炎武评论此书曰：“真希元《文章正宗》，其所选诗，一扫千古之陋，归之正旨。然病其以理为宗，不得诗人之趣。”（《日知录》卷三）此可谓中肯平允之论。

宋元时期关于古乐府的编纂，出现两部大型撰述，为宋郭茂倩的《乐府诗集》（现存宋刻残本一卷，元至正二年刻本）和元左克明的《古乐府》（现存较早的有嘉靖二十三年刻本）。郭茂倩的《乐府诗集》一百卷，搜辑由汉迄五代之乐府，分为郊庙歌辞、燕射歌辞、鼓吹曲辞、横吹曲辞、相和歌辞、清商曲辞、舞曲歌辞、琴曲歌辞、杂曲歌辞、近代曲辞、杂歌谣辞、新乐府辞等十二类，既录乐曲原辞，又广录后人仿作，为宋前乐府之渊薮。每类曲辞都有题解，广征博引，介绍每一种乐曲的起源演化、类型特征等，是乐府研究的重要文献。左克明的《古乐府》十卷，有至正丙戌年（1346）编者自序，云：“风化日移，繁音日滋，愚惧乎此声之不作也。故不自量度，辄为叙次，推本三代而上，下止陈隋，截然独以为宗，虽获罪世之君子，无所逃焉。”四库馆臣谓：“当元之季，杨维桢以工为乐府，倾动一时。其体务造恢奇，无复旧格。克明此论，其为维桢而发乎。”该书录自古歌谣词至陈隋杂曲，分为古歌谣、鼓吹曲、横吹曲、相和曲、清商曲、舞曲、琴曲、杂曲八类，每类各有小序，虽然，四库馆臣谓其为编者自作，然相比照，可见题序乃删润《乐府诗集》题解而成，无多新意。

明人编纂刊刻汉魏六朝总集，可以分为三种情况：

一、汉魏六朝遗集汇刊。薛应旂编纂《六朝诗集》五十五卷，嘉靖二十二年（1543）刻本。张谦辑、王宗圣增补《六朝诗汇》一百一十四卷，嘉靖三十一年（1552）金城苏郡刊本。汪士贤辑《汉魏六朝二十一名家集》一百二十三卷，万历十一年（1583）刻本。张燮辑《七十二家集》三百四十六卷，天启、崇祯年间刻本。张溥《汉魏六朝一百三家集》一百一十八卷，明娄东张氏刻本。张溥以张燮书为根柢，而取冯惟讷、梅鼎祚所编总集而纂成。张溥并为每一种遗集撰写简要题词，根据史书杂纂记述作者生平事迹。范钦辑《建安七子集》不分卷，杨承鲲序称“七子赋、颂、诔、赞、书、论、表、檄，俱雄压一代，而诗为最；诗俱能入汉堂庑，而子建为最”，上海图书馆藏稿本。杨德周辑《建安七子集》二十八卷，崇祯十一年（1638）刻本；又有清陈朝辅增订，乾隆二十三年（1758）三余堂刻本。阎光世编辑《文选逸集》六十四卷，明末笙台刻本。还有数家合刊，如《阴何诗集》二卷（阴铿、何逊），《晋二俊文集》二十卷（陆机、陆云），《陶韦合集》二十卷（陶渊明、韦应物），《陶李合刻》九卷（陶渊明、李贺）等多种。汉魏六朝别集，多赖明人的辑录、汇刊，而得以流传至今。

二、古诗汇录。刘成德辑《汉魏诗集》十四卷，正德十二年（1517）刻本。冯惟讷《古诗纪》一百五十六卷，万历十四年（1586）刻本，该书不仅广泛猎取当时存世的汉魏六朝人遗集，而且从《艺文类聚》《文苑英华》《初学纪》《乐府诗集》等类书、总集中辑录大量逸诗。后臧懋循取《诗纪》而剪裁删补成《诗所》五十六卷，万历年间雕虫馆刻本。梅鼎祚辑《汉魏诗乘》二十卷、《吴诗》一卷、《六朝诗乘》二十五卷，万历十一年（1583）刻本；梅鼎祚辑《古乐苑》五十二卷，万历十九年（1591）刻本；张之象辑、俞显卿补订《古诗类苑》一百三十卷，万历三十年（1602）刻本。这些古诗汇录的撰述，博采子史文献，残篇逸句也在采录之列，以存诗为主，不置褒贬。其后的古诗选本，多据这些汇录本。然汇录本因贪多务博而不免疏漏。如冯惟讷的《古诗纪》刊行后，冯舒撰《诗纪匡谬》一卷，纠正其失，凡112条。

三、古诗选本。明代诗学总体倾向是宗汉魏盛唐，抑两宋。宗盛唐，则进一步上探其源而溯至汉魏六朝。嘉靖时期，杨慎推崇六朝初唐诗歌；万历以后，郝敬步其后尘，排斥前后七子的格调诗学，而上尊六朝诗歌的温丽。在《艺圃伧谈》中，他说："诗之有六朝也，犹《春秋》之有《左》《国》也。六朝靡曼，无伤于温柔；《左》《国》艳丽，渐流为怪诞。"（卷一）这种理论倾向影响至选本，明代中期以后出现了一些重要的古诗选本。

杨慎有《风雅逸篇》，录先秦典籍中逸出《诗三百》之外的歌诗；又有《选诗拾遗》和《选诗外编》，选录自汉迄梁为《文选》所未收的诗篇，以及北朝、陈、隋为《文选》所未及收录的诗篇。杨慎反对弘治、正德时期的复古派尊盛唐而卑六朝，而认为"六代之作，其旨趣虽不足以影响大雅，而其体裁实景云、垂拱之先驱，天宝、开元之滥觞"，他又编选《五言律祖》前集五卷、后集六卷，焦竑批点，曼山馆刻本。

所谓“五言律祖”，就是于两晋南北朝诗歌中追溯唐代律诗之所从出。《五言律祖》选了晋、宋、齐、梁、陈、隋时期在对偶、用韵方面为唐律之滥觞的诗篇。稍后，徐献忠在杨慎《五言律祖》的基础上又编选了《六朝声偶集》七卷，华亭徐氏文房刻本，收录齐谢朓、王融，北齐刘逖、魏收，梁孝元帝、梁简文帝、庾肩吾、沈约、吴筠、何逊、刘孝威、刘孝绰、王筠，陈后主、徐陵、张正见、阴铿，周庾信、王褒，隋江总、薛道衡、萧悫等人在体制上接近律诗的诗篇。徐献忠《自序》说：“予读六朝人诗，取其偶切成律者焉。”他认为六朝人诗，虽然绮靡鲜艳，失之轻弱，但是唐诗之所以能为一代之宗，正是由齐梁陈隋诗人为其开辟轨辙。徐献忠又有《乐府原》，推究汉人乐府和后世乐府的本原、本事，追溯乐府之变，万历三十七年（1609）刻本。明代后期，诗学取向尤为驳杂，有反对宗唐而下学两宋的，也有取法乎上而远探六朝的。其时邵一儒又删补徐献忠著作，而辑《六朝声偶删补》七卷，明泰昌元年（1620）刻本。李维桢序该书云：“（正）德、（嘉）靖间，海内诗方宗盛唐，徐先生亟取六朝欲令为唐诗者进而求唐之所从来。今人好奇之过，薄盛唐而学中晚，仲鲁（邵一儒字）为六朝鼓吹，意殊深远，未可以孝穆《玉台》例视矣。”

李攀龙有《古今诗删》三十四卷，取孔子“删”诗之意，裁选古今诗歌，以为诗家正法眼藏。明格调复古派论诗，律诗学盛唐，古体则学汉魏晋宋。李攀龙就有过“唐无五言古诗”的说法。他的《古今诗删》前九卷为唐前的古诗，卷首为古逸，然后分乐府、古诗二体，再以时代为序。此书初由汪时元刊刻，在明代中叶以后影响甚巨，成为复古派诗学的经典范本。

钟惺、谭元春《古诗归》十五卷，明万历年间刻本，亦有万历后期闵振业三色套印本。钟惺于《古诗归》卷十一总评颜延之时说：“凡选古人诗极严刻，皆是爱惜古人处。”他选诗避熟就生，评批则不强解诗义，而重在阐论诗艺，多有会心深赏的洞见。如评王徽之《兰亭集诗》云：“昔人有言，神情与山水相关，原非单就山水而言。方寸湛然，玄对山水。何以关，何以对，决不专在眺涉啸咏之间。读右军父子《兰亭诗》，可悟其微。”此可与他论诗标尚“幽深孤峭之宗”相参。评《古诗十九首》时辨古诗与乐府之别云：“乐府能著奇想，著奥辞，而古诗以雍穆平远为贵；乐府之妙在能使人惊，古诗之妙在能使人思。”真切道出乐府和古诗两者各自不同的审美风格要求。钟惺论诗重真意深情，评无名氏《欢闻变歌》“没命成灰土，终不罢相怜”云：“情语到至处，不含蓄亦妙。”评鲍照《秋咏》诗“寄情必深，造语必秀”。情深语秀，正是竟陵派性灵诗学的重要诗学主张。

唐汝谔有《古诗解》十二四卷，明李潮崇祯间刻本。唐汝谔与唐汝询为兄弟。唐汝询编纂《唐诗解》，唐汝谔则编纂《古诗解》。此书分体编纂，歌谣辞之外，主体部分为汉至隋乐府，汉至隋五言诗，此外还录四言诗、七言诗各一卷。在《凡例》中唐汝谔阐明选诗标准云：

> 是编所选，大都主体裁古雅，辞意悠长，而原本性情，有关风化，但不失古人温柔敦厚之旨，即亟为收录。惟乐府自晋宋迄齐梁，半为男女唱和之作，亦其风使然，不得一切删去，姑去其甚者，存其雅者。庶几亦十三国风不删郑卫之意云。

唐汝谔虽持“温柔敦厚”的标准却能根据古诗、乐府不同的风格范型而分别对待。于所选诗下，首列训诂，次及引证，解释作者之意，时或联系诗人生平、时代背景予以阐发，然新意不多。如解释《古诗十九首·行行重行行》“此忠臣去国而念不忘君，托于妇人思其君子”。解释《青青河畔草》“此刺士之轻进而托于女之失节”，多是因袭前人陈说。当然有的评论能摆脱政教束缚，如古诗“穆穆清风至，吹我罗衣裾。青袍似春草，长条随风舒。朝登津梁山，褰裳望所思。安得抱柱信，皎日以为期”，他解释曰：“此疑淫女之词，言当春风披拂之时，而春心忽动，因登津梁之上以望所私之人，而愿得如尾生之流誓与指皎日以为信也。”

陆时雍《古诗镜》三十六卷，有明刻本、《四库全书》本。录汉、魏至陈、隋的诗篇，其中汉诗三卷，魏诗四卷，晋诗四卷，宋诗四卷，齐诗一卷，梁诗八卷，陈诗三卷，北魏一卷，隋一卷，历代歌谣三卷，历代乐章三卷，谐语一卷。卷首有《诗镜总论》二卷。陆时雍论诗陈义颇高，以《诗》《骚》为典范，谓后世诗歌一代不如一代。在《总论》和具体评论中，陆时雍对汉魏六朝诗史作出自己独特的描述。他比较汉魏、六朝和唐人诗歌说：“汉魏言情，六朝体物。汉魏绝不费思，六朝绝不费力，唐人绝不费事。”也即诗歌历史是由浑朴而渐精巧，渐见作用匠意。甚至对于汉魏诗也细加辨别，谓“汉诗以婉而深，婉而多风，直则寡，至建安多坐此病”。对于两晋的诗歌，历代的评论分歧较大，如钟嵘《诗品》列陆机、潘岳、张协、左思、谢灵运为上品，对于诗歌的华茂辞采是持肯定态度的。但是在宋人看来，描写物色的繁缛实在不是诗的优点，因此多推崇陶渊明，而陆机则“独在诸公之下”（严羽《沧浪诗话》）。陆时雍论晋诗曰：“诗莫敝于晋，色阘而不韶，韵沉而不发，气塞而不畅，词重而不流。使非前有傅玄，后有陶潜，则晋可不言诗矣。”陆时雍论诗曰：“大抵性灵物秽，诗之美恶辨于此矣。”所谓性灵物秽，即诗歌应该侧重于对主体情思的艺术表现，而不该过于侧重物色的描写。晋诗多描摹物色，故而曰色阘气塞。自晋诗开始，对偶铺排日益严重，因而韵沉词重，不够流动畅爽。他选晋诗，陶渊明44首，傅玄34首，而陆机只有15首，足以见得他的轩轾态度。他称赞陶渊明云：“渊明未尝做诗，诗自从中流出。灵襟颢气，陶冶物情，远矣。谢康乐人巧尽后，宛若天工；陶诗似月到柳梢，风来水面，自然之妙，难以力与也。”意即陶渊明无意作诗，其诗只是自写胸中意耳，至谢灵运则人巧而合乎天工。陆时雍论南朝诗云：“诗丽于宋，艳于齐。诗至于齐，情性既隐，声色大开。”又谓诗至谢灵运“古道渐亡”，刘宋是古体之终，律体之始。于南朝诗人，他选诗最多的是谢灵运（35首）和谢朓（38首）。他赞谢灵运“灵襟秀色，挺自天成，清贵之气，抗出尘表”，谢朓“清绮绝伦，每苦气竭。其佳处则秀色天成，非力所构”，而批评谢惠连“真悃不足，繁饰有余。话多芜秽，气格亦厌厌颓落”。陆时雍评论诗歌，尚神韵意趣，主托兴婉约，以情致柔厚，摇荡不尽为美，忌粗豪气猛、拙朴率直。如他在《总论》中说：“诗之佳，拂拂如风，洋洋如水，一往神韵，行乎其间。”他赞曹丕诗“优柔和美”，而于曹植的风骨凌厉、率意成篇，左思的粗豪村鄙，都微有贬词。这种标识情致柔厚、神思婉转、韵味深曲的审美风尚，脱离历史背景来看，是比较狭隘的。但是如果联系后七子，特别是从北方诗人李攀龙的粗豪诗风在当时产生的负面影响来看，陆时雍这种褊狭的审美风尚，实际上具有矫正时弊的用意。

汉魏六朝诗歌在清代的总集编纂，以汇录为主的清初有佚名的《汉魏南北朝诗》，不分卷，三册，抄本（上海图书馆藏）；清末有丁福保的《全汉三国晋南北朝诗》，五十四卷，1916 年铅印本。此前丁福保曾辑《汉魏六朝名家集初刻》三十册，后者在此基础上辑录而成，这是对明代大型汇录的继承和补充，尽管也还有一些遗佚、误收的问题，但汉魏六朝诗歌基本囊括于其中。

清代的汉魏六朝古诗选本数量众多。主要有：

李因笃《汉诗音注》十卷，康熙年间刻本。有康熙三十七年（1698）丁灏序，其中言七年前此书已成，李氏去世后此书才刻。《汉诗音注》以评诗为注，多评析诗意，解释诗法，衡论得失，多出自著者个人心得。如论蔡琰《悲愤诗》云："情真语悲，如听哀猿之叫。……大篇直叙，曲折尽情，《北征》《咏怀》，皆脱化于此。"论《古诗十九首·青青河畔草》的叠字之妙："叠字如贯珠，而妙有次第。然所最赏者正以其用疏也。"又论"空床难独守"句云："愈真愈难，美其守真，而曰'空床难独守'，惟守而后知其难，则益见其真，此意汉以下无津逮者矣，高处在阿堵中。"见解别致。

沈用济、费锡璜同述的《汉诗说》十卷，《总说》一卷，康熙年间刻本。该著"前断自秦，后断自魏，上至郊庙，下至杂曲谣谚，毕取而陈说"（费锡琮序）。其主旨则"欲此书之传，救一世流弊"（费锡璜自序）。费锡璜认为明清鼎革之后，诗无专宗，汉魏唐宋，人各有师，互相讥讪，而他自幼秉承庭训，喜读汉人诗。于是取冯惟讷、梅鼎祚、李因笃诸前辈旧本稍加增益，而纂成此书，旨在"告学者从入之路"。此书以选为主，间有解说，一般较为简略，但时有胜解。如《古诗十九首·青青河畔草》的"空床难独守"一句，曾让许多头脑冬烘的儒士大费心力，强为曲说，而此书评解曰："一人问空床难独守，其意是能守之贞妇乎？抑不能守之荡妇乎？曰不必尔，但言难守，而意已足，若必定其为贞为淫，则蛇足矣。"不解之解，可谓四两拨千斤。又如评论蔡文姬《悲愤诗》云：

> 此诗序董卓之乱宛然在目，数语括尽不可增减，与《史记》同工，序被掳赎归，语语真笃，不让《离骚》。此千古一篇序事言

情大文字。《焦仲卿妻诗》细腻缠绵，此诗正当简括，各极其妙。即如工部《北征》亦堪追继。此诗但起首便单刀直入，中间序行路及到家一段，虽历历如画，便点景设色，虽笔力超绝千古，终绝逊此大方，此汉人、唐人之分也。《诗薮》谓《悲愤诗》词气直促，此强作解事语耳。

《悲愤诗》以抒情为主，叙事多用简笔，而乐府《焦仲卿妻诗》以叙事为主，多用繁笔，各极其妙。此书的评论是中肯的，不像陆时雍《诗镜总论》斥责《焦仲卿妻诗》“繁絮不能举要，病一；粗丑不能出词，病二；颓顿不能整格，病三”之苛刻。

王士禛编纂的《阮亭选古诗》，康熙年间天黎阁刊刻。其中，五言诗十七卷，录汉至唐的五言古诗，两汉古诗几乎全录，于魏晋以下，取材稍严，然名篇伟制，多以入选。王士禛对于六朝古诗所持标准较宽，只是对于唐诗仅选陈子昂、张九龄、李白、韦应物、柳宗元，还是受到李攀龙所谓“唐无五言古诗，而有其古诗”（《选唐诗序》）影响，不过，李攀龙说：“陈子昂以其古诗为古诗，弗取也。”而王士禛则选取了陈、张、李、韦、柳诸家，实际上是肯定这五人的五言古诗“变而不失其正”，不选杜甫、韩愈等人的五言古诗，也是具有深意的，杜、韩古诗穷极变态，故而不录。七言诗十五卷，七言古诗在汉魏六朝还处于萌芽时期，作品并不多，因此该书全抄汉魏六朝和初唐七古，而所选则主要为盛唐杜甫、中唐韩愈，宋欧阳修、王安石、苏轼、黄庭坚，下迄元代吴莱。继王士禛《古诗选》之后，沈德潜的《古诗源》十四卷是又一部重要的古诗选本，康熙五十八年（1719）竹啸轩刊刻。受沈德潜《古诗源》的影响，张玉谷编撰《古诗赏析》二十二卷，乾隆三十七年（1772）刻本。书名取陶渊明诗句“奇文共欣赏，疑义相与析”意。张玉谷受到清代分解批评的影响，注重对古诗的“解析”。在《古诗赏析序》中，他自谓“广搜约采而佳章呈，统核分疏而妙谛出”，题笺句释，而务使阅者了然于心而止。清初金圣叹等人的分解批评，主要还是用于分解律诗，因为律诗的起承转合，多有章法可寻，于古诗细致分解的还不多，一般只是摘句品评，或串讲诗意，较少注意章法。而张玉谷则将分解批评运用于古诗上。他在《凡例》中说：

诗后之解，是讲是诗之如何佳妙，俾读者识步趋也。摘句空赞，固无当于通体作法；顺文滚解，则其中虚实顺逆、提掇照应种种道理，亦何由达出？鄙解必沉潜反复，实见得是诗因何而作，立定主意，然后逐节批导其郤窾，务使当时作者用意深曲、运笔诡变、制局奇横、措辞精警之处，无不显豁呈露而止。岂曰言皆破的，亦求免颟顸了事之讥。

可见，他分解批评的意识是很明晰的，批评务必要深中作者之用心，疏通文本之脉络，讲解明白。具体的诗歌评析，也是多着眼于诗歌意脉而给予剖析，分而解之。我们看他分解《陌上桑》：

日出东南隅，照我秦氏楼。秦氏有好女，自名为罗敷。（首四，叙明姓名，以朝日发端，即有皦日明心之意，总冒通章。）罗敷善蚕桑，采桑城南隅。青丝为笼系，桂枝为笼钩。（四句，叙其出采，遇使君之由也。先就桑具着色。）头上倭堕髻，耳中明月珠。缃绮为下裙，紫绮为上襦。（四句，详其服饰。）行者见罗敷，下担捋髭须。少年见罗敷，脱帽著帩头。耕者忘其犁，锄者忘其锄。来归相怒怨，但坐观罗敷。（八句，意在叙其容貌之美也，却偏不一句正写，只历叙见者莫不神魂颠倒如此，而其美自见，且即以衬出使君，神来之笔。）

一解，总述罗敷美好，分为四层写，为二解使君思载引端，即与三解盛夸夫婿遥对。

使君从南来，五马立踟蹰。使君遣吏往，问是谁家姝。“秦氏有好女，自名为罗敷。”“罗敷年几何？”“二十尚不足，十五颇有余。”使君谢罗敷：“宁可共载不？”（十一句，顺叙使君见之踟蹰，邀与同载。中插谴吏往问姓名一层问答，应笔也。又插问年一层问答，补笔也，委曲明划。）罗敷前致辞：“使君一何愚！使君自有妇，罗敷自有夫。（四句，正叙御暴。开口下一“愚”字，中有暗于理、昧于势二义，“有妇”、“有夫”，先斥其暗于理，已足使使君语塞。）

二解，正叙使君之犯，罗敷之拒。

东方千余骑，夫婿居上头。（二句，以夫婿之高显提起。）何用识夫壻，白马从骊驹。青丝系马尾，黄金络马头。腰中鹿卢剑，可值千万余。（六句，详其服饰。）十五府小吏，二十朝大夫。三十侍中郎，四十专城居。（四句，详其历官。）为人洁白皙，鬑鬑颇有须。盈盈公府步，冉冉府中趋。（四句，详其容貌仪表。）坐中数千人，皆言夫婿殊。”（末二句，以人皆艳羡作结，竟不兜缴使君，而使君之惭愧而去可知矣。妙绝。）

三解，皆罗敷之语，蒙上“自有夫”来，极夸夫婿之美好尊贵如此，意谓尔即不顾伦理，就势而言，亦何可以莽夺。总以晓其愚也，而着意铺张，又恰与首解两相辉映。

《古诗赏析》中的大多数诗篇，都能如此详细地分解其章法，分析其意旨，一般读者也能明白晓畅地领会其解析之妙，真不愧“赏析”二字之意，从中也可看出古代诗歌阐释学的进步。

清代的汉魏六朝诗歌总集评选本现存的，还有陈祚明的《采菽堂古诗选》三十八卷，《补遗》四卷，乾隆十三年（1748）刻本；王尧衢注《古唐诗合解》之《古诗解》，聚锦堂刻本；何经愉《停云轩古诗钞》二卷，嘉庆十一年（1806）刻本；张琦《宛邻书屋古诗录》十二卷，嘉庆二十年（1815）刻本；成书选评《多岁堂古诗存》，道光十一年（1831）刻本；徐玖编《古诗钞》八卷，道光二十四年（1844）刻本。另有朱筠《古诗十九首说》一卷，乾隆年间刻本，又光绪四年（1878）啸园丛书本；姜任修《古诗十九首绎》一卷，光绪十九年（1893）刻本，算是特殊总集的研究。

第四章
初盛唐的士风与诗学

【内容提要】 殷璠在《河岳英灵集论》里概括开元、天宝年间的诗歌说："言气骨则建安为俦，论宫商则太康不逮。"初唐时期，宫廷诗苑继续探究诗歌的音律和对偶等形式问题，对"四声"、"八病"说加以简化，对偶的技巧更为灵活多样，这对于唐代律诗的定型和成熟是有意义的。而远离政治中心或受到上层权贵压抑的诗人如杨炯、陈子昂等提倡"风雅兴寄"和"建安风骨"，以扭转六朝"彩丽竞繁"的错误道路，实现诗学精神上的革新。技法的考究和精神的激荡，上与下两股力量结合，推动了诗学的发展，迎接着"盛唐气象"的到来。

初盛唐诗歌与六朝的关系是在承袭中有新变。初唐时期诗歌的创作主体依然是文学贵游，是宫廷诗苑的上层文士，但是他们在诗歌形式的探索上迈出了新的步伐。随着入仕途径的变化，一批出身相对低微的诗人逐渐崭露头角，沐浴在蒸蒸日上的初盛唐时代精神里，给唐诗灌注了新的生气和力量。

第一节　初唐宫廷诗苑与律体的定型

隋代的诗歌基本上还是在继续着梁、陈的绮靡艳丽的风气。尽管自北朝入隋的杨素、卢思道、薛道衡带来一些刚健质朴的新风，但尚未构成改变整个时代风气的力量。隋文帝曾下诏改革文体，也未见实质性成效。杨广及身边的文学侍从依然在创作宫体诗，咏物雕采，争奇斗艳。从诗歌创作上看，隋是一个过渡性朝代；在理论上，隋代也没有什么建树。只有一位王通，斥责应（玚）、刘（桢）、沈（约）、谢（朓）的诗歌为“驰骋乎末流”（《中说·天地篇》）。王通说诗有“四名”、“五志”：

> 何谓四名？一曰化，天子所以风天下也；二曰政，蕃臣所以移其俗也；三曰颂，以成功告于神明也；四曰叹，以陈诲立诫于家也。凡此四者，或美焉，或勉焉，或伤焉，或恶焉，或诫焉，是谓五志。(《中说·事君篇》)

这实际上是企图恢复汉儒的明道教化的文艺观，汉儒在解释《诗经》时还是美、刺并重的，而王通则更着重于教化颂美，而不是讥刺。他将谢灵运、鲍照、江淹、吴筠、徐陵、庾信等“文士之行”一概骂倒，而肯定颜延之、王俭、任昉“有君子之心焉，其文约以则”（《事君篇》）。这三人诗多为侍宴、奉和、赠答之作，尤其是颜延之，除了《秋胡行》《从军行》等若干首外，几乎全为应诏、侍宴、侍游之作。王通之所以推举颜延之等人的创作，旨在端正颂美诗风的方向，在他看来梗概多气的建安诗歌是违背颂美诗风的，沈约、谢朓追逐声律，也是偏离了方向，辞采华美本来就是颂美诗歌的特点，倒不在贬斥之列。

唐太宗以武功戡平隋乱后，注重文治，开启唐代帝王右文的风气。《旧唐书·音乐志》载：“太宗曰：‘朕虽以武功定天下，终当以文德绥海内。’”李世民在做秦王时，就开文学馆广揽天下文士，后又立弘文馆。虞世南、李百药、岑文本、李义府、许敬宗、王珪、魏征、来济、褚亮等，或以文章进，或以材术显，“咸能起自布衣，蔚为卿相，雍容侍从，朝夕献纳”①。太宗早年的创作，如“纵情昏主多，克己明君鲜”（《赋尚书》）等，还表现出居安思危、励精图治的厚重主题，与一般的

① 卢照邻《南阳公集序》，《卢照邻集》中华书局1980年版，第71页。本文引卢照邻文字均依此本。

君臣酬酢不同。太宗晚年生活歌舞升平、雍容和煦，眼界狭小了，气度也平弱了，诗歌创作上流露出绮艳华靡的倾向，虞世南曾给予激切的讽谏。《新唐书·虞世南传》载：

帝尝作宫体诗，使赓和，世南曰："圣作诚工，然体非雅正。上之所好，下必有甚者。臣恐此诗一传，天下风靡。不敢奉诏。"

唐太宗在《帝京篇序》里指出："释实求华，以人从欲，乱于大道，君子耻之。"提出要改革世风与文风，"以尧舜之风，荡秦汉之弊；用《咸》《英》之曲，变烂熳之音"，音乐诗赋等文艺要"节之于中和，不系之于淫放"，就是要用来自于北方的特别是关陇文化的朴质刚健文风改变隋代浇漓薄俗的艳丽风气。

但是，唐太宗的文治意图并没有得到一贯的坚持。到了高宗李治时期，特别是龙朔年间，许敬宗、上官仪、李义府主导诗坛，操持选事，诗风一变。上官仪对初唐诗风影响尤剧。《旧唐书·上官仪传》载：

（仪）本以词采自达，工于五言诗，好以绮错婉媚为本。仪既显贵，故当时多有学其体者，时人谓为"上官体"。

李义府也是"以文翰显"（《唐诗纪事》卷四）。他们作为帝王身边的文学侍从，创作不过是为了侍宴、咏物、颂美，因此不能在内容上有多少拓展，只是在辞藻、声病上驰骋才艺，一改贞观时期的质朴诗风。杨炯在《王勃集序》里概括这种诗风变化说："尝以龙朔初载，文场变体，争构纤微，竞为雕刻。糅之金玉龙凤，乱之朱紫青黄；影带以徇其功，假对以称其美；骨气都尽，刚健不闻。"① 上官仪、李义府不仅在诗歌技艺上穷力追新求巧，而且还对创作经验给予理论上的总结。上官仪撰有《笔札华梁》，论诗歌创作的"八阶"、"六志"、"属对"、"声病"等问题。李义府虽然没有论诗专书传世，但是元兢《诗髓脑》曾说：

兢于八病之外别为八病。自昔及今，无能尽知之者。近上官仪

①《杨炯集》，中华书局1980年版，第36页。本书引杨炯文字，悉据此版。

识其三，河间公义府思其余事矣。①

李义府曾封河间郡公，所以这里称之为“河间公义府”。从这段引文可以看出，上官仪和李义府都承续齐梁时的“声病”说，并加以发展，对元兢等人也有着直接的影响。

武后专政，也奖掖文士，提倡诗文，与群臣聚会酬酢。李峤、苏味道、沈佺期、宋之问、徐彦伯、张说、阎朝隐、崔融、崔湜等人常在武后周围赋诗唱和。据《唐诗纪事》载，“大凡后之诗文，皆元万顷、崔融辈为之”。武后时期还有一大盛举，即编辑大型的《三教珠英》。《旧唐书·张昌宗传》记载，张昌宗、易之兄弟在武后朝，“俱侍宫中，皆傅粉施朱，衣锦绣服，俱承辟阳之宠。……以昌宗丑声闻于外，欲以美事掩其迹，乃诏昌宗撰《三教珠英》于内。乃引文学之士李峤、阎朝隐、徐彦伯、张说、宋之问、崔湜、富嘉谟等二十六人，分门撰集，成一千三百卷，上之”。又，《旧唐书·阎朝隐传》云：

朝隐修《三教珠英》时，成均祭酒李峤与张昌宗为修书使，尽收天下文词之士为学士，预其列者，有王无竞、李适、尹元凯，并知名于时。

通过编撰《三教珠英》，朝廷网罗了众多文士，有些人还因此而升了官，崔融还将修《三教珠英》的学士李峤、张说等人的诗歌集成《珠英学士集》五卷。至于主《三教珠英》事的徐彦伯等人的诗文风格，计有功说：“（徐）彦伯为文，多变易求新，以凤阁为鹓阁，龙门为虬户，金谷为铣溪，玉山为琼岳，竹马为筱骖，月兔为魄兔，进士效之，谓之徐涩体。”（《唐诗纪事》卷九）李峤赋诗“词既婉丽，歌仍妙绝”，崔融“为文华婉，当时未有辈者，朝廷大笔，多手敕委之”。武后朝的这一举措，更加推动了当时诗歌创作绮靡趋新的风尚。

中宗复位以后，扩大修文馆。馆中置有李峤等四大学士，李适等八学士，薛稷、宋之问、沈佺期等十二直学士。这些文士与其他文臣一起构成阵容庞大的宫廷诗人集团。中宗与文臣诗酒酬唱，甚至忘记了君臣

① 引文据张伯伟《全唐五代诗格汇考》，江苏古籍出版社2002年版，第120页。

礼法。“凡天子飨会游豫，唯宰相及学士得从。……帝有所感即赋诗，学士皆属和。当时人所歆慕。然皆狎猥佻佞，忘君臣礼法，惟以文华取幸。若韦元旦、刘允济、沈佺期、宋之问、阎朝隐等，无它称。”（《新唐书·李适传》）《唐诗纪事》卷一载，中宗尝对侍臣说：

> 今天下无事，朝野多欢，欲与卿等词人，时赋诗宴乐，可识朕意，不须惜醉。

既然是“天下无事，朝野多欢”，那么创作的不过是楼阁亭榭的宫廷景物和侍宴奉和、风花雪月的宫廷生活，丝毫讽谏讥刺的不和谐音调都是不允许的。《旧唐书·郭山恽传》载：

> 景龙中，中宗数引近臣及修文学士，与之宴集，尝令各效伎艺，以为笑乐。……郭山恽诵《鹿鸣》《蟋蟀》之诗，奏未毕，中书令李峤以其词有“好乐无荒”之语，颇涉规讽，怒为忤旨，遽止之。

“宴集”时的“伎艺”无非是为了“笑乐”。郭山恽尚不是创作讥刺诗，而只是吟咏《诗经》中带有规讽意味的诗篇，就遭到黜斥，可以想见当时宫廷诗人创作的内容。对诗歌创作走向有重要影响的是中宗朝的上官婉儿。《唐诗纪事》载：

> （上官婉儿）常代帝及后、长宁、安乐二公主，众篇并作，而采丽益新。又差第群臣所赋，赐金爵，故朝廷靡然成风。当时属辞大抵浮靡，然皆有可观，昭容力也。（卷三）

上官婉儿不仅自己的创作风格是“采丽益新”，而且还以此为标准品第群臣的创作，自然助长了当时诗歌创作的浮靡风气。在武后、中宗朝的三十余年时间里，诗歌创作的主流是宫廷诗苑的靡艳风气。

在这种风气里，诗人的创作精神和诗歌内容没有得到大的变革，诗人的个性精神被压制，只能在诗歌的辞采形式方面驰骋才华。诗人们在诗歌艺术技巧和形式法则上进行探索和尝试，表现在律体法则的研寻和确立上。现在残存的初唐时期宫廷文士的论诗专书有上官仪的《笔札华梁》、元兢的《诗髓脑》、崔融的《唐朝新定诗格》、李峤的《评诗格》以及佚名的《文笔式》《诗格》《诗式》① 等。这些著作沿着齐梁以来探求诗歌音律病犯、对偶的道路，总结齐、梁、陈、隋、初唐文士诗歌形式法则上的特点，进一步探求并规定诗歌创作在音律、对偶体制上的要求，促使律诗体制的成熟，又经过沈佺期、宋之问等人的实践，从而使律诗的体制最终得到确立。

其实律诗的体制，可以追溯到梁、陈诗人的创作。明代徐师曾说："梁陈诸家，渐多俪句，虽名'古诗'，实堕'律体'。"② 但是对梁陈诗人创作经验的理论总结，还要等到初唐诗学来完成。

大致来看，初唐诗学在律体体制法则的探索方面，主要提出四方面的新内容：一是四声的二元化，二是粘式律的发现，三是声病说的简化，四是对偶法则的探讨。

（一）四声的平仄二元化。永明"新体诗"以平、上、去、入四声制韵，是严分四声的，而律体则简化为平仄两类。永明新体诗向律诗演化的一个关键，就是四声的二元化。永明新体诗要求声音高下长短的错综谐和，早在沈约等论"四声"、"八病"时，常常用意思相对的两个字来论声调。如范晔《狱中与甥侄书》云："性别宫商，识清浊。"《南齐书·陆厥传》云："约等文皆用宫商。"《宋书·谢灵运传论》云："宫羽相变，低昂互节。若前有浮声，则后须切响。一简之内，音韵尽殊；两句之中，轻重悉异。"这些所谓"宫商"、"宫羽"、"清浊"、"低昂"、"轻重"、"浮声"、"切响"，都是意思相互对立的范畴的对举，虽然它们的具体意思或许略有不同，但总体上都是指声调高下长短，近似于唐代律体的平仄。邹汉勋《五韵论上·三论四声本具五音》解释："约等文皆用宫商"，谓"为文皆用宫商，犹云为文皆用平仄焉尔。"陈澧《切韵考·论四声与宫商角徵羽》解释"宫羽相变"，谓"此但言宫羽，盖宫为平，羽亦为仄欤"。当然这些两两对举的"宫商"、"低昂"、"轻重"等字眼还不能说就完全等同于后代的平仄，但是它们是在平、上、去、入四声的基础上进一步简化，指声调音韵的高

① 关于这些著述的存佚、著者情况，参见王梦鸥《初唐诗学著述考》，台湾商务印书馆 1974 年版；张伯伟《全唐五代诗格汇考》，江苏古籍出版社 2002 年版。

② 徐师曾《文体明辨序说》，人民文学出版社 1962 年版，第 107 页。

低长短的相对，应该是无疑的。

四声的二元化过程，实际上就是突出、强调平声的过程，当把平声凸显出来，与其他上、去、入相对，实际上就变成平仄二元了。这个过程，据现在可知材料，以梁人刘绍为最早。《文镜秘府论》引其语云：

> 刘滔①又云："……平声赊缓，有用处最多，参彼三声，殆为大半。且五言之内，非两则三，如班婕妤诗曰：'常恐秋节至，凉风夺炎热。'此其常也。亦得用一用四：若四，平声无居第四，如古诗云'连城高且长'是也。用一，多在第二，如古诗曰：'九州不足步。'此谓居其要也。"

刘绍认为，平声的特点是音节舒缓，在五言中用处最多，常常是五字之内，有两三个平声，当然也有可能五字内只有一个平声或有四个平声。有四个平声的话，一般第四个字非平声；若只有一个平声，一般是第二字，因为第二字"居其要"，位置最为重要。显然，他是把平声与其他上、去、入三声相对来谈的，并且认为平声在五字之内处于重要位置，已经具有四声二元化的意识。隋和初唐时期将平声与非平声相对的二元化倾向愈来愈明显。佚名的《文笔式》不仅引录了上述刘绍的话，而且还进一步说：

> 然声之不等，义各随焉。平声哀而安，上声厉而举，去声清而远，入声直而促。词人参用，体固不恒。请试论之：笔以四句为科，其内两句末并用平声，则言音流利，得靡丽矣。兼用上、去、入者，则文体动发，成宏壮矣。

这里先论述四声具有不同的情感效果。接着说，"笔"体四句一组，内二句末用平声，具有"靡丽"之美；句末用上、去、入，具有"宏壮"之美，就是把平声和上、去、入分成两类。在此段引文之后，还有一段注释的话，直接将入声的"立"和去声的"地"、"布"、"器"一并归

① 刘滔，应为"刘绍"之误，参见罗根泽《中国文学批评史》第3篇第5章第4节，上海古籍出版社1984年版；王利器《文镜秘府论校注》，中国社会科学出版社1983年版，第81页。

入“非平声”，这都很明显地体现出平仄二元化的倾向，不过是没有直接用“平仄”来表达而已。平声与非平声二元化现象，还表现为初唐诗论家在解释“八病”时有意识地不把平声相犯视为声病，如《文镜秘府论·西卷》“文二十八种病”之第一种平头，引元兢说：“此平头如是，近代成例，然未精也。欲知之者，上句第一字与下句第一字，同平声不为病；同上、去、入声一字即病。”第三种蜂腰，引元兢的说法：“如第二字与第五字同上、去、入，皆是病，平声非病也。”第十三种龃龉病，引元兢说：“平声不成病，上、去、入是重病。”元兢的“调声之术”还有护腰和相承两种。腰，是指五字的第三字，护腰就是指上句之腰与下句之腰不能同声。“然同去、上、入则不可，用平声无妨也”。相承是指：“若上句五字之内，去、上、入字则多，而平声极少者，则下句用三平承之。”（《文镜秘府论·天卷·调声》）这些都是明显地把平声与上、去、入声相分别。此外，元兢和王昌龄在论粘对时也将平声与上、去、入对举，元兢明确地说：“拈二者，谓平声为一字，上、去、入为一字。”（详下）稍后，殷璠的《河岳英灵集序》说：“至如曹、刘诗，多直语，少切对，或五字并侧，或十字俱平，而逸价终存。”① 正式提出平仄（侧）相对。

（二）粘式律的发现。沈约等人的声律论主要还是局限在“一简之内”、“两句之中”，即是探讨两句十字之内的声韵错综谐和的问题。至于前面两句与接下来两句的关系，乃至全篇的声律调配，还没有很好地顾及到，这样的话可能造成五言诗以两句为单位在声调上的重复，从而显得单调。如：谢朓的《铜雀悲》：

落日高城上，（仄仄平平仄）
余光入穗帷。（平平仄仄平）
寂寂深松晚，（仄仄平平仄）
宁知琴瑟悲。（仄平平仄平）

四句前后两联平仄格式基本相同。这是齐梁新体诗中较为普遍的现象，

① 按，一本作“至如曹刘，诗多直致，语少切对”。此从《唐人选唐诗十种》，上海古籍出版社 1958 年版。

也是新体诗的弱点之一。赵执信《声调谱》谓齐梁体“无粘联，有平仄，在本句本联中论平仄”，指的就是这个问题。克服新体诗声律格式上的这种局限，发现律诗的粘式律，在联与联之间也讲究平仄，是初唐诗学家的贡献。元兢《诗髓脑》的“调声之术”第一种为“换头”，他解释说：

> 换头者，若兢《于蓬州野望》诗云：“飘飖宕渠域，旷望蜀门隈。水共三巴远，山随八阵开。桥形疑汉接，石势似烟回。欲下他乡泪，猿声几处催。”此篇第一句头两字平，次句头两字去、上、入；次句头两字去、上、入，次句头两字平；次句头两字又平，次句头两字去、上、入；次句头两字又去、上、入，次句头两字又平。如此轮转，自初以终篇，名为双换头，是最善也。若不可得如此，即如篇首第二字是平，下句第二字是用去、上、入；次句第二字又用去、上、入，次句第二字又用平。如此轮转终篇，唯换第二字，其第一字与下句第一字用平不妨，此亦名为换头，然不及双换。又不得句头第一字是去、上、入，次句头用去、上、入，则声不调也。可不慎欤！此换头，或名拈二。拈二者，谓平声为一字，上、去、入为一字。第一句第二字若安上、去、入声，第二第三句第二字皆须平声。第四第五句第二字还须上、去、入声，第六七句第二字安平声，以次避之。如庾信诗云：“今日小园中，桃花数树红。欣君一壶酒，细酌对春风。”“日”与“酌”同入声。只如此体，词合宫商，又复流美，此为佳妙。

其后，王昌龄《诗格》也说：

> 上、去、入声一管。上句平声，下句上、去、入；上句上、去、入，下句平声。以次平声，以次又上、去、入；以次上、去、入，以次又平声。如此轮回用之，直至于尾。

齐梁新体诗要求一联之内平仄相对，而律体的粘式律还要求上一联与下一联相粘。所谓相粘，就是上联对句的第二字与下联出句的第二字，平仄相同。就八句律体来说，齐梁新体讲究一与二、三与四、五与六、七与八的平仄相对。初唐诗论家提出粘式律，要求二与三、四与五、六与七的平仄相粘，这样就使得不同的五言句式能够在律诗里调配变化，显示出律诗的“流美”。元兢所举“换头”的例子，既有自己的诗作，也有庾信的诗篇。据今人研究，齐梁后期至初唐诗人创作五言新体诗律化程度日益提高。诗人创作过程中开始自觉避免“永明体”前后联平仄重复的毛病，于是渐渐摸索出粘式律的规则，元兢在此风气之中，又与当朝学士多有往来，互相切磋诗艺(《古今诗人秀句序》)，于是对于诗人创作实践经验给予理论上的概括，从而提出“粘式律”的法则，并得到时人的普遍认同。“粘式律”成为律体的一条基本法则，对于调节律诗整体音调的变化谐和、形成律诗宛转流美的音节美，具有重要的意义。

（三）声病说的简化。《文镜秘府论》西卷“论病”云：“（周）颙、（沈）约以降，（元）兢、（崔）融以往，声谱之论郁起，病犯之名争兴；家制格式，人谈疾累。”意即齐梁至初唐时期，诗人们热衷于诗文声律和病犯的探讨，就《文镜秘府论》所存初唐诗人论诗著作来看，声律和病犯也是他们探讨诗学的一个重点。上官仪《笔札华梁》《文笔式》等初唐论诗著作列举犯声病的例子，主要有班婕妤、《古诗十九首》、辛延年、孔融、曹丕、曹植、王粲、阮籍、石崇、荀昶、虞炎等，多为齐梁以前声律说尚未兴起时的诗人诗作，列举讲究声律、避免声病的例子为谢朓、任昉、庾信、徐陵、张正见等，多为齐、梁、陈的诗人诗作。他们在周颙、沈约以后进一步总结当时诗人创作的新经验，对齐梁声律说进行阐释和改进，总体的倾向是声病说的简易化。“八病”之一平头，是指五言诗第一字不得与第六字同声。《文笔式》进一步论平头说“然五言颇为不便，文笔未足为尤。但是疥癣微疾，非是巨害”，意即平头不是很严重的病犯。《诗髓脑》说：“上句第一字与下句第一字，同平声不为病，同上、去、入声，一字即病。”这也是将病犯的限制大大放宽。蜂腰病是指五言诗一句之中，第二字不得与第五字同声。《诗髓脑》解释说：“如第二字与第五字同去、上、入，皆是病，平声非病也。”

本来按蜂腰的规定，五言诗的“平平仄仄平”格式是犯蜂腰的。但是依据《诗髓脑》的解释，将第二、第五字为平声的排除在外，也就是肯定“平平仄仄平”格式，不为病犯。这就确立了五言诗的一个基本声律格式。八病中大韵、小韵和傍纽、正纽，分别是关于韵母和声母的病犯，尤为烦琐，对于诗人创作是严重的束缚。元兢《诗髓脑》说，（大韵、小韵，傍纽、正纽）这四病，“但须知之，不必须避”，大韵“不足累文，如能避者弥佳。若文字要切，于文调畅，不可移者，不须避之”；小韵“轻于大韵，近代咸不以为累文”；傍纽“更轻于小韵，文人无以为意者”；正纽“轻重与傍纽相类，近代咸不以为累，但知之而已”。可见，到了元兢的时代，大韵、小韵，傍纽、正纽都不必严格避忌。这四种声病是关于一句或一联之内避免声母、韵母相同的，对诗人的约束较为严重。现在可以不受这些约束，实际上是对声病说的简约化，也是声律说的一大发展。

（四）对偶格式的探索。齐梁时的骈文诗赋就已非常重视对偶。刘勰《文心雕龙·丽辞》将对偶分为“言对”、“事对”、“正对”、“反对”，并析其优劣。梁萧绎说：“作诗不对，本是吼文，不名为诗。”（王昌龄《诗格》引）谢灵运、谢朓、颜延之、沈约的诗歌多对仗工整。《文笔式》论对偶就举了颜延之和沈约的诗句作例子。初唐上官仪、元兢等人也很重视对偶，上官仪说：“事不孤立，必有配匹而成。”对前人创作中运用对偶情况进行分析和归纳，提出各种对偶的样式，这些不是作为后人诗歌创作运用对偶的法则，而是为后人运用对偶提供借鉴。上官仪的《笔札华梁》将“属对”分为九种：

1. 的名对：如天地、日月、好恶、去来、轻重等意思相反或相对的词组成对偶。

2. 隔句对：第一句与第三句对，第二句与第四句对。

3. 双拟对：如“夏暑夏不衰，秋阴秋未归”，上句第一、三字为两个“夏”字，下句第一、三字为两个“秋”字相对。

4. 联绵对：如“看山山已峻，望水水仍清。听蝉蝉响急，思乡乡别情”，第二字与第三字是重字，即为联绵对。此外用叠词相对，也是联绵对。

5. 异类对：与的名对不同，是不同类的事物相对偶，如“天清白云外，山峻紫微中”，“天”本与“地”相对，“山”本与“水”相对，这里“天”对“山”就是异类对。本来世界上真正相对的事物是很有限的，若都要求“的名对”，对偶就会受到很大的限制。“异类对”则大大扩展了对偶的范围，为诗人创作对偶开辟了广阔的途径。因此，上官仪论“异类对”说：“但解此对，并是天才。笼罗天地，文章卓秀，才无拥滞，不问多少，所作成篇，但如此对，益诗有功。”

6. 双声对：如“秋露香佳菊，春风馥丽兰”。“佳菊”与“丽兰”本来就是同类对，而且它们都是双声，所以又名双声对。

7. 叠韵对：如“放荡千般意，逍遥一个心”，“放荡”与“逍遥”，叠韵相对，为叠韵对。

8. 回文对：如“情亲由得意，得意遂情亲。新情终会故，会故亦经新”。

9. 同类对：如云雾、星月、花叶、风烟相对。

佚名的《文笔式》和《诗格》分对偶为“八对”、“十对”等，大同小异，不再赘述。这些名目只是对前人的创作进行理论归纳，并非是作为一种规则来束缚诗人手脚的。对于这一点，上官仪是有明确认识的。他说：“然文无定势，体有变通，若又专对不移，便复大成拘执。可于义之际会，时时散之。”

元兢《诗髓脑》中归纳对属八种类型，与上官仪相比，有了很大的变化。我们看八对中奇对、字对、声对、侧对（其他四种：正对、异对、平对和同对，与上官仪的的名对、异类对、同类对相似，不赘）：

1. 奇对：如“马颊河”对“熊耳山”，两者都是地名，又“马”对“熊”、“颊”对“耳”，是奇对。

2. 字对：如“桂楫”对“荷戈”，本来“荷戈”之“荷”为动词“负”的意思，但是它可为名词，现取其名词意，与“桂”为对。

3. 声对：如“晓路”对“秋霜”，“路”本为道路，与“霜”不对，但是“路”因为与“露”同声，而“露”“霜”相对，因此“晓路”也可与“秋霜”为对。

4. 侧对：如“冯翊”与“龙首”，“冯”本与“龙”不对，但“冯”的半边为“马”，马与龙相对；“翊”与“首”也不对，但“翊”的半边为“羽”，羽与首相对，因此“冯翊”与“龙首”相对。

元兢介绍这“八对”后说：“以前八种切对，时人把笔缀文者多矣，而莫能识其径路。于公义藏之于箧笥，不可示于非才。深秘之，深秘之。”也就是说当时诗人对于这“八对”，知其然而不知其所以然，在创作时常能运用，但却说不出其“径路”。元兢总结时人创作的经验，加以理论的提升，提出这些对偶的名目。对偶形式，从齐梁时期发展到初唐元兢的时代，逐渐趋向追求奇异新巧，同时对偶的范围也扩大了，这为唐代律诗形式的成熟铺平了道路。

律诗的定型，是齐梁新体诗在唐代的自然发展，是初唐诗论家在理论上的自觉追求，也是初唐宫廷诗人在创作上的探索和实践的成果。其中沈佺期、宋之问在律诗创作上取得的成就最高，在当时和后世获得了普遍的声誉。据《唐诗纪事》载，张说就曾当面称赞沈佺期“诗须还他第一”；中宗时一次昆明池赋诗，群臣应制百余篇，“唯沈、宋二诗不下”。经过上官婉儿的评骘，宋诗“健举”，高于沈诗。足见在当时众多文学侍从中，沈、宋二人诗名为他人所不及。后来，人们谈到律体形式在初唐的完成，也多推举沈、宋，如独孤及在《唐故左补阙安定皇甫公集序》中说：

> （五言诗）历千余岁，至沈詹事（佺期）、宋考功（之问），始裁成六律，彰施五色，使言之而中伦，歌之而成声，缘情绮靡之功，至是乃备，虽去雅浸远，其丽有过于古者，亦犹路鼗出于土鼓，篆籀生于鸟迹也。

元稹《唐检校工部员外郎杜君墓系铭》序也说：

> 唐兴，官学大振，历世之文，能者互出。而又沈、宋之流，研炼精切，稳顺声势，谓之为律诗。由是而后，文体之变极焉。①

但是在律体理论上的探索和总结，我们不能忘记上官仪、李峤、崔融、元兢等人的功绩。

第二节　盛唐气象与建安风骨的重倡

古代诗学的发展与朝代更迭，并非是一一对应的。有时一种诗风在

①《元稹集》，中华书局1982年版，第601页。“文体之变”原作“文变之体”，依《全唐文》改。

朝代更换后还在延续着，如初唐时期的浮艳诗风，就是六朝风气的继续；有时王朝的大厦还没有完全倾颓，而诗风则开始出现了变调，如中唐时期，诗风就渐入宋调。但从另一个角度来看，一个气数旺盛、年代不短的朝代，总会形成新的精神气象，总会产生属于自己时代的诗风。盛唐气象，是盛唐精神在诗歌中的生命灌注，是唐代诗风的典范。盛唐气象的出现，既有唐代前期强盛的国势、繁荣的经济为基础，与唐代海纳百川的文化开放息息相关，是唐代前期诗人激昂热烈、倜傥澎湃的生命情调的表现，也是诗人自觉追求的结果。唐代前期诗学的主流，就是抨击浮艳靡丽的初唐宫廷诗风，端正诗歌抒情性的发展方向，以复古为革新，提倡“兴寄”、“风骨”，迎接盛唐气象的到来。

六朝时期长久南北对峙的局面，导致了南北文化的分向发展，形成各自不同的风格，各有所短，各有偏盛。唐王朝的统一，使得南北文化的交融互渗成为可能。在唐太宗的贞观年间，主持文坛的是北方的关陇文人。他们秉承北人气质贞刚的特点，言志抒怀，慷慨悲凉，其中一些描写边塞军旅生活的诗歌，苍凉悲怨，在气质上与建安诗歌是相通的。但同时，太宗朝的宏伟气魄和开放胸襟，使一些文人开始提出要融南北文化之长，究各自之偏，缔造一种新的大唐文明。在《隋书·文学传序》中，魏征论南北文学说：

> 然彼此好尚，互有异同：江左宫商发越，贵于清绮；河朔词义贞刚，重乎气质。气质则理胜其词，清绮则文过其意。理深者便于时用，文华者宜于咏歌。此其南北词人得失之大较也。若能掇彼清音，简兹累句，各去所短，合其两长，则文质彬彬、尽善尽美矣。

南方文学讲究声韵和谐，文采华丽，风格清新绮丽；北方文学则内容厚实、刚烈，风格爽朗质朴。前者注重雕饰，文词修饰超过了意义的表达，适合于诗赋等抒情性、审美性强的文学样式；后者气骨质实，文词朴直，适宜于阐发义理的实用文章。两者各有优缺点。魏征主张“掇彼清音，简兹累句，各去所短”，合两者之长，就可以达到文质彬彬、尽善尽美。从魏征《隋书》的传记来看，他认为隋代一些诗人已经开始走出南北偏盛的状态，取得兼容南北的成绩，如说虞世基，“尝为五言诗以见意，情理凄切。世以为工，作者莫不吟咏”（《隋书·虞世基传》)；常得志“为五言诗，辞理悲壮，甚为时人所重”(《隋书·常得志传》)；杨素“以五言诗七百字赠番州刺史薛道衡，词气宏拔，风韵秀上，亦为一时盛作”(《隋书·杨素传》)。稍后，卢照邻的《南阳公集序》曾说：“北方重浊，独卢黄门往往高飞；南国轻清，惟庾中丞时时不坠。”(《卢照邻集》卷六)卢黄门，是指卢思道，是由北齐北周入隋的作家，秉承“北方重浊”的特点，但又往往“高飞”；庾中丞是指庾信，本为南朝宫廷的文学侍臣，后出使北方，历仕西魏、北周，诗赋创作变得悲凉苍劲，因此说“轻清”而“不坠”。卢照邻既认识到南北诗歌气质的不同，又注意到卢思道和庾信都能突破既有的地域风格，实现南北气质的互补。兼容南北之长，实现南北互补，是隋代以来创作上的基本倾向，而魏征等人在理论上给予自觉的提倡，对于推动唐代诗歌的健康发展，无疑是有积极意义的。

但是，在初唐的武后、中宗朝，诗坛的主流还是以奉和酬唱为主、风格绮艳浮靡的宫廷诗歌。宫廷诗人中，虽然如李峤等已意识到自己的创作违背了《风》《雅》精神，“黼藻成文，《雅》《颂》之风流尚缺”(李峤《上高长史述和诗启》)，但是他们自己无力改变这种诗坛状况。在宫廷诗人群体之外，有一些生活阅历丰富，或遭际不幸的诗人，开始突破宫廷诗风的局限，创作了一些情感深挚，凄婉悲凉的作品，如刘希夷，“少有文华，好为宫体，词旨悲苦，不为时所重”(刘肃《大唐新语》卷八)。在初唐宫体诗弥漫诗坛的风气里，刘希夷写了一些抒发深情的从军和闺情诗篇。他虽然也写作宫体诗，但多表现细腻深切的爱情，诗歌感情健康、清新，改变了宫体诗的格调，但因为风格上“词旨悲苦”，所以在当时不为人重视。直到盛唐时期，有孙翌撰《正声集》加以推崇，“以希夷为集中之最”(刘肃《大唐新语》卷八)，刘希夷从而得到人们的称许。在诗歌创作和理论上能够跳出宫体诗的牢笼，开拓诗歌新气象的是“初唐四杰”。

王勃、杨炯、卢照邻、骆宾王都是少有异才，高自期许，却又沉落下僚，命运多舛，在当时就成为士人物议的对象。时有“知人之鉴”的裴行俭批评说：“勃等虽有文才，而浮躁浅露，岂享爵禄之器耶!”(《新唐书·王勃传》)“岂享爵禄之器”一语，正道出“四杰”与当时“享爵禄之器”的宫廷诗人在性格气质上是格格不入的。“幽忧孤愤之性”、“耿介不平之气”（王勃《夏日诸公见访序》），是他们性格气质的共同特征。因为这种格格不入的个性气质，他们在统治集团中颇受排挤，遭遇贬谪，并由此而接触到了广阔的社会生活。个人超凡的才气禀赋与遭受上层权贵的打击形成了剧烈的心理冲突，激荡起心中的不平之气，加上不平凡的生活阅历，使得“四杰”的诗歌创作突破奉和酬唱、冶艳浮侈的初唐宫体诗风，扩大了诗歌的生活内容，提高了诗歌的思想境界，恢复了诗歌的抒情性传统，特别是表现悲情孤愤的抒情传统。骆宾王《在狱咏蝉序》说：

> 仆失路艰虞，遭时徽纆，不哀伤而自怨，未摇落而先衰，闻蟪蛄之流声，悟平反之已奏，见螳螂之抱影，怯危机之未安。感而缀诗，贻诸知己。庶情沿物应，哀弱羽之飘零。道寄人知，悯余声之寂寞。非谓文墨，取代幽忧云尔。

所谓“感而缀诗”、“情沿物应”、“道寄人知”云云，正是汉魏以来言情诗赋“感物兴情”的创作精神的延续。这种表现哀怨情感的思想，在初唐贵游文学的一片“颂”声中是很难找到的。骆宾王还认识到文学的情感不仅仅是自然景物感发的结果，而且是因为作者生平遭遇不幸，情感淤积于胸，遇到某些事物和情境时，情感迸发外射出来，濡染了外物，使外物成为心中情感的寄托。在《伤祝阿王明府序》里，他说：

> 夫心之悲矣，非关春秋之气；声之哀矣，岂移金石之音。何则？事感则万绪兴端，情应则百忧交轸。是以宣尼旧馆流襟，动激楚之悲；孟尝高台承睫，下闻琴之泪。

这与陆机《文赋》所谓“喜柔条于芳春，悲落叶于劲秋”的“天人感应”论有很大的不同。骆宾王所谓的物我相感，主体的“我”占据着主导性地位。他说：“情蓄于中，事符则感。”（《上廉察使启》）“哀缘物兴，事因情感。”（《与博昌父老书》）生活遭际中的哀情本来就蓄积于心，通过外物的感触而得到勃发。骆宾王对于诗人情感主导性的这种认识，来自于对自己创作经验的体悟和总结，也是初盛唐时期逐渐成为主流的一种创作精神。元兢诗论与“四杰”是相通的。他在《古今诗人秀句序》里记载：他曾经与诸学士览阅谢朓诗，论其秀句，诸人都以为“行树澄远阴，云霞成异色”最好。元兢认为此句不若“落日飞鸟还，忧来不可极”之妙。因为“行树澄远阴，云霞成异色”的写景，中人已下，偶可得之；而“落日飞鸟还，忧来不可极”，谓“扪心罕属，而举目增思，结意惟人，而缘情寄鸟。落日低照，即随望断，暮禽还集，则忧共飞来”，正体现谢朓情思之深邃。于是诸君咸服。元兢还提出他的审美标准是：

以情绪为先，直置为本，以物色留后，绮错为末。①

这四句，正可概括出唐诗与齐梁诗歌在审美观念上的显著区别，齐梁诗歌，以赋为主，重在“物色”，多得“江山之助”（刘勰《文心雕龙·物色》），讲究文词“绮错”之美；而唐人诗以比兴为主，重在抒发情绪，表达宜舒畅“直置”。所谓“直置”，崔融在《唐朝新定诗格》里解释得很具体：“直置体者，谓直书其事，置之于句者是。”殷璠《丹阳集》评储光羲诗“宏瞻纵逸，务在直置”。直置，是盛唐诗歌的重要特点之一。

初唐四杰在生活遭际、个性气质上与当时的宫廷诗人是掎角冲突的。在文艺观上，初唐四杰对宫廷诗风也深为不满。他们通过检讨诗歌史，试图正本清源，从而批判当时的宫廷诗风。为了要破除雕绘浮艳的文风，他们往往立意高远、陈义雅正，抬出圣人的《风》《雅》传统来与当时上层统治者的文学观念相对抗，因此常常说一些过激的言词，对诗歌史采取非客观的严厉态度。再者，“四杰”更为重视的是实际的功业伟绩，对于缘情体物的诗赋难免会有一些轻视之词。即使从事文学，也要以恢复圣人之道自期。如王勃《平台秘略论十首·艺文》说：“君子所役心劳神，宜于大者远者，非缘情体物，雕虫小技而已。”又，王勃《上吏部裴侍郎启》强调“君子以立言见志”，对汉代以后的文学给予激烈的抨击，说：“魏文用之而中国衰，宋武贵之而江东乱。虽沈、谢争骛，适先兆齐、梁之危；徐、庾并驰，不能免周、陈之祸。”当然，王勃这里主要不是专论文学，而是向裴行俭建议：选拔人才不能以诗赋

---

① 卢盛江《文镜秘府论汇校汇考》南卷，中华书局2006年版。

为先，应该更重视德行与才能。在这种语境里，说一些过激的话也是可以理解的。卢照邻在《乐府杂诗序》里，批评“潘（岳）、陆（机）、颜（延之）、谢（灵运），蹈迷津而不归；任（昉）、沈（约）、江（淹）、刘（孝绰），来乱辙而弥远”（《卢照邻集》卷六）。在两晋南北朝文学里，我们的确很难看出汉乐府“感于哀乐，缘事而发”的影子。从乐府精神迷失的角度来看，卢照邻的评论还是有道理的。杨炯在《王勃集序》里批评自秦汉以后文、儒分离，诗赋在秦、汉以后流入歧途的现象说：

> 仲尼既没，游、夏光洙泗之风；屈平自沉，唐、宋弘汨罗之迹。文儒于焉异术，词赋所以殊源。逮秦氏燔书，斯文天丧；汉皇改运，此道不还。贾、马蔚兴，已亏于《雅》《颂》；曹、王杰起，更失于《风》《骚》。僶俛大猷，未忝前载。洎乎潘、陆奋发，孙、许相因，继之以颜、谢，申之以江、鲍。梁、魏群材，周、隋众制，或苟求虫篆，未尽力于丘坟；或独徇波澜，不寻源于礼乐。（《杨炯集》卷三）

杨炯对秦汉以后的重要诗赋作家都提出苛刻的批判，所持的标准是先秦的《雅》《颂》《风》《骚》。在他看来，秦汉以后文儒异术，诗赋分离出来独立发展，就是“雅颂”、“风骚”精神迷失的过程。骆宾王《和学士闺情诗启》也持有大致相似的看法。杨炯等之所以采取这样过激的言论，其矛头实际上是指向初唐时期的宫廷文学。杨炯在上文里接着批评说：

> 尝以龙朔初载，文场变体，争构纤微，竞为雕刻。糅之金玉龙凤，乱之朱紫青黄，影带以徇其功，假对以称其美。骨气都尽，刚健不闻。

龙朔是高宗李治的年号。龙朔前后，上官仪、李义府、许敬宗等宫廷诗人开始成为创作的主体，太宗时慷慨悲凉的诗风为婉媚绮丽的宫体诗所代替。杨炯把诗坛风气的这种转变概括为“文场变体”，并批评当时的宫廷诗风“骨气都尽，刚健不闻”，所谓的骨气、刚健，就是指主体精神饱满高涨、鲜明爽朗的艺术精神和艺术风格，诗歌不是堆砌华丽辞藻，不是追求形式技巧的翻奇斗胜，而应该是诗人主体情怀的鲜明表现，是诗人主体艺术精神的展露。在杨炯看来，弘扬这种刚健的主体精神和创作风格，正是整治诗坛靡弱风气的良方。这种见解，体现了初唐时期文人个性精神的张扬，是宫廷之外有着社会阅历和生活遭际的一批诗人的共同的精神风貌的展现。稍后，陈子昂对此也有更深刻的表述。

陈子昂在《与东方左史虬修竹篇序》里论前代文学说：

> 文章道弊五百年矣，汉、魏风骨，晋、宋莫传，然而文献有可征者。仆尝暇时观齐、梁间诗，彩丽竞繁，而兴寄都绝，每以咏叹。思古人，常恐逶迤颓靡，风雅不作，以耿耿也。

对于《诗》《骚》以后的诗歌，陈子昂明确地肯定“汉魏风骨”，批评“齐梁间诗，彩丽竞繁”。汉魏时期社会动乱，风衰俗怨，诗人遭际也多坎坷舛背，因此发为诗歌，多慷慨悲凉之音；乱世之中，诗人多关注现实的苦难，思索历史和人生，希望能有一番作为，积极用世，展露雄才，因此诗歌也多慷慨爽朗之气。相对来说，这时期诗歌的抒情性、主体性较为强烈，诗歌往往是主体坦露激越的生命情怀的渠道。如果说汉魏诗歌是《风》《雅》精神的发扬的话，那么齐梁诗歌，则主要是继承“颂诗”的传统，更多地注重于铺陈辞藻、雕饰外物，诗歌的主体精神则显得消薾沦丧。这种缺少文人主体精神的灌注，缺少真实情感寄托的诗歌现象，陈子昂将之概括为“兴寄都绝”。对于五百年来文章之道的沦丧，产生的弊端，陈子昂深为慨叹。陈子昂的慨叹也是针对初唐时期齐梁风气依然蔓延，宫廷文学笼罩文坛的现状而发的，他提倡“风雅”、“兴寄”精神，就是高扬文学的主体精神、文人的主体情怀，来改变靡艳浮弱的文风。在同一篇文章里，陈子昂赞美东方虬的诗“骨气端翔，音情顿挫，光英朗练，有金石声”，这就是具有“兴寄”精神的诗歌所展现出来的风貌。

兴寄的“兴”，是魏晋南北朝时期常见的诗文理论术语，主要是指感物兴情、兴感、兴怀，是由自然景物的触动或社会生活遭遇的感发而产生的真实情感。这种情感又寄托于具体事物的描写中，通过比兴的方式表现出来。魏晋时期的一些抒情小赋，多有兴寄。在汉魏六朝时期，人们多还仅仅把“比兴”视为诗歌的表现方法，一些诗赋作者在描述创作心态时，开始朦胧地意识到感物兴情的规律。陈子昂批评齐梁时期的诗歌，一心追求辞藻的华丽繁芜，丧失了诗歌比兴寄托、抒情言志的传统，诗风渐趋颓靡，沦落了风雅兴寄的精神。陈子昂提出"兴寄"说，就是吸收"感物兴情"论，发展了传统的比兴理论，将过去视为表现方法的"比兴"论，提升为创作精神的"兴寄"说。"兴寄"说，强调诗歌要有感而发，要兴起真实深刻的感情，诗歌可以写景述事，但应该寄托着诗人的真实感情，要有诗人之"兴"——主体的精神、情怀"寄托"其中。这种理论把诗歌的重心由宫廷诗歌的歌颂功德转向文士诗歌的抒发内心感情，由述事赋景转向比兴寄托，实是端正了诗歌的抒情性方向。但是，"兴寄"说，重在寄托，并没有完全摆脱传统"比兴"观念的束缚。陈子昂在《喜马参军相过醉歌序》里感慨地说：

> 吾无用久矣！进不能以义补国，退不能以道隐身，天子哀矜，居于侍省。且欲以芝桂为伍，麋鹿为曹。轩裳钟鼎，如梦中也。……时玄冬遇夜，微月在天，白云半山，志逸海上。酒既醉，琴方清，陶然玄畅，浩尔太素，则欲狎青鸟，寄丹丘矣。日月云迈，蟋蟀谓何？夫诗可以比兴也，不言曷著？

"日月云迈，蟋蟀谓何"，是指《诗经·唐风·蟋蟀》诗，其中有云："蟋蟀在堂，岁聿其逝。今我不乐，日月其迈。"用蟋蟀生命的短暂来比兴时光的流逝。陈子昂此诗中"时岁忽兮，孤愤遐吟，谁知吾心"，也是感慨岁月奄忽。他说"夫诗可以比兴也，不言曷著"，正是指《诗经》的比兴创作方法。就他的《感遇诗》来看，多是运用传统的比兴手法来描写一个意象，从而寄予着诗人的感慨和思辨，在运思上近似于汉魏的抒情赋，艺术形象和表现手法较为单一，情感和物象之间还未能完全水乳交融；有的诗歌，物象是孤立的，还不足以构成圆融的意境①。

"终古立忠义，《感遇》有遗篇。"（杜甫《陈拾遗故宅》）陈子昂

① 清人赵文哲《媕雅堂诗话》云："唐初五古犹沿六代绮丽之习，陈伯玉（子昂）首矫其弊，厥功亦伟，然其《感遇诗》以理胜、格胜，而乏风采可玩，学之者最易成赝体，故虽人人推重，而鄙意不取。"

的风雅兴寄理论，沾溉了后来的诗人。李白在《赠僧行融》诗里赞美陈子昂为凤麟，说：“梁有汤惠休，常从鲍照游。峨眉史怀一，独映陈公出。卓绝二道人，结交凤与麟。”李白在当时就与陈子昂齐名，“先后合德”①。李白在诗论方面也吸收了陈子昂“风雅”、“兴寄”说的精髓并加以发展。陈子昂的理论重在复古，创作上以古体为主，皎然《诗式》说他“复多变少”。李白诗歌理论的重心也在强调恢复儒家风雅传统。李阳冰《草堂集序》称赞李白“不读非圣之书，耻为郑、卫之作。故其言多似天仙之辞。凡所著述，言多讽兴。自三代以来，《风》《骚》之后，驰驱屈、宋，鞭挞扬、马，千载独步，唯公一人”。李白以继承和发扬儒家风雅比兴传统自期自许。其《古风》第一首云：

> 大雅久不作，吾衰竟谁陈。王风委蔓草，战国多荆榛。龙虎相啖食，兵戈逮狂秦。正声何微茫，哀怨起骚人。扬马激颓波，开流荡无垠。废兴虽万变，宪章亦已沦。自从建安来，绮丽不足珍。圣代复元古，垂衣贵清真。群才属休明，乘运共跃鳞。文质相炳焕，众星罗秋旻。我志在删述，垂辉映千春。希圣如有立，绝笔于获麟。②

在这首诗里，李白吐露自己的抱负志向，所以陈义极高。他通过对诗歌历史的叙述和评论来展现自己的诗学抱负。对于《诗经》以后的历史，他发出“正声”微茫、删后无诗的慨叹，认为王风既微，骚辞继起，中多哀怨之声，汉代扬雄、司马相如，驰骋文词，流荡不返，建安以后文人创作讲究辞藻绮丽，都不免有所遗憾，不足珍视。李白所期望恢复的是《诗经》的“大雅”、“正声”，这种“大雅”、“正声”在后代荆榛满眼、兵戈交错的时代，已经是“微茫”难闻了。现在面对大唐盛世，他希望能重新陈述这种大雅正声。李白正是为了树立这宏大高远的志向，所以在措辞时不免显得严厉，对屈原和汉魏建安文学都有微词。但并不能据此而认为李白对屈原和汉魏文学是持否定态度的。李白《宣

① 孟棨《本事诗》，见《历代诗话续编》，中华书局1983年版，第14页。

② 詹锳主编《李白全集校注汇释集评》，百花文艺出版社1996年版，第20—24页。本书引李白诗歌悉据此本。

州谢朓楼饯别校书叔云》："蓬莱文章建安骨，中间小谢又清发。"所谓"建安骨"，就是指风格遒劲、刚健明朗的建安风骨。李白对这种诗歌风格是极为推崇的。李白的诗歌也充分体现出建安风骨的壮美，李白诗歌中常见"壮士"的意象，多表现"壮思"、"壮气"、"壮心"、"壮志"。如果说建安诗歌风格是悲壮的话，李白诗歌的风格应该是雄壮，少了一份悲哀之情，多了一股雄浑苍茫之气。

推崇建安风骨，其实是盛唐时期普遍的审美风尚。在初唐宫体诗盛行的时期，有些《诗格》类著述责备建安诗人不辨宫商徵羽，词句质素。而到了盛唐时期，随着诗人主体精神的高涨，生命情怀的激越，越来越多的诗人认识到建安诗歌骨气刚健的风格美。王维《别綦毋潜》赞美綦毋潜诗歌"盛得江左风，弥工建安体"①；高适《淇上酬薛三据兼寄郭少府微》称赞薛据的诗"纵横建安作"②；在《宋中别周、梁、李三子》中有"感激建安时"诗句；岑参《敬酬杜华淇上见赠兼呈熊耀》称赞杜华说："得君江湖诗，骨气凌谢公"。骨气，正是指与"建安风骨"相一致的风格特征。殷璠《河岳英灵集》论盛唐诗人，也凸显盛唐诗歌具备风骨美的时代特征。后来，杜确在《岑嘉州集序》里说，开元年间"作者凡数十辈"，其诗篇"近建安之遗范"。皮日休在《郢州孟亭记》里也认为"明皇世，章句之风，大得建安体"③。可见建安风骨在盛唐时期的重倡，建安风骨融贯于盛唐精神之中，已经是时人的普遍看法。

与建安时代的乱世悲歌不同，盛唐诗人更多抒发的是盛世的激越情怀，抒情主体没有建安诗人的凝重幽邃，而是表现为壮怀激烈、神思飘逸、兴致挥洒。如果说建安诗歌的风骨多表现哀思之美的话，盛唐诗人的风骨多飘动着"逸兴"之美。④ 盛唐诗人多"逸兴"，这种"逸兴"

---

① 赵殿成笺注、王维著《王右丞集笺注》，上海古籍出版社 1998 年版，第 61 页。下文引王维文字均依此版。

② 孙钦善校注《高适集校注》，上海古籍出版社 1984 年版，第 71 页。本书引高适文字均据此本。

③ 皮日休《皮子文薮》，上海古籍出版社 1981 年版，第 70 页。本书引皮日休文字悉据此本。

④ 罗宗强先生《隋唐五代文学思想史》，中华书局 1999 年版，第三章第一节《崇尚风骨》对此有更详细的阐述，可参看。

为风骨刚健的诗歌增添了一份萧散拔俗的光彩，悠远生动的思致。在初唐一些诗人诗作中，就有“逸兴”郁然搏动。王勃《上巳浮江宴韵得址字》云：“逸兴怀九仙，良辰倾四美。”陈子昂《合州津口别舍弟至东阳峡步趁不及眷然有忆作以示之》云：“孤舟多逸兴，谁供尔为邻。”盛唐时期，王维《和陈监四郎秋雨中思从弟据》云：“逸兴方三接，衰颜强七奔。”孟云卿《邺城怀古》云：“逸兴驱山河，雄词变云雾。”孟浩然《陪卢明府泛舟回作》云：“百里行春返，清流逸兴多。”王士源《孟浩然集序》说孟浩然作诗“伫兴而作”①。特别是李白诗中“逸兴”一词频繁出现。如：

紫绶欢情洽，黄花逸兴催。（《寄崔侍御二首》之一）

此中多逸兴，早晚向天台。（《送友人寻越中山水》）

逸兴满吴云，飘摇浙江汜。（《送王屋山人魏万还王屋》）

镜湖流水漾清波，狂客归舟逸兴多。”（《送贺宾客归越》）

是时霜飚寒，逸兴临华池。（《酬崔五郎中》）

作诗调我惊逸兴，白云绕笔窗前飞。（《醉后答丁十八以诗讥余捶碎黄鹤楼》，按，此诗杨慎以为伪作。）

茫然起逸兴，但恐行来迟。（《寻鲁城北范居士失道落苍耳中见范置酒摘苍耳作》）

三山动逸兴，五马同遨游。（《与从侄杭州刺史良游天竺寺》）

张公多逸兴，共泛沔城隅。（《泛沔州城南郎官湖》）

陶公有逸兴，不与常人俱。筑台像半月，回向高城隅。（《登单父陶少府半月台》）

当然，杜甫、白居易、钱起、刘禹锡等人诗歌中也曾提到“逸兴”，但是，作为一个时代精神的主旋律，“逸兴”无疑是属于盛唐的。“逸”有超绝、奔放、纵肆的意思，在政治环境较为宽松，时代思想较为开放活跃的盛唐时期，诗人的主体精神是外向的、跃动的；“逸”是盛唐的精神状态。诗人的精神外放飞动，情感饱满高涨，兴致郁勃，触景生

① 佟培基笺注、孟浩然著《孟浩然诗集笺注》附录，上海古籍出版社2000年版，本书引孟浩然文字均依此版。

感，兴象葱茏，因此盛唐诗歌中时时闪动着这种源于主体活跃的生命精神的“逸兴”。“兴”多来源于自然山水景物的触动，诗人主体襟怀舒朗，神思逸荡，自然会触物发兴。《世说新语·容止》载，庾亮月夜登楼，叹曰：“老子于此处兴复不浅。”殷仲文《南州桓公九井作》云：“独有清秋日，能使高兴尽。”唐代陈子昂《赠别冀侍御崔司议序》云：“蜀山有云，巴水可兴。”《洪崖子鸾鸟诗序》云：“寄孤兴于露月。”《合州津口别舍弟》云：“孤舟多逸兴。”盛唐时期，王维、孟浩然、李白、高适、岑参等诗人都是以张扬外放的主体情怀来观照自然景物，并且触物兴感、感物兴情的。就拿李白来说，他的“逸兴”常常产生于登山临水之际；而且，在登山临水之际，前代诗人的山水诗又触动诗人的意兴，他便不觉地神采飞扬起来。李白常常说自己神思遥接二谢，说当自己身置其境时，谢灵运和谢朓的山水诗篇清新的自然风景和萧散的主体情怀常常助发他的诗兴：

我乘素舸同康乐，朗咏清川飞夜霜。（《劳劳亭歌》）

我吟谢朓诗上语，朔风飒飒吹飞雨。……顿惊谢康乐，诗兴生我衣。（《酬殷明佐见赠五云裘歌》）

我家敬亭下，辄继谢公作。相去数百年，风期宛如昨。（《游敬亭寄崔侍御》）

蓬莱文章建安骨，中间小谢又清发。俱怀逸兴壮思飞，欲上青天揽明月。（《宣州谢朓楼饯别校书叔云》）

他日相思一梦君，应得池塘生春草。（《送舍弟》）

诗传谢朓清。（《送储邕之武昌》）

李白的《赠从弟南平太守之遥》其一云：“梦得池塘生春草，使我长价登楼诗。别后遥传临海作，可见羊何共和之。”把自己与李之遥的关系比拟为谢灵运与谢惠连，用谢灵运《登临海峤初发强中作》《登池上楼》来比拟自己的诗作。

如果我们说盛唐时期重唱建安风骨，是发扬建安诗人“雅好慷慨”的传统的话，那么盛唐诗人的“逸兴”则是与齐梁山水诗歌的神情摇曳、兴会标举遥遥接应的。中唐时期大历才子也多诗兴，如韩翃《赠兖州孟都督》云：“闲心近掩陶使君，诗兴遥齐谢康乐。”《题慈仁寺竹院》："诗人谢客兴，法侣远公心。"不过他们的兴致显得清闲萧淡，而不是盛唐之"逸兴"。

风骨爽朗刚健，逸兴飘动灵妙，写物抒情便率真自然，既不是镂金错彩，也不是刻意作奇。率真自然，是盛唐时代的审美风尚。李白《古风》三十五云：

> 丑女来效颦，还家惊四邻。寿陵失本步，笑杀邯郸人。一曲斐然子，雕虫丧天真。

南朝以后诗歌重物色，在发现自然美的同时，过分加重人工的雕饰，浮靡艳丽，反而掩饰了自然本来的美。在李白看来，不符合自然本色的人工雕饰，都是丑女效颦，是"雕虫丧天真"。天真自然，是李白追求的诗歌理想。在《经乱离后天恩流夜郎忆旧游书怀赠江夏韦太守良宰》诗里，他赞美韦太守：

> 清水出芙蓉，天然去雕饰。逸兴横素襟，无时不招寻。

如果说李白诗歌的气骨远绍建安精神，逸兴启悟于二谢的话，其天真自然的审美观则源自于庄子。是《诗》《庄》《骚》赋和六朝文学的优秀传统流灌至唐代，在时代精神的鼓荡之下，才形成了盛唐气象。

第五章
缘情诗歌经验的理论提升

【内容提要】 开元、天宝年间，诗歌声律、风骨兼备，达到兴盛的顶峰，诗歌创作的感性经验在王昌龄的《诗格》和殷璠的《河岳英灵集》中得到理论的提升。王昌龄不仅总结了诗歌声病、对偶、句式等技法问题，还着力于诗人“意兴”和作品意境的阐述；殷璠则融论、品、选于一体，全面彰显盛唐诗歌成绩，并对盛唐时期诗歌的审美特征进行理论概括和升华，提出了富有理论价值的命题。

“感物兴情”是传统诗歌创作的一种重要的动机模式，但并非是唯一的模式，自中唐以降在佛学心性论的影响下出现了超感物的诗歌创作心理。不过，就汉魏六朝至盛唐的诗歌创作来说，或侧重外物，或侧重主体内心，感物兴情是占主导地位的创作心理模式。当时出现的王昌龄《诗格》和殷璠《河岳英灵集》，对于前代至盛唐的创作经验及时地给予了理论总结和提升。

第一节　王昌龄的《诗格》

盛唐诗歌理论的代表是王昌龄的《诗格》与殷璠的《河岳英灵集》。殷璠没有留下什么诗歌作品，而是以选诗精慎、立论审辟见长。王昌龄不仅是一位诗论家，在创作上也取得了很高的成绩，是盛唐诗人代表之一。王昌龄的诗歌，殷璠《河岳英灵集》入选最多，有16首。殷璠推许王昌龄是东晋以后几百年内振起颓势的“中兴高作”。王昌龄在当时就赢得了“诗家夫子王江宁”的美名(《唐才子传》卷二)。王昌龄的《诗格》除了列举无名氏《古诗十九首》、曹植、刘桢、王粲、陆机、陶渊明、左思、鲍照、谢灵运、谢朓、何逊、徐陵、陈子昂、王维、高适、李颀、常建等人的诗歌外，还大量引录他自己的诗歌，他的理论正是对自己和同时代人诗歌创作经验的理性反思和概括，是对魏晋南北朝至盛唐时期诗歌创作中所体现出来的审美倾向的理论提升。

关于王昌龄的《诗格》，《新唐书·艺文志》《崇文总目》曾有著录。《四库全书总目提要》曾指出自明代传世的《诗格》为后人依托。但是，日人遍照金刚的《性灵集》卷四《书刘希夷集献纳表》云：“王昌龄《诗格》一卷，此是在唐之日，于作者边偶得此书。古诗格等虽有数家，近代才子切爱此格。”且《文镜秘府论》中多处辑录了王昌龄论诗的文字。可以确信，王昌龄撰著过《诗格》，而且《文镜秘府论》中的王昌龄诗论，是《诗格》较为可靠的内容。至于《吟窗杂录》等诗学文献记载的《诗格》《诗中密旨》中的文字，与《文镜秘府论》收录的内容差别较大，很可能是经后人删削附益的。本节所论，以《文镜秘府论》中的《诗格》文字为主，参以《吟窗杂录》等收录的《诗格》《诗中密旨》。

王昌龄《诗格》也有一些关于声病、对偶、句式等的内容，这是延续初唐诗格的体例，尚非王昌龄《诗格》精华之所在。王昌龄《诗格》为唐代诗学增添的新内容，首先是他对诗人“意兴”和作品意境的论述。

六朝诗歌具有“辞赋化”的倾向，也就是刘勰所谓“极貌写物”的特点，而盛唐是诗人主体精神高昂的时代，诗人不再满足于不露声色地摹写物象，而是更为强调诗歌的抒情性功能，在物色与情感之间，更为强调情感的主导性。不论诗人态度是积极进取还是高蹈养晦，都是以抒情为创作目的。这种现象在理论上的表现，除了一些诗人高唱“诗兴”外，还有王昌龄的“意兴”说。王昌龄《诗格》说：

意欲作文，乘兴便作。

任意以兴来安稳。

凡诗，物色兼意下为好。若有物色，无意兴，虽巧亦无处用之。如“竹声先知秋”，此名兼也。

诗有“明月下山头，天河横戍楼。白云千万里，沧江朝夕流。浦沙望如雪，松风听似秋。不觉烟霞曙，花鸟乱芳洲。”并是物色，无安身处，不知何事如此也。

“物色”是六朝所尚，而盛唐则尚“意兴”。诗歌中物色与意兴应该兼容。如“竹声先知秋”一句，写诗人耳闻凉风鸣竹，感受到秋气已近，主体内心的节序感与竹声逗露出的自然运化相互冥契。这就是物色与意兴相兼，也正是古代“天人合一”的生命存在方式在诗歌中的体现。而“明月下山头”数句，在王昌龄看来，都是敷写外物，没有诗人主体意兴的感发，算不得好诗。

从“物色”到“意兴”，是六朝至盛唐诗学观念在“缘情”说总原则下的重要转变。从创作上看，六朝重“物色”，但并非没有“意兴”；盛唐尚“意兴”，但也没有轻视“物色”，但是从时代普遍风气来看，诗歌创作由重“物色”向重“意兴”转变的迹象是很明显的。王昌龄对“意兴”的标举，正是这种转变在理论上的表现。我们还可以零星看出诗论观念转变的一些痕迹。王籍《入若耶溪诗》“蝉噪林愈静，鸟鸣山更幽”两句，算得上是“物色”与“意兴”相兼，但是据颜之推《颜氏家训·文章》记载，江南人颇为欣赏这两句诗，而范阳卢询祖，邺下才俊，文辞华美，却责怪：“此不成语，何事于能？”魏收也看不出这两句的好处。萧悫《秋诗》“芙蓉露下落，杨柳月中疏”，写初秋清景，萧散雅致、宛然在目，而卢思道等人就不能欣赏此诗的妙处。这多少可以说明当时的北方人在审美意识上还没能领略物我兼容之美，或者可以说“物色”与“意兴”相兼，还没有成为普遍的美学形式，得到认可。初唐时，元兢从理论上指出："以情绪为先，直置为本；以物色留后，绮错为末。"王昌龄则进一步提出尚意兴、意兴物色相兼的主张，这正是诗歌理论发展的重要一步。

王昌龄《诗格》有"十七势"之说，多是讲诗歌的谋篇布局。其中，第九为"感兴势"。所谓"感兴势"，他解释说："感兴势者，人心至感，必有应说，物色万象，爽然有如感会。"这是承袭六朝"感物兴情"的物我相通互应的兴思方式。具体来说，诗人主体内心具有强烈而浓郁的感情（至感），必然要通过言词表现出来，因为内心情感激烈，带着情感去感受万物，觉得物色万象好像也浸透了诗人的感情，与诗人同喜同悲。常建《江上琴兴》诗描写琴声的感染力说："泠泠七弦遍，万木澄幽音（音，一作"阴"）。能使江月白，又令江水深。"琴声的悠扬幽深，使得江上月光显得更为皎洁，江水更显深淼。这正是融情于物、感物会心的"感兴势"。王维《哭殷四诗》写诗人的哭声感动了自然景物，"愁云为苍茫，飞鸟不能鸣"，这与杜甫《春望》"感时花溅泪，恨别鸟惊心"一样，都是融情于物、物染浓情的兴思方式。当然，中国古人的"感兴"与西方浪漫美学中的"移情"在哲学基础上存在着差别。中国古人宇宙观讲究"天人合一"、"物我交感"，而欧洲传统宇宙观重在物我分离。

王昌龄论作诗，重视"意"。他说："凡作诗之体，意是格，声是律，意高则格高，声辨则律清，格律全，然后始有调。"他所谓的意，主要是指诗人的情志，把情志表现于诗歌中就是意。诗人的情意，是诗歌格调的基础。他说，作诗"皆须身在意中。若诗中无身，即诗从何有。若不书身心，何以为诗。是故诗者，书身心之行李，序当时之愤气"。行李，犹言行踪、行迹。王昌龄的意思是说诗歌要完满表现诗人的人生、充分表露诗人的真实情怀。诗歌创作时要注意"立意"、"置意"、"作意"，也就是如何酝酿、陶钧饱满的情感。他说：

夫作文章，但多立意。令左穿右穴，苦心竭智，必须忘身，不可拘束。思若不来，即须放情却宽之，令境生。然后以境照之，思则便来，来即作文。如其境思不来，不可作也。①

夫置意作诗，即须凝心，目击其物，便以心击之，深穿其境。

凡属文之人，常须作意。凝心天海之外，用思元气之前，巧运言词，精练意魄。所作词句，莫用古语及今烂字旧意。改他旧语，移头换尾，如此之人，终不长进。为无自性，不能专心苦思，致见不成。

诗人意兴的酝酿，不是靠袭用古语旧意，而是要有诗人的“自性”，是来自于诗人的一己之感悟，更需要诗人专心苦思，反复斟酌揣摩，凝心于物。诗人目击外物，“便以心击之”，用心灵去感知景物，在瞬间的心物交汇中，将主体情思融入景物中去，赋予外物以情思，使景象内化为诗人的意兴，并“深穿其境”，进一步发挥艺术想象等心理能力，改造、提炼而创造出“意兴”、“物色”相兼的艺术境界。王昌龄用一“击”字来形容主体心意感悟所见之境的敏锐、迅速，用“深穿”二字来形容诗人对境界的深层理解、发掘和营造，较为形象而真切地把握主体的创作心理。“目击”、“心击”是生发意兴，“深穿”是苦思，而苦思之后的艺术表现则要自然从容，即“作语不得辛苦”。王昌龄论苦思之后的艺术表现，说：

诗有意好言真，光今绝古，即须书之于纸；不论对与不对，但用意方便，言语安稳，即用之。若语势有对，言复安稳，益当为善。

这就是伫兴而作，率意而言，这正是盛唐诗人的言说方式，既不同于六朝初唐采丽取对的雕饰，与稍后皎然“至难至险”的取境也有明显的不同。

王昌龄从佛学中借来“境”的概念，用于诗学，是指诗人“意兴”与所见所感之“物色”相互渗透、转化、融会而形成的艺术境界。这种浮现心头的艺术境界，既需要忘记自我的艰苦的思索，也需要从容虚静的心理环境，所以当苦心思虑后文思若依然没有出现，“即须放情却

① 张伯伟校注《全唐五代诗格汇考》，江苏古籍出版社 2002 年版，第 162 页，下同。

宽之，令境生”。放松心情，将诗人从紧张的思虑中解脱出来，使诗人的艺术感受力更为活跃，更易于以审美的心境去领略外物，产生情思。这种“放情宽之”的创作经验，很多诗人都有切身体验。王昌龄说：“凡诗人，夜间床头，明置一盏灯。若睡来任睡，睡觉即起，兴发意生，精神清爽，了了明白。”这是调整心态激发诗兴的一种方法。齐己《吟兴自述》云：“兴去不妨归静虑，情来何止发真风。”没有诗兴的时候不妨“归静虑”，在虚静的心态中酝酿情思。当诗人重新激活艺术感受力，出现了“物色”与“意兴”相融会的心境时，便会产生文思泉涌的创作冲动。佛学唯识宗认为“唯识无境”，没有真实的外境，只有主体的内识是真实的。所谓的外境，也都是“识”所变化产生的。“内识生时，似外境观”（《唯识二十论》），王昌龄所谓的“境”，与佛教唯识宗的“境”有相似之处，都是肯定主体对于“境”的创造意义，即“境由心造”。但唯识宗的境，源自于主体的内识，而王昌龄的境，源自于诗人的“意兴”；唯识宗否定外物的真实性，而王昌龄并不否认外物，而是要诗人“目击其物”，当然，在境的形成过程中，物是因缘，是触媒，更重要的是“意兴”。

王昌龄所谓的“苦思”、“放情”，都是基于“境由心造”的世界观而对“心造”这个过程的论述。诗人在由心造境的过程中，始终不脱离摄入心中的物色，而且最后表现出来的境，也是以意象、意境的形式出现，是心物交融的结果。就像水中见日月一样，诗中须了见物色之象。王昌龄论“物色”，既不同于六朝的繁缛雕饰，也不同于中唐韩孟诗派的搜奇、锻造、冥构，而是强调“天然物色”。他说：

> 诗有天然物色，以五彩比之而不及。由是而言之，假物不如真象，假色不如天然。
>
> 语不用合帖，须直道天真，宛媚为上。

这与李白的“天然去雕饰”是一个意思。崇尚天真自然，是盛唐时代具有代表性的审美意识，源于传统的老庄道家哲学自然美学观，也是盛唐时期诗人崇尚自然、舒展个性、推尊真情的表现。因为诗歌以抒发真实情感为目的，诗中表现的自然物象，是情感的触媒，不需要诗人主体意识的裁夺、肢解、变形，而是按照其天然的本色呈现出来，表现出自然物象的天然美。用王昌龄的话说就是："自古文章，起于无作，兴于自然，感激而成，都无饰练，发言以当，应物便是。"在王昌龄看来，这种"天然物色"是镂金错彩的人工"五彩"所比不及的。谢灵运的"池塘生春草，园柳变鸣禽"，就是诗人眼中的自然景物的自然呈现，这是"天然物色"，而谢朓的"余霞散成绮，澄江静如练"，诗人有意识地用"绮"来比喻"余霞"，用"练"来比喻"澄江"，虽然也写得很形象，但这已是假物色比象，非天然物色，因此逊色得多。王昌龄评论诗歌史，称赞《古诗》"直言其事，不相映带，此实高也"，汉魏曹植、刘桢，"皆气高出于天纵，不傍经史，卓然为文"，"至晋、宋、齐、梁，皆悉颓毁"，其中鲍照、谢灵运"纵逸相继，成败兼行"，主要是以"意兴"和"天然物色"作为标准来评论的。

从创作心理上讲，要凭"意兴"，重"立意"；从诗歌作品来看，则要求诗歌中义理、情意与景象互相渗透融合，要求诗歌有言外之意。这是王昌龄诗学的另一内容，其中已经蕴涵着意境论的萌芽。

《诗格》"十七势"之第十五势为"理入景势"，王昌龄解释说："理入景势者，诗不可一向把理，皆须入景，语始清味。"也就是说诗歌不可抽象说理，应该把所要传达的理融入到具体时地的景象之中，景中蕴涵着理，理通过形象可感的景来呈现，景与理相惬，这样的诗歌才清新而不滞拙，有余味可以咀嚼。反过来，如果景与理不能相惬，分为两橛，那么即使把理表达得通畅了，也失去了诗歌应有的韵味。第十六势为"景入理势"，王昌龄解释说："景入理势者，诗一向言意，则不清及无味，一向言景，亦无味。事须景与意相兼始好。"也就是说诗歌不能一泻千里地直接抒写情意，这样就显得太质实，没有韵味；同样也不能堆垛景物，景物描写过于繁杂，不能给读者留下想象的空间，也就没有余味。诗歌应该景与意相兼，"物色"与"情意"相互渗透、交融，构成完整的诗歌意象，这种意象可感可思，具有韵味。当然王昌龄这里所论的，还不是指一首诗歌的整体意象，而是主要指诗歌的落句。王昌龄诗"时与醉林壑，因之惰农桑。槐烟稍含夜，楼月深苍茫"，前两句是写因醉隐林壑而怠惰农桑，是情感意理，后紧接两句写"醉林壑"后所眼见的幽栖之景，这就是"理入景势"。又如王昌龄诗"桑叶下墟落，鹍鸡鸣渚田。物情每衰极，吾道方渊然"，前两句写衰飒之景，后二句转换笔墨由此景而发抒感慨，这就是“景入理势”。第十势为“含思落句势”，王昌龄解释说：“含思落句势者，每至落句，常须含思，不得令语尽思穷。”也就是说诗歌最后的落句不可说得太质实，太明白，不能把意思说尽，而要“含思”，蕴涵一些意味，留给读者。比如抒写深愁，上句直说深愁，下句就应该写堪愁的景物，两者相惬而富有余味。以王昌龄的诗歌为例子，《送别诗》末二句：“醉后不能语，乡山雨雰雰。”上句抒写惜别之情，下句写景，渲染一种淡淡的愁绪。这就是落句含思而未尽。王昌龄所说的“落句含思”，较为接近杜甫《八哀诗·故右仆射相国张公九龄》“诗罢地有余，篇终语清省”二句的意思。卢世㴶说杜甫两句诗“最得诗中关纽。不惟可以想曲江之诗之妙，并可以想从来作者之妙。今之诗不及古之诗，只为费辞说无余地耳”。

王昌龄这里所论的，大致是说前句言景，后句则抒情写意，前句抒情，则后句写景，不能通篇一直写景或抒情，而要求“情意”与“景物”相兼，同时又要求所抒之情与所写之景，在氛围上能够互相适应、互相惬合。能够这样处理，诗歌便含有绵长的余味。这主要还局限于谋篇布局，与后来的“意境”论还是有一定距离的。但是王昌龄注意到物色与情意相兼相惬，要求诗歌有味，这对后来的“意境”论，是有启发意义的，算得上是“意境”论的萌芽。

第二节　殷璠的《河岳英灵集》

总结盛唐诗歌创作成就并进行理论提升的另一部著作是殷璠的《河岳英灵集》。殷璠的《河岳英灵集》采用融论、品、选于一体的诗学著述形式，前有《集序》《集论》，阐明选评宗旨、编选目的及其他理论问题，主体部分选录盛唐开元、天宝年间常建、王维、王昌龄、储光羲等24人诗作234首①，并于每位诗人名后有一段品评文字，评论诗人的性格气质、生平遭际、创作风貌，多采用摘句的方式品赏诗作名句。据

① 按，《文镜秘府论·南卷》和《文苑英华》录殷璠《集序》称：“粤若王维、王昌龄、储光羲等三十五人，皆河岳英灵也，此集即以河岳英灵为称，诗二百七十五首，分为上下卷。”据此可以推断，《河岳英灵集》本录35人诗275首。自宋代以后被篡改或散佚，今所见者，已非原本。

殷璠在《集序》中说，选诗“起甲寅，终癸巳”。甲寅为开元二年（714），癸巳为天宝十二年（753），所选均为开元、天宝年间的重要诗人。因此可以说殷璠的《河岳英灵集》是对盛唐诗歌创作的一次检阅。殷璠在开元中曾集包融等同郡 18 人诗为《丹阳集》，南宋后已不存。陈尚君先生《殷璠〈丹阳集〉辑考》① 从《吟窗杂录》等书中辑录佚文，其中评语，也值得参考。

殷璠《河岳英灵集》与一般旨在汇录一代文献的总集不同，具有明确的选录标准，具备较为明晰的理论批评意识。在《集序》里，殷璠批评自梁昭明太子撰《文选》以来的数家选本“铨简不精，玉石相混”（《文镜秘府论·南卷》引），并指出诗歌风格有雅俗之别，选者必须有识力，“能审鉴诸体，安详所来，方可定其优劣，论其取舍”。他编选此集一概以诗人创作的实际成绩为取舍标准，“如名不副实，才不合道，纵权压梁、窦，终无取焉”（《集论》）。所谓识力，首先是指辨别诗歌风格雅俗的能力。他在《集序》中说，诗“有雅体、野体、鄙体、俗体”。所谓审鉴诸体，就是对于诗歌整体风格雅、野、鄙、俗的辨别。他所评选的诗人，如王维“词秀调雅”，孟浩然“半遵雅调，全削凡体”，卢象“雅而平”（《唐诗纪事》引作“雅而不素”），等等，都符合雅体的标准。他选评此集本身就蕴涵着尚雅黜俗的意图。所谓识力，也指“安详所来”，对于诗歌历史源流正变进行详明的考察和辨析。在《集序》中，他评析并追溯前代诗歌史说，晋宋时期“都无兴象，但贵轻艳”，齐梁时期“尤增矫饰”，唐“武德初，微波尚在。贞观末，标格渐高。景云中，颇通远调。开元十五年（727）后，声律风骨始备矣”，较为精炼地概括了晋宋至盛唐时期诗风的变化。其中对于晋宋齐梁乃至初唐时期轻艳诗风的批评，与当时其他论者的态度是相通的。不过，殷璠是标举“兴象”来批评轻艳诗风的。唐太宗贞观年间，反对诗文轻绮艳丽的风气，主张文质并重，诗歌风气略有改观。殷璠称之为“标格渐高”。至景云中，张说、张九龄，“吴中四士”贺知章、包融、张旭、张若虚等驰名京师，他们的诗歌创作摆脱了宫体诗风的束缚，情兴高远、个性舒展，所以殷璠说是“颇通远调”。到了开元十五

① 载《唐代文学论丛》第 8 辑，陕西人民出版社 1986 年版。

年（727），其时唐玄宗已多次下诏，变革文风取得成效①，也就是殷璠称之为“河岳英灵”② 的盛唐诗人崭露头角，显示旺盛的创造力的时候③，真正达到了“声律风骨始备”的文质彬彬的境地。从上面我们可以看出，殷璠对于晋宋以来的诗歌史，特别是对于初唐以来诗歌风气的几次变化的论述，是切中肯綮的。这正是选家必备的史识。

殷璠的识力，还表现在他对于盛唐时期诗歌创作的审美特征进行概括，提升为一种理论命题，进而成为他的审美标准。他说，盛唐诗歌是声律风骨兼备，“既闲新声，复晓古体”。所谓新声，就是盛唐的新体律诗；所谓古体，就是建安魏晋以来的五、七言古诗及其缘情使气的创作传统。所以他说盛唐诗歌“言气骨则建安为俦，论宫商则太康不逮”，文质兼长。

殷璠在《河岳英灵集》里对盛唐诗歌抒写情感、任气使才的特点有着深刻的认识。《集序》开篇就说：

> 夫文有神来、气来、情来。

这句话的意思是说，诗文创作源自于创作主体饱满丰富、激切活跃的精神状态。这正是魏晋以来“缘情”诗学的基本命题，也是对盛唐诗歌创作高扬主体生命激情的概括。神、气、情，标识着创作主体精神状态的多样性。大致来说，“神来”是无意于文，自然生感，乘兴而作。如殷璠论常建诗，“似初发通庄，却寻野径百里之外，方归大道。所以其旨远，其兴僻。佳句辄来，唯论意表”；王维诗“词秀调雅，意新理惬。在泉为珠，著壁成绘。一句一字，皆出常境”；刘昚虚诗“情幽兴远，思苦语奇。忽有所得，便惊众听，顷东南高唱者数人”等等，都是兴到神会，不思而得的创作状态，是“神来”。“气来”侧重于诗人飘逸、迅发的个性气质流贯于诗歌之中。如论李白，“性嗜酒，志不拘检。常林栖十数载，故其为文章，率皆纵逸”；论王季友诗，“放荡（二字

---

① 关于唐玄宗下诏改革文风，可参王运熙、杨明先生《隋唐五代文学批评史》，上海古籍出版社 1994 年，第 255—256 页。

②《隋书》卷四十二《李德林传》：“德林美容仪，善谈吐……于宾馆受国书，陈使江总目送之曰：‘此即河朔之英灵也！’殷璠制名源此，意即河岳间具备英华之气的诗人。

③《河岳英灵集》的压卷诗人常建和殷璠最为推崇的诗人王昌龄都于开元十五年登第。

据《唐诗纪事》加）爱奇务险，远出常情之外”；论岑参诗，“语奇体峻，意亦造奇（宋本作“奇造”）。……可谓逸才”；论薛据，“为人骨鲠有气魄，其文亦尔”；论李嶷诗，“鲜净有规矩，其《少年行》三首，词虽不多，翩翩然佚气在目也”（佚气，《唐诗纪事》引作“侠气”）。以上所谓纵逸、爱奇、有气魄、佚气在目，都是说诗歌创作任气使才，任凭诗人飘逸迅发的个性，自由抒写。所谓的“情来”，是指诗人内心充溢着不平之情，直抒胸臆。如论张谓，“《代北州老翁答》及《湖中对酒》，并在物情之外，但众人未曾说耳，亦何必历遐远探古迹，然后始为冥搜”，所谓“并在物情之外”，即任情而发，直抒胸臆。而李颀的一些诗句“足可歔欷，震荡心神”也是源于诗人内心情感的充沛，因此能以情动人。若储光羲诗“格高调逸，趣远情深”；崔曙诗“多叹词要妙，情意悲凉”（宋本作“言词款要，情兴悲凉”）等，都属于“情来”之作。当然，这只是大致而言，神、气、情，只是说明随着诗人情怀的自由舒展，盛唐诗歌的发生模式也多样化了。三者难以明确区分。特别是顺乎诗人个性气质而发的“气来”与源于诗人心中深厚不平情感的“情来”两者本身就难以截然区别开来。

对于盛唐诗歌的审美风貌，殷璠概括为“兴象”与“风骨”的兼备。他评陶翰诗说：“既多兴象，复备风骨。”“风骨”是盛唐精神的一种特征，我们在前面已经论及。殷璠评高适诗“多胸臆语，间有气骨”，岑参诗“体峻”，崔颢“晚节忽变常体，风骨凛然”，蔡隐丘诗“虽乏绵密，殊多骨气”（《丹阳集》），都是揭明他们诗歌具备风清骨峻的阳刚美。对于有些诗人，他则略嫌其缺少风骨，如评刘昚虚说：“唯气骨不逮诸公。”评綦毋潜说：“举体清秀，萧萧跨俗，桑门之说，于己独能，借使若人加气质，减雕饰，则高视三百年之外也。”①评论诗歌史他也以风骨为标准，说：“元嘉以后，……风骨顿尽。”殷璠《丹阳集序》说：“李都尉没后九百余载，其间词人，不可胜数。建安末，气骨弥高；太康中，体调尤峻；元嘉筋骨仍在；永明规矩已失；梁、陈、周、隋，厥道全丧。盖时迁推变，俗异风革，信乎大（疑应作“人”）文化成天下。”② 他认为自汉魏

①《唐诗纪事》卷二十“綦毋潜”条引殷璠语，上海古籍出版社 1987 年版。

②《陈学士吟窗杂录》卷四十一，《四库全书存目丛书》影印明嘉靖年间刻本。

以来的诗歌史，就是风骨逐渐沦丧的历史。

“兴象”是殷璠提炼出来的一个新的理论范畴，是他标举的一种审美标准。在品评诗人时，他评孟浩然“众山遥对酒，孤屿共题诗”二句，“无论兴象，兼复故实”；又品评刘昚虚诗“情幽兴远”。在《集序》里，他批评齐梁时期的诗歌“都无兴象，但贵轻绮”。齐梁诗歌重在描写“物色”，刘勰《文心雕龙·明诗》所谓“俪采百字之偶，争价一句之奇。情必极貌以写物，辞必穷力而追新”，指的就是当时诗歌尚“物色”的特征。因为注重于物色的摹写，所以诗人情感的表现有时与景物较为隔膜，即使有些诗歌表现了情感，这种情感也多缘物色而起，在诗歌中情感不占据主导地位。所以殷璠批评说“都无兴象，但贵轻绮”。殷璠所谓的“兴”是诗人主体精神内某种活跃的情趣意绪，一种葱茏郁勃的兴致；“象”是指诗歌作品中描写的物色。“兴象”就是诗人活跃的情趣意兴“照亮”自然物色，使得自然物色也富有生趣灵性，从而将诗人内心隐而未彰的情趣意兴表现出来。殷璠说孟浩然“众山遥对酒，孤屿共题诗”具有兴象。这两句诗中，诗人意兴与物色互相感发，人与物融为一体，相互唤醒，从而得到表现，故曰“有兴象”。“兴象”是对六朝诗学“物色”的超越，他揭示在诗人创作的主客关系中，主体情感处于主导性地位，情感选择、浸染、改变自然物色，使自然物色饱蕴着主体情思，从而受到情思的“着色”。“兴象”理论的提出，将诗歌创作中的主体精神、主体情思提到新的高度，它是缘情诗学发展到盛唐时期，诗人主体意识饱满高涨的创作形势在理论上的反映。

“兴象”与“风骨”都是在缘情诗学理论背景中对诗人主体情思、艺术精神的肯定。但是，两者的审美趋向又是不同的。从殷璠对盛唐诗人的具体评语来看，旨远兴僻、情幽兴远、趣远情深，等等，都属于“兴象”之美，即主体情思融贯于物象之中，意兴深致。而纵逸、声俊、悲凉、佚气、骨鲠有气魄、语奇体峻，等等，都属于“风骨”之美，即主体情怀激昂、胸臆坦露。两者显示了主体情思表现的不同倾向。从殷璠的评语看，盛唐诗人于在“兴象”与“风骨”之间，各有偏胜。而陶翰诗“既多兴象，复备风骨”，储光羲诗“格高调逸，趣远情深，削尽常言，挟风雅之迹，浩然之气”，是“兴象”与“风骨”兼备。

殷璠评论唐人诗歌，还表现出尚奇的倾向。他评李白《蜀道难》

“可谓奇之又奇”，刘眘虚诗“思苦语奇”，王季友诗“爱奇务险”，高适诗“甚有奇句”，岑参诗“语奇体峻”，包融诗“情幽语奇”，蔡隐丘诗“体调高险，往往惊奇”（后二者为《丹阳集》评语）。初盛唐诗人的奇，多表现为情意高奇，由情意之奇而产生出语句之奇，与中唐诗歌炼意之奇、字句之险不尽相同。

殷璠评论盛唐诗人，有一个突出的特点，就是对诗人才高位卑的不幸遭遇饱含着同情。殷璠称这些诗人是诗中英灵，以诗擅名，而非以权位重。这些诗人中多才富兴高而沉落下僚者，如常建“沦于一尉”，王季友“白首短褐”，李颀“伟才，只到黄绶”（黄绶，丞、尉之类的地方官），薛据“自伤不早达”，孟浩然“沦落明代，终于布衣”，沈如筠“早岁驰声，白首一尉”。殷璠悲叹这些诗人志大才高而命运舛背。这些人与汉代的祢衡、赵壹不同。祢衡、赵壹生在政治窳败、世风日下的东汉末世，他们自己生性偏躁，用殷璠的话说是“其过在人”。而盛唐诗人，生在“明代”，却也摆脱不了宿命式的结局。殷璠联系历史上“刘桢死于文学，左思终于记室，鲍昭（即‘照’，唐人避武后讳改）卒于参军”的事例，总结说：

> 高才无贵仕，诚哉是言！

在这部“赞圣朝之美”的诗选的压卷，道出这样一句悲剧性的论断，应该说是寄寓着选评者的某种隐衷，这可能是“退迹”后的殷璠躬自反思、静观诗坛所得出的结论。殷璠摘引了薛据“怨愤颇深”的《古兴》“投珠恐见疑，抱玉但垂泣。道在君不举，功成叹何及”。他自称“最为深爱”高适《邯郸少年行》中“未知肝胆向谁是，令人却忆平原君”两句，或许寄寓着对才志高远而身处逆境者的惋惜和同情。

殷璠《河岳英灵集》开创的论、评、选相结合的文学批评形式，对后代诗学具有深远的影响，如高仲武的《中兴间气集》、元好问的《中州集》、钱谦益的《列朝诗集》等都延续了这一撰述样式。殷璠《河岳英灵集》评选之中肯精粹，更是赢得了后人的好评。晚唐诗人郑谷《读前集诗二首》之一曰：“殷璠裁鉴《英灵集》，颇觉同才得旨深。

何事后来高仲武，品题《间气》未公心。”① 他将《河岳英灵集》与高仲武的《中兴间气集》相比较，肯定殷璠与盛唐诗人“同才”，故能得其诗旨。五代时孙光宪在《白莲集序》中云：“有唐御宇，诗律尤精。列姓字，缀英秀，不啻十数家。惟丹阳殷璠，优劣升黜，咸当其分。世之深于诗者，谓其不诬。”曾彦和跋《国秀集》也认为“挺章编选，非璠之比”。直至清代《四库全书总目提要》，依然称赞此书“去取至为精核”，“凡所品题，类多精惬”②。的确，在唐人的数种唐诗选本中，殷璠《河岳英灵集》不仅选诗精慎，且具有突出的理论成就。

① 赵昌平等笺注《郑谷诗集笺注》，上海古籍出版社 1991 年版，第 262 页。

②《四库全书总目》卷一百四十九、卷一百八十六，中华书局 1965 年影印本。

国家出版基金资助项目
“十二五”国家重点图书出版规划项目
教育部人文社会科学重点研究基地重大项目成果
上海市哲学社会科学规划中长期课题

黄霖 主编

中国分体文学学史

ZHONGGUO FENTI WENXUE XUESHI

诗学卷 下

周兴陆 著

山西出版传媒集团
山西教育出版社

第四章
诗歌辨体论

【内容提要】 传统诗学的一项重要内容是“辨体”，即每一种诗体发展至成熟时期，都形成特定的审美规范。后世诗人的创作，符合这种规范者为“正体”、“合体”，不符合这种规范者为“变体”、“破体”。明清时期的格调诗学、神韵诗学尤其重视对诗歌体制的辨析。探讨各种诗歌体制的审美规范、梳理其发展流变，是形式诗学的重要内容。如果说宋代的形式诗学是重在“变体”、“破体”的话，那么，明清时期“格调”、“神韵”论的形式诗学则重在“正体”、“合体”。

刘勰《文心雕龙·通变》曰：“夫设文之体有常，变文之数无方。”如何正确认识和遵守文体之“常”而驰骋才气以变化，是历代作家的苦心追求，也是文学批评的话题，也即“辨体”批评。就诗学来说，“辨体”批评——辨别各种诗歌体制的文体规则和审美规范及其变化也很发达。严羽在《答出继叔临安吴景仙书》中“自谓有一日之长，于古今体制，若辨苍素”。特别是明清时期的“格调”诗论，一个重要内容就是“辨体”，故而本书将“诗歌辨体论”归入《格调神韵诗学》一章，当然“辨体”并非格调神韵诗学的专利，讨论涉及的对象，也不限于主张“格调”、“神韵”的论者。

第一节　五言古诗论

古诗，是相对于近体律诗而言，自近体律诗在唐代出现以后，人们便把起源于汉魏的那种不严格讲究对偶、韵律规则的诗歌体制，称为古诗。

五言古诗渊源甚早。五言句式可追溯到先秦。挚虞《文章流别论》云：“五言者，‘谁谓雀无角，何以穿我屋’之属是也。”（《全晋文》卷七十七）钟嵘《诗品序》云：“夏歌曰：‘郁陶乎予心。’楚谣曰：‘名余曰正则。’虽诗体未全，然略是五言之滥觞也。”现存完整的五言诗，是萧统《文选》所载相传为汉武帝时李陵和苏武所作的《赠别诗》七首。但关于这七首诗的真实性，后代颇有质疑。刘勰《文心雕龙·明诗》说：“至成帝品录，三百余篇，朝章国采，亦云周备，而辞人遗翰，莫见五言，所以李陵、班婕妤见疑于后代也。”钟嵘《诗品序》则是持肯定态度的，“推其文体，固是炎汉之制，非衰周之倡也”。到宋代苏轼在《答刘沔都曹书》中力辨李陵、苏武赠别长安诗“正齐梁间小儿所拟作，决非西汉人，而统不悟”。苏轼此论，得到了后世多数论者的赞同。

至东汉末年，五言古诗的体制已经成形，其代表性成就是东汉末年的无名氏文人古诗，刘勰《文心雕龙·明诗》称誉曰：“观其结体散文，直而不野，婉转附物，怊怅切情，实五言之冠冕也。”钟嵘《诗品》也将之列为上品，称赞曰：“可谓几乎一字千金。”萧统《文选》录为《古诗十九首》。后世论者无不视《古诗十九首》为大朴未散的艺术至境。其中代表性的看法，如沈德潜《说诗晬语》说：

> 古诗十九首，不必一人之辞，一时之作。大率逐臣弃妻、朋友阔绝、游子他乡、死生新故之感。或寓言，或显言，或反复言，初无奇僻之思，惊险之句，而西京古诗，皆在其下，是为《国风》之遗。（上卷）

汉魏时期是四言和五言相互消长的时代。四言诗逐渐萎缩，五言诗蔚然兴起。曹操的诗歌，还是以四言为主；至曹植则五言诗数量大大增加，成就更高，他因此成为汉魏时期五言诗的代表。曹植叙写“应诏”、“责躬”、“元会”之类庄严正大主题的诗篇采用的是四言，五言则多用于抒怀述志。其中如“惊风飘白日，忽然归西山”；“明月照高楼，流光正徘徊”；“高台多悲风，朝日照北林”等均“极工起调”（沈德潜《说诗晬语》卷上）。但是，与“古诗”相比，曹植“任气凭材，一往不制，是以有过中之病”（陆时雍《诗镜总论》），因此，一般视曹植为五言古诗之一变：

古诗，两汉以来，曹子建出而始为宏肆，多生情态。此一变也。（王世懋《艺圃撷余》）

魏之于汉，同者十之三，异者十之七，同者为正，而异者始变矣。汉、魏同者，情兴所至，以不意得之，故其体皆委婉，而语皆悠圆，有天成之妙。魏人异者，情兴未至，始著意为之，故其体多敷叙，而语多构结，渐见“作用”之迹。故汉人篇章，人不越四五，而魏人多至于成什矣。此汉人潜流而为建安，乃五言之初变也。（许学夷《诗源辩体》卷四）

汉魏时期的五言诗，天球不琢，浑然天成，一气旋转，略不用意。至西晋时，人工作意渐多，渐开俳偶繁缛的风气。这是古诗之二变：

汉魏之诗，词理意兴，无迹可求。（严羽《沧浪诗话·诗评》）

汉魏古诗，气象混沌，难以句摘；晋以还，方有佳句。（同上）

建安五言，再流而为太康。然建安体虽渐入敷叙，语虽渐入构结，犹有浑成之气；至陆士衡诸公，则风气始漓，其习渐移，故其体渐俳偶，语渐雕刻，而古体遂淆矣。此五言之再变也。（许学夷《诗源辩体》卷五）

这一时期的五言诗，以陆机为代表。六朝时期，诗歌要求穷形尽相，“详切”地“指事造形，穷情写物”，因此陆机等人的繁缛靡丽诗风能博得时人的欣赏，钟嵘《诗品》就将之列入上品，誉为“太康之英”。但是随着后代审美观念的变化，这种详切繁缛为含蓄不尽、空灵隐约所代替，于是对陆机的评价发生了较大的变化，如严羽《沧浪诗话·诗评》论晋人诗便说：“陆士衡独在诸公之下。”

五言古诗的“三变”发生在宋初元嘉时期，从内容上说，是“庄老告退，山水方滋”；从形式上说，是“声色大开”。代表人物是谢灵运、鲍照、颜延之等。王世懋《艺圃撷余》说：“自此（指汉魏以后）作者多入史语，然不能入经语。谢灵运出，而《易》辞《庄》语，无所不为用矣。剪裁之妙，千古为宗。又一变也。”意指谢灵运诗歌驱使经子，补缀奇字，用语生新。许学夷《诗源辩体》卷七曰：

> 太康五言，再流而为元嘉。然太康体虽渐入俳偶，语虽渐入雕刻，其古体犹有存者。至谢灵运诸公，则风气益漓，其习尽移，故其体尽俳偶，语尽雕刻，而古体遂亡矣，此五言之三变也。

正如刘勰《文心雕龙·明诗》所谓“俪采百字之偶，争价一句之奇”，俳偶和雕刻是宋初五言诗的共同特征。沈德潜《古诗源例言》曰：

> 诗至于宋，体制渐变，声色大开。康乐神工默运，明远廉俊无前，允称二妙。延年声价虽高，雕镂太甚，未宜鼎足矣。①

颜延之诗过于雕刻求工，而伤其真气，当时就有“镂金错采”之品，沈德潜对其评价也不高；谢灵运诗俳偶新俊，“追逐而返于自然”，代表当时山水诗的最高成绩；鲍照五言古，沈德潜评曰：“亦在颜、谢之间。雕琢与谢公相似，自然处不及。”（《古诗源》卷十一）

五言至萧齐永明年间，讲究声病，渐入于律，谢朓之清俊、王融之细腻，均讲究声韵的谐和之美，然风格落入卑弱。与元嘉诗人相比，在辞采绮丽上是“踵事增华，变本加厉”。许学夷称之为五言之四变：

> 元嘉五言，再流而为永明。然元嘉体虽尽入俳偶，语虽尽入雕刻，其声韵犹古。至玄晖、休文，则风气始衰，其习渐卑，故其声渐入律，语渐绮靡，而古声渐亡矣。此五言之四变也。（《诗源辩体》卷八）

---

① 按，沈德潜对刘宋诗歌的评价，在《说诗晬语》里表述与此略有差异，值得引出相参：“诗至于宋，性情渐隐，声色大开，诗运一转关也。康乐神工默运，明远廉俊无前，允称二妙。延年声价虽高，雕镂太过，不无闷处；要其厚重处，古意犹存。”

梁、陈宫体诗，以五言写艳情，轻侧绮艳，古声已亡。这是五言之五变：

> 永明五言，再流而为梁简文及庾肩吾诸子。然永明声虽渐入于律，语虽渐入绮靡，其古声犹有存者。至梁简文及庾肩吾之属，则风气益衰，其习愈卑，故其声渐入律，语尽绮靡，而古声尽亡矣。此五言之五变也。……五言至梁简文而古声尽亡。然五、七言律、绝之体于此而备，此古律兴衰之几也。(《诗源辩体》卷九)

剥极而复，否极泰来。唐代开国后，陈子昂尽变古调，四杰负起振响，始见大唐气象。这是五言古诗的六变：

> 五言自汉魏流至陈隋，日益趋下，至武德、贞观，尚沿其流，永徽以后，王、杨、卢、骆则承其流而渐进矣。四子才力既大，风气复还，故虽律体未成，绮靡未革，而中多雄伟之语，唐人之气象风格始见，此五言之六变也。……绮靡者，六朝本相；雄伟者，初唐本相也。故徐、庾以下诸子语有雄伟者，为类初唐；王、杨、卢、骆语有绮靡者，为类六朝。(《诗源辩体》卷十二)

唐代是古体和近体并驰竞进的诗国。关于唐代五言古诗的评论，在诗学史上有两个重要的话题，一是李攀龙《选唐诗序》提出“唐无五言古诗，而有其古诗。陈子昂以其古诗为古诗，弗取也”的说法。李攀龙的本意是说唐五言古诗已失去汉魏六朝古诗的格调风味，然自有其特点，但也未尝没有唐五言古诗稍逊一筹的意味。后来的陆时雍在《诗镜总论》里对唐人五言古诗就有较为苛刻的批评：

> 观五言古于唐，此犹求二代之瑚琏于汉世也。古人情深，而唐以意索之，一不得也；古人象远，而唐以景逼之，二不得也；古人法变，而唐以格律之，三不得也；古人色真，而唐以巧绘之，四不得也；古人貌厚，而唐以矫饰之，五不得也；古人气凝，而唐以佻乘之，六不得也；古人言简，而唐以好尽之，七不得也；古人作用盘礴，而唐以径出之，八不得也。虽以子美雄材，亦踣蹶于此，而不得进矣。庶几者其太白乎？意远寄而不迫，体安雅而不烦，言简

要而有归，局卷舒而自得。离合变化，有阮籍之遗踪；寄托深长，有汉魏之委致。然而不能尽为古者，以其有佻处，有浅处，有游浪不根处，有率尔立尽处，然言语之际亦太利矣。

瑚琏者，夏商时宗庙祭祀的宝器，汉世已求之不得，同样，汉魏古诗的浑朴醇厚之风，在唐代也是求之不得的。陆时雍从八个方面比较汉魏与唐代五言古体的差异，批评唐五言古尚于作用，追求巧意，矫饰率直，唯肯定李白五言古之能守古法。

李攀龙“唐无五言古”之论，在明末清初时遭遇到钱谦益、冯班等力破复古壁垒者的抨击。钱谦益在《列朝诗集》中驳斥说：“彼以昭明所撰为古诗，而唐无古诗也，则胡不曰魏有其古诗，而无汉古诗；晋有其古诗，而无汉魏之古诗乎?”（丁集卷五）冯班《钝吟杂录》卷三云：

陈子昂上效阮公，《感兴》之文，千古绝唱，格调不用沈、宋新法，谓之古诗（唐人自此诗有古、律二体）。……李于鳞云：“唐无五言古诗，陈子昂以其古诗为古诗。”立论甚高，细详之，全是不可通。只如律诗，始于沈、宋，开元、天宝已变矣。又可云“盛唐无律诗，杜子美以其律诗为律诗”乎？子昂法阮公，尚不谓古；则于鳞之古，当以何时为断？若云未能似阮公，则于鳞之五言古，视古人定何如耶？有目者共鉴之！

大致来说，李攀龙重在取法本源，守正黜变；而钱谦益和冯班则更重视诗体的后代变化，肯定各家的独自创造，因此对于唐人五古评价存在明显的不同看法。《师友诗传录》中，王士禛答：

沧溟先生论五古，谓“唐无五言古诗，而有其古诗”，此定论也。常熟钱氏但截取上一句，以为沧溟罪案，沧溟不受也。要之，唐五言古固多妙绪，较诸《十九首》、陈思、陶、谢，自然区别。

张笃庆答：

世无印板诗格，前与后原不必其尽相袭也。历下之诗，五言全仿《选》体，不肯规摹唐人。七古则专学初唐，不涉工部。所以有"唐无五言古诗"之说也。究竟唐人五言古，皆各成一家，正以不依傍古人为妙，亦何尝无五言古诗也？

张实居答：

五言之兴，源于汉，注于魏，汪洋乎两晋，混浊乎梁、陈，风斯下矣。唐兴而文运丕振，虞、魏诸公已离旧习，王、杨四子因加华丽，陈子昂古风雅正，李巨山（李峤）文章宿老，沈、宋之新声，苏（苏颋）、张（张说）之手笔，此初唐之杰也。开元、天宝间，则有李翰林之飘逸，杜工部之沉郁，孟襄阳之清雅，王右丞之精致，储光羲之真率，王昌龄之声俊，高适、岑参之悲壮，李颀常建之超凡。大历、贞元中则有韦苏州之雅淡，刘随州之闲旷，钱、郎之清赡，皇甫之冲秀。下及元和，虽晚唐之变，犹有柳愚溪之超然复古，韩昌黎之博大其词，皆名家擅场，驰骋当世，诗人冠冕，海内文宗，安得谓唐无古诗？

站在格调派的立场看，唐五言古诗与"选体"五言当然有明显的不同。若能够拆破复古守成的格套，便可以认识到唐代五言古诗的特征，并会给予中肯的评价。叶燮《原诗》内篇上："盛唐诸诗人惟能不为建安之古诗，吾乃谓唐有古诗。"唐代五言古诗有两个较为明显的特征：一是避忌律句，尽量规避对偶和黏律的句法，即赵执信《声调谱》所谓"两句一联中，断不得与律诗相乱也"；二是转韵渐多。后一点，清人谈得较多：

五古汉魏无转韵者，至晋以后渐多。唐时五古长篇，大都转韵矣。惟杜甫五古，终集无转韵者，毕竟以不转韵为得。韩愈亦然。如杜《北征》等篇，若一转韵，首尾便觉索然无味，且转韵便似另为一首，而气不属矣。（叶燮《原诗》外篇下）

若五古，汉魏无转韵之体，至唐渐多。而杜浣花、韩昌黎竟亦不然，究属老手。（薛雪《一瓢诗话》）

唐之古诗与汉魏晋不同，汉魏多五言不转韵，今注唐诗，每于转韵分解处见神情并字句之工。（王尧衢《古唐诗合解凡例》）

关于唐代五言古诗评论的另一个话题是如何评价杜甫的五言古诗。杜诗是宋人取法的对象。吴可《藏海诗话》引苏叔党的话说："东坡尝语后辈，作古诗当以老杜《北征》为法。"这是宋人对待杜甫五言古诗的基本态度。但是，随着人们对宋人的批判性反思，对杜甫五言古诗的态度也变得更为审慎和挑剔。如明前期的李东阳，在《怀麓堂诗话》中说：

> 五、七言古诗仄韵者，上句末字类用平声。惟杜子美多用仄，如《玉华宫》《哀江头》诸作，概亦可见。其音调起伏顿挫，独为矫捷，似别出一格。回视纯用平声者，便觉萎弱无生气。自后则韩退之、苏子瞻有之，故亦健于诸作。此虽细故末节，盖举世历代而不之觉也。偶一启钥，为知音者道之。若用此太多，过于生硬，则又矫枉之失，不可不戒也。

如五古《玉华宫》，押上声三十五马韵，上句末字如"长"、"殿"、"洒"、"土"、"舆"、"坐"等都是仄声。仄声短折急促，全诗多用仄声，故而具有"矫健"的审美效果。杜甫古诗用韵的这个特点对韩愈、苏轼等均有影响，然而多用仄声，又显得"过于生硬"，落入宋调，因此李东阳说"矫枉之失，不可不戒"。杜甫拓展了五古的表现范围，现实生活的一切琐事俗情，无不可以五言古诗形式来表现，这对五言古体的演变有很大的影响。李东阳《怀麓堂诗话》说：

> 汉魏以前，诗格简古，世间一切细事长语，皆著不得。其势必久而渐穷，赖杜诗一出，乃稍为开扩，庶几可尽天下之情事。韩一衍之，苏再衍之，于是情与事，无不可尽，而其为格，亦渐粗矣。然非具宏才博学，逢原而泛应，谁与开后学之路哉？

从"尊体"的角度看，以五言古诗表现生活琐事，显得格调粗俗。后来的王世懋在《艺圃撷余》中说："杜子美出，而百家稗官都作雅音，马浡牛溲咸成郁致。于是诗之变极矣。"也是具有"惜格"的意味。杜甫无疑是唐代五言古体的代表，杜甫五言古是唐代的最高成就。胡应麟《诗薮》内编卷二就曾说："少陵才具，无施不可，而宪章汉魏，祖述六朝，洵风雅之大宗，艺林之正朔已。"然在一些论者如陆时雍、王夫之看来，杜甫过于用意，诗歌过于追求人工作意，汉魏风神有所欠焉。但是若着眼于诗体的变化生新，杜甫五古开后世以途径，沾溉宋代诗人，其意义又是不容低估的。宋荦《漫堂说诗》云：

> 余意历代五古，各有擅长，不第唐之王、孟、韦、柳，即宋之苏、黄、梅、陆，要是斐然，而必以少陵为归墟。昔人诗评，“杜工部如周公制作，后世莫能拟议”，盖笃论也。至杜之《北征》《咏怀》，韩之《南山》诸大篇，尤宜熟诵，以开拓其心胸。

五言古诗的作法，后世一般分为短古、长古，现分而论之。

五言短古，杨载《诗法家数》认为只是《选》诗结尾的四句，因此应该含蓄无限，意味悠长。范德机《木天禁语》说:“五言短古篇法：辞简意味长，言语不可明白说尽，含糊则有余味。”（《历代诗话》本）如揭傒斯的《晓出顺承门有怀太虚》：“步出城东门，怅望江南路。前日风雪中，故人从此去。”李白的《静夜思》“床前明月光，疑是地上霜。举头望明月，低头思故乡。”李端的《拜新月》：“开帘见新月，便即下阶拜。细语人不闻，北风吹裙带。”五言短古，以蕴藉为主，宜清雅巧致，意余象外，韵生意表。所以王士禛说:“五言著议论不得，用才气驰骋不得。”（《师友诗传续录》）方东树《昭昧詹言》续卷八说：“短篇难于收敛，收敛中能含蕴无穷，则短而不促。……短篇超然而起，悠然而止，不必另缀起结，苟反其位，两者俱偵。”

作五言长古，忌蔓延铺叙，平冗板滞，而应该“有节奏，有操有纵，有正有变”（李东阳《怀麓堂诗话》）；要有变化有波澜，“如波涛初作，一层紧于一层，拙句不失大体，巧句最害正气”（谢榛《四溟诗话》卷一）；“铺叙中有峰峦起伏，则长而不漫”（沈德潜《说诗晬语》卷上）。历代论者无不称道杜甫《北征》为五言长古的典范。《北征》是至德二年八月，杜甫自凤翔行在还鄜州省家时所作，叙述途中和在家之事。首四句“皇帝二载秋，闰八月初吉。杜子将北征，苍茫问家室”，从北征问家叙起。“维时遭艰虞”一转，接下来十六句回念国事，道出本心。“靡靡踰阡陌”又转到眼前的省家征途，三十六句详叙归途的景物，自然景象与萧瑟人间惨状相交错。“况我堕胡尘”以下三十句详叙到家景况，展现“世乱遭飘荡，生还偶然遂”的人间惨状。“翻思在贼愁”四句又过脉到下一段。“至尊尚蒙尘”以下二十八句又转入对时局的忧思，忧借兵回纥之害，陈专用官军之利。“忆昨狼狈初”之末二十句，述诛国忠太真事，望中兴之主。全诗层次清晰，起结完备，中有转折，有波澜，有照应，为五言长古之正法。

第二节　七言古诗论

七言古诗，是古诗的另一大类，其发展兴盛略迟于五言古诗。唐代以降，常将七言古诗称为歌行，然古代以“歌”、“行”或“歌行”命篇者，不都是七言，也有三言、四言、五言、六言。同样，以七言为主而有杂言，后人也称之为七言古诗。本节所论，包括七言歌行和七言古诗，不再作细致区分。

关于七言古诗的起源，后代论者一般追溯至早期的两个源头：一为《楚辞》，一为乐府。《世说新语·排调》记载：

> 王子猷诣谢公。谢曰：“云何七言诗?”子猷承问，答曰：“昂昂若千里之驹，泛泛若水中之凫。”

王徽之（字子猷）所举二句出《楚辞·卜居》，原文作“宁昂昂若千里之驹乎？将泛泛若水中之凫乎”，其实这两句的节奏和句式与七言句法相比差异较大。不过《离骚》和《九歌》中出现大量的带“兮”字语气词的七言句法，以及汉代如《大风歌》《垓下歌》等楚歌，都是七言古诗的滥觞。张衡的《四愁诗》是早期七言古诗的重要作品，还依然保留着楚歌的特征。胡应麟说：“平子《四愁》，优柔婉丽，百代情语，独畅此篇。其章法实本风人，句法率由骚体，但结构天然，绝无痕迹，所以为工。”（《诗薮》内编卷三）所谓“章法实本风人”，是指重章叠句；所谓“句法率由骚体”，是指嵌入“兮”字的楚歌句法。许学夷说：“张衡乐府七言《四愁诗》，兼本风骚，而其体浑沦，其语隐约，有天成之妙，当为七言之祖。”（《诗源辩体》卷三）汉代的郊祀鼓吹乐，亦多有七言。此外《淮南子》载宁戚《饭牛歌》，胡应麟称之“浑朴古健，汉魏歌行之祖也”。《史记》载荆轲《易水歌》，胡应麟称之“遒爽飞扬，唐人歌行之祖也”（《诗薮》内编卷三）。

最早纯用七言而无杂言的，相传是汉武帝时的《柏梁诗》。《柏梁诗》既是“七言古之权舆”，又是“后人联句之祖”（沈德潜《古诗源》卷二）。其特点是句句协韵，一韵到底，全取平声而无仄韵。后代还有一些七言联句效法“柏梁体”，如谢庄等的《华林都亭曲水联句效柏梁体》、梁武帝等的《清暑殿联句柏梁体》。曹丕的《燕歌行》变《柏梁诗》之众人联句为一人独作，依然是句句协韵，一韵到底，全取平声。许学夷说：“子桓乐府七言《燕歌行》，用韵祖于《柏梁》，较之《四愁》，则体渐敷叙，语多显直，始见作用之迹，此七言之初变也。”（《诗源辩体》卷四）晋代的《白纻舞歌》，句句协韵，且为平声韵，但中间有转韵（按，一说自换韵处应断作另一首）。许学夷曰：“晋无名氏乐府七言《白纻舞歌》，用韵祖于《燕歌》，而体多浮荡，语多华靡，然声调犹纯，此七言之再变也。”（《诗源辩体》卷五）据《文选》卷三张衡《西京赋》李善注，刘向有《七言》曰：“博学多识与凡殊。”《后汉书·王苍传》还记载王苍也作过“七言”。

汉魏是五言腾涌的时期，七言殊寡，尚未成为一种独立的诗体。至晋代《东飞伯劳歌》《休洗红》等乐府歌谣才渐多采用七言句式。挚虞《文章流别论》说：“七言者，‘交交黄鸟止于桑’是也，于俳谐倡乐世用之。”这些俳谐倡乐，还是为文士所轻视的，如傅玄《拟四愁诗序》云：“张平子作《四愁诗》，体小而俗，七言类也。”视七言古诗为“体小而俗”，显然有轻视的意思。直到唐代，据载李白还说过：“兴寄深微，五言不如四言，七言又其靡也，况使束于声调俳优哉！”①

“晋、宋、齐间，七言歌行，寥寥无几”（胡应麟《诗薮》内编卷三）。这一时期，特立独行者为鲍照。鲍照乐府多七言歌行体，特别是《拟行路难十八首》，既有七言间入杂言，也有纯粹七言不入杂言，在七言诗体发展史上具有重要的位置。从用韵上说，鲍照七言歌行，既有句句押韵一韵到底的柏梁体，也有句句押韵中间转韵、隔句押韵一韵到底、隔句押韵中间转韵等多种形式，特别是隔句押韵和转韵，是鲍照七言歌行的基本形式，这是对于《柏梁诗》《燕歌行》的押韵方式的重要突破。夏敬观《八代诗评》说：“鲍照《拟行路难》，其机轴出自陈琳

① 孟棨《本事诗》引，见丁福保辑《历代诗话续编》，中华书局1983年版，第14页。

《饮马长城窟》，至其变句句协韵为隔句协韵，非复‘柏梁体’也。”然而，复古守正之士，对鲍照七言古的“新变”往往是认识不足的。如明末的陆时雍在《诗镜总论》中说：“七言古自魏文、梁武以外，未见有佳。鲍明远虽有《行路难》诸篇，不免宫商乖互之病。”不过，就《拟行路难十八首》来看，还只是用平声转韵，未能做到平仄相间、开合错综、抑扬跌宕。其中只有第八首用韵由平声转至仄声：

> 中庭五株桃，一株先作花。阳春妖冶二三月，从风簸荡落西家。西家思妇见悲惋，零泪沾衣抚心叹：初送我君出户时，何言淹留节回换？床席生尘明镜垢，纖腰瘦削髪蓬乱。人生不得恒称意，惆怅徙倚至夜半。

鲍照七言歌行抒发的情感不外乎“感岁华之奄谢，悼遭逢之岑寂”（陈祚明《采菽堂古诗选》），然风格俊快凌厉，气骨贲张。杜甫《春日忆李白》曰：“俊逸鲍参军。”俊逸正是鲍照七言歌行的基本风格。刘熙载《艺概》云：“明远长句，慷慨任气，磊落使才，在当时不可无一，不能有二。”也是指出这种俊逸发露的风格特征。这种风格是对建安风骨的继承。夏敬观《八代诗评》说：“其为乐府，能稍存汉、魏之骨者，唯鲍照一人矣。”相对于五言诗的醇厚温丽来说，鲍照歌行之“俊逸”是显得怪异的。萧子显《南齐书·文学传论》说：“发唱惊挺，操调险急，雕藻淫艳，倾炫心魂，……斯鲍照之遗烈也。”显然是批评鲍照抒发幽愤之“俊逸”。许学夷曰：“明远乐府，七言有《白纻词》，杂言有《行路难》。《白纻词》本于晋，而词益靡；《行路难》体多变新，语多华藻，而调始不纯。此七言之三变也。”（《诗源辩体》卷七）

“七言歌行，梁武尤胜”（胡应麟《诗薮》内编卷三）。梁武帝（一作“古辞”）的《东飞伯劳歌》两句一转韵，平仄交错。还有《河中之水歌》（一作“古辞”），风格绮艳靡丽。胡应麟评曰：“皆寓古调于纤词，晋后无能及者。”（同上）萧梁时七言歌行不仅作者渐多，且句法渐为规整，用韵更趋变化。如《燕歌行》，自曹丕句句用韵，押平声一韵到底不转韵之后，陆机、谢灵运、谢惠连都遵守这个特点而不能有所变化。至梁元帝萧绎的《燕歌行》（燕赵佳人本自多），虽然还是押平声韵，但已是隔句押韵，且转韵。此后这种隔句押韵且转韵的形式更为常见。然“萧子显、王子渊制作浸繁，但通章尚用平韵转声，七字成句，故读之犹未大畅”（胡应麟《诗薮》内编卷三）。梁、陈以降，沈约、江总、吴均、卢思道等人集中七言歌行愈益繁多，虽音节未协，然叙事、写景、抒情无不如意，拓宽了七言古的格局，胡应麟谓为“初唐鼻祖”。然受时风的影响，这些诗作格调卑靡。许学夷曰：“吴均乐府七言及杂言有《行路难》，本于鲍明远，而调多不纯，语渐绮靡矣。此七言之四变也。”（《诗源辩体》卷九）

“七言歌行，靡非乐府，然至唐始畅”（王世贞《艺苑卮言》卷一）。唐代是七言古诗昌盛的时代，唐人七言古诗，诚掩前绝后，奇妙难踪，这是多数论者的共同看法。沈德潜《说诗晬语》卷上：

> 《大风》《柏梁》，七言权舆也。自时厥后，如魏文《燕歌行》、陈琳《饮马长城窟》、鲍照《行路难》，皆称杰构。唐人起而不相沿袭，变态备焉。学七言古诗者，当以唐代为楷式。

施补华《岘佣说诗》云：

> 七言古虽肇自《柏梁》，在唐以前，具体而已。魏文《燕歌行》已见音节，鲍明远诸篇已见魄力。然开合变化，波澜壮阔，必至盛唐而后大昌。

唐代七言古的第一个兴盛期，是初唐四杰，其中王勃、卢照邻和骆宾王，都有不少歌行名篇传世。一般是四句或八句一韵，平仄韵交替相转，转韵处多采用“顶针”格蝉联而下，平韵的上句一般为仄声，仄韵的上句一般为平声（如《长安古意》）。声韵上的这种特意安排，构成了宫商相变，起伏跌宕，错落有致，而又回环婉转的效果，增加了歌行的音乐性与可歌性。胡应麟《诗薮》内编论“初唐四杰”七言歌行体的音律特征，说：

> 垂拱四子，一变而精华浏亮，抑扬起伏，悉协宫商，开合转换，咸中肯綮。七言长体，极于此矣。（卷三）
>
> 至王、杨诸子歌行，韵则平仄互换，句则三五错综，而又加以开合，传以神情，宏以风藻，七言之体，至是大备。（卷三）

明代“前七子”重要人物何景明的《明月篇序》甚至将“初唐四杰”的七言歌行抬高至杜甫之上，“四杰”歌行音节“往往可歌”，而杜甫歌行则“风人之义或缺”：

仆始读杜子七言诗歌，爱其陈事切实，布辞沉著，鄙心窃效之，以为长篇圣于子美矣。既而读汉魏以来歌诗，及唐初四子者之所为而反复之，则知汉魏固承《三百篇》之后，流风犹可征焉。而四子者，虽工富丽，去古远甚，至其音节，往往可歌。乃知子美辞固沉著，而调失流转，虽成一家语，实则诗歌之变体也。夫诗本性情之发者也，其切而易见者，莫如夫妇之间，是以《三百篇》首乎“雎鸠”，六义首乎“风”，而汉魏作者义关君臣朋友，辞必托诸夫妇，以宣郁而达情焉，其旨远矣。由是观之，子美之诗，博涉世故，出于夫妇者常少；致兼《雅》《颂》，而风人之义或缺，此其调反在四子之下与？

何景明在这里对于杜甫和“初唐四杰”歌行的轩轾，引起了后人的辩难。胡应麟就直接说：“此未尽然。歌行之兴，实自上古，《南山》《易水》，隐约数言，咸足咏叹。至汉魏乐府，篇什始繁。大都浑朴真至，既无转换之体，亦寡流畅之辞，当时以被管弦，供燕享，未闻不可歌也。杜《兵车》《丽人》《王孙》等篇，正祖汉魏，行以唐调耳。”（《诗薮》内编卷三）杜甫的《兵车行》虽有转韵，但多是平韵相转，《丽人行》《哀王孙》是平声一韵到底，且基本上是句句押韵。这都不合初唐歌行法则，而是汉魏七古歌行的常格。王士禛《论诗绝句三十六首》之二十三云：

接迹风人《明月篇》，何郎妙悟本从天。王杨卢骆当时体，莫逐刀圭误后贤。

所谓的“当时体”，沈德潜《说诗晬语》卷上解释说：“四语一转，蝉联而下，特初唐人一法，所谓‘王杨卢骆当时体’也。”王士禛此诗之旨，可以用他《古诗选凡例》的话相参证：

明何大复《明月篇序》谓：“初唐四子之作往往可歌，反在少陵之上。”说者以为有功于风雅，尠矣；然遂以此概七言之正变，则非也。二十年来，学诗者束书不观，但取王、杨、卢、骆数篇转相仿效，肤词剩语，一唱百和，岂何氏之旨哉？

就像何景明之论在当时是针对学杜之失而发的一样，王士禛此论也是针对“二十年来学诗者束书不观”而发的，各有其意图所指。不过，王士禛于七古推崇的是李白、杜甫、韩愈，与何景明之尊初唐是有明显差异的。王士禛此论，惠栋称赞“持论极正”，清代有不少赞同者，如：

七古终篇一韵，唐初绝少，盛唐间有之，杜则十有二三，韩则十居八九。逮于宋，七古不转韵者益多。初唐四句一转换，转必蝉联双承而下，此犹是古乐府体。何景明称其“音节可歌”，此言得之而实非。（叶燮《原诗》外篇下）

七古自晋世乐府以后，成于鲍参军，盛于李、杜，畅于韩、苏，凡此俱属正锋。唐初王、杨、卢、骆体，为元、白所宗，可间一为之，不得专意取法，恐落卑靡一派。何仲默《明月篇序》，未可奉为确论。（李重华《贞一斋诗说》）

不过，四库馆臣对何景明所论，别有另一番认识：

景明于七言古体，深崇四杰转韵之格，见所作《明月篇序》中。（渔洋）乃颇不以景明为然。其实七言肇自汉氏，率乏长篇。魏文帝《燕歌行》以后，始自为音节。鲍照《行路难》始别成变调，继而作者，实不多逢。至永明以还，蝉联换韵，宛转抑扬，规模始就。故初唐以至长庆，多从其格，即杜甫诸歌行，鱼龙百变，不可端倪，而《洗兵马》《高都护骢马行》等篇，亦不废此一体。士祯所论，以防浮艳涂饰之弊，则可。必以景明之论足误后人，则不免于惩羹而吹齑矣。（《四库全书总目〈大复集〉提要》）

四库馆臣认为，“蝉联换韵”是七言歌行的重要一格，即使杜甫歌行也有此体格。初唐四杰对于这种“蝉联换韵”格式的形成具有重要意义，后代学诗，于歌行一体取法初唐，也未尝不可。

大体而言，初唐四杰在歌行体的发展史上自有其重要位置，胡应麟

《诗薮》内编说："齐、梁、陈、隋七言古，唐歌行之未成者。王、卢出，而歌行咸中矩度矣。"（卷三）但七言歌行真正的兴盛，还是在盛唐，也即施补华所谓"开合变化，波澜壮阔，必至盛唐而后大昌"（《岘佣说诗》）。高棅《唐诗品汇·七言古诗叙目》云：

盛唐工七言古调者多，李杜而下，论者推高、岑、王、李、崔颢数家为胜。窃尝评之：若夫张皇气势，陟顿始终，综核乎古今，博大其文辞，则李杜尚矣。至于沉郁顿挫，抑扬悲壮，法度森严，神情俱诣，一味妙悟而佳句辄来，远出常情之外，之数子者，诚与李、杜并驱而争先矣。①

这基本上可以代表历代关于盛唐七言古的基本评价。

盛唐七古与初唐相比，体制上有不少变化。许学夷说："初唐沈、宋二公古律之诗，再进而为开元、天宝间高、岑、王、孟诸公。高、岑才力既大，而造诣实高，兴趣实远，故其五七言古，调多就纯，语皆就畅，而气象风格始备，为唐人古诗正宗，七言乃其八变也。"（《诗源辩体》卷十五）盛唐的七言歌行，与其说是承沿初唐四杰而发展，还不如说是上继楚骚、乐府。胡应麟比较盛唐与初唐歌行的渊源和特征，说："李杜歌行，扩汉魏而大之，而古质不及。卢骆歌行，衍齐梁而畅之，而富丽有余。"（《诗薮》内编卷三）又论李白歌行说："太白《蜀道难》《梦游天姥吟》《远别离》《鸣皋歌》，皆学骚者。《白头吟》《登高丘》《公无渡河》《独漉》诸篇，出自乐府。"刘熙载《艺概·诗概》说："七古可命为古、近二体：近体曰骈、曰谐、曰丽、曰绵；古体曰单、曰拗、曰瘦、曰劲。一尚风容，一尚筋骨。此齐梁、汉魏之分，即初、盛唐之所以别也。"通过与初唐的比较，可以更清楚地凸显盛唐歌行的特征：

首先，从内容上说，初唐歌行以"游观闺情"为主，盛唐歌行赠答送别，抒情写意，无不可为。王闿运在《为陈完夫论七言歌行》中曾指出这一点变化，说："人不能无哀乐，哀乐不能无偏激感宕。故自五言兴而即有七言，而乐府琴曲，希以赠答；至唐而大盛。凡四言五言

① 高棅《唐诗品汇》，上海古籍出版社 1982 年影印明汪宗尼校订本，第 268 页。

所施，皆有以七言代之者，而体制殊焉。初唐犹沿六朝，多宫观闺情之作。未久而用以赠答、送别、分题。或拈一事一物为兴，篇末乃致其意，高、岑、王维诸篇其式也。李白始为叙情长篇，杜甫亟称之，而更扩之。"①

其次，初唐的许多七古歌行，诗人采取冷静的旁观方式客观赋物，采取赋体铺陈的手法，铺排繁复，因此篇幅也较为庞大；至盛唐时，恢复了汉魏抒情写物的传统，从铺排物象，转至抒写胸臆，篇幅则大为缩小。高棅《唐诗品汇》"七言古诗叙目"说："歌行长篇，唐初独骆宾王有《帝京篇》《畴昔篇》，文极富丽，至盛唐绝少，李杜间有数篇，其词亦不甚敷蔓，大率与常制相类。""富丽"是初唐七古长篇的特征，像《帝京篇》之类的七古大篇，在盛唐时是很少的。个中原因，胡应麟《诗薮》内编说:"要唯长篇巨什，叙述为宜，用之短歌，迂缓寡态。于是高、岑、王、李出，而格又一变矣。"（卷三）盛唐七古更多是"短歌"，而非静态赋物的长篇巨什。

第三，初唐的七言古诗，音调流畅，而章法板腐，一般是前面大段铺排，末尾数句述意；盛唐的七言古诗，则运之以气，句式和用韵都能自由变化，纵横腾挪，开合自如，荡逸奔放的章法形式和飘逸挥洒的时代精神相一致，且各人能形成独特的风格。叶燮《原诗》通过对《赠曹将军丹青引》章法的分析，说明杜甫"七言长篇，变化神妙，极惨淡经营之奇"。沈德潜《说诗晬语》分析杜甫歌行之"倒插法"、"反接法"、"透过一层法"、"突接法"。施补华《岘佣说诗》分析杜甫《奉先刘少府山水障子歌》说："起手用突兀之笔，中段用翻腾之笔，收处用逸宕之笔。突兀则气势壮，翻腾则波澜阔，逸宕则神韵远。"可以看出古代诗论对盛唐七言歌行章法之神妙已有较为深入的认识。

第四，初唐七言歌行还没有肃清六朝骈偶的习气，多采用骈偶句法。盛唐歌行则长短相错，以散行句法为主，游衍曲折，开合变化，又以偶句节之勒之。对于这种句法特征，古人多有阐论：

> 高、岑、王、李（颀）四家，每段顿挫处，略作对偶，于局势

① 王闿运《湘绮楼诗文集》，岳麓书社 1996 年版，第 537 页。

散漫中求整饬也。（沈德潜《说诗晬语》卷上）

盛唐四家（按，指王维、李颀、高适、岑参），起讫转承，开阖顿挫，处处有金针可度，用韵皆有法律；又每于筋节处用对仗，以止齐之，此孙、吴节制师也。学者从此问津，即不能窥李、杜之堂，亦不至有放纵颠蹶之病矣。（陈仅《竹林答问》）

唐人七古，高、岑、王、李诸公规格最整，笔最雅炼。散行中时作对偶警拔之句，以为上下关键，非惟于散漫中求整齐，平正中求警策，而一篇之骨，即树于此。（朱庭珍《筱园诗话》卷三）

这里所论的是盛唐王维、李颀、高适、岑参四家七言古结构上的一个特点，试举王维的《夷门歌》：

七雄雄雌犹未分，攻城杀将何纷纷。秦兵益围邯郸急，魏王不救平原君。//公子为嬴停驷马，执辔愈恭意愈下。亥为屠肆鼓刀人，嬴乃夷门抱关者。//非但慷慨献奇谋，意气兼将身命酬。向风刎颈送公子，七十老翁何所求。

此诗十二句，四句一韵，共分三节，以散句为主。每在转韵处的两句如“秦兵益围”二句、“亥为屠肆”二句便采用对偶的句法，以羁勒游走的局势。再看李颀的《送刘十》：

三十不官亦不娶，时人焉识道高下？房中唯有老氏书，榻上空余少游马。//往来嵩华与咸秦，放歌一曲前山春。西林独鹤引闲步，南涧飞泉清角巾。//前年上书不得意，归卧东窗兀然醉。诸兄相继掌青史，第五之名齐骠骑。//烹葵摘果告我行，落日夏云纵复横。闻道谢安掩口笑，知君不免为苍生。

此诗也是以散行为主，转韵处的“房中唯有”二句、“西林独鹤”二句，都是偶句。当然，这只是盛唐七言古的大体规则，李杜二公不受此束缚。朱庭珍《筱园诗话》卷三说：“至李、杜而纵横动荡，绝迹空行，如风雨交飞，鱼龙变化，几于鬼斧神工，莫可思议矣。然文成法立，规矩森严，个中自有细针密缕，丝毫不乱，特运用无痕耳，所谓神而明之，大而化之也。”

李、杜以后，唐代七言古诗的发展分为两路：一是元稹、白居易一派的敷衍通俗，一是韩愈一派的奇险谲怪。元、白继承“初唐四杰”的长歌而加以变化：初唐以长歌赋物，元白以长歌叙事；初唐长歌靡丽绮美，元白长歌明白入俗。高棅《唐诗品汇》“七言古诗叙目”论唐初歌行长篇后又说：“迨元和后，元稹、白居易始相尚此制，世号‘元白体’。其词欲赡欲达，去离务近，明露肝胆。乐天每有所作，令老妪能解则录之，故格调扁（意同“小”）而不高，然道情叙事，悲欢穷泰，如写出人胸臆中语，亦古歌谣之遗意也，岂涉猎浅才者所能到耶?”白居易同时代还有张籍、王建，也多七言歌行，当时就有“歌行则学流荡于张籍”（李肇《国史补》）的说法。对于元白七言歌行，后世褒贬不一，贬者谓其太直、太切、太俗，失《风》人微婉含蓄之义。苏辙说：“白乐天诗词甚工，然拙于纪事，寸步不遗，犹恐失之。”（胡仔《苕溪渔隐丛话》前集卷十三引）这种评价在明清时期甚为流行。但也有肯定其俗易的，何良俊就对白居易歌行颇致褒扬。他说：

> 初唐人歌行，盖相沿梁、陈之体，仿佛徐孝穆、江总持诸作，虽极其绮丽，然不过将浮艳之词模仿凑合耳。至如白太傅《长恨歌》《琵琶行》，元相《连昌宫词》，皆是直陈时事，而铺写详密，宛如画出，使今世人读之，犹可想见当时之事，余以为当为古今长歌第一。①

叙事游衍、语言通俗的元、白歌行，对于清初吴伟业的长篇歌行具有直接的影响，清代论者一般都注意到吴伟业七言歌行与元、白的关系。王士禛《分甘余话》论歌行说：“娄江源于元、白，工丽时或过之。”沈德潜《国朝诗别裁集》说：“梅村七古，专仿元、白，世传诵之。”四库馆臣说：“（吴伟业歌行）叙述类乎香山，而风华为胜。”（《四库全书总目〈梅村集〉提要》）

韩愈将七言古引入另一方向，搏控操纵，奇峭恣肆。其七言古的成就得到后世的肯定，王士禛《古诗选凡例》说：“贞元、元和间，学杜者唯韩文公一人耳。”七言古，初唐四杰以转韵为常，杜甫渐有不转韵

① 何良俊《四友斋丛说》卷二十五《诗》二，中华书局1959年版，第226页。

者。至韩愈，七言歌行不转韵者十之八九，后来欧阳修、苏轼等人“皆以韩为宗”（沈德潜《说诗晬语》卷上）。一韵到底，易落平熟板腐，章法上须开合擒纵，抑扬顺逆，在韵脚稳顺同时造成文势上的波澜跌宕。关于七古一韵，薛雪《一瓢诗话》说：“若七古则一韵为难，苟非笔力扛鼎，无不失之板腐。要其波澜层叠，变幻纵横。通篇一韵，俨若跌换，亦推杜、韩二公能之。”初盛唐的七古，以赋物叙事抒情为主，韩愈出以议论。这是他七古的重要特征。方东树《昭昧詹言》卷十二列举韩愈《汴州乱》末二句“庙堂不肯用干戈，呜呼奈汝母子何”，《山石》末二句“人生如此自可乐，岂必局束为人鞿”等，都是入议论，以议论化叙事之呆板。韩愈是以古文手笔入七古，多单行、侧笔、逆笔，虚实奇纵，矫绕多变。方东树《昭昧詹言》对其章法多有评论。宋代七古，首推苏轼。王士禛说：“七言古若李太白、杜子美、韩退之三家，横绝万古，后之追风蹑景，惟苏长公一人而已。”（《师友诗传录》）宋元以降七言古诗的名家，李慈铭有“八骏”之说。其《越缦堂诗话》卷上说“七古子美一人足为正宗，退之、子瞻、山谷、务观、遗山、青邱、空同、大复，可称八骏”，“七古若山谷之健，放翁之秀，道园之简，渊颖之老，西涯之洁，牧斋之苍，亦名家矣；其病在不浑成，不精实，故皆不能超妙”。

七言古诗是最可以使气逞才的一种诗体。七古以气格为主，宜笔力雄健，音节铿锵，文势矫变，不妨辞明意尽，最忌平整庸腐，板滞不灵。王士禛比较七古与五古之异说：

> 五言著议论不得，用才气驰骋不得；七言则须波澜壮阔，顿挫激昂，大开大阖耳。……五言以蕴藉为主，若七言则发扬蹈厉，无所不可。（《师友诗传续录》）

关于七言古诗的诗法要点，古代诗论以李杜为典范，提出一些原则：

> 七言古诗要铺叙，要有开合，有风度，迢递险怪，雄俊铿锵。忌庸俗软腐，须是波澜开合，如江海之波，一波未平，一波复起；又如兵家之阵，方以为正，又复为奇，方以为奇，忽复是正，出入变化，不可纪极。备此法者，唯李、杜也。（杨载《诗法家数》）

歌行起步，宜高唱而入，有“黄河落天走东海”之势。以下随手波折，随步换形，苍苍莽莽中，自有灰线蛇踪，蛛丝马迹，使人眩其奇变，仍服其警严。至收结处，纡徐而来者，防其平衍，须作斗健语以止之；一往峭折者，防其气促，不妨作悠扬摇曳语以送之，不可以一格论。（沈德潜《说诗晬语》卷上）

第三节 乐府诗论

乐府是古代诗体的一个大类，产生于汉代。魏晋南北朝和唐代，乐府诗在诗歌创作中占据重要地位。宋代以后，依然有一些拟乐府古题的作品。南宋郭茂倩的《乐府诗集》将乐府分为“郊庙歌辞”、“燕射歌辞”、“鼓吹曲辞”、“横吹曲辞”、“相和歌辞”、“清商曲辞”、“舞曲歌辞”、“琴曲歌辞”、“杂曲歌辞”、“近代曲辞”、“杂歌谣辞”、“新乐府辞”等十二类。其中郊庙、燕射歌辞，乃帝王祭祀或宴会宾客时所歌，非寻常诗人可以拟作的。鼓吹曲辞和横吹曲辞，是倚声制辞；相和歌辞、清商曲辞、舞曲歌辞、杂曲歌辞、杂歌谣辞，是采诗以入律；近代曲辞，出于隋唐之世；新乐府辞，是唐世新歌，不被于声律。这里仅选取若干种略作叙述。

相和歌辞，本为汉代旧歌，沈约的《宋书·乐志》介绍说：“《相和》，汉旧歌也。丝竹更相和，执节者歌。”丝，是弦乐器。竹，是管乐器。《宋书·乐志》中的“相和歌辞”，包括“相和曲”、“清商三调歌”、“楚调”三类：

相和曲，列《气出唱》《精列》《江南》《度关山》《东光》《十五》《薤露》《蒿里行》《对酒》《鸡鸣》《乌生》《平陵东》《陌上桑》十三曲。

清商三调歌，又分为平调、清调、瑟调三类。平调列《短歌行》《燕歌行》二曲；清调列《秋胡行》《苦寒行》《董桃行》《塘上行》四曲；瑟调列《善哉行》《东门行》《西门行》《折杨柳行》《艳歌罗敷行》《煌煌京洛行》《步出夏门行》《艳歌何尝行》《野田黄雀行》《满歌行》《櫂歌行》《雁门太守行》《白头吟》等大曲十三曲。

楚调，列《怨诗》（明月照高楼）一曲。

《宋书·乐志》所谓的"《相和》，汉旧歌也"，《旧唐书·乐志》解释得更清楚：

> 平调、清调、瑟调，皆周房中曲之遗声，汉世谓之三调。又有楚调、侧调。楚调者，汉房中乐也。高帝乐楚声，故房中乐皆楚声。侧调者，生于楚调，与前三调总谓之相和调。①

沈约之后，唐代的元兢在《乐府古题要解》中分相和歌、拂舞歌、白纻歌、铙歌、横吹曲、清商曲。其中"相和歌"，包括《江南曲》《度关山》《长歌行》《薤露歌》《鸡鸣》《对酒行》《乌生八九子》《平陵东》《陌上桑》《短歌行》《燕歌行》《秋胡行》《苦寒行》《董桃行》《塘上行》《善哉行》《东门行》《西门行》《煌煌京洛行》《艳歌何尝行》《步出夏门行》《野田黄雀行》《满歌行》《櫂歌行》《雁门太守行》《白头吟》，其曲名和顺序与《宋书·乐志》基本相同。

到宋代郭茂倩编《乐府诗集》时，对"相和歌辞"搜罗得更为详备。他将相和歌辞分为六类，在《宋书·乐志》原有的三类的基础上，依据《古今乐录》所引张永《元嘉技录》增加了"相和六引"、"吟叹曲"、"四弦曲"三种。其中，"相和六引"包括《箜篌引》《宫引》《角引》《商引》《徵引》《羽引》六曲。"吟叹曲"包括《大雅吟》《王明君》《楚妃叹》《王子乔》四曲。"四弦曲"即《蜀国四弦》一曲。郭茂倩《乐府诗集》中的"相和曲"，与《宋书·乐志》载录曲名相同。《乐府诗集》中"清商三调歌"的"平调曲"，在《宋书·乐志》记载二曲的基础上增加《长歌行》《猛虎行》《君子行》《从军行》《鞠歌行》五曲，凡七曲。"清商三调歌"的"清调曲"，在《宋书·乐志》的基础上增《豫章行》《相逢狭路间行》二曲，凡六曲。"清商三调歌"的"瑟调曲"，在《宋书·乐志》的基础上增《却东西门行》《顺东西门行》《饮马行》《上留田行》《新成安乐宫行》《妇病行》《孤儿行》《放歌行》《大墙上蒿行》《长安城西行》《武舍之中行》《艳歌福钟行》《艳歌双鸿行》《帝王所居行》《门有车马客行》《墙上难用趋行》《日

① 参郭茂倩《乐府诗集》卷二十六，中华书局1979年版，376页。

重光行》《蜀道难行》《蒲坂行》《采梨橘行》《白杨行》《胡无人行》《青龙行》《公无渡河行》二十四曲。《乐府诗集》的"楚调曲"包括《白头吟》《反白头吟》《决绝词》《泰山吟》《梁父吟》《东武吟》《怨诗》《怨歌》《明月照高楼》《长门怨》《婕妤怨》等，比《宋书·乐志》大为增加。《白头吟》，沈约《宋书·乐志》将之归入"清商三调歌"的"瑟调"，郭茂倩据王僧虔《技录》归入楚调。

清商曲辞，包括"吴声歌曲"、"西曲歌"、"江南弄"三个部分。"吴声歌曲"，沈约《宋书·乐志》记载说：

> 吴歌杂曲，并出江东，晋、宋以来，稍有增广。……始皆徒歌，既而被之弦管。

郭茂倩说：

> 盖自永嘉渡江之后，下及梁、陈，咸都建业，吴声歌曲起于此也。(《乐府诗集》卷四十四)

据此可知，吴歌是自东晋以来建业（今南京）一带传唱的民间歌曲，因建业为南朝四代国都，故而吴歌渐渐进入上层贵族阶级，被以弦管，成为通行的歌曲。吴声歌曲的名目，《宋书·乐志》记载了《子夜歌》《前溪歌》《阿子》《欢闻歌》《团扇歌》《督护歌》《懊侬歌》《长史变》《读曲歌》等的本事缘起。《乐府诗集》卷四十四引释智匠《古今乐录》曰："吴声歌，其曲有《命啸》《吴声》《游曲》《半折》《六变》《八解》。"其中有的已失传。《吴声》凡十曲，为《子夜》《上柱》《凤将雏》《上声》《欢闻》《欢闻变》《前溪》《阿子》《丁督护》《团扇郎》。其中《上柱》和《凤将雏》已不传。《游曲》可知其名者为《子夜四时歌》《子夜警歌》《子夜变歌》。这是六朝时期还在流行的吴声歌曲目。《乐府诗集》在《宋书·乐志》和《古今乐录》之外又新增《吴歌》《七日夜女歌》《黄生曲》《黄鹄曲》《碧玉歌》《桃叶歌》《长乐佳》《欢好曲》《懊恼曲》《华山畿》《春江花月夜》《玉树后庭花》《堂堂》《三阁词》《泛龙舟》《黄竹子歌》《江陵女歌》。其中《吴歌》仅鲍照一人三首。其他曲目，作之者多。自《春江花月夜》以下，均为隋唐时期的民间吴歌或文人作品。

西曲产生于刘宋时期，比吴声略晚，其地域“在长江流域中部和汉水流域，而以江陵为中心地区”①。《乐府诗集》卷四十七引《古今乐录》曰：

> 西曲歌出于荆、郢、樊、邓之间，而其声节送和，与吴歌亦异，故［依］其方俗而谓之西曲云。

陈代释智匠的《古今乐录》著录西曲歌三十四曲，分别为：(1)《石城乐》、(2)《乌夜啼》、(3)《莫愁乐》、(4)《估客乐》、(5)《襄阳乐》、(6)《三洲》、(7)《襄阳蹋铜蹄》、(8)《采桑度》、(9)《江陵乐》、(10)《青阳度》、(11)《青骢白马》、(12)《共戏乐》、(13)《安东平》、(14)《女儿子》、(15)《来罗》、(16)《那呵滩》、(17)《孟珠》、(18)《翳乐》、(19)《夜度娘》、(20)《长松标》、(21)《双行缠》、(22)《黄督》、(23)《黄缨》、(24)《平西乐》、(25)《攀杨枝》、(26)《寻阳乐》、(27)《白附鸠》、(28)《拔蒲》、(29)《寿阳乐》、(30)《作蚕丝》、(31)《杨叛儿》、(32)《西乌夜飞》、(33)《月节折杨柳歌》、(34)《夜黄》。

这三十四曲又可以分为舞曲和倚歌两类。其中，(1)《石城乐》、(2)《乌夜啼》、(3)《莫愁乐》、(4)《估客乐》、(5)《襄阳乐》、(6)《三洲》、(7)《襄阳蹋铜蹄》、(8)《采桑度》、(9)《江陵乐》、(11)《青骢白马》、(12)《共戏乐》、(13)《安东平》、(16)《那呵滩》、(29)《寿阳乐》，共十四曲，为舞曲。

(10)《青阳度》、(14)《女儿子》、(15)《来罗》、(19)《夜度娘》、(20)《长松标》、(21)《双行缠》、(22)《黄督》、(23)《黄缨》、(24)《平西乐》、(25)《攀杨枝》、(26)《寻阳乐》、(27)《白附鸠》、(28)《拔蒲》、(30)《作蚕丝》、(34)《夜黄》，共十五曲，为倚歌。

(17)《孟珠》、(18)《翳乐》既是舞曲，亦是倚歌。(31)《杨叛儿》、(32)《西乌夜飞》、(33)《月节折杨柳歌》三曲属于舞曲还是倚

---

① 王运熙《吴声西曲的产生地域》，见其《乐府诗述论（增订本）》，上海古籍出版社2006年版，第27页。按，本节多参考王先生此著。

歌《古今乐录》未明言。

《乐府诗集》的西曲歌，没有增加什么新曲，唯在《乌夜啼》后增《乌栖曲》，《襄阳乐》后增其变歌《雍州曲》和《大堤曲》。

吴声和西曲，最初都是流传于民间的歌曲，少数为当地的贵族所作。这些民间歌曲以情歌为主，表现男女的相思相恋。在东晋南朝时期，这些民间歌曲逐渐影响到上层文士，甚至帝王都喜好，且民歌的风格还影响到文人创作。

关于吴歌进入上层社会，《世说新语·言语篇》有一则记载：

> 桓玄问羊孚："何以共重吴声？"羊曰："以其妖而浮。"

"共重吴声"是东晋后期朝野共同的文化现象。所谓"妖而浮"，正是吴歌妩媚轻绮的特征。史书多有关于刘宋、萧齐帝王喜好吴声西曲，甚至亲自创作吴声西曲的记载。帝王和上层士人参与民歌的创作，对于推动民歌的盛行，提高民歌的地位，无疑是有意义的。但是，上层士人作为儒家礼义制度和文化的担当者，过于"俗化"，又是有伤大雅的。因此在当时，喜好吴声西曲的上层文士就招致批评。《晋书·王恭传》记载：

> 会稽王道子尝集朝士，置酒于东府，尚书令谢石因醉为委巷之歌，恭正色曰："居端右之重，集藩王之第，而肆淫声，欲令群下何所取则！"石深衔之。

"委巷之歌"，就是吴声西曲，谢石醉而歌之，应是出于真心喜好，而王恭以大义责之，斥为"淫声"，正体现了儒家正统的礼义雅正标准对吴声西曲等民歌的排斥，当然，就这件事情本身来说，"委巷之歌"的确不符合谢石的身份和"置酒于东府"的场合。梁武帝和沈约都未能免俗，作过《襄阳蹋铜蹄》等"西曲歌"，但是沈约在《宋书·乐志》中批评王诞《襄阳乐》、沈攸之《西乌夜飞》等西曲歌"歌词多淫哇不典正"，这都体现出上层文士对待民间文艺的矛盾态度。据《南史·颜延之传》记载，颜延之经常鄙薄汤惠休诗是"委巷中歌谣耳，方当误后生事"。可能正是因为受到民歌的影响或作诗风格接近民歌，汤惠休被钟嵘《诗品》列入"下品"，并批评说："惠休淫靡，情过其才。"这也可以看出一般士人对于民歌的不同态度。就在上层士人普遍喜好民歌的同时，也有一些人提出雅乐，反对“淫哇”。《南齐书·萧惠基传》曰：

> 自宋大明以来，声伎所尚，多郑卫淫俗，雅乐正声鲜有好者。惠基解音律，尤好魏三祖曲及《相和歌》，每奏辄赏悦不能已。

萧惠基的这种褒贬态度，可能影响到稍后的刘勰。刘勰《文心雕龙·乐府》就批评当时的歌坛“俗听飞驰，职竞新异”，“淫辞在曲，正响焉生”，贬抑那些产生于民间的、原生态的、较少受到儒家正统礼乐教化熏习的民间歌曲。

但是具有生命力的民间歌谣，不会因为少数人的排斥而消蔫。在隋唐时期，因得到帝王的喜好和提倡，民间歌谣反而越发兴盛，对诗人创作也发生越来越大的影响。郭茂倩《乐府诗集》第七十九至八十二卷为“近代曲辞”，即是隋唐时期产生的杂曲。第九十至一百卷为“新乐府辞”。郭茂倩说：“新乐府者，皆唐世之新歌也。以其辞实乐府，而未尝被于声，故曰‘新乐府’也。”元稹《乐府古题序》论以杜甫、白居易等为代表的新题乐府说：“近代唯诗人杜甫《悲陈陶》《哀江头》《兵车》《丽人》等，凡所歌行，率皆即事名篇，无复倚傍。予少时与友人乐天、李公垂辈，谓是为当，遂不复拟赋古题。昨梁州见进士刘猛、李余各赋古乐府诗数十首，其中一二十章，咸有新意。”唐代的新题乐府，摆脱古题的束缚，秉承乐府“讽兴当时之事”的精神，是乐府体制的新发展。对于乐府诗体制的演变，清人冯班分为七种：

> 制诗以协于乐，一也；采诗入乐，二也；古有此曲，倚其声为诗，三也；自制新曲，四也；拟古，五也；咏古题，六也；并杜陵之新题乐府，七也。古乐府无出此七者矣。(《吟窗杂录·古今乐府论》，《清诗话》本)

“制诗以协于乐”，如魏之三调歌诗，“因弦管金石，造歌以被之”（《宋书·乐志》）是也；“采诗入乐”，如《子夜歌》等曲，“始皆徒歌，既而被之弦管”（《宋书·乐志》）是也；“倚其声为诗”，若刘禹锡之《竹枝词》是也；“自制新曲”，如沈攸之作《西乌夜飞》是也；“拟古”，历代繁多，皆借古题以写己事；“咏古题”是吟咏乐府题本事，别立新旨；“新题乐府”是自创新题写时事。乐府诗演化的过程，实际上也是诗、乐分途，乐章逐渐失传，乐辞逐渐独立的过程。钱良择《唐音审体》说：

> 五代以后，乐不用诗，乐府音节，举世失传，其名仅存，其声盖不可考。自宋迄今，诗人所为乐府，但以章句体裁仿佛古人，未敢信其可被管弦也。

乐府不都可歌，自唐代而然。沈德潜《重订唐诗别裁集凡例》说：“唐人达乐者已少，其乐府题，不过借古人体制，写自己胸臆耳，未必尽可被之管弦也。”

乐府歌曲在最初产生时一般有本事缘起，最初的曲名与乐辞在意义上是相关的，后代的拟作有的能切合曲题本事，有的却抛开本事而另立一意，如《乌生八九子》，本是言“乌母生子，本在南山岩石间，而来为秦氏弹丸所杀；白鹿在苑中，人得以脯；黄鹄摩天，鲤鱼在深渊，人可得而烹煮之。则寿命各有定分，死生何叹前后也。若梁刘孝威‘城上乌，一年生九雏’，但咏乌而已，不言本事”（元兢《乐府古题要解》卷上）。这种现象在乐府诗创作中普遍存在。元兢《乐府古题要解序》举例说：

> 乐府之兴，肇于汉魏。历代文士，篇咏实繁。或不睹于本章，便断题取义。赠夫利涉，则述《公无渡河》；庆彼载诞，乃引《乌生八九子》；赋雉斑者，但美绣颈锦臆；歌天马者，唯叙骄驰乱蹋。类皆若兹，不可胜载。递相祖习，积用为常，欲令后生何以取正？余顷因涉阅传记，用诸家文集，每有所得，辄疏记之。岁月积深，以成卷轴，向编次之，目为《古题要解》云尔。(《历代诗话续编》本)

元兢的意思是后代作乐府诗，断题取义，与曲题的本事毫无关涉。他为了纠正这种“失误”，乃编著《古题要解》，叙述每一古题的本事缘起。但乐府诗创作，是否一定要关涉本事呢？若粘着于本事，仅就一本事而反复咏叹，虽可不断开掘，但总有尽头，虽是高才，也难以取巧。从后世的创作实践来看，诗人往往少受本事的限制，每借旧题发挥已意。对于这种乐府诗创作现象，理论上的看法是不一致的，宋代《唐子西语录》中云：

古乐府命题皆有主意，后之人用乐府为题者，直当代其人而措词，如《公无渡河》，须作妻止其夫之词，太白辈或失之，唯退之《琴操》得体。(《历代诗话》本)

唐庚的态度与元兢是一致的。明人朱承爵《存余堂诗话》也说：

古乐府命题，俱有主意。后之作者，直当因其事、用其题始得，往往借名，不求其原，则失之矣。如刘猛、李余辈，赋《出门行》不言离别，《将进酒》乃叙烈女事，至于太白名家，亦不能免此病。(《历代诗话》本)

如果将后代诗人对乐府本题的拓展发挥，也视为“病”的话，乐府诗创作只能因袭摹拟，重复旧题，必将失去生命力。其实乐府诗的创作，重在“变”，在旧题翻新，甚至自创新题，在精神上秉承乐府精神，形式上倒不必过于拘泥。杜甫是乐府诗创新精神的代表，其自创新题的乐府，得到后人的肯定。元稹厌弃当时的乐府诗创作“沿袭古题，唱和重复”，称赞杜甫新题乐府“即事名篇，无复依傍”。宋代蔡宽夫《诗话》云：“惟老杜《兵车行》《悲青坂》《无家别》等数篇，皆因事自出己意，立题略不更蹈前人陈迹，真豪杰也。”这是后代对于杜甫新题乐府的共同评价。如对于李白等人旧题乐府“仍其本名而自作己诗”和杜甫、白居易等“自作己诗而创为新乐府”，袁枚都是给予肯定的，而对于李攀龙等人的乐府诗之唐摹晋帖，丧失自己的面目，他是贬斥的。袁枚说：

今人犹贸贸然抱《乐府解题》为秘本，而字摹句仿之，如画鬼魅，凿空无据。且必置之卷首，以撑门面。犹之自标门阀，称乃祖乃宗绝大官衔，而不知其与己无干也。(《随园诗话》卷一)

这与元兢、朱承爵等人的态度是相对立的，这是“复古”和“新变”

文学史观在评价乐府诗上的表现。在《师友诗传录》中王士禛说："乐府宁为其变，而不可以字句比拟也，明矣。"远的不说，拿元代的杨维桢和明代的李攀龙相比，冯班《吟窗杂录·古今乐府论》论杨维桢乐府说：

杨铁老作乐府，其源出于二李（按，李白、李贺）、杜陵，有古题者，有新题者，其文字自是铁体，颇伤于怪。然笃而论之，自是近代高手。太白之后，亦是一家，在作者择之。

而李攀龙的拟古乐府，王世贞《艺苑卮言》说："无一字一句不精美，然不堪与古乐府并看，看则似临摹帖耳。"（卷七）李攀龙乐府之所以招致后人批评，就在于拘泥于古，而不能变化。

乐府诗与古诗相比，在诗法和风格上有自己的特点。乐府诗在技法上最明显的特征是叙事性。风格上，乐府诗可以凌厉直肆，而古诗宜温润浑厚。徐祯卿《谈艺录》说："乐府往往叙事，故与诗殊。"钟惺评《古诗十九首》时辨古诗与乐府之别云："乐府能著奇想，著奥辞，而古诗以雍穆平远为贵；乐府之妙在能使人惊，古诗之妙在能使人思。"（《古诗归》卷六）《师友诗传录》中，张萧亭曰："乐府之异于诗者，往往叙事；诗贵温裕纯雅，乐府贵遒深劲绝，又其不同也。"对此，张玉谷说得最为细致中肯：

乐府亦有四言、五言、七言、杂言诸体。其不与诗同者，厥有两端：一在音节，诗之音节多和平，乐府音节多凌厉也。一在体裁，诗自达其情，乐府则有关乎一代典制，无预己身者；诗止述言，乐府则兼有叙事者；诗即述几人之言，总以己身为主，乐府则有历叙几人之言，而无分宾主者也。然此亦论其大较耳。杂歌谣曲，多半原诗，后拟古题，面目渐变，分疆划界之中，原自可会通观也。①

① 张玉谷《古诗赏析凡例》，许逸民点校《古诗赏析》，上海古籍出版社2000年版。

第四节　律体论

南朝梁、陈以后，诗歌越来越讲究声韵和对偶，出现向律诗过渡的趋势。律诗虽然定型于初唐沈佺期、宋之问，但是其渊源则远在六朝。关于律诗这种体制在六朝时期萌芽、发育的过程，明代许学夷《诗源辩体》曾有过细致的辨析。许学夷论诗善于辨别体制，溯源委变，对于汉魏以降诗歌体制风格的升降变迁作了细致的描述。虽然五、七言律诗均脱胎于古诗，但是许学夷认为两者的具体路径是迥然有别的。《诗源辩体》卷十二云：

汉魏五言终变而为律，七言终变而为古者，盖五言仄韵与转韵者少，而平韵者多。仄韵转韵者虽为古，而平韵者则皆入律；七言平韵者少而转韵者多，平韵者虽入律，而转韵者则犹古也。

汉魏六朝的五言诗，多收以平韵，且一般短古不转韵，故而能很自然地发展为唐代的五律，另外的少部分仄韵五古，继续延伸到唐代；而汉魏六朝的七言古诗多收以仄韵，以转韵为常，因此主要的脉络是发展为唐代的七言古诗歌行，只有梁、陈、隋的少数平韵七言，才成为初唐七律的近源。许学夷《诗源辩体》以“绮靡”、“排偶”和“入律”三条线索描述汉魏至初唐五古演变为五律的七个阶段：

魏之于汉，同者十之三，异者十之七，同者为正，而异者始变矣。汉、魏同者，情兴所至，以不意得之。故其体皆委婉，而语皆悠圆，有天成之妙。魏人异者，情兴未至，始著意为之，故其体多敷叙，而语多构结，渐见作用之迹。故汉人篇章，人不越四五，而魏人多至于成什矣。此汉人潜流而为建安，乃五言之初变也。（卷四）

建安五言，再流而为太康。然建安体虽渐入敷叙，语虽渐入构结，犹有浑成之气；至陆士衡诸公，则风气始漓，其习渐移，故其体渐俳偶，语渐雕刻，而古体遂淆矣。此五言之再变也。（卷五）

太康五言，再流而为元嘉。然太康体虽渐入俳偶，语虽渐入雕

刻，其古体犹有存者。至谢灵运诸公，则风气益漓，其习尽移，故其体尽俳偶，语尽雕刻，而古体遂亡矣，此五言之三变也。（卷七）

元嘉五言，再流而为永明。然元嘉体虽尽入俳偶，语虽尽入雕刻，其声韵犹古。至玄晖、休文，则风气始衰，其习渐卑，故其声渐入律，语渐绮靡，而古声渐亡矣。此五言之四变也。（卷八）

永明五言，再流而为梁简文及庾肩吾诸子。然永明声虽渐入于律，语虽渐入绮靡，其古声犹有存者。至梁简文及庾肩吾之属，则风气益衰，其习愈卑，故其声渐入律，语尽绮靡，而古声尽亡矣。此五言之五变也。……五言至梁简文而古声尽亡。然五、七言律、绝之体于此而备，此古律兴衰之几也。（卷九）

五言自汉魏流至陈隋，日益趋下，至武德、贞观，尚沿其流，永徽以后，王、杨、卢、骆则承其流而渐进矣。四子才力既大，风气复还，故虽律体未成，绮靡未革，而中多雄伟之语，唐人之气象风格始见，此五言之六变也。……绮靡者，六朝本相；雄伟者，初唐本相也。故徐、庾以下诸子语有雄伟者，为类初唐；王、杨、卢、骆语有绮靡者，为类六朝。（卷九）

五言自王、杨、卢、骆，又进而为沈、宋二公。沈、宋才力既大，造诣始纯，故其体尽整栗，语多雄丽，而气象风格大备，为律诗正宗，此五言之七变也。（卷十三）

许学夷较为详细地梳理了汉魏五言古体在晋宋齐梁时期朴散淳离，落入绮靡，声色渐开，又肇始律体之兴，至初、盛唐复为雄浑悲壮的历程。他还剖析了齐、梁、陈、隋诗人创作的变化：何逊、刘孝绰、刘孝威、吴均、王筠、柳恽等人诗歌“语渐绮靡”，“声多入律”（卷九）；徐陵、庾信“声尽入律”，“语虽绮靡，然亦间有雅正者”（卷十）；王褒、张正见“声尽入律，而绮靡者少”（卷十）；陈后主、江总、隋炀帝“声尽入律，语多尽绮靡”（卷十一），风格多有近初唐者。这种对“变律之渐”的推源溯始，前人也有过零星论述，如严羽说：“谢朓之诗，已有全篇似唐人者。”（《沧浪诗话·诗评》）王世贞说：“（谢）灵运语俳而气古，（谢）玄晖调俳而气今。”（《增补艺苑卮言》卷二）也是意识到谢朓的永明新体，是唐代律诗的先导。徐师曾说："梁陈诸家，渐多俪句，虽名古诗，实堕律体。"（《文体明辨序说》）但是，像许学夷这样较为系统而细致清晰地描述汉魏五言古体转向唐代五言律体的脉络，还是第一次。

关于七言律诗的滥觞，许学夷追溯至梁简文帝、庾信和隋炀帝：

> 梁简文七言八句有《乌夜啼》，乃七言律之始。(《诗源辩体》卷十)
>
> 庾（信）七言八句，有《乌夜啼》，于律渐近。(同上，卷十)
>
> （隋）炀帝七言八句，有《江都宫乐歌》，于律渐近。（同上，卷十一）
>
> 七言律始于梁简文、庾信、隋炀帝，至唐初诸子，尚沿梁、陈旧习，惟杜（审言）、沈（佺期）、宋（之问）三公体多整栗，语多雄伟，而气象风格始备，为七言律正宗。然析而论之：杜独挺苍骨，是唐律之始。宋间出靡调，犹是六朝之余。(同上，卷十三)

这是后代关于七言律诗起源的较为普遍而系统的看法。

律诗在唐代诗坛的盛行，有一个渐进的过程。吴讷《文章辨体序说》云：

> 律诗始于唐，而其盛亦莫过于唐。考之唐初，作者盖鲜。中唐以后，若李太白、韦应物犹尚古多律少。至杜子美、王摩诘则古律相半。迨元和而降，则近体盛而古作微矣。

特别是七言律诗，其流行更晚于五言律诗。初唐的七言律诗题材狭窄，多局限于奉和应制，端庄典雅，较少真情，缺乏生气。至盛唐时，王维、高适、岑参、李颀的创作，以七言律诗的形式怀古、赠别、写景、抒感，"最得正体，足为规矩"（杨士弘《唐音》卷四），扩大了七律的表现范围，确立了七律的标准范型，但是，七言律诗的数量依然不多。至杜甫始大量创作七言律诗，达150余首，七言律诗在杜甫手中不仅体格完备，而且穷极变态，大而能化。至中晚唐以降，律诗则有取古体而代之的趋势。袁枚《随园诗话》云：

七律始于盛唐，如国家缔造之初，宫室粗备，故不过树立架子，创建规模。而其中之洞房曲室，网户罘罳，尚未齐备。至中、晚而始备，至宋、元而愈出愈奇。（卷六）

五、七言律诗在初、盛唐逐渐定型，形成自己相对较为严格的格律规范。刘熙载《艺概·诗概》云：

律诗，取律吕之义，为其和也；取律令之义，为其严也。（卷二）

律诗讲究声律之美，具有严格的格律规范。律诗作者就是在对这种格律规范的遵守和破弃中施展自己的艺术才华，凸现诗人的创作个性的。对于律诗格调规范问题的探究，也成为后代诗学的重要内容。谢榛《四溟诗话》说：

凡作近体，诵要好，听要好，观要好，讲要好。诵之行云流水，听之金声玉振，观之明霞散绮，讲之独茧抽丝，此诗家四关。使一关未过，则非佳句矣。（卷一）

可见，律诗是最大限度地发掘汉语文字艺术潜质的一种诗歌形式。所谓“五言如四十个贤人，著一个屠沽不得”（宋人刘昭禹语），显示出作者对于诗艺的不懈追求，相信有最佳的语言形式，通过精粹的语言锤炼，可以完美地表达作者情思，而彰显语言自身的艺术魅力。

任何艺术的法则，在创作之前都只是潜在，只有通过作家的创造性运用才能得到艺术体现，正如刘勰所谓“设文之体有常，而变文之数无方”（《文心雕龙·通变》），作家就是在“有常之体”和“无方之数”的矛盾中施展艺术才能的。宋代吕本中提出“活法”，说：“规矩备具，而能出于规矩之外；变化不测，而卒亦不背于规矩也。是道也，盖有定法而无定法，无定法而有定法。”① 这是艺术创作颠扑不破的真理。律诗法度严明，格律精整，但是，作者依然应斟酌乎奇正之间，在尊体合

① 吕本中《夏均父集序》，刘克庄《江西诗派小序》引。宋人王正德《余师录》卷三引此文字，作出吕本中《远游堂诗集序》。按，夏倪，字均父，有《远游堂集》。此处歧异，应是同书异名。

格和破体求变中寻求最佳的艺术表达形式。

律诗在声韵上要求一联之内两句平仄相对，这为“对”；上联对句第二字的平仄与下联出句第二字的平仄相同，这为“黏”。这是初、盛唐律诗的通常规则。但是，这种体制的形成有一个过程，即使在律诗定型以后，不符合“对”、“黏”规则的现象依然大量存在，即在律诗常体之外，依然存在较多的“变体”。宋胡仔《苕溪渔隐丛话》前集卷七说：“律诗之作，用字平侧，世固有定体，众共守之。然不若时用变体，如兵之出奇，变化无穷，以惊世骇目。”过于拘守平仄，则往往庸熟浮弱，若于该平处用仄，该仄处用平，则具有健峭奇崛的新颖效果。先看“失黏”，胡仔说：“七言律诗，至第三句便失黏落平侧，亦别是一体，唐人用此甚多，但今人少用耳。”如杜甫《咏怀古迹五首》之二：

> 摇落深知宋玉悲，风流儒雅亦吾师。怅望千秋一洒泪，萧条异代不同时。江山故宅空文藻，云雨荒台岂梦思。最是楚宫俱泯灭，舟人指点到今疑。

又如严武《寄题杜拾遗锦江野亭》：

> 漫向江头把钓竿，懒眠沙草爱风湍。莫倚善题鹦鹉赋，何须不着鵕鸃冠。腹中书籍幽时晒，肘后医方静处看。兴发会能驰骏马，终须重到使君滩。

又如韦应物《自巩洛舟行入黄河即事寄府县僚友》：

> 夹水苍山路向东，东南山豁大河通。寒树依微远天外，夕阳明灭乱流中。孤村几岁临伊岸，一雁初晴下朔风。为报洛桥游宦侣，扁舟不系与心同。

胡仔谓这三首诗“起头用侧声”，“第三句亦用侧声”，也就是说颔联本该平起，实则仄起，故而“失黏”。杜甫《即事》：

> 暮春三月巫峡长，皛皛行云浮日光。雷声忽送千峰雨，花气浑如百和香。黄莺过水翻回去，燕子衔泥湿不妨。飞阁卷帘图画里，虚无只少对潇湘。

又如韦应物《燕李录事》：

与君十五侍皇闱，晓拂炉烟上玉墀。花开汉苑经过处，雪下骊山沐浴时。近臣零落今犹在，仙驾飘飖不可期。此日相逢非旧日，一杯成喜亦成悲。

胡仔谓这两首诗“起头用平声”，“第三句亦用平声”，且第五句也用平声，这都是“失黏”，“皆律诗之变体，学者不可不知”。明代王世贞《艺苑卮言》卷四也指出：“摩诘七言律，自应制、早朝诸篇外，往往不拘常调，至‘酌酒与君’一篇，四联皆用仄法，此是初、盛唐所无，尤不可学。”我们看王维的这首《酌酒与裴迪》：

酌酒与君君自宽，人情翻覆似波澜。白首相知犹按剑，朱门先达笑弹冠。草色全经细雨湿，花枝欲动春风寒。世事浮云何足问，不如高卧且加餐。

王维这首诗，一、三、五、七句都是仄头。相似的例子，施补华《岘佣说诗》还举出杜甫的《宣政殿退朝晚出左掖》：

天门日射黄金榜，春殿晴曛赤羽旗。宫草微微承委佩，炉烟细细驻游丝。云近蓬莱常五色，雪残鳷鹊亦多时。侍臣缓步归青琐，退食从容出每迟。

杜甫这首诗的二、三两联，都是仄头。像这一类“失黏”现象，胡仔称这种现象是律诗的“变体”；施补华称之为“平仄一顺”，是律诗初创时格调未严而造成的，他还指出，“唐初七律，有平仄一顺者，至摩诘、少陵犹未改。……要是当时初创此体，格调未严，今人不必学也”。他们都批评这种“失黏”律诗，谓今人不可学、不必学。

律诗声律上更为常见的一种变化，是“拗救”。所谓“拗”，就是该用平的地方用了仄声，该用仄的地方用了平声，“救”则是当出现“拗”时，在本句或对句相应的地方改变平仄。一般来说，诗人创作不能够每一首都完全遵守格律规则，但是初盛唐律诗，音节和谐，风调圆美，即使避免不了拗救，但一般不以拗为美，尚遵循律诗正格，不会自觉地去追求生硬拗折的音韵效果。至杜甫的律诗，“拗体”变得更为普遍，拗折峭拔，成为诗人自觉追求的艺术效果。对于律诗声律“拗救”的艺术匠心，后代诗学家在理论上作出多种解释，其要者主要有三：

（一）诗歌字眼处的炼字，可不依平仄。也就是说，在意义和声律二者矛盾时，意义优先，锤炼最为贴切的字眼，非他字可以代替时，可不拘平仄，也不顾惜音律的“拗”。这姑且称为被动的“拗”。如杜甫《巳上人茅斋》：

> 巳公茅屋下，可以赋新诗。枕簟入林僻，茶瓜留客迟。江莲摇白羽，天棘蔓青丝。空忝许询辈，难酬支遁辞。

这首诗的颔联平仄为“仄仄仄平仄，平平平仄平”，“入”字当平而仄，“留”字当仄而平，这是“拗救”。两字为诗眼，是诗人精心锤炼而来，非他字可替代，故不拘平仄。方回论曰：“如必不可依平仄，则拗用之尤佳耳。”（《瀛奎律髓》卷二十五）又如杜甫《上兜率寺》颔联“江山有巴蜀，栋宇自齐梁”（平平仄平仄，仄仄仄平平），按五律规则，上联第三字应为平声，但是此诗句眼仄声“有”字非他字可换，故而将本为仄声的第四字换为平声以相救。方回论曰：

> 此寺栋宇，自齐梁至今，则所用“自”字，决不可易，亦既工矣。“江山有巴蜀”，“有”字亦决不可易，则不应换平声字，却将“巴”字作平声一拗，如诗应有神助。（《瀛奎律髓》卷二十五）

（二）拗而出奇，追求顿挫峭健的艺术效果。当一种相对程式化的艺术形式被普遍遵守而至于庸熟陈腐时，便丧失了对读者审美感悟的触激力，因而也就成了格套，失去了本身的艺术美感。这个时候，对固定程式的一小点突破，都会产生奇崛新异的艺术效果，激活读者的审美敏锐性。宋代范晞文说：

> 五言律诗，固要贴妥。然贴妥太过，必流于衰。苟时能出奇，于第三字中下一拗字，则贴妥中隐然有峻直之风。（《对床夜语》卷二）

如杜甫《送远》：

> 带甲满天地，胡为君远行。亲朋尽一哭，鞍马去孤城。草木岁月晚，关河霜雪清。别离已昨日，因见古人情。

首联“满”字拗，“君”字救；颔联“尽”字拗；颈联“岁”、“月”，“霜”、“雪”拗而互救；尾联“已”字拗。范晞文还列举杜诗“用实字而拗”，如“乾坤万里眼，时序百年心”（“万”字该平而仄）之类，和“用虚字而拗”，如“行色递隐见，人烟时有无”（“递”字该平而仄，“时”字该仄而平以相救）之类。范晞文指出杜甫律诗拗句，变态不一，“却在临时斡旋之何如耳。苟执以为例，则尽成死法矣”。这是诗人对于独特艺术效果的追求，不可视为通则，更不能机械模仿。方回在《瀛奎律髓》中专列“拗字类”，并阐释说：

> 拗字诗，在老杜集七言律诗中，谓之“吴体”。老杜七言律一百五十九首，而此体凡十九出，不止句中拗一字，往往神出鬼没，虽拗字甚多，而骨骼愈峻峭。今江湖学诗者，喜许浑诗，……以为丁卯句法，殊不知始于老杜。唐诗多此类，独老杜吴体之所谓拗，则才小者不能为之矣。五言律亦有拗者，止为语句要浑成，气势要顿挫，则换易一两字平仄无害也，但不如七言吴体全拗尔。（卷二十五）

变易平仄的拗句，打破常态，硬挺坚拔，更具有格调峻峭、音节顿挫的艺术效果。拗体，是对律诗一般音律格式的破弃，但是本身并非不讲究音乐之美。相对而言，一般律诗的格律要求婉顺圆畅，而拗体律诗的音律则讲究铿锵顿挫，抗坠有节，抑扬有致。方回论杜甫《题省中院壁》云：

> 此篇八句俱拗，而律吕铿锵，试以微吟，或以长歌，其实文从字顺也。以下吴体皆然。（《瀛奎律髓》卷二十五）

王世贞称杜甫的拗体律诗，是“以歌行入律”（《艺苑卮言》卷四），也可以理解为杜甫拗体律诗是追求另一种新颖奇崛的音韵之美。

（三）诗体的拗折不顺，与诗人的主体情怀是相关的，诗歌音韵与诗人心弦是异质同构的，"拗体"是诗人内心蔽塞不通的郁积情思的曲折传达。就像《六一诗话》记载梅尧臣说韩愈"为人木强"，因而其诗用韵也"拗强"那样，杜甫的"拗体"与诗人的情怀也不无关系。杜甫有一首自注为"强戏为吴体"的拗体律诗《愁》，明末王嗣奭《杜臆》注解说：

> 愁起于心，真有一段郁戾不平之气，而因以拗语发之，公之拗体大都如是。(卷七)

这是别具会心的解释。杜甫的拗体律诗，大多作于晚年移居夔州以后，晚年杜甫的颓唐厄逆心情，更多地采用这种顿挫拗折的诗体形式传达出来。

拗体律诗，是杜甫的自觉追求，杜甫律诗无奇不有，穷极变态，是对盛唐格律规范的突破，也为后代开创了无限法门。方回曾指出，黄庭坚、陈师道、陈与义等江西诗派破弃声律的拗体律诗，"实皆学老杜耳"①。赵翼在《陔余丛考》中指出，拗体律诗自杜甫大量为之以后，李商隐、赵嘏辈创为一种，以第三、第五字平仄互易；元好问又创一种，拗在第五、六字。

杜甫律诗还有一个特点，即每联上句的尾字，也讲究抑扬转折之妙。明代谢榛《四溟诗话》卷三云："夫平仄以成句，抑扬以合调。"所谓抑扬，入声、上声为抑，去声为扬。杜牧《题宣州开元寺水阁》诗，三、五、七句落脚分别为"里"、"雨"、"蠡"，谢榛谓"皆自吞其声，韵短而调促，而无抑扬之妙"。但是杜甫的七言近体"凡上三句转折抑扬之妙，无可议者"。清初的李因笃对此解释得更清楚。据朱彝尊《寄查德尹编修书》引李因笃论曰：

> 少陵自诩"晚节渐于诗律细"，曷言乎细？凡五、七言近体，唐贤落韵共一纽者不连用，夫人而然。至于一、三、五、七句，用仄字上、去、入三声，少陵必隔别用之，莫有叠出者，他人不尔

---

①方回《瀛奎律髓》卷二十五杜甫《题省中院壁》评语。

也。(《曝书亭集》卷三十三)

朱彝尊以此规则与杜甫律诗相验，若合符契，因此赞叹“此义昔贤所未发，出天生（李因笃字）之独见，善而不可没也”（卷三十四）。

律诗格律规范的另一要求是对偶。自刘勰《文心雕龙》和唐代“诗格”类著作，以至后代的诗文著作，对于对偶多有详细的分类和解释，不必赘述。从诗艺审美的角度，后世诗学对于对偶也提出若干重要见解。如胡应麟《诗薮》内编卷五说：

> 七言律对，不属则偏枯，太属则板弱。二联之中，必使极精切而极浑成，极工密而极古雅，极严整而极流动，乃为上则。然二者理虽相成，体实相反，故古今文士难之。

精切而浑成、工密而古雅、严整而流动，这是古典诗学的艺术辩证法，也就是“叩其两端而得其中”的原则。唐宋以来诗论家对于对偶的艺术技巧，有更为自觉的追求。如晋宋诗人的对偶，多上下句为一意，后人则名为“合掌”，是须极力避忌的。宋蔡宽夫《诗话》云：

> 晋宋间诗人，造语虽秀拔，然大抵上下句多出一意，如“鱼戏新荷动，鸟散余花落”，“蝉噪林逾静，鸟鸣山更幽”之类，非不工矣，终不免此病。其甚乃有一人名而分用之者，如刘越石“宣尼悲获麟，西狩泣孔丘”，谢惠连“虽好相如达，不同长卿慢”等语，若非前后相映带，殆不可读，然要非全美也。唐初余风犹未殄，陶冶至杜子美，始净尽矣。(《苕溪渔隐丛话前集》卷一引)

从消极的角度说，律诗要避免这种“合掌”的对偶；从积极的角度说，“律诗中间对联两句，意甚远而中实潜贯者，最为高作”（葛立方《韵语阳秋》卷一）。宋代诗人的对偶，如王安石《寄阙下诸父兄兼示平甫兄弟》“家势到今宜有后，士才如此岂无时”等就“与规规然在于媲青对白者，相去万里矣”（葛立方《韵语阳秋》卷一）。黄庭坚诗中尤多这种意甚远而中实潜贯的对偶。律诗的对偶，须匀稳精工，但又忌板滞不灵，故而多变化笔墨，采用假对、当句对、流水对、蹉对、扇对、续句对等变化形式，这里且介绍沈德潜所谓“逆挽法”。《说诗晬语》云：

温（庭筠）、李（商隐）擅长，固在属对精工，然或工而无意，譬之剪彩为花，全无生韵，弗尚也。义山“此日六军同驻马，当时七夕笑牵牛”，飞卿“回日楼台非甲帐，去时冠剑是丁年”，对句用逆挽法，诗中得此一联，便化板滞为跳脱。（卷上）

这种逆笔倒置，往往能造成抑扬顿挫的效果，可以化板滞为流荡。特别是在律诗中二联，过于整饬，则显得没有生气。若能用流水对、逆挽法之类变化形式，可以弄死蛇得活，形成飞动灵活之势。律诗有时甚至“有直下不偶对而妙者”（王世贞《艺苑卮言》卷一），如王维《辋川闲居赠裴秀才迪》颔联“倚杖柴门外，临风听暮蝉”就不对偶；孟浩然《晚泊浔阳望香炉峰》、李白《夜泊牛渚怀古》，通首不对，而能“一气挥洒，妙极自然”，具有飞动之势。当然，正如沈德潜《说诗晬语》中所谓“兴到成诗，人力无与，匪垂典则，偶存标格而已”。这只是律诗的一种变体，非可率尔操觚，更不宜遵为通则而模仿。

“律诗重在对偶，妙在虚实”（谢榛《四溟诗话》卷一）。所谓“实”，是指名词、动词、形容词之类具有实在意义的词；所谓“虚”，是指副词、连词、介词之类表示程度、关系的词（另，虚实尚有另一意，写景为实，抒情为虚）。刘淇《助字辨略》云：“构文之道，不过实字、虚字两端。实字其体骨，而虚字其性情。”律诗中间两联的对偶句，既需要实字撑起，又需要虚字斡旋。一般的原则是“实字多则健，虚字多则弱”；“实字多，则意简而句健；虚字多，则意繁而句弱”（谢榛《四溟诗话》卷一）。谢榛还专门从用字虚实的角度勾勒唐宋律诗之变：初唐应制的七言律诗，句法严整，或实字叠用，虚字单使，自无敷衍之病。杜甫一些诗歌虽然两虚字连用，亦工而有力。至中唐诗，虚字愈多，则与少陵气象有异。如钱起、刘长卿的律诗，多用虚字，格调渐下。谢榛说：

凡多用虚字便是“讲”，“讲”则宋调之根，岂独始于元、白！（《四溟诗话》卷四）

诗歌多用虚字，实际上是以古文的句法入诗，表现出诗歌的散文化倾向，故而谢榛说是“讲”，这正是宋代律诗的“弊病”（或说“特点”）。

陶宗仪《南村辍耕录》卷九引赵子昂论诗说："作诗用虚字，殊不佳。中两联填满方好。"所谓填满，就是多用"实"字，少用"虚"字。若多用虚字，不仅近乎直言叙述的"讲"，而且容易成为活套。叶燮《原诗》外篇上说：

> 诗中活套，如"剩有"、"无那"、"试看"、"莫教"、"空使"、"还令"等救急字眼，不可屈指数，无处不可拉来，安头找脚，无怪乎七言律诗漫天遍地也。

其实，撇开这些出乎众口的活套外，真正下一贴切传神的虚字是极难的。李东阳《怀麓堂诗话》云："诗用实字易，用虚字难。盛唐人善用虚，其开合呼唤，悠扬委曲，皆在于此。用之不善，则柔弱缓散，不复可振。亦当深戒。"虚字用得巧妙，则实字也有精神，通首显得生气流贯、骨骼坚挺；若虚字不能传实字之神，则实字呆滞孤散，通篇柔弱衰颓。历代诗人善于用虚字者，首推杜甫。黄培芳说："七律究以虚字少为佳，能善用虚字者，惟少陵一人耳。"（《香石诗话》卷三）

杜诗中既有大量不用虚字的"实装句"，更多精心锤炼的虚字。仇兆鳌《杜诗详注》卷八引唐汝询云："杜公下字，善于用虚。"并指出杜甫《野望》"远水兼天净，孤城隐雾深"二句的"兼"、"净"、"隐"、"深"字，《晚出左掖》篇"楼雪融城湿，宫云去殿低"二联的"融"、"湿"、"去"、"低"等字"俱沉细可想"。杜甫《陪李北海宴历下亭》中四句"云山已发兴，玉佩仍当歌。修竹不受暑，交流空涌波"，用"已"、"仍"、"不"、"空"四虚字，平仄相应，仇兆鳌评曰："此段句腰，各用虚字抑扬。"杜甫《寄杜位》云：

> 近闻宽法离新州，想见归怀尚百忧。逐客虽皆万里去，悲君已是十年流。干戈况复尘随眼，鬓发还应雪满头。玉垒题书心绪乱，何时更得曲江游。

这首诗用了大量的虚字，但是与《和裴迪早梅相忆》一样，句法老健，意味深长。因此，顾宸评曰：

> 是一纸家书，率直摅写，不待致饰。曰"近闻"，曰"想见"，

曰“虽皆”，曰“已是”，曰“况复”，曰“还应”，曰“何时更得”，只此数虚字中情文历乱，俱写出心乱之故，骨肉真情，溢于言表矣。①

杜甫律诗用虚字，逸而有致，既能传物象之神态，又曲尽内心的情致，对宋代黄庭坚、陈师道等人均有直接的启发，同时也成为后世诗学形式研究的重要内容。

后代诗学史认为，盛唐时期的律诗，不论五律、七律，均可以分为两类。

先看五律，沈德潜《说诗晬语》卷上说：“开、宝以来，李太白之明丽，王摩诘、孟浩然之自得，分道扬镳，并推极胜。”姚鼐《今体诗钞凡例》，谓盛唐人诗，以五律为最，五律中又当以王维、孟浩然为最；“中唐大历诸贤，尤刻意于五律，其体实宗王、孟，气则弱矣”。而杜甫的五律，沈德潜谓其“独辟畦径，寓纵横排奡于整密中”（《说诗晬语》卷上）。

至于七律，清末方东树有“二派七家”的说法。何谓“二派”？“一曰杜子美，如太史公文，以疏气为主；雄奇飞动，纵恣壮浪，凌跨古今，包举天地，此为极境。一曰王摩诘，如班孟坚文，以密字为主，庄严妙好，备三十二相；瑶房绛阙，仙官仪仗，非复尘间色相。李东川次辅之，谓之王、李”。何谓“七家”？“在唐为李义山，实兼上二派，宋则山谷、放翁；明则空同、于鳞、卧子、牧斋。以为惟七家力能举之。而大历十子，白傅、东坡，皆同剪记，不与传灯”。（《昭昧詹言》卷十四）

杜甫的七律雄健奇崛，与王维的整丽高华截然有别，故为二派。另外，高适、岑参、李颀、刘长卿等的七律，与王维为近，与杜甫七律差别较大。《燃灯纪闻》记王士禛曰：“七律宜读王右丞、李东川，尤宜熟玩刘文房诸作。”沈德潜《说诗晬语》卷上论唐七律也说：“王维、李颀、崔曙、张谓、高适、岑参诸人，品格既高，复饶远韵，故为正声。”显然他们是把杜甫七律置于盛唐之外的。七律诗法，至杜甫而大

① 顾宸《辟疆园杜注诗解七言律》，清康熙二年刻本，此处据仇兆鳌《杜诗详注》卷十引。

备。杜甫七律“横纵出没中，复含酝藉微远之致”，为集前人之大成，开后世之新派。中晚唐和两宋的七律，除了“大历才子”之外，均出于杜甫，各得其一格。施补华《岘佣说诗》云：

> 少陵七律，无才不有，无法不备。义山学之，得其浓厚；东坡学之，得其流转；山谷学之，得其奥峭；遗山学之，得其苍郁；明七子学之，佳者得其高亮雄奇，劣者得其空廓。

关于律诗的结构，元明以来就“起承转合”等问题曾出现过纷繁的歧见，留待下节作专门的阐述。

第五节 绝句论

关于绝句的产生，曾经有一种非常流行的说法，即绝者，截也，乃截律诗一半而成，或绝前四句，或绝后四句，或绝首尾各二句，或绝中两联，元人范梈、明人徐师曾《文体明辨》、清人施补华《岘佣说诗》等均持此说，意即先有律诗，后有绝句，绝句的起源“断自唐始”。但是，这种说法多遭到后人的反驳，王夫之《薑斋诗话》说，若绝句是截律诗而成，则“断头刖足，为刑人而已”，难以成为气完神足的绝句。四库馆臣也驳斥云：“汉人已有绝句，在律诗之前，非先有律诗，截为绝句。”① 董文涣《声调四谱图说》亦云：“盖律由绝而增，非绝由律而减也。”

一般论者是将绝句的起源追溯至唐前的六朝甚至汉魏时期。五言绝句和七言绝句分别有各自不同的源头。五言绝句的源头有两个，一是汉魏六朝的五言短古，胡应麟《诗薮》谓五言绝句为五言短古之变，“五言短古，杂见汉魏诗中，不可胜数，唐人绝体实所从来”。的确，《玉台新咏》卷十就录有《古绝句》四首、吴均《杂绝句》四首等五言四句的绝句体，且直接命名为“绝”或“绝句”②。王夫之《薑斋诗话》

①《四库全书总目》卷一百九十六《师友诗传录》提要，中华书局1965年影印本。

②《南齐书》卷三十五《高祖十二王传》提到二十字的“短句诗”，所谓“二十字”，近乎后代的五绝。“绝”应该是“短”的意思。

说“五言绝句，自五言古诗来”，就是指的这一类。五言绝句的另一个源头是乐府，特别是东晋以后的吴声歌曲。杨士弘云：“五言绝句，唐初变六朝《子夜》体也。”宋荦《漫堂说诗》云：“五言绝句，起自古乐府，至唐而盛。”李重华《贞一斋诗说》云：“五言绝发源于《子夜歌》。”晋宋齐梁时期的《子夜歌》《子夜四时歌》《读曲歌》《华山畿》《子夜变歌》《闻欢歌》《闻欢变歌》《前溪歌》《阿子歌》《团扇郎》《碧玉歌》《懊侬歌》等都是五言四句，也应该是五言绝句的滥觞。徐熊飞《修竹庐谈诗问答》曾阐述五言绝句的两种源头说：

> 五绝有二体，其一原本乐府，其一出于古诗。《新嫁娘》（指“三日入厨下”诗）、《辽西曲》（指“打起黄莺儿”诗），乐府之变也。裴、王杂咏，古诗之流也。各臻其妙，未可轩轾。

沈德潜《说诗晬语》卷上论李白五绝近乐府，王维、韦应物五绝近古诗，也是指五言绝句因来自不同的源头，而有不同的发展脉络。

至于七言绝句，一般认为是来自乐府歌行。高棅《唐诗品汇叙目》云：

> 七言绝句，始自古乐府。《挟瑟歌》、梁元帝《乌栖曲》、江总《怨诗行》等作，皆七言四句，至唐初始稳顺声势，定为绝句，然而作者亦不多见。

王世懋《艺圃撷余》谓“绝句之源，出于乐府”，主要是针对七言绝句而言。胡应麟《诗薮》谓七言绝句是“七言短歌之变”，“七言短歌，始于《垓下》，梁陈以降，作者坌然”。王夫之《薑斋诗话》亦谓“七言绝句自歌行来”。田雯说:“七言绝句，起自古乐府，盛唐遂踞其巅。”（《古欢堂集》卷二《杂著》）在这一点上，古人少有异论。就起源的时期来说，胡应麟溯至《垓下歌》，但《垓下歌》《大风歌》之类，尚是楚声，每句用“兮”字，还不是标准的七绝体。董文涣《声调四谱图说》云：

> 七言绝句，起于魏晋。六朝歌谣，往往有之，但其体不一，或有四句皆韵者，亦有二句转韵者，故世多并入古体中，实即七绝之

权舆也。

特别是齐梁陈隋时期，如梁简文帝的《夜望单雁》、萧子云的《玉笥山诗》、虞世南的《袁宝儿诗》①，“其时尚未有律诗，而音节和谐已若此”，正是“七绝之滥觞”（赵翼《陔余丛考》卷二十三）。《玉台新咏》中已经有不少七言四句较为标准的七绝体了。

绝句是在唐代广为盛行的诗歌体制，“自帝王公卿、名流方外，以及妇人女子，佳作累累”（宋荦《漫堂说诗》）；“开元、天宝以来，宫掖所传，梨园弟子所歌，旗亭所唱，边将所进，率当时名士所为绝句耳”（王士禛《唐人万首绝句选序》）。唐人绝句多是可歌的，故而能够盛行于时，传播广远。唐代绝句的繁盛，也形成了自身独特的审美规范。司空图《与李生论诗书》云：

> 盖绝句之作，本于诣极，此外千变万状，不知所以神而自神也，岂容易哉！

这里只是模糊地形容绝句的神妙莫测，非容易得手，并没有明白指陈绝句的规则。沈括《梦溪笔谈》卷十四称绝句为“小律诗”，“小”正是绝句的最大特征，绝句是一种最经济的文学体制。但绝句不是律诗变“小”。绝句和律诗具有不同的审美规范。因为容量小，绝句不能像律诗那样铺陈。绝句之法，应该“婉曲回环，删芜就简，句绝而意不绝”（杨载《诗法家数》）。其审美意味应该是“以语近情遥，含吐不露为主。只眼前景，口头语，而有弦外音、味外味”（沈德潜《说诗晬语》卷上），一唱三叹而有余音。李重华《贞一斋诗说》论五言绝句“取其天然，二十字如弹丸脱手为妙”。邹弢《三借庐赘谭》云：“七绝诗须要丰神奕奕，浑脱超妙。二十八字一气贯通，令人信口曼吟，低回不厌。”（卷十）五绝和七绝因为渊源不同，审美风范也不一样。王夫之《薑斋诗话》云：

---

① 梁简文帝诗曰：“天霜河白夜星稀，一雁声嘶何处归？早知半路应相失。不如从来本独飞。”萧子云诗曰：“千载云霞一径通，暖烟迟日锁溶溶。鸟啼春昼桃花折，独步溪头采碧茸。”虞世南诗曰：“学画鸦儿半未成，垂肩亸袖太憨生。缘憨却得君王宠，常把花枝傍辇行。”

自五言古诗来者（按，指五言绝句），就一意中圆净成章，字外含远神，以使人思；自歌行来者（按，指七言绝句），就一气中骀宕灵通，句中有余韵，以感人情。修短虽殊，而不可杂冗滞累，则一也。（卷二）

刘熙载《艺概·诗概》云："绝句于六义多取风兴，故视他体尤以委曲、含蓄、自然为尚。"绝句因其体制的短小，而须高华明秀，古意内含，具有"言有尽而意无穷"的审美效果。王夫之用"势"来概括绝句真意内蕴，而外含远神的特征：

论画者曰："咫尺有万里之势。"一"势"字宜著眼。若不论势，则缩万里于咫尺，直是《广舆记》前一《天下图》耳。五言绝句，以此为落想时第一义，唯盛唐人能得其妙。如"君家住何处？妾住在横塘。停船暂借问，或恐是同乡"，墨气所射，四表无穷，无字处皆其意也。李献吉诗："浩浩长江水，黄州若个边？岸回山一转，船到堞楼前。"固自不失此风味。（《薑斋诗话》卷二）

绝句忌圭角外露、乖张兀奥，即使是气韵骀荡的七绝也应该"敛刚于柔，使雄健之章，亦饶顿挫，乃不落粗豪"（施补华《岘佣说诗》）。绝句忌直陈，忌平实，而应该多用曲笔侧笔，托寓比兴：

七绝乃偏师，非必堂堂之阵、正正之旗，有或斗山上，或斗地下者。（吴乔《围炉诗话》卷二）

绝句取径贵深曲，盖意不可尽，以不尽尽之。正面不写，写反面；本面不写，写对面旁面，须如睹影知竿乃妙。（刘熙载《艺概·诗概》）

绝句意法，无论先宽后紧，先紧后宽，总须首尾相衔，开阖尽变。至其妙用，惟在借端托寓而已。（同上）

绝句无须俊语，不必警策，须首尾一贯，一气流转，首句宜振起，结句宜留有余音。明人谢榛《四溟诗话》云：

凡起句当如爆竹，骤响易彻，结句当如撞钟，清音有余。（卷

一）

清人刘桐《浪花草堂诗说》云：

> 余音三日绕梁尘，是七绝真诀，说得尽，说得显，便是小儿语。

古人还认为绝句之“势”，最关键在于第三句。绝句只有四句，没有太多回旋的余地，又忌平铺直叙，因此第三句应该用顿笔、转笔以蓄势，振起一篇之精神。元代杨载《诗法家数》首先提出这个问题：

> 绝句之法，要婉曲回环，删芜就简，句绝而意不绝，多以第三句为主，而第四句发之。有实接，有虚接，承接之间，开与合相关，反与正相依，顺与逆相应，一呼一吸，宫商自谐。大抵起承二句固难，然不过平直叙起为佳，从容承之为是。至于宛转变化工夫，全在第三句。若于此转变得好，则第四句如顺流之舟矣。

起承二句一般为平直叙起，第三句就应该宛转变化，第四句则是延第三句而宕开，或收转。这是初、盛唐以降绝句较为普遍的结构形式。沈德潜批王翰《凉州词》说：“杨仲弘论绝句，以第三句为主，而第四句发之，盛唐多与此合。”（《重订唐诗别裁集》卷十九）施补华《岘佣说诗》对杨载此论加以阐发，云：

> 七绝用意，宜在第三句，第四句只作推宕，或作指点，则神韵自出。若用意在第四句，便易尽矣。若一二句用意，三四句全作推宕，作指点，又易空滑。故第三句是转柁处，求之古人，虽不尽合，然法莫善于此也。

绝句的审美规范还有音乐性的要求。既然需要合乐可歌，就不能过于拗折，不能用意过深，堆砌典实。沈德潜《说诗晬语》卷上云：

> 绝句，唐乐府也。篇止四语，而倚声为歌，能使听者低徊不倦；旗亭伎女，犹能赏之，非以扬音抗节，有出于天籁者乎？著意求之，殊非宗旨。

所以绝句应该律吕铿锵，抑扬抗坠，句格稳顺，余音绕梁，方为合格。

虽然唐代李汉编的《昌黎集》以及《白氏长庆集》《元氏长庆集》等都把绝句与律诗编在一起，合称律诗，但是古人格外注意辨析绝句与律诗的差别。吴可《藏海诗话》引韩驹语云："绝句如小家事，句中著大家事不得。"绝句应该风流蕴藉，不像律诗那样滞重整严。范晞文《对床夜语》卷三批评许浑绝句"句法与律诗相似，是其所短耳"，也就是过于庄重整严，而不够风华高举、神韵婉妙。王夫之《薑斋诗话》甚至批评广为传诵的"秦时明月汉时关""但可作律诗起句，施之小诗，未免有头重之病"（卷二）。魏际瑞《伯子论文》云："律诗首句每有端凝浩瀚巍峨之意，绝诗首句多带轻利。文章各有胚胎，非加减舒缄可得而成也。"这种观点与王夫之意相合。《薑斋诗话》卷二云：

> 五言绝句有平铺两联者，亦阴铿、何逊古诗之支裔。七言绝句有对偶如"故乡今夜思千里，霜鬓明朝又一年"，亦流动不羁，终不可作"江间波浪兼天涌，塞上风云接地阴"平实语。

平铺两联，显然是不合五绝正体的，然而律诗则可以。杜甫《秋兴八首》之一的"江间波浪兼天涌，塞上风云接地阴"的平实铺叙，意象阔大，作为律诗句法，是没有问题的，但不符合七绝"流动不羁"的要求。钱良择《唐音审体》辨五、七言绝句与律诗风格范型上的差异云：

> （五言七言绝句）其作法则与四韵律诗迥别。四韵气局舒展，以整严为先；绝句气局单促，以警拔为上。

绝句以盛唐为胜，世无异词。盛唐王维、韦应物、祖咏、刘长卿等人五绝清幽绝俗，七绝以李白和王昌龄为极诣。高棅《唐诗品汇叙目》云："盛唐绝句，太白高于诸人，王少伯次之，二公篇什亦盛，今列为正宗。"二者相较，李白主气，以气象高华胜。王世贞《艺苑卮言》卷四所谓"七言绝句，盛唐主气"，主要是论李白七绝。王昌龄则深情幽怨，意旨微茫。胡应麟《诗薮》比较李白、王昌龄绝句云：

> 太白诸绝句，信口而成，所谓无意于工而无不工者。少伯深厚

有余，优柔不迫，怨而不怒，丽而不淫。余尝谓古诗、乐府后，惟太白诸绝近之。《国风》《离骚》后，惟少伯诸绝近之。体若相悬，调可默会。（内编卷六）

李词气扬，不若王之自在，然照乘之珠，不以光芒杀直。王句格舒缓，不若李之自然，然连城之璧，不以追逐减称。（内编卷六）

李白七绝自古诗、乐府中来，体气高妙，风神骀荡；王昌龄七绝自《国风》《离骚》中来，哀怨婉曲，一唱三叹。二人各有至处。

李白、王昌龄而下，刘禹锡和李商隐擅长绝句，受到后人称赏，少有异辞。但是对于杜甫绝句的评价，则分歧较大。宋人就提出非议，如洪迈《容斋五笔》卷十引薛韶语谓杜甫绝句诗不贯穿，意即不够流荡圆转。严羽《沧浪诗话·诗评》说："五言绝句，众唐人是一样，少陵是一样。"都视杜甫绝句为盛唐之变。至明清时期，关于杜甫绝句的正变是非曾有过一番争议。当然，杜甫绝句也是多种多样的，其中《赠花卿》《江南逢李龟年》等①与时调相一致，较少引起批评。但是杜甫绝句的主导风格背离了王维、韦应物等五绝，李白和王昌龄等七绝的审美范型，故而招致崇尚盛唐的论者的排斥。如王世贞《艺苑卮言》卷四谓杜甫七言绝是"变体"，不足多法。胡应麟《诗薮》说"少陵不甚工绝句"；又谓杜甫"以律为绝"，如"窗含西岭千秋雪，门泊东吴万里船"等句，本是七言律壮语，而以为绝句，则断锦裂缯类也。申涵光云：

绝句以浑圆一气、言外悠然为正，王龙标其当行也。太白亦有失之轻者，然超轶绝尘，千古独步。惟杜诗别是一种，能重而不能轻，有鄙俚者，有板涩者，有散漫潦倒者，虽老放不可一世，终是别派，不可效也。②

① 施补华《岘佣诗话》："少陵七绝，槎枒粗硬。独《赠花卿》一首，最为婉而多讽；《江南赠李龟年》诗，亦有韵。"管世铭《读雪山房唐诗钞七绝凡例》："少陵绝句，《逢李龟年》一首而外，皆不能工。"

② 仇兆鳌《杜诗详注》卷九《绝句漫兴九首》引。中华书局1979年版，第792页。

申涵光所谓“能重而不能轻”，与韩驹所谓“绝句如小家之事，句中著大家事不得”的意思差不多，也近于王夫之批评“秦时明月汉时关”“施之小诗，未免有头重之病”（《薑斋诗话》）的意思，即以为绝句不宜铺叙时事，不宜抒写重大的主题。仇兆鳌《杜诗详注凡例》说杜甫的五、七言绝句“用实而不用虚”，意即杜甫绝句多正面着题，直接铺写，而不能运实于虚，不能用曲笔侧笔婉曲托兴。浦起龙《读杜心解》解释杜甫《绝句六首》说：“绝句截中四者殊少，惟公独多。”律诗中四句为对偶，杜甫绝句也多对偶，显得板滞不灵，没有一气流走的神韵[①]，甚至常用拗体，故而沈德潜《重订唐诗别裁集凡例》说：“少陵绝句，少唱叹之音。”施补华《岘佣诗话》说:“少陵七绝，槎枒粗硬。”如果以盛唐绝句的审美范型为标准来衡量杜甫，那么的确杜甫绝句多为别调，而非“正声”。但是诗歌史的发展既有尊体合格的沿承，也有破体求新的创造。对于杜甫绝句的评论，“当别具只眼，不为耳食”（《唐宋诗醇》卷十五杜甫《戏为三绝句》批语），乃得之。就在一般论者批评杜甫绝句为“变体”、“别调”的同时，也有人别出手眼，称赞杜甫绝句“别是一体”的创格意义。如计东《答诸弟子论诗》云：“杜老七绝，最为庸目所轻，予独深嗜，谓其音节即未可歌，而一往疏淡骀荡之致，诗人胸中何可一日无也?”[②] 李重华《贞一斋诗说》云：“杜老七绝，欲与诸家分道扬镳，故尔别开异径，独其情怀，最得诗人雅趣。”李因笃云：“杜绝句为三唐别调，然所取者正喜其为别调，非诸家所及。如《春水生二绝》，活泼泼地足以陶写性灵。”[③] 其实，《春水生二绝》与盛唐绝句还较为靠近，如其一：“二月六夜春水生，门前小滩浑欲平。鸬鹚鸂鶒莫漫喜，吾与汝曹俱眼明。”这首诗还是婉转流动的。杜甫绝句从积极的意义上说，打破了盛唐绝句的格套而别创新体，清人已经认识到了这一点：

①《唐音癸签》引胡应麟云：“自少陵绝句对结，诗家率以半律讥之，然绝句自有此体，特杜非当行耳。如岑参《凯歌》‘丈夫鹊印摇边月，大将龙旗掣作云’；‘排兵鱼海云迎阵，秣马龙堆月照营’等句，皆雄浑高华，后世咸所取法，即半律何伤?”意谓杜甫绝句不够本色当行，并非是由于“半律”对偶的原因。

② 计东《改亭文集》卷十二，《四库全书存目丛书》影印乾隆十三年刻本。

③ 见郭曾炘《读杜劄记》，上海古籍出版社 1984 年版，第 169 页。

（盛唐绝句）往往至第三句意欲取新，作一势喝起，末或顺流泻下，或回波倒卷。初诵时殊觉醒目，三遍后便同嚼蜡。浣花深悉此弊，一扫而新之，既不以句胜，并不以意声，直以风韵动人，洋洋乎愈歌愈妙。（黄子云《野鸿诗的》）

唐人七言绝句，大抵由于起承转合之法，惟李、杜不然，亦如古风，浩然长往，不可捉摸。此体最难。（吴乔《答万季野诗问》）

也就是说盛唐绝句“以第三句为主”的结构法则被杜甫打破了。叶燮《原诗》谓杜甫七绝“轮囷奇矫，不可名状”；沈德潜也不能不承认杜甫绝句“直抒胸臆，自是大家气度”。其实对杜甫绝句的褒贬，其根本问题是尊唐还是尊宋、尊体还是破体的问题。杜甫绝句，叶燮《原诗》说“宋人大概学之，宋人七绝，大约学杜者什六七”；李重华《贞一斋诗说》也说黄庭坚绝句专学杜甫，“遂独成一家”，足以见得杜甫对于宋代绝句的影响。那么如何看待这种影响呢？推尊盛唐者如沈德潜，基本上是否定的，说“宋人不善学之，往往流于粗率”。跳脱宗唐窠臼而肯定宋人创造生新的诗论家，则多持肯定态度，如陈衍肯定宋人绝句的新变，对杜甫绝句也给予高度评价。《石遗室诗话》甚至说：“《花卿》《龟年》诸作，在老杜正是变调，偶效当时体。”（卷三）

关于晚唐绝句的评价，与杜甫绝句一样也颇多周折。唐诗有初、盛、中、晚之分，诗学史一般是崇初盛，黜中晚。但是对于晚唐绝句，诗学史却有不同的声音。宋人对于晚唐绝句评价较高：

绝句之妙，唐则杜牧之，本朝则荆公，此二人而已。（曾季狸《艇斋诗话》）

五、七字绝句，最少而最难工，虽作者亦难得四句全好者。晚唐人与介甫最工于此。（杨万里《诚斋诗话》）

晚唐诗人擅绝句者众，多有名篇，且对宋元诗歌产生了深远的影响，通常所谓的“晚唐体”一个重要方面就是晚唐的绝句。明王世贞比较盛唐与晚唐的七绝云：

七言绝句，盛唐主气，气完而意不尽工。中晚唐主意，意工而气不甚完。然各有至者，未可以时代优劣也。（《增补艺苑卮言》

附录卷八）

清宋荦《漫堂说诗》云："大抵各体有初、盛、中、晚之别，而三唐七绝，并堪不朽。"王士禛《万首唐人绝句凡例》云："中唐之李益、刘禹锡，晚唐之杜牧、李商隐四家，亦不减盛唐作者云。"董文焕《声调四谱图说》："初盛中晚之分，在他体不无轩轾，独此体（按谓绝句），则不可以时代先后为断，亦不得过判优劣也。"可见，自宋代以降对于晚唐绝句多是持肯定态度的。但是也存在对立的声音，晚唐绝句与晚唐其他诗体一样，多招致格调复古派论者的贬斥，尤其是在明代：

晚唐诗，萎苶无足言。独七言绝句脍炙人口，其妙至欲胜盛唐。愚谓绝句觉妙，正是晚唐未妙处。其胜盛唐，乃其所以不及盛唐也。……盛唐惟青莲、龙标二家诣极，李更自然，故居王上。晚唐快心露骨，便非本色。议论高处，逗宋诗之径；声调卑处，开大石之门。（王世懋《艺圃撷余》）

盛唐绝句，兴象玲珑，句意深婉，无工可见，无迹可寻。中唐遽减风神，晚唐大露筋骨，可并论乎？（胡应麟《诗薮》内编卷六）

专寻好意，不理声格，此中晚唐绝句所以病也。（陆时雍《诗镜总论》）

筋骨贲张或气韵衰飒，的确是晚唐诗歌的特点，绝句也不例外。格调复古论者论诗"惜格"，自然会苛求于晚唐绝句。批评晚唐绝句一般是与否定宋代绝句联系在一起的。谢榛《四溟诗话》、胡应麟《诗薮》、吴乔《围炉诗话》、施闰章《蠖斋诗话》等均指陈宋人绝句入议论、著见解、直下味短等毛病。而尊尚宋诗的论者态度则截然相反。叶燮《原诗》外篇下云：

宋人七绝，种族各别，然出奇入幽，不可端倪处，竟有轶驾唐人者。若必曰唐、曰供奉、曰龙标以律之，则失之矣。

陈衍《石遗室诗话》卷十六云：

宋诗人工于七言绝句而能不袭用唐人旧调者，以放翁、诚斋、后村为最。大略浅意深一层说，直意曲一层说，正意反一层说，诚斋又能俗语说得雅，粗语说得细，盖从少陵、香山、玉川、皮、陆诸家中一部分脱化而出也。

第六节 “起承转合”论与“分解”批评

律诗结构稳定，形式整饬，法律谨严。如何在有限的容量和既定的格法内获得开合动荡之势、游衍贯注之神，关键在于章法。古人总结认为章法是律诗的一个关键。就七律来看，方东树说：

七律束于八句之中，以短篇而须具纵横奇恣、开阖阴阳之势，而又必起结转折，章法规矩井然，所以为难。(《昭昧詹言》卷十四)

七律之妙，在讲章法与句法。句法不成就，则随手砌凑，软弱平缓，神不旺，气不壮，无雄奇杰特。章法不成就，则率漫杂乱，无先后起结、衔承次第、浅深开阖、细大远近虚实之分，令人对之昏昧，不得爽豁。故句法则须如铸成，一字不可移易，又须有奇警华妙典贵，声响律切高亮。章法则须一气呵成，开阖动荡，首尾一线贯注。(同上)

关于律诗的章法，元代诗格诗法类著作就曾经提出“起、承、转、合”的结构规律，杨载《诗法家数》说：

律诗要法：起、承、转、合。破题：或对景兴起，或比起，或引事起，或就题起。要突兀高远，如狂风卷浪，势欲滔天。颔联：或写意，或写景，或书事，用事引证。此联要接破题，要如骊龙之珠，抱而不脱。颈联：或写意，写景，书事，用事引证，与前联之意相应相避。要变化，如疾雷破山，观者骇愕。结句：或就题结，或开一步，或缴前联之意，或用事，必放一句作散场。如剡溪之棹，自去自回，言有尽而意无穷。(按，此条系删润《金针诗格》而来)

又，傅与砺《诗法正论》引述范德机的话说：

> 作诗成法，有起、承、转、合四字。以绝句言之，第一句是起，第二句是承，第三句是转，第四句是合。律诗，第一联是起，第二联是承，第三联是转，第四联是合。……大抵起处要平直，承处要舂容，转处要变化，合处要渊永。起处戒陡顿，承处戒迫促，转处戒落魄，合处戒断送。起处必欲突兀，则承处必不优柔；转处不致窘束，则合处不致匮竭矣。

杨载仅是就律诗而言，认为起承转合是律诗的“要法”。范德机所论，范围远远扩大，绝句、古诗，甚至《诗经》，无不可运用起承转合法则予以分析。就后人所论来看，起承转合主要还是针对律诗（有时包括绝句）的篇章结构而言的。

“起”是起句，指律诗的首联。杨载说起句“要突兀高远”，范德机说“起处要平直”，两者意思相差较大，范德机可能是就一般诗文来说的，而杨载特指律诗，后人论律诗起句，一般强调应该有突兀而起、振起全篇的气势。先看五律，谢榛《四溟诗话》云：

> 五言律首句用韵，宜突然而起，势不可遏，若子美“落日在帘钩”是也。许浑“天晚日沉沉”，便无力矣。(卷二)

“落日在帘钩”是杜甫五律《落日》诗的首句；“天晚日沉沉”是许浑《晚泊七里滩》的首句。此二诗首句均入韵。首句入韵，诗歌格调易于平衍，故而宜直起直落以造势。杜诗主旨是咏春日暮景，首句是突然直起。许浑诗首句仅仅是写景，点明泊七里滩之时，故而云“无力”。杨慎《升庵诗话》云：“五言律起句最难。……唐人多以对偶起，虽森严而乏高古。”晚唐的五律起句对偶，“语诚工而气衰飒”。因此杨慎认为律诗参以古法，首句散行，如杜甫“将军胆气雄，臂悬两角弓”（《寄赠王十将军承俊》）和孟浩然“八月湖水平，涵虚混太清”(《临洞庭》)，虽为律体，却含古意，皆起句高妙，可以为法。

再看七律，五律以首句不入韵为正格，七律以首句入韵为正格。然而七律首句偶尔收以仄声不入韵，或以散体单行起，往往会取得峭拔俊健的效果。《容斋三笔》卷九引叶黯说：

> 五十六言，大抵多引韵起。若以侧句入，尤峻健，如老杜“幽栖地僻经过少，老病人扶再拜难”（按，杜甫《宾至》首联）是也。然此犹是作对，若以散句起又佳，如“苦忆荆州醉司马，谪官樽俎定常开”（按，杜甫《所思》首联）是也。

不论是五律还是七律，起句都应该突兀造势。施补华说：“起处须有崚嶒之势。”（《岘佣说诗》）方东树说：“起句须庄重，峰势镇压，含盖得一篇体势。”（《昭昧詹言》卷十四）这些诗句都采用逆挽手法，倒戟而入，往往会获得突兀奇绝的审美效果。五律如王维《观猎》起句“风劲角弓鸣，将军猎渭城”，七律如杜甫《登楼》起句“花近高楼伤客心，万方多难此登临”，都是倒装一转，正如沈德潜《说诗晬语》所说，“直疑高山坠石，不知其来，令人惊绝”，若按自然语序，便落入平庸。

“承”谓承接，一般指颔联。范德机说“承处要春容”。所谓“春容”，用沈德潜的话说，就是“三、四贵匀称，承上陡峭而来，宜缓脉赴之”（《说诗晬语》卷上）。三、四颔联承一、二首联，然亦须有变化。金圣叹说：

> 唐人一、二起如郁勃，则三、四承之必然条畅，条畅所以宣泄其郁勃也；唐人一、二起如闲远，则三、四承之必然紧峭，紧峭所以逼取其闲远也。起如叙意，则承之必急写景，写景以证我意也；起如写景，则承之必急叙意，叙意以销我景也。小处说起，则承之必说到大处；大处说起，则承之必说到小处。顺起，则承之必以逆；逆起，则承之必以顺。空起，则承之必以实；实起，则承之必以空。直起者，必曲承之；逼起者，必宽承之。高提笔起者，必根切承之；低曲笔起者，必浩衍承之。精赤骨律起者，必恣媚承之；堆金砌碧起者，必雪淡承之。此是唐人前解四句一定方法。①

“转”指颈联的转笔，要与前面两联相应相避而有变化。如果说绝

① 金圣叹《贯华堂选批唐才子诗》，江苏古籍出版社1986年版，第48页。

句的关键在于第三句，那么律诗的关键则在于颈联，因为颈联的转笔，为末联蓄势，构成宛转流动的气势。李东阳《怀麓堂诗话》说：“人但知律诗起结之难，而不知转语之难，第五、第七句尤宜著力。”金圣叹说，五、六两句“乃作诗之换笔时也”；“五、六特为生起七、八，非与三、四同写景物也”；“唐人作律诗，不由五、六，则无由结耳。非于三、四后，又欲为五、六也”。五、六转笔的关键是要荡得开，能够为末联之“合”蓄势。金圣叹《唱经堂东柱上》以弯弓射箭为喻，“前解如弓来体，后解如弓往体。盖弓来体，在初拽开时，眼之所注，箭之所直，更无旁及，而后引之而必至于满也。弓往体，在既放箭后，其所到处，必中要害，而时亦有不得中要害者，则其既满临放之时，手法之异也”，比较形象地阐明了首联、颔联（前解）与颈联、尾联（后解）之间的关系，而前后解之间，颈联的转笔是关键。

颔联和颈联，通常说“中二联”，是律诗的腹部，过去有一种律诗作法，“往往先作中二联，然后装成首尾”（施补华《岘佣说诗》）。施补华批评这种作法“首尾平弱草率，劣不成章”，律诗应该“一气浑成，神完力足，方为合作”。对于律诗的中二联，最基本的要求是能变化，一般来说，一情一景为通则。古人论中二联曰：

> 若上联已共意，则下联须各意；前联既咏物状，后联须说人事：两联最忌同律。（杨载《诗法家数》）
>
> 问：律诗中二联，必须分情与景耶？抑可不拘耶？答：不论者非，拘泥者亦非。大概二联中须有次第，有开阖。（刘大勤问、渔洋老人答《师友诗传续录》）
>
> 诗有情有景，且以律诗浅言之，四句两联，必须情景互换，方不复沓。更要识景中情，情中景，二者循环相生，即变化不穷。（李重华《贞一斋诗话》）
>
> 律诗中二联，往往一联写情，一联即景，情联多活，活则神气生动；景联多板，板则格法端详。此一定之法，亦自然之文也。（吴骞《拜经楼诗话》卷一）

沈德潜《说诗晬语》说：“中二联不宜纯乎写景。”（卷上）即使如王维名诗《山居秋暝》中“明月松间照，清泉石上流。竹喧归浣女，莲动下渔舟”四句，“景象虽工，讵为模楷?”——当然笔者觉得，虽不可模楷，但王维此诗四句皆景而有变化，并不板滞，不足为病。另外，李梦阳所谓“前疏者后必密，半阔者半必细；一实者必一虚，叠景者意必二”（《再与何氏书》）的原则，也主要是针对中二联而论的。当然，中二句或写景或写情，意义有变化而仍须一气贯之。葛立方《韵语阳秋》卷一说“律诗中间对联两句，意甚远而中实潜贯者，最为高作”，应该是意转而气连。

“合”谓结句，指尾联七、八两句。律诗的结句也很关键。谢榛《四溟诗话》卷二说：“律诗无好结句，谓之虎头鼠尾。即当摆脱常格，夐出不测之语，若天马行空，浑然无迹。”范德机说“合处要渊永”，也就是杨载所谓结句要“言有尽而意无穷”的意思。结句要出场，成功的结句按沈德潜说，“或放开一步，或宕出远神，或本位收住”（《说诗晬语》卷上）。如张说《幽州夜饮》结句“不作边城将，谁知恩遇深”正面切题，这是抱题结，“本位收住”；王维《酬张少府》结句“君问穷通理，渔歌入浦深”，以不答作答，是从颈联“松风吹解带，山月照弹琴”二句“宕出远神”；杜甫《画鹰》结句“何当击凡鸟，毛血洒平芜”，从画鹰联想到真鹰，赞真鹰以传画鹰之神，这是“放开一步”。

律诗八句整饬严谨，又必须神完气足，血脉动荡，首尾浑成。起承转合的结构方式，因为流动和变化而造成贯彻全篇的气势，自有其合理之处。古代诗论讲究“活法”，忌讳拘泥于“死法”、“定法”，对于起承转合，既不能不讲究，但更不能拘泥于此，受之束缚。本来起承转合是从前代优秀的律诗中总结出来的结构规律，将这种规律总结提炼出来，在平时读诗研习时诗人要加以悉心揣摩、体会，领悟其妙用，但在作诗的一瞬间倒不必拘泥于此而束缚手脚。李东阳《怀麓堂诗话》说得好：

> 律诗起承转合，不为无法，但不可泥，泥于法而为之，则撑拄对待，四方八角，无圆活生动之意。然必待法度既定，从容闲习之余，或溢而为波，或变而为奇，乃有自然之妙，是不可以强致也。若并而废之，亦奚以律为哉！

这可谓是辩证的方法论。清人吴乔《答万季野诗问》说：“起承转合，唐诗之大凡耳，不可固也。”的确，唐人律诗也有不少是难以用起承转合的法则去硬性分解的，如杜甫的《江村》：

清江一曲抱村流，长夏江村事事幽。自去自来梁上燕，相亲相近水中鸥。老妻画纸为棋局，稚子敲针作钓钩。多病所须唯药物，微躯此外更何求。

明人王良臣《诗评密谛》卷二分析说：

“清江一曲抱村流”，是起；“长夏江村事事幽”，是承；“自去自来梁上燕，相亲相近水中鸥”，此物意之幽也；“老妻画纸为棋局，稚子敲针作钓钩”，此人事之幽也；至“多病所须惟药物，微躯此外复何求”，则一句合。大抵无非幽事耳，若非中联衬贴，则所为幽事者果何在耶？

也就是说，《江村》这首七律中二联都是承“事事幽”，并没有“转”意。再看杜甫的《蜀相》：

丞相祠堂何处寻？锦官城外柏森森。映阶碧草自春色，隔叶黄鹂空好音。三顾频繁天下计，两朝开济老臣心。出师未捷身先死，长使英雄泪满襟。

王良臣分析说：

“丞相祠堂何处寻”，是以问语起；“锦官城外柏森森”，是以答语承；“映阶碧草自春色，隔叶黄鹂空好音”，是赋祠堂之景物也；“三顾频繁天下计，两朝开济老臣心”，是评祠堂之人物也；“出师未捷身先死，长使英雄泪满襟”，则一句转，一句合，以致叹恨之意耳。若谓中二联衬贴者即是转合，则何以见其为丞相祠堂哉！（卷二）

因此，王良臣说：“起承转合四字，施之绝句则可，施之于律，则未尽然。”绝句重在第三句的转，不转则末句就没有力度，拨荡不开。律诗颈联一顺而下的例子比比皆是，因此“起承转合”的确是“未尽然”

的"定"规。王夫之是明清诗学中破"起承转合"之执比较用力的论者。他在《薑斋诗话》里说：

起承转收，一法也。试取初盛唐律验之，谁必株守此法者？法莫要于成章；立此四法，则不成章矣。且道"卢家少妇"一诗作何解？是何章法？又如"火树银花合"，浑然一气；"亦知戍不返"，曲折无端；其他或平铺六句，以二语括之；或六七句意已无余，末句用飞白法飏开，义趣超远：起不必起，收不必收，乃使生气灵通，成章而达。至若"故国平居有所思"，"有所"二字，虚笼喝起，以下曲江、蓬莱、昆明、紫阁，皆所思者。此自《大雅》来；谢客五言长篇，用为章法；杜更藏锋不露，抟合无垠：何起何收，何承何转？陋人之法，乌足展骐骥之足哉？近世唯杨用修辨之甚悉。用修工于用法，唯其能破陋人之法也。（卷二）

王夫之所举"卢家少妇"一首，是沈佺期的七律名诗《古意》。诗曰：

卢家少妇郁金堂，海燕双栖玳瑁梁。九月寒砧催木叶，十年征戍忆辽阳。白狼河北音书断，丹凤城南秋夜长。谁为含愁独不见，更教明月照流黄。

"火树银花合"是苏味道的五律《正月十五夜》。诗曰：

火树银花合，星桥铁锁开。暗尘随马去，明月逐人来。游妓皆秾李，行歌尽落梅。金吾不禁夜，玉漏莫相催。

这两首诗的特点是颈联依然顺承而下，而非通常的"转"笔，但依然文气跌宕，不显得板滞。王夫之所举的"亦知戍不返"，是杜甫的《捣衣》。诗曰：

亦知戍不返，秋至拭清砧。已近苦寒月，况经长别心。宁辞捣衣倦，一寄塞垣深。用尽闺中力，君听空外音。

诗意是杜甫"因闻砧而托为捣衣戍妇之词"（赵汸注），其结构是不符合起承转合规则的。仇兆鳌解释此诗章法曰：

"戍不返"，捣衣之故；"拭清砧"，捣衣之事。三、四承首句，五、六承次句。七承五、六，仍应"拭清砧"；八承三、四，仍应"戍不返"。分之则各有条绪，合之则一气贯通。此杜律所以独至也。(《杜诗详注》卷七)

以总体上来说，"起承转合"论是在古代律诗创作取得辉煌成绩的唐宋时期之后才出现的一种律诗结构论，是对唐宋律诗章法结构总体特征的归纳。后代学子学诗需要有阶梯，有步骤，在平日的模习中不能不从古人之"法"入手，不能不懂得起承转合，需要将这种外在的语言结构内化为心理语言程序。但是，真正成熟的诗人应超越任何外在法度和既定程序的羁勒，做到游心法外而言必中矩。法度也因为诗人的创造性而生新造奇，获得鲜活的生命。其实古代论者，即使严格遵守、信奉"起承转合"论，也是重视灵变生新的，如徐增，他钦佩金圣叹以"起承转合"论分解唐诗，遵奉"解数"、起承转合为诗家正法眼藏，但是他又说：

余三十年论诗，只识得一"法"字，近来方识得一"脱"字。诗盖有法，离他不得，却又即他不得。离则伤体，即则伤气。故作诗者先从法入，后从法出，能以无法为有法，斯之谓脱也。(《而庵诗话》)

这是对待"起承转合"结构规则的正确态度，一切诗法都应作如是观。康德关于艺术"机械性技巧"的论述，值得我们引出来作为如何对待中国诗歌技法的参考：

在一切自由艺术里，仍然需要着某些强制性的东西，如人们所说的机械性东西。若没有这个，那在艺术里必须自由的、唯一使作品有生气的精神，就会完全没躯体而全部化为虚空，这是应该提醒人们的（例如在诗艺里语法的正确和词汇的丰富，以及诗学的形式韵律），现在有一些教育家认为促进自由艺术最好的途径就是把它从一切的强制中解放出来，并且把它从劳动转化为单纯的游戏。①

“起承转合”对于近体诗来说，近乎一种“机械性技巧”，不可刻板硬套，也不能完全废弃。

传统的诗歌批评，或者是整体性的风格把脉，如钟嵘《诗品》；或者是具体字句法则的玩味，如大量诗法、诗话类著作，批评的表述多采用“象喻”式表达，通过形象的描绘映衬，以引导读者进入诗歌境界。这种批评模式与古代诗歌活动本身是相适应的，因为古代通常是“诗必与诗人品之”，不论是批评者还是诗歌批评的接受者，都具有一定的创作经验，因此，只要略微点拨，自可解颐。所以在宋元明时期流行着诗歌“只可意会，不可言传”，“只可意解，不可辞解”，“诗在可解不可解之间”等话头。然而，当向启蒙时的童子传授诗艺时，这种“不可言传”的意会是有很大局限性的。特别是当漠然于诗艺的细致考究，致使诗歌创作走入歧途时，那种可解而不可解的含混之词，就不足以指摘诗弊，纠正偏向。因此，清初时出现了一种“分解批评”，强调对诗歌词句章法的细致分析。这种理论，以金圣叹为代表，徐增等人给予响应。

金圣叹最反对传统品诗的模糊影响之言。他在《与任升之》中说：“弟自幼最苦冬烘先生辈辈相传诗妙处正在可解不可解之间一语。弟亲见世间英绝奇伟大人先生皆未尝肯作此语。而彼第二第三随世碌碌无所短长之人，即又口中不免往往道之。”他提出“分解批评”，就是“鸳鸯绣出从君看，且把金针度与人”，也就是要真心体认，批解明白，示读者以法则路径。金圣叹有《贯华堂选批唐才子诗甲集七言律》八卷（清初刻本）和《唱经堂杜诗解》（清顺治十六年读易堂刻本）等唐诗分解著作传世。

金圣叹说，世人说真话，“即开口无不郁勃注射者，转口无不自寻出脱，自生变换者”，有其天然的法则，而唐律诗正是如此：“前解便是平吐出来之一句，所谓郁勃注射之句也；后解便是连忙收拾之一句，所谓自寻出脱、自生变换之句也，所谓真话也。”（《与顾掌丸》）也就是

① 康德《判断力批判》上卷，商务印书馆1964年版，第149、150页。

说，分解是唐律诗自身的特征，是诗歌说真话自具的法则。他的分解批评，不过是将唐律的这个特征剖析出来，明白示人而已。他批选唐律诗近六百首，通选唐代，不再分初盛中晚。不过由于唐代七律至中晚唐时才成熟而成为普遍性的诗体，因此他选诗以中晚唐居多。

金圣叹分解唐诗的一个重要诗学思想，是将唐律八句视为一个完整的自具生命的结构。他批评当时流行的风气，即所谓作律诗重在锤炼三、四、五、六这中间四句，然后装头装尾，说：

> 离却一二，即三四如何得好？不到七八，即五六如何得好耶？且三四五六，初亦并不合成一群。三四自来只是一二之美文，五六自来只是七八之换头。譬如伯劳飞燕，其性迟疾，东西自来，不在一处。(《与张才斯志皋》)

他的分解，一般是将前四句作为前解，后四句作为后解。这样就打破了时人将中间四句视为一个整体的看法，而强调三四句和一二句的联系，五六句和七八句的联系。

金圣叹的分解批评，注意剖析诗歌结构内部的流动变化。本来，元人诗法中所谓“起承转合”论，也是着意于律诗内部四联之间的关系。金圣叹的分解批评，是从“起承转合”论引申而来的。他曾说过：“除起承转合，亦更无诗法也。”(《示顾祖颂、孙闻、韩宝旭、魏云》)“起承转合”论指出第五六句是对前面四句的“转”，据此，金圣叹把“起”和“承”视为前解，“转”和“合”视为后解。前解和后解之间的关系，金圣叹用比喻说明：“盖比丘入定，必须奋迅而入，出则必须安祥而出。”(《答西堂总持法师》)律诗前解是“奋迅而入”，后解是“安祥而出”。他还拿开弓放箭作比喻，前解是“引弓至满”；后解是“放箭中的”。这些比喻无疑是要说明律诗内部结构可以分为前后两解，两解之间存在着方向相反、力量相对、转折变化的动态关系。正是有了这种动态关系，才能构成灵动鲜活的整体。先看前解：一二是起法，三四是承法。“起”与“承”之间也应该在笔意文势上有变化。

简单说，三四句，对于一二句，应该是承而有变，要错落有致，变化生姿。一二两句是起笔，可以劈空突兀；而三四两句，或浓丽，或平淡，或温厚，或蕴藉，要在变化中造势。

再看后解：五六句对于前解三四句是“转”，但既是“转”，又应该有内在的关联。金圣叹《与毛序始》说：

> 诗至五六而转矣，而犹然三四，唐之律诗无是也。诗至五六虽转，然遂尽脱三四，唐之律诗无是也。

五六句是作诗换笔，既要转笔跌宕，又须与前解有内在的联系，不是脱手飞去另作一诗。唐人律诗一般于前解护题，要照顾到题面，至五六句则可以泼笔舒展，为末联造势。金圣叹《与后堂壮严法师及梅檀安庠二师》说：“唐人律诗，三四承上一二，固各写题所应写也，至五六始多感矣。感者，必言秋，必言晚。”之所以言秋，言晚，是为了“转调高唱，以生七八之感也”（《答沈鸿永卿》）。

金圣叹的分解批评，与他批点小说戏曲一样，批评主体表现出较为鲜明的灵活性、自主性，担当起“通作者之志，开览者之心”的任务。《唱经堂杜诗解》分解杜甫《早起》诗时，他说：“读书尚论古人，须将自己眼光直射千百年上，与当日古人捉笔一刹那顷精神融成水乳，方能有得。不然真如嚼蜡矣，勿以吟咏小道忽之。”（卷二）金圣叹的分解批评，不着力于史实稽考、字句索隐，而是要从捕索诗歌的意脉，从对诗歌作品本身包孕的情思感兴、意象结构的分析中，捕捉诗人的创作心态和情感寄托，揭明诗人的艺术匠心，以批评主体的眼光直射千古，与诗人精神融为一体，沿波讨源，披文入情。但是其态度又是极为严肃的。在《与顾掌丸》中他说:“分解不是武断古人文字，务宜虚心平气，仰观俯察，待之以敬，行之以忠。设使有一丝毫不出于古人之心田者，矢思不可以搀入也。直须如此用心，然窃恐时时与古尚隔一间道。”当然，分解批评也很难说都是“出于古人之心田”，不过这种虚心平气的忠敬态度，是一切文学批评都需要的。强调批评主体的自主性，不是以批评者的影子遮蔽了文本的意义、作者的意旨。

从金圣叹与他人的书信来往可知，分解批评在当时引起不小的影响，可多为将信将疑，其中徐增可谓深信不疑，而且继续将分解批评运用于唐诗研究中。徐增信服金圣叹的分解批评，在《而庵诗话》中他论金圣叹说：“圣叹《唐才子书》，其论律分前解、后解，截然不可假借。圣叹身在大光明藏中，眼光照彻，便出一手，吾最服其胆识。但世间多见为常，少见为怪，便作无数议论。究其故，不过是极论起承转合诸法耳。”他认为“诗法虽多，而总归于解数、起承转合”，视“解数”和“起承转合”为诗家正法眼藏。他以十年工夫编撰了《而庵说唐诗》二十二卷，也多是“分解批评”的实践。后来袁若愚《学诗初例》说：“解诗者无虑数十百家，当以金圣叹、徐而庵两先生为宗，以其主‘分解’为律诗定法也。”

第五章
唐诗选本、别集的笺注与评论

【内容提要】“唐诗学”是中国文学研究史上的一门显学。关于唐人诗歌别集的编纂、评释、笺注之类的著作真可谓汗牛充栋。唐诗选本自唐代以来一直颇为兴盛，出现过一批影响深远的唐诗选本，值得专门去研究。本章仅择其要者，联系历代的诗学思想，对于重要的唐诗选本、别集笺注和评点本作粗疏简略的梳理。

第一节 唐诗重要别集的刊刻与评注

《孟浩然诗集》：孟浩然，与王维齐名，时称“王孟”，许彦周《诗话》云：“孟浩然、王摩诘诗，自李杜而下，当为第一。”李东阳《怀麓堂诗话》也说：“唐诗李、杜之外，孟浩然、王摩诘足称大家。”

孟浩然是唐代山水田园诗派的重要诗人，其诗清雅闲淡。天宝四年(745)，孟浩然去世不久，王士源搜集孟浩然散佚的诗篇218篇，编纂成三卷本的《孟浩然诗集》。王士源在序中论孟浩然诗云：“每有制作，伫兴而就。”较为精炼地概括出孟浩然诗歌发乎天籁、意兴自然、无迹可寻的特征。杜甫《遣兴六首》之五赞孟浩然说：“吾怜孟浩然，裋褐即长夜。赋诗何必多，往往凌鲍、谢。”然而自宋代起，关于孟浩然诗歌的评价便存在着分歧。据陈师道《后山诗话》载，“子瞻谓孟浩然之诗，韵高而才短，如造内法酒手，而无材料尔。”宋人以才学为诗，特别是如苏轼等人，诗书饱学，经史佛典任意挥洒，自然相形而见出孟浩然的“才短”。另一方面，“不才明主弃”没有多少仕途人生的孟浩然，诗歌内容的生活广度和深度都较为狭小，思想情怀也不免显得清寒幽独，因此诗歌也就显得“无材料耳”。清代王士禛说“孟诗有寒俭之态”（《师友诗传续录》），施补华《岘佣诗话》称孟浩然诗“边幅太窘”，都是从这个意义上说的。但是孟浩然诗歌“伫兴而就”，正体现出盛唐诗人“尚意兴而理在其中”的特征。因而严羽《沧浪诗话·诗辩》比较孟浩然和韩愈说：“大抵禅道惟在妙悟，诗道亦在妙悟，且孟襄阳学力下韩退之远甚，而其诗独出退之之上者，一味妙悟而已。”在苏轼看来，“才短”是缺点，而严羽则认为“诗有别材，非关学也”，孟浩然虽然“才短”，却能够“一味妙悟”，故而诗出韩愈之上。在《沧浪诗话·诗评》中，严羽说:“孟浩然之诗，讽咏之久，有金石宫商之声。”在明代的宗唐风气中，孟浩然诗歌得到较高的评价。谢榛《四溟诗话》说:“浩然五言古诗近体，清新高妙，不下李、杜。但七言长篇，语平气缓，若曲涧流泉而无风卷江河之势。”七言长篇，以气为主，大力斡旋骀荡，是“寒俭”的孟浩然所无力驾驭的。五言古近体，重意趣兴会，是孟浩然所擅长的。陆时雍《诗镜总论》也说：“孟浩然材虽浅窘，然语气清亮，诵之有泉流石上、风来松下之音。”这主要是针对孟浩然五言而发的。

《孟浩然诗集》的批点，最早的为南宋刘辰翁的批点本，有明活字本、万历四年（1576）顾氏藻瀚斋刻本、凌濛初刻朱墨套印本等数种。其中凌刻本录刘辰翁一则题识，云：

> 生成语难得，浩然诗高处不刻画，只似乘兴，苏州远在其后，而淡复过之。韦应物居官自愧闷闷，有恤人之心，其诗如深山采药，饮泉坐石，日宴忘归；孟浩然如访梅问柳，偏入幽寺。二人趣意相似，然入处不同。韦诗润者如石，孟诗如雪，虽淡无彩色，不免有轻盈之意。

刘辰翁评《秦中感秋寄远上人》云："吾评孟浩然诗，非不经思，只是吐出。"他的评点也着意突出孟浩然诗歌的"清淡之趣"、"不必刻深，怀抱如洗"、"极有雅致，非思索可及"等特征。明末凌濛初从友人潘景升家得到李梦阳参评本，于是将刘辰翁批语和李梦阳的批语汇录在一起，刊刻了《孟浩然诗集》二卷，朱墨套印本。凌刻本也录有李梦阳题识一则，云：

> 予观刘子评浩然诗，当矣。然有未至者焉。予读其诗，窃亦时时附以己意，笔之俟知者论焉尔。

李梦阳的评批有两个特点，一是将孟浩然风格相近的诗歌放在一起作综合评论。如评《都下送辛大之鄂》诗时，李梦阳把此诗和《题张野人园庐》《送张祥之房陵》《送莫甥兼诸昆仲弟从韩司马入西军》《送袁太祝尉豫章》并论，说："此五首不佳，伤于吐易。"评《与黄侍御北津泛舟》诗时，李梦阳把它与《晚泊浔阳望香炉峰》《岘潭作》《登望楚山最高顶》并论，谓"此四首又似律，其调太杂"。二是着意于以格调论诗。孟浩然的《从张丞相游纪南城猎戏赠裴迪张参军》，古体而参以律调，李梦阳评曰："调杂，非古非律。"《九日龙沙寄刘大》后半"客中谁送酒，棹里自成歌。歌竟乘流去，滔滔任夕波"四句，李梦阳评云："'歌'字相接，是转调法。"此外他还时用"调杂"、"伤气"等评语。凌濛初在《跋》中说："盖李以崛起关中，雄视千古，故每于格调之间深求之，然亦可以见言诗者一斑。"三是对刘辰翁评语时有辩驳。如孟浩然《送从弟邕下第后归会稽》起二句"疾风吹征帆，倏尔向空没"，刘辰翁批云："发兴甚苦。"李梦阳驳云："起句亦不见苦。"孟诗《陪卢明府泛舟回岘山作》"鹢舟随雁泊，江火共星罗"二句，刘辰翁批云："下句胜。"李梦阳驳云："他妙在'鹢'、'雁'字，何言下句胜！"

继李梦阳之后，袁宏道也曾评点过《孟浩然诗集》，现存有明季刻本《孟襄阳集》二卷，署宋刘辰翁批点，明袁宏道参评（是否确为袁评，待考）。袁宏道的评语，一方面指出孟浩然诗平淡自然的特点，如评《云门寺西六七里闻符公兰若最幽与薛八同往》"淡寂，似欲无言"；评《还山赠湛法师》"语极自然之致"；评《经七里滩》"简淡自然趣足，如此等为白、苏二公滥觞”。另一方面，他又批评过于纤丽、过于着意的作品。如评《宿天台桐柏观》“大似康乐，然于浩然本色反劣”；评《寒夜》“堕词调家手”；评《春晓》“此诗近词，太以纤丽故”。

《王维诗集》：王维在唐开元、天宝年间诗名甚高，杜甫《解闷十二首》之八赞誉王维和其弟王缙的诗才云：“不见高人王右丞，蓝田丘壑漫寒藤。最传秀句寰区满，未绝风流相国能。”晚唐的司空图在《与李生论诗书》中将王维和韦应物并提，谓二人诗“澄澹精致，格在其中”；在《与王驾评诗书》中又称二人诗“趣味澄夐，若清流之贯达”。司空图所谓“思与境谐”、“韵外之致，味外之旨”等理论，主要就是从王维、韦应物等人诗歌中提炼出来的。前代诗人一般诗和画不相兼能。如顾恺之善画而不能诗，杜甫善诗而不能画，只有王维能从容于二者之间，兼擅诗画。阮阅《诗话总龟》引苏轼的话说“味王摩诘之诗，诗中有画；观摩诘之画，画中有诗。”也就是说诗法和画技相互渗透，相互助益。的确，王维以绘画之眼观景，他的诗歌，善于构图设色，如《送别》“远树带行客，孤城当落晖”之“带”、“当”字，非得画中三昧者，不能下此二字。又如《汉江临泛》“江流天地外，山色有无中”二句，便入画境。吴韶《史鉴类编》云：“王维之作，如上林春晓，芳树微烘。百啭流莺，宫商叠奏，黄山紫塞，汉馆秦宫，芊绵伟丽于氤氲杳渺之间，真所谓有声画也，非妙于丹青者，其孰能之?”如果说在后代诗论家看来李白、杜甫时显“变调”的话，那么，王维则正是盛唐的正宗，是盛唐诗歌的典范。吕夔《王右丞集序》云：

> 论近体者，必称盛唐。若蓝田王右丞维，亦其一也。其为律、绝句，无问五七言，皆庄重闲雅，浑然天成。至于古诗，句本冲澹，而兴则悠长，诸词清婉流丽，殆未可多訾。①

这是关于王维诗的最具代表性的评价。

王维诗歌的后代研究，包括评点和笺注两个方面。南宋后期的刘辰翁评点《王摩诘诗集》六卷，现有明单刻本。明末凌濛初将刘辰翁和

---

① 见赵殿成《王右丞集笺注》，上海古籍出版社1998年版，第515页。

顾璘评合刊，朱墨套印。清康熙三十五年（1696）顾氏奇字斋刊明顾起经注《类笺唐王右丞诗集》，也录有刘辰翁的评语。刘氏评语，只是会心赏鉴，三言两语，然能抓住王维诗歌的主要特征，如他评《辛夷坞》“其意亦欲不著一字，渐可语禅”；评《辋川闲居赠裴秀才迪》“类以无情之景，述无情之意，复非作者所有”；评《山居秋暝》“总无可点，自是好”；评《华子岗》“萧然更欲无言”；评《过感化寺昙兴上人山院》“略不用思”；评《冬日游览》“更似不须语言”。宋人诗歌过于在语言上求新求奇，而刘辰翁有意地在评点中突出王维诗歌略不用思，而妙契禅道的境界，显然是有现实针对性的。

明代嘉靖时期顾璘评点，有明末凌濛初的朱墨套印本。顾璘评语，既有诗艺赏品，也注意阐发诗歌意旨。品诗艺者，如评《息妇人》云：“只发一‘楚’字，便有无穷悲怨。”释诗意者，如评《积雨辋川庄作》云：“结语用《庄子》‘忘机’之事，无迹。此诗首述田家时景，次述己志空泊，末写事实，又叹俗人之不知己也。东坡云‘摩诘诗中有画，画中有诗’者，此耳。”评《酌酒与裴迪》云：“此篇似有朋友反复为诬谮者，或小人谗诅之类，故为此以解之云耳。草色花枝，固是时景，然亦托喻小人冒宠，君子颠危耳。”

王维诗歌的笺注，明代有顾可久注《唐王右丞诗集》六卷，万历十八年（1590）吴氏漱玉斋刻本。顾起经注《类笺唐王右丞诗集》十卷，与文集四卷合刊，最早有嘉靖三十五年（1556）顾氏奇字斋刻本，《四库全书存目丛书》据之影印。而清代赵殿成的笺注本更为完备。赵殿成撰《王右丞集笺注》二十八卷，有乾隆元年（1736）刻本、四库全书本等。赵殿成注初定稿于雍正六年（1728），成书于乾隆元年（1736），古诗六卷，近体诗八卷。赵殿成认为刘辰翁评本最善，取为底本，将非刘评本集内之诗而见于其他诸家所刻王维集，以及别书互见难以确考者另辑为“外编”一卷，另有文十三卷。赵殿成的笺注，既校勘文字，注明本事，考证史实，也笺释诗意，还辑采后代诗话笔记材料，给予引申辨正。王维《偶然作》咏陶渊明一首，末句“肯愧家中妇”，顾起经改“妇”作“帚”，赵殿成辨析其谬云：

渊明《与子书》曰：“尝感孺仲贤妻之言，败絮自拥，何惭儿

> 子”云云，右丞所谓“肯愧家中妇”者，正隐括此语也。顾元纬改“妇”字作“帚”字，且云：“实用《汉纪》‘家有敝帚’语，诸本作‘家中妇’，虽‘帚’、‘妇’同韵，恐义不可解。今据《汉纪》改作‘帚’。”非也，或以渊明有“邻靡二仲，室无莱妇”之语，谓渊明安得有贤妇而愧之？考《南史·陶潜传》其妻翟氏，志趣亦同，能安苦节，夫耕于前，妻锄于后，不可谓无贤妇也。其云‘室无莱妇’者，当是翟卒之后，故云。不得据此作证。且“肯愧家中帚”，较之“肯愧家中妇”，不更难解乎？

王维《出塞作》一诗中两用“马”字（“暮云空碛时驱马”，“玉靶角弓珠勒马”），王世贞谓“非两犯‘马’字，足当压卷”；谢廷瓒《维园铅摘》以为“驱马”当为“驱雁”。赵殿成驳斥云：

> 予谓“驱马”、“射雕”，皆塞外射猎之事，若作“驱雁”，则与上下句全不贯串。诗中复字，初盛名手往往不忌，以此摘为疮痏，未免深文。至欲改易一字，以为全璧，亦如无意味画工割蕉加梅，是则是矣，岂妙手所谓冬景哉？或谓刘梦得一诗用两“高”字，苏东坡一诗用两“耳”字，皆以解义不同，不作重复论。然观杜工部《崔评事弟许相迎不到》一诗，既云“江阁要宾许马迎”，又云“醉于马上往来轻”，两“马”字全无分别。古今诗律之细，必推老杜，杜亦不以此为忌，何必鳃鳃于是乎！

初盛唐律诗，不避复字，甚至于杜甫诗亦有复字。赵殿成的驳斥是有力的。

赵殿成论王维，极力维护儒家“诗教”，具有浓厚的卫道色彩。在序中，他就给王维诗歌定下了基调云：“其为诗，真趣洋溢，脱去凡近，丽而不失之浮，乐而不流于荡，即有送人远适之篇、怀古悲歌之作，亦复浑厚大雅，怨尤不露，苟非实有得于古者诗教之旨，焉能至是乎？”他称赞王维诗歌“温柔敦厚，独有得于诗人性情之美”，可惜的是，“前人未有发明之者，诗注虽有数家，颇多舛凿”，于是“校理旧文，芟柞浮蔓，搜遗补逸，不欲为空谬之谈，亦不敢为深文之说，总期无失作者本来之旨而已”。他论王维《西施咏》中“贱日岂殊众，贵来方悟稀……君宠益骄态，君怜无是非”四句曰：“四言之义，俱属慨词，然出之以冲和之笔，遂不觉沨沨乎为入耳之音，诚有合于风人之旨也哉！”王维的《终南山》，《唐诗纪事》曾引述一种“讥时”说，谓：“‘太乙近天都，连山接海隅’，言势焰盘踞朝野也；‘白云回望合，青霭入看无’，言徒有其表也；‘分野中峰变，晴阴众壑殊’，言恩泽偏也；‘欲投人处宿，隔水问樵夫’，畏祸深也。”赵殿成斥“其说甚凿”，并引友人王琦论诗云：

> 王友琢崖尝辟之曰：诗有二义，或寄怀于景物，或寓情于讽谕，各有指归，乃好事之徒，每以附会为能，无论其诗之为兴、为赋、为比，而必曲为之说，曰此有为而言也，无乃矫诬实甚欤？试思此诗，右丞自咏终南，于人何预？而或者云云。若是，彼飞燕兴谗于太白，蛰龙腾谤于眉山，又何怪焉？黄山谷谓“杜子美诗妙处，乃在无意于文。彼喜穿凿者，弃其大旨，取其发兴，于所遇林泉人物，草木虫鱼，以为物物皆有所托，如世间商度隐语者，则子美之诗委地矣”。斯言也，岂仅读杜者当奉为金科哉！

王琦这段话，的确甚为精粹，能深透诗理，破除前人说诗好比兴附会之弊。此前王夫之《唐诗评选》评杜甫《野望》诗曾云：“诗必有影射而作者，如供奉《远别离》，使无所为，则成呓语，其源自左徒《天问》、平子《四愁》来；亦有无为而作者，如右丞《终南山》，非有所为，岂可不以此咏终南也?”均为通达之论。王琦“平日论诗，必因其自然之势，而不好为钩深索隐之言，以求苟异于人”。他与赵殿成论诗多有吻合处，所以赵殿成云：“故集中诸家曲说，刊削殆尽，洗清之功，实多得其益焉。”

赵殿成论诗不泥不凿，而能悉心玩味，深得其趣。王维的名诗《过香积寺》，尤以“泉声咽危石，日色冷青松”二句，为人所称道。赵殿成对此诗的品味就颇为细腻：

> 此篇起句极超忽，谓初不知山中有寺也，迨深入云峰，于古木森丛人踪罕到之区，忽闻钟声，而始知之。四句一气盘旋，灭尽针线之迹，自非盛唐高手，未易多觏。“泉声”二句，深山恒境，每

每如此。下一“咽”字，则幽静之状恍然；著一“冷”字，则深僻之景若见，昔人所谓“诗眼”是矣。或谓上一句喻心境之空灵动宕，下一句喻心境之恬淡清凉，则未免求深反谬耳。

王维《观猎》“忽过新丰市，还归细柳营”二句，邵古庵谓：“细柳、渭城，皆在陕西长安县；新丰，在临潼县，相去七十里，曰‘忽过’，曰‘还归’，正见其往返之易。”赵殿成不同意这种解释。他说：“《汉书》内地名，诗人多袭用之，盖取其典而不俚也。兴会所至，一时汇集，又何尝拘拘于道里之远近而后琢句者哉？”贾至、王维、杜甫、高适的七律《早朝大明宫》，历代评论繁多，褒贬不一。方回《瀛奎律髓》卷二曾斥责云：“京师喋血之后，疮痍未复，四人虽夸美朝仪，不已泰乎？”赵殿成批驳云：“宋人腐语，尤属可嗤。”王维《和太常韦主簿五郎温汤寓目》诗，杨慎谓其“肆而隐”、“反而讽”，赵殿成给予详细的批驳，最后云：“诗人之锦心绣肠，夫岂有玲珑曲折若此者，而乃以此厚诬古人欤！”

总体上来说，赵殿成是在儒家温柔敦厚“诗教”的范围内解读王维诗歌的，与他在序中所谓“生逢圣世，文教诞敷”的雍乾盛世的意识形态要求是相适应的。

《李太白诗集》：李白和杜甫，是盛唐诗坛的两座高峰，也是古代诗歌史上的两座高峰。两人诗歌风格迥异，各极其至。后世“李杜”并称，但又不无轩轾。

李白诗歌在当时就得到人们的称赏，最为著名的是杜甫对李白的推崇。杜甫《与李十二白同寻范十隐居》曰：“李侯有佳句，往往似阴铿。”又《春日怀李白》诗曰：“白也诗无敌，飘然思不群。清新庾开府，俊逸鲍参军。”飘然思不群、清新俊逸，都准确而生动地概括了李白诗歌意兴高翥、豪气飙举的特征。李白族叔李阳冰编辑李白诗为《草堂集》，在序中他称赞李白说：“不读非圣之书，耻为郑卫之作，故其言多似天仙之辞，凡所著述，言多讽兴。自三代已来，《风》《骚》之后，驰驱屈宋，鞭挞扬马，千载独步，唯公一人。故王公趋风，列岳结轨，群贤翕习，如鸟归凤。”其中，“不读非圣之书”并不确切，李白深受道家、游侠思想的影响，是显而易见的。不过“天仙之辞”等的描述性评价，还是多为后人所接受的。但是，中唐的元稹却在《唐故工部员外郎杜君墓系铭并序》中以李衬杜，说："时山东人李白，亦以奇文取称，时人谓之李杜。予观其壮浪纵恣，摆去拘束，模写物象，及乐府歌诗，诚亦差肩于子美矣。至若铺陈终始，排比声韵，大或千言，次犹数百，词气豪迈，而风调清深，属对律切，而脱弃凡近，则李尚不能历其藩翰，况堂奥乎。"壮浪纵恣，正是李白诗歌的特征，但是元稹津津乐道的是杜甫"大或千言"的长韵排律，以为杜甫排律，非李白所能，这既是无谓的比较，也没有把握杜甫诗艺成就之所在。所以，元好问《论诗三十首》驳斥曰："少陵自有连城璧，争奈微之识碔砆。"韩愈《调张籍》所谓"李杜文章在，光焰万丈长。不知群儿愚，那用故谤伤。蚍蜉撼大树，可笑不自量"，宋人如魏泰就认为这是针对元稹而发的。李白在北宋人心目中地位很高，苏轼诗风的恣肆飘逸，很大程度上来自于李白。黄庭坚虽然诗风近于杜甫，但是在《答黎晦叔书》中他评价李白诗歌"度越六代，与汉魏乐府争衡"。张戒《岁寒堂诗话》称"此语乃真知太白者"。然而，元稹"李杜优劣论"的影子还笼罩着宋人，尽管对此有过争论，但是扬杜而抑李，还是后世李杜比较论的主导趋势。

王安石选李、杜、韩、欧四家诗，以李白最下，欧阳修亦居李白之上，引起世人的惊愕。据《钟山语录》等记载："俗人多疑之。公曰：'白诗近俗，人易悦故也。白识见污下，十首九说妇人与酒，然其才豪俊，亦可取也。"这是否真的是王安石的话，难以确证，但它已在宋代引起了很大反响和争议。一般诗话笔记是正面的、以肯定的态度引述王安石这个论断的。其中陈善《扪虱新话》以"渊明篇篇有酒，谢安石每游山必携妓，亦可谓之其识不高耶"加以反驳。黄彻是以儒者的身份论诗的，重视诗歌讽谕教化和颐养心性的意义。他把杜甫比作孟子，但是对李白就多有苛词。在《䂬溪诗话》中，他论李白"亦不过为玉楼、金殿、鸳鸯、翡翠等语，社稷苍生何赖？……历考全集，爱国忧民之心如子美语，一何鲜也。"葛立方《韵语阳秋》举例辨析李白其人其诗于君臣、父子、兄弟、友朋之义和夫妇之情上的得失，认为"二失既彰，三美莫赎，此所以不能为醇儒也"。李白的确算不上是"醇儒"，在宋人看来，李白其人其诗就不免有所遗憾。总体上来看，在宋代李白被笼罩在杜甫的光环里，略显暗淡。明末陆时雍就洞见了这种现象，并给予深刻剖析。他在《诗镜总论》中说：

宋人抑太白而尊少陵，谓是道学作用。如此将置风人于何地？放浪诗酒，乃太白本行。忠君忧国之心，子美万感辄发。其性既殊，所遭复异，奈何以此定诗优劣也？

陆时雍批评得非常中肯。宋人的抑李尊杜，是“道学作用”，是道学家的立场，而不是诗人（风人）的立场。从诗人的角度看，李白和杜甫既有性格的差异，又遭遇不同的时代，因此表现出不同的诗风，是很自然的现象，不应该依道学标准定出优劣。宋人能够摆脱这种“道学作用”的，可能只有严羽。严羽论诗，对于李白和杜甫都极推尊。在《沧浪诗话·诗评》中他说：

李、杜二公，正不当优劣。太白有一二妙处，子美不能道；子美有一二妙处，太白不能作。

子美不能为太白之飘逸，太白不能为子美之沉郁。太白《梦游天姥吟》《远离别》等，子美不能道。子美《北征》《兵车行》《垂老别》等，太白不能作。

李白和杜甫，是严羽推举出来的诗歌典范，他说过“论诗以李杜为准，挟天子以令诸侯也”。对于李杜二人诗风，严羽分别用“飘逸”和“沉郁”两词予以准确概括，后人没有异词。他特别指出李、杜二人各有妙处，“正不当优劣”。这显然是针对元稹、王安石等人而发的。在严羽的启发下，明人王世贞对于李杜诗歌，更为细致地辨别体制，分析二人在不同诗体上各有所偏，各极其至。《艺苑卮言》卷四云：

李杜光焰千古，人人知之。沧浪并极推尊，而不能致辨。元微之独重子美，宋人以为谈柄。近时杨用修为李左袒，轻俊之士往往傅耳。要其所得，俱影响之间。五言古选体及七言歌行：太白以气为主，以自然为宗，以俊逸高畅为贵；子美以意为主，以独造为宗，以奇拔沉雄为贵。其歌行之妙：咏之使人飘扬欲仙者，太白也；使人慷慨激烈，歔欷欲绝者，子美也。《选》体：太白多露语率语，子美多稚语累语，置之陶、谢间，便觉伧父面目，乃欲使之夺曹氏父子位耶？五言律、七言歌行，子美神矣；七言律，圣矣。五七言绝，太白神矣；七言歌行，圣矣；五言次之。太白之七言律，子美之七言绝，皆变体，间为之可耳，不足多法也。

论诗重视“辨体”，是明代格调诗学的一个重要特征。王世贞这里对于李、杜不同诗体的不同风格和造诣给予细致剖析。其中五言古体、七言歌行，是李白和杜甫都擅长的诗体，但是两人的风格一飘逸、一沉郁，各极其妙。五、七言律，至杜甫而入化境，但李白七言律则是“变体”，不合正格；李白五、七言绝句风神高华，进入圣境，而杜甫的七言绝句，也属“变调”，不合绝句通则。杜甫绝句能否斥为“变体”，后世还有不同的看法，但是，就格调论立场来说，王世贞关于李杜诗体之异的分析是切中肯綮的。

关于李白诗歌的笺注评点，也难以和“千家注杜”相并论。宋代有杨齐贤的注本，但原本今已不存。由宋入元的萧士赟对于杨齐贤注进行删削增补，编撰《分类补注李太白诗》二十五卷，最早有元至大四年（1311）余氏勤有堂刻本。据萧士赟在《序例》中所说，杨齐贤的注较为疏漏，“博而不能约，至取唐广德以后事及宋儒记录诗词为祖，甚而并至杜注内伪作苏东坡笺事已经益守郭知达删去者，亦引用焉”。萧士赟的补注，据其《序例》所云：“冥思遐想，章究其意之所寓；旁搜远引，句考其字之所原。”也就是说既注释典故语源，也笺释诗意。对于李白诗歌意旨，萧士赟多有笺注，特别是紧密联系唐史，钩稽唐代社会政治生活和李白的交游背景来作笺注，提出一些重要的见解。如乐府诗《蜀道难》，唐人范摅《云溪友议》解释此诗，谓严武为剑南节度使，踞慢不为礼，几次想杀害杜甫、房琯，“李太白作《蜀道难》，乃为房、杜之危也”。后来沈括《梦溪笔谈》释此诗“讽章仇兼琼也”。萧士赟的补注花费大量笔墨驳斥二说之非，提出此诗“盖太白初闻禄山乱华，天子幸蜀时作也。……太白此时盖亦深知幸蜀之非计，欲言，则不在其位；不言，则爱君忧国之情不得自已，故作是诗以达意也”。当然，《蜀道难》的主旨到底是什么，这是无法确证的。后代的各种笺释，都是联系相关的背景材料，从不同角度切入文本，对文本的主旨提出一种阐释。诗歌文本的意义是开放的，阅读史就是文本意义的开放史。一般来说，越是具有多种阐释潜力的文本，便越是优秀的、富于审美魅力的。李白的《蜀道难》就属于这一类。萧士赟提出的解释，也只是众多主旨中的一种，但是在后代也不乏响应者，如沈德潜《唐诗别裁集》卷六评注此诗就说："诸解纷纷，萧士赟谓禄山乱华，天子幸蜀而作，为得其解。臣子忠爱之词，不比寻常穿凿。"①

现传世有署名严羽评点的《李太白诗集》，为崇祯二年（1629）《李杜全集》刻本。李白诗为严羽批，杜诗为刘辰翁批。严羽所批李白诗，系明末闻启祥得于樵川旧家，从未经刊刻，于是闻启祥将之与刘批杜诗合刊行世。但是，此本批语是否出于严羽，实在可疑，宋元和明代前期关于严羽的文献，均未提及过他评点了《李太白诗集》。闻启祥刊刻的严羽评点本，原诗排序和文字基本上同于元人萧士赟《分类补注李太白诗》，并引录杨齐贤、萧士赟的笺释。严羽怎么可能引录后于他的元人萧士赟的笺释？可能是闻启祥或他人依托的。

关于李白诗歌的笺注、评点，元代有范德机《李翰林诗》四卷，选李白诗 283 首，以选为主，兼有批语。明代杨慎批点《李诗选》十卷，有嘉靖二十四年（1545）刻本、明末朱墨套印本等。朱谏选注《李诗选注》十三卷，《李诗辨疑》二卷，明隆庆六年（1572）刻本，《续修四库全书》据之影印。胡震亨评注《李诗通》二十一卷，顺治七年（1650）刻本。而清代王琦的《李太白集辑注》集其大成，该书考辨典故词源尤为繁富，多采诸家笺证，并作辨正，详析诗意，其最大的特点是不穿凿附会。

《杜工部集》：杜甫诗集版本之复杂，注释、评点之繁多，在诗学史上是无与伦比的。这里仅述其要。

杜甫集最早有一种六十卷本，但至北宋时已亡佚。这六十卷本在杜甫晚年或去世后仅"行于江汉之南"，因为战乱，"不为东人所知"。于是大历时期，句容人（今属江苏）樊晃"采其遗文，凡二百九十篇，各以志类"(《杜工部小集序》)，编为六卷的《杜工部小集》，但后世

---

① 按，李白《蜀道难》一诗，亦见于殷璠《河岳英灵集》，《河岳英灵集》收诗终于天宝十二年。因此《蜀道难》不可能是安史之乱时期的作品。萧士赟的笺释，已遭今人否定。

无传。

北宋仁宗时王洙是杜甫集编撰的功臣。王洙取秘府旧藏及他人所有的杜集，重新汇辑整理，“定取千四百有五篇，凡古诗三百九十有九，近体千有六；起太平时，终湖南所作，视居行之次，若岁时为先后，分十八卷，又别录赋笔杂著二十九篇为二卷，合二十卷”(《杜工部集记》)。王洙所编订的二十卷本，确定了杜甫诗集的基本格局，也是后世杜集的祖本，影响深远。此本现在可见的是张元济据宋本配毛氏汲古阁钞本影印的“续古逸丛书”本。至绍兴年间，吴若汇集众本以合校异同，成《杜工部集》二十卷，世称吴若本。钱谦益的《钱注杜诗》据其自言，就是依据吴若本。在《略例》中他说：“杜集之传于世者，惟吴若本最为近古，他本不及也。”鲁訔编次的《杜工部诗》十八卷，虽然原本无存，但是蔡梦弼的《杜工部草堂诗笺》、王十朋的《王状元集百家注编年杜陵诗史》等都是在鲁本编年的基础上编撰而成的。宋人编纂杜诗全集，除了陈浩然本是按类分编之外，一般采取“编年”和“分体”两种形式，两者各有优劣。

宋代就有“千家注杜”之说。现存的有黄鹤《集千家注分类杜工部诗》（元刻本），蔡梦弼《杜工部草堂诗笺》（元刻本），王十朋（或谓伪托）《王状元集百家注编年杜陵诗史》，郭知达《杜诗九家集注》，王洙、赵次公等注《分门集注杜工部诗》等。宋人注杜，或拘于“杜诗无一字无来处”说，重在搜求杜诗词句用典出处。陆游《老学庵笔记》卷七驳斥云:“今人解杜诗，但寻出处，不知少陵之意，初不如是。……纵使字字寻得出处，去少陵之意益远矣。”或秉“诗史”说，依据新旧《唐诗》来注释杜诗，一一附会史诗；或采用“比兴”说诗，探求杜甫诗歌的微言大义。黄庭坚《大雅堂记》驳云：“彼喜穿凿者，弃其大旨，取其发兴于所遇林泉、人物、草木、鱼虫，以为物物皆有所托，如世间商度隐语者，则子美之诗委地矣。”宋末刘辰翁评点杜诗，规避注杜之失，取“会意”品评的态度，一以己意说杜，在元明时期影响甚大，后来的杜诗评点，实以刘评为嚆矢。刘辰翁的评点，彭镜溪辑录成《须溪批点选注杜工部诗》二十二卷，有罗履泰序；又附入元高楚芳编辑的《集千家注批点杜工部集》，明代得到多次翻刻，从而广为流行。

明代对于杜诗全集的笺注没有显著的成绩，而各种杜诗选本的编选成为明代唐诗学和杜诗学的一大亮点。明人选杜诗侧重于律体，据张忠纲等编著的《杜集叙录》统计，明人的杜律选本有四十多种，相反专选古体和绝句的则寥寥无几。因为杜甫五、七言律，无疑是盛唐大家，而明代出现过“唐无五言古诗”和杜诗“变调”说，杜甫的五、七言古诗和五、七言绝句时遭指摘。其实在元代就出现过张性的《杜律演义》和托名虞集的《杜律虞注》，二书在明代版刻较多，对明人选杜甫律诗也有着直接的影响。

杜诗学至清代而达到全盛，不论是注释、评点还是选本，数量、质量都远超前代。这里仅略述清代著名的四大“杜诗学著作”。钱谦益的《钱注杜诗》，采用“以史证诗”的方法，从新、旧《唐书》中钩稽杜诗涉及的相关史实，特别是钱谦益有意将杜甫置身于玄宗和肃宗新旧两朝官僚的矛盾中，甚至夸大这种矛盾，以解释杜甫在“安史之乱”之中和之后的诗篇，故而招致后人的诟病。仇兆鳌的《杜诗详注》，依朱熹《楚辞集注》例，各诗分章节段落，诠释旨意，并作串解。详细注释词句典故的出处；并旁征博引历代研杜成果，论诗意、诗艺和诗法。其注释之繁博，讲解之细致和征引文献之广泛，实为“集大成”式的杜学著述。浦起龙的《读杜心解》，注重对诗人胸臆的体会和阐释，同时多引史实，结合历史背景，搜讨诗人创作的本旨，特别是对钱谦益注杜多有驳正。杨伦的《杜诗镜铨》则化繁为简，删削一切关于典故、史实的注释，而汇集诸家评点，注重于诗人意旨的掘发和诗歌技艺的阐发。晚清时期的杜诗学研究，注释方面没有大的成绩，然出现了刘濬辑的《杜诗集评》和卢坤辑录的五色汇评本《杜工部集》。梁启超的《情圣杜甫》一文，在近代“人性论”思想背景中重新诠释了杜甫的人间真情至性，标志着杜诗学的现代转向。①

《白居易诗集》：白居易是中唐时期著名诗人，在诗歌史上具有重要地位，对于后代诗人具有深远的影响，同时又是一位颇具争议性的诗人。在中晚唐诗坛上白居易的影响是显而易见的。韦縠编选《才调集》以白居易为压卷，放在卷首，选诗19首，“取其昌明博大，有关风教诸篇，而不取其闲适小篇也”②。宋初诗坛还流行效法“白乐天体”，魏野、宋祁、王禹偁等均大量创作浅显简易的“白乐天体”，随后则为“西昆体”所代替。

后人对于白居易诗歌的评论，在一些具体问题上有睽违和争辩。争论较多的是白居易诗歌俚俗的问题，宋人小说敷衍说白居易“每有所作，令老妪能解”，惠洪乃取而载之《冷斋夜话》，于是白居易诗歌的俚俗化便成为口实，在宋明时期多招致批评。如魏泰《临汉隐居诗话》云：

> 白居易亦善作长韵叙事，但格制不高，局于浅切，又不能更风操，虽百篇之意，只如一篇，故使人读而多厌也。

魏泰是以汉魏晋唐温厚含蓄、雄浑高古的审美范型为标准来裁判白居易诗歌的，他批评白居易的叙事诗过于浅切直露，体态单一，格调不高。张戒将白居易诗歌的毛病归结为“其词伤于太烦，其意伤于太尽，遂成冗长卑陋尔”，“情意失于太详，景物失于太露，遂成浅近，略无余蕴，此其所短处”（《岁寒堂诗话》卷上）。也就是说白居易诗歌过于黏着事实，词意浅近，气格卑弱。但是白居易诗歌，不论是讽谕的意旨，还是体道的意趣，都非晚唐吴融、韩偓俳优之词所可并论的。所以张戒说：

---

① 按，关于杜甫诗歌的后代研究，笔者发表过《宋代杜诗研究的基本模式》（《东方丛刊》1997年第2期），《金圣叹杜诗批解的文学批评学透视》（《文学遗产》1998年第3期），《〈唐诗品汇〉为何列杜甫为“大家”》（《古典文学知识》1998年第2期），《“诗史”之誉和“以史证诗”》（《杜甫研究学刊》1999年第1期），《试论杜诗的正典化》（《杜甫研究学刊》2000年第2期），《王夫之的杜诗批评》（《船山学刊》2000年第3期），《从杜诗接受史考察黄生的〈杜诗说〉》（《杜甫研究学刊》2001年第4期），《从〈沧浪诗话〉“于诗用健字不得”考辨严羽评杜甫》（《古代文学理论研究》第20辑，2002年12月）等文章，可以参看，此处不赘。

② 纪昀《删正二冯评阅才调集》，《丛书集成三编》影印镜烟堂版。

“若收敛其词，而少加含蓄其意味，岂复可及也。”白居易依然是中唐名家，并非沦落为晚唐俗格。敖器之品评白居易“如山东父老课农桑，事事言言皆著实”①，与张戒的批评意亦相近。白居易的诗歌，特别是前期的乐府诗，本身目的就在于讽世醒心，讥切时政，“其辞质而径，欲见之者易谕也；其言直而切，欲闻之者深诫也”（白居易《新乐府并序》）。因此，宋人讥其俚俗，谓其言言着实，这正是白居易新乐府自觉追求的特征。但是过于直白，就失去诗味，因而成了缺点。明代格调诗学，标尚格高调古，因而对于白居易诗的浅俗就不免有遗憾。李东阳《怀麓堂诗话》、王世贞《艺苑卮言》等对白居易诗歌的俚俗浅近都流露出不满。

当然，对于这个问题历代诗学也有不同的看法。金代王若虚论诗反对复古守成，主张求真自得，因此能正面认识到白居易诗的价值。在《滹南诗话》中，他说：

> 乐天之诗，情致曲尽，入人肝脾，随物赋形，所在充满，殆与元气相侔。至长韵大篇，动数百千言，而顺适惬当，句句如一，无争张牵强之态。此岂捻断吟须、悲鸣口吻者之所能至哉！而世或以浅易轻之，盖不足与言矣。

又，王若虚《高思诚咏白堂记》说：

> 乐天之诗，坦白平易，直以写自然之趣，合乎天造，厌乎人意，而不为奇诡以骇末俗之耳目。

白诗浅易，正足以曲尽情致，随物赋形，贴切完满地表达内在的情思和外在的物态。因此王若虚套用王安石称赞杜甫的话，称誉白居易诗“殆与元气相侔”。明代喜好白居易诗者亦不乏其人。白居易的闲适诗、感伤诗，在明初的吴中就有不少读者。吴宽曾校勘过白居易集，有诗云：“苏州刺史十编成，句近人情得俗名。垂老读来尤有味，文人从此莫相

---

① 见赵与时《宾退录》卷二。

轻。”① 何良俊也喜好白居易诗，他的“四友斋”，就是将自己与庄子、王摩诘、白居易并列为四友。《四友斋丛说》卷二十五《诗》云：

余最喜白太傅诗，正以其不事雕饰，直写性情。夫《三百篇》何尝以雕绘为工耶？世又以元微之与白并称。然元已自雕绘，唯讽谕诸篇差可比肩耳。

初唐人歌行，盖相沿梁、陈之体，仿佛徐孝穆、江总持诸作，虽极其绮丽，然不过将浮艳之词模仿凑合耳。至如白太傅《长恨歌》《琵琶行》，元相《连昌宫词》，皆是直陈时事，而铺写详密，宛如画出，使今世人读之，犹可想见当时之事，余以为当为古今长歌第一。

白居易的讽谕诗，是上继《诗经》精神传统的。何良俊则进一步指出白诗“不事雕饰，直写性情”的特征，也是合乎《诗三百》的。这正是为白诗的浅俗特征争取合法性地位。宋人论诗多迂腐之见，如张戒曾批评白居易《长恨歌》“叙杨妃进见专宠行乐事皆秽亵之语”，而何良俊则赞誉《长恨歌》等为“古今长歌第一”，足以见得他对白居易诗歌的偏嗜。明代后期的公安派诗学，对白居易也情有独钟，袁宗道就自颜其斋为“白苏斋”，以志好尚。公安派一流的人物江盈科在《雪涛小书》中，对白居易在诗史上的地位曾给予充分的肯定：

白香山诗，不求工，只是好做。然香山自有香山之工，前不照古人样，后不照来者议。意到笔随，景到意随，世间一切都着并包囊括入我诗内。诗之境界，到白公不知开扩多少。较诸秦皇、汉武，开边启境，异事同功，名曰“广大教化主”，所自来矣。

古代诗歌史从某种意义上说就是诗之境界不断开拓的历史。刘勰《文心雕龙·明诗》所谓“庄、老告退，而山水方滋”，就是诗境的开拓；沈德潜《说诗晬语》所谓“诗至于宋，性情渐隐，声色大开”，也是诗境的开拓；李东阳《怀麓堂诗话》所谓“汉魏以前诗格简古，世间一切

① 吴宽《校白集杂书六首》之二，《匏翁家藏集》卷二十四，《四部丛刊》影印明正德刊本。

细事长语，皆著不得，其势必久而渐穷。赖杜诗一出，乃稍为开扩，庶几可尽天下之情事。韩一衍之，苏再衍之，于是情与事无不可尽，而其为格亦渐粗矣”，也是指诗境的开拓。同样，在江盈科看来，白居易诗歌“意到笔随，景到意随，世间一切都着并包囊括入我诗内”，也是拓宽了唐代诗歌的境界。这种认识，是比较深刻的。

在评价白居易诗歌俚俗浅近上的分歧态度，清代依然在继续。明末的陆时雍、王夫之对于白居易都是很不看重的。清初的王士禛也是如此。王士禛《池北偶谈》卷十四说：

元、白于盛唐诸家兴象超诣之妙全未梦见。

《香祖笔记》卷二又发挥王世贞之论说：

元、白二集（按，指元稹、白居易《长庆集》）瑕瑜错陈，持择须慎。初学人尤不可观之。

王士禛持“神韵”说以论诗，对于杜甫、白居易、元稹都不是很喜好。他批评白居易、元稹诗无盛唐人的兴象超诣，甚至告诫初学者不可看白居易、元稹诗，实际上是固执己见以挟持他人，因此遭到人们的非议。袁枚《随园诗话》批驳说：

元、白在唐朝，所以能独竖一帜者，正为其不袭盛唐窠臼也。阮亭之意，必欲其描头画角若明七子，而后谓之窥盛唐乎？（卷三）

翁方纲也不以为然，不过态度要平和得多，分析得也更中肯。其《石洲诗话》卷二云：

唐人诗至白公，自不当尽以阮亭先生所讲第一义绳之。盖白公诗，格调声音之皆不事也。阮亭力戒人看《长庆集》，但取其一二小诗。此在阮亭先生，固当如此。阮亭独标神韵，言各有当耳。

梁章钜也说：

王渔洋力戒人看《长庆集》，此渔洋一家之论，后学不必理会

他。(《退庵随笔》卷二十一)

雅与俗是古代诗学史上一对矛盾范畴，雅俗观念的分歧，在对于白居易诗歌的评论中充分表现出来。白居易诗歌的浅切俚俗，违背了汉魏盛唐诗歌“兴象超诣之妙”，而在诗史上建立了另一种独特的审美范型。明代的“格调”派和清代标尚“神韵”的王士禛，都是固守汉魏盛唐的审美标准，因而难以接受白居易诗歌的俚俗。而尚新主创的诗论家，对白居易的独树一帜多持称赏的态度。明清时期“性灵诗学”审美趣味的世俗化倾向，也是从白居易诗中寻求传统支撑，白居易诗歌因而也得到他们的喜爱。

在古代诗歌史上，白居易的贡献突出表现在弘扬了儒家的讽谕精神传统。对于白居易诗歌的讽谕精神，后代多予以称道。冯班论唐代的乐府诗说：“杜子美创为新题乐府，至元、白而盛，指论时事，颂美刺恶，合于诗人之旨。忠志远谋，方为百代鉴戒，诚杰作绝思也。”(《钝吟杂录·正俗》) 白居易的讽谕精神，和杜甫新题乐府关注现实社会问题的精神传统是一脉相承的，都是继承和发扬了《诗经》美善刺恶的创作精神。沈德潜《说诗晬语》也认为白居易诗“讽谕”一卷，“使言者无罪，闻者足戒，亦风人之遗意也”，远远高于张籍、王建“专以口齿利便胜人”的乐府诗。潘德舆称赏白居易的讽谕诗“天弢自解，独往独来，讽谕痛切，可以动百世之人心，虽孔子复出删诗，亦不能废”①。对于白居易讽谕诗的创作精神，后代论者少有异词。不少诗论家反复申述、张扬白居易的这种创作精神，旨在矫正诗坛的弊端，引导诗歌关注现实政治，关注社会民生。尽管从创作上看，后代诗歌在关注现实、特别是关切社会底层民众苦难这一点上，很少能够达到白居易乐府诗的深广和激切，但是在理论上，不少诗论家依然在承续这一精神传统。白居易乐府诗的讽谕精神，依然是后代诗学思想中绵延不绝的内容之一。

白居易诗文集的编纂，他自己在《白氏文集自记》中说得很明白：

白氏前著《长庆集》五十卷，元微之为序；后集二十卷，自

① 潘德舆《养一斋诗话》卷四，《清诗话续编》本。按，“天弢”出自《庄子·知北游》，谓天然的束缚。

为序；今又续后集五卷，自为记。前后七十五卷，诗笔大小凡三千八百四十首。集有五本：一本在庐山东林寺经藏院，一本在苏州南禅寺经藏内，一本在东都圣善寺钵塔院律库楼，一本付侄龟郎，一本付外孙谈阁童，各藏于家，传于后。其日本、新罗诸国及两京人家传写者，不在此记。又有《元白唱和因继集》共十七卷，《刘白唱和集》五卷，《洛下游赏宴集》十卷，其文尽在大集，录出别行于时。若集内无而假名流传者，皆谬为耳。会昌五年夏五月一日乐天重记。

这篇《白氏文集自记》作于会昌五年（845），第二年白居易去世。白居易自编其集的情况大致见于此文。但是白居易自编的诗文集，未能流传后世，可能毁于唐末五代的战乱。现在能见到的最早的白居易《长庆集》七十一卷，为宋绍兴间刻本。明代刻本今存者有明正德八年（1513）华坚兰雪堂铜活字印本（上海图书馆藏本残四十三卷，有邓邦述跋），明正德十四年（1519）郭勋刻本，嘉靖十七年（1538）姑苏钱应龙重修龙池草堂刻本，万历三十四年（1606）马元调刻本。马元调为“嘉定四先生”之一娄坚的门人，且此本有娄坚的序，然此本鲁鱼帝虎之失无页无之，实在算不上是上乘的善本。清人汪立名将白居易诗单独编纂为《白香山诗集》四十卷，有康熙四十二年（1703）刻本和《四库全书》本。四库馆臣称此本“考证编排特为精审，其所笺释虽不能篇篇皆备，而引据典核，亦胜于注书诸家漫衍支离徒溷耳目，盖于诸刻之中特为善本焉”。值得提出的是，清代还有杨大鹤《香山诗抄》二十卷（康熙四十年刻本）和曹文埴《香山诗选》六卷（光绪十七年刻本）等数种白诗选本。

《韩昌黎诗集》：韩愈诗歌以其“横空盘硬语，妥帖力排奡”的独特面目挺立于中唐诗坛之上，在当时就很有影响，有不少追慕者，形成了中晚唐诗歌的奇崛一派。晚唐的司空图，虽然在诗歌风格和理论主张上与韩愈大相径庭，却能肯定韩愈诗歌特异的风格。在《题柳柳州集后》中，他说：“愚尝览韩吏部歌诗数百首，其驱驾气势，若掀雷抉电，撑拄于天地之间，物状奇怪，不得不鼓舞而徇其呼吸也。”宋初的欧阳修喜好韩愈，在诗文创作上都受到韩愈的影响。在《六一诗话》中，他称赞韩愈“资谈笑，助谐谑，叙人情，状物态，一寓于诗，而曲尽其妙”，并且最早指出韩愈诗歌用韵的特点，即宽韵则波澜横溢，泛入傍韵；窄韵则不复傍出，而因难见巧，愈险愈奇。

但是，自北宋开始，对韩愈诗歌的评论就日益分歧，用张戒《岁寒堂诗话》的话来说，“韩退之诗，爱憎相半”（卷上）。韩愈诗歌的奥衍奇崛，站在汉魏盛唐的角度来说，是突破了汉魏盛唐温厚含蓄、雄浑悲壮的诗歌范型；站在中唐和宋诗力主创新的角度来说，韩愈戛戛独造，破弃陈法，为诗歌开辟了新道路。后代对于韩愈诗歌的不同评价，正是不同诗学观在此问题上的交锋。

王安石和苏轼对待韩愈的态度，就与欧阳修略有不同。王安石《韩子》诗所谓“力去陈言夸末俗，可怜无补费精神”，对韩愈就不无鄙薄。据胡仔《苕溪渔隐丛话》前集卷十七，苏轼曾说过：“诗之美者，莫如韩退之，然诗格之变，自退之始。”韩愈以其才大气厚、识高学富而能独辟新境，但也是继杜甫之后再一次脱离了汉魏盛唐诗美规范，因此苏轼谓“诗歌之变，自退之始”。韩愈的身份，既是文章家（文人），又是诗人。司空图《题柳柳州集后》论韩愈是“文人之为诗”，不过，司空图认为“诗”和“文”只是工具的不同，都能够“炫其工于不朽”。但是，陈师道《后山诗话》严辨“诗文各有体”，认为韩愈“以文为诗”，“如教坊雷大使之舞，虽极天下之工，要非本色”①。所谓“本色”，就是以汉魏盛唐诗歌为典型的诗美范型。晁说之谓韩愈诗“铺叙而无含蓄”（《晁氏客语》），叶梦得谓韩愈诗“每苦意与语俱尽”（《石林诗话》）等等，都是从“要非本色”一语引申而出的，批评韩愈诗歌不符合汉魏盛唐诗的审美范型。至于陈师道严诗文之辨，宋人也有不同看法。陈善《扪虱新话》说：

> 以文体为诗，自退之始。……韩以文为诗，杜以诗为文，世传以为戏。然文中要自有诗，诗中要自有文，亦相生法也。文中有诗，则句语精确；诗中有文，则词调流畅。谢玄晖曰：“好诗圆美流转如弹丸。”此所谓诗中有文也。……世之议者，遂谓子美于韵

---

① 按，雷大使，即雷中庆，北宋神宗时人，舞艺超群，入宫供奉。然舞者终以妙龄女子为本色当行，男子纵然善舞，亦非本色。

语不堪读，而以退之之诗但为押韵文者，是果足为韩、杜病乎？文中有诗，诗中有文，当有知者领予此语。

吸收其他文体的某些因素以破旧生新，是文体发展演变的基本规律。陈善肯定诗文可以相生，诗中要自有文，从这一认识出发，他对韩愈的“以文为诗”持肯定的态度。

宋代以降，关于韩愈诗歌的评论，主要的焦点就是“本色”论的问题，也即“以文为诗”的问题。大致来说，在诗学观念上尊崇汉魏盛唐的论者，多持“本色”论观念，批评韩愈的“以文为诗”；而在诗学观念上尊崇中唐两宋创新求变的论者，一般不再以“本色”论为基准苛责韩愈，而肯定韩愈“以文为诗”的积极意义。

严羽否定宋人以才学为诗，以议论为诗，以文字为诗，在他看来，宋人的这种创作风气可以追溯到韩愈。在《沧浪诗话·诗辨》中，他就认为孟浩然的诗歌远远高于韩愈，因为孟浩然的诗歌“一味妙悟而已”，言外之意，韩愈则是以学为诗，故而迷失诗道。元代范梈《木天禁语》也说：“韩、杜沉雄厚壮，学者不察，失于粗硬。”明代复古派重要人物王世贞《艺苑卮言》说：“韩退之于诗本无所解。宋人呼为大家，直是势利他语。”（卷四）胡应麟《诗薮》内编卷四也说：“昌黎有大家之具，而神韵全乖，故纷挐叫噪之途开，蕴藉陶镕之义缺。”王夫之论诗重兴会情致，他在《薑斋诗话》中批评韩愈说：“若韩退之以险韵、奇字、古句、方言矜其饾辏之巧，巧诚巧矣，而于心情兴会，一无所涉，适可为酒令而已。”毛先舒《诗辩坻》说：“退之多以文法为诗，则伧父矣。”这些论者大多数都是以汉魏盛唐为师，不作天宝以下人物，因此对于韩愈诗歌之“变”甚为不满。明代格调复古派占据坛站，韩愈诗歌多遭排斥和贬抑。

清代诗学对韩愈诗的评价，不像明代那样呈一边倒态势，而是表现出多样化的特征，如王士禛从“神韵”的标准批评韩愈的诗歌“似论”（《池北偶谈》）。吴乔就针锋相对，肯定韩愈的创新精神，说：“于李、杜后，能别开生路自成一家者，惟韩退之一人。既欲自立，势不得不行其心之所喜奇崛之路。”（《围炉诗话》卷三）反拨明代复古诗学而能正面认识宋诗的叶燮，也在《原诗》中说：“惟韩愈、苏轼，其才力能与

（杜）甫抗衡，鼎立为三。”（外篇上）沈德潜虽然也遗憾于韩愈诗“不免好尽”，但是他品赞韩愈为“大家”，并说：

> 昌黎从李、杜崛起之后，能不相沿习，别开境界；虽纵横变化不逮李、杜，而规模堂庑，弥见阔大，洵推豪杰之士。（《唐诗别裁集》卷七）

相对来说，沈德潜的评论，是切得其情的。韩愈诗歌的确“不免好尽”，但这是他诗歌的特点，而不是缺点。韩愈诗歌努力建构一种新的审美范型，他“别开境界”，拓展了诗歌的艺术世界，为诗坛指出了一条向上之路，于诗歌史是有其贡献的。晚清的“宋诗派”，也多是从学韩愈入手。

韩愈诗，宋明时期一般是与文章一起刊刻的。韩愈诗集清代的单刻本有数种：1. 《韩昌黎诗集》不分卷，清刻本，佚名过录汪琬批点，何焯评阅。2. 顾嗣立《昌黎先生诗集注》十一卷，康熙三十八年（1699）秀野草堂刻本，此本又有查慎行、朱彝尊、严虞惇、沈叔埏、刘禧延等批点本多种。3. 《昌黎先生诗集》十卷，清席启寓“唐诗百名家全集”本。4. 方世举《韩昌黎诗集编年笺注》十二卷，乾隆二十三年（1758）雅雨堂刻本。

《孟郊诗集》：中唐时期的孟郊以苦吟博得名声，在当时就得到韩愈的推许，有“孟诗韩笔”之称（见赵璘《因话录》卷三）。韩愈性格倔强，任气傲物，却“低头拜东野”（《醉留东野》），又在《醉赠张秘书》中夸赞说：“东野动惊俗，天葩吐奇芬。”韩愈《荐士》“横空盘硬语，妥帖力排奡”两句，就准确地概括了孟郊诗歌瘦寒幽苦的特征。中晚唐时期的李观、陆长源、王建、张籍、卢仝、贾岛、鲍溶、戴叔伦、刘言史、刘叉等都与孟郊有密切的关系，同情孟郊的坎坷遭际，惊叹孟郊的奇才。如贾岛《哭孟郊》云：“身死声名在，多应万古传。”晚唐张为的《诗人主客图》，称孟郊为“清奇僻苦主”，尽管张为的分派常遭后人贬斥，但是其视孟郊为“清奇僻苦主”却是没有争议的。至宋初的石介，喜好奇崛怪险的文风，因此也肯定孟郊“诗苦动天地”（《赠张绩禹功》）。而欧阳修对于诗文风格，主张平易，反对奇险，因此对孟郊就有不同的评价。在《六一诗话》中，他说："孟郊、贾岛，皆以诗穷至死，而平生尤自喜为穷苦之句。"或许欧阳修此处说法并无贬义，但《读李白集效其体》"堪笑区区郊与岛，萤飞露湿吟秋草"，显然流露出鄙夷之色。宋人对孟郊是多有批评的。究其原因，是因为宋人标举不以穷达累其心志的人生观，故而看不起孟郊穷达失处、进退失据的人生态度。在宋人看来，孟郊赋性褊狭，非远识之器。苏轼就不喜欢孟郊诗，他在《祭柳子玉文》中提出"元轻白俗，郊寒岛瘦"的说法，王世贞《艺苑卮言》卷四称之为"定论"。苏辙《诗病五事》论"唐人工于诗，而陋于闻道"，就是举孟郊为例。

孟郊诗集至明清时期都没有注释本，只有批点本数种。最早为南宋人国材批点，刘辰翁也曾批点过孟郊诗。明末凌濛初汇集二家批点，刊刻成《孟东野诗集》朱墨套印本。国材和刘辰翁的评语，虽然文字简短，但多着意于诗歌情韵风格和巧思秀句，品味得精细中肯，如国材评《列女操》末两句"波澜誓不起，妾心井中心"曰："井水无波，语思巧隽。"评《古离别》末四句"春芳役双眼，春色柔四支。杨柳织别愁，千条万条丝"云："役、柔、织，炼字妙。"评《古怨》云："怨绝千古，惨入肌骨。"刘辰翁评《落第》云："世上苦语，搜索略尽。"

王士禛《香祖笔记》卷十一记载说：

> 宗室红兰主人，工诗画，有《玉池生集》，又刻郊、岛二家诗，曰《寒瘦集》。生于富贵，而其胸怀萧洒乃尔，亦奇。

王士禛提到的这位清宗室红兰主人，叫岳端（1670—1704），字正子，又字兼山，号玉池生，别署红兰室主人。他批点的《寒瘦集》，有清康熙三十八年（1699）朱墨套印本。《寒瘦集》批而兼选，选孟郊诗 44 首，贾岛诗 38 首。在《自序》中，岳端对"郊寒岛瘦"提出自己的评价，说：

> 自苏东坡云"元轻白俗，郊寒岛瘦"，后之论诗者多不重元、白、郊、岛。吾独以为"寒"、"瘦"是褒非贬。凡物莫不寒者清而瘦者古。清古，诗品之极致也；轻俗，则鄙薄之辞也。苏之论诗，可谓得其利病矣。然苏诗尝作轻俗语，有甚于元白者，吾叹其

自知之难也。郊诗刿目钵心，神施鬼设，琢削而成。岛不欲以才气掩性情，特于事物理态，毫忽体认，深者寂入，峻者迥出，非庄人雅士，不能窥其藩篱，然皆以苦涩为病。元、白于流便痛快中颇有佳处，而苦于浅近。吾又叹全才之难也。今吾远不及苏，虑自知之难。与其轻也，宁寒；与其俗也，宁瘦。因选是诗自规，集以"寒瘦"名。

岳端的评语，多论诗艺，对诗人匠心常有真切体会，如孟郊《折杨柳》一诗，"杨柳"和"别离"双笔兼写，岳端评曰："杨柳、别离，组作一处，如纠纆之不可分，而又丝毫不乱。集中往往以此法取胜。"孟郊《春日有感》："雨滴草芽出，一日长一日。风吹柳线垂，一枝连一枝。独有愁人颜，经春如等闲。且持酒满杯，狂歌狂笑来。"岳端分析此诗结构说：

首四语写春日之景，精工可爱。用"独有"二字，便转到自家身上，灵便可喜。末二句无限感慨，在二"狂"字中发泄。

又评《游子》诗云：

他人以千万言不能道者，先生以二十字出之，而中间段落次第回环照映之法莫不备，结处更饶含蓄。韩昌黎所谓高出魏晋者，其在于斯乎！通篇但言慈亲思子，不言游子跋涉之艰，纯是偏锋取胜。

岳端的评点，能从大处着眼，把握孟诗的整体风格和构思运意的幽微用心。

清代吴中学者惠士奇也评点过孟郊诗。上海图书馆藏明末汲古阁刊本《孟东野集》十卷联句一卷，有惠士奇的评点。惠士奇的评点，注意将孟郊与唐其他诗人并提相较，以显示孟郊诗歌风格的多样性。如评《弦歌行》云："奇崛，是昌谷一路。"评《楚怨》云："隐语，近长吉。"评《赠转运陆中丞》云："雄壮似昌黎，应是集中上乘。"评《劝酒》则云："如此渐近自然，当在韦左司、王龙标之间，知东野无所不能。若惟是钩章棘句，亦未见有能诗者也。"孟郊古诗，多从乐府中来，因此格致高古，不同于晚唐一般苦吟家的逼仄尖新。沈德潜《唐诗别裁集》中论孟郊说："东坡目为郊寒岛瘦，岛瘦固然，郊之寒过求高深，邻于刻削，其实从真性情流出，未可与岛并论也。"孟郊诗从"真性情流出"，因此还不失朴茂之格，与乐府为近。惠士奇在评孟郊诗时，指出《古意》《路病》等是"变风"之遗，"去汉京未远"。又评《闻砧》等诗"纯是乐府神理"，这些评论都认识到了孟郊诗歌"尚存古诗一脉"的特征。

《李商隐诗集》：李商隐是中晚唐时期最著名的诗人之一，对后代诗歌产生了显而易见的影响。就晚唐来说，唐彦谦"为诗纂慕玉溪，得其清峭感怆，尽其一体也，然警绝之句亦多有"①。韩偓的香艳，也不能说没有李商隐的影响在。至宋初祥符年间，杨亿、钱惟演、晏殊、刘筠等以文章立朝，互相酬唱赠答，诗歌宗尚李商隐，用事精巧，对偶精切，风格艳丽秾密，典实博赡，号"西昆体"，当时就有优人挦撦敝衣之诮（刘攽《中山诗话》）。但即使在"西昆体"退场后，宋人对李商隐诗歌的喜好却并没有怎么减弱。如比杨亿等略晚的宋庠，就很喜欢李商隐诗。王安石、黄庭坚等对李商隐都有很高的评价。王安石晚年诗律严谨，对偶精切，或许得益于学李商隐。据《蔡宽夫诗话》，王安石"晚年喜义山诗，以为唐人知学老杜而得其藩篱，唯义山一人而已。"王安石的这个论断，宋人基本上是接受的。宋人律诗学杜甫，他们一般认为李商隐得杜甫的藩篱，因此学李商隐，进而可窥见老杜的壶奥。黄庭坚诗歌句律精严，据朱弁《风月堂诗话》，就是因为其深悟李商隐学杜的道理，"乃独用昆体工夫，而造老杜浑成之地"。就七律而论，在字句法则、用典用韵等方面，黄庭坚深得李商隐的法乳，杜甫、李商隐、黄庭坚之间的确有一脉相承的地方。吕本中的父亲东莱公，也喜欢李商隐诗，《紫微诗话》载："东莱公尝言，少时作诗，未有以异于众人，后得李义山诗，熟读规摹之，始觉有异。"陈师道等其他江西诗派成员也有"效"、"拟"李商隐体的诗歌。江西诗派与李商隐之间具有密切的联系，而且江西诗派的创作和李商隐诗同样都具有僻涩刻削、筋骨凸露的缺点。

---

① 杨亿语，见计有功《唐诗纪事》卷五十三。

“诗家总爱西昆好，独恨无人作郑笺。”（元好问《论诗三十首》）李商隐诗歌深婉含蓄，隐晦曲折，归旨难求。据《西清诗话》载，“都人刘克，穷该典籍，人有僻书疑事，多从之质，尝注杜子美、李义山集”。明人唐覲《延州笔记》引述张文亮的一则注，然刘、张二注早已不存。明末释道源博涉外典，捃摭群籍，曾注释李商隐诗。然其原稿业已不存。钱谦益曾将其稿转给朱鹤龄，朱鹤龄笺注《李商隐诗集》择其善者而补之。现存最早的注释本为朱鹤龄笺注《李义山诗录》，清顺治十六年（1659）金陵叶永茹刻本。朱鹤龄精通新旧《唐书》，以史释诗，紧密结合牛李党争的政治背景，编纂年谱，排比时事，与李诗互相印证。他认为李商隐诗“寄托深微，多寓忠愤”，即使是写“男女之情”，也“通于君臣朋友”，因此他的笺注着力于掘发李商隐诗歌中幽隐深微的政治情怀。朱鹤龄对李商隐较为袒护，认为李商隐就王茂元、郑亚之辟是“择木之智，涣邱之公”。他推崇李商隐诗“乃风人之绪音，屈宋之遗响，盖得子美之深而变出之者也”（序）。朱鹤龄笺注也有采择不精、考典未切之处，后来程梦星重加删补订正，最早有康熙二十五年（1686）刻本。程梦星的补注，是延续朱鹤龄的思路和方法，认为李商隐的诗皆“有为而作”，“于本朝之治忽理乱，往往三致意焉”，因此他的补注，查考唐史，“一一求得其实以归之”，以彰显李商隐的“诗史”精神。

李商隐诗歌晦涩隐约，难以指实，就像没有谜底的谜面。这既给后人注释造成巨大的难度，但是从另一个意义上说，又为后代笺注解释提供了较大的发挥空间。清人对李商隐诗歌产生了极大的兴趣，许多学者纷纷联系唐代史书、志传、杂记、集部在李商隐诗歌的笺释上施展才华，如朱彝尊、屈复、徐德泓、陆昆曾、姚培谦、纪昀、王鸣盛、姜炳璋等都在李商隐诗集笺注、释评方面下过工夫，有的有专书传世。其中以冯浩的《玉溪生诗集笺注》最为详备。此书凡三卷，编年诗二卷，不编年诗一卷，有乾隆二十八年（1763）初刻本、三十二年（1767）刻本、四十五年（1780）重校本。冯浩精熟新旧《唐书》、典章制度、人物掌故，他将李商隐诗与唐史进行比照排列，以史注诗，以诗证史，既溯语源、明典故，又探本事、笺诗旨，既充分吸收前人成果，又多有创获。但是，清人注释李商隐诗，也存在着较为普遍的问题。他们多认为李商隐的诗歌"凡其缘情绮靡之微词，莫非阨塞牢愁之寄托"（杭世骏《李义山诗注序》），是寓言，有寄托，因此都努力发掘其中深微的言外之意，甚至于不惜牵强附会。他们多是联系当时的政治，特别是牛李党争的复杂关系，认为李商隐的诗歌就是曲折地反映这场政治斗争。其实，诗歌即使与政治有关系，往往也只是一种政治情绪的浸染，并非直接影射某人，刻意涵盖什么政治事件，因此，完全脱离牛李党争的背景，可能读不了李商隐诗；完全黏滞于政治斗争，可能解释起来更不能圆润妥帖。沈德潜就看出了这个问题，他说：

> 朱子云："《楚词》不皆是怨君，被后人多说成怨君。"此言最中病痛。如唐人中，少陵故多忠爱之词，义山间作风刺之语，然必动辄牵入，即偶尔赋物，随境写怀，亦必云主某事，刺某人，水月镜花，多成粘皮带骨，亦何取耶？（《说诗晬语》卷下）

另外，李商隐还有大量的《无题》诗，有的诗仅摘诗中字面为题如《锦瑟》，实也属于《无题》之类。这类诗更引起后人诸多的猜测。如《锦瑟》一诗，历代议者纷纷，有言悼亡的，有言忧国的，有言自道平生的，有言是思侍儿锦瑟，有言是咏物，莫衷一是。大体上而言，对《无题》诗的解释，是在政治主题和爱情主题之间徘徊。其实李商隐《无题》诗的本旨，是永远无法求证的神话，它是一面镜子，折射出解释者自己的政治思想、人生情怀和对诗歌本质的理解。

第二节　唐诗选本的编撰与评论

唐人选唐诗：编选诗歌总集，是唐人诗学研究的重要内容。不论是初盛中晚，都有诗歌总集的编纂工作。唐人编选唐诗，有的仅以存诗为目的，并不具有明确的诗学批评意义；有的则通过选本的删存标举某种诗学观念，以矫正诗风。唐人编选诗歌总集，有的以时代为限，有的以地域为限，有的依据某一事件而编诗，有的以诗人身份为编选依据，大多数编选都有较为明确的诗学观念和取舍标准。由于时代久远，唐人选唐诗流传至今的，主要有殷璠《河岳英灵集》、高仲武《中兴间气集》、元结《箧中集》、令狐楚《御览诗》、芮挺章《国秀集》、姚合《极玄集》、韦庄《又玄集》、无名氏《搜玉集》、韦縠《才调集》。这些选本对诗人的取舍，与后代人的唐诗观有一定的差异。比如李白、杜甫诗歌，唐代后期的诗歌选本就少有入选的。这至少可以说明，李白、杜甫诗歌的经典化地位在唐代并没有形成。而大历郎士元、钱起、皇甫冉的诗歌，多种选本都大量入选，然而在后世看来大历诗人难以望盛唐之项背，故后人如许学夷感慨地说：

> 唐人选诗，与今人论诗相背而相失之。盖诗靡于六朝，唐人振之。李、杜古诗、歌行，为百代之杰，盛唐五、七言律、绝，为万世之宗，今《搜玉》《英灵》所采，皆六朝之余，而《箧中》又遗近体，此唐人选诗之失也。(《诗源辩体》卷三十六)

其实，这不一定就是唐人选诗之失。造成这种现象的原因是多方面的，不仅是因为唐人的诗歌观念与后人存在差异，而且与唐诗流通、传播条件的限制等可能也不无关系。因为唐人选本传世无多，难以测其就里。

另外，新旧《唐书》、刘肃《大唐新语》、陈振孙《直斋书录解题》、晁公武《郡斋读书志》等唐宋著作中著录唐人选唐诗多种，惜已不存。现大致依时间为序，择其要者略作梳理。

僧慧静编撰《续英华诗苑》。慧静，俗姓房，贞观时人，有藻识。他曰："作之非难，鉴之为贵。吾所搜拣，亦诗《三百篇》之次。"（据刘肃《大唐新语》、钱易《南部新书》）

崔融编集《珠英学士集》五卷。唐武后朝，诏武三思等修《三教珠英》一千三百卷，参与修书者凡 47 人，崔融编各人所赋诗，各题爵里，以官班为次，并为之序。(据晁公武《郡斋读书志》)

《朝英集》三卷。开元中，张孝嵩出塞，张九龄、韩休、崔沔、王翰、胡皓、贺知章所撰送行歌诗，编录为此书。(据《唐诗纪事》卷二十)

孙翌编撰《正声集》三卷。孙季良，一名翌，河南偃师人，开元中为左拾遗、集贤院直学士。选初唐诗，以刘希夷诗为集中之最，陈子昂有诗 10 首入《正声集》。据白居易《唐杨州仓曹参军王府君墓志铭并序》，王士宽之父王大琎"诗入《正声集》"。后唐王正范有《续正声集》五卷。

芮挺章编选《国秀集》三卷。其中选天官侍郎李峤至进士祖咏90人诗220首，也收入作序的楼颖诗6首，编者自己诗2首。楼颖序谓“自开元以来，维天宝三载，谴谪芜秽，登纳菁英”，不过李峤、宋之问、杜审言、沈佺期等初唐诗人之诗也多入选此集。楼颖序说“昔陆平原之论文曰：‘诗缘情而绮靡。’是彩色相宣，烟霞交映，风流婉丽之谓也”，又谓“可披管弦者都为一集”，可见此集选诗重视辞采声韵之美。《国秀集》选诗，以五言律为主，大体反映了初盛唐时期五言律诗逐渐隆盛的状况，后人誉之为精美。然李白、杜甫、岑参等人诗皆不入选，高适诗也仅1篇。可能是当时李、杜等人诗名未起之故。胡震亨《唐音癸籤》卷三十一曰：“《国秀》成于天宝三载，白入长安未久，甫则漂泊东都齐鲁间，名尚未起，何从知而尊之?”

李康成编选《玉台后集》十卷。李康成为天宝年间人，此书编选自陈后主、隋炀帝、江总、庾信、沈佺期、宋之问、王勃、杨炯、卢照邻、骆宾王而下209人诗670首，以续徐陵《玉台新咏》，中间自载其诗8首。此书刘克庄《后村先生大全集》卷一百七十七有介绍，惜后世不存。

殷璠《丹阳集》一卷。殷璠有《河岳英灵集》，前面相关部分已有提及，不再赘述。此《丹阳集》已亡佚，乃集包融、储光羲等18人诗，为《丹阳集》。

元结编辑《箧中集》一卷。录沈千运、赵微明、孟云卿、张彪、元季川、于逖、王季友7人五言古诗24首。元结在序中批评时人竞作律体“拘限声病，喜尚形似，且以流易为词，不知丧于雅正”，因此他专录古诗。沈千运等人能挺立于流俗之中，独立不倚，穷老不惑，所为诗文，皆与时异，然而他们7人“皆以正直而无禄位，皆以忠信而久贫贱，皆以仁让而至丧亡”，于是元结尽箧中所有，编7人之诗为一集，重在存诗，而不在选，其挽救诗运的用心，亦良苦焉。沈千运等人诗歌淳古淡泊，多为后人称道，也多赖此编而获存于世。

令狐楚编《唐御览诗》一卷。一名《唐新诗》，又名《选进集》，又名《元和御览》。元和中，宪宗皇帝命侍臣采诗，翰林学士令狐楚纂刘方平而下迄于梁锽凡30人诗289首，以律绝近体居多，风格妍艳（据陆游《跋唐御览诗》）。

曹恩编选《起予集》五卷。曹恩为大历时人，此书编选盛唐诗人诗（据《新唐书·艺文志》）。

高仲武《中兴间气集》二卷。选集起自至德元年，终于大历末年，录钱起等26人五言诗132首，并附录七言。唐史上肃宗、代宗朝号称“中兴”。诗歌方面，“以天宝之乱，述作中废，至德中兴，风雅复振”（陈振孙《郡斋读书志》），故名曰“中兴”。“间气者”禀两间之气，意谓天地间俊才。高仲武的自序阐明选诗宗旨说：

> 古之作者，因事造端，敷弘体要，立义以全其制，因文以寄其心，著王政之兴衰，表国风之善否，岂其苟悦权右，取媚薄俗哉！今之所收，殆革前弊，但使体状风雅，理致清新，观者易心，听者竦耳，则朝野通取，格律兼收，自郐以下，非所敢隶焉。

高仲武把诗歌与国政民风联系起来，主张诗歌表现王政的盛衰、风俗的淳薄，反对将诗歌视为媚俗邀宠的工具。诗歌风格应该“体状风雅，理致清新”，具有强烈的艺术感染力。《中兴间气集》选诗、评论、摘句相结合。录诗超过10首的有钱起、郎士元、皇甫冉三人，在评语中称赞钱起、郎士元二人，自王维以后为诗坛之雄，称赞皇甫冉“发调新奇，远出情外”，“可以雄视潘、张，平揖沈、谢”。在他心目中，钱起、郎士元、皇甫冉三人是诗坛中兴主。从具体的评语中也可以看出，“体状风雅，理致清新”是高仲武论诗的归旨，如评钱起“体格新奇，理致清赡”；于良史“诗清雅，工于形似”；皇甫冉“发调新奇，远出情外”；朱湾“诗体幽远，兴用洪深，因词写意，穷理尽性”；郎士元“体调闲雅，近于康乐”；张继“诗体清迥”；皇甫曾“体制清洁”；张南史“物理俱美，情致兼深”。但是郑丹诗“剪刻婉密”；李希仲诗“诗轻靡，华胜于质”；李嘉佑诗“涉于齐梁，绮靡婉丽”；郑常的诗“婉靡”。所谓“密”、“绮”、“靡”，均与“理致清新”有一定的距离。又评戴叔伦诗“指事造形，其骨稍软，故诗家少之”；孟云卿诗“词意伤怨”；刘湾诗“悲而且讦”，都与“体调闲雅”有差距。高仲武还选录了苏涣《变律格诗》之类的讽刺诗，并说：“夫善恶必书，《春秋》至训，明言不废，孟子格言，涣者其殆类此乎！”尽管这类诗分量不多，但也说明高仲武的选诗标准并不狭隘。《中兴间气集》在后世引起的评论褒贬不一。晚唐诗人郑谷《读前集诗二首》之一贬斥说："何事后来高仲武，品题《间气》未公心。"陆游《跋中兴间气集》谓此书"评品多妄，议论凡鄙"。许学夷《诗源辩体》驳斥高仲武的品评，谓朱湾咏物最为恶俗，乃云"湾于咏物尤工"，"背戾滋甚"（卷三十六）。

李吉甫《丽则集》五卷。收集自梁至唐开元间歌诗，凡320首，分门编类，贞元中郑余庆为序。《郡斋读书志》著录此书为唐李氏撰，不著名。宋王应麟《玉海》著录，署李吉甫编。

姚合编选《极玄集》一卷。选集王维至戴叔伦21人100首诗，以五言律居多。在自序中，姚合称曰"此皆诗家射雕手也"，意即所选诗人皆诗艺非凡，造妙入神。姚合是晚唐著名诗人，与贾岛齐名，他的诗歌刻意苦吟，冥搜物象，多出人意表，论诗主张韵格清丽。姚合《喜览泾州卢侍御诗卷》云："新诗十九首，丽格出青冥。"《喜览裴中丞诗卷》云："新诗盈道路，清韵似敲金。"姚合的《极玄集》，可以称得上是一部"大历诗选"，不仅采选了"大历十才子"中李端、耿沣、卢纶、司空曙、钱起、韩翃等六人诗，郎士元、皇甫曾和皇甫冉兄弟、李嘉佑、刘长卿、皎然、戴叔伦等风格相似的诗人也均入选，特别是将盛唐王维、祖咏二人列于卷首。大历诗风的清空闲淡，正是秉承王维、祖咏一派。姚合自己为诗人，张为《诗人主客图》中列姚合入清奇雅正室，故而选诗去取甚为精审，得到后人如四库馆臣的称赞。

窦常编选《南熏集》三卷。收集韩翃至皎然30人诗约360首。其序云："欲勒上、中、下，则近于褒贬，题一、二、三，则有等衰，故以西掖、南宫、外台为目，人各系名系赞。"（晁公武《郡斋读书志》）

《三舍人集》一卷。为王涯、令狐楚、张仲素五言、七言绝句的汇集。《唐诗纪事》卷四十二全录此卷。

李戡编集《唐诗》三卷。杜牧《李府君墓志铭》载李戡"集国朝以来类于古诗得若干首，编为三卷，目为《唐诗》，为序以导其志"。杜牧引述李戡对于元稹、白居易艳情诗的诋斥，谓李戡诋讥元、白艳情诗"淫言媟语，入人肌骨，非庄人雅士所为"。想必其选唐诗之"类于古诗"者，或有矫世意。《新唐书》本传云："李戡常恶元和有元、白诗，多纤艳不逞，而世竟重之，乃集诗人之类夫古者，断为唐诗，以讥正其失云。"

顾陶编集《唐诗类选》二十卷。大中十年（856）编，时顾陶为太子校书郎。该书选中唐诗 1232 首，顾陶自为序，有“物无全同，而欲篇咏盈千，尽为绝唱，其可得乎”等语。此书已亡佚，据后人记载，未收元稹、白居易、刘禹锡、柳宗元、杜牧、李贺、张祐、赵嘏等人诗，而选了常建、鲍溶、阳郇伯、朱绛等人诗。其中杜甫《遣忧》1 首，为杜甫本集所不载。宋计有功《唐诗纪事》谓其“去取甚严”（卷五十三）。此书体例可能近似于殷璠《河岳英灵集》，诗人之下冠以小序，《唐诗纪事》卷五十八录《唐诗类选》论李敬方一则，云：

> 李歙州敬方，才力周备，兴比之间，独与前辈相近，家集三百首，简择律韵八篇而已，虽前后夐绝，或畏多言，而典刑具存，非敢避弃。

晚唐韦庄编选《又玄集》三卷。有光化三年（900）的自序，故知编于晚唐。此书编选唐代 142 人 297 首诗，以中晚唐为主，初唐仅宋之问一人入选。他在自序中说：“昔姚合所撰《极玄集》一卷，传于当代，已尽精微。今更采其玄者，勒成《又玄集》三卷。”可见韦庄此编是受到姚合的启发。姚合《极玄集》所选以近体为主，韦庄此选也是多录律绝近体。如上卷之首杜甫 7 首，均为律诗；中卷之首杜牧 5 首，1 首绝句，4 首律诗；下卷之首马戴 3 首，均为五律。这与中晚唐时期律体成熟并成为诗坛主要体制的现状是相一致的。在自序中，韦庄纵论名作之繁富，而“沙之汰之，始辨辟寒之宝”，说明选家汰选的重要。他又说：“自国朝大手名人，以至今之作者，或百篇之内，时记一章，或全集之中，唯征数首。但掇其清词丽句，录在西斋。”这足见其采摘之严。他选诗的标准是“清词丽句”，这也体现出晚唐诗论较为普遍的审美标准。元、白、张、王的乐府，韩愈、孟郊的古体，可能都是因为不符合“清词丽句”的标准而被汰斥的。五代时王定保《唐摭言》卷十录韦庄《奏请追赠不及第人》，其中提到李贺、皇甫松等人“皆有奇才，丽句清词，遍在时人之口”，又比较罗隐和罗邺说：“隐才雄而粗疏，邺才清而绵致。”论李群玉“诗篇妍丽，才力遒健”。这些都可以与他所谓的“清词丽句”相参看。

黄滔《泉山秀句集》三十卷。编自武德至天祐末的闽人诗（据

《唐音癸籤》卷三十）。

蔡省风编选《瑶池新集》二卷(《新唐书·艺文志》著录题“瑶池新咏”)。选集唐代李季兰、程长文等能诗妇女23人诗115首，其前各有小序，且有总序，略云：“世叔之妇，修史属文，皇甫之妻，抱忠善隶，苏氏雅于回纹，兰英擅于宫掖，晋纪道蕴（蕴当作“韫”）之辩，汉尚文姬之辞，况今文明之盛乎!”(晁公武《郡斋读书志》)

后蜀韦縠编集《才调集》十卷。这是一部规模较大的选本，选唐人古、律诗凡1000首，其中韦庄63首，温飞卿61首，元稹57首，李商隐40首，杜牧33首，李白28首，白居易27首，曹唐24首，许浑20首，罗隐和唐彦谦各17首。可见他选诗以中晚唐为主，突出韦庄、温庭筠、元稹、李商隐、杜牧、许浑等，大体上也符合中晚唐诗坛的实际，与时论是相一致的。韦縠选诗，虽然也有若干的讽谕诗，但总体上偏尚艳情、闲情一类，高适、岑参、王维、孟浩然等人诗选得较少，未选杜甫诗，内容上较为狭窄，但与中晚唐煽炽艳情诗的风气是一致的。据韦縠在序中所说，他品读贤达章句，觉得“韵高而桂魄争光，词丽而春色斗美”，可见他赏诗的重点在于“韵高”和“词丽”，即偏重于艺术性方面。《才调集》现存较早的本子为南宋临安陈氏书棚本。明清时期翻刻本较多。清初冯班、冯舒还批点过《才调集》，有康熙四十三年（1704）垂云堂刻本。注释本有：1. 吴兆宜笺注，抄本。2. 周桢集注，稿本。3. 殷元勋注、宋邦绥补注，乾隆五十八年（1793）思补堂刻本，江苏书局光绪二十年（1894）刻本，《续修四库全书》影印。

无名氏编选《搜玉集》一卷。选初唐崔湜至崔融37人诗61首。其中宋之问6首，沈佺期4首，“初唐四杰”和陈子昂各选1首，入选者大多为初唐时期馆阁词臣，所选诗也多为六朝余习。如“初唐四杰”的歌行、陈子昂的《感遇》均未入选，尚不足以反映初唐诗风的渐变。

王衍编选《烟花集》五卷。王衍为前蜀后主，酷好靡丽之词，尝集艳体诗200篇，并为之序，号曰《烟花集》五卷。（据《十国春秋》卷三十七《后主本纪》）

王贞范编选《洞天集》五卷。十国乾祐时，北汉王贞范集道家、神仙、隐逸诗篇。

另外，中唐以降，文人盛行唱和风气，出现了多种“唱和集”，也属于总集之类，其要者有：白居易与元稹《元白唱和因继集》十七卷；白居易与刘禹锡《刘白唱和集》五卷；刘禹锡和裴度的唱和编为《汝洛集》；刘禹锡与令狐楚的唱和编为《彭阳唱和集》；刘禹锡与李德裕的唱和编为《吴蜀集》；白居易任杭州刺史，元稹为浙东廉使刺越，崔元亮为湖州刺史之时，三人唱和诗，结集为《三州唱和集》；段成式、温庭筠、余知古唱和诗，编为《汉上题襟集》十卷；皮日休、陆龟蒙倡和诗，编为《松陵集》十卷。

后代曾将存世的唐人所选唐诗进行辑录合编，现存最早的有明嘉靖年间的《唐人选唐诗六种》十二卷，包括《河岳英灵集》三卷、《中兴间气集》二卷、《国秀集》三卷、《搜玉小集》一卷、《极玄集》二卷、《箧中集》一卷。至隆庆三年（1569），杨采重新刊刻，总名为《唐人选六家诗选》。崇祯年间毛晋汲古阁《唐人选唐诗八种》，补入《御览诗》一卷、《才调集》十卷。康熙三十一年（1692），王士禛又增补《又玄集》三卷、《唐文粹诗选》六卷，合成《唐人选唐诗十种》，刊刻行世。

宋代的唐诗选：宋人选唐诗，引起后代议论最多的是王安石《唐百家诗选》二十卷。《临川文集》卷八十四有王安石的《唐百家诗选序》曰：

> 余与宋次道同为三司判官，时次道出其家藏唐诗百余编，诿余择其精者，次道因名曰《百家诗选》。废日力于此，良可悔也。虽然，欲知唐诗者，观此足矣。

宋次道，即宋敏求，据此序，编者为王安石，但是，晁公武《郡斋读书志》著录此书，署“宋敏求次道编”，并记载说：

> 次道为三司判官，尝取其家所藏唐人一百八家诗，选择其佳者，凡一千二百四十六首为一编。王介甫观之，因再有所去取，且题云：“欲观唐诗者，观此足矣。”世遂以为介甫所纂。

这段记载意思是说，宋敏求家藏书选择过一次，王安石在此基础上“再有所去取”。邵博《邵氏闻见后录》卷十九引晁说之（以道）言，谓王安石择善者，帖签其上，而令群牧司吏人抄之，吏厌书字多，专录小诗，违背了王安石的本意，而王安石没有觉察。之所以会有这种种说法，都是因为宋人不满意这部选本的选诗，他们很难理解著名诗人王安石会选出这样一部糟糕的选本，于是为尊者讳。严羽《沧浪诗话·考证》论这部诗选之失云：

荆公《百家诗选》，盖本于唐人《英灵》《间气集》，其初，明皇、德宗、薛稷、刘希夷、韦述之诗，无少增损，次序亦同。孟浩然止增其数篇，储光羲后方是荆公自去取。前卷读之甚佳，非其选择之精。盖盛唐人诗无不可观者。至于大历以后，其去取深不满人意。又如李、杜、韩、柳，以家有其集，不载可也。沈、宋、王、杨、卢、骆、陈拾遗、张燕公、张曲江、贾至、王维、独孤及、韦应物、孙逖、祖咏、刘眘虚、綦毋潜、刘长卿、李长吉诸公，皆大名家，而此集无之。荆公当时所选，当据宋之所有耳。其序乃言“观唐诗者，观此足矣”，岂不诬哉！今人但以荆公所选，敛衽而莫敢议，可叹也。

严羽所指出的一些唐诗名家此书未选，这是一个方面。另一个方面是选诗数量的多寡，如选王建诗 92 首，皇甫冉诗 85 首，数量最多，而两人的佳诗往往遗漏，令人难以理解（参刘克庄《后村诗话》）。所以朱弁《风月堂诗话》为王安石解脱，谓王安石只是“借唐人诗集日阅之，过眼有会于心者，必手录之，岁久殆遍。或取其本镂行于世，谓之《百家诗选》”，也就是说王安石并没有明确的选择取舍意识。陈振孙《直斋书录解题》推测说：“意荆公所选，特世所罕见，其显然共知者，固不待选耶？抑宋次道家独有此一百五集，据而择之，他不复及耶？未可以臆断也。”历代对于此书的态度，大体上是前严后宽。宋元人的批评较为苛刻，而明清人则宽容得多。宋之宽容者如胡仔，他在《苕溪渔隐丛话》中肯定此选“有修整之功”，“适中而已”。元之苛刻者如王结，他有一首《读唐百家诗选》，曰：

风雅变汉魏，近古犹可取。六朝伤绮靡，道丧亦已久。子昂振高风，《感遇》传不朽。李杜俄继兴，英名擅星斗。芙蓉照初日，亦有韦与柳。众贤复炳耀，升堂窥户牖。森然群玉府，焕若春花囿。嗟嗟大历还，制作半好丑。端为垂世规，区别岂容后。荆公选诗眼，政如经国手。自用一何愚，美恶颇杂糅。骊珠时见遗，鱼目久为宝。唐诗观此足，诬人何太厚。诬人宁此诗，感叹重搔首。

明清人多认为王安石此选有深意在，何良俊《四友斋丛说》论此书说："其中大半是晚唐诗，虽是晚唐，然中必有主，正所谓六艺无阙者也，与近世但为浮滥之语者不同。盖荆公学问有本，固是堂上人。"（卷二十四）此书略于初盛而详于中晚，就其选中晚唐诗来说，不失为一部有价值的选本。《唐百家诗选》的宋刻本，现存三种：一为上海图书馆藏宋绍兴年间抚州刻本（存一至九卷），中华书局 1986 年影印；二为 1936 年日本静嘉堂文库影印宋刻本；三为国家图书馆宋刻本、递修本。元明时期似无刻本。清代康熙年间，商丘宋荦购得残本八卷，刊刻行世；后又得二十卷全本续刻之。今通行本均源于宋氏刻本。

王安石还有一部《四家诗选》，十卷，选录杜甫、韩愈、欧阳修、李白四人诗，可惜已佚。关于这部《诗选》置李白于欧阳修下，宋人有多种猜测。陈振孙《直斋书录解题》云："王安石所选杜、韩、欧、李诗，其置李于末，而欧反在其上，或亦谓有所抑扬云。"陈振孙所指，或许就是以吴沆为代表的一种见解。吴沆《环溪诗话》云：

荆公置杜甫于第一，韩愈第二，永叔第三，太白第四，盖谓永叔能兼韩、李之体，而近于正，故选焉耳。又谓李白无篇不说酒色，故显挤于永叔之下，则此公用意，亦已深矣。

前已引述，《钟山语录》等记载王安石说过"白识见污下，十首九说妇人与酒"之类的话，吴沆就是根据当时的这种流行说法来解释《四家诗选》的排序的。《四家诗选》在北宋时期虽然可以与《唐百家诗选》相互补充，然而也遭到人们的批评，如《蔡宽夫诗话》就批评王安石《四家诗选》不选杜甫的百韵长律，不选韩愈的《南溪始泛》等晚年闲远之作，不过蔡居厚（字宽夫）也退一步认为"公宜自有旨也"。

《万首唐人绝句》一百卷，宋人洪迈编，其中五言二十五卷，七言七十五卷，每卷百首，百卷共万首。编于淳熙中，随得随录，数年始成。洪迈此编意在博搜广辑，不加裁汰，不同于一般意义上的选本。因为贪多务博，故又有误收，若宋人李九龄、郭震、滕白等诗就窜入其中，甚至将梁代何逊也误为唐人，遭到后人的批评。然搜采之功，不可轻废，唐代许多绝句作品，赖之得以保存。

《唐三体诗》六卷，为南宋周弼的一部唐诗选本。所谓“三体”，是指近体中的七言绝句、七言律诗、五言律诗。周弼在卷首《三体诗法》中又根据字句章法，将三体分为二十格。七言绝句包括实接、虚接、用事、前对、后对、拗体、侧体；七言律诗包括四实、四虚、前虚后实、前实后虚、结句、咏物；五言律诗包括四实、四虚、前虚后实、前实后虚、一意、起句、结句。正文每一格选若干诗以佐之。周弼论三体诗法，多探微入理之论，如论绝句以第三句为主，绝句用事须融化；论七言律非五言泛加两字，咏物不拘所咏物，别入外意，而不失模写之巧等等，都能切中诗体创作的基本规范；又论五言律诗，以写景为实，写情为虚，中间四句可分为“四实”、“四虚”、“前实后虚”、“前虚后实”等格，并指出各自的得失。这是对唐代律诗形式法则的总结，是富有概括力的。宋人律诗打破情景的分割和限制，无首无尾而章法浑然，多套不进这种格式，故而方回为释圆至注《唐三体诗》作序，给予严厉的批评。诗歌法度，大体则有，定体则无。周弼所论也只是大体，是揣摩品读前贤用思运意的技巧，至于在诗人作诗的刹那间，倒不必拘泥于这些框套。正如明人曹安在《谰言长语》中论《三体诗法》云：“窃恐当时作诗时，遇景得情，任意落笔，而自不离于规矩耳。若一一拘束，要作某体某字样，非发乎性情、风行水上之旨。”

《唐三体诗》入选诗人大多数为中晚唐人，选盛唐诗人以王维（16首）、岑参（12首）较多；中晚唐以杜牧（18首）、许浑（14首）、李商隐（9首）居多。盛唐如王昌龄被称为“七绝圣手”，也只选七绝2首。李商隐七律精工富丽，选李商隐的9首诗中，5首为七律。就唐人的创作实际来看，中晚唐时期，律体已经成熟，大有代替古体成为典范诗体之势，不仅作者众多，作品繁盛，而且一般都精致匀饬，有章法可循。因此周弼选诗略初盛而详中晚也是很自然的。周弼编选《唐三体诗》可能有矫正“四灵”诗风纤仄轻浅的用意。何焯《唐三体诗评》云：“四灵唱为唐诗，而其流也为尖纤浅易。伯弜选《三体》，首崇

‘四实’以矫革之，以为学唐者当如是尔，于华丽典重之间，有雍容宽厚之态，攻四灵所短，施之对治，故当时以翕然趋之也。”夏时《校刊唐贤三体诗序》也说“可以救江西、江湖末流粗野浅易诸病，于诗学不为无裨”。周弼《唐三体诗》在当时和后世都产生了一定的影响。范晞文《对床夜语》多引周弼《三体诗法》语，并称赞说：“是编一出，不为无补后学，有识高见卓不为时习熏染者，往往于此解悟。”《唐三体诗》元代有释圆至和裴庾的两种注释本，释圆至注传本较多；裴庾增注本，陶宗仪《辍耕录》卷二十六曾提及，存世有日本元禄九年（1696）刻本。因为裴庾刻本，一般读者不易见得，这里将上海图书馆藏日本元禄九年铜驼坊书华堂刻本《改正三体诗》的裴庾序迻录于下：

> 诗自《三百篇》以还，至唐而声律大备。今人作诗，以唐为法。唐诗盖数百家，虽不尽预四库之目，先贤犹虑其繁，欲便后学，乃选为《三体》《四体》《极玄》《又玄》《众妙》《英灵》《间气》等集，然其用事源委，多有未达。因博采简册所载，参以平昔见闻，训释成编。念诸同志咸俾入梓，以助启蒙，余尚惧疏昧。或曰：“朱文公注《楚辞》，未免阙疑；李侍读注《文选》，亦或祖述之谬。况其余者乎?”博洽君子，庶几补而正之云。时至大二年重阳日裴庾季昌书。

清代又出现了高士奇的评注和何焯的评点本。高士奇还有《续唐三体诗》八卷，清康熙三十二年（1693）刻本。

赵师秀辑《众妙集》，不分卷，毛氏汲古阁天启五年（1625）刻本。刘克庄有多种唐诗选本，存世者有《分门纂类唐宋时贤千家诗》。

明代的唐诗选：杨士弘的《唐音》和高棅的《唐诗品汇》《唐诗正声》是明人学唐的基本读物，影响深远，前面已作叙述，此处不赘。

明嘉靖时期的唐诗选本，以杨慎的《绝句衍义》等数种最为著名。杨慎论诗重六朝，因此他比较关注唐诗与六朝的联系。在《选诗外编序》中，他说：“六代之作，其旨趣虽不足以影响大雅，而其体裁实景云、垂拱之先驱，天宝、开元之滥觞也。”基于这种诗史观念，杨慎编选六朝至唐代诗为数种选本。《五言律祖》编选晋宋至陈隋时期对偶、声律方面可视为五言律之滥觞的作品。《唐绝搜奇》编选中晚唐人的绝句。《五言绝句》选辑初、盛唐的绝句，也选录杨慎自己的诗歌 13 首（又选焦竑诗 36 首，可能系批点者焦竑自选或刊刻者许自昌所选）。《六言绝句》选辑唐宋元明人的六言绝句。《绝句衍义》选辑唐人绝句约百首，并有笺释评论。

《古今诗删》是李攀龙贯彻和传播格调复古诗学的一部诗选。录诗首为古逸，次为汉魏南北朝诗，再次为唐诗。唐之后，则直接继以明人诗，而不及宋、元，体现他所谓“宋元无诗”的思想。这部诗选以“删”命名，正是对孔子“删诗”精神的继承，通过“删”选来崇正抑邪，遏制颓波，是其本旨。因此这部《古今诗删》以选汰严格著称，王世贞《古今诗删序》说：“虽然令于鳞以意而轻退古之作者间有之，于鳞舍格而轻进古之作者则无是也。”其中的《唐诗删》，采自于高棅的《唐诗品汇》。笔者对照两书五言古诗部分，《唐诗删》选诗没有超出《唐诗品汇》之外的。两书中诗人、诗篇排序也完全相同，只是《唐诗删》因抄录不慎，而出现不少误字，如韦应物五言古诗《南园陪王卿游瞩》，《唐诗删》将“南园”误为“南国”。《唐诗删》选诗也体现出鲜明的黜变崇正思想，选盛唐诗最多，其次为初唐，中晚唐诗最少。明万历时期，《古今诗删》中的《唐诗删》别刊行世，名为《唐诗选》或《唐诗广选》，选诗内容没有什么差异，只是增入大量的评论文字，如凌宏宪辑朱墨套印本《李于鳞唐诗广选》，就辑录了自殷璠以来历代的唐诗评论文字。另有蒋一葵笺释、王稚登辑评等多种评笺本，甚至有将钟惺批点、唐汝询注汇集附着于诗选的《唐诗选汇解》（明末服古堂刻本）和托名钱谦益评的《增补唐诗选》（笔者所见为日本 1901 年刻本）。由李攀龙《唐诗删》而衍变的这部《唐诗选》，在晚明时期的广泛盛行，表明复古格调诗学余波仍在，对于当时公安派和竟陵派的俗艳轻靡、幽冷孤峭，依然具有矫正意义。凌濛初给《唐诗广选》作序，就道出借刊刻此书以矫正诗风的用意：

> 因慨今世稍知学韵语者便思剧詈七子，见中原紫气而不攒眉者，以为外道，不足与谈。夫前辈可以振刷茶萎，崇尚高华。巍峨之极，间出浮夸；标持之过，反涉习态，不无少议。若其格律声

调，自是鼓吹休明一种色象，岂叔季衰飒之音所得而入之者？今必欲其信手拈来，随口唱出，乃为天地自然之音，不过为张打油胡钉铰开一方便门。诗道无论，如世运何哉？长庆以还，欲使老妪读之皆解，诗非不成名，体非不垂世，尤而效之，雅音终以不振，而唐之为唐何如也？今以此刻为两先生当日存一公案，为词坛今日备一典刑，倘以余言似袒，有所左而并詈及余，余则幸矣。①

晚明时期的唐诗选本，以钟惺、谭元春的《唐诗归》行世最广，名声最著，在相关部分已经提及，姑不赘叙。

清代的唐诗选：清代的唐诗总集编纂，以康熙年间曹寅、彭定求奉敕编纂的《全唐诗》为集大成。《全唐诗》九百卷，在明代胡震亨的《唐音统签》和清初季振宜的《唐诗》的基础上汇集而成，虽其中不无遗漏和误收，然其取资广博，卷帙浩繁，实为断代总集之最。

清人的唐诗选本，数量上也是历代之最。其中有以自己的诗学观念裁汰唐诗者，如王士禛标举“神韵”以选《唐贤三昧集》；沈德潜以“格调”纠其空虚，选《唐诗别裁集》，一以雅正醇厚为旨归；王闿运《唐诗选》，选唐诗之近六朝者，“以征六朝作风至唐未革，以赓续其《八代诗选》”②。清人已突破明人“诗宗盛唐”观念的限制，因此出现了若干种专选中晚唐诗的丛编和选本，如刘云份的《中晚唐诗二十一种》，乔忆的《大历诗选》，杜诏、杜庭珠编辑的《中晚唐诗叩弹集》，龚贤的《中晚唐诗纪》等。闺秀诗歌自晚明开始进入选家视野。清人承此风气编选了唐代女性诗选，如刘云份编选的《唐宫闺诗》二卷（康熙年间梦香阁刻本），佚名的《唐代名媛诗选》（抄本，据孙琴安《唐诗选本提要》）等。尤其值得注意的是，自乾隆二十二年（1757）春季始，“皇上念科场论判雷同之弊，今改试五言八韵”（沈德潜《唐律清丽集序》），科举考试增加了五言排律（一般为六句）的“试律体”一目，于是出现了大量的专选唐人“试律诗”（或名“试帖诗”）的选

① 《李于鳞唐诗广选》卷首，明末朱墨套印本，《四库全书存目丛书补编》影印。

② 邵裴子《唐绝句选》“例言”，转引自孙琴安《唐诗选本提要》，上海书店出版社2005年版，第385页。

本，成为清代唐诗选本的独特现象。此外唐诗选本的注释，清代中后期还出现了吴煊、胡棠笺注的《唐贤三昧集笺注》（乾隆五十二年刻本），俞汝昌的《唐诗别裁集引典备注》（道光年间白鹿山房刻本）等。唐诗选本的评点更为繁多，难以枚举。幸近年有陈伯海先生主编的《唐诗学史稿》等著作问世，唐诗研究史将成为一门显学。

第五编
诗学的近代化走向

历史是一个时间序列，从其自然的发展而言，未来和结果却是不可预知的；而研究历史总是违背这种时间序列，逆流而上地溯源委流，从其结果溯其渊源。研究诗学史也是如此。从现代的立场反观传统，只要传统诗学透露出来的新变倾向，为现代诗学提供了思想资源，都可以理解为“近代化走向”。这一编本着这个原则，探讨滥觞于宋元、发展于明清的性灵诗论，走出宗唐樊篱的尊宋诗论，及经世致用诗论在新的背景中的演化。完全可以说，诗学至明代万历时就出现了百舸争流的状况，诗坛非一家一言所能独霸，呈现出多样化的形态。

第一章
性灵诗学

【内容提要】“性灵”一词渊源甚远，但作为一种诗学思潮，性灵诗学出现于晚明，其哲学资源可追溯到宋明理学中的“陆王心学”，特别是“心学”左派。出于对“格调”复古派的反拨，性灵诗学提倡“独尊性灵，不拘格套”，摆脱精神束缚，尊重个性，张扬人的感性生命力量，将传统诗学的主体论提升到一个新的境界。袁枚、龚自珍从不同层面丰富了性灵诗学的内涵，至近代，因周树人、周作人等的推动，其精神流贯于现代诗学生命之中。

性灵诗论的哲学资源是宋明理学中“陆王心学”，特别是心学左派。在明代万历时期和清代乾、嘉时期，其理论矛头主要是针对格调复古风气。性灵诗学一直是在与格调复古诗学争夺话语地位的斗争中发展成长起来的，是一股富有生气的力量。当然直至晚清，它也没有获得诗坛霸主的地位，并且因为其自身的弱点而不断遭受抨击。直到新文化运动以后，在新的思潮中，性灵诗学才光彩四溢。

第一节　宋元心学与诗论

宋代理学至朱熹而达顶点，因陆九渊之心学而分裂转向。朱、陆之异，大体上说，朱熹认为“理”、“气”二元，要格物穷理；而陆九渊则提出“心即是理”，人性本善，“吾心之良，吾所固有”，不须外求，只须存养静悟，剥落蒙蔽，内外融彻。在南宋后期和元代的思想史上，象山心学和朱子理学的拥护者，相互辩难，相互交融，构筑时代思想的基调，也成为其时诗学流派的思想背景。象山心学，由江右传播开去，为宋末、元代诗学灌注了一种新的思想、新的精神。然而目前关于陆九渊心学与宋季、元代诗学的关系，还较少引起人们的注意。

陆九渊的心学，注重发明本心，融彻万物，自作主宰。虽然陆九渊的本意是要消除“利欲”、“意见”的蒙蔽，而彰显本心，复归圣贤道德境界，但是其心学理论影响于诗学，则演化为肯定独立不倚的主体精神，摆脱精神束缚和形式桎梏，为古代诗学主体论的发展开创了一个新的层次。

江西是宋代诗学的重心。南宋后期，陆九渊心学盛行于江西①，并由杨简、袁燮等传播至浙江，对于元代整个南方文学发生了较大的影响，当然，元人在朱、陆之间还没有强烈的宗派意识，多是兼取朱、陆而各有侧重。不过象山心学影响宋元诗坛的痕迹，还是清晰可辨的。陆九渊自己并没有发表过多少诗学见解，考察象山心学与南宋、元代诗学的联系，重点应该考察象山传人诗学中的心学因素，或者间接地受到象山心学影响的一些诗论家的诗学思想中的心学痕迹。那么，值得提出来的人物至少有这样一些：

杨简（1140—1225），字敬仲，号慈湖，慈溪（今属浙江）人。陆九渊至富阳，夜集双明阁。杨简闻论本心，忽觉此心澄然清明，遂拜称弟子。恢弘象山心学，其功尤巨。元代戴良《题杨慈湖所书陆象山语》云：“求观文安者，必自文元始。”（陆九渊谥文安，杨简谥文元）

袁燮（1144—1224），字和叔，自号絜斋，有《絜斋集》等。“初，遇象山于都城，象山即指本心洞彻通贯，先生遂师事。而研精覃思，有所未合，不敢自信。居一日，豁然大悟，因笔于书曰：‘以心求道，万

① 元代尊崇朱子学的郑玉在《洪本一先生墓志铭》里说：“道丧千载，乃生周程；又百余年，朱陆并兴。长江之西，大阐陆学，行不由知，理以心觉。”（郑玉《师山集》卷七）

别千差。通体吾道，道不在他。'"[1] 杨简、袁燮，加上舒璘、沈焕，为明州四先生，他们把心学的火种传播到浙江四明。当时寓居浙江的王应麟曾说过："陆象山之学，不行于天下，而行于四明。"[2] 袁燮之子袁甫，字广微，号蒙斋，为杨简门人，谥正肃公，有《蒙斋集》等传世。戴表元云："江东之人，自正肃公而尊象山之道益严。"[3]

包恢（1182—1268），字宏父，号宏斋，建昌（今江西永修）人。有《敝帚稿略》。其父扬、世父约、叔父逊，皆从朱、陆二子学，而趋向于陆者分数为多[4]。包恢则出入朱、陆，而更倾向于陆。自宋入元的方回在《送柯山山长黄正之序》里说："包恢自谓象山之徒。"包恢《敝帚稿略》里有《象山先生年谱序》（卷三）、《跋象山先生二帖》《陆象山先生赞》等文章，称赞陆象山之学"伟然立卓"，"至明且实，粹然一出于正"；批评"妄加疑议"者，同时也感慨："传者不免颠狂缪巧之病，何足以伤玉气贯虹之精哉！"

欧阳守道，字公权，学者称巽斋先生，吉州（今江西吉安人）。有《巽斋集》。关于欧阳守道的思想渊源，黄宗羲在《宋元学案》卷七十八云，"巽斋之宗晦翁，不知所自"，"少孤贫，无师，自力于学"，"发明孟氏正人心，承三圣之说，学者服悦"，《四库全书总目〈巽斋文集〉提要》称其"持论咸有根柢，非苟立同异，……所见皆出自得"。细较其论学大旨，也是兼采朱、陆，又不为二者所拘。他对理学弊端持严厉的批评态度[5]，而受陆九渊心学的影响尤为明显。他在《跋陆象山包克堂遗墨》里发挥陆九渊的"依本分"说："大率人于死生之变，有能精明不乱，必其平生一依本分，无愧于为人。本分也者，如子止于孝，父止于慈之类，人道之正也。"并"愿以予言质之天下大老宏斋包先生"。他在《回包宏斋书》里阐发"本心"云：

---

① 见黄宗羲撰，全祖望补修《宋元学案》，中华书局 1986 年版，又可参宋真德秀《西山文集》卷四十七《显谟阁学士致仕赠龙图阁学士开府袁公行状》。

② 方回转述，见方回《送家自昭晋孙自庵慈湖山长序》，《桐江续集》，景印文渊阁《四库全书》本。

③ 戴表元《题新刻袁氏孝经说后》，《剡源文集》卷十八，《四部丛刊》影印明万历刻本。

④《宋元学案》黄宗羲案语，中华书局 1986 年版，第 2590 页。

⑤ 见欧阳守道《巽斋文集》卷七《送黄信叔序》，可参葛兆光《中国思想史》第二卷，复旦大学出版社 2001 年版，第 280 页。

独至今无怨悔者，以行吾本心也。本心直达，如阳春之生，或遭蹂践摧折，则无如之何，而生者不能自已也。直并根俱死，然后不生耳。

又《送钟焕甫序》（《巽斋文集》卷九）用“置鉴于日中，日光射之，鉴之列影满室，使置他铜，日光固不入也”的比喻，来阐述包恢“教人，不能与人以光明，能指示人以皆有光明，则是不惟待学者以受光之月也，乃谓人人皆赫然当空之日”之说，也就是肯定人人都有本心、自性，教人向善，就是发明自心，恢复人人本心而已。这种思想显然是源自于陆九渊。《巽斋文集》卷十《送张季德序》记述“出《象山语录》使读之，季德有省”，并讲解《象山语录》。从中还可以看出，欧阳守道主讲书院时的讲义就有关于《象山语录》的内容。欧阳守道不以诗闻名，论诗文字亦不多，但是他的弟子中，刘辰翁却是宋末元初诗论大家，影响一时。

刘辰翁（1233—1297），师从欧阳守道，一生对欧阳守道崇敬有加。现存《须溪集》，已非原本，难窥其思想全貌。结合时人的评论来看，刘辰翁于朱、陆二者之间更倾向于陆，如陈栎评论刘辰翁云：“好议论，惜无全篇纯雅者，其学不自朱子来，是其天资高。……其人好怪，父丧七年不除，以此钓名。”（《定宇集》卷八《随录》）刘辰翁之子刘将孙在《须溪先生集序》中谈到刘辰翁的影响说：“师友学问，自先生而后知证之本心，溯之六经，辨濂洛而见洙泗，不但语录或问为已足。”这里的“知证之本心”，上承欧阳守道的“行吾本心”，都是渊源于陆象山的心学。因此可以说刘辰翁的思想中也蕴含着心学的因素。刘辰翁评点群书，倾动一时。刘将孙说：“昔吾先君子须溪先生之门，以诗若文进者众矣。”元代诗人多学习李贺，与刘辰翁评点的倡导作用是分不开的。刘将孙云：

先君子须溪先生于评诸家诗，最先长吉，盖乙亥辟地山中，无以纾思寄怀，始有意留眼目，开后来，自长吉而后，及于诸家，尚恨书本白地狭，旁注不尽意，开示其微，使览者隅反神悟，不能细论也。自是传本四出，近年乃无不知读长吉诗，效昌谷体。①

元代欧阳玄还阐述了刘辰翁诗学对于宋元诗风转变的意义：

江西诗在宋东都时宗黄太史，号江西诗派，然不皆江西人也。南渡后，杨廷秀好为新体诗，学者亦宗之。虽杨宗少于黄，然诗亦小变。宋末须溪刘会孟出于庐陵，适科目废，士子专意学诗，会孟点校诸家甚精，而自作多奇崛，众翕然宗之。于是诗又一变矣。②

程巨夫《严元德诗序》也说："自刘会孟尽发古今诗人之秘，江西诗为之一变，今三十年矣。"元代江西大儒吴澄论诗肯定刘辰翁和甘泳，云："昔之能诗者远矣，近年庐陵刘会孟于诸家诗融液贯彻，评论造极。吾乡甘中夫少而专攻，老乃奇绝，自成一家。若二君之于诗，庶乎其可也。"（《大西山白云集序》）甘中夫，即甘泳（1232—1290），中夫其字，号东溪子，曾受知于徐霖、汤汉。而徐霖、汤汉二人，又是陆学传人③。这都足以见得象山心学对于元代江西诗人的影响。

刘壎（1240—1319），字起潜，南丰（今属江西）人，著有《水云村稿》和《隐居通议》。刘壎认为"朱、陆之学，本领实同，门户小异"。他批评朱、陆后学之间的彼此对峙，强调兼采二说，而总体上倾向于陆学。他编著《朱陆合辙》，"取象翁文集，手钞焉，且复取晦翁语录，摘其推尊文安者，著于篇端，以诏来世会而通之，……曰《朱陆合辙》云"（《朱陆合辙序》）。

吴澄（1249—1333），字幼清，抚州崇仁（今属江西）人。吴澄为元代前期大儒，时称"北有许衡，南有吴澄"。许衡表彰程朱理学，确立了朱学的正统地位，吴澄则偏向于陆氏心学。虞集撰吴澄《行状》云："先生尝为学者言：'朱子道问学工夫多；陆子静却以尊德性为主，问学不本于德性，则其弊偏于语言训释之末，果如陆子静所言矣。今学

---

① 刘将孙《刻长吉诗序》，《养吾斋集》卷九，景印文渊阁《四库全书》本。

② 欧阳玄《罗舜美诗序》，《圭斋文集》，《四部丛刊》影印明成化刻本。

③ 方回《送家自昭晋孙自庵慈湖山长序》："自汤汉伯纪、徐霖景说死，而象山之学无闻，慈湖之学亦无传。"见《桐江续集》卷三十一。

者当以尊德性为本，庶几得之。’议者遂以先生为陆学。”①

刘将孙，元代诗坛上，刘将孙秉承家学，以诗文名世。吴澄《刘尚友文集序》把刘辰翁、刘将孙父子比为苏洵、苏轼。刘将孙对于株守朱子学说者有过批评，他说：“今诵四书者，六经如可后；尊《集说》者，他书皆可略。甚不然也。”② 刘将孙《蒙斋书院记》引《孟子》云：“大人者，不失其赤子之心。”这“赤子之心”，就近似于象山所谓“本心”。

李存（1282—1356），安仁（今属江西）人，著有《俟庵集》，尝从上饶陈立太传陆氏心学。《四库全书总目〈俟庵集〉提要》云：“其论学以省察本心为主，其论文谓唐虞所有之言，三代可以不言；三代所有之言，汉唐可以不言；未有六经，此理无隐，前古圣贤直形容之而已，恶能有所增损？皆陆氏义也。然存所学笃实，非金溪流派堕于玄渺并失陆氏本旨者比。”

张翥（1287—1368），字仲举，晋宁（今属山西）人。尝从学于李存，传陆九渊之说。有《蜕庵集》传世。

以上十人，主要生活在江西和浙江，在思想上直接或间接地接受了陆九渊“心学”的影响。他们各自都有论诗文字。这种影响也表现在他们的诗论中，形成了他们诗论中的某些共同性的倾向，姑且称之为“宋元心学派诗论”。

陆九渊“心学”摆脱了朱熹理学中“理”对“心”的束缚，强调心的本体性、超越性，心即是理，心外无理，心外无道，扩充此心，则充塞宇宙。陆九渊说：“宇宙便是吾心，吾心即是宇宙。”所以人们应该自存本心，不为外物利欲所蒙蔽，不为私心臆见所遮障。当然，陆九渊所谓的“心”，与晚明王学左派所肯定的私心还有很大的距离。陆九渊的“心”，实际上是超越个体而具有人类普遍性、本体性的伦理性实体。从心与物的关系上说，心超越外物，涵融外物，是“本心”发明、照亮外物，赋予外物以意义。从“心”与“理”的关系上说，“心”即是“理”，“心”非“理”外，“理”即“心”中。朱熹理学在人心之

---

① 见《道园学古录》卷四十四，又见于《吴文正集》附录，《元史》本传。

②《全元文》卷六百二十二《刘将孙》四，《朱子成书》附录《朱子成书序》。

上，还有具有本体意义的“理”；而陆氏心学，则认为“理”蕴心中，本心即是“理”，因此标举的是具有本体意义的“本心”。陆氏心学的重要传人杨简将“本心”与诗学联系起来，认为诗根源于本心，是本心之花的绽放。杨简在《慈湖诗传自序》中说，《关雎》《鹊巢》《柏舟》等诗所表现的，都是人的本心。如果从理学的角度去理解孔子所谓的“思无邪”，则主体的心思意念合乎外在的“理”，便是“思无邪”。但是，杨简从心学的角度认为出自本心，不越常情，就是“思无邪”。《慈湖诗传·总论》云：

子曰：《诗三百》，一言以蔽之，曰“思无邪”。学者往往疑《三百篇》当有深义，圣人所谓“无邪”者，必非常情所谓“无邪”，是不然。圣言坦夷，无劳穿凿。“无邪”者，无邪而已矣，正而已矣，无越乎常情所云也。但未明乎本心者，不知此，不信此。知此信此，则易直子谅之心，油然而生；生则恶可已；恶可已，则不知手之舞之足之蹈之。

孔子曰：“《诗三百》，一言以蔽之，曰：思无邪。”此无邪之思，人皆有之，而不自知起，不知其所自用，不知其所以终，不知其所归，此思与天地同变化，此思与日月同运行。①

这种“无邪之心”，就是道德本心，是天地赐予的本善之心。在杨简看来，真正的诗歌应该是本善之心的发露，是本心的花朵。元代李存《与友人书》云：“使此心苟得其正，……则所谓《诗》者，此心之咏歌。”这与杨简的话意思相近。杨简所谓“心得其正”，就是保存本心的意思。《诗三百》，是本心的咏歌。

古代诗学对于心物关系的认识，在陆九渊心学影响下进入了一个新的层次。早在中唐以前，支配诗学心物关系论的是“触物兴感”说，即因外物的感触而兴起诗人的情志。受到佛学“心性”说的影响，宋代前期苏轼、黄庭坚等人在论诗时，都重视诗人的修养、主体人格，要求诗人提升主体精神境界，超越外物得失的羁绊。苏轼《宝绘堂记》

① 杨简《慈湖先生遗书抄》卷二，《宋集珍本丛刊》第64册，线装书局2004年影印明刻本。

说“君子可以寓意于物，而不可以留意于物”；黄庭坚《次韵杨明叔四首》说“决定不是物，方名大丈夫”，“心随物作宰，人谓我非夫”。在这种观念的影响下，宋代主流诗歌的创作重心不在于穷形尽相，而是在外物对象、日常生活中发现理趣意蕴。陆九渊的“心学”则进一步要求人们将探求外物之理的“心”趯回到持守本心上来。象山心学将主体道德意识本体化，主体精神意识得到了极大的拓展。这种心学观对于诗学的影响，就是在心物关系上更重视“心”的意义：外物的品质和意味，都是主体之心所赋予的，外物是本心扩充的结果，是主体之心的表现媒介。陆九渊在《语录》中提出“如镜中观花”的命题，来说明客体事物和主体精神的关系。“镜”为“吾心”，“花”为“万物”。人们在“镜”中所看到的“花”，却是“花”的幻象或影子，而不是客体实在的花；然而，世界万物的幻象便完整无缺地印到了“吾心”之中。“吾心”犹如“明镜”，从“明镜”（“吾心”）中便可看到“花”（“万物”），即“花”（“万物”）通过“镜”（“吾心”）而显现出来。杨简《丁丑偶书》云：“物物皆吾体，心心是我思。”物不在心外，心涵融万物、照亮万物，万物是本心的显明①。杨简《偶成五首》之一：“桃红漏泄我精神。”就是“心学”基础上心物关系论的诗性表达。元代崇尚陆九渊心学的李存说：“天地万物，皆传吾神者也。”（《跋彭南溟行卷》）这是心学对于主体与客体关系的基本态度。这种哲学观直接影响到心学家对诗歌中主体内心与外物关系的认知。陆九渊的弟子袁甫《马实夫君子堂记》云：

菡萏《诗》歌，芙蓉《骚》赋，曷取哉？比德也。我德之清，其清也；我德之芳，其芳也。(《蒙斋集》卷十三)

用现在的话说，《诗》《骚》中菡萏、芙蓉的清芳，并非是它客观的自然属性，而是“我”之主体品德的意象符号。魏晋以来“触物兴感”的诗论，强调的是不同的外物激发起诗人不同的情思；而心学家则更重视诗歌创作时主体的心志，外物不过是内在心志的感性外化。包恢《书吴伯成游山诗后》云：

---

① 可参张立文《宋明理学研究》，人民出版社 2002 年版，第 424 页。

天下山水之佳处也，非身亲履，目亲见，安能知其真实？若直坐想而卧游，是犹观画图于纸上尔。然真实岂易知者？要必知仁智，合内外，乃不徒得其粗迹形似，当并与精神意趣而得。境触于目，情动于中，或叹或歌，或兴或赋，一取而寓之于诗，则诗亦如之，是曰真实。①

包恢也重视身亲履，目亲见，这与前代诗学没有什么差异，但是他提出“真实岂易知者”的疑问，仅仅依靠亲历亲见还不够，主体应该“知仁智，合内外”，具有较为深厚的道德修养，以仁心观物，才不至于粗得形迹，而能得山水之精神意趣。显然，包恢论山水诗的重点已不在“感物”，而更偏重于主体一边。欧阳守道则说得更为明晰：

孟子有言：“贤者而后乐。此不贤者，虽有此，不乐也。”今夫动植之类，皆足以使人触目兴感，而油然于父子兄弟之天。诗之兴是也。草木忻荣，鸟兽和鸣，而人之胸中无生意以受之，安知境之可乐？所贵乎君子之乐，以其胸中浩然与天俱春，是以森然于吾前者，即其充然乎吾心者也。(《嘉莲亭记》)

能否“乐”山水，不只在于山水本身是否可乐，还关涉着人之“贤”否。草木欣荣，鸟兽和鸣，此境是否可乐，还得看人的胸中是否有“生意以受之”。欧阳守道在《格斋序》里论诗人“必有所触”后，接着指出：“究而言之，则亦吾心之所自有者尔。”也就是说诗人本心并非空无一物地鉴照外物，而是以“仁智”的内心与外物相互交融，涣然冰释，怡然理顺。这里的“知仁智”、“生意”，都是触及到了心学中的主体自性，消除了物欲和臆见蒙蔽的本心。基于心学观的诗歌本体论，并非忽略身履亲见的感触，它重视诗人的现实生活经验，但更重要的是诗人应保存此本心的清朗明彻，以胸中之生意承受外物的触动。理论的重心落在主体“本心”上。

宋代“心学”肯定主体意识的活泼玲珑，摆脱依傍，自由无碍，

① 包恢《敝帚稿略》卷五，《宋集珍本丛刊》第78册，线装书局2004年影印清乾隆年间钞本。

特别是杨简的心学，进一步张扬“我”的主体精神，提出“天地，我之天地；变化，我之变化”的主张①，为宋元诗学中“师心自用”的主张提供了理论依据。陆九渊曾推崇其同乡黄庭坚的诗学，诗“至豫章而益大肆其力，包含欲无外，搜抉欲无秘，体制通古今，致思极幽渺，贯穿驰骋，工力精到”②，主要是肯定黄庭坚摆脱束缚、自我做主的创新精神，这与其心学内蕴是相一致的。所以，元代刘壎《隐居通议》卷六称赞说：“象山先生以理学钜儒，评论风雅正旨，自是学者所宗。”学者所宗者，就是这种自我标榜的创造精神。宋代主流诗学强调师法前人而自成一家，而在心学影响下的一些诗论家则对株守陈法表示不满，更强调自运才思，独创新格。如包恢批评时人创作之拘泥守旧时说：

> 后世略不能自咏情性，自运意旨，以发越天机之妙，鼓舞天籁之鸣；动必规规焉拘泥前人之体格，以仿效而为之，一有不合，即从而非之。固哉，其为诗也！真所为“惟古于词必己出，降而不能乃剽贼。后皆指前公相袭，从汉迄今用一律”。③

在元代祧宋复唐的诗学大趋势中，受心学影响的诗学却要“摆脱窠臼，自作标致”（刘壎《跋平远樗稿》）。刘将孙的《如心画室记》是一篇建立在“心学”理论上的画论。其中说：

> 道与艺一也，未有得之于心，而繇师传者，非其至者也。传之于人者，无非效人者也，于吾心何有哉？效人者，极于其人，则无以加矣。心不可极，艺亦不可极也。……莫神者，心也；莫巧者，心也。心之所向，必求所以如吾心，何事之不能，而何能之不妙哉？矧画物求其似而已，粲乎吾目者，横斜高下，皆吾画本也；参乎吾前者，精神谈笑，皆吾画意也。得之心，应之手，心欲其似，而手如吾心，以吾之心为彼之面，吾既如吾心，而彼面岂有不似者

① 杨简《己易》，《慈湖先生遗书抄》卷一，《宋集珍本丛刊》第64册，线装书局2004年影印明刻本。

② 陆九渊《与程帅》，《象山先生全集》卷七，《四部丛刊》影印明嘉靖刻本。

③ 包恢《论五言所始》，《敝帚稿略》卷二，《宋集珍本丛刊》第78册，线装书局2004年影印清乾隆年间钞本。

耶？人心之不同如其面，然吾之心则一而已。吾心之一，必欲其如，不变于贵贱，不改于清浊，眉目此眉目也，颧颊此颧颊也，一体有一体之动，一面有一面之韵，吾神遇其趣，而道揽其英。吾所欲如，宁患其不如吾心，而见者亦以为甚如。彼以之写妍媸者，此心也。以之点阿堵者，此心也。以之经营惨淡者，此心也。以之临摹点染者，此心也。貌万不同，而吾一欲肖之，心境异而物殊，而吾一必类之心。若此者固非师友讲之所及，形迹践之所进也。……予尝于《名画记》喜其一言曰："书画皆须意气而成，亦非懦夫所能作。"此心说也。

刘将孙论画，首先否定了"师传"、"效人"，而强调"有得之于心"，他称赞心的"神"、"巧"，认为绘画应该"求所以如吾心"，虽然外物各有不同，而吾心一以应之，则"神遇其趣"，"道揽其英"，因此绘画之描摹点睛、惨淡经营，都是出于"此心"。刘将孙把绘画中的"此心"提到最高的意义上加以阐发。外物万貌不同，而"我"则有恒定"本心"，以一应万，物无隐形，绘画应该向心灵深处开掘，直至本心，探赜本心之真相，这与诗歌创作也是相通的。元代刘埙诗歌多蕴含心学理趣，如《观我赞》："我既是我，观者是谁？骑牛寻牛，笑倒牧儿。"他论诗也主张"摆脱窠臼，超入悟境"（刘埙《傅庭茂诗跋》）。基于陆九渊心学的宋元诗学，将"本心"提升为诗歌的本体论范畴，实现了主体对"物"和"理"的超越。它的重点已不是感物兴情，也不仅是超然物外的诗人之"趣"、之"韵"，而在于向主体内心深处开掘，剥开物欲、私见的遮蔽，让天之所赋予我的本心彰显出来。基于"心学"的诗论将主体精神从理学的重负中解放出来，但是还谈不上是个性解放。因为"心学"之心，还是道德实体，是符合伦理道德规范的普遍性的主体精神，并不是主体心灵中感性的、私人性的成分，相反，主体心灵中感性的、私人性的成分，在心学家看来是遮蔽本心显明的障碍，因此要"去蔽"。当然，"心学"毕竟为主体精神松了绑，它为个性主义的觉醒和生长提供了土壤。

"心学"影响诗学，除了张扬主体本心的独立自由，摆脱窠臼，自作标准，摆脱复古思想的羁绊以外，还表现在将主体精神从精研诗法、锤炼字句的苦役中解放出来。宋代诗学表现出形式艺术的自觉追求，诗人的创作和理论都表现出求新求奇的趋向，但是在心学家看来，诗人苦心于艺术技巧的锻造生新，也会阻碍本心的彰显。杨简《偶作》云：

> 诗痴正自不烦攻，只为英才辄堕中。今日已成风俗后，后生个个入樊笼。

所谓“吟安一个字，拈断数茎须”，所谓“古人作诗无一字无来处”，所谓“以俗为雅，以旧为新”，宋人津津乐道的这些“诗痴”法则，在杨简看来都是本心的“樊笼”，即使是洗刷了物欲的遮蔽，清除了道理闻见的滞塞，但若又入于技法的彀中，诗人本心同样是晦暗不明的。所以，心学家论诗，大都批评对诗法的拘执，而贵自得，贵天籁。所谓自得、天籁，即是本心自然而然地显现。陆九渊弟子袁燮《题魏丞相诗》云：

> 古人之作诗，犹天籁之自鸣尔。志之所至，诗亦至焉，直己而发，不知其所以然，又何暇求夫语言之工哉？故圣人断之曰：“思无邪。”心无邪思，一言一句，自然精纯，此所以垂百世之典刑也。魏、晋诸贤之作，虽不逮古，犹有春容恬畅之风，而陶靖节为最，不烦雕琢，理趣深长，非余子所及。故东坡苏公言：“渊明不为诗，写其胸中之妙尔。”唐人最工于诗，苦心疲神以索之，句愈新巧，去古愈邈。独杜少陵雄杰宏放，兼有众美，可谓难能矣。然“为人性僻耽佳句，语不惊人死不休”，子美所自道也。诗本言志，而以惊人为能，与古异矣。后生承风，熏染积习，甚者推敲二字，毫厘必计。或其母忧之，谓是儿欲呕出心乃已。镌磨锻炼，至是而极。孰知夫古人之诗，吟咏情性，浑然天成者乎？

这段话代表着心学家论诗对待“人工”和“天成”的基本态度：苦心疲神的争奇斗巧，将诗人的全部精力投入到技巧的锤炼，不过视诗为一技而已，迷失诗之本。所谓浑然天成、天籁自鸣，自出机杼，就是本心的纯然彰显，毫无遮障。这才是诗之本，诗之道。欧阳守道自言不作诗，论诗之语也不多见，他反对因袭模拟，争巧于辞句对偶，欣赏“喜而赋，忧而赋，凡有所为而赋，亦各于其性情之所感”（《吴叔椿诗集序》)。刘辰翁提出“诗无改法，生于其心，出于其口，如童谣，如天籁，歌哭一耳。虽极疏憨朴野，至理碍词亵，而识者常有以得其情焉。……彼句锻月炼，岂复有当日兴趣万一哉”(《欧氏甥植诗序》)。刘将孙赞叹“得于天者不可及”，感慨两汉以来的诗文是“天分浅而人力胜也”(《须溪先生集序》)，并提出：“夫诗者，所以自乐吾之性情也，而岂观美自鬻之技哉!”(《九皋诗集序》)刘壎《自志》也说：“诗不求甚工，亦不轻示人，曰：寄吾兴，陶吾情，奚用人知?”(《水云村稿》卷八)张翥说：“余蚤岁学诗，悉取古今人观之，若有脱然于中者，由是知性情之天，声音之天，发乎文字间，有不容率易模写。”(《午溪集序》)不追求奇巧，不炫才逞技，而向往天机自动、天籁自鸣的本心呈现，是宋末、元代诗学接受心学影响而出现的新的理论动向。元代李存的话比较典型地体现出诗人在“心学”启发下走出宋代“尚意”诗学的重大转变。他说：

> 信矣，问学之无穷也！然吾闻得其正而无穷焉，则愈造而愈深；失其正而无穷焉，则愈骛而愈远。吾尝刻意于文辞诗歌，窃自谓苟得仿佛乎汉、晋、唐、宋诸子者，斯可矣。及获师友之讲明，遂朝夕之循习，而后知古之人，业莫大于尽心而知性；尽心而知性，而后通于天地万物之情；通于天地万物之情，则言语之际有不求于文而文者矣。(《送于仲元入京叙》,《俟庵集》卷十八)

李存所论重点在学诗的方向性问题，即“得其正”与“失其正”。他反省过去刻意于诗歌文辞，以效法前代诗人自期自许，是迷失了诗学正途。而后来知道“尽心知性”，本心明觉，而与天地万物之情相通，诗文“不求于文而文”才是诗学正途。宋元心学家论诗，对宋代“尚意”诗学在技法上竭心主创、求奇求新的反省和超越，实际上体现出诗学之本在“艺”和“道”之间的不同取向。陆九渊《象山语录》卷三云：

> 主于道，则欲消而艺亦可进；主于艺，则欲炽而道亡，艺亦不进。

宋代以江西诗派为主体的诗学理论，落脚点在“主于艺”，而心学派论诗，则摆脱了这种窠臼而“主于道”。当然他们所谓的“道”与朱熹理学所谓的“理”不同，是心学家的本心。

最后值得提出的是，陆氏心学在元代的传播，前期受到宗奉理学的诗论家方回的抵制，方回不遗余力地诋毁陆九渊心学，其《送缪鸣阳六言》云：“象山之学超诣，水心（叶适）之学刻画，后村（刘克庄）之诗卑陋，樗寮（张即之）之字怪癖。举世随声雷同，众哑哑我愬愬。此四者皆不可，尤不可第一癖。”（《桐江续集》卷二十二）元代前期上层意识形态的主流思想是许衡传承的朱熹理学，许衡殁后，吴澄倡言陆氏心学，而总的潮流是朱、陆合一，而以朱学为主导，因此陆氏“心学”对元代诗学的影响也是有限的，尚不构成元代诗学的主流。

第二节　王守仁心学与中晚明诗学

随着元、明时期程朱理学的日益意识形态化，上升为官方哲学，陆九渊心学则渐趋暗淡。因理学的影响，明代前期诗学一个共同的声音，就是强调“性情之正”。所谓“正”，就是合乎“理”，这是理学主导下的诗学思想。但是，到明代弘治、正德年间，王守仁“每念斯民之陷溺，则为之戚然痛心”（《答聂文蔚》）。他为了拯救道德沦丧、世风浮偷、士气委靡的现实，远绍“心学”传统，加以发挥引申，提出“良知”说，破开思想界僵壳，为宗法社会后期的思想文化放出一道光明，也深刻地影响了明代中后期的诗学。

朱熹理学将人心与天理分开为二，“理”是世界的本源，是万事万物的最高法则，外在于人心，因此人应该格物致知，正心诚意去穷此“天理”。但是，王守仁提出“心即理也”，“心外无理”，“心之本体即是天理”。天理之存于人心而自然灵昭不昧，即是良知，人若能时时保存此良知，去私去蔽，良知便能“自然明觉发现”，这就是入道成圣。若矻矻外求，反而遮障了良知自性的彰显。在宋代理学中，心之上还有最高的“天理”，“理”是至上的哲学范畴；而在王守仁心学中，最高的哲学范畴是“心”，“心”是人的主宰，“心外无物，心外无事，心外无理，心外无义，心外无善”①。王守仁也不否认“格物”的重要，但他所谓的“格物”是“去其心之不正，以全其本体之正”，是去其心“私欲之蔽”。

从王守仁论诗来看，他的“心学”对诗学的启悟，表现为两点：一是在心物关系上，主张摆脱过去的“感物兴情”模式，而主张本心的自主作宰。《传习录》下记载了一则有名的故事：

> 先生游南镇，一友指岩中花树问曰：“天下无心外之物。如此花树，在深山中自开自落，于我心亦何相关？”先生曰：“你未看此花时，此花与汝心同归于寂。你来看此花时，则此花颜色一时明白起来：便知此花不在你的心外。”

这则故事生动地阐述了“心学”视野中的心物关系论。王守仁“心学”不是否认外物的客观性存在，而是强调：是主体照亮了外物，只有主体的观照才赋予外物以意义；外物只有进入主体的心灵世界才获得其存在的意义。清代田同之说“山川草木，花鸟禽鱼，不遇诗人，则其情形不出，声臭不闻”（《西圃诗说》），可谓是在王守仁思想基础上的引申。

自宋代以来，苏轼、黄庭坚就提出“寄意于物而不为物所滞”等思想，将主体情怀从外物得失中超脱出来，王守仁从哲学论上提出“心外无物”说，推尊主体之心自由无碍的本体性，进一步扬弃了传统诗学的“物感”模式。在《书东斋风雨卷后》，王守仁直接论述了外物相感的反复无定：

> 悲喜忧快之形于前，初亦何常之有哉？向之以为愁苦凄郁之乡，而今以为乐事者，有矣；向之歌舞欢愉之地，今过之而叹息咨嗟、泫然而泣下者，有矣。二者之相寻于无穷，亦何以异于不能崇朝之风雨，而顾执而留之于胸中，无乃非达者之心欤？

心中无道，自然心无定性，忽悲忽喜，忽哀忽乐，喜怒哀乐完全受制于外物。东斋主人所写一时之感遇，“夫其隐几于蓬窗之下，听芹波之春

① 王守仁《与王纯甫》，《王阳明全集·文录一》，上海古籍出版社 1992 年版。本书所引王守仁文字均据此本，不赘注。

响，而咏夜檐之寒声，自今言之，但觉其有幽闲自得之趣，殊不见其有所苦也”。这里的“自得之趣”，是王守仁所追求的达者境界，只有超越外物、臆见的阻障，而游心于道，才是自得。与上面引述文字可以相参的是王守仁在《题梦槎奇游诗卷》中说：

夫求以自快吾心，故凡富贵、贫贱、忧戚、患难之来，莫非吾所以致知求快之地。苟富贵、贫贱、忧戚、患难而莫非吾致知求快之地，则亦宁有所谓富贵、贫贱、忧戚、患难者足以动其中哉！

宋代范仲淹说“不以物喜，不以己悲”（《岳阳楼记》），王守仁则视外物的得失、人生的穷通为“自快吾心”的方式。达道之人“胸中洒洒”，不为富贵、贫贱、忧戚、患难所左右。他的《啾啾吟》云：“丈夫落落掀天地，岂顾束缚如穷囚！”摆脱世俗的羁绊，才能洒落自如。王守仁认为：“诗文，其精神心术之所寓。”（《罗履素诗集序》）诗文不是常人感外物之荣悴盛衰而兴起的悲喜哀乐，而是表现诗人悟道时的自快吾心、自得之趣。然而在诗学史上，占主导地位的是“感物兴情”的创作心理模式，主体情性无定，因外物之感而变化。因此，王守仁感慨：“今诗文之传，则诚富矣，使有删述者而去取之，其合于道也，能几?”（同上）在王守仁看来，萧散奔逸的李白尚非达道之士，其诗也非合道之言：

李太白，狂士也。其谪夜郎，放情诗酒，不戚戚于困穷，盖其性本自豪放；非若有道之士，真能无入而不自得也。然其才华意气，足盖一时，故既没而人怜之。（《书李白骑鲸》）

也就是说李白敝屣功名，超越世俗的情怀，源于他本性的豪放，而非真正“有道之士”的“无入而不自得”。王守仁将人心从扰扰世俗的物欲中解放出来，提升了主体的道德境界。但是与后来泰州学派之肯定物欲俗情的世俗化倾向不同，王守仁强调人的敬畏心态，要时时保守此良知，时时去物欲之蔽。世俗生活中产生的情和欲，会遮蔽良知的发现。在《答舒国用》中，他说：“君子之所谓洒落者，非旷荡、放逸、纵情、肆意之谓也，乃其心体不累于欲，无入而不自得之谓耳。”也就是说，王守仁的“自得”是“出乎尘垢而与造物者游”的达道之乐，而非纵情肆意的所谓个性解放。

王守仁心学对诗学的启悟，另一点就是将诗人从对辞章技艺的苛求中解脱出来。在王守仁看来，诗人若竭力于句法格律的探究，同样会迷失本心自性。其《自得斋说》云：

> 世之学者，业辞章，习训诂，工技艺，探赜而索隐，敝精极力，勤苦终身，非无所谓深造之者。然亦辞章而已耳，训诂而已耳，技艺而已耳。非所以深造于道也，则亦外物而已耳，宁有所谓自得逢原者哉！

若人们营心于辞章、训诂、技艺而不能超脱，那么辞章、训诂、技艺便成为左右人心、遮阻本性显明的障碍。王守仁重视的是“深造于道”，而非深造于辞章、训诂、技艺。引申到诗学上，自中唐以来的“苦吟”、立意造奇是一些诗人的自觉追求，但是王守仁说：

> 诗文之习，儒者虽亦不废，孔子所谓“有德者必有言”也。若著意安排组织，未有不起于胜心者，先辈号为有志斯道，而亦复如是，亦只是习心未除耳。(《与杨仕鸣》)

在诗法上着意安排组织，求新求奇，其实“本心”已为诗法所羁勒，苛求诗法，自然迷失本心。王守仁认为诗文只是道德本性的自然流露，不必着意安排。他在《从吾道人记》一文里曾叙述其“良知”说对一位诗人人生的改变：

> 海宁董萝石者，年六十有八矣，以能诗闻江湖间。与其乡之业诗者十数辈为诗社，旦夕操纸吟呜，相与求句字之工，至废寝食，遗生业。时俗共非笑之，不顾，以为是天下之至乐矣。

董萝石即董沄，因为鄙视世人苟且偷生、卑俗求利，故笃志于诗而放浪于山水，追求诗艺之工。68 岁后，董沄接受王守仁的“良知”说后幡然彻悟，说：

> 今吾闻夫子“良知”之说，而忽若大寐之得醒，然后知吾向之所为，日夜敝精劳力者，其与世之营营利禄之徒，特清浊之分，

而其间不能以寸也。

王守仁“心学”影响于诗学，是对诗学境界的提升。诗是达道之具，应抒写达道之乐，而非对于文字言辞的孜孜苛求。这对于明代中期的复古格调诗学是有一定针砭意义的。江盈科《雪涛诗评》：

> 尝记一人送文字求正于王阳明，评曰：“某篇似左，某篇似班，某篇似韩、柳。”其人大喜。或以问阳明，阳明曰：“我许其似，正谓其不自做文，而求似人也。譬如童子垂髫，整衣向客，严肃自是可敬。若使童子戴假面，挂假须，伛偻咳嗽，俨然老人，人但笑之而已，又何敬焉？”观此则知，似人之文，终非至文，而诗可例已。①

江盈科记载的这一则故事，正是对明中期刚刚兴起的复古格调诗学的揶揄。王守仁的“良知”、“自性”、“自得”与复古派的格调高古、取法古人是格格不入的。

但是，在明代正德、嘉靖时期，王守仁“心学”对于诗学并没有产生普遍的影响，他的弟子邹守益在《训蒙诗要序》里重申“诗以理情性”的话题，主张“养性约情之道”，并没有多少新的内容。另一弟子胡直“论诗独珍神韵”（《刻王太史诗序》），可谓后代“神韵”说之先声。总体来看，王守仁及其弟子立足点在哲学，而非以诗人自居，因此当时诗坛的主流还是格调复古论。不过，唐顺之因接受“良知”说而发生诗学观的丕变，倒是值得提出来的。

唐顺之的文学道路是多变的。李开先《荆川唐都御史传》云：“素爱崆峒诗文，篇篇成诵，且一一仿效之。及遇王遵岩，告以自有正法妙意，何必雄豪亢硬也。唐子已有将变之机，闻此如决江河，沛然莫之能御矣。故癸巳以后之作，别是一机轴。”② 后又因王龙溪而得闻王阳明“良知”之旨，猛然醒悟，不再营求于外，而重静默内守，思想又为之一变，诗文观念也发生了巨大的变化。唐顺之《答茅鹿门知县书》道

---

① 黄仁生辑校《江盈科集》，岳麓书社2008年版，第705页。本书引江盈科文字均依此本。

② 李开先《李中麓闲居集》卷十，《续修四库全书》影印明刻本。

出了他接受“心学”启悟后对于诗文的基本认识：

> 今有两人，其一人心地超然，所谓具千古只眼人也，即使未尝操纸笔呻吟，学为文章，但直据胸臆，信手写出，如写家书，虽或疏卤，然绝无烟火酸馅习气，便是宇宙间一样绝好文字；其一人犹然尘中人也，虽其专学为文章，其于所谓绳墨布置，则尽是矣，然翻来覆去，不过是这几句婆子舌头语，索其所谓真精神与千古不可磨灭之见，绝无有也，其文虽工而不免为下格。此文章本色也。即如以诗为喻，陶彭泽未尝较声律、雕句文，但信手写出，便是宇宙间第一等好诗。何则？其本色高也。自有诗以来，其较声律、雕句文、用心最苦而立说最严者，无如沈约，苦却一生精力，使人读其诗，只见其捆缚龌龊，满卷累牍，竟不曾道出一两句好话。何则？其本色卑也。本色卑，文不能工也，而况非其本色者哉？

唐顺之这段话的主旨是提出“本色”的问题。他认为诗文法则和作者胸襟之间有本末之别，作者的心地胸襟是本，诗文法则是末。诗文创作的好坏，不在于如何较声律、雕文句，猎奇求新、摹拟格调，而在于诗人本色的高低。所谓“本色”，就是诗人超然物外、独立不倚的人格境界，即他所谓“洗涤心源，独立物表，具今古只眼者”；“心地超然，具千古只眼人”。唐顺之这里所论，是源于王守仁的“良知”说，以“心学”为哲学基础。所谓“洗涤心源”，就是去此心私欲之蔽，让良知本性明白彰显；所谓“独立物表”，就是超然于世俗外物的桎梏而与造物者同游的境界，因为存持自己独立不倚的胸襟，故而能具“千古只眼”，洞烛是非、明察源流。唐顺之的“本色”论实际上是一种道学人格境界，而诗文则是这种人格境界的直接外显。这样的诗，便是宇宙间第一等好诗。反之，本色低的人，没有独立的精神和超卓的见识，就只能在形式技巧上翻新出奇，这是为唐顺之所鄙薄的。从“本色”论出发，唐顺之对黄庭坚的诗有自己独到的认识。其《书黄山谷诗后》云：

> 黄豫章诗真有凭虚欲仙之意，此人似一生未尝食烟火食者。唐人盖绝未见有到此者也，虽韦苏州之高洁，亦须让出一头地耳。试具眼参之，吾若得一片静地，非特断荤，当须绝粒矣。盖自觉与世

味少缘矣，然非为作诗计也。

黄庭坚与江西诗派一般诗人不同，他的诗有其内在的道德人格境界支撑着，是体道、悟道、味道意趣的诗性表达，唐顺之从中读出了超然世外、独立物表的本色之美。基于“本色”论，唐顺之对“前七子”复古格调诗学之规摹古人、丧失真我也有批评。在《封知府朱公墓志铭》中，他引述朱氏批评徐昌谷云：

诗贵成家，格卑弱固不可，若规规摹拟前人逼真，亦词家大忌也。且夫古之为诗者，以寓性情也，得之于体裁，而失之于性情，亦安用诗？

这是击中复古诗学要害的。但是，唐顺之因为强调本色而完全放弃对诗歌艺术的追求，不免从一个极端走向另一个极端。在《与洪方洲书》中，他说：

近来觉得诗文一事，只是直写胸臆，如谚语所谓“开口见喉咙”者，使后人读之如真见其面目，瑜瑕俱不容掩，所谓本色，此为上乘文字。扬子云闪缩谲怪，欲说不说，不说又说，此最下者，其心术亦略可知。眉山子极有见，不知韩子、荆国何取焉。近来作家如吹画壶（按，小儿所吹泥鼓，俗谓之“画壶”），糊糊涂涂，不知何调；又如村屠割肉，一片皮毛，斯益下矣。试质之兄，其有会焉否？

他批评扬雄的艰涩求怪，主张诗文应该直写胸臆，显现真面目，这从理论上说未尝不可。但是他后期的诗歌创作，用俗语写俗事，落入恶道，反而贻人口实。王世贞《艺苑卮言》六卷本卷四有一则云：

庄定山初亦修词藻，为山林白眉，时见铮铮之语，久厌苦心，托言真致，渐入鄙俚，至“沙边鸟共天机语，檐上梅挑太极行”，“赠我一壶陶靖节，还他两首邵尧夫”，遂为词林笑端。近时毗陵一士大夫始刻意初唐精华之语，亦既斐然；中年忽自窜入恶道，至有“味为补虚一试肉，事求如意屡生嗔”，又“若过颜氏十四岁，便了王孙一裸身”，又咏疾则“几岁悬疣是雨淫”，阅射则“箭箭齐奔月儿里”，角力则“一撒满身都是手”等语，遂不减定山。①

王世贞这里所谓“毗陵一士大夫”就是指唐顺之。② 唐顺之过于重本色而放弃艺术上的精进，限制了他晚年诗歌的成就。

王守仁心学与后来的泰州学派是有实质性区别的。王守仁所谓保存此“良知”，是要上达内圣之境，良知的灵明需要不断祛除世俗情欲之蔽而成就德性，表现为善性的彰显，即对世俗的超越性。但是后来的李贽、何心隐等，大力宣扬“自我”，甚至于肯定自我非理性的私情物欲，实际上是“心学”的变种。这种“心学”变种对诗学的影响和王阳明“心学”的影响是不同的。他们对待个体私情物欲的不同态度，对晚明诗学有着不同的影响。在泰州学派导引晚明性灵诗学的同时，同样属于泰州学派的焦竑，则主张“约情复性”，对待诗学的态度也更为中正平稳，没有晚明一般人的狂肆恣纵。

焦竑继承王守仁的“良知”说，提出“知性”说，“既有王艮的平实与切己，又避免了他的固执与单薄；既有何心隐、李贽发皇自立、尊身信己的精神，又避免了他们理论上过于愤激、行为上过于恣纵的弱点”③。在情和性的关系上，焦竑认为情生于性，但情滥而害性，故主张以性约情。他说：

性，水也；情，波也。波兴则水浑，情炽则性乱。波生于水，而浑水者波也；情生于性，而害性者情也。故曰“君子性其情，小人情其性”。(《古城问答》，《澹园集》卷四十八)

情立而性真始牿，故性不能以无情，情不能以无妄，妄不能以无学。学也者，冥其妄以归于无妄者也。无妄而性斯复矣。盖尝论之，情犹子焉，性则其母也，情犹枝焉，性则其根也。世之棼棼

① 按，此则文字不见于通行本《艺苑卮言》，盖为作者重编时所删。六卷本《艺苑卮言》，国家图书馆藏清初刻本。

② 唐顺之，江苏武进人。武进又称毗陵。当然，对唐顺之晚年诗歌的世俗化，时人也有肯定的评价，如其好友李开先《荆川诗跋卷》：“荆川唐子，晚年诗似信口，有意味，有心思。”

③ 张学智《明代哲学史》，北京大学出版社2000年版，第282页。

者，岂顾欲离母逐子，拔其根而培其枝哉！（《原学》，《澹园集》卷四）

焦竑用水和波来比喻性与情的关系，有水必有波，因此“性不能无情”。人在世界上应物生感，情的产生是必然的，但是情因受外物的左右而“炽”而“妄”，必然要害性，因此需要后天的学习，通过学习而泯除虚妄，复归本性，以性主宰情、制约情、疏导情，而不能任凭情感自我作宰，泛滥成灾。从这种哲学观出发，焦竑论诗，既肯定诗是性灵所钟，又主张诗歌风格的温柔敦厚。其《雅娱阁集序》云：

古之称诗者，率羁人怨士，不得志之人，以通其郁结，而抒其不平，盖《离骚》所从来矣。岂诗非在势处显之事，而常与穷愁困悴者直邪？诗非他，人之性灵之所寄也。苟其感不至，则情不深；情不深，则无以惊心而动魄，垂世而行远。吾观尼父所删，非无显融膴厚者厝乎其间，而讽之令人低徊而不能去，必于变《风》《雅》归焉，则诗道可知也。

在《刘元定诗集序》中，焦竑论古之作者“或以散郁结之怀，或以抒经远之致，触遇成言，飞动增势，此物此志也”。他论诗主要是针对明代“前后七子”复古诗学追摹古人、模仿形迹而发，旨在恢复诗歌的抒情性传统。他提出诗是“人之性灵之所寄”，是穷而在下者心胸郁积之情感的宣泄，这是晚明性灵诗学的基本思想，但是，焦竑同时又强调情感的表白应该“和平婉丽，温而不怒”。在《弗告堂诗集序》中，他提出：“夫诗以微言通讽谕，以温柔敦厚为教。不通于微言，不底于温厚，不可以言诗。”其《南游草序》又重申“孔子删十五《国风》而为《诗》，大氐以微言通讽谕，壹以温柔敦厚为宗”；同时赞美其友赵安甫“作为诗歌，绝去忿悁，寓之雅澹。盖和平窈渺之音，壮士仁人之度，而与穷愁侘傺者，不同日语矣”。这显然是符合他“君子性其情”的哲学观的。诗人抒情而不为情感所吞没，能够以性主情，出之以温柔敦厚。对于那些讽刺激切、拗怒乖张的诗歌现象，他是持批评态度的。其《刻晋游草序》云：“近世作者，不循其本，而独词之知，刺讥愤怼，怨而多怒，瑰丽诡变，讽多要寡，漫羡无归，奚关理道？读者于其肺肝底里，可望而知，不待词之毕矣。”焦竑并不反对讽谕，而是主张“劝谕箴砭以壹归于正，即其恳款切至，要必和平温厚，婉委而有余情”（《题寄心集》）。焦竑的“性灵”说，与晚明李贽的“童心”说以及公安派“独抒性灵”有一些区别。他所谓的“洞达性灵”，是反对“诗与性离”，诗歌是疏导心中情感而使之复性的手段。在诗歌创作中，也应该“性其情”，这与王阳明心学之“去蔽”还是具有内在一致性的。

第三节　泰州之学与公安派性灵诗学

王守仁心学，在弟子王艮那里发生了实质性的改变。王守仁论良知，重视涵养讲求的功夫，讲究“持敬之功”；但是，王艮则认为：“庄敬未免著意，才著意便是私心。”（《语录》，《王心斋先生遗集》卷一）在王艮看来，良知是活泼泼的，任其自然而行，不必著意，一著意便不自然，便起私心。实际上，王守仁所重视的“培养良知”的工夫，弟子王艮放弃了。王守仁论良知，说“良知之在人心，无间于圣愚”，甚至说“满街人都是圣人”（《传习录》下），其本意只是在说明人人均有此良知，无须外求，存此良知即为圣人。但是，王艮进一步提出“百姓日用即道”的命题，认为“日用穿衣吃饭，即同圣人”（黄宗羲《明儒学案》卷二十三引）。实际上是放弃了王守仁“去私欲之蔽”的思想，是对人的后天感性欲望的放任。心学从王守仁到王艮的变化，借用徐渭的话来说，就是从“良知无不知”转变为“所知无不良，……起随便之心，而概以为天则”①。王艮为泰州人，王艮及其门下后学，通称为泰州学派。泰州学派对德性持敬的放弃，对良知自然现成的强调，在晚明市民社会中推动了自然人性论思潮的兴起，给予晚明诗学以深刻的影响。

晚明泰州学派对诗学的影响，一个重要的中介是李贽。李贽年轻时受学于王艮的儿子王襞和罗汝芳。王襞论良知自能应感，原自现成，无须用智劳心。罗汝芳提出：“天初生我，只是个赤子；赤子之心，浑然天理。”（《罗近溪语录》）这些思想对李贽“童心”说都有直接的

① 徐渭《奉赠师季先生序》，《徐渭集》，中华书局1983年版，第515页。

影响。

出于对“名为山人而心同商贾，口谈道德而志在穿窬”（李贽《又与焦弱侯》）的虚伪世风的批判，李贽在罗汝芳“赤子之心”的基础上提出“童心”说。《焚书》卷三《童心说》云：

> 夫童心者，真心也。若以童心为不可，是以真心为不可也。夫童心者，绝假纯真，最初一念之本心也。若失却童心，便失却真心；失却真心，便失却真人。人而非真，全不复有初矣。①

“童心”是人最初一念之本心，也即罗汝芳所谓“浑然无二之真体”、“纯然至善之天机”，童心至善至真，李贽把它与“真心”完全等同起来，认为后天的习染、闻见、道理入于耳目而主于内，则童心日失。在李贽看来，后天的虚假道学教化，导致童心的日益沦丧，本善至真的童心和后天的道理闻见是截然对立，难于为并的，他说：“童心常存，则道理不行，闻见不立。”甚至于六经《语》《孟》，也是“道学之口实，假人之渊薮”，因此他提出“不以孔子之是非为是非”，表现出反抗封建道德理性束缚的大无畏的叛逆精神。

李贽的“童心”说，反对精神羁绊，主张个性的自由舒展，对个体的“私心”给予大胆的肯定。他继承王艮“百姓日用即道”的思想而加以发挥说：

> 穿衣吃饭，即是人伦物理，除却穿衣吃饭，无伦物矣，世间种种皆衣与饭类耳。故举衣与饭而世间种种自然在其中，非衣饭之外更有所谓种种绝与百姓不同者也。（《答邓石阳》，《焚书》卷一）

和前代道学家不同，李贽把人伦物理解释为对穿衣、吃饭等人类感性需求的满足。过去如王守仁强调去情欲之蔽，认为物质欲求会滞塞良知灵明的昭显；王艮注意到百姓日用，其本意在于当下即道，无须着意安排。到了李贽，则表现出对感性欲求的大胆肯定，这种感性欲求就是“私”。明代前期心学家对“私”是持谨慎态度的，主张“去私”，但是

① 见张建业主编《李贽文集》第一卷，社会科学文献出版社 2000 年版，第 92 页。本书引李贽文字均据此版。

李贽说：

> 夫私者人之心也，人必有私而后其心乃见，若无私则无心矣。（《德业儒臣后论》，《藏书》卷三十二）

李贽甚至把“好货”、“好色”与“勤学”、“进取”相并论，一同肯定下来。这种对个体原则的张扬、对感性欲望的肯定，与晚明市民经济兴起，市民文化需求的增长是相一致的，并且促进了晚明市民文化思潮的高涨。

“童心”说构成晚明性灵诗学的理论基础。作为一种新的哲学精神，“童心”说高扬性灵的旗帜，冲决宗法伦理对人感性情欲的束缚，摧毁复古诗学格调摹拟的格套框框，将古代的诗学精神提升到一个新的层次。李贽说：

> 天下之至文，未有不出于童心焉者也。苟童心常存，则道理不行，闻见不立，无时不文，无人不文，无一样创制体格文字而非文者。诗何必古选，文何必先秦。降而为六朝，变而为近体，又变而为传奇，变而为院本，为杂剧，为《西厢曲》，为《水浒传》，为今之举子业，皆古今至文，不可得而时势先后论也。故吾因是而有感于童心者之自文也，更说甚么《六经》，更说甚么《语》《孟》乎？（《童心说》，《焚书》卷三）

这在明代是惊人心魄的皇皇巨论。明代理学家论诗处处拘守“性情之正”，心学家如王守仁也要求诗“合于道”，复古诗学则以秦汉晋唐法则为鹄的，看似不同，而实质上都是折屈诗人个性入于彀中，而李贽则认为真正的诗文都是出于至善本真、未受后天污染的“童心”。他论文学主新变、主创造，反对复古守成，认为诗歌发于自然性情，纯任天真，不可牵强拘忌。《读律肤说》云：

> 盖声色之来，发于情性，由乎自然，是可以牵合矫强而致乎？故自然发于情性，则自然止乎礼义，非情性之外复有礼义可止也。惟矫强乃失之，故以自然之为美耳，又非于情性之外复有所谓自然而然也。（同上）

李贽对于儒家诗教“发乎情，止乎礼义”作出新的解释：发于性情的，就自然止乎礼义。这是对传统诗学“称情自然”论的新发挥。诗文出于童心，发乎性情，因此性情不同，音调自然不同，而非守法之为高，范古之为正。但是，李贽的任情自然，与唐顺之后期诗歌落入俚俗不同，李贽是重视诗歌艺术美的。《读律肤说》云：

淡则无味，直则无情。宛转有态，则容冶而不雅；沉著可思，则神伤而易弱。欲浅不得，欲深不得。拘于律则为律所制，是诗奴也，其失也卑，而五音不克谐；不受律则不成律，是诗魔也，其失也亢，而五音相夺伦。不克谐则无色，相夺伦则无声。（同上）

李贽本人的诗歌恣肆奇崛、矫健苍劲，与明代一般心学家诗歌之质朴雅淡或粗野庸浮均不同，而与他狂狷的人格是一致的。李贽对晚明诗坛的影响，主要表现为公安派之提倡“性灵”。李贽《焚书》等著作，在当时引起袁宏道等的极大兴味，给予他们以直接的启发。

但是，晚明公安派“性灵”说的兴起，原因是多方面的，不能仅仅归结为李贽的影响。其实，在隆庆、万历之际，复古派诗学内部也因弊而变，王世贞、王世懋的诗学思想就非“复古”、“格调”二语所能概括的。如王世贞《湖西草堂诗集序》论诗：“发乎兴，止乎事，触境而生，意尽而止，毋凿空，无角险，以求胜人，而刿损吾性灵。”王世懋《艺圃撷余》虽尚不能尽摆脱复古窠臼，可也谓“今之作者，但须真才实学，本性求情，且莫理论格调”。这都表现出二王踅回吴地尚才情、重意趣的文化传统，与性灵诗学已较为接近了。不仅是吴地，北方本为复古思潮的发源地，但是在隆庆、万历时期也出现了异调。河南宁陵人吕坤，虽不以诗名，但是这位自称“不儒不道不禅，亦儒亦道亦禅”（《注阴符经题辞》）的北方学者，论诗也已走出复古格调的牢笼。《呻吟语》卷六《词章》云：

诗低处在觅故事，寻对头；高处在写胸中自得之趣，说眼前自在之景。

诗辞要如哭笑，发乎情之不容已，则真切而有味。果真矣，不必较工拙。后世只要学诗辞，然工而失真，非诗辞之本意矣。故诗辞以情真切、语自然者为第一。

同时期，江西的汤显祖《耳伯麻姑游诗序》云：

世总为情，情生诗歌，而行于神。天下之声音笑貌大小生死，不出乎是。因以憺荡人意，欢乐舞蹈，悲壮哀感鬼神风雨鸟兽，摇动草木，洞裂金石。其诗之传者，神情合至，或一至焉；一无所至，而必曰传者，亦世所不许也。①

这种尚真情、尚自然的思想，是晚明性灵诗学的先声。而河北的赵南星论诗尚趣、尊情，甚至提出“诗也者，联属天地万物而畅吾之精神志意者也”② 的思想，与公安“三袁”在内在精神上是一致的，可谓千里悬隔而灵犀相通。这反映了万历初期，诗学界普遍走出了复古拟古的沼泽，而尚真尊情是时人的共同趋向。

袁宏道从万历二十三年（1595）起曾做过两年吴县知县，吴歈吴风曾给他以深刻的印象。在《叙姜陆二公同适稿》中，他赞叹“苏郡文物，甲于一时”，称赏吴地高启、沈周以及唐寅、文征明等才子“人各为诗”，但批评吴人步趋北方复古风气，迷失固我，“而剽窃成风，万口一呐，诗道寝弱”。在吴时，袁宏道与长洲知县江盈科交往频繁，两人经常在一起切磋诗学，在理论上也表现出较为一致的取向。特别是袁宏道早期的创作和理论，都得到江盈科热情的呼应和激扬。袁宏道在《雪涛阁集序》中回忆云：“余与进之（江盈科，字进之）游吴以来，每会必以诗文相励，务矫今代蹈袭之风。”万历二十五年（1597），袁宏道刊刻早期的诗集《敝箧集》，江盈科撰序，引述袁宏道之论云：

世之称诗者，必曰唐。称唐诗者，必曰初、曰盛。惟中郎不然。曰：“诗何必唐，何必初与盛，要以出自性灵者，为真诗尔。夫性灵窍于心，寓于境，境所偶触，心能摄之；心所欲吐，腕能运之；心能摄境，即蝼蚁、蜂虿皆足寄兴，不必睢鸠、驺虞矣；腕能

① 徐朔方笺校《汤显祖全集》，北京古籍出版社 1999 年版，第 1110 页。

② 赵南星《涉园诗序》，《赵忠毅公诗文集》卷八，《四库禁毁书丛刊》影印明崇祯十一年刻本。

运心，即谐词谑语皆足观感，不必法言庄什矣。以心摄境，以腕运心，则性灵无不毕达。是之谓真诗，而何必唐，又何必初与盛之为沾沾?”盖中郎尝与予方舟泛蠡泽，适案上有唐诗一帙，指谓予曰:“唐人之诗，无论工不工，第取而读之，其色鲜妍，如旦晚脱笔砚者，今人之诗即工乎，然句句字字，拾人饤饾，才离笔砚，已似旧诗矣。夫唐人千岁而新，今人脱手而旧，岂非流自性灵与出自模拟者所从来异乎?……盖新者见嗜，旧者见厌，物之恒理，惟诗亦然。新则人争嗜之，旧则人争厌之。流自性灵者，不期新而新，出自模拟者，力求脱旧而转得旧。由斯以观，诗期于自性灵出尔，又何必唐，何必初与盛之为沾沾哉?”中郎论诗之概若此。(《敝箧集引》,《雪涛阁集》卷八)

袁宏道论诗的主旨是主张出于性灵，即目兴感，称意而言，肆笔径达，反对拘守格调，模拟复古，而力求自造生新。袁宏道解官吴郡后，浪迹山水，成《解脱集》，江盈科撰序称袁作“自真情实境流出”，将之比拟为唐代“奇之奇”的李贺，并称赞道:“中郎为诗，最耻模拟。其于长吉，非必有心学之，第余观其突兀怪特之处，不可谓非今之长吉，盖亦明二百余年所仅见。”(《解脱集引》)江盈科与袁宏道声气相通相应，他的《雪涛诗评》论诗主张出于真情个性，“若系真诗，则一读其诗，而其人性情入眼便见”。他的诗歌创作，“近平近俚近俳”，表现出较为突出的俚俗化倾向，然而袁宏道则肯定说:“此进之矫枉之作，以为不如是，不足矫浮泛之弊，而阔时人之目也。”我们把江盈科视为公安派之羽翼，应该是不成问题的。

公安派的思想源头是李贽，而其始作俑者为袁宗道。① 公安派诗学思想的矛头直接指向前后七子的复古风气。袁宗道早年也喜读李攀龙、王世贞集，但是他已洞识复古流弊，指出复古派“其病源不在模拟，而在无识”②，真是直揭根源。所以袁宗道提倡“士先器识而后文艺”，他

① 参见朱彝尊《静志居诗话》卷十六，人民文学出版社1990年版，第465页。按，朱彝尊是以否定的态度来论袁宗道的，说自公安、竟陵派兴起，“枭音鴃舌，风雅荡然，泗鼎将沉，魑魅齐见。言作俑者，孰谓非伯修也邪?”

② 袁宗道《论文下》,《白苏斋类集》，上海古籍出版社2007年版，第286页。

所谓“器识”，重要的一点就是“胸中的有所见”。从这种器识出发，袁宗道将王世贞晚年撰著与早年思想区别开来，称赏他“自家本色，时时露出，毕竟不是历下一流人”（《答陶石篑》），王世贞晚年喜爱白居易、苏轼诗文的审美旨趣，对于袁宗道等人是有启发的。

袁宏道是公安派诗学理论的代表，在创作上也取得了较高的成绩，影响颇著，其诗学理论的主要内容是：

（一）提出“独抒性灵，不拘格套”。袁宏道为弟弟袁中道的集子作序，谓其诗：

> 大都独抒性灵，不拘格套，非从自己胸臆流出，不肯下笔。有时情与境会，顷刻千言，如水东注，令人夺魄。其间有佳处，亦有疵处。佳处自不必言，即疵处亦多本色独造语。然予则极喜其疵处；而所谓佳者，尚不能不以粉饰蹈袭为恨，以为未能脱尽近代文人气习故也。（《叙小修诗》）

这是公安派诗论的核心思想。袁宏道所谓的“本色”，就是摆脱一切格套的依傍和束缚，发自性灵，诗歌从自己的胸臆中流淌出来，情畅辞达，不雕饰，不做作。

（二）反对复古守旧，主张新变创造。袁宏道于《叙小修诗》中提出“代有升降，而法不相沿，各极其变，各穷其趣，所以可贵”的尚变思想，并据此批评近代的诗文复古风气：

> 盖诗文至近代而卑极矣，文则必欲准于秦、汉，诗则必欲准于盛唐，剿袭模拟，影响步趋，见人有一语不相肖者，则共指以为野狐外道。曾不知文准秦、汉矣，秦、汉人曷尝字字学《六经》欤？诗准盛唐矣，盛唐人曷尝字字学汉、魏欤？秦、汉而学《六经》，岂复有秦、汉之文？盛唐而学汉、魏，岂复有盛唐之诗？

（三）肯定肆情径达、直露俚俗的风格。袁宏道《叙小修诗》云：“大概情至之语，自能感人，是谓真诗，可传也。而或者犹以太露病之，曾不知情随境变，字逐情生，但恐不达，何露之有？”这是中晚明以来愈益显豁的诗歌思潮，唐顺之、徐渭、江盈科和“三袁”创作中都表现出这种世俗化倾向，这也是公安派诗学招人诟病的一大罪状。如朱彝尊《静志居诗话》卷十六谓袁宏道的那些鄙俚之作“本滑稽之谈，类入于狂言，不自以为诗者”，尽予淘汰。

（四）消解理学“性情之正”对人的精神束缚，而尚“天趣”。明代理学家论诗主张以性约情，得“性情之正”，但是袁宏道从“童心”说哲学观出发，提出“尚趣”的审美理想。

前三点学界阐述得已较为丰富和深刻，此处不再赘述。这里想联系第四点来比较“性灵”说与前代诗学的异同。本书试图通过把握诗学思想中“物”、“我”关系的演化来考察诗学史的主体性问题。盛唐以前的“言志”、“缘情”诗学，在物我关系上的主导思想是“感物兴情”说。从《礼记·乐记》“人心之动，物使之然也”，到刘勰《文心雕龙·物色》所谓“情以物迁，辞以情发”，都是把重心放在外物对人心的感动上，虽然唐元兢提出“以情致为先，物色留后”，本意在于从物色的描写转向抒写感情，但依然没有摆脱“感物兴情”的模式。中唐以降，受到禅宗“心性”论的影响，特别是宋明理学强调主体道德境界的超越性，超越外物荣悴、穷达得失对人性的羁绊，要治心养气，获得鸢飞鱼跃的心灵自由。表现在诗学上，就是超越了“感物”模式，重言志，尚思理、理趣，把诗视为“达道”之具。至明代王守仁的“心学”，虽然主张“心外无理”，将主体从理的束缚中挣脱出来，强调明心见性的活泼灵明，重自得，重本色，对性灵思想有一定的启发，但是王守仁的“良知”依然是道的本体，是超越感性意识的道德自觉。他所谓的“去蔽”、“持敬”，对人的世俗情怀和欲望还是持克制态度的。王守仁论诗主张“合道”，其弟子邹守益论诗“以理情性”，“养性约情”，近乎道学家诗论，这是不难理解的。而在晚明泰州学派影响下的性灵诗学，放弃了对外在之“道”和内在道德本体“良知”的持守，改变了道学家形上思维路径对诗的道德提升，而走世俗化道路，肯定诗人的世俗情怀和欲望，肯定诗人在现实生活中的真情感受，乃至感性欲望。袁宏道多次强调的“性灵窍于心，寓于境，境所偶触，心能摄之”，“情随境变，字逐情生”，“情与境会，顷刻千言”等等，从某种意义上说是重新激活了传统的“感物兴情”的心理机制，但重点不在物感，而在于主体心性对自然外物的灵机、敏锐。如《叙小修诗》所谓“愁极则吟，故尝以贫病无聊之苦，发之于诗，每每若哭若骂，不胜其哀生失路之感”

云云，正是强调抒情性传统，而在道学家看来，便不合“性情之正”。宋明时期，“感物兴情”说并未绝迹，而是在道学重“情性之正”和复古派重“格调拟古”的思潮中受到忽视和压抑而已。性灵诗学论诗情乃触境而生，情随境变，与传统的“感物兴情”是一致的，但又不是传统“感物兴情”说的翻版。“性灵”说论物我关系的重点不在“物”，“物境”不过是主体性灵的触媒而已，重点在于“我”，即主体性灵的真我。屠隆写自己一次观水后的感悟：

> 余览泖之胜，则潇洒以乐；而寻泖之故，则凄其以伤。其乐也，以物乐；其伤也，以物伤。浪喜浪戚，往来于胸，是发于浮想，非真性也。是为物所转，非转物者也。然余之戚其起于乐乎？有乐即有戚，无乐何戚？无乐无戚，外境常移，真性常湛，而心地常乐。乐根于性，凝然而寂，炯然而照，是谓如如。（《长水塔院记》，《明文海》卷三百七十三）

保持主体真我的明觉，就能够不为物所转，而“外境常移，真性常湛”，无往而非乐。这时的外物，不再是兴起哀乐之情的心理主宰，而是触动、显现真性灵明的感性意象。我们可以简单地这样说，自中唐皎然以至宋代苏轼、黄庭坚和道学家将人心从外物的羁縻中解放出来，但又落入理的窠臼；晚明“性灵”说，将人心从理的窠臼中拯救出来，而张扬心性的自由，真我的灵明。明代后期人们论诗歌，重点都落在主体这一方面，而不是物和理。李贽《读律肤说》云：

> 性格清彻者，音调自然宣畅；性格舒徐者，音调自然舒缓；旷达者自然浩荡；雄迈者自然壮烈；沉郁者自然悲酸；古怪者自然奇绝。有是格，便有是调，皆情性自然之谓也。莫不有情，莫不有性，而可以一律求之哉！然则所谓自然者，非有意为自然而遂以为自然也。若有意为自然，则与矫强何异？故自然之道。未易言也。

早在先秦时期，荀子就认识到心志情怀不同的主体，发出来的言辞是不一样的。李贽在这里虽也不过是这个意思，但是在明代复古格调诗学笼罩诗坛的局面中，重新提出这个理论，本身就有反对精神束缚、打破框套的作用，而且李贽这一思想是建立在“童心”说的基础上，更强调情性自然，反对人为的做作，还是有一些新意的。李贽说的是性格决定风格，江盈科则又提出从风格可窥见性格。其《雪涛诗评》“诗品”一则云：

诗本性情。若系真诗，则一读其诗，而其人性情，入眼便见。大都其诗潇洒者，其人必畅快；其诗庄重者，其人必敦厚；其诗飘逸者，其人必风流；其诗流丽者，其人必疏爽；其诗枯瘠者，其人必寒涩；其诗丰腴者，其人必华赡；其诗凄怨者，其人必拂郁；其诗悲壮者，其人必磊落；其诗不羁者，其人必豪宕；其诗峻洁者，其人必清修；其诗森整者，其人必谨严。譬如桃、梅、李、杏，望其华，便知其树。

李贽和江盈科之论，综合来看，已经接近于后来龚自珍所谓的“诗与人完”。他们阐述的重点在于诗之“真”，即主体之真，诗表现真情感、真性灵，展露诗人的真实面目。和前代论者尚“真”相区别的是，晚明性灵诗学的尚“真”，表现出鲜明的个性意识，尊重诗人的个体独特性，要求诗歌各出己意，面目各异。袁宏道《与丘长孺》云：“大抵物真则贵，真则我面不能同君面，而况古人之面貌乎？”在给张幼于的尺牍中，袁宏道赞美老子、庄子、荀子“见从已出，不曾依傍半个古人”的“顶天立地”的精神；在《冯琢庵师》中，袁宏道谓古人诗文，“各出已见，决不肯从人脚跟转，以故宁今宁俗，不肯拾人一字”；在《刘元定诗序》中袁宏道云：

元定之诗，其人之注脚也。……不知元定者，观其诗；不知元定之诗者，观其人而已矣。

这种对主体个性真实性的强调，不是已很接近于龚自珍所谓“其面目也完”了吗？公安诗学对诗人个性独特性的肯定，超越了传统的“感物兴情”说，在传统诗学史上达到了新的高度。

和强调个性真实性相联系，公安派在诗歌审美上重视“趣”。和前代相比，汉魏六朝诗学重视物色的鲜明繁丽，盛唐重“兴象”，其重点都在于“物”，所谓“兴象”就是要情融于象。中唐两宋诗学超越“物感”说而尚意理，诗歌审美重“韵”。“韵”的重点在于诗人主体境界的超越性，超越外物羁绊，超越世俗情趣，从而体悟出味道游心的自由和愉悦。公安派则重“趣”。与盛唐之前相比，“趣”重在主体自得的一面；与中唐两宋的“韵”相比，“趣”不再强调道德的超越性，而表现出趋俗、尚本真的特点。当然“趣”并非公安派首先提出的诗学范畴，在历代诗学史上，“趣”都是一个重要的诗学范畴。一般来说，“趣”、“兴趣”都是指一种言已尽而味无穷的韵外之致、味外之味。但是，公安派不仅重视“趣”、强调“趣”，而且在新的理论基础上阐释“趣”，赋予“趣”以新的含义。袁宏道批评世俗人所谓“烧香煮茶”、“寄意玄虚”、“辨说书画，涉猎古董以为清”者，都是“趣之皮毛，何关神情”。他所崇尚的“趣”，本源于真实自然的童心。《叙陈正甫〈会心集〉》云：

> 夫趣得之自然者深，得之学问者浅。当其为童子也，不知有趣，然无往而非趣也。面无端容，目无定睛，口喃喃而欲语，足跳跃而不定，人生之至乐，真无逾于此时者。孟子所谓“不失赤子”，老子所谓“能婴儿”，盖指此也，趣之正等正觉最上乘也。山林之人，无拘无缚，得自在度日，故虽不求趣而趣近之。愚不肖之近趣也，以无品也，品愈卑故所求愈下。或为酒肉，或为声伎，率心而行，无所忌惮，自以为绝望于世，故举世非笑之不顾也，此又一趣也。迨夫年渐长，官渐高，品渐大，有身如梏，有心如棘，毛孔骨节俱为闻见知识所缚，入理愈深，然其去趣愈远矣。

袁宏道所谓“趣”是建立在持守绝假纯真“童心”的基础上的，从“童心”发出来的真实情状，才是趣。在后天的世俗熏陶中，入理越深，真趣越少。这与李贽的“童心”说非常接近。① “趣”发自童心，得之自然，而与宋人论“韵”得于道德修养者不同，故而云“得之学问者浅”。袁中道《刘玄度集句诗叙》提出“趣”生于慧，谓“凡慧则流，流极而趣生焉。天下之趣，未有不自慧生也”，与袁宏道所谓“得

① 按：尚趣是晚明共同的诗歌审美风尚。赵南星《苏杏石先生诗集序》云：“才与情合而成趣，成趣之谓能言，谙趣之谓知言。……夫趣者，人之所得于天，不可强为。”晚明小品文之兴，与审美趣味的世俗化、生活化有直接关系。

之自然者深”的意思相近，都是强调趣来自于主体的真性灵与天地间一种慧黠之气的相感相应。袁宏道论“趣”，表现出鲜明的趋俗性倾向，即所谓的“近趣无品”。然而晚明人心目中的“俗”，是指较少受到闻见道理污染而能保持纯朴野逸的本真状态。袁宏道又说：“至于诗，则不肖聊戏笔耳。”（《与张幼于》）因为是“戏笔”，故而能摆脱儒家“诗教”的各种精神束缚和格套框框而“信心而出，信口而谈”，具有谑趣的特点。晚明性灵诗学对民歌的大胆而热情的肯定和赞美，正是他们尚俗尚趣的审美意识的表现，是有积极意义的。但是，晚明性灵诗学审美趣味也表现出低俗、庸俗的消极性。人性中真实的东西，不一定就是善的、美的，艺术对人性的表达，应该有所取舍，有所提升，肯定善的、美的，改造恶的、丑的，如果不分善恶、美丑，把人的一切情欲都直接发泄出来而加以宣扬，在特定的社会环境中或许有叛逆性意义①，但是其消极性、负面性也是严重的。即使表现人性中所谓本真甚至本能的一面，也存在一个艺术化的问题。袁宏道后来在《叙曾太史集》中曾经省察“余诗多刻露之病”。江盈科去世时，袁宏道又提到江盈科诗“为薄俗所检点”，并悔恨地说：“往时曾欲与进之言，而竟未及，是余之不忠也。”看来晚年的袁宏道对“俗”的问题曾有过一些自省自赎。

袁宏道论诗，值得提出来的还有他的苏轼论和对徐渭精神的掘扬。苏轼诗风在金元时期就“盛于北”，但宗尚雅正唐风的元好问在《论诗绝句三十首》中说“只知诗到苏黄尽，沧海横流却是谁”，对于苏诗破坏唐体开启宋调颇致不满。明初的方孝孺对苏轼文风的恣肆放纵是持肯定态度的，其《苏太史文集序》云：“苏子之文犹李白之诗也，皆至于神者也。”但是，在明代中期的复古思潮中，苏轼诗风多受到抑制。直至袁宗道始颇好白居易、苏轼，名其斋曰“白苏斋”。袁宏道则在理论上对苏轼诗歌的艺术精神给予激扬。他在《与李龙湖》中称“韩、柳、元、白、欧，诗之圣也；苏，诗之神也”。在《答陶石篑编修》中，他将苏轼与李、杜作比较云：

苏公诗无一字不佳者。青莲能虚，工部能实。青莲唯一于虚，

---

① 袁宏道《雪涛阁集序》为江盈科诗“近平近俚近俳”风格辩护曰：“此进之矫枉之作，以为不如是，不足矫浮泛之弊而阔时人之目也。”道出了俗趣与主流诗风的抗争性意义。

故目前每有遗景，工部唯一于实，故其诗能人而不能天，能大能化而不能神。苏公之诗，出世入世，粗言细语，总归玄奥，恍惚变怪，无非情实。盖其才力既高，而学问识见，又迥出二公之上，故宜卓绝千古。至其道不如杜，逸不如李，此自气运使然，非才之过也。今代知诗者，徐渭稍不愧古人，空同才虽高，然未免为工部奴仆，北地而后，皆重儓也。①

袁宏道称赞苏轼诗的奇肆变幻，超过李、杜二公，不免矫枉过正，但是他能够在盛行的宗唐风气中别出手眼，推崇宋诗，表现出独立不倚的卓识。② 在袁宏道看来，明代能够承续苏轼精神之余绪的只有徐渭。

徐渭是晚明的一位狂士，仕途上不得志。对于当时所谓骚坛主盟者，徐渭皆叱而奴之，因此名声不出于越。因袁宏道大力播扬，徐渭的名声才震响于身后。③ 袁宏道《冯侍郎座主》云：

宏于近代得一诗人，曰徐渭，其诗尽翻窠臼，自出手眼。有长吉之奇，而畅其语；夺工部之骨，而脱其肤；挟子瞻之辨，而逸其气。无论七子，即何、李当在下风。

袁宏道还作了一篇《徐文长传》，论徐渭放浪曲糵，恣情山水，“其胸中又有勃然不可磨灭之气，英雄失路托足无门之悲，故其为诗，如嗔如笑，如水鸣峡，如种出土，如寡妇之夜哭，羁人之寒起，虽其体格时有卑者，然匠心独出，有王者气，非彼巾帼而事人者所敢望也”。

徐渭与李攀龙、王世贞同时，在后七子嚣肆天下时，他可谓是一位孤独者，可与论诗者唯汤显祖等两三人。心学家王畿、季本、唐顺之，都被徐渭《畸谱》列为“师类”，后两人还属于“纪知”之列。他的诗学思想也受到明代后期“心学”的影响，尚真，尚自然，重本色，因

① 重儓，指奴婢的奴婢。《翰墨志》载，羊欣书如婢作夫人，举止羞涩，而世言米芾喜效其体。薛绍彭尝戏米曰：“公喜效羊欣，而评者以婢比欣，公岂俗所谓‘重儓’者耶?”袁宏道所言本于此。

② 天启元年（1621）文盛堂刊刻一部《东坡诗选》，封面题：“公安袁中郎阅，景陵谭友夏选。”

③ 毕自严《刻曹长庚诗序》云：“当嘉靖中，骚坛奇人首推徐文长，然使海内知文长之奇者，则余年友袁中郎为表章也。”

此与当时的格调诗学格格不入。但是其诗论迥绝时流的卓异精神，不啻划破长空的一道亮光，对后代诗学有深远的启示。徐渭在《书草玄堂稿后》里用一个巧喻来比譬拘守格调和纯任天真的差异：

始女子之来嫁于婿家也，朱之粉之，倩之颦之，步不敢越裾，语不敢见齿。不如是，则以为非女子之态也。迨数十年，长子孙而近妪姥，于是黜朱粉，罢倩颦，横步之所加，莫非问耕织于奴婢；横口之所语，莫非呼鸡豕于圈槽；甚至龋齿而笑，蓬首而搔。盖回视向之所谓态者，真赧然以为妆缀取怜，矫真饰伪之物。而娣姒者犹望其宛宛婴婴也，不亦可叹也哉？渭之学为诗也，矜于昔而颓且放于今也，颇有类于是，其为娣姒哂也多矣。①

徐渭这里所论就是“相色”与“本色”之别：朱粉倩颦的伪饰，就如“格调”派之以古人格调拘束自己真性情一样，属于忸怩作态的“相色”；而徐渭称自己作诗纯任自然，天真自放，称情而言，肆口而出，毫无做作，纯是一片“本色”。徐渭《叶子肃诗序》譬喻云：

人有学为鸟言者，其音则鸟也，而性则人也。鸟有学为人言者，其音则人也，而性则鸟也。此可以定人与鸟之衡哉？今之为诗者，何以异于是。不出于己之所自得，而徒窃于人之所尝言，曰某篇是某体，某篇则否，某句似某人，某句则否，此虽极工逼肖，而已不免于鸟之为人言矣。

他论诗的重点在于强调本性的真实，诗应该发源于真情至性，是从血管中流出，而不应该受格调拘束而效颦作态，迷失真我。梁代刘勰曾区别“为情而造文”和“为文而造情”，徐渭在《肖甫诗序》中也批评作诗“设”情以为之的现象：

古人之诗本乎情，非设以为之者也，是以有诗而无诗人。迨于后世，则有诗人矣，乞诗之目多至不可胜应，而诗之格亦多至不可胜品。然其于诗，类皆本无是情，而设情以为之。夫设情以为之

---

① 徐渭《徐渭集》，中华书局1983年版，第579页。

者，其趋在于干诗之名。干诗之名，其势必至于袭诗之格而剿其华词。审如是，则诗之实亡矣，是之谓有诗人而无诗。有穷理者起而捄之，以为词有限而理无穷，格之华词有限而理之生议无穷也，于是其所为诗悉出乎理而主乎议。而性畅者其词亮，性郁者其词沉，理深而议高者人难知，理通而议平者人易知。夫是两诗家者均之为俳，然谓彼之有限而此之无穷，则无穷者信乎在此而不在彼也。

徐渭所批评的“设”情为诗，近乎刘勰所谓“为文而造情”。徐渭矛盾所指，一者是袭格剿词的格调诗派，一者是理学诗、性气诗。在徐渭看来，不论是格调，还是义理，都非“本乎情”，而是对真情至性的束缚和扭曲。和复古派论诗之重汉魏盛唐不同，徐渭喜好的是韩愈、孟郊、卢仝、李贺诗（见《与季友》）。他的诗学理论是晚明性灵诗学的先声，通过袁宏道的激扬，而融汇入晚明性灵诗学的潮流。

第四节　公安派之变和竟陵派诗论

因弊而生变，变又滋生新弊，旧病未除，又染新疴。古代文学思潮的发展，往往就跌入这种怪圈。晚明的诗学亦是如此。公安派独抒性灵，不避俚俗，是为了矫正格调派拟古丧我之弊，但是公安派的俗俚粗率，同样是另一种新毛病。所以江盈科的诗在当时就引起人们的诘难。袁宏道为之辩护，同时对公安派的流弊，也已有所警醒。上节业已论及。袁宏道 43 岁早逝，因此，公安派自我修正的任务就落在袁中道（小修）肩上。袁中道与钟惺年岁相仿，两人交谊甚厚，曾共同商讨诗论，可以说，袁中道是公安派转向竟陵派过程中的过渡人物。

袁中道对格调派与公安派之间的递转关系有较为客观的认识。其《答须水部日华》云：

不肖谬谓本朝修词，历下诸公力救后来凡近之习，故于诗字字取则盛唐。然愈严愈隘，迫胁情境，使不得畅。穷而必变，亦其势然。先兄中郎矫之，多抒其意中之所欲言，而刊去套语，间入俚易。

格调派以格缚情，情不得畅，因此不能不变，于是有袁宏道出而主张“独抒性灵”以矫正之，但是又生新弊，袁中道用“间入俚易”四字概括公安派暴露出的新弊。在此文中，袁中道还转述并评论了袁宏道后期的转变：

惟（中郎）自秦中归，始云“我近来稍悟诗道”。今《华嵩游草》是也。紧严深厚，较往作又一格矣。天假以年，进未可量。前此诸撰，原非税驾之所。昔李邕书法，谓“学我者拙，似我者死”，不肖于中郎之诗亦然。总之，本朝数百年来，出两异人，识力胆力，迥超世外，龙湖（按，指李贽）、中郎非欤？然龙湖之后，不能复有龙湖，亦不可复有龙湖也；中郎之后，不能复有中郎，亦不可复有中郎也。至于诗之一道，未必有中郎之才之学之趣，而轻效其颦，似尤不可耳。何者？言之无文，行而不远。情虽无所不写，而亦有不必写之情；景虽无所不收，而亦有不必收之景。

同样的意思在《珂雪斋近集》卷六《花雪赋引》中重申了一次：

予兄中郎，操觚即不喜学近代人诗，由浅易而深沉，每岁辄一变。往年自秦中主试归，语予曰：“我近日始知作诗。如前所作，禅家谓之语忌十成，不足贵也。”故今华、嵩游诸诗，深厚蕴藉，有一唱三叹之趣，盖其进如川之方至，而不幸逝矣。今世之所爱与世之所訾者，皆少年未定诗也。

鉴于公安派之弊，袁中道的审美意趣开始表现出修正粗率俚俗而尚清雅素淡、含蓄隽永的特征，与两位兄长已经有了较大的差异。我们看袁中道的《南北游诗序》：

予友陶孝若，淡泊自守，甘贫不厌，真有过人之骨。文章清绮无尘坌气，真有过人之才。而尤有一种清胜之趣，若水光山色，可见而不可即者。以故中郎于诸君子中，尤敬而爱之。其诗风味，亦近似中郎，盖染香润露，有不言而喻者。予尝比之于秦太虚，中郎亦以为然。

袁中道在这里阐述陶孝若的诗风是“清绮无尘坌气”、“有一种清胜之趣”，与中郎（袁宏道）相似，因而为袁宏道所敬爱。但是，若比较袁宏道的《陶孝若枕中呓引》，就会发现，袁宏道所敬爱的是陶孝若“情真而语直”的风格。显然，在对陶孝若诗歌的解读上，中郎和小修表现出不同的审美趣味。在诗歌取法上，小修与两位兄长亦明显不同。袁宗道、袁宏道因为反对格调派的拘守盛唐，于是倡言宗尚白、苏。袁中道则重新回到三唐。在《蔡不瑕诗序》中，袁中道提出“诗以三唐为的，舍唐人而别学诗，皆外道也”，并坦言自己过去的诗歌“破胆惊魂之句，自谓不少，而固陋朴鄙处，未免远离于法。近年始细读盛唐人诗，间有一二语合者”。袁中道劝告袁祈年、彭年等“当熟读汉、魏及三唐人诗，然后下笔。切莫率自肸臆，便谓不阡不陌，可以名世也”①。他提出的诗学道路是“取汉、魏、三唐诸诗，细心研入，合而离，离而复合，不效七子诗，亦不效袁氏少年未定诗，而宛然复传盛唐之神，则善矣”。在《淡成集叙》《寄曹大参尊生》等文中，袁中道甚至批评杜甫、李白“发泄太尽”，而认为“天下事，未有不贵蕴藉者，词意一时俱尽，虽工不贵也”，显然他是在借评泊古人来矫正当时的诗学风气。

正如缪天自所云，“启竟陵者，公安也”（朱彝尊《明诗综》卷六十二引）。袁中道与钟惺年岁相仿，曾相聚南京论诗，他们有共同的朋友如蔡复一、周楷等。袁中道还在《珂雪斋近集》卷六《花雪赋引》中提到钟惺，“每推中郎，人多窃訾之，自伯敬之好尚出，而推中郎者愈众”，并誓与钟惺、周楷三人“相与宗中郎之所长，而去其短，意诗道其张于楚乎”。可以想见，钟惺诗论与公安派存在着紧密的关系。但是，袁中道思想中表现出明显的矛盾，一方面他意识到公安派自身存在着弱点，特别是诗界多效法袁宏道、江盈科的俚俗粗率而暴露出的弊端，因此他反复强调“学我者拙，似我者死”；“中郎之后，不能复有中郎，亦不可复有中郎也”。另一方面，袁中道又着意于阐发袁宏道的晚年自我修正，也就是着意于沿着袁宏道晚年的道路走下去，甚至还希望“诗道张于楚”，依然表现出明显的宗派意识。相比而言，钟惺是较

① 袁中道《蔡不瑕诗序》，《珂雪斋集》，上海古籍出版社 1989 年版，第 458 页。本书引袁中道文字均依此本。

少羁绊的。钟惺在《问山亭诗序》中推重济南人王象春，便是有意要突破袁中道所谓“楚”的界限①。且钟惺的主创意识更甚于袁中道，他的诗学已不是袁中道所期望的对公安派的修正，而是超越了公安派，非“三袁”所能束缚的。

万历三十七年（1609），钟惺、袁中道、周楷等在南京聚首论诗。就是在这时，袁中道提出要誓一起宗中郎袁宏道之长，而去其短。但是钟惺此时则主张自出机杼，不为他人所束缚，他在《周伯孔诗序》中告诫周楷“为石公（按，袁宏道号石公）、钟子者，则不可”，不应模仿袁宏道，也不应模仿钟惺，甚至说“闻石公亦劝人勿学己作诗”。显然钟惺是不以公安后学自居的，也不希望别人成为自己的后学，表现出别出手眼、各自为尊的主创精神，在思想上与袁中道存有歧异。② 第二年袁宏道去世，钟惺中进士。钟惺自认为这一年是他诗学转向的关键。他在《隐秀轩集自序》中说：

> 予少于诗文本无所窥。……大要取古人近似者，时一肖之，为人所称许，辄自以为诗文而已矣。侧闻近时君子有教人反古者，又有笑人泥古者，皆不求诸己，而皆舍所学以从之。庚戌以后，乃始平气静心，虚怀独往，外不敢用先人之言，而内自废其中拒之私，务求古人精神所在。虽不能得古人一二，然举其所得之一二以示人，其为人耳目所不经见，及经见而略不屑意者，十固已八九矣。……乃尽删庚戌以前诗，百不能存一；而庚戌以后，以为与其轻而弃之也，宁勿轻而作之。

从这一年开始，钟惺摆脱公安派的掣肘而独辟新见。“势有穷而必变，物有孤而为奇”（钟惺《问山亭诗序》）。钟惺摆脱束缚、一空依傍、独表新识的精神，远比袁中道来得彻底。袁中道还摆脱不了袁宏道的束

---

① 钟惺《问山亭诗序》：“吾友王季木，奇情孤诣，所为诗有蹈险经奇，似温、李一派者。乃读其全集，飞翥缊藉，顿挫沉著，出没幻化，非复一致，要以自成其为季木而已。初不肯如近世效石公一语。”《隐秀轩集》，上海古籍出版社 1992 年版，第 255 页。后引此书者，不再赘注。

② 可参邬国平《竟陵派与明代文学批评》之《竟陵、公安两派关系述略》，上海古籍出版社 2004 年版。

缚，试图修正公安诗学，而钟惺则在《与王稚恭兄弟》中严厉地批评时人之学袁宏道、江盈科：

> 学袁、江二公，与学济南诸君子何异？恐学袁、江二公，其弊反有甚于学济南诸君子也。眼见今日牛鬼蛇神，打油定铰，遍满世界，何待异日？慧力人于此尤当紧著眼。大凡诗文，因袭有因袭之流弊，矫枉有矫枉之流弊。前之共趋，即今之偏废；今之独响，即后之同声。(《隐秀轩集》)

钟惺对公安派的负面影响深表忧虑，对于文学史之“弊”深有警醒。“前之共趋，即今之偏废；今之独响，即后之同声”二句，概括了文学史发展中常见的现象。以前大家共同遵守的原则、共同欣赏的风格，过了一段时间，便会遭到人们的唾弃；而那些迥异时调的低声细响，过了一段时间以后，或许会汇成洪钟巨响，成为世人普遍接受的原则、风格。钟惺此时已经产生了与世俗风尚不一致的新见。新见之一就是“务求古人精神所在”。五年后，钟惺和谭元春编成《诗归》，包括《古诗归》十五卷，《唐诗归》三十六卷，这可以看成是竟陵派成立的标志。在《再报蔡敬夫》中，钟惺明确地指出，选《诗归》“拈出古人精神”的本意就是要纠正学古派“极肤、极狭、极套”和师心者的狂妄。在序中他说“引古人真精神”，选古诗“以古人为归”，试图引出古人之真精神，以接后人之心目。实际上，任何选本无不体现着选者的批评意识，钟惺也认识到“选者之权利能使人归”，甚至说《诗归》“虽选古人诗，实自著一书”（《与蔡敬夫》）。钟惺所谓的“真诗”完全出于自己对古人的理解，他在《诗归序》中说：

> 内省诸心，不敢先有所谓学古不学古者，而第求古人真诗所在。真诗者，精神所为也。察其幽情单绪、孤行静寄于喧杂之中，而乃以其虚怀定力，独往冥游于寥廓之外。

钟惺论“真诗”，偏重于主体的精神和心境，因此与格调派不同。他所谓“幽情单绪”，是偏于凄清孤幽的“寒蛩之吟”，与公安派的轻狂疏荡显然有别。钟惺《放言小引》云：“胸中真有，故而能言其所欲言，即所谓中伦之言，了然于心，又了然于口与手者是也。苟为无本，而以无忌惮之心出之，则处士横议而已。诐淫邪遁，皆横之属也，遁矣，又乌乎放哉?”所谓“无忌惮之心”云云，就是指公安派的疏狂。实际上，钟惺的“真诗”观是对格调、公安派诗学的反思，是为了矫正二者之弊而提出的一种诗学理论。

钟惺“真诗”论的特征，首先是“深情”。钟惺《陪郎草序》曰：“夫诗，道性情者也。”诗人要“言其心之所不能不有”，而非为写诗而写诗。《诗归》评点中，钟惺对于出自真情至性的言情之作，都是给予肯定评价的。其次，“真诗”源自慧性。用“慧”论诗，是晚明诗学的重要内容。袁中道《刘玄度集句诗叙》云：“天下之趣，未有不自慧生也。”钟惺常以“慧”称道诗人和诗作。他在《名媛诗归序》中说：“夫诗之道，亦多端矣，而吾必取于清。……清则慧。”他称赏周楷“有慧性俊才、奇情孤习”①；赞誉闽人董崇相“朴心而慧识，古貌而深情，所为诗似其为人”②。《神会遗集》云：“能知本寂静体，名为慧。”晚明“心学”与佛教合流，“慧”是当时哲学上的重要范畴，就其佛学本义来说，是指对自性本体的明觉。引申到诗学上，从大量的用例来揣其意思，大约是指主体超越外物羁绊以后，领略、观照外物和内心时所表现出来的心灵审美的敏锐性。主体只有从繁杂的世俗生活中超脱出来，才能保持这种灵明敏锐性，所以钟惺说“清则慧”。在钟惺诗学中，有时“慧”和“灵”并举，都是指主体的审美心灵感受力的敏锐。钟惺欣赏一些“寒士之鸣”，清寒之士的心灵感悟往往更为敏锐，更容易捕捉为世人所忽略的意象和情味。和这一点相联系的是“真诗”的第三个特征，即深幽孤峭、静好柔厚的审美风格。每一种诗学的背后都有一种人格理想在支撑着。格调复古派特别是“前七子”，表现出来的是一种光明磊落、坚毅倔强、不与恶势力妥协的士风，公安派表现出来的是摆脱思想束缚的疏狂野荡的精神人格，而竟陵派实际上是代表着晚明衰世中社会中下层寒士的审美趣味，表现为一种退守渊默的人格特征。如果我们联系前代的末世精神来看，中晚唐贾岛、姚合、许浑等，南宋末年“四灵”和江湖诗派，与晚明竟陵派在人生情味和精神境界

① 钟惺《周伯孔诗序》，《隐秀轩集》第252页。

② 钟惺《董崇相诗序》，《隐秀轩集》第264页。

上有着相似之处，都体现出消泯入世情怀、超然静默的清寒孤苦。竟陵派性灵诗学的“真诗”论，就是以这种人生论为基础；在审美风格上，也是与这种精神境界相适应的。钟惺《简远堂近诗序》云：

> 诗，清物也。其体好逸，劳则否；其地喜净，秽则否；其境取幽，杂则否；其味宜淡，浓则否；其游止贵旷，拘则否。之数者，独其心乎哉？

这里，钟惺是在阐述一种远离嚣世、穆静幽淡、闲旷游逸的生存状态。在钟惺看来，这才是“诗人”的生存状态，这样的诗人诗作才称得上“清物”二字。在《陪郎草序》中，钟惺说：“夫诗，以静好柔厚为教者也。今以为气不豪，语不俊，不可以为诗。予虽勉为豪，学为俊，而性不可化，以故诗终不能工。……豪则喧，俊则薄；喧不如静，薄不如厚。”李梦阳、李攀龙诗歌称得上“豪俊”，而钟惺针对“豪”与“俊”而主张“静”与“厚”。诗以静好柔厚为教，是钟惺关于诗歌风格论的新见解，当然其本意不仅仅是诗歌风格，更重要的是以一种“退然默然”的人生为基础的。

“厚”是钟惺后期诗学标举的重要诗学范畴。钟惺其人“影抱羸骸寒似梅”，其诗“最入幽微处”①，有冰雪之气。因此他偏赏寒士之吟，他的《诗归》也表现出对尖新纤仄诗风的偏好，在总体倾向上呈现出寒俭之态。当时就有蔡复一提出批评：“《诗归》中有太尖而欠厚雅者，宜删去一二。”② 钟惺对“厚”的强调，正是对自己前期审美偏向的自我纠正。钟惺《与高孩之观察书》云：

> 诗至于厚，而无余事矣。然从古未有无灵心而能为诗者。厚出于灵，而灵者不即能厚。……然必保此灵心，方可读书养气，以求其厚者。若夫以顽冥不灵为厚，又岂吾孩之所谓厚哉！曹能始（按，曹学佺）谓弟与谭友夏诗，清新而未免于痕；又言《诗归》一书，和盘托出，未免有好尽之累。夫所谓有痕与好尽，正不厚之

① 谭元春《丧友诗三十首》其十和其二十二。

② 谭元春《奏记蔡清宪公前后笺札（其四）》引蔡复一与谭元春信中语。《谭元春集》，上海古籍出版社 1998 年版，第 754 页。

说也。……至于痕，则未可强融，须由清新入厚以救之。(《隐秀轩集》)

厚可以作浑厚、深厚、淳厚解，也即上文所谓“静好柔厚”。从“读书养气以求其厚”一语看，“厚”是以诗人的学识根底和道德境界为基础的，是这种主体胸襟学识在诗风上的体现。诗人生活中读书养气与审美感悟的关系应是：读书养气不是直露于诗，而是通过对审美心灵的充实和提升，在审美感悟中体现出来，因此说“厚出于灵”。而在创作中没有读书养气的基础，仅仅凭审美感悟，就不能达到“厚”的境界，因此说：“灵者不即能厚。”诗人的学识根底和道德修养不能滞塞其艺术感受力，故曰“必保此灵心”。但作诗若纯任灵心感悟，不免显露机巧狭局，这就是清新而未免有痕。

当然，竟陵派及其后学在创作上远没有达到“厚”的审美境界。崇祯时期的吴应箕在《曾学博诗序》里愤激地批评说：

予观先生之诗，大要取法于今之所为竟陵尔。夫竟陵之诗果可法哉？其言以有性情浮出纸上者为真。呜呼！果若此，是《三百篇》之后惟竟陵独矣。乃今承袭其风者，以空疏为清，以枯涩为厚，以率尔不成语者为有性情，而诗人沉著含蓄、直朴淡老之致以亡。予尝谓学王、李者，不过窃诗之皮毛也；学竟陵则并性情而乱之。故吾非恶夫竟陵也，恶夫学竟陵者之流失也。

“有性情浮出纸上者为真”，这是谭元春在《诗归序》中所提出的思想，强调诗歌与真性情的合一无二，这种理论本身是合理的。但是，竟陵派对性情本身在认识上的偏差，在诗歌风格上的偏执，都是它的先天弱点，后学在此基础上继续偏颇发展，必然导致更大的弊端。马欻《小草斋诗话序》说：“万历之际，渐入恶道。语以唐音，则欠伸鱼睨；语以袁、钟新调，则拊髀雀跃。”带有自身理论局限性的竟陵派，尽管获得一时的青睐，但其招致人们的批评，也是在情理之中的。

这里再谈谈钟惺的“诗为活物”说。在前面《宋学背景中的诗歌鉴赏论》一节里曾指出，在宋学背景中，诗歌鉴赏阐释理论表现出两个转向：一是从对文辞事义的训释，转向对文本理趣意味的涵咏玩味；二是从文本索隐转向读者自得。明代“心学”更注重人的自得，发明本存于己的“良知”，这种哲学观改变了他们的阅读理念，即不是在经书中探赜义理，而是看经书以启悟良知。王守仁《答季明德》说：

> 凡看经书，要在致吾之良知，取其有益于学而已。则千经万典，颠倒纵横，皆为我之所用，一涉拘执比拟，则反为所缚。

“为我之所用”，对于鉴赏论的启发是将鉴赏重心从文本意义的探求转向读者自得领会。这是沿着宋人的第二个转向走下去的。徐渭给季本的《说诗解颐》作序云：

> 凡书之所载，有不可尽知者，不必正为之解，其要在于取吾心之所通，以求适于用而已。用吾心之所通，以求书之所未通，虽未尽释也，辟诸痒者，指摩以为搔，未为不济也。用吾心之所未通，以必求书之通，虽尽释也，辟诸痹者，指搔以为搔，未为济也。(《徐渭集》)

徐渭称赞其师《说诗解颐》“取吾心之通以适于用”，鉴赏阐释的重点在于“吾心之通”。钟惺则进一步提出“诗为活物”说，其《诗论》云：

> 诗，活物也。游、夏以后，自汉至宋，无不说《诗》者。不必皆有当于《诗》，而皆可以说《诗》。其皆可以说《诗》者，即在不必皆有当于诗之中。非说《诗》者之能如是，而《诗》之为物，不能不如是也。何以明之？孔子，亲删《诗》者也，而七十子之徒，亲受《诗》于孔子而学之者也。以至春秋列国大夫，与孔子删《诗》之时，不甚先后，而闻且见之者也。以至韩婴，汉儒之能为《诗》者也。今读孔子及其弟子之所引《诗》，列国盟会聘享之所赋《诗》，与韩氏之所传《诗》者，其事、其文、其义，不有与《诗》之本事、本文、本义绝不相蒙，而引之、赋之、传之者乎？既引之，既赋之，既传之，又觉与《诗》之事、之文、之义未尝不合也。其故何也？夫《诗》，取断章者也。断之于彼，而无损于此；此无所予，而彼取之。说《诗》者盈天下，达于后

世，屡迁数变，而《诗》不知；而《诗》固已明矣，而《诗》固已行矣。然而《诗》之为《诗》自如也，此《诗》之所以为“经”也。今或是汉儒而非宋，是宋而非汉，非汉与宋而是己说，则是其意以为《诗》之指归，尽于汉与宋与己说也，岂不隘且固哉？(《隐秀轩集》)

钟惺的“诗为活物”说，虽然是在为自己说诗“神而明之，引而申之”的自得受用张本，但是他是把“活物”视为《诗经》文本自身的一个重要特征，“诗之为物，不能不如是也”。上段文字的重点是说，同一部《诗经》，不同的人可以从不同的思想角度、立场去作解释和发挥。之所以有可以发挥的余地，是因为“断之于彼，而无损于此；此无所予，而彼取之”。不同的人对于同一部《诗经》文本可以各有侧重，从不同的事、文、义上去发挥引申。这些发挥引申，都是对诗本义的丰富，所以说“未尝不合”。钟惺这里似乎意识到诗文本的开放性、多义性，但是就钟惺本文来说，他是对先秦的“断章取义”论的发挥，认为后代的创造性阐释，也是断章取义。这种阐释不是对《诗经》文本的损害，而是揭明诗意，使《诗经》更广为流传。《诗经》为“活物”，即具有可再阐释性，这正是《诗经》之所以为“经”的特点。从阐释者的角度来说，诗为活物、诗的可阐释性，赋予阐释者一种责任，就是不能拘守于前人已有的阐发，而应该不断地在此时此境中给予新的阐发，所以当钟惺再次披读《诗经》时，趣以境生，情由目徙，“已觉有异于前”。今存钟惺批点《诗经》四卷，有凌杜若朱墨套印刻本；批点《韩诗外传》十卷，有天启年间写刻本。其批点基本上是以文学家的眼光读诗，重视对诗歌情境的体悟和分析，对诗歌艺术的品味，同时，着眼于道德意义的阐发，这与他对万历公安派的反思是一致的。①

钟惺的“诗乃活物”说，在当时是有影响的。他的好友张慎言在《郭楚玉诗序》中勉励郭楚玉说：“诗，活物也，人人而可与言诗也，而况于余乎！”显然是接受了钟惺的思想。诗歌阐释史中，《诗经》的

---

① 可参刘毓庆《从经学到文学》之《钟惺的“诗活物”说与〈诗经〉评点》，商务印书馆2001年版。拙文《明代〈韩诗外传〉评点二种》，载《学术月刊》“2004年中国古典文学研究专辑”。

后代阐释是一个核心问题。许多阐释学思想，也是在《诗经》阐释史中生长、演变的。“性灵”诗学尊重主体的自性自由，肯定阐释者的发挥创造，力求摆脱《诗经》本义的束缚，对于《诗经》阐释学的发展不无意义。明代后期把《诗经》纳入文学的、诗的视野中去解读，是一股重要的思潮，与“性灵”学说不无关系。王夫之《诗绎》进一步提出：“作者用一致之思，读者各以其情而自得。”肯定读诗者的再创造。到了清代，袁枚的《程绵庄诗说序》说：

> 作诗者，以诗传；说诗者，以说传。传者，传其说之是，而不必尽合于作者也。如谓说诗之心，即作诗之心，则建安、大历有年谱可稽，有姓氏可考，后之人犹不能以字句之迹，追作者之心，矧《三百篇》哉？不仅是也，人有兴会标举，景物呈触，偶然成诗，及时移地改，虽复冥心追溯，求其前所以为诗之故而不得，况以数千年之后，依傍传疏，左支右吾，而遽谓吾说已定，后之人不可复有所发明，是大惑已。①

袁枚序中称赞程廷祚说《诗》卓然独往，不一定合乎作者的原意，而能发前儒所未发。同时的程晋芳论解《诗》与解《经》的不同，说：

> 窃谓解《诗》与解诸经不同。盖《易》与《春秋》《尚书》，主于明理切事，事与理则有一定，而不可以为其来无方也。若《诗》之作，于当时者兴会所寄，旨趣遥深。今已事远年湮，难以稽考。孟子云：“不以文害辞，不以辞害意，以意逆志，是为得之。”故凡说诗者，苟不倍于理，而足以感人之性情，皆可必其传世。虽当日之意指，或未必与我同，而吾说之可存者自在也。今人于解《诗》，欲求一定之说，或谓朱《传》无一字之讹，或谓《毛序》言言皆确。此皆不得“以意逆志”之旨者也。②

---

① 袁枚《小仓山房诗文集》，上海古籍出版社 1988 年版，第 1764 页。

② 程廷祚《青溪诗说自序》引，见程廷祚《青溪集》，黄山书社 2004 年版，第 151 页。按，程晋芳文集中未见这段文字。然《与家绵庄书》云：“足下《青溪诗说》，持论至精，而结体尚略。”又有《青溪诗说跋》，谓其“于《诗》不专主注疏，亦不曲从宋学。凡解注者，固宜如是”。值得引出以相参照。见魏世民校点《勉行堂诗文集》，黄山书社 2012 年版，第 752 页、779 页。

放在《诗经》阐释史的背景中来看，钟惺的“诗乃活物”说不是孤立的，而是自宋代以降尊重、张扬“解《诗》自得”思想的合理发展。这种思想，在清代重实证考据的学风中并没有被完全湮没，而是依然有人在倔强地挺立着。至晚清，谭献在《复堂词录序》中说：“作者之用心未必然，而读者之用心未必不然。”此说把文学阐释从追求作者本意的束缚中解放出来，达到了文学阐释学思想发展的新高度。

第五节　清代前中期的性灵诗学

竟陵派性灵诗学的幽峭纤仄，在晚明诗坛特别是南方影响甚大。陈子龙《遇桐城方密之于湖上，归复相访，赠之以诗》所谓“楚风今日满南州”，就是指“竟陵体”在诗坛的流衍，当时甚至有“钟、谭一出，海内始知‘性灵’二字”① 的说法。但是“深幽孤峭之宗”的弊端在竟陵后学那里也日益显豁，因此招致世人的抨击。特别是随着朱明大厦的倾覆，一些人开始将世风和文风之不竞归咎于竟陵诗学上。如钱谦益《列朝诗集小传》丁集中“钟惺”条云：

> 余尝论近代之诗，抉擿洗削，以凄声寒魄为致，此鬼趣也。尖新割剥，以噍音促节为能，此兵象也。鬼气幽，兵气杀，著见于文章，而国运从之，以一二辁才寡学之士，衡操斯文之柄，而征兆国家之盛衰，可胜叹悼哉！

王夫之《明诗评选》的评论也追究竟陵派导致明代灭亡的责任。“诗坏于钟、谭”（侯方域《与陈定生论诗书》），更是明末清初世人的普遍看法。

重振诗坛，走出竟陵的阴霾，是明末清初诗论家共同的责任，但是前途在哪里？诗论家各自作出不同的探索。大致而言，有三种趋向：一是以陆时雍、王夫之、冯班、冯舒为代表，宗奉汉魏六朝初盛唐，标尚

① 见钱谦益《列朝诗集小传》丁集中《谭解元元春》，上海古籍出版社 1983 年版，第 572 页。

温雅婉丽的风格，忌粗忌俗。一是以陈子龙、毛先舒等为代表，重新提出尊崇格调复古，如毛先舒《诗辩坻》提出“诗须博洽，然必敛才就格，始可言诗”。在格调与性灵之间，他认为格调是第一位的：“标格声调，古人以写性灵之具也。由之，斯中隐毕达；废之，则辞理自乖。”这一派在清初虽然遭到钱谦益、周亮工等人的激烈批评，但是并非完全绝响，依然有吴伟业等人继续苟延残脉，至清中期又走向前台。一是钱谦益、吕留良、吴之振，至清中期厉鹗、钱载等声势逐渐洪大的尊宋诗学。

但是，性灵诗学浸染清初诗坛，影响清初诗学的痕迹还是很明显的，具体表现主要有两个方面：

（一）“独抒性灵”依然是某些论诗者的精神内核。金圣叹论诗与他的小说、戏曲评点一样也表现出鲜明的异端色彩，他说：“诗非异物，只是人人心头舌尖所万不获已、必欲说出之一句说话耳。儒者则又特以生平炼读之万卷，因而与之裁之成章，润之成文者也。夫诗之有章有文也，此固儒者之所矜为独能也。若其原本，不过只是人人心头舌尖万不获已而必欲说出之一句说话，则固非儒者之所得矜为独能也。”（《与家伯长文昌》）“诗非异物，只是一句真话。”（《与顾掌丸》）诗是真话，是不能不说的真话，无关乎学问，这显然与李贽的“童心”说是相通的。金圣叹《与许青屿之渐》说：

诗者，人之心头忽然之一声耳。不问妇人孺子，晨朝夜半，莫不有之。今有新生之孩，其目未之能眴也，其拳未之能舒也，而手支足屈，口中哑然。弟熟视之，此固诗也。

我们从这段话中很容易察觉到“童心”、“赤子之心”等性灵诗学思想的影子。金圣叹的任情率性、疏狂恣肆，在一生行事和著述上都表现得非常鲜明。他是清代思想史上的精灵，激发人们的快意和想象。不过与晚明“性灵”说不同的是，金圣叹论诗的情感，不仅源于一己之真，更要与他人相通，具有一定的普遍性，而能引起读者的同感，金圣叹在《答沈匡来元鼎》中说：

作诗须说其心中之所诚然者，须说其心中之所同然者。说心中之所诚然，故能应笔滴泪；说心中之所同然，故能使读我诗者应声滴泪也。

这种情感，既是“心中之所诚然”，又是“心中之所同然”，诗歌既发乎自性真情，又传达出天下至性同情，才是“天地之元声”。金圣叹《与陈尔牧济让》说：“诗者，天地之元声也，则有一句一字稍或违于天地也者，我当勿敢出也。”金圣叹提出“天地元声”的说法，既秉承了“性灵”说之“真”，又克服了“性灵”说之“私”。金圣叹所谓“说其心中之所同然”的精辟见解，可以拿与他同时的莫秉清的话来参证。莫秉清《徐嘉讷诗草序》云：

先民有言：诗贵抒所欲言，而又能立异。若人所必有而不能去，人所不至而不能入，亦何贵乎为诗也？然诗者，思也，以我之思，可通于彼，以一二人之思，可通于千万人；且千百年以上之思，由今思之，而恍如我意中之所欲吐。诚若是，何必期臻人所不能至、而戛戛乎陈言之务去也？盖诗之理如水之源，既得其源，虽曰人所不能至，又皆人之所必欲至，而我能先之。先之者，疏其源者也。①

所谓“立异”云云，也就是“陈言务去”，或者“独抒性灵”的意思。然而莫秉清所论重点在诗“思”之“通”，不仅是作者之思“通”当时之千万人，表现同时代的普遍情怀；更要通“千百年以上之思”，表现人类永恒的、普遍的情怀。在明末清初，金圣叹、莫秉清对“诗思”有如此光辉的认识，是难能可贵的，这也正是为晚明“性灵”理论痛下金针。

金圣叹与徐增之间有书信交往，徐增《天下才子必读书叙》称金圣叹“至人无我”。金圣叹评《唐才子诗》的“分解批评”对徐增《而庵说唐诗》也有着明显的影响，两人在基本诗学观念上也是相通的。徐增《而庵诗话》说：“诗写性灵。”又说：“诗到极则，不过是抒写自己胸襟。”他论诗贵自得，反对模拟因袭，这与金圣叹乃至明代性

① 莫秉清《傍秋庵文集》卷一，《明清史料汇刊》第8册《华亭莫葭士先生遗稿》，台湾文海出版社1968年影印。

灵诗学都是相通的。廖燕也是一位受金圣叹精神所激励，而能在康熙朝程朱理学趋于一尊时对抗官方哲学大胆发露异端精神的思想家。他论文标举性灵，反对模拟格调，提出“借彼物理，抒我心胸”的主张，彼外物皆“一我之性情变幻而成者”（《李谦三十九秋诗题词》）。他们的思想精神尽管在清朝前期受到压抑排挤，甚至金圣叹还惨遭迫害，但是在平静的水面之下有这样一股暗流在汩涌，它们必然能够在适当的时候由隐而显，汇聚成澎湃汹涛。

（二）清初诗论家扬弃了公安派的轻狂鄙俚和竟陵派的逼仄孤峭，而吸收了性灵诗学尚真情的特征，因此在论诗时普遍表现出对情感的重视。由明入清的杜濬认为真诗不仅仅是“篇无格套，语切入情”，更是诗与人为一，他赞叹陶渊明“人即是诗，诗即是人。古今真诗，一人而已”（《与范仲阍》）。同时的陈之遴也曾有过“尺寸古法”的迷惘，后终于省悟“人殊其才，人殊其学，人殊其性情，则亦各为其人之诗尔”（《浮云集自序》）。他提出：“生今之世，为余之诗则已矣。”（同上）走上诗歌个性化道路。魏礼也说：“性情者，诗之主也。”（《李云田豫章草序》）他所谓“性情”，更强调的是“我”的真情，诗歌所尚，在品格；而所谓品格，就是诗人的真性情。人在世上，君面不同于吾面，各有其真性情，诗歌就应该表现这种真性情，即使是流连山水，点缀花月，“亦必有我一时之情之意，则此乃为我作之诗”（《答杨御李书》）。当然，他们并非完全排斥学古，作为一种学诗工夫，学古还是必要的，正如清初陈玉璂《任王谷诗序》所说，“势不能舍古人之体为体、古人之法为法，第使于古人之诗力蹙志沉于其间，以博其义类”，但是“及自为诗也，不留一古人于意中，其胸怀亦如古人之浩浩落落，浑然噩然，前无所依，后无所仿，然后摹拟之迹可绝，而其诗亦未尝不可至于古人”。对性情的重视，特别是强调性情发自个人真我本怀，是清初人的共同认识。陈恭尹《梁药亭诗序》所谓“诗之真者，长篇短句，正锋侧笔，各具一面目，而作者之性情自见”，可以代表清初人的一般看法。从中可以看出，他们是接受了性灵诗学的合理性一面，尊崇情感为第一位，摆脱了格调复古派的束缚。这是明人“性灵”论对清初诗学的贡献。

“一代正宗才力薄，望溪文集阮亭诗”（袁枚《论诗》），在康熙朝，文坛舵主是方苞，诗坛是王士禛，风格以雅正温婉相尚；乾隆朝，沈德潜的格调诗学，崇扬温雅淳厚的诗风。此时尊崇个性的性灵文学精神是受到抑制的。但是诗坛从来就不是整板一块，沈德潜宣扬格调诗学时，就遇到了袁枚的诘难。袁枚重新擎起性灵诗学的旗帜，冲决乾隆朝的思想文化意识形态，他的离经叛道，是清代思想的一道风景。

我们在前面曾说过，一个时代的文化有强势和弱势之分，或者说显流和潜流之分。处于弱势的潜流，在一定的时势条件下会衍变、发展为强势的显流，反之，强势的显流也会没落为潜流，甚至断流。康熙、乾隆朝，强势的思想意识形态是程朱理学，但是，颜元、李塨提倡躬行实践，对程朱理学的蹈空虚静进行发难；戴震抨击程朱理学“以理杀人”，肯定“以生以养”的合理人欲，认为“理者存于欲者也”，“理”就体现在人欲的合理实现中，这都是具有巨大潜力的新思想。同时，在绘画上，也存在着石涛、龚贤乃至“扬州八怪”等师心主创派对王时敏、王鉴、王翚、王原祁（“四王”）复古派的斗争。袁枚的性灵诗学与沈德潜的格调诗学的冲突，也是当时思想界内部矛盾的体现。当然哲学、绘画、诗学上的这种情况不一定存在相互影响的关系，它们是时代思潮的激荡在不同思想文化领域的表现。

这里值得特别注意的是袁枚与戴震在人性论上的一致性。戴震生于1724年，比袁枚小八岁，两人都沐浴在清代康、乾时期江南特别是扬州市民经济发达的氛围中，或许没有相互影响的痕迹，但是他们在哲学思想上的共同一点，就是对宋儒理学的批判。宋儒理学，将人性分为“义理之性”、“气质之性”，要存养“义理之性”，变化、排斥“气质之性”，也就是所谓的“存天理，灭人欲”。明代的“心学”虽然不认为理在心外，而认为“理在心中”，但是对人性的这种二元切割与宋儒是一致的，所谓“良知”，也即“义理之性”。袁枚和戴震都对这种人性二元划分给予诘难。袁枚《牍外余言》卷一说：

> 宋儒分气质之性、义理之性，大谬。无气质则义理何所寄耶？亦犹论刀者不当分芒与背耶？无刀背则芒亦无有矣。（《袁枚全集》第五册）

戴震《孟子字义疏证》说：孟子言性，“无非血气心知之性。孟子言性，曷尝自歧为二哉！二之者，宋儒也”①。既然人性不存在什么“义理之性”与“气质之性”的区别，那么也就不存在宋儒所谓高悬在上的“天理”了。袁枚和戴震都否认这种“别是一物”的天理。袁枚《再答彭尺木进士书》说：“人欲当处，即是天理。”② 戴震《孟子字义疏证》说：

理也者，情之不爽失也，未有情不得而理得者也。（卷上）

宋儒“存天理，灭人欲”，视人的情感欲望为洪水猛兽，认为圣人义理就是要制伏这洪水猛兽。但是袁枚说：“大抵情欲大感，圣人所宽。”（《答杨笠湖书》）戴震《孟子字义疏证》说：“圣人治天下，体民之情，遂民之欲，而王道备。”对于人之血气之性、情感欲望的合理性，他们都给予大胆的肯定。戴震《孟子字义疏证》说：“人之为人，舍气禀气质，将以何者谓之人哉？”袁枚《清说》言：“使众人无情欲，则人类久绝而天下不必治；使圣人无情欲，则漠不相关，而亦不肯治天下。”③ 这是清代乾隆中期思想界出现的新的哲学思潮，可谓之“自然人性论”，解放了“天理”对“人欲”的羁勒、“义理之性”对“气质之性”的压抑，肯定了“气质之性”就是“人性”，“气质之性”不过不穷、中节适当，就是“理”。这种“自然人性论”与明代的心学有一些相近之处，但是还有着鲜明的差异。明代的心学所谓“良知”，就是“义理之性”，他们对人性还是持二分法态度的，王守仁还强调“去私”、“去蔽”，对于“气质之性”还是持警戒态度的。即使是泰州学派所谓“百姓日用即道”，其本意也是从百姓日用中去体悟“道”，体悟人伦物理。只有李贽《答邓石阳》所谓“穿衣吃饭，即是人伦物理，除却穿衣吃饭，无伦物矣，世间种种皆衣与饭类耳”。近乎袁枚所谓“人欲当处，即是天理”，但是李贽所谓“童心”依然是从“良知”引申而来的，而戴震、袁枚否定了超越血气情欲之上的良知天理，认为血气情欲的合理实现就是天理。所谓的“合理实现”，用戴震的话来说，

① 戴震《孟子字义疏证》，中华书局 1961 年版，第 30 页。
② 袁枚《小仓山房诗文集》，上海古籍出版社 1988 年版，第 1573 页。
③ 袁枚《小仓山房诗文集》，上海古籍出版社 1988 年版，第 1615 页。

就是“以情絜情”，审己度人，以“我”之情同天下人之情，就是孔子所谓的“恕”。可见戴震、袁枚的人性论，摆脱了宋儒理学对人性的束缚，是对人情感欲望的极大肯定，但又不是情欲泛滥主义者。袁枚论人欲的实现还有一个“当处”，戴震论“气质”还要“中节不穷(极)”。[①] 乾隆、嘉庆时期的“性灵”说，与当时的新人性论是相通的。

阐述袁枚“性灵”说之前，首先看看袁枚对于清代其他几派诗学思想的态度，这是袁枚“性灵”说的理论背景。王士禛“神韵”说的轻灵空虚带有先天性弱点，在乾隆时期虽然尚未销声匿迹，但其主导性地位已经为沈德潜“格调”说所取代。因此袁枚对待“神韵”说可以保持一种更为冷静平和的态度。在《随园诗话》中，他评王士禛“才本清雅，气少排奡，为王、孟、韦、柳则有余，为李、杜、韩、苏则不足也”。这一认识与沈德潜《重订唐诗别裁集序》论《唐贤三昧集》取司空图、严羽之意，盖“味在盐酸外也”，“而于杜少陵所云‘鲸鱼碧海’，韩昌黎所云‘巨刃摩天’者，或未之及”云云，是相一致的。袁枚论王士禛“主修饰，不主性情”，也是时人的共同认识。对于王士禛的“神韵”说，袁枚没有彻底否定。特别是他辨别体制，认为“近体短章，不是半吞半吐、超超玄著，断不能得弦外之音、甘余之味”，而“若作七古长篇、五言百韵”，不宜为神韵所限，这是符合王士禛“神韵”说本义的。袁枚对于王士禛的“神韵”说秉持“不相菲薄不相师”的态度，是通达的。

乾隆元年（1736），21岁的袁枚和64岁的沈德潜同应博学鸿词征。此后沈德潜仕途宏通，“格调”说也因之而炽热诗坛。袁枚才情倜傥，任性率真，与格调诗学之牢笼才性是格格不入的，格调诗学便成为袁枚要推翻的主要障碍之一。袁枚的《答沈大宗伯论诗书》对沈德潜的格调诗学提出异议，亮出自己诗学观念与沈德潜之不同。沈德潜宗法盛唐，界分唐宋，袁枚针锋相对地提出“诗有工拙而无今古”，不满意于格调论之“区别唐、宋”，“判分中、晚”[②]。唐人学汉魏，变汉魏；宋

---

① 关于袁枚、戴震这种新人性论与扬州商业文化的关系，严迪昌先生《清诗史》有较为详细的考述，参该著第747—761页，浙江古籍出版社2002年版。

② 袁枚《小仓山房诗文集》，上海古籍出版社1988年版，第1502页。

学唐，变唐。沈德潜重在守陈，袁枚重在新变。他超越当时宗唐、尊宋的胶葛，提出“夫诗，无所谓唐宋也”的通达观念[①]，是难能可贵的。当然，清代诗学总体上的倾向是不再刻板划清唐宋的界限，有人在唐宋之间徘徊，如王士禛；有人宗唐而兼取宋诗，如沈德潜；而尊宋者一般都不菲薄唐诗。袁枚消泯唐宋之间的界限，就其针对沈德潜之宗唐和“浙派”之尊宋的具体情况来看，对诗坛还是有针砭意义的。性情与格调问题，是明代以来诗学中竞争最激烈的问题。明代“前后七子”格调派尽管各人主旨不同，但总体上来说论诗的重点在格调而不在性情，只有王世贞兄弟对性情略有偏重。而公安派则颠覆了格调派在格调与性情之间的此轩彼轾，而摆脱格调，独标性灵。到了明清之际，有鉴于性灵之弊，毛先舒等依然主张“敛才以就格”，性灵要在格调的框套中表现出来。王士禛“神韵”说与“明七子”有一定的渊源关系，沈德潜的格调诗学也显然是视格调高于性情。所以王士禛和沈德潜招致的主要批评是“真气全无少性情”[②]。袁枚在这个问题上再一次颠覆格调诗学，提出“须知有性情，便有格律；格律不在性情外”（《随园诗话》卷一）。袁枚反对不主性情，空谈格调。当然袁枚与明代公安派不同，他并没有完全否定格调，而是认为在格调之上还有更为重要的性情，诗歌应该表现“我”的性情。他在《答沈大宗伯论诗书》中说：

> 格律莫备于古，学者宗师，自有渊源。至于性情遭际，人人有我在焉，不可貌古人而袭之，畏古人而拘之也。[③]

模习前人格调，是诗人学诗的重要方法。袁枚尝教人“古风须学李、杜、韩、苏四大家；近体须学中、晚、宋、元诸名家”（《随园诗话》卷八）。又说“医涩须多看古人之诗”，可见他也很重视学习古人优秀诗作，但是学古不是貌古，不能受古人拘束。他借周亮工“学古人者，

① 袁枚《答施兰垞论诗书》，《小仓山房诗文集》，上海古籍出版社 1988 年版，第 1506 页。

② 王士禛之缺乏真性情，是时人的普遍看法。又，朱庭珍《论诗》“平生不喜归愚叟，真气全无少性情”，见张国庆选编《云南古代诗文论著辑要》，中华书局 2001 年版，第 410 页。

③ 袁枚《小仓山房诗文集》，上海古籍出版社 1988 年版，第 1502 页。

只可与之梦中神合；不可使其白昼现形”的话来说明学古与自抒胸臆之间的关系。反之，拘守格调，必然是对个人才情性灵的束缚。他感慨当代诗歌“自格律严而境界狭矣”，就是针对沈德潜的格调派而发的。在《答沈大宗伯论诗书》里，袁枚还坦言自己不赞同沈德潜重倡的“温柔敦厚”说。重新提倡“温柔敦厚”说是沈德潜“格调”说与明代“格调”说的一个显著区别，明人如李梦阳、李攀龙等都重视“诗可以怨”，而在乾隆盛世中沈德潜则强调“温柔敦厚”。对此，袁枚说：

> 至所云“诗贵温柔，不可说尽，又必关系人伦日用”。此数语有褒衣大袑气象，仆口不敢非先生，而心不敢是先生。何也？孔子之言，“戴经”不足据也，惟《论语》为足据。子曰“可以兴”、“可以群”，此指含蓄者言之，如《柏舟》《中谷》是也。曰“可以观”、“可以怨”，此指说尽者言之，如“艳妻煽方处”、“投畀豺虎”之类是也。曰“迩之事父，远之事君”，此诗之有关系者也。曰“多识于鸟兽草木之名”，此诗之无关系者也。仆读诗，常折衷于孔子，故持论不得不小异于先生，计必不以为僭。①

当然，正如我们在前面相关章节已经阐述过，沈德潜的“温柔敦厚”论也有一个变化的过程，而且标准的宽严也有自己的尺度。但是以“温柔敦厚”作为诗歌风格的普遍性原则，必然是对抒发性灵的羁绊。所以袁枚举出《诗经》中的例子给予有力的反证。然而我们要知道，袁枚虽然批评沈德潜“温柔敦厚”说的狭隘，但是他并非就主张诗歌要怒拗乖张。《随园诗话》卷八云：“讥刺语用比兴体，便不露。”袁枚论诗歌风格也要求含蓄有余味。不过他是着眼于诗歌艺术本身的审美性，与沈德潜着眼于儒家“诗教”是不同的。

在袁枚的时代，还出现过各种“声调谱”之类的学说，不仅近体诗讲究声律，古体诗也有平仄轻重之异。② 当然这不失为对古诗声韵美的有益探讨，但是把古诗的声律现象转化为创作的法则和规律，则变成

---

① 袁枚《小仓山房诗文集》，上海古籍出版社 1988 年版，第 1504 页。

② 据传，王士禛有《古诗平仄论》，赵执信有《声调谱》，翁方纲有《五言诗平仄举隅》《七言诗平仄举隅》等，均见丁福保辑《清诗话》。

了束缚作者手脚的镣铐。袁枚对这些《声律谱》之类的研究是持批评态度的，他在《随园诗话》中说：

> 近又有讲声调而圈平点仄以为谱者，戒蜂腰、鹤膝、叠韵、双声以为严者，栩栩然矜独得之秘。……盖诗境甚宽，诗情甚活，总在乎好学深思，心知其意，以不失孔、孟论诗之旨而已。必欲繁其例，狭其径，苛其条规，桎梏其性灵，使无生人之乐，不已傎（按，傎同“颠”）乎！

在袁枚的诗学中，抒写性灵是至高原则，一切对性灵的桎梏都应该彻底打破。

在乾隆诗坛上还出现了另一种倾向，就是以查慎行、厉鹗等为代表的尊尚宋诗的“浙派”。袁枚虽然是浙江人，但是对“浙派”的尊宋并不首肯。当时有一位叫施兰垞的人见到袁枚答沈德潜书，以为袁枚不宗唐，定然宗宋，于是寄书“欲相与昌宋诗以立教”，然而袁枚答书断然否定。在《答施兰垞论诗书》中袁枚申明：“夫诗无所谓唐宋也。唐宋者，一代之国号耳，与诗无与也。诗者，各人之性情耳，与唐宋无与也。”① 在《答兰垞第二书》中，袁枚还指摘宋诗之弊，在于“不依永，故律亡；不润色，故采晦。又往往叠韵如虾蟆繁声，无理取闹；或使事太僻，如生客阑入，举座寡欢。其他禅障理障，廋词替语，皆日远夫性情。病此者，近今吾浙为尤”②。袁枚对于前代诗史的基本主张是打破唐宋分界，自我做主，广采博观。《随园诗话》卷三云：“诗虽小技，然必童而习之。入手先从汉、魏、六朝，下至三唐、两宋，自然源流各得，脉络分明。”兼采众家之长，不为一门一派所拘束，是袁枚对待诗史的态度。

与“浙派”尊宋较为密切的是在乾、嘉时期翁方纲等人援考据入诗的现象，或以诗歌吟咏彝器古物，或大量用典，用生涩典故，非作者自注则读者不知，考据典故成为性灵之累。对此袁枚也较为反感。他认为“考据家不可与论诗”，“考据之学，离诗最远”（《随园诗话补遗》

① 袁枚《小仓山房诗文集》，上海古籍出版社 1988 年版，第 1506 页。
② 袁枚《小仓山房诗文集》，上海古籍出版社 1988 年版，第 1508 页。

卷二)，考据与诗歌是两种完全不同的文化活动，而且互相妨碍。袁枚在《随园诗话》中说：

著作与考订两家，鸿沟界限，非亲历不知。(卷六)

人有满腔书卷，无处张皇，当为考据之学，自成一家；其次，则骈体文，尽可铺排。何必借诗为卖弄？自《三百篇》至今日，凡诗之传者，都是性灵，不关堆垛。惟李义山诗，稍多典故，然皆用才情驱使，不专砌填也。(卷五)

在《随园诗话》中袁枚对于排比典故，堆砌故事，用险僻韵，用替代字等等考据学风熏染诗界的现象都有严厉的批评。他指陈当代诗流三病，第一种病就是"填书塞典，满纸死气，自矜淹博"(《随园诗话补遗》卷三)。袁枚续元好问《论诗》绝句一首云：

天涯有客号吟痴，误把抄书当作诗。抄到钟嵘《诗品》日，该他知道"性灵"时。

这是对翁方纲"肌理"说所谓诗歌学问化倾向的严肃批评。诗歌与学问的关系，是清人探讨较多的问题，他们通过对严羽"别材"、"别趣"说的反思而重审这个问题。当然，不同诗学观对此问题有不同的回答。大体而言，尊宋诗学较为强调学问积累对于作诗的积极意义，而性灵派则着重于学问对性灵的遮障。但是袁枚与明代李贽所谓"苟童心常存，则道理不行，闻见不立"之排斥后天学习还是有区别的。袁枚并不完全反对用典。《随园诗话》中说："用典如水中著盐，但知盐味，不见盐质。"(卷七)这是转述宋人的话头。袁枚对典故有自己的独特见解，《随园诗话》卷一云：

余每作咏古、咏物诗，必将此题之书籍，无所不搜；及诗之成也，仍不用一典。尝言：人有典而不用，犹之有权势而不逞也。

熟悉古典，是清人学问所长，而能做到"有典而不用"，则是袁枚会心独得之秘。在清代考据入诗日益严重的形势中，袁枚的这个主张是有意义的。其实袁枚并不反对学问。他著《续诗品》，其中一品曰"博习"，就是言作诗之必根源于学问。《随园诗话》亦谓“学者当以博览为工”，他说：

> 今之博通经史而不能为诗者，犹之有厅堂大厦，而无园榭之乐也。能吟诗词而不博通经史者，犹之有园榭而无正屋高堂也。是皆不可偏废。（《随园诗话》卷八）

通经史而不能为诗，必无情趣风韵；能诗而不通经史，则才拙识鄙，二者不可偏废。他认为诗人平时应该重视积学储宝，但是在创作的一瞬间应该一空依傍，心无古人，性灵不为学问所滞塞。《随园诗话》云：

> 后之人未有不学古人而能为诗者也。然而善学者，得鱼忘筌；不善学者，刻舟求剑。（卷二）
>
> 人闲居时，不可一刻无古人；落笔时，不可一刻有古人。平居有古人，而学力方深；落笔无古人，而精神始出。（卷八）

相比而言，袁枚更重视天机、天分，甚至赞赏不识字的庸夫菜农发自至性的只言片语。他曾称赞李白、温庭筠、杨万里等人诗歌“天性使然，非关学问”（《随园诗话》卷八），但又指出“诗难其雅也，有学问而后雅”。总体上来说，天机性灵是诗之本，学问可以襄助诗歌变得雅致，但学问是平时积累所得，应该内化为诗人的识力、素养和胸襟，而不能浮在诗歌字面上。

接下来，谈谈袁枚的“性灵”说。

从袁枚《随园诗话》的引述来看，他的“性灵”说远可追溯到钟嵘、杨万里，近与清初周亮工、薛雪等人是声气相通的。周亮工论诗尊性情而斥格调。《随园诗话》卷七云：

> 最爱周栎园之论诗曰：“诗以言我之情也，故我欲为则为之，我不欲为则不为。原未尝有人勉强之，督责之，而使之必为诗也。是以《三百篇》称心而言，不著姓名，无意于诗之传，并无意于后人传我之诗。”嘻！此其所以为至与！今之人，欲借此以见博学，竞声名，则误矣！

薛雪论诗，鲜明地弘扬主体性精神。其《一瓢诗话》反对拘泥古法，摹拟古人，而主张“卓然自立，与古人抗衡”。在神韵和格调诗学占据诗坛的时期，他提出号召：“吾辈定须竖起脊梁，撑开慧眼。”表现出“举世誉之而不加劝，举世非之而不加沮”的独立精神。薛雪曾给袁枚治病，二人交往密切，在诗学精神上两人亦有相通之处。

袁枚“最爱言情之作”（《随园诗话》卷十），他的“性灵”说包括性情和灵妙两方面意思。

首先，性灵就是“言情”，即强调诗歌的抒情性特征。袁枚论性情，要求摆脱一切束缚和依傍，“诗写性情，惟吾所适”（《随园诗话》卷一）。与晚明“童心”说有一定联系，袁枚论性情，更偏重于天机自动、出于天性的情感，而不是“性情之正”。《随园诗话》卷三云：“余尝谓：诗人者，不失其赤子之心者也。”所谓“赤子之心”，另一处相似的表述是“孩子语”，都是意指纯真自然、发自本心的真实情感。这种情感是出于至性的，因而也是完全个性化的“我”的性情，这样的诗才是“我的诗”。《随园诗话》卷三云：“凡作诗者，各有身份，亦各有心胸。”又云：

为人，不可以有我，有我则自恃很用之病多，孔子所以“无固”、“无我”也。作诗，不可以无我，无我则剿袭敷衍之弊大，韩昌黎所以“惟古于词必己出”也。北魏祖莹云：“文章当自出机杼，成一家风骨，不可寄人篱下。”（卷七）

主张诗歌的个性化，是清代诗论的基本趋势，许多诗论家在这方面都发表过重要见解，如尤侗《吴虞升诗序》云：

诗无古今，惟其真耳。有真性情，然后有真格律；有真格律，然后有真风调。勿问其似何代之诗也，自成其本朝之诗而已；勿问其似何人之诗也，自成其本人之诗而已。

袁枚“性灵”说强调抒写“我”之真性至情，也是顺应这种诗歌个性化趋势的，特别是他对诗歌情感性质的认识，是将诗歌的抒情个性化提升到一个新的高度。从袁枚的诗歌创作来看，他对情感的理解是非常宽泛的，既有关乎国家政治、社会民生的社会性情怀，也包括男女私情。

在理论上，袁枚《随园诗话》卷三云：“古之忠臣、孝子，皆情为之也。”忠和孝，若不是出于伪饰，而是出于至性，就是真情。他论杜甫说：“人但知杜少陵每饭不忘君；而不知其于友朋、弟妹、夫妻、儿女间，何在不一往情深耶?”（《随园诗话》卷八）宋人说杜甫似孟子，因此过于强调杜甫忠爱之志，实际上是将杜甫的人格圣人化，将杜甫的情感圣人化。但是在袁枚看来，杜甫的人间情怀、儿女亲情，均是“一往情深”的。这与袁枚人性论中对“众人情欲”的肯定是有关系的。袁枚论情，对当时思想给予强烈冲击的是他对男女之情的大胆激扬。

男女艳情能否入诗、如何入诗一直是诗学史上争论的话题。宋代朱熹的“淫诗”说、王柏的“删诗”说，都在这个问题上表明了他们的态度。至清代，康熙朝的田雯在《艳体诗序》中说：

> 艳体诗原于《毛诗·国风》之有郑、卫。《小戎》之章曰：“在其板屋，乱我心曲。”《东山》之什曰：“其新孔嘉，其旧如之何?”此艳之至者。故紫阳以郑、卫为淫风，后之学者多非之。汉、唐已来，张衡有《同声》之作，繁钦著“定情”之句。下暨《子夜》《清商》《西昆》《香奁》诸篇，温、李、段、韩诸人，亦云艳矣。假使尼山而在，亦必不删之，则以郑、卫为淫风，诚非也；谓艳体诗可以弗作，皆未读《毛诗》者也。从来有老、庄之玄言，即有徐、庾之丽句，亦文章之不可阙者。……大约《毛诗》有兴比，有美刺、正变，总归于得“性情之正”而止。昔人所作多具风人之致，由此推之，即《河间妇》一传，亦必别有寓言，非柳子厚淫亵之辞可知也。①

田雯是在为艳体诗争取地位，但是他所论着重在于艳体诗“别有寓言”，“总归于得性情之正而止”，意谓历代的艳体诗都有其他的寓意，都符合“发乎情，止乎礼义”的要求。虽然这是为艳体诗正名，但对艳体诗本身的意义还没有清楚的认识。沈德潜卫道色彩更浓厚，所以在《清诗别裁集》中对于王彦泓（字次回）的艳体诗一概不收，在其他地方也发表过贬斥艳情诗的话。这一点又招致了袁枚的批评。袁枚认为：

① 见王镇远、邬国平编选《清代文论选》，人民文学出版社 1999 年版，第 367 页。

"王次回诗，往往入人心脾。"（《随园诗话》卷八）"香奁诗，至本朝王次回，可称绝调。惟吾家香亭可与抗手。"① 因此在《再与沈大宗伯书》里，袁枚批评沈德潜选本"独删次回之诗"之不当。对于男女相悦之情，袁枚肯定它是正当的。在《与金匮令》中袁枚说：

> 夫见貌而相悦者，人之情也。当文王化行南国时，犹有"有女怀春，吉士诱之"之事。至春秋时，凡列国诸侯大夫妻，其弃位而狡者，指不胜屈。以南子之宣淫，而孔子犹往见之；以七子之母改嫁，而孟子以为亲过小。可见孔孟圣贤于男女情欲之感，不甚诛求。(袁枚《小仓山房尺牍》卷四)

这就是袁枚所谓"大抵情欲大感，圣人所宽"在诗论上的体现。在袁枚看来，诗歌是否写艳情，无关乎人品德之厚薄。正是基于这一认识，袁枚才能说出"《玉台新咏》实《国风》之正宗"（《随园诗话》卷八）这样的话来，才能推崇王彦泓的艳情诗。其实，王彦泓的艳情诗并非就是宣欲诲淫，清人总体上对它的评价是正面的、肯定的。如钱谦益《列朝诗集小传》评王彦泓"博学好古，……诗多艳体，格调似韩致光"（丁集下）；朱彝尊《静志居诗话》论艳体诗云：

> 风怀之作，段柯古《红楼集》不可得见矣。存者，玉溪生最擅长，韩冬郎次之。由其缄情不露，用事艳逸，造语新柔，令读之者唤奈何，所以擅绝也。后之为艳体者，言之惟恐不尽，诗焉得工？故必琴瑟钟鼓之乐少，而寤寐反侧之情多，然后可以追韩轶李。金坛王次回结撰，深得唐人遗意，……诵之感心媿目，回肠荡气。(卷十九)

乾隆朝之前，关于王彦泓的评价是不存在问题的。但是沈德潜《清诗别裁集凡例》坚持"诗必原本性情，关乎人伦日用及古今成败兴坏之故"的原则，责斥王次回《疑雨集》之类"动作温柔乡语""最足害人心

①《随园诗话补遗》卷四。按，王彦泓，金坛（今属江苏）人，明末官华亭县儒学训导。他的《疑雨集》康熙年间始刊行，故而袁枚误认为其是"本朝"人。香亭，袁枚从弟袁树，号香亭，有《红豆村人诗稿》十四卷传世。

术，一概不存”。所以，袁枚才站出来为王次回辩护。和袁枚站在一起的还有薛雪，他在《一瓢诗话》中称王次回是“团香缕雪手也”，与其同门沈德潜的态度截然不同。沈德潜批评王次回，所持的原则是“诗必原本性情，关乎人伦日用”云云；而袁枚肯定王次回，所持的原则也是“言情”。不过沈德潜的言情，还有一个“止乎礼义”的框框，而袁枚则认为人的情欲大感，圣人都不诛求，因而是正当的。从中可以看出，与沈德潜的诗学思想相比，袁枚诗学具有解放人性的意义。但是，若联系袁枚整个诗歌创作和理论来看，所谓解放人性，是对沈德潜用儒家礼义和“温柔敦厚”原则桎梏诗情的解放，并非就是宣泄私情，张扬人欲。袁枚《寄怀钱玙沙方伯予告归里》云：“性情以外本无诗。”尺牍《答何水部》云：“诗者，心之声也，性情所流露者也。”这都是强调性情对于诗歌来说是本体性的、第一位的。性情应该真实，要出自“我”的个人内心真实，诗歌抒写性情应该摆脱一切外在羁绊，这是袁枚“性灵”说在那个时代的意义。袁枚将性情由沈德潜规划的狭小范围扩大化，把私情也容纳进去，但他并没有说私情才是性灵。袁枚的性情，既有社会性的、政治性的大我情怀，也包括个人性的私情艳情。至于后来袁枚闲居随园，多写男女之情，那是生活使然，因为其本人就生活在冶游野行之中，若不写这生活真情而去写忠君爱国、民胞物与，反而不近人情，因此不能因为袁枚个人生活上的轻艳放荡，而认为他的“性灵”说就专指人的情欲私心。

袁枚“性灵”说的另一重要内容是“灵”，沈德潜诗歌在当时招致的批评就是板滞呆拙，就是不“灵”。袁枚所谓“灵”，总体上来说，就是诗人将生活情感转化为艺术情感而获得艺术感染力的创作才能和作品因之而获得的审美意趣。袁枚说：

> 笔性灵，则写忠孝节义，俱有生气；笔性笨，虽咏闺房儿女，亦少风情。（《随园诗话补遗》卷二）

所以这个“灵”，不在于情感本身的性质是忠孝节义，还是闺房儿女，而在于如何将情感艺术地传达出来，获得审美性，具有沁人心脾的效果。袁枚说：“诗能入人心脾，便是佳诗，不必名家老手也。”（《随园诗话补遗》卷二）“入人心脾”就是诗歌表现情感富有“灵机”、“灵趣”、“灵妙”等艺术魅力。《随园诗话》卷八云：“诗有情至语，写出活现者。”写出活现者，就是笔性灵。有鉴于明代袁宏道作诗粗率俚俗的弊病，袁枚论诗很讲究艺术技巧和艺术风格，大体而言，包括这样几个方面：

（一）表现情感，不说破，不直露，而要有言外之意，令人咀嚼余味，思而自得。《随园诗话》卷一云：

> 有妓与人赠别云：“临歧几点相思泪，滴向秋阶发海棠。”情语也。而庄荪服太史《赠妓》云：“凭君莫拭相思泪，留着明朝更送人。”说破，转觉嚼蜡。佟法海《吊琵琶亭》云：“司马青衫何必湿？留将泪眼哭苍生。”一般杀风景语。

这里的三联诗，第二联与第一联相比，情感较为显豁，而第三联则近乎直陈，故意说大话。第一联“滴向秋阶发海棠”，情寓乎景，化浓为淡。袁枚曾批评苏轼诗，认为苏轼近体诗“少蕴酿烹炼之功，故言尽而意亦止，绝无弦外之音、味外之味”（《随园诗话》卷三）；《随园诗话》卷八又谓“诗含两层意，不求其佳而自佳”，可见袁枚对余韵余味的重视。

（二）写情以比兴出之则更妙。袁枚很重视运用比兴手法，寄情于物于景，而不是直接宣泄。《随园诗话》卷三云：“诗以比兴为佳。”卷八又云：“讥刺语用比兴体，便不露。”他还有“作人贵直，作诗文贵曲”之论，也是着重于用比兴手法委婉写情，曲折传意，而非一味用赋体铺排直陈。

袁枚“性灵”说的“灵”，还有“灵根”的意思，即发于天性，纯乎天机。《随园诗话》记载吴门一位年轻人樊绍堂曾向袁枚学诗，后有《别随园》一绝云：

> 西向仓山谒我师，离魂渺渺有谁知？真空悟彻三千界，待索灵根再学诗。

最后一句“待索灵根再学诗”，即保持天性不失方可作诗。袁枚将诗歌创作分为天机和人力两种。

诗有从天籁来者，有从人巧得者，不可执一以求。(《随园诗话》卷三)

《续诗品·勇改》有云：“人功不竭，天巧不传。知一重非，进一重境；亦有生金，一铸而定。”天巧是建立在人工的基础上，诗需深造为功；但有时又存在“天机一到，断不可改”的灵感勃发的情况。《随园诗话》卷三云：

白云禅师作偈曰：“蝇爱寻光纸上钻，不能透处几多难。忽然撞着来时路，始觉平生被眼瞒。”雪窦禅师作偈曰：“一兔横身当古路，苍鹰才见便生擒。后来猎犬无灵性，空向枯桩旧处寻。”二偈虽禅语，颇合作诗之旨。

前一则偈语引申到诗学上，意思是作诗不能仅仅在故纸堆里寻生活，而应该有天机灵感的瞬间照亮，猛然顿悟。后一则偈语则重点说明作诗是“兴会所至”的灵感勃发，一旦灵感消失后，审美感受力和创造力减弱了，便失去了诗心诗兴。袁枚论天分和人力并没有此高彼低的轩轾，但是因为当时诗坛更用力于人工的深造，所以袁枚转而偏重于天分。《随园诗话》卷八云：

诗文之道，全关天分。聪颖之人，一指便悟。

这是有几分道理的。艺术活动中天赋很重要，没有天赋的人，可以通过后天的努力进入艺术殿堂，但是若升入艺术的圣境，还得有天赋才行。就具体的创作过程来说，平时的学习积累还是准备阶段，是在等待天籁的瞬间降临。《随园诗话》卷三论近体诗云：

近体之妙，须不著一字，自得风流，天籁不来，人力亦无如何。

天籁自动，灵心朗彻，而能在瞬间获得艺术的灵感，将生活之情转化为艺术之情趣，也是“性灵”说的重要内涵。

第六节 性灵诗学的近代走向

袁枚在乾隆、嘉庆时期是吾道不孤的。从袁枚《随园诗话》的记述中就可以看出他交游之广远，对诗界影响之深刻。赵翼、蒋士铨病笃时都将诗稿委托给袁枚并请他作序，足以见得袁枚声望之隆。袁枚、赵翼、蒋士铨一般被称为“乾隆三大家”。三人各有特点，但是标举个性真情，力主创新独造，他们是一致的。他们在乾隆诗坛上标新立异，为传统诗学的近代化开启了大门，尽管在清代中后期他们的学说引起了诸多的非议和责难，但是他们的后继者把性灵诗学的精神绵延至近代，经过龚自珍的再度激扬而最终将之融汇于“五四”的情感诗学之中。

崔旭《念堂诗话》比较三人之异时说：“袁之情多，蒋之识正，赵之气盛。”这是精到的见解。袁枚儿女情长，写私情、写艳情，他为此而招致了时人和后世的责难。蒋士铨论诗亦主张“自写性灵”、“别开生面”（《阮见亭诗序》）；“辞必己出，意必自陈”（《沈生拟古乐府序》）。他称赞尹继善所为诗“专主性灵，……不袭古人一字”（《尹文端公诗集后序》）；他欣赏边连宝的诗歌“脱绝町畦，戛然独造”（《边随园遗集序》）。这些摆脱束缚、创造生新、独抒性灵的观点，与袁枚是一致的。但是蒋士铨对“性灵”的理解与袁枚略有不同。在《钟叔梧秀才诗序》中，他既申述“古今人各有性情”，作诗应该“寓目即书，直达所见”，又指出“其人品学术，隐然跃跃于其间，所谓忠孝义烈之心、温柔敦厚之旨，则一焉”，所以诗人应该“多读书以养其气”。至于创作时，虽需别开生面，但“仍不出古人法度”（《阮见亭诗序》）。可见，蒋士铨论诗对“性灵”、情感的理解更为平实，立论更为稳重，诗中写忠哀孝悌、怀古伤今的人伦情怀也较多，但缺少袁枚那种离经叛道的卓荦精神。所以崔旭说他“识正”，就连对“性灵”说严加贬斥的朱庭珍也称赞“江西诗家，以蒋心余为第一”（《筱园诗话》）。洪亮吉《寄鹤斋诗话》亦谓“袁以手滑失真，赵以口滑入俗，故作诗不足与蒋鼎立耳”（卷四）。蒋士铨曾评论赵翼诗歌云：

> 天才踔厉，其所固然，而又得江山戎马之助，以发抒其奇。当

夫乘轺问俗，停鞭览古，兴酣落笔，百怪奔集，故雄丽奇恣，不可逼视，虽欲不传不可得也。①

赵翼于乾隆三十年（1765）外放广西，这是他人生的转折点，诗风也由此而一变。蒋士铨的这段话就是针对他外放后的诗歌说的，所谓“天才踔厉”、“发抒其奇”云云，就是崔旭所谓的“气盛”。赵翼论诗力主自我生新，独立创造。《论诗》诗云：

满眼生机转化钧，天工人巧日争新。预支五百年新意，到了千年又觉陈。

李杜诗篇万口传，至今已觉不新鲜。江山代有才人出，各领风骚数百年。

只眼须凭自主张，纷纷艺苑漫雌黄。矮人看戏何曾见，都是随人说短长。

这种主创的魄力，与袁枚、蒋士铨是相通的，他们构成了一股合力，冲击着恹恹困顿、陈陈相因的诗坛。“诗文随世运，无日不趋新”（《论诗》），这也是赵翼论诗的主要精神，他正是从这个立场来评论前代诗史的，比如杜甫诗歌，明代何景明等视为盛唐之别调，略有不满之意，但是赵翼的态度正好相反。他在《题陈东浦藩伯敦拙堂诗集》中赞叹“呜呼浣花翁，在唐本别调”。他肯定杜诗变调，赞赏“子美集开诗世界”的创新精神。在《读杜诗》中他评论说：“杜诗久循诵，今始识神功。不创前未有，焉传后无穷。”这是赵翼诗论的精髓所在。

性灵诗学在乾隆、嘉庆时期的同调和追随者还有张问陶、舒位、宋湘等。张问陶《论诗十二绝句》有云：

胸中成见尽消除，一气如云自卷舒。写出此身真阅历，强于饤饾古人书。

子规声与鹧鸪声，好鸟鸣春尚有情。何苦颟顸书数语，不加笺注不分明。

---

① 蒋士铨《赵云松观察诗序》，道光本《忠雅堂文集》卷一，见邵海清校、李梦生笺《忠雅堂集校笺》，上海古籍出版社1993年版，第2006页。

后一首诗，据其弟子崔旭《念堂诗话》云，是针对翁方纲而发的。张问陶认为“诗中无我不如删”，诗歌就是要写出此生的真阅历，写出人的生活真情，不必模宋规唐，不必拿大话吓人。在这一点上，他与黄仲则很相似，才思哀艳，抒写切己之痛，多沉痛凄楚之音。这种诗风的形成，是性灵诗学在乾隆后期和嘉庆、道光年间的成果。①

但是，袁枚的“好色”行径是不为封建道德所容的，其“性灵”说对情欲的肯定和释放，也是与正统理学相违背的，因此招致了不少非议。对袁枚的褒贬是嘉庆、道光诗学的重要问题，似乎一涉及诗学，就得在此问题上表明态度。

首先对袁枚品行和诗学给予尖刻批判的是章学诚。他在《文史通义》的《妇学》《妇学篇书后》《诗话》及《章氏遗书》的《书坊刻诗话后》《论文辨伪》《题随园诗话》等篇中斥责袁枚是“无耻妄人，以风流自命，蛊惑士女”，为风雅罪人。当时也有格调派的后学王昶站出来重倡格调诗学，对袁枚的“性灵”说予以抵制。潘德舆也激切提倡传统诗学的“温柔敦厚”诗教思想来矫正时风。法式善《梧门诗话》卷二批评说：

> 随园论诗专主性灵，余谓“性灵”与“性情”相似而不同远甚，门人鲍鸿起文逵辨之尤力，尝云：“取性情者，发乎情，止乎礼义，而泽之以风骚、汉魏唐宋大家，俾情文相生，辞意兼至，以求其合。若易‘情’为‘灵’，凡天事稍优者，类皆枵腹可办，由是街谈俚语无所不可，粪秽轻薄，流弊将不可胜言矣。”余深是之。

至道光时期的陈伟勋《酌雅诗话续编》几乎专门针对袁枚而作。他对于袁枚的人品、行径和诗论都详细批斥，责其“廉耻道丧，害义伤教”，是风雅罪人。在否定派谩骂和肯定派追捧的嚣乱中，诗学界越来越倾向于性灵与格调的调和、性灵与学问的相济。性灵、格调、学问兼备，渐渐成为嘉庆、道光时期诗学的强音。如有云：

① 宋湘说诗也要有“自家真面目在”（《与人论东坡诗二首》）；与袁枚同时的黄立世（著《柱山诗话》）、李调元（著《雨村诗话》）、袁洁（著《蠡庄诗话》）、张问陶弟子崔迈（著《尚友堂说诗》）、张晋本（著《达观堂诗话》）、李长荣（著《茅洲诗话》）、潘焕龙（著《卧园诗话》）等都同情并发挥了袁枚的“性灵”说。

沈归愚宗伯与袁简斋太史论诗判若水火，宗伯专讲格律，太史专取性灵。自宗伯三种《别裁集》出，诗人日渐日少；自太史《随园诗话》出，诗人日渐日多。然格律太严固不可，性灵太露亦是病。（钱咏《履园谭诗》）

近时袁子才有格调增一分，则性情减一分之说。鄙意以为无性情之格调，必成诗囚；无格调之性情，则东坡所谓饮私酒吃瘴死牛肉发声矣。（恽敬《与黎楷屏》）

古体专事摹拟，则性灵不露；纯用己法，则古调有乖。当如临书者用古人意七分，参己意三分，精神足相映发。（冒春荣《葚原诗说》）

近日学诗者或主神韵，或主格律，或主性灵，其实不可偏废也。（丁繁滋《邻水庄诗话》）

谈诗者之聚讼，无过性灵、格律，二者不可偏废也。舍性灵而言格律，是为土木形骸；舍格律而言性灵，必至缅弃规矩。（沈道宽《六义郛郭》）

对于袁枚的“性灵”说，钱咏辨正说：“性灵者，即性情也。性情有中正和平、奸恶邪散之不同。诗亦有温柔敦厚、噍杀浮僻之互异。沿流讨源，要归于正，诗之本教也。如全取性灵，则将以樵歌牧唱，尽为诗人乎?”（《履园谭诗》）虽然他最终还摆脱不了“诗之本教”的束缚，但是他认识到性情本身也存在善与恶、美与丑的差异，这是击中“性灵诗学”的要害的。并非人心中一切的情欲都可以通过诗歌来表现。诗歌该如何表现性灵呢？许乔林《学诗》提出：“到得性灵归蕴藉，还从训典结根荄。”（《弇榆山房诗略》卷一）性灵的表现要蕴藉含蓄，归于雅正，性灵要以经典学问为根柢。

清代中期的性灵诗学，正面肯定人的情欲的合理性，主张诗歌表现真实情怀，抒发一己之真心，强调诗歌有“我”，求新主创。在诗学发展史上，它表现为与传统诗教的分离，与格调诗学的决裂，代表着一种新的方向，即诗歌的个性化方向。但是在传统意识形态依然十分坚固的思想堡垒中，这种新的思想动向在某种程度上是被扭曲的。清代中期的社会还没有给予个人真情以充分舒展的空间，还没有新的曙光来照亮诗人的心灵，因此这时所谓的性灵、真情、个性化，只是在个人一己的私情俗欲上放荡，表现出颓废的色调。尽管这种世俗化是对正统理学思想的反叛和嘲弄，但它本身是带有先天不足的。如果沿着其庸俗性的一面发展，将会是人性的堕落、艺术的堕落。

到了清代后期，封建大厦的裂缝愈益加剧，已呈摇摇欲坠之势，这时有一位诗人出来，将抒写个性真情与表现时代苦难、思想苦闷、灵魂窒息联系起来，将个人身世之感与衰时弊政之忧联系起来，从而提升了性灵诗学的思想境界，他就是龚自珍。龚自珍是第一位将性灵诗学与经世思想融合在一起的诗学家，这恰是近现代诗学的一个基本特征。

龚自珍不是封建专制制度的叛逆者，并没有走到封建制度的对立面，但是，他深沉地思考封建制度、思想和文化的弊端，特别是忧愤于封建专制对于士气人性的压抑。龚自珍在《乙丙之际箸议第七》里说：

一祖之法无不敝，千夫之议无不靡，与其赠来者以劲改革，孰若自改革？①

“自改革”是龚自珍最基本的思想立场，他希望通过对封建专制制度和文化弊端的自我革新，来扭转颓风，振兴世运。龚自珍对封建制度、思想的检讨和反思在当时是最为深刻而广泛的。而“士”的问题又是他反思的核心。龚自珍在《乙丙之际箸议第六》里追溯“士”的历史，在远古时代，“是道也，是学也，是治也，则一而已矣”，天地圣人之道、士人的学问与国家的政治，是合一的。但是后来的“士”却是与“治”、“道”分裂的，他抨击儒士云：

生不荷耰锄，长不习吏事，故书雅记，十窥三四。昭代功德，瞠目未睹，上不与君处，下不与民处。由是士则别有士之渊薮者，儒则别有儒之林囿者，昧王霸之殊统，文质之异尚。其惑也，则且援古以刺今，嚣然有声气矣。是故道德不一，风教不同，王治不下究，民隐不上达，国有养士之赀，士无报国之日，殆夫，殆夫！终必有受其患者，而非士之谓夫？

①《龚自珍全集》，上海人民出版社1975年版，第6页。本书引龚自珍文字悉依此本。

士气之所以日益消亡，士之所以与君民分离，是封建制度的压迫和思想文化的钳制造成的。在《乙丙之际箸议第九》里，他感慨才士与专制制度之间的冲突，当有才士与才民出来时，则有“百不才督之缚之，以至于戮之，……戮其能忧心，能愤心、能思虑心、能作为心、能有廉耻心、能无渣滓心。又非一日而戮之，乃以渐，或三岁而戮之，十年而戮之，百年而戮之。……然而起视其世，乱亦竟不远矣”。龚自珍连续用多个“戮”字来抨击专制制度、思想和文化对有个性、有才能、有思想的士的压制和摧残。龚自珍《病梅馆记》中被“斫其正，养其旁条；删其密，夭其稚枝；锄其直，遏其生气”的病梅，就是这种遭“戮”而蔫的士气的象征。而龚自珍呼告要“疗之、纵之、顺之”，解其缚，复其全，要重新恢复、振作士人之气。他说：“士气申则朝廷益尊。”（《乙丙之际塾议第二十五》）振作士气，是龚自珍思想的重要内容。振作士气，就是挽救世道，扶正人心。在《平均篇》中龚自珍说：“人心亡，则世俗坏。……浇漓诡异之俗，百出不可止，至极不祥之气，郁于天地之间，郁之久乃必发为兵燹，为疫疠，生民噍类，靡有孑遗，人畜悲痛，鬼神思变置。”面对“日之将夕，悲风骤至”（《尊隐》）的衰世，愤激于气偷谄固、媚工耻寡的世风人心，龚自珍大声疾呼士气的振作。龚自珍所呼吁的振作士气，与过去所谓的“性情之正”已经完全不同，而是着重于摆脱精神束缚，崇扬思想自由。其《明良论四》云：

> 庖丁之解牛，伯牙之操琴，羿之发羽，僚之弄丸，古之所谓神技也。戒庖丁之刀曰：多一割则笞汝，少一割亦笞汝。勒伯牙之弦曰：汝今日必志于山，而勿水之思也。矫羿之弓，捉僚之丸曰：东顾勿西逐，西顾勿东逐。则四子者皆病。

思想钳制，是艺术的大敌；夭阏个性，就是对艺术创作的扼杀。这是龚自珍极为反对的。他甚至提出对于“六经所言”，也要“举其理，明其意”，涤荡“一切琐屑牵制之术，无一字之存”，表现出鲜明的个性解放色彩，是近代士人的先觉者。与乾隆、嘉庆朝性灵文学的颓废情绪不同，龚自珍呼吁振兴士气，舒展个性。与乾隆、嘉庆朝“性灵”文学偏于个人感性情欲的放荡不同，龚自珍具有强烈的世变忧患情绪，以“通古近，定民生”为忧，表现出“以阐以引，引我生民”的“大人”

精神。他担当起了时代的苦难、忧思和愤激。

龚自珍的思想与前代的“性灵”说有一脉相承的关系。对于人性的理解，他抛弃了传统所谓“性善情恶”论，宋儒所谓“义理之性”与“气质之性”的分割，而发挥告子所谓“无善无不善”说，认为“善恶皆后起者”，而且善恶在人性中“互为主客，互相伏也，而莫相偏绝”（《阐告子》）。这一点与戴震、袁枚的人性论有相通之处。戴震和袁枚在哲学论上肯定“私”，龚自珍《论私》篇，辩驳所谓“大公无私”的虚妄，甚至提出：“今曰大公无私，则人耶，则禽耶?”肯定人具有私心是合理的、必然的。龚自珍在《秋夜听俞秋圃弹琵琶赋诗，书诸老辈赠诗册子尾》中提出“海内文章盛大师”，其中之一就是袁枚。他的思想是乾隆、嘉庆时期“性灵”说的延伸、发展和提升，是把局限于感性释放的早期“性灵”说，提升到忧患时代、解脱精神束缚的新层次。朱杰勤《龚定庵研究》曾说：“定庵之诗，拟求之于西洋则浪漫主义文艺，拜伦之俦也。拟求之于中国，则性灵派一流。”① 龚自珍是把性灵思想与近代的经世致用联系起来的一位理论家。

龚自珍论诗歌情感，首先强调情感源于胸臆，是不得已之言。他是一位情感深沉、饱具忧患感的诗人。其《寒月吟》云：“我生受之天，哀乐恒过人。”而且，他是“天下善言文章之情者”（《钱吏部遗集序》）。他的《述思古子议》云：

> 言也者，不得已而有者也。如其胸臆本无所欲言，其才武又未能达于言，强之使言，茫茫然不知将为何等言；不得已，则又使之姑效他人之言；效他人之种种言，实不知其所以言。于是剽掠脱误，摹拟颠倒，如醉如呓以言，言毕矣，不知我为何等言。

这种激荡胸臆的不得已的情感，通过言辞表现出来，才是真正的文学。反之，若没有情感而硬要作文，只能是“为文而造情”，摹拟剽窃，迷失了自我。龚自珍认为天下的父兄勉强子弟为功令而执笔学言，而童子未有感慨，只能强而为之，结果是“心术坏而义理锢”，这一切都是由天下之父兄造成的。龚自珍《歌筵有乞书扇者》所谓“略工感慨是名

① 朱杰勤《龚定庵研究》，商务印书馆 1947 年版，民国丛书影印本。

家”，意即诗歌应该表现切己真实的感慨。对于情感，过去总是有这样那样的限制，龚自珍把这些附加在情感之上的压抑和束缚通通抛弃，提出“尊情”说。他的《宥情》篇对沉沉然袭心的哀乐之情，持鞠（养育）之宥之的态度。《长短言自序》云：

情之为物也，亦尝有意乎锄之矣；锄之不能，而反宥之；宥之不已，而反尊之。

这种“尊情”的观念，是晚明以来“为情作使”（汤显祖）思想的发展。龚自珍的创作是“下笔情深不自持”，“当喜我必喜，当忧我辄忧”（《戒诗》），完全是称情辄发，将情感推尊为至高地位。

其次，龚自珍论诗歌情感，更着意于忧患、哀怨甚至拗怒之情。在康乾盛世一去不返的衰世中，龚自珍显得格外敏感，他预感到国朝危机的降临，因此内心充满着忧患感。他的《赋忧患》云：

故物人寰少，犹蒙忧患俱。春深恒作伴，宵梦亦先驱。不逐年华改，难同逝水徂。多情谁似汝？未忍托禳巫。

似乎忧患成了龚自珍生命的一个部分，内化入他的气质和心灵。龚自珍之所以具有深沉的忧患感，是因为当政者醉生梦死，“又筑忘忧馆”（《梦中作四截句》），而他感到“忽忽中原暮霭生”（《杂诗，己卯自春徂夏，在京师作，得十有四首》之十二）。于是，他承担起时代的忧患。龚自珍的忧患，与过去诗人关乎一己之穷达不同，他是“感慨为苍生”（《歌哭》），是“指天画地，规天下大计”①。所以他的忧患情感能突破传统所谓“温柔敦厚”、“怨而不怒”的框框，“受天下之瑰丽而泄天下之拗怒”（《送徐铁孙序》）。龚自珍的诗作歌哭无端，悲怨深沉，甚至怒号嚣肆，是诗人的狂歌痛哭。龚自珍评论他人诗歌也激赏这种深沉广大的幽怨情怀。如嘉庆、道光时两位坎坷多舛、垒块不平的诗人王昙和舒位对龚自珍有一定的影响。龚自珍评王昙“其一切奇怪不可迩之

① 梁启超《清代学术概论》：“今文学之健者，必推龚、魏。龚、魏之时，清政既渐陵夷衰微矣，举国方沉酣太平，而彼辈若不胜其忧危，恒相与指天画地，规天下大计。”上海古籍出版社 1998 年版，第 76 页。

状，皆贫病怨恨，不得已诈而遁焉者也”（《王仲瞿墓表铭》）；称赞舒位诗歌的“郁怒”风格。往远古的历史追溯，龚自珍的拗怒情怀是与《庄》《骚》之怨相通的，是《庄》《骚》精神的发展。他的《自春徂秋，偶有所触，拉杂书之，漫不诠次，得十五首》有云：

> 名理孕异梦，秀句镌春心。《庄》《骚》两灵鬼，盘踞肝肠深。古来不可兼，方寸我何任？所以志为道，淡宕生微吟。一箫与一笛，化作太古琴。

《庄》《骚》精神，在李白的心灵世界发展至一个新层次。龚自珍《最录李白集》云：“庄、屈实二，不可以并，并之以为心，自白始。儒、仙、侠实三，不可以合，合之以为气，又自白始也。其斯以为白之真原也已。”庄子之愤、屈原之怨、李白之狂，也是龚自珍之“真源”。如果将舒位、王昙、龚自珍等人的创作联系起来看，那一股拗怒是冲决封建思想桎梏的狂潮，具有鞭挞黑暗、刺激迂顽、振奋精神、启迪愚氓的近代意义，也自然会遭到守旧者的压制。

第三，龚自珍提出诗与人“完”的思想，表现出鲜明的个性主义色彩。龚自珍的哲学思想中，挺立着卓异的、大写的“我”的精神。其《壬癸之际胎观第一》云：

> 天地，人所造，众人自造，非圣人所造。圣人也者，与众人对立，与众人为无尽。众人之宰，非道非极，自名曰“我”。“我”光造日月，“我”力造山川，“我”变造毛羽肖翘，“我”理造文字言语，“我”气造天地，“我”天地又造人，“我”分别造伦纪。

这一段话，其实不宜理解为唯心主义。龚自珍的真实意图是弘扬一种独立不倚的主体精神。这里的“我”，与“圣人”相对立，是“众人”之宰，是自我做主的创造精神。龚自珍用七个“造”字来描述主体的创造精神，“众人”中的每一个“我”发扬主体的积极创造性，就可以改变世界。这是对主体精神、个体意识的赞叹。而诗歌就应该是这种个体人格和主体情怀的真实、完美的艺术表达。他在《书汤海秋诗集后》中说：

人以诗名，诗尤以人名。唐大家若李、杜、韩及昌谷、玉溪，及宋元眉山、涪陵、遗山，当代吴娄东，皆诗与人为一，人外无诗，诗外无人，其面目也完。……何以谓之完也？海秋心迹尽在是，所欲言者在是，所不欲言而卒不能不言在是，所不欲言而竟不言，于所不言求其所言亦在是。要不肯挦扯他人之言以为己言，任举一篇，无论识与不识，曰：此汤益阳之诗。

重视诗歌个性化，是明代万历以后诗学理论的基本趋势。但是前人论诗歌个性化，多是反对依傍，表现真我，而龚自珍则将诗歌的个性化问题提升到一个新的高度。他解放了一切对“我”的束缚，挺起主体的精神脊梁，并要求诗歌与这种主体合一，达到“完”，即“人外无诗，诗外无人”的境界。这也为性灵诗学增添了新的内容。

柳亚子《定庵有〈三别好诗〉，余仿其意作论诗三截句》称赞龚自珍为“三百年来第一流”。的确，在清代前中期诗学思想史上，龚自珍达到了一个新的高度。他的忧患意识、拗怒情怀、主体精神，在沉闷的思想界放出一道光芒，划亮夜空，影响深远。梁启超《清代学术概论》说：“晚清思想之精神，自珍确与有功焉。光绪间所谓新学家者，大率人人皆经过崇拜龚氏之一时期。”性灵诗学思想亦经过龚自珍等人而传至近代。如何绍基《使黔草自序》论诗文必须成家云：“就吾性情，充以古籍，阅历事物，真我自立，绝去摹拟，大小偏正，不枉厥材，人可成矣。……人与文一，是为人成，是为诗文之家成。”在《与汪菊士论诗》中，他论作诗、作文与做人一样，“要起就起，要住就住，不依傍前人，不将就俗目，有时遇题即有诗则做，有时遇题而无诗则且不做”，这与性灵诗学、诗歌个性化趋势是相一致的，不过，缺少龚自珍诗学那种忧患意识、狂肆精神和异端色彩。

性灵诗学对于儒家诗学的离心倾向，在20世纪初的时势中，终于发展成为冲决诗教传统、解放个体精神的力量。1907年，周树人以“令飞”为笔名撰写长文《摩罗诗力说》，虽然主体部分是“别求新声于异邦”，介绍西方近代的浪漫诗派，但也是以性灵诗学的近代发展为思想基础的。在该文中周树人提出：“盖诗人者，撄人心者也。”人人心中自有其情，自有其诗，惟诗人能言之。他抨击儒家诗教说：“惟诗究不可灭尽，则又设范以囚之。……夫既‘言志’矣，何‘持’之云?强以‘无邪’，即非人‘志’!”周树人呼唤“精神界之战士”反抗思想专制，创作出“美善吾人之性情，崇大吾人之思理”、“雄美伟大”、“沉痛著大之声”的诗篇。这是性灵诗学在近现代之交的新的飞跃，是传统性灵诗学获得西方浪漫文学精神的滋养，两者相融而产生的质变。新文化运动以后，周作人发表了《人的文学》《平民的文学》，提出“重新要发见‘人’”，即重视人的自然人性和感性生命，认为文学应以人道主义为本，对于人生诸问题进行记录和研究，表现世间普通男女的悲欢成败。这是“五四”时期大多数新文学家所认可和秉持的文学观念，是新文学的精神内核。虽然周作人表白他对人的重新发现是源自于欧洲的人文主义和日本近三十年的文学，而实际上也是有传统性灵诗学作为“内源”的，是传统性灵诗学的现代新变。周作人在《中国新文学的源流》中就曾说过胡适提倡白话文的诸多思想都是“复活了明末公安派的‘独抒性灵，不拘格套’和‘信腕信口，皆成律度’的主张”。他把传统文学思想强分为言志派和载道派，而他所鼓吹的“即兴的文学”和“言志派的文学”，接近于性灵诗学，他要把现代文学思想接续上传统性灵诗学的血脉，换一个角度说，传统性灵诗学经过周作人等现代理论家的努力，其血液已流灌入现代文学思想的脉管中。

第七节　性灵诗学影响下的清代闺秀诗论

女性诗歌创作代有其人，然其进入文学批评论域，是有一个过程的。宋代的诗话如《浩然斋雅谈》《临汉隐居诗话》，仅有若干条论及女诗人；明初高棅的《唐诗品汇》，将“闺秀”、“女冠”列于“衲子”、“外夷”之后，备体而已，聊胜于无。直到晚明，公安派和竟陵派性灵诗学重性情、标才慧、尚清趣的审美倾向才将诗学视角转向闺阁，先后有江盈科《闺秀诗评》、钟惺《名媛诗归》、刘士镳《闺秀诗评》、赵世杰《古今女史诗集》等评选闺秀诗歌的著述。发凡起例后，清代女性诗歌总集蔚然兴起，出现了邹斯漪《诗媛八名家选》、王士禄《燃脂集》、陈维崧《妇人集》、胡孝思《名媛诗钞》、周之标《女中七才子兰咳二集》、陆昶《历朝名媛诗词》、袁枚《随园女弟子诗选》、蔡殿齐《国朝闺阁诗钞》等男性编纂的闺秀总集。同时，女性编纂闺阁诗集也一时成风，出现了查昌鹓《学绣楼名媛诗选》、王玉映《名媛诗纬》、完颜恽珠《闺秀正始集、续集》、王谨《闺秀诗选》、骆绮兰《听秋馆闺中同人集》、秋蟾女史《伴月楼诗钞》等选本。在诸多男性著者撰写《闺秀诗话》的同时，女性著者也开始撰述诗话，如沈善宝有《名媛诗话》十五卷、施淑仪有《国朝闺阁诗人征略》十卷补遗一卷等。当然，女性诗论多局限于评论女性作家，但也有不少评论突破了性别限制而纵论列代男女作者。如嘉庆时期女作家熊琏的《澹仙诗话》四卷，评论诗人已不限于闺阁，而是扩大到清代整个诗坛，对诗学的基本问题也提出了自己独立的认识。女史汪端评选的《明三十家诗选》，是继钱谦益《列朝诗集》、朱彝尊《明诗综》、沈德潜《明诗别裁集》之后的一部重要的明诗选本，对明代重要诗人和诗作多给予评论。此外，论诗诗、序跋、书信、笔记等文学批评体裁样式，在闺秀著述中也大量存在。可以这样说，女性诗论有独特的关注问题的角度，形成了自己的话语场域，同时对男性主导的主流诗学问题作出自己的反应，并从而影响着整个社会的妇女文学观。

（一）闺阁吟咏的合法性论证：男人学诗、作诗，似乎是天赋的权利和义务，是不需证明的，而女性的文学表达权，却需要去努力争取。传统以男权为中心的社会，形成了多重的性别意识形态，剥夺了女性的文学表达权利，压抑着女性的艺术创造能力。而女性文学意识的觉醒，则必须从破除这种思想束缚和精神压抑开始。

对妇女艺术创造能力的压抑，与儒家思想意识形态的确立是同步的。自汉代始就出现了女性尚德不尚才的观念，班昭《女诫》论“妇德”说：“妇德不必才明绝异也。”尽管魏晋至唐代，对女性才情有不同程度的肯定，但是妇“德”之重要，远远高于“才”，至明代，甚至出现了“妇女无才便是德”的论调，“才”和“德”成了对立的关系。这种“才德”观成为主流社会压抑女性创造才能的伦理依据。黄本骥《茶香阁遗草序》忆其先兄花耘训诫女儿黄葆仪曰“女子之德，不在能诗，且能诗而享厚福者少”，诫之勿学。黄本骥也因为葆仪少亡而感慨

“为女子者，固不必能诗，凡有才而欲享厚福者，皆当引吾兄之言以为戒”①。在黄本骥心中作祟的是女性“福慧无双”的观念，从这种观念推演出“闺阁能诗，率多薄命”（雷瑨《闺秀诗话》卷一）的宿命论，据此而忌讳女子作诗。甚至女性自身也接受这种观念而自我贬抑。周浣月《与姊书》云：

> 陈眉公谓“女子无才便是德”。吾姊娴笔墨，工诗文，可称绝世。以妹言之，虽则绣虎嘉名，实非祥鸾本色，戒之慎之。②

浣月的姐姐擅长诗文，在妹妹看来，这不是女人的本分事，应该慎重戒除。即使是一些擅长作诗、已驰骋才艺的女诗人，也难以摆脱主流观念的浸染，而遭遇内心矛盾的煎熬。如季兰韵《读书》云：“竹素性所耽，也知非妇职。”③ 梁兰漪自13岁开始学诗涂鸦，然一生历尽坎坷，至晚年时决意弃砚废书，学仙学佛，毕此余生。查昌鹓《学绣楼名媛诗选自序》云：“至声韵之学，往往见猎心喜。然不敏未尝能作，且以非女子事，辄不敢为。”④ 艺术创造是人类的一种天生的心灵需求和才能，然而对于女性，这种需求和才能却被世俗的观念压抑着。马克思和恩格斯在《德意志意识形态》中说：“统治阶级的思想，在每一时代都是占统治地位的思想。”同样，男权意识形态作为一种支配性的主导观念，也主宰着女性的思想。在这种观念下，女性是“只工刺绣不工诗”，身心局限在女红、酒食、井臼等琐务“本分”上，艺术的天赋和才能多遭抑制而任其枯萎。

女性创作的勃兴，首先需要破除压抑女性才艺展现的种种男权文化观念。这种思想动力一方面是来自于晚明的“性灵”文学精神对个性自我和本色性情的尊重。江盈科所撰的《闺秀诗评》和钟惺编选的《名媛诗归》无不是由于“性灵”文学思想的启示，另一方面是来自满族入主中原带来的新鲜的妇女观。当汉族女诗人还不失矜持，畏缩于

① 黄婉璚《茶香阁遗草》卷首，清道光十年刻本。按，本节所引清代女性诗集，均据哈佛大学燕京图书馆“明清女性著作”数据库之扫描图像。

② 静寄东轩辑《名媛尺牍》卷下，清刻本。

③ 季兰韵《楚畹阁集》卷三，道光二十七年刻本。

④ 王英志主编《清代闺秀诗话丛刊》，凤凰出版社2010年版，第2527页。

“无才便是德”的男权压迫下而慨叹“天地无情薄女流”① 时，满族女性则在更自由地享受创作的乐趣。百保友兰《自嘲》云：

> 笑我诗成癖，推敲意自怡。闲时吟弗辍，午夜卷仍披。研露圈《周易》，焚香读《楚辞》。何妨呼獭祭，乐此不曾疲。②

佟佳福晋《自述歌》云：“年来无事勉为歌，自笑无文语句多。不是闺中闲弄笔，聊将心事记吟哦。”轻松明快，不似汉族女子那么婉媚幽怨。蒙古女诗人那逊兰保更是唱出“吟咏由来闺阁起”的响亮口号，她的《题冰雪堂诗稿》云：

> 《国风》《周南》冠四始，吟咏由来闺阁起。漫言女子贵无才，从古诗人属女子。诗人世每谓多穷，我道穷时诗乃工。请看后世流传者，多在忧愁愤激中。③

“与汉族社会相比，满族社会对女性的各种约束相对较弱，尤其是满族家庭的女儿，在家中养尊处优，并有相当的接受教育和出行社交的自由。”④ 清朝满、蒙联姻形成皇族阶层，其女性观对整个社会也会产生深刻的影响。我们在清代关于闺阁诗歌的文献中可以看到大量质疑、反抗“女子无才便是德”之类男权观念的理论文字。吴文媛《女红余绪自序》曾说她年幼时祖父诫曰：“不必墨舞而笔歌。”但吴氏后来笔耕不辍，还吟道：“试看巾帼刚强，偏多奇女子；漫道衣冠文绣，未许秀闺人。”⑤ 乾隆时期的女诗人王贞仪，是一位个性鲜明、富有思想的女诗论家，饱才情而崇气节，当时就被目为“闺中狂士”。她在《上卜太夫人书》里说：“其足异者，唯今世迂疏之士，动谓妇人女子不当以诵读吟咏为事。夫同是人也，则同是心性，六经诸书皆教人以正性、明

① 陈华《题韫兰诗草后》自注，恽珠《国朝闺秀正始续集》附录，红香馆道光十一年刻本。

② 百保友兰《冷红轩诗集》卷上，清光绪元年刻本。

③ 那逊兰保《芸香馆遗诗》卷一，清同治十三年写刻本。

④ 周虹《满族妇女生活与民俗文化研究》，中国社会科学出版社2005年版，第206页。

⑤ 王英志主编《清代闺秀诗话丛刊》，第2524页。

善、修身、齐家之学，而岂徒为男子辈设哉?”① 又，《德风亭初集自序》说：“噫嘻，剑头一吷，聊用自娱，犹之鸟之鸣春，虫之语秋，言所欲言而已。覆瓿无憾，登选非荣。毁我誉我，不妨两任之。”她的《题女中丈夫图》为闺阁女子吐气，体现出清代的新型女性观：“当时女杰徒闻名，每恨古人不见我。……伏雌缩猬徒自惭，壮情往复怀芳姞。……始信须眉等巾帼，谁言儿女不英雄。”（《德风亭初集》卷十二）女性自我意识逐渐觉醒的思潮，至晚清时与外来思想文化合流，促成了妇女解放运动的兴起。其中，女诗人和教育家施淑仪提出“女人亦具独立人格”的光辉思想。清道光时期的女诗人恽珠编辑《国朝闺秀正始集》，因为黄道周、祁彪佳殉节明朝，故不录二人之妻蔡玉卿、商景兰诗。施淑仪《清代闺阁诗人征略凡例》辩驳说：

> 不知著述乃个人之事，与夫无与。两夫人能以文学美术传世，不为两公忠节所掩，正女界绝大光荣。……恽氏当日未明男女平权之理，以为妇人从夫，自应不选；今既认女子亦具独立人格，故仍从甄录。②

当然，由于传统封建意识形态的顽固力量，女性意识的逐步觉醒，既非一蹴而就，也非直线上升，其中有曲折迂回，甚至有生命的代价，但总体趋势是前进的，女性的人格平等意识逐渐觉醒，女性的艺术创造意识日益自觉。

清代突破“女子无才便是德”的精神禁锢，解放女性的艺术创造潜力，从诗歌理论角度来说，男性、女性论者采取了这样几方面的策略：

首先，“依经立论”，根据《诗经》中多女性篇章，来为女子创作正名。自古以来，女子善怀，发为吟咏，圣人不删，足以确证女性诗歌的正当性。这是当时正视和尊重女性创作的论者的共同认识，其中女诗人之“班头”袁枚所论颇具代表性。《随园诗话补遗》卷一云：

> 俗称“女子不宜为诗”，陋哉言乎！圣人以《关雎》《葛覃》

---

① 王贞仪《德风亭初集》卷四，慎修书屋1914年校印本。

② 王英志主编《清代闺秀诗话丛刊》，第1698页。

《卷耳》冠《三百篇》之首，皆女子之诗。

又，袁枚《题骆佩香秋灯课女图》曰："后妃即是能诗者，何必男儿始读书。"（《小仓山房诗集》卷三十四）另外，同时如潘奕隽的《吴中女士诗钞序》，稍后如秦焕《名媛诗话序》、李国瑰《安徽名媛诗词征略序》等都以《诗经》收录大量女性诗歌为女性诗歌创作确立合理性依据，甚至得出"诗固妇女事也"的颠覆性结论。

同样，女性诗人也据此而维护才女抒发性灵、发挥才情的权力。方静云有一绝句云："闲吟风雅啸余时，谁道诗非女子宜？不解宣尼删订意，二《南》留得后妃诗。"① 陈静宜《大江东去·题名媛诗话》吟云："灵气常钟闺阁内，《三百篇》多妇女。"薛绍徽《题闽川闺秀诗话后》云："千古《关雎》是艳谈，闺闱吟咏更何惭。"对此问题阐述最直接明了的是王贞仪。她在《陈宛玉女史吟香楼诗集序》里说：

《国风》之作，大抵妇人女子居其半。太史采之，贡于天子，复择其至善者，以列于乐官，用之邦国，用之乡人，而行于天下。《关雎》之美后妃，《葛覃》《卷耳》之作于后妃，其它诸侯之夫人、大夫之妻，以及闾阎之闺阃，咸有篇什。迄今读其诗，犹然想见其政教之隆兴出乎风化之贞淳，并有以见性情之温柔敦厚焉。汉魏而降，名姝代不乏人，观其所存者，虽不能若乎古，而亦莫不发于情，止乎礼，盖风人之亚也。（《德风亭初集》卷一）

尽管至道光年间，依然还有如陈光亨之类迂腐之士在埋没女子的才情，压抑女性的艺术天赋②，依然有许许多多弱女子因此而束身女红，俯首酒浆，但是依经立论，肯定和张扬女性作诗的合法性，越来越成为时代的强音。

其次，诗词亦属"妇言"，与儒家妇教所谓"四德"并不矛盾。所谓"四德"，据《周礼·天官·九嫔》为妇德、妇言、妇容、妇功。然班昭《女诫》论"妇言"曰"妇言，不必辩口利辞也"，似乎"辩口

---

① 汪婺《与儿妇夏玉珍言诗引》，《雅安书屋文集》卷上，道光二十四年刻本。

② 陈光亨《跋名媛诗话》曰，其女儿"敦蕙生数龄，即好弄笔墨，余以其女也，不甚教之"。见王英志编辑《清代闺秀诗话丛刊》，第566页。

利辞”不如温顺木讷，给女子附加以深重的束缚。然而清代的女性却巧妙地将“妇言”解释为诗词创作，将诗词创作纳入“四德”之内。如嘉庆年间的甘立媃在《咏雪楼稿自序》里说：“予幼从父受书，闻先大夫训词，以为‘妇德’首‘德’次即‘言’，‘言’非口舌出纳之谓。人各有心，在心为志，发言为诗，则诗即‘妇言’之见端也。”① 恽珠在《国朝闺秀正始集》弁言中说：“昔孔子删诗，不废闺房之作。后世乡先生每谓妇人女子职司酒浆缝纫而已。不知《周礼》九嫔掌妇学之法，‘妇德’之下，继以‘妇言’，‘言’固非辞章之谓，要不离乎辞章者近是。则女子学诗，庸何伤乎？”② 陈芸《小黛轩论诗诗叙》就说：“方今世异，有识者咸言兴女学。夫女学所尚，蚕绩、针黹、井臼、烹饪诸艺，是为妇功，皆妇女应有之事。若妇德、妇言，舍诗文词外未由见，不于此是求，而求之幽渺夸诞之说，殆将并妇女柔顺之质皆付诸荒烟蔓草而湮没？微特隳女学，坏女教，其弊诚有不堪设想者矣。”③

第三，才、德关系新论。是否“女子无才便是德”？不少论者直接对这种“才德”论提出质疑。雷瑨《闺秀诗话》卷九云：“俗以女子无才为德，然则有才者岂尽无德耶？苟有才而善用其才，则画狄教书、熊丸课读④，人称重之；若有才而误用其才，则帘间密札、月下琴心，人非笑之。盖女子在贤不贤，不在才不才也。”本来“才”“德”两相妨的矛盾，通过一“贤”字得到化解，所谓“贤”就是善用其才。苕溪生说：“世称女子不宜有才，似也。然无才者尽贤淑耶？……余则谓长以才者必有情，深于情者必有德，故才实不可少。”（《闺秀诗话》卷三）“才”与“德”不但不矛盾，而且是有“才”方有“德”。

第四，有些女诗人总结实际创作体验，大胆肯定诗歌创作的积极心理功能。乾隆时期的女史王佩华对诗歌心理功能的论述，在整个文学批评史上都是难得一见的精彩之笔。她在《愿香室笔记》中论读书说：

> 诗之为道，乐足以抒写，闷足以排遣，躁足以断退，倦足以驱

---

① 甘立媃《咏雪楼稿》卷首，道光二十三年半偈斋刻本。

② 恽珠《国朝闺秀正始集》弁言，红香馆道光十一年刻本。

③ 陈芸《小黛轩论诗诗》卷首，宣统三年刻本。

④“画狄教书”，宋欧阳修的母亲用草秆在地上写字教儿子。“熊丸课读”，唐柳仲郢母为其子和熊胆丸，以尝苦汁提神。

除，病足以消减，懒足以振作，岂独吟弄而已。古者，乐以鸣豫，射以正志，舞以通节，数以知方，皆性情志体大有关系之事。今无此教，舍诗何为？调和血气，收摄精神，静坐抽毫，大是妙境。①

传统女性生活局限于闺阁一室之内，空间狭小，没有丰富的社会交游和功名仕途来展露才气，寄慰生平。而玩味诗词，足以排闷抒怀，不失为颐养情志的好办法。这也是传统“乐教”、“诗教”题中应有之意，无可厚非。其实闺阁诗歌，并非是无所事事者闲展笔墨，浪施才情，多数都是可怜女子的泣血之讴，寄予多少辛酸和悲苦、不平和无奈！甘立媃著有《咏雪楼稿》五卷，据其自序，“第阅世久，其间送往事居，值骨肉变故，离别死丧，及身历险阻困顿危难，不敢告人，而实有不能已于言者，一一寄诸讴吟，写我心已尔，言我志已尔”。施淑仪年未三十，其夫南平先生殁，二男此前亦夭折，屡遭变故，据陈密《传》记载，她“茕茕在疚，莫可告语，则一以胸臆中抑塞无俚、凄清激楚之情罄写之于诗。其音噍以杀，其言哀以思。自是而夫人之诗格一变”②。和男性作家多奉和酬酢的违心之文不同，女性作者如甘立媃、施淑仪，诗歌是其生命的印迹，也是其安慰苦难、抚平创伤的生存方式。叶小纨所谓“伤离哭死贫兼病，写尽凄凉二十年”③，正是闺阁女性文学生活的写照。

总之，这种种策略虽然并没有突破儒家思想的樊篱，而是采取重释儒家文化的方式，但是在儒家伦理文化内部确证了女性诗词创作的合法性，是儒家文艺思想自身的一个发展。

（二）闺阁吟咏的道德高标：清代才女虽然能够摆脱“女子无才便是德”的伦理束缚，舐笔濡墨创作诗词，但是她们依然羁縻于“四德”之下，以“德”正“才”，敛“才”以合“德”。似乎为了避免予人以浮薄佻达的印象，才女论诗时往往格外地正襟危坐，端着架子说大话，拿儒家“风人之旨”、“温柔敦厚”之类的话头来论己衡人。创作是顺着笔性走，因此诗风难免靡丽骀荡；而立论必须考虑世风，瞻前顾后，

① 王佩华《愿香室笔记》内编，太仓图书馆 1921 年刻本。
② 王蕴章《燃脂余韵》卷首，王英志主编《清代闺秀诗话丛刊》，第 2181 页。
③ 叶小纨《病中检杂稿付素嘉女》，《闺秀正始再续集》卷四。

因此论诗多是堂正端庄。当男权主导的儒家文化的“温柔敦厚”之类“诗教”原则在明清时期的主流诗论里被宽松阐释时①，女性论诗却依然衡此伦理原则为至高的诗歌标准。从政治哲学的角度说，被统治阶级一旦接受并内化了统治阶级所灌输的一套意识形态，它可能比统治阶级更为顽固坚定地去维护这套意识形态。将其移用到性别诗学上来看，清代女性诗学对儒家诗教的尊奉，便是如此。

这当然有男性诗学的道德压力的因素。康熙年间刘云份编选《唐宫闺诗》的选取标准，很典型地标出男性论者的视野对女性诗人的道德衡量。据费密的序云，刘云份分此书为上下二卷，为女性诗人列品第，“其完妇人之行，则诗载上卷为正。其失妇人之行，则诗载下卷为余。妇人既完其行，是庶人之妻与妾也，贱也，而其诗不得不为正。妇人既失其行，是后妃与贵人之妻妾也，贵也，而其诗不得不为余。此固人志之无有不同者矣”。可见，品第的标准不是妇人的贵贱，而是德行的“完”与“失”。为什么刘云份要如此衡量呢？费密接着说：“刘子取人志之无有不同者，定唐之妇人以为妇人之规。使凡为妇人者，皆安顺守身，退然深静，上之不敢乱国，下之不致污俗。”② 衡古以论今，品第古人，正是为当时的妇人树立闺范。乾隆年间胡孝思辑《本朝名媛诗钞》，自序说，是集所录诗“得温柔和平，不愧《风》《雅》者。至若调近香奁，句裁伪体，则概屏而弗录，非敢擅为去取，要求有当作者”③。男性选者基于社会主流思想以“温柔和平，不愧《风》《雅》”为权衡女性诗歌的标准，同样，女性也自觉不自觉地接受、内化这个标准，作为自己创作和批评的法则。

再看女性自己的闺阁诗选。清初顺治年间的王端淑《名媛诗纬初编》“以人存诗”，取径较宽，自序虽谓“诗媛之关于世教人心，如此其重也”，然“诗之高绝、老绝者存之，幽绝、艳绝者存之；娇丽而鄙俚者，淫佚而谑诞者，亦存之”④。至道光年间的恽珠编选《国朝闺秀

① 如顾炎武《日知录》卷十九“直言”：“诗之为教，虽主于温柔敦厚，然亦有直斥其人而不讳者。”同样，沈德潜虽提倡“温柔敦厚”诗教，然在二十卷本《重订唐诗别裁集》里对于白居易的讽谕诗也颇为肯定。

② 王英志主编《清代闺秀诗话丛刊》第2552页。

③ 胡孝思《本朝名媛诗钞》卷首，凌云阁乾隆三十一年刻本。

④ 王端淑《名媛诗纬初编》凡例，清音堂康熙六年刻本。

正始集》，其所选汰标准是“择雅正者付之梨枣，体制虽殊，要不失温柔敦厚之旨。……以性情贞淑，音律和雅为最”（《例言》）。恽珠在《国朝闺秀正始集》弁言中感慨诗教之失云：“独是大雅不作，诗教日漓，或竞浮艳之词，或涉纤佻之习，甚且以风流放诞为高，大失敦厚温柔之旨，则非学诗之过，实不学之过也。……凡篆刻云霞，寄怀风月，而义不合于雅教者，虽美弗录。”如此醇正苛刻的选诗标准，在清代男性选者那里也不易见到，与沈德潜编选《国朝诗别裁集》相比是有过之而无不及。

女性诗人闺阁学诗，接受姆教，其教旨也较男性为严。浙江绍兴祁姓望族，多闺阁才人，祁彪佳妻商景兰，媳张德蕙、朱德蓉均解诗书。商景兰《示媳书》训诫儿媳云：

> 焚弃笔墨几三十年，偶于儿子案头见《琴楼合稿》，乃武陵张槎云所作，槎云才妇而孝女，故其诗忠厚和平，出自性情，有《三百篇》之遗意，反复把玩，不忍释手，因思槎云之才知，汝辈能之；槎云之孝，汝辈能之；槎云之才之美，槎云之孝之纯，汝辈共勉之。①

张槎云之诗，据王端淑《与夫子论槎云遗稿书》，“律体诸作，高老庄重，不加雕琢，真《大雅》之余音，‘四始’之正格也”②。商景兰以张槎云才德之纯美为模范训诫儿媳，可以想见当时闺阁教育之一斑。被时人尊为“女中儒士”的歙县汪嫈重视子女的诗文教育。她的《闺训篇》说：“德厚才自正，才华本经术。……偶尔歌咏志，无邪协诗律。敦厚而温柔，朴雅去雕饰。”③《与儿妇夏玉珍言诗》又说：“大抵诗寓规劝，隐合‘思无邪’一言，乃不虚所作。”汪嫈《文论示四侄学庠、侄孙国楷》标“文以载道”论，对韩、柳文章都不免有遗憾，希望“侄辈读孔、孟之文，精思而默会之，可以见道矣，何事它求哉！”据汪嫈《跋晴山四叔父遗稿后》，她的四叔父“诗学极深，诗教极严，如

① 静寄东轩辑《名媛尺牍》卷下，清刻本。
② 静寄东轩辑《名媛尺牍》卷下，清刻本。
③ 单士厘辑《闺秀正始再续集》卷一上，1912 年活字印本。

曹操、阮籍辈逆党之诗一概弗录”，汪嫈接受这种严正的“因人论诗”观念，又传授给她的门人。在《答门人徐玉卿淑书》里，汪嫈论曹操、曹丕、曹植诗说：“此种篡弑逆臣，本不足挂诗人齿颊，况其诗无真性，不独少君人之度；非若陈思天才，爱君恋阙，有真性情，能超越七子上也。”① 真的是让人难以想象，闺阁之内不是婉娈妩媚的轻松，而是如此冠冕堂皇的严肃，即使是在男性诗学家出现的公共场合，我们也很难见到这种议论。

女性论者往往是自标高而衡人严。王贞仪的卫道色彩尤为浓厚，曾力辩学佛之非，并说：“大凡人之行一事也，无论巨细，必先求合于圣贤之道。”（《答表伯某》）在《答方夫人第一书》里，她发挥“文以载道”论，要求写文章“或忠烈，或节义”而可不朽。在《上卜太夫人书》里，她对当时的才女则给予苛严的贬斥，说：

> 默观目前子女士，多半有不守姆教，不谨壶矩，不端大体。或略识之无，朝学执笔，暮即自命为才女。盖以驽骀樗朽之姿，无间殊尤之物；目罕逢伟士正人，耳鲜聆端语肃诫。唯希慕声华，窃相仿效，学卓氏之风流，习赵姝之佻达。又或质鸺鹠而羽凤凰，盗无盐而为嫱、施，一专求乎脂粉靡艳之陋习。至于有柳絮之才，而罕《柏舟》之操；负舜华之媄，而多“同车”之行，固无论焉。仪盖未尝不悼叹耻恶之。

《诗经·鄘风·柏舟》咏叹的是忠贞的誓言，《诗经·郑风·有女同车》则被朱熹释为“淫奔之诗”，王贞仪所论之末二句，就是耻恶有才无德的“自命才女”。此外，甘立媃的《诗余小序》批评朱淑真的《断肠集》，“虽词也，非正也”。黎春熙的《偶阅易安居士诗作此惜之》讥讽李清照之再醮：“风华跌宕笔花生，《漱玉》流传有定评。末路蹉跎谁负尔，少年才调最怜卿。桑阴莫唱《罗敷曲》，《箛拍》何关董祀情。不及茂陵秋雨客，《白头吟》尚寄心声。”② 这显然是赏其才而惜其德。

女性诗论置“德”为第一，远在诗才之上，而所谓的“德”，并没

① 汪嫈《雅安书屋文集》卷上，道光二十四年刻本。

② 黎春熙《静香阁诗存》，光绪二十四年刻本。

有多少新内容，往往就是《风》《雅》教化、“温柔敦厚”等儒家诗学伦理。唐静娴《读闺秀诗有感》云：“苟非圣贤心，才重身已轻。”张淑莲《孙女辈学诗书示》云：“宣尼著明训，学诗本《周》《召》。……立言贵衷德，师古宜执要。哀乐得其平，闺门起风教。”梁承淑《与伯符论诗》云：“能关风教皆传作，未脱尘情少构思。”从这些吟咏可以看出，女性的诗论并没有在内容、精神上走出传统儒家思想的樊篱，取得多少突破。甚至到晚清时，在外来文明的启悟下，男性诗歌在求新趋变时，闺阁诗论依然以不变应万变，拘守旧论，排斥新风。近代主持汉寿县立女学的女史黄易瑜，有《题海沤女士诗集》一诗，云：

独立平权并自由，放言高论震神州。温柔敦厚风人旨，今见闺中第一流。

雷瑨《闺秀诗话》卷十五引此诗后论道：“挽近女教日偷，跅弛不羁者，率以欧化为借口。读此诗第一绝，可以愧矣。”据此，黄易瑜对“独立平权并自由，放言高论震神州”的近代诗歌咏赞新文明是有异见的，反而欣赏的是海沤女士之“温柔敦厚风人旨”，从中可以体会到女性诗论的精神束缚比男性诗论深重，对新精神、新风气的反应显得迟钝。

（三）性灵、学问和脂粉气：明清“性灵”文学思想崇尚“童心”的本色纯真，认为后天的“道理”、“闻见”遮障童心、滞塞性灵。从这个意义上说，闺阁女性的诗歌，发乎慧心，天机自动，就像民间的歌咏一样，最具性灵。钟惺的《名媛诗归序》说：“今人工于格套，丐人残膏。清丽一道，鸩弁失之，缬衣反得之。”① 鸩弁，男人的皮冠，代指男性；缬衣，女人的衣服，代指女性。正如袁枚《随园诗话》卷三所谓：“诗境最宽，有学士大夫读破万卷，穷老尽气，而不能得其阃奥者。有妇人女子村氓浅学，偶有一二句，虽李杜复生，必为低首者。此诗之所以为大也。”闺阁女性与饱读诗书的男性相比，虽“无知无识”却能够葆此性灵，天机清丽。因此女性诗歌跟性灵更近。袁枚在当时广收女弟子，正是出于这一意识。如他题女弟子席佩兰《长真阁集》说：

---

① 钟惺《名媛诗归序》，《名媛诗归》，明末刻本。

"字字出于性灵。"可谓莫大的鼓励。

袁枚的女弟子是"性灵"诗论的有力鼓吹者，因为"性灵"诗论为交游寡、阅历浅的闺阁女性从事诗词创作提供了理论的支撑，指出了努力的方向。席佩兰《论诗绝句四首》之二、三云：

> 沉思冥索苦吟哦，忽听儿童踏臂歌。字字入人心坎里，原来好景眼前多。
>
> 风吹铁马响轻圆，听去宫商协自然。有意敲来浑不似，始知人籁不如天。①

儿童踏臂歌，出于童心；风吹檐下铁马（犹纸鸢），叮咚作响，实是天籁。诗亦如此，须出于自然本性，任机自动，称心而出。金逸《喜简斋夫子枉过里门奉呈》云："格律何如主性灵，早闻持论剧清新。惟公能独开生面，此席愁难有替人。"（《随园女弟子诗选》）称誉其师并服帖其"性灵"论。

但是，就像"性灵"论因为学之者滋生流弊而招致主流诗论的责难一样，一些女性批评家对"性灵"论也持有非议。汪端《论诗示苏孙侄》自注曰："吾乡文体，士习随园，实始败之。"汪端是嘉庆、道光时期钱塘（今浙江杭州）人，时袁枚女弟子遍布江、浙，故而她有此论。又据雷瑨《闺秀诗话》卷十六记载：有《冷香阁诗草》传世的南京闺秀张慧（字澹如）"于袁简斋，则服其才而卑其品，尝谓人曰：'使随园先生在，屈我为女弟子，其可得乎？'"当有人问及如何评论袁枚诗歌与诗话时，汪婺答曰："简斋大令诗脍炙人口久。学者恃天分，废学力，下笔空滑；矫之者，又排挤太过，均非也。"（《答门人徐玉卿淑书》）当袁枚"性灵"说的流弊日益暴露时，其在闺阁中的影响也逐渐缩小，更多的是反思和纠弊。

其实，袁枚并不反对书本学问，"性灵"之弊，是学之者之病。"性灵"和"学问"是相助，还是相妨？如何化解"性灵"和"学问"的矛盾？这不仅是清代主流诗学的问题，闺秀也参与到这个理论问题的探索中，发表自己的见解。或许在当时或后世，闺秀诗论并不为主流诗

① 席佩兰《长真阁集》卷四，扫叶山房1920年石印本。

学所重视，但从女性文学批评史的角度看，这不能不说是可贵的文化遗产。袁枚女弟子席佩兰《论诗绝句三首》之一云：

> 枵腹何曾会吐珠，吟痴又恐作书橱。游蜂酿蜜衔花去，到得成时一朵无。

这是契合其师“性灵”说本意的。标举“性灵”，不是枵腹空虚，更不是“错把抄书当作诗”，而应该是如蜜蜂酿蜜一样，采得百家花，酿得一朵无，化书本学问为才情识见，蕴于意中，而不落言筌。与晚清时期的主流诗学一样，闺秀诗论也认为“性灵”和“学问”两者并不矛盾，而可以相济为用。陈文述女弟子钱守璞《题随园女弟子图》云：“性灵学问原无异，嗤尔蚍蜉撼树伧。”焦妙莲《日余吟草自序》曰：“笔墨非性灵，无以发其光。性灵非诗书，无以通其滞。”（雷瑨《闺秀诗话》卷八引）这虽然没有多少新意，但足见闺秀在努力融入主流诗学，参与探索主流诗学问题之一斑。

闺秀诗歌为清代诗学提出一个新的问题，即如何对待女性诗歌的“脂粉气”，这涉及闺阁才女的性别身份意识。传统意义上的文学体制是有性别之分的。正如吴绮《众香词序》所云：“诗求沉郁，抒壮夫磊块之思；词贵柔靡，写曼脸媌婳之态。”似乎诗是男性文学，而词是女性文学，而这种性别差异又不是对等的。文学史上，秦观把诗写得婉媚像词，落得元好问“女郎诗”之诮；苏轼把词写得豪放像诗，却逐渐得到认同，开出豪放词一派。既然苏轼、辛弃疾等人把词这种柔性文学男性化是合理的，可以接受的，那么闺秀才女把诗这种刚性文学女性化，写得带点脂粉气，又何尝不可呢？然而事实上并非如此，清代诗学对于闺秀诗歌“脂粉气”的问题，颇有讨论，算得上是一个专题。

脂粉气、儿女情多、英雄气少、风格软媚、格局狭小，在主流诗学里一直是贬义。男性论者如王嵩高说：“闺秀诗，总有习气，非调脂弄粉，剪翠裁红，失之纤小，即妆台镜阁，刺刺与婢子语，俚俗尤多。”①雷瑨说：“闺阁诗即佳甚，亦多脂粉气，所谓‘有情芍药含春泪，无力蔷薇卧晚枝’是也。”（《闺秀诗话》卷十）陈衍说：“闺秀能诗者，多

①《清娱阁诗钞》附录评跋，嘉庆十六年刻本。

未深造，以真肆力者少，脱不了女儿口气也。”（《石遗室诗话》卷三十一）“有情芍药含春泪，无力蔷薇卧晚枝”作为男性诗作，自然过于软媚。而闺秀诗歌，为什么一定要脱离“女儿口气”？为什么一定要闺阁女子扯着嗓门说大话，挺起肌肉强用力呢？这些对“脂粉气”的批评，多是出于潜意识中的性别偏见，今天来看，难说是中肯的。

在这种主流观念的制约下，闺秀才女也多忌讳“脂粉气”。其实传统女性绝大多数无良师益友之取资，无名山大川之涉历，见闻局限于闺闱，才气陶冶于诗词，富天分而啬学力，因此“脂粉气”是传统女性诗歌的天性，是女性的身份表征。而事实上，在女性诗人的观念里，“脂粉气”也是贬义。席佩兰《题归佩珊绣余诗稿》云：“脱口定兼仙佛气，高情不作女郎诗。”汪嫈《论诗六首寄示徐玉卿》之一云：“一片清光渣滓净，无人知是女郎诗。”钱守璞《读小鸥波馆集题后》云：“娟洁扫除脂粉气，苍凉不似女郎诗。”① 几乎在所有的闺秀诗话里，著者无论男女，“绝无脂粉气”、“健举”、“豪雄”等范畴都是对闺秀诗歌的褒扬。女性诗人要努力自掩身份，写出“不似女郎诗”。闺秀诗歌为什么要忌讳“脂粉气”呢？唐静娴一语中的：“多谢脂粉俦，立品防讥评。”（《读闺秀诗有感》）女性诗歌，不论是创作还是批评，都不是独立的，都束缚于背后的妇“品”。这只能说明清代诗学中，才女作为“女性诗人”的身份特征是遭否定的，才女对自己性别身份的意识是不自觉的。

就像五代、北宋词多“男子而作闺音”的现象一样，清代女性诗歌也多“闺秀而发壮言”，在风格上自掩身份，而认同、靠拢男性诗歌风格。上文提到的王贞仪，袁枚品其诗曰：“俱有奇杰之气，不类女流。”（《随园诗话补遗》卷八）当时一位才女胡慎容的妹妹就批评王贞仪诗歌“太劲洁，不免失闺阁本来面目”，王贞仪在《答胡慎容夫人》的书信里辩驳道：“至失闺阁本来面目，此又仪避之出于有心者。……迄乎时下，言诗者更多，漫无所志，唯专用攻苦之心于酬酢往来中，或有吾辈巾帼能工翰墨者，又喜斗竞于香奁浮艳。求其有先辈识见，涤尽柔媚之态，而相题成章，则百难获一。又何足尚论于魏晋以前之言乎？

① 钱守璞《绣佛楼诗稿》卷一，同治八年刻本。

噫，有赋而无比，有颂而失《风》《雅》，‘四始’、‘六义’阙如矣。仪方深以为病，正自愧不能尽去闺阁之面目，而不意令妹夫人之教余者反在是也。”当时还有一位许燕珍，作诗能“扫去脂粉习气”，得到王贞仪的褒扬，然而许氏为了扫除脂粉气而“矫造太过，摹仿太深”（王贞仪《答许燕珍夫人》），又滋新弊。“集中多知人论世经济之言”的汪嫈，告诫儿妇，作诗须戒“香奁脂粉气，流溢墨楮”（《与儿妇夏玉珍言诗》）。然江月娥在《雅安书屋文集后序》里评汪嫈：“诗笔太遒，匪福慧相。”女性诗歌有脂粉气，不合正体；无脂粉气，匪福慧相。这真是进退失据，何以立足！

其实，闺秀诗歌因为作者生活阅历的不同也会有不同的风格，不可一概而论。如王贞仪自幼学诗，十余年不稍惰。“及东出山海，西游临潼，而复历吴楚燕越之地，经行不下数万里”（《答胡慎容夫人》），甚得江山之助；加上她学殖深厚，年轻时就著《象数窥余》《历算简存》《筹算易知》等，因此，她的诗歌脱掉女儿脂粉气而风格劲洁，那是很自然的事。反之，她有此阅历，有此学识，如果还忸怩作儿女呢喃诗，反而是违背自然本性、真实性情的。而大多数的女子，“闺阁寡交游，行不出里闬”，非得让她们脱离脂粉气去写出主题宏大、风格高古的作品，那只能模仿古人，装腔作势，这是违背诗歌创作的本质和性灵文学的真精神的。

所幸的是，在清代和晚近诗学中，有些开明之士对女性诗歌的独特境界和风格特征给予肯定，著名的女诗学家沈善宝曰：

> 诗犹花也。牡丹、芍药，具国色天香，一望知其富贵。他如梅品孤高，水仙清洁，杏桃浓艳，兰菊幽贞。此外，则或以香胜，或以色著，但具一致，皆足赏心。何必泥定一格也？然最怕如剪彩为之，毫无神韵，令人见之生倦。①

棣华园主人《闺秀诗评》曰：

> 近人言诗，往往尚风格而不取性灵，甚至阅女子诗亦持此论，

① 沈善宝《名媛诗话》卷七，见王英志主编《清代闺秀诗话丛刊》，第467页。

尤为迂阔。深闺弱质，大率性灵多，学力少，焉得以“风格”律之？故予所录诸作，取其温柔袅娜，不失女子之态者居多。①

王蕴章《燃脂余韵序》曰：

> 尝谓诗词之作，本乎性情。忽然而来，神与古会。空山无人，水流花放。臻斯境者，厥云上乘。女子之作，于金戈铁马之风、豪肉哀丝之奏，或稍稍漓矣。至若幽花媚春，子规叫血，赋景独绝，言愁已芜，班之香耶，宋之艳耶！美人香草，要为天地间必不可少之一境。②

女性诗歌风格绮丽婀娜，正如花中卓异一品，自有其美，足以赏心；评选闺秀诗取其温柔袅娜，不失女子之态者；尊女子之作为天地间必不可少之一境……从这些零星的论述中可以看出，少数卓绝女性对闺秀诗人的身份意识已有所自觉；女性诗歌的境界、风格也得到一些男性论者的尊重。③

① 王英志主编《清代闺秀诗话丛刊》，第2278页。
② 王英志主编《清代闺秀诗话丛刊》，第625页。
③ 按，本节曾发表于《学术月刊》2011年第6期。

第二章 清代的尊宋诗学

【内容提要】 传统诗坛没有独霸全局的诗学观念。在明人普遍"宗唐"的同时，"尊宋"也在潜滋暗长，至清代，逐渐成长为一种主流的诗学观。和明人"宗唐"之贬抑宋诗不同，清人之"尊宋"是主张打破唐宋之间的疆界，给予宋诗以应有的肯定，认为宋诗自有其特征和风格，值得后人学习。学宋的风气至晚清时越发盛行，出现了所谓的"宋诗派"。当诗坛走出"宗唐"局面时，对宋诗的研究也兴盛起来，特别是在清代，宋诗别集的笺注评论、宋诗选本的编纂，成绩突出。这其中还存在着如何摆脱"以唐律宋"、如何认识宋诗典范的问题。

唐诗和宋诗，是古代诗歌史上的两种基本诗歌形态，唐诗重情致意蕴，宋诗重义理机趣，分别为后代诗人树立了典范。宋代以后，诗歌史和诗学史往往陷入宗唐和尊宋的胶葛。其实，宗唐还是尊宋不仅仅是诗歌取法对象的问题，其背后还有更深刻的社会理想和人格精神。如前面章节已经涉及，明代格调复古派宗唐诗学的兴起，与弘治朝中兴的精神气象有关，士人向往一种恢弘刚毅的人格精神以革新台阁文臣萎靡絮滥的风气。同样，尊宋诗风在明后期，特别是清代的抬头，也是旨在张扬一种戛戛独造的精神，倡导学养深厚的人格；特别是晚清的宋诗派，他们标举的不俗人格，就直接来源于宋代文人精神。当然，宗唐论者取舍较为严格，而尊宋论者其实是不反对学唐的，只是反对一味地学唐，他们尊重并学习曾一度遭到贬抑的宋诗。因此这里采用“尊宋”的说法，即尊尚宋诗。

第一节　明末清初尊宋诗论的崛起

明代诗学的主流是宗法汉魏盛唐，大致在万历以前，汉魏、盛唐的典范性都没有受到颠覆性的质疑。而宋诗则在汉魏盛唐的阴影里遭到冷漠和忽略。举一个极端的例子，晚明时的卢世㴶到三十岁时还不知道宇宙间有黄庭坚这么一个人①。宋诗别集、选本的刊刻、注释、评点等，也远远不能与唐诗相比。其实，正如我们上面所说，对宋诗的反省自南宋时就已开始。金元时期，苏轼诗风虽然还在流行，但是元代诗风总体上是反宋归唐的。明代诗学就是沿着对宋诗的反拨的道路走下来的。

唐宋比较是明人的重要话题。总体上的态度是：“宋诗深，去唐远。”（俞弁《山樵暇语》卷二）例如“唐人诗主情，去《三百篇》近；宋人诗主理，去《三百篇》却远矣”（杨慎《升庵诗话》卷四）。明人辨别唐宋，认为唐人主情，宋人主理，这大体是不差的。但是他们往往都拘守唐诗的立场，以唐律宋，标尚主情、风韵、趣味，而排斥宋诗的新变。其思维逻辑的结构与汉魏六朝人“依《经》论《骚》”较为相似。具体到唐诗与宋诗的差异何在，各家都有自己的说法。如早期的刘绩说：

> 或问余唐、宋人诗之别，余答之曰：“唐人诗纯，宋人诗驳；唐人诗活，宋人诗滞；唐诗自在，宋诗费力；唐诗浑成，宋诗饾饤；唐诗缜密，宋诗漏逗；唐诗温润，宋诗枯燥；唐诗铿锵，宋诗散缓。唐人诗如贵介公子，举止风流；宋人诗如三家村乍富人，盛服揖宾，辞容鄙俗。”（《霏雪录》卷上）

---

① 卢世㴶《尊水园集略》卷七《钞书杂序·山谷集》谓：“余生三十年，未知宇宙有山谷也。”《续修四库全书》影印清顺治十七年刻本。

在他看来，唐宋诗风是完全对立的，没有共同之处，其褒贬态度亦很明显。张琦《白斋竹里文略·论诗》批评宋诗云："苏（轼）全使学问，不妙于情志；黄（庭坚）乖桀，不屑为纯平语，皆非正体。"这是延续自张戒、严羽以来对"苏、黄习气"的批判。陈沂的《拘虚诗谈》则不满意于宋人援理学入诗，在诗歌中讲道理。他说："诗中之理，虽觞俎、登览之中自有在也。宋人便以'太极'、'鸢'、'鱼'字面为道，岂知'道'者乎?"这主要是针对二程、邵雍等理学诗而发的。谢榛《四溟诗话》专就七言绝句比较唐宋云：

> 盛唐人突然而起，以韵为主，意到辞工，不假雕饰；或命意得句，以韵发端，浑成无迹，此所以为盛唐也。宋人专重转合，刻意精炼，或难于起句，借用傍韵，牵强成章，此所以为宋也。

因此应该以盛唐人为法。这种论调在明代诗学文献中比比皆是，而其基本认识都是本于严羽所谓宋人"以文字为诗，以才学为诗，以议论为诗"的论断。有些人看似是为宋诗之遭冷遇而鸣不平，而实际上他们欣赏宋诗，是欣赏宋代近唐风的诗，是以遮蔽宋诗特色为代价的。如祝允明《刻沈石田诗序》比较唐宋云："宋劣于唐，居然已。其有杰出，若杨、刘、欧、梅，钱惟演、王元之、林君复、魏仲先、苏子美、晏同叔、王介甫、惠崇之流，犹唐声也。"俞弁"讶世人但知宗唐，于宋则弃不收"（《逸老堂诗话》），但是他所举的例子，如宋张子野《溪上》"浮萍断处见山影，小艇移时闻草声"，这还是近乎晚唐的纤弱轻仄的风格，而不是真正的宋诗。看来，在宗唐的强势主流话语中，宋诗被扭曲面目而迎合唐诗审美规范。

但是，并不能说宗唐的主流话语压制一切，湮没一切，而没有暗流、别调的存在。其实，明前期的瞿佑在复古诗学尚未真正兴起时就曾发出"举世宗唐恐未公"（《题鼓吹续音后》）的质疑，并选取宋金元三朝律诗1200首，仿元好问《唐诗鼓吹》而辑为《鼓吹续音》。方孝孺《谈诗五首》之二云："前宋文章配两周，盛时诗律亦无俦。今人未识昆仑派，却笑黄河是浊流。"对宋代诗和文都给予很高的评价。在弘治、正德时期复古派兴起时，有一位吴人都穆，迥异时流，"于诗别具一识”，“雅意于宋”①。他不同意所谓“诗坏于宋”甚至“宋不如元”的论调，在《南豪诗话》中他说：

> 予观欧、梅、苏、黄、二陈至石湖、放翁诸公，其诗视唐未可便谓之过，然真无愧色者也。

都穆所列举的正是宋诗的真正代表，是体现出宋诗卓异色彩的诗人，与前面所说的那种“以唐绳宋”不同。同时的敖英亦认为“唐诗亦有极拙者，宋元诗亦有极佳者，不可以时代概论也”（《东谷赘言》卷下）。这些都是能不受时势所左右，不随声附和的中肯之论。

在明代前后七子号召复古、崇尚汉魏盛唐格调的时期，宋诗是受到抑制的，不读中唐以下书，是当时较为流行的原则。但是，明代的吴中地区有自己的诗学传统。重视才学，讲究意趣，博采唐宋而不拘于一隅，是吴地文人的特点。就在后七子重振复古诗学时，华亭人莫是龙还编纂了杨万里的《诚斋集》。王世贞更是以吴地的禀赋而突破复古派的限制，对宋代诗文表现出兴趣。王世贞《艺苑卮言》也认识到“诗格变自苏、黄”。苏、黄之变，实由杜启之，这是明人的共同看法。王世贞说：

> 子瞻多用事实，从老杜五言古排律中来。鲁直用生拗句法，或拙或巧，从老杜歌行中来。介甫用生重字力于七言绝句及颔联内，亦从老杜律中来。但所谓差之毫厘，谬以千里耳。（《艺苑卮言》卷四）

实际上也就是“变”而失其“正”的意思。但是王世贞并没有否定宋诗，在盛唐诗正宗之外，他举出白居易、苏轼、陆游都堪称“广大教化主”，因为他们的诗歌“情事景物之悉备”（《艺苑卮言》卷四）。王世贞为慎子正编的《宋诗选》作序云：“余所以抑宋者，为惜格也。然而代不能废人，人不能废篇，篇不能废句。……虽然，以彼为我则可，以我为彼则不可。子正非求为伸宋者也，将善用宋者也。”这里的意思，与《艺苑卮言》所谓“骨格既定，宋诗亦不妨看”（卷四）正可以相互

① 文征明《南濠居士诗话序》，《文征明集》，上海古籍出版社1987年版，第1255页。

参照。王世贞还是站在宗法盛唐的基础上来对待宋诗的，但是与复古前辈所谓“不读大历以后书”不同，王世贞认为确立了汉魏、盛唐的格调以后，参酌宋诗还是有意义的。钱谦益曾说过，王世贞晚年手《东坡集》不置①。王夫之《夕堂永日绪论》也说过：“元美末年以苏子瞻自任，时人亦誉为长公再来。”而几乎同时，李贽也在激赏苏轼的人品和诗文，并通过批削旁注来表达敬意。李贽对苏轼的态度，直接影响到公安派。

袁宗道于唐喜好白居易，于宋喜好苏轼，曾名其斋曰“白苏斋”（钱谦益《列朝诗集小传》丁集中），其审美意趣不同于时风之鄙薄中唐而下。袁宗道在《答陶石篑》中称赞陶望龄之弟诗“似元、白”、“非坡老不能为也”。从拘守盛唐转而欣赏白居易、苏轼，是公安派共同的审美倾向。袁宏道就说过：“世人喜唐，仆则曰唐无诗；世人喜秦、汉，仆则曰秦、汉无文；世人卑宋黜元，仆则曰诗文在宋、元诸大家。”② 袁宏道甚至提出“苏公诗无一字不佳者”，认为苏轼迥出于“青莲能虚，工部能实”之上，显然，这是矫枉过正之言。之所以如此执拗，袁宏道说：“不肖恶之深，所以立言亦自有矫枉之过。”公安派之所以欣赏白居易、苏轼等人的诗文，一方面是因为他们与白居易、苏轼在见从己出、不依傍古人、顶天立地、摆脱束缚、力主创造的精神上是相通的。袁宏道《雪涛阁集序》说：“有宋欧、苏辈出，大变晚习，于物无所不收，于法无所不有，于情无所不畅，于境无所不取，滔滔莽莽，有若江河。”“变”和“创”是袁宏道对宋人精神的概括，他们也从白居易、苏轼那里获得了创新精神的支持。另一方面，白居易、苏轼晚年寄意俗情的闲逸萧散的意趣与公安派在精神上也是相通的。对宋诗那种“以文为诗，流而为理学，流而为歌诀，流而为偈诵”的弊端，袁宏道又有所贬责。袁中道也欣赏宋元诗歌，但是鉴于剽窃宋元诗歌而产生的新流弊，他更强调离而能“合”（《四牡歌序》），创新而不背古法。他在《宋元诗序》里肯定宋元人的独创精神，同时又意识到求奇求新若过了头就会落入另一极端：

① 钱谦益《答唐训导（汝谔）论文书》，《牧斋初学集》卷七十九，《四部丛刊》本。
② 袁宏道《张幼于》（尺牍），《袁宏道集笺校》，上海古籍出版社2008年版，第501页。

宋、元承三唐之后，殚工极巧，天地之英华，几泄尽无余。为诗者处穷而必变之地，宁各出手眼，各为机局，以达其意所欲言，终不肯雷同剿袭，拾他人残唾，死前人语下。于是乎情穷而遂无所不写，景穷而遂无所不收。无所不写，而至写不必写之情；无所不收，而至收不必收之景，甚且为迂为拙，为俚为狷，若倒囷倾囊而出之，无暇拣择焉者。

宋代以来，一直是苏、黄并称，但是公安派尊苏轼而排黄庭坚，在公安派人的笔下基本上没有提及黄庭坚的名字。黄庭坚诗歌的勤苦锻炼、兀奡拗涩，是为明人所不齿的。李梦阳《缶音序》云："黄、陈师法杜甫，号大家。今其词艰涩，不香色流动，如入神庙坐土木骸，即冠服与人等，谓之人可乎?"王世贞说："鲁直不足小乘，直是外道耳，已堕傍生趣中。"（《艺苑卮言》卷四）都是对黄庭坚和江西诗派的抨击。明人多认为黄庭坚和江西诗派是宋人的代表，恰是他们把宋人引入歧途。只有唐顺之《书黄山谷诗后》对黄庭坚诗歌作了褒评。不过，唐顺之不是仅仅在论诗，而是因为他的心学旨味与黄庭坚的道学禅趣有相契合之处，所以才能如此醉心于黄庭坚的诗歌。其实，整个明代人们对黄庭坚诗的评价都是不高的。公安"三袁"在苏、黄之间的取舍，也体现出明人对黄庭坚的冷漠态度。这一点，被鄙夷公安派的许学夷看出来了。许学夷《诗源辩体》云：

黄（庭坚）竟为江西诗派之祖，流毒终于宋世。中郎直举欧、苏而置黄勿论，可为宋代功臣。

明代万历以后，破弃复古宗唐樊篱的还有吴地特别是嘉定的文人，其中以唐时升、娄坚、李流芳、程嘉燧"嘉定四先生"为代表。这四人的共性是不拘守汉魏盛唐，而要博采众长，畅所欲言。娄坚在《答吴兴王君书》里给予宋诗以肯定性的评价：

夫宋人以议论为诗，诚不尽合于古，至其高者，意趣超妙，笔力雄秀，要自迥绝，未可轻议。今乃欲以赝汉唐而訾真唐宋，容足凭乎！

对于“不尽合于古”的“以议论为诗”明人多是持批评态度的。如屠隆就直斥：“宋人多好以诗议论。夫以诗议论，即奚不为文而为诗哉?”① 而娄坚认为宋人以议论为诗，也有意趣超妙、笔力雄秀的高者，不可轻易否定。娄坚主张“持论则毋狃于时代”②。他说：“苟出于杰然、超然，则虽宋，与汉唐作者何异!”（《题草书杜诗后》）他批评明人株守严羽、高棅的标举盛唐，极力为宋诗正名。《草书东坡五七言各一首因题其后》云：

（韩愈）至其诗，尤不宜于俗。读《调张籍》一篇，虽盲聋可几于聪明矣。宋人之诗，高者固多，有如苏长公，发妙趣于横逸谑浪，盖不拘拘为汉魏晋唐，而卒与之合，乃曰：“此直宋诗耳，诗何以议论为?”此与儿童之见何异!

显然，对于由韩愈到苏轼的“不拘拘为汉魏晋唐”的议论入诗，娄坚是持肯定态度的。与明代多数人排斥宋诗的议论化倾向相比，娄坚的认识是一个发展。李流芳题同是嘉定人的郑胤骥（字闲孟）的诗册云：

五言古诗，至少陵而一变，流而为退之、乐天，至于东坡，而变已极矣。然皆不出于少陵，而能各成其一家者也。闲孟跅弛之才，不为律缚，独古诗时一作之，有韩之奥，有白之达，有苏之纵横，而吐纳风流，率其胸怀，韵致独绝，则前后五百年诗人中所无也。闲孟不喜以诗人自居，世无知其诗者，独余与孟阳（程嘉燧字）时称之。③

不规摹韩愈、苏轼，而意象近于韩、苏，是晚明嘉定诗人的共同特征。而钱谦益就长年生活在嘉定的诗学环境中，与“嘉定四先生”等人交往甚密，一起抵掌纵论，切磋诗艺，深受嘉定诗学的影响。早年的钱谦益，也曾如一般根基未稳的吴下才士一样，倾心于复古格调诗学。在《答杜苍略论文书》里，他追述自己“少而失学，一困于程文帖括之拘

① 屠隆《由拳集》卷二十三《文论》，《四库全书存目丛书》影印明万历八年刻本。
② 娄坚《钱密纬寒玉斋诗序》，《学古绪言》卷二，景印文渊阁《四库全书》本。
③ 李流芳《题闲孟诗册》，《檀园集》卷十二，景印文渊阁《四库全书》本。

牵，一误于王、李俗学之沿袭，寻行数墨，依依如瞽人拍肩。年近四十，始得从二三遗民老学，得闻先辈之绪论，与夫古人诗文之指意、学问之原本，乃始豁然悔悟”①。这样的意思，钱谦益在《复遵王书》《读宋玉叔文集题辞》等文中曾反复表述过。使他文学思想改弦易辙的“二三遗民老学”，主要是嘉定宿儒归有光、程嘉燧等，同时他也受到汤显祖、公安袁宏道等人的启发。钱谦益在《新刻震川先生文集序》中说：“余少壮汩没俗学，中年从嘉定二三宿儒游，邮传先生之讲论，幡然易辙，稍知方向。”在《复遵王书》中说：“中年奉教孟阳诸老，始知改辕易向。”这足以见得嘉定诸子文学思想对于钱谦益改变文学道路的意义。

明代万历后期诗坛打破格调诗学标举盛唐的格套以后，诗学取径发生转变：一是继续向前，上探六朝、初唐，这是远绍嘉靖时期杨慎、薛蕙诗学而加以延续的道路，以陆时雍、王夫之等人为代表；一是向后延伸，博取中唐元、白、韩、柳、大历才子，乃至宋元诸家，这是坚守吴中诗学传统而光大之的道路，嘉定诗人和钱谦益走的就是这条道路。钱谦益在《复遵王书》中阐明自己的诗歌取径与程嘉燧基本一致。瞿式耜《初学集序》云：

先生之诗，以杜、韩为宗，而出入于香山、樊川、松陵，以追东坡、放翁、遗山诸家，才气横放，无所不有。②

钱谦益推崇嘉定诗风的另一个重要原因是对嘉定文化重学问、重实学经世精神的认可和秉承。博学是吴中文人的共性，经、子、史，汉、唐、宋诸集，小说、释老之类无不可资为诗。③ 但是把博学与经世联系在一起，则是嘉定文化的特征。钱谦益说：

嘉定多读书汲古之士。余所知者徐允禄，字女廉，以经学为大师，奋髯扼腕，好谈天下大计。东事急，余在左坊，三千里寓书，当唱大议，亟劝主上南迁。己巳之役，徐元玉为忠言至计，而于廷

① 钱谦益《有学集》卷三十八，《钱谦益全集》陆，上海古籍出版社 2003 年版。
② 瞿式耜《初学集序》，《钱谦益全集》壹。
③ 可参简锦松《明代文学批评研究》，台湾学生书局 1989 年版，第 143 页。

益不幸而中也。①

钱谦益认为，嘉定文化“博学”、“经世”兼济的特征是由归有光缔造的。钱谦益曾与归有光之子归子慕一起编定《震川先生集》，推动归有光文章在清代的传播和影响。《列朝诗集小传》“震川先生归有光”条，叙述归有光听讼治狱事，称“熙甫为文，原本六经，而好太史公书，能得其风神脉理。……其于诗，似无意求工，滔滔自运，要非流俗可及”。而且归有光的风范披靡嘉定一代文人：

嘉定之老生宿儒，多出熙甫之门。故熙甫之流风遗论，叔达（唐时升字）与程孟阳（程嘉燧字）、娄子柔（娄坚字）皆能传道之，以有闻于世。②

在归有光流风余韵的影响之下，嘉定诗人表现出重经世、重学问的特征。如《列朝诗集小传》丁集下论唐时升“读书汲古，通达世务”；娄坚“师承议论，在元和、庆历之间，箴砭俗学，抉擿踳驳”；郑胤骥“雄健好谈经济”。读书致用，矫俗济世，是晚明嘉定文化的共同特征。钱谦益《嘉定四君集序》概括云：

四君之为诗文，大放厥词，各自己出，不必尽规摹熙甫。然其师承议论，以经经纬史为根柢，以文从字顺为体要，出车合辙，则固相与共之。古学之湮废久矣，向者剽贼窜窃之病，人皆知訾笑之，而学者之冥趋倒行，则愈变而愈下，譬诸徭涂车刍灵之伪，而遂真为罔两鬼魅也。其又可乎？居今之世，诚欲箴砭俗学，原本雅故，溯熙甫而上之，以蕲至于古之立言者，则四君之集，其亦中流之一壶也。③

在晚明的衰世之中，在当时经世致用思潮日益兴盛的氛围中，嘉定诸人的诗文在归有光的影响下，也“以经经纬史为根柢”，以文从字顺为体

① 钱谦益《列朝诗集小传》丁集下“郑秀才胤骥”条。此则内容谓徐女廉于天启元年提出国都南迁事，又见《有学集》卷十八《徐女廉遗集序》。

② 钱谦益《列朝诗集小传》丁集下“唐处士时升”条，第580页。

③《初学集》卷三十二，《钱谦益全集》贰。

要，出车合辙，切合世务。这是吴中诗歌和文化的新趋向。

钱谦益自称“余为书生，好谈国政”①，又沐浴在嘉定文化尚学问、重经济的氛围之中，加上亲更晚明世变，因此在理论上能认同嘉定传统，创作上则发扬了这种传统。钱谦益在《胡致果诗序》中提出“诗之义不能不本于史”，要求诗人秉承杜甫、陆游、范成大和“嘉定四先生”的精神，以诗歌抒写时代的苦难，表现对社会问题的思考。瞿式耜的《初学集序》论钱谦益诗云：“忠君忧国，感时叹世，《采苓》之怀美人，《风雨》之思君子，饮食燕乐，风怀谑浪，未尝不三致意焉。”世变之痛、身世之感、苍生之忧，正是钱谦益所谓“诗之本”。钱谦益在《题杜苍略自评诗文》中凝练地概括自己的文学观念：

> 夫诗文之道，萌折于灵心，蛰启于世运，而茁长于学问。三者相值，如灯之有炷、有油、有火而焰发焉。②

可以这样说，“灵心”是源自于吴中文化的任情适意和受此启发的性灵诗学；关乎世运、本于学问，则是嘉定文化濡染的结果。换个角度说，本乎学问、关乎世运，加之上面已经阐述的取径杜、韩、苏、陆，而踔厉特出、自成一家，是钱谦益为晚明诗学走出的新方向。③

唐宋之辨依然是晚明诗学的重要话题，但是与明代中期的一边倒趋势不同，明末清初，崇尚宋诗渐成显流，王嗣奭的一段话可算是有代表性的看法。他说：

> 今无论能诗不能诗，开口讥薄宋人。宋人安可轻也？宋有步趋唐人者，可以分路扬镳，有自操杼轴者，可以开山作祖。于鳞（按，李攀龙字）删诗，屏去宋、元，吾不能不为称屈。盖局于所见而不圆也。④

在当时普世尊唐的风气中，为学宋开道的一个策略，是提出“善学唐者

---

① 钱谦益《列朝诗集小传》丁集中“申少师时行”条，第544页。

②《有学集》卷四十九，《钱谦益全集》陆。

③ 详细论述可参见拙文《钱谦益与吴中诗学传统》，《文学评论》2008年第2期。

④ 王嗣奭《管天笔记外编》卷下《文学》，《丛书集成续编》第88册。

惟宋”的命题，因为明人的“瞎盛唐”已经遭到人们的唾弃，因此对于宋人学唐之经验的总结，或许是诗歌前进的一个方向。黄宗羲在《姜山启彭山诗稿序》里就说：“天下皆知宗唐诗，余以为善学唐者惟宋。”徐乾学《渔洋山人续集序》亦云：

> 宋以诗名者，不过学唐人而有得焉者也。宋之诗浑涵汪茫莫若苏、陆。合杜与韩而畅其旨者，子瞻也；合杜与白而伸其辞者，务观也。初未尝离唐人而别有所师。

学而有得，是宋人的经验，清人也试图学宋而自辟新途。与明人之株守盛唐不同，清人学宋，不在形似，而在神情谐会。徐乾学批评时人“以学唐者学宋、元，惟其口吻之似，则粗疏拗硬，佻巧窒涩之弊，又将无所不至矣”。以明人株守盛唐的态度来株守宋、元，同样是落入宋元窠臼，所以徐乾学说“无宋、元人之学识，不可以学唐；无唐人之才致，不可以学宋、元”①。

明末清初人学宋，其取径是绕过黄庭坚和江西诗派，而从南宋诗人入手。贺裳《载酒园诗话》云：“天启、崇祯中，忽崇尚宋诗，迄今未已。究未知宋人三百年间本末也，仅见陆务观一人耳。”诗歌学陆游的风气，得力于钱谦益的提倡。据毛奇龄《西河诗话》载，“宗伯（钱谦益）素称宋人诗当学务观”。毛奇龄《盛元白诗序》又云：“海内宗虞山教言，于南渡推放翁。”陆游的诗歌贴切时代，抒发其忧国感世的悲愤愁思，钱谦益等人在晚明的世变中更能领会陆游的孤诣苦心，与陆游更有异代同悲之感，因此读陆游诗能够会心有得。大体上来说，万历年间公安派肯定宋诗，主要是学闲逸流宕的白居易、苏轼；明末清初人学宋诗，主要是学“南宋四大家”。钱谦益有《和范致能燕山道中绝句八首》，其序云：

> 吾郡范文穆公成大，以乾道六年使金。自渡淮至燕山，途中有《绝句诗》一卷，自白沟河抵会同馆凡八首，则余入畿南所经历道也。吊古忧时，感叹天水、金源遗迹，援笔属和，情见乎辞，庶几

① 徐乾学《宋金元诗选序》，《徐大司寇憺园全集》卷十九，见王镇远、邬国平编选《清代文论选》第338页。

> 效蒙瞽之义焉。①

忧时感世，是尊宋的明末清初诗人与南宋诗人的共同主题。朱彝尊主要还是站在学唐的立场，因此他对于清初的盛行南宋之风给予批评云：

> 今海内之士，方以南宋杨、范、陆诸人为师，流入纤缛滑利之习。(《沈明府不羁集序》)

南宋诗人，陆游诗遒宕而圆润，杨万里、范成大诗流畅偕俗，总体上不像黄庭坚诗突兀危仄。明末清初诗论家主张文从字顺，如钱谦益《徐元叹诗序》云："宣己谕物，言志之方也。文从字顺，永言之则也。"对于黄庭坚诗的奥涩奇硬是没有好感的。钱谦益谓黄庭坚最不善于学杜甫(《钱注杜诗凡例》)，这也是时人的普遍态度。

钱谦益尊崇宋诗，为明万历以来尚宋诗风的抬头增添了推进剂，为清初尚宋诗风在诗坛的崛起确立了根基。李塨《阎户部诗集序》云：

> 自明季虞山钱氏尊宋而绌唐，于是风云月露之辞，变而马勃鸭秽，弥漫纸上，而诗乃卑而不足道。

这虽然是否定的态度，但是也客观地描述了钱谦益尊宋绌唐对于清代诗坛的影响。康熙以降，宋诗可以与唐诗抗礼分庭，不能不说得益于钱谦益的抬举。

清代诗坛，唐宋之争依然存在。洪亮吉曾描述康、乾时期诗坛各持宗派、各有所偏的局面：

> 康熙中，主坛坫者新城王尚书士禛、商丘宋尚书荦。新城源出严沧浪，诗品以神韵为宗，所选《唐贤三昧集》，专主王、孟、韦、柳而已，所为诗亦多近之，是学王、孟、韦、柳之派。商丘诗主条畅，又刻意生新，其源出于眉山苏氏，游其门者如邵山人长蘅等，亦皆靡然从风；同时海盐查编修慎行，亦有盛名，而源又出于剑南陆氏，是又学苏、陆之派。秀水朱检讨彝尊，始则描摹初唐，

① 钱谦益《初学集》卷一，《钱谦益全集》壹。

继则泛滥北宋，是又学初唐、北宋之派。博山赵宫赞执信，复矫王、宋之弊，持论一准常熟二冯，以唐温、李为极则，是又学温、李之派。乾隆中叶，长洲沈尚书德潜以诗名吴下，专以唐开元、天宝为宗，从之游者，类皆摩取声调，讲求格律，而真意渐漓，是又学开元、天宝之派。盖不及百年，诗凡数变，而皆不出于各持宗派。何则？才分独有所到，则嗜好各有所偏，欲合之，无可合也。(《西溪渔隐诗序》)

宗唐诗者，在王士禛之前，还有吴伟业。吴伟业在诗学上与云间陈子龙同调。他在《与宋尚木论诗书》等文中既抨击竟陵诗派“立论最偏，取材甚狭”，又回击钱谦益对前后七子的贬斥，而同情明代的格调诗学，主张诗学盛唐，尊李、杜而尚格调，以高深雄浑为美。当然吴伟业也认识到复古派的“瑕纇”，他主张宗尚盛唐而忌蹈剽窃摹拟的覆辙，标举格调高古而避免粗疏鲁莽[①]。与王士禛同时的姜宸英诗学祈向也在汉魏盛唐。在《史蕉饮芜城诗集序》中他称赞史申义“五言古，澄淡精莹，直窥开、宝风格；七言古调，尤能兼采汉魏乐府，被以新声；近体取材丰赡，湔削清警，总之无一尘俗语”。他批评当世诗家“上者规模韩、苏，次则挦扯杨、陆”的风气，浅薄粗率，落入俚俗鄙陋，却“借宋人以自诡”。其实，朱彝尊虽然诗学多变，而从总体上来看，也倾向于宗唐。其《王学士西征草序》云：“学诗者以唐人为径，此遵道而得周行者也。”朱彝尊论诗主张感物缘情，对于宋人的生涩奇奥甚至俚鄙粗俗颇多批评，如他的《橡村诗序》云：“今之言诗者多主于宋，黄鲁直吾见其太生，陆务观吾见其太缛，范致能吾见其弱，九僧、四灵吾见其拘，杨廷秀、郑德源吾见其俚。”又《叶李二使君合刻诗序》云：“今之言诗者，每厌弃唐音，转入宋人之流派，高者师法苏、黄，下乃效及杨廷秀之体，叫嚣以为奇，俚鄙以为正，譬之于乐，其变而不成方者与?”

值得注意的是，晚明和清初的尊宋诗学都不避俚俗，因此取法南宋诗人时把多采俗语入诗的杨万里也包罗进去，如吕留良、吴之振等编纂

① 吴伟业《与宋尚木论诗书》，《吴梅村全集》，上海古籍出版社 1990 年版，第 1089 页。

的《宋诗钞》就多录杨万里诗，因此贻人口实。朱彝尊对于杨万里的俚鄙就给予猛烈抨击，田雯《论诗》云："诚斋一出，腐俗已甚。"至乾隆以后，宋诗派避忌俚俗，对于杨万里都没有好感。对杨万里态度的变化，折射出尊宋诗学由尚俗到忌俗的一个转变过程。

洪亮吉在上文提到的出于苏轼的宋荦、邵长蘅，出于苏、陆的查慎行都是康熙朝有名的尊宋诗人。此外，还有汪琬、徐乾学等人。汪琬《蓬步诗集序》云："唐诗以杜子美为大家，宋诗以苏子瞻、陆务观为大家。此三家者，皆才雄而学赡，气俊而词伟，虽至片言只句，往往能写不易名之状与不易吐之情，使读者爽然而觉，跃然而兴，固非饾饤雕画者所得仿佛其万一也。"徐乾学也反对"唐以后无诗"的说法，肯定宋人"多所自得"。即使是王士禛，也曾在唐宋之间徘徊，他论七言歌行，"至子美、子瞻二公，无以加矣"（《带经堂诗话》卷一）。总体上看，清人在唐宋之间是有偏尚而无偏废，不像明人那样作一刀两断语。

清初诗学的尊宋倾向，破除明代诗学的樊篱，在理论问题上作出新的思考和探索。康熙朝的叶燮，在尊宋诗学的基础上提出了较为系统的诗学理论体系。

传统诗歌演化到明清时期，出现过各种偏向，需要加以理论探讨，重新审视诗歌前进的道路。叶燮所面对的诗学现状：

一、复古格调诗学虽然不能独霸诗坛，但是余波犹存，尚有影响。叶燮的《原诗》批评当时拘守格调、陈陈相因的复古诗论说：

> 夫人之心思，本无涯涘可穷尽、可方体，每患于局而不能摅，扃而不能发；乃故囿之而不使之摅，键之而不使之发，则萎然疲苶，安能见其长乎！故百年之间，守其高曾，不敢改物，熟调肤辞，陈陈相因；而求一轶群之步，弛跅之材，盖未易遇矣！（外篇上）

二、钟惺、谭元春竟陵诗派的楚风并未尽熄，"入于琐屑、滑稽、隐怪、荆棘之境，以矜其新异，其过殆又甚焉"（《原诗》外篇上）。

三、明末清初新起的尊宋诗学以学唐的方法学宋。叶燮说：

> 近今诗家，知惩"七子"之习弊，扫其陈熟余派，是矣。然

其过，凡声调字句之近乎唐者，一切屏弃而不为，务趋于奥僻，以险怪相尚。目为生新，自负得宋人之髓。(《原诗》外篇上)

这三种偏向都是没有正确认识和处理“正”和“变”的关系。因此，叶燮首先要解决的理论问题，就是正变盛衰论。他在《原诗》内篇下说：“谨以数千年诗之正变盛衰之所以然，略为发明，以俟古人之复起。”关于诗歌复古和新变的问题，叶燮没有将二者对立起来，而是认为有源必有流，有正必有变，有因也有创。《原诗》内篇上第一条云：

诗有源必有流，有本必达末；又有因流而溯源，循末以返本。其学无穷，其理日出。乃知诗之为道，未有一日不相续相禅而或息者也。但就一时而论，有盛必有衰。综千古而论，则盛而必至于衰，又必自衰而复盛。非在前者之必居于盛，后者之必居于衰也。

明代复古派持退化论文学史观，主张取法乎上，不读宋以后书；而矫枉者钟惺、谭元春等又逞“偏畸之私说”，在叶燮看来都是不明“通变”之理。“源”和“本”是前代诗歌中透露的旺盛生机，当这种生机在后代诗歌中发挥至极而渐呈枯萎时，诗歌的道路应该是溯源返本，以期衰而复盛。叶燮认为有正必有变，有因也有创，这是文学发展的必然规律。从这个立场看问题，他说建安、黄初之诗“因”于苏、李与《十九首》。然《十九首》止自言其情，建安、黄初之诗乃有献酬、纪行、颂德诸体，遂开后世种种应酬等类，则“因”而实为“创”。此变之始也。建安、黄初之诗，大抵敦厚而浑朴，中正而达情。一变而为晋，如陆机之缠绵铺丽，左思之卓荦磅礴，各不同也。魏晋以后诸子，“各不相师，咸矫然自成一家”。各有所“因”，而实一一能为“创”。至于宋诗，叶燮说，宋初诗袭唐人之旧，如徐铉、王禹偁辈，纯是唐音。“苏舜卿、梅尧臣出，始一大变。欧阳修亟称二人不置。自后诸大家叠兴，所造各有至极。今人一概称为‘宋诗’者也”。南宋、金、元，作者不一。大家如陆游、范成大、元好问为最，各能自见其才。

诗歌史上的“正变”说，源于汉人对《诗经》的评论，所谓“国异政，家殊俗，而变《风》变《雅》作焉”，将《诗》的“正变”与时代的盛衰联系起来，崇正黜变。但是叶燮说：

吾言后代之诗，有正有变，其正变系乎诗，谓体格、声调、命意、措辞、新故升降之不同，此以诗言诗；诗递变而时随之，故有汉、魏、六朝、唐、宋、元、明之互为盛衰，惟变以救正之衰，故递衰递盛，诗之流也。(《原诗》内篇上)

《风》《雅》“正变”论，是“以时言诗”；而叶燮是“以诗言诗”，立足于诗歌本身的体格、声调、命意等之升降不同而论“正变”，所以他认为历代诗歌的总体趋势是踵事增华，因时递变，各有盛衰，“变”是救“正”之衰而复盛。叶燮主张精益求精，创造生新，破除复古派沁心已久的拘守汉魏盛唐的锢习。他批评诗坛长期以来贬斥宋诗，而肯定宋诗能够各见其才，自具一格，是古代诗歌发展的新阶段。总体上来看，在“正”和“变”二者之间叶燮更重视“变”。《原诗》内篇上云：

盖自有天地以来，古今世运气数，递变迁以相禅。古云：“天道十年而一变。”此理也，亦势也，无事无物不然；宁独诗之一道，胶固而不变乎？今就《三百篇》言之：《风》有正风，有变风；《雅》有正雅，有变雅。《风》《雅》已不能不由正而变，吾夫子亦不能存正而删变也；则后此为《风》《雅》之流者，其不能伸正而诎变也，明矣。

叶燮视“变”为天地自然法则，无事无物不然，就是儒家的经典《诗经》也不能不“变”。从这种“尚变”的历史观出发，叶燮能够给诗歌史现象作出新的评论。如晚唐诗，一般批评其为衰飒之风，而加以贬低，但是叶燮认为衰飒不一定就不美，衰飒是晚唐诗的特点，而不是缺点。衰飒之风，就像秋天的芙蓉、丛菊一样，“极幽艳晚香之韵”，是另一种美。叶燮的这种“尚变”历史观，为清诗走出复古樊篱立说开道；在康熙朝的唐宋胶葛中，为尊宋诗学奠定了理论根基。同时，叶燮正是从“尚变”的理论出发认识到清人学宋的弊端。他在《黄叶村庄诗序》中说：

予谓古人之诗，可似而不可学。何也？学则为步趋，似则为吻合。学古人之诗，彼自古人之诗，与我何涉？似古人之诗，则古人之诗亦似我，我乃自得。故学西子之矉则丑，似西子之矉则美也。……诗自《三百篇》及汉、魏、六朝、唐、宋、元、明，惟不相仍，能因时而善变，如风雨、阴晴、寒暑，故日新而不病。今人见诗之能变而新者，则举之而归之“学宋”，皆锢于相仍之恒而不知因者也。

叶燮认为学宋和尚宋有着本质的区别，学宋是步趋宋人，摹仿形迹，而尚宋则是秉承宋人主变主新、自成一家的创造精神。明人的宗唐，如果说是执源忘流的话，那么，清初的学宋就是“得流弃源”，这都是将“源”和“流”切割开来，对立起来，是为叶燮所否定的。叶燮主张学诗者应“察其源流，识其升降”，自成一格。清代尊宋诗学与明代宗唐诗学在态度上的一个重要差别，就是清人能够脱略形迹，追求神似，至少在理论上已认识到这一点。

叶燮主变，与晚明公安派和竟陵派之“变”尚有不同。公安“变”而落俗，竟陵“变”而入幽，而叶燮主张“变化而不失其正”，体格、声调、命意、措辞尽可新变，但是不能违背“雅”的原则。叶燮《汪秋原浪斋二集诗序》说：

诗道之不能不变于古今而日趋于异也，日趋于异，而变之中有不变者存，请得一言以蔽之，曰：雅。雅也者，作诗之原，而可以尽乎诗之流者也。自《三百篇》以温厚和平之旨肇其端，其流递变而递降。温厚流而为激亢，和平流而为刻削，过刚则有桀奡诘聱之音，过柔则有靡曼浮艳之响，乃至为寒、为瘦、为袭、为貌，其流之变，厥有百千，然皆各得诗人之一体。一体者，不失其命意措辞之雅而已。所以平奇、浓淡、巧拙、清浊，无不可为诗，而无不可以为雅。诗无一格，而雅亦无一格。惟不可涉于俗，俗则与雅为对，其病沦于髓而不可救。去此病，乃可以言诗。①

叶燮主要是为了矫正明代万历以来诗歌的落俗，而提出“雅”作为诗之为诗的本源。当然他所谓的“雅”不是一种凝固的诗歌风格，而是

① 叶燮《已畦集》卷九，《四库全书存目丛书》影印清康熙年间刻本。

诗歌各种不同风格所应遵循的基本原则，“诗无一格，而雅亦无一格”。叶燮没有用一种固定的“雅”格来束缚诗人手脚，而是认为平奇、浓淡、巧拙、清浊等不同风格若能不落于“俗”，就是不背于“雅”。这体现出叶燮理论灵活、通达而辩证的特点。又如叶燮论“温柔敦厚”，也不拘泥旧说而显得较为圆融活络：

或曰：“‘温柔敦厚，诗教也。’汉魏去古未远，此意犹存，后此者不及也。”不知“温柔敦厚”，其意也，所以为体也，措之于用，则不同；辞者，其文也，所以为用也，返之于体，则不异。汉魏之辞，有汉魏之“温柔敦厚”，唐、宋、元之辞，有唐、宋、元之“温柔敦厚”。譬之一草一木，无不得天地之阳春以发生。草木以亿万计，其发生之情状，亦以亿万计，而未尝有相同一定之形，无不盎然皆具阳春之意，岂得曰若者得天地之阳春，而若者为不得者哉！且“温柔敦厚”之旨，亦在作者神而明之；如必执而泥之，则《巷伯》“投畀”之章，亦难合于斯言矣。（《原诗》内篇上）

对于“温柔敦厚”的理解，历代各有异辞，或宽或严。相对来说，宋人偏严，往往持“温柔敦厚”的教条而批评诗人写私情、发怨怒。清初顾炎武则提出《诗经》中“亦有直斥其人而不讳者”，并没有违背“温柔敦厚”的原则，算是对“温柔敦厚”较为宽泛的理解。叶燮进一步指出，“温柔敦厚”作为诗歌的基本原则，在不同的时代有不同的表现。若联系叶燮整体诗学思想来看，若不叛于道，不戾于经，不乖于事理，不落于俗，就是符合“温柔敦厚”之旨。

叶燮诗学的深刻性还表现在对诗歌创作的主客体因素有较为深入的认识。《原诗》内篇下有云：

曰理、曰事、曰情，此三言者足以穷尽万有之变态。凡形形色色，音声状貌，举不能越乎此。此举在物者而为言，而无一物之或能去此者也。曰才、曰胆、曰识、曰力，此四言者所以穷尽此心之神明。凡形形色色，音声状貌，无不待于此而为之发宣昭著。此举在我者而为言，而无一不如此心以出之者也。以在我之四，衡在物之三，合而为作者之文章。

这段话可谓叶燮诗论的总纲。以前的诗学，大体上是唐人重情，宋人重理。对于宋人的言理，明人多给予批评。而杜甫开创的“诗史”风气，明人杨慎首先发难，因而亦成为悬而未决的问题。诗歌能否表现、如何表现“理”和“事”？这也是诗学史上莫衷一是的问题。叶燮对此给予明确的回答，在传统的“言情”的基础上，他进一步将诗歌表现的对象世界扩大到“理”和“事”。然而一切的文艺无不是以理、事、情为对象，与诗歌相对的文章，也是表现理、事、情的，那么诗歌的特殊性何在呢？叶燮《原诗》内篇下回答了这个问题：

> 可言之理，人人能言之，又安在诗人之言之！可征之事，人人能述之，又安在诗人之述之！必有不可言之理，不可述之事，遇之于默会意象之表，而理与事无不灿然于前者也。……示人以默会想象之表，言语道断，思维路绝；然其中之理，至虚而实，至渺而近，灼然心目之间，殆如鸢飞鱼跃之昭著也。
>
> 夫情必依乎理，情得然后理真。情理交至，事尚不得耶！要之作诗者，实写理、事、情，可以言言，可以解解，即为俗儒之作。惟不可名言之理，不可施见之事，不可径达之情，则幽渺以为理，想象以为事，惝恍以为情，方为理至事至情至之语。

这段话的意思是，情与理不是矛盾的，情至之语如“春风不度玉门关”、“天若有情天亦老”，或许看似不经，但却颇有力度地表现出深邃的社会人生之理。诗歌表现理、事、情，有它自己的特征，不是直接地“说”出理、事、情，不是理、事、情直接呈露于语言中，而是化实为虚，通过想象、夸张等多种手法，以具体可感的意象融涵理、事、情，将理、事、情融汇于意象之中，寄托在言语之外，令人思而咀之，不可言解而可意会。

叶燮论主体，提出“才”、“胆”、“识”、“力”四个方面：

> 大凡人无才，则心思不出；无胆，则笔墨畏缩；无识，则不能

取舍；无力，则不能自成一家。（《原诗》内篇下）①

“才”是历代诗论家都较为重视的主体才能，“识”是自宋代诗学史较为重视的诗人的“识力”。叶燮提出“胆”和“力”，是张扬一种自我创造、独立生新、自成一家的独创精神，《原诗》内篇下说：“窃以为相似而伪，无宁相异而真。”《原诗》外篇上又说：“诗而曰‘作’，须有我之神明在内。”叶燮论诗主张各具真面目，推崇诗史上各具真面目的陶潜、李白、杜甫、韩愈、苏轼等人，表现出对诗歌个性化特征的强调。

叶燮认为才、胆、识、力四者，交相为济，不可欠缺，但要以识为先，若无识，则三者俱无所托。叶燮说：

> 人惟中藏无识，则理、事、情错陈于前，而浑然茫然，是非可否，妍媸黑白，悉眩惑而不能辨，安望其敷而出之为才乎！文章之能事，实始乎此。今夫诗，彼无识者，既不能知古来作者之意，并不自知其何所兴感、触发而为诗。（《原诗》内篇下）

有识则明是非，理、事、情任我甄别取舍；识高则胆张，摆脱束缚，独立生解。“识”是宋代诗学的重要范畴，体现出主体对对象世界的超越，“尚意”模式对“感物兴情”模式的超越。叶燮重视“识”，从一个方面体现出他的诗学与宋代诗学的联系，是在宋代诗学基础上的新发展。

才、胆、识、力，主要是就主体的创作能力而言的，在四者之上，叶燮还提出更为本质的要素，即诗人的胸襟。叶燮在《密游集序》中将诗歌分为“才人之诗”和“志士之诗”。才人之诗，事雕绘，工镂刻，以驰骋乎风花月露之场，可以作，也可以不作；而志士之诗，“本乎性之高明以为其质，历乎事之常变以坚其学，遭乎境之坎壈郁怫以老其识”，即欲不作，而必不能不作。志士之诗，源于诗人胸襟的博大超卓。叶燮论诗，从诗人的品格胸襟入手，他持“文品如人品”的观点，

① 按，比叶燮大 13 岁的释淡归，在《李赤茂集序》中提出“夫天下不患无才学，而贵识与胆。胆者，识之所生，而能成识。识如眼，胆如四肢。……才与学能成胆，无识不能成才学”，值得与叶燮此论相互参证。

强调诗人胸襟的仁爱宽广，深厚醇美。他认为胸襟是“诗之基”，第一流的诗应该建立在第一流的人格根基上。《原诗》内篇下说：

> 我谓作诗者，亦必先有诗之基焉。诗之基，其人之胸襟是也。有胸襟，然后能载其性情、智慧、聪明、才辨以出，随遇发生，随生即盛。千古诗人推杜甫。其诗随所遇之人之境之事之物，无处不发其思君王、忧祸乱、悲时日、念友朋、吊古人、怀远道，凡欢愉、幽愁、离合、今昔之感，一一触类而起，因遇得题，因题达情，因情敷句，皆因甫有其胸襟以为基。有是胸襟以为基，而后可以为诗文。

叶燮这里对诗人胸襟的重视，是秉承宋代苏、黄诗学的精神传统，我们在前面相关章节已阐述过苏轼“平生学道真实意，岂与穷达俱存亡”和黄庭坚“句中稍觉道战胜，胸次不使俗尘生”① 的胸怀。这些诗都强调诗人的胸襟怀抱对外在物质世界的战胜。宋人批评孟郊非远器，就是指他识见不高，胸襟褊窄。叶燮抨击诗人好名好利，这里论杜甫，近乎宋人所谓“一饭不忘忧国”，都是对诗人超卓器识、宽广胸襟的称赞。

如果把叶燮的胸襟论放在明清诗学的大背景中看，更能显示出其理论卓识和意义。明代的格调诗学重在诗歌作品的格调高古，对于诗人的情感个性和精神境界没有足够的重视，而叶燮的“胸襟”论则是对此偏颇的纠正。《原诗》外篇上说：

> 彼诗家之体格、声调、苍老、波澜，为规则，为能事，固然矣，然必其人具有诗之性情、诗之才调、诗之胸怀、诗之见解以为其质。

与叶燮同时的王士禛提出“神韵”说，与“格调”说尚有一定的联系，也只是重诗而不重人，性情隐而面目昏。叶燮重胸襟、重人品，强调诗要有自我真面目，正是纠正诗坛之弊而提出的新方向。明代后期兴起的尊宋诗学，是对格调诗学的反拨，但是公安派的尚俗又开启了新的弊

① 苏轼《吾谪海南，子由雷州被命即行，了不相知，至梧乃闻其尚在藤也。旦夕当追及，作此诗示之》，黄庭坚《再次韵兼简履中南玉三首》之一。

端，上面已经叙述的清初人重视并效法杨万里，就是表征。而叶燮提出“胸襟”论、“人品”论，正是对尊宋诗学俚俗化倾向的遏制。后来，沈德潜继承了叶燮的“胸襟”论而重提复古格调和“温柔敦厚”，在总体诗学精神上又是与叶燮相违背的。

第二节　浙派与清中叶的尊宋诗学

清代前中期的尊宋诗学，从地域上说，主要有两个中心，一个是吴地，一个是浙江，此外桐城的姚鼐和大兴的翁方纲都是乾隆时期大力倡导宋风的人物。上一节论明末清初尊宋诗学的崛起，主要是以钱谦益和叶燮两位吴地诗人为中心，然而吴地诗学至乾隆时期沈德潜主导坛坫时风气大变，转而宗汉魏盛唐，标尚格调复古。而浙江诗学的取向正好相反，在清代前中期实现由宗唐向尊宋的转变，而且这种转变与吴地诗学关系甚密。这一节主要阐述“浙派”和翁方纲的尊宋诗论。

清代浙江诗坛，应该从“西泠十子”说起。“西泠十子”是指明末清初柴绍炳、吴百朋、陈廷会、孙治、丁澎、虞黄昊、沈谦、毛先舒、张丹、陆圻等杭州诗人群体。崇祯十年（1637），陈子龙中进士后，任绍兴推官，奖掖后学。“西泠十子”为当地才俊，均师事陈子龙，在诗学上承继云间诗学的格调复古传统。吴伟业《致孚社诸子书》说：“龙眠、西陵，继云间而作者也。”① “西泠十子”的创作风格各有不同。在理论上，他们延承陈子龙所谓“终宋之世无诗焉”② 的观念，主张取法乎上，尊奉汉魏盛唐，标举格调高古。柴绍炳曾提出，近体从六代初盛唐入手，五言古诗则必取《十九首》、河梁、建安诸子。③ 他还重申何景明《明月篇序》的杜诗“变调”说，批评“杜律雅非正宗”，世人盲目学杜，曰：“复苦仿而增剧焉，倔强不顾，率天下而祸风雅者，必斯人也哉！”④ 对于宋元诗歌，柴绍炳批评“宋习鄙钝，元音俚下”（《西陵十子诗选序》），与李攀龙、陈子龙等复古派的态度相一致。毛先舒

① 吴伟业《致孚社诸子书》，《吴梅村全集》，上海古籍出版社 1990 年版，第 1087 页。
② 陈子龙《王介人诗余序》，见《陈子龙文集》之《安雅堂稿》卷二。
③ 柴绍炳《唐诗辨》，《柴省轩先生文钞》卷三，《四库全书存目丛书》影印清康熙刻本。
④ 柴绍炳《杜工部七言律说》，同上，卷四。

是“西泠十子”中较多理论思考的人物，他的《诗辩坻》主张“敛才就格”，标格声调以为抒写性灵之具，旨在救晚明诗歌狂肆粗俗之弊，基本精神与明代宗唐复古诗学也是一致的。不过，在明末的衰世和清初的悲凉心境中，“西泠十子”的诗歌多呈衰飒颓唐之象，情深悲远，近于晚唐和宋末的“江湖”、“四灵”。因此，朱庭珍《筱园诗话》曾评毛先舒和陆圻“格殊不高大，多染宋习”。

在清代前期畸唐畸宋的胶葛中，“西泠十子”风流未坠，其宗唐诗脉得到延续，但是其后继者已渐渐淡化了唐宋之辨，而采取参伍兼宗的态度。厉鹗《懒园诗钞序》论“西泠十子”的余脉云：

> 往时，吾杭言诗者，必推西泠十子。十子之诗，皆能自为唐诗者也。承其学者：吴丈志上、徐丈紫山师张先生秦亭，蒋丈静山、雪樵、陈丈懒园师毛先生稚黄，沈丈方舟独师岭南五子，而说亦与十子合。诸君之诗，声应节赴，宫商欣合，故流派同而交谊亦日以笃。……（懒园）歌行排奡，仿佛嘉州、东川，五七言近体，亦在钱、刘之间。……诸君言为唐诗，工矣；拙者为之，得貌遗神，而唐诗穷。于是能者参之苏、黄、范、陆，时出新意，末流遂澜倒，无复绳检，而不为唐诗者又穷。物穷则变，变则通。

厉鹗还提到自己年最少，“而诸君皆折节下予”，可见风气之转变。

诗论史上的“浙派”，应该从黄宗羲叙起。黄宗羲是明清之际著名的思想家，在明清异代、思想激变的时势中，黄宗羲在政治思想上提出了一些振聋发聩的见解；通过对于经史学术传统的梳理、总结和反思，矫正学术的方向。在诗学上，黄宗羲也反思了明代诗学，力图走出明人的樊篱，开创新的道路。黄宗羲的诗学，一定程度上受到钱谦益的影响。他 27 岁时曾至长洲拜访钱谦益，请撰《忠端公墓志》①。41 岁时，又访钱谦益于绛云楼，相约为读书伴侣，闭关三年，可惜不久绛云楼就

① 黄炳垕《黄宗羲年谱》卷上：“崇祯九年丙子（1636），公二十七岁。二月过长洲，谒文文肃公。过虞山，访钱宗伯。”见王政尧点校《黄宗羲年谱》，中华书局 1993 年版，第 17 页。又参金鹤冲《钱牧斋先生年谱》“丙子”条，《牧斋杂著》附录，《钱谦益全集》捌。《忠端公墓志》即《山东道监察御史赠太仆寺卿黄公墓志铭》，收入《牧斋初学集》卷五十。

付之一炬①。钱谦益去世后第二年，黄宗羲作《八哀诗》，其中之一便是哭钱宗伯虞山，称钱谦益“四海宗盟五十年”。钱谦益诗学的经世精神、尚学倾向、诗史意识，对黄宗羲不无启发。黄宗羲论诗突破宗唐的牢笼而尊尚宋诗，与钱谦益的诗学取向也基本一致。

正如上文提及，陈子龙任官绍兴，又激起了浙江的唐复古风气。黄宗羲论诗，虽然没有明显攻击“西泠十子”的意图，但是重新燃炽的复古风气，显然是黄宗羲力破主奴唐宋的文化背景。黄宗羲在《姜山启彭山诗稿序》中曾批评陈子龙于李、何、王、李之复古风气“水落石出”之后，“犹吹其寒火”②，显然他批斥宗唐，不是无的放矢之论。黄宗羲视诗为精神所寄寓，应该情真而事切，据此他批评明代的格调诗学空疏不实。他在《景州诗集序》中说：“夫诗以道性情，自高廷礼以来，主张声调，而人之性情亡矣。”③ 高棅的《唐诗品汇》是明代复古诗学的诗歌范本，黄宗羲批评宗唐诗学，抨击这部在明代影响甚大的诗选，可谓釜底抽薪，与钱谦益诸人辩难严羽《沧浪诗话》手法如一。晚明是诗学的激变期，百年之中，诗坛叠变。黄宗羲概括晚明诗学走出复古派范围后的三派曰：

其间公安欲变之以元、白，竟陵欲变之以晚唐，虞山求少陵于排比之际，皆其形似，可谓之不善学唐者矣。(《姜山启彭山诗稿序》)

百年之中，诗凡三变，有北地、历下之唐，以声调为鼓吹；有公安、竟陵之唐，以浅率幽深为秘籍；有虞山之唐，以排比为波澜。虽各有所得，而欲使天下之精神，聚之于一途，是使诈伪百出，止留其肤受耳。(《靳熊封诗序》)

在黄宗羲看来，不论是学唐还是学宋，都先有一个划唐界宋的先入之见塞滞于胸中，对诗人的自在精神产生束缚。他说：“今之为诗者，曰必为唐，必为宋，规规焉俯首缩步，至不敢易一辞，出一语，纵使似之，

① 黄宗羲《天一阁藏书记》，见《南雷集》卷二，《四部丛刊》影印无锡孙氏小绿天藏原刊本。

② 见《黄宗羲全集》第10册，浙江古籍出版社2005年版，第61页。

③ 黄宗羲《景州诗集序》，《黄宗羲全集》第10册，第15页。

亦不足贵。"[1] 黄宗羲的一个重要主张是破除这个分界唐宋的陋见。在《张心友诗序》中他提出"诗不当以时代而论"，认为"宋元各有优长"。这种破除唐宋疆界的思想，在当时为尊宋诗学的崛起开辟了道路，因此他被时人视为"主张宋诗"。对此他自我辩解，提出："夫宋诗之佳，亦谓其能唐耳，非谓舍唐之外能自为宋也。"黄宗羲的这个提法，看起来多少带有明人"以唐律宋"的痕迹，即用唐诗的审美眼光过滤宋诗，但是，若联系黄宗羲的另一段文字来看，并非如此。他的《姜山启彭山诗稿序》曰：

> 天下皆知宗唐诗，余以为善学唐者唯宋。顾唐诗之体不一，白体、昆体、晚唐体。白体如李文正、徐常侍昆仲、王元之、王汉谋；昆体则杨、刘之西昆，出于义山，二宋、张乖崖、钱僖公、丁崖州其亚也；晚唐体则九僧、寇莱公、鲁三交、林和靖、魏仲先父子、潘逍遥、赵清献之辈，凡数十家，至叶水心、四灵而大振；少陵体则黄双井专尚之，流而为豫章诗派，乃宋诗之渊薮，号为独盛；欧、梅得体于太白、昌黎；王半山、杨诚斋得体于唐绝；晚唐之中，出于自然，不落纤巧凡近者，即王辋川、孟襄阳之体也。虽咸酸嗜好之不同，要必心游万仞，沥液群言，上下于数千年之间，始成其为一家之学，故曰善学唐者唯宋。[2]

尽管这段文字多本源于方回的《送罗寿可诗序》，但是他认识并肯定宋人源于唐而能自成一家的特征，称赞宋人学唐而能变唐乃"善学唐者"，实际上表达了他自己的一种学习态度，即学而能变。到了晚年，黄宗羲更能够超越唐疆宋界的限制，而主张自出机杼、畅写己情的创造。在《范道原诗序》中他"但劝世人各做自己诗，切勿替他人争短争长，则诗道其昌矣"。黄宗羲把诗视为"联属天地万物而畅吾之精神意志"的人生寄寓方式，因此超越宗唐尊宋的胶葛而主张各极其性分之所至，各趋己途，各为己诗。

黄宗羲的诗学，在清初的浙江有不少同道者，至少可以举出一起编

---

① 黄宗羲《曹实庵先生诗序》，《黄宗羲全集》第10册，第88页。

② 黄宗羲《姜山启彭山诗稿序》，《黄宗羲全集》第10册，第60页。

《宋诗钞》的吴之振和吕留良两人。他们与钱谦益的交往都甚为密切，特别是吴之振，“师是虞山友晚村”①，与钱谦益有师生之谊。吴之振与其侄吴自牧的诗学道路有过曲折，据陈融《颙园诗话》记载，“自牧少与孟举同学，俱效伯敬隐秀轩体，年十六、七始交吕晚村，又共摹初、盛唐，后乃变入苏、黄之室”。吴之振诗歌颇近宋人，主要是学苏、黄。他的《论诗偶成》其中云：

夺胎换骨义难羁，诗到苏黄语益奇。一鸟不鸣翻旧案，前人定笑后人痴。

残花剩叶点清江，稊米纷纷溢太仓。一字换来无骨力，惭将诗格拟苏黄。②

叶燮《黄叶村庄诗序》称赞他“能因而善变”，五古似梅尧臣，出入于黄庭坚，七律似苏轼，七绝似元遗山，新而不伤，奇而不颇。吕留良论诗主张“各葆其天性，各禀其生趣”，反对受空套的束缚而作“伪盛唐”③。这种跳脱唐诗樊篱而尊尚宋诗的诗学趋向，使得他们能够将精力聚集于整理、编辑文献芜散的宋诗。

宋人的诗歌别集，在明代的诗学环境中是得不到重视的，任其散落，因此遗失较多。④ 在吴之振等人编辑《宋诗钞》之前，涉及宋诗的比较著名的选本有曹学佺《石仓历代诗选》和李蓘《宋艺圃集》。曹学佺此选，全书五百零六卷，其中宋诗一百零七卷，对于保存一代文献，功德伟矣。李蓘选宋诗集，则是站在唐人的立场上审察宋诗。他在序中责难道：“宋人惟理是求，而神髓索焉，其遗议于后也奚怪！”所以吴之振在《宋诗钞序》中批评说：“李蓘选宋诗，取其离远于宋而近附乎唐者。”他也不满意于曹学佺选宋诗“近唐调”，认为：“以此义选宋

---

① 杨际昌《国朝诗话》载尤念修题《黄叶老人遗照》，转引自钱仲联主编《清诗纪事》（影印本），凤凰出版社 2004 年版，第 950 页。

② 见吴之振《黄叶村庄诗后集》，《四库全书存目丛书》影印清康熙刻本。

③ 参吕留良《古处斋集序》和《寻畅楼诗稿序》，《吕晚村先生文集》卷五，《续修四库全书》影印清雍正三年吕氏天盖楼刻本。

④ 明谢肇淛《小草斋诗话》云：“宋诗五百余家，而传世者及藏书所有者不及其半，内府秘阁之藏，尚有百余家，但人迹罕至，翻阅不时，恐易代之后终成乌有耳。一代文献不三百年而零落乃尔，后死者独无责哉！”

诗，其所谓唐终不可近也，而宋人之诗则已亡矣。”

吴之振、吕留良、吴自牧、黄宗羲等人有感于“宋集为世所厌弃，其存者如秦火后之诗书”（《宋诗钞凡例》），于康熙二年（1663）开始编选《宋诗钞》，至康熙十年（1671）纂辑成初集一百零六卷，实选宋诗84家，仿元好问《中州集》体例，列有小传，介绍生平，评述诗风。这部宋诗总集的贡献，不仅在于保存宋代诗歌文献，而且真正做到“以宋存宋”，矫正了过去以唐律宋的编选态度，力图保持宋诗的本来面目，突出宋诗自身的特征。吴之振《自序》云：

> 自明嘉、隆后，言诗家尊唐而黜宋，宋人集覆瓿糊壁，弃之若不克尽。故今日搜购最难得。黜宋诗者曰“腐”，此未见宋诗也。宋人之诗，变化于唐，而出其所自得，皮毛落尽，精神独存，不知者或以为“腐”。后人喜其说之省事，而地位高也，则群奉“腐”之一字，以废全宋之诗。故今之黜宋者，皆未见宋诗者也。虽见之而不能辨其源流，则见与不见等。此病不在黜宋，而在尊唐。盖所尊者，嘉、隆后之所谓唐，而非唐宋人之唐也。唐非其唐，则宋非其宋。以为“腐”也，固宜。宋之去唐也近，而宋人之用力于唐也尤精以专。曹学佺序宋诗，谓取材广而命意新，不剿袭前人一字，然则诗之不“腐”，未有如宋者矣。……兹选盖尽宋人之长，使各极其致，故门户甚博，不以一说蔽古人，非尊宋于唐也，欲使天下黜宋者，得见宋之为宋如此。

这段话与嘉靖、隆庆时期的“伪盛唐”相对立，吴之振提出了“见宋之为宋”的真宋诗。他肯定宋诗变化于唐，出于自得，皮毛落尽，精神独存，认识到宋诗的独特性。《宋诗钞》的评语，基本上能给予宋诗独特性以正面的评论。如评欧阳修诗：

> 其诗如昌黎，以气格为主。昌黎时出排奡之句，文忠一归之于敷愉，略与其文相似也。（卷十一）

评石介诗：

嶙峋硉矹，挺立千寻，温厚之意存于激直，得见风人之遗。（卷十四）

评黄庭坚诗：

宋初诗承唐余，至苏、梅、欧阳，变以大雅，然各极其天才笔力，非必锻炼勤苦而成也。庭坚出而会萃百家句律之长，究极历代体制之变，自成一家，虽只字半句不轻出，为宋诗家宗祖，江西诗派皆师承之。史称自黔州以后句法尤高，实天下之奇作。自宋兴以来，一人而已，非规模唐调者所能梦见也。惟本领为禅学，不免苏门习气，是用为病耳。（卷二十八）

这些评语都准确地概括了诗人的诗歌特征，评论其得失。但是，在后世的尚宋诗论家看来，作为选本，《宋诗钞》还存在不少问题：

（一）《宋诗钞》的编选吕留良用力甚多①。吕留良诗歌，据徐世昌《晚晴簃诗汇》引沈季友说："吕留良为诗似学诚斋，颇得杰句，诗纯用宋法。"吕留良学杨万里，实际上是反映了清初尚宋诗人的共同特征，即偏重于南宋陆游、杨万里、范成大等人。这部《宋诗钞》选其他人诗，通常为一至二卷，而选范成大诗三卷、陆游诗六卷、杨万里诗九卷，且称赞范成大"其诗缛而不酿，缩而不僒，新清妩媚，奄有鲍、谢奔逸隽伟，穷追太白"（卷六十一）；杨万里"不笑不足以为诚斋之诗"（卷七十一）。但是清代尚宋诗学的主流人物，如翁方纲，就认为"石湖、诚斋皆非高格"，尤其是杨万里"以轻儇佻巧之音，作剑拔弩张之态，阅至十首以外，辄令人厌不欲观，此真诗家之魔障"（《石洲诗话》卷四）。晚宋诗歌的俚俗，正是清代中后期尊宋诗学所要极力避免的，所以他们不满意于《宋诗钞》多选晚宋诗歌。

（二）《宋诗钞》虽然旨在"得见宋之如宋"，但是依然没有完全摆脱唐诗观的限制，在肯定宋诗风格独特性的同时，又时据汉魏唐诗的观念来批评宋诗，如评王安石诗"精严深刻，皆步骤老杜，……独是议论

① 清康熙十年（1671）吴氏鉴古堂刻本《宋诗钞初集》，署名以吕留良为第一，吴之振在其后。雍正十年（1732），吕留良受曾静反清案牵连，钦定"大逆"的罪名，后来四库馆臣采辑《宋诗钞》时，销去吕留良名，而署"吴之振辑"。

过多，亦是一病尔”（卷十八）；评苏轼诗，“气象洪阔，铺叙宛转，子美之后，一人而已。然用事太多，不免失之丰缛，虽其学问所溢，要亦洗削之功未尽也”（卷二十）。这也招致了后人的批评，如翁方纲《石洲诗话》卷三责诘云：

> 《宋诗钞》之选，意在别裁众说，独存真际，而实有过于偏枯处，转失古人之真。如论苏诗，以使事富缛为嫌。夫苏之妙处，固不在多使事，而使事亦即其妙处。奈何转欲汰之，而必如梅宛陵之枯淡、苏子美之松肤者，乃为真诗乎？且如开卷《凤翔八观》诗，尚欲加以芟削，何也？余所去取，亦多未当。苏为宋一代诗人冠冕，而所钞若此，则他更何论！

同是尊宋，翁方纲与吕留良等人在“苏、黄”和“中兴四大诗人”之间存在着取舍的差异。

清代康熙朝的浙江诗学，并非是尊宋诗学的天下，其时还有一位毛奇龄，在学术上排斥宋学，诗学上承续陈子龙的余绪，与钱谦益等针锋相对，排宋尊唐。他在《苍崖诗序》中论今世诗人“大抵皆惑于虞山钱氏之说，扬宋而抑明，进韩、卢而却李、杜”，他的《西河诗话》主张作诗应该缘情感物，乘兴而发，兴尽即止，基本上是宗唐的路数。

康熙朝另一位受到黄宗羲诗学深刻影响的是查慎行。查慎行兄弟，早年都师事黄宗羲。黄宗羲曾说查氏兄弟“从余游，皆有俊才。逸远不令为科举干禄之学，而读书为诗古文，士林望风推服”①。在诗学旨趣上，查慎行与黄宗羲一样，泯灭唐宋之见，广综博览，兼攻并蓄，曾批点过陶渊明、李白、杜甫、韩愈、白居易、苏轼、王安石、朱熹、谢翱、元好问、虞集诸人诗集和《瀛奎律髓》，后由张载华编为《初白庵诗评》十二卷，涉猎广泛，不拘一隅。清初，长期湮没不彰的宋施元之、施宿父子注释的《施注苏轼》忽然面世，引起学者的注意。查慎行“于苏诗，性有笃好”，又不满意王十朋注，常加驳正，见到这部《施注苏轼》后，“复补辑旧闻”，撰成《苏诗补注》五十卷，这是清代

① 黄宗羲《查逸远墓志铭》，《黄宗羲全集》第10册，第378页。逸远，查慎行父查遗，字逸远，以字行。

重要的苏轼注本。四库馆臣论查慎行诗云：

核其渊源，大抵得诸苏轼为多。观其积一生之力，补注苏诗，其得力之处可见矣。明人喜称唐诗，自国朝康熙初年，窠臼渐深，往往厌而学宋，而生硬率俚之病生焉。得宋人之长而不染其弊，数十年来，固当为慎行屈一指也。（《四库全书总目〈敬业堂诗集〉提要》）

查慎行诗歌与宋人苏轼、陆游为近，而异于黄山谷之孱兀，杨万里之俚俗，故而能得宋人之长，而不染生硬率俚之弊。在诗学主旨上，查慎行得黄宗羲的真传，消泯唐宋之争，主张力学苦思，抒写深情。其《得川叠前韵从余问诗法戏答之》云："唐音宋派何须问，大抵诗情在寂寥。"联系查慎行一生的曲折经历来看，其诗情寂寥，正是陆游所谓"山程水驿中"。他与钱良择论诗说："神功须力到，佳境岂意度。"① 他论诗虽重学问、重锻炼，但更强调以自然出之，忌生涩堆砌、掉书袋。《自题庐山纪游集后》云：

偶然兴至或留题，聊藉微吟豁胸臆。诗成直述目所睹，老矣焉能事文饰。

查慎行虽然藏书甚富，学殖深厚，但是，他要化书本为才性，储学问以养胸臆，所以"出语如喷嚏"②，纯用白描，"诗成亦用白描法，免得人讥獭祭鱼"③。查为仁《莲坡诗话》记述查慎行论诗一则，云：

家伯初白老人尝教余诗律，谓"诗之厚，在意不在辞；诗之雄，在气不在直；诗之灵，在空不在巧；诗之淡，在脱不在易"。须辨毫发于疑似之间。（《清诗话》本）

意厚、气雄、空灵、脱淡，兼容唐宋之长，而摈弃晚唐之纤仄和宋江西

① 查慎行《奉酬钱玉友》，《敬业堂诗集》卷三十四，《四部丛刊》影印原刊本。

② 查慎行《晓晴过马当》，《敬业堂诗集》卷二十二。

③ 查慎行《东木与楚望叠鱼字凡七章，连翩传示，再拈二首以答来意》之二，《敬业堂诗集续集》卷三，《四部丛刊》影印原刊本。

派之瘦硬，是查慎行提出的理想的诗歌风格。

乾隆时期浙江诗坛的主导倾向是标尚宋诗，大致可以分为以钱载为中心的秀水诗派和以厉鹗为领袖的浙派。钱载是晚清宋诗派心仪的典型，但他本身论诗文字不多，暂且搁下。这里谈谈厉鹗。

厉鹗在清代中期以博通宋事闻名，他广罗史传、文集、笔记、诗话中关于宋诗的文献，历时二十余年，辑录了一百卷的《宋诗纪事》。这是继《宋诗钞》之后关于宋诗的又一大型的文献整理工作。厉鹗的诗歌娴雅清幽，善于言情。王昶《蒲褐山房诗话》称其诗“幽新隽妙，刻琢研炼……撷宋诗之精诣，而去其疏芜”。厉鹗论诗之语不多，主要可概括为：跳脱唐宋之辨，而转为分体论诗。当然，厉鹗之前的田雯，就主张创新而反对唐宋之辨，进而提出“分体取法前人”的观点。田雯《鹿沙诗集序》云：

> 余尝谓：学诗者宜分体取法乎前人：五言古体必根柢于汉魏，下及鲍、谢、韦、柳也；五七言近体则王、孟、钱、刘，晚唐温、李诸人也；截句则王、李、白、苏、黄、陆也。至于歌行，惟唐之杜、韩，宋之欧、王、苏、陆，其鼓骇骇，其风瑟瑟，旌旗壁垒，极辟阖雄荡之奇，非如是不足以称神明变化也。学诗者何分唐宋？总之，以匠心求工，为《风》《雅》之归而已。

田雯这种熔唐、宋而一冶的诗学取向，在清人中具有普遍性。它超越了明人所谓不读唐以后书的固陋，也避免了专尚宋诗而产生的杂芜拗折。厉鹗在诗学取向上也提出“诗不可以无体，而不当有派”的说法。他在《查莲坡蔗塘未定稿序》中说：

> 诗不可以无体，而不当有派。诗之有体，成于时代，关乎性情，真气之所存，非可以剽拟似、可以陶冶得也。是故去卑而就高，避縟而趋洁，远流俗而向雅正，少陵所云“多师为师”，荆公所谓“博观约取”，皆于体是辨。众制既明，炉鞴自我，吸揽前修，独造意匠，又辅以积卷之富，而清能灵解，即具其中。盖合群作者之体，而自有其体，然后诗之体可得而言也。

与田雯所谓某体学某人的刻板规定不同，厉鹗论“诗之有体”，首先，更侧重于从性情、时代等因素着眼，主张博观约取，不法一家，而兼众制，特别是要独造意匠，出于自我灵解，着重于诗歌的独创性、风格的个性化。其次，厉鹗论诗也表现出重视学问的倾向，反拨严羽所谓“别材”、“别趣”、“非关学问”的论调，而强调诗歌应该以学问为基，这是清代尊宋诗学的共同点。钱谦益、黄宗羲等人都重视学问，厉鹗也是如此。他在《绿杉野屋集序》中提出“书，诗材也”的说法，认为若诗材富，而以意为匠、以神为斤，则大篇短章均擅其胜，即要以主体的精神胸臆涵茹诗材，化有形之材质为无形的意趣。厉鹗于书无所不窥，其诗取材博富，多化用异闻轶事，却不掩性情。

清代中期尊宋诗学的理论代表，应该推翁方纲。

翁方纲的诗学渊源可以上溯至王士禛。他自称“幼而游吾里黄昆圃之门”，黄昆圃，即黄叔琳，昆圃是其号，大兴人，系王士禛的门人，因此翁方纲能够通过黄叔琳而遍识渔洋诗学。翁方纲诗学，心香一瓣在渔洋。这一点不论是从他的《石洲诗话》《五、七言诗平仄举隅》，还是批点的《渔洋精华录》中均可看出。如果说沈德潜是以“鲸鱼碧海”的高古沉厚来补救王士禛“神韵”的空灵，袁枚是以标举“性灵”来纠正王士禛的“诗中无人”，那么，翁方纲则是以“肌理”之实来添补王士禛神韵的虚空清隽。在翁方纲生活的乾隆、嘉庆时期，王士禛的神韵诗学早已遭到人们撇弃，但是翁方纲不同，他努力从正面认识神韵诗学的意义，并加以补正。他在《坳堂诗集序》中评王士禛的“神韵”说，云：

> 神韵者，非风致情韵之谓也。今人不知，妄谓渔洋诗近于风致情韵，此大误也。神韵乃诗中自具之本然，自古作家皆有之，岂自渔洋始乎！古人盖皆未言之，至渔洋乃明著之耳。渔洋所以拈举神韵者，特为明朝李、何一辈之貌袭者言之，此特亦偶举其一端，而非神韵之全旨也。

在翁方纲看来，王士禛惩于明代李梦阳、何景明“格调”之弊，乃变“格调”为“神韵”，扬弃了“格调”说的嚣肆粗豪，而以风致情韵相尚。用现代话语来说，翁方纲更侧重于王士禛“神韵”说的解构意义，即针砭李、何一辈之痴肥貌袭者。他在《神韵论》下中以“伐毛洗髓”

四字形容王士禛“神韵”说的解构意义：

> 请申析之，诗自宋、金、元接唐人之脉，而稍变其音，此后接宋、金、元者，全恃真才实学以济之。乃有明一代，徒以貌袭格调为事，无一人具真才实学以副之者。至我国朝，文治之光，乃全归于经术。是则造物精微之秘，衷诸实际，于斯时发泄之。然当其发泄之初，必有人焉，先出而为之伐毛洗髓，使斯文元气复还于冲淡渊粹之本然，而后徐徐以经术实之也，所以赖有渔洋首倡神韵以涤荡有明诸家之尘滓也。

翁方纲的意思是，唐人妙境在虚处，宋、金、元人能以真才实学济之，而明人无真才实学，只能貌袭唐人格调而成“伪盛唐”。清朝在大兴文治、崇尚经术之前，先应该有一种“伐毛洗髓”的功夫，洗荡明人的污秽。在涤浊扬清之后，才可固本培元。而翁方纲所开出的固本培元的药方，就是他的“肌理”说。他在《神韵论》上中坦言：“今人误执神韵，似涉空言，是以鄙人之见，欲以‘肌理’之说实之。”《延晖阁集序》又言：“诗必研诸肌理，而文必求其实际。”《志言集序》云：“为学必以考据为准，为诗必以肌理为准。”“肌理”是翁方纲论诗的核心范畴。所谓“肌理”重在“理”，他在《志言集序》中说：“义理之理，即文理之理，即肌理之理也。”

他将诗文的“肌理”上升到天地法则、人伦道德的“义理”，而这种“义理”，又是无处不在的。他说：“理者，综理也，经理也，条理也。”（《韩诗雅丽理训诂理字说》）在《杜诗精熟文选理理字说》中他剖析杜甫的诗歌“根极于六经”，与《易》《书》《礼》《春秋》之“理”相通，都是推阐事变，究极物则。翁方纲对于“理”的认识，本于宋儒的形上之“理”，他所谓的条理、文理、肌理，是从“理一分殊”而来的。与清代戴震将“理”形而下化，强调“理”的物质具体性、个别性不同，翁方纲的“肌理”说，强调“理”的形而上的普遍性，是“民之秉”“物之则”，依然具有程朱理学浓厚的道德内涵。从这个角度说，翁方纲的“肌理”与沈德潜的“格调”表面看来差异甚大，但是在自觉地维护儒家的“温柔敦厚”诗教传统上是一致的。翁方纲《渔洋诗髓论》说：

诗者，忠孝而已矣，温柔敦厚而已矣，性情之事也。

翁方纲的“肌理”说和沈德潜的“神韵”说，与乾隆、嘉庆盛世的意识形态要求是相一致的。不过沈德潜是从诗人胸襟的角度立论，道德说教意味更浓，更为迂腐，而翁方纲则能够顺应整个文化大势而强调“实际”，以精微的经术来滞塞、排挤情感。

翁方纲的“肌理”说与王士禛的“神韵”说相比，不只是有虚实之别。王士禛的“神韵”说，是在标举诗歌有别于文章的独特的审美趣味，而翁方纲的“肌理”说，则延续宋代“以文为诗”的道路，消泯诗文的差异。在他的诗学中，文章之“文理”与诗歌之“肌理”没有本质的差异。如果说有所不同的话，那就是他论诗之“肌理”时，也注意到“理不外露，故俟读者而后知之”，“直陈其事者，非直言之所能理，故必雅丽而后能理之”的道理①，意即诗歌之理不是直接的叙述，浮于文字的表面，而是深蕴于诗歌意象结构之中，包融于诗人情感怀抱之内，令读者思而自得。这也是他“肌理”说的重要内涵。翁方纲《杜诗附记》对杜甫诗歌的评论，就多注重于“诗理”的剖析。如杜甫《留花门》“连云屯左辅，百里见积雪”二句，翁氏论曰：“上句‘连云’虚而此句‘积雪’实也。上句‘左辅’实而此句‘百里’虚也。有此‘积雪’之实致形容，乃觉上句‘连云’之虚写为有著。即此‘云’、‘雪’之参差蹉对，而句法之理在焉。此之谓‘熟精选理也’。”又论杜甫“孰知二谢将能事，颇学阴何苦用心”二句说：“吾尝谓苏诗亦有一语可作通集总序者曰：‘始知真放本精微。’真放者，即豪荡纵横之才力，即此上七字也；精微，即细肌密理之节制，即此下七字也。”②

翁方纲的“肌理”说，总体上说，与清代诗学的个性精神日益发露的趋势是相违背的。他标举宋儒无所不在的“理”，对于自由抒发个性情感的诗歌来说是一种障碍，但是在清代个性意识愈趋自觉的氛围

① 翁方纲《杜诗精熟文选理理字说》《韩诗雅丽理训诂理字说》，《复初斋文集》，《续修四库全书》影印清李彦章校刻本。

② 翁方纲《杜诗附记》，《续修四库全书》影印清宣统年间钞本。

中，他未尝没有受到影响，他也意识到诗应有“我”：

> 窃谓一人自有一人神理，须略存其本相，不必尽以一概论也。(《石洲诗话》卷一)
>
> 一时自有一时神理，一家自有一家精液。(《石洲诗话》卷三)
>
> 以诗言之，诗之作作于谁哉，则法之用用于谁哉。诗中有我在也，法中有我以运之也。即其同一诗也，同一法也，我与若俱用此法，而用之之理、用之之趣各有不同者，不能使子面如吾面也。同一时、同一境、同一事之作，而其用法之所以然，父不能得之于子，师不能传之于弟；即同一在我之作，而今岁不能仿昨岁语，今日不能用昨日之语，况其隔时地、分古今，而强我以就古人之法，强执古人以定我之法。此则蔑古之尤者也，而可谓之效古哉！(《诗法论》)

与性灵派之人各有情、人各有诗不同，翁方纲论诗歌的个性化，不在于“真我”情感的个性化，而是表现为个人的“神理”学养，各自对于诗法的独特运用。这与他“以学为诗”的主张是一致的，诗人之“我”，体现在“学”上，体现在“法”上。

“汉后为文唐后诗，东坡、山谷两兼之。”① 翁方纲一生喜好苏、黄诗，对苏轼顶礼膜拜，不仅撰《苏轼补注》，还名己斋为“苏斋”，以示对苏轼的景慕。翁方纲于黄庭坚诗歌也甚为用力，一生多次校勘、批点过黄庭坚《精华录》《山谷内外集》等。他的《石洲诗话》卷三、卷四主要是论宋代诗歌，在诗学取向上，翁方纲无疑是学宋。翁方纲在《石洲诗话》中多次批驳吴之振《宋诗钞》的谬误。在他看来《宋诗钞》的选和评，不免真率、平熟，浮俗而有伧父气，而这正是翁方纲论诗所最忌讳的，他论宋诗强调的是“精微”、“真腴”和实际。苏轼诗，一般人都认为其特点是纵逸，而翁方纲拈出苏轼《子由新修汝州龙兴寺吴画壁》“始知真放本精微”一语来评论苏轼全集，强调苏诗本乎“精微”。翁方纲指出宋人诗走出唐人的樊篱，在于它的细密精微。《石洲

① 翁方纲《书空同集后十六首》之一，《复初斋诗集》卷十八，《续修四库全书》影印清刻本。

诗话》卷四云："诗则至宋而益加细密，盖刻抉入里，实非唐人所能囿也。"的确，不论是对外在物象的雕刻，还是对主体心意的搜掘，宋诗都沿着韩、孟的道路而走得更远，宋诗之细密刻抉，远超过唐诗。翁方纲认为，宋诗的细密精微，刻抉入里，是从读书中来，是宋人学博理透的结果。《石洲诗话》卷四中说：

宋人精诣，全在刻抉入里，而皆从各自读书学古中来，所以不蹈袭唐人也。

宋人之学，全在研理日精，观书日富，因而论事日密。如熙宁、元祐一切用人行政，往往有史传所不及载，而于诸公赠答议论之章，略见其概。至如茶马、盐法、河渠、市货，一一皆可推析。南渡而后，如武林之遗事，汴土之旧闻，故老名臣之言行、学术，师承之绪论、渊源，莫不借诗以资考据。而其言之是非得失，与其声之贞淫正变，亦从可互按焉。今论者不察，而或以铺写实境者为唐诗，吟咏性灵、掉弄虚机者为宋诗。所以吴孟举之《宋诗钞》，舍其知人论世、阐幽表微之处，略不加省，而惟是早起晚坐、风花雪月、怀人对景之作，陈陈相因。如是以为读宋贤之诗，宋贤之精神其有存焉者乎？

在翁方纲看来，"宋贤之精神"就是"借诗以资考据"，以学为诗。超越唐人的发抒情感，宋人诗歌以刻镂意象、崭露学识为主。以学为诗，不是翁方纲的发明。清人鉴于明人空疏不学之弊，而普遍重视学问，钱谦益、顾炎武、黄宗羲、朱彝尊无不如此。如朱彝尊曾说："诗篇虽小技，其原本经史。必也万卷储，始足供驱使。"（《斋中读书十二首》其十一）但是他们的重学问，是视学问为诗人的平时功夫，是诗人的学养；而翁方纲则称赞南宋诗人叙写遗事旧闻、言行学术、绪论渊源，无不借诗以资考据。其诗歌创作也是多叙写金石彝器、书画古玩，学问成为诗歌直接言说的内容，充斥其中，而湮没灵性。这实际上也是违背宋诗的真精神，是将"以学为诗"推入绝境，难怪引起时人如袁枚的批评和讽刺。袁枚并不废学问，但是他不以学问拘滞人的性灵，不以学问填塞诗之空灵，所以批评翁方纲直接以诗体叙述学问。洪亮吉《道中无事偶作论诗截句二十首》也说"近来海内诗家少，一半人夸记诵多"

（其十六），“只觉时流好尚偏，并将考证入诗篇。美人香草都删却，长短皆摩《击壤》篇”（其二十）。性灵与学问，在清代诗学上是一对难以处理的矛盾。法式善《鲍鸿起野云集序》说：

诗之为道也，从性灵出者，不深之以学问，则其失也纤俗；从学问出者，不本之以性情，则其失也庞杂。兼其得而无其失，甚矣其难也。

对于这一矛盾的处理，翁方纲显然走向偏废的极端，在当时虽然因其位高权重而能影响一时，但是遭遇的诘难也最为激烈，直到近代的刘声木依然在追讨这一问题：

（翁方纲）易王文简公论诗主“神韵”之说为“肌理”二字，亦可备一说，皆于诗学有裨。独至其所自作之诗，极与所言相反。其诗实阴以国朝汉学家考证之文为法，尤与俞正燮《癸巳类稿》《癸巳存稿》相似，每诗无不入以考证。虽一事一物，亦必穷源溯流，旁搜曲证，以多为贵，渺不知其命意所在。而爬罗梳剔，诘曲聱牙，似诗非诗，似文非文，似注疏非注疏，似类典非类典。袁简斋明府论诗，有“错把钞书当说诗”之语，论者谓其为学士而发，确为不谬。①

第三节　桐城亦有诗派

桐城派是清代影响最大的文章流派，具有独特的理论主张和一脉流贯的师承统绪。其实，桐城派的独立统绪不仅表现在文章学上，在诗学理论上也具有自身的特征。钱锺书在《谈艺录》中提出“桐城亦有诗派”的论断，并追溯至姚鼐的伯父姚范。姚范在《援鹑堂笔记》中对于《文选》《楚辞》、王士禛《古诗选》以及杜甫、韩愈、王安石、苏轼、黄庭坚乃至明人诗均有论列，其中卷四十论黄庭坚云：“涪翁以惊创为奇，其神兀傲，其气崛奇，玄思瑰句，排斥冥筌，自得意表，玩诵

① 刘声木《苌楚斋随笔》卷三，中华书局1998年版，第53页。

之久，有一切厨馔腥蝼而不可食之意。”① 黄庭坚诗歌得到后人的正面评价是有一个过程的，钱谦益、朱彝尊都贬斥过黄庭坚诗歌。是王士禛最早给予黄庭坚诗歌以正面的评价，但是王士禛和黄庭坚在诗风上还是大相径庭的。而数十年之后的姚范，不仅能认识到黄庭坚诗歌超拔不俗之气，而且在创作上也带有黄庭坚的影子。郭麐《樗园销夏录》称姚范诗“在山谷、后山之间”。姚鼐受其伯父的影响，作诗学山谷，此后黄庭坚才逐渐进入清人的诗学视野，成为晚清尊宋诗派取法模拟的对象。

桐城派诗学在理论上的建树以姚鼐、方东树为多，此外，刘大櫆、姚莹、梅曾亮等也有大量的论诗文字。综合起来看，桐城派诗学有这样几个特征：

（一）论诗以人为先，倡言创作主体的精神品格。清前期王士禛“神韵”诗学招致非议的一个重要原因是“诗中无人”，其后沈德潜论诗重视诗人的胸襟怀抱，就具有一定的补救意义。比沈德潜略晚的刘大櫆，也强调诗人的精神境界，他在《见吾轩诗序》中说：

> 文章者，古人之精神所蕴结也。其文章之传于后世，或久或暂，一视其精神之大小薄厚而不逾累黍，故有存之数十百年者，有存之数百千年者，又其甚则与天地日月同其存灭。②

刘大櫆这篇诗序中所说的“文章”，主要就是指诗歌。诗人的精神生气灌注于诗歌中，才能使得诗歌不朽。诗歌中蕴藉的诗人精神越博大深厚，诗歌越可传于后世，获得永恒。虽然刘大櫆和沈德潜一样，摆脱不了雍、乾时期的理学束缚，但是他提倡诗人之伟岸挺立的精神人格，对于诗学的振兴还是有意义的。当时兴起的尊宋诗学，多专注于以诗歌叙写学问，试图用才学来彰显诗人主体的存在。桐城派则强调诗人的主体人格精神，具有端正诗歌方向的意义。姚鼐在《答苏园公书》中也说：

> 大抵高格清韵，自出胸臆；而远追古人不可到之境于空蒙旷邈

① 姚范《援鹑堂笔记》，《续修四库全书》影印道光年间姚莹刻本。

② 刘大櫆《刘大櫆集》，上海古籍出版社 1990 年版，第 79 页。

> 之区，会古人不易识之情于幽邃杳曲之路。使人初对，或淡然无足赏；再三往复，则为之欣忭恻怆，不能自已。此是诗家第一种怀抱，蓄无穷之义味者也。①

姚鼐所谓的“第一种怀抱”，是指自出胸臆、独立意表的创造精神，这种精神表现在对艺术情境的深度开掘上，突破日常的经验思维和已有的诗歌樊篱，而去表现寻常事物背后深层的令人震撼的情理。这“第一种怀抱”不是诗人的临文苦思冥索，而是源于诗人平日所蓄之胸臆。姚鼐说：

> 古之善为诗者，不自命为诗人者也。其胸中所蓄，高矣、广矣、远矣，而偶发之于诗，则诗与之为高、广且远焉，故曰善为诗也。(《荷塘诗集序》)

姚鼐的话，令人联想起黄庭坚所谓“若以世眼观，无真不俗；若以法眼观，无俗不真”。诗人胸中识见超卓高远，也就是黄庭坚所谓的“不俗”。超越世俗观念的浮浅，而深识穷照、法眼达观，能深悉自然山川、社会人事的真情至理，表现于诗，便具有超高、广远的品格。姚鼐《今体诗钞》论黄庭坚“兀傲磊落之气，足与古今作俗诗者澡濯胸胃，导启性灵”，也是认识到黄庭坚诗中表现出来的创作主体超卓的胸襟和不俗的识力，而这正是矫正“俗诗”的关键。姚鼐《朱二亭诗集序》云：“夫诗之于道，固末矣，然必由其人胸臆所蓄，行履所至，率然达之翰墨，扬其菁华，不可伪饰，故读其诗者如见其人。”姚鼐强调人的胸臆，其矛头所指就是当时较为盛炽的性灵派。性灵派宣扬的是情感的世俗化，而姚鼐所强调的是情感的高超醇雅；性灵派宣扬的是情感的放任，而姚鼐则强调情感的持守和对世俗的超越。姚鼐《与鲍双五》尺牍说：“今日诗家大为榛塞，虽通人不能具正见。吾断谓樊榭（厉鹗）、简斋（袁枚），皆诗家恶派。——此论出，必大为世怨怒，然理不可易。”他直接向性灵派宣战，编纂《五七言今体诗钞》，本意就是要“捄俗体诗之陋，钞此为学者正路耳”（尺牍《与陈硕士》）。在乾嘉时期性灵诗学

① 姚鼐《惜抱轩诗文集》，上海古籍出版社 1992 年版，第 294 页。本书引姚鼐文字均依此。

大盛的浪头中，出现这种不同的声音是很值得肯定的。思想就需要多元互补、相互纠偏。一些论者把姚鼐和袁枚等相对照，视姚鼐为中流砥柱。如徐世昌《晚晴簃诗话》称赞姚鼐七律七古："非简斋、船山（张问陶）辈所能及也。"又说："袁枚、张问陶、蒋士铨走入俚俗浅直一路，而姚鼐能确守矩矱，由摹拟以成真诣，为七子所未有。"他认识到了姚鼐诗论在性灵诗学泛滥时的中流砥柱意义。

其后至道光年间，姚鼐侄孙姚莹论诗，也注重诗人平日的精神涵养。在《张南山诗序》中，他将诗歌问题分为三个层次：

> 格律之精深，声响之雄切，笔力之沉劲，藻饰之工丽，此可以学而至者；意趣之冲淡，兴象之高超，神境之奇变，情韵之绵邈，此不可以学而至者。学而至者，不待妙悟；不可学者，非悟不能。若夫忠孝之怀，温厚之思，卓越之旨，奇迈之气，忽而沉挚，忽而激烈，作之者歌哭无端，读之者哀乐并至，是则天趣天籁，又岂可以悟得者乎！①

所谓"格律"、"声响"、"笔力"、"藻饰"之类是具体的法度，可以"学而至者"；"意趣"、"兴象"、"神境"、"情韵"之类是诗歌的艺术境界，诗人触境生心，妙悟可得；而"忠孝之怀"、"温厚之思"、"卓越之旨"、"奇迈之气"，则需要依靠平时涵养精神，积理养气。姚莹据此论明清以来论诗者于此三者各有所偏，他说："钱萚石（载）、翁覃溪（方纲）辈，思有以振之，取杜与苏，日伐其毛而洗其髓，于杜、苏则有功矣，要亦言其辞句体制耳；有不得而言者，二君未及之也。故二君之诗，虽异俗学之浮声，实亦古人之游魄；天趣天籁，吾未之见也。"（《张南山诗集序》）姚莹所谓的"天趣天籁"与袁枚等本于自然人性的天趣天籁并不一样，是指道德学养、精神气质提升之后"性与天合"的境界。他批评钱载、翁方纲等学杜甫、苏轼尚停留在具体的法度层面，于天籁天趣有所欠焉，也就是主体的精神气质、人格境界有所欠缺，远未至杜甫、苏轼之境地。曾国藩则进一步提出诗人"器识"的问题。他说：

① 姚莹《东溟文集》，《续修四库全书》影印清同治六年刻本。

古之君子，所以自拔于人人者，岂有他哉？亦其器识有不可量度而已矣。试之以富贵贫贱，而漫焉不加喜戚；临之以大忧大辱，而不易其常，器之谓也。智足以析天下之微芒，明足以破一隅之固，识之谓也。器与识及之矣，而施诸事业有不逮，君子不深讥焉。器识之不及，而求小成于事业，末矣。①

这里所谓的“器”，就是宋人所阐发的儒家“临大节而不可夺”的人格操守；所谓的“识”，是指深达事理、度越流辈的超识卓见。曾国藩赞叹杜甫“器识之深远，其可敬慕，又十倍于文字也”。曾国藩于道光二十三年（1843）二月《日记》云：

杜韩诗文所以能百世不朽者，彼自有知言养气工夫。惟其知言，故常有一二见道语，谈及时事，亦甚识当世要务；唯养其气，故无纤薄之响。

但是今之君子，“秋毫之荣华而以为喜，秋毫之摧挫而以为愠，举一而遗二，见寸而昧尺，器识之不讲，事业之不问，独沾沾以从事于所谓诗者，兴旦而缀一字，抵暮而不安；毁齿而钩研声病，头童而不息，以咿嗄蹇浅之语，而视为钟彝不朽之盛业，亦见其惑已”。曾国藩从更高的人格标准要求诗人首先是一个器大识远的儒者，具有“临大节而不可夺”的人格境界，具有洞达的识力，而不仅仅以诗人自居。这与晚清宋诗派所谓的“不俗”论是相通的，具有更为实在的内容，也是对桐城派诗学精神的提升。

（二）在晚清内忧外患交困的时势中，桐城派论诗既重视有“我”，更强调“因时”，要求诗歌关乎时代，抒写诗人的现实遭际。梅曾亮《答朱丹木书》说：“窃以为文章之事，莫大乎因时。”在《李芝龄先生诗集后跋》中，他说：“无我不足以见诗，无物亦不足以见诗，物与我相遭，而诗出于其间也。……然则诗恶乎工？曰：肖乎吾之性情而已矣！当乎物之情状而已矣。”物我相遭，其实是古代诗学中反复提出的一个老话题，但是每次在不同的背景下提出这一话题，其意义都是独特

① 曾国藩《黄仙峤前辈诗序》，《曾国藩全集·诗文》，岳麓书社1986年版，第207页。

的。在乾隆、道光时期，当格调诗学还残留余气时，当性灵诗学嚣肆鄙俗时，当诗歌日益学问化乃至以考据为诗时，重提“物我相遭”，呼吁诗歌真实地表现“吾之情性”、“物之情状”，还是有积极意义的。特别是梅曾亮从“物我相遭”的角度提出诗歌个性化的问题，比起性灵诗学的一味宣泄私情，显得更为切实而中肯。他说“境不同，人不同，而诗为之征象，此古人之真也。境不同，人不同，而诗同焉，是天下人之诗，非吾诗也”①，“吾一人之情也、性也，使的然呈露于文字声律之间，而人皆以为境如是、情如是者，千万人而不得一也。幸而得之，则其人之神理绵万世而不竭。吾之境非人之境也，情非人之情也”。② 也就是说，每个诗人都应该自肖其情、自写其境，将其亲身遭际、切己之感抉发于诗，那才是真朴而无“客气”的真诗。吴敏树也有相似的阐述，在《十月复至君山归与退庵》中他说：

> 人之有其身于天地之间，其所遭值于家国各有分地，不与今世他人相同，亦竟无与古人尽合者，乃至耳目之所感触，山川草木，春秋岁序，居处行旅之所更历，皆一人自为一人之事，不可以相假代。而今之为诗者，率为众人通同之言，鲜有能于己事深切而著明之者，是以虽力为新异而终归臭腐也。若能各诗其所应有之诗，则偶然之作，无有关系，而其诗必非前人所已有，他人所共有，况其与于君父忠孝、身世出处之大者乎？故本此以为诗者，则无问所模仿体格何代，所依用声调何人，要之，为其一人之诗也。

一人自为一人之事，每个人的遭际感触都是独特的，因此其诗歌也应该表现这种独特性，而不应该相互模仿。方东树《昭昧詹言》卷一也说：“文字成，不见作者面目，则其文可有可无。诗亦然。”如果我们把晚清桐城派诗学关于诗人现实遭际独特性的论述与康、乾之际方苞、刘大櫆、姚鼐相比较，会发现桐城诗学也具有自身演化的轨迹，他们诗学的个性化主张愈益鲜明，与时代的关系愈益紧密。

---

① 梅曾亮《黄香铁诗序》，《柏枧山房全集·文集》卷五。《续修四库全书》据清咸丰六年杨以增、杨绍谷等刻民国七年蒋国榜补修本影印。

② 梅曾亮《吴笏庵诗集序》，《柏枧山房全集·文集》卷六。

（三）熔铸唐宋是桐城派诗学取向的基本特征。桐城派诗学与清代中后期的主流诗学一样，主要是学宋，但是，桐城派在唐宋之间并没有明显的彼此取舍，而是兼采唐宋。比如姚鼐，他对于明后期以来不断遭到苛责的李、何、王、李的学唐，就多有同情。在《与陈硕士》尺牍中，他说："吾以为学诗，不从明李（梦阳）、何（景明）、王（世贞）、李（攀龙）路入，终不深入；而近人为红豆老人所误，随声诋明贤，乃是愚且妄耳！"红豆老人是指钱谦益，他对明代宗唐诗风的批评可谓不遗余力，而姚鼐则更注意于学唐摹拟的正面意义。在《与纾侄》尺牍中，姚鼐说："近人每云作诗不可摹拟，此似高而实欺人之言也。学诗文不摹拟，从何得入！须专摹拟一家，已得似后，再易一家，如是数番之后，自能熔铸古人，自成一体。若初学未能逼似，先求脱化，必全无成就。譬如学字而不临帖，可乎！"显然，姚鼐说这话所针对的是袁枚等人的抛弃古法，他认为摹拟是学诗文的入门途径，不可轻弃。的确，视摹拟为作诗的最高法则，步趋古人，不能自成一家，那是错误的，但是一概摈斥摹拟，抛弃一切法度的师心自造，也难免误入歧途。就古人学诗的步骤来说，摹拟的确是学诗最为基本、最为重要的途径。姚鼐所言摹拟数番而自成一体，正是传统学诗的正途。他也正是从这一层面上肯定明人学唐的。姚鼐与后辈谈诗常常强调要熔铸唐宋，兼采诸家，而独备一格。姚鼐在《与伯昂从侄孙》尺牍中说：

至古体诗，须先读昌黎，然后上溯杜公，下采东坡，于此三家得门径寻入，于中贯通变化，又系各人天分。

郭麐《樗园销夏录》卷下引姚鼐之论说：

近日为诗当先学七子，得其典雅严重，但勿沿习皮毛，使人生厌。复参以宋人坡、谷诸家，学问宏大，自能别开生面。

姚鼐的诗歌创作，基本上实践了他兼备唐宋的主张。施山《望云诗话》比较姚鼐和袁枚说："惜抱与随园论诗皆熔铸唐宋，不分疆域。然惜抱有宗主，故其诗古体虽力弱，而近体颇佳。随园无宗主，故无体可取也。"姚莹《识小录》论姚鼐诗云："以五古为最，高处直是盛唐三昧，非肤袭貌取者可比。七古用唐调者时有王（维）、李（白）之响，学宋人处时入妙境，尤不易得！七律功力甚深，兼盛唐、苏公之胜。七绝神俊高远，直是天人说法，无一凡近语矣！”① 如果说姚莹有偏私之嫌的话，沈曾植应该是比较客观的。他在《惜抱轩诗集跋》中称姚鼐诗歌“经纬唐、宋，调适苏、杜”。晚清桐城派的后辈，基本上也是唐宋兼治，由宋入手而上窥三唐。方东树《昭昧詹言》所论重点就在杜甫、韩愈和黄庭坚。钱基博称方东树的诗歌“由黄庭坚敩韩愈以窥杜甫，力避俗熟，自是姚门师法”②。不过他们总体上是偏向于学黄庭坚。梅曾亮喜爱黄庭坚诗，其《读山谷集》云：“郁结复郁结，何以舒我情。我读涪翁诗，明月青天行。愔愔儿女媚，藕丝挥利兵。丈夫贵如此，一笑大江横。”（《柏枧山房全集·诗集卷三》）黄庭坚诗歌也给予梅曾亮深刻的影响。他的《澄斋来讶余久不出因作此并呈石生明叔》云：“我初学此无检束，虞初九百恣荒唐。稍参涪翁变诗派，意趣结约无飞扬。”说自己起初写诗是无检束、恣荒唐，甚至稗说杂学也无不入诗，学黄庭坚诗后，意趣结约无飞扬，自我检束，持守本志，超凡脱俗。曾国藩也偏好黄庭坚诗，曾编选过《黄山谷诗》。钱仲联《梦苕庵诗话》云：

> 自姚姬传喜为山谷诗，而曾求阙（按，曾国藩自名其书室为“求阙斋”）祖其说，遂开清末西江一派。曾诗早年五古学选体，七古学韩，旁及苏、黄；近体学杜，参以义山、遗山。自谓短于七律。同、光以后，自课五古，专读陶潜、谢朓二家，七古专读韩愈、苏轼二家，五律专读杜，七律专读黄，七绝专读陆游。然于山谷尤有深契，诗、字多宗之。

（四）以文论诗也是桐城诗学理论的重要特征。桐城派具有一套系统的古文理论，于古文神理气味、格律声色均有讲求。桐城派论诗能突破诗文界限，而以文法论诗。如方苞提出的“义法”论，本是就古文而言的，方东树将之用于诗歌。方东树《昭昧詹言》卷一云：

> 诗以言志。如无志可言，强学他人说话，开口即脱节。此谓言之无物，不立诚。若又不解文法变化、精神措注之妙，非不达意，

---

① 姚莹《识小录》，黄山书社1991年版，第133页。

② 钱基博《读清人集别录》，见钱基博《中国文学史》，中华书局1993年版，第1044页。

即成语录腐谈，是谓言之无文无序。

才学和道理能否入诗，是后人反复辩难的一个问题。一般来说，宗唐者多反对在诗歌中显才学、讲道理；而尊宋者强调诗人应该通达事理、饱蓄才学。严守诗文界限的论者，论诗忌才学和议论；而注意打通诗文的论者则认为作诗未尝不需要富才学、明义理。桐城派对这些问题也有自己的看法。如关于诗歌与学问的关系，梅曾亮在《刘楚桢诗序》中批评朱彝尊诗才富学多而反为诗累。他说：

诗人不可以无学。然方其为诗也，必置其心于空远浩荡，凡名物象数之繁重丛琐者，悉举而空其糟粕。夫如是，则吾之学常助吾诗于言意之表而不为所累，然后可以为诗。

也就是说，诗人应该有深厚的学问，但是这种学问不是以名物象数等形态堆积在诗歌词句的表面，而应该内化为诗人的器识胸襟。在平时生活中要积累学问，而下笔时则应该心地空灵，毫无滞碍。这是通达的认识。关于诗歌能否表现义理，明代胡应麟《诗薮》内编卷五曾说："曰仙、曰禅，皆诗中本色。惟儒生气象，一毫不得著诗；儒者语言，一字不可入诗。"这是为矫正宋代语录诗的流弊而提出的主张。方东树则说："诗不可堕理趣，固也。然使非义丰理富，随事得理，灼然见作诗之意，何以合于兴观群怨，足以感人，而使千载下诵者流连讽咏而不置也？"（《昭昧詹言》卷十四）诗歌有的时候表现的是"情之所必有，而理之所必无"，但更多时候应该抒写人间真情、人生至理，事理与人情并非一刀两断不相容，所以不是诗歌能不能表现"理"的问题，而是诗歌应该如何表现"理"的问题。方东树也说："作诗切忌议论，此最易近腐，近絮，近学究。"（《昭昧詹言》卷一）那么不直接议论，如何表现理呢？方东树说：

屈子、杜公时出见道语、经济语，然惟于旁见侧出，忽然露出乃妙；若实用于正面，则似传注、语录而腐矣。或即古人指点，或即事指点，或即物指点，愈不伦不类，愈见妙远不测。苦语亦然，不宜自己正述，恐失之卑俭寒乞；若说则索兴说之，须是悲壮苍凉沉痛，令人感动心脾，如《奉先咏怀》等作。（《昭昧詹言》卷一）

诗歌表现义理，应该旁见侧出，婉转道之，或者寓理于事物，托意于言表，令读者自己去咀嚼玩味。这是对古代诗歌艺术经验的深刻阐发。

桐城派以文论诗，以方东树《昭昧詹言》阐发得最为细腻深入。方东树曾把杜甫七古歌行《韦讽录事宅观曹将军画马图》视为一篇首尾完整的古文，评析其中的开合转换、断续承接之妙。这是《昭昧詹言》论诗最为精妙之所在，也是桐城派诗论的突出特点。

桐城诗学对近代“同光体”宗宋诗风的炽盛有重要的影响，是近代尊宋诗学的源头之一。钱基博《读清人集别录》论桐城派对晚清“同光体”的影响说姚鼐“诗则以清刚出古淡，以遒宕为雄深，由韩学杜，已开晚清‘同光体’之先河；特不为生崭奥衍，与文之萧然高寄者，别一蹊径”[①]。他又于《陈石遗先生八十寿序》中说：

> 桐城自海峰以诗学开宗，错综震荡，其原出李太白，惜抱承之，参以黄涪翁之生崭，开阖动宕，尚风力而杜妍靡，遂开曾湘乡以来诗派，而所谓“同光体”者之自出也。吾常谓惜抱之文，妙不在尽，而惜抱之诗，则敢于尽，兼能并美，体式绝异。而观其选定《近体诗钞》，意岂不欲开户牖、设坛坫者？何意嗣响无人，遂贻论“同光体”者以数典忘祖之讥。

论近代“同光体”，不能不先从桐城派说起。[②]

第四节　同光体与近代的尊宋诗学

清代诗学自道光、咸丰以降，其主流思潮是尊尚宋诗。虽然有王闿运独标汉魏六朝和初盛唐，但崇尚宋诗成为一时风气，湮没了其他非主流的诗学理论，乃至后人称之为“宋诗运动”。晚清的尊宋诗风，陈衍和郑孝胥（字苏戡）戏称之为“同光体”。陈衍在《沈乙盦诗叙》中

---

① 钱基博《中国文学史》，中华书局1993年版，第986页。

② 按，此节曾发表于湖南师范大学《中国文学研究》2012年第4期。

说："同光体者，苏戡与余戏称同、光以来诗人不墨守盛唐者。"① "同光体"是指同治、光绪年间郑珍、莫友芝、沈曾植等"不墨守盛唐"，打破唐宋疆界，标尚并取法宋诗的创作现象。

"同光体"在晚清的出现，可以归结为三方面原因：首先，时人为了矫正袁枚、赵翼等性灵诗学的靡丽浮滑，而取径宋诗，标榜宋人的人格不俗、学养深厚和诗风的戛戛独造。钱仲联曾指出这一点，他在《梦苕盦诗话》中说："清乾、嘉以后，作者大都挹袁（枚）、赵（翼）之余波，轻靡流滑，至于不可遏止。郑（珍）、莫（友芝）诸公，欲救其敝，乃力趋昌黎、东野、山谷、后山一路。"② 其次，晚清诗人惩于清代前中期王士禛神韵诗学之"诗中无人"和沈德潜格调诗学之迂阔不灵，而尊尚宋人的精神，开拓疆宇，人各为诗。石铭吾（维岩）《读石遗室诗集呈石遗老人八十八韵》联系清代诗学背景论晚清的尊宋诗学：

> 有清一代间，论诗首渔洋。渔洋标神韵，《雅》《颂》不敢望。归愚主温厚，诗教非不臧。然或失而愚，字缺挟风霜。是皆傍门户，终莫拓宇疆。寿阳祁相国，辅以曾湘乡。寿阳宗杜韩，春海相颉颃。湘乡诗若字，低头豫章黄。杜、韩、苏、黄间，蝯翁目助张。郘亭巢经巢，列宿森其旁。诸公丁世乱，《雅》废《诗》将亡。所以命辞意，迥异沈与王。③

石铭吾诗里提到的祁寯藻（山西寿阳人）、程恩泽（号春海）、曾国藩、何绍基（晚年号蝯翁）、莫友芝（号郘亭）、郑珍（号巢经巢主人），都是晚清尊宋诗学的代表人物，他们的共同点是以杜甫、韩愈、苏轼、黄庭坚为师，突破王士禛、沈德潜的樊篱。石铭吾还提到晚清"诸公丁乱世"的时代背景。晚清尊宋诗学的时代背景，陈衍阐述得较为详细：

> 当夫康熙、乾隆间，虽提倡文学之声极高，而文字之狱滋起，故诗之学无可言。所可言者，亦惟端庄之辞而已。康、乾间文字之狱既盛，寖假而各种考据之学勃然兴起矣！然则各种考据之学，非

① 陈衍撰、陈步编《陈石遗集》，福建人民出版社 2001 年版，第 507 页。
② 见张寅彭主编《民国诗话丛编》（六），上海书店出版社 2002 年版，第 403 页。
③ 陈衍《石遗室诗话》卷二十九引，见张寅彭主编《民国诗话丛编》（一），第 397 页。

自上之提倡使然。人类之思想，必有所用，不用于此，则用于彼。康、乾间各种考据之学勃然兴起者，盖惩于文字之狱，不得不向此烦碎而远于政治之一途发展，其势使然也。……道光之际，盛谈经济之学。未几，世乱蜂起，朝廷文禁日弛，诗学乃兴盛，故《近代诗钞》断自咸丰之初年。是时之诗，渐有敢言之精神耳。①

诗至晚清同、光以来，承道、咸诸老蕲向杜、韩为变《风》变《雅》之后，益复变本加厉。言情感事，往往以突兀凌厉之笔，抒哀痛逼切之辞。甚且嬉笑怒骂，无所于恤。矫之者则为钩章棘句，僻涩聱牙，以至于志微噍杀，使读者悄然而不怡。然皆豪杰贤知之子乃能之，而非愚不肖者所及也。道、咸以前则慑于文字之祸，吟咏所寄，大半模山范水，流连景光。即有感触，决不敢显然露其愤懑，间借咏物咏史，以附于比兴之体，盖先辈之矩矱类然也。自今日视之，则以为古处之衣冠而已。(《小草堂诗集叙》)

从政治制度上说，文禁日弛，思想禁锢有所松懈，诗人们才“渐有敢言之精神”，敢于发表谠言正论，纵谈世事；从社会环境上说，“世乱蜂起”，衰颓危难的时势，激发诸多有识之士走出故纸堆，关注现实政治、国计民生，因此道光之际“盛谈经济之学”，而经世致用思潮的崛起，正是晚清尊宋诗学的思想背景。

同治、光绪时期尊宋风气的源头，一般认为有两个：一个是浙江朱彝尊、钱载、厉鹗等人之尊宋；一个是安徽的桐城派。朱彝尊诗歌出入唐宋，学杜甫而生硬处近黄庭坚。他论诗，主张性情与学问合一。晚清沈曾植认为朱彝尊“能接唐宋分驰之轨”（钱仲联《梦苕盦诗话》引）。钱载诗宗杜甫、韩愈，清真镵刻，盘曲奥折，对晚清尊宋诗风颇有影响。王揖唐《今传是楼诗话》说：“海藏（郑孝胥）于乾、嘉诗人，盛称萚石斋，谓为自开风气，卓然大家。”钱仲联《梦苕盦诗话》亦谓“程春海恩泽先生诗，奇字大句，力追昌黎、山谷，于逊清三百年中，最近萚石斋”。关于晚清“同光体”与桐城派的渊源关系，近人钱基博《陈石遗先生八十寿序》阐述得最为详明，见上一节末所引。

---

① 陈衍《近代诗学论略》，见钱仲联编校《陈衍诗论合集》，福建人民出版社 1999 年版，第 1086 页。

晚清尊尚宋诗的思潮直接发轫于程恩泽。陈衍《石遗室诗话》卷一说：

> 道、咸以来，何子贞（绍基）、祁春圃（寯藻）、魏默深（源）、曾涤生（国藩）、欧阳涧东（辂）、郑子尹（珍）、莫子偲（友芝）诸老，始喜言宋诗。何、郑、莫皆出程春海侍郎（恩泽）门下。

程恩泽对于中唐而下的诗歌多有好评，如《论诗绝句》云："少陵无体不雄奇，韩子精神托古诗。为问《南山》缘底作，可能无愧《北征》辞。"韩愈《南山》诗与杜甫《北征》诗的高下，后人莫衷一是，而多数人则以为《南山》不及《北征》，但程恩泽认为《南山》诗无愧于杜甫的《北征》。程春海《题陈乃锡先生手稿应陈尧农吉士属》云："明诗扫地钟、谭出，谁挽颓风说建安。却爱闭门陈正字，清如郊岛创如韩。"这是称赞宋代陈师道的诗歌。程恩泽诗风近于韩愈、黄庭坚和清人钱载。郑珍《留别程春海先生》论程恩泽诗云："捣烂经、子作醢釀，一串贯自轩与羲，下迄宋元靡参差。当厥兴酣落笔时，峭者拗者旷者驰，宏肆而奥者相随。"指出程恩泽以经、子学问为诗，兼采古今，风格峭拗宏肆等特征。郑珍又高度评价程恩泽在诗史上的地位："黄钟一振立起痿，伟哉夫子文章医，当今山斗非公谁？"的确，何绍基、郑珍、莫友芝俱出其门下，程恩泽不愧为近代宋诗派的先驱。

程恩泽于道光十七年（1837）去世后，尊宋的绪脉由祁寯藻承延下来。祁寯藻诗歌"出入东坡、剑南，而归宿于杜、韩"①。他为人端庄清介，雅居高位，门生属吏遍天下，扶植了一批诗学后辈的成长，也壮大了尊宋诗派的声势。陈衍编纂的《近代诗钞》就以祁寯藻冠首，足以见得他在近代诗坛的地位。

晚清的尊宋诗学，实际上也包括曾国藩、方东树等人，但曾、方诸人与桐城派的关系更为密切，所以放在上一节里谈，这里主要叙述的是同治、光绪年间"同光体"的代表人物的诗学理论。同、光时期诗学上的尊尚宋诗，与经学上的宋学抬头是分不开的。在乾嘉盛世中，上层

① 徐世昌《晚晴簃诗汇》卷一百二十六，《续修四库全书》影印1929年退耕堂刻本。

政治的高压政策迫使士人皓首穷经，营心故纸。虽然宋代程朱理学依然是国家意识形态，可又常常被士人悬置起来，避而不谈。但是鸦片战争前后，国势沉沦、政治窳败，加上政治高压的相对松弛，促使一些士人走出故纸堆，面对时代危机，思考国计民生。与当时经世致用思潮一同崛起的，是一些士人开始重新思考宋儒理学挽救衰世颓风的积极意义。方东树作于道光六年（1826）的《汉学商兑》，可谓是宋学对汉学的公开发难。方东树希望学术走出训诂小学和名物制度的琐碎考辨，而倡导“圣人躬行求仁，修齐治平之教”，这反映了学风的转向。就当时尊宋的诗人来说，经学旨趣也在渐渐发生着转变。程恩泽是一位汉学家，他主张义理自训诂出，治学的重点在于训诂，而经历过鸦片战争之乱的祁寯藻，“深于汉学，于宋儒之说，亦能条贯靡道”①，表现出博采汉宋、兼求训诂义理的特征。晚清的何绍基、郑珍、莫友芝等人，治学兼容汉宋，早年都接受过宋儒理学的教养。何绍基“幼秉庭训，读宋五子书，后乃从事汉儒传注，自知所造匪深，而于立身行事，植矩度绳，斤斤有以自守者，于汉宋儒先遗绪，不无万一之得焉”②。立身行事、克己慎独，是其一生出处之大节。郑珍年轻时亦“潜心宋五子之学，尤专一程朱，精研性理，德业大进”③。虽然其学问用力处还在经史考辨，但是对于宋儒理学能够给予正面的肯定，并加以吸收。他论宋学云：“程朱应运生，力能剖其孕。格致岂冥悟，祖周实郊郑。”（《招张子佩》）意谓程朱理学乃是剖白圣人之真蕴，格致义理与汉儒考据并非水火，实乃相通。莫友芝“年才十二，已岸然鄙夷俗学为不足为。甫弱冠，举于乡，连试春官皆罢，遂决意求通会汉宋两学”④。会通汉宋两学是晚清尊宋诗人治学的共同特征。他们的诗学理论，与这种学术路径也是相通的。综合来看，晚清尊宋诗学的基本理论主要有这样几个方面：

（一）挺立伟岸不俗的人格，以挽救颓势，引导时风。古代诗学论诗旨在论人，每一种诗学都以一种人格目标为归旨。袁枚提倡“性灵”

---

① 翁同龢《翁文恭日记》同治三年七月二十七日记，《续修四库全书》影印1925年涵芬楼影印稿本。

② 何绍基《宋元学案序》，《东洲草堂文钞》，台湾学生书局1971年影印手定底稿本。

③ 陈田《黔诗纪略后编》，见白敦仁《巢经巢诗钞笺注》，巴蜀书社1996年版，第1484页。

④ 郑珍《郘亭诗钞序》，《郑珍集·文集》，贵州人民出版社1994年版，第79页。

说，放任形骸，尊情纵性；沈德潜提倡“格调”说，尊礼正情，迂阔忠厚。他们各自都在标举独特的人格，以倡导世风。但是，在晚清的危难世局中，特别是面对痈溃不堪的官场政局，一些关心时务的人士，立意倡导树立一种超拔不俗的人格，以扭转乾坤，拯救世运。何绍基等人对宋代文人“不俗”品格的激扬，就是出于这种用意。何绍基《使黔草自序》云：

> 诗文不成家，不如其已也，然家之所以成，非可于诗文求之也，先学为人而已矣。规行矩步，儒言儒服，人其成乎？曰：非也。孝弟谨信，出入有节，不恧于中，亦酬应而已矣。立诚不欺，虽世故周旋，何非笃行。至于刚柔阴阳，禀赋各殊，或狂或狷，就吾性情，充以古籍，阅历事物，真我自立，绝去摹拟，大小偏正，不枉厥材，人可成矣。于是移其所以为人者发见于语言文字，不能移之，斯至也。日去其与人共者，渐扩其己所独得者，又刊其词义之美而与吾之为人不相肖者，始则少移焉，继则半至焉，终则全赴焉，是则人与文一。人与文一，是为人成，是为诗文之家成。伊古以来，忠臣孝子，高人侠客，雅儒魁士，其人所诣，其文如见。人之无成，浮务文藻，镂脂剪楮，何益之有！
>
> 顾其用力之要何在乎？曰：“不俗”二字尽之矣。所谓俗者，非必庸恶陋劣之甚也。同流合污，胸无是非，或逐时好，或傍古人，是之谓俗。直起直落，独来独行，有感则通，见义则赴，是谓不俗。高松小草，并生一山，各与造物之气通。松不顾草，草不附松，自为生气，不相假借。泥涂草莽，纠纷拖沓，泛滥不别，腐期斯至。前哲戒俗之言多矣，莫善于涪翁之言曰：“临大节而不可夺，谓之不俗。”欲学为人，学为诗文，举不外斯旨。吾与小子可不勉哉！可不勉哉！

何绍基强调，学诗要从学做人开始，人与文为一，人品高则诗格自不俗。何绍基论人品，标举的是宋代以黄庭坚为典范的不俗人格。何绍基在《林颖叔招同宗涤楼等拜黄文节公生日》中赞赏黄庭坚的人品，曰：“溯惟我涪翁，孝友植根矩。大节是不俗，名论砭懦腐。忧患真饱经，志事弥坚树。”所谓“不俗”，就是“临大节而不可夺”，是非分明，不同流合污，不附势随流，立诚不欺，卓荦不倚，胸有所守，不为外物所夺。这种“不俗”的人格，也就是宋代苏轼所言“平生学道真实意，岂与穷达俱存亡”、黄庭坚《再次韵兼简履中南玉三首》所言“句中稍觉道战胜，胸次不使俗尘生”的超越性人格。当然这种超越性的人格，在不同时代有其特定的内涵和意义。北宋前期提出这种人格，旨在矫正五代世风的浮偷浇漓；晚清提出这种人格，同样具有矫正政治腐败、世风颓丧的意义，而且其经世意义更为强烈。这种超越流俗的真性情、高品格，不是一朝一夕自然而然产生的，需要平日用心涵养与培护。何绍基曰：

凡学诗者，无不知要有真性情，却不知真性情者，非到做诗时方去打算也。平日明理养气，于孝弟忠信大节，从日用起居及外间应务，平平实实，自家体贴得真性情，时时培护，字字持守，不为外物摇夺。久之，则真性情方才固结到身心上，即一言一语一文字，这个真性情时刻流露出来。(《与汪菊士论诗》)

“温柔敦厚，诗教也。”此语将《三百篇》根氐说明，将千古做诗人用心之法道尽。凡刻薄、吝啬两种人，必不会做诗。诗要有字外味，有声外韵，有题外意；又要扶持纲常，涵抱名理。非胸中有余地，腕下有余情，看得眼前景物，都是古茂和蔼，体量胸中意思，全是恺悌慈祥，如何能有好诗做出来？(《题冯鲁川小像册论诗》)

晚明以来，诗论家都强调作诗要有“真性情”，不过公安“三袁”、袁枚、赵翼等人的真性情，更侧重于出于灵心至性的自然情感，而何绍基所谓的“真性情”，是靠平日积理养气所得，是道德修养提高之后出于仁义之怀的真性情。用现在的话说，是理性化的道德情怀，而非源于自然血气的情欲之怀。优秀的诗歌源于优秀的人品，故而刻薄、吝啬之人写不出好诗。发于恺悌慈祥襟怀的诗歌，道义充沛，英华外发，可以扶持纲常，涵抱名理，感发人的善心，扶植心中正气。何绍基尝自称：“性复平拙，复守庭训，一切豪诞语、牢骚语、绮艳语、疵贬语，皆所不喜。”徐世昌《晚晴簃诗汇》引林惠常转述何绍基之论，曰：“师尝论诗，以厚人伦，理性情，扶风化为主。其为诗天才俊逸，奇趣横生，一归于‘温柔敦厚’之旨。”（卷一百三十九）这种“温柔敦厚”之旨，自新文化运动以来曾经被严厉地否定。的确，如果持着“温柔敦厚”的戒尺来衡量他人创作，对别人诗歌的直露尖锐指指点点，那的确是一种不良的束缚；但是像何绍基那样从诗人主体境界、道德提升的角度来强调诗歌应该是有道之言，诗人应该有道德操守，应该是社会道德人伦的典范，这不仅是无可厚非的，而且在晚清衰世中树立起这种伟岸人格，是可尊可敬的，即使在今天看来也有其值得称道之处。

晚清政治官场腐败，贿赂公行，穷奢极欲而鲜廉寡耻。郑珍《宿普定却寄雪楼舅新平四首》之四形容当时的官僚阶层曰：“抱痈不忍割，全外而溃里。我观麒楦场，似无一足恃。万针事履底，落地即污滓。明月四更头，私心欲如此。”官僚政治是金玉其外，败絮其中。他一人洁身履正，却无立锥之地。他在《送潘明府光泰归桐城序》中曾感叹仕宦者的奢华无度，说：

> 夫今之仕宦者，当未膺任时，累累然一举人进士耳。一旦得所凭藉，乃衣必极四时佳者各数十称，始曰足衣；食必调山海之珍错，始曰可食，他一切物用视是。而其妻子亲戚素亦甘蔬而暖布者，至是皆哆口不谓然。缝人岁居，庖甬旬易，颐奴喉婢，便唾尽官气。例以旧日，截然两人。而三五相值聚语，要无不艳谭某物某味之佳恶，而其所谭者，又大都非中州五土所产。夫如是，民焉不病？岂能卖田园庐舍而来为官哉？欲惠斯民，亦无暇焉耳矣！

这正是晚清官场世界的写照。当时郑珍和莫友芝在京师，与腐败的官僚阶层格格不入。莫友芝曾记录两人在京师时的状况：“计吾两人初未尝敢忤一人，惟是语言拙讷，应对疏野。其于伺候权贵，奔走要津，为性所不近，不敢效时贤之所为耳。”① 两人因为不能奔走于权贵之门，而招致“废物”之号。联系郑珍、莫友芝等人对于龌龊官场的鄙夷态度来看他们论诗人品格的超拔不俗，那么其现实针对性就显而易见了。郑珍《郘亭诗钞序》云：

---

① 见凌惕安《郑子尹年谱》，转引自白敦仁《巢经巢诗钞笺注》，巴蜀书社 1996 年版，第 328 页。

窃以为古人之诗，非可学而能也。学其诗当自学其人始。诚似其人之所学所志，则性情、抱负、才识、气象、行事，皆其人所语言者，独奚为而不似，即不似犹似也。

莫友芝在《巢经巢诗钞序》中也指出：“古今所称圣于诗、大宗于诗，有不儒行绝特、破万卷、理万物而能者耶！”宋诗派谓学诗从学做人开始，其诗学理论的最终目标是要重建人格，矫正士风。他们标举拔俗坚挺的超然性人格，正是要以这种超越世俗的伟岸高标挺立于腐败的政治现实中，以矫正时弊。沈曾植《止庵诗集序》标尚“雅人深致”，为诗家第一义谛。所谓“雅人”者，即《礼记》所谓“博闻强识而让，敦善行而不怠”之儒雅君子；所谓“深致”者，即涵雅故，通古今，明得失之迹，达人伦政刑之事变，文道一贯。

陈衍论诗，也着意于强调诗人人格的儒雅拔俗。他在《胡诗庐诗存题后》中赞赏黄庭坚的品格：

山谷之为人，磊砢见节目。生长山水窟，历皖湘黔蜀。世间清刚气，贯凑入骨肉。发为诗文字，可喜不可欲。知者谓坚凝，不知谓严酷。……要知杜与黄，万卷胸积蓄。当其欲下笔，万象森瞻瞩。舂踩范奇偶，左右罔不足。

陈衍赞扬的正是黄庭坚“临大节而不可夺”的人格境界。陈衍《何心与诗叙》提出“诗者，荒寒之路，无当乎利禄，肯与周旋，必其人之贤者也”的命题，反对心气摇动，取悦于人，而称赏远离尘嚣、超越世俗、独立不倚的人格精神。近代尊宋诗学最为突出的特征，就是激扬宋代的这种“不俗”的人格论，这是尊宋诗学留给后世的可贵遗产。可惜20世纪的新诗学，在主体人格论方面偏重于世界观的革命性、战斗性和进步性，虽然有其意义，但对于主体道德境界的提升，认识是不足的。

（二）主张“学人之诗”与“诗人之诗”合而为一。诗歌与学问的关系，一直是诗学史上的重要话题。第一部诗论专书钟嵘《诗品》以“直寻”和“自然英旨”为高，批评当时诗人属词比事，补假故实。杜甫提出“读书破万卷”，则强调以经史书卷充实胸襟，为后代“以学问为诗”张本。宋代诗歌一个特点就是“以学为诗”。但是对于宋诗的这个特点，南宋时就存在不同的看法。理学家张栻肯定学者之诗“读着似质，却有无限滋味，涵泳愈久，愈觉深长”（元盛如梓《庶斋老学丛谈》卷中上引）；严羽则提出“诗有别材，非关书也；诗有别趣，非关理也”，提倡“兴象超妙”的盛唐之诗，以此来反对宋诗的学问化。严羽诗论，是明代宗唐复古诗学的理论经典，其“非关书”、“非关理”的说法，也影响着明人对待学问的态度。清初学者对明代覆亡进行反思，追究其覆亡的一个原因就是明人的空疏不学，因此清代文化就是从矫正明代学风起步的。诗学上，明末清初的一些论者也开始检讨严羽所谓“别材”、“别趣”说的荒谬，斥之为“二百年来，遂若涂鼓之毒药”①，反拨公安、竟陵派性灵诗学的鄙俚轻浅，重新提出诗人的学养问题。大体来说，重视经史学问和志气涵养，是清代诗学的基本特征。但是，学问和诗歌还有一个如何浑涵融贯的问题。清代前期的钱谦益、朱彝尊等人论诗重学，尚不是直接的以学问为诗，不是直接地以诗歌叙写学问，而是要求诗人化深厚的学殖为醇厚的道德涵养，在含咀经史中提升境界和识力。但是到了清代中期，考据入诗，以诗歌铺叙古物彝器，学问梗塞于诗歌表面的现象日益严重。因此，又有人开始思考诗人如何以才情意趣含茹学问的问题，如钱大昕《瓯北集序》云：

> 秀水谓诗必原本经史，固合于子美“读书万卷，下笔有神”之旨，然使无真材逸趣以驱使之，则藻采虽繁，臭味不属，又何以解祭鱼、点鬼、疥骆驼、掉书袋之诮乎！夫唯有绝人之才，有过人之趣，有兼人之学，乃能奄有古人之长，而不袭古人之貌，然后可以卓然自成为一大家。

这段话主要是辨正朱彝尊“诗篇虽小技，其原本经史”的说法。钱大昕自然不废学问，但是他论述的重点在于诗人应该有“真材逸趣”以驱使学问，学殖渊博而胸次玲珑，才趣活脱而不滞塞，这样才能读书万卷，而下笔有神。其实这里的关键问题还是“读书破万卷”的“破”的问题，不是万卷经史滞塞诗歌，而是“破”万卷之事理以涵养胸襟。

① 钱谦益《徐元叹诗序》，《钱谦益全集》贰，第924页。

晚清的宋诗派，大都精通经史实学，论诗也都强调诗人平日要积累学殖、养气颐性。何绍基认为诗人的学养应该如高山大川一般氤氲汪洋、厚积薄发。在《题冯鲁川小像册论诗》中他说：

> 作诗文必须胸有积轴，气味始能深厚，然亦须读书。看书时从性情上体会，从古今事理上打量。于书理有贯通处，则气味在胸，握笔时方能流露。盖看书能贯通，则散者聚，板者活，实者虚，自然能到腕下，如饾饤零星，以强记为工，而不思贯串，则性灵滞塞，事理迂隔，虽填砌满纸，更何从有气与味来。故诗文中不可无考据，却要从源头上悟会。有谓作诗文不当考据者，由不知读书之诀，因不知诗文之诀也。

他又在《与汪菊士论诗》中说：

> 当读者何书？经史而已。……考据之学，往往于文笔有妨，因不从道理识见上用心，而徒务钩稽琐碎，索前人瘢垢，用心既隘且刻，则圣贤真意不出，自家灵光亦闭矣。故读经不可不考据，而门径宜自审处。

胸有卷轴，读书多，识理深，自然能气味醇厚。何绍基一方面肯定考据有助于作诗，另一方面又辨明读书考据应该于性情、事理上体会思量，应该从道理、识见上用心，也就是说读书考据不仅仅是提高诗材，更重要的是炼识养心，在读书考据中体会义理，涵养胸襟。他认为子史百家都可以博练学识而增长志气。郑珍也重视读书养气以立品。郑珍《论诗示诸生时代者将至》说："固宜多读书，尤贵养其气。气正斯有我，学赡乃相济。"诗品源自人品。诗人立品应该从读书养气做起，读书应该如蜜蜂酿蜜一样，采万蕊而酿一味；养气应该如"人品花，枝干必先异"，保持自己超拔的个性特征。何绍基和郑珍等人的诗歌，虽体现出"学人之诗"的特征，但是与翁方纲等人的堆垛学问不同，他们的诗歌化堆垛为烟云，化学问为志气，蜜出于花而不见花形，真积力久，随境触发，甚至不避俚俗，着手生春。

沈曾植是晚清著名的学问家，博览群书，尤其擅长佛学和史学舆地。他的诗歌被陈衍奉为"同光体之魁杰"（陈衍《沈乙盦诗叙》），根深叶茂，精悍排奡。沈曾植论诗“薄平易，尚奥衍”①，重视经史学问根基。他曾批评严羽说：“严家饿隶彼何知，但著苦空迷妙有。”（《八月廿八日渔洋生日子修招同人集于樊园分韵得斗字》）他作诗古体多用释典，难以详悉，近体则文从字顺。

陈衍是“同光体”的后劲，不以诗名而善于论诗，时人称之为“诗坛救主”②，汪国垣谓其说诗“则居然广大教主矣”③。其诗论主要是对同光体诗学的总结、反省和引申。陈衍论诗正面提出“诗也者，有别才而又关学者也”的论断，并认为杜甫、韩愈堪称典型。④ 陈衍概括同治、光绪以来尊宋诗风的理论成果云：

> 文端（祁寯藻）学有根柢，与程春海（程恩泽）侍郎为杜为韩为苏、黄，辅以曾文正（曾国藩）、何子贞（何绍基）、郑子尹（郑珍）、莫子偲（莫友芝）之伦，而后学人之言与诗人之言合。（《近代诗钞述评叙》）

学人之言与诗人之言合，即《石遗室诗话》卷八所谓“有真实怀抱，真实道理，有真实本领”；也即陈衍《聆风簃诗叙》所谓“必具学人之根柢，诗人之性情，而后才力与怀抱相发越”。清代前中期曾流行一种说法：“夫诗之道，有根柢焉，有兴会焉，二者率不可得兼。镜中之象，水中之月，相中之色，羚羊挂角，无迹可求，此兴会也；本之《风》《雅》以导其源，溯之楚《骚》、汉、魏乐府诗以达其流，博之九经、三史、诸子以穷其变，此根柢也。根柢原于学问，兴会发于性情。”（王士禛《突星阁诗集序》）所谓“根柢”，就是陈衍所强调的读书见事积理；所谓“兴会”，就是陈衍所言“诗人之性情”。在王士禛看来，根柢、兴会“二者率不可得兼”，但是陈衍则认为“学人之言与诗人之言合”。陈衍认为一个诗人能否“异乎众人之为”而具有独异的风格，

---

① 陈衍《海日楼诗集第二叙》，《陈衍诗论合集》第1049页。

② 见邵镜人《同光风云录》，《清代传记丛刊》，明文书局1984年版。

③ 汪国垣《光宣诗坛点将录》，《民国诗话丛编》（五）第325页。

④ 陈衍《瘿唵诗叙》，见《陈衍诗论合集》第1058页。按，“别材”说本由严羽提出。“材”字有的《沧浪诗话》版本作“才”，因而后世引文或作“别才”。“别材”谓特别的材料，“别才”可解作特别的才能，二者意思略有差异。

关键在于"读书不读书之辨"(《李审言诗叙》)。换一个角度说，强调诗人亦是学人，从某种程度上是在消弭诗文的界限。陈衍就反对严格区划诗文的疆界。陈衍《石遗室诗话》卷二十六云：

余尝论古人诗、文合一，其理相通，断无真能诗而不能文，真能文而不能诗。自周公、孔子，以至李、杜、韩、柳、欧、苏，孰是工于此而不工于彼者？其他之偏胜而不能兼工，必其未用力于此者也，否则并其所谓偏胜者，亦实未胜也。

一般来说，盛唐以前的诗歌是较为纯粹的"诗人之诗"，而自杜甫、韩愈以降至两宋多"文人之诗"或称"以文为诗"。后代诗论家因思想主张不同，对待诗文合一的态度也存在着不同。大致上，宗尚盛唐的论者是严守诗文界限，反对"以文为诗"的；而主张消弭唐宋之辨的尊宋论者则肯定"以文为诗"，淡化诗文界限。陈衍显然属于后者。陈衍《与梁众异黄秋岳书》云：

诗与文，所以纪事、写景、说理、言情也，非为之之久，佐以读书见事积理之多，则恒不工，工亦不至。工且至矣，乃欲知此事、此景、此理、此情者之利，非纪之、写之、说之、言之者之利也。然而不惮于为之工且至者，则人所不至者吾至之，当其至之之顷，意得甚也。

清代前期叶燮说过诗可以表现理、事、情，陈衍亦谓诗与文一样可以用来纪事、写景、说理、言情。这种消弭诗文界限，扩大诗歌的表达功能和意义空间的论调，是近代尊宋诗学的一个重要特征。

（三）诗歌的个性化，是近代尊宋诗学的自觉追求。本来，宋代诗人就鲜明地表现出兼宗众善而自成一家的主创意识，这种创新精神在近代诗人手中得到发扬。而且自明清之际诗坛走出复古樊篱之后，诗歌有"我"唯"我"，独具面目，自成一格，成为越来越自觉的努力。晚清尊宋诗学在诗歌个性化方面的追求，更体现出理论的自觉。何绍基提出："诗文不成家，不如其已也。"(《使黔草自序》)当然，他所谓自成一家，不是指专门在字句格律上求涩求奇，而是从做人"不俗"入手，做人能够独具面目，不相假借，诗歌自然能个性发露，迥然自立。何绍基反对诗歌依傍前人，不论是字句格律、法度运意，都应该自我作宰。他在《与汪菊士论诗》中说："诗是自家做的，便要说自家的话，凡可以彼此公共通融的话头，都与自己无涉。"又于《题冯鲁川小像册论诗》中说："诗为心声，偶遇佳句，不是余心所欲出，或从他人处听来看来的，便与我无涉。或其意致议论可喜，而我平日持议不是如此，即不可阑入。若到得融会时，头头都是我的，更不消问人借贷了。"这正是戛戛独造、自我生新的创造态度，力求"其艺必成，适肖其人"，"诗"与"人"达到内外一致。郑珍《论诗示诸生时代者将至》云："我诚不能诗，而颇知诗意。言必是我言，字是古人字。"陈衍所谓"诗者，荒寒之路，无当乎利禄"，也蕴涵着个性化的追求。其《何心与诗叙》云："一景一情也，人不及觉者，己独觉之；人如是观，彼不如是观也；人犹是言，彼不犹是言也，则喧寂之故也。"近代宋诗派所谓独观独觉，所谓言是我言，非公共之言，与黄遵宪"我手写吾口"云云，都是强调诗歌摆脱依傍的个性化特征。这是传统诗学发展至近代出现的新趋势。

进入民国之后，陈衍受到近现代思潮的影响，追求诗歌个性化的思想意识更为明确。他曾在《书沧趣楼诗后》中说："时世变易，昔之诗人为清有者，今各为其所自有矣。"这是从社会政治结构变迁的角度来认识诗人由传统的士大夫向现代的知识人的转变。这种"各为其所自有"的独立身份，也为诗人摆脱精神束缚和外在依傍而独抒个性确立了社会基础。民国以后，"作诗尚是自家意思，自家言说"（《石遗室诗话》卷一）的个性化意识，是陈衍诗学的重要内容。如他的《诗学概要·总论》里论"诗言志"说："志者，自己之志，则其言必自己之言，而非公共之言矣。"他又于《奚无识诗叙》中提出"自尚"的命题：

> 所贵乎为诗者，非必蕲于相尚也，而不可无以自尚。自尚者，一人有一人之境地，一人之性情，所以发挥其境地性情，称其量无所于歉，则自尚其志，不随人为步趋者已。

"相尚"和"自尚"相对。相尚，或者是以古人为尚，依傍古人，步趋形迹；或者是以今人为尚，求得时人的赞誉，这都不是在言自己之言，作自己之诗。而"自尚"则是摆脱束缚，抒写真正属于自己境地的性情。当然，陈衍的个性化与现代新诗理论还是有差异的。82 岁时，他作《说诗社诗录序》，重申诗为一人之私言的同时，又提出风格"雅驯"的要求：

> 天下之事物，未有历久而不敝者也。善变化之，则百出而不穷，亿兆其人，亿兆其面目，变化故也。诗何不然。……诗者，一人之私言，喜怒哀乐，他人能代吾言之，与吾能代他人言之，皆非诗也，酬应之作也。若其功候，则雅驯其要已。不雅则俗，俗非必薰心势力也。习见之语，令人生厌者，皆不雅也。不驯则生，生非必异书僻典也。强凑字句，难以索解者，皆不驯也。其所以能雅能驯，则在读书更事与平日之为人，非徒于诗求之也。

陈衍受到近代的进化论思想影响，以变化的观念看待事物，故而提出"诗者，一人之私言"这个带有新鲜感的命题，但是他同时又要求诗歌要"雅驯"。尚雅忌俗，避忌令人生厌的习见之语，这大约主要是针对白话诗而发的；尚驯致、忌生僻，则是针对宋诗派过于生涩排奡、有骨无肉，乃至非自注不能读竟的弊端而进行的内部纠正。其实早在光绪二十七年（1901）的《沈乙盦诗序》中，陈衍就省思"考据实皆无与己事，作诗却是自己性情语言"。陈衍着意抉发白居易、梅尧臣、陆游诗歌的浅易舒放，以矫正时贤学黄庭坚、陈师道而不能抒发胸臆的毛病，以驯致矫正宋诗派的生涩怪僻。

（四）诗学取径上，宋诗派尊宋而不局限于宋，他们跨越唐宋界隔，甚而上溯两晋。晚清的"同光体"可分为三个阶段：程春海、祁寯藻是晚清尊宋诗派的先驱，年辈较高；何绍基、郑珍和莫友芝师事程春海，主要活动于咸丰、同治年间，算得上是第二代；陈三立、沈曾植和陈衍等人，主要活动于光绪、宣统乃至民国时期，是"同光体"的第三代。大体而言，第一、二代诗人主要是学中唐以降乃至两宋诗歌，以杜甫、韩愈、孟郊、苏轼、黄庭坚、陈师道等为学习对象。但是，专学杜、韩、黄、陈，往往有骨无肉，瘦劲有余而丰润不足，同样会陷入另一个泥淖。因此第三代人消弭唐宋的界限，扩大诗学取径，冶唐宋于一炉。陈衍对咸丰、同治以降诗风多有反思。其《文莫室诗续集叙》

指摘咸、同诗弊云：

> 咸、同以降，古体诗不转韵，近体诗不尚声貌之雄浑焉耳。其敝也，蓄积贫薄，翻覆只此数意数言，或作色张之，非其人而为是言，非其时而为是言，视貌为汉、魏、六朝、盛唐之言者，无以胜之也。

古体长篇而不转韵，自韩愈始多；近体涩硬而不雄浑，亦自杜甫、韩愈始。陈衍这里所指摘的正是咸、同诗人学韩愈、黄庭坚、陈师道而落下的毛病。陈衍在同文中又提出："诗之于唐宋，果异与否，殊未易以断言也。"《石遗室诗话》卷十四又论唐宋之辨云：

> 自咸、同以来，言诗者喜分唐宋，每谓某也学唐诗，某也学宋诗。余谓唐诗至杜、韩而下，现诸变相，苏、王、黄、陈、杨、陆诸家，沿其波而参互错综，变本加厉耳。然必欲分之，亦自有辨。

陈衍之所以要着意消弭唐宋之界，其用意是在纠正专宗宋诗的流弊，他认为宋人皆推本唐人诗法，不过是力破余地罢了。学诗若专宗宋诗，与专宗盛唐一样不免滋生暗敝，因此主宋诗却不宜专宗宋诗。出于这种意图，光绪二十五年（1899）陈衍客居武昌与沈曾植论诗时提出了"三元"说。《石遗室诗话》卷一云：

> 余谓诗莫盛于三元：上元开元，中元元和，下元元祐也。……今人强分唐诗宋诗，宋人皆推本唐人诗法，力破余地耳。庐陵、宛陵、东坡、临川、山谷、后山、放翁、诚斋，岑、高、李、杜、韩、孟、刘、白之变化也；简斋、止斋、沧浪、四灵，王、孟、韦、柳、贾岛、姚合之变化也。故开元、元和者，世所分唐、宋人之枢斡也。若墨守旧说，唐以后之书不读，有日蹙国百里而已。
>
> 顾道、咸以来，程春海、何子贞、曾涤生、郑子尹诸先生之为诗，欲取道元和、北宋，进规开、天，以得其精神结构之所在，不屑貌为盛唐以称雄。(《密堂诗钞序》)

陈衍之所以要强调宋诗与唐诗之间的联系，与他"学人之言与诗人之言合”、变化而归于雅驯的思想都是相通的，也就是要求诗人兼宗唐宋，骨骼挺立而润泽高华，学殖深醇而才趣灵妙，极其变而终归于正。

陈衍的“三元”说，对于沈曾植有所启发。据陈衍《石遗室诗话》卷一载，沈曾植尝谓“‘三元’皆外国探险家觅新世界、殖民政策、开埠头本领”。沈曾植的论诗诗《寒雨闷甚杂书遣怀襞积成篇为石遗居士一笑》与陈衍对于诗歌史的态度是一致的。其中云：

开元启疆域，元和判州部。……韩、白、柳、刘骞（按，骞，飞也），郊、岛、贺、籍仵（按，仵，偶敌也）。……唐余逮宋兴，师说一香炷。勃兴元祐贤，夺嫡西江祖。……强欲判唐宋，坚城捍楼橹。咄嗞盛中晚，帜自闽严（按，闽严谓严羽）树。氏昧荀中行，谓句弦偭矩。持兹不根说，一眇引群瞽。丛棘限墙帷，通途成岨峿。

沈曾植亦谓“元和判州部”，与陈衍所谓“唐诗至杜韩而下，现诸变相”是一个意思。“唐余逮宋兴，师说一香炷”，亦即陈衍所谓“宋人皆推本唐人诗法，力破余地耳”。沈曾植批评严羽在唐宋之间横隔疆界，轩此轾彼，导致“通途成岨峿”。至1918年，沈曾植在《与金潜庐太守论诗书》中提出“三关”说，文云：

吾尝谓：诗有元祐、元和、元嘉三关。公于前二关均已通过，但著意通第三关，自有解脱月在。元嘉关如何通法？但将右军《兰亭诗》与康乐山水诗打并一气读。刘彦和言：“庄、老告退，而山水方滋。”意存轩轾，此二语便堕齐、梁人身份。须知以来书“意、笔、色”三语判之，山水即是色，庄、老即是意；色即是境，意即是智；色即是事，意即是理。笔则空、假、中三谛之中，亦即遍计、依他、圆成三性之圆成实性也。康乐总山水、庄老之大成，开其先支道林。此秘密平生未尝为人道，为公激发，不觉忍俊不禁。勿为外人道，又添多少公案也。尤须时时玩味《论语皇疏》（自注：与紫阳注止是时代之异耳），乃能运用康乐，乃亦能运用颜光禄。记癸丑年同人修禊赋诗，鄙出五古一章，樊山五体投地，谓此真晋、宋诗，湘绮毕生何曾梦见。虽谬赞，却惬鄙怀。其实止

> 用《皇疏》“川上”章义，引而申之。湘绮虽语妙天下，湘中选体，镂金错采，玄理固无人能会得些子也。其实两晋玄言，两宋理学，看得牛皮穿时，亦只是时节因缘之异，名文身句之异。世间法异，以出世法观之，良无一无异也。就色而言，亦不能无决择。奈何！不用唐以后书，何尝非一法门（观《刘后村集》可反证），无如目前境事，无唐以前人智理名句运用之，打发不开，真与俗不融，理与事相隔，遂被人呼伪体。其实非伪，只是呆六朝，非活六朝耳。凡诸学古不成者，诸病皆可以呆字统之。在今日学人，当寻杜、韩树骨之本，当尽心于康乐、光禄二家。①

沈曾植将陈衍“三元”说之“开元”换为“元嘉”，提出“三关”说，看似差别不大，实际上表达出他更进一步窥三唐而入晋宋之室的诗学理想。他认为弟子金蓉镜已通过元祐、元和两关，由苏轼、黄庭坚、陈师道而上探杜甫、韩愈，这是宋诗派的共同路径。但是沈曾植认为这还不够，尚须进一步远绍刘宋元嘉时的谢灵运、颜延之。当然，沈曾植提出颜、谢，与王闿运之宗尚六朝选体不同。沈曾植认为两晋玄学和两宋理学，以出世法观之，没有一点不同。揣其意旨，谓刘宋诗人在徜徉山水中寄寓对玄理的体悟，表现人生达道的识见和志趣，这与宋诗的理学境界没有本质的差异，而刘宋诗歌香色流动，没有赵宋诗歌的奥兀涩硬。沈曾植还列举他自己的《三日再赋五言分韵得天字》诗，并说樊山（樊增祥）“五体投地，谓此真晋、宋诗”。我们来看沈曾植这首诗：

> 适去不自我，有来孰非天。寓形同庶物，观化循徂年。复此赤奋纪，缅怀永和篇。东风煦庭户，巾履来群贤。仰见太虚净，俯玩晨葩鲜。彭殇齐可论，尧桀忘谁先。云藻发谈麈，时珍乐嘉筵。偶然具觞咏，久已屏管弦。今视喟殊昔，后感宁同前。乐缘兹土尽，冥寄他方延。

此诗虽然由皇侃《论语义疏》敷衍开去，兼用佛典，但并不僻涩难读，其中适道任运的志趣表现得温厚润泽，没有一般宋诗派诗人的崎峭排

① 周兴陆、魏春吉等《中国历代文论选新编·晚清卷》，上海教育出版社2008年版，第135页。按，“良无一无异也”句，疑后一“无”字衍。

界。这大约就是沈曾植“三关”说所希望达到的诗境。

最后不能不提的一点是，宋诗派在晚清经世思潮高涨的时势中也一定程度上濡染着近代的经世精神。宋诗派的早期人物何绍基、郑珍、莫友芝等人与魏源大致同时，但是他们位卑名微，只能以洁己远俗、特立独行来表示对腐败政治的对抗，尚没有多么突出的经世思想。随着时势的日益沉沦，在乱世中感同身受的一些有识之士，忧国叹世的情怀日益激烈，在诗学中也有所流露。当时有一位著名诗人叫梁鼎芬，曾因论劾李鸿章而被罢官，其诗歌也多悲慨清苦，时论誉之。陈三立为他的诗集作序，称赞他敢于“发愤弹大臣”，并进一步申论云：

当是时，天下之变盖已纷然杂出矣。学术之升降，政法之隆污，君子小人之消长，人心风俗之否泰，夷狄寇盗之旁伺而窃发，梁子日积其所感所营，未能忘于心，幽忧徘徊，无可陈说告语者。而优闲之岁月，虚寥澹漠之人境，狎亘古于旦暮，觌万象于一榻，上求下索，交萦互引，所以发情思，荡魂梦，益与为无穷。梁子之不能已于诗，傥以是与？傥以是与？虽然，梁子之诗既工矣，愤悱之情，噍杀之音，亦颇时时呈露，而不复自遏。吾不敢谓梁子已能平其心，一比于纯德，要梁子志极于天壤，谊关于国故，掬肝沥血，抗言永叹，不屑苟私其躬，用一己之得失进退为忻愠。此则梁子昭昭之孤心，即以极诸天下后世而犹许者也。①

陈三立“尝愤中国士夫耽究空文而废实用，骤临利害无巨细。及有四夷之变，一以意气论议排捍之。不则瞠目敛手，无以为计”②。他早年的诗歌与一般的宋诗派诗人一样，宗法韩愈、王安石、黄庭坚，排奡精粹，辛丑后尤有不可一世之慨，多志士壮烈悲愤情怀，如八国联军进犯京师时，陈三立抒发忧愤作《书感》：

八骏西游问劫灰，关河中断有余哀。更闻谢敌诛晁错，尽觉求贤始郭隗。补衮经纶留草昧，干霄芽蘖满蒿莱。飘零旧日巢堂燕，

① 陈三立《梁节盦诗序》，《散原精舍诗文集》，上海古籍出版社 2003 年版，第 825—826 页。

② 陈三立《廖笙陔诗序》，《散原精舍诗文集》第 831 页。

犹盼花时啄蕊回。

蒿目危难，悲怆何堪！陈衍的世变感也非常强烈。他在《近代诗钞述评叙》中感慨晚近时势“丧乱云膴，迄于今，变故相寻，而未有届，其去《小雅》尽废而《诗》亡也不远矣”。他曾经比较郑珍和遭遇太平天国战乱的金和。郑珍虽然经历丧乱，但是艰难危苦尚不足以与金和相比。陈衍《秋蟪吟馆诗跋》云：

（金和）至癸丑、甲寅间作，则一种惨淡阴黑气象，子尹之诗，未至于此极矣。夫举家陷贼，谋与官军应，不济，万死一生，迟之又久，而后次第得脱，子尹所未经也。经此危苦，而又能为惨淡阴黑之诗以逼肖之，则先生诗境之所独而已。

金和曾被梁启超尊为文学革命的先驱，与黄遵宪并论。时势造诗人，金和以诗笔表现亲身遭际的时代危难，才成为备受瞩目的诗人。陈衍对于金和、梁鼎芬、陈三立等人的家国身世之感也有同样的亲切体会。他在《山与楼诗叙》中感慨地说：

余生丁末造，论诗主变《风》变《雅》。以为诗者人心哀乐所由写宣，有真性情者，哀乐必过人。时而齑咨涕洟，若创巨痛深之在体也；时而忘忧忘食，履决踵，襟见肘，而歌声出金石，动天地也。其在文字，无以名之，名之曰挚，曰横。知此可与言今日之为诗。

“挚”是一种撕心之痛，“横”是一种盘曲哽咽之气。晚清宋诗派的诗歌，从整体风貌来说，与康熙、乾隆年间的“神韵”、“格调”不同，是变《风》变《雅》，是风衰俗怨、国势衰变时代的变徵变羽。

当然，宋诗派成员大多数只是政治上的改良派，与清朝封建专制王朝还保持着密切的联系，即使辛亥革命以后，也多是以遗老自居。他们虽然对国势衰变具有较为切实的感受，抒写乱世亡国的悲歌，但是他们对溃败不堪的满清王朝还抱有希望，不能正确认识到近代民主革命的历史方向，因此遭到资产阶级革命派的唾弃。如柳亚子《胡寄尘诗序》斥责近代宋诗派曰：“日暮途穷，东山再出，曲学阿世，迎合时宰，不惜为盗臣民贼之功狗，不知于宋贤位置中，当居何等也!”他们之间的冲突不仅仅是诗学问题，更主要的是政治立场上的问题。

第五节　宋诗别集、选本的编纂与评注

《苏轼诗集》：注诗难，注苏轼诗尤其难。自宋代陆游至清人邵长蘅都有如此慨叹。苏诗和杜诗一样，赅博奥衍。前代典籍，无不纵横笔下，任其驱使，一入诗中，便成典故，不详其意，则难达诗旨。二人诗歌都是紧密地镶嵌于时代政治之中，若脱离当时的历史，会不明就里。于是注释杜甫、苏轼诗就成为后世许多学者毕生的学问。和杜诗在宋代有“千家注”一样，苏轼诗歌在宋代也号称有“百家注”。在苏轼当时就有赵次公、宋援、李厚、程缜的《前后集编年注》，谓之“四家注”。后又补入林子仁注，改称“五家注”。后来又增至“八注”、“十注”。据清人阮元说，北宋注有47家，南宋注有31家。至南宋孝宗时王十朋汇录诸家注释于一编，删繁剔冗，成《王状元集诸家注分类东坡先生诗》二十五卷，世称《集注》本。王十朋非常欣赏苏轼诗，称赞苏诗“少陵相逢亦应避”，“北斗以南能几人”(《读东坡诗》)。王十朋《集注》本征引浩博，考证多精核有据，但是，也有分类过于琐碎，引书多不注书名等缺点。王楙《野客丛书》、史绳祖《学斋佔毕》、杨慎《升庵诗话》等多指摘其失。然此书颇为通行，在宋、元、明时期一家独盛，刻本很多。其中，元刻本增入刘辰翁的评点，但其在多次刊刻中也出现了不少淆乱脱讹。清人邵长蘅撰《王注正讹》纠其弊近40条。清人朱从延(字翠庭)曾依据宋刻本对后刻的王十朋《集注》本作考核校勘，有康熙三十七年(1698)刻本。

宋代还有另外一种注本，为施元之、顾禧同注，施元之的儿子施宿补注的本子，世称《施注苏诗》四十二卷。然而很长一段时间内此书若存若亡。人们只能从陆游《施司谏注东坡诗序》中知其大概。陆游在嘉泰二年(1202)的序中，在谈注诗之难的同时说：

> 吴兴施宿武子，出其先人司谏公所注数十大编，属某作序。司谏公以绝识博学名天下，且用工深，历岁久，又助之以顾君景繁之

赅洽，则于东坡之意，盖几可以无憾矣。

马端临《文献通考》卷二百四十四曾著录此书云：“《注东坡诗》四十二卷，《年谱》《目录》各一卷，司谏吴兴施元之德初与吴郡顾景蕃共为之，元之子宿从而推广，且为年谱，以传于世。”但是该书在元明时期一直暗昧不显，大约为吴中书贾所珍藏。钱谦益可能见到原书，他在《跋东坡先生诗集》中说：

吴兴施宿武子增补其父司谏所注东坡诗，而陆务观为之序。务观序题嘉泰二年，是书刻于嘉定六年，又十二年而后出，故其考证人物，援据时事，视他注为可观。

钱曾《读书敏求记》卷四也记载曾于绛云楼中见过《施注苏诗》，但后来广搜不可得，叹为生平第一恨事。至康熙时期，宋荦从吴中藏书家手中得到此书，重新刊刻，《施注苏诗》才大白于天下，这可成为清代刊刻宋人诗歌别集的第一快事。据阮元考查，认为《施注苏诗》题下小注纪事，出自施元之之手；诗句下征典引经、史、子、集、外藏等出处，则为顾禧注；施宿主要是对二者作补充删订，又附录二卷年谱。《施注苏诗》采用编年体，按时代先后编排苏诗。此前的“四家注”、“五家注”也是编年的，但是王十朋将其编撰为《集注》时改为分类编排，分类琐碎而颇多颠舛。《施注苏诗》恢复为编年体，则能够紧密联系苏轼的行迹和时世的变迁以阐释苏诗，因此这是一种最为妥当的编排体例，一直为清人编辑苏诗所遵行。施元之等的注释，征引繁博，考据精核，援引必注书名，且附事而见义，联系史实，阐发诗旨。宋荦所得的《施注苏诗》并非全帙，缺十二卷。于是，他请邵长蘅、李必恒等一起补订，又续补遗诗四百余首，采摭施本所未备，别为二卷，冯景（字山公）为之注。宋荦等补订的《施注苏诗》，康熙三十八年（1699）宛委堂刻本，随后又出现多种重刻本。邵长蘅等的补订，一是对施注多有删削，一是引用王十朋《集注》本的不少材料作补充，所以已非施注之旧。邵长蘅因为没有见到宋、元的《集注》本，所以撰《王注正讹》，实际上发现的多是后世刊刻的讹误，而非王十朋之讹，故“正讹”并不精当，曾遭到汪师韩等人的讥讽。不管怎么说，《施注苏诗》

能够重新面世，的确是清代文学研究史的一件盛事。

宋荦所得的《施注苏诗》，本来就缺十二卷，邵长蘅等的删补也非施注之旧。后来，查慎行在吴中借抄一本施元之的注，发现原本与宋荦刻本之间有不少差异，于是“于施注原本所有而新刻所删者，辄补录以存其旧”，将邵长蘅等删改的地方一一厘正，又搜集诸书，补正施注的缺漏。查慎行还辨正邵长蘅《补遗》二卷之谬，并搜集遗诗120余首，自康熙十二年至四十一年，以三十年之力编撰了《补注东坡先生编年诗》五十卷，有乾隆二十六年（1761）刻本。查氏意在补施注之疏，纠邵长蘅改刊之妄，于苏诗年月考证尤详，对施注的编年多有辨正，在苏诗之后列同时诸公唱和之什。他在《例略》中说：“凡慎所辨正，必先求之本诗及手书真迹，又参以同时诸公文集，洎宋元名家诗话、题跋，年经诗纬，用以审定前后。”对于典章文物、山川舆地、人物时事，考核精详。四库馆臣谓查注“考核地理，订正年月，引据时事，元元本本，无不具有条理。非惟邵注新本所不及，即施注原本亦出其下。现存苏诗之注，以此本居最”（《四库全书总目〈补注东坡编年诗〉提要》）。但查注重复、舛讹之处也不少，也有据私意以论诗的。查氏所补，犹有未尽之处。稍后翁方纲撫拾残坠，编撰《苏诗补注》八卷，有乾隆年间刻本。查注“所据多短书小说，纰谬弥复不少”，于是沈钦韩编撰《苏诗查注补正》四卷，有清心矩斋刻本等多种行世。

查注面世以后，曾有人如李调元就想把施元之注和查慎行注合为一编，以查诗编年为次，施前查后以合刊，但因刊费繁多而未果（见李调元《雨村诗话》卷下）。这项工作在乾隆时期由冯应榴完成。他于乾隆五十八年（1793）编成《苏文忠诗合注》五十卷。冯应榴得到宋椠《五家注》、元椠《王状元集百家注》旧本，于是和新出的施注、查注合订，比勘稽考，校其异同，并援证群书，删冗正误。冯应榴《合注》本的编年次序，全部依照查慎行，有异议处时作辨正。其中冯氏订补的，标以“榴案”以区别；又将校正诸注舛讹太甚者，汇聚为《辨订》一卷。此前的王十朋本“长于征引故实”，施元之本“长于藏否人伦”，查慎行本“详于考证地理”（钱大昕语），冯应榴的《合注》本则荟萃三家之长，故而在清代不失为苏诗注释的善本，当然也有强古人以就己的毛病。稍后的王文诰注本，删繁就简。据冯应榴之孙冯宝圻的《新修补苏文忠诗合注序》说，王文诰本对于冯应榴《合注》本是“阴据之而阳鳌之”。于是冯宝圻对其祖父的《合注》旧板加以补修，增约十万字，重新刊刻行世。

清代注释苏轼诗之集大成者应该推王文诰的《苏文忠公诗编注集成》，包括《古今体诗注》四十六卷、《总案》四十五卷，嘉庆二十四年（1819）刻本。其中的《总案》部分是将苏轼诗文按时间编排并以同时代人记述作参证以稽考苏轼的生平行迹，算是一部详细的苏轼年谱。梁同书在序中称说：

> 自公始生以及登朝，凡二十六年，本集不足于用，则补以《嘉祐集》；出判营兆、京推发策十年，则主诗文纪录；杭、密、徐、湖八年，则诗文参以书奏；元祐敭历中外九年，则以内外制、箚状为正。独黄、惠、儋迁徙最久，先后归常，皆漂泊途路间，统计一十三年，文无纲领，群碎散漫，难于掇拾；君或一至再至，访寻遗迹，参稽往籍，甚至邮筒缋轴，咨讯往复，必求其与集针芥适合而止，盖非是则立案不足昭信，而诗无由定编，其致力也可谓勤且远矣。

这主要是针对《总案》而言的。王文诰的《古今体诗注》由删润冯应榴《合注》而成，对于历代注释苏诗的文字，广为汇集，择善而从，简明赅括，虽然也有“诰案”，但是真正发明诗意的地方并不多，其贡献一在广搜诸家注释，二是在年谱考证、诗歌编年上尤为详细、精确。

苏轼诗集的其他注本，还有旧题刘宏注《苏诗摘律》六卷，明天顺五年（1461）刘弘、王玺刻本，但后世评价不高，也没什么影响。此外还有姚廷谦辑《东坡诗抄》十八卷，康熙六十年（1721）刻本；万廷兰选《苏诗选》二卷，乾隆四十二年（1777）刻本；清柯煜选《苏诗柯选》一卷（上海图书馆藏抄本）。

苏轼诗歌最早有刘辰翁的批点，传世的刘辰翁批点本有两种形态，一是附着于元刊的《王状元集诸家注分类东坡先生诗》，二是单独刊行，有明天启年间刻刘辰翁批《苏东坡诗集》二十五卷。纪昀评点本则最为著名。纪昀于苏诗先后曾批阅多次，颇有心得，其弟子梁章钜赞其批“金针度人”。纪批在清代中后期影响很大，被广泛传抄。清人张穆过录纪批于冯应榴《苏文忠公诗合注》上，庄缙度过录于《施注苏诗》上，嘉庆二十二年（1817）芸香堂刊刻《纪批苏文忠公诗集择粹》十八卷，道光十四年（1834）两广节署刊刻纪昀评点《苏文忠公诗集》五十卷，同治八年（1869）韫玉山房朱墨套印纪昀评点《苏文忠公诗集》五十卷。此外，苏轼评点本，明代有萧奇中、陈仁锡的评点，清代有彭元瑞、潘奕隽、孙原湘、何绍基等人的评点。

《王安石诗集》：宋人李壁笺注《王荆公诗注》五十卷，补遗一卷，清乾隆六年（1667）张宗松绮斋刻本。其中古诗二十二卷，律诗二十八卷。这是宋人注宋诗，可与施元之注苏轼诗，任渊注黄庭坚、陈师道诗相媲美。晁公武《郡斋读书志》曾著录："《王荆公诗注》五十卷，李文懿公壁所注，魏文靖公了翁序。"然此书后世极为罕见。据张宗松乾隆六年（1741）的《题辞》，此书系他十年前购得华山马氏所藏之元刻本，首尾完好，于是他出资雕版，广行于世。与通行的《临川集》相对照，题字有增损互异之处，篇目也有多寡之不同，较世俗本多72首，也有若干首诗是俗本有而此本无的，因此大有益于王安石诗的校勘和辑佚。李壁的注释捃摭搜采，务求来历，赅洽慎重，不仅注释语典典故，且对于王安石交游多有考述，博采当时的笔记诗话材料，与王诗相互参证，时作辨析，对诗意也多有阐发。如王安石的《桃源行》诗题下引《高斋诗话》云："荆公《桃源行》，指鹿为马，乃二世事，而长城之役，乃始皇。又指鹿事不在望夷宫中。荆公诗追配古人，惜乎用事失照管为可恨耳。"李壁辩驳云："据公诗意，概言秦事，实探祸乱之始末而互著之，如《诗话》所言，亦几狭矣。"王安石诗的清代注本，还有沈钦韩注《王荆公诗集注》四卷，稿本，《续修四库全书》影印。沈钦韩说："夫读一代之文章，必晓然于一代之故实而俯仰揖让于其间，庶几冥契作者之心。"但是，"得李（壁）注读之，亦云赡博，然人物制度犹有未妥，概从阙略"（序）。因此，他的注释尤其重视典章制度、名物本事的出处和考释。

王安石诗歌的批点，除了宋刘辰翁的批点本，还有清人温如玉的手批本，值得珍视。

《黄庭坚诗集》：黄庭坚曾经编过自己的诗篇。叶梦得《避暑录话》

载黄元明的说法，言："鲁直旧有诗千余篇，中岁焚三之二，存者无几，故名《焦尾集》。其后稍自喜，以为可传，故复名《敝帚集》。晚岁复刊定，止三百八篇，而不克成。今传于世者，尚几千篇也。"据此可知《焦尾集》和《敝帚集》都曾成书，惜后世不存。传世的黄庭坚别集有《山谷内集》《山谷外集》《山谷别集》和《精华录》等。

《山谷内集》为黄庭坚外甥洪炎编纂。据《山谷年谱》引赵伯山《中外旧事》云：

> 先生少有诗名，未入馆时，在叶县、大名、德州、德平，诗已卓绝。后以史事待罪陈留，偶自编《退听堂诗》，初无意尽去少作。胡直孺少汲建炎初帅洪州，首为先生类诗文，为《豫章集》。命洛阳朱敦儒、山房李彤编集，而洪炎玉父专其事，遂以退听为断，以前好诗皆不收。

从这段话可知，黄庭坚在待罪陈留的绍圣元年（1094）曾编纂过《退听堂诗》，录自元祐入馆以后的诗。洪炎所编的《山谷内集》也"以退听为断"，不过上溯至元丰元年（1078）与苏轼交往以来的诗篇。元丰元年，黄庭坚34岁，与苏轼初次交往。而此前的诗作，均不入《山谷内集》。《山谷内集》编于建炎二年（1128），即在黄庭坚去世23年之后。《山谷外集》为李彤所编，虽未著年月，然据四库馆臣考证，《山谷外集》编于孝宗时，与《山谷内集》相距约四五十年。虽然《山谷外集》编纂于后，其所收之诗则是《山谷内集》未载的黄庭坚34岁以前之作。黄庭坚"平生得意之诗及尝手写者，多在《山谷外集》"（史容注《山谷外集诗〈溪上吟〉》）。所以《山谷外集》也很受后人重视。《山谷外集》中还包括黄庭坚晚年删去的一些诗篇。《山谷别集》，黄庭坚孙子黄罃所编，搜集了内外集所未收的诗文。以上三种均为诗文兼收的黄庭坚别集。宋人还分别将黄庭坚三种诗文集中的诗歌部分抽绎出来进行注释，其中任渊有《山谷内集诗注》二十卷，史容有《山谷外集诗注》十七卷，史季温有《山谷别集诗注》二卷。

任渊曾注释过宋祁、黄庭坚、陈师道三人集，可惜所注宋祁集不传，后两种流传后世，成为黄、陈诗集的重要注本。黄庭坚诗歌用事深密，多用儒、佛、子、史典故，甚至杂采虞初、稗官之说，无一字无来处，当时晚学之辈难以穷达其旨。任渊、史容和史季温博学多识，均酷爱黄庭坚诗歌，生活时代与黄庭坚较为接近，于同时及门之友处得其掌故，因此对黄庭坚生平履历有较为清晰的理解。他们的注释不仅仅着意于词语典故的溯源讨幽，而且也注意编排年月，考核本事，但是对于诗意较少发明。故方回批评任渊所注“亦多卤莽，止能注其字面事料之所出，而不识诗意”①。任渊的《山谷内集诗注》初板刻于蜀，后世不存，今存最早的有黄埒宋绍定五年（1232）补刻本。史容《山谷外集注》和史季温《山谷别集注》宋板未见，存世较早的有明弘治九年（1496）陈沛刻《山谷内集诗注》二十卷、《山谷外集诗注》十七卷，《山谷别集诗注》二卷。传任渊还曾选黄庭坚诗歌编为《黄太史精华录》，然据四库馆臣考订为明人朱承爵所伪托。

黄庭坚诗歌虽然在明代也有若干注释本，但是在明代黄庭坚是绝少有知音的，清初如朱彝尊就不喜欢黄庭坚诗。在尊宋倾向日益抬头的清代中后期，黄庭坚诗歌才越来越引起人们的注意，翁方纲、姚鼐、曾国藩等人对黄庭坚诗都有褒评。黄庭坚诗集在清代也出现过几种评点本，著者所见有王士禛批跋黄庭坚《精华录》、翁方纲评点《山谷外集》、袁昶批点《山谷外集》等几种。

《陈师道诗集》：陈师道诗学黄庭坚，上窥杜甫藩篱，是宋代江西诗派的重要诗人之一。陈师道去世后，其子丰登以全稿授魏衍。魏衍师事陈师道七年，所得颇多。受稿后，“合而校之，得古律诗四百六十五篇，文一百四十篇。诗曰五七，杂以古律；文曰千百，不分类”（魏衍《彭城陈先生集记》）。政和年间，魏衍将其稿厘为诗六卷，文十四卷，总计二十卷，手书一通，藏于家，后有蜀刊本。而他所谓“诗曰五七，文曰千百”的原稿，后有四明刊本。魏衍藏本后为王云所得，任渊悉依此本，撰成《注后山诗》六卷。任渊生活在两宋之交，与陈师道等人相距不远，遗闻佚事，尚知始末。他的注释不独注明典故语源，且钩稽事实，阐发诗旨，用功精深，被后人誉为能窥后山用意之所在。又有一种十二卷本，系每卷再分上下。宋刻六卷本和十二卷本，现均有存世。

---

① 方回《瀛奎律髓》卷二十四黄庭坚《送顾子敦赴河东三首》批语。

明清刻本甚多。魏衍编本至明代有松江赵鸿烈重刊本，《四库全书》收入《后山集》二十四卷，依据的就是赵刊本。另外，康熙年间曾刊刻过魏衍编辑的《后山居士诗集》六卷，《逸诗》六卷。雍正年间陈唐辑补、刊刻《后山诗集》十二卷，《四库全书》列入存目类。又，吴骞拜经楼有过录何焯批校本。近人冒广生有《后山诗注补笺》十二卷、《后山逸诗补笺》二卷，商务印书馆1935年出版。

《陈与义集》：此集本由作者自己订正，最初由周葵编纂而成。晁公武《郡斋读书志》云："周葵得其家所藏五百余篇，刊行之，号《简斋集》。"但是晁公武著录为"二十卷"，或许是"十卷"之误，陈振孙《直斋书录解题》就著录为十卷。陈与义善书法，周葵编纂本，据《墨林快事》记载，为陈与义"自书上木"的刻本。宋代刊刻的《简斋诗集》虽然卷数略有不同，不过都是以这五百余篇为基础的。自元代开始出现《简斋诗外集》一卷，则为后人拾遗，而非陈与义所自订。《外集》现存元抄本（国家图书馆藏，中华再造善本影印），元至正二年（1342）刊刻的《简斋诗集》十五卷，也收录了《外集》。陈与义自订本系编年体，而《四库全书》收录本则以五七言分编。学界一般认为编年本为胜。

古代的陈与义诗的笺注本仅有一种，为宋人胡稚笺注的《增广笺注简斋诗集》三十卷，《胡学士续添简斋诗笺正误》一卷，年谱一卷，有1920年江宁蒋氏湖上草堂影宋刻本，《续修四库全书》影印元刻本。胡稚喜好陈与义诗词，在《叙》中论陈诗"忧国爱民之意，又与少陵无间，自坡、谷以降，谁能企之，余故窃嗜焉"。而陈与义诗歌用意深隐，不露麟角，广泛采撷诸史百子以资笔端，故而胡稚的注，贯穿百家，出入释老，旁取曲引，于诗题中涉及的人物生平行事，注释尤为详细。楼钥绍熙三年（1192）的《叙》称胡稚注"能发简斋之秘，用意亦勤矣"。近人夏敬观选注《陈与义诗》，商务印书馆1940年出版。陈与义诗集的评点，有刘辰翁评点本，为日本宽文五年（1665）刊本，朝鲜有翻刻本。

《陆放翁诗集》：陆游诗文繁富，诗有万余篇。自宋代时，文与诗别行。《直斋书录解题》著录《渭南集》三十卷，为文集；《剑南诗稿》

二十卷、《续稿》六十七卷。陆游诗后世选本多，而注本少，特别是没有一种全注本，大概因为卷帙浩繁，以一人之力难以胜任。现可知最早是由宋入元的罗椅和刘辰翁二人分别选一部陆游诗，罗椅选《涧谷精选陆放翁诗集》十卷，刘辰翁选《须溪精选陆放翁诗集》八卷，元人删其重复，将两书合并刊行，现存明嘉靖十三年（1534）黄漳刻本，《四库全书》著录此书。两书都是按诗体分卷，罗椅选而无评，刘辰翁的评语非常简略。明人对陆游诗似乎用力不多，在板刻上值得提出的是明末毛氏汲古阁刊刻《剑南诗稿》八十五卷，《剑南诗续稿》八卷，《放翁逸稿》二卷，对于陆游诗的辑录、整理和传播具有重要意义，后世的各种陆游诗集，都以汲古阁本为基础。明代的选本有潘是仁选辑《放翁诗集》八卷，明万历四十三年（1615）刻本。清代陆游诗选本较多，其中著名的有杨大鹤选《剑南诗抄》六卷，敬业斋康熙二十四年（1685）刻本；朱陵选《陆放翁剑南诗选》六卷，康熙二十五年（1686）刻本；另有雷瑨注释《笺注剑南诗抄》六卷，1920年扫叶山房石印本。

宋人诗集的后代注释本，零零散散的还有：明吴翰摘注、明吴泰增注、邵雍撰《宋邵康节先生伊川击壤集》十卷，万历三十三年（1605）吴元雄刻本。宋蔡模注、朱熹撰《文公朱先生感兴诗注》不分卷，同治四年（1865）传经堂刻本。清洪力行抄释、朱熹撰《朱子可闻诗集》五卷，康熙六十一年（1722）刻本。宋郑元佐注、朱淑真撰《新注朱淑真断肠诗集》十卷，后集八卷，民国徐乃昌影印元刻本；又后集八卷，有明初刻本，《续修四库全书》影印。清沈钦韩注、范成大撰《范石湖诗集注》三卷，光绪十九年（1893）广雅书局刻本。宋王德文注、魏了翁撰《注鹤山先生渠阳诗》一卷，民国常熟瞿氏铁琴铜剑楼影印本。

宋人对同时代人诗歌的汇集编选，较唐人选唐诗为多。而且与唐人选唐诗相比，宋人选宋诗的宗派意识显得较为明显，甚至一些诗派的形成和发生影响，与诗选具有密切的关系，比如“西昆体”和《西昆酬唱集》、江西诗派和《江西宗派诗》、南宋的江湖派和《江湖诗集》等等。对于宋人选宋诗，今贤祝尚书先生《宋人总集叙录》进行了扎实的文献性研究，这里仅就存世的、且与诗学关系较为密切的几种宋诗总集略作介绍。另外，方回的《瀛奎律髓》在前面已经有较多的引述，此处不赘。

《九僧诗集》："九僧"之名最早见于欧阳修《六一诗话》，但是欧阳修只提到惠崇一人，并谓《九僧诗集》"今不复传矣"，他并没有见过此集。元丰元年（1078）秋，司马光亲见此集，始知所谓九诗僧，是剑南希昼、金华保暹、南越文兆、天台行肇、沃州简长、贵城惟凤、淮南惠崇、江南宇昭、峨眉怀古，并说此集"直昭文馆陈充集而序之"。陈振孙《直斋书录解题》补充说："景德初，直昭文馆陈克（按，《文献通考》克改为'充'）序，目之曰：'琢玉工以对，姚合射雕手。'"九僧诗学晚唐，与姚合等诗风相近，以苦吟为工，秀野纤仄。《九僧诗集》选诗，陈振孙说107首，晁公武《郡斋读书志》记载为110首，或许晁氏取其整数。至南宋后期，陈起编纂《圣宋高僧诗选》三卷，续集一卷，其孙陈世隆于元代又辑录《宋僧诗选补》三卷，清抄本(《续修四库全书》影印)，意在网罗尽两宋僧释之诗。陈起的《圣宋高僧诗选》前集分上、中、下三卷，卷上录希昼18首、保暹25首、文兆13首；卷中录行肇16首、简长17首；卷下录惟凤13首、惠崇11首、宇昭12首、怀古8首，总计133首，超过陈、晁所著录之数，或许陈起有所增益。后集也分上、中、下三卷，共录33人诗，其中道潜32首、梵崇17首。续集录19人诗。其中前集的《九僧诗》，清初毛扆汲古阁曾影印行世，流传渐广。

《西昆酬唱集》：不著编者名氏，但前有杨亿序，后人一般认为是杨亿所编。杨亿序云：

> 予景德中忝佐修书之任，得接群公之游。时今紫微钱君希圣、秘阁刘君子仪，并负懿文，尤精雅道，雕章丽句，脍炙人口。予得以游其墙藩，而咨其模楷。二君成人之美，不我遐弃，博约诱掖，置之同声。因以历览遗编，研味前作，挹其芳润，发于希慕，更叠唱和，互相切劘。……凡五、七言律诗二百四十七章，其属而和者又十有五人，析为二卷，取玉山策府之名，命之曰《西昆酬唱集》云尔。

宋真宗景德年间，杨亿、钱惟演、刘筠等同在馆阁，纂修《册府元龟》，于是相互酬酢嘱和，同时参与者有李宗谔、陈越、李维、刘骘、刁衎、任随、张咏、钱惟济、丁谓、舒雅、晁迥、崔遵度、薛映、刘秉，共17人，杨亿录17人之五、七言律诗247首编为一集，名曰《西昆酬唱集》，一时影响甚巨。宋初所谓“西昆体”就是由此而来。

《西昆酬唱集》现存最早的刻本为嘉靖十六年（1537）张綖玩珠堂刊本，《四部丛刊》据之影印。卷首有张綖撰《刊西昆诗集序》，云：

> 论诗者类知宗盛唐黜晚唐，斯二体，信有辨矣。然诗道性情，古人采之观风正乐，以在治忽者也。如不得作者之意，徒曰盛唐盛唐，予不知直似盛唐亦何以也。杜少陵，盛唐之祖也；李义山，晚唐之冠也，体相悬绝矣。荆国乃谓唐人学杜者，惟义山得其藩篱，此可以意会矣。杨、刘诸公倡和《西昆集》，盖学义山而过者。六一翁恐其流靡不返，故以优游坦夷之辞矫而变之，其功不可少，然亦未尝不有取于昆体也。徂徕、冷斋著为《怪说》、“诗厄”，和者又从而张之，昆体遂废。其实何可废也！

明嘉靖年间的诗学或宗盛唐，或宗六朝，眼光转向晚唐者甚少。张綖在这里对西昆体的评价，还算是比较中肯的。《西昆酬唱集》的清代刻本，现存的有朱俊升听香楼康熙四十七年（1708）刻本（上海图书馆藏本有莫棠校）、嘉庆年间浦城祝昌泰留香室刻本、咸丰四年（1854）南海伍崇耀粤雅堂刻本、光绪年间邵武徐榦刻本。国家图书馆还有明末冯班抄本、清初毛氏汲古阁抄本、清抄本各一部。《西昆酬唱集》的注本有清人周桢、王图炜注本，乾隆年间刊刻，且有抄本传世，上海图书馆1985年出影印本。

《四灵诗选》：“四灵”是指赵师秀、徐照、徐玑、翁卷四人。他们为了矫正宋江西诗派粗硬孱兀之失，转而学晚唐，工唐律，专以贾岛、姚合、刘得仁为法。四人字号中都有“灵”字，均为永嘉人，故而时人称之为“永嘉四灵”。四人均为永嘉学者叶适的门人。叶适为了再兴唐诗，编选四人诗约五百首为一集，由陈起刊行于世。比“四灵”略晚的海盐人许棐《跋四灵诗选》云：

蓝田种种玉，薝林片片香。然玉不择则不纯，香不简则不妙。水心所以选四灵诗也，选非不多，文伯犹以为漏（按，漏一作“略”），复有加焉。呜呼！斯五百篇出自天成，归于神识，多而不滥，玉之纯、香之妙者欤！芸居（陈起的号）不私宝，刊遗天下。后世学者爱之重之。（《梅屋集》卷五）

晁公武《郡斋读书志》等目录书曾著录《四灵诗》四卷，然而陈起刊本后世已经亡佚。但明人潘是仁编纂《宋元四十三家集》，其中徐照《芳兰轩诗集》五卷、徐玑《二薇亭诗集》四卷、翁卷《苇碧轩诗集》四卷、赵师秀《清苑斋诗集》四卷，或许就是从陈起刊本重新分离而成的，从中亦可看出《四灵诗》之旧。清代流传下来的《四灵诗》多是根据四人诗别集重新汇辑而成。

“永嘉四灵”的诗正如王士禛《分甘余话》所说：“如袜材，窘于方幅。”虽然清丽素淡，然取径纤仄，生活的表现面很狭窄，抒写情感也寒俭清苦，特别是在技法上程式化较严重。方回论他们的诗说：“四灵诗专于中四句用工，尾句不甚著力。”①“四灵诗，赵紫芝为冠，大抵中四句锻炼磨莹为工，以题考之，首尾略如题意，而中四句者亦可他人，不必切于题也”②。周弼《唐三体诗法》所谓的“四实”、“四虚”、“前虚后实”、“前实后虚”等等主要就是针对律诗中四句而言的，可能就是总结“四灵”诗的经验而提出的，这种先造出中四句，再装头装尾的做法，遭到明清人的贬斥。“四灵”诗在明初尚较盛行，宋濂《林伯恭诗集序》云：“永嘉旧传四灵诗，识趣凡近，而音调卑促，近代或以为清新者，竞摹仿之。濂每谓人曰：‘误江南学子者，此诗也。’”元代诗风浮薄轻弱，还没有走出“四灵”、“江湖”的习气，到明初，那种寒俭之态显然与新的王朝不相适应，自然就黯淡下去了。

《明人编选宋诗总集》：明代大多数的时间里都是唐诗的天下，宋诗甚至没有纳入读书人的阅读视野，许多人提宋诗，都是作为唐诗的反面，作为否定的对象，因此明代也没有出现过像高棅《唐诗品汇》、李

① 方回《瀛奎律髓》卷二十三，评徐照《贫居》。

② 方回《瀛奎律髓》卷四十七，评赵师秀《桃花寺》。

攀龙《古今诗删》、钟惺《唐诗归》具有那么大影响的宋诗选。早期有明人符观辑《宋诗正体》四卷，明正德元年（1506）刻本。特别值得注意的是，就像明人以宗唐的眼光论宋诗一样，明人以宗唐的选诗标准选宋诗，如李蓘编选的《宋艺圃集》。该集成书于隆庆元年（1567），辑录280余人诗，不过编次颠倒，五代和金源诗人也阑入其内，似随手采掇，未加铨次。然“其殚十三年之功搜采成编，网罗颇富。宋人之本无专集行世与虽有专集而已佚者，往往赖此编以传”（《四库全书总目〈宋艺圃集〉提要》）。李蓘的诗学思想和时代相一致，是宗唐的。他给自己的诗集命名为《仪唐集》，就是以唐诗为仪型，称赞“唐家诗思妙如神”（《读唐诗有感》之二）。对于本朝人学唐而不似唐他颇有微词。对于宋诗他批评“宋人惟理是求，而神髓索焉”，这是明代宗盛唐的基本观点。在《宋艺圃集》中，他简要地梳理宋诗的历史脉络云：

> 世恒言“宋无诗”，谈何易哉！盖尝溯风望气，约略其世，概有三变焉，顾论者未之逮也。夫建隆、乾德之间，国祚初开，淳庞再合，一时作者尚祖五季，五季固唐余也。故林逋、潘阆、胡宿、王珪、两宋（按，宋祁、宋庠）、九僧之徒，皆摛藻荧荧，以清羸相贵；而杨大年、钱思公、刘筠辈，又死拟西昆，（按，此处文字有缺）尺度。总之，遗矩虽存，而雄思尚郁矣。天圣、明道而下，则大变焉。盖于时世际熙昌，人文迅发，人主之求日殷，聚奎之兆斯应，故欧、苏、曾、王之流，黄、陈、梅、张之侣，皆以旷绝不世之才，厉卓荦俊拔之志，博综坟典，旁测幽微，海内颙颙，咸所倾仰。启西江宗派之名，创绌唐进杜之说。竭思愤神，日历穷险。当其兴情所寄，则征事有不必解；意趣所极，则古贤所不必法。辟之旧家公子，恢张其先人堂构，至于甲第飞云，雕镂彩绘，远而望之，绚烂夺目，负其意气，遽大掩前人矣。光宁以还，国步浸衰，文情随易。学士大夫递祖清逸，无称雄概。故陆游之流便，严羽之婉腴，紫阳之冲容，谢翱之诡诞，其它若“四灵”、戴式之、文天祥、林德旸辈，咸遵正轨，足引同方。然究而言之，凌迟之形见矣。斯国事之将季乎！

李蓘将宋诗历史概括为“三变”，宋初祖尚五代，失落唐人之调；苏、黄之流则“绌唐进杜”，别开新声，大放异彩，而唐音丧尽；晚宋虽然出现复归晚唐的“正规”，但国势已衰。显然，李蓘是以尊唐的眼光来审视宋诗的，对宋诗的轩轾也是以唐诗为标准①。

因为宋诗较少进入明人的阅读视野，被冷落被搁置，因而宋诗别集残损亡佚的现象非常严重。谢肇淛《小草斋诗话》曾感慨云：

> 宋诗五百余家，而传世者及藏书所有者不及其半，内府秘阁之藏，尚有百余家，但人迹罕到，翻阅不时，恐易代之后终成乌有耳。一代文献不三百年而零落乃尔，后死者独无责哉！

谢肇淛虽然对宋诗评价也不高，但是能够意识到宋诗文献零落的问题，还是很敏锐的。自明代万历时期起，喜爱宋诗的人多了起来，也有人开始搜集整理久遭搁置的宋人别集了。万历中，潘是仁辑录并刊刻了《宋元四十三家集》，对于宋元诗歌文献的保存具有重大的意义。

清人走出宗唐的樊篱，对宋诗给予了应有的重视。现在的宋诗总集，多数都是由清人编纂的。清人编纂的宋诗总集，在数量和质量上几乎可以和编纂唐诗总集相提并论。现选其要者略作介绍。《宋诗钞》我们在前面曾有提及，不再赘述。

吴绮选《宋金元诗选》：此选凡二十卷，补遗二卷，康熙十七年（1678）广陵千古堂刻本，《四库全书存目丛书》影印。此书又名《宋金元诗永》，故宫珍本丛刊影印。吴绮摆脱轩唐轻宋的羁绊，而提出“代各有诗”的思想，但是他又认为宋金元诗的品骨气味、规圆矩方，与唐诗风格并无天渊之别，希望读者“以读三唐诗手眼读宋金元诗”，实际上还是没有摆脱“以唐律宋”的思维模式，依然是以唐诗标准遴选宋诗。李天馥序《宋金元诗永》说，吴绮是“取夫宋金元之近唐者而存之”；汪懋麟序说：“读其诗而掩其名，止知为唐人之诗，不知其为宋金元之诗也。”吴绮的这种遴选态度，本是要塞宗唐者之口，谓宋

① 清人宋顾乐《梦晓楼随笔》谓“在隆庆初元，海内专尊王、李之派，讳言宋诗，而子田（蓘之字）独阐幽抉异，撰为此书，其学识有过人者”。李蓘存一代文献之功绩，不可抹杀；“学识过人”只能说是与株守盛唐者相比而言。

人也有近唐者，但是这样做恰恰是忽略了宋诗自身的特征，宋诗自身的面目还是被遮掩了。这是清初宋诗选本一个常见的悖谬现象，选宋而失宋，所以四库馆臣论《宋金元诗选》云：

颇能刊除宋人生硬之病与元人缛媚之失。然一朝之诗，各有体裁；一家之诗，各有面目。江淹所谓楚谣汉风，既非一骨；魏制晋造，固已二体。蛾眉讵同貌，而俱动于魂；芳草宁共气，而皆悦于魄者也。必以唐法律宋金元，而宋金元之本真隐矣。即如唐人之诗，又岂可以汉魏六朝绳之？汉魏六朝，又岂可以风骚绳之哉？是集之所以隘也。（《四库全书总目〈宋金元诗选〉提要》）

此论一语中的，恰中要害，宋金元诗也有自己的“本真”，如果拘守唐诗为法，以一个标准去裁量各朝各代的诗歌，无疑是狭隘的。

陈订辑《宋十五家诗选》：此书有康熙三十二年（1693）刻本，《续修四库全书》和《四库全书存目丛书》均影印。十五家为梅尧臣、欧阳修、曾巩、王安石、苏轼、苏辙、黄庭坚、范成大、陆游、杨万里、王十朋、朱熹、高翥、方岳、文天祥。其中苏辙、王十朋、文天祥、高翥都是各种宋诗选本较少注意的。高翥因系陈订本家先祖，故而入选。该书选诗多寡不一，多至千篇，少则百余首，选取较为慎重。陈订此选是针对康熙中期普遍学宋的诗风而发的。在序中，他说：

诗道之由来久矣，昔敝于举世皆唐，而今敝于举世皆宋。举世皆唐，犹不失辞华声调、堂皇绚烂之观；至举世皆宋，而空疏率易，不复知规矩绳墨与陶铸洗伐为何等事。嗟乎，此学宋诗者之过也。盖宋之与唐，其诗之所以为诗，原未尝异，特以其清真超逸，如味沆瀣者陋膏粱，游蓬阆者厌都邑，故足贵耳。今不得其所以至，而徒踵其流失，以文其不学，而便于应酬，宋诗岂任其咎乎！

康熙前中期诗坛学宋风气较盛，但是在陈订看来，举世学宋，空疏率易，弊病更严重。他认为唐诗、宋诗没有本质上的差异，宋诗的特征在于清真超逸，然而世人学宋不得其本，而踵其末路，就是学之不善了。于是他编选这部《宋十五家诗选》，意在彰显宋诗的真面目。该选没有评点，但是每家之首均录前代诗话笔记中的相关论诗语，并有编选者自己的总评。这些总评就诗歌风格艺术、成就得失而论，要言不苟，如评梅尧臣云：

> 都官诗巉削瘦硬，咀嚼之，真有无穷之味。欧阳公寄诗云："初如食橄榄，真味久愈在。"千载下读之，尤信。欧阳公与都官善，世比之韩、孟，二公亦颇以自况，然欧公固不愧韩，若都官视孟魄力更倍矣。

与《宋十五家诗选》同年刊行的还有周之鳞、柴升选《宋四名家诗》，《四库全书存目丛书》影印。周之鳞在序中称赞苏轼"与少陵异世颉颃"，但此选"取其简少易携自注者存之，艰涩确荦者置之，亦善本也"，也表现出以唐律宋的倾向。其中选苏轼诗600首，黄庭坚诗300首，范成大诗300首，陆游诗900首。四库馆臣谓其"去取未能悉当也"（《四库全书总目总集存目》四）。

《御选唐宋诗醇》：此书乾隆十五年（1750）编选，选唐人李白、杜甫、白居易、韩愈和宋人苏轼、陆游六大家诗，其中李白诗八卷，杜甫诗十卷，白居易诗八卷，韩愈诗五卷，苏轼诗十卷，陆游诗六卷。选韩愈、李白之作古诗多而律诗少，反映出他们的实际创作状况。据其序，"去取评品，皆出于梁诗正等数儒臣之手"，总体上反映出乾隆朝上层意识形态对于诗歌的基本态度。选者从唐宋众多诗人中拣选出这六人，是有他们自己的诗学标准的。如在《凡例》中，选者说元稹诗"有浮华而无忠爱"，黄庭坚诗"多生涩而少浑成"，较逊色于白居易、苏轼诗。忠爱是思想标准，浑成是艺术境界，二人都有所欠焉。忠爱和浑成，正是此选所谓诗"醇"的基本要求。如论李白和杜甫说："若其蒿目时政，疚心朝廷，凡祸乱之萌，善败之实，靡不托之歌谣，反复慨叹，以致其忠爱之志，其根于性情，而笃于君上者，按而稽之，固无不同矣。"又论杜甫说，诗人之作，"讽刺怨诽，无所不有，而卒无悖乎臣子之义"，杜甫诗亦有斯旨，"原本忠孝，得性情之正"。论白居易"盖根柢六义之旨，而不失乎温厚和平之意，变杜甫之雄浑苍劲，而为流丽安详，不袭其面貌，而得其神味者也"。论苏轼"要归本于六义之旨”。论陆游“在蜀之日，颇多其感激悲愤、忠君爱国之诚，一寓于诗”，与杜甫无异。也就是说，《御选唐宋诗醇》的遴选原则是基于儒家诗学的“六义之旨”和“温柔敦厚”原则。当然，编选者对于儒家诗学原则的理解是较为宽泛的，那些讽谕时事、讥刺政弊、风格激切的诗歌都大量入选，反映出编选者希望诗歌关切时政的主张。对于韩愈诗，过去一直褒贬参半，视为变体。《御选唐宋诗醇》编者则认为之所以后世对韩愈诗多有非议，是因为昧于沿波讨源，于是辨析诗歌之源曰：

> 夫六义肇兴，体裁斯别，言简而意赅，节短而韵长。含吐抑扬，虽重复其词，而弥有不尽之味，此风人之旨也。至于二《雅》三《颂》，铺陈终始，竭情尽致，义存乎扬厉，而不病其夸；情迫于呼号，而不嫌其激。其为体迥异于风，非特词有繁简，其意之隐显固殊焉。千古以来，宁有以少含蓄为《雅》《颂》之病者乎？然则唐诗如王、孟一派，源出于风；而愈则本之《雅》《颂》，以大畅厥辞者也。

也就是说，后代诗歌有《国风》和《雅》《颂》两个不同的源头。源自于《国风》的，如唐王维、孟浩然一派，以含蓄委婉为尚；而源自于《雅》《颂》的，则可尽情铺陈，不嫌其激。韩愈的诗歌就是渊源于《雅》《颂》传统，“其壮浪纵恣，摆去拘束，诚不减于李；其浑涵汪茫，千汇万状，诚不减于杜。而风骨峻嶒，腕力矫变，得李杜之神，而不袭其貌，则又拔奇于二子之外，而自成一家”，因此不可用源自于《国风》一脉的含蓄蕴藉风格为标准来苛责韩愈。这是探本求源和兼容并蓄的态度。

彭元瑞选批《南宋四家律选》：此书选南宋陆游、范成大、杨万里、刘克庄五、七言律诗。其中陆游 160 首，分为两卷；另三人各 80 首，分别为一卷。笔者所见为湖北省图书馆影印黄侃批点本。彭元瑞在卷首题识云：

> 五七言律，非诗家高格；四家，非宋极品，特以砭饾饤晦涩躐复重膇之病而已。陆，取其生者；范，取其壮者；杨，取其细者；

刘，取其新者。各视乎其人。

意即南宋四家律诗虽非极品，但足以矫正苏、黄等宋人律诗晦涩臃肿的毛病。彭元瑞对于多数诗篇都有简短的末批和行批。据黄侃说，彭诗所选多依《御选唐宋诗醇》之义，如陆游诗篇繁多，后唯《御选唐宋诗醇》"独标爱君忧国之语，其真始出"，而彭元瑞所选"窃取斯义"。彭元瑞的批点，也表现出浓厚的理学气息。如陆游《闭户》三、四两句"安乐本因无事得，功名常忌有心求"，《书感》五、六两句"事固少如意，天终能胜人"，彭元瑞均批曰"格言"。黄侃则受到近现代唯情论文学观的影响，批驳说："格言何必求之诗哉!""诗何取于格言!"陆游的《自云门之陶山，肩舆者失道，行乱山中，有茅舍小塘，极幽邃，求见主人，不可，意其隐者也》三、四两句"小鸭怯波时聚散，病蔬伤蠹半青黄"，彭元瑞批曰"三、四写怀，莫认作写景"，意谓二句写景有比兴寄托。黄侃否定彭批，谓"此评谬"。彭元瑞批刘克庄《贫居自警三首》之三说："后村为西山高弟，理学之理，诗人之诗。"黄侃也驳云："评腐。"二人批语的不同，正表现出尚理文学观和尚情文学观的对立。不过彭元瑞对诗歌也有较为敏锐的审美感悟，许多评点都能切中肯綮。如陆游《游修觉寺》"山从飞鸟行边出，天向平芜尽处低"二句，将静止的山和天写得富于动感，他评批说："上乘语，后来不能学。"陆游《春晚》末二句"雏莺宁有平生旧，也傍茆檐送好音"，将动物写得有情有意，彭元瑞批说这种构思，是"学老杜'樯燕语留人'"。本来对于宋诗的评点，后世留下的文字并不多，彭元瑞的批语和黄侃的再评都是很值得珍视的文字。

此外，清人编纂宋诗总集重在存诗的有陈焯辑《宋元诗会》一百卷，康熙二十二年（1683）桐城陈氏刻本；王史鉴辑《宋诗类选》二十四卷，康熙五十一年（1712）刻本；曹庭栋辑《宋百家诗存》二十卷，乾隆六年（1741）刻本；戴第元辑《唐宋诗本》七十六卷，乾隆年间览珠堂刻本；严长明辑《千首宋人绝句》十卷，民国年间商务印书馆印行；陆钟辉辑《南宋群贤诗选》十二卷，雍正九年（1731）水云渔屋刻本；方功惠辑《三宋人集》，光绪六年（1880）刻本；坐春书塾辑《宋代五十六家诗集》六卷，1910 年北京龙文阁石印本；清蒋光煦辑、管庭芬补《宋诗钞补》，1915 年铅印本；鲍廷博辑《知不足斋影写南宋八家集》，1922 年上海古书流通处影印本。重在选诗的有吴曹直、储右文辑《宋诗选》二十卷，康熙二十六年（1687）刻本；邵暠选《宋诗删》二卷，康熙三十三年（1694）刻本；顾贞观辑《积书岩宋诗选》二十五卷，康熙三十五年（1696）刻本；陆次云《宋诗善鸣集》二卷，康熙年间怀古堂刻本；姚培谦辑《唐宋八家诗》五十二卷，雍正五年（1727）遂安堂刻本；张景星等辑《宋诗别裁》八卷，清小酉山房刻本；潘问奇、祖应世辑《宋诗啜醨集》四卷，乾隆十八年（1753）刻本；汪景龙、姚壎编《宋诗略》十八卷，乾隆三十五年（1770）竹雨山房刻本；吴翌凤辑《宋金元诗选》，乾隆五十八年（1793）古欢堂刻本；侯廷铨辑《宋诗选粹》十五卷，道光五年（1825）瑞实堂刻本；许耀编《宋诗三百首》，道光二十五年（1845）刻本；朱梓、冷昌言辑《宋元明诗三百首》不分卷，咸丰三年（1853）刻本；顾廷伦选《宋诗选》一卷，1928 年石印本，等。

第三章
明清诗学中的经世思想

【内容提要】“经世致用”是传统士人文化的精神内核，沐浴于这种入世文化的诗学，自然重视诗歌的“经世”功能。在明季清末，随着民族矛盾、国家危机日益深重，“经世致用”精神在诗学中日益高涨，并经过近现代思想的改造而融入新文学思想中。

现代意义上的“诗人”在传统中国是难以觅见的。即使是归田后的陶渊明、贬谪后的苏轼、风流倜傥的袁枚，也都不是纯粹的“诗人”。韩愈《和席八十二韵》曰：“余事作诗人。”的确，我们很难在传统社会中找到仅仅以“诗人”自居的读书人，诗歌其实只是他们德行政事之外的“余事”。这不是否定诗歌的价值，而是说古代的诗歌不是游离于社会结构之外成天吟咏风花雪月的“诗人”之作，而是将自己镶嵌在社会政治文化结构中，担当道义，肩负使命的“士”的精神花朵。诗歌的主体，不是现在纯文学意义上的“诗人”，而是更为弘毅崇高的“士”。古代的“士”，“志于道”，“任重而道远”，在整个社会结构中具有独特的地位。“士”或者参与政治结构，成为政权的襄助者，辅时及物；或者参与文化结构，承担道统，崇德化俗。诗歌主体的

"士"的身份，决定了古代诗论重视诗歌的经世济时意义。从先秦汉代的"美刺"论到苏轼的"言必中当世之过"，形成了诗歌补阙时政的传统。而继宋代以降，社会矛盾发生新的变化，先是宋末、明末出现了民族政权之间的冲突，至晚清则出现了中华民族和西方列强之间的矛盾。在这新的时代背景中，古代诗论的"经世致用"思想得到新的高扬，且一直延伸，成为现代文学思想中"革命文学"论的精神资源。

第一节　明末清初的经世思想与诗学

"经世"一词，最早出现于《庄子》。《庄子·齐物论》云："《春秋》经世，先王之志。"所谓"经世"，即安邦定国，经世济民，辅时化物，移风易俗，是儒家学说最为基本的价值指向。如果说道家学说是出世、超然无为的话，那么儒家学说就是入世、积极有为。《论语》所谓"学而优则仕"，指明个人学业的进一步目标在于从仕为官。儒家把"成己"和"成物"、小我和大我紧密联系起来。《大学》所谓正心、诚意、修身、齐家、治国、平天下，就是指个人道德人格的完善、扩充，乃至化及社会，以正心为起点，以经世为目标。儒家学说，主于经世，是历代儒士的共同观念。①

以儒家学说作为内在哲学基础的传统诗学，深受经世思想的影响，在价值指向上表现出浓厚的经世色彩。先秦《礼记·乐记》提出"声音之道，与政通矣"，一方面是指国政的治乱在文艺上有不同的反映，另一方面也意味着雅俗正邪不同的文艺会导致不同的政治结果，所以应该制雅乐以训导百姓。《诗经》中的"美刺"精神和《毛诗大序》中的讽谕理论，都是强调诗歌对政治现实生活的干涉，最终要达到"经夫妇，成孝敬，厚人伦，美教化，移风俗"的社会效果。在整个儒家的政治意识形态系统中，诗歌占据着重要的地位，需要诗歌来"化下"、"讽上"，沟通君民上下的情意，保障政治统治和教化。"经世"是儒家诗学功用论的重要内容。诗歌意义的这种外部指向性，尽管在后世存在

① 陆九渊《与王顺伯》云："儒者虽至于无声无臭，无方无体，皆主于经世。"（《象山集》卷二）

着或显或隐的变化——如六朝文学不太主张这种经世功用，而偏重于文学娱情；中唐白居易的讽谕诗论又重新倡言这种经世精神——但它是一条贯穿诗学史的红线，特别是到了风衰俗怨、国势隳颓的“世变”时期，这种经世致用的精神就会得到新的高扬。

经世思想，除了直接干涉现实政治之外，还有另一方面的含义，就是注重治心养气、存道积理，树立一种超拔不俗的道德人格，以垂范黎庶、引领世风。宋代理学家的经世思想，更侧重于这一方面。他们不再呼吁对现实政治的激切攻讦，而是要扶植高义薄云天的道德人格来垂为世范。这种思想影响于诗学，就是强调诗人情性的雅正、品格的崇高。

明代万历朝自张居正去世后，政治纷乱，宦官专权，吏治腐败，内忧外患交相侵逼，局势不堪，激起了朝野言论的沸腾。削职回家的顾宪成和高攀龙等人组织东林书院，论学鄙弃空谈，重视世情，讲究致用，裁量人物，清议时事，成为耸动政局的舆论力量，进而陷入复杂的党争之中，遭遇了魏忠贤阉党的残酷镇压。《明史·顾宪成传》说他们“讲习之余，往往讽议朝政，裁量人物，朝士慕其风者，多遥相应和”。东林党议，是明代后期经世思想崛起的标志。明代盛行文人结社风气，崇祯年间出现了一个著名的诗文会社——复社。复社有“小东林”之称，其社员有的就属于东林党，有的与东林人物有着密切的关系。更重要的是，复社继承和发扬了东林党反抗阉党的斗争精神和关怀政治、忧思时局的经世情怀。《复社纪略》云：“其兴复古学，将使异日者，务为有用，因名曰复社。”“务为有用”是复社文人的精神归旨。特别是复社文人多经历了随后的明清易代，面对亡国灭种的深重危难，复社的这种经世情怀再一次高涨，成为明清之交思想界的一个主旋律。

在明代后期至清初这一段时间里，经世思想风起云涌，是支配当时思想文化界的主导思想，自然对当时的诗学理论有所渗透，深刻地影响着明清之际的诗学。大致来说，在这一特殊时期里，经世思想对诗学的影响主要表现在这样几个方面：

（一）重新提倡“诗通乎政”，主张以诗歌表现时代政治的危机。声音之道与政相通，是儒家的诗学传统，然而明代前中期的诗歌，并不着重于表现政治的得失、社会的治乱，即使是后来李攀龙强调“诗可以怨”，公安派抒写“性灵”，一般也是多侧重于写一己的遭际。因为承平已久，即使勉强言愁，也多是无病呻吟。谢榛《四溟诗话》卷二曰："今之学子美者，处富有而言穷愁，遇承平而言干戈，不老曰老，无病曰病，此摹拟太甚，殊非性情之真也。"但是，到了万历时期，随着政治的日益败坏，诗歌与时代政治的关系也自然拉近了。顾宪成《送肖桂朱先生守怀庆序》提出："诗者，心之精神所寄也，通乎政矣。"并反复申述杜甫忠厚恻怛、爱君忧国的怀抱。顾宪成虽然逆忤当政者的意旨，削职回乡，但是他没有"穷则独善其身"，啸傲江湖，而是依然诚恳警惕，忧心世道。他在《愧轩记》中评述落职永州的柳宗元和屡遭贬谪的苏轼，既不欣赏柳宗元"文辞往往有无聊之色"，又不赞同苏轼"超然自得"的人生态度。顾宪成认为："顺逆，时也；穷通，命也。君子素其位而行，不愿乎其外，何则？以忧臣之事君，犹子之事亲也。臣不得于君，子不得于亲，所宜日夜省愆补过，兢惕以将之，诚恳以格之，动心忍性，增益其不能，以俟之。"① 也就是说，即使一己遭遇贬谪，但是依然不能丧失忠君忧世的缱绻之情。正是这种不论穷达都不失忧世的怀抱，促使顾宪成能够以讲学清议的形式干预时政，触击时弊。钱谦益曾称梁溪（无锡）言理学者，必推顾宪成、高攀龙两先生，"两先生于理学、气节、文章三者实兼之，其激顽振懦，有功世道人心匪小"（《十峰诗序》）。晚明时期，士大夫气节清拔，淑世情深者，以东南为盛。这与顾、高两人的风范垂训有着直接的关系。

东林党另一位主持清议令阉党侧目的姚希孟，也提出"文章之道，与时低昂"（《钘园集序》）。他论诗主张继承《风》《雅》传统，关乎时世。在《雪柏堂集序》中，姚希孟希望诗人与儒者相兼，即诗人创作应该担当起儒者辅政济时、致君泽民的重任：

> 风雅之道，儒者鄙同鞶帨；而性命高谈，匡扶阔议，又骚坛吟社，墐耳不欲闻。数者侵若水火，余以为皆末流也。二《雅》诸什，大都痗时激衷；左徒连蜷婉笃，博引而旁喻。至杜陵直抒孤愤，而人不以急君为訾。若夫于穆不显，就将缉熙，又非诗人遗音乎？诗而彭泽，文而昌黎、庐陵，止矣！至其湛道德，陈忠义，揖

① 顾宪成《愧轩记》，《泾皋藏稿》卷十，景印文渊阁《四库全书》本。

洙、泗之班而步趋其间，斌斌乎圣人之徒也。然则歧之而谬谓不可兼者，正恐诛诛焉、踽踽焉，而有不能兼者也。

风雅之道与性命高谈“侵若水火”，这在明代是比较普遍的现象，如胡应麟《诗薮》就指出：“曰仙、曰禅，皆诗中本色。惟儒生气象，一毫不得着诗；儒者语言，一字不可入诗。”但是，姚希孟认为这些都是“末流”。二《雅》、屈《骚》、杜诗等都是忧时慨世、直抒孤愤之作，与儒家经纬家国的淑世情怀是相通的。而《诗经》中《维天之命》等篇赞美文王之德，陶渊明诗歌表达忠义情怀，都可以跻身圣贤的行列。姚希孟提出儒士与诗人“可以相兼”，就是要求诗人关心社稷民瘼，要穷理尽性，发挥诗歌拯救世风人心的实际功用。这是晚明时期许多关心时事的诗人的共同主张。被誉为“嘉定四君子”之一的黄淳耀论诗歌创作，“将必有裨于世者而后言之”（《尹伯衡先生诗集跋》）。他称赞李白诗歌抒写“其生平爱君忠国愍时病俗之志，方诸少陵，无毫发惭负”；称誉其友人吴康侯“爱国忠君、愍时病俗之志，一皆见之于诗”（《小山集序》）。黄淳耀诗歌同样饱蕴这种愍时病俗的热忱。他的《田家》诗“田泥深处马蹄奔，县帖如雷过废村。见说抽丁多不惧，年荒已自鬻儿孙”，反映了兵荒马乱之后兵役繁重、百姓卖儿鬻女的凄惨生活，正是诗人忧叹民艰的仁厚情怀的表露。

另一位复社文人陈子龙，讲究经济实学，具有强烈的经世致用思想，曾编纂《皇明经世文编》。陈子龙论诗，紧密联系衰乱的时代，“托辞触类，不能不及于当世之务”，“必极于治乱盛衰之际”①，将诗歌的笔触伸向当世朝政治乱得失、世运盛衰的症结之处，表现时代的大悲歌、大主题。在《之子诗序》中陈子龙提出：“作诗不足以导扬盛美，刺讥当时，托物联类而见其志，则虽工而余不好。”陈子龙发挥“诗言志”的思想传统，而他所谓的“志”，是和当时的政治盛衰、时代危机密切关联的，而非局促于个人一隅的穷通得失。陈子龙与同乡李雯、宋征舆友善。宋征舆曾刻三人诗，请陈子龙撰序。陈子龙在《三子诗选序》中说：

① 陈子龙《诗经类考序》，《陈忠裕公全集》卷三；又《白云草自序》，《陈子龙文集 · 安雅堂稿》卷三，华东师范大学出版社 1988 年影印本。

夫鸟非鸣春而春之声以和，虫非吟秋而秋之响以悲。时乎为之，物不能自主也。当五、六年之间，天下兵大起，破军杀将，无日不见告，故其诗多忧愤念乱之言焉。然以先朝躬秉大德，天下归仁，以为庶几可销阳九之厄，故又多恻隐望治之旨焉。念乱则其言切而多思，望治故其辞深而不迫，斯则三子之所为诗也。（《陈忠裕公全集》卷八）

声音之悲怨或和平，“物不能自主”，对于诗歌而言，其内容不是取决于诗人，而是取决于时代的治乱。悲怨之声、忧愤念乱，几乎是所有经历晚明异代之乱的诗人创作的共同主题，但这三人不仅在悲叹乱世，还在“恻隐望治”，以复明在望的积极期盼的心态面对这场战乱，因此他们的诗歌尚不全是亡国之音，亦有“深而不迫”的从容委婉之辞。可惜，陈子龙等人最终也未能盼来大明的复兴，只能以死殉国，躬行他们的经世之志。

钱谦益自称“余为书生，好谈国政”①，又受到讲究经济实学的归有光的影响，因此他的诗歌创作和诗学理论也表现出鲜明的经世色彩。瞿式耜的《初学集序》论钱谦益诗云：“忠君忧国，感时叹世，《采苓》之怀美人，《风雨》之思君子，饮食燕乐，风怀谑浪，未尝不三致意焉。”

这种忠君忧国、感时叹世的情怀，在明末乱世之前，表现为讽谕时政、补缺时弊的思想。钱谦益论诗很重视讽谕意义。在《题吴太雍初集》里，他说：

古人之诗文，必有为而作，或托古以讽谕，或指事而申写，精神志气，抑塞磊落，皆森然发作于行墨之间。故其诗文必传，传而可久。②

这种讽谕传统，自明初刘基以后，已经长久湮没不闻了。钱谦益重提讽谕精神，表明他对衰微时世的关切。

① 钱谦益《列朝诗集小传》丁集中“申少师时行”条，第544页。

② 钱谦益《初学集》卷八十六，《钱谦益全集》叁，第1813页。

如果说在衰世中，钱谦益的经世情怀表现为讽谕精神的话，那么在乱世之中，他的经世情怀则多表现为“世变感”，用诗人的心灵去感触九域飙回、三精雾塞的人世剧变。在《题杜苍略自评诗文》中他凝练地概括自己的文学观念：

夫诗文之道，萌折于灵心，蛰启于世运，而茁长于学问，三者相值，如灯之有炷、有油、有火，而焰发焉。

灵心、世运、学问三者之中，“世运”更是“诗之本”，更具有决定性意义。所谓“世运”就是亲身遭际的世变之痛、身世之感、苍生之忧。钱谦益又更为具体地解释这种“世运”：

古之为诗者有本焉。《国风》之好色，《小雅》之怨诽，《离骚》之疾痛叫呼，结轖于君臣夫妇朋友之间，而发作于身世逼塞、时命连蹇之会，梦而噩，病而吟，舂歌而溺笑，皆是物也。故曰有本。①

诗人置身于厄运危时，身世偪侧，命运多舛，对于时代的危苦艰难有更为真切的体会，对于宇宙人生的运数有更为深邃的洞见，因此能更为深刻地表现时代的危机，探寻世道人心的幽微。不仅变《风》、变《雅》、楚《骚》如此，历代的大诗人李白、杜甫、韩愈、白居易、李商隐等也无不如此。站在时代激浪的最巅峰，也就能够达到诗歌的巅峰。

然而，生于乱世中的诗人又是不幸的。钱谦益感慨曰：“呜呼！士君子不幸而生于天地板荡、陆沉沧海之秋，怀忠抱义，抑没无闻者，可胜数哉！”② 天地板荡，神州陆沉，有志之士生不能施展抱负，死不能留名后世，只能如沧海横流中的泡沫，随生随灭。这或许是士人的最大悲哀。因此钱谦益在一些序跋中深情记述在乱世中抵抗外辱、戮力挣扎的诗人，如论孙紫冶，钱谦益说：“读紫冶之诗，观其涉波涛，冒锋刃，其将父之急，而抱国之殷也，能不愧哉！”（《孙紫冶诗稿序》）；论孙幼度诗，说：“杂述感事之作，忧军国，思朋友，忠诚惨怛，憔悴宛笃，

---

① 钱谦益《周元亮赖古堂合刻序》，《有学集》卷十七，《钱谦益全集》伍，第767页。
② 钱谦益《高寓公稽古堂诗集序》，《有学集》卷十六，《钱谦益全集》伍，第749页。

非犹夫衰世之音，蝇声蚓窍，魈吟而鬼哭者也。”（《孙幼度诗序》）虽然这些人没有惊天的壮举，但是他们的救世情怀，与宋末的汪元量、元末的王逄等遗民一样，都是可歌可泣的。钱谦益在《跋汪水云诗》中称赞汪元量诗歌“记国亡北徙之事，周详恻怆，可谓诗史”；在《跋王原吉梧溪集》中他称赞元末遗民王逄的创作“唇齿之忧，黍离之泣，激昂忾叹，情见乎词”。在晚明纷乱的世事中，这种“黍离之泣”又一次激流奔涌，正如赵翼所云：“国家不幸诗家幸。”钱谦益似乎更早已意识到世运和文学之间的这种逆向关系。他在《纯师集序》中说：

夫文章者，天地之元气也。忠臣志士之文章，与日月争光，与天地俱磨灭。然其出也，往往在阳九百六、沦亡颠覆之时。宇宙偏沴之运，与人心愤盈之气，相与轧磨薄射，而忠臣志士之文章出焉。有战国之乱，则有屈原之《楚辞》；有三国之乱，则有诸葛武侯之《出师表》；有南北宋、金、元之乱，则有李伯纪之奏议、文履善之《指南集》。忠臣志士之气日昌，文章之流传者，使小夫、妇孺、俳优、走卒皆为之徘徊吟咀、欷歔感泣。而夷考其时，君父为何人，天下国家之事为何如？呜呼！尚忍言之哉！①

此前诗学论诗歌与时代关系，一般侧重于诗人一己的坎坷遭际，钱谦益则将之扩大到整个时代，特别是在阳九百六、穷极而生变的“世变”时期，世运和文心相摩荡，必然会产生天地之大文章。稍后的归庄论诗，也紧密地联系诗人遭际和时代国运，认为诗人“小不幸而身处阨穷，大不幸而际危乱之世，然后其诗乃工也”（《吴余常诗稿序》）。这与钱谦益所论在精神上是相通的。

钱谦益所谓“文章者，天地之元气”的思想对于黄宗羲有着直接的影响。黄宗羲在《谢皋羽年谱游录注序》中说：

夫文章，天地之元气也。元气在平时，昆仑旁博，和声顺气，发自廊庙，而鬯浃于幽遐，无所见奇；逮夫厄运危时，天地闭塞，

① 钱谦益《初学集》卷四十，《钱谦益全集》贰，第1085页。

元气鼓荡而出，拥勇郁遏，坌愤激讦，而后至文生焉。①

以元气来阐释文学的本源，自汉代就产生了。但是汉代以降主要是持自然元气论，主张“气之动物，物之感人”，天地自然源于元气的鼓荡而变动，外物之动，激起主体情感的产生。而钱谦益和黄宗羲的元气论，糅合了儒家传统诗学的“变风”、“变雅”论，认为天地有其自身的道义理法在，在治世环境中上下畅通，元气和顺，因此文学一般雍容华贵，不足见奇；而一旦遭遇厄运危时，天地闭塞，天地自然的道义理法被打破、被阻遏，必然激发有识之士挺立傲然的主体精神，与悖谬的时代相对抗，曲折执拗地彰显这种在道义上不可违拗的天地自然元气。这才是天地的大文章。

黄宗羲的“厄运危时”论，与传统诗学的“变风”、“变雅”论有内在的联系。儒家正统诗学一般都崇正黜变，所以把“正风”、“正雅”推举得很高，而于“变风”、“变雅”则多有贬词，甚至视之为“乱世之音”、“亡国之音”。黄宗羲等所生活的明清异代之际，正是产生变《风》变《雅》的时代。他对于“变风”、“变雅”有着不同的评论。黄宗羲在《陈苇庵年伯诗序》中认为“变风”、“变雅”美而非谄，刺而非讦，怨而非愤，哀而非私，依然是正，并从时代治乱的角度申述云：

夫以时而论，天下之治日少而乱日多；事父事君，治日易而乱日难。韩子曰：“和平之音淡薄，而愁思之声要妙；欢愉之辞难工，而穷苦之言易好。”向令《风》《雅》而不变，则诗之为道，狭隘而不及情，何以感天地而动鬼神乎？是故汉之后，魏、晋为盛；唐自天宝而后，李、杜始出；宋之亡也，其诗又盛。无他，时为之也。即时不甚乱，而其发言哀断，不与枯荄变谢者，亦必逐臣、弃妇、孽子、劳人，愚慧相倾，惛算相制者也。此则一人之时也。②

黄宗羲与钱谦益一样，紧密联系时代治乱来论诗，社会有治世有乱世，

① 黄宗羲《谢皋羽年谱游录注序》，《黄宗羲全集》第10册，浙江古籍出版社2005年版，第34页。

② 黄宗羲《陈苇庵年伯诗序》，《黄宗羲全集》第10册，第48页。

作为社会生活之艺术折射的诗歌，当然也有正有变。而且真正伟大的诗歌都是产生于世变之际，是时代造就了诗人。即使是“时不甚乱”，而每一位诗人都有自己的不同遭际，这种不同的遭际，就构成了诗人特殊的“一人之时”，这一人之时，依然要在诗人的创作中有所体现。

黄宗羲更高的诗歌理想，是把个人的身世之感与整个时代的治乱联系起来，就情感来说，把一己的穷通悲喜与人类之治道义理联系起来。他在《朱人远墓志铭》中说：

> 幽人离妇，羁臣孤客，私为一人之怨愤，深一情以拒众情，其词亦能造于微。至于学道之君子，其凄楚蕴结，往往出于穷饿愁思一身之外，则其不平愈甚，诗直寄焉而已。①

黄宗羲的这段话，简单地说就是将个人的穷愁之言，提升为儒士的有道之言。要理解黄宗羲此说的含义，有必要追溯明人对“诗穷而后工”这个命题的再认识。“诗穷而后工”是欧阳修从梅尧臣的坎坷遭遇和创作经验中提炼出来的诗学命题，重在说明人生遭际的坎坷曲折对于诗歌创作的正面促进意义。但是宋代理学兴起后，一个重要思想就是强调主体道德人格境界对于外物的超越。因此自南宋以降，“诗穷而后工”论并不为多少诗论家所认同。明代诗学受到理学思想的影响，更强调“得性情之正”，对于“诗穷而后工”论多有批判性重审。如明初的刘永之在《刘子高诗集序》中辩驳“诗人少达而多穷”和“诗穷而后工”二者皆非，认为“唯不以穷达累其心，而后辞有大过人者”。如此之类从不同的角度修正“诗穷而后工”论的，在明代诗学中比比皆是。其基本意旨就是对个人舛背坎坷遭际和穷愁幽怨情怀的超越。黄宗羲也是秉承这一思想而主张将个人的穷愁之言，提升为儒士的有道之言，更具有切实的时代内涵。黄宗羲在《马雪航诗序》又提出将“一人之性情”提升为“万古之性情”：

> 诗以道性情，夫人而能言之。然自古以来，诗之美者多矣，而知性者何其少也。盖有一时之性情，有万古之性情。夫吴歈越唱，

---

① 黄宗羲《朱人远墓志铭》，《黄宗羲全集》第10册，第484页。

> 怨女逐臣，触景感物，言乎其所不得不言，此一时之性情也。孔子删之，以合乎“兴观群怨”、“思无邪”之旨，此万古之性情也。吾人诵法孔子，苟其言诗，亦必当以孔子之性情为性情，如徒逐逐于怨女逐臣，逮其天机之自露，则一偏之曲，其为性情亦末矣。①

黄宗羲所谓“一时之性情”，是拘于一己穷愁遭际的个人悲怨，所谓“万古之性情”是合乎理道、与性相通的情感，也是走出个人狭小天地而鸣天下之不平，表现整个时代盛衰治乱的共同感情。如果联系晚明时期的诗坛现状来看，黄宗羲所论确有所指。晚明的公安派，抛弃“性情之正”而倡言“性情之真”，他们所谓“性情之真”更多是个人穷通得失之感，甚至是男女的情欲。竟陵派也主张“性情之真”，而且路径更为纤仄，走入荒寒幽峭之境，成为寒蛩之鸣。这种情感偏向是明代社会文化精神没落的表征。当国祚将倾、山河陆沉的危机迫近时，这种寒蛩之鸣必然要被有识之士所抛弃。钱谦益曾贬斥竟陵诗歌说：“今天下兵兴盗起，民不堪命，识者以谓兆于近世之歌诗，类五行之诗妖。”（《刘司空诗集序》）在黄宗羲等人的心目中，表达时代的危机、挽救衰颓的世运远比张扬个性和宣泄情欲更为迫切而重要。

（二）与上面所论重倡“诗通乎政”相联系，明清之际的诗学重新提出“诗史”的问题。晚唐孟棨的《本事诗》称“杜（甫）逢禄山之难，流离陇蜀，毕陈于诗，推见至隐，殆无遗事，故当时号为‘诗史’”（《历代诗话续编》本）。宋人多以“诗史”称誉杜诗，主要意思是指杜诗善陈时事，补史之阙。但是，明代中期杨慎等从“辨体”的角度严判诗与史的界限，否定宋人的“诗史”论。到了晚明，政局纷乱、国势衰微，需要诗人关心社稷，切近现实，于是“诗史”论又成了新的话题②。冯时可《黔中语录》“诗史”条云：

> 《诗》之为教，主于美刺，所以导善而惩邪也。《风》《雅》既衰，《春秋》作焉，因褒贬以存王道，亦《诗》意也。盖《诗》

① 黄宗羲《马雪航诗序》，《黄宗羲全集》第10册，第95、96页。

② 例外的是，王夫之依然从维护诗歌本质特性的角度严格区分诗与史，提出：“夫诗之不可以史为，若口与目之不相为代也。”（《薑斋诗话》卷一）

者，盛时之史，而《春秋》，衰世之“诗”。二物者，圣王以之佐治扶衰者也。汉唐以来，采诗之官、纪事之史既废，能诗之士役神纾灵，藻绘物色，流连景光以自娱，适惩劝之义蔑如矣。①

《孟子》曰：“王者之迹熄而《诗》亡，《诗》亡然后《春秋》作。”《诗》与《春秋》一样，不仅备述一代之史事，而且褒贬善恶，美刺时政，存王道正统，都是辅佐政治的手段。但是，自从汉唐以降废除采诗制度后，诗歌多用来自我排遣，流连光景，自我娱乐，丧失了美刺得失、补阙救时的功用，冯时可感叹后世诗歌迷失了正途。这是晚明诗论家较为普遍的感慨。钱肃乐《咏史十三首序》亦认为：“史以谨严立体，诗以婉曲树义，然于以发扬往烈，扶助幽美，激劝后人，风厉来者，其道一也。”他觉得在后世，诗、史叛离为二，骚人墨客以诗为孤径，诗歌也就失去观风俗、正得失的意义了。

钱谦益论诗重视“世运”的激荡，因此正面肯定“诗史”说，并作出新的解释。在《胡致果诗序》中他说：

孟子曰：“《诗》亡然后《春秋》作。”《春秋》未作以前之诗，皆国史也。人知夫子之删《诗》，不知其为定史；人知夫子之作《春秋》，不知其为续《诗》。《诗》也，《书》也，《春秋》也，首尾为一书，离而三之者也。三代以降，史自史，诗自诗；而诗之义不能不本于史。②

钱谦益从“《诗》亡然后《春秋》作”中推导出“诗之义不能不本于史”的命题，意即诗歌应该关乎世运，应该深入到时代震荡的内部，深刻地表现社会历史的运数。对于后代诗人，钱谦益并不像冯时可、钱肃乐那样悲观，在上文中他勾勒了“诗史”精神在后代诗歌潮流中的涌动：

曹之《赠白马》，阮之《咏怀》，刘之《扶风》，张之《七哀》，千古之兴亡升降，感叹悲愤，皆于诗发之。驯至于少陵，而

---

① 转引自《明诗话全编》十，田南池编纂，江苏古籍出版社1997年版，第10823页。
② 钱谦益《有学集》卷十八，《钱谦益全集》伍，第800页。

诗中之史大备，天下称之曰“诗史”。唐之诗，入宋而衰。宋之亡也，其诗称盛。皋羽之恸西台，玉泉之悲竺国，水云之苕歌，《谷音》之越吟，如穷冬冱寒，风高气栗，悲噫怒号，万籁杂作。古今之诗莫变于此时，亦莫盛于此时。至今新史盛行，空坑、厓山之故事，与遗民旧老，灰飞烟灭。考诸当日之诗，则其人犹存，其事犹在，残篇啮翰，与金匮石室之书并悬日月。谓诗之不足以续史也，不亦诬乎？

钱谦益论“诗史”更侧重于“世变”中诗歌“补史之阙”的意义，不论是魏晋乱世中的曹植、阮籍、刘琨，还是“安史之乱”中的杜甫，以及宋末的谢皋羽、汪元量等人，都是置身于盛衰剧变、乾坤颠倒的阳九百六之时。时之剧变，正是诗之大盛。乱世之诗，虽然为残篇断简，但是可以备一代之事，补史家之阙，也足以与圣经正史并重于世。钱谦益所处的时代与宋末志士相同，所以他论“诗史”，旨在呼吁当下的诗歌应该真实记录国祚沉沦之时的世道民风，表现危难时刻志士悲危抗争的壮烈情怀。钱谦益的这种“诗史”思想，直接为黄宗羲所继承。黄宗羲在《万履安先生诗序》中直接提出“以诗补史之阙”的命题，认为“天地之所以不毁、名教之所以仅存者，多在亡国之人物，血心流注”①。每当异代之际，乱世无史，而志士仁人“血心流注”的诗歌，正可谓之“诗史”。正是因为危乱时世中的诗歌可以补史之阙，因此才更具有特殊的意义，值得格外珍视。鉴于此，东林党人陈仁锡之子陈济生于顺治十至十二年（1653—1655）编辑了《启祯两朝遗诗》十卷，辑录了乙丑、丙寅间罹逆阉祸而死者、崇祯时殉国者、乙酉以还洁身而死者，以及理学绍古、经济匡时、正色立朝、直言忤主的先达如高攀龙、杨涟、左光斗、魏大中、周顺昌等人的诗歌。陈济生在自序中说：

假使当谗贼萌芽、家国覆乱之时，而为优柔纡缓之调，亦何异于处清明淳厚之朝而独为涕洟蹙蹐之状也哉！启、祯以来，理学节义，名臣伟儒，国史家乘，彰彰可考。人不必以诗传，而诗则以人重。其间奄竖煽虐，则王甫、曹节之祸未有列于此者也。幺魔犯

① 黄宗羲《万履安先生诗序》，《黄宗羲全集》第10册，第49页。

阙，九庙震惊，则侯景、黄巢之乱，未有过于斯者也。若夫乙酉建国，上无东晋之强，下无南宋之久；疆土人民，一朝沦丧，贞人烈士，捐躯赴义，陷脰绝胸，则又有所南、信国之遗风焉。盖生当承平之世，上之雍容朝庙，无所见其危苦激切之情，下者啸傲委蛇，无所发其牢愁结辖之气，故其为诗，摅心纵笔，妙合自然。及夫身世觥飑，国家板荡，疾痛惨怛，情见于词，即读书乐道之士，无不激昂奋迅于其时者。呜呼，治乱存亡之间，亦可以感矣。①

陈济生这里所论，即文学的时代性问题。乱世的优柔纡缓之调，与治世的危苦凄厉之调一样，都是不祥之音。晚明阉党篡政，搅扰得天昏地暗，随之而来的是内叛外侵，危及国家社稷。在这危难时刻，有识之士激昂奋迅，怒号狂歌，成为时代的强音，这正是诗歌义不容辞的责任。

（三）经世思想对明清诗学的另一影响是，诗歌风格论突破传统“温柔敦厚”论的限制，而认可激切直露的讽刺。正如儒家诗论之经典《毛诗序》所云：“国异政，家殊俗，而变《风》变《雅》作焉。”明代诗歌早期的台阁体和中期复古派的格调高古，都没有违背儒家诗论所谓“温柔敦厚”的原则。但是到了晚明悲风骤至、危机四起的艰难时刻，有强烈政治抱负和使命感的诗人，不能不用笔触去解剖痈溃的政治机体，揭露社会黑暗，批判残暴、侵略的罪恶，创作上自然要突破“发乎情，止乎礼义”和“温柔敦厚”的诗教原则，这也促使诗学理论上对于“温柔敦厚”原则的新认识、新思考。讽谕精神的恢复和高扬，是晚明文学思想的重要内容。明末抗清志士江天一说：

上有美政，则下歌之。谣言则有甚于敌国外患矣。夫下之人非可弥缝也，愈弥缝则讽刺愈不可当矣！②

他肯定下层民众的讽刺是改良政治统治的重要动力，而且认识到民不可欺，民众的怨愤不可压制掩盖，越掩盖，讽刺就越强烈。这已是从新的政治高度来肯定讽刺诗的意义。那么，如何在理论认识上解决“讽谕”

① 陈济生《启祯两朝遗诗》，《四库禁毁书丛刊》影印清顺治刻增修本。

② 江天一《采诗说》，《江止庵遗集》卷七，《四库未收书辑刊》影印清康熙祭书草堂刻本。

和“温柔敦厚”之间的内在矛盾呢？陈子龙在《左伯子古诗序》中回答了这个问题：

夫吟咏之道，以《三百》为宗。六义之中，赋居其一。则是敷陈事实，不以托物为工；标指得失，不以诡词为讽，亦古人所不废耳。郑康成曰：“论功颂德，所以将顺其美；刺过讥失，所以匡救其恶。”抒意各党，摛辞亦异，原其浅深，可得言焉。盖君子之立言，缓急微显不一其绪，因乎时者也。当夫孽芽始生，风会将变，其君子深思而不迫，为之念旧俗、追盛王，以寄其忾叹，如《彼都人士》《楚茨》诸作是也。洎乎势当流极，运际板荡，其君子忧愤而思大谏，若震聋不择曼声，拯溺不取缓步，如《召旻》《雨无正》之篇，何其刻急、鲜优游之度耶！乃知少陵遇安史之变，不胜其忠君爱国之心，维音哓哓，亦无倍于风人之义者也。①

陈子龙回溯到儒家经典《诗经》，依经立论，为直切讽谕确立了理论根基。首先，《诗》六义之一为“赋”，就是敷陈事实，直言写物。讽谕诗的讥刺过失，匡正时弊，并不违背“赋”这一创作原则。其次，诗人言辞的缓急，表达的显隐，因乎其时。若是治世刚刚萌生孽芽，这时诗人可以从容讽谏；若当情势急转直下、运际板荡之危机时刻，诗人忧愤难遏，自然要直切大谏，非耳提面命不足以警醒人心，非激昂陈词不足以震聩拯溺。黄宗羲在《万贞一诗序》中也对“温柔敦厚”作出新的解释。他说，若按照传统的“温柔敦厚”诗教，养成乡愿怯懦的性格，必然“委蛇颓堕，有怀而不吐，将相趋于厌厌无气而后已”。四时有发敛寒暑，人情有喜怒哀乐，诗歌也不能局限于所谓的“温柔敦厚”。就孔子删《诗》来说，《诗经》中的变《风》、变《雅》，“疾恶思古，指事陈情，不异熏风之南来，履冰之中骨，怒则掣电流虹，哀则凄楚蕴结；激扬以抵和平，方可谓之温柔敦厚也”②。可见，在明清异代的危难关头，黄宗羲张扬的也是那种风驰电掣、迅雷震怒的激切抒写模式。同时的顾炎武论诗就正式提出：“诗之为教，虽主于温柔敦厚，

① 陈子龙《左伯子古诗序》，《陈子龙文集·安雅堂稿》卷三。
② 黄宗羲《万贞一诗序》，《黄宗羲全集》第10册，第95页。

然亦有直斥其人而不讳者。”（《日知录》卷十九“直言”）虽然陈子龙、黄宗羲、顾炎武等人还摆脱不了“依经立论”的思维模式，但是他们能极力突破“温柔敦厚”说的限制，为激切讽刺的创作精神确立理论根据，这对于明清之际的诗歌创作和理论发展都是有积极意义的。而到了清朝政权稳定下来以后，“温柔敦厚”又成为诗人必须恪守的文艺伦理规范。

（四）明清经世思想在诗学中的又一表现是，强调诗歌是诗人主体精神的寄托、人格的表征，以挺起一种清拔坚毅的人格，与窳败的现实社会相对抗，成为另一种矫正现实的力量。就明代的哲学来说，尊程朱理学的人一般较为重视主体道德精神的充实培养，而“王学”末流的“狂禅”则放弃这种道德精神的磨砺而任心率性。东林党人顾宪成、高攀龙在哲学上根基于程朱，兼采王学。他们在当时以讲学为手段，期望形成一种左右政治的清议力量，培养弘毅清拔的道德人格以为世范。故而东林党人均以节义刚烈、超拔不苟闻名于世，其诗歌也被纳入到这种道德人格的建构中。顾宪成在《送肖桂朱先生守怀庆序》中提出：

> 诗者，心之精神之所寄也，其歌也有思，其咏也有怀，其美刺也有风，即喜怒、爱憎、是非，与荣辱、毁誉、得失，何适而非诗也者？

顾宪成所谓的“精神”是指道学人格，来源于程朱理学。诗歌就是诗人主体精神道义的寄托，生命人格的表征。钱谦益也重视诗人的人格怀抱。在《十峰诗序》中，他说：

> 呜呼！诗道大矣，非端人正士不能为，非有关于忠孝节义纲常名教之大者，亦不必为。①

因此，钱谦益在《顾麟士诗集序》里提出“儒者之诗”的说法。所谓“儒者之诗”不仅具有宋儒之学，更应具有宋儒的胸襟和人格。唯有具备忠孝节义、纲常名教的仁厚怀抱，才能托寄多端，激昂俯仰，而被服雍雅，终不诡于经术，这样的诗才称得上是“儒者之诗”。黄宗羲也认

① 钱谦益《有学集》卷十九，《钱谦益全集》伍，第831页。

为："诗也者，联属天地万物而畅吾之精神意志者也。"① 诗文是豪杰之士精神所寄寓，是天地间气的宣露。他所谓"以孔子之性情为性情"，也是对诗人的人格怀抱提出高要求，希望诗人能够走出一己穷愁的仄隅，而表达天地的真精神、真道理。诗人之精神只有与天地之精神相往来，诗歌才能成为天地之精气。

大体而言，随着南明国运的迅速没落，反清斗争的逐渐消歇，清初诗歌创作和理论上的经世思想由直接关切时政、鼓吹民族抗争，转向了培植道义充沛、傲然坚毅的人格。

第二节 晚清的经世思想与诗学革新

随着晚清政治窳败、国势沉沦、社会危机的日益深重，一些有识之士开始从故纸堆里抬起头来，把目光转向现实，注目于现实社会问题，关心国计民生，思考国家的命运。其实乾嘉时期的戴震、焦循等人，也并非是完全与现实隔膜的，他们所思考的更多是恢复和保存传统文化精粹的问题，通过恢复原始儒家的正统文化来矫正当前思想意识形态的偏颇，如戴震的《孟子字义疏证》对"性"、"理"等儒学范畴的重新辨正，就是如此。而面对康乾盛世的衰颓，嘉庆、道光之际的学者对现实社会的关切，要比前代学者更为迫切。刘逢禄、庄存與等今文经学的兴起，就体现了学术上的转向，即由"实事求是"的主旨转向对现实的介入和关切，通经以致用，表现出经世致用思想的日益抬头。

晚清经世思想的兴起，在整个社会文化系统中都有鲜明的表现，也濡染了晚清的诗学。晚清诗学是复杂多变的，影响较大的有"同光体"的尊宋诗学，影响稍小的有王闿运等宗六朝诗学，桐城派的诗学影响还在继续。在晚清诗学的多重变奏中，本于经世精神的诗学思想也是一支重要的旋律，而且，经世思想还促使了晚清诗学的革新。

龚自珍"少好读王介甫《上宋仁宗皇帝书》，手录凡九通，慨然有经世之志"②，是近代开风气的人物。他的经世思想和"尊情"理论相

① 黄宗羲《陆鉁俟诗序》，《黄宗羲全集》第10册，第91页。

② 张祖廉《定盦先生年谱外记》，《龚自珍全集》，上海人民出版社1975年版，第633页。

结合，提升了“性灵”诗学的境界和意义，我们在前面相关部分已经论及，不再赘述。魏源也是道光时期经世思想的代表，提出“师夷长技以制夷”的主张，影响甚巨，但是除了《诗古微》尊三家诗学外，其思想的重点不在诗学。姚莹作为桐城派的后劲，他的经世思想体现出桐城派的近代新变，在前面相关部分也已论及。这里主要从福建、台湾籍诗论家说起。

道光、咸丰以来，东南福建一带频频遭受外来列强的侵扰，尤其台湾，更是灾难深重，屡遭侵略，数番沦落。近代中国的战火就是从东南燃烧起来的，先是鸦片战争，继之是太平天国之乱，进而是甲午海战，一步步将清朝拖向灭亡的边缘。洪弃生曾归纳晚清的“三大厄”云：

> 国朝三大厄，而川湖陕八年之乱、法兰西一战之师不与焉。道光时英夷入寇，将帅忨嬉，赏罚倒置，遂使和战皆非，失地失体，国之辱亏，皆本乎此，康熙、乾隆武功，至此扫地，一大厄也；咸丰时粤寇猖狂，蹂躏遍十六省，僭号且十五年，东南灰烬，人物墟邱，死者以千万亿计，竭数巨公之力，罄天下之财，仅乃克之，二大厄也。然此二厄，尚有中兴之日，至于今屈体岛夷，一败涂地，岌岌乎不可终日。君上为缀旒，民物在刀俎，国非其国，则末劫而非止厄运，此大厄三也。①

三大厄，东南沿海首当其冲，诗学上的经世思潮也以东南为盛。

福建建宁人张际亮，曾被林则徐称许为“有经世才”（姚莹《张亨甫传》），自称“少时窃慕汉贾太傅、诸葛武侯之为人，以为士于立身之外，固当有用于世”②。然而生前为时贵所忌，命运坎坷崎岖，不得志于时。他的《雄心》诗所谓“雄心天与多蹉跎，频岁光阴客里过”，沉痛地概括了自己空有壮志而报国无门的一生。因此，不世之才，化为文章；穷愁牢骚，发为诗歌，便演绎了“国家不幸诗家幸”的千古定律。他的文章“长于议论，能举前世政治得失治乱之故，其辞气俊伟动

---

① 洪弃生《寄鹤斋诗话》卷七，成文出版社1970年据手稿影印。

② 张际亮《答潘彦辅书》，《张亨甫全集·文集》卷三，清同治年间刻本。

人”①；“心有所幽忧愤快、劳思慷慨，皆于诗发之”②。多难的时代和坎坷的人生造就了这位“嘉庆、道光以来作者未能或之先”的诗人③。

张际亮论诗非常自负，在《与徐廉峰太史书》中他自谓“至于诗道利病，十颇得其七八”。对于当时的诗坛现状，张际亮非常揪心，感慨“诗至于今日，固亦风雅之厄也”，因此他自觉地担当起力振颓风的诗学使命。对于清代的诗坛，他的态度较为严厉，批评沈德潜、朱彝尊、袁枚、赵翼、蒋士诠、黄仲则、翁方纲、张问陶等近世诗人“于《风》《雅》之旨正多未逮”。其《岭南后三家诗序》云：

> 大略当于乾隆、嘉庆间，诗道稍榛芜，或以论议考订为诗，或则轻佻浅鄙，无与于《风》《雅》之旨。(《张亨甫全集》卷二)

以论议考订为诗，指的是翁方纲；轻佻浅鄙，则是指袁枚、赵翼等。对于袁枚等人的性灵派，张际亮斥责得尤为苛刻。在《答朱秦洲书》中他呵斥袁枚为“野狐外道”。他又在《与建阳江秀才远青札》中说：“袁子才、赵瓯北辈，弃格律而不讲，此成何诗邪？徒见其纤佻轻薄而已。”张际亮在政治上蒿目时艰，关注国运民生，但是在思想上还没有超越传统君明臣贤的认知范围，还没有完全突破传统儒家“温柔敦厚”的诗教原则，因此从关注晚清世运的思想立场出发，自然不能容忍袁枚等主张抒写一己之私情闲趣的性灵诗学。为了矫正袁枚性灵诗学的负面影响，张际亮在上文中提出：“大抵作诗，以读书穷理为本，而声情色泽继之，而其归要于自然而已，真而已。”在《答姚石甫明甫书》中，他说诗歌应该“本于积理养气，归于自得”(《张亨甫全集》卷三)。这是张际亮的基本诗学意旨，在其文集里他曾反复申述这样的命题。自明清以来，关于严羽“别材别趣”说的是非，有过无数的争论。张际亮亦曾发表见解。他认为严羽并没有偏废“别才”、“别趣”和穷理读书，“如别才别趣之言，归之于读书穷理，本无所偏者”(《张亨甫全集·文集》卷一)。读书穷理对于诗人来说，具有变化气质的功效，才人因而

① 张绅《松寥山人初集序》，见《张亨甫全集》卷首。
② 张际亮《南来录自序》，《张亨甫全集》卷二。
③ 黄钺《题辞》，《张亨甫全集》卷首。

提升为学人，胸襟忠义真醇，诗歌也能避免轻佻浅鄙而变得温厚深婉。张际亮曾将诗歌分为“才人之诗”、“学人之诗”和“志士之诗”。《答潘彦辅书》论“学人之诗”云：

其辞未必尽文，而其旨远于鄙倍；其意未必尽豪，而其心归于和平；其情未必尽往复，而其性笃于忠爱；其境不越于山水、花月、虫鸟、丝竹，而读其诗，使人若遇之于物外者，此所谓学人之诗也。

读书穷理，才学广博，道义充沛，提升心性境界，可为“学人之诗”。但是，在嘉庆、道光的危难时势中，张际亮更看重的是“志士之诗”：

若夫志士，思乾坤之变，知古今之宜，观万物之理，备四时之气，其心未尝一日忘天下，而其身不能信于用也；其情未尝一日忤天下，而其遇不能安而处也。其幽忧隐忍，慷慨俯仰，发为咏歌，若自嘲自悼，又若自慰，而千百世后读之者，亦若在其身，同其遇，而凄然太息，怅然流涕也。盖惟其志不欲为诗人，故其诗独工，而其传也亦独盛。如曹子建、阮嗣宗、陶渊明、李太白、杜子美、韩退之、苏子瞻，其生平亦尝仕宦，而其不得志于世，固皆然也。此其诗皆志士之类也。

所谓“志士之诗”，就是心忧天下、关怀民瘼，诗人情怀紧紧联系着社会苦难、时代剧变的诗歌。这是张际亮标识的最高诗学典范，这种诗歌通于政道。在诗歌史上，“观杜诗，彼其所讽切陈述，可谓深通政体矣。而若韩、若李、若苏皆然。其学愈通者，其诗之成也愈远大；学有所蔽，则诗之所成就者小；下焉者则拾唾余而已”。张际亮自负地认为自己和姚莹“诗之所工者，亦通于政体”，“终当为一代之雄也”，因此建议合刻二人诗(《答姚石甫明府书》)。

“诗通于政”将诗歌与时代紧密相连，是张际亮诗学的重要特征。他一生遍游南北，详悉各地风土人情，对于底层社会民众的苦难有切身体会，身之所历，山川风土、人情事物之变，皆著之于诗。他说：“诗之境，不外山川风土、人情事物。”① 张际亮的诗歌，多是记录自己游历天下、哀悯民生的感慨。如《张亨甫全集·诗集》卷七有一首《哀流民》诗，其自序云：

> 癸未，东南诸省大水，楚灾尤剧，其流民丐入吾闽者，日至百人，饥寒困顿，或死于道。所见若此，他可知也。为赋此诗，冀当事闻而加悯焉。

这是秉承白居易的“为君为臣为民为物为事而作”的讽谕精神，体现出诗人深厚的民胞物与的情怀和可贵的经世热情。谢章铤谓张际亮“诗之中为有人，诗之外尚有事”②。这个“事”，就是时代政治、国计民生，这是张际亮诗歌的重要主题，也是他诗学关注的对象。张际亮“诗之中为有人”，就是诗人主体壮气激情的灌注，是“志士之诗”的“积理养气”。“积理养气”是张际亮时时强调的诗学命题，在《答朱秦洲书》中，他还提出“抒其豪迈磊落不得志于时之气”。联系张际亮的整体思想来看，其所谓“积理”，并没有多少道学的内涵，而更主要的是山川风物和时代内容。这归因于他一生的忧患困苦、奔走颠沛。其所谓“养气”，主要是“不得志于时”的愤激不平，是个人遭际和时势骤衰相互摩荡的结果。邱炜萲《五百石洞天挥麈录》谓张际亮“奇情壮气，一入其诗，素负国士之目”。林昌彝《射鹰楼诗话》云：“亨甫天才俊逸，腾骧变化，雄视一代，其于诗，性情、气格，两两俱胜。”在当时，张际亮就有“狂士”之名。张际亮的诗歌，是主体“奇情壮气”和灾难深重的时代剧烈撞击的结果。在理论上，他也提出了“士激有托而为诗”的命题：

> 今夫河之源本清也，自入塞而厄于山，迫于堤，贯于众泉，污于泥沙，其流始浊，其势益激，入海而后平。故夫水之激也，其必有所放也，而后不溃于地；士之激也，其必有所托也，而后不以伤其生。自古不得志之士，为酒，为色，为艺，为仙佛，为风狂，为哭，皆非其本心也，皆有所托焉者也。然托于是数者，又必审其

① 张际亮《南来录自序》，《张亨甫全集·文集》卷二。
② 谢章铤《张亨甫全集序》，《张亨甫全集》卷首。

时。亮窃念非其时也，故目之所见，耳之所闻，身之所阅历，心之所喜怒哀乐，口之所戏笑诃骂，一皆托诸诗。方其牢愁抑塞，命笔辄书，日或数十首，或十数首。若河之阻而遇冲风暴雨，掀波逆浪，鼋鼍鱼鳖，鼓鬣嘘气，喷唈而上，天地易色，白昼忽昏。及其罢去，了不复顾，则如风雨乍息，河安流，估人渔者，亦乐游其涯涘也。

张际亮这里所论，与传统文论中的“发愤抒情”、“发愤著书”、“不平则鸣”是一脉相承的，都是强调诗人“不得志”，有“激”而然。然而，张际亮还发展了黄宗羲等将诗歌与“厄运危时”联系起来的经世精神。他认为，若在治世中，“不得志之士”可以逃于酒色等，寄托心怀。但是他“窃念非其时也”，处在世运剧变的关头，面对内忧外患的交侵，无法安然地逃于酒色，因此只能直面现实，将诗笔深入到社会中去，掘发亲历亲睹的苦难和不幸，“目之所见，耳之所闻，身之所阅历，心之所喜怒哀乐，口之所戏笑诃骂，一皆托诸诗”。作者空有用世之志，却不为世用，只能以诗歌为手段，抒写辅政安民、济时救世的抱负。这种命笔辄书的创作态度，在某种程度上，又是对传统儒家诗学“温柔敦厚”原则的突破。

与其深切关注时代危难、激切张扬主体奇气相一致，张际亮论诗歌风格，提倡沉郁飞动而出于自然的艺术风格。他在《与徐廉峰太史书》中提出诗歌的三种不同境界：

窃以谨严清简者，初涉之津；飞动沉郁者，中流之浪；源之以积理养气，流而为自然无迹象，浩然无涯涘，肆然无所不之，则于李、杜、高、岑、王、孟、韩、苏之观不远矣。

初学写诗不免步趋前人，不能任意抒写，优者仅谨严清简。随着阅历的增加，经验的积累，渐渐可以自由舒展胸臆，触及时艰，展现出飞动沉郁的风格，再加上积理养气，便可以达到飞动沉郁而自然无迹象、无所不之的境界。张际亮常常用“飞动”、“沉郁”等范畴论诗评诗，如称汤鹏诗“气苍骨沉”；评许天玉诗“气骨沉警，声采壮丽，盖矫然能一空依傍摹拟、率易幽怪诸习，特未神妙自得耳”①。他自己的诗歌，也被姚莹称赞为“沉雄悲壮”（姚莹《张亨甫传》）。值得注意的是，他称赞许天玉的诗歌“气骨沉警，声采壮丽”，同时又遗憾“特未神妙自得耳”。“神妙自得”、“要于自然”、“自然无迹象”等等，都是张际亮关于诗歌风格的最高要求，而要达到这个要求，主体一方面需要“积理养气”，将外在之理化为主体之识，培养主体的胸臆奇气；另一方面需要增加山川阅历、人事磨炼，将耳闻目睹和身历心感一并托于诗歌，牢愁抑塞，命笔辄书。这样自然能够达到诗从胸臆中流出而不自觉的境地。

张际亮在当时可谓雄视天下，一些关心时事的诗话著作，如林昌彝《射鹰楼诗话》、邱炜萲《五百石洞天挥麈录》、王松《台阳诗话》等都大量论列张际亮诗。刘存仁更是心折张际亮，至欲以师礼奉之。刘存仁也是一位心忧天下的诗人。他的《屺云楼诗话》开宗明义，提出“诗贵有关系”。所谓“有关系”，就是“宣达下民之疾苦”。他称赞元结、白居易等的乐府诗“讽谕入神，极关系名教之作”，论诗宗奉杜甫、陆游关切时事、济时及物的创作精神。他的一首《论诗绝句》云：

> 少陵从古称诗史，经济罗胸属剑南。自叹广陵今绝响，满腔忠愤共谁谈？②

《屺云楼诗话》中多论陆游诗，谓陆游诗“实由忠愤激发，流露自然，况形诸歌咏，句句皆实济，惜吾谋不用耳。忧国可谓深至”。这实际上是他自己经世情怀的表达，他发扬了杜甫、陆游等古代优秀诗人关切现实政治的优良传统。当然，他因为推崇讽谕诗而一概排斥《长恨歌》《琵琶行》之类的言情之作，又不免显得褊狭了。

林昌彝的《射鹰楼诗话》是一部具有明确现实政治目的的诗话著作。他说：

> 余所为诗话，意专主“射鹰”，及有关风化者次录焉，其备古今，记盛德，及辨句法、正讹误又次焉。

---

① 张际亮《许天玉诗序》，《张亨甫全集·文集》卷二。

② 刘存仁《屺云楼诗话》卷一，清同治年间刻本，国家图书馆藏。

所谓“射鹰”，就是“射英”的谐音。1844年福州开埠通商以后，英国侵略者大肆进行侵略骚扰，破坏了当地百姓的正常生活，也激起了人民的反抗。林昌彝的《射鹰楼诗话》是以诗话的形式记述人民反抗侵略、保家卫国的壮丽诗篇，激发了人民的爱国主义情感。《诗话》前二卷专言时务，大量摘录、评述魏源、林则徐、张际亮、张维屏等人的诗歌。这些诗歌的共同主题是关注现实、反抗侵略、忧时悯世、揭露社会弊端，蕴含着深挚的爱国主义精神、反抗侵略的意旨和对现实政治的深刻关切。《诗话》中“多维持世教，有关人心世道之言”；“集中所论射鹰而外，如邪教及花会之贻害人心，必痛切言之”；“凡有关于风化者，无不痛切言之，此抉世翼教之书，不得仅以诗话目之”（沈葆祯《例言》）。林则徐称赞其“真救世之书，为有用之作”（《射鹰楼诗话》附《家文忠公少穆宫傅书》）。林昌彝之所以能编撰出这样一部经世纬时的诗话著作，与他强调诗歌现实政治作用的理论主张是分不开的。在《海天琴思录》中，他引金华王兰汀语论“诗教”说：

> 诗教所施，至广且博。由郊庙朝会，祭祀燕飨，使臣之咨询，军旅之劳旋，以及友朋交游赠答，近而室家昆弟，欢好和乐；远之羁旅行役，怨恨愁苦。其大者若政治之得失，民俗之臧否，古人靡不发为吟咏以见志，故诗之为用至宏。君人者将观览而兴革政教，因之化民成俗。学诗者用心感发志意，而治其性情，考鉴得失，识所趋向，学术正而人材奋兴，胥于是乎赖。故圣人立教，于诗尤谆谆焉。①

这里论诗歌的功用至为广博，而最重要的功用是表达政治的得失、民俗的臧否，进而讽谕上层统治者，达到“兴革政教”的实际目的。诗歌作为讽谕时政、表达民情的一种方式，对于政治革新发挥着重要的舆论监督和导向意义。林昌彝所论，虽然还是渊源于传统讽谕诗学，但是在近代内外交困的社会背景中，将诗歌作为打击侵略、激发爱国主义的手段，还是富有新鲜意义的。这部“为世戒”的诗话著作在当时也产生了积极的社会影响。

---

① 林昌彝《海天琴思录》，上海古籍出版社1988年版，第34页。

邱炜萲也是一位饱含经世思想的诗论家，年齿方富便已以经世为己任。他的诗话著作《菽园赘谈》和《五百石洞天挥麈录》大量摘录屈大均、龚自珍、林则徐、张际亮、张维屏、潘飞声、林纾、康有为等志士的诗歌，多关注政治，切中时弊，留心民瘼，鼓吹革新。丘逢甲在《五百石洞天挥麈录序》中评论说：

> 其书以谈诗为主义，然标举襟灵之外，留心风化，尤为天下有心人所同许。嗟乎，菽园第以著述遣壮心，而岂漠然于经世者哉！

当然，邱炜萲的思想还没有走出传统儒家诗教的樊篱。《五百石洞天挥麈录》第一则就是申述儒家传统诗学的经典命题“温柔敦厚”和“兴观群怨”：

> 温柔敦厚，诗之体；兴观群怨，诗之用。此八字被老生常谈，已成口头禅。苟细思之，千古作诗、谈诗者，又谁能舍此八字立脚。

关于诗歌的审美风格，邱炜萲尚“曲”、尚“清”。他论诗以性情为本，标尚感情真切、出于至性而自然感动人心的创作意趣。在晚清注重经世的论者纷纷贬斥袁枚等性灵诗学的时候，邱炜萲吸收性灵诗学的合理性内涵，将性灵诗学与经世思想结合起来，与近代思想文化的历史趋势是相一致的。

台湾诗人王松亲身遭际台湾沉沦，目睹外强侵略的罪行，真切地感受到祖国人民团结御侮的爱国斗争精神。他的诗歌多抒写家国变故之感，“目击时艰，胸中所欲言而不敢言，又不得不言者，悉于诗焉发之，亦古人‘国家不幸诗家幸，赋到沧桑句便工’之谓也”①。如面对列强吞噬宝岛台湾，他忧愤抒慨曰：

> 对此茫茫有所思，胡尘满目放翁悲。他时故友编遗稿，为补《示儿》一首诗。（《偶成》）

---

① 王松《台阳诗话》，台湾日日新报社1905年版，《台湾文献丛刊》第34种，1959年影印。

王松"读书即以经世为务，穷究博览于中外之籍，独不喜为帖括家言"(邱炜萲《台阳诗话序》)。甲午战争以来，疮痍满目，块垒填胸，王松撰《台阳诗话》以遣忧愁，述时事，干时政。《台阳诗话》大量摘录、评论台湾、福建等地诗人的诗作。作者论诗及事，紧密联系近代内忧外患交相侵迫的危难时世，评论仁人志士的忧国忧民之作。他在《台阳诗话》中提出诗歌"干时政"的思想：

> 诗之为道，可以知人心之邪正、风俗之厚薄、时政之得失、国家之盛衰，颂扬讥刺，在所不废。闻之者知儆，言之者无罪，故古有輶轩采风之制。然诗宜以温柔敦厚为主，其颂之也，勖其加勉；其刺之也，望其速改。词虽殊而存心则一。自古道日漓，颂者谄谀，刺者痛诋，因此贾祸，何可胜数？而明哲保身者，则恒以此为戒，果杏岑将军有句云："新诗切忌干时政，醇酒应知误少年。"然有心世道者，抚时感事，郁于中必宣于外，时政未尝不可干也，要在以忠厚蕴藉出之耳。如太显露，未有不贾祸者。

风格上不失温柔敦厚，而主旨则未尝不可以干时政。这正是当时数种灌注着经世思想的诗话著作的共同精神，是传统经世致用思想和讽谕诗学精神在晚清特殊时代的新发扬。潘飞卿为王松《台阳诗话》题词云：

> 如此江山竟付人，干戈留得苦吟身。乱云残岛开诗境，落日荒原泣鬼怜。埋碧可怜黄帝裔，杀青谁作素王臣。请将《风》《雅》传忠义，班管重回故国春。

这种救亡图存、团结御侮、爱国忧民、抨击腐败和罪恶的激切感情，也体现在魏秀仁《陔南山馆诗话》、洪弃生《寄鹤斋诗话》等著述之中。魏秀仁《陔南山馆诗话》开篇第一则就热情激扬杜甫善陈时事、指事言情、有为而作的创作精神。诗话多录海禁大开以来外强侵略时国人御侮之诗，纪事、议时和论诗相结合，称赞张澍、张际亮等诗议论朝政，关切时局；讽刺朝政的腐败，官军的怯懦；记录和赞颂反映官兵抵抗外强入侵的诗品，爱国主义感情酣畅地流于笔墨之中。台湾诗人洪弃生《寄鹤斋诗话》卷七引录了在抗击日军侵略台湾、琉球和甲午海战等背景中产生的大量抗敌御辱、救亡图存的诗歌，以诗存史，兼评诗艺。兹引其一则评论：

> 阅近人感事诗，无虑数百首，非俗调未除，即嚣尘难耐，求其有冲冠变徵之音而无剑拔弩张之态者诚鲜，因见咸丰时张文节洵《感粤匪之变八首》，殆予养到木鸡而仍觉可歌可泣。"①

这种抵抗外侮的斗争精神是中国诗歌的光辉传统，也是经世诗学的重要内容。每当国难危急时，这种抗争的火焰就会再次燃起，成为民族文化不屈的脊梁。至1909年南社成立时，诗界更是以诗歌作为宣传民主思想、进行政治革命的武器。高旭在《愿无尽庐诗话》中号召作家创作诗文以"鼓吹人权，排斥专制，唤起人民独立思想，增进人民种族观念"，要求诗歌发挥关注时政、抨击弊政、唤醒民众的作用，服务于时代的主旋律和大问题，将诗歌的经世精神提到了新的高度。

近代史上的东南诸省在外强入侵中首当其冲。外来的侵略激发了国人御侮抗敌的斗志，诗学中的经世思想也以东南为盛。而且对时世的关切，又促使论者对诗学自身问题进行反思和探索，促进了诗学的新变。黄遵宪、梁启超已经开始自觉地摆脱传统思想中落后因素的束缚，酝酿并提出"诗界革命"的理论主张。与前代诗论发展之动力多来自于诗歌自身问题不同，"诗界革命"的提出是响应危难时代的召唤，是时代和社会向诗歌提出的新要求。

黄遵宪是一位关心时务的政治家、出色的外交家。他在早年的一首《感怀》诗中就写道："识时贵知今，通情贵阅世。"这显示出热切的淑世情怀和远大的政治抱负。这种睁眼看世界的现实态度自然与"俗儒"的"好尊古"、"日日故纸研"是格格不入的。黄遵宪也鄙弃那些"日夕雕肝肾，俪语配华叶"的"可怜古文人"，在21岁时就提出了"我手写吾口，古岂能拘牵"（《杂感》）的口号，要摆脱古人的羁绊，以当前的俗语俗事入诗，表达诗人对当前社会的情感。黄遵宪诗歌的最大特征是崇尚新变和切合时事，这也是他诗学理论上的具体主张。

光绪三年（1877），黄遵宪出使日本，随后的两年中，他采问风

① 洪弃生《寄鹤斋诗话》卷七，见胥端甫编辑《洪弃生先生遗书》，成文出版社1970年影印本。

俗，创作了《日本杂事诗》。起初，大国心态的自我优越感使他对日本文化常持不屑的态度。此时正值日本明治维新，黄遵宪对于这场革旧鼎新的变革，开始有了较为深入的认识，“新旧同异之见，时露于诗中”。随着阅历见闻的增长，特别是游历欧洲以后，他发现“欧人其政治学术，竟与日本无大异”，悟出了“穷变通久之理”，乃相信日本“其改从西法，革故取新，卓然能自树立”，于是“颇悔少作，点窜增损，时有改正”①。《日本杂事诗》摆脱了传统诗歌“《六经》字所无，不敢入诗篇”的拘谨，叙述外国风土人情，记载方言俗语，感慨古今。更为可贵的是，他在记述日本杂事时寄寓了对于中国社会命运和前途的关注和探索。正如王韬序所云：“大抵意主纪事，不在修词，其间寓劝惩，明美刺，存微旨，而采据浩博，搜辑详明，方诸古人，实未多让。”②

义和团之乱时，黄遵宪亦将满腔忧愤寄托于诗。其弟黄遵楷回忆说：

适拳匪肇乱，凡百乖张，遂举其胸中抑郁不平之气，仰天椎心，不敢告人之语，一泄之于诗。酒酣耳热，往往自歌自哭，自狂自圣，谓：“他日之读我诗者，其亦忽喜忽怒、忽歌忽泣乎？非所知也。”③

黄遵宪既亲身经历了国内战祸和外强侵凌的衰乱，又游历过东西洋，广泛接触外国文明，因此练就了开放通达的眼光，其诗歌能够摆脱传统束缚而真实地表现身之所历、心之所感。在理论上他提出了“诗之外有事，诗之中有人”的命题：

仆尝以为诗之外有事，诗之中有人。今之世异于古，今之人亦何必与古人同。尝于胸中设一诗境：一曰复古人比兴之体；一曰以单行之神，运排偶之体；一曰取《离骚》乐府之神理，而不袭其貌；一曰用古文家伸缩离合之法以入诗。其取材也，自群经三史，逮于周、秦诸子之书，许、郑诸家之注，凡事名物名切于今者，皆

① 黄遵宪《日本国志自序》，《黄遵宪全集》，中华书局2005年版，第6页。
② 王韬《日本杂事诗序》，《黄遵宪全集》第5页。
③ 黄遵楷《先兄公度先生事实述略》，《黄遵宪全集》之《人境庐集外诗辑》附录三。

采取而假借之。其述事也，举今日之官书、会典、方言、俗谚，以及古人未有之物，未辟之境，耳目所历，皆笔而书之。其炼格也，自曹、鲍、陶、谢、李、杜、韩、苏迄于晚近小家，不名一格，不专一体，要不失乎为我之诗。诚如是，未必遽跻古人，其亦足以自立矣。（《人境庐诗草自序》）

诗可以言志，其体宜于文，其音通于乐，其感人也深。晋宋以后，词人浅薄狭隘，失比兴之义，无兴观群怨之旨，均不足学。意欲扫去词章家一切陈陈相因之语，用今人所见之理，所用之器，所遭之时势，一寓之于诗。务使诗之中有人，诗之外有事，不能施之于他日、移之于他人，而其用以感人为主。（《与梁任公书》）

如果只单独来看“诗之外有事，诗之中有人”，那么似乎并无新意。陆游就提出过“工夫在诗外”的问题；“诗之中有人”，则更是晚明以来诗学的基本主张。但是，联系上下文来看黄遵宪的主旨：一、诗境。摆脱复古袭貌的束缚，以文为诗，以文章之法行于诗中，而又不失比兴之义。二、取材。不管经史诸子，还是闲书杂稗，凡事名物名切于今者，皆于采用，一切以“切于今”为标准。三、述事。自己亲身经历的当代物事，即使是古人未有之物，未辟之境，也可以任笔抒写；今日的官书会典、方言俗谚，也可寄之笔下，不受古人所拘泥。四、风格。作诗要不名一格、不专一体，要不失乎为我之诗。其中心思想就是摆脱拘牵、切于今事，成为“我”之诗。如果与当时“宋诗派”的诗论对比来看，我们可以发现，黄遵宪诗学的创新意识尤为鲜明。曾国藩之孙曾广钧（号重伯）就曾称赞黄遵宪诗歌“善变”，谓“世变无穷，公度之诗变亦无穷”。① 黄遵宪对于晋宋以后诗歌渐失去比兴之义、兴观群怨之旨，就颇致不满；对于清朝的诗歌，他也批评其弊“极于肤浅浮滑，人人能为诗，人人口异而声同”。人人口异而声同，就是无“我”，没有独立的个性，没有独特的情感和见识寄寓诗中。黄遵宪说：

上溯汉魏，下逮有明，能以诗名家者，大抵率其性之所近，纵

① 据黄遵宪《刘甑庵盆瓴诗集序》，吴振清等编校《黄遵宪集》下卷，天津人民出版社2003年版。

其才力聪明之所至。创意命辞，各不相师。①

黄遵宪的这种标新立异的创新精神，在他的一生中是日益强烈的。光绪五年（1879），黄遵宪在《养浩堂诗集跋》中说：

诗之为道，性情欲厚，根柢欲深。此其事似在诗外，而其实却在诗先，与文章同之者也。至诗中之事，有应讲求者：曰家法，曰句调，曰格律，曰风骨，是皆可学而至焉。若夫兴象之深微，神韵之高浑，不可学而一至焉者。蓄积于诗之先，讲求于诗之中。

这里论诗中所应讲求的事，近似明胡应麟所谓“格律声色”、“兴象风神”的意思，还是传统诗学的审美规范。而晚年的黄遵宪在《与丘菽园书》中说：

思少日喜为诗，谬有“别创诗界”之论。然才力薄弱，终不克自践其言。譬之西半球新国，弟不过独立风雪中清教徒之一人耳。若华盛顿、哲非逊、富兰克林，不能不属望于诸君子也。诗虽小道，然欧洲诗人出其鼓吹文明之笔，竟有左右世界之力。仆老且病，无能为役矣。执事其有意乎？（《小说月报》第八卷第一号）

黄遵宪的一生都在不断地求新求变，即使到晚年也要将未能成功的创新使命托付后辈。正是这种不断创新的自觉追求，促使他创作了大量的“新派诗”②，于诗界开辟一新国土，在当时赢得崇高的声誉，产生积极的影响。

梁启超生平论诗，最倾倒黄遵宪，称颂他的诗为“诗史”；赞誉黄遵宪的诗歌“独辟境界，卓然自立于二十世纪诗界中，群推为大家，公论不容诬也”（《饮冰室诗话》，下引文未注者，均同）。而且，黄遵宪在诗歌创作实践上辟境开新的经验，也促进了梁启超的理论探索，进而提出“诗界革命”的号召。

① 黄遵宪《刘甔庵盆瓴诗集序》。

② 黄遵宪《酬曾重伯编修并示兰史》：“废君一月官书力，读我连篇新派诗。《风》《雅》不亡由善作，光、丰之后益矜奇。文章巨蟹横行日，世变群龙见首时。手擷芙蓉策虬驷，出门惘惘更寻谁？”

梁启超虽然不以能诗著名，但是未尝放弃对于诗歌的理论思考。早在1899年12月25日的《汗漫录》（又名《夏威夷游记》）中，他就痛斥传统词章家的诗歌，呼吁“今日不作诗则已，若作诗，必为诗界之哥仑布、玛赛郎然后可”。他说：

欲为诗界之哥仑布、玛赛郎，不可不备三长，第一要新意境，第二要新语句，而又须以古人之风格入之，然后成其为诗。

梁启超提出“诗界革命”，是对黄遵宪、夏曾佑、谭嗣同、蒋观云在诗歌创作上的大胆创新给予理论上的肯定，为诗歌发展指出了新方向。他推尊黄遵宪、夏曾佑、蒋观云为“近世诗家三杰”。特别是黄遵宪，梁启超说：“近世诗人能熔铸新理想以入旧风格者，当推黄公度。”也就是说黄遵宪是“诗界革命”的创作典范，或者反过来说，“诗界革命”就是对黄遵宪诗歌创作的经验和预示方向的理论概括。据《饮冰室诗话》记载，在1896年和1897年，夏曾佑、谭嗣同等人就“颇喜挦扯新名词以自表异”，创作“新诗”。当时这些人创作上的一个共同特征是喜好用翻译过来的西方词语、典故入诗，给一般读者造成阅读障碍。这就是上述“诗界革命”三要素中的“新语句”。只有黄遵宪“纯以欧洲意境行之，然新语句尚少”。梁启超检讨了这种“新语句”大量入诗的弊端，他在《汗漫录》中说：

夏穗卿、谭复生，皆善选新语句。其语句则经子生涩语、佛典语、欧洲语杂用，颇错落可喜，然已不备诗家之资格。

其所谓欧洲意境语句，多物质上琐碎粗疏者，于精神思想上未有之也。

也就是说，“新语句”与“旧风格”之间是存在矛盾的，当二者出现矛盾时，应该以不失“旧风格”为优先。当然，运用“新语句”而不损于“旧风格”，更是值得钦佩的。他称赞丘逢甲的《已亥秋感八首》（遗偈争谈黄蘖禅）：“以民间流行最俗、最不经之语入诗，而能雅驯温厚乃尔，得不谓‘诗界革命’一巨子耶？”又评谭嗣同诗歌“独辟新界而渊含古声”，也即是“以新理想入古风格”，不失诗之为诗的审美风格，而能表达新的思想和精神。梁启超对诗歌的形式风格并没有太多的革新主张，《饮冰室诗话》所谓的“渊懿之风格，微妙之辞藻”和斟酌于雅俗之间等等，与传统的诗歌风格论没有太大的差异。梁启超曾热情推崇一些关切时政的长篇叙事诗，为教育和宣传起见而强调诗歌配以音乐，不过，这些并没有真正突破“旧风格”的范围。

上引《汗漫录》中的话还有一层意思是，若过于注重“新语句”的运用，则可能喧宾夺主而忽略了对欧洲精神的输入，影响到对“新意境”的创造。《饮冰室诗话》中说：

> 过渡时代，必有革命。然革命者，当革其精神，非革其形式。吾党近好言诗界革命。虽然，若以堆积满纸新名词为革命，是又满洲政府变法维新之类也。能以旧风格含新意境，斯可以举革命之实矣。苟能尔尔，则虽间杂一二新名词，亦不为病。不尔，则徒示人以俭而已。

梁启超“诗界革命”主张的最根本着眼点是“新意境”，其他“新语句”、“旧风格”两点相互制衡，创新但又不能走得太远。只有“新意境”，才是“诗界革命”的要点所在。所谓“新意境”也就是“革其精神”，在当时的主要内涵就是“欧洲之真精神真思想”（《汗漫录》）。梁启超所谓的“革其精神”，最宽泛的解释，就是将传统词章家流连光景、消遣应制的诗歌变为启迪民智、激发国民精神的大众的诗歌。在《汗漫录》中，他尖刻地讽刺传统词章家为“鹦鹉名士”。传统词章家的诗歌理论和创作，一般是局限在士大夫阶层之内，与整个社会的民众没有太大的关系，对于国民也没有多少真正的影响。但是，梁启超整个思想的立足点是宣传、教育、唤醒社会民众，因此他论诗首先就要将诗歌从传统词章家狭隘的生活中拯救出来，投入到整个社会的维新改良之中。就梁启超的《饮冰室诗话》来说，他论欧洲真精神，强调得更多的是“尚武精神”。他感慨中国人因为音乐靡曼等原因所致，而“无尚武精神”。那么，“欲改造国民之品质，则诗歌音乐为精神教育之一要件”。因此，他称赞康有为《登万里长城》一诗，“于我民族伟大之纪念，三致意焉”；品评《过昌平城望居庸关》等诗，“读之尚武精神油然生焉”；黄遵宪的《军歌》精神雄壮活泼、沉浑深远，梁启超赞叹曰：“读此诗而不起舞者必非男子。”从梁启超称赏的这些诗歌来看，其采取的形式、表现的风格还是源于中国文化和诗歌传统的，并没有直接运用外来语句，而其基本精神已大为改观，是在歌颂爱国自强、争取自由独立的近代精神，而这才是“诗界革命”的真正目标。

梁启超的“诗界革命”口号，其“新语句”、“旧风格”还存在着一定的局限性，不久就遭到现代诗学的抛弃；其“新意境”也只具有特定的时代内涵。但是，他的“诗界革命”把诗歌从传统词章家狭隘的生活中拯救出来，投入到宣传近代思想、教育民众、激发大众爱国情感、培养大众近代意识的维新改良运动之中。这在整个诗学史的演变中是个转折点。传统的诗学从总体上说是士大夫的诗学，其着意的问题局限在士大夫的生活范围之内，而20世纪现代诗学的主流，则是转向社会民众，以启迪、教育、激发民众为指归。这个转向就是从“诗界革命”开始的。

当然，梁启超等人过于强调文学的实用功能，追求文学的社会功利，赋予文学以其不能完成的任务，是有其理论局限性的。王国维曾批评他于文学没有固有的兴味，而唯视为政治教育的手段而已。王国维较早地接受了欧洲如席勒、康德、叔本华等人的审美超功利主义文艺思想，并将之传入中国，他在《文学小言》《人间词话》等多处抨击传统中那些追求实利和名声的“餔餟的文学”、“文绣的文学”不重视文学自己的价值，甚至偏激地说：“生百政治家，不如生一文学家。”王国维引入西方的“游戏”说，提出：“文学者，游戏的事业也。”努力摆脱儒家政教伦理文学观念，呼吁文艺独立的价值。在《叔本华哲学及其教育学说》中，他说：“诗歌之所写者，人生之实念，故吾人于诗歌中，可得人生完全之知识。”所谓“实念”（理念）是对人生本相的认识和揭示，诗歌是用直观的方法解释宇宙人生上根本之问题，以慰藉人的感情。在《人间嗜好之研究》里王国维说：“若夫真正之大诗人，则又以人类之感情为其一己之感情。彼其势力充实，不可以已，遂不以发表自己之感情为满足，更进而欲发表人类全体之感情。彼之著作，实为人类全体之喉舌，而读者于此得闻其悲欢啼笑之声，遂觉自己之势力亦为之发扬而不能自已。故自文学言之，创作与赏鉴之二方面亦皆以此势力之欲为之根柢也。”所以文学的价值不在于眼前的实利，而是具有永恒的福祉。

王国维论诗词，既发展了传统思想中的“童心”说、“赤子”论，也接受了西方的“天才”论，他在《人间词话》中提出：“词人者，不失其赤子之心者也。”同时，另一方面，王国维非常重视人格，将中国古代文艺理论的“人格”论提到新的高度。在《文学小言》中他说：

> 三代以下之诗人，无过于屈子、渊明、子美、子瞻者。此四子者苟无文学之天才，其人格亦自足千古。故无高尚伟大之人格，而有高尚伟大之文学者，殆未之有也。
>
> 天才者，或数十年而一出，或数百年而一出，而又须济之以学问，帅之以德性，始能产真正之大文学。此屈子、渊明、子美、子瞻等所以旷世而不一遇也。

这里所谓的“人格”，主要是指超出常人的境界，而能领悟并表现人类普遍的感情。王国维《清真先生遗事·尚论三》说：

> 山谷云：“天下清景，不择贤愚而与之，然吾特疑端为我辈设。”诚哉是言。抑岂独清景而已。一切境界，无不为诗人设。世无诗人，即无此等境界。夫境界之呈于吾心而见于外物者，皆须臾之物。唯诗人能以此须臾之物，镌诸不朽之文字，使读者自得之。遂觉诗人之言，字字为我心中所欲言，而又非我之所能自言，此大诗人之秘妙也。
>
> 境界有二：有诗人之境界，有常人之境界。诗人之境界，唯诗人能感之而能写之，故读其诗者，亦高举远慕，有遗世之意。而亦有得有不得，且得之者亦各有深浅焉。若夫悲欢离合、羁旅行役之感，常人皆能感之，而唯诗人能写之。故其入于人者至深，而行于世也尤广。

正是基于这种“人格”论思想，王国维提出“境界”说。揣其意，王国维这里所谓的“境界”有三个层次：最低级的层次，就是“常人的境界”，常人是欲望主体，受欲望的挟制，生活在苦痛之中，具有“悲欢离合、羁旅行役之感”却无法解脱、无从表达。第二种是一般诗人的境界，即王国维所谓“若夫悲欢离合、羁旅行役之感，常人皆能感之，而唯诗人能写之”，能将悲欢离合、羁旅行役之感形诸诗歌，获得美的超越，而能暂时避开欲望的挟制。第三种境界就是“大诗人之秘妙”，即以诗人之眼观物，以诗人之心感物，以诗人之笔写之，能够以“纯粹的认识”直观宇宙的本相。大诗人之诗，“字字为我心中所欲言，而又非我之所能自言”，这正是王国维所谓的“以人类之感情为其一己之感情”，是“人类全体之喉舌”，大诗人在一刹那间走出自我，顿悟宇宙的本相，成为全人类感情的代言人。在充满苦难、曲折和奋进的 20 世纪里，文学依然被拉回到政治伦理的羁縻之中，大行其道的是梁启超等人提倡的功利主义文学观，而王国维的哲学论、审美论文学观多停留在学院书斋中，从创作层面说，他所谓的“大诗人之秘妙”可能也是渺不可及的境界。

第四章 金元明清诗集的编撰与评注

【内容提要】金元明清诗集的研究，虽然远不及明清人对于唐宋诗集研究的重视，但因为特殊的政治原因，清代重视金元重要诗人别集的编纂、评注和刊刻，重视金元诗歌总集的编撰。明代诗坛不同观念交锋激烈，因此明代诗歌别集的评注、选本的编撰是清代诗学的重要议题。清人对当下重要诗歌别集的笺注和清人选清诗也留下了诸多的成果。本章仅择其要者，联系诗学理论背景，作粗疏简略的梳理。

第一节 金元诗总集、别集的编纂与刊刻

金诗总集：现存的第一部金诗总集，是元好问编于金末哀宗天兴二年（1233）的《中州集》。据元好问的序称，此前魏道明曾辑录《百家诗略》①，商衡又加以附益。元好问的《中州集》是在他们的基础上编录而成的。《中州集》是金代诗歌总集，录金源一代诗，首录显宗诗2首、章宗诗1首，不计入卷数，以示尊敬。全集十卷，录250人诗。金

① 魏道明撰著《鼎新诗话》（佚），并注释过蔡松年的词《明秀集》（存）。

末久遭战乱，中州板荡，人物凋零，文献泯灭，元好问此选，具有以诗存史的意义，于诗人名下，撰写小传，钩稽史事，以备一代之掌故，有“诗史”之誉。虽然元好问在小传中少有评论，但颇有微旨，大意以人品气节、道德文章相尚。通读小传，其对金代典章政教、道德文艺之盛衰作了具体清晰的勾勒。如在《王若虚小传》中感慨云：“自从之（王若虚，字从之）没，经学、史学、文章、人物、公论遂绝，不知承平百年之后，当复有斯人否也。”又，《自题中州集后》之五云：“平世何曾有稗官，乱来史笔亦摧残。百年遗稿天留在，抱向空山掩泪看。”诗可以存史之真，补史之阙。元好问的《中州集》可谓是对沉沦中的金源故国的凭吊。全书之末，录“南冠五人”，其中司马朴、朱弁、滕茂实、何宏中等不事二姓，大节凛然。最后以其父兄继之以压卷，“寻其寄托，隐然有忠孝之思焉”（顾奎光《金诗选凡例》）。此书选诗颇为精审，远在宋末江湖诸派之上。对于能代表金代诗风的如蔡松年、党怀英、周昂、赵秉文、王庭筠、王若虚、雷渊等，元好问的推尊之意尤为明显。对于中州诗歌的独特风格和曾经拥有的辉煌，元好问深情赞美，饱含怀念。他《自题中州集后》其一曰：“邺下曹刘气尽豪，江东诸谢韵尤高。若从华实评诗品，未便吴侬得锦袍。”其二曰：“陶谢风流到百家，半山老眼净无花。北人不拾江西唾，未要曾郎借齿牙。”

《中州集》共十卷。现存最早的有元至大三年（1310）曹氏近德斋刻本，明弘治九年（1496）李瀚刻本，明崇祯年间毛氏汲古阁刻本（《四库全书》本从此出），光绪七年读书山房刻本，1920 年董氏诵芬室影元刻本，《四部丛刊》影元刻本等。另，明末程嘉燧辑选《中州诗选》一卷，清顺治十六年（1659）戴子来刻本，现藏于辽宁省图书馆。

元房祺编《河汾诸老诗集》八卷，编纂麻革、张宇、陈赓、陈扬、房皞、段克己、段成己、曹之谦八人之诗，人各一卷。其中，麻革 36 首、张宇 20 首、曹之谦 45 首、陈扬 20 首、陈颾 19 首、房皞 31 首、段克己 9 首，段成己 21 首，凡 201 首。这八人都是金国的遗老，与元好问交游甚密。房祺在序中说，麻革“与元老诗学无慊，古文出其右，公言也”；张宇、房皞“与元老游从南者”；二陈昆仲，“与元老或诗或文，数相赠遗者”；段克己、段成己“有稷亭二段之目，与元老相次登第者”；曹之谦流寓河汾，“与元老同为省掾，日以文诗讲议者”。这八人在金元扰攘之季，能以气节相高，诗文挺拔超俗，“其词藻风标，如层峰荡波，金坚玉莹，绝无突梯脂韦之习，纤靡弛弱之句”（车玺序）。不过八人亦自具面目，正如房祺说：“夫诸老之诗，有深而冲澹如陶柳者，有豪放如李翰林、刘宾客者，有轻俗近雅如元、白者，有对属切当如许浑者，有骚雅奥义、古风大章，浸入于杜草堂之域者。”

房祺《河汾诸老诗集》成书于元大德年间，皇庆二年（1313）高昂霄尊贤堂锓板刊行，《四部丛刊》据此本影印。明弘治十一年（1498）李瀚重新刊刻，有车玺序，谓此选可砥砺士节。后又有明末毛氏汲古阁刻本(《四库全书》本从此出)，清古松堂刻本，敬翼堂刻本和咸丰二年（1852）粤雅堂刻本，均出于一源，没有大的差异。康熙年间御订《全金诗》，增补《中州集》，将《河汾诸老诗集》悉数补入。

《二妙集》八卷，凡诗六卷，乐府二卷，金段克己、段成己诗集。段氏兄弟并以才名，赵秉文识赞曰“二妙”。他们入元不仕，并以节终。元泰定年间，段辅合二人遗文为《二妙集》刻之。二人诗歌骨力坚劲、意致苍凉。吴澄作序曰：“河东二段先生，心广而识超，气盛而才雄。其诗如‘冤血流未尽，白骨如山丘。四海疲攻战，何当洗甲兵’。盖陶之达、杜之忧，兼而有之者也。”《河汾诸老诗集》选二人诗，有若干首逸出《二妙集》之外，两书足以互勘。元刻本现在仅存乐府二卷，现存最早的完整本为成化十七年（1481）刻本，此外还有清初刻本，康熙四十一年（1702）长洲顾氏秀野草堂刻本，《四库全书》本等，光绪三十二年（1906）刻本有缪荃孙补辑逸文。

康熙四十二年（1703）敕编《全金诗》，凡七十四卷，凡金人集之断简残篇有可存者，一概辑存，巨细不遗。有《四库全书》本。

清代无锡人顾奎光编选《金诗选》四卷，是一部有价值的金诗选本，乾隆十六年（1751）刊刻。顾奎光认为元好问的《中州集》虽然堪称一代诗史，具有重要的文献价值，但其本意在述事作史，而不专主于选诗。因此他既选元诗后复取《中州集》加以持择，合《遗山集》《河汾诸老诗集》等，编选《金诗选》四卷，与他已编选的《元诗选》并行。在《金诗选序》中，他论金诗云：

> 夫诗由心生而发于文章，声律则随气以形。心之悲愉忻戚略

同，而气之婉直柔劲各异。气赋于人而亦囿于地。金踞西北，并幽燕冀之间，多慷慨悲歌之士，雍州厚重质直，故有夏声。至于嵩邙汴洛，戎马驱驰，上下百年，兴亡再见，南迁东狩，播越无恒。故遗臣感庙社之正墟，悼宫庭之禾黍，故其诗雄健而踔厉，清刚而激越，悲凉苍莽，饶沉郁慷壮之思。论者谓诗教敦厚，于柔婉为近，顾靡曼絮弱，专务姿媚而乏骨力，病其类于妇人。然则金诗虽染宋季余习，而以救靡曼絮弱之病，固亦未可少也。

《金诗选》选诗凡百余家，取择精审，一以诗之工拙为主。在《例言》中，顾奎光对金诗的历史和特征都具有精切的评论：

宇文虚中叔通、吴激彦高、蔡松年柏坚、高士谈子文辈，楚材晋用，本皆宋人，犹是南渡派别，至赵秉文、杨云翼、党怀英、王庭筠主盟风雅，提倡后学，始得自为一代之音。

金诗宗尚不出苏、黄，亦间规模昌黎，故气力劲健，宁率无弱，以救甜熟柔曼，有廓清摧陷之功，然硬语盘空，政难妥帖，若使蹶张，原非排奡。是编于槎牙生涩者则概置之。

金诗有本色，其华赡不及元人，然苍莽悲凉，不为妩媚，行墨间自露幽并豪杰之气。

金诗圭角崭岩，苦少蕴藉，好用成语入诗，又好用语助字，墨痕不化，往往聱牙；过求别致，转堕弱体。至甚拙率处，殊类伧父面目，学究声口。此皆累于气习。遗山云："北人不拾江西唾，未要曾郎借齿牙。"语殊未的。

金诗警拔，诚能力开生面，但虽苦心雕琢而未出口浑成，乃其所短耳。

金人诗大概全首得一联两联得意，因而补足首尾，不甚十分推敲，字句重复处，皆欠简点。

绝句寂寥短章，难于不著边际、意韵无穷。金诗中颇有佳什，笔墨之工，绘事不逮，片语点染，使人意移。

这都是从传统的正宗诗学思想立场出发对金诗得失作出的评论。顾奎光《金诗选》还有陶玉禾的眉批和行批。对于金元诗歌的具体评点，后代留下的文字不多，陶玉禾的评批是诗歌史和诗学史研究值得重视的材料。

元诗总集：《皇元风雅》三十卷，蒋易编，至元三年（1337）建阳张氏梅溪书院刻本，《续修四库全书》影印。该书选录元代150余人之诗，以刘因居首，许衡继之。十卷以前都是已去世而有全集传世的诸贤，第十一卷以下的诗人多尚存于世。关于此书汰选的标准，蒋易在《皇元风雅引》中说："择其温柔敦厚、雄深典丽，足以歌咏太平之盛；或意思闲适，辞旨冲淡，足以消融贪鄙之心；或讽刺怨诽，而不过于谲；或清新俊逸，而不过于靡，可以兴，可以戒者，然后存之。盖一约之于义礼之中，而不失性情之正，庶乎观风俗、考政治者或有取焉。"也即以儒家诗教为指归，不背离温柔敦厚的法则，故而可称"风雅"。

《大雅集》八卷，元末赖良编。赖良客居云间，授课闲暇，裒集元末诗人之诗，分古体四卷，近体四卷。前有至正二十一年（1361）杨维桢序，又有至正二十二年（1362）钱鼒序，末有王逢序。杨维桢序称其所采皆"吴越人之隐而不传者"，选录诗人以东南吴越人为主。据赖良自识云："良选诗至二千余首，铁厓先生所留者仅存三百。"此书为赖良裒集，而经过杨维桢删正，以诗存人，去取不苟。第一卷有杨维桢的评点，多是诗艺意境的品鉴玩味。元代诗人有专集传世的，在清代多得到很好的整理，《四库全书》收元人别集尤多，顾嗣立的《元诗选》三集，收录诗歌也以有专集存世者为主，所以元末没有专集的诗人的断金碎玉，幸而赖此书得以流传。此书收入《四库全书》，刻本传世者稀见，国家图书馆藏清抄本数种。

元代傅习辑《皇元风雅前集》六卷，傅存吾辑《后集》六卷，现存有元刻本，《四部丛刊》据之影印，另，《四库全书》本前后集均作十二卷，盖为元本每卷一分为二，实无显著不同。有虞集至元二年（1336）《题辞》。前集凡114家，后集凡166家，可能是随手采集，见者辄录，故而收江西人诗最多。前集以"高识远志，人品英迈"的刘因居首，录诗7首，并介绍其生平履历。而其他诗人，则没有相应的介绍文字。后集的后三卷，多录同时人酬赠、唱和、题咏之作，对于一代诗歌文献的网罗不无意义。

元代人选元诗，据罗振玉编纂的《元人选元诗》记载：还有魏仲远编的《敦交集》一卷，为同人唱和诗；佚名编的《伟观集》一卷，为元末人题《长江伟观图》诗的汇录。

贝琼在《陇上白云诗稿序》中曾说过，在钱塘时，“与二三子录中州诗，总若干首成编，题曰《乾坤清气》”，并称赞元初赵子昂、杨仲弘、范德机等人“务铲宋之陈腐，以复于唐”。后继者虞集、马祖常、揭傒斯、陈旅等人“以乐府酬唱，金春玉应，骎骎然有李杜之气骨，而熙宁、元丰诸家为不足法矣”。然贝琼此选已亡佚，清黄虞稷《千顷堂书目》卷三十二著录《乾坤清气集》，为钱塘金弘等选元作者30人诗，或许就是此书。现存的《乾坤清气集》十四卷，另一种十五卷，为明人偶桓所选，选元一百余人诗，分体编次，五言古诗二卷，七言古诗四卷，古乐府四卷，五言绝句、五言律诗、六言律诗、七言律诗、七言绝句等体，每人选诗，多不过10首，少则一两首，去取精审。朱彝尊《静志居诗话》称，明人选元诗者唯此书“能别开生面”。编选者偶桓为明洪武年间人，故而自选所采，多见旧刻，足以辑补后世别集之缺，于元诗校勘辑佚很有价值。偶桓的《乾坤清气集》十四卷，《四库全书》收录。另，存世有十四卷、十五卷的抄本若干种。

明孙原理采辑、陈孟诚编选、张侯校正《元音》十二卷，建文三年（1401）刻本，《四库全书》收录。所录自刘因至龙云从凡176人，每人之下略注字号爵里，大抵详于元末，而略于元初。四库馆臣谓其“去取之间，颇具持择，虽未能尽汰当时秾缛之习，而大致崇尚风格，已有除烦涤滥之功矣”。乌斯道序谓：“今夫元诗选其尤者，合于三君子之手，或臧或否，或去或取，论归于一而定焉，固非倚于一偏者也。”

《元诗体要》十四卷，明宋绪编。此书按体分类，辑录元代诗歌，分为36体，分类颇为丛杂，不过对于每一体的特征即选择标准，都有一段简要的介绍，是古代辨体批评的重要文字，现摘其要者于下：

骚体：骚辞，楚之声也，始于屈原，南国宗之，为词赋之祖。其幽忧愤悱，所以变风雅者也。后人效之，故有《招隐士》《山中人》《望终南》《鱼山》《秋风》等作，然亦不及于古，盖今取其近似者录之。

五言古体：诗以古名，盖继《三百篇》之后者，世传枚乘诸公之作是也。然比兴少而赋多，今取其语精而不俚，意圆而不滞，优游而不迫，清婉简淡而有余味者列之。

七言古体：古诗七言，从张衡《四愁诗》来，变柏梁体耳。唐初王子安《滕王阁诗》、宋之问《明河篇》，语皆未纯。至王、岑、李、杜，方成家数。是编凡清壮奇丽、雄深浑厚，其音律皆足以为法者取之。

长短句体：长短句者，古歌辞之类，其语峭绝顿挫，其音高下抑扬，有波澜开合之势，流动变化，莫测其涯涘。今取丽而不浮，奇而不僻，怪而不俚，参差而不乱者列之篇中。

言体：托物兴喻，辞多引用，而复断以己意。若扬子《法言》、庄周寓言、宋玉《大言》，皆言也。诗家亦有此题，今因题得诗，就诗命体，其篇什多有可录者，故立言体以备观者之采择云。

操体：操者，操也。君子操守有常，虽阨穷，犹不失其操也。若"南风""思亲"，"拘幽""猗兰"等操，皆称圣人之词，未敢以为深信，后之作者盖拟之。

禽言体：禽言，鸟语也。皆因其自呼之名而名之。宋梅圣俞、苏东坡、朱文公俱有诗。今所得者，词丽而意婉，必假喻以达事情，使人快睹而易悦，似胜于前人之音格云。

拗体：拗体乃唐律之再变，古今作者不多。遇律之难处，必得俊句时，出而用之，则奇健矣。观者亦不可不知，存此以备一体。

大体而言，宋绪《元诗体要》的辨别体制，一依唐诗为准则，其评论取舍元诗，也以唐诗的体制规范为标准，体现出明代前期的宗唐诗学思想。此书有明正德十四年（1519）辽藩朱宠涭初刻本，又有清初抄本、《四库全书》本等。《四库全书》本有多处残页，需要据正德本作重新校理。

顾嗣立在诗歌笺注上用功甚深，成果丰富，有笺注续注《曾益注〈温飞卿诗集〉》九卷（秀野草堂康熙三十六年刻本）、《昌黎先生诗集注》十一卷（秀野草堂康熙三十八年刻本）传世。据其曾孙顾达尊

《题识寒厅诗话》称，还有《唐诗述》《宋诗删》《金诗补》《今诗定》等，或已不存。他还参加过《施注苏诗》的整理工作。顾嗣立在元代诗歌总集的整理上也花过工夫，编纂过《元诗选》三集，初集一百一十四卷，二集一百零三卷，三集一百零三卷，多采自传世之别集，康熙三十三至五十九年（1694—1720）陆续刊刻，是大型的元诗总集。顾嗣立在《寒厅诗话》中对元代诗史曾作过精要的梳理，云：

元诗承宋、金之季，西北倡自元遗山（好问），而郝陵川（经）、刘静修（因）之徒继之，至中统、至元而大盛。然粗豪之习，时所不免。东南倡自赵松雪（孟頫），而袁清容（桷）、邓善之（文原）、贡云林（奎）辈从而和之。时际承平，尽洗宋、金余习，而诗学为之一变。延祐、天历之间，风气日开，赫然鸣其治平者，有虞、杨、范、揭，一以唐为宗，而趋于雅，推一代之极盛，时又称虞、揭、马（祖常）、宋（本、褧）。继而起者，世惟称陈（旅）、李（孝光）、二张（翥、宪）；而新喻傅汝砺（若金）、宛陵贡泰甫（师泰），庐陵张光弼（昱）皆其流派也。若夫揣炼六朝，以入唐律，化寻常之言为警策，则有晋陵宋子虚（无）、广陵成原常（廷珪）、东阳陈居采（樵），标奇竞秀，各自名家。间有奇才天授，开阖变怪，骇人视听，莫可测度者，则有贯酸斋（小云石海涯）、冯海粟（子振）、陈刚中（孚），继则萨天锡（都剌），而后杨廉夫（维桢）。廉夫当元末兵戈扰攘，与吾家玉山主人（瑛）领袖文坛，振兴风雅于东南。柯敬仲（九思）、倪元镇（瓒）、郭羲仲（翼）、郑九成（韶）辈，更唱叠和，淞、泖之间，流风余韵，至今未坠。廉夫古乐府尚法汉魏，而出入于少陵、二李（白、贺）。门下数百人，入其室者，惟张思廉（宪）一人而已。明初袁海叟（凯）、杨眉庵（基）为开国词臣领袖，亦俱出自铁崖门。而议者谓“铁体”靡靡，妄肆讥弹，未可与论元诗也。

元时蒙古、色目子弟，尽为横经，涵养既深，异材辈出。贯酸斋、马石田（祖常）开绮丽清新之派，而萨经历（都剌）大畅其风，清而不佻，丽而不缛，于虞、杨、范、揭之外，别开生面。于是雅正卿（琥）、马易之（葛逻禄乃贤）、达兼善（泰不华）、余廷心（阙）诸公，并逞词华，新声艳体，竞传才子，异代所无也。

前一则论元诗的历史，元初西北承金之余脉，而不免粗豪；东南承宋而有变。至延祐、天历年间，风气大开，虞集、杨载、范椁、揭傒斯等人诗一以唐为宗，而趋于雅正，才显示出元诗的本色。此后又稍有变：一派揣炼六朝，以入唐律；一派开阖变怪，骇人视听，至元末时“铁崖体”远近盛传，余波延及明初。后一则是论蒙古、色目诗人的创作。

顾嗣立的《元诗选》于各诗人名下均有较为详细的小传，不仅介绍生平履历，且旁征博引、品评诗艺，多精切肯綮之言，如引录郝经《遗山先生墓铭》中文字论元好问云：

先生天才清赡，邃婉高古，沉郁太和，力出意外，巧缛而不见斧凿，新丽而绝去浮靡，造微而神采粲发，杂弄金璧，糅饰丹素，奇芬异彩，动荡心魄。以五言为雅正，而出奇于长句杂言，乐府不用古题，新意特出，歌谣慷慨，挟幽并之气。

论揭傒斯云：

诗长于古乐府、选体，而律诗长句伟然有唐人风。

又“袁学士桷”、“萨经历都剌”下有一段文字论元诗史，值得与上引《寒厅诗话》文字对读，文曰：

元兴，承金宋之季，遗山元裕之以鸿朗高华之作，振起于中州，而郝伯常、刘梦吉之徒继之，故北方之学，至中统、至元而大盛；赵子昂以宋王孙入仕，风流儒雅，冠绝一时，邓善之、袁伯长辈从而和之，而诗学又为之一变。于是虞、杨、范、揭一时并起，至治、天历之盛，实开于大德、延祐之间。

有元之兴，西北子弟，尽为横经，涵养既深，异才并出，云石海涯。马伯庸以绮丽清新之派振起于前，而天锡继之，清而不佻，丽而不缛，真能于袁、赵、虞、杨之外别开生面者也。于是雅正卿、达兼善、乃易之、余廷心诸人，各逞才华，标奇竞秀，亦可谓极一时之盛者欤！

姚培谦也是清康熙、乾隆年间精于诗歌笺注的学者，笺注《李义山诗集》十六卷（乾隆四年松桂读书堂刻本），笺注《楚辞》六卷（乾隆六年刻本）。他还编选过《元诗自携》十六卷和《元人七言截句选》五卷两部元诗选集。

《元诗自携》十六卷，清康熙六十一年（1722）遂安堂刻本。姚培谦选辑元人七言律诗，卷首列文宗和顺帝各一首，卷末为闺秀、僧道外藩诗人，总230余人。其兄姚培仁作序论元代七言律诗的历史说：

> 诗不易工者律，而尤不易工者七律。七律始盛于唐，沿派于宋，若溯流而穷源，则元人具备焉。元人格调谐而摹拟善，以故诸体中七律为多，虽一变而为中统、至元，再变而为元贞、大德，三变而为至大、延祐，四变而为泰定、天历，五变而为至正，屡变递进，而诗家三尺悉取则于唐，以承宋而启明，沨沨乎一代之音也。

姚培谦自序，论元代七律云：

> 自《宋诗钞》一书行世，而学者靡然宗之，一切流连景物，披写情愫，无非诗也，而元诗无闻焉。不知宋亦宗唐者也，唐人之格调既衰，而宋人裁以理致。元亦宗唐者也，宋人之面目已厌，而元人复浚以隽才。法乳本同，家风顿别，若宗宋而不知有元，与宗唐而不知有宋何异？

他认为宋、元的七言律诗都是宗唐。揣其意，大约宋人宗唐，重在“变”，是以“理致”救唐人格调之穷；元人宗唐，重在“复”，以“隽才”救宋人理致之穷而复归于唐。姚培谦在此书《发凡》中谓元诗各体均能自成一家，而于七言律诗尤擅精能，故而此选专采元人七律，其中若元好问、刘因、虞集、杨载、范梈、揭傒斯、杨维桢、倪瓒等人诗，多采自专集，其他人诗一般选自顾嗣立的《元诗选》。选诗最多者为元好问和王逢，均55首；其他30首以上者为萨都剌（51首），虞集、张翥（均46首），张昱（36首），李孝光、郭钰（均34首），赵孟頫（33首），傅若金、陈樵（均32首），采摘精严，反映了元人七律创作的基本面目。《元人七言截句选》五卷，北垞定本，有雍正四年（1726）年序。日本安政五年（1858）曾将二书合刊。《元人七言截句选》选元好问绝句最多，为88首，远远多于选诗数量处于第二位的袁桷（19首）。

顾奎光选辑《元诗选》六卷，补遗一卷，陶瀚、陶玉禾参评，乾隆十六年（1751）刻本。此辑选元186人诗，以人系诗，选诗多者依次为赵孟頫（40首），虞集（33首），郝经、黄溍、傅若金（均20首），萨都剌、郭钰（均19首），顾瑛（17首），柳贯、宋无、戴良（均16首）。评点者陶瀚和陶玉禾可能也参与选诗，如评方回《秋晚杂书》时说："虚谷诗法江西派而于生硬俚质，录其稍有朴致者。"评张宪《秦鹿行》云："玉笥生乐府极为铁崖所称，然其心思专取尖新，未免轻薄。兹录其沉警峭拔者。"这些都是选家的口气。二陶之评，一以唐诗审美规范为标准，多惬心餍理之言，如评马臻《蝶》云："世訾元诗纤缛，不知其工秀婉丽，乃是唐人正宗，并有晚唐人不到处。"评成廷珪《秋日登甘露寺晚眺》云："诗到感愤不平处，宜用留笔，一泻则无余地。"

元诗选集类著作，还有徐锡祚选《元诗才调集》十四卷（清抄本），张景星等辑《元诗别裁》八卷补遗一卷（乾隆二十九年刻本），顾诒禄辑《元诗嗣音集》十六卷（清抄本）。徐、顾二抄本，尚未寓目。

元人别集合刊者主要有：1. 潘是仁辑《宋元四十三家集》，万历年间刻本。2. 毛晋辑《元人十种诗》六十一卷，崇祯十一年（1638）汲古阁刻本，此辑包括元好问《元遗山集》二十卷、萨都剌《萨天锡诗》三卷、乃贤《金台集》二卷、顾瑛《玉山草堂集》二卷集外诗一卷、宋无《啽呓集》《翠寒集》各一卷、倪瓒《云林诗集》六卷集外诗一卷附录一卷、陶宗仪《南村诗》四卷、张雨《句曲外史集》三卷补遗三卷诗一卷集外诗一卷、马臻《霞外诗集》十卷。3. 毛晋又辑《元诗四大家》，崇祯间刻本，包括虞集《虞伯生诗》八卷补遗一卷、杨载《杨仲弘诗》八卷、范梈《范德机诗》七卷、揭傒斯《揭曼硕诗》三卷。4.《元四家集》四种三十四卷，民国年间陈乃乾辑，包括马祖常《马石田文集》十五卷、周权《此山先生诗集》十卷、虞集《伯生诗后》三卷、孙作《沧螺集》六卷，1922年上海古书流通处影印。

元诗别集后世传本繁多，不过多以抄稿本形式流传，其中以《四库全书》收入为多，且多为善本。这里仅仅就目力所及，谈谈元好问诗集的编纂过程。元好问诗歌别集可以分为两个系统，一为全集本，一为诗集单刻本。元好问去世时，诗文藏于家，虽有副墨，尚未成帙。东平人严忠杰求其全编，诗文共四十卷，于元中统三年（1262）锓梓行世，有李治、徐世隆、杜仁杰、王鹗等序引。徐世隆序云："自中州斫丧、文气奄奄几绝，起衰救坏，时望在遗山。遗山诗祖李杜，律切精深，而有豪放迈往之气。"至明弘治十二年（1499），李瀚刊刻《遗山先生文集》四十卷，并有附录一卷，储瓘撰。至清康熙四十六年（1707），华希闵刊刻《遗山先生文集》四十卷，附录一卷，此本乃祖元中统本，而参校弘治本。此后，全集类刻本也有多种。

元好问"作诗自鸣一家"，于古调乐府为尤长。郝经谓其"规模李、杜，凌轹苏、黄"。他的诗歌别集单行者，最初有曹益甫从元好问家得律诗1280首，又续采所遗落81首，但没有来得及刊刻，曹益甫就去世了，其子曹锐与门下客杨天翼命工刊刻，成于元至元七年（1270）。此本录诗1280首，与全集本同；所采遗落的81首，其中五古12首、七古4首、杂言3首、乐府2首、五律8首、七律33首、七绝19首。这81首是全集本中所没有的。明弘治十一年（1498），李瀚刊刻元好问《遗山先生诗集》二十卷。李瀚序谓"以家藏本诗集嘱汝州刻之"，则所依之本当为元至元七年（1270）曹锐刻本。明潘是仁《宋元四十三家集》收入《元遗山诗集》十卷，有万历四十三年（1615）刻本。明末毛氏汲古阁重新刊刻元好问《遗山先生诗集》二十卷，清代又有翻刻本多种。清代有施国祁笺注《元遗山诗集笺注》十四卷，清道光二年（1822）瑞松堂刻本；道光七年（1827）醉六堂重刊时又补入《元遗山全集补载》一卷。施国祁笺注本依据的是全集本，以《诗集》本作校，并将《诗集》本中的82首诗依类收入各卷之后。施国祁还有《元遗山诗集续编》一卷，补辑元好问诗约百首。他的笺注广搜宋、金、元时期的正史杂记、别集总集，对元诗的典章故实、师友交游进行了较为细致的注释。元好问诗歌的选本，施国祁曾见到杨秋室藏旧抄元黄公绍至顺元年（1330）《元遗山诗选》二十卷，仅诗七百余首，后世不存。传沈德潜曾辑《元遗山诗选》一卷，清刻本。此外相关的研究，还有黎维枞《遗山诗集考异》一卷，附于光绪六年（1880）刻本《遗山先生诗集》二十卷之后。国家图书馆藏乾隆四十三年（1778）南昌万廷兰刻《元遗山诗集》八卷，笔者未见。

清人研究元诗别集值得注意者还有楼卜瀍注释杨维桢诗，撰成《铁崖乐府注》十卷，《咏史注》八卷，《逸编注》八卷，乾隆十五年（1750）杨淮信联桂堂刻本；清沈吾辑倪瓒诗成《清閟阁全集补遗》四卷，手稿本；以及《滹南集校录》一卷，清吴重熹录抄本；顾千里撰《释梧溪集订讹》一卷，抄本，等。

第二节　明诗总集十三种论要

明代是诗歌史上争论最为激烈的一个时期。明诗总集的编选也参与其中。明人不仅在编选唐诗中寓寄和宣传各自的诗学主张，在对当下明人诗歌的编选中也渗透着自己的诗学观念，并以选本批评为手段，张扬自己的诗学思想，党同伐异。这种现象持续到了清代。其实众多的选本总集著述对明初刘基、高启等的推崇，是没有多少异辞的。关键是如何对待李、何、王、李等复古派的问题，如何对待袁宏道等公安派和钟惺等竟陵派诗人的问题。明诗选本的另一个重要问题是对在党祸和国难中遭受倾轧而最终选择遗世独立的遗民诗人的重视，出现了陈济生辑录的《启祯遗诗》十卷，顺治刻本；卓尔堪编纂的《遗民诗》十二卷，康熙刻本。虽然遗民本意不在于以文章显名于世，但是天地清气钟于此辈，不能不有所荟萃，以光耀后世。遗民诗的编纂，实际上是一种精神的凝聚和传承。一直到民国时期，卓尔堪的《遗民诗》还易名为《明末四百家遗民诗》得到重新刊行。另外，张其淦还辑《明代千遗民诗咏》，也足以见得其精神光芒的感召力。这里仅就目力所及，简单介绍明清时期与诗学史关系较为密切的几部明代诗歌的总集。沈德潜的《明诗别裁集》我们在前面相关部分曾提及，故不赘述。

俞宪编纂《盛明百家诗》：此书三百二十四卷，有隆庆四年（1570）薛应旂序、皇甫汸序，隆庆五年（1571）编者自序，或即此年刊刻，《四库全书存目丛书》影印。俞宪曾删辑过《唐诗品汇》，在诗学观念上偏于宗唐。此书编纂明诗上自洪武，下迄嘉靖、隆庆，历时二百年，自宗室、相府以至隐沦、闺淑、释氏、羽流凡331人，每人下各为小序，记其籍履。俞宪序云：“予惟我明诗不独过李唐，亦过汉魏，何也？汉魏去古未远，善于《骚》《选》；李唐以词赋取士，虽诸体具备，而尤工律诗。若我明则兼总二者有之矣。弘、正间，何、李首倡，海内摛文之士群然景附响应，至于今益延畅宏茂。以今参订汉、魏、李唐，各自为盛，与我明独专其盛者广狭低昂，岂不章章大较明著矣乎！”此书重在存诗，不在选诗。凡例云：“是编以广博为贵，不务刻削，缘集与选不同也。”

顾起纶《国雅》二十卷，《续国雅》四卷，《国雅品》一卷：此选本有万历二年（1574）顾氏奇字斋刻本，《四库全书存目丛书补编》据之影印。顾起纶的诗学思想不出格调复古派之论。在《凡例》中他论明初至嘉靖时的诗史云：

> 自洪武初高（启）、杨（基）诸公倡为正始，此明之初音也。历永（乐）、成（化）间，假无姚（广孝）、曾（子启）、李（东阳）、石（瑶）数公稍振颓风，几亡诗矣。故采中不敢废。至弘（治）、嘉（靖）间诸名公作而大畅风雅，此明之盛音也。故文与时迁，虽高下异习，揆之闲不逾检，而雅得余风者，亦在所采。

这是格调派的诗学立场，选诗数量也明显向格调派倾向。顾起纶在卷首的《国雅品》中对弘治、正德时期崛起的格调派诗人评价甚高。如评李梦阳、何景明云：“气象弘阔，词采精确。力挽颓风，复臻古雅。遴材两汉，嗣响三唐。如航琛越海，辇赆逾峤，琳阙珠房，辉灿朗映，各成一家之言。继而海内翕然景从，为明音中兴之盛，实二公倡之也。二公古体并出楚骚词、汉乐府而宪章少陵者，近体尤酷拟杜。李古胜何，何近胜李。”

朱子蕃编选《盛明百家诗选》：此书三十四卷，首一卷，万历年间周时泰刻本，《四库全书存目丛书》影印。此书选明310余人7000余首诗，分五古、七古、五律、七律、五绝、六绝、七绝等体编排。卷首有《盛明诗家姓氏爵里考》，重点介绍诗人籍贯、履历，少有评论，但于李梦阳下论曰："力变文体，首倡艺林，世称何、李，比汉之迁、固，唐之李、杜，允为大家，不可易也。"又论何景明："禀性灵异，造诣精深，与空同齐名，世称何李，不虚耳。"论康海："罢归居家，纵饮耽吟，其诗发于天真，最为近古。"论徐祯卿："诗清婉，不落凡调。"这都显示出编选者基本上是持复古派的立场。

王世贞编选《明诗评》：此书四卷，万历四十五年（1617）阳羡陈于廷刻本。其分卷具有品第的意味，卷一20人，依次为李梦阳、何景明、李攀龙、徐祯卿、谢榛、高叔嗣、边贡、郑善夫、薛蕙、马汝骥、乔世宁、高启、孙一元、唐顺之、华察、王廷陈、杨慎、严嵩、王廷相、王讴，其中七人为"前、后七子"内人物。每人后有较为详细的小传，介绍生平履历，后有评语。评李梦阳云："此道芜千余年，至梦阳始辟之，社稷勋哉！其诗如孙吴用兵，奇正阖辟，变化不穷。又如苍鹘挚空，云龙戏海，健急怪伟，种种入神。"评何景明云："景明诗如太华芙蓉，秀出云表，朝霞贴水，灿烂万状。又如西施毛嫱，工艺绝世，婉娈有情。气力少让李梦阳，烨烨动人，颇自不减。"卷四殿后的是李东阳，王世贞评曰："惜乎未讲体格，徒逞才情，枚生累纸，少游挥毫，角险争捷，加灾墨卿。予尝譬之如积潦成陂，虽复汪洋，轻浅易涸。乐府自谓绝世，实则史断一章。"这些评论，与王世贞宗法汉魏盛唐的诗学旨趣是相一致的。

华淑选辑《明诗选》：此书十二卷，明万历刻本，《四库禁毁书丛刊》影印。此书系在俞宪《盛明百家诗》的基础上搜辑、删润而成，按体分类、编选明人诗歌，有圈点，无评语。卷首有华淑撰于万历四十六年（1618）的序，反对模拟复古，力主独创，是一篇重要的诗论文字，与万历时期诗学新变的风气也是相一致的。序云：

> 莫今人喜新，而于诗独效古；莫今人好异，而于诗独尚同。影响剿袭，字比句拟；前人已袭前人，而后人复袭前人；一韵落纸，不曰汉魏，则曰三唐；作者非是不惬，誉者非是不美；百题如一题，百诗如一诗。笼统缀拾，济南而后，未知有极也。夫诗化工也，光景气机，刻刻转换。若缀已谢之华，而欲其重新；嘘既槁之

叶，而欲其再润，必无生趣。即神理色泽，俨然故纸，亦前人之诗耳，非吾诗也。余拙不解诗，而素有诗癖，妄谓诗之传者必能创，诗之创者必善舍。《三百》以前，未有《三百》，《三百》创者也。舍《三百》而后有《十九》；《十九》之创也，正以舍《三百》而不用也。舍《十九》而后有近体；近体之创也，正以舍《十九》而不用也。故舍得一句始创得一句，舍得一意始创得一意，必令我心空空廓廓，无一古人字句横于胸中，而后我之真意一一迸出。不则，向来糟粕方盘踞胸膈间坚不可拔，貌得前人，已失真我，何能树帜骚坛、震烁前后哉！

华淑提出“一人自为一人之诗，不相袭也；一题自为一题之诗，不相冒也；一代自为一代之诗，不相借也”的思想，这是万历年间冲破复古派牢笼后新的诗学思想在选本上的反映。在选诗上，明初的刘基、高启，明前中期的李东阳、李梦阳、何景明、李攀龙、王世贞等人都有大量诗篇入选，明后期的汤显祖、袁宏道、钟惺等选诗数量也较多，显然，华淑的诗学思想是较为通达的，不主一家一派，凡是能自成一家，有自己特色的诗人都在甄选之列。

朱隗辑评《明诗平论》二集：此书二十四卷，清初刻本，《四库禁毁书丛刊》影印。朱隗曾辑评《明诗平论》一集，惜未见。此为第二集，选辑自天启元年至崇祯甲申年间的诗人诗作，按体编排，钟惺、谭元春、邹迪光、王思任、葛一龙、李流芳、曹学佺、钱谦益、陈子龙等重要诗人均有诗篇入选。于诗人名下和诗篇之末均有评论，如评钱谦益云：“先生诗美富不可加矣。昔人以乐天、子瞻、务观三君为广大教化主，嗣之者，其先生乎？全集未见，皆得之钞录，故不能多。要之，先生集毕竟单行，非选之所能尽也。”

钟惺、谭元春编《明诗归》：此书十卷，首一卷，补遗一卷。首卷题下署竟陵钟惺伯敬、谭友夏元春选定，秋涛鲸手书，清抄本，《四库全书存目丛书》影印。卷首有同邑王汝南序，选诗 1300 余首。其中高启 21 首，杨基 16 首，李梦阳 16 首，王世贞 13 首，李攀龙 13 首，何景明 7 首，李东阳 3 首，袁宏道 6 首，袁中道 1 首，钟惺 8 首，谭元春

10 首，葛一龙 19 首。但是此书入选诗人有在钟惺去世之后者，如收了曹尔堪的《甲申感事》，钟惺评云："不独哭尽马士英辈，几并史阁部微寓不满矣。"甚至有清人方苞的诗歌入选，应为伪书。

陈子龙等评选《皇明诗选》：此书十三卷，陈子龙与李雯、宋征舆等"悼元音之寂寥，仰先民之忠厚"，共同编纂成此选，于崇祯十六年（1643）由夏完淳刊刻。陈子龙序云，该书编纂的主旨是"去淫滥而归雅正，以合于古者九德六诗之旨"。李雯在序中论明诗三变云：

> 洪、永之初，草昧云雷，灵台偃革，艺林未薙，而精英澄湛之风已魄已兆。时则有季迪、伯温唱之，而袁、杨诸公和之，皆飙然特起，才颖初见，虽腾踔甫惊，而流风不竞，俚者犹元，腐者犹宋。至于弘、正之间，北地信阳，起而扫荒芜，追正始，其于风人之旨，以为有大禹决百川、周公驱猛兽之功，一时并兴之彦，蜚声腾实，或愕或歌，此前七子之所以扬丕基也。然而二氏分流，各有疆畛。劲者乐李之雄高，秀者亲何之明婉。盖才流竞爽，而风调不合者，又三四十年，然后济南、娄东出，而通两家之邮，息异同之论。运材博而构会精，譬荆棘之既除，又益之以涂茨，此后七子之所以扬盛烈也。自是而后，雅音渐远，曼声并作。本宁、元瑞之俦，既夷其樊圃，而公安、竟陵诸家，又实之以萧艾蓬蒿焉。神、熹之际，天下无诗者盖五六十年矣，予小子不敏，尝与同学之士卧子陈氏、辕文宋氏，切磋究之。痛蜩螗之群鸣，悯英韶之莫嗣，遂搜材覃思，绍兴绝业。历序一代之作者，裒其尤绝，附于采风之义，亦其勉厥所学，昭示来者，用彰本朝之巨丽云。

李雯站在复古派的立场上梳理明代诗史，品评明代诗人，对于明代"前后七子"的诗歌评价尤高，称赞他们披荆斩棘、复归大雅的精神。特别是他能精细地辨别李梦阳、何景明之间的差异，用"雄高"和"明婉"分别指称二人的风格，都很精确。对于晚近的公安、竟陵诗派他都提出批评。这部诗选的重要意旨就是通过选本对明代诗史的建构来端正诗歌方向。从选诗数量上看，可以说这几乎就是一部明代格调复古派的诗选。如古乐府入选 12 人，其中李攀龙 17 首，李梦阳 13 首，何景明、王世贞均9首，吴国伦5首，徐祯卿4首，而以拟古乐府盛名一时的李东阳，则并未入选；五言古诗入选50余人，其中李梦阳53首，何景明22首，王世贞19首，李攀龙16首，远远多于其他诗人；七言古诗入选29人，其中何景明16首，王世贞15首，李攀龙11首，李梦阳9首，也多于其他诗人；五言律诗入选110人，大多数仅选录一两首，而何景明58首，吴国伦24首，李攀龙、王世贞各20首，李梦阳18首，遥遥领先；七言律诗入选82人，李攀龙数量最多，入选42首，另外何景明29首，谢榛23首，王世贞27首，李梦阳15首，徐中行11首，复古派诗人亦在前列；七言绝句选诗前四位的依然是复古派诗人，李攀龙44首，李梦阳15首，何景明13首，王世贞11首。而公安派仅袁宏道入选七古1首，竟陵派均未入选，轩轾意味非常明显。这种数量上的悬殊，足以见得《皇明诗选》在晚明"诗道榛芜"之际，重新确立格调复古派诗学正宗地位的努力。而且，就所选格调复古派的重要诗人来说，其间各种诗体的数量差异也反映出《皇明诗选》编选者的辨体意识，如擅长五古、七律的李梦阳，选五古、七律均最多，而何景明擅长的五言律诗，入选数量则远高于他人。《皇明诗选》的批语，对格调复古派的称颂也显得非常突出。如陈子龙评李梦阳云："献吉志意高迈，才气沉雄，有笼罩群俊之怀。其诗自汉魏以至开元，各体见长，然峥嵘清壮，不掩本色，其源盖出于秦风。"评何景明曰："仲默姿制嬴秀，神气和朗，发微音，吐芳讯，令人有形秽之耻。"李雯评何景明说："仲默才为风始，学擅雅宗，如长江春泛，草木鱼龙，咸怀凫藻。古诗上睨子建，下拂士衡，清美合度，与李竞爽。近体则初盛诸家，无所常师，意之所寓，工丽即臻。惟七言律与献吉同源而异流，婉佚胜之，高深不及，似稍有伯仲之分。"

钱谦益编纂《列朝诗集》：此集凡八十一卷，最早有顺治九年（1652）汲古阁刻本。此书仿元好问《中州集》体例，于每人之下撰有《小传》，不仅介绍生平履历，而且有大量的诗学评论文字，表达钱谦益对明代诗史的认识。钱谦益的《列朝诗集》也具有元好问《中州集》以选本汇录的形式纪一代文治之盛的用意，而其最为直接的目标是清算"前后七子"的复古诗学和竟陵派诗学之幽深孤峭的错误方向。钱谦益

论明诗具有鲜明的宗派意识,《列朝诗集》甲集“刘司业崧”小传云:

> 国初诗派,西江则刘泰和(刘崧),闽中则张古田(张以宁)。泰和以雅正标宗,古田以雄丽树帜。江西之派,中降而归东里(杨士奇),步趋台阁,其流也卑冗而不振;闽中之派,旁出而宗膳部(林鸿),规摹唐音,其流也肤弱而无理。余录二公之诗,窃有叹焉。

明代诗学的一个重要特征是具有鲜明的宗派性。钱谦益也没能跳越出宗派的限制,对于彼此纷争的各派,他的轩轾态度尤为鲜明。对于吴中诗学的独立性,他倍加呵护;对于以李东阳为首的茶陵诗派,他极为推重。《列朝诗集》丙集以李东阳居首,并论曰:

> 国家休明之运,萃于成、弘,公以金钟玉衡之质,振朱弦清庙之音,含咀宫商,吐纳和雅,沨沨乎,洋洋乎,长离之和鸣,共命之交响也。北地李梦阳,一旦崛起,侈谈复古,攻窜窃剽贼之学,诋諆先正,以劫持一世;关陇之士,坎壈失职者,群起附和,以击排长沙为能事。王、李代兴,祧少陵而祢北地,目论耳食,靡然从风。吾友程孟阳读怀麓之诗,为之擿发其指意,洗刷其眉宇,百五十年之后,西涯一派焕然复开生面,而空同之云雾,渐次解驳,孟阳之力也。余尝与曲周刘敬仲论之曰:西涯之诗,原本少陵、随州、香山,以追宋之眉山、元之道园,兼综而互出之。其诗有少陵,有随州、香山,有眉山、道园,而其为西涯者自在。试取空同之诗,汰去其吞剥挦扯吽牙龃齿者,求其所以为空同者,而无有也。

钱谦益为了抬高李东阳的地位,过于夸大了李梦阳与李东阳之间的对立。在《列朝诗集》丙集中,他汇录了石珤、罗玘、邵宝、顾清、鲁铎、何孟春等六人诗,六人皆李东阳的门人。此外嘉靖时期的杨慎等人也颇得李东阳的衣钵,所以钱谦益对其评价也较高。而对于“前后七子”的复古诗学,钱谦益贬斥得近乎苛刻。就如钱谦益为了涤荡复古诗学而釜底抽薪式地从消解严羽诗论做起一样,他对格调宗唐诗学的重要思想渊源高棅等闽诗派也给予了激烈的抨击。乙集《高棅小传》云:

“自闽诗一派盛行永、天之际，六十余载，柔音曼节，卑靡成风。风雅道衰，谁执其咎？自时厥后，弘、正之衣冠老杜，嘉、隆之嚬笑盛唐，传变滋多，受病则一。反本表微，不能不深望于后之君子矣。”他批评李梦阳等说：“二百年来，正始沦亡，榛芜塞路，先辈读书种子，从此断绝，岂细故哉！”在《列朝诗集小传》中，凡是李、何、王、李的响应者、追随者，钱谦益均流露出不满之意；而在弘治至万历时期凡有一言一语与格调复古诗学相抗相争者，钱谦益无不加以抉发激扬。从反对复古派的角度，钱谦益认识到嘉靖、万历时期徐渭、汤显祖、公安派的价值。对于徐渭、汤显祖等能跳脱出格调派牢笼而自成一格者，他多赞美之词，尤其称道袁宏道以摧枯拉朽之力冲决格调派的樊篱，说：“中郎之论出，王、李之云雾一扫，天下之文人才士始知疏瀹心灵，搜剔慧性，以荡涤摹拟涂泽之病，其功伟矣。”但同时他又遗憾于公安派肇启竟陵派之端：“机锋侧出，矫枉过正，于是狂瞽交扇，鄙俚公行，雅故灭裂，风华扫地。竟陵代起，以凄清幽独矫之，而海内之风气复大变。譬之有病于此，邪气结轖，不得不用大承汤下之，然输泻太利，元气受伤，则别症生焉。北地、济南，结轖之邪气也。公安泻下之，劫药也；竟陵传染之，别症也。余分闰气，其与几何？庆、历以下，诗道三变，而归于凌夷熸熄，岂细故哉？”钱谦益尤加痛斥竟陵派诗歌的幽寒孤峭，谓其已露亡国之兆。他论竟陵派诗学云：“其所谓深幽孤峭者，如木客之清吟，如幽独君之冥语，如梦而入鼠穴，如幻而之鬼国，浸淫三十余年，风移俗易，滔滔不返。余尝论近代之诗，抉擿洗削，以凄声寒魄为致，此鬼趣也。尖新割剥，以噍音促节为能，此兵象也。鬼气幽，兵气杀，著见于文章，而国运从之，以一二轻才寡学之士，衡操斯文之柄，而征兆国家之盛衰，可胜叹悼哉！”这和王夫之将明室之亡归咎于竟陵派是相同的态度。

朱彝尊编纂《明诗综》：此集一百卷。钱谦益的《列朝诗集》是一部很具有个性的明诗总集，其文学批评意味非常浓厚，而其分明的爱憎褒贬也招致世人的不满。约五十年后，至康熙四十四年（1705），朱彝尊编纂的《明诗综》一百卷刊刻行世，曾燠《静志居诗话序》云，其用意“所以正钱牧斋之谬也”。四库馆臣在《四库全书总目〈明诗综〉

提要》中也说：

> 至钱谦益《列朝诗集》出，以记丑言伪之才，济以党同伐异之见，逞其恩怨，颠倒是非，黑白混淆，无复公论。彝尊因众情之弗协，乃编纂此书，以纠其谬。每人皆略叙始末，不横牵他事巧肆讥弹；里贯之下，各备载诸家评论，而以所作《静志居诗话》分附于后。虽隆、万以后所收未免稍繁，然世远者篇章易佚，时近者部帙多存，当亦随所见闻，不尽出于标榜。其所评品，亦颇持平。于旧人私憎私爱之谈，往往多所匡正。六七十年以来，谦益之书久已澌灭无遗，而彝尊此编独为诗家所传诵，亦人心彝秉之公，有不知其然而然者矣！

钱谦益的《列朝诗集》在清代康、乾之世少有流传，那是因为钱氏文字遭禁，并非是《列朝诗集》本身的问题。而朱彝尊的《明诗综》的确是清代流行的大型的明诗总集，康熙、乾隆朝都有刻本，且有汪森的批点本。《明诗综》以人立目，除卷首的帝王宗室和卷后闺门、释子、女冠、属国，主体部分基本上依时为序。名下有小传简述生平，汇录诸家评论，并有朱彝尊自己的《静志居诗话》附于各人名下。朱彝尊《明诗综》的最大特征，正如曾燠《静志居诗话序》所说“考事务核，持论悉平”。从选诗数量上看，并没有畸轻畸重。如明初的刘基、高启，选诗数量偏多，复古派诸巨子数量也较多，大体上是符合明代诗坛实际的。具体的评论也多惬理餍心之言，如论李梦阳，就具体辨体云：“献吉五古，源本陈王、谢客，初不以杜为师。所云杜体者，乃其摹仿之作，中多生吞语，偶附集中，非得意诗也。至效卢、骆、张、王诸体，特游戏耳。惟七古及近体，专仿少陵，七绝则学供奉。盖多师以为师者。”

陈允衡辑评《诗慰》：此书初集二十六卷，二集十一卷，续集一卷，清顺治年间刻本，《四库禁毁书丛刊》影印。陈氏此选，专辑落拓于残山剩水、枳棘蓬蒿间，穷而在下、不得志于世者之诗。这些诗人本来就生活在社会主流文化之外，特别是经历丧乱以后，他们的诗作更在若存若亡之间。陈允衡试图通过此选“慰一代之吟魂，振千秋之落魄”，为诸君子造命于天壤间，故名其集曰《诗慰》，包括谢臻、谭元春、程嘉燧而下34人之诗，人各为选，独自成集，均有评语。熊文举在《诗慰序》中论陈允衡的评点：“其所抉索披寻，皆于闲处、峭处、冷处，作者所不经思，阅者所未著眼处，一语点睛，鳞甲飞动；三毛增颊，神采焕然。即起诸君子于九原而面证之，未有如斯之欣畅会心者。”陈允衡的评语多是同情的理解，将自己的感慨寄寓其中。

陆次云选《明诗善鸣集》：此书二卷，蓉江怀古堂康熙年间刻本。陆次云有《唐诗善鸣集》二卷，《五代诗善鸣集》一卷，《宋诗善鸣集》二卷，《明诗善鸣集》二卷。又有《皇清诗选》十二卷，康熙十七年（1678）刻本。这部《明诗善鸣集》以人系诗，选明代约120人诗歌，分为上下两卷，每位诗人名下均有小传，介绍诗人生平履历，间或引录他人的相关评论，诗后有编选者的评语。上下卷分别以时间为序，上卷之首为刘基，下卷之首为李东阳，多数录诗仅一两首，其中15首以上的有高启（63首）、刘基（26首）、李东阳（21首）、杨基（20首）、张羽（19首），均为明前期诗人，可见编选者对明初诗人的明显倾向。复古派诗人何景明13首、李梦阳10首、李攀龙和王世贞均5首，而钟惺为9首，可见陆次云视他们均为明代重要诗人，并没有宗派上的偏尚。而且，对于李、何、王、李等人，陆次云在选诗时有意突出他们自出心裁、没有摹拟痕迹的作品，如选李梦阳《内教场歌》并评曰：“直书时事，边将之横可见。大同、宣府入诗，不古而古。北地亦有自出心眼之诗，谁谓其句句蹈袭？”选李梦阳《乔太卿宇宅夜别》并评曰：“读此诗，见献吉何尝无清新之句，但选者不无搜剔耳。此如伐鼓撞钟之中，出吹竹弹丝之奏，为之另开生面。”陆次云选何景明《送卫进士推武昌》并评云：

> 流动隽逸，余选刊落浮华，能使王、李、何、李别开生面，化负腹将军为风流文士，浓妆肥婢作淡冶佳人，使读者不鄙夷七子为鲍鱼尘饭。余有功于前辈不浅矣。诸君子有知，应于白玉楼中向余额手。

陆次云选诗的批评意识非常鲜明，而且很自信，他试图通过删选而凸现出自己心目中的明诗正体。上卷对明初诗人的侧重，下卷多选茶陵派诗人和受到李东阳间接影响的诗人，都是在有意识地矫正复古格调派之失，强调前后七子并非明诗的代表，更非明诗的全部。即使就是于弘治、正德、嘉靖诗坛，陆次云也对在复古派阴影中显得暗淡的诗人加以表彰，如评王守仁《移居胜果寺》说：

> 卓哉新建！与空同同时唱和，而不染其习，自出清新高远之音，而世人但宗李而不知颂王也。一时风气淆人好尚如此，今取两家并观，何异鲍肆名山，不可同语。

陆次云评顾清《安山待闸憩大柳下见蜣螂》云：

> 蜣螂情态，细细写出，实具少陵本领。士廉与何、李同时，不为所推，世遂不知有顾尚书。吁嗟，紫夺朱，郑声之乱雅乐，有如此哉！

陆次云评鲁铎《观郑侠流民图》云：

> 流民图所绘不出者，诗能绘出，且用意深长，关系不小。弘治诗家如鲁振之、顾士廉，皆杰出者，俱为何李所掩，当时之人皆无耳目者也。

陆次云对复古派的矫正，对李东阳的推崇，大约是受到钱谦益的影响。在这部明诗选中他就多次引用钱谦益的评论。如果说和钱谦益存在不同的话，主要是在对待竟陵派的问题上。钱谦益对竟陵派严厉斥责，而陆次云的态度则平和得多。他评论钟惺《秋日舟中题胡彭举秋江卷》云："以画想境，以境证画，两两入微，竟陵佳处。"评论谭元春《山月》云："意象清高，味之勿尽。友夏诗清则清矣，其弊处在故作清态，遂成僻涩，盖欲避庸而翻入于拙，亦狷士也。牧斋疵之不遗余力，不无小过。"对钟惺和谭元春都不无同情和欣赏。

朱琰《明人诗钞》：此书正集十四卷，续集十四卷，朱琰从乾隆二十三年（1758）至二十五年（1760）历时两年多完成此选。卷首有编选者作于乾隆二十五（1760）年的序。此书或许就是这一年刊刻的，樊桐山房刻本，《四库禁毁书丛刊》据之影印。朱琰曾批点过沈德潜的《唐诗别裁集》，现有若干过录本传世，卷首有朱琰的《弁言》，是对沈选的评价，文曰：

> 此集严于持择，辨格最严正，一切旁门外道芟除殆尽，以之导引后学，自是雅宗。入手须辨雅俗，近今有两种俗体，一是为考试起见，读试帖，做排律，如剪采刻僧，全无生趣；一是为应酬起见，翻类书，用故事，如记里点鬼，绝少性情。此固毕劫不知诗也。又或取法于古，各立门仞，亦有两种，其借《瀛奎律髓》入手者，多学山谷江西一派，或失之俚；借二冯所批《才调集》入手者，多学晚唐纤丽一派，或失之浮，是皆不能无偏。且《律髓》只载律诗，《才调》第及中晚，亦颇未备。又若阮亭《三昧集》立论太高，《十种唐诗》散入各集，未易寻其途径，故惟归愚先生此集为最便拾诵。

从这段话中可以看出，朱琰论诗基本上还是倾向于格调论。朱琰的这种诗学倾向在《明人诗钞》中也表现得比较明显。《明人诗钞》正集入选65人，是他心目中的大家、名家；续集入选432人，是堪称羽翼的诗人。据他在《凡例》中说，哪些诗人入正集，哪些诗人入续集，他持择颇费苦心，“斟酌去取，务衷至当”。入此书正集的诗人有两个特点，第一是明初诗人较多，如刘基（24首）、高启（41首）（卷一），杨基、张羽、徐贲、袁凯、贝琼（卷二）和张一宁、林鸿等福建诗派8人（卷三）均入正集；第二是复古派诗人多入正集，而且选诗的数量也较多，如李梦阳（37首）、何景明（40首）（卷五），徐祯卿（24首）、边贡（19首）（卷六），李攀龙（39首）、王世贞（40首）（卷九），谢榛（20首）（卷十），陈子龙（39首）（卷十二）。而公安派和竟陵派均无人入正集，且在续集中入选的二派诗人诗作均很少。这足以见得朱琰选明诗的基本态度还是站在格调派的立场。此书作者名下有小传，介绍诗人生平，且录前人诗话笔记的相关评论，也间有编选者朱琰的评论。多数诗下也附有评语，有的为转录他人之论，有的为朱琰自己的评语。朱琰的评语多有对钱谦益《列朝诗集》之《小传》的辩驳，如论刘基曰：

按公诗丁元之季，意多肮脏；忽遭逢明主，无复硉矶飞扬之气，非才有盛衰，其所感有不同也。牧斋编分前后，私心托寄，几欲厚诬前贤。吾友董东亭《书列朝诗后》云：“《覆瓿》《犁眉》列后先，暗将心事托青田。为韩自是文成志，诗律终难诬昔贤。”可为文成一哂。（卷一）

论李东阳说：

西涯崛兴诗道衰靡之日，下与李、何相接，绝续之间，实有赖焉。至李、何登坛，以盖代自许，于西涯诗未尝墨守，亦不为输攻，要其宗旨，实非殊途。牧斋挟西涯以掊击北地，若前后二李之南辕北辙者，然所论未公。吾友东亭诗云：“若准西江画宗派，须教北地配西涯。”盖定评也。（卷四）

论徐祯卿说：

昌谷一见空同，改去故习，卓然成家，扶质散葩，吴风为之一振。虞山必欲铺张吴体，谓“文章江左家家玉，烟月扬州树树花”之句，令人口吻流香，则偏于私矣。（卷六）

论胡应麟说：

按元瑞《诗薮》二十卷，与《卮言》议论不甚立异，然亦自有所见。虞山以为攀附胜流，容悦贵显，词坛之行乞，艺苑之舆台，诟之太甚。虞山于明才子中前后二李过为掊击：论何之于空同，则谓其互相诋諆；论王之于沧溟，则谓其晚年悔悟。其于前后同社之人，又乐举其隙末之事津津道之；而于始终不变者，又多方毁诋，欲罗织诸公以伸其己私，居心未免刻薄。东亭《书列朝诗》“不是绝交遗一眇，何因左袒谢山人”，盖诛心之论也。（卷十）

综合起来看，朱琰对于钱谦益的斥驳，主要是不满于钱谦益对复古派诗人的苛刻抨击，而要为李、何、王、李等恢复名誉。如果说朱琰和钱谦益论明诗还有一致性的话，这一致性主要表现在对竟陵派的评论上。朱琰论钟惺说：

> 学七子而失者，摹拟途泽，不废读书；学公安、竟陵而失者，荒唐诡谲，流患中于心术，牧斋诋之为鬼趣，为兵象，为诗妖，非过激之论。

对于竟陵派，朱琰和钱谦益都是唾弃的。对于公安派，钱谦益多有好感，而朱琰则批评袁宏道"雅俗之不辨，以鄙俚为清新。洗剥不已，至于裸露；裸露不已，至于秽恶。市诨村巫，悉备典故；谇语梦呓，皆为文章。未可谓善变也"。

相对而言，明诗选本和总集的编撰均是侧重于复古派诸子。如万历十三年（1585）刊刻的朱翊鈏选《盛明十二家诗选》十二卷。所谓"盛明十二家"，分别为李梦阳、何景明、徐祯卿、边贡、顾璘、薛蕙、高叔嗣、王廷陈、王世贞、李攀龙、姚汝循、张文介。清顺治十七年（1660）刊刻陈荚、李昂枝评选《九大家诗选》十二卷，所谓"九大家"分别为：李梦阳、何景明、李攀龙、王世贞、谢榛、吴国伦、徐中行、宗臣、梁有誉。另有《新刻陈眉公考正国朝七子诗集批注》七卷（日本延享四年京都刻本），所谓"国朝七子"为李攀龙、王世贞、梁有誉、谢榛、徐中行、吴国伦、宗臣。至晚清时，明人诗集刊刻的重心依然在复古派诸子，如严岳莲辑《明四子诗集》，为李梦阳《空同诗集》三十四卷、何景明《信阳诗集》二十六卷、李攀龙《沧溟诗集》十四卷、王世贞《弇州山人诗集》五十二卷，光绪年间渭南严氏校刊本。张百熙辑《弘正四杰诗集》，为《李空同诗集》三十三卷，《何大复诗集》二十六卷，《边华泉诗集》七卷,《徐迪功诗集》四卷、外集三卷，湘雨楼光绪二十一年（1895）刻本。相比而言，公安派和竟陵派诸子的诗歌别集，在清代的诗歌研究史上是较受漠视的，没有多少种清刻本传世。

第三节　清诗选本与别集笺注

清人对本朝诗歌总集、选本的编纂和别集的评注是很重视的，这里先述选本，次述别集。

陈允衡辑《国雅初集》：此书不分卷，康熙元年（1662）刻本，《四库全书存目丛书》影印。此书仿明末顾起纶编《国雅》之意，录清初魏裔介、龚鼎孳、王士禛、汪琬等诗人风格雅正之作，凡 54 人诗 2243 首，以人系诗，虽然选诗较多，但据《凡例》所云，“选中诸作皆从全集寻绎，每录一诗，必吟咏数过而后登之，深恐卤莽失作者之意”，态度较为谨慎。陈允衡于多数诗下均有评语，在《凡例》中，陈允衡论批点云：

> 古人选诗，原无圈点，然欲嘉惠来学，稍致点睛画颊之意，亦不可废。须溪阅杜，沧浪阅李，不无遗议，但当其相说以解，独得肯綮处，亦可以益读书之智。顾东桥批点《唐音》，不靳深切著明者，惟恐后学趋向悠谬，必矩于正，则圈点不为无功。若近人满纸皆圈，逐句作赞，究不知其风旨所在，反令目眩心骇，将为蛇足乎？衡所服膺者，妄欲力追古法，未必有当，然宁简略，使读者自得之。章法是所最重，非如《诗归》好谕字句已也。若能于全无圈点中会圈点之意，则此道三昧有在笔墨之外者，以俟解人可耳。

陈允衡论诗“风流蕴藉，振奇拔俗”（钱谦益《爱琴馆评选诗慰序》），他的评点要言不烦，多探微掘幽之论。笔者编撰王士禛《渔洋精华录汇评》，悉采其评论王士禛诗的文字，此处不再赘引。

魏裔介评选《观始集》：此书十二卷，顺治十三年（1656）刻本，有吴伟业、戴明说、张天植、田茂遇等序。魏裔介在自序中说自己的选择标准是“其言颇雅驯，有关于君臣、父子、夫妇、兄弟、朋友之大伦，足以感发性情者，然后入选，即山林闲旷，亦必中有所得，可为洗涤烦嚣之助。若其风云月露及仙佛诞怪之作，一概删芟”。魏裔介是清初著名的理学家，有《致知格物解》《圣学知统录》等著作传世。他这部诗选体现的诗学观念符合理学家的思想标准。从顺治十二年（1655）冬至第二年夏，魏裔介用八九个月的时间，选取自甲申以来顺治王朝十三年间的诗篇，“公卿贤士之所歌咏，凡国典民风天人忧乐之故，大略具备”（《自序》）。魏裔介希望通过这部诗选，“欲天下共观于《风》《雅》《颂》四始之义，而得其性情之正也”。本书的体例大致仿照高棅的《唐诗品汇》，按诗体分类，不过没有“名家”、“正宗”、“大家”之类繁琐的名目。入选诗人众多，选诗多则十余首，少仅一二首，其中五言古诗94人，七言古诗90人，五言律诗148人，五言排律12人，七言律诗203人，七言排律5人，五言绝句21人，六言绝句4人，七言绝句66人，四言古诗7人，拟古乐府20人，还有作箴、骚、谣等若干人。从选诗数量上看，魏裔介较为推崇的是时任太子太傅、文华殿大学士兼礼部尚书的刘正宗，五古、七古和五言排律都以刘正宗冠首，选诗也较多；其次较为推崇的是吴伟业，五古位次第四，七古位次第二，五律、七律位居第一。魏裔介于多数诗篇之后都下评语，虽不乏泛泛之论，然其品赏诗艺，也足资启发后学，特别是对清初诗歌的评论，现存材料不多，故而值得珍视。

魏裔介又辑评《溯洄集》：此书十卷，诗论一卷，诗话一卷，康熙元年（1662）刻本，《四库全书存目丛书》影印，录清初同时人，包括魏裔介自己的诗歌。魏裔介对晚明公安派和竟陵派诗风多有不满。在此书的自序中，他说：“今海内言诗者颇多，然绮靡淫佻之习，流荡忘返，比于蜩聒虫吟，而愤激悠谬之词杂出不经，亦岂鸾鸣凤哕耶？将欲垂示来叶，厘正风气，难已！”他论诗重道德、气节和经济，而一归之雅正，但过于墨守。在卷首的《论诗》二十则中他说：“诗断自唐，唐以后之人之事不可入诗。”“诗不可用一难字，不可用一俚字，然古人已用之字，虽俚亦雅。古人未用之字，虽确亦鄙。”这还是在延续明代“前后七子”格调高古的思想。此书的编选，就是“必择其雅驯而意指隽永者”。傅尔唱在序中也称赞此选“言忠孝而厚风俗”，有补于世道人心。本书分体编排，间有评语。如评吴伟业《永和宫词》云：“此咏明季旧贵妃遗事也。瑰丽凄恻，真堪压倒元、白。”

邓汉仪选评《诗观》：此书初集十二卷，二集十四卷，三集十三卷，闺秀别集一卷。康熙十一年（1672）慎墨堂刻本。此书的编选起于康熙九年（1670），两年告竣，主要是选辑明清异代之际和清初有关时代世事的诗篇。邓汉仪颇为自负，许此书“足纪时变之极，而臻一代之伟观也”。他在序言中论明清之交大废大治的时代变革及当时的诗歌云：

当夫前朝末叶，铜马纵横，中原尽为荆榛，黎庶悉遭虔戮。于是乎神京不守，而庙社遂移，有志之士为之哀板荡、痛仳离焉，此其时之一变；继而狂寇鼠窜于秦中，列镇鸱张于淮甸，驯至瓯闽黔蜀之间，兵戈罔靖，而烽燧时闻，此其时为再变；若乃乾坤肇造，版宇咸归，使仕者得委蛇结绶于清时，而农人亦秉耒耕田，相与歌太平而咏勤苦，此其时又为一变。夫惟变之之极，故其人之心力才智亦百出而未有穷。其历乎兴革、理乱、安危、顺逆之交，中有所藏，类不能默然而已，以故忧生悯俗，感遇颂德之篇杂然而作，一时公卿以迄韦布，其号为能诗，沉雄古丽，安雅柔淡，以几于汉魏四唐之盛者，盖指不胜屈。而世之选者，顾乃遗大取小，专采夫一二花草、风云、匣祝、饮宴、闺帏、台阁之辞，以是谀悦时人之耳目，而于铺陈家国、流连君父之指，盖或阙焉，乌在追国雅而绍诗史也！

邓汉仪的《诗观》就试图通过删选，而存一时之诗史，重在密切关注这场时代的大变革。他选诗也表现出尚雅正的思想，如在《凡例》中说：“温柔敦厚，诗教也。骂坐非，伤时尤非，故仆以慎墨名其堂，芟除不遗余力。”这与康熙朝开始呈现的盛世景观是相适应的，也是理学重建的意识形态对诗歌主旨和风格的基本要求。就诗歌历史本身来说，邓汉仪此选也存有救诗歌之厄的用意。在《凡例》中，他说：

诗道至今日亦极变矣，首此竟陵矫七子之偏而流为细弱，华亭（陈子龙）出而以壮丽矫之。然近观吴越之间，作者林立，不无衣冠盛而性情衰，循览盈尺之书，略无精警之句，以是叶应宫商、导扬休美，可乎？或又矫之以长庆，以剑南，以眉山，甚者起而嘘竟陵已熸之焰，矫枉失正，无乃偏乎！夫《三百》为诗之祖，而汉、魏、四唐人之诗，昭昭具在，取材于古而纬以己之性情，何患其不卓越，而沾沾是趋逐为？故仆于是选，首戒幽细而并斥浮滥之习，所以云救。

邓汉仪于所选诗后多有评语，评论内容较为广泛，包括诗意主旨的辨析，艺术得失的赏鉴。如钱谦益的《滁阳王庙》叙写开国元帅郭子兴的事迹，抒发“王侯尽宿草”的慨叹，邓汉仪评云：“虞山具一代史才，合肥（龚鼎孳）每每言之，此诗略见大意。”又如钱谦益《大观太清楼二王法帖歌》叙写宋靖康之变中法帖的存亡变故，并就此而生发出乱世文物荡然的感慨，邓汉仪批云：“但题法帖便无意味，中间写出丧乱时翰墨遭劫一段情事，便使人掩卷三叹。”这些评点对于读者玩味诗艺是很有帮助的。

魏宪选评《诗持》：此书一集四卷，二集十卷，三集十卷，四集一卷。康熙十年（1671）刻本，《四库禁毁书丛刊》影印。录自明天启四年（1624）以来的诗人诗作，400余家3000余首。据其《凡例》，此选以体裁论，选古风为多；以地域论，选吴越诗人为多，尤以山林隐逸寒士之诗为多。魏宪论诗，才情和法调兼重。在一集的序言中，他说：

> 诗有才与情焉，有法与调焉，骋于才者轨以法，有其情者协以调。法得矣，蕴藉以深之；调合矣，风致以美之。则无论其为汉魏，为三唐，为宋元明，皆可以入正宗，又奚问其世代之升降，人心之纯杂，音韵之和戾也哉！

这表现出调和性灵派与格调派的倾向。在二集的《凡例》中，他又说：

> 济南、竟陵，日相操戈，殊属无谓。夫诗本性情，性情所近，岂能相强。故余是选，必即其人之所长而折取之，不敢以管窥之见强人从我。至于腐者必删，怪者必黜，不过轨于正始之音，以求其必传而止。元轻白俗，郊寒岛瘦，又何事纷纷乎？

魏宪的《诗持》不以我裁人，重在彰显诗人之长；又以雅正为本，迂腐和怪诡之诗，一概黜斥。选诗多者，有吴伟业30首，龚鼎孳31首，周亮工34首，魏裔介21首，宋琬27首，施闰章28首，王士禛24首，吴学炯25首等。魏宪于多数诗下均有评语，虽然较为简略，但均独出心裁，赏鉴会意，对于读者也不无启发意义。如吴伟业的《恭纪圣驾幸南海子遇雪大猎》末二句“不向回中逢大雪，无因知道外边寒”，有规讽之旨。魏宪评此诗曰：“气厚词典，大家风度，结点遇雪，意在言外，得讽谕体。”后来沈德潜的《清诗别裁集》也论此诗“颂扬中不失箴规”。又如吴伟业的七言律《送曹秋岳以少司农迁广东左辖三首》，魏宪评曰：“三诗典赡雄伟，凌七子而上之，彼俎豆竟陵渐趋纤弱者，能不拜下风耶？”

魏宪又编纂《百名家诗选》：此书凡八十一卷，康熙二十一年（1682）魏氏枕江堂刻本。据《凡例》称，此书之选“以人为重，人以品节为主，或理学绍古，或经济匡时，或正色庙廊，或敦行草野，皆两间正气，一代伟人，衡量之间，宁严不滥，事缘实著，人以类从”。明末清初著名诗人魏裔介、龚鼎孳、钱谦益、吴伟业、曹溶、申涵光、陈廷敬、王士禛、曹尔堪、宋琬等均入选，包括魏宪自己，凡81人，人各一集，每人名下有小序，介绍生平，没有评论。

陈以刚等辑《国朝诗品》：此书凡二十卷，雍正十二年（1734）棣华书屋刻本。《四库禁毁书丛刊》据之影印。此书选吴伟业、王铎而下至康熙、雍正时期诗人之诗，诗人名下有简短小传，介绍生平履历，无评语。陈以刚在自序中说，是选“大旨一以发抒性情，渊源理义为正宗。故自豪贤硕彦、宗工巨匠、壶女缁释之流，莫不蓄材会调，饰章命意，包韫本根，标题色相，斯鸿才之妙拟，宗哲之实造也”。《凡例》又说：“兹编所录，皆取发明经传，及有关于世道人心者。其靡丽新声，虽妙绝一时，亦置而勿录。”一本于儒家“发情止礼”之义，与魏裔介等的选诗宗旨没有原则性的区别。

陈维崧辑《箧衍集》：此书凡十二卷，乾隆二十六年（1761）华绮刻本，《四库禁毁书丛刊》据之影印。封面署“陈其年先生元本　今诗箧衍集　王阮亭、宋牧仲两先生鉴定　保元堂藏板”。入选诗人多为交游所及，主要为钱澄之、陈子龙、侯方域、吴伟业、顾炎武、施闰章、王士禄、曹申吉、程康庄、汪琬、程可则、王士正（即王士禛）、朱彝尊、宋荦、潘耒、吴雯、屈大均、李邺嗣、王又旦、魏礼、吴嘉纪、许旭、傅山、张彦之等，“国不过数人，人不过数诗”（宋荦序），持择谨慎，唯取高雅恬淡者。此书分体编纂，每体一般多则十余首，少则一二首。选诗最多者：五言古，王士禛11首；五言律，吴伟业18首；七言古，吴伟业4首；七言律，王彦泓24首；七言绝句，冯班32首。

王士禛编《感旧集》：此书原为十六卷，卢见曾（雅雨）等补传，乾隆十七年（1752）刻本，《四库禁毁书丛刊》影印。王士禛此书专录顺治、康熙年间的师友、交游者的佳作，凡333人，诗2572首，录诗最多的为王士禛亡兄王士禄，凡82首。其他多者有钱谦益37首，程嘉燧42首，吴伟业43首，邢昉33首，赵进美32首，胡承诺38首，施闰章46首，宋琬46首，孙枝蔚32首，彭孙遹45首，叶方蔼34首，陈维崧33首。卢见曾在《感旧集补传凡例》中称赞此书选诗之精云："遭遇不同，性情各异，而一经先生选次，如金之入大冶，渣滓悉化，融炼一色，洵选家之巨手也。"此书是顺治、康熙诗坛的重要选本，虽无评语，但对于保存一代文献具有重要意义，足资辑佚校勘。

王锡侯辑《国朝诗观》：此书初集十六卷，乾隆三十年（1765）三树堂刻本；二集六卷，乾隆三十五年（1770）刻本，《四库禁毁书丛刊》影印。此书重在汇辑，而不在选，有专集行世者不录。初集辑录诗人约300家，二集约120家，以人系诗，每人名下有小传，序其家世、履历、行事。少数诗后有评语。清乾隆中期对于诗学思想的钳制并非很严重。前文叙述过沈德潜重订《唐诗别裁集》大量补入白居易讽谕诗便足见一斑，袁枚等性灵诗的鹊起也透露出这个讯息，但是王锡侯的诗学观念却是相当保守。他在《诗例》中论选诗原则云："温柔敦厚，诗教也。凡语涉讥讪，事关朝政，及自鸣不平者，概不敢载。风雅之道，裨益风教，凡淫辞艳曲，蛊人心术者，不录。"持此标准汰选出来的诗作，可以想见佳者不多。

王昶编辑《湖海诗传》：此书四十六卷，嘉庆八年（1803）三泖渔庄刻本。此书收录作者交游、投契之诗，起于康熙五十一年（1712），迄于嘉庆初，凡600余人，以科第为编排，没有功名的布衣则按年齿为序，重在汇集，而不在选。每人名下辑录遗闻逸事，间有评论，标为《蒲褐山房诗话》。王昶诗学旨趣属于沈德潜格调一派，但他论诗能兼容众色，不拘一格。卷二评厉鹗云："所作幽新隽妙，刻琢研炼，五言尤胜。大抵取法陶、谢及王、孟、韦、柳，而别有自得之趣。莹然而清，窅然而邃，撷宋诗之精诣，而去其疏芜。时沈文悫公方以汉、魏、盛唐倡于吴下，莫能相掩也。"卷七评袁枚云："才华既盛，信手拈来，矜新斗捷，不必尽遵轨范。且清灵隽妙，笔舌互用，能解人意中蕴结。”卷八评沈德潜云：“先生独综今古，无藉而成。本源汉、魏，效法盛唐，先宗老杜，次及昌黎、义山、东坡、遗山，下至青邱、崆峒、大复、卧子、阮亭，皆能兼综条贯。”卷三八评黎简云：“其诗峻拔清峭，刻意新颖，言人所不能言，苦心孤诣，竟以是终。”所论眼界宽阔而态度通达。

张应昌辑录《国朝诗铎》：此书二十六卷，咸丰八年（1858）信芳阁刻本。书名取《周礼》小宰“徇以木铎”意，此书专取有关国计民生的诗篇，上德宣忠孝，下情通讽刺，为吏治民风而辑。分岁时、舆地、政术、善政、财政、水利、税收，乃至鸦片等150余类，凡2000余篇。朱绪曾序云：“以宣民隐，以资吏治，以厚风俗，以清政原，可以劝，可以惩。”这部诗选折射出晚清诗坛重视经世致用的诗学思想。

孙雄编纂《道咸同光四朝诗史》：此书八卷，宣统二年（1910）刻本。除了卷首帝王宗室之外，录645人诗。孙雄此编重在汇辑，而不在于删选。孙雄有《眉韵楼诗话》，对晚清诗人多有论列，然重在纪事，评诗者少。

徐世昌辑《晚晴簃诗汇》：此书二百卷，1929年天津退耕堂刻本，是一部大型的清诗选本，汇录有清一代的诗人诗作，因诗存人，因人存诗，凡大家、名家，乃至释子、闺秀，无不搜采。其体例本诸朱彝尊《明诗综》、王士禛《感旧集》和沈德潜《清诗别裁集》，以人列目，不以选者的主观爱憎而有所轩轾。在《凡例》中，徐世昌说：“兹所采录，不设成心。吴孟举所谓一代之中各家俱存，一家之中各法俱在，良同此意。品评诗派，绝无门户之见。”《晚晴簃诗汇》于诗人名下，先介绍其生平履历，然后辑引相关评论文字，且有编纂者自己的评论。其评论多超越一家一派之偏，持公允通达之识，如论王士禛诗便能联系其时代和诗歌史背景，云：

> 文简生当国家全盛之时，文教昌明之会，特擢清职，旷典易名，皆由于诗，故世奉为山斗。诗承明王、李、钟、谭之后，独标神韵为宗旨，盖用以调剂矫正之。后来持异同者，遂成门户。然公

诗于精能中见神韵，非专事蹈虚者。诗本于性情，出于才分，非尽关于学。以诗学论，要不得不推为一代正宗也。（卷二十九）

论袁枚，则能一分为二地看问题，云：

简斋诗本清超，特好以天资使其学力，往往傥荡不自矜练，能状难显之境，写难喻之情，又好以通俗语入诗，以古今事供其玩弄，成如脱口，实亦由酝酿而来。晚节之受诟病，尤在《诗话》一编，所采诚多猥滥，论诗雅有深识。后来流为末派，自是学者之过。（卷七十六）

论林则徐时，称赞其济时忧国之志，云：

文忠经世之才，余事为诗，缘情赋物，靡不裁量精到，中边俱彻，卓识闳论，亦时流露其间，非寻常诗人所及。谪戍后诸作，尤悱恻深厚，有忧国之心，而无怨诽之迹。（卷一百二十五）

清代还出现了大量以区域为收录标准的地方性诗汇、诗选，如毛先舒辑《西陵十子诗选》，清顺治七年（1650）辉山堂刻本。吴人顾有孝、赵澐编选吴地闻人钱谦益、吴伟业、龚鼎孳诗为《江左三大家诗钞》九卷，康熙年间刻本，《四库禁毁书丛刊》影印。王士禛辑明新安布衣吴非熊、程孟阳二人诗为《新安二布衣诗》八卷，康熙四十三年（1704）刻本。番禺王隼选广东诗人梁佩兰、屈大均、陈恭尹三人诗为《岭南三家诗选》二十四卷，康熙年间刻本，《四库禁毁书丛刊》影印。吴应和、马洵选厉鹗、严遂成、王又曾、钱载、袁枚、吴锡麒等人诗为《浙西六家诗钞》，道光七年（1827）紫微山馆刻本，此书在日本有赖襄、近藤元粹的评点本刊行。“闺秀诗选”、“诗社酬唱诗集”之类的专门性选本，清代也较兴盛。

清代诗歌别集的笺注主要有：

钱谦益《牧斋初学集诗注》二十卷，《牧斋有学集诗注》十四卷，钱曾注，康熙年间玉韶堂刻本。《投笔集笺注》二卷，钱曾注，宣统二年（1910）风雨楼铅印本。钱谦益与晚明的政治纷争有复杂的关系，其诗歌也多关乎政事。因此钱曾笺注《初学集》，不只笺注典故语源，而且还多联系晚明的朝政党争事件，如《九月一日次固镇驿恭闻泰昌皇帝升遐途次感泣赋挽词四首》，就是钱谦益悼念神宗皇帝的诗，钱曾注释第二首“呵护鬼神知”句，就联系万历朝的梃击案事件，并谓：“邀呵护于鬼神，此公之微词，亦公之直笔也。”注《吴门送福清公还闽八首》之二“举朝水火和羹苦”，则联系神宗朝建储之争的史事。《十一月初六日召对文华殿旋奉严旨革职待罪感恩述事凡二十首》，这是崇祯元年（1628）底的事，钱谦益因浙闱案遭到温体仁的弹劾，诸臣廷辩甚急，最终钱谦益革职南还，且名誉受损。这是钱谦益仕途的一个转折点，钱曾于此事解释得非常详细。《有学集》收的是钱谦益入清以后的诗篇。入清以后，钱谦益用世之心已冷，与政治已断绝瓜葛，因此钱曾注释《有学集》，完全着力于笺注语典出处，对诗意少有阐发。钱谦益精于内典，诗中大量阑入佛教典故，钱曾对佛典的笺释颇为用意，追本溯源，详细明白。

《吴梅村诗集》十三卷，附录一卷，程穆衡笺注，杨学沆补注，有程穆衡乾隆三年（1738）的序、杨学沆乾隆四十六年（1781）的弁言。程穆衡在序中不满意历代的各种笺注“唯知引事，不说意义”之病，他的笺注“唯贵核今，无烦征古”。他在《凡例》中也说：“是编唯笺诗旨，不及诗辞。”仅对于舆地略有笺释。杨学沆的注，有的是采自靳荣藩的《吴诗集览》。程穆衡原笺时《明史》尚未修成，故多引录杂史稗说，杨学沆则在补注时予以芟削，悉从《明史》。程穆衡的笺注侧重于今典近事，如笺注《圆圆曲》，就细致地叙述了陈圆圆和吴三桂之间的姻缘故事。笺注《七夕即事》云：“顺治十七年七月，皇贵妃董氏薨逝。此诗前三首志其入宫之事，末章为帝子伤逝。”笺注《清凉山赞佛诗》云：“为皇贵妃董氏咏。贵妃上所爱幸，薨后，命五台山大喇嘛建道场，诗特叙致瑰丽，遂有若《长恨歌序》云尔。”程穆衡还品评诗艺，如笺评《物幻诗》云：“物幻诗格，实创于此，非惟工丽兼之，眉首俱有寓意。”吴伟业诗集的笺注本还有靳荣藩辑《吴诗集览》二十卷，乾隆四十年（1775）凌云亭刻本；吴翌凤笺注《梅村诗集笺注》十八卷，嘉庆十九年（1814）刻本；另有批点本多种。

王士禛的《渔洋山人精华录》，乾隆年间出现了金荣笺注的十二卷本和惠栋训纂的十卷本。王士禛诗歌不仅用典较多，且多涉及古物彝器，笺注实属不易。金荣的笺注较为粗略，讹误较多。惠栋是乾嘉时期的著名学者，曾撰著过《金氏笺注辨讹》，对于金荣笺注多予辩驳。惠栋的注释详尽而精审，两种都偏重于笺注典故语源，间及交游本事。又有伊应鼎的《渔洋先生精华录会心偶笔》侧重于诗歌意蕴的玩味、结构的分解。王士禛的《秋柳四首》，一时甚为传唱，然空灵洒脱，归趣难求，于是也引起了人们探求的兴趣。最早有屈复的《王渔洋秋柳诗四首解》，清乾隆九年（1744）刻本，不仅笺注典故，且串解诗意。后又有李兆元的《渔洋山人秋柳诗笺》，嘉庆二十四年（1819）刻本；王祖源的《渔洋山人秋柳诗笺》，同治五年（1866）刻本；郑鸿的《渔洋秋柳笺注析解》，同治十一年（1872）刻本；徐寿基的《渔洋山人秋柳诗诠》，光绪十二年（1886）刻本；高丙谋的《渔洋山人秋柳诗释》，光绪十四年（1888）刻本。他们的笺释，多索隐诗外的微言大义，如李兆元、郑鸿都认为此四诗是“吊明亡之作”，并与南明小王朝的历史联系起来，发掘其中的政治意义。拙编《渔洋精华录汇评》曾将各家对于《秋柳四首》的注释汇集起来，免去读者翻检之劳。

此外，清代诗歌别集的笺注，还有徐嘉笺注顾炎武诗撰成《顾亭林先生诗笺注》十七卷，光绪二十三年（1897）味静斋刻本；姚弢笺注冯班诗撰成《钝吟集诗笺注》十二卷，清抄本；董兆熊笺注厉鹗诗撰成《樊榭山房诗集笺注》八卷，《续集笺注》八卷，稿本；蒋坦注厉鹗诗撰成《樊榭山房游仙三百首诗注》三卷，道光二十八年（1848）刻本；王元麟注黄任诗撰成《秋江集注》六卷，道光二十三年（1843）刻本；陈应魁注黄任诗撰成《香草斋诗注》六卷，嘉庆十九年（1814）刻本；尤世伦注尤侗诗撰成《西堂集详注》四卷，乾隆四十五年（1780）刻本。总体上说，清人笺注清诗还仅局限在少数大家、名家上，涉及面比较狭窄。特别是清代诗人多以学问相尚，诗歌学问化倾向较为普遍，给后世读者阅读理解带来一定的困难，因此加强对清诗的笺注、阐释，还需要学界的努力。

主要参考书目

经部：

《周易集解纂疏》（影印本），上海古籍出版社 1994 年

《周易译注》，周振甫译注，中华书局 1991 年

《尚书正义》，孔安国传、孔颖达疏，中华书局 1986 年

《毛诗正义》，毛亨传、郑玄笺、孔颖达疏，北京大学出版社 1999 年

《诗经集传》，朱熹撰，上海古籍出版社 1987 年

《诗古微》，魏源撰，上海古籍出版社 1995 年

《诗经直解》，陈子展撰，复旦大学出版社 1983 年

《韩诗外传集释》，韩婴撰、许维遹集释，中华书局 1980 年

《诗纬集证》，陈乔纵集证，《续修四库全书》影印道光年间小嫏嬛馆刻本

《周礼注疏》，郑玄注、贾公彦疏，北京大学出版社 1999 年

《礼记集解》，孙希旦撰，中华书局 1989 年

《春秋左传正义》（影印本），杜预注、孔颖达疏，中华书局 1980 年

《论语解注合编》，姚永朴撰，黄山书社 1994 年

《论语译注》，杨伯峻译注，中华书局 1980 年

《孟子字义疏证》，戴震疏证，中华书局 1961 年

《孟子正义》，焦循撰，《续修四库全书》影印道光年间刻本

《孟子译注》，杨伯峻译注，中华书局 1996 年

《四书章句集注》，朱熹撰，中华书局 1983 年

《五经异义疏证》，陈寿祺撰，《续修四库全书》影印清嘉庆年间刻本
《说文解字》，许慎撰，中华书局 1963 年

史部：

《史记》，司马迁撰，中华书局 1963 年
《汉书》，班固撰，中华书局 1962 年
《后汉书》，范晔撰，中华书局 1965 年
《三国志》，陈寿撰，中华书局 1959 年
《晋书》，房玄龄等撰，中华书局 1974 年
《宋书》，沈约撰，中华书局 1974 年
《南齐书》，萧子显撰，中华书局 1972 年
《梁书》，姚思廉撰，中华书局 1973 年
《陈书》，姚思廉撰，中华书局 1972 年
《魏书》，魏收撰，中华书局 1974 年
《北齐书》，李百药撰，中华书局 1972 年
《隋书》，魏征等撰，中华书局 1973 年
《南史》，李延寿撰，中华书局 1975 年
《北史》，李延寿撰，中华书局 1974 年
《旧唐书》，刘昫等撰，中华书局 1975 年
《新唐书》，欧阳修、宋祁撰，中华书局 1975 年
《旧五代史》，薛居正等撰，中华书局 1976 年
《新五代史》，欧阳修撰，中华书局 1974 年
《宋史》，脱脱等撰，中华书局 1977 年
《辽史》，脱脱等撰，中华书局 1974 年
《金史》，脱脱等撰，中华书局 1975 年
《元史》，宋濂等撰，中华书局 1976 年
《明史》，张廷玉等撰，中华书局 1974 年
《清史稿》，赵尔巽等撰，中华书局 1976 年
《国语》，左丘明撰，上海古籍出版社 1998 年
《战国策》，刘向编撰，上海古籍出版社 1978 年
《高僧传》，释慧皎撰，《续修四库全书》影印碛砂藏本

《唐才子传校笺》，辛文房撰，傅玄琮校笺，中华书局 1987 年
《列朝诗集小传》，钱谦益撰，上海古籍出版社 1959 年
《宋元学案》，黄宗羲撰，全祖望修订，中华书局 1986 年
《启祯两朝遗诗小传》，陈济生撰，台北文明书局 1991 年影印
《文史通义》，章学诚著，中华书局 1994 年
《四库全书总目》，永瑢等撰，中华书局 1965 年影印

子部：

《老子道德经河上公章句》，河上公撰，中华书局 1993 年
《南华真经注疏》，成玄英注疏，《续修四库全书》据涵芬楼影印明正统道藏本影印
《荀子校释》，王天海校释，上海古籍出版社 2005 年
《韩非子集释》，韩非撰，上海人民出版社 1974 年
《春秋繁露》，董仲舒撰，《四库未收书辑刊》影印乾隆年间刻本
《说苑校证》，刘向撰、向宗鲁校证，中华书局 1987 年
《论衡》，王充撰，上海人民出版社 1974 年
《申鉴》（影印本），荀悦撰，上海古籍出版社 1990 年
《世说新语》刘义庆撰、刘孝标注，余嘉锡笺疏，上海古籍出版社 1993 年
《金楼子》，萧绎撰，文渊阁《四库全书》影印本
《颜氏家训集解》，颜之推撰，王利器集解，上海古籍出版社 1980 年
《法苑珠林》（影印本），道世撰，上海古籍出版社 1991 年
《五灯会元》，普济撰，中华书局 1984 年
《二程遗书》，程颐、程颢撰，上海古籍出版社 2000 年
《童蒙训》，吕本中撰，景印文渊阁《四库全书》本
《朱子语类》，黎靖德编，中华书局 1986 年
《南部新书》，钱易撰，中华书局 2002 年
《扪虱新话》，陈善撰，上海书店 1990 年影印本
《品茶要录》，黄儒撰，景印文渊阁《四库全书》本
《梁溪漫志》，费衮撰，上海古籍出版社 1985 年
《鹤林玉露》，罗大经撰，中华书局 1983 年

《独醒杂志》，曾敏行撰，中华书局1999年影印《知不足斋丛书》本
《四友斋丛说》，何良俊撰，中华书局1959年
《义门读书记》，何焯撰，中华书局1987年
《援鹑堂笔记》，姚范撰，《续修四库全书》影印道光年间姚莹刻本
《苌楚斋随笔》，刘声木撰，中华书局1998年
《北堂书钞》，虞世南撰，学院出版社1998年影印本
《初学记》，徐坚撰，中华书局1962年
《太平御览》，李昉等撰，中华书局1996年影印本
《太平广记》，李昉等撰，上海古籍出版社1990年影印本

集部：

《楚辞章句》，王逸撰，台湾艺文印书馆1967年影印明万历十四年观妙斋刻本
《楚辞集注》，朱熹撰，上海古籍出版社1979年
《文选》，萧统撰、李善注，上海古籍出版社1986年
《六臣注文选》，萧统撰，李善等注，中华书局1987年影印本
《玉台新咏笺注》，徐陵编，吴兆宜注，中华书局1985年
《乐府诗集》，郭茂倩撰，中华书局1979年
《瀛奎律髓汇评》，方回撰，李庆甲汇评，上海古籍出版社2005年
《古诗归》，钟惺、谭元春选定，《四库全书存目丛书》影印明万历四十五年刻本
《古诗评选》，王夫之撰，岳麓书社1994年《船山全书》本
《古诗源》，沈德潜撰，中华书局1963年
《古诗赏析》，张玉谷撰，许逸民点校，上海古籍出版社2000年
《六朝选诗定论》，吴淇撰,《四库全书存目丛书补编》影印清刻本
《全上古三代秦汉六朝文》，严可均辑，中华书局1958年
《先秦汉魏晋南北朝诗》，逯钦立辑，中华书局1983年
《建安七子集》，俞绍初辑校，中华书局1989年
《唐诗品汇》，高棅撰，上海古籍出版社1982年影印明汪宗尼校订本
《唐诗广选》，李攀龙撰，《四库全书存目丛书补编》影印明末朱墨套印本

《唐诗归》，钟惺、谭元春选定，《四库全书存目丛书》影印明万历四十五年刻本

《唐诗评选》，王夫之撰，岳麓书社 1994 年《船山全书》本

《贯华堂选批唐才子诗》，金圣叹撰，江苏古籍出版社 1986 年

《唐人选唐诗十种》，王士禛辑，上海古籍出版社 1958 年

《唐诗别裁集》，沈德潜撰，中华书局 1973 年

《唐诗别裁集》，朱琰批点，复旦大学图书馆藏清过录本

《宋诗钞》，吴之振等撰，中华书局 1986 年

《宋诗别裁集》，张景星撰，上海古籍出版社 1978 年

《宋诗精华录》，陈衍撰，上海古籍出版社 2008 年

《中州集》，元好问撰，学苑出版社 2000 年影印汲古阁刊本

《元诗选》，顾嗣立撰，中华书局 1987 年

《全元文》，李修生等编，江苏古籍出版社 1999 年

《明诗综》，朱彝尊撰，景印文渊阁《四库全书》本

《明诗别裁集》，沈德潜撰，中华书局 1975 年

《清诗别裁集》，沈德潜撰，中华书局 1975 年

《国朝文录》，李祖陶撰，《续修四库全书》影印道光十九年刻本

《晚晴簃诗汇》，徐世昌撰，中华书局 1990 年

《董胶西集》，董仲舒撰，江苏古籍出版社 2002 年影印《汉魏六朝一百三家集》本

《东方大中集》，东方朔撰，同上《汉魏六朝一百三家集》本

《刘子骏集》，刘歆撰，同上《汉魏六朝一百三家集》本

《扬侍郎集》，扬雄撰，同上《汉魏六朝一百三家集》本

《班兰台集》，班固撰，同上《汉魏六朝一百三家集》本

《王叔师集》，王逸撰，同上《汉魏六朝一百三家集》本

《冯曲阳集》，冯衍撰，同上《汉魏六朝一百三家集》本

《王粲集》，俞绍初点校，中华书局 1980 年

《曹植集校注》，曹植著，张幼文校注，人民文学出版社 1984 年

《陆机集》，陆机著，中华书局 1982 年

《靖节先生集》，陶渊明著，陶澍集注，北京文学古籍刊行社 1956 年影印

《谢康乐集》，谢灵运著，沈启原辑，明万历十一年刻本
《卢照邻集》，卢照邻著，中华书局 1980 年
《杨炯集》，杨炯著，中华书局 1980 年
《王右丞集笺注》，王维著，赵殿成笺注，上海古籍出版社 1998 年
《孟浩然诗集笺注》，孟浩然著，佟培基笺注，上海古籍出版社 2000 年
《李白全集校注汇释集评》，詹锳主编，百花文艺出版社 1996 年
《杜诗通》，张綖撰，台湾大通书局 1974 年影印明隆庆刊本
《杜诗说》，黄生撰，黄山书社 1994 年
《杜诗详注》，仇兆鳌撰，中华书局 1979 年
《杜诗镜铨》，杨伦撰，上海古籍出版社 1962 年
《杜诗附记》，翁方纲撰，《续修四库全书》影印清宣统年间钞本
《高适集校注》，高适著，孙钦善校注，上海古籍出版社 1984 年
《白居易集笺校》，白居易著、朱金城笺校，上海古籍出版社 1988 年
《元稹集》，元稹著，中华书局 1982 年
《昌黎先生诗集注》，康熙三十八年顾氏秀野草堂刻本，黎简手批，复旦大学图书馆藏
《韩昌黎诗系年集释》，韩愈著，钱仲联集释，上海古籍出版社 1984 年
《唐司业张籍诗集》，张籍著，《四部丛刊》影印明刊本
《长江集新校》，贾岛著，李嘉言校，河南大学出版社 2008 年
《郑谷诗集笺注》，郑谷著，赵昌平等笺注，上海古籍出版社 1991 年
《樊川文集》，杜牧著，上海古籍出版社 2007 年
《皮子文薮》，皮日休著，上海古籍出版社 1981 年
《司空表圣诗文集笺校》，祖保泉、陶礼天笺校，安徽大学出版社 2002 年
《范仲淹全集》，范能浚编集、薛正兴校点，凤凰出版社 2004 年
《宛陵集》，梅尧臣著，《四部丛刊》影印明万历间刻本
《苏轼诗集》，苏轼著，中华书局 1982 年
《苏轼文集》，苏轼著，中华书局 1986 年
《豫章黄先生文集》，黄庭坚著，《四部丛刊》影印宋乾道刊本
《黄庭坚诗集注》，黄庭坚撰，任渊、史容、史季温注，中华书局 2003 年
《溪堂集》，谢逸著，《宋集珍本丛刊》，线装书局 2004 年影印清鲍氏知不足斋抄本

《陈与义集》，陈与义著，中华书局 1982 年

《乐全先生文集》，张方平著，《宋集珍本丛刊》，线装书局 2004 年影印清抄本

《华阳集》，张纲著，《四部丛刊》影印明刊本

《南兰陵孙尚书大全文集》，孙觌著，《宋集珍本丛刊》，线装书局 2004 年影印明抄本

《卢溪先生文集》，王庭珪著，《宋集珍本丛刊》，线装书局 2004 年影印明嘉靖五年刻本

《李纲全集》，李纲著，岳麓书社 2004 年

《龟山先生语录》，杨时著，《四部丛刊续编》影印宋刊本

《伊川击壤集》，邵雍著，《宋集珍本丛刊》，线装书局 2004 年影印元刻本

《晦庵先生朱文公全集》，戴扬本等校点，上海古籍出版社、安徽教育出版社 2002 年

《吕祖谦全集》，吕祖谦著，浙江古籍出版社 2008 年

《象山先生全集》，陆九渊著，《四部丛刊》影印明嘉靖刻本

《鲁斋集》，王柏撰，《丛书集成初编》据金华丛书本排印

《陵阳先生诗集》，韩驹撰，《宋集珍本丛刊》，线装书局 2004 年影印清宣统二年刊本

《慈湖先生遗书朝》，杨简撰，《宋集珍本丛刊》，线装书局 2004 年影印明刻本

《香溪集》，范浚著，《丛书集成初编》据《金华丛书》本排印

《栟榈先生文集》，邓肃著，《宋集珍本丛刊》册，线装书局 2004 年影印明万历间刻本

《嵩山文集》，晁以道著，《四部丛刊续编》影旧钞本

《竹轩杂著》，林季仲著，《宋集珍本丛刊》，线装书局 2004 年影印清光绪刻本

《陆放翁全集》，陆游著，世界书局 1936 年版，中国书店 1986 年影印

《杨万里诗文集》，杨万里著，江西人民出版社 2006 年

《雪坡舍人集》姚勉著，《宋集珍本丛刊》，北京线装书局 2004 年影印豫章丛书本

《卢溪先生文集》，王庭珪著，《宋集珍本丛刊》，线装书局 2004 年影印明嘉靖五年刻本

《敝帚稿略》，包恢著，《宋集珍本丛刊》，线装书局 2004 年影印清乾隆年间钞本

《白石道人诗集》，姜夔著，中华书局 1985 年

《文天祥全集》，文天祥著，中国书店 1985 年

《须溪集》，刘辰翁著，《丛书集成续编》影印《豫章丛书》本

《后村先生大全集》，刘克庄著，《四部丛刊》影印旧钞本

《圭斋文集》，欧阳玄著，《四部丛刊》影印明成化刻本

《桐江集》，方回著，《续修四库全书》影印清抄本

《桐江续集》，方回著，景印文渊阁《四库全书》本

《剡源文集》戴表元著，《四部丛刊》影印明万历刻本

《元好问全集》，元好问著，姚奠中主编、李正民增订，山西古籍出版社 2004 年

《刘仲修先生诗文集》，刘永之著，《续修四库全书》影印清抄本

《庸言》，黄佐著，《四库全书存目丛书》影印明嘉靖三十一年刻本

《清容居士集》，袁桷著，北京图书馆出版社 2006 年影印元刻本

《高青丘集》，高启著，上海古籍出版社 1985 年版

《陈献章集》，陈献章著，中华书局 1987 年

《匏翁家藏集》，吴宽著，《四部丛刊》影印明正德刊本

《李东阳集》，李东阳著，周寅宾点校，岳麓书社 1984、1985 年

《王阳明全集》，王守仁著，上海古籍出版社 1992 年

《文征明集》，文征明著，上海古籍出版社 1987 年

《对山集》，康海著,《四库全书存目丛书》影印明嘉靖二十四年刻本

《空同先生集》，李梦阳著，伟文图书出版社有限公司影印明嘉靖年间刻本

《渼陂集》，王九思著,《四库全书存目丛书》影印明嘉靖十二年刻本

《王氏家藏集》，王廷相著，《四库全书存目丛书》影印明嘉靖刻本

《读书后》，王世贞著，景印文渊阁《四库全书》本

《弇州山人四部稿》，王世贞著，景印文渊阁《四库全书》本

《李中麓闲居集》，李开先著，《续修四库全书》影印明刻本

《由拳集》，屠隆著，《四库全书存目丛书》影印明万历八年刻本
《少室山房集》，胡应麟著，《丛书集成续编》本
《徐渭集》，徐渭著，中华书局 1983 年
《白苏斋类集》，袁宗道撰，钱伯城笺校，上海古籍出版社 2007 年
《袁宏道集笺校》，袁宏道著，钱伯城笺校，上海古籍出版社 2008 年
《珂雪斋集》，袁中道著，钱伯城点校，上海古籍出版社 1989 年
《澹园集》，焦竑著，中华书局 1999 年
《江盈科集》，江盈科著，黄仁生辑校，岳麓书社 2008 年
《汤显祖全集》，汤显祖著，徐朔方笺校，北京古籍出版社 1999 年
《赵忠毅公诗文集》，赵南星著，《四库禁毁书丛刊》影印明崇祯十一年刻本
《隐秀轩集》，钟惺著，上海古籍出版社 1992 年
《谭元春集》，谭元春著，上海古籍出版社 1998 年
《学古绪言》，娄坚著，景印文渊阁《四库全书》本
《檀园集》，李流芳著，景印文渊阁《四库全书》本
《尊水园集略》，卢世㴶著，《续修四库全书》影印清顺治十七年刻本
《陈子龙文集》，陈子龙著，华东师范大学出版社 1988 年影印
《华亭莫葭士先生遗稿》，莫秉清著，台湾文海出版社 1973 年影印
《吕晚村先生文集》，吕留良著，《续修四库全书》影印清雍正三年刻本
《初学集》，钱谦益著，《四部丛刊》影印本
《钱谦益全集》，钱谦益著，上海古籍出版社 2003 年
《黄宗羲全集》，黄宗羲著，浙江古籍出版社 1994 年
《吴梅村全集》，吴伟业著，上海古籍出版社 1990 年
《黄叶村庄诗后集》，吴之振著，《四库全书存目丛书》影印清康熙刻本
《柴省轩先生文钞》，柴绍炳著，《四库全书存目丛书》影印清康熙刻本
《王士禛全集》，王士禛著，齐鲁书社 2007 年
《己畦集》，叶燮著，《四库全书存目丛书》影印康熙年间叶氏二弃草堂刻本
《方望溪先生全集集外文》，方苞著，《四部丛刊》影印本
《敬业堂诗集》，查慎行著，《四部丛刊》影印原刊本
《赵执信全集》，赵执信著，齐鲁书社 1993 年

《媕雅堂别集》，赵文哲著，《四库未收书辑刊》影印乾隆五十九年刻本
《青溪文集》，程廷祚著，《金陵丛书》本
《青溪集》，程廷祚著，黄山书社 2004 年
《纪文达公遗集》，纪昀著，《续修四库全书》影印嘉庆十七年刻本
《刘大櫆集》，刘大櫆著，上海古籍出版社 1990 年版
《惜抱轩诗文集》，姚鼐著，上海古籍出版社 1992 年
《复初斋文集》，翁方纲著，《续修四库全书》影印清李彦章校刻本
《袁枚全集》，袁枚著，江苏古籍出版社 1993 年
《小仓山房诗文集》，袁枚著，上海古籍出版社 1988 年
《改亭文集》，计东著，《四库全书存目丛书》影印乾隆十三年刻本
《忠雅堂全集》，蒋士铨著，邵海青、李梦生校笺，上海古籍出版社 1993 年
《龚自珍全集》，龚自珍著，上海人民出版社 1975 年
《识小录》，姚莹著，黄山书社 1991 年
《柏枧山房全集》，梅曾亮著，《续修四库全书》据清咸丰六年杨以增杨绍谷等刻民国 7 年蒋国榜补修本影印
《东洲草堂文钞》，何绍基著，台湾学生书局 1971 年影印手定底稿本
《郑珍集》，郑珍著，贵州人民出版社 1994 年
《巢经巢诗钞笺注》，郑珍著，白敦仁笺注，巴蜀书社 1996 年
《曾国藩全集》，曾国藩著，岳麓书社 1986 年
《张亨甫全集》，张际亮著，清同治年间刻本
《散原精舍诗文集》，陈三立著，上海古籍出版社 2003 年
《饮冰室合集》，梁启超著，中华书局 1989 年影印
《黄遵宪全集》，黄遵宪著，中华书局 2005 年
《黄遵宪集》，黄遵宪著，吴振清等编校，天津人民出版社 2003 年
《王国维遗书》，王国维著，上海古籍书店 1983 年影印本
《金明馆丛稿初编》，陈寅恪著，三联书店 2001 年
《照隅室古典文学论集》，郭绍虞著，上海古籍出版社 1985 年
《中国文学论集》，朱东润著，中华书局 1983 年
《中国古代文论管窥（增补本）》，王运熙著，上海古籍出版社 2006 年
《乐府诗述论（增补本）》，王运熙著，上海古籍出版社 2006 年

《文心雕龙义证》，刘勰著，詹锳义证，上海古籍出版社 1989 年
《文心雕龙汇评》，刘勰著，黄霖汇评，上海古籍出版社 2005 年
《诗品集注》，钟嵘著，曹旭集注，上海古籍出版社 1994 年
《钟嵘诗品研究》，张伯伟著，南京大学出版社 1999 年
《杜甫戏为六绝句集解》，郭绍虞集解，人民文学出版社 1978 年
《诗式校注》，皎然著，李壮鹰校注，人民文学出版社 2003 年
《文镜秘府论》，遍照金刚撰，人民文学出版社 1975 年
《文镜秘府论校注》，遍照金刚撰，王利器校注，中国社会科学出版社 1983 年
《文镜秘府论汇校汇考》遍照金刚撰，卢盛江校考，中华书局 2006 年
《苕溪渔隐丛话》，胡仔撰，人民文学出版社 1962 年
《诗人玉屑》，魏庆之辑，王仲闻校勘，中华书局 1959 年
《陈学士吟窗杂录》，陈应行辑，《四库全书存目丛书》影印明嘉靖年间刻本
《唐诗纪事》，计有功撰，上海古籍出版社 1987 年
《艺苑卮言校注》，王世贞著，罗仲鼎校注，齐鲁书社 1992 年
《艺苑卮言》六卷，王世贞著，国家图书馆藏清初刻本
《文体明辨序说》，徐师曾著，人民文学出版社 1962 年
《诗薮》，胡应麟著，上海古籍出版社 1979 年
《说诗补遗》，冯复京著，复旦大学图书馆藏抄本
《姜斋诗话·诗绎》，王夫之著，人民文学出版社 1961 年
《原诗》，叶燮著，霍松林校注，人民文学出版社 1979 年
《静志居诗话》，朱彝尊著，人民文学出版社 1990 年
《随园诗话》，袁枚著，人民文学出版社 1982 年
《竛雅堂诗话》，赵文哲著，上海书店 1994 年《丛书集成续编》影印本
《石洲诗话》，翁方纲著，人民文学出版社 1981 年
《读杜劄记》，郭曾炘著，上海古籍出版社 1984 年
《明诗纪事》，陈田撰，上海古籍出版社 1993 年
《昭昧詹言》，方东树著，人民文学出版社 1961 年
《屺云楼诗话》，刘存仁著，清同治年间刻本，国家图书馆藏
《海天琴思录》，林昌彝著，上海古籍出版社 1988 年

《寄鹤斋诗话》，洪弃生著，成文出版社 1970 年据手稿影印

《台阳诗话》，王松著，台湾日日新报社 1905 年初版，台湾文献丛刊第 34 种

《石遗室诗话》，陈衍著，人民文学出版社 2004 年

《梦苕盦诗话》，钱仲联著，齐鲁书社 1986 年

《清诗纪事》，钱仲联主编，凤凰出版社 2004 年影印本

《历代诗话》，何文焕编，中华书局 1981 年

《历代诗话续编》，丁福保编，中华书局 1983 年

《清诗话》，王夫之等著，上海古籍出版社 1978 年

《清诗话续编》，郭绍虞编选，富寿荪校点，上海古籍出版社 1983 年

《宋诗话全编》，吴文治主编，江苏古籍出版社 1998 年

《辽金元诗话全编》，吴文治主编，凤凰出版社 2006 年

《明诗话全编》，吴文治主编，江苏古籍出版社 1997 年

《全明诗话》，周维德集校，齐鲁书社 2005 年

《中国诗话珍本丛书》，蔡镇楚编，北京图书馆出版社 2004 年

《民国诗话丛编》，张寅彭主编，上海书店 2002 年

《诗言志辨》，朱自清著，华东师范大学出版社 1996 年

《六朝诗话钩沉》，郁沅、张明高辑，中国广播电视出版社 1997 年

《初唐诗学著述考》，王梦鸥撰，台湾商务印书馆 1974 年

《全唐五代诗格汇考》，张伯伟撰，江苏古籍出版社 2002 年

《宋诗话考》，郭绍虞著，中华书局 1979 年

《宋诗话辑佚》，郭绍虞辑，中华书局 1980 年

《谈艺录》，钱锺书著，中华书局 1984 年

《清诗话考》，蒋寅撰，中华书局 2005 年

《中国人性论史（先秦篇）》，徐复观著，上海三联书店 2001 年

《两汉思想史》，徐复观著，华东师范大学出版社 2001 年

《中国艺术精神》，徐复观著，华东师范大学出版社 2001 年

《中国传统哲学思维方式》，蒙培元著，浙江人民出版社 1993 年

《中国思想史》，葛兆光著，复旦大学出版社 2001 年

《宋明理学研究》，张立文著，人民出版社 2002 年

《明代哲学史》，张学智著，北京大学出版社 2000 年
《从经学到文学》，刘毓庆著，商务印书馆 2001 年
《中国文学史》，钱基博著，中华书局 1993 年
《中国文学史》，章培恒、骆玉明主编，复旦大学出版社 1996 年
《古诗文要籍叙录》，金开诚、葛兆光撰，中华书局 2005 年
《诗经学史》，洪湛侯著，中华书局 2002 年
《先秦两汉文学批评史》，顾易生、蒋凡著，上海古籍出版社 1990 年
《魏晋南北朝文学批评史》，王运熙、杨明著，上海古籍出版社 1989 年
《魏晋玄学与士人心态》，罗宗强著，天津教育出版社 2005 年
《魏晋南北朝文学思想史》，罗宗强著，中华书局 2002 年
《玉台新咏研究》，刘跃进著，中华书局 2000 年
《南北朝文学编年史》，曹道衡、刘跃进著，人民文学出版社 2000 年
《隋唐五代文学思想史》，罗宗强著，上海古籍出版社 1986 年
《隋唐五代文学批评史》，王运熙、杨明著，上海古籍出版社 1994 年
《唐五代文学编年史》，傅璇琮主编，辽海出版社 1998 年
《唐诗选本提要》，孙琴安撰，上海书店出版社 2005 年
《佛法与诗境》，萧驰著，中华书局 2005 年
《宋代诗学通论》，周裕锴，巴蜀书社 1997 年
《黄庭坚诗学体系研究》，钱志熙著，北京大学出版社 2003 年
《宋诗特色研究》，张高评著，长春出版社 2002 年
《严羽及其诗论之研究》，黄景进著，台湾文史哲出版社 1986 年
《宋金元文学批评史》，顾易生、蒋凡、刘明今著，上海古籍出版社 1996 年
《杨维祯与元末明初文学思潮》，黄仁生著，东方出版社 2005 年
《明代文学批评研究》，简锦松著，台湾学生书局 1989 年
《明代文学批评史》，袁震宇、刘明今著，上海古籍出版社 1991 年
《唐诗的传承：明代复古诗论研究》，陈国球著，台湾学生书局 1990 年
《高棅诗学研究》，蔡瑜著，台湾大学出版委员会 1990 年
《王世贞研究》，郑利华著，学林出版社 2002 年
《竟陵派与明代文学批评》，邬国平著，上海古籍出版社 2004 年
《竟陵派研究》，陈广宏著，复旦大学出版社 2006 年

《清代文学批评史》，邬国平、王镇远著，上海古籍出版社 1995 年
《清诗史》，严迪昌著，浙江古籍出版社 2002 年
《龚定庵研究》，朱杰勤著，商务印书馆 1947 年，民国丛书影印本
《近代文学批评史》，黄霖著，上海古籍出版社 1993 年
《近代宋诗派诗论研究》，吴淑钿著，台北文津出版社 1996 年
《近代文论选》，舒芜等编，人民文学出版社 1959 年
《云南古代诗文论著辑要》，张国庆编，中华书局 2001 年
《中国诗学大纲》，杨鸿烈著，商务印书馆 1928 年
《中国诗学通论》，范况著，商务印书馆 1930 年
《中国诗学批评史》，陈良运著，中国社会科学出版社 1992 年
《中国诗学通论》，袁行霈、孟二冬、丁放著，安徽教育出版社 1994 年
《中国诗学思想史》，萧华荣著，华东师范大学 1996 年
《中国诗学史》，陈伯海主编，鹭江出版社 2002 年
《中国文学批评史》，郭绍虞著，上海古籍出版社 1979 年
《中国文学批评史》，罗根泽著，上海古籍出版社 1984 年
《中国文学批评史》（三卷本），王运熙、顾易生主编，上海古籍出版社 1981—1985 年
《中国历代文论选》，郭绍虞主编，上海古籍出版社 1979 年
《清代文论选》，王镇远、邬国平编选，人民文学出版社 1999 年
《中国历代文论选新编》，黄霖、蒋凡主编，上海教育出版社 2008 年

后　记

本书是2001年上海市哲学社会科学规划课题中立项的中长期课题“分体中国文学学史”与2002年立项的教育部人文社会科学重点研究基地重大项目“中国各体文学学史”的“诗学史”部分。因为我过去曾经做过“杜诗批评史”等专题，所以由我承担实际的撰写任务。

此前以“中国诗学史”之类命名的著作，远有杨鸿烈先生的《中国诗学大纲》（商务印书馆1928年）、范况先生的《中国诗学通论》（商务印书馆1930年），近有陈良运先生的专著《中国诗学批评史》（中国社会科学出版社1992年），袁行霈、孟二冬、丁放先生的《中国诗学通论》（安徽教育出版社1994年），萧华荣先生的《中国诗学思想史》（华东师范大学出版社1996年），陈伯海先生主编的七卷本《中国诗学史》（鹭江出版社2002年）等，其他相关的专题研究不胜枚举。学界的成果对于后来者既有不同程度的启发，也会使人产生“影响的焦虑”：面对看似丰富的诗学史研究成果，如何确立研究的价值和意义呢？诗学史研究问题如何深入、层次如何提高、领域如何拓展？这是近年来一直萦绕于我脑际的问题。

此前的“诗学史”撰写，有两种模式：一种是如陈伯海先生主编的七卷本《中国诗学史》那样，采取多人合作的方式，力求立论的中正平稳；另一种是个人独撰，将个人对诗学的认知和评判贯穿于历史阐释之中，如萧华荣先生的《中国诗学思想史》以“情与礼”、“情和理”的冲突为主线钩稽诗学思想史，便是如此。两者各有所长。本书采取后一种方式，在勾勒大的历史脉络时试图展现我个人对中国诗学史的认知，在评述一些理论问题时有我个人的理论偏向。我试图以中国诗学主体意识的成长为主线纵向梳理诗学史的历程，将其分为“言志诗学”、“缘情诗学”、“尚意诗学”、“格调神韵诗学”和以“性灵论”为主导的诗学近代化。大体来说，先秦两汉时期的诗论很少从诗人和创作论的立场切入问题，而多是从接受者的角度谈学诗、释诗的，其时的主导理论是“言志”，但更偏重于“志”的社会性、道德性甚至政治性内涵；自魏之曹丕、晋之陆机起，诗歌理论才多从诗人、诗体的角度立论，而最基本的理论是“感物兴情”，或重视物色，或着力于情致，但这种基本的主客体模式是一致的。由于受到佛学心性论的影响，自中唐以后，诗论出现了超越“感物兴情”的“不感物”论，特别是宋代苏轼、黄庭坚等和一些理学家，在心物关系的模式上更强调主体精神境界对于外在物质和个人穷达的超越，以“法眼”观世，自写胸中妙境，或着意于形式技法的探索创新，以此确证诗人的主体性存在。这种新的诗学理论，当时概括为“诗以意为主”，简言之即“尚意诗学”，它标识了传统诗学论的主体精神境界达到一个新的层次。而自严羽以后，经历明代“前后七子”，一直到清代王士禛的“神韵”论和沈德潜的“格调”论，反转了中唐和宋代的主体论，标举汉魏盛唐为典范，在诗学主体论上没有多少新发展，理论的着力点在于对诗歌本质属性和审美特征的探讨。明清的“性灵诗学”从对“格调”论的反拨中成长起来，在主体论方面张扬自我个性和人的感性生命力，标志着传统诗学的主体论达到了一个崭新的高度，其理论活性为现代诗论家所接济并流贯到现代新诗学中。

这是我对于中国诗学主体论之历史轨迹的理解。当然，中国诗学的发展不同于西方古典主义、启蒙主义、浪漫主义那样思潮更迭、相互替代。中国诗学的发展是绵延式的，旧基未毁而新机已生。“言志”论不因为陆机“缘情”说的出现而顿时消失，事实上后代如宋之张戒、清之纪昀都反复重提“言志”以校正他们所指陈的诗坛弊病；同样，“感物兴情”这一古代诗论影响最大的理论命题，在明清时期依然很有生命力，诗论家只要在立场上是“宗唐”的，就会认同“感物兴情”，即使在宋代，正如我在拙稿里举《冷斋夜话》一例所说，秦观“南土四时都热”那首诗是“感物兴情”模式，黄庭坚“无客白日静，有风终夕凉”云云则是“尚意”模式，两者在宋代也是并存的。但是自中唐以后出现了超越“感物兴情”的“不感物”、“超感物”这个诗学新机，是需要加以大书特书的。这几种诗学主体论模式从纵向上说是绵延消长的，从横向上说是多元并存而有主次之分的。历史叙述侧重于新生的、主流的因素，是很自然的事。当然，我这样对于历史的有序化处理，也难免有遮蔽和曲解，其中的是非得失，留待读者去评判。

文献和理论并重，是研究文学批评史的基本路数。从文献上看，宋、元、明、清诗话的整理，近年来取得了令人瞩目的成就，足以促使我们重新去审察后半部中国诗学史的问题；近年我们加强了对于诗歌评点本的研究，发掘了一些名家评点本，其中一些富有理论内涵的珠玑文字对于理解诗歌文本、诗学范畴和观念也很有帮助。从理论上看，现在我们已经自觉地反思了过去“以西释中”的模式，不会轻易地以西方的某种“原理”去生硬地解释中国的材料，而是在思考：在中国的文化背景和现实境遇里，中国人是如何思考、阐释诗歌和文学问题的。本书各章所用“言志”、“缘情”、“尚意”、“格调”、“神韵”、“性灵”等等都是中国诗学的范畴，而在其背后，我想描述的是中国诗学中“物”与“我”，“群”和“己”，“艺”、“道”与“人”等关系及其演化的内在理路。

述古面今，是研究文学批评史的基本态度。研究历史当然以揭示真相、接近真实为目的，但是揭明什么样的真实、如何揭明真实，存在一个主体视野的问题，所以历史学从来就不是纯客观的。人文学者不论是研究历史还是现实，永远不能放弃对于当下社会的批判性思考；人文学者应该是理想主义者，怀着一种对更合理更有境界的人生、更符合全体人民健全发展的社会的憧憬去思考问题。本书探讨的一些主题，如讽谕诗学的兴衰、诗学中的经世致用思想、宋人的超越性情怀和“不俗”人格论、明清“性灵”说的进步性和局限性，等等，这些既是诗学史上的学术问题，也蕴含着我对于当下现实生活和思想文化的审思。

“诗学”一词的古代内涵，在中国通常就是“学诗”、“诗艺”的意思；在西方，如亚里士多德的《诗学》范围更广，近乎现在的“文学理论”。20世纪国人的“中国诗学史”，多是诗歌理论史、诗学思想史，基本上是“观念史”，而“形式诗学”方面的内容相对被忽略了。本书的“诗学史”，不仅容纳了理论观念和形式批评，还包括诗歌研究，如刊刻、选本、注释、评点等等，因为这些都与诗歌理论、诗学观念息息相关，理应被包容在“诗学”研究的论域之中。这只是一个初步的尝试。当前我们对大量的诗集选本、评点本、注释本的基础研究还很薄弱，就做这样统摄性的工作，谈何容易！我觉得这是诗学研究下一步应该努力的一个方向。

黄霖老师、杨明老师曾审阅初稿，并提出若干具体修改意见，谨在此致以感谢！当然，拙稿的一切错误由我自己负责。部分内容蒙编辑不弃，曾在《文学评论》《文学遗产》《复旦学报》《文献》等刊物上发表过，“中国文学批评通史”课程的研究生参与书稿的校对，山西教育出版社刘晓露编辑为本书的出版费心费力，在此一并表达谢忱！

国家出版基金资助项目
“十二五”国家重点图书出版规划项目
教育部人文社会科学重点研究基地重大项目成果
上海市哲学社会科学规划中长期课题

中国分体文学学史

ZHONGGUO FENTI WENXUE XUESHI

黄霖 主编

诗学卷 中

周兴陆 著

山西出版传媒集团
山西教育出版社

第三编 尚意诗学

古代诗学的发展，不是相互取代的关系，而是相互弥补、相互纠正。大约自“安史之乱”以后，传统诗学发生了较为明显的转向，具体表现在这样几个方面：一、儒家讽谕时政的诗学传统的恢复。强调诗歌要有明确的创作意图，这个意图就是针砭时弊，言必中当世之过。二、受佛学“心性”论影响，在中晚唐时出现了一种超越感物兴情模式的“非感物”论①，诗论的重心从“外感”转向“内意”，诗歌表现“心象”，也表现意境——意中之境；宋代苏轼、黄庭坚和其他理学家的哲学观念，强调主体对于“外感”、“物欲”等束缚的超越，进入鸢飞鱼跃的自由境界。表现在诗学观念上，就是超越感物兴情模式，诗歌自写胸中妙，获得与道无碍的意韵。三、自杜甫以降，在艺术表达上出现了“语不惊人死不休”、“笔补造化天无功”的新追求，宋代诗学在艺术表达论上，是沿着杜甫、韩愈、李贺的道路走下去的，更强调刻意锻造、惨淡经营。一言以蔽之，曰尚意诗学。陈师道、刘攽和张表臣等均反复申说“诗以意为主”的命题。宋人对“感物兴情”模式是持有怀疑态度的。如黄庭坚云：“渭城柳色关何事？自是离人作许悲。”②（《题阳关图二首》之二）“我自只如常日醉，满川风月替人愁。”（《夜发分宁寄杜涧叟》）主体“我”，与“渭城柳色”、“满川风月”是静观对待的关系。这种物我关系与刘勰所谓“情以物兴”、“物以情观”有着明显的差异。程颐《入关语录》说：“寂然不动，万物森然已具在，感而遂通。感则只是自内感，不是外面将一物来感于此也。”（《二程遗书》卷十五）宋代尚意诗学的“意”，不是感物兴情的“情”，而是来源于主体的“识见”；“意”的表现不是“直寻”、“自然英旨”，而是刻意锻造，体现诗人的匠心“作用”。

---

① 可参考萧驰《佛法与诗境》，中华书局 2005 年版，第 189—203 页。

② 任渊、史容、史季温注，黄庭坚撰《黄庭坚诗集注》，中华书局 2003 年版，第 1323 页。本书引黄庭坚诗均依此版。

第一章
多元走向的中晚唐诗学

【内容提要】 传统诗学发展至中晚唐，呈现出多元化走向：杜甫"别裁伪体亲《风》《雅》，转益多师是汝师"，首先提出"诗法"论；佛学"心识"论奠定了中唐诗学意境论的哲学基础，皎然提出"诗情缘境发"，司空图提出"思与境偕"，标志着诗学意境论的发轫；韩愈、孟郊、李贺、贾岛等重视人工锻造、刻意搜奇，"苦吟"、"吟苦"成为一种审美风尚；白居易、元稹等重新倡扬讽喻诗论，是儒家诗学的新发展。

激昂奋发是盛唐时代的主旋律，而随着"安史之乱"的爆发，大唐国势急转直下。在衰微的时势里，有人积极救世，有人退隐自守，有人扭曲桀骜，很难再形成时代精神的主流。中晚唐的诗学，在这种氛围中呈现出多元化的走向。

第一节　承前启后的杜甫诗论[①]

盛唐诗歌昂扬奋发的气魄和豪迈张扬的情怀与大唐国运一样，随着

① 本节曾题《杜甫诗论的诗学史定位》，发表于《杜甫研究学刊》2005 年第 3 期。

“安史之乱”的爆发而急转直下，逐渐消寂。唐代诗歌的两座高峰——李白和杜甫，正好生活在这个转捩关头。李白创作的旺盛期在“安史之乱”前，他的诗歌把盛唐气象推向极致；而杜甫诗歌创作的高潮则在“安史之乱”之中与之后，他的诗歌与李白迥异其调，带有盛世落潮时的沉郁甚至衰飒之气，在诗学上也开启了新的探索。杜甫诗歌创作既集前代之大成，又开后世之新派。李白标志着一个时代的结束，而杜甫则标志着一个新的时代的开始。后代诗论家早已看出这一点。宋王禹偁说：“子美集开诗世界。”（《日长简仲咸》）明王世贞说“太白以气为主”，“子美以意为主”（《艺苑卮言》卷四）。以气为主，正是建安至盛唐时期的主导精神；而以意为主，则是中唐两宋诗歌的主流。清代朱琰批点《唐诗别裁集》说得更为明白：

> 太白于奇肆中独存轨范，接汉魏六朝，集其大成。少陵于整丽中独寓变化，下启宋元以下，为之鼻祖。二公并驱，实则分道。①

其实，不仅杜甫的诗歌创作如此，杜甫诗论的承上启下特征也非常明显。古人信奉“家有南威之容，乃可论于淑媛；有龙泉之利，然后议于断割”，两宋以后杜诗被推举为不可企及的诗歌典范，影响一代又一代诗人，杜甫诗论也备受后人的关注，奉为至论。方东树称赞杜甫论诗，“殆若孔、孟、曾、思、程、朱之讲道说经，乃可谓以般若说般若者矣”②。杜甫诗论因其卓越的创作成就而得到后人的尊崇，对后代诗歌创作和理论都有深刻的影响。放在诗学史上来看，杜甫诗论，是魏晋至盛唐缘情诗学向中唐两宋尚意诗学转变的重要一环。

杜甫诗论承接前代诗学统绪的特点，首先表现在他对前代诗歌传统采取兼收并蓄的态度。“转益多师是汝师”（《戏为六绝句》其六）是杜甫诗论的纲领。杜甫对前代诗歌与同时诗人都给予较为充分的肯定，认识到他们各有特点，各有所长，主张兼收并蓄，而非轩此轾彼。杜甫对待诗歌史的态度与其前的李白、其后的韩愈都不同。李白说过“自从建安来，绮丽不足珍”这样过激的话，韩愈也说：“齐梁及陈隋，众作等

① 朱琰批点《唐诗别裁集》卷六，复旦大学图书馆藏清过录本。

② 方东树《昭昧詹言》卷一，人民文学出版社1961年版。

蝉噪。”（《荐士》）当然，他们这样说或许有其特定的背景和所指，但毕竟不是中正稳妥的态度。这种议论为了端正诗歌源头而把齐梁诗歌一笔抹杀，对于诗歌发展也有不利的一面。在杜甫诗论中，就很难见到这种偏颇之论，他评论前代诗歌，态度通达得多。

先秦两汉诗人自然不必说了，那是唐代诗人创作古体诗努力追求而无法企及的诗歌典范。我们先看看杜甫对建安诗人的评论。曹植与刘桢是建安诗人的代表。杜甫赞叹曹植：“文章曹植波澜阔”（《追酬故高蜀州人日见寄》），“子建文笔壮”（《别李义》）。“波澜阔”、“文笔壮”，意指情感激荡，境界阔大，气势壮丽，这正是曹植乃至建安诗人整体的共同特点。杜甫称述自己的诗才时，常以曹、刘自比。他在《奉赠韦左丞丈二十二韵》中称年轻时就“诗看子建亲”；在《壮游》诗中说自己中岁后“目短曹、刘墙”；在《秋述》中自称“赋诗时或似曹、刘”，都是自比于曹植、刘桢。在夸赞别人诗才时他也多以曹植、刘桢相比。如《奉寄高常侍》称高适“方驾曹、刘不啻过”；《解闷》诗“曹、刘不待薛郎中”，把高适、薛据比为曹植和刘桢；《偶题》诗“前辈飞腾入”，所指也是建安诗歌。从杜甫对曹、刘诗歌的赞许中，可以看出他对建安诗歌是非常推崇的。杜甫倡扬鲸鱼碧海的雄健诗风，赞扬凌云健笔的雄壮刚健之美。《戏为六绝句》其一云：“庾信文章老更成，凌云健笔意纵横。”《八哀诗·赠秘书监江夏李公邕》云：“声华当健笔，洒落富清制。”《奉赠太常张卿二十韵》云：“健笔凌鹦鹉，铦锋莹鸊鹈。”这种雄健宏壮的诗风，体现了盛唐诗人的精神状态和审美意趣，同时也是对建安诗歌慷慨磊落，任气使才的发扬。皮日休《郢州孟亭记》赞扬杜甫“大得建安体”，正是从这个意义上说的。当然，杜甫的健笔有时也露出劖刻的端倪，不同于建安诗歌的质朴浑厚。所以严羽申辩说：“诗用‘健’字不得。”

对于六朝诗歌，唐人的态度存在着不同。初唐宫体诗人欣赏六朝诗歌对偶精切，声韵和谐，藻饰华美；而陈子昂、李白等人更注重恢复《风》《雅》传统，斥责六朝诗歌趋新讹滥。杜甫对于六朝诗歌不是绝对的褒和贬，而是采取更为具体的、区别对待的态度。对于两晋诗歌，他从众多诗人中挑选出陶渊明和谢灵运。他的《夜听许十损诵诗爱而有作》云“陶、谢不枝梧，《风》《骚》共推激”，把陶、谢与《风》

《骚》并提，认为二人诗歌发扬了《国风》和《离骚》精神。对于齐梁诗歌总体趋势上背离《风》《骚》传统，讹滥翻新，杜甫是持批评态度的。在《戏为六绝句》中他云“窃攀屈宋宜方驾，恐与齐梁作后尘”，恐步齐梁之后尘，就是不能将齐梁的靡丽诗风继续下去，但这不是对齐梁诗歌的全部否定，实际上对于齐梁时期的许多著名诗人，他都给予热情的肯定和赞扬。杜甫《哭王彭州抡》云“新文生沈、谢”，称赞王抡诗文是沈约、谢朓之复生；《赠毕四（曜）》云“流传江、鲍体”，把奉为“诗伯”的毕曜比为江淹和鲍照；《北邻》诗云“能诗何水曹”；《与李十二白同寻范十隐居》云“李侯有佳句，往往似阴铿”……足见这些六朝诗人在杜甫心中地位之高。其中，对于庾信晚年的创作杜甫更为欣赏。《咏怀古迹五首》之一云：“庾信平生最萧瑟，暮年诗赋动江关。”《论诗六绝句》之一云：“庾信文章老更成。”庾信困留北方后的家国之思，与杜甫因战乱而奔波流离的心情是一样的，因此杜甫对于庾信晚年创作也多了一份切己的同情。杜甫还下过很大的工夫，用心学习六朝诗歌。其《解闷十二首》之一云：

> 陶冶性灵存底物，新诗改罢自长吟。孰知二谢将能事，颇学阴何苦用心。

谢灵运、谢朓、阴铿、何逊的诗歌正是六朝绮丽诗风的典型，杜甫不仅予以赞美，而且还“苦用心”地学习。杜甫告诫儿子宗武“熟精《文选》理”，《文选》是唐人作诗文的基本教材。近人李祥的《杜诗证选》详细考察了杜诗与《文选》的内在联系，从中我们可以看出杜甫诗歌在字法、句法、篇章结构乃至运思方面都曾受到《文选》的启发。正是因为这种兼收并蓄的态度，广泛学习前人创作的精华，杜甫在诗歌创作上才取得了如此高的成绩。

对于唐代前期的诗人，杜甫更多称道之语。“诗是吾家事”（《宗武生日》），杜甫祖父杜审言不仅为杜甫留下了美好的名声，而且对杜甫诗歌创作也有深刻的影响。杜甫在诗中多次称述杜审言的诗才。《赠蜀僧闾丘师兄》云：“吾祖诗冠古。”在《八哀诗·赠秘书监江夏李公邕》里，杜甫颇为自豪地追叙李邕如何称赞杜审言的诗：“例及吾家诗，旷怀扫氛翳。”还特别交代李邕反复感叹杜审言《和李大夫嗣真奉使存抚河东》："慷慨嗣真作，咨嗟玉山桂。"经过宋之问旧庄，杜甫赞叹说："吟诗许更过。"（《过宋员外之问旧庄》）刘辰翁评此句曰："是尊慕前辈之词。"在《寄李十二白二十韵》里，杜甫还用武后夺袍赏赐宋之问的故事来比李白得玄宗欢心而受赏赐，可见他对宋之问在诗歌创作上的成绩以及当时受到的礼遇和获得的美好名声，都是很钦慕的。他在寄给沈佺期之子沈东美的诗中说："诗律群公问，儒门旧史长。"（《承沈八丈东美除膳部员外郎，阻雨未遂驰贺，奉寄此诗》）正是因为沈东美得其父诗法，所以群公都来咨问，这实际上是对沈佺期诗歌的赞美。沈佺期、宋之问对于律诗体制的定型，有重要的贡献，在当时就赢得了普遍的赞誉，杜甫对他们也颇为尊敬。杜甫的《八哀诗·赠秘书监江夏李公邕》还说李邕"论文到崔、苏，指尽流水逝。近伏盈川雄，未甘特进丽"。崔，指崔融；苏，指苏味道；盈川，指杨炯；特进，指李峤。四人都是初唐诗坛名家。崔融、苏味道都是"文章四友"中人，崔融还有《唐朝新定诗格》传世，所以杜甫以"论文"属此二人。杨炯的诗文把境界扩大到关山塞漠，风格雄劲，所以杜甫称美说"近伏盈川'雄'"。李峤是宫廷诗人，杜甫说他的诗"丽"。而李邕的诗歌已经超越了李峤之丽而有雄劲之气，所以说"未甘特进丽"。晁公武《郡斋读书志》卷四《李峤集》下云："峤富才思，前与王勃、杨炯，中与崔融、苏味道齐名。"杜诗所举四人，在初唐时已享有盛名，杜甫对他们也较为推重。在杜甫的时代，可能不少人对初唐四杰颇有微词。杜甫《戏为六绝句》云：

> 杨王卢骆当时体，轻薄为文哂未休。尔曹身与名俱灭，不废江河万古流。
>
> 纵使卢王操翰墨，劣于汉魏近风骚。龙文虎脊皆君驭，历块过都见尔曹。

这两首诗中，杜甫情感激烈，爱憎分明。轻薄为文者对四杰诗歌哂笑不已，而在杜甫看来，杨炯、王勃、卢照邻、骆宾王的诗文是"当时体"，在当时的诗歌背景下，他们的改革创新是有积极意义的，可以万古流芳，而轻薄为文者将要身名俱灭。由于诗论体例的限制，当时轻薄为文者所哂笑的是什么，杜甫所谓"当时体"的含义是什么，我们现在很难确指，但是杜甫在诗歌里对“初唐四杰”的肯定和推崇，是非常明显的。杜甫对他们的基本评价是“劣于汉魏近风骚”，纵然比不得汉魏诗之温丽淳朴、风骨贞刚，却也秉承了《风》《骚》的兴寄精神①。此外，在《寄彭州高三十五使君适、虢州岑二十七长史参三十韵》里，杜甫用悲悯的笔调写道：“举天悲富、骆，近代惜卢、王。似尔官仍贵，前贤命可伤。”富，指富嘉谟，文章本于经术，卒于监察御史（八品官）。骆宾王、卢照邻、王勃都是才高运舛，死于非命，所以杜甫慨叹“前贤命可伤”。对于初唐诗人，杜甫评价最高的，要算陈子昂。杜甫《陈拾遗故宅》云：“有才继《骚》《雅》，哲匠不比肩。公生扬、马后，名与日月悬。……终古立忠义，《感遇》有遗篇。”陈子昂的诗作与诗论，重兴寄，重风骨，所以，杜甫赞美他“才继《骚》《雅》”，“立忠义”，是很恰当、中肯的。

对于同时代的互相交游的诗人，杜甫也推扬他们的一己之长，褒赞他们的诗才。他称赞名相张说之后张垍诗曰：“伶官诗必诵，夔乐典犹稽。健笔凌鹦鹉，铦锋莹鹔鹴。”（《奉赠太常张卿二十韵》）称赞郑审和李之芳诗歌说：“郑、李光时论，文章并我先。阴、何尚清省，沈、宋欻联翩。律比昆仑竹，音知燥湿弦。风流俱善价，惬当久忘筌。”（《秋日夔府咏怀奉寄郑监李宾客一百韵》）用阴铿、何逊、沈佺期、宋之问来比拟郑审、李之芳，并赞许他们的近体诗作音律精美。杜甫赞美以描写边塞风光见长的高适、岑参：“高、岑殊缓步，沈、鲍得同行。意惬关飞动，篇终接混茫。”（《寄彭州高三十五使君适、虢州岑二十七长史参三十韵》）古有沈约、鲍照齐名，今则高适、岑参并驱。二人诗歌，意气风发，神采飞扬，而收束有苍茫无穷之意。高适晚年始达，在当时位高名重。长期的边塞生涯，赋予他诗歌以豪荡健拔之气。杜甫赞许高适曰：“当代论才子，如公复几人。骅骝开道路，鹰隼出风尘。”（《奉简高三十五使君》）后二句用形象的比喻，描述高适诗歌雄奇壮美的特征。韦济，《旧唐书》本传云：“以词翰闻，制《先德》诗四章，辞致高雅。”杜甫《奉寄河南韦尹丈人》赞许韦济诗歌曰：“词场继

① 按，关于“劣于汉魏近风骚”的断句和解读，历代异说纷纭，可参郭绍虞《杜甫戏为六绝句集解》，人民文学出版社 1978 年版。

《国风》。”并非虚誉。此外，杜甫还在《解闷》诗里称赞孟浩然诗“清诗句句尽堪传”，称赞王维诗“最传秀句寰区满”。《赠比部萧郎中十兄》赞其表兄诗：“词华倾后辈，风雅蔼孤骞。”杜甫与曾结伴漫游梁宋的李白关系很好，“醉眠秋共被，携手日同行”（《与李十二白同寻范十隐居》），李白诗也最让杜甫倾心。杜甫多次赞叹李白的诗才，而且能精切地点出李白诗歌的风格特征。如《春日忆李白》曰：“白也诗无敌，飘然思不群。……清新庾开府，俊逸鲍参军。”《不见》曰：“敏捷诗千首，飘零酒一杯。”《寄李十二白二十韵》曰：“笔落惊风雨，诗成泣鬼神。”这些都不是泛泛之论，“飘然思不群”、“敏捷”、“惊风雨”、“泣鬼神”等等，都是凸显李白诗歌豪俊飘逸、迅发纵横的品格。甚至于行辈略晚的诗人，杜甫也给予褒扬和推挹。《苏大侍御访江浦，赋八韵记异》赞苏涣诗歌“才力素壮，辞句动人”，“涌思雷出”；《奉赠严八阁老》赞扬严武“新诗句句好，应任老夫传”；孟云卿比杜甫小十几岁，杜甫《解闷十二首》其五云“李陵苏武是吾师，孟子论文更不疑。一饭未曾留俗客，数篇今见古人诗”。

杜甫所称述的这些前代和同代诗人，成就不等，风格各异，杜甫却都能看到并肯定他们的长处和特点，这就是“转益多师是汝师”的态度。海纳百川，有容乃大，正是融会了前人创作之所长而加以创新，才形成了杜甫诗歌“集大成”的气象。正如元稹在《唐故工部员外郎杜君墓系铭并序》里所说：“至于子美，盖所谓上薄《风》《骚》，下该沈、宋，古傍苏、李，气夺曹、刘，掩颜、谢之孤高，杂徐、庾之流丽，尽得古今之体势，而兼今人之所独专矣。”

“转益多师是汝师”前面还有一句“别裁伪体亲《风》《雅》”。“别裁伪体亲《风》《雅》”，是“转益多师”的前提，是杜甫对待诗歌史的基本原则。杜甫所说的“伪体”主要是指像齐、梁、陈、隋宫体诗之类背离《风》《雅》抒情言志传统的诗风。《戏为六绝句》中说：“窃攀屈宋宜方驾，恐与齐梁作后尘。”（其五）所谓齐梁后尘，也是指宫体诗之类的伪体。对于历代诗歌的“清词丽句”，杜甫是持欣赏态度的，而对于过于纤弱冶艳的“翡翠兰苕”，则表示不满。他更欣赏的是“鲸鱼碧海”式的雄壮之美，这也是盛唐时代精神在杜甫审美观上的体现。杜甫对待前代诗史，主张兼收并蓄，这具有端正诗歌方向的意义。

他所指的方向，就是“亲《风》《雅》”。

“亲《风》《雅》”的理论主张，是杜甫诗论承前启后的重要内容之一。在杜甫之前，陈子昂和李白都提出要改革诗文风气，恢复《风》《雅》的传统。但是在初唐时期占据文学主流的还是宫廷贵游诗人，盛唐时期的创作始以舒展个性、驰骋才情为主。正如李白所感慨“《大雅》久不作，吾衰竟谁陈”，李白诗歌中真正如《古风》之类的讽谕之作并不多。而到了杜甫的时代，他所遭遇的是战乱流离、国势沉沦、盛世不再，所以主张“亲《风》《雅》”，恢复传统儒家诗学吟咏情志、关注现实、讥刺时政的精神。杜甫的诗歌创作，完美地体现了“亲《风》《雅》”的创作精神。杜甫论诗强调“兴寄”，就是“亲《风》《雅》”的表现。杜甫有一首诗《园官送菜》，其序云：

> 园官送菜把，本数日阙。矧苦苣、马齿，掩乎嘉蔬，伤小人妒害君子，菜不足道也，比而作诗。

这首诗中有“乃知苦苣辈，倾夺蕙草根。小人塞道路，为态何喧喧”数句，明显是发挥《诗经·国风》中的比兴方法。在评论他人诗歌时，杜甫特别重视诗歌的比兴讥刺精神。孟云卿，据高仲武论其诗曰“词意伤怨”，多悲苦之词，杜甫《解闷十二首》第五首赞说：“孟子论文更不疑，……数篇今见古人诗。”称孟云卿诗是“古人诗”，也就是不失《风》《雅》精神。苏涣“本不平者”，其诗，当时人就有“长于讽刺，得陈拾遗一鳞半甲”之论①。杜甫《苏大侍御访江浦，赋八韵记异》赞其诗：“再闻诵新作，突过黄初诗。”所谓“突过黄初”（黄初是魏文帝年号），就是远绍汉魏，上继《风》《雅》。元结是杜甫的友人。唐代宗广德二年（764），元结出任道州刺史。道州在上一年被当时称为“西原蛮”的少数民族攻陷，州民伤亡惨重，百姓贫病交加。元结目睹此状，宁愿自己受催督不力之罪，也不忍再向百姓征收赋税，写了《春陵行》《贼退示官吏》两诗。杜甫读到这两首诗，颇为感动，写了《同元使君春陵行》并序：

---

① 钱易《南部新书》卷八，中华书局2002年版；胡仔《苕溪渔隐丛话》前集卷八，人民文学出版社1962年版。

览道州元使君结《舂陵行》兼《贼退后示官吏作》二首，志之曰：当天子分忧之地，效汉官良吏之目（按，目一作“日”）。今盗贼未息，知民疾苦，得结辈十数公，落落然参错天下为邦伯，万物吐气，天下小安可得矣。不意复见比兴体制，微婉顿挫之词，感而有诗，增诸卷轴。简知我者，不必寄元。

吾人诗家秀，博采世上名。粲粲元道州，前圣畏后生。观乎舂陵作，欻见俊哲情。复览贼退篇，结也实国桢。贾谊昔流恸，匡衡常引经。道州忧黎庶，词气浩纵横。两章对秋月，一字偕华星。致君唐虞际，纯朴忆大庭。何时降玺书，用尔为丹青。……感彼危苦词，庶几知者听。

在这首诗里，杜甫基于“天子分忧”、“日夕思朝廷”的儒家忠君爱民思想，高度评价元结《舂陵行》和《贼退示官吏》二诗反映盗贼未息，民生疾苦的现实生活，表达了“致君唐虞际”的崇高思想。杜甫自己抱着“穷年忧黎元”的仁厚情怀，所以能与元结的“忧黎元”产生情感的共鸣，由此感而赋诗。杜甫希望能够出现更多像元结一样关怀民生的诗人，那么天下小安，就指日可待了。杜甫对元结的创作还从理论上作出概括，即“比兴体制，微婉顿挫之词”，所谓比兴体制，就是发扬《诗经·国风》比兴讽刺的创作精神和表现方法；而微婉顿挫之词，就是要符合儒家诗论“主文而谲谏”、“温柔敦厚”的原则，不直露，不刻薄。这样的创作，符合杜甫“亲《风》《雅》”的要求。联系杜甫的创作来看，杜甫所强调的“比兴”和“风雅”就是指诗歌要美善刺恶，辅正祛邪，关心时政和现实民生，对苦难现实和不合理现象有所针砭，有所揭露，而表达则应该浑厚委婉，不失温柔敦厚。这是儒家传统诗论在唐代经过陈子昂等的提倡，在杜甫时代的复兴，也体现了中唐时代一部分文人面对苦难现实而希望诗歌对国事民生有所裨益的思想。与杜甫同时的元结，正是因为在诗歌中彰显这种思想而得到杜甫的推崇。其后，白居易、元稹提倡新乐府，强调诗歌“补察时政”、“泄导人情”，都是沿着杜甫的道路继续前进的。宋代梅尧臣、苏轼等人的创作，都自觉发扬《风》《雅》“比兴”精神，也是与杜甫诗论一脉相承的。在诗学史上，杜甫的诗歌被人们尊崇为儒家《风》《雅》“比兴”诗论的典范，对后代诗歌产生了深远的影响。

杜甫诗论承前启后最为突出的表现，在于他既秉承盛唐诗学的感兴论，又开启了后代的诗法论。前面我们已经说过，盛唐时代，诗人或意气风发、情怀激越，或高蹈萧散、闲适恬静。而感物触怀、发兴无端，则是共同点。其中王维、孟浩然等多为“幽兴”，而李白颇多“逸兴”。“幽兴”，寄托情趣于山水自然；“逸兴”，则是超越凡俗、精神自由的兴致。杜甫诗论，也重视“兴”。有的“兴”是指即景会心的人生意趣，如：

片云头上黑，应是雨催诗。（《陪诸贵公子丈八沟携妓纳凉，晚际遇雨二首》）

晚来高兴尽，摇荡菊花期。（《九日曲江》）

东行万里堪乘兴，须向山阴上小舟。（《卜居》）

事殊兴极忧思集。（《渼陂行》）

郑县亭子涧之滨，户牖凭高发兴新。（《题郑县亭子》）

东阁官梅动诗兴，还如何逊在扬州。（《和裴迪登蜀州东亭送客逢早梅相忆见寄》）

老夫平生好奇古，对此兴与精灵聚。（《题李尊师松树障子歌》）

椽曹乘逸兴，鞍马到荒林。（《刘九法曹郑瑕邱石门宴集》）

云山已发兴，玉佩仍当歌。（《陪李北海宴历下亭》）

有的“兴”，就是指一种需要发露的情怀，而且在杜甫的笔下，多特指穷愁、落寞、萧索的意绪，这种情怀蓄积久了，需要寻找吐露的途径，于是产生了诗兴。如：

诗尽人间兴，兼须入海求。（《西阁二首》）

愁极本凭诗遣兴，诗成吟咏转凄凉。（《至后》）

曾为掾吏趋三辅，忆在潼关诗兴多。（《峡中览物》）

道消诗发兴，心息酒为徒。（《哭台州郑司户、苏少监》）

杜诗《客居》曰“箧中有旧笔，情至时复援”，《四松》曰“有情且赋诗，事迹可两忘”，《偶题》曰“不敢要佳句，愁来赋别离”，以及《奉赠王中允》曰“穷愁应有作”，其意思都接近于后一种“兴”，即穷愁、落寞、萧索的情怀。不论是前面一种即景兴怀，还是后面一种穷愁郁闷的意兴，都会产生一种需要发露和排遣的冲动，当这种冲动通过作诗而得到满足，诗人就会获得心灵的惬意和舒适。杜甫对这种精神境界是深有体会的，他将之概括为“陶冶性灵”①。

> 登临多物色，陶冶赖诗篇。（《秋日夔府咏怀奉寄郑监李宾客一百韵》）
>
> 陶冶性灵存底物，新诗改罢自长吟。（《解闷十二首》）
>
> 宽心应是酒，遣兴莫过诗。（《可惜》）
>
> 沉饮聊自适，放歌颇愁绝。（《自京赴奉先县咏怀五百字》）
>
> 愁极本凭诗遣兴，诗成吟咏转凄凉。（《至后》）
>
> 故林归未得，排闷强裁诗。（《江亭》）
>
> 会期吟讽数，益破旅愁凝。（《寄刘峡州伯华使君四十韵》）

诗歌的这种陶冶性灵的作用，是传统诗论的一个重要方面，与比兴讽刺相互补充，相济为用。比兴讽刺的用意主要是针对外在世界，有为而发，发有所指；而陶冶性灵则是针对内在世界，追求自适、自遣。前代诗论如钟嵘《诗品序》所谓“使穷贱易安，幽居靡闷，莫尚于诗矣”，就是指诗歌陶冶性灵的自遣自适意义。杜甫晚年寓居成都、夔州，吟咏地方风物的诗歌，多具陶冶性灵的自适意义。杜甫对这种创作心态的揭示，既是对他《风》《雅》比兴理论的重要补充，更是盛唐诗论的发展。盛唐诗论多谈诗兴，杜甫论诗也尚诗兴，不过相比来说，杜甫除了有盛唐人的“高兴”、“逸兴”外，他所说的诗兴更多了穷愁、郁闷的内涵，而且杜甫进一步触及到发露诗兴之“陶冶性灵”的意义。

盛唐诗学是很少论诗法的，有些《诗格》所谈的“势”仅仅是作

① 按，“性灵”是六朝时期频繁使用的范畴。刘勰《文心雕龙》多次使用“性灵”这个词；颜之推的《颜氏家训·文章》说：“至于陶冶性灵，从容讽谏，入其滋味，亦乐事也。”揣其意，“性灵”更偏重于自然禀赋的真情、天机自动的灵觉。颜延之《庭诰》中有云：“含生之氓，同祖一气，等级相倾，遂成差品。遂使业习移其天职，世服没其性灵。”“性灵”与“天职”并举，与“业习”、“世服”相对，其意显然，明代的“性灵”说更是在这一点上发挥至极。

诗的程式，还没有明确提出“诗法”的范畴。首先提出“诗法”论的是杜甫。杜甫既重视“兴”，又强调“法”。“兴”、“法”相济互用，诗才能入神。由于杜甫诗学思想多是在创作中的自我表述，既鞭辟入里，又扑朔迷离，他论诗法同样如此。我们只能综合起来，揣其大略。

杜甫在诗歌中多次直接提到“法”的问题。其《寄高三十五书记》云：“叹息高生老，新诗日又多。美名人不及，佳句法如何？”这是向高适询问句法。《偶题》诗云“法自儒家有，心从弱岁疲”，是说自己继承了“奉儒守官”家庭的诗法传统，与“诗是吾家事”意思差不多①。《偶题》被称为“一部杜诗总序”，“首叙诗学，源流兼收”②，在这首诗里，杜甫提出并阐述诗法的问题，足以见得杜甫对于诗法的重视。联系杜甫其他诗作中的相关言论，可以看出杜甫的法，与唐代各种《诗格》里的所谓“格”、“势”有很大的不同，所谓“格”、“势”，仅仅是指诗歌创作所要遵守的最为基本的法则，是一首诗要成为诗所必具的形体规定，甚至是一些人为规定的格套。而“法”则是在此基础上的个人创造，是诗人的艺术运思和表现，是其在作品形式、结构方面的匠心锻炼，只有具备“法”，一首诗才能成为好诗。杜甫的诗法论，大致包括这样几个方面：

首先是重视锤炼“佳句”、“秀句”、“新句”。摘句批评，欣赏佳句、秀句，是六朝以来的诗论传统。元兢选有《古今诗人秀句》，专门摘录他所认为的古今秀句。殷璠《河岳英灵集》在评论诗人时也多标举佳句。杜甫诗论很重视佳句、秀句，除了上面的“佳句法如何”外，如：

为人性僻耽佳句，语不惊人死不休。（《江上值水如海势，聊短述》）

赋诗新句稳，不觉自长吟。（《长吟》）

最传秀句寰区满，未绝风流相国能。（《解闷十二首》之一论王维诗）

---

① 何焯《义门读书记》卷五十五云：“儒家，疑作‘传家’，谓乃祖审言也。”可参。中华书局1987年版。

② 杨伦《杜诗镜铨》卷十五眉批，上海古籍出版社1962年版。

每于百僚上，猥诵佳句新。（《奉赠韦左丞丈二十二韵》）

题诗得秀句，札翰时相投。（《送韦十六评事充同谷防御判官》）

不论是赞他人之诗，还是称述己作，杜甫都看重“佳句”、“秀句”、“新句”，甚至说耽思佳句是自己生性的癖好，锤炼佳句要达到“语不惊人死不休”的地步，若能够写出佳句，就可以传满寰区。他的《又示宗武》诗说儿子“觅句新知律”。“耽”和“觅”都传达出诗人在搜求、锻造佳句来表达情志时的艰苦匠心。其后的“韩孟诗派”也重视句法的锻造，搜奇出新，这是沿着杜甫的方向而变本加厉，走向极端。

其次，杜甫的诗法也包括诗歌整体结构的章法。他用“波澜”二字来形容诗歌整体结构的开合顿挫、整饬流动之美。如：

毫发无遗憾，波澜独老成。（《敬赠郑谏议十韵》）

文章曹植波澜阔。（《追酬故高蜀州人日见寄》）

所谓的“波澜”，是指通篇整体的结构而言。仇兆鳌注曰：“波澜老成，谓通篇结构，包大小而言。”杜甫《寄刘峡州伯华使君四十韵》所云“神融蹑飞动”也是指文章的整体结构要有飞动之气。王嗣奭《杜臆》解释说：“‘神融’句，谓文有生气。”章法的重要部分是落句。唐代诗论很重视落句。王昌龄《诗格》“十七势”有“落句含思势”。杜甫《八哀诗·故右仆射相国张公九龄》曰：“诗罢地有余，篇终语清省”，所谓“地有余”、“语清省”也是指诗歌落句有余味，不说尽，不直白。杜甫不仅要求诗歌有余味，更主张诗歌收束终篇要有阔大气象和飞动之势，大开大阖，有气韵沉雄之美。杜诗所谓“意惬关飞动，篇终接混茫”（《寄彭州高三十五使君适、虢州岑二十七长史参三十韵》），所谓“笔飞鸾耸立，章罢凤骞腾”（《赠特进汝阳王二十韵》）都是描绘诗歌的这种章法特点。

第三，杜甫重视诗律的斟酌和锤炼。杜诗中有很多处提到诗律。有的时候，杜诗的“律”是指诗歌声韵之美，如《秋日夔府咏怀奉寄郑监李宾客一百韵》“律比昆仑竹，音知燥湿弦”，“律”与“音”并列，都是指诗歌声韵之美。有的时候，杜甫说的“诗律”还只是指近体诗歌用词、对仗、声韵等语言形式方面的基本格律，如《又示宗武》云“觅句新知律，摊书解满床”，《承沈八丈东美除膳部员外，阻雨未遂驰贺，奉寄此诗》云“诗律群公问，儒门旧史长”，这里的诗律，都是指诗歌的基本格律规则。但是杜诗中的“诗律”，不仅是指诗歌格律的基本原则，更多的是指在遵循格律原则的基础上遣词、造句、用韵、谋篇等艺术表现的个性化创造和发挥。杜诗云：

晚节渐于诗律细，谁家数去酒杯宽。（《遣闷戏呈路十九曹长》）

遣辞必中律，利物常发硎。（《桥陵诗三十韵》）

这些地方的诗“律”，都不能说是诗歌的基本格律法则，而是指诗人运法能“化”，在艺术方法上的个人创造和特色。

第四，杜甫既重视学习前代的优秀遗产，取法乎上，集前人之大成，更自觉追求艺术创新，自我创造。《偶题》云：“后贤兼旧制，历代各清规。”兼旧制，是学古；而各清规，则需要自我创新，自我立法。就是学习古人，也应该取其精髓，脱略形骸。《寄刘峡州伯华使君四十韵》云“妙取筌蹄弃”，《奉赠韦左丞丈二十二韵》云“读书破万卷，下笔如有神”，都是指学古能化，化古人以生新。《奉和严中丞西城晚眺十韵》云：“诗清立意新。”“立意新”，就是个人的创造。《吕氏童蒙训》解释说：“‘诗清立意新’，此是作诗用力处，盖不可循习陈言，只规摹旧作也。”

综合起来看，杜甫论诗人艺术情思的萌发孕育时强调“诗兴”，而论艺术构思表现时重视“诗法”。优秀的诗歌，应该是“诗兴”和“诗法”兼胜，是二者的完美结合。这样的诗杜甫用一个“神”字来形容。杜诗云：

读书破万卷，下笔如有神。（《奉赠韦左丞丈二十二韵》）

醉里从为客，诗成觉有神。（《独酌成诗》）

草书何太古，诗兴不无神。（《寄张十二山人》）

诗应有神助，吾得及春游。（《游修觉寺》）

挥翰绮绣扬，篇什若有神。（《八哀诗·赠太子太师汝阳郡王

琎》)

赋诗宾客间，挥洒动八垠。乃知盖代手，才力老益神。(《寄薛三郎中》)

义方兼有训，词翰两如神。(《奉贺阳城郡王太夫人恩命加邓国太夫人》)

将军善画盖有神。(《丹青引赠曹将军霸》)

书贵瘦硬方通神。(《李潮八分小篆歌》)

所谓“有神”，即宛有神助。有时是产生诗兴时，宛有神助；有时是诗成之后觉得有神助之。所谓“通神”，是诗歌、书法的最高境界。而一首诗若达到“有神”、“通神”，不能只是诗兴的自由驰骋，没有诗法的控辔；也不能仅是诗法的精造，没有诗兴流贯其中，而应该是“诗兴”高张与“诗法”运化二者兼备，才能“有神”。杜诗《敬赠郑谏议十韵》云：“思飘云物动，律中鬼神惊。毫发无遗憾，波澜独老成。”“思飘云物动”是“兴”，“律中鬼神惊”是“法”，兼此二者方可谓之“神”，所以王士禛说：“十字尽学诗之秘。”①

第二节 尚变主创的皎然诗论

在盛唐开元、天宝与中唐白居易、韩愈主导诗坛的贞元、元和之间，还活跃着一群大历才子。他们生活在战乱初平、人心思定的时代，盛唐理想已经落空，而中兴之象尚未出现，因此这时的士人多是茫然的，甚至有些失落。失落之际，他们多表现出徜徉自然、流连山水的疏淡情怀，在审美情调上追求幽淡雅致、清丽流转之美。大历诗人的主体是以浙东和湖州为创作中心的两个文人集团。其中湖州文士集团的皎然在理论上颇有建树，有论诗著作《诗式》和《诗议》传世。皎然的诗歌理论，一方面多少反映了大历文士的审美趣味，同时又对大历靡弱风气有所批评。

大历诗歌理致清新，词句秀丽。皎然的诗歌“适情性，乐云泉”

① 杨伦《杜诗镜铨》卷二引，上海古籍出版社1962年版，第45页。

（《赠李舍人使君书》），也写得幽秀清丽。他在理论上也主张诗歌要“典丽”、“语丽”。他说，作诗要“以情为地，以兴为经，然后清音韵其风律，丽句增其文彩”，“虽欲废词尚意，而典丽不得遗”。他多次提出最好的诗应该是“情多”、“兴远”、“语丽”，这些都符合大历诗歌的审美旨趣。但是，皎然又严厉批评大历诗人“窃占青山、白云、春风、芳草以为己有。吾知道之初丧，正在于此”。皎然在分“五格”评论历代诗歌时，把沈千运、包融、孟云卿、钱起、皇甫冉、严维、李嘉佑等大历诗人都放入“有事无事，情格俱下第五格”，也明显寓有贬抑的态度。皎然论诗崇尚奇势逸格，《诗式》的“跌宕格”、“淈没格”以及“越俗”、“骇俗”等品，提倡跌宕不羁、惊世骇俗、以俗为奇的风格。他自己的创作也是“律尚清壮”，与大历诗风不同，是对大历诗风的超越和纠正。他在《诗式序》中说自己撰著《诗式》，“使偏嗜者归于正气”。所谓“偏嗜者”或许指的就是大历诗人。

皎然在《诗式》和《诗议》中评论前代众多诗人，并在理论上提出自己的文学史观，值得重视。在南北朝时，对于文学史的态度就有复古、通变、新变三种不同类型。其中萧子显“若无新变，不能代雄”的尚变文学史观，最具有革新精神。皎然也曾直接阐明自己对于诗歌史的态度。《诗式》卷五列有“复古通变体”。他说：

> 作者须知复变之道。反古曰复，不滞曰变。若唯复不变，则陷于相似之格，其状如驽骥同厩，非造父不能辨。能知复变之手，亦诗人之造父也。以此相似一类，置于古集之中，能使弱手视之眩目，何异宋人以燕石为玉璞，岂知周客嚧嘲而笑哉？又复变二门，复忌太过。诗人呼为膏肓之疾，安可治也？如释氏顿教，学者有沉性之失，殊不知性起之法，万象皆真。夫变若造微，不忌太过。苟不失其正，亦何咎哉！①

所谓“复”就是模拟因袭，“变”就是创造生新。“复”忌太过，而“变”不忌太过。他反对诗人过多模拟前辈，因为注重模拟，必然有“沉性之失”，迷失了诗人的“自性”，思绪纷扰，神情沮丧。这样写出

---

① 张伯伟《全唐五代诗格汇考》，江苏古籍出版社2002年版，第331页。

来的诗，没有主体生命的流贯，即使模拟得很相似，也不过是以燕石为玉璞，聊博哂笑。“唯复不变”是诗人不可医治的膏肓之疾。他更重视“变”，认为诗人若力主创造，显现自性，审观万物，万物都从自性所见，则万象皆真。这个“真”不是指客观的真实，而是说外在的物象世界都是主体自性的真切显现，是主体自性中的世界。他还说：

> 凡诗者，唯以敌古为上，不以写古为能。立意于众人之先，放词于群才之表，独创虽取，使耳目不接，终患倚傍之手。或引全章，或插一句，以古人相黏二字、三字为力，厕丽玉于瓦石，殖芳芷于败兰，纵善，亦他人之眉目，非己之功也，况不善乎？（《诗议》）

所谓“写古”，就是因袭；所谓“敌古”，就是创新。他认为诗人创作在“立意”、“放词”上都应该力主独创，不因袭前人。要“前无古人，独生我思”，“意立变化，无有倚傍”，若意熟语旧，则枯寂而无味。《诗式》有“三偷”之说，“偷语”和“偷意”虽有程度的不同，但都是“写古”；而“偷势”则是“敌古”，“独生我思”。皎然分析班姬和江淹的两篇《团扇》诗，可以帮助我们理解“敌古”、“独生我思”的内涵。《文选》载有班姬的《怨歌行》和江淹的《杂体诗三十首·班婕妤咏扇》。班诗“常恐秋节至，凉飙夺炎热”含有担心恩绝见弃的怨意，而江诗“画作秦王女，乘鸾向烟雾。……君子恩未毕，零落在中路”，则有自警之意。这正是“独生我思”。从构思上说，班诗是“貌题直书”，直接咏物；江诗是“假象见意”，借“秦王女”的意象来表现情感。这就是“立意变化”。

从这种尚变主创的文学史观出发，皎然对历代诗史作出了自己的评价。如他称赞屈原的创新精神说：“文谲气贞，本于《六经》，而制体创词，自我独致，故历代作者师之。”特别是在对齐梁诗歌的评价上，尤其可以看得出皎然的卓识。实际上，唐代前期对齐梁诗歌有革新，也有继承，而在理论上，几乎众口一词反对齐梁诗风。陈子昂、卢藏用、李白以及后来的韩愈，都严厉否定齐梁诗歌。但是，皎然辩驳卢藏用《陈子昂集序》所谓“道丧五百年而有陈君”把建安以后的诗人一笔抹杀的说法，肯定齐梁诗歌的历史地位，说：

若但论诗，则魏有曹、刘、三傅，晋有潘岳、陆机、阮籍、卢谌，宋有谢康乐、陶渊明、鲍明远，齐有谢吏部，梁有柳文畅、吴叔庠，作者纷纭，继在青史，如何五百之数独归于陈君乎？（《诗式》卷三）

前人否定齐梁诗歌，多是依据齐梁时期淫靡讹滥的社会风气来立论的；皎然则认为不能把时代与诗歌混为一谈。他说：

夫五言之道，惟工惟精。论者虽欲降杀齐梁，未知其旨。若据时代，道丧几之矣。诗人不用此论。（《诗式》卷四）

这是把诗歌的盛衰与时代盛衰区别开来，认为齐梁时期从时势来讲是“道丧”，而诗歌自有其独立的评判标准，不能因时代之衰而视为诗之“道丧”。他称赞谢朓、柳恽、王融等诗歌不减建安。他说，齐梁诗歌与建安诗歌相比，只能说是“体变”，在诗歌体制上有变化，不能说是“道丧”。这种见解有其合理的一面，在古代诗歌史论上是较为新颖的。在五格品诗时，皎然在“不用事第一格”和“作用事第二格”里大量列举谢灵运、鲍照、谢朓、江淹、何逊、吴均的诗歌，也表明他对齐梁诗歌的推崇。

从尚变诗史观出发，皎然对初唐沈佺期、宋之问给予很高的评价。他说：“洎有唐以来，宋员外之问、沈给事佺期，盖有律诗之龟鉴也。”（《诗式》卷二）肯定沈、宋的律诗切题中律。在“直用事第三”及其下数格中，他列举沈、宋诗歌的数量要远远多于唐代其他诗人。

皎然还认为诗歌的历史发展，存在一个从天真自然向人为精工发展的过程。他论汉代古诗说：

西汉之初，王泽未竭，诗教在焉。昔仲尼所删诗三百篇，初传卜商。后之学者，以师道相高，故有齐、鲁四家之目。其五言，周时已见滥觞，及乎成篇，则始于李陵、苏武二子。天与真性，发言自高，未有作用。《十九首》辞精义炳，婉而成章，始见作用之功。盖东汉之文体。又如“冉冉孤生竹”、“青青河畔草”，傅毅、蔡邕所作。以此而论，为汉明矣。（《诗式》卷一）

“作用”，是皎然诗论的一个重要范畴。他强调诗人要“明作用”：

> 作者措意，虽有声律，不妨作用。如壶公瓢中自有天地日月，时时抛针掷线，似断而复续，此为诗中之仙。拘忌之徒，非可企及矣。(《诗式》卷一)

意指艺术思维活动虽然有声律规则的束缚，但是不必拘忌，若能掌握声律规律，灵活运用，也能够像《神仙传》里的壶公一样，得到艺术的自由。他论诗歌创作说：“其作用也，放意须险，定句须难，虽取由我衷，而得若神授①。”所谓“作用”，研究者有不同的解释，其实此处的“作用”，就是指“放意”、“定句”等艺术构思和传达，是侧重于创作主体的艺术匠心而言的。皎然所谓“作用”，与“思致”意思差不多。他说：“虽欲废巧尚直，而思致不得置。”不得放弃思致，就是“明作用”。在《诗式》里，皎然说：“宫阙之句，或壮观可嘉，虽有功而情少，谓无含蓄之情也。宜入直用事中，不入第二格，无作用故也。”（卷二）因为铺写宫阙的诗句，与一般写清远之景不同，无含蓄之情，通常都是按物象的自然呈现来铺叙，没有诗人更多的炼意炼句，所以皎然说“无作用”。皎然还在《答俞校书冬夜》诗里说：“诗情聊作用，空性惟寂静。”这里“作用”与“寂静”相对，就是指积极活跃的艺术构思活动。白居易的《赠杨使君》诗说：“时命到来须作用，功名未立莫思量。”（《白居易集笺校》卷二十三）“须作用”与“莫思量”对举，是指积极向上的人生追求，也可以作为解释《诗式》“作用”的旁参。如果把皎然的“作用”和元兢的“直置为本”相比较，就可以明显地看出初盛唐诗论与中晚唐诗论对于诗法匠心炼造的态度是有差异的。

皎然说西汉李陵、苏武的诗歌是“天与真性，发言自高，未有作用”，也就是苏、李诗歌是大道未剖时的浑厚淳朴，意悲词切，而文体未备，若偶中音响，完全是天性的流露，不见诗人用思之处。到了东汉《古诗十九首》，直而不俗，丽而不巧，格高而词温，语近而意远，“始

---

① 原本作“神表”，何良俊《四友斋丛说》（中华书局1959年版）引《诗式》作“神授”，可从。

见作用之功"，即开始透露出诗人思致的精妙，但是尚不留凿痕。到了"建安三祖"和"七子"，五言诗开始兴盛起来，其时五言诗"风裁爽朗，莫之与京。然终伤用气使才，违于天真，虽忘从容①而露造迹"，此时诗人开始有意逞才使气，因此诗歌渐渐背离天真本性而显露出诗人用思刻意的痕迹，而其中曹植、刘桢则"语与兴驱，势逐情起，不由作意，气格自高"，即还保持着汉诗任兴而发，由情作使，不刻意冥构的特点。后至正始两晋，诗歌就更为浮侈绮靡了。

皎然这里对诗歌史发展由天然而人工的概括，与刘勰的"穷力而追新"论略有近似。但是，皎然对诗歌创作中人工的精思巧构是持肯定态度的。他论诗标举"作用"，就是对精巧的艺术构思的肯定。他批评孟浩然诗句"气蒸云梦泽，波撼岳阳城"，"仗语而成，用功殊少"，"自天地二气初分，即有此六字。假孟生之才，加其四字，何功可伐，即欲索入上流邪？若情格极高，则不可屈。若稍下，吾请降之于高等之外，以惩后滥。如此则诗人堂奥，非好手安可扪其枢哉?"（《诗式》卷二）也是着眼于艺术构思的深切精巧。他之所以对六朝诗歌给予如此积极的赞赏，其中一个原因就是对六朝诗歌艺术精巧的认同。如他极为推敬其祖谢灵运的诗歌，夸赞谢灵运的诗文是"真于情性，尚于作用，不顾词彩，而风流自然"。其中"真于情性"是秉承了汉魏"天予真性"、"势逐情起"的创作传统；而"尚于作用"，则是六朝诗人匠心冥构的艺术创造。皎然自己的创作以五言律诗为主，他论唐代律诗也专注于五律。他曾说过："五言之道，惟工惟精。"所谓"工"和"精"，就不是两汉诗歌的"未有作用"，而是指诗人的精巧构思了。

齐梁诗人的精巧构思，主要是侧重于"物色"的摹写，这是在感物兴情的理论背景下对客观物象的精雕细刻。而皎然对艺术构思的理解，具有新的内涵。这源自于他从佛学角度对心物关系的新理解。佛学在心物关系上更强调人的"心识"；对于主体的感觉、认识乃至整个精神世界，"心识"起着决定作用；"心识"是人精神意识的内在本源，它决定着人对世界的感知和认识，而外在的境往往是"心识"的表征。所谓"心不孤起，托境方生。境不自生，由心故显"（宗密《禅源诸诠

① 原本为"忌松容"，从王利器《文镜秘府论校注》，中国社会科学出版社 1983 年版。

集都序》)，就是说主体的“识”与外在的“境”是互缘相生的。没有外在的境，主体的“心识”无从表现；而离开主体的“心识”，就无所谓外境。皎然在《唐苏州开元寺律和尚坟铭》中也说“境非心外，心非境中。两不相存，两不相废”，也是万法惟心，心境相生的意思。这种佛学世界观影响到皎然对于诗歌本体论的理解。他在《秋日遥和卢使君游何山寺宿驶上人房论涅槃经义》中说：“诗情缘境发，法性寄筌空。”同时代的刘长卿所谓“心镜万象生，文锋众人服”(《赠别于群投笔赴西安》)，也是同样的意思，都是说：万象之生，来自于心的“照亮”(镜)，诗情来自于心中之境。这种心境，既受到外物的触发，更是主体真性心识中所生发的万象。中唐时期皎然等人受佛学影响对诗歌创作中“境”的认识，与魏晋南北朝时期的“物感”说，有很大的不同。“物感”说，强调客观物象和主体情感的对应，如陆机《文赋》所谓“遵四时以叹逝，瞻万物而思纷。悲落叶于劲秋，喜柔条于芳春”，有时也重视不同心情对于物象的选择和着色，但是不管怎样，“物感”说都是强调“物”的主导性地位，主体自身情感，特别是心性的意义还没有得到充分的认识。晋宋时期的谢灵运接受了佛学世界观的影响，对于物我关系提出新的认识。他在《石壁精舍还湖中作》中说：“虑澹物自轻，意惬理无违。”在《游赤石进帆海》中说：“矜名道不足，适已物可忽。”主体意惬妙道，自然可以超越外物的羁绊，外物可以不挂于心。但这只是他诗歌咏诵的佛道，尚未成为支配诗歌创作机制的思想观念，且并未蔓延为时代的思想主潮。进入唐代，特别是盛唐时期的诗人，激发出主体的逸兴、豪情。而这种动荡激越的主体精神，到中唐时期已经平静下来，收敛为宁静的禅的心境。这种心境，与盛唐精神相比，显得更为静谧安闲；诗学理论上，与“物感”说相比，则更突出主体“真性”生发万象的意义。皎然说：“如何万象自心出，而心淡然无所营。”(《奉应颜尚书真卿观玄真子置酒张乐舞破阵画洞庭三山歌》)万象自心出，正是真性的自然显露。借用明代王世贞《二酉园集序》的话来说，“物感”是“自外境而内触者”，而中唐人之“心境”，则是“自内境而外宣者”。皎然在《诗式》中非常重视主体的真性。如他论谢灵运说：“早岁能文，性颖神澈。及通内典，心地更精，故所作诗，发皆造极。得非空王之道助邪?”《诗式·中序》说：

贞元初，予与二三子居东溪草堂，每相谓曰：世事喧喧，非禅者之意。假使有宣尼之博识，胥臣之多闻，终朝目前，矜道侈义，适足以扰我真性。岂若孤松片云，禅坐相对，无言而道合，至静而性同哉？

这种“真性”是种子，是佛性，外显为诗人的“心识”，直接影响着诗境。皎然的诗歌中多次提到“境”，如：

苍林有灵境，杳映遥可羡。（《兵后早春登故鄣南楼望昆山寺白鹤观示清道人并沈道士》）

偶来中峰宿，闲坐见真境。（《宿山寺寄李中丞洪》）

释印及秋夜，身闲境亦清。（《酬乌程杨明府华将赴渭北对月见怀》）

持此心为境，应堪月夜看。（《送关小师还金陵》）

示君禅中境，真思在杳冥。（《答俞校书冬夜》）

境清觉神王，道胜知机灭。（《妙喜寺达公禅斋寄李司直公孙房都曹德裕从事方舟颜武康士骋四十二韵》）

何意欲归山，道高由境胜。（《送清凉上人》）

皎然诗里所谓“灵境”、“真境”、“闲境”、“清境”、“胜境”，都不是客观的自然环境，而是主体真性的自然、感性的呈露，外在环境不过是启发主体真性呈露的触媒而已。皎然说：“慧心空中境。”（《白云上精舍寻杼山禅师兼示崔子向何山道上人》）所谓“慧心”就是真性，真性的显现就是“空中境”。就像皎然在《送清凉上人》诗里所说：“花空觉性了，月静知心证。”如果“花空”引起“性了”，“月静”引起“心证”，就是“感物兴情”。而皎然诗的意思是，自性的明了证悟，借“花空”和“月静”而得到显现，是“假象见意”。“花空”和“月静”，既非心外之境，主体之心亦非因“花空”、“月静”而生，即“境非心外，心非境中”。而主体真性明了澄澈后便觉得“花空”、“月静”，反过来说，主体感悟到“花空”、“月静”，也显示出内在自性的明白澄澈。所以说：“两不相存，两不相废。”皎然的诗境不能简单地说是情景交融，物我相感，它更深层次的内涵是指主体真性的外在意象性呈现。皎然诗境理论中的境，摆脱了“物感”说的束缚，不再是指客观的物象，而是指心中呈现的境象，因此这是对主体创造精神的一次解放。这次解放与盛唐时期的情感坦露、胸臆外放不同，它表现为情感的收敛，心境的宁静。与齐梁时期着意于外在物色描写也不同，它表现为诗人对心中之境的刻意搜求，精心创造，甚至在虚幻中得境。皎然说：“须臾变态皆自我，象形类物无不可。”（《张伯英草书歌》）“盻睐方知造境难，象忘神遇非笔端。”（《奉应颜尚书真卿观玄真子置酒张乐舞破阵画洞庭三山歌》）都是对主体创造精神的高度肯定。主体的这种创造，是真性的显现，不再受到客观物色的束缚，而又能够通过“造境”以表现真性，所以皎然说:“苟能下笔合神造，误点一点亦为道。”（《周昉长史画毗沙门天王歌》）“误点一点亦为道”，就是摆脱客观真实；而“笔合神造”，就是合乎内在真性。

基于对主体创造性的认识，皎然强调取境要苦思。《诗式》“取境”条说：

> 或曰：“诗不假修饰，任其丑朴，但风韵正，天真全，即名上等。”予曰：“不然。无盐阙容而有德，曷若文王太姒有容而有德乎？”又云：“不要苦思，苦思则丧自然之质。”此亦不然。夫不入虎穴，焉得虎子？取境之时，须至难至险，始见奇句。成篇之后，观其气貌，有似等闲，不思而得，此高手也。有时意静神王，佳句纵横，若不可遏，宛若神助。不然，盖由先积精思，因神王而得乎？（卷一）

《诗议》也说：

> 或曰：“诗不要苦思，苦思则丧于天真。”此甚不然。固须绎虑于险中，采奇于象外，状飞动之句，写冥奥之思。夫希世之珠，必出骊龙之颔，况通幽含变之文哉？但贵成章以后，有其易貌，若不思而得也。“行行重行行，与君生别离”，此似易而难到之例也。

这两段话意思相近，都是以驳论的方式强调苦思的重要性。所谓“不假修饰”、“自然之质”、“天真全”云云，是盛唐时期崇尚天真自然的审美风尚。但是皎然更注重诗人的精思独造。诗人的取境立意、运思酌句都要艰苦经营、反复锤炼，写出不寻常的奇句，但是又不露斧凿痕迹，人工的精思冥构要呈现出从容自然的气貌，这才是高手。有的时候，因为诗人经历了长期积累，在境清意静之际，会神思旺盛，兴致勃发，佳句纵横涌出，宛若神助，进入灵感迅发的状态。皎然这里的论述，都是切中肯綮的。明代何良俊评论皎然"取境"说："此是诗家第一义谛，学者必熟玩之，当自有得。"①

此外，皎然《诗式》中还有"明势"、"诗有四不"、"诗有四深"、"诗有二要"、"诗有四离"、"诗有六迷"、"诗有七至"、"诗有七德"、"诗有五格"等条目，文辞简要、内容丰富，颇具真知灼见。如其中"诗有二要：要力全而不苦涩，要气足而不怒张"，何良俊称赞说："此语皆切中诗家肯綮。古今论诗，无有能出其右者。作诗者当深味之。"皎然《诗式》中的"重意"，已经涉及意境论的问题，我们在相关章节里给予介绍。

皎然《诗式》在后代获得较高的评价，除了我们上面列举明代何良俊的赞语外，如辛文房《唐才子传》卷四评价它："议论精当，取舍从公，整顿狂澜，出色《骚》《雅》。"但是也有例外，明末清初的王夫之批评说："又其下更有皎然《诗式》一派，下游印纸门神待填朱绿者，亦号为诗。"（《薑斋诗话》卷二）但是，王夫之崇尚的是盛唐而上的诗歌，对于中唐而下的诗歌，持论苛刻。从其批评中也可反观皎然《诗式》理论的创新性，及其对中唐以后诗歌发展的意义。

第三节　搜奇刻意的韩孟诗论

古代诗歌发展至盛唐形成一座高峰，诗歌气象的雄浑，情韵的丰润，都达到盛极难继的境地。随着盛唐国势的跌落，那种张扬、奔放的士人精神，也出现了分裂。有的表现为冷静、务实和理性，有的表现为执拗、奇崛和狂傲。就诗歌创作来说，在感物兴情之外，出现写意造境的创作方式；在文采自然之外，出现了奇肆峭拗的抒写方式。从理论上看，中唐时期白居易、元稹等复兴儒家诗教的努力，孟郊、韩愈等人重

① 何良俊《四友斋丛说》卷二十四《诗》，中华书局1959年版，第216页。

视冥搜奇崛意象，都说明诗学史已经超越了盛唐的缘情模式而迈向写意模式。

杜甫是中唐写意诗学的开创者。杜甫《寄刘峡州伯华使君四十韵》云："雕刻初谁料，纤毫欲自矜。"杜诗在雕刻意象、搜掘情意、锻造字句等方面常注重精雕细琢，韩孟诗派在这方面延续了杜甫的道路并将之推向极致。而在理论上启迪韩孟诗派的是皎然。皎然诗论曾深刻影响了韩孟诗派的开派人物孟郊。皎然在湖州创办诗会，年青的孟郊经常参加诗会。孟郊诗集中有多首诗歌怀念当年参加诗会的盛况，并对皎然表达崇敬之情。其中《送陆畅归湖州因凭题故人皎然塔陆羽坟》诗云："昔游诗会满，今游诗会空。……追吟当时说，来者实不穷。"前句追述诗会昔盛今衰，后句赞叹皎然诗论对其时与其后诗歌创作影响之大。孟郊还多次用"江调"来称赞皎然的诗风。

细检孟郊诗集，会发现皎然诗论对孟郊的创作和理论都有深刻的影响。

孟郊诗歌多穷苦悲愁之辞，调苦声怨，而贯穿孟郊诗集的一个基本主题是强调儒家的君臣忠信、友朋道义。孟郊在悲苦之辞中挺立着坚贞的节操。这种主题正是儒家诗教内容，虽然后世如明代的刘成德批评孟郊的诗歌"有穷促寒迫之状，吾恐'温柔敦厚'之教或不若是。"① 但那是以经过宋代理学改造过的儒家"诗教"为标准，唐代诗人不把叹老嗟卑、诉穷申屈看成违背"诗教"。孟郊在诗歌中经常提及儒家的诗歌传统，如：

一生自组织，千首《大雅》言。(《出东门》)

谢客吟一声，霜落群听清。文含元气柔，鼓动万物轻。嘉木依性植，曲枝亦不生。尘埃徐庾词，金玉曹刘名。章句作雅正，江山益鲜明。(《赠苏州韦郎中使君》)

天宝太白殁，六义已消歇。大哉《国风》本，丧而王泽竭。……下笔证兴亡，陈词备风骨。(《读张碧集》)

君子业高文，怀抱多正思。……落落出俗韵，琅琅《大雅》

①《唐司业张籍诗集》卷首刘成德序，《四部丛刊》影印明刊本。

词。(《答友人》)

《大雅》难具陈，正声易漂沦。(《答姚怤见寄》)

贞弦含古风，直松凌高、岑。浮声与狂葩，胡为欲相侵。(《遣兴》)

岳岳冠盖彦，英英文字雄。琼音独听时，尘韵固不同……时吟五君咏，再举七子风。(《上包祭酒》)

谁能嗣教化，以此洗浮薄。(《吊元鲁山》)

孟郊呼吁雅正之音，提出六义和教化，一方面可能是受到贞元以来儒学复兴的濡染，另一方面也是为了批判笼罩诗坛的浮声狂葩和俗韵，而其重教化的思想还可能是来自皎然诗论的影响。皎然论诗，多倡言诗教。如《诗式》云："西汉之初，王泽未竭，诗教在焉。昔仲尼所删诗三百篇，初传卜商。后之学者，以师道相高，故有齐鲁四家之目。"（卷一）在《诗式》序中，他说："自西汉以来，文体四变，将恐《风》《雅》浸泯，辄欲商较以正其源。……庶有益于诗教也。"皎然《五言答苏州韦应物郎中》云："诗教殆沦缺，庸音互相倾。忽观风骚韵，会我夙昔情。"然而，皎然却是以诗僧的面目出现在诗坛上的，他的诗作多是流连山水，愉悦性情，畅谈佛理，很少有关涉诗教的内容。皎然的诗教论，倒是在孟郊这里得到了响应。

孟郊有一首诗，题目为《偷诗》，其中形容"偷诗"是"饿犬齰枯骨，自吃馋饥涎"，《自惜》说："倾尽眼中力，抄诗过于人。……徒有言言旧，惭无默默新。"这让我们想起皎然"三偷"说所谓"偷语最为钝贼"、"偷意，事虽可罔，情不可原"的话。两者在反对因袭模拟，主张创新独造上是相通的。

皎然受佛教"心性观"的影响，认为创作的决定因素是诗人的真性，诗人应该保持真性不受濡染，不致湮没。孟郊论诗文也重视主体的"心气"。他在《送任载、齐古二秀才自洞庭游宣城序》里说：

文章者，贤人之心气也。心气乐则文章正，心气非则文章不正。当正而不正者，心气之伪也。贤与伪，见于文章。一直之词，衰代多祸。贤无曲词。文章之曲直，不由于心气。心气之悲乐，亦不由贤人，由于时故。

孟郊在这里把文章看成人之心气，实际上是强调创作主体的心性对于文学创作的重要意义。前引《赠苏州韦郎中使君》诗“文含元气柔，鼓动万物轻”二句，是说诗人若能蕴涵天地之元气，便能轻松地鼓荡万物，这也是对艺术主体性的激扬。金人赵秉文《答李天英书》说：“孟东野、贾浪仙又得其幽忧不平之气。”这种“幽忧不平”之气，正是贤人之心气。不过与皎然的佛家“心性观”不同，孟郊认为贤人的心气最终的决定因素还是时势，是现实社会制约着作家的心气，从而主导着创作。

皎然诗学对孟郊影响最大的，还是他的主创论。皎然《诗式》提出“诗工创心”，认为诗人的构思是“冥奥之思”，意象的创造是“精思一搜”，即调动主体的心性力量去搜攫能贴切地表现胸臆的意象，而不是感物兴情式的自然抒写。这实际上是指出一条超越盛唐的诗歌发展道路。孟郊、韩愈等人就是这条道路上的实践者。孟郊诗歌表现情意往往狠重刻露，搜刻意象往往奇僻险仄。他在《赠郑夫子鲂》诗里说：

> 天地入胸臆，吁嗟生风雷。文章得其微，物象由我裁。宋玉逞大句，李白飞狂才。苟非圣贤心，孰与造化该。勉矣郑夫子，骊珠今始胎。

“物象由我裁”，与《戏赠无本二首》中的“燕僧摆造物，万有随手奔”，都是强调师心自用，创造万有，而非敷写物色，追求形似，显然更为强调主体的艺术创造性。艺术创作中主体为了表达胸臆的需要，可以任意裁夺物象，或搜求奇僻之境，或对自然景物进行重组、变形、夸张，以构成新奇、不和谐的意象来表达胸中不平之气。宋代许顗《彦周诗话》称孟郊诗歌“能杀缚事实，与意义合，最难能之”，也是这个意思。这不是创作主体昂扬的生命精神的勃发，而是内在涌动的桀骜不平之气深度开掘奇崛的意象。韩愈在《荐士》里说孟郊的诗歌创作是“冥观洞古今，象外逐幽好”，所谓追逐“象外”之“幽好”，就是摆脱自然物象束缚的心象，而这种心象的表达是“横空盘硬语，妥帖力排奡”。言辞瘦硬健拔，又与奇崛意象相称。这种心象的创造，需要对灵魂苦痛与内心矛盾的深层掘发，需要搜求奇肆怪僻的意象来寄寓胸臆，而不是冲口宣泄。韩愈《贞曜先生墓志铭》说：“及其为诗，刿目钵心，刃迎缕解。钩章棘句，掏擢胃肾。神施鬼设，间见层出。”这里，韩愈也是用极为狠重的词语来描绘孟郊的诗歌创作，像用利刃自刺心目、掏掘内脏一样搜讨内心的苦楚，搜求奇崛怪异的意象来表现逼仄的心胸。这正如孟郊自己所说，是“心与身为仇”（《夜感自遣》）。孟郊诗歌创作上的这种倾向，溯其远源的话，与屈原《骚》辞的瑰奇幻设有相似之处，或许是孟郊用自己的眼光来理解屈原，他在《旅次湘沅有怀灵均》中称赞屈原说：“骚文炫贞亮，体物情崎岖。”“情崎岖”，怨情抒发得跌宕不平，是屈原更是中唐而下孟郊等人的抒情方式。

韩愈对孟郊搜奇掘怪的写意造境方式很为欣赏，他受到孟郊的影响，也讲究锻造精工，崇尚奇肆怪异之美。韩愈《学诸进士作精卫衔石填海》诗云：“人皆讥造次，我独赏专精。”① “赏专精”，正是孟郊、韩愈倡导的新的审美意识。韩愈在《荆潭唱和诗序》里称赞那些羁旅草野者的穷苦愁思之诗是“搜奇抉怪，雕镂文字”，追求意象的突兀独造，文字的奇肆峭拗。孟郊和韩愈诗里都常常用“冥搜”、“搜奇”等字眼来形容他们作诗时造境写意、锻炼文字的艰苦用心，如：

道胜不知疲，冥搜自无斁。（孟郊《游韦七洞庭别业》）

入深得奇趣，升险为良跻。搜胜有闻见，逃俗无踪蹊。（孟郊《石淙十首》之一）

扣奇惊浩淼，采异访穹崇。（孟郊《送任载、齐古二秀才自洞庭游宣城》）

搜心思有效，抽策期称最。（《秋雨联句》孟郊句）

观怪忽荡漾，叩奇独冥搜。（《远游联句》孟郊句）

搜奇日有富，嗜善心无宁。（韩愈《答张彻》）

韩愈《咏雪赠张籍》云：“赏玩捐他事，歌谣放我才。狂教诗硉矶，兴与酒陪鳃。……雕刻文刀利，搜求智网恢。”韩孟诗派造境尚幽僻险怪，写意尚狂放怒张，在一定程度上是对传统儒家诗教“温柔敦厚”风格的背离，开辟了诗歌史上奥兀奇僻的美学风范。

---

① 钱仲联集释、韩愈著《韩昌黎诗系年集释》，上海古籍出版社 1984 年版，第 770 页。本书引韩愈诗俱依此版。

不过，相比而言，韩愈在搜求奇肆意象，锻炼精巧文字的同时，也主张艺术表达应该妥帖天然，如他说孟郊诗“妥帖力排奡”，即奇肆突兀而妥帖切情。在《醉赠张秘书》里，韩愈称赞孟郊诗“东野动惊俗，天葩吐奇芬”，又说孟郊与当时数人之诗“险语破鬼胆，高辞媲皇坟。至宝不雕琢，神功谢锄耘”。韩愈《答孟郊》赞孟郊诗：“规模背时利，文字觑天巧。”《荐士》又说二人的联句“荣华肖天秀，捷疾逾响报”。《送无本师归范阳》描摹贾岛作诗奇肆之极而归于平淡，说：“狂词肆滂葩，低昂见舒惨。奸穷怪变得，往往造平淡。”所谓“天葩”、“天巧”、“天秀”云云，意即凿之深刻而出之自然，有天然的情韵。清代黎简批点韩愈诗，认为韩愈诗歌“每于大力排荡中得一二最有情有韵之语，如‘梅花灞水别，宫烛骊山醒’之类，集中亦不易多见之，即令人神魂清适，吟咏竟日。此为最难也。下此东野容有之”①，也正是“天葩吐奇芬”的意思。宋代黄庭坚所谓“拾遗句中有眼，彭泽意在无弦”（《赠高子勉》）也是指由锻造而达天然之美，和韩愈所谓“奸穷怪变得，往往造平淡”的意思相近。不过，就韩孟诗派的创作来说，“往往造平淡”的境地还是不多见的。

韩孟诗派以“苦吟”著名。苦吟，首先是吟“苦”，即悲叹生命的不谐，感慨人生的愁苦。和盛唐诗人的慷慨激昂相比，中唐韩孟诗派更多些不平之鸣，忧生之嗟。正如孟郊所云“忧人成苦吟，达士为高歌”（《送别崔寅亮下第》），盛唐之士尽管在仕途上不能通达，但是却多有放达之性，所以能够“高歌”；而到了中唐孟郊等人，那种昂扬豪迈的气概消蔫了，人生体验更多的是艰难愁苦，窒塞心胸的是悲怨之气，所以他们不能像达士那样“变愁为高歌”（《达士》）。没有随缘任运的超脱，只能酸呻成文。诗之穷苦源于人的愁困，苦吟正是对穷困人生的独特体验。孟郊《招文士饮》诗云：

曹刘不免死，谁敢负年华。文士莫辞酒，诗人命属花。退之如放逐，李白自矜夸。万古忽将似，一朝同叹嗟。……醒时不可过，愁海浩无涯。

---

① 黎简批清秀野草堂刻本《昌黎先生诗集注》，复旦大学图书馆藏。

《哭刘言史》甚至更为愤激："诗人业孤峭，饿死良已多。"《吊卢殷十首》之一也说："诗人多清峭，饿死抱空山。"这正是杜甫"文章憎命达"（《天末怀李白》）调子的再弹。韩愈《送孟东野序》进一步提炼出"不平则鸣"说，他感慨道："抑不知天将和其声而使鸣国家之盛邪？抑将穷饿其身，思愁其心肠，而使自鸣其不幸邪！"显然，韩愈希望诗人能鸣国家之盛，而实际上在那样的衰世中，诗人如孟郊之流只能"自鸣其不幸"。孟郊诗中多穷苦悲愁者的不平之鸣。他的《夜感自遣》诗云：

夜学晓未休，苦吟神鬼愁。如何不自闲，心与身为仇。

孟郊本有济世之志，无奈命运多舛，仕途蹭蹬，乃至他有"始惊儒教误，渐与佛乘亲"（《自惜》）的思想转变，他发出对命运之浩叹："本望文字达，今因文字穷。"（《叹命》）济时之志与蹭蹬命运之间的舛背，正是"心与身为仇"，它激起诗人对悲苦的哀叹。而苦吟，悲苦的命运经过反复咀嚼，细细品味，可以消遣悲苦，澄明心神，净化情思，会享受到心灵释放的愉悦。

苦吟的另一个意思就是"苦"吟，艰苦构思，精心锻造，以追求超拔不俗的艺术效果。这种艺术追求源自于皎然至难至险"苦思"、"冥搜"的说法。韩孟诗派的诗人都有苦吟的艺术体验：

天疾难自医，诗癖将何攻。（孟郊《劝善吟》）
独立两脚雪，孤吟千虑新。（孟郊《寒溪》）
清宵静相对，发白聆苦吟。（韩愈《孟生诗》）
巨鼻宜山褐，庞眉入苦吟。（李贺《巴童答》）
沟西吟苦客，中夕话兼思。（贾岛《雨夜同厉玄怀皇甫荀》①）
吟苦相思处，天寒水急流。（贾岛《怀博陵故人》）
默默空朝夕，苦吟谁喜闻。（贾岛《秋暮》）
苦吟遥可想，边叶向纷纷。（贾岛《寄贺兰朋吉》）
三月正当三十日，风光别我苦吟身。（贾岛《三月晦日赠刘评

① 李嘉言《长江集新校》，河南大学出版社 2008 年版，第 45 页。本书引贾岛诗均依此版。

事》)

这些都是指作诗在立意、构思、遣词、造句以及格调、声韵方面的反复锤炼、锻造，努力写出峭拔不俗的诗歌。支持孟郊、韩愈苦吟锻造的最基本的内在精神，是追求不俗、避俗、矫俗的人格信念。他们所指的俗，既指龌龊的社会世俗，有时也指大历才子“窃占青山、白云、春风、芳草以为己有”的俗韵。孟郊与世俗是格格不入的。他的《上达奚舍人》云：“万俗皆走圆，一身犹学方。”面对那样圆滑媚俗的社会，孟郊坚持自己贞直方正的本性。《答郭郎中》云：“志士贫更坚，守道无异营。”在《寓言》诗里他表白说：“我有松月心，俗骋风霜力。贞明既如此，摧折安可得。”正表明自己贞正本性与世俗之间的矛盾。孟郊也希望能复兴儒风，涤荡俗风。他的《献汉南樊尚书》说：“异俗既从化，浇风亦归淳。”《赠黔府王中丞楚》说：“儒风一以扇，污俗心皆平。”当然，这些只是对他人政绩的称道。就孟郊自己的性格来说，更多表现为厌俗、逃俗、弃俗、出俗。孟郊还在诗中称赞友朋诗歌能摆脱俗情，超越俗韵。《上包祭酒》诗云“琼音独听时，尘韵固不同”，称赞包佶的诗歌为琼音，不同于世俗的尘韵。此外如：

> 因缄俗外词，仰寄高天鸿。(《失意归吴因寄东台刘复侍御》)
>
> 收拾古所弃，俯仰补空文，孤韵耻春俗，余响逸零雰。(《奉报翰林张舍人见遗之诗》)
>
> 师旷听群木，自然识孤桐。正声逢知音，愿出大朴中。知音不韵俗，独立占古风。(《送卢虔端公守复州》)
>
> 一卷冰雪文，避俗常自携。(《送豆卢策归别墅》)
>
> 雪唱与谁和，俗情多不通。(《送崔爽之湖南》)

这些都是赞扬友朋诗歌的超拔不群。孟郊自己的创作更是竭力避俗。他自负地说：“我有出俗韵，劳君疾恶肠。”(《哭李观》)《会合联句》所谓“剑心知未死，诗思犹孤耸”；《劝善吟》所谓“顾余昧时调”，都是说他的诗歌卓荦不群，超拔俗情。韩愈在《荐士》诗里论孟郊云：“行身践规矩，甘辱耻媚灶。”就是称赞孟郊品性坚贞、立身正直，不攀附权贵。韩愈《孟生诗》称孟生“古貌又古心”，主要是从品性上说的，而“作诗三百首，窅默咸池音”，则是赞美孟郊诗歌的纯雅不俗。《醉赠张秘书》所谓“东野动惊俗”，也是指孟郊诗歌峭拔奇奥，惊动俗耳。

韩愈在思想文化上力革俗弊，如果说孟郊倾向于避俗，那么韩愈则更注重醒俗、化俗、励俗。“大贤事业异，远抱非俗观”（《齱齱》），就是韩愈品性的写照。在诗文创作上，他也主张独创生新。他的《答刘正夫书》说：“若皆与世沉浮，不自树立，虽不为当时所怪，亦必无后世之传也。”就是强调诗文创作要脱俗卓异，树立个人的独特风格。另外《国子助教河东薛君墓志铭》《故江南西道观察使赠左散骑常侍太原王公墓志铭》等文章也肯定出奇背俗，有所树立的创作精神。韩愈《纳凉联句》“感衰悲旧改，工异逞新貌”，正概括了韩孟诗派的共同特征。

所以说，苦吟不只是在运思炼字上的争奇斗巧，它更体现出对世俗的背离，更体现出一种敢于违背庸熟的超俗思想和审美风范，以及肯定和张扬自我，勇于树立个人独特风范的人格精神。中唐以降诗歌风格更显得多样，诗人对艺术个性的追求更自觉，与这种精神追求是密切相关的。

韩孟诗派的创作精神在中晚唐继续得到延伸，特别是孟郊诗歌成为一种诗学范型，影响着中晚唐人的创作。李肇《唐国史补》称赞“诗章则学矫激于孟郊”。孟郊在中晚唐获得的赞誉，甚至在李白、杜甫之上，远远超越他的实际创作成绩和诗史地位。王定保称孟郊“工古风，诗名播天下”（《唐摭言》），张籍《赠孟郊》诗赞曰：“才名震京国。”贾岛《哭孟郊》云：“身死声名在，多应万古传。”张为《诗人主客图》视孟郊为“清奇僻苦主”①。的确，在中唐以降“尚意”诗学的道路上，韩孟诗派在诗歌创作和理论方面都作出了卓越的探索，并发生了普遍性的影响。

受韩愈赏识的李贺，诗作更是瑰奇绚丽，谲诡凄艳，超越了对自然物象和理性情感的抒写，而是注重表现神奇想象，搜掘幽隐心象。李贺的诗歌在表现瑰丽想象和神奇境界方面，有点近似李白。齐己评李白诗

① 丁福保辑《历代诗话续编》，中华书局1983年版，第95页。本书引《诗人主客图》均依此版。

云："人间物象不供取，饱饮游神向悬圃。"（《读李白集》）李贺《高轩过韩愈皇甫湜见过因而命作》云："笔补造化天无功。"这是镌刻造化，刻意深造的意思。不过，李白的浪漫想象是因为气盛情豪，而李贺的想象则是由于愤激之情内化为对怪异意象的刻意追求，对虚幻心象的营造，还是具有中唐尚意诗学的特征。

此外，与韩愈有过交往，并受其影响的贾岛，以及姚合、贯休、归仁、齐己等的创作都坚守苦吟的态度：

> 二句三年得，一吟双泪流。知音如不赏，归卧故山秋。（贾岛《题诗后》）
>
> 因知好句胜金玉，心极神劳特地无。（贯休《苦吟》）
>
> 欲识为诗苦，秋霜若在心。（姚合《心怀霜》）
>
> 莫话诗中事，诗中难更无。吟安一个字，捻断数茎须。（卢延让《苦吟》）
>
> 莫怪苦吟迟，诗成鬓亦丝。鬓丝犹可染，诗病却难医。山暝云横处，星沉月侧时。冥搜不可得，一句至公知。（裴说《寄曹松》）
>
> 日日为诗苦，谁论春与秋。一联如得意，万事总忘忧。（归仁《自遣》）
>
> 《天策》二首作，境幽搜亦玄。（齐己《谢虚中上人寄示题天策阁诗》）
>
> 谁见少年心，低摧向苦吟。后须离影响，得必洞精深。（齐己《谢王秀才见示诗卷》）
>
> 生应无辍日，死是不吟时。（杜荀鹤《苦吟》）

当然，晚唐诗人的苦吟，往往失去了孟郊所坚守的贞明气节，也缺少韩愈醒俗、化俗的勇气，而更多的是营造清幽淡远之境来安顿他们狭窄冷淡的情怀，所以也受到一些批评。如诗风平易浅切、真率自然的徐铉，在《文献太子诗集序》中强调儒家诗教传统而批评苦吟，说：

> 鼓天下之动者在乎风，通天下之情者存乎言。形于风可以言者，其惟诗乎！……若乃简练调畅，则高视前古；神气淳薄，则存

乎其人；亦何必以苦调为高奇，以背俗为雅正者也？①

放到整个诗歌史和诗学史上来看，韩孟诗学是对自魏晋至盛唐的缘情诗学的背离，他们踏出了尚意诗学的新途。尽管后人对他们有不同的评价，但他们毕竟为盛极难继的诗歌开辟了新途，在深掘诗歌潜力和开拓人类主体意识的道路上，又向前迈了一步。正如谭元春说："诗家变化，自盛唐诸家而妙已极，后来人又欲别寻出路，自不能无东野、长吉一派。"② 黎简批点韩愈诗说：

> 李唐以来，作诗而不出力求新，断难讨好。三家村学究动称渊明、王、孟、韦、柳，以恬淡为正宗，此亦何尝不是。然恬淡难到，涵养难醇，元非粗浅人所易藉口也。大抵近千年以后，作诗不自抵死生新，决难名家。③

韩孟诗派正是抵死生新，各成名家。

第四节　中晚唐儒家诗论的重倡

在唐朝国势日益强盛的前期，诗人们歌唱的多是个人的热情和理想。"安史之乱"后盛唐国势急转直下，宦官专权，藩镇割据，民生凋敝，乱象横生，人们不得不面对这些现实问题，强调务实致用，思考济时救世的良方，于是，传统儒家诗学的"美刺"、"风化"论，又重新得到提倡，支持着一些关注现实、关心国计民生的诗人把笔触伸向社会的黑暗和不平。其中，白居易、元稹旨在恢复儒家诗学传统的一些言论，在中晚唐乃至后半部诗学史上都有重要的影响。

儒家诗学传统能在中唐元和年间得到重唱，有这样几个方面的原因：

---

① 徐铉《文献太子诗集序》，《徐公文集》卷十八，《宋集珍本丛刊》第1册，线装书局2004年据徐乃昌景宋明州初本影印。

② 钟惺、谭元春选定《唐诗归》第三十一卷"中唐七 孟郊"下谭元春评语，《四库全书存目丛书》影印明万历四十五年刻本。按，一般论者据毛先舒《诗辩坻》转引作"诗家变化，盛唐已极，后又欲别出头地，自不得无东野、长吉一派"。

③ 黎简批清秀野草堂刻本《昌黎先生诗集注》，复旦大学图书馆藏。

首先，宪宗是中唐有所作为的君主，他采取过一些措施抑制权力日重的藩镇势力，史臣蒋系称赞："唐室中兴，章武而已。"（《旧唐书·宪宗本纪》。按，章武，宪宗谥号）这种中兴的气象，振作了士人的精神，激发他们采取更为积极的态度来面对现实问题。并且，宪宗秉承了唐朝君主善于纳谏的一贯思想，元和二年（807），宪宗谓宰臣曰："朕览国书，见文皇帝行事，少有过差，谏臣论争，往复数四。况朕之寡昧，涉道未明，今后事或未当，卿等每事十论，不可一二而止。"他在即位之初，就劝告臣僚："当先圣之代，犹须宰执臣僚同心辅助，岂朕今日独能为理哉！"（《旧唐书·宪宗本纪》）宪宗还"自是延英议论"，俨然是一位圣明的君主。白居易曾经对宪宗皇帝抱有极大希望。在《与元九书》中他论宪宗说："是时皇帝初即位，宰府有正人，屡降玺书，访人急病。"（《白居易集笺校》卷四十五）白居易在诗中反复告诫各级官僚要忠于职守，各尽本分，显然是出于"同心辅助"的愿望。

其次，与唐代中期对于诗赋取士制度的议论不无关系。天宝十三年（754），唐室开始制举试诗赋。但是八年以后，杨绾上贡举条目，主张贡举试经义、对策。"事虽不行，识者是之"，此建议虽然没有被采纳，但是得到有识之士的肯定。到了建中二年（781），中书舍人赵赞知贡举，以箴、论、表、赞代替诗赋、试策三道，是对杨绾贡举条目的遥相呼应。但过了两三年，到兴元冬，贡院又奏进士复试诗赋，并被采纳。德宗喜好诗歌，在唐代帝王中是出了名的。他经常赐宴百僚，作诗命群臣赓和，有时还亲自品第。因此，在德宗贞元的二十余年间，诗赋取士没有停止过。这一时期，在贞元六年（790），李观上书陈京，提出不应仅仅以词赋、声称取士；贞元十年（794），沈既济为礼部员外郎，指陈文章取士的流弊；贞元十八年（802），柳冕致书时为礼部侍郎的权德舆，纵论当以经义、治道而不当以诗赋取士。① 尽管这些意见并没有被采纳，但是它说明了当时不少人已经认识到士人不能再沉迷于浮华靡丽的诗赋，而应该有更为切实致用的政治才能和实事才干。不过，白居易没有采取反对诗赋取试的简单态度，而是试图通过恢复儒家尚用的

① 参见李观《与膳部陈员外书》（《全唐文》卷五百三十三）、沈既济《词科论并序》（《全唐文》卷四百七十六）、柳冕《与权侍郎书》（《全唐文》卷五百二十七）。

诗学精神，彻底改造诗学本体，扭转诗歌内容和发展趋向，使诗歌对现实发生作用。

第三，之所以由白居易来承担起恢复儒家诗学传统的重任，是因为白居易身为左拾遗，职责使然。在《与元九书》中，他说："自登朝来，年齿渐长，阅事渐多。每与人言，多询时务；每读书史，多求理道。"白居易对宪宗寄有希望，所以一旦步入仕途，便关心时务，寻求理道，采取积极的人生态度。他的《伤唐衢二首》之二云：

> 忆昨元和初，忝备谏官位。是时兵革后，生民正憔悴。但伤民病痛，不识时忌讳。(《白居易集笺校》卷一)

忝列谏官之位，就应该救废补阙，而耳闻目睹百姓经历兵革苟活下来的凄惨生活，他不能不在诗中有所反映，不得不强调诗笔应该去描写百姓的苦难。所以他早期的许多乐府诗，不惜触犯朝政忌讳，而去表现百姓的病痛，社会的弊病。白居易《秦中吟十首并序》云："贞元、元和之际，予在长安，闻见之间，有足悲者。因直歌其事，命为《秦中吟》。"(同上，卷二）他的新乐府诗，多源自于对百姓苦难的"闻见"感受。

白居易前期的乐府诗创作，继承着儒家诗学美善刺恶的传统，同时在理论上他大力提倡恢复儒家诗学，具体内容有：

首先，是希望朝廷恢复先秦采诗制度。白居易在尚未任谏官时，就对诗歌在现实政治生活中应该发挥的意义进行了深入的思考。这思考表现在元和元年写的《策林》中。贞元年间，德宗喜好诗歌，君臣经常赓和酬酢，贡举试诗，但是"自贞元十年（794）以后，朝廷威福日削，方镇权重"。这些显然是白居易提出恢复采诗制度的现实背景。在白居易看来，帝王面前的文士诗赋，往往有虚美，有愧词，"书事者罕闻于直笔，褒美者多睹其虚辞"，没有底层民众真实的痛苦心声，非"先王文理化成之教"。白居易提出恢复儒家采诗制度的设想，希望君主和各层官吏能真正听到下层民众苦难的声音。《策林》六十九《采诗》云：

> 臣闻：圣王酌人之言，补己之过，所以立理本，导化源也。将在乎选观风之使，建采诗之官，俾乎歌咏之声，讽刺之兴，日采于下，

岁献于上者也。所谓言之者无罪，闻之者足以自诫。大凡人之感于事，则必动于情。然后兴于嗟叹，发于吟咏，而形于歌诗矣。……故国风之盛衰，由斯而见也；王政之得失，由斯而闻也；人情之哀乐，由斯而知也。然后君臣亲览而斟酌焉。政之废者修之，阙者补之；人之忧者乐之，劳者逸之。所谓善防川者决之使导，善理人者宣之使言，故政有毫发之善，下必知也；教有锱铢之失，上必闻也。则上之诚明，何忧乎不下达？下之利病，何患乎不上知？上下交和，内外胥悦。若此而不臻至理，不致升平，自开辟以来未之闻也。（同上，卷六十五）

白居易关于采诗制度的理想，是建立在典籍中关于周代采诗制度的记述和《礼记·乐记》《毛诗序》等儒家经典关于政教与诗乐关系的论述上，并没有多少新内容，但是其中所述圣人“酌人之言，补己之过”，与宪宗“屡降玺书，访人急病”的措施相呼应，从中可见白居易对于宪宗的信心。《策林》六十八《议文章》中也论述诗文与治道的关系：

古之为文者，上以纽王教，系国风；下以存炯戒，通讽谕。故惩劝善恶之柄，执于文士褒贬之际焉；补察得失之端，操于诗人美刺之间焉。今褒贬之文无核实，则惩劝之道缺矣；美刺之诗不稽政，则补察之义废矣。（同上）

白居易重新标举儒家诗学的“美刺”精神，希望通过诗文对现实政治能发生劝善惩恶、补察得失的作用，而当时上层文士的诗文，在白居易看来是“无核实”、“不稽政”，所以他提出恢复采诗制度。前第一编第二章曾引白居易的《采诗官》，此诗描述了他关于采诗制度的设想。白居易对采诗制度的理想，与传统士大夫对于上古三代的“圣人之治”的憧憬是相一致的。他认为上古有采诗制度，所以能够上下通畅，国家太平，但是自从废除采诗制度后，自秦朝至隋朝十代，盛行的是谀辞颂美，艳词悦君，规刺时政的精神在诗文中失落了。同时失落的还有朝廷中匡时扶正、惩恶救弊的政治热情，于是各层官吏都明哲保身，诤臣杜口，谏鼓高悬，贪吏害民，奸臣蔽君。所以白居易高呼“欲开壅蔽达人情，先向歌诗求讽刺”，恢复古代的采诗制度，恢复规刺时政的诗歌精神，改良政治作风，从而实行社会的治理。很显然，白居易关于采诗制度的设想，与其说是一种诗学理论，不如说是作为矫正时弊的一种政治措施。

其次，强调诗歌创作要关注现实，讽谕时政，发挥积极的政治作用。讽谕美刺，是儒家诗学的传统，汉代时就有《诗》为“谏书”的主张，突出诗歌针砭现实社会、补阙时政的功用。白居易之前，杜甫、元结诗歌都表现出关注现实政治民生的写实精神。白居易身为拾遗，在政治上负有“救济人病，裨补时阙”的责任，当有些事情不便启奏而难于直接言说时，他往往通过诗歌来表现。他的“讽谕诗”就属于这一类。从这个意义上说，他的讽谕诗“惟歌生民病，愿得天子知”（同上，卷一《寄唐生诗》），也可作“谏书”，是传播范围更广的谏书。白居易《新乐府并序》说自己这些诗歌“为君、为臣、为民、为物、为事而作，不为文而作也”（同上，卷三）。《与元九书》云“文章合为时而著，歌诗合为事而作”，意即作诗要有切实的内容和具体的目的，要关注现实政治，表现社会不合理的现象，表现下层百姓的苦难，对君臣要有讽谏意义。他甚至直接点明作诗意旨，如《上阳白发人》，愍怨旷也；《新丰折臂翁》，戒边功也；《捕蝗》，刺长吏也；《道州民》，美臣遇明主也；《红线毯》，忧蚕桑之费也，等等。其中有美有刺，而以刺为主。白居易的乐府诗，多触及时弊，甚至触犯当权者的利益，一定程度上发挥了“谏书”的意义。他在《与元九书》中说：

凡闻仆《贺雨》诗，而众口籍籍，已谓非宜矣。闻仆《哭孔戡》诗，众面脉脉，尽不悦矣。闻《秦中吟》，则权豪贵近者相目而变色矣。闻《登乐游园》寄足下诗，则执政柄者扼腕矣。闻《宿紫阁村》诗，则握军要者切齿矣。大率如此，不可遍举。（同上，卷四十五）

白居易的乐府诗，具有强烈的现实性、写实性和批判精神，的确触犯了当权官吏的利益，所以也引起“不相与者”的攻讦。而在白居易看来，讽谕社会弊端，讥刺政治过失，正是乐府诗的最高目的。他称赞张籍的乐府诗云：

为诗意如何？六义互铺陈。《风》《雅》比兴外，未尝著空文。

读君《学仙》诗，可讽放佚君；读君《董公诗》，可诲贪暴臣；读君《商女》诗，可感悍妇仁；读君《勤齐》诗，可劝薄夫淳。上可裨教化，舒之济万民；下可理情性，卷之善一身。……愿播内乐府，时得闻至尊。(同上，卷一《读张籍古乐府诗》)

白居易认为，讽、诲、感、劝，裨教化，济万民，理情性，都是乐府诗的现实功能。他还推崇元稹的《阳城驿》云：

凡是为善者，闻之恻然悲。道州既已矣，往者不可追。何世无其人？来者亦可思。愿以君子文，告彼大乐师。附于雅歌末，奏之白玉墀。天子闻此章，教化如法施。直谏从如流，佞臣恶如疵。宰相闻此章，政柄端正持。进贤不知倦，去邪勿复疑。宪臣闻此章，不敢怀依违。谏官闻此章，不忍纵诡随。（同上，卷一《和阳城驿》)

前者意指不同的诗歌具有不同的美刺意义，后者则说同一首诗对不同的人会发生劝、讽、诫、刺等不同意义。总体而言，就是把诗歌作“谏书”，发挥“补察时政”、“泄导人情”的现实意义。

再次，对于讽谕诗的艺术表现，白居易主张写实性和通俗性。“感于哀乐，缘事而发”，是乐府诗的特征。加之白居易身在京城，很多事情都是听闻，往往并没有身历其境的感受，因此，他的乐府诗更注重写实性，注重通过对故事作切实的叙述，鲜明的展现，来给予君臣以震撼。所谓“歌诗合为事而作”，“因事立题”，就是指乐府诗的写实性，白居易对此有明确的认识。他的《秦中吟》就是“直歌其事”，“一吟悲一事”。他在《和阳城驿》里称赞元稹诗：“一一皆实录，事事无孑遗。”写实性是白居易乐府诗的自觉追求，在《新乐府并序》中他说：

其事核而实，使采之者传信也。

白居易身为谏官，把写诗当成“谏书”，要求诗歌“唯歌生民病，愿得天子知”，乐府诗创作是他政治生活的一部分，甚至是一种政治手段，因此，他强调叙事的“核而实”，达到“传信”，通过对社会上贵与贱、贫与富的强烈对比，通过对底层百姓困苦生活的逼真展现，来获得触目惊心的震撼力量，打动君臣，发挥劝善惩恶的社会功效。伴随着写实性，白居易强调乐府诗的另一个特点是通俗性。通俗性一方面是指作诗主旨很明确。他在《新乐府序》里说："首句标其目，卒章显其志。"目的和意旨都在诗中交代清楚。另一方面是指言辞的通俗易懂。他在《寄唐生》中说自己的讽谕诗"不求宫律高，不务文字奇"。《新乐府并序》说："其辞质而径，欲见之者易谕也；其言直而切，欲闻之者深诫也。"使人晓谕，发挥儆诫意义，是他作诗的目的。因为要去直接揭示那些"时病"，所以言词要质白通俗而表达要径直明晰。这就在一定程度上突破了传统儒家诗学所谓"温柔敦厚"的审美原则。对此，白居易是有明确意识的。他说："但伤民病痛，不识时忌讳。"（《伤唐衢》）不顾忌讳，正体现出白居易为民请命的政治勇气，也是他对传统儒家诗学理论的发展。他的一些乐府诗，"天高未及闻，荆棘生满地"（《伤唐衢》），甚至遭到权贵们的打击。这正体现出白居易诗歌精神的可贵。

白居易对自己乐府诗的这种艺术风格也曾有过反思。在《和答诗十首序》里，他对元稹说：

> 顷者在科试间，常与足下同笔砚。每下笔时辄相顾，共患其意太切而理太周。故理太周则辞繁，意太切则言激。然与足下为文，所长在于此，所病亦在于此。足下来序，果有词犯文繁之说，今仆所和者，犹前病也。待与足下相见日，各引所作，稍删其烦而晦其义焉。（同上，卷二）

白居易在这里概括他和元稹乐府诗的毛病是理周辞繁，意切言激，这是很中肯的。但是这种毛病有它的深层原因。白居易乐府诗，虽然友人唐衢"致吾陈、杜间，赏爱非常意"（《伤唐衢》），把它与陈子昂、杜甫的一些具有强烈现实性的诗歌相并列，但是他的乐府诗创作，与陈子昂、杜甫有着很大的不同。陈子昂的《感遇》，是把自己切身的遭遇悲感寄托在具体的物象之中，意象描写寄寓着诗人的真实情感。杜甫把自己的亲身遭遇呈现在诗中，用诗歌来表现自己的所见、所感、所历、所思，诗歌与其人是融而为一的。而白居易的乐府诗则不同，虽然他也说风雅比兴，但是他的乐府诗的内容多是"闻见"而来，很少是自己的亲身所历，他缺少最直接的"感兴"，因此他常常站在场景之外，进行客观的叙述，而且他是带着一定的目的去闻见、去感受素材的，对所感知的素材作理性的处理，往往是因小及大，因正及反，作联想，透过一层，去生发主题。他的很多讽谕诗就像《云居寺孤桐》那样，先用十二句铺叙孤桐的形象，突出其“四面无附枝，中心有通理”的特征，然后以“寄言立身者，孤直当如此”二句作结，引申到人事。这种立意明确的寓意诗，是以理性的推理联想为主导的创作方式。白居易许多“首句标其目，卒章显其志”之类的讽谕诗，都是建立在理性推理和联想基础上的。与传统的“感物兴情”模式不同，他的乐府诗更多的是理性寓意的运思方式。如果说白居易的讽谕诗创作和理论存在缺点的话，其缺点不在于它的政治性、写实性、通俗性，而在于这种理性寓意的方式。

而白居易以讽谕诗理论来评论历代诗史，对前代诗人作出苛刻的评价，则更显示出他讽谕诗理论的褊狭了。他在《与元九书》中，持讽谕诗的理论标准来评述历代诗歌说：

> 洎周衰秦兴，采诗官废，上不以诗补察时政，下不以歌泄导人情。乃至于谄成之风动，救失之道缺。于时六义始刓矣。……晋、宋以还，得者盖寡，以康乐之奥博，多溺于山水；以渊明之高古，偏放于田园。江、鲍之流，又狭于此。如梁鸿《五噫》之例者，百无一二焉。于时六义寖微矣。陵夷至于梁、陈间，率不过嘲风雪，弄花草而已。……然则“余霞散成绮，澄江净如练”，“离花先委露，别叶乍辞风”之什，丽则丽矣，吾不知其所讽焉。故仆所谓嘲风雪，弄花草而已。于时六义尽去矣。唐兴二百年，其间诗人不可胜数。所可举者，陈子昂有《感遇诗》二十首，鲍防有《感兴诗》十五首。又诗之豪者，世称李、杜。李之作，才矣奇矣，人不逮矣，索其风雅比兴，十无一焉。杜诗最多，可传者千余篇，至于贯穿今古，覙缕格律，尽工尽善，又过于李。然撮其《新安吏》《石壕吏》《潼关吏》《塞芦子》《留花门》之章，“朱门酒肉臭，路有冻死骨”之句，亦不过三四十首。杜尚如此，况不逮杜者乎！（同上，卷四十五）

白居易把美刺时政视为诗歌的唯一内容和价值，持此标绳，他对晋宋以降的诗史给予严厉的批评，把那些表现个人一己私情，描写自然山水，无关风化的诗歌一概抹掉，所肯定的只有陈子昂的《感遇诗》、鲍防的《感兴诗》和杜甫的少数乐府诗。其实李白、杜甫诗歌也强调“风雅比兴”，但是白居易却认为搜索他们诗歌中“风雅比兴”的篇章，十无一焉，可见白居易对“风雅比兴”的理解要狭隘得多。唐代诗人往往兴之所至，评价前代诗人时常常说些过头话，而像白居易这样有着明确的诗歌理论标准，并据此苛刻地评价前人的，并不多见。当然，白居易早年对前代诗歌的态度，也并非总是像《与元九书》那样苛责，如他闲居渭上时，就因咏陶渊明诗适与意会，遂效其体，成《效陶潜体诗》16篇。

元稹在提倡新乐府，提倡诗歌讽谕美刺精神上，与白居易声气相通，相互支持，相互呼应。但元稹对诗歌史的评述，与白居易相比，显得宽容些。元稹的《唐故工部员外郎杜君墓系铭并序》，是一篇重要的诗史论。他用精切的语言梳理了历代诗史的流变，概括历代诗歌体制风格的特点：夏、殷、周千余年的诗歌，孔子删选为《三百篇》，都是“干预教化”的篇章。其后，骚人之作，特点是表露“怨愤之态”，与《风》《雅》不远。汉代的乐府诗与文人五言诗，虽然雅郑并杂，但是“词意简远，指事言情”，皆有为而作。建安兵乱中，三曹诸作，怨哀悲离，尤有古音。至晋宋之际，儒家诗教流失了，文士的作风变得简慢放旷，诗歌多是吟写性灵，流连光景。诗运至于梁陈，陵迟衰微，“淫艳、刻饰、佻巧、小碎之词剧，又宋、齐之所不取也”。从“宋、齐之所不取”一句看，元稹把宋齐和梁陈还是截然分开的，对于宋齐之“吟写性灵，流连光景”并非一概抹煞。到了唐代，沈、宋之流的律诗，“研练精切，稳顺声势”。其后，诗人竞起，文体极变，然而“莫不好古者遗近，务华者去实，效齐梁则不逮于魏晋，工乐府则力屈于五言，律切则骨格不存，闲暇则纤秾莫备”。这里，元稹为了要突出杜甫“集大成”的特征，所以有意贬抑初盛唐诗人皆偏于一体。而他对前代诗史的评述，大致是贴切的。元稹评论杜甫云：

至于子美，盖所谓上薄《风》《骚》，下该沈、宋，古傍苏、李，气夺曹、刘，掩颜、谢之孤高，杂徐、庾之流丽，尽得古今之体势，而兼今人之所独专矣。使仲尼考锻其旨要，尚不知贵，其多乎哉！苟以为能所不能，无可无不可，则诗人以来，未有如子美者。

元稹提出，子美集《诗》《骚》以至初唐沈、宋诸家风格之偏胜，体势之特长，而形成了自己独特的艺术境地，宋代人在此基础上概括为杜诗“集大成”说，是历代公认的杜诗的最基本特征。元稹也与白居易一样把李白、杜甫放在一起比较：

时山东人李白，亦以奇文取称，时人谓之李杜。予观其壮浪纵恣，摆去拘束，模写物象及乐府歌诗，诚亦差肩于子美矣。至若铺陈终始，排比声韵，大或千言，次犹数百，辞气豪迈而风调清深，属对律切而脱弃凡近，则李尚不能历其藩翰，况堂奥乎！

与白居易专注于“风雅比兴”而斥李白“十无一焉”不同，元稹概括李白诗歌风格是“壮浪纵恣，摆去拘束，模写物象”，把握了李白诗歌的基本特征。元稹说杜甫“铺陈终始，排比声韵”的长韵律诗，是李白无法比拟的，招致元好问“识碔砆”之讥，其实这与元稹的审美趣味有关系。元稹在《上令狐相公诗启》中说自己与白居易诗歌和答，白居易驱驾文字，穷极声韵，元稹则“往往戏排旧韵，别创新词，名为次韵相酬，盖欲以难相挑耳”（《元稹集》卷六十），于是写了很多“声势沿顺，属对稳切”的律诗。正是由于二人善于在排律上争奇斗胜，所以元稹认识到杜甫长篇排律的价值，其实对元稹早期诗歌创作影响较大的还是杜甫的乐府诗。元稹在《叙诗寄乐天书》中回忆陈子昂、杜甫诗歌对他的影响时说：

适有人以陈子昂《感遇诗》相示，吟玩激烈，即日为《寄思玄子诗》二十首。……又久之，得杜甫诗数百首，爱其浩荡津涯，处处臻到，始病沈、宋之不存寄兴，而讶子昂之未暇旁备矣。（《元稹集》卷三十）

元稹的《乐府古题序》，谈到他与白居易、李公垂等人创作新乐府诗是直接受到杜甫乐府诗的启发：

近代唯诗人杜甫《悲陈陶》《哀江头》《兵车》《丽人》等，凡所歌行，率皆即事名篇，无复倚傍。予少时与友人乐天、李公垂辈，谓是为当，遂不复拟赋古题。(同上，卷二十三)

“即事名篇，无复倚傍”，是说杜甫乐府诗自创新题，刺美时事。元稹《酬孝甫见赠十首》其二曰：“杜甫天才颇绝伦，每寻诗卷似情亲。怜渠直道当时语，不著心源傍古人。”这也是指杜甫的这个特点。

元稹的《乐府古题序》是一篇重要的诗体论文章。他认为诗、骚之后，诗体流衍为二十四名：赋、颂、铭、赞、文、诔、箴、诗、行、咏、吟、题、怨、叹、章、篇、操、引、谣、讴、歌、曲、词、调。前七种属于文章之体，诗、行、咏、吟、题、怨、叹、章、篇九种，皆“属事而作”，悉谓之诗。它们是不合乐的，后世审乐者，往往采取其词，度为歌曲，那是选词以配乐，而非由乐以定词。操、引、谣、讴、歌、曲、词、调八种，都是因声以度词，审调以节唱，具有相对固定的音乐曲调。就乐府诗的发展来说，若一直沿袭古题，或许在文辞上可以胜过古人，但是摆脱不了古题的束缚，“于义咸为赘剩”，所以他认为“不如寓意古题，刺美见事，犹有诗人引古以讽之义焉”。杜甫“即事名篇，无复倚傍”的乐府诗就是如此，白居易、元稹等人的新乐府也是沿此道路走下去的。

白居易、元稹的讽谕诗创作和理论，对于晚唐、五代的诗歌有较大的影响，创作讽谕诗是中晚唐和五代较为盛行的风气。五代时刘昫《旧唐书·元稹白居易传论》称：“元和主盟，微之、乐天而已。”张为撰《诗人主客图》，以白居易为“广大教化主”，置于篇首。而且“广大教化”一系，凡十八人，足见白居易讽谕诗影响之大。只有少数人如司空图，主张“诗中有虑犹须戒，莫向诗中著不平”（《白菊三首》之二），诗学观念与白居易、元稹相左。司空图《与王驾评诗书》曾斥责“元、白力勍而气孱，乃都市豪估耳”。

在理论上，晚唐和五代也一再提倡讽谕时政、美刺教化的儒家诗论。顾陶的《唐诗类选序》说他选诗最为重视的，就有“关切时病者”。皮日休和陆龟蒙、杜荀鹤是晚唐善于写乐府诗的诗人，在理论上也有所表述。皮日休对白居易非常推崇，与白居易一样提倡美刺教化。

他在《正乐府序》里就说："诗之美也，闻之足以观乎功；诗之刺也，闻之足以戒乎政。"这与白居易的口吻相似。陆龟蒙《蚕赋序》说："诗人《硕鼠》之刺，于是乎在。"说明其创作是继承了《诗三百》美刺精神的。杜荀鹤《秋日山中寄李处士》云："言论关时务，篇章见《国风》。"又《读友人诗》云："君诗通《大雅》，吟觉古风生。外却浮华景，中含教化情。"杜荀鹤自己的诗歌创作就自觉实践了儒家诗学精神。顾云为杜荀鹤《唐风集》写序，称赞他的诗，"可以润《国风》，广王泽"，"咏其雅丽清苦激越之句，能使贪吏廉，邪臣正，父慈子孝，兄良弟顺，人伦纲纪备矣"，与白居易讽谕诗论的声口也很接近。此外，吴融《禅月集序》强调"诗之作者，善善则咏颂之，恶恶则风刺之"，甚至说："君子萌一心，发一言，亦当有益于事，矧极思属词，得不动关于教化？"黄滔《答陈磻隐论诗书》用同样的口气说："且诗本于《国风》王泽，将以刺上化下，苟不如是，曷诗人乎？"都是继续白居易、元稹讽谕诗论的方向，提倡儒家诗教，希望诗歌能对现实政治发生补偏救弊的作用，显示出这些论者面对渐趋衰微的国势而作出的努力。

古代的儒家诗学除了强调诗歌对现实政治的美刺作用外，还肯定诗歌的"吟咏情性"，认为诗歌可以发抒自我内在蓄积的情感，通过获得情感的释放，而达到内心的平静、人格的持守。和儒家所谓"达则兼济天下，穷则独善其身"的人生论相对应，儒家诗学的"美刺"论和"吟咏情性"论具有不同的价值志向，而它们最终的目的都是追求和谐，前者是追求政治的上下和谐，后者是追求自我内心的和谐。两者相对相反而又相济互补，构成儒家诗学的价值体系。钟嵘《诗品序》所谓"凡斯种种，感荡心灵，非陈诗何以展其义，非长歌何以骋其情？故曰：'《诗》可以群，可以怨。'使穷贱易安，幽居靡闷，莫尚于诗矣"，正是发挥《毛诗序》"吟咏情性"论，而强调通过诗歌抒情以达到内心能量的释放。大致来说，魏晋南北朝乃至盛唐时期的诗歌价值论更多强调的是诗歌"吟咏情性"的内在意义，而非美刺教化的外在意义。到了中唐，白居易、元稹等人的讽谕诗理论，则重新提倡被忽略了的儒家诗学的美刺意义。白居易和元稹在宪宗朝任拾遗，为谏官，故而提倡讽谕诗，但是他们在仕途上遭遇了坎坷，元和十年（815），元稹、白居易先后被贬为通州司马和江州司马。这种仕途挫折对他们的人生态度有很大的影响，白居易在《与元九书》中说：

> 古人云："穷则独善其身，达则兼济天下。"仆虽不肖，常师此语。大丈夫所守者道，所待者时。时之来也，为云龙，为风鹏，勃然突然，陈力以出。时之不来也，为雾豹，为冥鸿，寂兮寥兮，奉身而退。进退出处，何往而不自得哉？

白居易遭到贬斥后也有怨望和感伤，曾发出"但是诗人多薄命"（《李白墓》）、"文士多数奇，诗人尤命薄"（《序洛诗》）的慨叹。白居易在仕途失意时虽多穷途薄命之叹，但与孟郊、韩愈等人因人生不平而激为桀骜矫兀之气不同，他更多的是以"道心"来淡化这种不平。在《咏怀》诗里他说："知分心自足，委顺身常安。故虽穷退日，而无戚戚颜。"所以他后期的诗歌更多的是"咏性不咏情"（《祇役骆口驿喜萧侍御书至兼睹新诗吟讽通宵因寄八韵》），表现的是乐天知分，委顺自适的人生意趣。白居易在《与元九书》里把自己的创作分为讽谕诗、闲适诗、感伤诗、杂律诗。其中闲适诗是"或退公独处，或移病闲居，知足保和，吟玩情性者"，"思淡而词迂"。《序洛诗》所谓"闲居之诗泰以适"；《诗解》所谓"旧句时时改，无妨悦性情"；《夏日独直寄萧侍御》所谓"情性聊自适，吟咏偶成诗"；《咏兴五首并序》所谓"或歌或舞，颓然自适"，都是指闲适诗的创作意趣和风格特征。白居易的感伤诗是"有事物牵于外，情理动于内，随感遇而形于叹咏者"，表现的内容多是"亲朋合散"等伤感情事，可以"释恨佐欢"，"以遣时日，销忧懑"（《和答诗十首序》）。这些都是"寓兴放言，缘情绮语者"（白居易《苏州南禅院白氏文集记》）。元稹《白氏长庆集序》说："讽谕之诗长于激，闲适之诗长于遣，感伤之诗长于切。"（《元稹集》卷五十一）遣兴切情就是诗歌"吟咏情性"的功能。元稹也有"悲伤自遣"的感伤诗(《进诗状》，同上，卷三十五)。白居易喜爱陶渊明和韦应物的诗歌，曰："常爱陶彭泽，文思何高玄。又怪韦江州，诗情亦清闲。"（《题浔阳楼》）陶诗的高玄、韦诗的清闲，和白居易本人闲适的意趣相合。白居易也喜欢谢灵运诗，他的《读谢灵运诗》云：

> 吾闻达士道，穷通顺冥数。通乃朝廷来，穷即江湖去。谢公才

> 廓落，与世不相遇。壮志郁不用，须有所泄处。泄为山水诗，逸韵谐奇趣。大必笼天海，细不遗草树。岂唯玩景物，亦欲摅心素。往往即事中，未能忘兴谕。因知康乐作，不独在章句。（《白居易集笺校》卷七）

所谓“抒心素”，“有兴谕”，前者是指谢诗的感伤内容，后者是指谢诗具有兴寄。讽谕、感伤和闲适，是白居易“志在兼济，行在独善，奉而始终之则为道”的儒家人生观在诗歌中的表现。

白居易感伤诗、闲适诗的自遣、自适功能，对中晚唐诗人也有启发。皮日休《七爱诗·白太傅》赞曰：“处世似孤鹤，遗荣如脱蝉。仕若不得志，可为龟鉴焉。”就是指白居易怡然自处的独善其身之道，为后世士大夫开辟了一条道路。自遣自适也是晚唐、五代乃至宋代一些诗人作诗的一个重要目的。如许浑《乌丝栏诗自序》说自己作诗“聊用自适，非求知之志也”。陆龟蒙《自遣诗三十首序》云：“诗者，持也，谓持其情性，使不暴去。”这些与白居易的“咏性不咏情”说也是相通的。

元稹、白居易还有一些采用通俗语言和铺叙手法较为直白地描写男女艳情的诗篇广为流传。这些诗篇用浅切的形式表现市民生活和市民情趣，因此能够流于民间，播于人口，但是它又突破了传统诗歌含蓄蕴藉的原则，因此曾招致中晚唐一些论者的不满。李肇《唐国史补》云：“元和已后，……诗章……，学浅切于白居易，学淫靡于元稹，俱名为元和体。”杜牧《唐故平卢军节度巡官陇西李府君墓志铭》引李戡的话，云：

> 尝痛自元和已来，有元、白诗者，纤艳不逞，非庄士雅人，多为其所破坏。流于民间，疏于屏壁，子父女母，交口教授，淫言媟语，冬寒夏热，入人肌骨，不可除去。吾无位，不得用法以治之。①

李戡认为元、白艳情诗有伤风化，因其流传广泛，贻害尤剧。杜牧大段

① 杜牧《樊川文集》，上海古籍出版社2007年版，第137页。

引用李戡的话，也有赞同的意思。这正是持儒家诗教的标准来衡量元、白，大约是元稹、白居易所始料不及的。而杜牧也曾创作过大量艳情诗，这种看似出尔反尔的现象，实际上说明论者的诗学观念是随着时地、境遇的不同而不断变化的。

第五节　唐代意境论的发轫

虽然具有意境美的诗歌在《诗经》中就已存在，而且汉魏六朝也不乏有意境的诗篇，但是人们在理论上对意境的审美自觉，却要到唐代才开始①。相比而言，江南文士对意境的审美意识的觉醒要比北方文士早一些。据颜之推《颜氏家训·文章》记载：

> 王籍《入若耶溪》诗“蝉噪林愈静，鸟鸣山更幽”，江南以为文外断绝，物无异议。简文吟咏，不能忘之；孝元讽味，以为不可复得，至《怀旧志》载于《籍传》。范阳卢询祖，邺下才俊，乃言：“此不成语，何事于能？”魏收亦然其论。②

王籍诗之二句，以声衬静，描写清幽的自然景色，秀拔静谧，有意境美，所以得到江南人的激赏，而北人卢询祖和魏收却不能欣赏其妙处。虽然说“人世好尚焉能强齐”（黄叔琳评语），但是这不同的态度正可反映出北人的审美意识还不能领略意境美。虽然史载卢询祖“文辞华美”，却不能欣赏意境之美，这至少说明意境美在当时还没有成为普遍的美学范型。颜之推《颜氏家训·文章》还记载：

> 兰陵萧悫，梁室上黄侯之子，工于篇什。尝有《秋诗》云：“芙蓉露下落，杨柳月中疏。”时人未之赏也。吾爱其萧散，宛然在目。颍川荀仲举、琅琊诸葛汉，亦以为尔。而卢思道之徒，雅所不惬。

---

① 按，古文论研究者对“意境”的追溯有的甚至上探至《周易》，似乎自古已有之；或谓刘勰《文心雕龙》的“隐秀”的“隐”就是“意境”，笔者并不认为如此。

② 王利器集解、颜之推撰《颜氏家训集解》，上海古籍出版社1980年版，第273页。本书引《颜氏家训》文字均依此本。

"芙蓉"二句，用后代的审美眼光看，应该是富有意境神韵的诗句，而当时士人的反应并不一致。到了唐朝，南北文化走向融合，在审美趣味上南北也进一步相互影响。大体而言，初盛唐的文化是尚情，在诗歌的审美意趣上更注重于情感的抒发。这与六朝之重"物色"相比，有了很大的发展。唐朝前期的诗学更注重风骨、声调，就一首诗来说，更欣赏"秀句"，多采取摘句品评，对诗歌的整体意蕴和余味还不够重视。其中，殷璠提出的"兴象"范畴，是强调主体情感处于主导性地位，选择、浸染、改变自然物色，使自然物色饱蕴着主体情思，从而受到情思的"着色"。"兴象"对后世意境论很有启发，但两者区别还是很明显的。王昌龄的《诗格》中有"含思落句势"，与意境论的含蓄、韵味有相通之处，但是王昌龄的本意是谈诗歌章法上写情与写景的错综，还不能说就是意境论，不过，他说要把情思"含"在景物里，实际上就是要落句创造出情景浑融的意象。王昌龄《诗格》"诗有三境"，其中之一是"意境"，即"张之于意，而思之于心，则得其真矣"，这里所谓"意境"就是后来旧题贾岛《二南密旨》中的"意格"，即"取诗中之意，不形于物象。如古诗云'行行重行行，与君生别离'"，与作为美学范畴的"意境"没有什么关系。倒是王昌龄《诗格》所谓"置意作诗，即须凝心，目击其物，便以心击之，深穿其境"的说法，于诗人的意境创造深有会心。王昌龄的凝心，有内敛深造的意思，而他提出的"境"，与唐代唯识宗的世界观不无关系。佛教唯识宗在心物关系上更强调人的"意识"具有变现世界万有现象的精神功能，唯识宗提出"万法唯识"、"万境唯心"。《大乘起信论》言："三界虚伪，唯心所作，离心则无六尘境界。"用丁福保《佛学大辞典》的话解释，就是"心之所游履攀缘者，谓之境"。唯识宗的要义是"实无外境，唯有内识，似外境生"，"境依内识而假之"，外境是内识的显现，或者说内识通过外境而显现。

唯识宗改造了士大夫的世界观，指出情是虚妄的，是受制于感官的未经修炼的精神主体；而人的本质是"意识"，"意识"能外化为"境"。白居易所谓"咏性不咏情"，就是在佛学世界观影响下对感物兴情的创作机制的超越。王昌龄所谓的"深穿其境"，不是说诗歌创作要逼真描写自然物色，而是要表现内心之境，是"凝心"、"深穿"而显现出来的心中之境，与唯识宗的“境”有相似之处。后来佛教徒皎然诗学著作《诗式》和诗歌创作中反复提到“取境”、“缘境”、“造境”，都与佛教思想有关。这种“境”不同于六朝的“物色”，“物色”是客观的，诗人触物兴情，“物色”制约着情感；而中唐人的“境”，是源自于主体内在的“意识”或“自性”，“诗情缘境发”，诗歌着意于营造意境，描写景物意象也只是作为“境”的因缘媒介。佛学“心识”论关于“境”的理论，构成了中唐诗学意境论的哲学基础。当然历代创作出具有意境美诗歌的诗人不一定都接受这种佛学心性论，但是意境论作为一种审美意识的自觉，与中唐时期佛学世界观的启悟是有关系的。

意境理论在中唐的萌生，是中唐时期诗人心态逐渐趋向内敛在审美意识上的反映。与盛唐时期的昂扬外放不同，中唐大历诗人更孤寂幽独，沉静悒郁，诗歌表现得更为静谧闲致，清新淡雅。中晚唐的贾岛、姚合、李洞、方干、司空图等人的诗歌创作也以格调清疏幽远，情韵淡永为主，在风格上与大历诗风很接近。如果说盛唐诗歌多热情飞动之美，那么，中唐这些诗人的作品则多清幽娴静之美。唐代的意境论就是对这类诗歌审美意味的理论概括，而且，这些诗人也是中晚唐意境诗学的理论发明者。

意境论有两个最为基本的要素，一是要求诗歌具有情景交融、意与境浑的意象；二是要求诗歌具有含蓄不尽的言外之意，有韵味。中晚唐诗论对这两个要素已经具有明晰的理论自觉。

“意与境浑”论是上承殷璠的“兴象”说和王昌龄有关“景入理势”和“理入景势”的论述，并沿着皎然“搜境”、“造境”论的方向，而更强调心对景的浸润、濡染作用，创造出更具有主体特征的心象，因此与六朝物色论的“情以物兴”、“物以情观”（刘勰《文心雕龙·铨赋》）有一些差别。如刘长卿的《赠别于群投笔赴西安》云：“风流一才子，经史仍满腹。心镜万象生，文锋众人服。”其中“心镜万象生”很精切地揭示出了中唐以降的诗歌创作更多的是表现“心镜”——万象生于心中，在如镜子般的心中浮现出万象，万象是由心而“生”，而不是外在景象的移植。权德舆《左武卫胄曹许君集序》云：“凡所赋诗，皆意与境会，疏导情性，含写飞动，得之于静，故所趣皆远。”他正式提出了“意”与“境”的融合，其所谓“境”也是带有主体印记的心象，意境是静默的冥会，而其形象特征是“含写飞动”，具有生命的、活跃的精神气韵，并有悠远的意趣。刘禹锡《董氏武陵集纪》是意境论的重要篇章，其中云：

> 片言可以明百意，坐驰可以役万景，工于诗者能之。风、雅体变而兴同，古今调殊而理具，达于诗者能之。工生于才，达生于明，二者还相为用，而后诗道备矣。

他的《秋日过鸿举法师寺院便送归江陵并引》亦云：

> 梵言沙门，犹华言去欲也。能离欲则方寸地虚，虚而万象入，入必有所泄，乃形乎词。词妙而深者，必依于声律。故自近古而降，释子以诗闻于世者相踵焉。因定而得境，故翛然以清；由慧而遣辞，故粹然以丽。

片言明百意，是指诗歌文约意丰；坐驰役万景的“坐驰”，相当于老庄哲学的“心宅”、“心游”，更是佛教修炼入定的境界，也即是刘禹锡所谓“离欲”而“虚”的“方寸地”，心虚明澈，故能“万景入”。从“因定而得境”一语也可看出，所役之万景，是灵想之创辟，出自于杳冥的真思，是主体的心象，与六朝时以繁缛辞采表明物象形态不同，此种心象是主体心存目想所得，是主体的精思冥构所得，蕴涵着诗人的情感性灵，更具有主体性特征，而非符合自然的形似。稍后，司空图在《与王驾评诗书》里将之概括为“思与境偕”。司空图与晚唐诗僧多有交往，隐居山林，创作上承王维、韦应物、大历才子、刘梦得、贾岛等一路下来①，多出世之思，幽空之境。清幽静谧的自然环境与清寂虚静的心灵相契合，这派诗歌所表现的艺术境界，多是恬然淡漠的内心的呈现，所以他用“思与境偕”给予“意境”以理论上的总结。

意境论的另一个要素是含蓄不尽的言外之意。中晚唐诗学的含蓄论，一个源头是《诗经》的比兴传统。《诗经》之比兴，“取类迩而见义远”，以熟悉可感的自然意象表现抽象的人事义理，具有委婉含蓄的

---

① 按，元辛文房《唐才子传》卷六，说司空图“性苦吟，举笔缘兴，几千万篇”，司空图与中晚唐苦吟之风也有着密切的关系，然能“自致于绳检之外”。

意味。中晚唐的一些诗格著作，对传统的比兴手法加以概括提炼，整理出自然物象与人事义理的对应关系，如托名白居易的《金针诗格》阐述“诗有内外意”云：

一曰内意，欲尽其理。理，谓义理之理，美、刺、箴、诲之类是也。二曰外意，欲尽其象。象，谓物象之象，日月、山河、虫鱼、草木之类是也。内外含蓄，方入诗格。

而诗僧虚中的《流类手鉴》举“物象流类”，如日午、春日比圣明，残阳、落日比乱国等等，达五十四例之多。徐夤《雅道机要》的“明意包内外”，所谓内外意，也是就比兴方法而言的，说：“赠人，外意须言离别，内意须言进退之道。”这种含蓄论，更接近于刘勰所谓的“隐”，与意境理论还隔着一层，因为所谓的外意和内意之间是比附关系，外意也是明确的，没有留给读者更多的遐想空间，不是“含不尽之意见于言外”。

意境理论的含蓄论，更多是得益于佛教思想。关于言、意、物之间关系的论述，曾是魏晋玄学的重要命题，但是真正把这种哲学思考引入文学理论的，当时还不多见。佛学“所求在一体之内，而所明在视听之外”（袁宏《后汉记》卷十《孝明皇帝纪》下），讲究对有限物象世界的超越，并提出“象外”的命题，一方面是指在物象的背后有更为神妙的义理，另一方面是强调心灵的内视，透过物象反观内心获得真识：

有天竺沙门鸠摩罗什者，少践大方，研几斯趣，独拔于言象之表，妙契于希夷之境。（僧肇《般若无知论》）

穷神尽智，极象外之谈。（同上）

抚玄节于希音，畅微言于象外。（僧卫《十注经合注序》）

象者理之所假，执象则迷理。（释慧琳《龙光寺竺道生法师诔》）

佛学关于“象外微言”的理论，影响到中晚唐的诗学，出现了追求言外意味的诗学旨趣。诗僧皎然《诗式》指出，“池塘生春草”，情在言外。“明月照积雪”，旨冥句中。所谓“情在言外”、“旨冥句中”，就是指诗歌内蕴丰厚，具有言外之意。皎然还提出“两重意已上，皆文外之旨”的论断，参禅要领会象外微言，写诗应得文外之旨。值得注意的是，皎然在提出“文外之旨”的同时，严厉批评初唐元兢与越僧玄监所集秀句，“二子天机素少，选又不精，多采浮浅之言，以诱蒙俗”，无益诗教。元兢《古今诗人秀句》“以情绪为先”，标举“秀句”，昭示着盛唐的诗歌精神。皎然对元兢的批评，正标明了诗学旨趣从盛唐“情绪为先”向中晚唐“文外之旨”的演变。皎然《诗式》对中晚唐的诗学理论具有很大的影响，很多诗格著作都受到它的影响。

意境理论的含蓄论是中晚唐诗学的一个重要主题。如刘禹锡《董氏武陵集纪》：“诗者，其文章之蕴邪！义得而言丧，故微而难能。境生于象外，故精而和寡。”义得言丧，是源自于佛学、老庄的语言观。境生于象外，即诗歌作品中所表现的有限意象，应该蕴藉空灵，具有更为广邈幽深的意味，能够引起读者的无限遐思。姚合《答李频秀才》云：“物外诗情远。”“远”，是姚合、贾岛等人诗歌所追求的幽远深邃的境界。李洞赞美颜上人诗“妙出无象，虚涵不为，泠然若悬，未扣而响”(《颜上人集序》)，就是指其诗虚灵含蓄，具有无穷的韵味，悠然不尽。虚冲说：“真诗之人，心合造化，言含万象。且天地日月草木烟云，皆随我用，合我晦明。”所谓“言含万象”，是说诗意不枯寂，而是意味丰厚，余味曲包。王睿的《炙毂子诗格》有“模写景象含蓄体”，举例云：“‘一点孤灯人梦觉，万重寒叶雨声多’，此二句模写灯雨之景象，含蓄凄惨之情。”桂林僧景淳《诗评》云:“夫缘情蓄意，诗之要旨也。”这些都是强调诗歌要有含蓄不尽的文外之旨。

晚唐的意境理论，通过司空图得到进一步的提升。司空图提出“思与境偕”，要求诗人的主体情思与诗歌所写的自然境界相融合；同时他还提出“象外之象”、“景外之景”、“味外之旨”等说法，也是指诗歌要有耐人寻味的韵味。司空图《与极浦书》云：

> 戴容州云：“诗家之景，如蓝田日暖，良玉生烟，可望而不可置于眉睫之前也。”象外之象，景外之景，岂容易可谈哉！

就是说诗歌中所描写之景象应该澄澈清幽，空灵虚活，具有开放的意蕴指向，读者可以从所呈现的景象中领会出言外的意蕴，这是不容易达到的诗歌境界。司空图多次称赞王维、韦应物的诗歌“澄澹精致”、“趣味澄夐”，大约就是因为他二人诗歌符合司空图“象外之象，景外之景”的诗美理想。司空图还以味论诗，强调诗歌要有韵外之致、味外之旨。他在《与李生论诗书》里说：

文之难，而诗之难尤难，古今之喻多矣。愚以为辨于味而后可以言诗也。江岭之南，凡足资于适口者，若醯非不酸也，止于酸而已；若鹾非不咸也，止于咸而已。华之人所以充饥而遽辍者，知其咸酸之外，醇美者有所乏耳。彼江岭之人习之而不辨也，宜哉！……近而不浮，远而不尽，然后可以言韵外之致耳。

这是继承六朝以来诗学理论中的味论、韵论而加以发挥①，以形象的比喻说明诗歌应该具有令人咀嚼、悠然不尽的韵味。诗歌所描写的景象生动逼真，但不质实，不粗俗，诗歌所蕴涵的意味悠远不尽，这样就有了言外的韵味。

唐人的含蓄论很多是专门指诗歌的断句而言的，断句也称落句，是指诗歌的最后两句。唐人多强调断句应该有言外之意，如王昌龄《诗格》有“含思落句势”，晚唐诗僧齐己《风骚旨格》“诗有六断”，其中有“五曰不尽意。诗云‘此心只在相逢说，时复登楼看远山’”，所举例子与王维《酬张少府》落句“君问穷通理，渔歌入浦深”一样，以不答作答，两句不是顺承关系，而是末句转入它处。徐夤《雅道机要》论断句云：“须有不尽之意堆积于后，脉脉有意。”僧神彧《诗格》论诗尾“须含蓄旨趣”，这些都是指诗歌落句要含蓄不尽。仅仅要求落句含蓄，若诗篇整体意脉不相谐调，还谈不上意境。司空图则提出“全美为工”的新看法。在《与李生论诗书》里，他说：

今足下之诗，时辈固有难色，倘复以全美为工，即知味外之旨矣。

所谓“全美”就是指诗歌的意境是一个有机整体，所谓“澄淡精致”、“味外之旨”是诗歌意境整体所具有的美感，而不只是落句的含蓄不

---

① 按，如钟嵘《诗品序》论五言诗是“众作之有滋味者也”，其意是说五言诗“指事造形，穷情写物，最为详切”，耐人咀嚼。

尽。《与李生论诗书》中，这句话之前司空图列举了自己得“韵外之致”的二十四句诗，多不是落句。这说明所谓“韵外之致”、“味外之旨”与当时诗格著作所谓落句含蓄是不同的。司空图更重视诗歌整体美感上的含蓄不尽，这正是他的“全美为工”的意义所在。司空图《二十四诗品》用形象的语言来描绘诗歌的整体风格特征，体现了他“全美为工”的诗学观念。

传世属于司空图的论诗文字还有《二十四诗品》。1995 年，陈尚君先生和汪涌豪先生分别在唐代文学年会与古代文学理论年会上提出《二十四诗品》非司空图所作，引起学术界的广泛关注和热烈讨论，目前学术界对此还没有取得一致的意见。本书着重阐述《二十四诗品》与司空图其他文章中的诗学观念相一致的诗学主张。

司空图论诗的主导倾向是崇尚“思与境偕”、“韵外之致”，但是他在具体评论诗人诗作时还是采取比较宽容的态度的，如对雄奇豪迈的韩愈、壮浪飘逸的李白、长于气骨的高适都给予很高的评价①。《二十四诗品》也是如此，广泛涉及“雄浑”、“纤秾”、“豪放”、“劲健”等风格，不主一格。当然《二十四诗品》更多的风格论，与司空图“思与境偕”、“韵外之致”的审美趣味是相一致的。贯穿司空图《二十四诗品》的一个重要诗学观念就是诗歌要有“言外之旨”、“韵外之致”，比如《雄浑》品云“超以象外，得其环中。持之非强，来之无穷”，近乎“象外之象，景外之景”。《冲淡》品云“遇之匪深，即之愈希。脱有形似，握手已违”，近乎“可望而不可置于眉睫之前”。《含蓄》品云“不著一字，尽得风流。语不涉难，已不堪忧。……浅深聚散，万取一收”，切似“近而不浮，远而不尽”的言外韵味。此外，像《疏野》品“倘然适意，岂必有为。若其天放，如是得之”；《清奇》品“神出古异，淡不可收”；《实境》品“取语甚直，计思匪深……遇之自天，泠然希音”；《形容》品“离形得似，庶几斯人”；《超诣》品“诵之思之，其声愈稀”等，与司空图其他文章中“思与境偕”、“味外之味”、“全美为工”等意境论都是相一致的。《二十四诗品》采用譬喻的方式将晚唐

① 参见王运熙、杨明先生《隋唐五代文学批评史》，上海古籍出版社 1994 年版，第 682—684 页。

诗论中的意境论进行形象传神的艺术呈现。特别是《含蓄》品“不著一字，尽得风流”二句，恰似《老子》的“大音希声”，最美妙的音乐是听不到单个音符的，最美妙的诗歌会消除语言的障碍，引人入胜。王士禛最喜此二句，司空图诗论对王士禛“神韵”诗论有着直接的启发。

第二章 苏轼的诗学精神和创作理论

【内容提要】苏轼秉承唐代白居易、刘禹锡的讽谕精神，主张诗须“有为而作”，而他因诗得祸，引起时人对于诗歌性质的省思。在心物关系上，苏轼强调超然性的主体精神，不为外物所左右，不为穷达所束缚。这种独立超越性的主体，正是宋代尚意诗学的人格基础。基于大量的创作实践，对于诗歌创作他也发表了一些切理餍心的见解。

白居易的讽谕诗歌理论，在北宋前期得到新的激扬，特别是苏轼秉承其父提倡“有为而作”的精神，对传统儒家“美刺”理论进行了新发挥。但“乌台诗案”因诗得祸，也促使当时论者对诗歌意义外向性的反思，促使诗歌本体论的转向。苏轼受佛道心性论的影响，提出“寓意于物，而不可以留意于物”的心物关系论，把心意放在第一位，主体心意超越外物的束缚，这已揭示出宋型诗的哲学基础。这种新的心物关系论，是尚意诗学的理论根基。

第一节 “有为而作”的精神及其在北宋的消歇

自晚唐以来，已经表现出文运衰微的趋势，时至五代，文治隳颓，世风浇薄，诗词创作为满足娱乐消遣，表现出绮靡淫丽、香艳秾冶的特征。北宋前期，由五代入宋的老辈诗人徐铉、杨徽之、李昉、宋白等怀着叨遇圣主的心情①，登入翰林院、学士院或其他要职，参与国政，议礼定制，草诏撰诰，主持试举，与帝王群臣诗酒酬酢，颂美升平，他们把晚唐五代诗歌余绪带入宋代。李昉等人作诗效法白居易、元稹的唱和诗，平直浅易。欧阳修《六一诗话》云："仁宗朝，有数达官以诗知名，常慕'白乐天体'，故其语多得于容易。"一时成为风气，王禹偁早年也"与乐天为后进"，学习白居易浅切率直的诗风。宋代新兴的一批诗人如杨亿、刘筠、钱惟演等人，生活于升平时期，在雕琢意象、精炼故实上花工夫，创作的"西昆体"雍容繁丽。而太宗、真宗朝流行的隐逸诗风，则是延续着晚唐贾岛之流清寒幽静的审美风尚。总之，正如宋祁所言，"大抵近世之诗，多师祖前人"，"陈言旧辞，未读先厌"(《宋景文集·南阳集序》)。即使是欧阳修，在创作上也未能扭转当时的诗歌风气②。

随着宋朝政权之逐渐稳定，新的社会矛盾也逐渐暴露出来了，诗歌创作的偏执风气，也引起有识之士的警觉。王禹偁的创作表现出由学习白居易向自觉取法杜甫的变化，"敢期子美是前身"，诗歌的现实性、深刻性更为突出。范仲淹批斥"五代以还，斯文大剥；悲哀为主，风流不归"(《唐异诗序》)，矛头实际上是针对当时的诗坛。在《上时相议制举书》里他提出质文相救的观点：

> 唯圣人质文相救，变而无穷。前代之季，不能自救，则有来者，起而救之。是故文章以薄，则为君子之忧；风俗其坏，则为来者之资。(《范文正公文集》卷九)

其意是说，宋代的太平盛世不该延续五代的文运，应该矫之而起，强调"质"来改变"文章以薄"的风气。他的创作实践了自己的理论主张，《对雪》《感流亡》等诗，敢于揭露现实弊政，表达对受损害者的同情。

---

①《宋史·杨徽之传》载杨徽之献诗给宋太祖，卒章曰："十年流落今何幸，叨遇君王问姓名。"

② 陈善《扪虱新话》下集卷三："欧阳公诗，犹有国初唐人风气。公能变国朝文格，而不能变诗格。及荆公、苏、黄辈出，然后诗格遂极于高古。"

梅尧臣也强调发扬自《诗经》《离骚》以来的美刺比兴传统，以改变当时道丧言空的诗歌弊端。其《答韩三子华、韩五持国、韩六玉汝见赠述诗》云：

> 圣人于诗言，曾不专其中。因事有所激，因物兴以通。自下而磨上，是之谓《国风》。《雅》章及《颂》篇，刺美亦道同。不独识鸟兽，而为文字工。屈原作《离骚》，自哀其志穷。愤世嫉邪意，寄在草木虫。迩来道颇丧，有作皆言空。烟云写形象，葩卉咏青红。人事极谀谄，引古称辩雄。经营唯切偶，荣利因被蒙。遂使世上人，只曰一艺充。以巧比戏弈，以声喻鸣桐。嗟嗟一何陋，甘用无言终。①

梅尧臣所谓的“有作皆言空”、“经营唯切偶”云云，都是批评西昆派的靡丽诗风，他提倡《诗经》的美刺精神和《离骚》的发愤抒情传统，“诙嘲讥刺托于诗”，端正了宋初诗学的发展方向。刘克庄《后村诗话》称赞说：“本朝诗惟宛陵为开山祖师，宛陵出，然后桑、濮之淫哇稍息，《风》《雅》之气脉复续，其功不在欧、尹之下。”（《后村集》卷一百七十四）

和梅尧臣同气相求的还有欧阳修。欧阳修《诗本义·本末论》说：

> 诗之作也，触事感物，文之以言，善者美之，恶者刺之，以发其揄扬怨愤于口，道其哀乐喜怒于心，此诗人之意也。（卷十四）

这是远绍《诗》《骚》传统，近承白居易讽谕诗学精神，强调诗歌对现实政治的参与、矫正功能，激扬诗歌的经世意义。欧阳修还从梅尧臣的坎坷遭遇中提炼出“诗穷而后工”的理论主张。其《梅圣俞诗集序》云：

> 予闻世谓诗人少达而多穷，夫岂然哉？盖世所传诗者，多出于古穷人之辞也。凡士之蕴其所有而不得施于世者，多喜自放于山颠水涯。外见虫鱼草木风云鸟兽之状类，往往探其奇怪，内有忧思感

① 梅尧臣《宛陵集》卷二十七，《四部丛刊》影印明万历间刻本。

愤之郁积，其兴于怨刺，以道羁臣寡妇之所叹，而写人情之难言。盖愈穷则愈工，然则非诗之能穷人，殆穷者而后工也。（《欧阳文忠公集》卷四十二）

同时的宋祁，通过对唐代诗人生平的考察也得出“诗人少达而多穷”的结论。他的《淮海丛编集序》云：

诗为天地缊，予常意藏混茫中，若有区所。人之才者，能往取之，取多者名无穷，少者自高一世，顾力至不至尔。然造物者吝之，其取之无限，则辄穷踬其命而怫戾所为。予略记其近者：王摩诘颠于盗，愁苦仅脱死；杜子美客巴蜀，入沅湘，饥不自存；李太白踣于贬；白乐天偃蹇不得志，五十余分司；元微之为众排迮，终身怅望；刘梦得流摈，抵老弗见容，是皆章章信验也。①

仕途的曲折坎坷，往往促使诗人对人生、命运的感受更为真切，更为复杂，对社会的洞察也会更为细致，更为深刻，这样自然可以增加诗歌的内容深度和思想内涵。人生之穷，也会使诗人变得更为敏感，触目伤怀，将内心的忧伤悲愤一寄于诗，而悲伤之情更能激起读者的同情和共鸣。另外，诗人失意于仕途，社会礼法的束缚就更少一层，同时也更为专心于诗歌创作，通过创作来发抒内心的郁闷忧愤，诗歌也就会因专而工。这样来看，“诗穷而后工”有几分道理。但是，它并非一个普遍周延的诗学命题，穷而不工，不穷而工，大有人在。欧阳修和宋祁都强调“诗穷而后工”，其意义在于提倡一种与宋初台阁风气、隐逸风气不同的桀骜不平的主体人格，在于树立一种与君臣唱和、隐遁孤吟都不相同的抒发感愤、兴于怨刺的诗歌精神。叶梦得《石林诗话》称赞欧阳修的诗歌，“始矫昆体，专以气格为主”，对于矫正宋初诗歌风气是有积极意义的。

欧阳修、梅尧臣等的理论先导，为苏轼所踵继。苏轼将欧、梅的诗学精神提到新的高度，提出“有为而作”的命题，并且在创作实践中贯彻这一诗学精神。苏轼在诗学上受到其父苏洵的影响。他在《凫绎先

① 宋祁《宋景文集拾遗》卷十五，见吴文治主编《宋诗话全编》，江苏古籍出版社 1998 年版，第 140 页。标点有异。

生诗集序》里回忆苏洵称赞鲁人颜太初（凫绎）的诗文，“皆有为而作，精悍确苦，言必中当世之过，凿凿乎如五谷必可以疗饥，断断乎如药石必可以伐病。其游谈以为高，枝词以为观美者，先生无一言焉”①。《宋史》颜太初本传说他“慷慨好义，喜为诗，多讥切时事”，与苏洵所谓“有为而作”、“言必中当世之过”是一个意思，指诗歌创作具有明确的目的，关切现实政治，讽刺不合理的社会现象。“有为而作”，也是前期苏轼诗学思想的核心。他论诗，崇尚坚贞气节，重视直面人生，讽谏现实的意义。苏轼《次韵张昌言喜雨》云：“爱君谁似元和老，贺雨诗成即谏书。”主张诗歌要像唐代白居易作《贺雨诗》那样，起到讽谏时政的作用。以诗为“谏书”，正是汉代儒家诗学的传统。苏轼在《次韵朱光庭喜雨》诗里赞美朱光庭诗：“清诗似庭燎，虽美未忘箴。”《送李公恕赴阙》云：“杂以嘲讽穷《诗》《骚》。”《次韵孙秘丞见赠》云：“感慨清哀似变风。”这与梅尧臣的诗学精神是一脉相承的，希望发扬《诗》《骚》的箴刺时政，抒发现实悲感的诗学传统。对那种有美无箴的阿谀之作，苏轼是不齿的。苏轼《次韵答章传道见赠》云“马融既依梁，班固亦事窦”，讥刺汉代文人马融、班固依附权贵，丧失气节。他在《戏足柳公权联句序》里说：

> 《宋玉对楚王》：“此独大王之雄风也，庶人安得而共之?”讥楚王知己而不知人也。柳公权小子与文宗联句，有美而无箴，故为足成其篇云。②

宋玉《风赋》云：“楚襄王游于兰台之宫，宋玉、景差侍。有风飒然而至，王乃披襟而当之，曰：‘快哉此风！寡人所与庶人共者耶?’宋玉对曰：‘此独大王之风耳，庶人安得而共之。’”据《旧唐书》记载，唐文宗曾在某一个夏日与学士联句，文宗曰：“人皆苦炎热，我爱夏日长。”柳公权曰：“薰风自南来，殿阁生微凉。”苏轼认为宋玉对楚王问是“讥楚王知己而不知人”，而柳公权和唐文宗的联句则是“有美而无箴”，这就失去臣下讽谏君主的责任了。苏轼前期的诗歌，秉承着“有

① 孔凡礼点校《苏轼文集》，中华书局1986年版，第313页。本书引苏轼文均据此本。
②《苏轼诗集》卷四十八，中华书局1982年版，第2584页，本书引苏轼诗均据此书。

为而作”的艺术精神，表现出强烈的现实性和批判性，如《骊山三绝句》等大量诗歌揭露社会弊端，主题明确。从通判杭州到知湖州的八九年间，针对新法流弊，他写过一些政治讽刺诗。其中《汤村开运盐河雨中督役》《山村五绝》《吴中田妇叹》等就是这方面的代表作品。苏轼创作这些关切现实政治的诗歌，正是“有为而作”，怀着改变现实政治的明确目的，即“寓物托讽，庶几流传上达，感悟圣意”（《乞郡劄子》）。苏辙称苏轼“缘诗人之义，托事以讽，庶几有补于国”（《亡兄子瞻端明墓志铭》）。《宋史》本传说他“以诗托讽，庶有补于国”，都点明苏轼对传统儒家诗学讽谕精神的继承和发扬。陈师道《后山诗话》① 也曾说过，苏诗始学刘禹锡，故多怨刺。

苏轼“有为而作”的诗学思想除了继承原始儒家和中唐以来的诗学传统，秉承其父的教诲之外，还与他的个性气质有关。苏轼的性格是任真使气。他常说：“古人所贵者，贵其真。”② 所谓真，就是内外如一，表现真性情、真见识。苏轼《密州通判厅题名记》云：“余性不慎语言，与人无亲疏，辄输写腑脏，有所不尽，如茹物不下，必吐出乃已。而人或记疏以为怨咎，以此尤不可与深中而多数者处。”《思堂记》又云：“余，天下之无思虑者也。遇事则发，不暇思也。……言发于心而冲于口，吐之则逆人，茹之则逆余。以为宁逆人也，故卒吐之。”显然为一率情任意、慷慨使气之人。自五代以来道丧文弊，其根源之一是士人气节的颓丧。正如苏轼所言：“士不以天下之重自任，久矣。”（《乐全先生文集序》）而自范仲淹、欧阳修等人始，士气在逐渐恢复。《宋史·忠义传序》说：“真、仁之世，田锡、王禹偁、范仲淹、欧阳修、唐介诸贤，以直言谠论倡于朝，于是中外缙绅知以名节为高，廉耻相尚，尽去五季之陋矣。”苏轼则是进一步弘扬儒家“至大至刚”之气，将之酣畅地宣泄于诗歌。崇尚气节，是苏轼的一贯思想。他的《李太白碑阴记》说：“士以气为主。方高力士用事，公卿大夫争事之，而太白使脱靴殿上，固已气盖天下矣。使之得志，必不肯附权幸以取容，其肯

① 按，世传《后山诗话》是否为陈师道作，陆游、方回等均有疑问，纪昀辨其为真，今已难以详考。即使是伪托陈师道作，也应与陈师道诗学思想相去不远，姑且系于陈师道名下。

② 语见惠洪《冷斋夜话》，张伯伟《稀见本宋人诗话四种》，江苏古籍出版社 2002 年版，第 14 页。

从君于昏乎!”苏轼《上刘侍读书》说:“故凡所以成者,其气也;其所以败者,其才也。气不能守其才,则焉往而不败?”此文开篇,苏轼说:

> 轼闻天下之所少者,非才也。才满于天下,而事不立。天下之所少者,非才也,气也。何谓气?曰:是不可名者也。若有鬼神焉而阴相之。今夫事之利害,计之得失,天下之能者,举知之而不能办,能办其小而不能办其大,则气有所不足也。夫气之所加,则己大而物小,于是乎受其至大,而不为之惊,纳其至繁,而不为之乱,任其至难,而不为之忧,享其至乐,而不为之荡。是气也,受之于天,得之于不可知之间,杰然有以盖天下之人,而出万物之上,非有君长之位,杀夺施与之权,而天下环向而归之,此必有所得者矣。

这是对孟子“浩然之气”的秉承和发挥。他称美韩愈、孔融都是具有“英伟豪杰之气”的文人。苏轼的诗歌是士气鼓荡,澎湃而出的结果。他的《与顿起孙勉泛舟探韵得未字》云:“要将百篇诗,一吐千丈气。”(《苏轼诗集》卷十七)所谓气,就是一种独具识力,坦露胸襟,独立不倚,傲然不屈的主体人格精神。苏轼说:“山川之有云雾,草木之有华实,充满勃郁而见于外,夫虽欲无有,其可得耶?”(《南行前集序》)同样,苏轼性格的任真使气,构成“有为而作”的内在动力,使得他的政治讽谕诗凌厉迅捷,言辞激切,锋芒毕露。苏轼将孟子至大至刚的儒者之气、盛唐李白浪漫瑰奇的豪侠之气汩涌于写实性的诗歌中,增强了诗歌的现实批判性。但是,这种傲岸不屈的士气,与封建专制制度是相冲突的,导致苏轼后期频涉世患,一贬再贬,直至被谪入海南,真是“诗人例穷苦,天意遣奔逃”(《苏轼诗集》卷六《次韵张安道读杜诗》)。

苏轼也是在不断自省的。其《赠王仲素寺丞》反省说:“我生本强鄙,少以气自挤。孤舟倒江河,赤手揽象犀。年来稍自笑,留气下暖脐。”(《苏轼诗集》卷十五)后期苏轼痛自省思,尽去圭角,心情归于平静,志气趋于淡泊,虽也写过若干反映民生的诗歌,但是,他的豪放之气,转化为旷达任运,表现出另一番景象。

苏轼“有为而作”的创作精神和他诗歌的现实批判性，直接导致他的政治挫折。“乌台诗案”是对北宋兴起不久的“直言谠论”士气的一次重创。对苏轼创作精神的反思，也成为此时和其后文人的共同话题。在苏轼出任杭州通判时，文同《送行诗》就有“北客若来休问事，西湖虽好莫吟诗”之句，劝慰苏轼和光同尘，明哲保身（叶梦得《石林诗话》卷中）。苏轼的不幸，给其追随者黄庭坚以沉痛的教训。黄庭坚《书王知载朐山杂咏后》云：

> 诗者，人之情性也，非强谏争于廷，怨忿诟于道，怒邻骂坐之为也。其人忠信笃敬，抱道而居，与时乖逢，遇物悲喜；同床而不察，并世而不闻，情之所不能堪。因发于呻吟调笑之声，胸次释然，而闻者亦有所劝勉。比律吕而可歌，列干羽而可舞，是诗之美也；其发为讪谤侵陵，引颈以承戈，披襟而受矢，以快一朝之忿者，人皆以为诗之祸。是失诗之旨，非诗之过也。故世相后或千岁，地相去或万里，诵其诗而想见其人所居所养，如旦暮与之期，邻里与之游也。①

这段话未尝没有苏轼的教训寄寓其中。黄庭坚评价苏轼说：“苏公文章妙天下，其短处在好骂，慎勿习其轨也。”（《答洪驹父书》）陈善《扪虱新话》告诫后生“慎勿袭其辙，或当如鲁直所言耳”。陈师道也感慨“学不可不慎”（《后山诗话》），认为苏轼不该学刘禹锡以讥刺为诗。张耒《诗杂说十四首》解释卫武公于厉王之时自警之言“慎尔出话，敬尔威仪，无不柔嘉”曰：

> 夫柔其言，言逊也。盖邦无道矣，惟危行言逊，可以免于祸故也。

纪昀《四库全书总目提要》论云：“盖为苏轼乌台诗案而发。”直到南宋，罗大经还在《鹤林玉露》里感慨：“东坡文章，妙绝古今，而其病在于好讥刺。”（卷十）苏轼成了他们的前车之鉴。黄庭坚是北宋后期

① 黄庭坚《书王知载朐山杂咏后》，《豫章黄先生文集》卷二十六，《四部丛刊》影印宋乾道刊本。

的诗坛领袖，而在士大夫之气节上，已经沮丧得多。邓肃《答黄德美》论道：

> 东坡谪居海外，若不复振者，而刚大之气，常充塞乎天地之间；山谷少不得意，则作小偈以赞王介甫，间于东坡微有讥焉。则生死富贵已慑其气尔，所以为山谷者，果安在哉？吾党均学苏、黄者也，中有泾渭，不敢独享。①

苏轼以后的宋诗，更为内敛，更显得平淡、老成，更兢兢于辞句、故实等诗法的锤炼，都表现出诗歌精神由气向意的转化，由逞情向思理的拓进。在理学家看来，苏轼简直成了反面教材。杨时云：

> 为文要有温柔敦厚之气，对人主语言及章疏文字，温柔敦厚尤不可无。如子瞻诗多于讥玩，殊无恻怛爱君之意。（《龟山先生语录》卷三）
>
> 作诗不知《风》《雅》之意，不可以作诗。诗尚谲谏，唯言之者无罪，闻之者足以戒，乃为有补；若谏而涉于毁谤，闻者怒之，何补之有？观苏东坡诗，只是讥诮朝廷，殊无温柔敦厚之气。以此，人故得而罪之。（同上，卷二）

理学家以道论诗，以理论诗，尚韵味，尚平淡，当然不能容忍苏轼恣肆跋扈的诗歌精神。苏轼的诗歌精神与魏晋风度、盛唐气象都有着内在的联系，是一股绵延着的力量。苏轼诗歌精神的消歇，代表着一种传统诗学精神的泯灭。

当然也有人为苏轼鸣不平。张方平《论苏内翰》云：“自夫子删《诗》，取诸讽刺，以为言之者无罪，闻之者足以戒。故诗人之作，其甚者以至指斥当世之事，语涉谤黩不恭，亦未闻见收而下狱也。”② 黄彻《䂬溪诗话》亦云：“忠臣义士，欲正君定国，惟恐所陈不激切，岂尽优柔婉晦乎？”（卷十）张纲《经筵诗讲义》还具体地提出不同情况

① 邓肃《栟榈先生文集》卷七，《宋集珍本丛刊》第40册，线装书局2004年影印明万历间刻本。

② 张方平《乐全先生文集》卷二十六，《宋集珍本丛刊》第5册，线装书局2004年影印清抄本。

下诗歌风格可各有不同，不必划一的温柔敦厚：

诗人之言，顾岂一端而已！或美或刺，或规或讽，苟可以直言而无害，则铺陈其事而赋之，若其避谀佞之嫌，畏指斥之过，必将引类以寓意，则取象于物而比之。至于耳闻目见，有以动荡其心志而不能自已，则又感发于所寓之时，而谓之兴，此赋比兴之辨也。①

宋代随着外族入侵，民族危机日益深刻，主战派和主和派矛盾日益尖锐，政治文化又需要诗歌挺立起来作为“批判的武器”。如李纲倡言“《诗》以风刺为主”②，重申“穷而后工”，甚至说“身不穷，则诗不昌”（《五峰居士文集序》）；赞美杜甫诗歌“忠义气节，羁旅艰难，悲愤无聊，一见于诗，句法理致，老而益精。时平读之，未见其工，迨亲更兵火丧乱之后，诵其辞，如生乎其时，犁然有当于人心，然后知其语之妙也”③。南宋的杨万里提出“《诗》也者，矫天下之具也”④ 的光辉思想。同时的陆游也是以诗歌为武器，批判投降派的卖国求荣，宣泄愤激不平之气。陆游《澹斋居士诗序》说：

《诗》首《国风》，无非变者，虽周公之《豳》，亦变也。盖人之情，悲愤积于中而无言，始发为诗。不然，无诗矣。苏武、李陵、陶潜、谢灵运、杜甫、李白，激于不能自已，故其诗为百代法。国朝林逋、魏野以布衣死，梅尧臣、石延年弃不用，苏舜钦、黄庭坚以废绌死。近时，江西名家者，例以党籍禁锢，乃有才名，盖诗之兴本如是。绍兴间，秦丞相桧用事，动以语言罪士大夫。士气抑而不伸，大抵窃寓于诗，亦多不免。⑤

---

① 张纲《华阳集》第二十四卷，《四部丛刊》影印明刊本。

② 李纲《湖海诗集序》，《李纲全集》，岳麓书社2004年版，第213页。本书引李纲文字，均据此本。

③ 李纲《重校正〈杜子美集〉序》，《李纲全集》，第1320页。“时平读之”，原作“平时读之”，依他本改。

④ 杨万里《诗论》，《杨万里诗文集》，江西人民出版社2006年版，第1318页。本书引杨诗文，均据此本。

⑤《渭南文集》卷十五，《陆放翁全集》，世界书局1936年版，中国书店1983年影印。本书引陆游文字，均据此本。按，“罪”字，据他本补。

这里陆游所论，正是古代诗歌史上的光辉传统，即“变《风》变《雅》”、“发愤以抒情”的精神传统，与苏轼的“有为而作”是遥相呼应的。然而，正如陆游所说，宋绍兴间，秦桧当政，打击异己，其时感叹“诗为穷人具”者有之，而真正能像苏轼那样有为而发，言必中当世之过者则少矣。随着政治高压的日趋严重，“有为而作”的精神虽然还活在少数人的精神血液中，但总体上看，在宋代诗学中并不占据主流。

第二节　苏轼的诗歌创作论

苏轼作诗任意挥洒、纯以气行，与黄庭坚冥搜深讨、矫兀生新非常不同。苏轼和黄庭坚，代表着宋诗的两种风格。但他们都重视把主体从外在物欲的羁绊中解脱出来，实现主体的超越。相比而言，黄庭坚诗学中的主体，道学内涵更为浓厚，且由于其对诗歌艺术的深求精研，难免限制了主体的灵活性；而苏轼诗学则强调主体的自由。苏轼深受庄子哲学和禅宗的影响，庄子哲学的任真逍遥、禅宗的通脱机趣，都为苏轼精神所融化吸收，贯注于苏轼的诗歌创作论之中。大体来说，苏轼的诗歌创作论，包括如下几方面内容。

（一）“寓意于物，而不可以留意于物”，超越外物的束缚，任气而行。先秦以降，触物兴感的“感物”说，是诗歌创作论的基本内核。“物感”说强调的是外物对人情感的触发、感染作用，不论是情以物兴，还是物以情观，诗歌都着重于表现情与景的相互契合。但是自中唐以来，由于受佛教思想的影响，在心物关系上，更为重视心性的主导意义，认为心便是道，万法惟心。到了宋代，在主客关系上，也是强调心意对于外物的主宰意义，不过在理学家那里，在心之上提出了更具有本体意义的理。苏轼论心物关系，也是把心意放在第一位的，主体心意超越外物的束缚。其《超然台记》论“物”“我”关系，说：

> 凡物皆有可观。苟有可观，皆有可乐，非必怪奇玮丽者也。餔糟啜漓，皆可以醉；果蔬草木，皆可以饱。推此类也，吾安往而不

乐？夫所为求福而辞祸者，以福可喜而祸可悲也。人之所欲无穷，而物之可以足吾欲者有尽。美恶之辨战乎中，而去取之择交乎前，则可乐者常少，而可悲者常多，是谓求祸而辞福。夫求祸而辞福，岂人之情也哉？物有以盖之矣。彼游于物之内，而不游于物之外，物非有大小也，自其内而观之，未有不高且大者也。彼挟其高大以临我，则我常眩乱反覆，如隙中之观斗，又乌知胜负之所在？是以美恶横生，而忧乐出焉。可不大哀乎？

这段话深刻地阐明了在物我之间发生冲突时主体超越外物的重要性。这是宋代最为基本的“物我观”。苏轼在《地狱变相偈》里说：“乃知法界性，一切惟心造。”这正是佛教万法惟心，心外无识的哲学观。对于外物，他提出“君子可以寓意于物，而不可以留意于物”（《宝绘堂记》）的观点，所谓留意于物，就是缘物兴情，心意为外物所感动，为外物所左右；而寓意于物，则是主体自有其胸襟心意，它不因外物而改变，外物只是寄托、表现心意的手段。在这种哲学观念的主导下，苏轼乃至整个宋代诗学都表现出尚意的倾向，表现为对诗人主体超越性的重视。当诗人的主体从外物的束缚中解放出来以后，它就是自由的。如果和黄庭坚相比可以发现，黄庭坚更为重视诗人主体的道德操练、人格境界，以抱道而居的人生意念对抗物质世界；而苏轼受到庄子思想的影响，更强调主体的率真任性，自由无碍。正如上节所云，苏轼很重视士人之“气”，也就是蹈厉发越、不受羁勒的个体精神。苏轼在《送水丘秀才叙》中感慨今之读书取官者，“皆屈折拳曲以合规绳，曾不得自伸其喙”，也就是说，一般的读书者都被功名所束缚、被强权所压制，消蔫了这种独立不倚的“气”。而苏轼自己的诗歌创作和理论都是在张扬主体，任气而行。这种士人之“气”的发露，构成了诗歌创作的内在动力。有人向苏轼请教如何作诗迅捷，苏轼回答说：“冲口出常言，法度去前轨。人言非妙处，妙处在于是。”①意即胸有郁积，就任其勃发，冲口而出，无需羁勒，也不矻矻追求技法上的翻新。苏轼《重寄孙侔》诗云：“好诗冲口谁能择，俗子疑人未遣闻。乞取千篇看俊逸，不将轻

① 见周紫芝《竹坡诗话》，何文焕辑《历代诗话》，中华书局1981年版，第348页。本书引周紫芝语均依此本。

比鲍参军。”鲍照的诗，钟嵘《诗品》赞其“如野鹘翻云，良马走堤，俊逸奔散”，也就是以气盛。杜甫《春日忆李白》有“俊逸鲍参军”之句，将李白比作鲍照。苏轼论诗尚气，就是对曹植、刘桢、左思、鲍照、李白、韩愈等创作精神的继承和发展。相比而言，左思、鲍照之气，更多是因悖谬的社会政治之激而成，而李白、苏轼之气，更多地源于主体的内在生命，是主体自然气质和禀赋使然。

对于艺术创作来说，上乘的艺术都是主体之气的充沛灌注，只有精神之气贯流于其中，艺术作品才是具有飞动之势的生命体。苏轼诗云：“字字觅奇险，节节累枝叶。咬嚼三十年，转更无交涉。”（周紫芝《竹坡诗话》引）作诗凑字，画竹累节，没有生命之气贯穿始终，难以称得上是艺术。苏轼《跋汉杰画山》云：“观士人画，如阅天下马，取其意气所到。乃若画工，往往只取鞭策皮毛、槽枥刍秣，无一点俊发，看数尺许便倦。”虽是论画，与诗歌也是相通的。苏轼《腊日游孤山访惠勤惠思二僧》云：“作诗火急追亡逋，清景一失后难摹。”这就是任气而行、伫兴而就的灵感迅发状态。在苏轼看来，主体精神之气的灌注，才是艺术的生命。

（二）“道可致不可求”，在长期的实践中穷究物理，掌握诗艺。苏轼将主体从外物的羁绊中解放出来，实现主体的超越性，但创作主体，并非是脱离生活实践的虚幻。其实，苏轼很重视主体的亲身实践，要诗人亲证亲历，去把握事物的常理、自然的规律。用他自己的话来说，“始知真放本精微，不比狂花生客慧”（《子由新修汝州龙兴寺吴画壁》），主体精神的豪放和体察物理的精微是相统一的。比较苏轼和黄庭坚论“理”，黄庭坚更多一些儒家道学内容，而苏轼所谓“理”是物之“理”，是自然人事背后深刻的“道”。对这种“道”的领悟，不能靠文字、靠书本，而应该亲自去经历、去体悟。苏轼认识到事物有限，而道理无方，穷究一物，其理无尽。他在《书黄道辅品茶要录后》中云：

> 物有畛而理无方，穷天下之辩，不足以尽一物之理。达者寓物以发其辩，一物之变，可以尽南山之竹。（《苏轼文集》卷六十六）

学者应该寓意于物，观物之极变，“通万物之理”（《上曾丞相书》）。通万物之理，需要长期的亲身实践，以掌握事物内在之道。苏轼借用庄子“轮扁斫轮”、“庖丁解牛”以及“眇者问日”等寓言反复阐说只有长期不断地亲身实践，才能掌握事物的规律，达到“技进乎道”的境界。他在《日喻》里提出“道可致不可求”的命题。所谓“求”，只是在语言文字上的寻求，与大道终隔一层。所谓“致”是指亲身实践。“道可致不可求”，就是说只有在实践中长期摸索、磨炼，掌握并顺应事物的自然规律，才能达到大道自由的状态。就诗歌创作来说，对生活应该有直观亲切的感受。《艇斋诗话》载：

> 东坡论作诗，喜对景能赋，必有是景，然后有是句。若无是景而作，即谓之“脱空”诗，不足贵也。①

苏轼重视实践，反对蹈虚滥说：

> 若世之君子，所谓超然玄悟者，仆不识也。往时陈述古好论禅，自以为至矣，而鄙仆所言为浅陋。仆尝语述古：“公之所谈，譬之饮食，龙肉也；而仆之所学，猪肉也。猪之与龙，则有间矣，然公终日说龙肉，不如仆之食猪肉，实美而真饱也。”（《答毕仲举书》）

“食龙肉”，看似超然玄悟，实际上是蹈空瞎说，摸不着实处，不若“食猪肉”之亲尝其味，亲证亲悟。不论对于实际生活，还是艺术创作，这都是重要的。若没有对事物的亲身感知、实践，就没法真切地认知事物背后的道理，终与大道相暌隔，更别说如何传达了。苏轼设了一个精粹的譬喻说：

> 达与不达者语，譬如与无舌人说味。问蜜何如，可云蜜甜。问甜何如，甜不可说。我说蜜甜，而无舌人终身不晓。为其不可晓，以为达者语应皆如是，问东说西，指空画地，如心疾，如睡语，听者耻不知，从而和之，更相欺谩。（《跋赤溪山主颂》）

---

① 见丁福保辑《历代诗话续编》，中华书局1983年版，第284页。

诗歌，作为一种艺术实践，也是掌握大道的重要途径。苏轼在《送钱塘僧思聪归孤山叙》里赞扬僧人思聪“若得道，琴与书皆与有力，诗其尤也”。苏轼“以议论作诗”（张戒《岁寒堂诗话》卷上），喜好在诗歌中表现对人生哲理的亲证亲悟，常在前人吟咏之外，别出新意，翻生新理。这正是“达者寓物以发其辩，一物之变，可以尽南山之竹”的道理。

对于道的领悟，除了“阅世走人间”的亲证实践外，诗人尚须“观身卧云岭”，在创作时保持超然虚静，以虚静空寂的心境去静观玩味，由学而悟。苏轼的《送参寥师》诗云：

> 欲令诗语妙，无厌空且静。静故了群动，空故纳万境。阅世走人间，观身卧云岭。

“阅世走人间”是诗人平时的深识精造，唯有如此，才能通识万物之理。而通识物理，寓物而不留意于物，也需要虚明澄澈的心境。苏轼《书黄道辅品茶要录后》：“非至静无求，虚中不留，乌能察物之情如此其详哉！”正说明这一道理。苏轼《高邮陈直躬处士画雁》云：“野雁见人时，未起意先改。君从何处看，得此无人态？”观察时主体的在场，往往是对事物本身的破坏，难以见到事物的原生形态。特别是主体的情感、欲望，乃至理性等心理因素，直接影响到观察的真切性，因此需要主体心地的空静，唯心如止水，才能以一镜万，而不失其真。苏轼《次韵僧潜见赠》所谓“道人胸中水镜清，万象起灭无逃形”就是这个道理。

“观身卧云岭”，对于内识的开采掘发，对于胸中之意的酝酿陶钧，也需要在虚静的心境中实现。苏轼《广倅萧大夫借前韵见赠，复和答之》其二云：“心闲诗自放，笔老语翻疏。”只有心闲，才能胸胆开张，文思奔放。只有长期的艺术实践，才能消除外物、内意和文辞三者之间的矛盾，达到随物赋形、心手相应的境地。苏轼《虔州崇庆禅院新经藏记》云：

> 口不能忘声，则语言难于属文；手不能忘笔，则字画难于刻雕。及其相忘之至也，则形容心术，酬酢万物之变，忽然而不自知

也。自不能者而观之，其神智妙达，不既超然与如来同乎！

苏轼这里提出的口能忘声，手能忘笔，就是庄子所谓“技进乎道”的境界。心与物化，称心而言，言必中其肯綮，内在心意与外在文辞之间的阻隔完全消除。苏轼说他的文章“如万斛泉源，不择地皆可出，在平地滔滔汩汩，虽一日千里无难。及其与山石曲折，随物赋形，而不可知也。所可知者，常行于所当行，常止于不可不止，如是而已矣。其他，虽吾亦不能知也”（《自评文》），这是“辞达”的最高境界。苏轼论文同画竹，“必先得成竹于胸中，执笔熟视，乃见其所欲画者，急起从之，振笔直遂，以追其所见，如兔起鹘落，少纵则逝矣”（《文与可画筼筜谷偃竹记》），所谓得成竹于胸中，是指心中须得画意。而要振笔直遂，把画意传达出来，还需要高超的表现技巧。苏轼心识其所以然，但是“内外不一，心手不相应”，所以尚不能企及文同的境界，这是“不学之过也”。所以苏轼论诗，重视博学，从古代文献中汲取诗材，领会和学习前代诗歌的精髓。他的《送安惇落第诗》云：“故书不厌百回读，熟读深思子自知。”熟读深思，倾沥液，漱芳润。杜甫云：“读书破万卷，下笔始有神。”苏轼云：“读书万卷始通神”（《柳氏二外甥求笔迹二首》其一）。他于《诗经》《楚辞》、陶渊明、李白、杜甫、韦应物、韩愈、柳宗元的诗文，无不做到熟读深思，采其精华。苏轼告诫后学作诗，“熟读《毛诗·国风》与《离骚》，曲折尽在是矣”（《许彦周诗话》引）。他又云：“作古诗当以老杜《北征》为法。”（吴可《藏海诗话》引）他对钱济明说：“凡读书可为诗材者，但置一册录之。”（《苍梧杂志》引）苏轼批评孟浩然的诗歌“韵高而才短，如造内法酒手，而无材料尔”（《后山诗话》引），造内法酒手，谓掌握宫廷造酒的方法，喻孟浩然诗艺之高，然而又嫌其诗材之不足，这都反映出苏轼论诗重博学的倾向，这也是宋代诗学的基本特征。

（三）精深锻炼，乃造平淡。苏轼博学宏辨，他的诗歌具有使事博，用典切，善于翻旧生新的特点，在宋代诗歌史上具有典范意义。苏轼《题柳子厚诗》云：“诗须要有为而作，用事当以故为新，以俗为雅。”吴开《优古堂诗话》称赞苏诗“用事切”，如苏轼《和山谷嘲小德》诗末云：“但使伯仁长，还兴络秀家。”伯仁（晋周𫖮字）为络秀之子，络秀为伯仁父浚之妾，黄庭坚儿子小德亦庶出，用事细密贴切。《漫叟诗话》也称道苏诗："最善用事，既显而易读，又切当。"苏诗用事，常用翻案法，更进一层，翻出新意。如孙侔与苏轼不相识，以诗寄苏，苏和云："与君盖亦不须倾。"这是翻用《韩诗外传》孔子与程子倾盖而语的典故。《汉书》载刘宽守南阳，吏民有过，但用蒲鞭，示辱而已。东坡《送宋朝散知彭州迎侍二亲》云："有鞭不施安用蒲。"杜甫《苏端薛复筵简薛华醉歌》云："忽忆雨时秋井塌，古人白骨生青苔，如何不饮令心哀。"东坡《次韵孔毅甫久旱已而甚雨三首》之一则云："不须更待秋井塌，见人白骨方衔杯。"这些化用古典，别出心裁的用事，每为宋人称道，对宋代诗歌尚用事、尚学问的特点有深刻的影响。苏轼论诗，尚精造锻炼、标举新奇的风格。他的《书赠徐信》云："大抵作诗当日锻月炼，非欲夸奇斗异，要当淘汰出合用事。"① 用事要锤炼得最为合适妥帖。苏诗云："清诗要锻炼，乃得铅中银。"② 像炼丹那样汰其渣滓，得其精粹。其《再和曾子开从驾二首》其一云："险韵清诗苦斫新。"只有"苦斫"，才能"出新"。苏轼常用"新"、"奇"称赞他人之诗，如《晁君成诗集叙》云："君之诗清厚静深，如其为人，而每篇辄出新意奇语，宜为人所共爱。"《次韵答王巩》云："新诗如弹丸，脱手不暂停。"但是苏轼标举的新奇，是清新奇肆，而不是怪异奇峭。他说："好奇务新，乃诗之病。"（张镃《仕学规范》卷三十九引）过分追求构思，表达得奇峭尖新，反而不能达意。《仇池笔记》卷上记载苏轼云："作诗狂怪，至卢仝、马异极矣，若更求奇，便作杜默矣。"他批评孟郊云："何苦将两耳，听此寒虫号？"（《读孟郊诗二首》其一）都是对过分奇峭表示不满。苏轼在《夜直玉堂携李之仪端叔诗百余首读至夜半书其后》中云："暂借好诗消永夜，每逢佳处辄参禅。"葛立方《韵语阳秋》解释说："盖端叔作诗，用意太过。参禅之语，所以警之云。"（卷一）苏轼提出诗歌之新，应该"以故为新"（《东坡志林》卷九）；诗歌之奇，应该"以奇趣为宗，反常合道为趣"（《冷斋夜话》引），看似突破常识，超越规则，而深究之，则合乎道理。从苏轼

①《东坡诗话录》卷下引《遗珠》。《诗人玉屑》卷八引此句，"用事"作"用字"。

② 苏轼《崔文学甲携文见过，萧然有出尘之姿，问之，则孙介夫之甥也。故复用前韵，赋一篇，示志举》，《苏轼诗集》卷四十五。

论前人诗的话来看，他的诗美理想是在精博锻造以后复归于平淡。据周紫芝《竹坡诗话》，苏轼曾教诲其侄云："大凡为文，当使气象峥嵘，五色绚烂，渐老渐熟，乃造平淡。"这里所说的是两种不同的诗歌境界，中盛年时作诗，一般是奇气郁起，逞巧追新，有意识地求新求奇，但渐老以后，复归于平淡。他赞赏陶渊明的诗歌"质而实绮，癯而实腴"（《追和陶渊明诗引》），"外枯而中膏，似淡而实美"（《耆旧续闻》卷十引），都是指在看似无奇的诗语背后有深远的意蕴值得玩味。苏轼《书唐氏六家书后》云："永禅师书骨气深稳，体兼众妙，精能之至，反造疏淡。如观陶彭泽诗，初若散缓不收，反复不已，乃识其奇趣。"反复不已，乃识其奇趣，就是平淡所具有的独特的审美效果，平淡更值得去玩味，从平淡中获得奇趣，更具有审美的兴味。

（四）诗画会通论。苏轼和宋代大多数文人一样，兼善诗画，他常常将诗画并论。《书鄢陵王主簿所画折枝二首》之一云：

> 论画以形似，见与儿童邻。赋诗必此诗，定非知诗人(《施注苏诗》作"定知非诗人")。诗画本一律，天工与清新。

这首诗曾招致后人反复辩难。"诗画本一律，天工与清新"二句，是从诗画的艺术法则和风格上说的，后人少有异议。主要是前面四句，即诗画如何看待"形似"。古代的诗画理论，最为基本的一点就是"以形写神"（顾恺之《魏晋胜流画赞》）。尽管有所谓的"离形得似"（《诗品·形容》），但是真正的"神似"还是从"形"中体现出来，还是依靠"形"来传达"神"。苏轼并不轻视"形似"，他论诗人"写物之功"云：

> 诗人有写物之功。"桑之未落，其叶沃若"，他木殆不可以当此。林逋《梅花》诗云："疏影横斜水清浅，暗香浮动月黄昏。"决非桃李诗。皮日休《白莲》诗云："无情有恨何人见，月晓风清欲坠时。"决非红莲诗。此乃写物之功。若石曼卿《红梅》诗云："认桃无绿叶，辨杏有青枝。"此至陋语，盖村学中体也。(《评诗人写物》，《苏轼文集》卷六十八)

所谓"写物之功"，意即不是仅仅描摹事物的外形，而是真切捕捉和表现事物的内在神理。"疏影横斜"、"暗香浮动"，正贴切梅花之精神，

"月冷风清"正是初秋白莲之气韵。而"无绿叶"、"有青枝"则牵扭事物外形，没有写出梅花之品格①，故为村学陋语。曹希蕴《墨竹诗》"记得小轩岑寂夜，月移疏影上东墙"，也是着力于写实景，未透露出墨竹的神态气韵，所以苏轼虽赞其工巧，却遗憾其"格韵不高"②。苏轼的《黄葵》诗"檀心紫成晕，翠叶森有芒"，许顗《彦周诗话》赞为"揣摸刻骨，造语壮丽"，正是因为二句表现了黄葵之神理。苏诗的精深华妙，重要一点就是写物能贴切物之神理。在理论上，苏轼认为艺术应该表现自然万物的常理意趣。《禁脔》记载苏轼语云："善画者，画意不画形；善诗者，道意不道名。"（《诗人玉屑》卷五引）中唐以来的写意画，超越六朝的人物画对形态的摹写；同样，诗歌也超越六朝诗的感物缘情、铺陈物色，而转向对"内意"的开掘。苏轼的《净因院画记》云：

> 余尝论画，以为人禽宫室器用皆有常形。至于山石竹木，水波烟云，虽无常形，而有常理。常形之失，人皆知之。常理之不当，虽晓画者有不知。故凡可以欺世而取名者，必托于无常形者也。虽然，常形之失，止于所失，而不能病其全，若常理之不当，则举废之矣。以其形之无常，是以其理不可不谨也。世之工人，或能曲尽其形，而至于其理，非高人逸才不能办。（《苏轼文集》卷十一）

常形之不似，还可说是笔法技艺尚欠火候；若违背常理，则作品就丧失了其存在的意义，不能称之为艺术了。从"非高人逸才不能办"一语来看，苏轼论诗画重神理，实际上与他的"人论"是联系在一起的。只有超越外物的羁绊，心无滞碍，游心于道的人，才能超越常形的牵绕，而洞察事物的神理。宋代是古代文人写意画发展的重要时期。在诗画理论上，要求超越形体的束缚，而深得事物之神理，表现诗画作者胸中之意。葛立方《韵语阳秋》卷十四云：

> 欧阳文忠公诗云："古画画意不画形，梅诗写物无隐情。忘形

---

①《王直方诗话》载，苏轼批评石曼卿《咏红梅》云："诗老不堪梅格在，更看绿叶与青枝。"

② 苏轼《书曹希蕴诗》，《苏轼文集》卷六十八。

得意知者寡，不若见诗如见画。”东坡诗云：“论画以形似，见与儿童邻。赋诗必此诗，定知非诗人。”或谓：“二公所论，不以形似，当画何物？”曰：“非谓画牛作马也。但以气韵为主尔。”谢赫云：“卫协之画，虽不该备形妙，而有气韵，凌跨雄杰。”其此之谓乎！陈去非作《墨梅》诗云：“含章檐下春风面，造化工成秋兔毫。意得不求颜色似，前身相马九方皋。”后之鉴画者，如得九方皋相马法，则善矣。

这里所谓“得意”、“意得”，所谓“气韵”云云，都是点明诗画的“写意”性特征。而主体之意和外物之神理是相通的，也就是苏轼所谓“至于其理，非高人逸才不能办”。胸臆高妙者才能辨识物之神理，而表现物之神理，也就彰显出了主体胸臆的高妙。苏轼所谓“赋诗必此诗，定非知诗人”，其本意在此，而非真的不切题、不形似。金王若虚《滹南诗话》卷二云：

东坡云：“论画以形似，见与儿童邻。赋诗必此诗，定非知诗人。”夫所贵于画者，为其似耳。画而不似，则如勿画。命题而赋诗，不必此诗，果为何语？然则坡之论非欤？曰：论妙于形似之外，而非遗其形似；不窘于题，而要不失其题。如是而已耳。世之人不本其实，无得于心，而借此论以为高。画山水者未能正作一木一石，而托云烟杳霭，谓之气象。赋诗者茫昧僻远，按题而索之，不知所谓，乃曰格律贵尔。一有不然，则必相嗤点，以为浅易而寻常。不求是而求奇，真伪未知，而先论高下，亦自欺而已矣。岂坡公之本意也哉！（《历代诗话续编》本）

这可谓宏通惬理之论。①

---

① 按，关于苏轼“赋诗必此诗，定知非诗人”的争论，后代依然在延续。如清人张潜《诗法醒言》卷一引夏卣均反言之曰：“作诗定此诗，始是作诗人。”引李果（号客山）曰：“子瞻之说太放，令人泛滥无所归；卣均之说太拘，令人寸步不可移。大抵作即事诗，虽不必着迹，亦要有点题处；作咏物诗虽句句切题，亦要有用松处。”总而言之，这是关于作诗如何做到不即不离，贴切而有远神的问题。

第三章
黄庭坚与江西诗派的诗歌理论

【内容提要】黄庭坚重新思考诗歌是否应该直接关涉社会现实问题，体现出宋代诗学转向内敛。他强调诗人的道德操守和人格境界，论诗的重心不是外物，而是主体的“心意”。黄庭坚的“诗法”论为“江西派”诗论家所继承和发扬。吕本中和方回是“江西派”中具有理论建树的论者。

宋之苏、黄，似唐之李、杜。李白、苏轼恢诡浪漫，庄浪恣肆，历代爱之者多，学之者少。杜甫、黄庭坚，精严稳切，授人以法，故而学之者众。黄庭坚对宋代诗歌的实际影响要超过苏轼，江西诗派就直接推黄庭坚为“宗主”。黄庭坚的诗歌理论，重新思考诗歌本旨，从苏轼的外放转向内敛，强调治心养气的道德操守，和理学家论诗渐为合拍。黄庭坚秉承杜甫的“诗法”论，继续向前开拓，提出一些具体的“诗法”主张，并积极实践，直接影响到江西诗派独特风格的形成。

第一节　黄庭坚对诗本旨的重新认识

苏轼前期诗学“有为而作”的精神，是中唐杜甫、白居易以来诗歌关注现实政治、表现民生危苦的创作精神的延续。这是一种讽谕兴寄的诗歌精神，是古代儒家诗学的一个重要传统，源自于《诗经》，理论奠基于《毛诗序》，在后世得到不断发扬，在北宋前期梅尧臣、苏舜钦、范仲淹、欧阳修、苏轼等的创作中形成了一股影响时政的思潮。但是，随着“乌台诗案”的发生，“苏派”诗人在政治上横遭迫害，加上其他一系列“诗祸”的相继出现，这种外向性诗学讥刺现实、讽谕时政的精神遭到压抑，逐渐消蔫下去了。后期苏轼钟情于陶渊明、王维、韦应物，提出“发于性，止于忠孝”（《苏轼文集》卷二《王定国诗集叙》）的思想，都显示出诗学精神的转向。黄庭坚则对于诗学本旨提出新的认识。

黄庭坚与苏轼在师友之间，他在诗歌道路上受到苏轼的提携，诗学思想也曾受苏轼的影响。黄庭坚早年的《戏呈孔毅父》云“文章功用不经世，何异丝窠缀露珠”，也肯定文章经世致用的意义。他在熙宁、元丰初也写过一些讽刺现实的诗篇，与苏轼“有为而作”的精神是相通的。但是，绍圣初，新党谓其修史“多诬”，将他贬至偏远的涪州、戎州。这一系列打击，促使黄庭坚对北宋前期的讽谕诗学进行反思，重新思考诗学的义旨。黄庭坚晚年贬谪戎州时作的《书王知载朐山杂咏后》云：

> 诗者，人之情性也，非强谏争于庭，怨忿诟于道，怒邻骂坐之为也。其人忠信笃敬，抱道而居，与时乖逢，遇物悲喜；同床而不察，并世而不闻，情之所不能堪。因发于呻吟调笑之声，胸次释然，而闻者亦有所劝勉。比律吕而可歌，列干羽而可舞，是诗之美也。其发为讪谤侵陵，引颈以承戈，披襟而受矢，以快一朝之忿者，人皆以为诗之祸，是失诗之旨，非诗之过也。故世相后或千岁，地相去或万里，诵其诗而想见其人所居所养，如旦暮与之期，邻里与之游也。①

这是他在政治上屡遭打击后而对过去曾受之影响的讽谕诗学的检省。所

① 黄庭坚《书王知载朐山杂咏后》，《豫章黄先生文集》卷二十六，《四部丛刊》影印宋乾道刊本。本书引黄庭坚文章，未注明者，均据此本。

谓“强谏争于庭，怨忿诟于道，怒邻骂坐之为”，就是苏轼前期诗歌中所表现的讽刺时政的创作精神。黄庭坚《答洪驹父书》里说苏轼文章“短处在好骂”，正是一个意思。黄庭坚认为诗歌的主题指向外在的现实政治，“是失诗之旨”，违背了诗歌的本旨，实际上是否定了儒家诗学传统中讽谏兴刺的创作精神，是对中唐以来逐渐恢复的讽谕诗学的清算。

本来儒家诗学传统中关于诗歌的意义，就存在着向内、向外两个不同的指向。《毛诗序》里，一方面提倡惩恶扬善的美刺精神，这是着重于诗歌美刺政治的现实意义；另一方面又提出“诗者，吟咏情性者也”，这是着重于诗歌宣泄主体内心抑郁的情感意义。在后代诗歌史上，儒家诗学的这两种价值观此起彼伏，交互发展。大致来说，魏晋至盛唐时期的诗学，是以情感发舒为主流。其中，钟嵘《诗品序》所谓“楚臣去境，汉妾辞宫；或骨横朔野，或魂逐飞蓬；或负戈外戍，杀气雄边；塞客衣单，孀闺泪尽；或士有解佩出朝，一去忘返；女有扬蛾入宠，再盼倾国。凡斯种种，感荡心灵，非陈诗何以展其义，非长歌何以骋其情？故曰：‘诗可以群，可以怨。’使穷贱易安，幽居靡闷，莫尚于诗矣”云云，就是诗歌宣泄情感论的代表。而面对“安史之乱”给盛唐国势带来的危机，杜甫、白居易、元稹等一批诗人开始自觉提倡儒家诗学的另一面，即关心现实政治，关心国计民生的一面，于是儒家诗学的讽谕精神得到发扬。苏轼用诗歌来直接议论时政，更是将这种精神推向极致。而现实政治的高压，迫使黄庭坚放弃这种经世精神，重新提倡儒家诗学“向心”、“内敛”的持守情感功能。黄庭坚在上文中重新提起“诗者，人之情性也”的命题，也就是说，诗人道德修养若能够忠信笃敬，其内心即使有不能忍受之情，通过诗歌的抒写排解，也会胸次释然，归于淡泊平静，而不会讪谤侵凌，招致祸端。显然，在儒家诗学向外、向内两种不同的价值取向上，黄庭坚否定前者，肯定后者。黄庭坚的这个观点，对于北宋后期的诗歌发展具有一定的导向意义，但是也遭遇到批评。黄彻《䂬溪诗话》卷十直接批驳黄庭坚，云：

余谓怒邻骂坐，固非诗本指。若《小弁》亲亲，未尝无怨，《何人斯》“取彼谮人，投畀豺虎”，未尝不愤。谓不可谏争，则又甚矣。箴规刺诲，何为而作？古者帝王尚许百工各执艺事以谏，诗独不得与工技等哉！故谲谏而不斥者，惟《风》为然。如《雅》云“匪面命之，言提其耳”，“彼童而角，实虹小子”，“忧心惨惨，念国之为虐”，“乱匪降自天，生自妇人”。忠臣义士，欲正君定国，惟恐所陈不激切，岂尽优柔婉晦乎！故乐天《寄唐生》诗云：“篇篇无空文，句句必尽规。”（《历代诗话续编》本）

黄彻在这里列举《诗经》激切直刺的例子和白居易的讽谕说来反驳黄庭坚的“非强谏争于庭”之论，实际上正体现了儒家两种诗学价值观之间的冲突。

如果进一步剖析儒家诗学的内在指向性，还会发现它也存在着两种情况：一种是内心有冲动，有不平，甚至有怨愤需要排解，而在实际生活中没有正常的渠道，于是通过诗歌来宣泄，从而获得心理能量的释放。五代入宋的徐铉《萧庶子诗序》云：

人之所以灵者，情也；情之所以通者，言也。其或情之深，思之远，郁积乎中，不可以言尽者，则发为诗，诗之贵于时，久矣。（《徐公文集》卷十八）

这里说的就是诗歌可以使郁积于中的情思得到释放。后来在南宋绍兴年间，秦桧专权，士大夫动辄得咎，士气抑而不伸，于是“悲愤积于中而无言，始发为诗”（陆游《淡斋居士诗序》），也属于这种情况。这种诗学内向性指向，在黄庭坚看来尚非诗歌的最高境界。他的《胡宗元诗集序》云：

士有抱青云之器，而陆沉林皋之下，与麋鹿同群，与草木共尽，独托于无用之空言，以为千岁不朽之计。谓其怨邪？则其言仁义之泽也；谓其不怨邪？则又伤己不见其人。然则其言不怨之怨也。夫寒暑相推，草木与荣衰焉；庆荣而吊衰，其鸣皆若有为，候虫是也。不得其平，则声若雷霆，涧水是也。寂寞无声，以宫商考之，则动而中律，金石丝竹是也。维金石丝竹之声，《国风》《雅》《颂》之言似之。涧水之声，楚人之言似之。至于候虫之声，则末世诗人之言似之。今夫诗人之玩于词，以文物为工，终日不休，若舞（一作“怨”）世之不知者，以待世之知者。然而其喜也，无所于逢；其怨也，无所于伐。能春能秋，能雨能阳，发于心之工伎而好其音，造物者不能加焉。故余无以命之，而寄于候虫焉。……其兴托高远，则附于《国风》。其忿世疾邪，则附于《楚辞》。①

黄庭坚在这里用自然现象来比喻诗歌境界。所谓候虫之鸣，是心无定志，触物兴感的抒写方式，也就是后世大多数诗人的创作方式，因自然之荣枯迁逝，而发抒一己之得失进退。所谓涧水之音，是因为“不得其平”，有悲愤，有怨艾，于是愤世疾邪，发为激楚之音。《楚辞》之“发愤以抒情”正是这一类型。上面徐铉等所感叹志不得伸而发之为诗，也是属于这种类型。而黄庭坚认为最高的诗歌境界，应该是“金石丝竹之音”，各有定质，渊默静穆，抱道而居，发为诗歌则“动而中律”。“兴托高远”的《国风》属于这种类型。黄庭坚所向往的这种境界，是根源于醇厚仁粹的道学修养，诗歌是这种道德之根所生发出来的枝叶花朵。道德境界是诗歌境界的基础，诗歌是道德品格的外在呈现。这种诗学的内向性，指向诗人内在人格的渊醇朴茂。所以即使一己之志不得显现于世而有所悲伤，但是其言依然应该是“仁义之泽”，黄庭坚称之为“不怨之怨”，是“合道之怨”。

从上引黄庭坚《书王知载朐山杂咏后》的文字，可以看出黄庭坚论诗首先重视诗人的道德伦理修养。有惩于五代斯文大剥，士风浮偷，自宋初柳开、范仲淹、欧阳修接过韩愈的大纛，重新开始了儒学复兴运动。黄庭坚十七岁从李公择、孙莘老治经学②，得以预流于这场儒学复兴运动之中。

黄庭坚的儒学思想，不是表现为经世致用的直接的功利性，而是更为注重心性修养，道德提升，更为重视儒家的内圣工夫，与宋代整个儒家思想的内敛性是相一致的。这种儒家思想也有其功利性。然其功利

① 按，此文《四部丛刊》本《豫章黄先生文集》残佚一页。此据《四库全书》本《山谷集》卷十六。

② 黄庭坚《黄氏二室墓志铭》云：“庭坚年十七，从舅氏李公择学于淮南。始识孙公，得闻言行之要，启迪劝奖，使知向道之方者，孙公为多。”《用明发不寐有怀二人为韵寄李秉彝德叟》云：“往在舅氏旁，获拼堂上帚。六经观圣人，明如夜占斗。”又《再和公择舅氏杂言》云：“外家有金玉，我躬之道术。”“使我蝉蜕俗学之市，乌哺仁人之林。”

性，不是直接表现为匡救时弊，讽议现实，而是表现为治心养性，阐发义理，树立道德典范，以匡正世道人心。黄庭坚把这种道德修养视为诗之根本，而诗歌也被纳入到治心养性的道德目标中。其《再次韵兼简履中南玉三首》其一云：

句中稍觉道战胜，胸次不使俗尘生。①

其《答秦少章帖六》云："文章虽末学，要须茂其根本，深其渊源，以身为度，以声为律，不加开凿之功而自闳深矣。"他指引后劲，也多强调道德伦理的修养，提升人格品位，把道德视为根本。根本深厚，则诗文枝叶就会繁茂。他的《答何斯举书》论苏端明诗云：

宗伯苏端明之诗，笔语妙天下，于今为独步，当激赏。其妙处率马以骥也。……但须得忠信孝友，深根固蒂，则枝叶有光辉矣。

在《次韵杨明叔四首序》中，黄庭坚说："文章者，道之器也；言者，行之枝叶也。"（《山谷诗集》卷十二）这是重申先秦儒家关于德行与言语关系的论述，黄庭坚所谓的德行，就是仁心醇厚，忠义蔼如，光明磊落。他的《再用前韵赠子勉四首》其二云：

行要争光日月，诗须皆可弦歌。（《山谷诗集》卷十六）

在《与洪驹父书》里，他把孝友忠信的伦理修养提高到第一位：

学问文章，如甥才器笔力，当求配于古人，勿以贤于流俗遂自足也。然孝友忠信，是此物之根本，极当加意，养以敦厚醇粹，使根深蒂固，然后枝叶茂尔。

黄庭坚对于诗人道德境界的阐述，其中很重要的一点，就是不为世俗所左右，不因得失进退而悲喜，而丧失本心，也就是抱道而居，具有恒定的道德品格，学有素养，心有定见。他的《次韵杨明叔四首》云："决定不是物，方名大丈夫。"（其一）"心随物作宰，人谓我非夫。"（其

①《山谷诗集注》卷十三，《黄庭坚诗集注》，中华书局2003年版，第476页，本书引黄庭坚诗均见此书。

二，《山谷诗集》卷十二）《楞严经》卷二曰："一切众生，从无始来，迷己为物，失于本心，为物所转。"而黄庭坚认为，应该有本心定见，不随物转，才是大丈夫。《次韵杨明叔见饯十首》之三称赞杨明云："事随世滔滔，心欲自得得。杨君为己学，度越流辈百。"（《山谷诗集》卷十四）学以为己，心有自得，自然超越流俗，不为俗世所左右。组诗之九用比兴的手法来表现这种人格境界：

松柏生涧壑，坐阅草木秋。金石在波中，仰看万物流。抗脏自抗脏，伊优自伊优①。但观百岁后，传者非公侯。

黄庭坚认为，这种道德人格境界是诗人感知和表现世界所必备的主观条件。诗人具有醇厚深粹的道德修养，以这种诗心观察外物，诗意便会"待境而生"。僧惠洪《冷斋夜话》卷三引黄庭坚语云：

天下清景，初不择贤愚与之遇，然吾特疑端为我辈设。

诗人与一般世俗之人，同样会面对天下情景，但只有诗人才能领会其中意趣而加以表现，是因为诗人有"诗心"在，这诗心，就是他所说的基于道德人格修养的兴致。黄庭坚说：

若以法眼观，无俗不真；若以世眼观，无真不俗。（《豫章黄先生文集》卷二十六《题意可诗后》）

所谓法眼、世眼之分别，就是道德人格修养之差别。具有醇厚的道德伦理素养，心有定见，从俗世中可以发现真趣。反之，缺少道德素养，即使面对有意味的情景，也只会得到俗情。黄庭坚和江西诗派注重道德内省，所以往往从日常世俗生活中发现诗意、诗趣，超越世俗而不脱离世俗。谢逸《林间录序》云：

大抵文士有妙思者未必有美才，有美才者未必有妙思。惟体道之士，见亡执谢，定乱两融，心如明镜，遇物便了，故纵口而笔，

① 赵壹《刺世疾邪赋》："伊优北堂上，抗脏倚门边。"章怀太子《后汉书注》曰："伊优，屈曲佞媚之貌；抗脏，高亢婞直之貌也。佞媚者见亲，故升堂；婞直者见弃，故倚门。"

肆谈而书，无适而不真也。①

“心如明镜，遇物便了”正是黄庭坚所谓“法眼观”的意思。黄庭坚之强调道德工夫，是要求道德人格超越一般之文士，而升华为“体道之士”。

“持心岂弟，故声和平。”（黄庭坚《书张仲谋诗集后》）诗人主体内心道德修养醇厚，发为诗歌，也具有独特的风貌。那就是黄庭坚标举的“兴托高远”和“韵”。《与党伯舟帖》云：“诗颂要得出尘拔俗，有远韵而语平易。”前引《胡宗元诗集序》里，黄庭坚说：“其兴托高远，则附于《国风》。其忿世疾邪，则附于《楚辞》。”在他看来，“兴托高远”是《诗经》的风格特征，“忿世疾邪”是《楚辞》的风格特征。虽然黄庭坚对《诗经》《楚辞》都极为推崇，但是对这两种风格的看法是有高下轩轾的。《楚辞》的忿世疾邪，是逞一己之愤，已落于怨。而《诗经》作者道义忠厚，感情深挚高远，诗风蕴藉婉转，不直露，不刻薄，应该是后世诗歌风格的典范。他常常用“兴托高远”来鼓励后学，旨在为诗歌界标举一种儒雅风范。他称赞王观复诗“兴寄高远”（《与王观复书》），晁元忠诗歌“兴托深远，不犯世故之锋”（《答晁元忠书》）。“兴托高远”是指诗歌风格，而其根本在于诗人道德修养的醇厚、人格境界的超逸。不入俗情，不落俗趣，即使触及现实，也以超然态度待之，做到主体人格的不俗和人生态度的超然，超轶绝尘，才谈得上“兴托高远”。黄庭坚在《书嵇叔夜诗与侄榎》里对他所谓的不俗有较为深刻的论述：

叔夜此诗豪壮清丽，无一点尘俗气。凡学作诗者，不可不成诵在心，想见其人。虽沉于世故者，暂而揽其余芳，便可扑去面上三斗俗尘矣，何况探其义味者乎？故书以付榎，可与诸郎皆诵取，时时讽咏，以洗心忘倦。余尝为诸子弟言：士生于世可以百为，唯不可俗。俗便不可医也。或问不俗之状。余曰：难言也。视其平居，无以异于俗人；临大节而不可夺，此不俗人也。士之处世，或出或

① 谢逸《林间录序》，《溪堂集》卷七，《宋集珍本丛刊》第31册，线装书局2004年影印清鲍氏知不足斋抄本。按，“无适而不真也”，抄本原作“无遇而不贞也”，又自行校改。

处，或刚或柔，未易以一节尽其蕴，然率以是观之。

“临大节而不可夺”本为《论语·泰伯》中语，这里是指一种温厚而坚毅的主体人格，只有具备这种人格，诗歌才会不俗。除了嵇康，陶渊明、苏轼也在黄庭坚所谓“不俗”之列：

观渊明之诗，想见其人岂弟（按即“恺悌”）慈祥，戏谑可观也。俗人便谓渊明诸子皆不肖，而渊明愁叹见于诗。可谓痴人前不得说梦也。（《书陶渊明责子诗后》）

黄庭坚论苏轼的《卜算子·缺月挂疏桐》云：“东坡道人在黄州时所作。语意高妙，似非吃烟火食人语。非胸中有万卷书，笔下无一点尘俗气，孰能至此?”（《跋东坡乐府》。按，“吃烟火食”意近“烟火气”，即“世俗气”之意）同时代的刘季孙（字景文）博学能诗，英伟冠世，被苏轼赞为“慷慨奇士”，也得到黄庭坚不俗的称许。其《书刘景文诗后》云：“余常评景文胸中有万书，笔下无一点俗气。”“笔下无一点俗气”，也就是“兴托高远”的意思。

内在心性品德修养深厚，即使在现实生活中遭遇坎坷挫折，也能“临大节而不可夺”。黄庭坚《古诗二首上苏子瞻》云：“但使本根在，弃捐果何伤!”（《山谷诗集》卷一）这种思想与范仲淹的“不以物喜，不以己悲”（《岳阳楼记》），与苏轼的“寓物不留物”（《寄吴德仁兼简陈季常》）是相通的，不过黄庭坚所论伦理色彩更为浓厚。正是因为具有这种道德修养，黄庭坚在仕途坎坷时依然能抱道而居，忠义蔼如。释惠洪《冷斋夜话》赞叹黄庭坚“寄傲士林，而意趣不忘江湖”，并比较秦观与黄庭坚同样遭遇贬谪，而思想境界却大不同：

少游、鲁直被谪作诗。少游调雷，凄怆，有诗曰：“南土四时都热，愁人日夜俱长。安得此身如石，一时忘了家乡。”鲁直谪宜，殊坦夷，作诗云：“老色日上面，欢情日去心。今既不如昔，后当不如今。”“轻纱一幅巾，短簟六尺床。无客白日静，有风终夕凉。”少游钟情，故其诗酸楚；鲁直学道休歇，故其诗闲暇。至于东坡，《南中》诗曰：“平生万事足，所欠惟一死。”则英特迈往之

气，不受梦幻折困，可畏而仰哉！（卷三）①

同样被谪，相比而言，秦观钟情故酸楚，黄庭坚学道故闲暇，苏轼使气故英发。元人方回《瀛奎律髓》在评黄庭坚《戏题巫山县用杜子美韵》时也说："学老杜诗，当学山谷诗，又当知山谷所以处迁谪而浩然于去来者，非但学诗而已。"黄庭坚"所以处迁谪而浩然于去来者"，是因为胸中"道战胜"，有根本深茂的伦理道德修养为基础。方回认为学黄庭坚诗，首先应该学习他的这种"道胜"气象。黄庭坚外甥洪炎在《豫章黄先生退听堂录序》中阐述黄庭坚内在的道德修养与形于笔墨之诗文的本质性联系时说：

> 大抵鲁直于文章天成性得，落笔巧妙，他士莫逮，而尤长于诗。其发源以治心养性为宗本，放而至于远声利、薄轩冕，极其致，忧国爱民，忠义之气蔼然见于笔墨之外。……夫诗人赋咏于彼，兴托于此，阐绎优游而不迫切，其所感寓常微见其端，使人三复玩味之，久而不厌，言不足而思有余，故可贵尚也。若察察言，如老杜《新安》《石壕》《潼关》《花门》之什，白公《秦中吟》《乐游园》《紫阁村》诗，则几于骂矣，失诗之本旨也。②

他一方面指出黄庭坚的诗歌发源于"治心养性"的道学宗本，"忠义之气蔼然见于笔墨之外"，另一方面更为苛刻地批评杜甫、白居易的讽谕诗歌是"几于骂矣，失诗之本旨也"。这进一步说明北宋中后期诗学中讽谕精神的低迷和士人精神内敛化、道学化的倾向。

---

①《王直方诗话》载："秦少游始作蔡州教授，意谓朝夕便当入馆，步青云之上，故作《东风解冻诗》云：'更无舟楫碍，从此百川通。'已而久不召用，作《送张和叔》云：'大梁豪英海，故人满青云。为谢黄叔度，鬓毛今白纷。'谓山谷也。说者以为意气之盛衰一何容易。"宋人对于这种心无定志、患得患失，是多有批评的。

② 光绪义宁州署刻本《山谷全书》卷首，转引自钱志熙《黄庭坚诗学体系研究》，北京大学出版社 2003 年版，第 68 页。

第二节　黄庭坚与宋代的学古创新论

“宋人生唐后，开辟真难为。”① 面对矗立眼前的这座唐诗高峰，宋人一面在学习，探藏取宝；一面在开辟新途，跨越这座高峰。最终，宋代诗人垒起了一座可以与唐诗并峙的大山，敞开了另一番诗歌风景，也积累了丰富的诗学经验。

宋初诗歌还是笼罩在中晚唐人的阴影中，延续着唐人的余绪。宋祁云：“大抵近世之诗，多师祖前人。不丐奇博于少陵、萧散于摩诘，则肖貌乐天，祖长江（贾岛）而摹许昌（王建）也。故陈言旧辞，未读而先厌。”②《蔡宽夫诗话》亦云：“国初沿袭五代之余，士大夫皆宗白乐天诗，故王黄州（禹偁）主盟一时。祥符、天禧之间，杨文公（亿）、刘中山（筠）、钱思公（惟演）专喜李义山。”严羽《沧浪诗话·诗辩》论“国初之诗，尚沿袭唐人”时还补充了“盛文肃学韦苏州，欧阳公学韩退之古诗，梅圣俞学唐人平淡处”。宋季刘克庄也指出：“国初诗人，如潘阆、魏野，规规晚唐格调，寸步不敢走作。杨、刘则又专为昆体，故优人有挦扯义山之谑。”（《江西诗派小序》）尽管人们对此态度还存在不同——严羽此说的本意是在批评苏、黄“始出己意以为诗”，但是宋初沿袭唐风，是整个宋代的共同看法。当然，宋初诗人在因袭摹拟中也透露出新的时代气息，如西昆派的精工靡丽是渊源于李商隐，其雍容富丽的气象则是李商隐诗歌所少有的。但是，这种拘执于追摹历史，延荡着衰茶之气的诗风，显然是与新兴王朝的气象不相符的。于是，出现了苏舜钦的豪俊、梅尧臣的平淡和欧阳修对李白、韩愈的激扬，宋调已初具端倪。然而真正形成独具面目的宋代诗风，还是以苏轼、黄庭坚诗歌的出现为标志。正如严羽《沧浪诗话·诗辩》所说：“至东坡、山谷，始自出己意以为诗，唐人之风变矣。”苏轼、黄庭坚论诗重学问、主创新，既要学习前代诗歌乃至整个文化遗产，更要创造生新，自成一家。特别是黄庭坚，指示门径，授人以法，他的学古创新论，在当时影

---

① 蒋士铨《辨诗》，《忠雅堂诗集》卷十三，邵海青、李梦生校笺，蒋士铨著《忠雅堂全集》，上海古籍出版社 1993 年版。

② 宋祁《宋景文集·南阳集序》，景印文渊阁《四库全书》本。

响更大，被誉为禅学之达摩①。

黄庭坚在强调诗人道德修养的同时，还重视诗人的学问积累。在黄庭坚的诗学中，学问与道德是相辅相成的，品格主宰学识，学识充实品格。他经常把养性与读书放在一起谈。《与济川侄帖》云：

> 但须勤读书，令精博；极养心，使纯静。根本若深，不患枝叶不茂也。

《与韩纯翁宣义书二首》之二云：

> 如子苍之诗，今不易得，要是读书数千卷，以忠义孝友为根本，更取六经之义味灌溉之耳。

《跋高子勉诗》称赞高子勉：

> 作诗以杜子美为标准，用一事如军中之令，置一字如关门之键，而充之以博学，行之以温恭，天下士也。

黄庭坚以早慧与博学著名，具有深厚的学问积累，诗歌也表现出广博精深的特点。许尹评论黄庭坚的诗歌说："其用事深密，杂以儒、佛、《虞初》稗官之说，隽永鸿宝之书，牢笼渔猎，取诸左右。后生晚学此秘未睹者，往往苦其难知。"②

黄庭坚指导后辈学诗，也反复重申读书要精博。王蕃（字观复）从黄庭坚问学，黄庭坚称道王蕃的品格，有诗《以古铜壶送王观复》云："我观王隆化，入莸不改熏。"③ 任渊注曰，赞王蕃"不为从俗及作吏所移"。但是，对王蕃的诗作，黄庭坚却提出批评：

> 予友生王观复，作诗有古人态度。虽气格已超俗，但未能从容中玉佩之音，左准绳，右规矩尔。意者读书未破万卷，观古人之文章，未能尽得其规摹。及所总览笼络，但知玩其山龙黼黻成章耶！

---

① 刘克庄《江西诗派小序》，《后村先生大全集》卷九十五。

② 见刘尚荣校点《黄庭坚诗集注》，中华书局 2003 年版，卷首第 3 页。

③ 莸，恶臭的草。熏，香草。任渊《山谷内集诗注》卷十四，《黄庭坚诗集注》第 514 页。

(《跋书柳子厚诗》)

> 所送新诗，皆兴寄高远，但语生硬不谐律吕，或词气不逮初造意时，此病亦只是读书未精博耳。“长袖善舞，多钱善贾”，不虚语也。(《与王观复书》)

意思是说，王蕃有诗人之品德，而尚欠诗人之学识，作诗过于雕琢，语言生硬，不能从容中律，其根源就是“读书未破万卷”，学问不精博。黄庭坚规劝年轻的李几仲，也说“才者须学问琢磨以就晚成之器”，“君子未尝以世不用而废学问”(《与李几仲书》)，特别是提出“泛滥诸书，不若精熟于一”的观点，为朱熹所深喜，赞之“有补于学者”(《朱子语类》卷十)。

不论是作诗还是作文，读书学古、积累学问都是有意义的。黄庭坚认为，学问精深渊博，发为文章则应词意高胜，见解深刻，合乎规矩。《论作诗文》云:“词意高胜，要从学问中来尔。”具体到诗歌创作，就是:

(一) 从诗人的学养眼界，到诗歌的言语典故，乃至素材都来源于整个文化传统。黄庭坚《与方蒙书》批评当时的年轻诗人缺少文化根基，云:“近世少年，多不肯治经术及精读史书，乃纵酒以助诗，故诗人致远则泥。”① 对于诗人来说，黄庭坚认为学问比才气更为重要。黄庭坚提出“无一字无来处”的说法，意在强调学问精博，作诗以学问为基础。德行是源头，是根本，而学问是波澜，是枝叶。对于诗歌来说，波澜枝叶同样重要。他在《与王庠周彦书》中批评王庠(字周彦)的诗歌“波澜枝叶不若古人”，原因在于“读建安作者之诗与渊明、子美之作未入神耳”。反过来说，读前人之作，熟而能化，当诗意涌现时，文辞自然纷至沓来。《答洪驹父书》云:

> 老杜作诗，退之作文，无一字无来处。盖后人读书少，故谓韩、杜自作此语耳。

黄庭坚的这一思想，是来源于外舅孙觉(字莘老)。孙莘老曾说过:

---

① 陈师道《后山诗话》引，见何文焕辑《历代诗话》，第310页。

“杜子美诗无两字无来处。”① 黄庭坚的诗歌创作，也努力实践这个诗学主张，“置字下语，皆有所从来”②。据《王直方诗话》记载，黄庭坚还说过作诗“使《史》《汉》间全语，为有气骨”。这些见解对于宋代奇崛瘦硬的诗风产生了一定的影响。

（二）黄庭坚重视学问，强调学古，因为诗歌之法，就蕴藏于前代诗歌经典之中，只有认真领会，才能自如掌握。所谓法，一方面是指诗歌的“有常之体”③，即某种诗体恒定的特征。古代诗学重视“辨体”，每一种诗歌体制，在表现内容、艺术形式、审美效果上都有其特定的要求，诗歌创作应该遵循诗歌的体制特征。黄庭坚《与王立之书》云：

> 若欲作“楚辞”，追配古人，直须熟读《楚辞》，观古人用意曲折处讲学之，然后下笔。譬如巧女文绣妙一世。若欲作锦，必得锦机，乃能成锦耳。

《楚辞》是“楚辞”体诗歌的典范，若要作“楚辞”体，必须先熟读《楚辞》，掌握这种体制的要求和特点。黄庭坚把“有常之体”视为织锦之锦机，创作者必须能熟练掌握，巧妙运用。黄庭坚所言“法”的另一个更为重要的意义是用意运思之技巧。黄庭坚心中的诗歌典范，“建安才六七子，开元数两三人”④，陈义较高，大致来说，除了《诗经》《楚辞》，还包括建安诸子、嵇康、陶渊明、李白、杜甫、韩愈、苏轼等。诗歌史上独具个性的诗人，在立意运思、谋章布局、遣词造句等方面都有其独特之处。这是无方之“数”。当然，既然是别人的独具风格之处，就不可完全效法，但是只有认识到别人的独特之处，才有可能创造出自己的独特风格来。所以，黄庭坚处处强调要熟读前代诗歌经典，识得古人的用意和匠心，参透前代诗歌经典的奥秘：

> 老杜诗，字字有出处，熟读三五十遍，寻其用意处。则所得多

① 赵次公《注杜诗自序》引，见林希逸《竹溪鬳斋十一稿》续集卷三十引。

② 任渊《山谷内集诗注》卷一《古诗二首上苏子瞻》注。

③ 刘勰《文心雕龙·通变》：“夫设文之体有常，变文之数无方，何以明其然耶？凡诗赋书记，名理相因，此有常之体也；文辞气力，通变则久，此无方之数也。”

④ 黄庭坚《再用前韵赠子勉四首》其三，《山谷诗集》卷十六。

矣。(《论作诗文》)

如欲方驾古人，须识古人关捩，乃可下笔。(《与元勋不伐书》)

黄庭坚在论述前代诗歌经典的法则时，尤为重视学习、掌握杜甫诗歌之法，提出“作诗以杜子美为标准”。他称赞陈师道，则说“作诗渊源，得老杜句法。今之诗人，不能当也”（黄庭坚《答王子飞书》）。我们在前面曾经谈及杜甫的诗法论。在前代诗学中，杜甫是最为重视诗法的一位，而且杜甫诗歌是他诗学理论的形象展示。与李白诗歌的挥洒飘逸、无方可执不同，杜甫诗歌“有规矩”，所以苏轼就曾说过“学诗当以子美为师”①。黄庭坚在宋代以善于学杜著称。陈师道《答秦观书》云：“豫章之学博矣，而得法于杜少陵。”黄庭坚之取学杜诗，有其家学渊源。《后山诗话》云：

唐人不学杜诗，惟唐彦谦与今黄亚夫庶、谢师厚景初学之。鲁直，黄之子，谢之婿也。其于二父，犹子美之于审言也。(《历代诗话》本)②

与宋初之拘守一家不同，北宋中后期的学古论，普遍表现出博采众长、转益多师、有容乃大的气象，不仅要学习近代的苏、黄，前代一切的诗歌遗产都是学习取法的对象；不仅要领会诗歌典范的用意曲折，还要识得古人短处。宋人标举杜诗为诗歌典范，并认为杜诗最为重要的特点是“集前代之大成”。秦观在《韩愈论》中比较杜甫与前代诗歌名家的不同。前代李陵、苏武、曹植、刘桢、陶潜、阮籍、谢灵运、鲍照、徐陵、庾信等人，偏于一体；而杜甫之诗，“实积众家之长，适当其时而已。……穷高妙之格，极豪逸之气，包冲澹之趣，兼峻洁之姿，备藻丽之态，而诸家之作所不及焉。然不集诸家之长，杜氏亦不能独至于斯也”（《淮海集》卷二十二）。黄裳《陈商老诗集序》云：“读杜甫诗，如看羲之法帖，备众体而求之无所不有，大几乎有诗之道者。”（《演山集》卷二十一）所以，欲“工于诗者，必取杜甫”。杜甫诗歌的确表现

① 陈师道《后山诗话》引。

②《王直方诗话》载，黄庭坚说“谢师厚七言绝类老杜”，黄庭坚诗歌从谢公得句法。

出博采众长，转益多师的特点。但是宋人之所以屡屡强调这一点，正是在彰显他们自己广搜博采的学古观。

宋代是文化史上的一座高峰。雕版印刷的发展、公私书院的兴起，加上朝廷右文，使宋代的文化积累超越了前代。宋人出入经史，饱览诗书，引经据典，纵横说论，多表现出学问渊博、见识深广的特点。但是，与清代乾嘉学者之重在“守成”不同，宋人高涨的求变创新精神，使他们创造了与前代文化迥异的宋代学术文化。不论是宋代的理学、禅宗，还是文章、诗歌、书画，都形成了自己的特点。仅就诗歌来说，宋诗内在精神肌质、外在气貌体制，都有别于唐诗，是古代诗歌的另一种范型。宋诗之所以能在唐诗之外独标一格，原因当然众多，其中之一便是得益于宋人自觉的创造意识。早在宋初，针对时人祖袭唐人的现象，宋祁就提出：“文章必自名一家，然后可以传不朽。”（《宋景文公笔记》卷上）苏轼也说过：“凡造语，贵成就，成就则方能自名一家。”① 所谓自名一家，就是学古能化，在取法前贤的基础上能变化，能创新，体现出自己的个性精神。“自成一家”是宋代绝大多数诗人的诗歌追求，人们希望在博采众长的基础上，形成自己独特的风格特征②。这表明古代诗学的个性论和风格意识在宋代得到了强化。

黄庭坚的诗学思想中，学古与创新是相统一的。在学古的基础上创新，学古是手段，创新是目的，领略古法而不拘泥于古法，创造生新但不是天马行空、任意为之。“领略古法生新奇”③，是他学古创新论的经典概括。与此前论者相比，黄庭坚的刻意创新论，更为执著，阐发更为深刻，影响更为深远。《赠谢敞王博喻》云：“文章最忌随人后，道德无多只本心。”（《山谷诗外集补》卷四）黄庭坚还称赞王定国诗文：“不随人后。”（《王定国文集序》）他论书法云：“随人作计终后人，自

① 李之仪《姑溪居士文集》卷三《跋吴师道诗》引。又苏轼《评草书》云：“吾书虽不甚佳，然自出新意，不践古人，是一快也。”

② 吴可《藏海诗话》云：“看诗且以数家为率，以杜为正经，余为兼经也。如小杜、韦苏州、王维、太白、退之、子厚、坡、谷、‘四学士’之类也。如贯穿出入诸家之诗，与诸体俱化，便自成一家，而诸体俱备。若只守一家，则无变态，虽千百首，皆只一体耳。”这种思想在宋代有其代表性。

③ 黄庭坚《次韵子瞻和子由观韩干马因论伯时画天马》，《山谷诗集》卷七。

成一家始逼真。”① 这与论诗歌的创新是相通的。黄庭坚勉励高子勉作诗力求创新，云：“听它下虎口著，我不为牛后人。” “著鞭莫落人后。”② 他称赞张询（字仲谋）的诗歌“自成一家，可传也”③。至于如何才能变化出奇自成一家，黄庭坚还指出具体门径和方法，如“点铁成金”、“夺胎换骨”之类。黄庭坚自己的诗歌也是以破弃旧格、创造生新为特征，所以能够自成一家，开宗立派。宋人普遍认识到黄庭坚诗歌自我作古的创新性，当然对之态度不尽相同。陈师道诗学心折黄庭坚，他在《答秦观书》里说：

> 豫章之学博矣，而得法于杜少陵，其学少陵而不为者也，故其诗近之，而其进则未已也。

“学少陵而不为”是“诗法出于工部，而句法不尽出于工部”（王炎《与杜仲高》）的意思，也就是在“无意之意”的曲折用心等创作关捩方面取法于杜甫，而章法、句法之类具体技巧，则出于自得创造。只有如此才能“句法尤高，笔势放纵，实天下之奇作，自宋兴以来一人而已矣”④。

其实，黄庭坚的诗歌理想不仅仅是章句字法的锤炼自得，还有更高的要求。《赠高子勉四首》其四云：“拾遗句中有眼，彭泽意在无弦。”这是他向往的诗歌理想境界。“句中有眼”，就是在章法、句法、用事、字法上的精心锻造，但是锻造锤炼不能显露雕琢痕迹⑤。所谓“意在无弦”，就是“不烦神削而自合”，是无意为工而自然合道的境界。“句中有眼”，尚是“有意于为诗”，是在自觉努力“求得”诗句之妙，而“意在无弦”，则是无意于为工而不能不工。由“句中有眼”而升华为

---

① 黄庭坚《论作字》，又见《以右军书数种赠丘十四》《题乐毅论后》。

② 黄庭坚《赠高子勉四首》之三、《再用前韵赠子勉四首》之二，《山谷诗集》卷十六。

③ 黄庭坚《书张仲谋诗集后》，《山谷集、外集》卷九。

④ 何溪文《竹庄诗话》卷十《鲁直传赞》。

⑤ 黄庭坚对于作诗过于雕琢，是持批评态度的。《与王观复书三首》云：“所寄诗多佳句，犹恨雕琢功多耳。”《书张仲谋诗集后》云：“作语多而知不雕为工，事久而知世间无巧。以此自成一家，可传也。”

“意在无弦”，即由法度而臻至入神①。在黄庭坚看来，庾信的诗歌“宁律不谐，而不使句弱；用字不工，不使语俗”，是“有意于为诗”，是“句中有眼”的境界；而陶渊明的诗歌“不烦绳削而自合”，就达到“意在无弦”的境界了(《题意可诗后》)。黄庭坚《论诗》云：

谢康乐、庾义城（按，庾信封义城公）之于诗，炉锤之功不遗力也，然陶彭泽之墙数仞，谢、庾未能窥者，何哉？盖二子有意于俗人赞毁其工拙，渊明直寄焉耳。

黄庭坚这里的意思是说谢灵运、庾信尚属于“句中有眼”的有意求工，而陶渊明的“直寄”是“意在无弦”的无心而合道，两者有着层次上的差别。

对于“拾遗句中有眼，彭泽意在无弦”两句，不可机械理解，认为杜甫和陶渊明分别代表两种不同的层次②。其实，在黄庭坚的心中，杜诗有一个由法而妙的提升过程。黄庭坚评论杜甫寄居夔州以后诗云：

但熟观杜子美到夔州后古律诗，便得句法：简易而大巧出焉，平淡而山高水深，似欲不可企及。文章成就，更无斧凿痕乃为佳作耳。(《与王观复书》)

观杜子美到夔州后诗，韩退之自潮州还朝后文章，皆不烦绳削而自合矣。(同上)

黄庭坚的意思是杜甫夔州以后的诗，句法变化入神，不见锻炼之迹，而妙造自然③。黄庭坚在《大雅堂记》里说：“子美诗妙处乃在无意于文。

① 黄庭坚《次韵奉答少激纪赠二首》之一云：“诗来清吹拂衣巾，句法词锋觉有神。”“有神”才是黄氏论句法的最高境界。这一思想渊源于杜甫。陈师道《后山诗话》云：“黄诗、韩文，有意故有工，左、杜则无工矣。然学者先黄后韩，不由黄、韩而为左、杜，则失之拙易矣。”其意思也是从法度人手，有意求工，而臻于“无工”之化境。

② 钱志熙先生认为这两句是互文对举，意为陶、杜皆是法度而臻于自然，可参。见钱志熙《黄庭坚诗学体系研究》，北京大学出版社 2003 年版，第 153 页。

③ 方回《程斗山吟稿序》论杜甫夔州诗，有助于我们理解黄庭坚的意思，引录于下：“老杜上元元年庚子，年四十八，至成都；大历元年丙午，年五十四，至夔州。山谷论老杜诗，必断自夔州以后。试取其庚子至乙巳六年之诗观之，秦陇剑门行旅跋涉，浣花草堂居处啸咏，所以然之故，如绣如画。又取其丙午至辛亥六年诗观之，则绣与画之迹俱泯。赤甲白盐之间，以至巴峡洞庭湘潭，莫不顿挫悲壮，剥落浮华。”

夫无意而意已至，非广之以《国风》《雅》《颂》，深之以《离骚》《九歌》，安能咀嚼其意味，闯然入其门耶！”也就是“意在无弦”的意思。当然对于杜甫夔州以后的诗，各家评论不一。如朱熹就曾批评杜甫夔州以后的诗“自出规模，不可学”（《朱子语类》卷一百四十）。不过这也可以从反面看出黄庭坚对“自出规模”的创新的神往。

至于黄庭坚自己的诗歌，主要特征是戛戛独造，奇崛生新。不过晚年遭贬后他的诗风有所变化，在瘦硬奇峭之外也有一些风格平淡自然、自由纯熟的作品。所以有人将黄庭坚的晚年诗作与杜甫夔州以后的诗歌相比。王庭珪论黄庭坚诗说：“鲁直之诗，虽间出险绝句，而法度森严，卒造平淡，学者罕能到。”① 但总体上是奇崛有余，而浑厚不足，尚未达到“意在无弦”的境界。

黄庭坚诗歌和诗学的创新，确立了另一种诗歌审美范型，是对唐代诗歌美学风范的突破，所以也招致一些批评。魏泰是较早对黄庭坚发起攻击的一位。他的《临汉隐居诗话》云：

> 黄庭坚喜作诗得名，好用南朝人语，专求古人未使之事，又一二奇字，缀葺而成诗，自以为工。其实所见之僻也。故句虽新奇，而气乏浑厚。吾尝作诗题其编后，略云：“端求古人遗，琢抉手不停。方其拾玑羽，往往失鹏鲸。”盖谓是也。（《历代诗话》本）

朱熹也批评黄庭坚作诗“刻意为之”，“忒巧了”，但也不得不承认黄庭坚诗“巧好无余，自成一家”（《朱子语类》卷一百四十）。朱熹还进而对诗歌史上的“正”、“变”问题提出理论思考：

> 余尝以为天下万事皆有一定之法，学之者须循序而渐进。如学诗，则且当以此等为法，庶几不失古人本分体制。向后若能成就变化，固未易量。然变亦大是难事。果然变而不失其正，则纵横妙用，何所不可？不幸一失其正，却似反不若守古本旧法，以终其身之为稳也。李、杜、韩、柳，初亦皆学《选》诗者。然杜、韩变多，而柳、李变少。变不可学，而不变可学。故自其变者而学之，

① 王庭珪《跋刘伯山诗》，《卢溪先生文集》卷四十八，《宋集珍本丛刊》第34册，线装书局2004年影印明嘉靖五年刻本。

> 不若自其不变者而学之。乃鲁男子学柳下惠之意也。呜呼！学者其毋惑于“不烦绳削”之说，而轻为放肆以自欺也哉！①

朱熹是以汉魏盛唐为正，以杜甫、韩愈而下为变。他更为注重遵守旧法，秉持旧的审美法则，对中唐以至北宋的“变”明显有不满之意，矛头显然是针对苏、黄诗风的新变，特别是对黄庭坚所谓“不烦绳削而自合”提出异议。

苏轼、黄庭坚的主创尚变精神，在北宋中后期并没有得到很好的发扬，而是形成了新的精神束缚。江西诗派拘守黄庭坚的诗法，寸步不离。所以，禅宗打破束缚、自我立法的创新独造精神，继续为诗学家所借鉴，诗学中主创精神又一度高涨。吴可《学诗诗》云：“学诗浑似学参禅，头上安头不足传。跳出少陵窠臼外，丈夫志气本冲天。”文天祥在《跋周汝明自鸣集》中崇扬诗人“自成一家”的个性精神，力主创造：

> 天下之鸣多矣！锵锵凤鸣，雝雝雁鸣，喈喈鸡鸣，嘒嘒蝉鸣，呦呦鹿鸣，萧萧马鸣，无不善鸣者，而彼此不能相为，各一其性也。其于诗亦然，鲍、谢自鲍、谢，李、杜自李、杜，欧、苏自欧、苏，陈、黄自陈、黄，鲍、谢之不能为李、杜，犹欧、苏之不能为陈、黄也。

南宋后期许多诗人走出江西诗派的樊篱，探寻新的诗歌道路，都体现了打破束缚，尊重个性，自由创造的精神。戴复古《论诗十绝》之四云：“意匠如神变化生，笔端有力任纵横。须教自我胸中出，切忌随人脚后行。”被时人称为“诗家小学须知”。杨万里《见苏仁仲提举书》说：“夫舍己以徇于人，与夫信己以俟于人，其巧拙未易以相过也。”江西诗派拘泥于杜、黄诗法而不知变化，便是舍己徇人，而杨万里对于江西诗派能入能出，主张创新。杨万里诗云：“传派传宗我替羞，作家各自一风流。黄陈篱下休安脚，陶谢行前更出头。”（《跋徐恭仲省干近诗》）

“作家各自一风流”，这是走出江西诗派牢笼之后，诗人的自家证

---

① 朱熹《跋病翁先生诗》，戴扬本等校点《晦庵先生朱文公全集》卷八十四，《朱子全书》，上海古籍出版社、安徽教育出版社 2002 年版，第 3968 页。

悟，也是宋代诗学的一个基本特征。在诗学史上，此前还很少有哪个朝代像宋代那样如此重视个性的创造，推崇创新求变。

当然，树立一个古代诗歌典范，努力去学习、去模仿，与有意去破坏前人的陈规，另创新法，都是有前人影子在心中。有个前人影子存在，诗人就不能完全进入自由的境地。所以，晚宋时姜夔扬弃了学古与创新的胶葛，从新的高度提出了解决这个矛盾的诗学理想。他说：

> 作者求与古人合，不若求与古人异；求与古人异，不若不求与古人合而不能不合，不求与古人异而不能不异。彼惟有见乎诗也，故向也求与古人合，今也求与古人异；及其无见乎诗已，故不求与古人合而不能不合，不求与古人异而不能不异。其来如风，其止如雨，如印印泥，如水在器，其苏子所谓不能不为者乎！（《白石道人诗集序》）

姜夔这里所说，是指作诗历程的三个阶段，也是学诗的三种境界：求与古人合，是学诗之初对古人诗歌的领会和模仿；求与古人异，是有意识地在古人风格之外表现自己的面目，体现自己的独立创新。这两个阶段，正是黄庭坚所谓“有意于为诗”，也即葛立方《韵语阳秋》卷一所谓“陈腐之语，固不必涉笔，然求去其陈腐不可得，而翻为怪怪奇奇不可致诘之语以欺人，不独欺人，而且自欺，诚学者之大病也”。而“不求与古人合而不能不合，不求与古人异而不能不异”，则是对诗法已心领神会，运用自如，完全摆脱了前人的影子，称心而言，直寄胸臆，这是黄庭坚所谓“不烦绳削而自合”的境地，也就是葛立方所谓“混然天成，天球不琢者”。然而这对于苏、黄以后的诗人来说，只是个难以企及的理想而已。

第三节 江西派诗学的“活法”与“悟入”论

北宋元祐年间，苏、黄并称，虽然苏轼尚豪，黄庭坚尚奇，风格不同，但不妨相济。其时的诗学主张一般也多是苏、黄并举，没有明显的彼疆此界。但是，苏轼晚年谪居海南，少与文士交接，加上苏诗行云流水，无方可执；而黄庭坚勤于奖掖后学，授人以法，师友甥侄，问学者众，递相传承，形成了一个诗人群体，影响更为广泛。北宋后期诗坛的基本局面是“祧苏祖黄”①，学苏者少，师黄者多。吴炯《五总志》曾指出“后之学者因生分别：师坡者萃于浙右，师谷者萃于江左。……如徐师川、余荀龙、洪玉父昆弟、欧阳元老，皆黄门登堂入室者，实自足以名家”。而江左诗歌，在北宋后期乃至南宋前期，显然占据主导地位。

然而学必有弊。黄庭坚诗歌瘦硬奇崛的风格，在北宋后期追慕者手里变成了生涩枯槁。黄庭坚诗学杜甫，江西诗派末流连杜甫都不学，仅学黄庭坚②。王庭珪说：“近时学诗者，悉弃去唐五代以来诗人绳尺，谓之江西社，往往失故步者有之。”③ 这种现象早在北宋后期就引起了一些论者对诗学趋新的反思，而回头去追怀汉魏盛唐的天真自然、雄浑纯朴。前面我们提及的魏泰，就首先在《临汉隐居诗话》里对苏、黄诗风提出批评，主张“优柔感讽”，批评苏轼“逞豪放而至怒张”，反对黄庭坚造字用事的猎奇务新。这在当时不是偶然的现象。叶梦得、朱弁、邓肃都对苏、黄诗风特别是黄庭坚后学持批判态度，并都向往汉唐诗风。叶梦得《石林诗话》论诗多次引录钟嵘《诗品》“直寻”、“自然英旨”论，主张“气象雄浑，句中有力，而纡徐不失言外之意”，“雍容闲肆，出于自然，略不见其用力处”，批评“思苦言难”的创作态度。朱弁的《风月堂诗话》也标举钟嵘《诗品》的诗学思想，反对填砌故实，说“拘挛补缀，而露斧凿痕迹者，不可与论自然之妙也”。被四库馆臣称赞为“笃励名节之士”的邓肃，不仅非议黄庭坚的人品④，论诗旨趣也与黄庭坚相对立。邓肃诗云：

公家自有呕心戒，岂容雕琢损天游。(《寄司录朝奉兼简伯

---

① 翁方纲《石洲诗话》卷四云：“宋诗之大家无过东坡，而转祧苏祖黄者，正以苏之大处，不当以南北宋风会论之，舍元祐诸贤外，宋人盖莫能望其肩背，其何从而祖之乎？”陈义颇高，然“祧苏祖黄”一语，准确概括了宋代诗坛的实况。

② 胡仔《苕溪渔隐丛话前集》曰：“近时学诗者，率宗江西，然殊不知江西本亦学少陵者也。……今少陵之诗，后生少年不复过目，抑亦失江西之意乎！”(卷四十九)

③ 王庭珪《跋刘伯山诗》，《卢溪先生文集》卷四十八，《宋集珍本丛刊》第34册，线装书局2004年影印明嘉靖五年刻本。

④ 邓肃《答黄德美》云：“东坡谪居海外，若不复振者，而刚大之气常充塞乎天地之间；山谷少不得意，则作小偈以赞王介甫。间于东坡微有讥焉，则生死富贵已慑其气尔，所以为山谷者，果安在哉？吾党均学苏、黄者也，中有泾渭，不敢独享。”

寿》)

风行水上偶成文，暖入园林自在春。换骨虽工非我有，呕心得句为谁珍？(《无题》)

腐语陈言俱扫灭，奇文秀句出天真。(《和谢吏部铁字韵》)

这些显然是针对黄庭坚及其后学而发的，其标举的“天游”、“天真”的诗歌理想，与魏泰、叶梦得等人也相一致。就是在江西诗派炽盛的南宋绍兴年间，也曾出现过葛立方的《韵语阳秋》，反对作诗“怵心刿目雕琢”，推崇陶潜、谢灵运、谢朓诗皆平淡有思致，激赏李白“清水出芙蓉，天然去雕饰”的平淡天然美，这些思想均非江西诗学所能笼络得住。

面对江西诗歌末流生涩枯槁的弊病，面对他者批评的压力，山谷后学该如何延续和发展自己的诗学传统呢？这是步入南宋的江西诗人不得不思考的问题。综合当时的几部诗话著作和诗论来看，江西诗派除了继续在探讨独得之秘的字、句、章法外，表现出这样一些特色：

(一) 开阔眼界，取法乎上，广学建安、六朝、唐代诗歌。其实，黄庭坚论学古时已经提出“建安才六七子，开元数两三人”都是取法的对象，后来者连杜诗也不复过目，只是自狭眼界，与黄庭坚无关。而江西诗派则针对这种流弊，主张在师法山谷的同时，开阔眼界，拓展取法的对象。范温《潜溪诗眼》推崇建安诗歌“辩而不华，质而不俚，风调高雅，格力遒壮，其言直致而少对偶，指事情而绮丽，得风雅骚人之气骨，最为近古”，指出唐代李白、杜甫、韩愈早年都学建安，后来才各自变成一家。范温曾从山谷学诗，可谓得其真意。许顗论诗本于苏、黄，于黄为近，其《彦周诗话》也说：“六朝诗人之诗，不可不熟读。”江西诗派的理论巨擘吕本中论诗重视取法乎上，“只如《选》诗有高古气味。自唐以下，无复此意”。他论曹植诗云：

读《古诗十九首》及曹子建诗，如“明月入我牖，流光正徘徊”之类，诗皆思深远而有余意，言有尽而意无穷也。学者当以此等诗常自涵养，自然下笔不同。①

远宗汉魏，正是黄庭坚学诗的路数，这种取径在吕本中等少数江西派诗论中得到了延续。

李白的豪迈飘逸，在宋代除了郭祥正、苏轼诗歌得其仿佛外，绝无嗣响。黄庭坚评李白诗“如黄帝张乐于洞庭之野，无首无尾，不主故常”（《题李白诗草后》），但其诗与李白诗歌绝不相类。这是因为宋代诗人相对盛唐诗人来说，更为内敛一些，缺少盛唐的奔放之气。而吕本中在《吕氏童蒙训》里称赞李白诗气盖一世，说“学者能熟味之，自然不浅矣”。他又在《与曾吉甫论诗第一帖》里说：“如东坡、太白诗，虽规摹广大，学者难依，然读之使人敢道，澡雪滞思，无穷苦艰难之状，亦一助也。”李白诗也被纳入他所学习的对象。当然，江西诗派欣赏李白诗，多是看中“吴姬压酒劝客尝”之类好句好字，并非真的是李白豪放疏荡之气。绍兴七年十一月，宋高宗评吕本中诗“本中诗极佳，不减徐俯少时所作。俯晚年学李白，稍放肆矣”，② 对诗人效法李白之放肆流露出不满之意，这是宋人对李白的基本态度。对于杜甫，江西诗派的基本主张是“师少陵而友江西”（《苕溪渔隐丛话》前集），毋庸多叙。

黄庭坚对于李商隐和西昆体的态度，可从叶梦得的记载中见出一斑：

杨大年、刘子仪皆喜唐彦谦诗，以其用事精巧，对偶亲切。黄鲁直诗体虽不类，然亦不以杨、刘为过。（《石林诗话》卷中，《历代诗话》本）

正如王安石所称“唐人知学老杜而得其篱，惟义山一人而已”，李商隐诗歌用典、对偶得法于杜诗。同样，杜诗是宋代的江西诗派与西昆诗派的共同渊源，两者也有着密切的联系。黄庭坚诗歌里可以隐约看到西昆

---

① 吕本中《吕氏童蒙训》。按，引诗为曹植《七哀诗》，首句原为“明月照高楼”。又《竹庄诗话》引吕本中云：“（曹植）《七哀》之类，宏大深远，非复作诗者所能及。此盖未始有意于言语之间也。”

② 见赵鼎《忠正德文集》卷八《丁巳笔录》。

体的影子。方回《瀛奎律髓》评黄庭坚《咏雪奉呈广平公》“有昆体之变，而不袭其组织”（卷二十一）。但是，惠洪已在《冷斋夜话》里说“诗到李义山，谓之文章一厄，以其用事僻涩，时称西昆体”（卷四），视“西昆”、“江西”水火不容。不过到了南宋时期，江西诗学对李商隐颇有好评，甚至主张熟读、规摹李商隐诗。许顗《彦周诗话》说，“熟读唐李义山诗与本朝黄鲁直诗而深思焉”，可以除去“浅易鄙陋之气”。吕本中在《紫薇诗话》里记述其父吕好问学诗经历，“少时作诗未有以异于众人，后得李义山诗，熟读规摹之，始觉有异”。① 除了晚唐诗歌气象衰苶，不符合江西诗派的“不俗”论标准而受到排斥外，前代的一切诗歌遗产，都被南宋江西诗派包容进来，作为“浃洽涵养”学习取法的对象。江西诗派的眼界大为开阔。

（二）立足山谷，兼采苏轼，法、意并重。北宋后期的一些诗话，如《王直方诗话》《藏海诗话》《陵阳先生室中语》都大量记录苏轼、黄庭坚等元祐诗人论诗语，多是直记闻见，寓笔辄书，不一定有在苏、黄之间强分高下是非的宗派意识。特别可贵的是，他们已经意识到苏、黄各自的缺点。如《王直方诗话》云：

> 谢朓尝语沈约曰：“好诗圆美流转如弹丸。”盖诗贵于圆熟也。余以谓圆熟多失之平易，老硬多失之干枯。能不失于二者之间，则可与古之作者并驱耳。（《诗话总龟》前集卷九）

苏轼也说过，“新诗如弹丸”（《次韵答王巩》），“中有清圆句，铜丸飞柘弹”（《送欧阳弼》），崇尚圆熟之美。黄庭坚诗歌风格老硬。王直方已经警觉到这两种诗风极端发展可能产生的流弊。吴可《藏海诗话》云：“东坡豪，山谷奇，二者有余，而于渊明则为不足，所以皆慕之。”实际上也是意识到苏、黄诗风缺少一种渟滀温润之美。

但是在北宋后期，诗坛在苏、黄两人之间有所偏畸，甚至相互排斥，“学苏者，乃指黄为强；而附黄者，亦谓苏为肆”②。总体趋势是学

---

① 又，吕本中《紫微诗话》：“杨道孚深爱义山‘嫦娥应悔偷灵药，碧海青天夜夜心’，以为作诗当如此学。”（何文焕辑《历代诗话》第368页）

② 陈与义《简斋诗外集》卷首晦斋《简斋诗集引》，《陈与义集》，中华书局1982年版。

苏者少，学黄者众。孙觌《西山老文集序》云：

元祐中，豫章黄鲁直独以诗鸣。当是时，江右之学诗者皆自黄氏。至靖康、建炎间，鲁直之甥徐思川，二洪驹父、玉父皆以诗人进，居从官大臣之列，一时学士大夫向慕，作为江西宗派。如佛氏传心，推次甲乙，绘而为图。凡挂一名其中，有荣耀焉！①

吕本中的《江西宗派图》② 推黄庭坚为诗家宗祖，列陈师道而下二十五人为法嗣，足见师法山谷之盛。但是，位列江西宗派之首的陈师道，如吕本中所说“力尽规摹，已少变化”（《吕氏童蒙训》），已显出僵化的迹象。吕本中中年以后，对过去一意标榜江西诗派有所反省，对江西诗派的流弊也更为警醒。1131 年，吕本中 47 岁时，在《与曾吉甫论诗第二帖》里说：“近世江西之学者，虽左规右矩，不遗余力，而往往不知出此，故百尺竿头，不能更进一步，亦失山谷之旨也。”③ 其实就是被归入江西宗派的诗人，也并非都俯首贴耳于黄庭坚脚下。韩驹的才情是江西诗派所束缚不住的。他学诗受到苏、黄的影响，其诗“有磨淬剪截之功”④，得益于黄庭坚诗学的精造锻炼，而崇尚奇纵，则又本源于苏轼；其诗论多引苏轼、黄庭坚语，但又不为苏、黄所缚，能自出见解，可谓“非坡非谷自一家，鼎中一脔曾已尝”⑤。如据《吕氏童蒙训》记载，黄庭坚对《题竹石牧牛》“石吾甚爱之”云云颇为自负，以为极致，但是韩驹就不以为然。当有人称赞黄庭坚此诗“体致新巧，自作格辙”时，韩驹举出李白《独漉篇》“独漉水中泥，水浊不见月。不见月

① 孙觌《南兰陵孙尚书大全文集》卷三十三，《宋集珍本丛刊》第 35 册，线装书局 2004 年影印明抄本。按，《四库全书》本，“徐思川”作“徐师川”。

② 关于吕本中作《江西宗派图》的时间，宋代已有“少时戏作”和“绍兴癸丑(1133)”两种不同的说法。曾季貍《艇斋诗话》和范季随《陵阳先生室中语》主前说，吴曾《能改斋漫录》主后说。曾季貍师从吕本中，范季随师事韩驹，并在家中亲聆吕本中云“少时戏作”。又《诗人玉屑》卷十九录《玉林诗话》引方丰之（北山）《绝句》“舍人早定江西派，句法须将活处参”。方丰之，绍兴名士，与吕本中交游(《东莱诗集》卷二十有《送方丰之秀才归福唐》诗)，更为可信，据此，笔者从早年作《江西宗派图》一说。

③ 胡仔《苕溪渔隐丛话》前集卷四十九引。

④ 刘克庄《江西诗派·韩子苍》，《后村集》卷二十四。

⑤ 王十朋《陈郎中公说赠韩子苍集》，《梅溪集》后集卷二。

尚可，水深行人没”，予以否定①。

其实，东坡与山谷，合则双美，离则两伤。东坡之疏荡流畅，正可矫山谷的涩硬瘦峭。所以南渡后，江西诗派的诗学主张，一般是立足于山谷诗法，而兼学苏诗。其中以吕本中的理论最为典型。吕本中论诗的脚跟站在江西派上，他说:“近世欲学诗，则莫若先考江西诸派。”（《吕氏童蒙训》）这是他最基本的立场。但是，他同时主张学习苏轼诗歌的才气舒展、超迈高拔。《吕氏童蒙训》云：

> 读《庄子》令人意宽思大敢作。读《左传》便使人入法度，不敢容易。二书不可偏废也。近世读东坡、鲁直诗，亦类此。

吕本中《与曾吉甫论诗第一帖》也主张熟读苏轼、李白诗来舒思张胆：

> 如东坡、太白诗，虽规摹广大，学者难依，然读之使人敢道，澡雪滞思，无穷苦艰难之状，亦一助也。

敖陶孙《诗评》称许吕本中诗歌“如散圣安禅，自能奇逸”；陆游在《吕居仁集序》里称赞吕本中诗文“汪洋闳肆，兼备众体，间出新意，愈奇而愈浑厚，震耀耳目，而不失高古”；胡仔评论吕居仁诗歌“清驶可爱”②；陈岩肖《庚溪诗话》赞赏吕本中诗歌“多浑厚平夷，时出雄伟，不见斧凿痕”③，可见吕本中诗歌风格在整练之外，还具有奇逸明快、浑厚平淡的特征，这显然是得益于李白、苏轼飞动流丽诗风的启悟。

除了取径宽广，兼综苏、黄之外，吕本中对于江西诗派理论的重要贡献是提出了“活法”和“悟入”。

---

① 见《诗人玉屑》卷八“陵阳论山谷”。韩驹少有诗名，吴可《藏海诗话》多载二人论诗之语。据元人《氏族大全》卷五，韩驹“著诗法，名《陵阳正法眼》”。《诗人玉屑》引方丰之（北山）《绝句》“舍人早定江西派，句法须将活处参。参取陵阳正法眼，寒花承露落毵毵”，并解释说：“舍人，即吕居仁。陵阳正法眼，即韩子苍。”《陵阳正法眼》今已不存。《说郛》卷二十七下有韩驹弟子范季随所录《陵阳室中语》，《诗人玉屑》采录《陵阳室中语》数十则，宋代其他文献中尚有若干佚句，辑录起来，大致可以看出韩驹论诗旨趣。

②《苕溪渔隐丛话》前集卷五十三，驶，即明快俊爽意。

③ 丁福保辑《历代诗话续编》，中华书局1983年版，第182页。本书引《庚溪诗话》均见此书。

喜论诗法是江西诗学的一个特点，自黄庭坚起就是如此。但是黄庭坚学古，既重在体会古人“用意曲折”，认识古人关捩，更强调为古人之不为，自成一家。在黄庭坚之后，论者常对于前人的句法章法、用事用韵加以反复推敲，提炼出一些如“脱胎换骨”之类的诗歌法则，这些诗法，对于后学领略玩味前人诗歌的匠心妙意，对于初学者掌握诗歌体式、驾驭语言技巧有一定的帮助，但是若视这些诗法为灵丹妙药，亦步亦趋，反而成为死法，束缚了手脚。江西派有的诗歌存在板滞枯涩的毛病，就是因为守法太严太死，未能跳脱出这些框框。吕本中提出“活法”论，用意在于改变江西诗人拘守诗法顽固不化的毛病。潘邠老说“七言诗第五字要响”，“五言诗第三字要响”，意在锻炼句眼，而吕本中认为“字字当活，活则字字自响”(《吕氏童蒙训》)，要字字用力，就是破“句眼”之执。吕本中《夏均父集序》云：

> 学诗当识活法。所谓活法者，规矩备具，而能出于规矩之外；变化不测，而亦不背于规矩也。是道也，盖有定法而无定法，无定法而有定法。知是者，则可以与语活法矣。谢元晖有言：“好诗流转圆美如弹丸。”此真活法也。近世惟豫章黄公，首变前作之弊，而后学者知所趣向，毕精尽知，左规右矩，庶几至于变化不测。然余区区浅末之论，皆汉、魏以来有意于文者之法，而非无意于文者之法也。（刘克庄《后村先生大全集》卷九十五引）

汉魏以前诗歌虽然格古意浑，但非有意为之，体制未备，汉魏以降文成法立，这是后代论诗者的基本态度。吕本中在《吕氏童蒙训》里说：“大概学诗，须以《三百篇》《楚辞》及汉、魏间人诗为主，方见古人好处，自无齐梁间绮靡气象也。”那是要学诗者领会《诗》《骚》《古诗》的浑朴气象和淳雅气格，而非诗法。其所谓的法，“皆汉、魏以来有意于文者之法”。吕本中首先肯定“规矩”、法的存在，作诗不能违背规矩。这规矩，与黄庭坚论法的意思相接近，是指某种诗体恒定的特征及前代诗歌典范中所体现出来的诗歌“体式”。吕本中《吕氏童蒙训》中说“学诗须熟看老杜、苏、黄，亦先见体式”。诗歌的体式要求，就是“规矩”，在前代诗歌经典中呈现，需要悉心掌握。但是一个成功的诗人更要“变化不测”，“能出于规矩之外”，在不违背诗歌体式的前提下，在立意、运思、构章、琢句上都有自己的面目，形成自己的特点。《吕氏童蒙训》说“前人文章各自一种句法”，杜甫、苏轼、黄庭坚都有自己的句法，意即他们能变化不测，自具特点。吕本中所谓“有定法而无定法，无定法而有定法”，借鉴了苏轼所谓随物宛转、行云流水、“常行于所当行，止于不得不止”的诗学思想，意指熟练运用诗法而能称心随意，自由变化。所以，吕本中与苏轼一样，欣赏谢朓所谓“好诗圆美流转如弹丸”之论。吕本中诗中的“初如弹丸转，忽若秋兔脱”和“快若箭破的，圆于珠在盘”① 也是强调诗思快捷，笔法圆熟。当然，吕本中的“活法”与苏轼的“法度去前规”尚有一定的距离。他在论苏轼《眉子砚歌》等诗“出新意于法度”时，又担心“学者专力于此，则亦失古人作诗之意”。在他的心目中，前人的法度还占据着重要的位置，其“活法”的主要用意是破“死法”、“定法”，广泛博采众长，参悟多家诗法而自由变化，形成自己的特点。“活法”论提出以后，也产生过一些流弊，刘克庄说：“近时学者，往往误认‘弹丸’之论而趋于易。”但是，他紧接着又强调：“然则欲知紫微诗者，以《均父集序》观之，则知弹丸之语非主于易。”② 也就是说吕本中的“活法”圆熟论，本身并非庸凡俗易，其中规矩有法度在。倒是与吕本中同时的林季仲，论“活法”更接近于苏轼。其《苏诏君赠王道士诗后》云：

> 文章盖自造化窟中来，元气融结胸次。古今谓之活法，所以血脉贯穿，首尾俱应，如常山蛇势，又如风行水上，自然成文；又如优人作戏，出场要须留笑，退思有味。③

吕本中的“活法”论，还与他的道学人格论相联系。吕本中是诗人兼理学家，曾从理学家杨时游。他在诗人情性论上与黄庭坚相一致，主张道德涵养、心性修炼，达到“胸无一物，心中宽绰”、“胸中有余地”、

①《东莱诗集》卷三《外弟赵才仲数以书来论诗，因作此答之》、卷十三《永州西亭》。

② 刘克庄《后村先生大全集》卷九十五《江西诗派》。

③ 林季仲《竹轩杂著》卷六，《宋集珍本丛刊》第42册，线装书局2004年影印清光绪刻本。按，此文又见于张元干《芦川归来集》卷九。盖因林季仲号芦山老人，张元干号芦川老隐而混淆，待考。

"胸次绝尘滓"的境界。这种人格修养境界是吕本中"活法"论的主观内在基础。他在《外弟赵才仲数以书来论诗，因作此答之》说："胸中尘埃去，渐喜诗语活。"《别后寄舍弟三十韵》云："笔头传活法，胸次即圆成。"胸无窒碍，才能诗语圆活；笔头圆熟，则胸次疏朗。南宋后期的俞成在《萤雪丛说》里谓有"胸中之活法"、"纸上之活法"二说。吕本中的"活法"论，可以说是融二者为一体的。

"活法"论强调对前人诗法的领会重在自得。吕本中《江西宗派诗序》云："灵均自得之，忽然有入，然后惟意所出，万变不穷，是名活法。"① 自得的关键在于有所悟。吕本中又提出"悟入"论，《吕氏童蒙训》云：

> 作文必要悟入处，悟入必自工夫中来，非侥幸可得也。如老苏之于文，鲁直之于诗，盖尽此理也。

其《与曾吉甫论诗第一帖》亦云：

> 要之，此事须令有所悟入，则自然越度诸子。悟入之理，正在工夫勤惰间耳。如张长史见公孙大娘舞剑，顿悟笔法。如张者，专意此事，未尝少忘胸中，故能遇事有得，遂造神妙；使他人观舞剑，有何干涉。非独作文学书而然也。

"悟"是人类的一种最为基本的思维方式。《论语·述而》所谓"不愤不启，不悱不发"，举一反三，都是示人开悟。儒家重视"自得"、"自明"，但是因为重视"导问学"，下学上达，所以并不强调顿悟。《老子》《庄子》的"虚静"说也蕴含开悟的意思。佛家所谓的"教外别传，不立文字"，完全是建立在悟性的基础上。佛典有所谓"六通"、"慧觉"、"顿悟"、"渐悟"，即悟得一理，万理融彻②。受到佛典的影响，宋代理学也强调"悟"。《吕氏童蒙训》中转引了周行已谈其师程

---

① 转引自俞成《萤雪丛说》卷上，见《说郛》卷十五上。

②《法苑珠林》卷一百一十八云："以一念慧觉一切法。"佛教除了"拈花微笑"外又有"闻莺悟道"之说。《五灯会元》卷六："昔有僧因看《法华经》，至'诸法从本来，常自寂灭相'，忽疑不决，行住坐卧，每自体究，都无所得。忽春月闻莺声，顿然开悟，遂续前偈曰：'诸法从本来，常自寂灭相。春至百花开，黄莺啼柳上。'"

颐论学云：

> 先生教人为学，当自格物始。格物者，穷理之谓也。欲穷理，直须思始得，思之有悟处始可。不然，所学者恐有限也。

吕本中论“悟入”，与宋代理学精神是相一致的。“悟”的哲学论基础是万物一理，理一分殊，以及儒家的万物皆备于我的“天人合一”论和佛学的“万法惟心”论。“悟”是指人能够参透人生和外物之理的思维能力。人事和物理是相通的，悟得一处，则触处皆通，天地朗彻。“悟”既不是纯粹理性的推理，也不是纯粹的感性直觉，而是在长期专心熟参、思辨、积累的基础上，涣然有省，豁然洞彻，心无滞碍，左右逢源。以“悟”论诗，是宋代诗学的一个重要特点。在吕本中之前，陈师道《次韵答秦少章》云：“学诗如学仙，时至骨自换。”所谓“骨自换”，即是指由滞而通的开悟。与吕本中同时的李处权，云：“学诗如学佛，教外别有传。室中要自悟，心地方廓然。悟了更须坐，壁下三十年。他时一瓣香，未可孤老禅。”① 就是强调学诗要灵性开悟加上深造工夫。韩驹《赠赵伯鱼》云：“……学诗当如初学禅，未悟且遍参诸方。一朝悟罢正法眼，信手拈出皆成章。”② 宋人论“悟”，有时是指自然景物的偶然感发，心有所悟，而识诗意。如吴可《藏海诗话》云：

> 凡作诗如参禅，须有悟门。少从荣天和学，尝不解其诗云：“多谢喧喧雀，时来破寂寥。”一日于竹亭中坐，忽有群雀飞鸣而下，顿悟前语。自尔看诗，无不通者。

但是论“悟”更多的，还是指对于前人作品潜心玩味而有所得。吕本中的“悟入”就属于这种类型。从上面所引可以看出，吕本中论“悟”，尤其强调“工夫”。《紫微杂说》云：

> 学问功夫全在浃洽涵养，蕴蓄久之，左右采择，一旦冰释理顺，自然逢原矣。非如世人强袭取之，揠苗助长，苦心极力，卒无

① 李处权《戏赠巽老》，《崧庵集》卷二。

② 韩驹《陵阳先生诗集》卷一，《宋集珍本丛刊》第34册，线装书局2004年影印清宣统二年刊本。

所得也。

在《吕氏童蒙训》中吕本中多次用"常自涵养"、"涵咏"、"常玩味"、"熟味"、"详味"、"遍考"、"致思"、"详看"、"详读"等词语来表达对前代名家诗歌的"悟入"工夫，通过这种悉心涵咏玩味，来参悟前人创作的奥妙。这与黄庭坚所强调的"见古人用意处"，范温《潜溪诗眼》所谓的"学者先以识为主"都是相通的。吕本中论"悟"，还强调"专意此事，未尝少忘胸中"，这近似于佛教所谓"系念"①，即潜心凝虑地深造内运，保持活跃灵动的艺术感悟力，一旦有所触发，即触类旁通，豁然开朗。

吕本中的"悟入"和"活法"论，都还是在谈对前人经典作品的玩味考究。"悟入"是"活法"的基础。对前人创作的关捩处有所参悟，才能灵活掌握，变化自得。吕本中拈出"活法"二字，强调诗人创作的自由变化，对于那些拘守"死法"、"定法"的人来说是一声棒喝，也具有开悟愚蒙的意义。所以曾几《读吕居仁旧诗有怀其人作诗寄之》云："居仁说活法，大意欲人悟。"

但是一代诗风的流弊，靠少数人的理论警世，并不能够得到有效的遏止。在南宋高宗、孝宗时期，江西派诗歌并没有改变其生涩拗峭的毛病。"近世以来，学江西诗，不善其学，往往音节聱牙，意象迫切，且议论太多，失古诗吟咏性情之本意"。② 陈岩肖的《庚溪诗话》成书于淳熙年间，他描述当时江西诗派的诗弊说：

近时学其（按，指黄庭坚）诗者，或未得其妙处，每有所作，必使声韵拗捩，词语艰涩，曰"江西格"也。此何为哉？（卷下）

陈岩肖欣赏黄庭坚诗歌的"清新奇峭"，赞美吕本中、谢无逸的诗歌浑厚平夷，不见斧凿痕，是没有宗派之见的，但也无法容忍"江西格"的声韵拗捩、词语艰涩。声韵拗捩，的确是江西派诗歌较为普遍的缺点。黄庭坚就说过，"宁律不谐，而不使句弱"（《题意可诗后》），张耒尤为称赞黄庭坚诗歌"破弃声律"的特点(《王直方诗话》引)。宋人律

---

①《法苑珠林》卷二十四："如得六通，应当系念。"

② 刘克庄《后村诗话》引游然斋序张晋彦诗语，并肯定其言"切中时人之病"。

诗很少遵守唐律声韵和谐的规则，而是多拗捩，江西末流更是变本加厉。江西诗派主张无一字无来处，喜用僻典奇字，所以也有词语艰涩的毛病，这实际上昭示着江西诗派已经走上末路。陆游《读近人诗》云："琢琱自是文章病，奇险尤伤气骨多。"就是入室操戈，对江西派流弊的反思和批判。

吕本中的"活法"论和他创作上的圆熟诗风，带来了新的弊端，就是出现了庸熟俗易的创作风气。上文已引刘克庄说："近时学者，往往误认弹丸之论而趋于易。"就是指出后学者没有领会吕本中"活法"论的要义，而趋于俗易。真是"似我者俗，学我者死"。有鉴于出现了新的诗弊，陆游对于颇受宋人好评的"弹丸圆美"说也开始提出质疑："区区圆美非绝伦，弹丸之评方误人。"① 而前面我们曾提及的王庭珪，则提出"新诗不拾前人语，文彩风流自一门"，"要自胸中出机杼，不须剽掠傍人门"（《次韵向文刚三绝》之一、三，《卢溪集》卷二十），体现出南宋诗人突破江西派樊篱，另辟新径的勇气。

南宋诗坛的基本趋势就是对江西派的反省，从江西派入而不从江西派出②。陆游、杨万里、姜夔早年都取法江西诗学，而后来都有所醒悟，跳出江西派的窠臼，另立新旨。其中，陆游的戎马生涯，使得他对诗歌原理有了新的认识，他提出了向现实生活讨诗材，表现现实生活的看法。他把识物、穷理与读书看得同等重要，他说：

诗岂易言哉？一书之不见，一物之不识，一理之不穷，皆有憾焉。……大抵诗欲工，而工亦非诗之极也。锻炼之久，乃失本指，斫削之甚，反伤正气。（《何君墓表》）

我昔学诗未有得，残余未免从人乞。力孱气馁心自知，妄取虚名有惭色。四十从戎驻南郑，酣宴军中夜连日。打球筑场一千步，阅马列厩三万匹。华灯纵博声满楼，宝钗艳舞光照席。琵琶弦急冰雹乱，羯鼓手匀风雨疾。诗家三昧忽见前，屈贾在眼元历历。天机云锦用在我，剪裁妙处非刀尺。世间才杰固不乏，秋毫未合天地隔。放翁老死何足论，广陵散绝还堪惜。（《九月一日夜读诗稿有

---

① 陆游《答郑虞任检法见赠》，《剑南诗稿》卷十六。

② 郭绍虞《宋诗话考》，中华书局1979年版，第170页。

感走笔作歌》)

法不孤生自古同，痴人乃欲镂虚空。君诗妙处吾能识，正在山程水驿中。(《题庐陵萧彦毓秀才诗卷后》)

时代的苦难和个人的忧思，郁积为陆游胸中的感慨。陆游诗歌就是这种感慨的喷发："感慨常自悲，发为穷苦辞。"(《悲歌行》) 而这种感慨源自于现实，源自于诗人的生活和真情。所以陆游告诫儿子："汝果欲学诗，工夫在诗外。"(《示子遹》) 这正是江西派诗歌和诗学所缺少的。

杨万里早年也学江西诗派，但是中年以后幡然省悟，作诗师心自用，力主自成一家，他在《跋徐恭仲省翰近诗》中云："传派传宗我替羞，作家各自一风流。黄陈篱下休安脚，陶谢行前更出头。"杨万里论诗推崇李白、杜甫、苏轼、黄庭坚四大家。李白、苏轼的诗歌纵心所欲，任意施行，自我作古，文成法立。杜甫、黄庭坚从容于法度而变化自如，游刃有余。"苏、李之诗，子列子之御风也；杜、黄之诗，灵均之乘桂舟、驾玉车也。无待者，神于诗者欤！有待而未尝有待者，圣于诗者欤！"(《江西宗派诗序》) 这种"神"、"圣"的妙境，是他的诗歌理想。姜夔早年也学江西诗派，在《白石道人诗说》中也偶尔说"悟"、说"活法"，但是通过几年的摸索，姜夔认识到"学即病，顾不若无所学之为得"(《诗集自序》)，他的诗学的更高理想追求是"自然高妙"，已摆脱了江西诗派的束缚。

第四节　方回的江西定论及其理论新变

江西诗派在吕本中之后已成强弩之末，力量小者，依然在江西诗法中打转；力量大者，如陆游、杨万里等人，从江西诗派入而不从江西诗派出，能自出规模，各具面目。在南宋光宗、宁宗时期，诗坛上兴起了一股学晚唐的潮流，足以与江西诗派相抗衡。

北宋的诗歌和诗学，是从摒弃晚唐，对晚唐的批判中踏出来的。不论欧阳修、苏轼，还是黄庭坚，对晚唐诗歌都有过严厉的批评。很长一段时间里，大家都是排斥晚唐诗风的，一般都认为晚唐诗歌"失之太巧，只务外华，而气弱格卑"(吴可《藏海诗话》)，"格不高而有衰陋之气”（叶梦得《石林诗话》）。有所肯定的，不过是“造语成就”。就诗体而言，王安石、杨万里对晚唐绝句也有所肯定。而晚唐诗在北宋中后期和南宋高宗时期，地位都不高。直至叶适、“四灵”，学晚唐体才又蔚然成风。

“四灵”，指徐照、徐玑、翁卷、赵师秀。他们官职较低（徐照终身布衣），出处简约，生活清苦；诗歌以律体为主，清癯闲淡，雅致野逸。生活情趣和诗歌境界，与晚唐姚合、许浑等人较为相近。赵师秀曾编过《二妙集》，选贾岛、姚合诗歌为典范，其实他们的诗歌有姚合的清雅而无贾岛的精炼。“四灵”主要是在创作上流露出这种倾向，在理论上没有什么建树。“四灵”的影响，主要是通过叶适的提倡而产生的。叶适在《徐斯远文集序》中批评江西宗派“以夫汗漫广莫，徒枵然从之而不足充其所求，曾不如脰鸣吻决，出豪芒之奇，可以运转而无极也”，称赞近岁学者“已复稍趋于唐，而有获焉”。在《徐道晖墓志铭》中，叶适肯定徐照“发今人未悟之机，回百年已废之学，使后复言唐诗自君始，不亦词人墨卿之一快也！”叶适提倡事功之学，反对理学家空谈心性。在诗歌方面，有意识地宣扬“四灵”诗歌表现日常生活，抒发主观情怀，精选意象，锤炼字句的特点，以反拨乾道、淳熙以来理学家以诗谈性命、谈义理的风气。

“四灵”之后，在南宋理宗、度宗时期，诗坛上远离政治和文化中心的江湖诗人，效法“四灵”的晚唐诗风，以律体为主，以白描手法，缘物抒情，写景叙事。这些诗人的创作，胸襟狭窄，气局褊小，格调不高，纤仄浮弱。但是，在宋代江西诗派瘦硬生涩，理学诗枵然空洞、缺乏生趣的弊病日益暴露的时候，江湖诗派恢复了诗歌的抒情传统，远绍唐人触物兴感、缘情咏物的写作方式，在南宋后期，国势贫弱、危机四起的时代氛围里，还是引起了广泛的共鸣，产生了影响。在理论上，为江湖诗派造声势的是刘克庄。在《林子显诗序》里，刘克庄说：“近世理学兴而诗坏，惟永嘉四灵复为言，苦吟过于郊、岛，篇幅少而警策多。”（《后村大全集》九十八）刘克庄算起来是叶适的晚辈，但是曾受到叶适的器重。他批评“理学兴而诗坏”，应该是受到叶适的影响，鼓吹“四灵”也与叶适相一致。

刘克庄在《题蔡炷主簿诗卷》里论当时“晚唐体”之盛曰：“旧止

四人为律体，今通天下话头行。……由来作者皆攻苦，莫信人言七步成。”所谓“攻苦”，就是效法晚唐诗人的“苦吟”。但是，刘克庄也意识到“四灵”和江湖诗派气局狭小窘迫的缺点，他在《题程垣诗卷》里批评姚合、贾岛“缚律，俱窘边幅”。刘克庄对于当时的江西派末流和新起的江湖诗人的缺点都有明确的认识。他在《刘圻父诗序》里云：

余尝病世之为唐律者，胶挛浅易，窘局才思，千篇一体；而为派家者，则又驰骛广远，荡弃幅尺，一嗅味尽。

在《后村诗话》里，他评贾岛、姚合说：“贾太雕镌，姚差律熟，去韦、柳尚争等级。”刘克庄的诗学眼光从学晚唐中转移出来，有更向前取法乎上的意思①，他在《后村诗话》里论学晚唐的同时也列举了与李、杜同时的岑参、高适、王维等均为学习的对象。对于“永嘉诸人，极力驰骤，才望见贾岛、姚合之藩而已”，刘克庄已有不满，有“欲息唐律，专造古体”（《瓜圃集序》）的意向，追慕陶渊明、阮籍、韦应物、柳宗元的古体遗风。但是刘克庄并没有浓厚的复古倾向，对宋诗的新变，他在总体上是持肯定态度的。在《跋李贾县尉诗卷》里，他说：“然谓诗至唐犹存则可，谓诗至唐而止，则不可。本朝诗自有高手。杜、李，唐之集大成者也；梅、陆，本朝之集大成者也。”他曾依据吕本中的《江西诗社宗派图》，“取其全篇佳者，或一联一句可讽咏者，或对偶工者，各著于编，以便观览”，编辑成集，并作有《江西诗派小序》，其中论黄庭坚云：

豫章稍后出，会萃百家句律之长，究极历代体制之变，搜猎奇书，穿穴异闻，作为古律，自成一家。虽只字半句不轻出，遂为本朝诗家宗祖。在禅学中比得达摩，不易之论也。（《历代诗话续编》本）

对于江西诗派的后学赵蕃、韩淲（二泉），刘克庄推崇他们“为大家数”（《序赵逢原诗》）。可见在诗学旨趣上，他具有调和江西、江湖的

① 刘克庄《野谷集序》论赵汝鐩诗说：“订其品，自元和、大历溯于建安、黄初者也。”即溯流而上的意思。

倾向。刘克庄论诗强调“雄浑”、“气力”，是有意弥补江湖诗派的轻弱清薄。在《后村诗话》中，刘克庄称赞刘梦得诗“雄浑老苍，沉著痛快，小家数不能及”，推崇杜甫五言诗“感时伤事”，有“气骨”，不落晚唐之卑弱。他也肯定赵戣五、七言律诗宗法晚唐，而能“稍超脱，不为句律所缚”，“歌行中悲愤慷慨，苦硬老辣者，乃似卢仝、刘叉”（《题赵戣诗卷》）。由精工刻造而至雄浑高古之境，吟咏情性而能简淡微婉，是刘克庄的诗学追求。但是，刘克庄的诗歌创作与此距离尚远，四库馆臣论刘克庄诗歌云：

> 诗派近杨万里，大抵词病质俚，意伤浅露。故方回作《瀛奎律髓》极不满之。然其清新独到之处，要亦有未可尽废者。（《四库全书总目〈后村集〉提要》）

南宋中后期，晚唐诗体的流行，大约有近百年的时间，江湖诗派的衰茶疲沓之气，弥漫诗坛，反映了末世王朝士人精神的衰丧，也招致了人们的批评。熊禾在《题童竹涧诗集序》中云：“近代诗人，格力微弱，骎骎晚唐五季之风，虽谓之无诗，可也。”（《勿轩集》卷一）张之翰在《跋王吉甫直溪诗稿》中云：“近时东南诗学，问其所宗，不曰晚唐，必曰四灵；不曰四灵，必曰江湖。盖不知诗法之弊，始于晚唐，中于四灵，又终江湖。”（《西岩集》卷十八）在理论上矫正江湖诗派而另有建树的，主要有严羽和方回。严羽提出宗法汉魏盛唐的主张，对明清诗论产生了深刻的影响，我们放在下一章，这里主要论述方回的诗学。方回诗论的矛头主要是针对当时弥漫的江湖诗派，而其理论主张则在于张扬江西诗学，当然他在阐发江西诗学时，也体现出自己在新的时代氛围中的新见解。

方回与吕本中一样，思想上具有浓厚的道学色彩，但是，他的道学思想并没有怎么严重地裹杂到他的诗歌理论中去。吕本中论诗，重在宗派内部的纠偏，而方回论诗，则是应对诗派之外的压力而强调尊统，重新确立江西诗派的正宗统绪。方回晚年回忆说：“六十年前欲冠时，江湖声价已飚弛。”（《赠徐瓢翁乎二首》之二）而他论诗的一个重点，就是对江湖诗风展开攻击，他在诗文序跋、《瀛奎律髓》评点中，处处树江湖诗派为批判的靶子。方回书《春半久雨走笔五首》后云：“回二十学诗，今七十六矣。七言决不为许浑体。”“七许浑五姚合”，许浑的七言律体，姚合的五言律体，为江湖诗派所标举的律诗范型，而方回则坚决不学许浑，他标举的是黄庭坚、陈师道的律诗。方回在《过李景安论诗为作长句》中云：

> 三百年来工五、七，追《雅》娩《骚》谁第一？独闻彭城陈正字，向来得法金华伯。终古不朽语言在，以诗教人人不识。善学少陵而不为，殆如孟子不言《易》。……姚合、许浑精俪偶，青必对红花对柳。儿童效之易不难，形则肖矣神何有？求之雕刻绘画间，鹄乃类鹜虎胜狗。

陈正字，即陈师道；金华伯，即黄庭坚。方回从一开始就对江湖诗派的诗风保持警惕。其《次韵邓善之论诗》云：“江湖无正色，龋齿亦嫣然。”《学诗吟》云：“江湖近一种，禽虫鸣啁啾。”《读子游近诗复次前韵二首》之一云：“江湖流辈互相高，刻楮抟沙漫自劳。孰肯剖肠湔垢滓，始能落笔近《风》《骚》。”对于“江湖诗人”之干谒权贵，方回是不齿的。他评戴复古《岁暮呈真翰林》诗：“止于诉穷乞怜而已，求尺书干钱物，谒客声气，江湖间人皆学此等衰意思，所以令人厌之。”（《瀛奎律髓》卷十四）在《孟衡湖诗集序》里，他甚至说学晚唐者“遽以是晚人之国，不祥莫大焉”，意即南宋之亡国，江湖诗派脱不了干系。他在《恢大山西山小稿序》中沉重慨叹曰：

> 炎祚将讫，天丧斯文。嘉定中忽有祖许浑、姚合为派者，五、七言古体，并不能为。不读书亦作诗，曰学“四灵”，“江湖”晚生皆是也。呜呼痛哉！

综合来看，他指出永嘉“四灵”和江湖诗派的弊病主要在于——“诗格卑”（《学诗吟》自注）；“词工格乃平”（《秋晚杂书三十首》之十七）；学许浑体，“作偶俪妩媚态”（《读张功父南湖集并序》）；“骨弱瞳昏俗不治”（《题孙元京近诗》）；“水心之学刻画，后村之诗卑陋”（《送缪鸣阳六言》）；“必搜索细碎以求新”（《瀛奎律髓·杜审言〈登襄阳城〉》批语）；“（许）浑太工而贪对偶”（《瀛奎律髓·刘沧〈经炀帝行宫〉》批语）；“工有余而味不足”（《瀛奎律髓·许浑〈春日题韦曲野老邨舍〉》批语）；许浑诗“体格太卑，对偶太切。……近世晚进，争由此入，所以卑之又卑也”（《瀛奎律髓·许浑〈晓发鄞江北渡寄崔韩二先辈〉》批语）。这些批评总体上说是较为中肯的。“四灵”学贾岛和姚合，尊之为“二妙”，方回则细致地辨别贾岛与姚合的区别：

姚合学贾岛为诗，虽贾之终穷，不及姚之终达。然姚之诗小巧，而近乎弱，不能如贾之瘦劲高古也。（《瀛奎律髓》卷十一姚合《闲居晚夏》批语）

他认为姚合律体“格卑于岛，细巧则或过之”，而气象褊狭：

予谓诗家有大判断，有小结裹。姚之诗，专在小结裹，故四灵学之，五言八句皆得其趣，七言律及古体则衰落不振；又所用料不过花、竹、鹤、僧、琴、药、茶、酒，于此几物一步不可离，而气象小矣。是故学诗者，必以老杜为祖，乃无偏僻之病云。（《瀛奎律髓》卷十姚合《游春》批语）

方回论诗，重瘦硬枯劲，所以能认识到贾岛诗格之瘦劲高古，而且作诗也向贾岛学习。其书《春半久雨走笔五首》后云：“五言，回慕后山苦心久矣，亦多退为平易，中有阆仙之敲，而人不识也。”

方回比较江西诗派和江湖诗派云：

江西诗，晚唐家甚恶之，然粗则有之，无一点俗也。晚唐家吟不著，卑而又俗，浅而又陋，无江西之骨之律。（《瀛奎律髓》卷四十七吕本中《寄璧公道友》批语）

方回是自觉地站在江西诗派的立场，扫荡江湖诗派的风气，捍卫江西诗派的统绪。

在江西诗派的理论建设上，方回提出了“一祖三宗”的说法：

呜呼！古今诗人当以老杜、山谷、后山、简斋四家为一祖三宗，余可预配飨者有数焉。（《瀛奎律髓》卷二十七陈与义《清明》批语）

他批《甘露寺》也说："惟山谷法老杜，后山弃其旧而学焉，遂名'黄陈'，号江西派，非自为一家也，老杜实初祖也。"此前，叶适在《徐斯远文集序》中说："庆历、嘉祐以来，天下以杜甫为师，始黜唐人之学，而江西宗派章焉。"但是两人褒贬态度截然相反。师法杜甫，是黄庭坚、陈师道、吕本中等人的基本观点，但是，宋代也出现过"今少陵之诗，后生少年不复过目"的现象，所以胡仔《苕溪渔隐丛话》提倡"欲学诗者，师少陵而友江西"。而方回把杜甫确立为江西诗派之祖，其用意是要为诗坛树立更为崇高的目标。他指出的诗学路线是"由陈入黄据杜坛"（《过李景安论诗为作长句》）；"少陵一老擅古今，学所从入须黄陈"（《赠江东李提学浩》）。这也只是发挥陈师道所谓"先黄后韩"，"由黄韩而为老杜"的说法，不过把黄、韩变为黄、陈而已。

把黄庭坚和陈师道列入三宗，与吕本中的意思相同，是江西诗派的共同主张，不需详说。方回的独特之处是把陈与义纳入江西诗派，名列三宗之一。陈与义与吕本中大体同时，都经历过宋室南渡的历史动荡，但是这样的历史动荡，在吕本中的诗歌和诗论中没有什么表现，而陈与义亲历兵火、辗转漂泊，他的诗歌中更多地表现出了时代的苦难与人生的悲怆。他的《重阳》诗云："如许行年那可记，谩排诗句写新愁。"《茅屋》云："时序添诗卷，乾坤进酒杯。"他自觉体验到如同建安乱世中诗人的情怀，也把建安诗歌视为自己的创作目标："深知壮观增诗律，洗尽元和到建安。"（《周尹潜雪中过门不我顾遂登西楼赋诗见寄次韵谢之三首》之二）又云："诗成建安子。"（《送张迪功赴南京掾二首》）陈与义的诗，是现实人生感受的兴寄。他的《春日二首》之一云："忽有好诗生眼底，安排句法已难寻。"这是诗人乱世慷慨多气的诗兴，所以他"题诗不用著工夫"，与当时的江西诗派矻矻锤炼诗法不同，在诗学上他能够摆脱苏、黄的束缚，"要必识苏、黄之所不为，然后可以涉老杜之涯涘"（《简斋集原引》），卓然自辟蹊径，别成一家。南宋末与方回同时的刘辰翁就有"宋诗，简斋至矣"之赞(《简斋诗集序》)。刘克庄高度评价陈与义云："造次不忘忧爱，以简严扫繁缛，以雄浑代尖巧。第其品格，故当在诸家之上。"（《后村诗话》卷二）罗大经云："自陈、黄之后，诗人无逾陈简斋。其诗由简古而发秾纤，遭值靖康之乱，崎岖流落，感时恨别，颇有一饭不忘君之意。"（《鹤林玉露》卷十六）这可能是因为相似的时代境遇，使得他们能够从陈与义的诗歌中获得情感共鸣。方回对陈与义的赞美，更是如此。在《过李景安论诗为作长句》里，他提出黄庭坚、陈师道“善学少陵而不为”后说：“尚有简斋横一枝。”方回诗云：“吾所学诗伯，近世惟二陈。”（《西斋秋感二十首》之十九）二陈，即陈师道和陈与义。在《瀛奎律髓》的评点中，他甚至说过，“简斋诗逼老杜”，“简斋诗即老杜诗也”。在具体评点中，他用“悲壮激烈”、“恢张悲壮”、“高格英风”、“气势浑雄”、“规模广大”等词来指称陈与义诗歌的特点。而这种种风格与此前江西诗派的理论主张并不是一致的。陈与义的诗歌，把时代的苦难与个人遭际融合在一起，歌唱诗人的壮烈情怀。这种创作特征，既切合方回所处时代的精神要求，可以振作江湖诗人的精神萎靡，又突破了江西诗派于句中讨生活的狭隘，把诗人的眼光转向现实生活，表现真切的人生情怀。从这个意义上说，方回把陈与义纳入到江西诗派中来，是在新的时代背景和诗歌环境中对江西诗学的一种弥补和发展。方回的这个思想，也是吸收了此前陆游的某些主张。陆游一生的诗歌是“欢意无多感慨多”（《雨中游东坡》）。方回为陆游诗歌的悲壮精神所感染：“曩读剑南集，几夜挑孤灯。今兹一再读，愤气填我膺。”（《读放翁诗作》）他经常拿自己与陆游相比：“我如陆务观，平生诗万首。”（《学诗吟十首》之九）当然，方回的时代，大势已去，他只能“哓夕惟战兢”（《读放翁诗作》），作诗也只是“寒苦啼秋虫”（《以采菊东篱下悠然见南山为韵赋十首》之三），没有陆游的豪迈壮烈情怀。但是，正如他抒发自己读杜甫诗的感受那样：“处处苦战斗，言言悲乱离。其间至痛者，莫若《八哀诗》。我无此笔力，怀抱颇似之。”（《秋晚杂书》）方回也有悲怆的怀抱，他是借赞叹杜甫、赞叹陈与义来表达自己的悲怆心情，通过对杜甫和陈与义创作精神的激赏，来提倡诗歌表现时代苦难和抒发乱世情怀的创作道路。这是他对江西诗学的理论发展。

方回对陈与义诗歌的推崇，集中到一点就是“格高”。他评陈与义《十月》云：“简斋诗独是格高，可及子美。”（《瀛奎律髓》卷十三）在其他地方他也多次称道陈与义诗歌“高峭”，“不胜高耸，自是一种风调”。“格高”是方回诗论的一项重要主张。他在《诗思十首》里说：“格高为第一，意到自无双。”其《唐长孺〈学艺圃小集〉序》也提出：

“诗以格高为第一。”他自称“创为格高、格卑之论”，其用意在于“为近世之诗人言之也”，即针对宋季“四灵”和江湖诗派而发。前面我们已经论及方回批评“四灵”和江湖诗派胸襟狭小，气局褊窄，格调卑弱浮俗。他提出“格高”论，就是要拯救诗坛的这种弊端。他批评近世诗风“刻削以为新，组织以为丽，怒骂以为豪，谲觚以为怪，苦涩以为清，尘腐以为熟”（《跋遂初尤先生尚书诗》），就是“格卑”；推崇阮籍、嵇康、陶渊明、陈子昂、杜甫、元结、韩愈、柳宗元、刘禹锡、韦应物、欧阳修、梅尧臣、苏轼、黄庭坚、陈师道、陈与义、张耒，以及近世陆游、杨万里、范成大、尤袤等人为“格高”，并推举其中陶渊明、杜甫、黄庭坚、陈师道四人“格之尤高”。这正是以“格高”为标准，梳理一条诗歌传统，来纠正江湖诗派的卑弱。

“格”是江西派诗论的重要范畴。黄庭坚论诗要“不俗”，讲究“韵”，要“气格超俗”，就是指诗格要高。但其主要内容一方面是指内心道德修养的淳厚超拔，不为世俗所浸染；另一方面是指诗歌体貌的瘦硬超健，特立不凡。方回论“格”，也有指诗歌体貌风格瘦硬劲健的意思，这是江西诗派的基本风格。如他评陈师道《登快哉亭》“全篇劲健清瘦，尾句尤幽邃，此其所以逼老杜也”；评陈师道《早春》“极瘦有骨，尽力无痕”。陈师道诗歌的瘦劲，多来自于杜甫。方回评杜甫《曲江陪郑八丈南史饮》云：“后山得其法，故多瘦健者，此也。”在方回看来杜诗是诗格的典范。他在《读张功父南湖集并序》里大量列举杜甫诗句后评论说：“此等诗不丽不工，瘦硬枯劲，一斡万钧，惟山谷、后山、简斋得此活法，又各以其数万卷之心胸气力，鼓舞跳荡。”方回《题郭熙雪晴松石平远图为张季野作是日同读杜诗》云：“书贵瘦硬少陵语，岂止评书端为诗。”诗歌与书法一样，以瘦硬苍劲为美。方回自己作诗也追求这种风格。在《读放翁诗作》里，他自我表白云：“虚翁亦嗜诗，瘦骨枯崚嶒。”《赠孙元京近以诗见示二首》云：“未妨全瘦劲，却恐太幽深。”这瘦硬劲健，骨立超俗，就是江西诗派的诗“格”。方回认识到宋季江西末流“太粗疏”的毛病，所以崇尚“高格”以救之。

矫正江西末流“太粗疏”的另一个手段，是追求诗歌的古淡有味。这个思想在方回对梅尧臣诗歌的激赏态度中表现出来。梅尧臣论诗，主张“状难写之景如在目前，含不尽之意见于言外”（欧阳修《六一诗话》引），也就是写景真切而意味隽永的意思，这实际上是属于唐诗的美学范型，他自己的诗歌也近唐风。所以，方回评梅尧臣诗也说：“宋诗与唐不异者，梅都官尧臣为最。”“梅诗似唐，而不装不绘，自然风韵。”（《瀛奎律髓》卷四评梅尧臣《宣州二首》）他推赏梅尧臣诗歌“淡而有味”、“有滋味，亦工致”的风格，甚至说：“今学者学四灵诗，曷不学圣俞乎?”（《瀛奎律髓》卷四评梅尧臣《送任适尉乌程》）梅尧臣的诗，与黄庭坚、陈师道的瘦劲高格不同，但是，梅尧臣诗歌“真言写实事，组刻全屏除”，正可矫江湖派堆垛景物、组织刻削之弊。所以，方回《学诗吟》云：“宋诗孰第一，吾赏梅圣俞。绰有盛唐风，晚唐其劣诸。”甚至认为五言律诗“宋人当以梅圣俞为第一，平淡而丰腴，舍是则又有陈后山耳”（《瀛奎律髓》卷一评陈与义《与大光同登封州小阁》），在陈师道五律之上。方回的诗歌创作，并非如黄、陈的瘦硬劲健，而是多清癯古淡，“退为平易”，“晚节诗如白乐天”（《丁酉元日年七十一》）。正如他自己所说：“未能全劲瘦，已觉近平和。”（《题魏公辅诗卷》）这是在瘦劲之外，取法梅尧臣的古淡，这种古淡有味的风格，正是江西末流与江湖诗派所缺少的。这是他的诗歌风格论对江西诗学的新变之处。

方回论“格”的另一个重要的内涵，是强调诗歌的抒情性，特别是重视抒发衰乱之世诗人的人生体验和悲壮情怀，这与黄庭坚之重视道德涵养和心性自省是有区别的。黄庭坚所谓“吟咏情性”，是要出于蔼如忠义，要情性平和而胸次释然。但是方回的时代是“汩汩犹群盗，时时有战尘”，方回的人生是“老身余长物，故友尽穷人”（《赠送鹤田李元晖》），所以他虽然也受道学思想的浸染，但是对于诗歌抒发哀伤之情却是持肯定态度的。他《送罗架阁弘道并序》说：

> 诗之音，安以乐，吾侪之所愿也。不得已而至于哀以思，岂诗人之所愿哉！盖成败兴替，天也，而人不能无情。……怀昔悼今，其音哀以思，哀而伤，亦人情之所不能已也。

方回就是拿这个思想来评杜诗的。如他评杜甫《旅夜书怀》云：“痛愤哀怨之意多，舒徐和易之调少，以老杜之为人，纯乎忠襟义气，而所遇之时丧乱不已，宜其然也。”与黄庭坚所谓“千古是非存史笔，百年忠义寄江花”（《次韵伯氏寄赠盖郎中喜学老杜之诗》）相比，方回更看重杜甫在乱世风衰俗怨中的“痛愤哀怨”情感。《瀛奎律髓》卷三评崔涂《过陶征君旧居》云：

> 荒淫亡国之主，奸邪误国之臣，诗人必诋其遗迹而数其罪；至于英主贤臣，则美之不容口，其或子孙已微，陵谷已变，犹惓惓焉伤悼悲痛。读此诗者可以类推矣。然后知善不可不修，恶不可不戒，无曰庄生“齐物”而可以懵然于身后也。

这些议论已经在一定程度上突破了宋儒所秉持的“温柔敦厚”论，是黄庭坚和宋代许多具有浓厚道学色彩的诗论家所没有的思想。方回的诗歌评论，多重视诗歌的现实感慨。《仇仁近百诗序》解释苏武、李陵、建安七子、陶渊明、谢灵运，以及唐宋诗人能够“笔传口授于世而不朽”的原因，说：

> 气有所抑而难宣，意有所未易喻，时有所触，物有所感，事有所不可直指，形之为诗，则一言片语而尽之矣。故挚华为实，锻粗为精，文约而义博，辞近而旨远，惟诗为然。

《瀛奎律髓》的评点，多张扬前人诗歌抒发感慨的特点，如评陈子昂《岘山怀古》“悲壮感慨，即无纤巧”；评杜甫《阁夜》“卧龙跃马终黄土，人事音书漫寂寥”两句“谓诸葛、公孙贤愚共尽，‘孔丘盗跖俱尘埃，玉环飞燕皆尘土’，一意感慨豪荡，他人所无”；评白居易《解苏州自喜》“本是自然胸怀，无粉饰也”；比较杜甫与柳宗元“杜诗哀而壮烈，柳诗哀而酸楚，亦同而异也”（《瀛奎律髓》卷四评柳宗元《柳州峒氓》）；评张祜《金山寺》“大历十才子以前，诗格壮丽悲感；元和以后，渐尚细润，愈出愈新，而至晚唐”，这些与前面所论及的方回评陈与义“诗格高”意思是相一致的。对于王安石的诗歌，过去一般赞其对偶精严，而方回评曰“苦于对偶太精，而不脱洒”（《瀛奎律髓》卷四评《鲁山山行》），寓有不满之意，就是因为王诗“有工致而无悲壮，读之久则令人笔拘而格退”（《瀛奎律髓》卷十六评王安石《壬辰寒食》）。无悲壮，则格退，可见方回“高格”论的独特内涵。方回在评论前人诗歌时，有时还用“骨”来形容其格高，如评赵蕃《十一月五日晨起书呈叶德璋司法》“句句是骨，非晚唐装点纤巧之比”；论陈师道诗“全是骨，全是味，不可与拈花簇叶者相较量也”（《瀛奎律髓》卷十六评陈师道《元日》）。他在标举“格”、“骨”时，处处蕴含着对江湖诗派衰落不振、气象狭小的抨击。用方回自己的话来说，“格高”是“大判断”，而气象狭小只是“小结裹”（《瀛奎律髓》卷十评姚合《游春》）。方回自己的诗歌，“岳耸河奔争气势，霜严月朗借精神”（《次韵谢董君读予诗稿》），多表现易代的人生遭际，多触目时艰之感。其《赵西皋明叔集序》借赵明叔的话，“谓予所作有气骨，不作江南诗人软媚态”，他认为有“气骨”、触事及物、坦露情怀、胸胆开张，就是“格高”。方回诗云：

> 劲瘦元弘博，凄酸忽壮豪。为诗兼众体，此事属吾曹。（《桐江续集》卷一《仲夏书事十首》之七）

“劲瘦元弘博，凄酸忽壮豪”两句，很准确地概括了上面所论方回“高格”的两方面涵义。“劲瘦”是江西派的基本风格，在江湖诗派卑弱诗风流行的时候，方回强调“劲瘦”，是有特殊意义的，而且，他还重视梅尧臣的“古淡”。古淡与劲瘦结合，律熟句妥，自然浑成，便会达到“骤观布置如平易，徐认萦回极杳深”（《次韵连伯正见赠》）的境界。“凄酸忽壮豪”是两宋江西诗派所缺少的精神内涵，只有在陈与义、陆游等人的诗歌中，才寄寓着这种现实悲感和豪气。

吕本中的《江西宗派图》，他自称为少年戏作，时人也多有不满之意，但其却在诗学史上首先确立了一个宗派的存在。方回也具有强烈的宗派意识。他通过对宋诗史的梳理，不仅确证江西诗派的存在，而且把这一派延续至宋末。方回的《送罗寿可诗序》是一篇宋诗史论。他把宋代诗史划分为这样几个阶段：首先是“宋划五代旧习”，出现了李昉、徐铉、王禹偁等的“白体”，杨亿、刘筠等的“昆体”，“九僧”、寇准、林逋等的“晚唐体”。至欧阳修、苏舜钦、梅尧臣出，“晚唐体”于是退舍。其后，又有苏轼和王安石。欧阳修和苏轼都崇尚李白、韩愈，而黄庭坚则专杜诗。陈师道、吕本中师法黄庭坚，黄致广大，陈极精微，吕得活法，影响甚巨。只有张耒“自然有唐风，别成一宗”。南渡后宋诗以陈与义、曾几为巨擘。乾道、淳熙以来，范成大、杨万里、陆游、萧千岩、朱熹，号称中兴。在宋季江湖诗派泛滥的时候，还有赵汝谈、赵汝说兄弟，韩淲和赵蕃挺立其间，卓尔不群。据《瀛奎律髓》卷二十所述，赵汝谈曾对江湖诗人戴复古诗持有不满，批评其“轻俗”。而赵蕃、韩淲则是沿着吕本中、曾几一派而来，“正脉不绝”（《次韵赠上饶郑圣予诗序》）。方回评赵蕃诗“参透江西，而近后山。此殆迫老杜矣”（《瀛奎律髓》卷二十四评赵蕃《送赵成都二首》）。方回的这一番梳理，是有意恢弘江西诗派的统绪，把江湖诗派逐出诗坛。这种争正统意识，在方回《瀛奎律髓》评点中，随处可见：

> 老杜诗为唐诗之冠，黄、陈诗为宋诗之冠。黄、陈学老杜者也，嗣黄、陈而恢张悲壮者，陈简斋也；流动圆活者，吕居仁也；清劲洁雅者，曾茶山也。七言律他人皆不敢望此六公矣。若五言律诗，则唐人之工者无数……。此余选诗之条例，所谓正法眼藏也。（《瀛奎律髓》卷一评陈与义《与大光同登封州小阁》）
>
> 予平生持所见，以老杜为祖，老杜同时诸人，皆可伯仲。宋以后，山谷一也，后山二也，简斋为三，吕居仁为四，曾茶山为五，其它与茶山伯仲亦有之，此诗之正派也，余皆傍支别流，得斯文之一体者也。（《瀛奎律髓》卷十六评陈与义《道中寒食二首》）
>
> 老杜之后，有黄、陈，又有简斋，又其次则吕居仁之活动，曾吉甫之清峭，凡五人焉。（《瀛奎律髓》卷二十四评陈与义《送熊博士赴瑞安令》）

这是方回为江西诗派所确立的“定论”。

第四章
宋代诗论的道学气象

【内容提要】诗学主体论从“感物兴情”转向“以意为主”，其一个表征是宋代理学家认为诗是诗人主体道德人格和精神境界的感性显现。“学道休歇”者，诗风则自然平淡闲暇，因此宋诗崇尚“韵味”，论诗重自得会意，在具体的诗歌评论中体现出重视性情之和、义理之正的特点，彰显一种道学气象。

与汉唐的注疏之学不同，宋代经学重在阐发义理，后代称之为“道学”或“理学”。宋代道学的基本特点是内转，转向对主体心性的思索和探究，注重涵养主体的道德人格，提升主体的精神境界。这是宋代士人主流文化的基本特征，姑且称之为“道学气象”。这一章里，主要阐释道学气象在宋代诗歌审美意趣、诗歌评论实践、诗歌鉴赏理论等方面的体现。这是理学语境中的诗歌论。

第一节　尚“韵”的审美意趣

“韵”是宋代士大夫艺术生活中最为基本、最为普遍的审美意趣。正如范温所言：“自三代秦汉，非声不言韵；舍声言韵，自晋人始；唐人言韵者，亦不多见，惟论书画者颇及之。至近代先达，始推尊之以为极致。”①

“韵”的本义是声音之和，早期一般用于称赞音乐之美，如曹植《白鹤赋》云：“聆雅琴之清韵。”魏晋时期，“韵”常用于人物品鉴，如《世说新语》及刘孝标注等文献中，常常用“风韵”、“性韵”、“高韵”、“神韵”、“气韵”、“远韵”、“玄韵”等词来论人。这里的“韵”多是指在魏晋玄学风气下士人超逸、萧散、畅达、简远、拔俗的精神境界。如《世说新语》中称赞杨乔“有高韵”。何为“高韵”？刘注引荀绰《冀州记》曰，杨乔“爽朗有远意”。“爽朗有远意”正是魏晋玄学的精神风貌。从这个时候起，“韵”就不仅仅是一个关于音律、音调的范畴，而是指人的一种精神境界。

唐人论“韵”，除了通常的音律、声音之和外，还有余韵、韵味的意思，如司空图提出“韵外之致”、“味外之旨”，就是指作品言已尽而意无穷，具有幽深邈远的余味，值得反复品玩。当然这“韵味”，跟人的精神境界还是有关系的，如司空图批评元稹、白居易“力勍而气孱，乃都市豪估耳”，自然也就难得有“韵味”。不过，唐人较少把“韵”与人的精神境界直接联系起来。

宋人多斥责晚唐诗歌，在他们看来，晚唐诗歌的严重弊病就是“气韵甚卑”（《蔡宽夫诗史》）。这不仅仅是指诗歌气局狭窄、格调不高，更是指主体人格精神的卑弱。宋人之所以崇尚主体人格精神，崇尚“韵”，就是要裨救晚唐气韵卑弱之失。

宋人论艺尚“韵”的意趣，与他们的人格论是紧密联系在一起的，或者说“韵”就是宋代士人的理想人格在艺术世界中呈现出的风貌。自北宋前期，新兴的道学就强调主体内在道德品性的修养和心性意志的现实超越性，试图挺立起孟子的“浩然之气”来矫正俗弊、引导世风、影响政治。这种主体人格论同样表现在宋代诗学中，如黄庭坚论诗首先重视诗人之“基”，即人格品性的醇厚渊粹。宋代人格论，有两个突出的特征：一是从外在世界的依附中解脱出来，不为外物所迁，志有所

① 范温《论韵》，郭绍虞《宋诗话辑佚》，中华书局1980年版，第373页，郭绍虞转录自钱锺书《管锥编》。按，原载于《永乐大典》卷八百零七。

守。从屈原的“发愤以抒情”，到韩愈的“不平则鸣”，乃至欧阳修的“穷而后工”，都是强调诗歌表现诗人的现实遭遇。在文祸频发的宋代，这种创作精神依然在延续。但是，宋代诗学的主流精神，不是因外物得失、个人穷达而忽喜忽悲，而是强调心有定志，“不以物喜，不以己悲”。前面我们已经引述苏轼所谓“君子可以寓意于物，而不可以留意于物”，黄庭坚所谓“决定不是物，方名大丈夫”，“心随物作宰，人谓我非夫”，都是强调人应该从自然外物和社会名利缰锁的束缚中解脱出来，志有所存，心有所守。宋代理学对于“外物”是持一种警戒态度的。朱熹论人心“流而入于不善”的原因，就是因“其诱于物而然”①。陆九渊的“心外无物”论，更是弘扬主体心性对物质世界的超越。从这种思想出发，典型的宋诗不是要抒发外物之感、一己之悲，而是要坦露性与天通的意志，表现心中之道。陈师道《颜长道诗集序》云：

> 万物者，才之助。有助而无才，虽久且近，不能得其情状，使才者遇之，则幽奇伟丽无不为用者；才而无助，则不能尽其才。然则待万物而后才者，犹常才也。若其自得于心，不借美于外，无视听之助，而尽万物之变者，其天下之奇才乎！

这里所谓的“才”，与“万物”相对，就是指诗人的主体精神世界。陈师道所谓“待万物而后才”的常才，就是过去“感物而动”的创作方式；而“自得于心，不借美于外，无视听之助，而尽万物之变者”则是宋代“写意”诗学的创作方式，体现出主体意志对外物世界的超越。

宋代人格论的另一个特征是对情感的超越，不为情欲所蔽。从魏晋到晚唐诗歌都是崇尚感情，不论是山水之情、讽谕之情，还是豪放之情、衰飒之情，诗歌都是以表现情感为归宿。但是到了宋代，黄庭坚论“吟咏情性”时，已经排斥了“强谏争于庭，怨忿诟于道”的激烈情感，而要诗人“忠信笃敬，抱道而居”。道学家的主体论，更是对情感持节制态度。朱熹提出“以性节情”论，云：“有是形，则有是心；而心之所得乎天之理，则谓之性；性之所感于物而动，则谓之情。是三

① 朱熹《答游诚之》，《晦庵先生朱文公文集》卷四十五，《朱子全书》第2062页。

者，人皆有之，不以圣凡为有无也。但圣人则气清而心正，故性全而情不乱耳。学者则当存心以养性，而节其情也。”① 其《诗集传序》称赞《周南》《召南》“得其性情之正”，此后魏了翁、真德秀等人都对此说加以引申发挥②，一般诗论家也认同其说。如方逢辰云：“诗所以吟咏性情而已矣。感物而动，矢口而言，不失其性情之正，斯可也。”③ 一直至明、清时期，“得性情之正”也是一些诗论者持守的一项基本原则。魏晋隋唐论诗，重缘情发兴，宋代道学论诗则近乎白居易所谓“咏性不咏情”，提出“作诗知‘道’始为工”④。而对诗歌抒发一己穷通之情，道学家是有所批评的。邵雍《伊川击壤集序》云：

> 且情有七，其要在二，二谓身也，时也。谓身则一身之休戚也，谓时则一时之否泰也。……近世诗人穷戚则职于怨憝，荣达则专于淫佚，身之休戚发于喜怒，时之否泰出于爱恶，殊不以天下大义而为言者，故其诗大率溺于情好也。噫，情之溺人也，甚于水！⑤

对“溺于情好”的警戒，虽然可以追溯到《诗大序》的“发乎情，止乎礼义”，但更是宋代道学家的话头，而一般的诗论家，也表现出相似的态度。如吴可《藏海诗话》批评杜荀鹤“时挑野菜和根煮，旋斫青柴带叶烧”两句诗，“盖不忌当头，直言穷愁之迹，所以鄙陋也”。一般来说宋代道学或受到道学影响的诗论，更重视诗歌“理性情”的意义。詹初曰：

> 程子论诗云：“费尽一片心，用在五字上。”言作诗之无益也。愚谓诗以理性情，只是道性情之真，取以适吾性而已。若字字句句去雕琢出来，便觉费力；费力便不是性情之真了；且一心攻他，亦

---

① 朱熹《答徐景光》，《晦庵先生朱文公文集》卷六十四，《朱子全书》第3128页。

② 见魏了翁《吕氏读诗记后序》，《鹤山集》卷五十一；真德秀《问兴立成》，《西山文集》卷三十一。

③ 方逢辰《汪称隐松萝集序》，《蛟峰文集》卷四。

④ 姚勉《题云窗》，《雪坡舍人集》卷十一。

⑤ 邵雍《伊川击壤集序》，《伊川击壤集》，《宋集珍本丛刊》第7册，线装书局2004年影印元刻本。

是玩物丧志之例。①

宋代道学人格论的这两个特点，将主体从外物的束缚中挣脱出来，将情欲从主体心性中排除出去，那么，主体精神就保全了纯粹的“道”和“理”。这种主体心性，是诗歌的根基。黄庭坚诗云：

句中稍觉道战胜，胸次不使俗尘生。(《再次韵兼简履中南玉三首》之一)

黄庭坚这两句诗正显现出诗歌的道学气象。若诗人情感受外物牵制，自然不能脱俗；若诗人为情作使，直率抒情，特别是抒写穷通悲喜之情，也不能脱俗。

正是这脱俗的主体人格，构成宋代艺术论尚“韵”的基础。宋代的“韵”论，首先是根源于宋代的主体人格论，根源于宋人的精神理想。宋人也是用“韵”论人的，如黄庭坚说“论人物要是韵胜为尤难得”(《题绛本法帖》)。当然，宋代人格论是内向性的，重视心性的内敛和持守，与魏晋人尚玄远、散逸不同，所以宋代以“韵”论人与魏晋在内涵上有着质的差别。宋人论诗歌和其他艺术的“韵”，首先也是强调人格基础。黄庭坚《与党伯舟帖八》云：

然诗颂要作得出尘拔俗，有远韵而语平易。

所谓“出尘拔俗”，首先是一种人格精神境界，就是黄庭坚一贯申述的“无一点俗气”的意思。《蔡宽夫诗话》论书法云：

人物之高下，要自其书之气韵观之。盖精神所寓，有必不可掩者，初不在真与草也。

“精神所寓”正是艺术之“韵”的内质。周必大论诗说“气和者韵胜”(《杨谨仲诗集序》)，也是从人格精神境界立论的。范温说得更为详细：

且以文章言之，有巧丽，有雄浑，有奇，有巧，有典，有富，

① 詹初《寒松阁集》卷二《日录下》。

有深，有稳，有清，有古。有此一者，则可以立于世而成名矣；然而一不备焉，不足以为韵。众善皆备而露才用长，亦不足以为韵。必也备众善而自韬晦，行于简易闲淡之中，而有深远无穷之味，观于世俗，若出寻常。至于识者遇之，则暗然心服，油然神会。测之而益深，究之而益来，其是之谓矣。

这也是从人格角度立论的，不过范温陈义较高。他认为曹植、刘桢、沈约、谢灵运、徐陵、庾信诸人，“尽发其美，无复余蕴，皆难以韵与之”。而这些人中的曹植、刘桢、谢灵运，被苏轼《书黄子思诗集后》誉为“高风绝尘”，是“间有远韵”的李白、杜甫所不可企及的。其实，宋人论“韵”时，因角度不同、宽严有别，加上用语含混，常常也不一致。陈善《扪虱新话》下集云：“渊明诗，是其格高；谢灵运‘池塘春草’之句，乃其韵胜也。”这里所谓“格”，近似于方回论“格”，是指一种人格境界，也就是我们上面所说的“韵”的意义。而陈善所论谢灵运“韵胜”，则近乎我们所谈的“韵”的另一个意义，即诗歌的韵味。其实，宋人将“格”、“韵”对举时更常见的意思是“以气韵清高深妙者绝，以格力雅健雄豪者胜”（《珊瑚钩诗话》）。“格力雅健雄豪”和“气韵清高深妙”是两种相对的审美意趣，与严羽所谓的“沉著痛快”、“优游不迫”都是意指审美的两极。在北宋初期、南渡时期、南宋后期，崇尚“格力雅健雄豪”者多，如欧阳修、李纲、陈与义、陆游、刘辰翁、文天祥、谢翱等人，而承平苟安时期则以“气韵清高深妙”为主。

宋代诗学所崇尚的诸种审美意趣中，“韵”处于最为突出，甚至是核心的地位。“韵”是文士的精神表征和艺术追求。黄庭坚说：“书画以韵为主。”（《题北斋校书图后》）这句话为宋人普遍接受。陈善《扪虱新话》上集云：“文章以气韵为主，气韵不足，虽有辞藻，要非佳作也。”气韵就是文章的生命所在。李廌《答赵士舞德茂宣义论宏词书》论文章要“体”、“志”、“气”、“韵”四者成全，其中云：“文章之无韵，譬之壮夫其躯干枵然，骨强气盛，而神色昏瞢，言动凡浊，则庸俗鄙人而已。”“韵”就是艺术的生命精神。

范温《潜溪诗眼》又提出“有余意之谓韵”的说法，并借王定观之言解释曰："余得之矣。盖尝闻之撞钟，大声已去，余音复来，悠扬宛转，声外之音，其是之谓矣。"余音绕梁，余味曲包，都是言外绵长不尽的意蕴。如果说，在作品审美意趣上，韵与味有一点区别的话，那么可以说，"韵"更多地体现为超越世俗的精神风采，从"韵"中可以领悟出诗人人格的平淡简远，合乎大道；而"味"更多是指作品本身艺术意境的无穷魅力。韦应物诗一致被宋人标举为"韵胜"的典范。崔敦礼《韦苏州集序》论韦诗"自优游平易中来，天理浑融，若无意于诗者，此体最为高绝"，这大约就是超乎"味"而有"韵"之美。如陈善《扪虱新话》上集论陶渊明诗"韵胜而已"后，举韩愈《庭楸》诗"朝日出其东，我常坐西偏。夕日在其西，我常坐东边。当昼日在上，我坐中央焉"，以为"自有一种风韵"。这首诗表现了韩愈委运任化、无往不适的人生态度，正是"风韵"所在。陈岩肖《庚溪诗话》列举咏鹤、咏鹭诗来分析诗"韵"，论述得简明贴切。他说：

> 众禽中，唯鹤标致高逸，其次鹭亦闲野不俗，又皆尝见于"六经"，如"鸣鹤在阴，其子和之"，"鹤鸣于九皋，声闻于天"，"振鹭于飞，于彼西雍"。《易》与《诗》取之矣。（卷下）

"标致高逸"、"闲野不俗"，分别是鹤与鹭的精神风韵。但是"后之人形于赋咏者不少，而规规然只及羽毛飞鸣之间"，如白居易《咏鹤》"低头乍恐丹砂落，晒翅常疑白雪销"，杜牧《鹤》诗"丹顶西施颊，霜毛四皓须"，都仅仅模拟形似，所以"皆格卑无远韵"。而鲍照《鹤赋》云"长唳风宵，寂立霜晓"，刘禹锡《鹤叹》云"徐引竹间步，远含云外情"，都表现出鹤的精神，具有"远韵"。又如李德裕《咏鹭》"拂日疑星落，凌风似雪飞"，雍陶《崔少卿池塘咏双白鹭》"立当青草人先见，行近白莲鱼未知"，也是曲笔描写鹭的形体特征，而未表现出鹭的风致神采，所以"亦格卑无远韵"。而许浑《重赋鹭鸶》云"云汉知心远，林塘觉思孤"，僧惠崇《池上鹭分韵得明字》云"曝翎沙日暖，引步岛风清。照水千寻迥，栖烟一点明"，展现出了鹭的精神风采，所以得到陈岩肖的称赞。就艺术作品本身来说，"韵"就是一种精神、神采之美。

范温《潜溪诗眼》论"韵"标举陶渊明诗歌为典范。他论陶诗之韵云：

惟陶彭泽体兼众妙，不露锋芒，故曰："质而实绮，臞而实腴。"初若散缓不收，反复观之，乃得其奇处；夫绮而腴，与其奇处，韵之所从生，行乎质与臞，而又若散缓不收者，韵于是乎成。是以古今诗人，惟渊明最高，所谓出于有余者如此。

这里所论既是指人格风神，人生意趣，也是指诗歌本身的审美境界。所谓"不露锋芒"云云，与前面所谓"露才用长"正相对，是指一种平淡简远的风致。宋人论"韵"，与标尚"平淡"美内涵是相一致的。

"平淡"是宋人普遍欣赏的一种审美意趣。不论是一般诗人，还是道学家，论诗都向往平淡之美。平淡美的特征，用苏轼的话来说，就是绚烂之极归于平淡，"外枯而中膏，似淡而实美"（《评韩柳诗》）；"质而实绮，臞而实腴"（《和陶诗序》）。外在风貌简易枯淡，而内质丰厚，深含韵味，才是平淡美。平淡是一种人格境界，宋人欣赏"老境"美，主要是因为随着阅历之日益丰富，人情练达，道心日长而情欲日消，摆脱浮华，圆融无碍，人格境界在不断提升，"渐老渐熟，乃造平淡"（苏轼语）。吴可《藏海诗话》云："方少则华丽，年加长渐入平淡也。"这是宋人的共同认识。平淡是合道境界的艺术表现。南宋时的陈元晋云："作诗如学道，时至自纯熟，平夷而有远思，淡泊而有余味，则至矣。"①其后，姚勉《汪古淡诗集序》云：

"张籍学古淡，轩昂避鸡群"，退之语也。武宁汪子载善诗，乡之邢吏部以古淡名之，盖以其似张籍。虽然，诗而已哉！有道味，有世味。世味今而甘，道味古而淡。今而甘，不若古而淡者之味之悠长也。食大羹，饮玄酒，端冕而听琴瑟，虽不如烹龙炮凤之可口，俳优郑卫之适耳，而饫则厌，久则倦矣，淡之味则有余而无穷也。为今之人，甘可也。欲为古之人，其淡乎！惟古则淡，惟淡则古。周子曰："淡则欲心平。"子欲追古人之淡，夫苟无欲，则于道庶几矣！诗安足论哉，张籍岂足为哉！

① 陈元晋《跋宋常父诗后》，《渔墅类稿》卷五，景印文渊阁《四库全书》本。

无欲则淡，唯淡则有道味。平淡与“韵”一样，建立在宋代儒家“心性”论的基础上，以具有道学气象的人格修养为根基。

“心平诗淡泊”（陆游《闲趣》）。宋代诗学审美意趣尚“韵”、尚“平淡”的特点，与宋代士人的主体人格论是相适应的，是主体人格精神境界的艺术呈现。另一方面，也与宋代的政治压力有关系。宋代是文官政治，激发着士人强烈的参政意识和政治责任感；同时宋代文网严密，从“乌台诗案”到“《江湖集》案”，诗祸频出，诗人动辄得咎。“庠序之间，以诗为讳”（洪迈《容斋四笔》），自然不大敢像白居易那样“先向歌诗求讽刺”，也不敢像梅尧臣那样“镜照嫫与施，直辞鬼胆惧，微文奸魄悲”，“愤世嫉邪意，寄在草木虫”。所以在北宋中期以后，直言讽刺的创作精神和美学风格总体上是湮没不彰的。即使是“自哀其志穷”，若不谨慎，也会贻人口实，授人以柄，招致祸害。叶梦得《石林诗话》记载了一桩因诗丢官的事：

> 杜牧诗：“清时有味是无能，闲爱孤云静爱僧。拟把一麾江海去，乐游原上望昭陵。”此盖不满于当时，故末有“望昭陵”之句。汪辅之在场屋，能作赋，略与郑毅夫、滕达道齐名，以意气自负。既登第，久不得志，常郁郁不乐，语多讥刺。元丰初，始为河北转运使，未几，坐累谪官累年，遇赦幸复知处州，谢表有云：“清时有味，白首无能。”蔡持正为侍御史，引杜牧诗为证，以为怨望，遂复罢。（卷中）①

汪辅之因为借用杜牧诗句，就被人参了一本而罢了官，看来在这样的政治环境中，文人只有“咏性不咏情”的份了。宋代的主流思想，对于诗歌讽谕时政、激切写情，都是有戒心的。诗有怨刺，既是政治环境所不许可，在他们看来也是修养不够醇厚，尚未达道的表现。唐代诗歌奔放纵逸、讥切时事、叹老嗟卑的言情，庄浪恣肆、激切耿直、孤苦寒蛩的风格，都被逐出宋代主流诗坛之外。

尚“韵”、平淡的审美意趣，与宋代诗学的诗歌功能论是相联系的。汉唐以来，关于诗歌的功能论主要有两种：一种是强调诗歌对现实

---

①《陈辅之诗话》也有相似事件的记载，并称当时的政治环境是“奸人侧目之秋”。

政治的讽刺，通过诗歌的美刺来改善社会现实；另一种是强调诗歌发舒情感，宣泄郁积的情感能量，释放心理势能，从而获得精神的愉悦。前者是《诗经》讽谏的精神传统，后者是屈骚“发愤以抒情”的精神传统；前者立足于社会政治，后者着眼于主体情怀。但是二者所指的外向性是一致的。在魏晋山水诗兴盛后，游览山水，愉悦心情，在山水诗中畅适情怀，成为诗歌的又一功能，晚唐方干《山中即事》云“趋世非身事，山中适性情”，也属于这种自适自娱。不过这也是依凭山水外物，还是“有所待”，而不能真正摆脱外在世界的束缚。宋人的自适论，则摆脱了外物的束缚和限制。苏辙《黄州快哉亭记》云：“士生于世，使其中不自得，将何往而非病？使其中坦然，不以物伤性，将何适而非快？”正说明了这一特点。宋代首先将“自适”和“平淡”联系起来的是梅尧臣。他的《依韵和晏相公》云：“因令适性情，稍欲到平淡。”虽然梅诗本身不都是平淡，但是他这里指出畅适性情的诗歌，在风格意趣上应该平淡，“不须大厥声”，还是很有道理的。其后，如北宋的陈襄，在《同年会宴诗序》中云：

诗之言，志也，持也。志之所至，言以持之。诗者，君子之所以持其志也。善作诗者，以先务求其志，持其志以养其气，志至焉，气次焉，气志俱至焉，而后五性诚固而不反，外物至，无所动于其心。虽时有感触，忧悲愉怿，舞蹈咏叹之来，必处乎五者之间，无所不得正，夫然后可以求为诗也。

以“持”训“诗”，源于汉代《诗纬·含神雾》。刘勰《文心雕龙·明诗》亦云：“诗者，持也，持人情性。《三百》之蔽，义归‘无邪’，持之为训，有符焉尔。”陈襄强调通过诗歌来持志养气，志气俱定，则正心诚意，不为外物所动。道学家如邵雍的诗歌，平淡自然而有韵，就是把诗歌作为持志、适性的手段。姚勉论邵雍诗云：

诗何贵？曰：贵适。康节之诗曰：“尧夫非是爱吟诗，诗是尧夫得意时。”诗非爱吟也，得意则诗耳。尧夫之诗，不适乎？①

---

① 姚勉《适斋诗稿序》，《雪坡舍人集》卷三十七，《宋集珍本丛刊》，线装书局2004年影印《豫章丛书》本。

宋代诗学更多地注重诗歌内向性的自我持守、自我调适功能，把诗歌当成自我心性操练，治心养气，颐养道心的手段。而且这种自适性，是“自得于心，不借美于外”，不需凭借外物，要在内心的自省中咀嚼道味，获得愉悦，外物只是表现内心愉悦自得的媒介。如果要追溯宋代诗歌功用“自适”论的渊源，那么它与汉代《毛诗序》所谓“吟咏情性”，《诗纬·含神雾》以“持”训“诗”，《韩诗外传》所谓“原天命，治心术，理好恶，适情性，而治道毕矣。……四者不求于外，不假于人，反诸己而已”（卷二），都有一定的联系，特别是《韩诗外传》所谓“反诸己”，就是《论语·先进》“吾与点也”气象，也就是《孟子·离娄下》“反身而诚”、“欲其自得”。其实宋代道学就是沿着原始儒家“反身而诚”的方向发展下来的。宋代道学的内敛性、向心性和宋代诗学的“自适”论，都反映出宋代文化的共同特征，这种文化精神的审美表现，就是尚韵味、尚平淡。

第二节 宋代诗歌评论中的道学气象

宋代士人思想中的道学气象，表现为性情之和、义理之正。性情之和，是指在忠义根基上颐养志气，而达到性情的温厚醇正。奔逸之情、衰飒之情、悲苦之情，都是违背性情之和，常受到宋人所排斥。宋人尚议论，但是议论不应该出于一隅私见，不能逞豪使气，直言忤上，特别是不能违背儒家“温柔敦厚”的原则，而应该合于义理，微婉其辞。性情之和、义理之正，在宋代不是外在于主体的强制性戒律，而是内化为道德人格的自觉追求。宋人在评论前代和当时的诗歌时，也常常以此为尺度，在诗歌评论中表现出宋人思想中的道学观念。

儒家诗学的讽谕传统，自唐代白居易的阐扬以后，在晚唐、宋初依然不绝如缕，特别是宋初的梅尧臣，倡言“直辞鬼胆惧，微文奸魄悲。不书儿女书，不作风月诗。唯存先王法，好丑无使疑”（《寄滁州欧阳永叔》），要把诗歌作为辨别善恶、针砭时弊的照妖镜。苏轼、王安石的创作中依然可以看到这种讽谕传统的延续。但是，在北宋中期文士经过一而再的政治打击之后，这种讽谕传统就逐渐消蔫下去了，或许还有少数人如黄彻等①，在留恋这种精神传统矫正现实的力量，但是它已经不是支持宋人创作的主要精神动力。如叶适对白居易的讽刺精神就有所不满：

> 白居易论诗谓“周衰秦兴，六义始刓。及江、鲍则六义尽去。”按《周官》教“六诗”，不言“诗有六义，主文谲谏”，盖后人颠倒其说。孔子教诗，但言兴、观、群、怨而已。居易专以讽为主，固已失之，自既以此致谤。至本朝苏、蔡，遂成诗祸矣。李渤校宰相考当时议者，以宰相旷官，自宜上疏论列，而越职钓名，非尽事君之道。(《习学记言》卷四十三)

其意是说诗祸之兴，是诗人越职钓名，咎由自取，诗歌本来就不该“以讽为主”。刘宋时的颜延之作《五君咏》，咏赞阮籍、嵇康、刘伶、阮咸、向秀等超越礼法之外的魏晋名士，寓意自己的寄托，叶适批评说：“颜延之《五君咏》，怨愤斥外而作耳。”（《习学记言》卷三十一）元结也是中唐具有讽谕精神的诗人，其《大唐中兴颂》是歌颂平定安史之乱，其中有“地辟天开，蠲除袄灾”等语，范成大责难说：“以鲁史笔法婉辞含讥，盖之而章。后来词人复发明呈露之，则夫磨崖之碑，乃一罪案。何颂之有?”（《书浯溪中兴碑后并序》）范成大在《骖鸾录》里进而辨别云：“善恶自有史册，歌颂之体不当含讥。”这也是对讽刺诗篇寓有不满之意。

其实，宋代是文官政治，文人主体精神极为高涨，参政意识尤其强烈。宋代士人以道为志，谋求“君臣相济”、“官师相规”的话语权力，他们有时也希望发扬传统的讽谕精神，来惩时救弊。但是，迫于政治压力，他们在讽谕现实时不能不有所顾忌。洪迈《容斋续笔》卷二“唐诗无讳避”条，追念“唐人歌诗，其于先世及当时事，直辞咏寄，略无避隐”，同时感慨“今之诗人不敢尔也”。在主体参政意识与外在政治压力之间，宋人试图把握适当的“度”，既能够发挥诗歌的现实意义，又避免触及时讳，给自己带来麻烦。葛立方《韵语阳秋》卷二提

---

① 黄彻《䂬溪诗话》卷一云：“凡规谏之词，须切直分明，乃可以感悟人主。”是对白居易讽谕精神的继承，但是黄彻以风教论诗，道学味甚浓。

出“兴”与“讪”的区别，“兴”就是寄言微婉，意在言外；“讪”则是直辞攻讦，毫无隐晦。史绳祖《学斋佔毕》还分辨“刺”与“讥”的不同：

> 《诗三百》篇只有刺，而无讥。如“刺”者与“讥”字义不同。《诗》注云：风刺，谓譬喻，不斥言也。岂讥斥之谓欤？（卷一）

史氏的意思是“刺”是出于公心和爱意，合乎义理，是“谲谏”，是譬喻托讽。“讥”则是出于私心和恶意，彰人之恶，直辞无讳。杨时《龟山语录》批评苏轼诗歌“讥诮朝廷，殊无温柔敦厚之气”。同样在史绳祖看来，苏诗是“讥”而非“刺”。

宋人论述诗歌触及现实政治，都强调遵循“谲谏”原则，反对讥谤，“唯言之者无罪，闻之者足以戒，乃为有补，若谏而涉于毁谤，闻者怒之，何补之有？”（《龟山集》卷十）要发挥“比兴”传统，“贵于意在言外”（司马光《温公诗话》），“语意涵蓄不迫切，使人咀嚼而自得之”（罗大经《鹤林玉露》）。徐积《节孝语录》云：

> 作诗切不可斥言事，至于美人，亦不可斥言。试观诗之《风》《雅》《颂》所美所刺，未尝不婉顺而归之于正。

这实际上是宋代诗学的一个基本原则，“婉顺”是风格上的要求，“归之于正”，则是指合乎义理之正。

宋代诗学“义理之正”的一个特定含义，是遵循《春秋》“为尊者讳”的原则，识君臣之大体，讳言国恶。唐明皇与杨贵妃的爱情不同于一般的爱情故事，一方面唐宋人普遍认为唐明皇耽于淫乐，荒于政事，导致“安史之乱”的爆发，另一方面杨贵妃本是唐明皇的儿媳。关于后者，罗大经《鹤林玉露》卷八记述云：

> 武惠妃薨，明皇悼念不置，后宫数千，无当意者。或言寿王妃杨氏之美，绝世无双。帝见而悦之，乃令妃自以其意乞为女官，号太真。更为寿王娶韦昭训女，潜纳太真宫中，宠遇如惠妃，册为贵妃，与卫宣公纳伋之妻无以异。

春秋时，卫宣公为其子伋娶于齐，而闻其美，欲自娶之，乃作新台于河上而邀之。《诗经·新台》篇，就是“国人恶之而作”。其事与杨李故事相似。唐代以杨李故事入诗者颇多。宋人反复辩论其褒贬是非，是否合于义理之正。白居易《长恨歌》在叙述杨李故事时，歌云：“杨家有女初长成，养在深闺人不识。天生丽质难自弃，一朝选在君王侧。”隐避了杨玉环本为寿王妃这一层关系，在宋人看来，这是“为尊者讳”，从而受到普遍的称赞①。其中，赵与时《宾退录》卷九评论白居易《长恨歌》为君王讳，说：“盖宴昵之私，犹可以书，而大恶不容不隐。陈鸿《传》则略言之矣。”但是白居易《长恨歌》述杨氏荒淫乱国，导致“六军不发将奈何，宛转蛾眉马前死”。刘禹锡《马嵬行》更直白，云：“官军诛佞幸，天子舍妖姬。群吏伏门屏，贵人牵帝衣。低回转美目，清日自无辉。”这些都近乎直言斥责。魏泰《临汉隐居诗话》评论说：“此乃歌咏禄山能使官军皆叛，逼迫明皇，明皇不得已而诛杨妃也。噫！岂特不晓文章体裁，而造语蠢拙，殆已失臣下事君之礼矣。”对于元稹《连昌宫词》和白居易《长恨歌》的优劣，洪迈《容斋随笔》和张邦基《墨庄漫录》都认为元稹《连昌宫词》有规讽，胜于白居易《长恨歌》，但是史绳祖《学斋佔毕》认为正好相反。对于歌咏上层政治事件，宋人大抵认为“前贤歌咏前世之事，可以直言；而当代君臣，则宜讳国恶”。像李商隐《骊山有感》《华清宫》等诗，是“彰君之恶”，就受到宋人的批评。范晞文《对床夜语》责难云：“‘发乎情，止乎礼义’之意安在？”但是，罗大经《鹤林玉露》卷八肯定李商隐诗“其词微而显，得风人之体”，在具体把握尺度上存在差别。杜甫《北征》诗曰：“维昔艰难初，事与前世别（通行杜诗集作‘忆昨狼狈初，事与古先别’）。……不闻夏殷衰，中自诛褒妲。”魏泰称赞曰：“方见明皇鉴夏殷之败，畏天悔过，赐妃子死，官军何预焉？”（《临汉隐居诗话》）《北征》诗被宋人誉为“识君臣之大体。忠义之气，与秋色争高，可贵也”（释惠洪《冷斋夜话》卷二）。为君王讳，是其中的一个因素。孔平仲《珩璜新论》云：“大抵作文字，须识忌讳。”特别是在反映帝王和上层

① 见罗大经《鹤林玉露》卷八、马永卿《懒真子》卷二、洪氏《容斋随笔》、范晞文《对床夜语》、史绳祖《学斋佔毕》卷一。

政治事件时，尤该如此，应发挥“《春秋》笔法”的精神，“其意愈切，则其辞益深，其言愈缓”，勿撄人主之逆鳞。①

对于一般的政治讽谕诗，宋人也多强调不失温柔敦厚之旨。聂夷中的《伤田家》之类乐府诗，继承和发扬了白居易的新乐府精神，表现民生凋敝的现实，晚唐五代王定保的《摭言》、孙光宪的《北梦琐言》称谓此诗有《三百篇》之旨。但是宋代的《蔡宽夫诗史》却批评说：“虽然诗要于教化，若似聂夷中辈，又太拙直矣。”从中可以明显看出讽谕精神传统的衍变。在宋人心目中，杜诗是政治讽谕诗的典范：

> 古人为诗，贵于意在言外，使人思而得之，故言之者无罪，闻之者足以戒也。近世诗人，惟杜子美最得诗人之体，如“国破山河在，城春草木深。感时花溅泪，恨别鸟惊心”，山河在，明无余物也；草木深，明无人也；花鸟，平时可娱之物，见之而泣，闻之而悲，则时可知矣。他皆类此，不可遍举。（司马光《温公续诗话》）
>
> 杜诗谓之“诗史”，以班班可见当时事，至于诗之叙事，亦若史传矣。……若欲解释其意，须以礼义为本。盖子美深于经术，其言多止于礼义。至于陶冶性灵，留连光景之作，亦非若寻常之所谓诗人者。（李复《与侯谟秀才》）
>
> 至于杜子美……如放归鄜州，而云“维时遭艰虞，朝野少暇日。顾惭恩私被，诏许归蓬荜”；新婚戍边，而云“勿为新婚念，努力事戎行”，“罗襦不复施，对君洗红妆”；《壮游》云“两宫各警跸，万里遥相望”；《洗兵马》云“鹤驾通宵凤辇备，鸡鸣问寝龙楼晓”，凡此皆微而婉，正而有礼。（张戒《岁寒堂诗话》卷上）

杜甫是宋代诗人推举的人格典范。有意思的是，宋人一方面讳言讽刺，另一方面又有意地掘发杜甫诗歌的讽刺意义，甚至于那些“发兴于所遇林泉、人物、草木、鱼虫”的诗歌，也被穿凿“以为物物皆有所托”②。

“千古是非存史笔，百年忠义寄江花”③。宋人心中的杜甫深于治

① 关于宋代诗学中的《春秋》笔法，可参考张高评先生《〈春秋〉书法与宋代诗学》，收入张高评《宋诗特色研究》，长春出版社2002年版。

② 黄庭坚《大雅堂记》，黄氏对此种穿凿是持批评态度的。

③ 黄庭坚《次韵伯氏寄赠盖郎中喜学老杜诗》。

道，宋人心中的杜诗，“发诸忠义之诚，虽取以配《国风》之怨、《大雅》之群，可也”①。其实，杜甫是他们在道学眼光中的造影，他们通过杜诗的解读，来构想一种符合道学精神理想的诗歌典范。一方面在严酷的政治环境中，宋人讽谕精神有所束缚，有所压抑；另一方面又希望灌注一种忠正之气，充沛一种道义精神，从这种形上的道义精神而非一己私情出发，对现实有所针砭，试图挺立起“配道与义”的至刚之气。不过总体上来说，宋代诗歌的创作精神，与杜甫诗歌对于时世民生的关注尚有一段距离。因为宋代思想精神的落脚点本来就不在外部的现实，而在内心的道义。吕本中《吕氏童蒙训》卷下记载，崇宁年间，饶德操、黎确、汪信民作诗，“亦有略诋及时事者”。吕希哲闻之，深不以为然，并作《麦熟》《缫丝》等曲诗，讽止饶、黎诸公。诸公得诗惭惧，不复有前作。吕希哲少从孙复、石介、胡瑗学，又从二程、张载游，论道以正心诚意为本。从这件事可以看出，宋代理学家在变革诗风方面发挥着实实在在的作用。宋代诗学的道学气象，一方面是宋代文化使然，另一方面也是理学家自觉提倡的结果。

道学气象在宋代诗歌评论中的另一个表现是主张性情之和。性情之辨是儒家伦理哲学的重要命题。秦汉儒家如荀子、董仲舒的基本观念是性善情恶，自汉代抒情辞赋兴起后，诗文理论逐渐摆脱了这种观念，肯定抒情的正当性，所以才有了陆机所谓“诗缘情而绮靡”的出现。六朝隋唐时期，较少情性之辨，像李翱《复性书》辨析性情，其实并没有产生实质性的影响，那时期的诗学，都一致肯定诗歌的“缘情”特征。宋代道学家的一个重要话题，就是情性之辨。大致来说，他们把人之“性”与“天道”、“天理”结合起来，认为性是与生俱来的，是天道、天理在人心的彰显，当然是善的；而情，则是后天的感物而动，是血气私欲的表现。情既不可以完全抹煞，也不能任其恣意泛滥。因此人应该加强道德心性的修养，以性约情，以道义矫正情欲。宋人与前代人一样，认识到人情之不可避免；但是他们的独特处在于，不是肯定诗歌张扬情感，让情感自由奔逸，而是培养主体崇高的道德心性，以道德律

① 宋晁以道《成州同谷县杜工部祠堂记》，《嵩山文集》卷十六，《四部丛刊续编》影旧钞本。

羁勒情感，使情感合乎道义，达到性情之和。性情之和是宋代诗论的一个重要命题。文天祥从创作的角度认为“诗所以发性情之和也”①；王柏从接受的角度“听之者得性情之和、纲常之正”②。即使像陆游这样风格雄奇悲壮的诗人，倡言“人之情，悲愤积于中而无言，始发为诗”(《淡斋居士诗序》)，其理想境界也是性情之和。陆游《曾裘父诗集序》云：

> 古之说诗曰“言志”。夫得志而形于言，如皋陶、周公、召公、吉甫，固所谓志也。若遭变遇谗，流离困悴，自道其不得志，是亦志也。然感激悲伤，忧时闵己，托情寓物，使人读之至于太息流涕，固难矣。至于安时处顺，超然事外，不矜不挫，不诬不怼，发为文辞，冲澹简远，读之者遗声利，冥得丧，如见东郭顺子悠然意消，岂不又难哉！

陆游这里所言，实际上是“言志”的三种情况：第一种是皋陶、周公之类，得志而形于言，可“文章憎命达”，后代文士得志的，往往三缄其口。第二种是自道其不得志，自屈原、司马迁而下，至韩愈、欧阳修，所谓“发愤抒情”、“穷而后工”之类，都属于这种情况，陆游也是一位发愤抒情的诗人，而宋代道学家对这种创作是较为轻视的。第三种是虽不得志，而能安时处顺、超然事外，文辞冲澹简远。这实际上就是以性约情，性情之和。

从这种情性论出发，宋代诗论家对前代诗人作出自己的批评。首先是对奔逸之情的贬抑和作“合理化”解释。李白诗歌慷慨激昂，任情使气，是盛唐精神的代表，在唐代得到普遍的称赞，得与杜甫齐名。但是在宋代，除了前期的欧阳修、苏轼、郭祥正等少数诗人赞赏李白诗歌使气豪俊，及宋季严羽称赞其诗歌飘逸外，绝大多数诗论家都认为，李白没法和杜甫相比。如王安石编《四家诗选》，以李白为最下，因为“白识见污下，十首九说妇人与酒”③。宋人对李白的批评，多是持道义

---

① 文天祥《罗主簿一鹗诗序》，《文山集》卷九。

② 王柏《跋潘子宇还淳集》，《鲁斋集》卷十三，《丛书集成初编》据金华丛书本排印。

③ 胡仔《苕溪渔隐丛话》前集卷六引《钟山语录》。

为标尺，认为李白不过是抒发一己之情，而与苍生无涉。如黄彻《䂬溪诗话》曰："白之论撰，亦不过为玉楼、金殿、鸳鸯、翡翠等语，社稷苍生何赖?"（卷二）因此李白不足与杜甫齐名。李白从永王璘反，在宋代道学家看来是一个难以洗刷的污迹。朱熹批评说："李白见永王璘反，便从臾之。诗人没头脑，至于如此。"（《鹤林玉露》卷六引）这是李白识见污下的另一个表现。罗大经引述朱熹这句话，并评论李白云：

> 李太白当王室多难，海宇横溃之日，作为歌诗，不过豪侠使气，狂醉于花月之间耳。社稷苍生，曾不系其心膂，其视杜少陵之忧国忧民，岂可同年语哉！（《鹤林玉露》卷六）

在他们看来，诗人首先应该像杜甫那样，是担当道义、心忧天下的儒者，而李白不是，所以难以与杜甫同日而语。除了对李白诗歌的苛评外，还有一种情况是，将李白诗歌作政治性、伦理性解读，通过如此解读，把李白诗歌纳入宋代道学统绪中去。释契嵩《书李翰林集后》云：

> 余读《李翰林集》，见其乐府百余篇，其意尊国家，正人伦，卓然有周《诗》之风，非徒吟咏情性，咄呕苟自适而已。（《镡津集》卷十六）

接着，他解释李白《远别离》《蜀道难》等诗歌的讽谏意义，赞颂云："苟当时得预圣人之删，可参二《雅》，宜与《国风》传之于无穷，而《离骚》《子虚》，不足相比。"其后，葛立方从同一思路作更详细的解释：

> 李白《乐府》三卷，于三纲五常之道，数致意焉。虑君臣之义不笃也，则有《君道曲》之篇。……虑父子之义不笃也，则有《东海勇妇》之篇。……虑兄弟之义不笃也，则有《上留田》之篇。……虑朋友之义不笃也，则有《箜篌谣》之篇。……虑夫妇之情不笃也，则有《双燕离》之篇。……徐究白之行事，亦岂纯于行义者哉！永王之叛，白不能洁身而去，于君臣之义为如何？既合于刘，又合于鲁，又娶于宋，又携昭阳金陵之妓，于夫妇之义为如何？至于友人路亡，白为权窆，及其糜溃，又收其骨，则朋友之

义庶几矣。《送萧三十一之鲁兼问稚子伯禽》有“高堂倚门望伯鱼，鲁中正是趋庭处。君行既识伯禽子，应驾小车骑白羊”之句，则父子之义庶几矣。如弟凝、錞、济、况、绾各赠诗，以致其雍睦之情，则兄弟之义庶几矣。惜乎！二失既彰，三美莫赎，此所以不能为醇儒也。(《韵语阳秋》卷十，《历代诗话》本)

这完全是以儒家的三纲五常之道来裁判李白的人品与诗歌，用论经的态度来论诗。不论是肯定还是否定，对于李白诗歌的抒情性，特别是抒发个人的狂放奔纵之情，都没有给予恰当的评价。宋人在评价其他诗人时也表现出相似的态度。像魏晋名士阮籍、嵇康的旷达情怀，是不符合宋代道学规范的，所以刘才邵批评他们“颇务扬己衒异以贬剥当世，有臭腐裤虱之语。夫志在于脱世纷，反激而速之，则其被祸害，取仇疾，非不幸也”(《跋李龙眠渊明归去来图》)。当时诗人之放浪，更是受到警示和责难。陈师道作《小放歌行》两篇，情思骀荡。黄庭坚批评云：“无己他日作诗，语极高古，至于此篇则顾影徘徊，炫耀太甚。”① 宋人着眼于义理论诗，奔逸骀荡之情是对忠厚道义的僭越，也超越了宋人所理解的“温柔敦厚”的范围，自然受到贬评。

其次，宋人对于“发愤抒情”也是有所针砭的，这可从对屈原的评论中见出一斑。关于屈骚，前代就有不同的评价。但是唐代诗人一般都对屈原评价很高。如李白《江上吟》称赞曰“屈原词赋悬日月”，而且李白诗歌的浪漫精神与屈骚一脉相承。宋初梅尧臣《答韩三子华韩五持国韩六玉汝见赠述诗》云：“屈原作《离骚》，自哀其志穷，愤世嫉邪意，寄在草木虫。”这是将屈骚精神纳入到儒家讽谏传统中去。其后，晁补之论屈原也着眼于儒家道义。其《离骚新序》称赞屈原“其辞止乎礼义”，《离骚》附益六经之教，于《诗》最近，甚至认为后代臣子不得志于君而依然不懈怠地爱君，正是受到《离骚》的教化和影响。所以他提出：“原之敬王，何异孟子?”(晁补之《续离骚序》)这与我

① 此事《王直方诗话》《诗话总龟》《苕溪渔隐丛话》《诗人玉屑》《诗林广记》均记载。陈师道《小放歌行》其一云：“春风永巷闭娉婷，长使青楼误得名。不惜卷帘通一顾，怕君著眼未分明。”其二云：“当年不嫁惜娉婷，抹白施朱作后生。说与旁人须早计，随宜梳洗莫倾城。”

们前面论及的宋人以三纲五常论李白，如出一辙。但是，屈原在宋代遭遇更多的是斥责和批判。王之望《上宰相书》从为诗须“通天下之志”的道理议论屈原：

若以一己之屈伸而反其所感，则小丈夫之作也，君子无取焉。屈原放逐，作为《离骚》，幽忧感愤，虽出于一己，而楚之风气著焉。不然，扬己露材，上非其君，下讥同列，乃名教之罪人，岂足以“争光日月”哉！（《汉滨集》卷九）

王之望《代石光锡上宰相书》云：“屈原遭谗放逐，《离骚》之词作，其扬己露才，忿疾当世，视‘变风’为尤甚。尝窃陋之。”史尧弼《私试策问》也批评云：“若屈原者，可谓浅中浮外，而不知大体者也。”晁补之把屈原与孟子并提，王之望等对屈原不无贬词，而其立论的角度都是一致的，以“义理之正”为立论根基，不过晁补之专注于正面，而王之望侧重于负面而已。较为平和的评论是吕祖谦。他说：

屈原有爱君之心，固是善，惜乎其发之不以正，自愤怨激切中来，其言神仙、富贵、游观，已是为此三件动也，故托辞以自解，本是怨怒，却反归爱君上来。若孟子，则初无此心，其言语始终和缓，皆出于正，此屈原、孟子所以分。①

吕祖谦似乎是有意辩驳晁补之把屈原与孟子并列的说法。王之望贬斥屈原幽忧感愤出于一己，吕祖谦批评屈原情感发之不正，自愤怨激切中来，这都是表明宋代道学家论情感，主张以性约情，情感要合乎道义，要温柔敦厚，微婉有礼。否则，虽然有爱君之心，但是专注抒发个人的遭际，愤怨激切，就违背了道学的忠义精神。不过，到了南宋末年，民族危亡关头，屈骚的真精神、真价值才能得到发现和弘扬。林希逸论《离骚》云：

悲夫！原之不遇也。原，宗臣也，楚宗国也，其爱君则《鸱

① 吕乔年《丽泽论说集录》卷七《门人集录孟子说》，此书系吕祖谦门人杂录吕祖谦之说。

鸮》也，其伤谗则《巷伯》也。怀《黍离》靡靡之忧，有《柏舟》悄悄之念。遭诗人之所遭，怀诗人之所怀，放言遣辞，写心寄意，非惟以鸣一身之忧，亦以鸣宗国之恨；非惟以鸣一身之不平，亦以鸣吾国之不幸。……故尝谓三闾忧愤之辞，当与杜子美论，不当与扬雄、贾谊论。二十五篇逸放之辞，当与李太白论，不当与班固、刘勰论。……是故“虽乏谏诤姿，恐君有遗失”，此杜拾遗之诗也，非《骚》之忧愤乎？“仰天揽明月”，“散发弄扁舟”，此李翰林之诗也，非《骚》之放逸乎？由此观之，则信乎诗家之风骨蹊径，与《骚》为同出也。（《鬳斋续集》卷八）

林希逸虽然尚不能摆脱依经立论的模式，但是他肯定屈原抒发愤怨之情的正当性，肯定屈原“鸣一身之不平”与“鸣吾国之不幸”相结合，个人遭遇和国家命运联系起来的精神，肯定屈原精神在后代李、杜诗歌中的发扬。这已经摆脱了宋代道学家的迂阔之论。这正如李纲论杜诗所云：

时平（原作“平时”，据他本改）读之，未见其工。迨亲更兵火丧乱之后，诵其辞，如生乎其时，犁然有当于人心，然后知其语之妙也。①

经历了相似的社会苦难，才能真正领会屈骚、杜诗的意义，获得情感的共鸣。

另外，屈原的“发愤抒情”还不仅仅是个人的怨愤，而是蕴含着时代政治的不幸。那么纯粹表现个人悲苦之情，宋人又是怎么看的呢？对于个人穷达遭际的态度，实际上反映的是思想修养的问题。若道学修养醇厚高深，那么不论是穷苦还是通达，都能够抱道而居，委运随化，不以穷达累其心。这是儒家所标举的一种理想人格，孔子称道颜回之贤，“居陋巷，人不堪其忧，回也不改其乐”（《论语·雍也》），宋人对之赞不容口，常常在逆境之中，以此自励。陶渊明“贫富常交战，道胜无戚颜”（《咏贫士》其五），在宋人看来，就是这种儒家人格的诗意化。宋人遭遇贫贱穷促的煎迫时，也追求这种“道胜无戚颜”的人格

① 李纲《重校正杜子美集序》，《李纲全集》，岳麓书社2004年版，第1320页。

境界。苏轼贬谪琼州以后，就是将陶渊明的诗意生活化，“平生学道真实意，岂与穷达俱存亡”，进入了一种达道的境界。后期苏轼的人生态度，在宋代士人生活中具有树立人生范型的意义。

在宋人看来，唐人多是没有进入这种达道境界的。苏辙云：

唐人工于为诗而陋于闻道。孟郊尝有诗曰：“食荠肠亦苦，强歌声无欢。出门如有碍，谁云天地宽？”郊耿介之士，虽天地之大，无以安其身，起居饮食有戚戚之忧，是以卒穷以死。而李翱盛称之，以为郊诗高处在古无上，平处犹下顾沈、谢。至韩退之亦谈不容口，甚矣，唐人之不闻道也！（《栾城集》卷八《诗病五事》）

孟郊在唐代以善于吟咏穷苦著称，但这恰恰落入宋人的口实。在宋人看来，孟郊胸襟狭窄，未能以道自充，所以才“出门如有碍”。吴处厚《青箱杂记》贬责孟郊“赋性褊隘”，“天地又何尝碍郊，孟郊自碍耳”。理学家吕祖谦对孟郊的批评上升到理论的层次：

大凡胸中宽大者，虽处艰难之时，亦不能移其宽大。孟郊诗曰：“出门如有碍，谁云天地宽。”只是孟郊胸中自窄狭耳。①

特别是孟郊登科后“春风得意马蹄疾，一日看尽长安花”云云，在宋人看来颇有小人得意忘形之态，为宋人所不齿。葛立方《韵语阳秋》评述孟郊因个人之得失而欢忭雀跃或穷愁哀叹云：

余谓郊偶不遂志，至于屡泣，非能委顺者。年五十始得一第，而放荡无涯，哦诗夸咏，非能自持者，其不至远大，宜哉。（卷十八）

相反，白居易穷苦时能写出“无事日月长，不羁天地阔”（《偶作》），被吴处厚称赞为“达者之词”（《青箱杂记》）。但是，在宋人眼中，白居易也不是一位真正的达道者。朱熹论白居易云：“人多说其清高，其实爱官职。诗中及富贵处，皆说得口津津地涎出。”罗大经《鹤林玉

① 吕乔年《丽泽论说集录》卷三，《吕祖谦全集》第2册，浙江古籍出版社2008年版。

露》称赞朱熹“可谓能窥见其微矣”。白居易被贬时作《琵琶行》有天涯沦落之感，甚至于“江州司马青衫湿”，这在宋人看来是尚不能忘情于仕宦，个人穷达遭际尚不能获释于怀，所以，葛立方批评他“何惫如此哉”，并引述其父（先文康公）诗云：“平生趣操号安恬，退亦怡然进不贪。何事浔阳恨迁谪，轻将清泪湿青衫？”（《韵语阳秋》卷九）

唐代诗歌的艺术境界，宋人或许自忖难以企及，但是宋人以“道胜”自许，常常持道义标准批评唐人局促于一己之私，表现个人穷苦悲愁情怀，而不能开阔胸襟，道与天通。这类批评不胜枚举。即使是为苏轼所喜爱的柳宗元诗，《蔡宽夫诗话》亦批评云：“子厚之贬，其忧悲憔悴之叹，发于诗者，特为酸楚。闵己伤志，固君子所不免，然亦何至是？卒以愤死，未为达理也。”黄彻《䂬溪诗话》责备柳宗元《柳州峒氓》“愁向公庭问重译，欲投章甫作文身”和太白《醉题王汉阳厅》“我似鹧鸪鸟，南迁懒北飞”之类，“皆褊忮躁辞，非畎亩惓惓之义”。甚至对于咏叹王昭君和亲之类的诗歌，费衮也反对诗人仅仅表达“幽怨”情怀，而应当“言其志在为国和戎，而不以身之流落为念，则诗人之旨也”①。宋人言诗多强调忠君爱国，抱道而居，安时处顺，反对诗歌局限于发抒个人的情思，特别是对“悲苦太过”的情感，他们是比较轻视的。在屈原与渔父之间，宋人更欣赏“圣人不凝滞于物，而能与世推移”的渔父家风。

宋代诗论家，标举能得“性情之正”的理想人物是陶渊明和杜甫。陶渊明，“当忧则忧，遇喜则喜，忽然忧乐两忘，则随所遇而皆适”，宋人普遍肯定其“超世遗物”（《蔡宽夫诗话》）的人生态度，而这正是宋代道学所崇扬的“以道胜欲”、“以性约情”的达道境界。宋人论杜甫人格，一方面强化对杜甫“流落颠沛”个人遭遇的描述，另一方面强化对杜甫“一饭未尝忘君”的推崇。苏轼《王定国诗集序》云：“古今诗人众矣，而杜子美为首，岂非以其流落饥寒，终身不用，而一饭未尝忘君也欤！”王安石《杜甫画象》云：

吾观少陵诗，谓与元气侔。力能排天斡九地，壮颜毅色不可

① 费衮《梁溪漫志》，上海古籍出版社1985年版，第80页。

求。浩荡八极中，生物岂不稠？丑妍巨细千万殊，竟莫见以何雕锼。惜哉命之穷，颠倒不见收。青衫老更斥，饿走半九州。瘦妻僵前子仆后，攘攘盗贼森戈矛。吟哦当此时，不废朝廷忧。尝愿天子圣，大臣各伊周。宁令吾庐独破受冻死，不忍四海赤子寒飕飕。伤屯悼屈止一身，嗟时之人我所羞。所以见公像，再拜涕泗流。推公之心古亦少，愿起公死从之游。(《王荆公诗注》卷十三)

黄庭坚也认为“老杜虽在流落颠沛，未尝一日不在本朝”（《潘子真诗话》引），他们通过夸大叙述杜甫身世遭际之穷苦和胸中道义之崇高，来塑造伟岸的道德人格理想，为在政治漩涡中遭际不偶的宋代士人树立道德人格的典范。当然，理学家调子有时提得太高，就连被一些论者奉为“诗圣”的杜甫在朱熹眼里也非无可挑剔。他评杜甫《同谷七歌》说：“顾其卒章，叹老嗟卑，则志亦陋矣。人可以不闻道哉!”① 连杜甫都遭遇“不闻道”之评，可见“唐人工于为诗而陋于闻道”，在宋人看来是个多么严重的“问题”。

第三节 宋学背景中的诗歌鉴赏论②

宋学被称之为道学或理学，识理达道是其最高追求。这“道”和“理”，在二程和朱熹的哲学中，表现为“天道”、“天理”，人可以“主敬”、“持敬”，格物致知，而达到对“理”的认知；在陆九渊等人的哲学中，“理”本来就蕴藏在主体内心深处，是与生俱来的内质，就是人的“性”。但是在世俗的浸染中，人心中的这种“性”被遮障起来了，需要不断地格物致知，并通过自我警醒、磨炼，正心诚意，将覆盖本性的情欲灰尘抹去，让心性明亮起来。所以宋学的旨归，在于心性，即通常所说的内敛性、内倾性特征。这是宋代学术文化的总体倾向，在这个思想背景中，宋代的诗歌鉴赏阐释理论体现出新的特点。与汉唐时期相比，宋代诗歌鉴赏阐释理论表现出两个转向：一是从对文辞事义的

① 朱熹《跋杜工部同谷七歌》，《晦庵先生朱文公文集》卷八十四，《朱子全书》第3952页。

② 按，本节曾发表于复旦大学中国古代文学研究中心《中国文学研究》第19辑。

训释转向对文本理趣意味的涵咏玩味，二是从文本索隐转向读者自得。

先秦时期，孟子关于《诗经》的阐释，曾经提出过“知人论世”、“以意逆志”两大原则，对后代经典和文学阐释发生了深远的影响。汉代的《诗经》学，一方面试图把诗歌作品与当时的政治事件联系起来，探索作诗的缘起和本意；另一方面是专注于对文本言辞字句的训诂。这种阐释学特点一直延续到唐代。[①] 而宋代阐释学，就首先从对汉儒注经方法的发难开始起步。

对于释诗附会史事的有效性，苏轼已经表现出怀疑态度。他的《诗论》辨别“兴”与“比”的差异：“比”有明确的意指；而“兴之为言，犹曰‘其意云尔’”，不可确指。苏轼说：“意有所触乎当时，时已去而不可知，故其类可以意推，而不可以言解也。”[②] 也就是说诗歌创作那一瞬间的事实性背景，往往是不能复现的，对于诗歌的阐释，不应该以追求复现当初事实为目的，而应该以探求诗意为重心。后来，范浚《诗论》也说：“深求曲取、穿凿迁就之论兴，而诗之义始不明矣。”他确定释诗的目标在“通乎大义”，就像孔子说《诗》那样，告诸往而知来者，而不是深求史迹事实[③]。陈善《扪虱新话》认识到诗歌特性“是妙思逸兴所寓，固非绳墨度数所能束缚”，因此郑玄、沈括牵合《周礼》来注《诗》，原本就与诗歌本性相违背。这些都是对《毛诗序》所确立的附会史事以释诗的否定。汉唐的《诗经》学是顺延《毛诗序》而发展的，宋代《诗经》学则是从废序入手。《朱子语类》记载朱熹之论，说：“只缘序者立例，篇篇要作美刺说，将诗人意思尽穿凿坏了。”（卷八十）

当然，一种传统并不会因为人们的反对就很快绝迹。特别是经典阐释的传统，惯性更大。在宋代的诗歌阐释中，附会史事的现象依然存在。拿杜诗来说，宋人信奉“诗史”说，解释杜诗也多与史事联系起来，寻求杜甫诗兴背后所指的事实。夏竦解释杜甫《初月》诗“微升紫塞外，已隐暮云端”二句，以为“意在肃宗”。魏泰《临汉隐居诗

① 当然，史书也常记载魏晋以后有读书人不喜章句训诂之学，经典阐释从汉至唐也有一定的变化。

② 苏轼《诗论》，《苏轼文集》卷二，中华书局 1986 年版，第 56 页。

③ 范浚《诗论》，《香溪集》卷七，《丛书集成初编》据金华丛书本排印。

话》称赞他善于评诗①，并继续沿此思路解释韩愈《醉后》“煌煌东方星，奈此众客醉”，意指“宪宗在储也”，这种“天人感应”式的比附，在古代历史久远，影响巨大。唐僧虚中《流类手鉴》排列了几十种自然物象与人事之间的对应关系。这类例子在宋代的诗歌阐释中也不胜枚举。但是，黄庭坚已经对这种释诗方式给予批评。《大雅堂记》云：

> 彼喜穿凿者，弃其大旨，取其发兴，于所遇林泉、人物、草木、鱼虫，以为物物皆有所托，如世间商度隐语者，则子美之诗委地矣！（《豫章黄先生文集》卷十八）

旧时商贸中常用隐语、暗语来议价。黄庭坚说，如果解诗专求比兴，就像这暗语一样。这个批评切中要害，说得透辟。黄庭坚说他自己读诗，于“欣然会意处笺以数语”，这正是宋代鉴赏和阐释诗歌的主要模式。《王直方诗话》记载了黄庭坚论杜诗的一个典型事例。杜甫《遣兴五首》之三云：“陶潜避俗翁，未必能达道。观其著诗集，颇亦恨枯槁。达生岂是足，默识盖不早。生子贤与愚，何其系怀抱。”黄庭坚解释云：

> 杜子美困穷于三蜀，盖为不知者诟病，以为拙于生事，又往往讥议宗文、宗武失学，故聊托之渊明以解嘲耳。其诗名曰《遣兴》，可解也。俗人便谓讥病渊明，所谓痴人前不得说梦也。

这正是欣然会意、通其大义的说诗方式。王直方引黄说后连连称赞：“余以为安得山谷将工部诗篇篇如此训释以成一集乎？”宋人注释杜甫此诗，也常常引用黄庭坚此说。

汉人释诗繁琐训诂，至有以万言训一字，而释义忘意。这也遭到宋人的批评。王质云：“说《诗》当即辞求事，即事求意，不必纵横曼衍。若尔，将何时而穷？一‘若稽古’至三万言，无足讶也。”② 如果孜孜以求文字训诂，则永远没有完结，而宋人所要领会的是诗之“大意”，不在训诂之繁。洪迈《容斋随笔》卷一也批评汉人“训曰‘若稽

① 黄鹤《补注杜诗》卷二十引魏泰《临汉隐居诗话》此说。但是，郭知达《九家集注杜诗》卷二十，引赵次公（字彦材）语，已辨其非。

② 王质《诗总闻》卷一释《葛覃》，景印文渊阁《四库全书》本。

古'三万言，真可覆酱瓿也"，并提出"解释经旨，贵在简明"的主张。宋人认为杜甫"无一字无来处"，于是解释杜诗也务求出处。对此陆游斥责云：

> 今人解杜诗，但寻出处，不知少陵之意，初不如是。且如《岳阳楼诗》："昔闻洞庭水，今上岳阳楼。吴楚东南坼，乾坤日夜浮。亲朋无一字，老病有孤舟。戎马关山北，凭轩涕泗流。"此岂可以出处求哉？纵使字字寻得出处，去少陵之意益远矣。盖后人元不知杜诗所以妙绝古今者在何处，但以一字亦有出处为工。如《西昆酬唱集》中诗，何曾有一字无出处者，便以为追配少陵，可乎？且今人作诗，亦未尝无出处，渠自不知，若为之笺注，亦字字有出处，但不妨其为恶诗耳。(《老学庵笔记》卷七)

陆游这样正反诘难，尤为精辟。当然，阐释诗歌，指出诗人用事语典的出处，对于更深入理解诗歌还是有帮助的，不能一概否定。但是，若仅仅以寻求出处为目的，遗忘了对诗意的研寻，则是买椟还珠了。在宋人看来，诗歌的德性修养功能要远远高于它的知识性价值；或者说，宋人的诗歌鉴赏和阐释，是被纳入到"尊德性"的人生修养课程中的，而不只是"导问学"的知识系统。詹初对这一点说得非常明白：

> 读书不但是记文义，正须要理会于心。若不会理，徒记文义，亦只是记忆之学，无得于心。①

读书如此，读诗当然更是如此，应该超越语言文字，以"识理"、"会意"为最高追求。杨时云："学诗者不在语言文字，当想其气味，则诗之意得矣。"② 宋人意识到诗歌"妙思逸兴"的特点，否定了"经生"释诗的态度。项安世云：

> 大抵说文者皆经生，作诗者乃词人。彼初未尝作诗，故多不能得作者之意也。③

---

① 詹初《寒松阁集》卷二《日录》下，景印文渊阁《四库全书》本。
② 杨时《龟山先生语录》，《四部丛刊续编》影印宋刊本。
③ 项安世《诗中借辞引起》，《项氏家说》卷四。

也就是说，诗与文性质不同，体制各异，“经生”缺少作诗的经验，也就很难探明诗人作诗的意旨。当然，汉唐儒师把《诗三百》纳入到经学系统中去解释，的确迷失了《诗》的本旨，而宋人也有把《诗三百》纳入道学系统中去解释的倾向。但是，宋儒更多地注意到《诗》之为诗的特点，特别是宋代释诗者多有较高的文学素养和创作经验，因此他们对诗歌本旨的切合，与汉唐儒师相比迈进了一大步。

宋人的鉴赏理论，还把诗歌的“义”与“意”明确地分别开来。马永卿《元城先生语录》引刘安世论《国风》云：

> 读诗者当求其意，不当求其义。若求其义，或失之穿凿；若求其意，则可见古人用心处也。

这里所谓“义”，即诗歌的文辞字面意思，而“意”则是诗人作诗的“用心”意旨。刘安世明确地提出，读诗要超越单纯文字意思的训释，而转向探寻诗人的用心、诗歌的意蕴。黄庭坚说：“学者若不见古人用意处，但得其皮毛，所以去之更远。”① 刘安世的“义”，是指字面意思，大约就是黄庭坚所说的“皮毛”，他们的目标在古人“用意”、“用心”处。朱熹论看诗需要“自得他言外之意”时，提出两重意的说法：“晓得文义是一重，识得意思好处是一重。”（《朱子语类》卷一百一十四）文义是诗歌文本的外显意义，而“意思好处”则是诗歌意象之“精神”唤起读者的心性感悟后而“自然不知手之舞之，足之蹈之”的心灵感应。后来，南宋徐鹿卿更明确地将诗歌的内涵由浅入深分为三个层次：

> 余幼读少陵诗，知其辞而未知其义；少长，知其义而未知其味；迨今则略知其味矣。②

古人用词各执一义，大致来说，徐鹿卿所谓的“辞”，相当于刘安世所谓的“义”；徐鹿卿所谓的“义”，相当于刘安世所谓的“意”。这样，

① 范温《潜溪诗话》引。

② 徐鹿卿《跋黄瀛父适意集》，《清正存稿》卷五，《丛书集成续编》影印《豫章丛书》本。

徐鹿卿把诗歌内涵分为“辞”——文辞意义、“义”——诗歌整体主旨、“味”——言外韵味三个层次，而随着阅历的增长、阅读的深入，鉴赏诗歌的进程是由表及里，层层深入，由知义而知味，才是最高目标。这正是宋代诗歌鉴赏阐释理论区别于汉唐的一个重要特点。

宋代人是把诗歌鉴赏纳入到心性修养中的，视鉴赏诗歌为修养心性、提升道德的一种手段。宋代心性论的伦理哲学基础是孟子的“性善”论，“性善”论也是宋代鉴赏论的理论基础。姚勉云：

> 古今人殊，而人之所以为心，则同也。心同，志斯同矣。是故以学诗者今日之意，逆作诗者昔日之志，吾意如此，则诗人之志必如此矣！诗虽三百，其志则一也。①

所谓“心同”、“志同”，正是建立在孟子所谓“性本善”和“性相近”的理论基础上。朱熹也指出：“大率古人作诗与今人作诗一般，其间亦自有感物道情，吟咏情性，几时尽是讥刺他人？”② 只有人性本善，自我心性修养、道德提升才有可能；只有人性相近相通，才有可能涵咏、揣度、领会他人的诗歌意蕴。就像宋代道学修养强调正心诚意，心有所主的“常惺惺”态度一样，宋人对诗歌鉴赏主体的心志条件和状态也作出一些开创性的论述，为汉魏六朝隋唐诗学所未及。

关于鉴赏主体的心理状态，宋人的主要看法：一是“置心平易”，勿求险求深。张载《正蒙·乐器篇》云：“古之能知诗者，唯孟子为‘以意逆志’也。夫诗之志至平易，不必为艰险求之。今以艰险求诗，则已丧其本心，何由见诗人之志？”他的《读〈诗〉诗》云：“置心平易始知诗。”宋人反复称引此说，奉为圭臬。二是以正心、正气读诗，勿出于私心邪意。姚勉在论述以己意逆诗人之志时，特意强调“不可以私意逆之也”③。吕祖谦论读《诗》也警诫门人云：“须识得正心，一毫过之，便是私心。”（吕乔年《丽泽论说集录》卷三）陈埴云：“学《诗》之人每一章一篇并存‘无邪’之思以观之，则《三百篇》之义不

① 姚勉《诗意序》，《雪坡舍人集》卷三十七，《丛书集成续编》影印《豫章丛书》本。
②《朱子语类》卷八十，中华书局1986年版，第2076页。
③ 姚勉《诗意序》，《雪坡舍人集》卷三十七。

在《诗》，而在我矣。”① 在宋人看来，《诗经》“乐而不淫，哀而不伤”的特点还取决于读者的态度，所以，舒岳祥感慨“作诗难，评诗尤难也”，并提出“必具真识而后评之当，必全正气而后评之公”②。贫贱者、衰老者伤于真气，富贵者、少锐者缺少真识，都难以做到评论得当。其实，宋人特别是具有道学精神的人，是以一种“体道”、“味道”的心境来读诗的。郭熙《林泉高致集·画意》描绘他品读诗歌时的身心状态云：

> 余因暇日阅晋、唐古今诗什，其中佳句，有道尽人腹中之事，有装出人目前之景。然不因静居燕坐，明窗净几，一炷炉香，万虑消沉，则佳句好意亦看不出，幽情美趣亦想不成。

刘勰《文心雕龙·知音》有所谓“观千剑而后识器”的说法。宋人继续这一认识，如黄庭坚论读杜诗云：“非广之以《国风》《雅》《颂》，深之以《离骚》《九歌》，安能咀嚼其意味，闯然入其门耶?”（《大雅堂记》）但宋人论鉴赏主体，更强调读者首先在主体心性上有“存诚”、“求善”的倾向和态度，才能领略诗歌中的味道，获得心灵的滋养和人格的提升。

“学诗，调味者也；评诗，知味者也”③，以“知味”为目标的诗歌鉴赏，在方法上有其特点，宋人认为应该是反复涵咏、深入玩味、悉心体会。具体来说，一方面是熟读深思。苏轼《送安惇落第诗》云：“故书不厌百回读，熟读深思子自知。”程颢所谓“优游玩味，吟哦上下”④，是宋人读诗的不二法门。宋人常常强调的“熟读涵泳”、“反复熟读，加意思索”（许顗《彦周诗话》），正是在平易优游的心境中深入玩味诗歌之意趣。另一方面是体会想象。杨时论读诗方法就强调体会诗情，想其气味。他举《关雎》一诗来说明何谓体会：

> 何谓体会？且如《关雎》之诗，诗人以兴后妃之德，盖如此

① 陈埴《木钟集》卷二《孟子》。

② 舒岳祥《俞宜民诗序》，《阆风集》卷十。

③ 徐鹿卿《跋杜子野小山诗》，《清正存稿》卷五。同前揭，第207页。

④《二程外书》卷十二《传闻杂记》。

也。须当想象雎鸠为何物，知雎鸠为挚而有别之禽，则又想象“关关”为何声，知“关关”之声为和而适，则又想象“在河之洲”是何所在，知“河之洲”为幽闲远人之地，则知如是之禽，其鸣声如是，而又居幽闲远人之地，则后妃之德可以意晓矣。是之谓体会。惟体会得，故看诗有味。至于有味，则诗之用在我矣。①

当然，这种深思、想象，是有方向性的，那就是对道德义理的体认。“读《四牡》之诗，当思君臣之义；读《棠棣》之诗，当思兄弟之义；读《伐木》之诗，当思朋友之义；读《采薇》之诗，当思征伐之义。有为者，亦若是乃可也”，② 这与汉唐阐释《诗经》注重对诗歌所美刺政事的探赜已有很大的不同。这种鉴赏是情感的交融和理智的冥契，是想象的激发和悟性的开启，是整个心灵的沉浸，是审美感与道德感的交汇。深入鉴赏，当“自然和气从胸中流出”③ 时，就可以体味出不可得而言的妙处，道德人格境界也在向上提升。

宋代诗歌鉴赏论，在主体独立性、创造性上有了很大的提高。汉唐的《诗经》阐释，不论是字义的训诂，还是本事的探求，都是以接受主体之外的客观意义为追求目标。而宋人阐释《诗经》，则重在义理的思索、意蕴的玩味，因此重点落在接受主体的“自得”，这也是宋代诗歌鉴赏论的一个特点，即从历史本事、文本意义的索隐，转向主体的自得领悟，表现出鉴赏主体的独立创造性。

宋初，梅尧臣、欧阳修已经意识到读者鉴赏诗歌是“会意”、“心得”的心理过程和审美感受，这种审美感受和义理冥会，难以用言辞表现出来。欧阳修《六一诗话》引梅尧臣的话说：

作者得于心，览者会以意，殆难指陈以言也。虽然，亦可以略道其仿佛。

欧阳修的《书梅圣俞稿后》进一步把诗歌分为可以言说和不可言说两个层次：

---

① 杨时《龟山先生语录》卷三，《四部丛刊续编》影印宋刊本。
② 陈郁《藏一话腴外编》卷下，《丛书集成续编》影印宋福建漕治本。
③ 朱熹语，见《朱子语类》卷八十。同前揭，第 2086 页。

余尝问诗于圣俞。其声律之高下，文语之疵病，可以指而告余也；至其心之得者，不可以言而告也。余亦将以心得意会，而未能至之者也。①

声律高下、文语疵病，这是诗歌的外在形式、法则问题，可以言说。作者创作那一瞬间的心意，创作完成之后连作者自己也不能用言词描绘、告诉别人，读者也就只能心得意会了。而读者鉴赏时的心得与作者创作时的心意，并非完全等同，而是存在着差异。欧阳修已经认识到了这一点，其《唐薛稷书跋》云：

画之为物，尤难识其精粗真伪，非一言可达。得者各以其意。披图所赏，未必得秉笔之意也。昔梅圣俞作诗，独以吾为知音。吾亦自谓举世之人知梅诗者莫吾若也。吾尝问渠最得意处，渠诵数句，皆非吾赏者。以此知披图所赏，未必得秉笔之人本意也。②

“披图所赏，未必得秉笔之人本意也”，非常确切地概括了艺术鉴赏中的差异性、创造性，为宋代的诗歌鉴赏“自得”论，提供了理论依据。此前，刘勰《文心雕龙·知音》篇专门阐述诗文鉴赏的问题，刘勰的目标在于“披文以入情”，如何领会作者之意，而欧阳修则认识到作者之意难以完全复原，因此重在读者“自得”。

读者鉴赏的差异性、开放性，是宋人的共同认识。魏泰《临汉隐居诗话》云：

顷年尝与王荆公评诗。予谓：“凡为诗，当使挹之而源不穷，咀之而味愈长。至如永叔之诗，才力敏迈，句亦雄健，但恨其少余味尔。”荆公曰：“不然。如‘行人仰头飞鸟惊’之句，亦可谓有味矣。”然至今思之，不见此句之佳，亦竟莫原荆公之意。信乎，所见之殊，不可强同也。

---

① 欧阳修《书梅圣俞稿后》，洪本健校笺《欧阳修诗文集校笺》，上海古籍出版社 2009 年版，第 1907 页。

② 欧阳修《唐薛稷书跋》，李之亮笺注《欧阳修集编年笺注》，巴蜀书社 2007 年版，第 441—442 页。

文艺鉴赏既存在差异性，也存在一致性。叶梦得《石林诗话》批评欧阳修诗歌“专以气格为主”，“语有不伦”，与魏泰所谓雄健而少余味，意思差不多。但是对同一首诗，魏泰与王安石的审美感受又存在很大差异。这一方面是由于文本自身意蕴的开放性、不确定性，另一方面也和读者的艺术趣味等因素有关。不管怎么说，“所见之殊，不可强同”的事实，已经为宋人所接受。宋人正是认识到这个“不可强同”的道理，才重视读者的“会心”、“自得”。刘辰翁论读杜诗云：

> 观诗各随所得，别自有用。……用是此语，本无交涉，而见闻各异，但觉闻者会意更佳。用此可见杜诗之妙，亦可为读杜诗之法。从古断章而赋皆然，又未可訾为错会也。①

洪咨夔还凝练地把宋人的这个认识概括为：“诗无定鹄（按，鹄意为箭靶子），会心是的。”② “诗无定鹄”，近似于董仲舒所谓“《诗》无达诂”，而宋人提出“会心是的”，把重心放在读者“会心”上。宋人在解释《孟子》“以意逆志”时把它解释为“以己意迎取作者之志”③，体现出宋代鉴赏阐释理论的新发展。

当然，读者鉴赏“自得”是具有意向性的，读者在形象联想、意义引申时的方向是可以引导的。罗大经说：“大抵古人好诗，在人如何看，在人把做甚么用。”这就是意向性问题。如杜甫绝句“迟日江山丽，春风花草香。泥融飞燕子，沙暖睡鸳鸯”，将之纯粹当成景物来看，没有什么特异之处，但是若“把做道理看”，则“上二句见两间莫非生意，下二句见万物莫不适性。于此而涵泳之，体认之，岂不足以感发吾心之真乐乎！”④ 宋人读诗强调“胸次玲珑活络”，不过从总体倾向上看，他们的意义指向在于义理的发现，从文义转向理趣、意味。而其理趣和意味，往往侧重于儒家的道义伦理内涵。

---

① 刘辰翁《题刘玉田选杜诗》，《刘辰翁集》卷六，《丛书集成续编》影印《豫章丛书》本。

② 洪咨夔《易斋诗稿跋》，《平斋文集》卷十，景印文渊阁《四库全书》本。

③ 朱熹《孟子集注》卷五，《四书章句集注》，中华书局 1983 年版，第 306 页。

④ 罗大经《鹤林玉露》乙编卷二《春风花草》条，中华书局 1983 年版。

第五章
宋代的形式诗学

【内容提要】 宋人“尚意”，还表现在对于诗歌艺术形式美的自觉探究上，如果说唐代“诗格”之类著作只是在规定诗歌的普泛性法则的话，宋代的形式诗学则突出了诗歌技巧的个性化，或“化古生新”，或“破体求奇”，或“刻意精工”，通过形式技法的创新求巧，以确证诗人的主体性存在。

宋代士人精神的一个特点，是力主创造。在诗歌创作上求新求变，终于取得了足以与唐诗相抗衡的成绩。宋代诗学，提出了新的诗歌范型和诗学理想，在诗学史上也独具一格。创新精神突出表现在宋人对诗歌形式方法问题的探索上。王国维《宋代之金石学》论宋代学术，“在诗歌，则兼尚技术之美，与唐人尚自然之美者蹊径迥殊”。唐五代出现了一些“诗格”著作，算是比较早地探讨诗歌的形式法则问题。但是“诗格”之类著作，一般是从具体诗例中提炼出形式法则，将之理论定型化、格式化，这样反而束缚了诗人的手脚，所以北宋中期以后，“诗格”就不再流行了。① 诗论家延续杜甫的方向，通过对北宋苏轼、王安石、黄庭坚等人创作经验的总结，继续探索诗歌的形式问题，形式诗学得到充分的发展。主体之“意”在形式技法的钻研和创新上得到确证。

第一节 “化古生新”论

唐诗是矗立在宋人面前的一座丰碑，面对唐诗特别是盛唐诗歌的丰碑，宋人的确有“开辟真难为”的困境，但是宋人从晚唐的衰苶中振作起来，既虚心汲取前代的菁华，又力主创新。集前代之大成而自成一家，是宋人开辟的道路。吴可《藏海诗话》云：“如贯穿出入诸家之诗，与诸体俱化，便自成一家，而诸体俱备。若只守一家，则无变态，虽千百首，皆只一体耳。”这是宋人的共同认识。当然具体到个别诗人，有可能专学杜诗，甚至专学黄庭坚诗，连杜诗也束之高阁，但是，在理论上，宋人主张博取众长，在广泛学习前贤的基础上，各有独造，自成一家。从北宋前期苏轼所谓“凡造语，贵成就，成就则方能自名一家”，“自出新意，不践古人，是一快也”（《评草书》），黄庭坚所谓“听它下虎口著，我不为牛后人”（《赠高子勉》），到宋季杨东山“丈夫自有冲天志，不向如来行处行”（《鹤林玉露》卷三引），戴复古“须教自我胸中出，切忌随人脚后行”（《石屏诗集》卷六《论诗十绝》），“自成一家”的信心一直促使宋代诗人去不断学习，不断创造，求新求变，终于造就出宋代诗歌的特色，取得巨大的成绩。

宋人重视对前代诗歌遗产的继承和学习，但是反对因袭模拟。“诗恶蹈袭古人”，是宋人的共同看法。苏轼《寄题刁景纯藏春坞》有句“年抛造化陶甄外，春在先生杖履中”，秦观《俞公达待制挽词》沿袭云“风生使者旌旄上，春在将军俎豆中”，《王直方诗话》就批评秦观“依仿太甚”。梁简文帝《夜望单飞雁》云：“早知半路应相失，不若从

---

①《蔡宽夫诗话》云：唐末五代，俗流以诗自名者，多好妄立格法，取前人诗句为例，议论蜂出，甚有狮子跳掷、毒龙顾尾之势，览之每使人拊掌不已。大抵皆宗贾岛辈，谓之贾岛格。而于李杜特不少假借。李白“女娲弄黄土，抟作愚下人。散在六合间，蒙蒙若埃尘”，目曰调笑格，以为谈笑之资。杜子美“冉冉谷中寺，娟娟林外峰。栏干更上处，结缔坐来重”，目为病格，以为言语突兀，声势蹇涩。此岂韩退之所谓“蚍蜉撼大木，可笑不自量”者邪！

来本独飞。”欧阳修《鹧鸪天》拟之曰：“早知今日长相忆，不及从来莫作双。”《王直方诗话》也批评说：“递相踵袭，似最为诗之大患。”对于两汉、晋、宋诗人作“离骚体”句句规摹屈、宋，叶梦得《石林诗话》讥刺云：“若是虽工，亦何足道!”因袭模拟，缺乏创新精神，躲在古人的影子里，是为宋人所不齿的。胡仔《苕溪渔隐丛话》前集云：“若循习陈言，规摹旧作，不能变化，自出新意，亦何以名家?”（卷四十九）诗歌应该变化古人，自出新意，自成一家，这是宋代诗论的一个基本意旨。

那么，面对前代已有的成就，宋人该如何创新呢？这是首先要回答的问题。早在宋初，梅尧臣就提出“以故为新，以俗为雅”的原则（陈师道《后山诗话》引）。梅尧臣希望诗人造语能够达到“意新语工，得前人所未道者”的境界，而其方法就是化故为新，化俗为雅。其后苏轼和黄庭坚都一再申述这一主张①。终宋之世，“以故为新，以俗为雅”都是指导化用前代文化遗产加以转变、创新的一个重要原则。这一方面展示了在文化高涨的宋代，诗人学养之深厚；另一方面又为诗人冥思创新、驰骋才艺、崭露才华提供了场域，可以在诗艺中体现匠心；同时又为那些“释耒耜而执笔砚”② 的中下层“俗士”进入上层主流“雅”文化指出了途径。

宋代诗学的化古生新论，大致表现在这样几个方面：

（一）袭取成句、略加损益而获得新的艺术效果。在这方面，杜甫为宋人提供了范例。杜甫《解闷十二首》其四怀念薛据：“独当省署开文苑，兼泛沧浪学钓翁。”“省署开文苑，沧浪忆钓翁”是薛据之诗（据陈师道《后山诗话》），杜甫只是增益“独当”、“兼泛”两词，涵括薛诗以赞美薛据。王维《和贾舍人早朝大明宫之作》“九天阊阖开宫殿，万国衣冠拜冕旒”两句七言，杜甫《太岁日》缩略为五言“阊阖开黄道，衣冠拜紫宸”，陈师道称赞杜诗“语益工”。王维也善于点化前人成句。“水田飞白鹭，夏木啭黄鹂”本为李嘉佑诗，王维《积雨辋

---

① 苏轼《东坡志林》卷九：“诗须要有为而后作，当以故为新，以俗为雅。”黄庭坚与杨明叔论诗谓：“以俗为雅，以故为新，百战百胜，如孙吴之兵，棘端可以破镞，如甘蝇飞卫之射，捏聚放开在我掌握。”见《山谷集》卷二十六，又见《韵语阳秋》卷三。

② 苏轼《谢范舍人书》：“于是释耒耜而执笔砚者，十室而九。”《苏轼文集》卷四十九。

川庄作》添“漠漠”、“阴阴”四字，成“漠漠水田飞白鹭，阴阴夏木啭黄鹂”，在唐人李肇看来这是“窃取”（《国史补》卷上），但是宋人认为这是成功地点化前人成句。叶梦得评论说，李嘉佑原句“但是咏景耳”，而王维增添两个双字，全篇“精神兴致，全见于两言”，“自见其妙”（《石林诗话》卷上）。黄庭坚有时也采用这个方法来转化前人陈言，如韩愈《遣兴》云“断送一生惟有酒”，《赠郑兵曹》云“破除万事无过酒”，黄庭坚《西江月》词“断送一生惟有，破除万事无过”，将韩诗的两句连缀为一联对偶，陈师道评论说黄庭坚词“才去一字，遂为切对，而语益峻”（《后山诗话》）。这些都是点化前人诗歌成句的成功范例。与此相似，杨万里还提出初学诗者，借用古人好语好字，嵌入己诗，不至生硬。随着诵诗日益增多，择字也更加精切，“始乎摘用，久而自出肺腑，纵横出没，用亦可，不用亦可”①。这也是一种点化古人字句的方法。黄庭坚《答洪驹父书》云：

> 自作语最难。老杜作诗，退之作文，无一字无来处。盖后人读书少，故谓韩、杜自作此语耳。古之能为文章者，真能陶冶万物，虽取古人之陈言入于翰墨，如灵丹一粒，点铁成金也。

点铁成金，超凡入圣，是指取古人的陈言，加以点化，化腐朽为神奇，体现出艺术匠心。黄庭坚《云巢诗序》云：“转古语为我家物。”能把古语转为我家物，亦非易事，如果不善用之，则是点金成铁，落入剽窃之嫌了。

（二）夺胎换骨。上面这种点化古人成句的方法，只可偶尔为之，实非诗歌语言创造的正途。宋人化用古语的常用方法，是黄庭坚提出的“夺胎换骨”。惠洪《冷斋夜话》引述黄庭坚语云：

> 山谷云：诗意无穷，而人之才有限。以有限之才，追无穷之意，虽渊明、少陵，不得工也。然不易其意而造其语，谓之换骨法。窥入其意而形容之，谓之夺胎法。（卷一）

---

①杨万里《诚斋诗话》，丁福保辑《历代诗话续编》第141页。本书引《诚斋诗话》悉依此本。

北宋中叶以后，“夺胎”、“换骨”就成为诗论家反复琢磨、揣度的诗歌方法，但是，究竟何为“夺胎”、“换骨”，却很少见到明确的界定，特别有些诗话如曾季狸的《艇斋诗话》、杨万里的《诚斋诗话》，已经把“夺胎”、“换骨”混为一体，不再分别言之。今人对于“夺胎”、“换骨”的解释也各有不同。我们还是结合宋人的具体例证来看吧。

宋代诗话解释“夺胎”，除了《冷斋夜话》引山谷所谓“窥入其意而形容之”之外，《诗宪》云：“夺胎者，因人之意，触类而长之，虽不尽为因袭，又能不至于转易，盖亦大同而小异耳。”洪迈《容斋三笔》谈“夺胎”时云，“全拟其意”。大致来说，“夺胎”就是对前人诗句的意理加以深造、引申、凝练、浓缩，融入到自己的诗意整体中去，获得新的美感。宋人论“夺胎法”，列举了这样几个例子：

顾况《上湖至破山赠文周萧元植》两句“一别二十年，人堪几回别”，一面是人生的短暂，一面是分别之久，构成了诗意的紧张。王安石将这两句诗意衍化为一首绝句，其《过外弟饮》云：“一日君家把酒杯，六年波浪与尘埃。不知乌石冈边路，到老相逢得几回。”诗歌的意理没有大的变化，但是表现得更凝重，更深刻。宋人认为这是夺胎法。①

白居易《醉中对红叶》绝句云：“临风杪秋树，对酒长年身。醉貌如霜叶，虽红不是春。”苏轼《纵笔三首》之一模仿其构思，略加引申，云：“儿童误喜朱颜在，一笑那知是醉红。”运用醉貌之红和青春朱颜之间形似而质非，构成谐趣。宋人认为这也是夺胎法。②

帛道猷《陵峰采药触兴为诗》云：“连峰数千里，修林带平津。茅茨隐不见，鸡鸣知有人。”写一个远离尘世的境界，呈现知觉主体由隐而显，由“不见”而“知”的心理转变过程。秦观《秋日三首》之一末二句云：“菰蒲深处疑无地，忽有人家笑语声。”僧参寥《东园》诗云：“隔林仿佛闻机杼，知有人家在翠微。”在构思和立意上，秦观、参寥都与帛道猷相一致。陈岩肖《庚溪诗话》认为，秦观和参寥“其

① 见《冷斋夜话》《苕溪渔隐丛话》前集卷三十五、《诗人玉屑》卷八、《对床夜语》卷三、《诗林广记》后集卷二等。

② 见《冷斋夜话》《诗话总龟》卷九、《苕溪渔隐丛话》前集卷三十五、《诗林广记》后集卷三。

源乃出于道猷，而更加锻炼，亦可谓善夺胎者也”。曾慥《高斋诗话》认为秦观、参寥诗“大同小异，皆奇句也”。据《诗话总龟》记载，参寥此二句“每为人诵”，以致苏轼云：“此吾师七字师号也。”不过明代杨慎认为秦观、参寥“虽祖道猷语意而不及”（《升庵集》卷五十五），大约是构思上过于接近，而不能出以新意的缘故。

杜甫《缚鸡行》写诗人内心在鸡和虫的矛盾中无法取舍的踌躇，云：

> 小奴缚鸡向市卖，鸡被缚急相喧争。家中厌鸡食虫蚁，不知鸡卖还遭烹。虫鸡于人何厚薄，吾叱奴儿解其缚。鸡虫得失无了时，注目寒江倚山阁。

洪迈云：“予友李德远尝赋《东西船行》，全拟其意。……予曰：语意绝工，几于得夺胎法。”（《容斋三笔》卷五）其友李德远《东西船行》云：

> 东船得风帆席高，千里瞬息轻鸿毛。西船见笑苦迟钝，汗流撑折百张篙。明日风翻波浪异，西笑东船却如此。东西相笑无已时，我但行藏任天理。

虽然具体描写的对象不同，但是整个诗篇的构思、立意，甚至布局，都是模拟杜诗。通过这些例子可以看出，“夺胎法”主要是指诗歌构思、立意上的模拟、沿袭、引申、深造，通过对前人诗意的“袭”与“变”来表现自己的诗歌意理，或将前人诗意融入自己诗歌的意义整体中去，转换为“我家物”，读者没有发现其来处时，会惊叹其构思立意之巧妙；即使发现其来处，通过比较，也可以领会诗人在原来意义的基础上加以“形容”的艺术匠心。

再看“换骨法”。《冷斋夜话》引山谷语解释说：“不易其意而造其语，谓之换骨法。”葛立方《韵语阳秋》说：“诗家有换骨法，谓用古人意而点化之，使加工也。”《诗宪》云：“换骨者，意同而语异也。”它们的共同意思是，“换骨法”更注重于诗歌语言的改造和创新，在意理上与前人相同，而语言技巧上有自己的创造，或者说，赋予前人的诗意以新的语言形式，从而使已有的意理获得新颖的表达效果。如：郑谷

《十月菊》"自缘今日人心别，未必秋香一夜衰"，写秋菊之遭冷遇，但是宋人认为其"病在气不长"，即言外没有多少值得回味的余地，而且有哀怨之意。王安石的《和晚菊》云："可怜蜂蝶飘零后，始有闲人把一枝。"其在诗意上也是写秋天菊花之孤独，但是语言和构思都不蹈袭前人，所以能写出秋菊的孤傲不俗的精神，有唐人风致。宋人认为这是"换骨法"。①

惠洪《冷斋夜话》卷一还举例云："又如李翰林诗曰：'鸟飞不尽暮天碧。'（按，此句非李白诗，而是出于郭祥正《金山行》）又曰：'青天尽处没孤鸿。'然其病如前所论。山谷作《登达观台》诗曰：'瘦藤拄到风烟上，乞与游人眼界开。不知眼界阔多少，白鸟去尽青天回。'凡此之类，皆换骨法也。"黄庭坚的"白鸟去尽青天回"与"鸟飞不尽暮天碧"、"青天尽处没孤鸿"在描写的景象上没有什么区别，但是黄诗用"去"和"回"二字，表现出相对运动的动态，特别是黄诗此句嵌入在"游人眼界开"的诗意之中，赋予此句深邃的人生内涵，便在语言的锻造加工上获得了更佳的审美效果。葛立方《韵语阳秋》卷二也列举了"换骨法"的一些例子：

> 李白《秋浦歌》云："白发三千丈，缘愁似个长。"王安石点化之，云："缲成白雪三千丈。"（《示俞秀老》）
>
> 刘禹锡《月望洞庭》云："遥望洞庭湖水面，白银盘里一青螺。"黄庭坚点化之云："可惜不当湖水面，银山堆里看青山。"（《雨中登岳阳楼望君山》）
>
> 孔稚圭《白苎歌》云："山虚钟磬彻。"黄庭坚点化之云："山空响管弦。"（《次韵廖明略同吴明府白云亭宴集》）

从这些例子大致可以看出，"换骨法"主要是指诗人点化前人诗意，化古为新，采用新颖的角度、句法、字词、修辞，来赋予前人诗意以新的审美意味。而"夺胎法"则更侧重于对前人巧妙的构思、立意的沿袭，将这种构思、立意运用于新的意象表现之中。

到了南宋时期，孙奕《履斋示儿篇》、史绳祖《学斋佔毕》、曾季

① 见《冷斋夜话》，《诗人玉屑》卷八。

狸《艇斋诗话》、杨万里《诚斋诗话》，在引述“夺胎换骨”时都笼统言之，而不再细分。其实，“夺胎换骨”的主要意思就是化古为新，对前人琢句、运思、立意和意象有所借鉴和沿袭的同时，创造新鲜的表现方式，包括句法结构、意象组合、修辞手段等，赋予前人诗意以新鲜的表达效果，使前人诗歌的意象片断融入到自己诗歌的意象整体中去。

（三）翻案法。“夺胎换骨”是沿袭前人的诗意或词句而加以精造锻炼，以获得新的表达效果。而宋人的“翻案法”则是着力在立意上求新求变，反其道而行之，表现自己的独立见解。这是宋代诗学“化古生新”的又一种较为通行的途径。这种运思方式的出现，与宋人尚议论的风气是相适应的。苏辙云：“人生逐日，胸次须出一好议论。若饱食暖衣，惟利欲是念，何以自别于禽兽?”（《唐子西文录》引）这是宋人普遍的人生态度，表现在诗歌中，就形成“以议论为诗”的特点，其中“翻案法”也是以议论为诗的一个方面。“翻案”原本是禅宗公案的一种思辨方法，方回云：“北宗以树以镜譬心，而曰：‘时时勤拂拭，不使惹尘埃。’南宗谓‘本来无一物，自不惹尘埃’，高矣。后之善为诗者，皆祖此意，谓之翻案法。”① 在诗歌中，对前代故事、旧论的翻案和另立新解，正体现出自我做主、自成一家、不俯仰随人的创新精神，所以宋人作诗屡屡为之，诗学也津津乐道。

其实，在唐代诗歌中，有时也出现翻案法的例子，如王维《送杨少府贬郴州》末二句“长沙不久留才子，贾谊何须吊屈平”和李白《巴陵赠贾舍人诗》末二句“圣主恩深汉文帝，怜君不遣到长沙”，都是翻用贾谊被贬事。李白《夜坐吟》末二句“一语不入意，从君万曲梁尘飞”，是从鲍照诗“万曲不关心，一曲动情多”翻案而出。李白《塞上曲》“但歌大风云飞扬，安用猛士守四方”，是从刘邦《大风歌》翻出。这种翻案法，将前人诗意翻进一层，另立新意，体现了诗人构思运意之巧，也具有运思曲折、笔力斡旋的效果，所以诗人时常用之，乃至于“古今无不翻案之文人”②。自中唐以降，诗歌尚意造，运用翻案法也更为频繁，宋代苏轼、王安石、黄庭坚的诗歌中屡次运用，在理论上也日

① 方回《名僧诗话序》，《桐江集》卷一，《续修四库全书》影印清抄本。

② 明陈仁锡《续古文奇赏序》，见贺复征《文章辨体汇选》卷二百九十二，景印文渊阁《四库全书》本。

益自觉。初唐王梵志《翻著袜》诗云："梵志翻著袜，人皆道是错。乍可刺你眼，不可隐我脚。"黄庭坚称为"翻著袜法"①。王梵志这首诗倒是很贴切"翻案法"的特点，"不可隐我脚"，正是"胸次须出一好议论"的主体自我意识的表现，而"乍可刺你眼"，正是"反其意而用之"所获得的新奇效果。所以，"知梵志翻著袜法，则可以作文"②。宋代诗话对于诗歌创作中反其意而用之的翻案法是津津乐道的，至杨万里《诚斋诗话》，正式提出了"翻案法"的命题。我们看几则诗话：

文人用故事，有直用其事者，有反其意而用之者。……李义山诗："可怜半夜虚前席，不问苍生问鬼神。"虽说贾谊，然反其意而用之矣。林和靖诗："茂陵他日求遗稿，犹喜曾无封禅书。"虽说相如，亦反其意而用之矣。直用其事，人皆能之，反其意而用之者，非学业高人，超越寻常拘挛之见，不规规然蹈袭前人陈迹者，何以臻此？（严有翼《艺苑雌黄》）

太白云："解道澄江静如练，令人还忆谢玄晖。"至鲁直则云："凭谁说与谢玄晖，休道澄江静如练。"王文海云："鸟鸣山更幽。"至介甫则曰："茅檐相对坐终日，一鸟不鸣山更幽。"皆反其意而用之，盖不欲沿袭之耳。（胡仔《苕溪渔隐丛话》后集卷四）

（孟东野）《寓言》云："谁谓碧山曲，不废青松直。谁谓浊水泥，不污明月色。"是又欲和光而同尘也。下句亦本太白"独漉水中泥，水浊不见月"，第反其意耳。（范晞文《对床夜语》卷四）

老杜《九日》诗："老去悲秋强自宽，兴来今日尽君欢。"不徒入句便字字对属。又第一句顷刻变化，才说悲秋，忽又自宽，以"自"对"君"甚切。君者君也，自者我也。"羞将短发还吹帽，笑倩旁人为正冠"，将一事翻腾作一联。又孟嘉以落帽为风流，少陵以不落为风流，翻尽古人公案，最为妙法。（杨万里《诚斋诗话》）

孔子老子相见倾盖，邹阳云："倾盖如故。"孙侔与东坡不相识，乃以诗寄坡，坡和云："与君盖亦不须倾。"刘宽责吏，以蒲

① 黄庭坚《书梵志翻著袜诗》，《山谷集》卷三十。
② 明杨慎《丹铅总录》卷十，景印文渊阁《四库全书》本。

为鞭，宽厚至矣。东坡诗云："有鞭不使安用蒲。"老杜有诗云："忽忆往时秋井塌，古人白骨生青苔，如何不饮令心哀。"东坡则云："何须更待秋井塌，见人白骨方衔杯。"此皆翻案法也。予友人安福刘浚，字景明，《重阳》诗云："不用茱萸仔细看，管取明年各强健。"得此法矣。（杨万里《诚斋诗话》）

放翁仕于蜀，海棠诗最多。其间一绝尤精妙，云："蜀地名花擅古今，一枝气可压千林。讥评更到无香处，当恨人言太刻深。"此前辈所谓翻案法，盖反其意而用之也。（《诗人玉屑》引《小园解后录》）

诗恶蹈袭古人之意，亦有袭而愈工，若出于己者，盖思之愈精，则造语愈深也。魏人章疏云："福不盈身，祸将溢世。"韩愈则曰："欢华不满眼，咎责塞两仪。"李华《吊古战场文》曰："其存其殁，家莫闻知。人或有言，将信将疑。睊睊心目，梦寐见之。"陈陶则云："可怜无尽河边骨，犹有春闺梦里身。"盖愈工于前也。（魏泰《临汉隐居诗话》）

此外，在诗歌评论中，"翻案法"也是诗论的重要内容。蔡正孙《诗林广记》指出，黄庭坚《雨中登岳阳楼望君山》"可惜不当湖水面，银山堆里看青山"二句，是从刘禹锡《望洞庭》"遥望洞庭山水色，白银盘里一青螺"和雍陶《望君山》"应是水仙梳洗罢，一螺青黛镜中心"翻案而出。蔡正孙评论杜牧《赤壁诗》引谢枋得的话说："众言项羽有速亡之罪，牧之独言项羽有可兴之机，亦死中求活意也。"（《诗林广记前集》卷六）蔡正孙评论陈师道《示三子》引谢枋得语，认为陈师道诗"了知不是梦，忽忽心未稳"二句，是祖杜甫"夜阑更秉烛，相对如梦寐"之意，著一转语，意味悠长，可与杜甫争衡(《诗林广记》后集卷六)。方回评杜甫《舟中夜雪有怀卢十四侍御弟》"不识山阴道，听鸡更忆君"云："凡用事必须翻案，雪夜访戴，一时故实。今用为不识路而不可往，则奇矣。"（《瀛奎律髓》卷二十一）又评白居易《履道春居》结句"不如陶省事，犹抱有弦琴"云："尾句翻案尤佳。"（《瀛奎律髓》卷十）

宋人所欣赏的最为奇妙的"翻案法"就是反前人之意而用之，在前人诗意上“著一转语”，翻进一层，死中求活，另立新意。宋人对于正面用事，把前人事典、语典直接嵌入己诗时有批评，认为这是填塞故实，是点鬼簿，是牵绊死尸。反其意而用之的翻案法，如果能在前人语意之外发一段前人所未发的议论，足以使观者感动奋兴，这也不失为在“世间好语言已被老杜道尽”① 的窘境中化古为新，化腐朽为神奇，另辟新途的一种方法。正如严有翼所言，学业高人具有“超越寻常拘挛之见”，而能“不规规然蹈袭前人陈迹”，才能翻前人之案，而有胜意。也就是说，“翻案法”需要具有深厚的学养和卓越的识力，胸中才能生出独立特出的议论，一新人之耳目，所以“翻案法”也是对宋人学养和胸臆的挑战和确证，故而得到宋人的垂青。

当然，“翻案法”并非是诗歌的专利，写文章也崇尚在前人议论之外另立高义，也常用“翻案法”。茅坤评苏洵《彭州圆觉禅院记》为“翻案格，议论有一段风致”②。词也讲究翻案，秦观《江城子》“便做春江都是泪，流不尽许多愁”是翻用李煜《虞美人》“问君能有几多愁，恰似一江春水向东流”而来，张綖评曰：“词人佳句，多是翻案古人语。”

“翻案法”为诗人化古生新开辟了广阔的境界，正如黄生所说：“用事忌熟，惟翻案则无不可用之事矣。”③ 后代对“翻案法”的褒赞和发挥不一而足。④ 但是，“翻案法”毕竟有前人诗意的限制，而且也落入议论的窠臼，故招致了一些人的批评，如冯舒批评云：“必求新异，谓之翻案，此宋人膏肓之疾。”⑤ 其实翻案之另立新意，若能新人耳目，富有胜意，且能与诗歌整体意韵相谐调，那就不失为化古生新的一种诗法。

---

① 胡仔《苕溪渔隐丛话》前集卷十四引王安石语。

②《唐宋八大家文钞》卷一百一十六，景印文渊阁《四库全书》本。

③ 黄生《杜诗说》评杜甫《舟中夜雪有怀卢十四侍御弟》，黄山书社 1994 年版，第 193 页。

④ 参见张高评《翻案诗与宋诗特色》，张高评《宋诗特色研究》，长春出版社 2002 年版。

⑤ 李庆甲《瀛奎律髓汇评》卷二十一陈师道《雪中寄魏衍》，冯舒评语，上海古籍出版社 2005 年版，第 865 页。

第二节 “破体求奇”论

唐诗尚情韵，宋诗尚理致，是后人的基本认识。宋代诗歌在唐诗顶峰之外，别创新途，形成一种新的诗美风尚，不论后人对宋诗是褒是贬，宋诗的独特性都是有目共睹的。宋诗获得独特性，是与北宋前期苏轼、黄庭坚等人要于唐人之外“自成一家”的自觉追求分不开的，他们有意要打破汉魏盛唐诗歌的审美范型和形式规则，在汉魏盛唐诗歌的情韵、雅正、和谐之外，标举义理、世俗、奇崛，创造“不美之美”，把自杜甫、韩愈开始的议论化、散体化、世俗化推向极致。宋诗创作上的这些特点，宋代诗话笔记等诗论著作反复讨论，对一些问题作出了较为细致的辨析，这些基本上属于形式诗学的内容，可以概括为“破体求奇”的诗歌追求。

古代文学中，不同的文体在表现内容、表现方式和风格上有不同的要求。早在魏晋时期，曹丕提出“诗赋欲丽”，陆机提出“诗缘情而绮靡”，要求诗歌表现诚挚感人的情志，风格上美好动人。大体上在盛唐之前，诗歌基本上遵循“缘情而绮靡”的原则。自盛、中唐之交的杜甫开始，诗歌不只限制于缘情，也可以叙事议论，用诗歌体制表现“文”的内容。紧随其后的韩愈，称赞卢殷“无书不读，然止用以资为诗”（《登封县尉卢殷墓志》，宋《唐子西语录》《容斋随笔》等多次引述此语，文字略异），他自己在诗歌创作上化用古文笔法，将古文顿挫腾挪的气势流贯于诗中。杜甫和韩愈其实已经逐步打破了诗文之间的严格界限。陈师道批评“韩以文为诗，杜以诗为文，故不工尔”（《后山诗话》）。然而，宋人正是继续杜甫、韩愈的道路走下来的。

关于“以文为诗”，最早在理论上给予正面阐述的，应该推司空图。司空图《题柳柳州集后》云：

> 金之精粗，考其声，皆可辨也。岂清于磬而浑于钟哉？然则作者为文、为诗，格亦可见，岂当善于此而不善于彼邪？愚观文人之为诗，诗人之为文，始皆系其所尚，既专则搜研愈至，故能炫其工于不朽，亦犹力巨而斗者，所持之器各异，而皆能济胜，以为勍

敌也。

磬钟的比喻，也就是本同末异的意思。司空图认为，真正的作者，不论作诗作文，都能见其才格，文人为诗，能于诗中炫其文之工而至于不朽。他称赞韩愈诗的驱驾气势，正是体现了古文的长处。“张曲江（张九龄）五言沉郁，亦其文笔也”（同上），诗才、文才可以相济为用，并不互相妨碍。

宋代诗歌创作和理论上的“以文为诗”，主要包括两方面内涵：一是在诗歌中发议论、讲道理，用诗歌来表现本属于文章的内容；二是以散文之气行于诗中，在篇章结构、句法、用词等各方面，体现出散文化的倾向。前者是诗歌表意方式和内容的变化，后者是诗歌结构形式上的特点。

宋代是士人主体意识极为高涨的时代，“开口揽时事，议论争煌煌”（欧阳修《镇阳读书》），是宋代士人精神的写照。宋代士人参与政治，坐而论道，要“做有用文字”，所谓“有用文字，议论文字是也”（《吕氏童蒙训》卷三）。在文章创作上，政论文体（策论）较为发达。同时他们的诗歌也浸染论风，常常在诗歌中发议论，讲道理。因此，这也成为宋代诗学的一个重要话题。其实，在诗歌中进行议论，并非宋代才有，《诗经》《楚辞》中也有零星的议论，陶渊明、谢灵运的诗歌中也时有议论，但是在盛唐之前的诗歌还是以写物兴情为主。自中唐以降，诗歌的议论倾向才日益明显。宋代诗歌的议论风气，中唐实导其源①。宋人已经注意到诗史上的这种变化，他们一方面批评唐人不识理，另一方面在诗话中对中唐以降诗歌的议论多有好评。如洪迈赞杜甫《缚鸡行》云：“自是一段好议论。”（《容斋三笔》卷五）朱弁《风月堂诗话》卷上评韩愈《谒衡岳庙诗》“议论雄伟”。范温《潜溪诗眼》称赏李商隐《筹笔驿》诗“管、乐有才真不忝，关、张无命欲何如”二句“属对亲切，又自有议论，他人亦不及也”。葛立方《韵语阳秋》卷三评刘叉《冰柱》《雪车》二诗，“虽作语奇怪，然议论亦皆出于正”。范晞文《对床夜语》卷三评许浑《旌儒庙》《四皓庙》绝句“雄

---

① 许学夷《诗源辩体》卷二十八云：“（白乐天诗）叙事详明，议论痛快，此皆以文为诗，实开宋人之门户耳。”

拔藻丽之中，有一段议论在”。方岳《深雪偶谈》肯定杜牧“好为论议，大概出奇立异”。欧阳修《崇徽公主手痕诗》“玉颜自古为身累，肉食何人与国谋”二句，叶梦得赞赏“此自是两段大议论”（《石林诗话》卷上），朱熹也推赏此二句，认为“以诗言之，第一等诗；以议论言之，第一等议论也”（《朱子语类》卷一百三十九）。到宋元时，方回《瀛奎律髓》评论唐宋诗歌，也常常标举“有议论”、“好议论”，特别是在评论欧阳修诗，提出“未尝不立议论，而斧凿之痕泯如也”①，说理而不落入理障，议论而以形象蕴之，这和宋人以“理趣”论诗是一致的②。

宋代是咏史诗较为兴盛的时代，诗人之所以频频咏颂史事，是因为通过对历史事件和人物的评论，可以曲折地发表个人的政治见解和人生感悟，展现出诗人的卓异史识。唐之白居易、李商隐，宋之欧阳修、王安石，都有咏叹王昭君的诗篇，葛立方《韵语阳秋》认为它们“意各不同，而皆有议论”（卷十九）。费衮《梁溪漫志》从理论上指出咏史诗应该见解透辟，识力深刻，通过一两句的精辟点拨，而发人之所未发，不能以史语叙史事，而无见处。他说：

> 诗人咏史最难，须要在作史者不到处别生眼目，正如断案不为胥吏所欺，一两语中须能说出本情，使后人看之，便是一篇史赞，此非具眼者不能。自唐以来，本朝诗人最工为之。如张安道《题歌风台》，荆公咏范增、张良、扬雄，东坡《题醉眠亭》《雪溪乘兴》《四明狂客》《荆轲》等诗，皆其见处高远，以大议论发之于诗。汪遵《读秦史》、章碣《题焚书坑》二诗，亦甚佳。至如世所传胡曾《咏史》诗一编，只是史语上转耳，初无见处也。青社许表民读《项羽传》，作诗云：“眼中漫说重瞳子，不见山河绕雍州。”其识见亦甚高远。（卷七《诗人咏史》）

杜牧擅长咏史，屡为宋人称道。如《题桃花夫人庙诗》云：“细腰宫里

① 方回《瀛奎律髓》卷二十四，欧阳修《送王平甫下第》评语。

② 袁燮《题魏丞相诗》论陶渊明诗歌“不烦雕琢，理趣深长，非余子所及”（《絜斋集》卷八）；刘壎《宋通直范君墓志铭》云，其诗“清新雅淡，妙达理趣”（《云庄集》卷十九）；卫宗武《赵帅干在莒吟集序》云“理趣幽远，其味悠然以长”（《秋声集》卷五）。

露桃新，脉脉无言度几春。毕竟息亡缘底事？可怜金谷坠楼人！”许𫖮《彦周诗话》谓此诗为“二十八字史论”，这正是一两语说出本情，有理趣而无史语，而胡曾的《咏史》诗，直叙史事，过于粘着，远非咏史诗之上乘。

“以文为诗”的另一个意思是以散文笔法写诗，赋予诗歌以散文的流动气势，在章法句法上变化生新，获得奇肆劲健、曲折流动之美。宋代诗学关注较多的有这样几点：

（一）诗歌在全篇整体布局上，借鉴散文的“命意曲折”。特别是古体诗，以意为主，纵横舒展，大开大合，语断而意连。范温《潜溪诗眼》引黄庭坚的话说：“文章必谨布置，每见后学，多告以《原道》命意曲折。”范温说据此分析杜甫《赠韦左丞诗》“布置最得正体”，并认为“古人律诗亦是一片文章，语或似无伦次，而意若贯珠”。所谓意若贯珠，就是以意为诗歌之关纽，而非凭情景为贯穿。这是对唐代杜、韩和宋代苏、黄诗歌篇章布局的理论概括。苏辙《诗病五事》分析《大雅·绵》诗“事不接，文不属，如连山断岭，虽相去绝远，而气象联络，观者知其脉理之为一也。盖附离不以凿枘，此最为文之高致耳”。姜夔《白石道人诗说》云：“波澜开阖，如在江湖中，一波未平，一波已作。如兵家之阵，方以为正，又复是奇；方以为奇，忽复是正，出入变化，不可纪极，而法度不可乱。”① 这实际上是以文章学的方法来分析诗歌的整体布局。

（二）诗歌句法的散文化。化用经、史散体语言入诗，在前代如陶渊明、谢灵运的诗歌中都曾出现，到了杜甫、韩愈的诗歌中，则更为普遍。宋人在理论上阐发这个创作传统，并在实践中大力尝试，成为宋诗创新的一种方法。黄庭坚曾提出“作诗使《史》《汉》间全语，为有气骨”（《王直方诗话》引）。他自已的诗歌如《古诗二首上苏子瞻》“桃李终不言，朝露借恩光”之类直接借用《史》《汉》成句的例子不胜枚举。蒲瀛（字大受）还进一步探究如何活用经史语言：

> 大率诗语出入经史，自然有力，然须是看多、做多，使自家机

① 何文焕辑《历代诗话》第682页。本书引《白石道人诗说》均依此本。

> 杼风骨先立，然后使得经史中全语作一体也。如是自出语弱，却使经史中全语，则头尾不相勾副，如两村夫舁一枝画梁，自觉经史中语，在人眼中不入看也。(《竹庄诗话》卷一引《漫斋语录》)①

意思是说不能拿经史语装门面，而要首先确立自家风骨，然后化用经史全语，让经史语为表达自家机杼服务，与自家语言浑然化一。如李师中诗“夜如何其斗欲落，岁云暮矣天无情”，“诗成白也知无敌，花落虞兮可奈何”；彭汝砺《和通判承议》诗“山如仁者静，风似圣之清”（此二句杨万里误以为亦是李师中诗句，然见于彭汝砺《鄱阳集》卷八），都是化用经史成句，杨万里《诚斋诗话》称赞云：“诗句故难用经语，然善用者，不胜其韵。”化用经、史语言，实际上是将经史原句的义理带入诗中，丰富了诗歌的意蕴，经史语言增强了诗歌的厚重质感，赋予诗歌以深邃的理致与才学。杨万里《诚斋诗话》还认为“有用文语为诗句者，尤工”，并举杜诗一例以说明。杜甫《秋日荆南送石首薛明府辞满告别奉寄薛尚书颂德叙怀斐然之作三十韵》云：“侍臣双宋玉，战策两穰苴。”赞美薛氏兄弟文才与宋玉并列成双，武略与穰苴不相上下。这里的“双宋玉”、“两穰苴”，正是散文的句法，与江淹《为齐王让禅表》所谓“四三王而六五帝，不亦休哉”之“四三王”、“六五帝”相同。离析词语，获得奇崛劲健的表达效果，是宋代诗人对唐诗的一个发展。杜甫《月夜忆舍弟》“露从今夜白，月是故乡明”；《秦州见敕目薛三璩授司议郎毕四曜除监察与二子有故远喜迁官兼述索居凡三十韵》“别来头并白，相见眼终青”，就是离析“白露”、“明月”、“白头”、“青眼”为句。宋代诗人对这种方法心领神会，陈师道《除夜对酒赠少章》“发短愁催白，颜衰酒借红”；黄庭坚《次韵清虚》“眼中故旧青常在，鬓上光阴绿不回”，分别离析了“白发”、“红颜”、“青眼”和“绿鬓”。对于这种方法，宋代诗学在理论上总结其表达效果，师古评杜甫的离析诗法云：“子美工于用字，析而倒言之，故其语

①《漫斋语录》，旧未署作者。邓国军、王发国二先生《〈蒲氏漫斋录〉考论》（《文学遗产》2003 年第 2 期），李剑国、任德魁《〈蒲氏漫斋录〉新考》（《文学遗产》2004 年第 6 期）考出其作者为蒲瀛，字大受。这里采用其说。

势尤健。”① 王得臣《麈史》卷二云：“杜子美善于用故事及常语，多离析，或倒用其句，盖如此则语峻而体健，意亦深稳矣。”与“离析”方法近似的是“倒语”，杜甫《秋兴》其八“香稻啄余鹦鹉粒，碧梧栖老凤凰枝”，《客夜》“客睡何曾着，秋天不肯明”，《漫成二首》其一“只作披衣惯，常从漉酒生”等等，都是倒句法。苏轼、黄庭坚等人诗中亦多倒语，如苏轼《汲江煎茶》“雪乳已翻煎处脚，松风仍作泻时声”（自然语序应该是“煎处已翻雪乳脚，泻时仍作松风声”）。对于这种句法，宋代诗学多给予肯定：李颀的《古今诗话》评倒语是“语反而意全”；孙奕说“凡倒著字句自爽健也”（《示儿编》卷十）；沈括说“相错成文，则语势矫健”（《梦溪笔谈》卷十四）；杨万里甚至说倒语“尤为诗家妙法”（《诚斋诗话》）。离析、倒语，都是将散文的句法运用于诗歌中，打破语词的正常搭配关系，给人新奇突兀、劲健不俗的美感，激活读者的感受力。

散文句法的一个特点是多用虚字。自杜甫、韩愈以后，乃至宋代苏轼、黄庭坚等人的诗歌都善于用虚字构成峭拔之势、流动之气。关于虚字之妙，明初李东阳《怀麓堂诗话》云：“诗用实字易，用虚字难。盛唐人善用虚，其开合呼唤，悠扬委曲，皆在于此；用之不善，则柔弱缓散，不复可振，亦当深戒。”近人钱锺书《谈艺录·诗用语助》说“荆公（王安石）五七古善用语助，有以文为诗、浑灏古茂之致”；杂体歌行善用语助，“皆往往使语助以添迤逦之概”②。语助，即虚字。虚字往往就是诗中之眼，以一字见精神。宋代诗学也曾探讨诗歌用虚字的问题。范晞文《对床夜语》云：

> 虚活字极难下，虚死字尤不易。盖虽是死字，欲使之活，此所以为难。老杜“古墙犹竹色，虚阁自松声”及“江山有巴蜀，栋宇自齐梁”，人到于今诵之。予近读其《瞿唐两崖》诗云：“入天犹石色，穿水忽云根。”“犹”、“忽”二字，如浮云著风，闪烁无定，谁能迹其妙处？他如“江山且相见，戎马未安居”；“故国犹兵马，他乡亦鼓鼙”；“地偏初衣袷，山拥更登危”；“诗书遂墙壁，

① 郭知达《九家集注杜诗》卷二十引，景印文渊阁《四库全书》本。

② 钱锺书《谈艺录》，中华书局1984年版，第70页。

奴仆且旌旄”，皆用力于一字。（卷二，《历代诗话续编》本）

罗大经《鹤林玉露》卷十六云：

作诗要健字撑拄，活字斡旋：如“红入桃花嫩，青归柳叶新”；“弟子贫原宪，诸生老伏虔”，“入”与“归”字，“贫”与“老”字，乃撑拄也。“生理何颜面，忧端且岁时”；“名岂文章著，官应老病休”，“何”与“且”字、“岂”与“应”字，乃斡旋也。撑拄如屋之有柱，斡旋如车之有轴。

罗大经所谓“健字”，就是范晞文所谓“虚活字”，一般指动词、形容词之类，峻峭挺拔，富有动态实感和表现力度。罗大经所谓“活字”，就是范晞文所谓“虚死字”，一般是指副词、连词之类语助，这些语助如果运用得恰当，点缀于实字之间，可以更灵动地表现出前后实字之间的动态关系，表现诗人内心微妙的情态。

宋人对于这种突破诗体束缚，以文为诗的创作方法，也曾发生过争论。惠洪《冷斋夜话》记载一则故事：

沈存中、吕惠卿吉甫、王存正仲、李常公择，治平中同在馆中夜谈诗。存中曰：“退之诗，押韵之文耳。虽健美富赡，而终不近诗。”吉甫曰：“诗正当如是，吾谓诗人亦未有如退之者。”正仲是存中，公泽是吉甫。于是四人者交相攻，久不决。（卷二）

在韩愈诗评价上的分歧，实际上就是如何看待苏轼、黄庭坚为代表的宋诗道路的问题。其实早在元祐时期，陈师道对韩愈“以文为诗”就有不满之意，强调“诗、文各有体”，批评韩愈以文为诗“要非本色”（《后山诗话》）；叶梦得也遗憾韩愈诗“每苦意与语俱尽”（《石林诗话》卷下）；张戒对于苏轼“以议论作诗”显然寓有不满(《岁寒堂诗话》卷上）；直到宋季，严羽和刘克庄对宋代的“以文为诗”也给予严厉的批评。刘克庄严格区分“风人之诗”与“文人之诗”，他说：

余尝谓以情性礼义为本，以鸟兽草木为料，风人之诗也。以书为本，以事为料，文人之诗也。世有幽人羁士，饥饿而鸣，语出妙一世。亦有硕师鸿儒，宗主斯文，而于诗无分者：信此事之不可勉强欤?①

刘克庄批评韩愈诗歌“尚非本色”，宋人的诗歌尚理致、负材力、逞辨博，只是“经义策论之有韵者尔，非诗也”。对于宋代的道学诗，以诗歌讲道理，他也表示不满：“近世贵理学而贱诗，间有篇咏，率是语录讲义之押韵者耳。”② 当然，刘克庄所指宋诗的弊病的确存在，“近世以来，学江西诗，不善其学，往往音节聱牙，意象迫切，且议论太多，失古诗吟咏性情之本意”，③ 在诗歌中抽象说理、大量议论，自然便落入理障，而失去诗歌的意趣和美感，但是，像他这样一概排斥“文人之诗”，反对诗中议论，那还是以唐诗的标准来评价宋诗，对宋诗的新变而形成的独特面貌还是认识不足的。

其实，宋代诗学对于“以文为诗”的破体现象更普遍的态度是宽容和肯定。他们借用杜甫《丹青引》“一洗万古凡马空”来称赞韩愈的变古④。陈善对于诗文相生法的艺术意义有精到的认识：

韩以文为诗，杜以诗为文，世传以为戏。然文中要自有诗，诗中要自有文，亦相生法也。文中有诗，则句语精确；诗中有文，则词调流畅。谢元晖曰：“好诗圆美流转如弹丸。”此所谓诗中有文也。唐子西曰：“古人虽不用偶俪，而散句之中，暗有声调；步骤驰骋，亦有节奏。”此所谓文中有诗也。前代作者皆知此法，吾谓无出韩杜。观子美到夔州以后诗，简易纯熟，无斧凿痕，信是如弹丸矣。退之《画记》，铺排收放，字字不虚，但不肯入韵耳。或者谓其殆似甲乙帐，非也。以此知杜诗韩文，阙一不可。世之议者，遂谓子美无韵语殆不堪读，而以退之之诗但为押韵之文者，是果足以为韩、杜病乎？文中有诗，诗中有文，知者领予此语。(《扪虱新话》上集卷一)

① 刘克庄《何谦诗》，《后村先生大全集》卷一百零六，《四部丛刊》影印旧钞本。

② 刘克庄《吴帅卿杂著·恕斋诗存稿》，《后村先生大全集》卷一百一十一。

③ 刘克庄《后村诗话》引游然斋《序张晋彦诗》，并肯定此言“切中时人之病”。

④ 王鞏《闻见近录》、胡仔《苕溪渔隐丛话》前集卷二引《雪浪斋日记》。

简言之，诗中有文，将散文的流动疏朗气势流贯于诗，诗歌便获得宛转流畅之美。方凤还正确认识到宋人“以文为诗”形成了与唐诗不同的风格：“唐人之诗，以诗为文，故寄兴深，裁语婉；宋朝之诗，以文为诗，故气浑雄，事精实。”① 谢谔序王庭珪《卢溪文集》提出“文即无韵之诗，诗即有韵之文”的论断，认为诗文都是贤哲之士“有所谓不得已者，激于中而发于外”②。金人李纯甫也说：

> 人心不同如面，其心之声，发而为言，言中理，谓之文，文而有节，谓之诗。然则诗者，文之变也，岂有定体哉！故《三百篇》，什无定章，章无定句，句无定字，字无定音，大小长短，险易轻重，惟意所适。③

宋末的刘辰翁，针对刘克庄严分“文人之诗”、“诗人之诗”的界限而提出“诗犹文也”的观点，并放到诗歌史中加以阐发。他说：

> 后村谓文人之诗与诗人之诗不同，味其言外，似多有所不满，而不知其所乏，适在此也。吾尝谓诗至建安，五、七言始生，而长篇反复，终有所未达，则政以其不足于为文耳。文人兼诗，诗不兼文也。杜虽诗翁，散语可见。惟韩、苏倾竭变化，如雷震河汉，可惊可快，必无复可憾者，盖以其文人之诗也。诗犹文也，尽如口语，岂不更胜。彼一偏一曲自擅诗人诗，局局焉，靡靡焉，无所用其四体，而其施于文也，亦复恐泥，则亦可以睠然而悯哉。④

在刘辰翁看来，“以文为诗”正是诗体的一大解放，借鉴散文的长篇反复、自由抒写和口语化，释放了诗人的外在束缚，丰富了诗歌的表现力，诗歌可以更为从容地表现诗人眼中之事、心中之意。刘辰翁之子刘将孙也认为“诗文没有二道”。他说：

---

① 方凤《仇仁父诗序》，《存雅堂遗稿》卷三。此序又见于仇远《山村遗集》卷首。

② 王庭珪《卢溪先生文集》卷首谢谔《序》，《宋集珍本丛刊》第 34 册，线装书局 2004 年影印明嘉靖五年刻本。

③ 元好问《中州集》卷二引李纯甫（号屏山）为刘汲《西嵓集》所作序，学苑出版社 2000 年影印本。

④ 刘辰翁《赵仲仁诗序》，《须溪集》卷六，《丛书集成续编》影印《豫章丛书》本。

长篇兼文体，或从中而起，或出意造作，不主故常，而收拾转换，奇怪百出，而作诗者每不主议论，以为文人之诗。不知各有所当，诸大家固有难言者，如昌黎、东坡，真以文为诗者，而小律、短绝、回文、近体，往往精绝。后山、简斋诗律严密，而七言古体终似微欠。吾岂敢病昔人哉，然此亦不得而隐者也。①

一般说来，“以文为诗”多指五、七言古体，自杜甫、韩愈以来，五、七言古体的篇幅明显加长，其气势流转，笔法多变，腾挪多姿，更富变化，这是宋诗的一个基本特征。关于“以文为诗”的争论，实际上就是唐宋之争的一项重要内容，也就是“尊体”与“破体”之争，它贯穿于后半部诗学史。

宋代形式诗学“破体求奇”论的另一方面内容是对“以俗为雅”，即以俗语、俗事、俗体入诗问题的探讨。“化俗为雅”是宋代诗歌创作的普遍现象，这是由于宋代文士大多来自社会中下层，与魏晋、初唐士人的贵族化倾向不同，他们的审美情趣体现出世俗化特征，在诗歌创作上延续杜甫、白居易的世俗化道路，以超越的主体精神来涵濡世俗，以深厚的学术修养来转化庸俗，在审美意趣和表现方式上，大大突破了汉唐诗歌的规矩，拓宽了诗歌的艺术道路。宋代诗学对于诗歌创作上的这种努力，总体上是给予肯定的，并通过对诗人创作经验的总结，而将这种创作尝试理论化。曾敏行《独醒杂志》卷四记载了为“南渡后词臣冠冕”的汪藻向徐俯求教诗法的一段文字：

汪彦章为豫章幕官，一日会徐师川于南楼。问师川曰：“作诗法门当如何入？”师川答曰：“即此席间杯柈、果蔬、使令，以至目力所及，皆诗也。君但以意剪裁之，驰骤约束，触类而长，皆当如人意，切不可闭门合目，作镌空忘实之想也。”彦章颔之，逾月复见师川，曰：“自受教后，准此程度，一字亦道不成。”师川喜谓之曰：“君此后当能诗矣。”故彦章每谓人曰：“某作诗，句法得

① 刘将孙《跖肋集序》，《养吾斋集》卷十。又，刘将孙《黄公诲诗序》云：“诗与文岂当有异道哉！”

之师川。”①

徐俯还说过“对景能赋，必有是景，然后有是句”（《艇斋诗话》引），他所谓的“景”，就是士大夫的世俗化生活。他认为文士身边的俗事俗物无不可入诗，关键在于“以意剪裁之”，以诗人的主体精神超越驾驭它，以才力学识去融化它。“化俗为雅”首先表现在语言上，就是点化俗语、方言、禅语入诗而获得超妙意味。这既是宋诗的一个特色，也是宋代诗学屡屡称道的一项内容：

参寥在诗僧中，独无蔬笋气，又善议论，尝与客评诗。客曰：“世间故实小说，有可以入诗者，有不可以入诗者。惟东坡全不拣择，入手便用，如街谈巷说，鄙俚之言，一经坡手，似神仙点瓦砾为黄金，自有妙处。”参寥曰：“老坡牙颊间别有一副炉鞴，他人岂可学耶？”座客无不以为然。（朱弁《风月堂诗话》卷上）

句法欲老健有英气，当间用方俗言为妙。如奇男子行人群中，自然有颖脱不可干犯之韵。（惠洪《冷斋夜话》卷四）

东坡“倦看涩勒暗蛮村”，盖岭南竹名。又“蓬沓障前走风雨”，注云：“于潜妇人皆插大银栉，谓之蓬沓。”又“几思压茅柴，禁网日夜急”，山谷“燕湿社公雨，莺啼花信风”，皆方言也。（黄彻《䂬溪诗话》）

王君玉谓人曰：诗家不妨间用俗语，尤见工夫。雪止未消者，俗谓之待伴。尝有《雪》诗“待伴不禁鸳瓦冷，羞明常怯玉钩斜”，待伴、羞明，皆俗语而采拾入句，了无痕纇。此点瓦砾为黄金手也。余谓非特此为然。东坡亦有之，“避谤诗寻医，畏病酒入务”，又云“风来震泽帆初饱，雨入松江水渐肥”，寻医、入务、帆饱、水肥，皆俗语也。又南人以饮酒为软饱，北人以昼寝为黑甜，故东坡云：“三杯软饱后，一枕黑甜余。”此亦用俗语也。（《西清诗话》，《诗人玉屑》卷六引）

多用方言俗语是杜甫诗歌的特点，宋人对此每为称道。张戒《岁寒堂诗

① 曾敏行《独醒杂志》卷四，《知不足斋丛书》第1册，中华书局1999年影印。按，剪裁原作“剪财”，据《四库全书》本改。

话》认为杜诗的粗俗语"非粗俗，乃高古之极也"（卷上），因为这是从杜甫胸襟流出，自然而然。罗大经《鹤林玉露》云："余观杜陵诗，亦有全篇用常俗语者，然不害其为超妙。"（卷三）杜甫之后，白居易、韩愈、杜牧、杜荀鹤、罗隐都大量化用俗语入诗。《唐才子传》论杜牧"于一觞一咏，变俗为雅"（卷五）。王楙《野客丛书》卷十四云："唐人诗句中用俗语者，惟杜荀鹤、罗隐为多。"宋代则"苏、黄亦喜用俗语"（张戒《岁寒堂诗话》卷上），如黄庭坚《赠李辅圣》云"旧管新收几妆镜，流行坎止一虚舟"，任渊注："'旧管'、'新收'，本吏文书中语，山谷取用，所谓'以俗为雅'也。"又，黄庭坚《送徐景道尉武宁》云"风俗谙邻并，艰难试事初"，任渊注："'邻并'、'事初'，使俗语，所谓'以俗为雅'也。"正如王安石所云："看似寻常最奇崛，成如容易却艰辛。"（《题张司业诗》）俗语俗事入诗，并非拿来就用，而需要诗人凭其学识、修养对俗语、俗事加以点化，灵丹一粒，点石成金，在俗语俗事中见出超然不俗的意趣和高雅的才情。对于俗语入诗的意义，惠洪给出了一个精妙的比喻，如奇男子行人群中，自然有颖脱不可干犯之韵。俗语用得巧妙，诗句便老健有英气。李廌（字方叔）云：

> 常言俗语文章所忌，要在斫句清新，令高妙出群，须众中拈出时，使人人读之，特然奇绝者，方见工夫也。（《余师录》卷四引）

俗语入诗和化俗为雅，使诗歌意境超越传统风花雪月的窠臼，新意奇崛、劲健不俗。陆游《老学庵笔记》卷四云："今世所道俗语，多唐以来人诗。"这一方面是由于中唐以来诗歌的世俗化，俗语大量入诗，表现人人心中所具有的情志和道理；另一方面是宋人将通俗浅显、朗朗上口的唐诗烂熟于心，唐诗言语成为人们生活语言的一部分。当然，俗语入诗，也有个限度的问题，若没有高情雅趣，一味地趋俗，便是落俗、庸俗。张戒《岁寒堂诗话》比较杜甫和苏、黄诗用俗语，杜诗之俗语"如子美胸襟流出也"；苏、黄诗歌之俗语"颇安排勉强"，有意用俗。在张戒看来，这是有高下之分的。《蔡宽夫诗话》亦云："诗人用事，有乘语意到处，辄从其方言为之者，亦自一体，但不可为常耳。"俗语俗事入诗"不可为常"，否则难免张打油、胡钉铰之诮。

宋代诗人与禅僧多有交游，而且自身也多学佛学禅，因此化用禅宗的语言和义理，也是宋代诗歌的一个特点。唐人诗歌有禅趣而无禅语，宋人诗歌则以禅语入诗，这也是“破体”的一个方面。《室中语》引韩驹言：“古人作诗多用方言，今人作诗复用禅语，盖是厌尘旧而欲新好也。”宋人如王十朋注苏轼诗，任渊、史容注黄庭坚诗，都常常指出苏、黄诗歌语言义理的禅学渊源。宋代诗话也时有论及，如胡仔《苕溪渔隐丛话》前集卷四十八：

《正法眼藏》云：石头一日问药山曰：“子近日作么生?”山曰：“皮肤脱落尽，惟有真实在。”鲁直《别杨明叔诗》云：“皮毛剥落尽，惟有真实在。”全用药山禅语也。

宋代诗学“破体求奇”论还表现在阐发宋代诗歌打破汉魏盛唐的和谐平衡美学原则的努力。唐代诗格著作中的“体”、“势”论，其宗旨在尚“工”，而宋人则提出“工拙相半”的原则。黄庭坚论书法，首先提出须“工拙相半”，其《跋翟公巽所藏石刻》论沈传师书法“字势豪逸，真复奇倔，所恨工巧太深耳，少令巧拙相半，使子敬复生，不过如此”。黄庭坚认为唐林夫得意的书法，都是“工拙相半”（《跋唐林夫帖》）。陈师道进一步提出“宁拙毋巧，宁朴毋华，宁粗毋弱，宁僻毋俗”的原则，并称赞刘禹锡《望夫石》“望来已是几千岁，只似当年初望时”二句“语虽拙而意工”。蒲瀛的《漫叟诗话》云：“诗中有拙句，不失为奇作。若退之逸诗云‘偶上城南土骨堆，共倾春酒两三杯’；子美诗云‘两个黄鹂鸣翠柳，一行白鹭上青天’之类是也。”胡仔《苕溪渔隐丛话》前集卷九亦云：“唐人绝句‘野人自爱山中宿，况近葛洪丹井西。庭前有个长松树，半夜子规来上啼’，其句虽拙，亦不失为倔奇也。”范温《诗眼》从“工拙”的角度论杜诗云：

老杜诗，凡一篇皆工拙相半。古人文章类如此，皆拙固无取；使其皆工，则峭急无古气，如李贺之流是也。然后世学者，当先学其工，精神气骨皆在于此。如《望岳》诗云：“齐鲁青未了。”《洞庭诗》云：“吴楚东南坼，乾坤日夜浮。”语既高妙有力，而言东岳与洞庭诗先如此，故后云：“亲朋无一字，老病有孤舟。”使洞庭诗无前两句，而皆如后两句，语虽健终不工。《望岳》诗无第二

句，而云“岱宗夫何如”，虽曰乱道可也。今人学诗，多得老杜平慢处，乃邻女效颦者。(《苕溪渔隐丛话》前集卷九引)

范温的意思是杜诗中粗俗与精工，衰情与壮景，不平衡、不对称、不谐调的意象、语言、句法相济为用，构成动态的奇崛之美。这是对汉魏盛唐诗整饬流丽的主导风格的破坏，而正是在这纵横奇肆的不谐调中体现出诗人操纵自如的才气和脱俗不凡的意趣。叶梦得《石林诗话》卷上分析苏轼《白鹤峰新居欲成夜过西邻翟秀才》云：“苏子瞻‘林行婆家初闭户，翟夫子舍尚留关’，始读殆未测其意，盖下有‘娟娟缺月黄昏后，袅袅新居紫翠间。系懑岂无罗带水，割愁还有剑铓山’四句，则入头不怕放行，宁伤于拙也。”苏轼此诗首二句语俗而意思突兀，所以初读不知其意，下数句则对偶精工，用典贴切，特别是三四句点明时地“黄昏”、“新居”，五六句对景消愁，末句点出“中原北望无归日”，通首意思晓畅。所以叶梦得说“入头不怕放行，宁伤于拙”，诗要终篇有操纵，有开合起落。大体而言，过于工巧，则显得靡弱；参以拙硬朴茂之句，则有高古奇崛之气，“不齐不整中时见妙处为佳”（吴可《藏海诗话》)，诗文书画都是如此。而宋人之所以格外重视以“拙”济工，其用意在矫正晚唐五代诗歌过于精巧浮靡的弊病。

宋代诗歌和诗学“破体求奇”还有一个方面，就是“破弃声律”，有意打破唐代律体声律的整饬和谐美，而以奥兀奇硬为美。黄庭坚《题意可诗后》评庾信诗歌之长处在于“宁律不谐，而不使句弱；用字不工，不使语俗”。张耒则直接称赞黄庭坚破坏声律规则的精神：

以声律作诗，其末流也，而唐至今诗人谨守之。独鲁直一扫古今，出胸臆，破弃声律，作五七言，如金石未作，钟磬声和，浑然有律吕外意。近来作诗者，颇有此体，然自吾鲁直始也。(《苕溪渔隐丛话》前集卷四十七引、《修辞衡鉴》卷一、《仕学规范》卷三十七、《竹庄诗话》卷六亦引，略有异文)

胡仔《苕溪渔隐丛话》前集在引述张耒这个论断后，辨析说“诗破弃声律，老杜自有此体”，杜甫的吴体拗体诗，自我作古，打破律诗正常的平仄规则，宋人屡屡称道。黄庭坚律诗也不拘守声律，正是得法于杜甫。宋人多模仿黄庭坚捐弃声律的创新。张戒《岁寒堂诗话》卷上说，当时“作破律句，仿黄鲁直”。胡仔说：

> 律诗之作，用字平侧，世固有定体，众共守之。然不若时用变体，如兵之出奇变化无穷，以惊世骇目，如老杜诗云：“竹里行厨洗玉盘，花边立马簇金鞍。非关使者征求急，自识将军礼数宽。百年地辟柴门迥，五月江深草阁寒。看弄渔舟移白日，老农何有罄交欢。”此七言律诗之变体也。(《苕溪渔隐丛话》前集卷七)

文中提到的是杜甫《严公仲夏枉驾草堂兼携酒馔得寒字》一诗，其中“簇”、“罄”，都是该用平声而用了仄声。范晞文《对床夜语》卷二云：

> 五言律诗固要贴妥。然贴妥太过，必流于衰。苟时能出奇，于第三字中下一拗字，则贴妥中隐然有峻直之风。老杜有全篇如此者。

破弃声律是宋代苏、黄诗风的基本特色，宋人诗话多举其例，这是宋人求新求奇的一种手段，在世人普遍遵守一种声律规则而形成固定的心理期待时，有意地破坏这个规则，违背读者的心理期待，自然会形成一种突兀奇崛、惊世骇目的效果，获得新的审美意味。宋代诗学对宋诗这种在守“正”之外的求“变”，基本上是持肯定态度的。他们在这方面的探讨，为古代形式诗学增添了新的内容。

第三节　“刻意精工”论

宋人作诗较为用意，刻意追求精工之美，宋代诗论大致从用事、觅韵、对偶、炼辞几个角度阐发宋诗刻意精工的特征。

（一）古如己出论用事。用事是古代诗歌的重要技法之一。典故是将诗歌的根须扎入到厚重的历史文化土壤中，将历史意义带入诗歌文本，实现诗歌语境与历史语境的融合。刘勰《文心雕龙》就专门有《事类》一篇，论诗文的用事。然钟嵘《诗品序》针对当时作诗“句无虚语，语无虚字，拘挛补衲，蠹文已甚”的毛病，提倡“自然英旨”，反对“竞须新事”。中唐皎然《诗式》提出“诗有五格”论，是关于诗歌用事的，列“不用事第一”。从创作上看，大体来说，初盛唐诗人创作更多是伫兴而就，以“清水出芙蓉”的天然本色为贵；而至杜甫、李商隐等诗歌始大量用事，特别是李商隐诗歌，不仅频繁用典，而且生涩奇僻，又因“西昆”诗人而延及宋代。①

用事是宋代诗论的重要话题。总体上看，宋人是不反对诗歌用事的，在《环溪诗话》中，吴沆甚至说：“诗人岂可以不用事也!”至于如何用事，宋代诗论大致提出这样几个方面的认识：

首先，以“意”运“事”，典故服务于诗歌意旨，不是为用事而用事。苏轼曾说：

> 天下之事，散在经、子、史中，不可徒使，必得一物以摄之，然后为己用。所谓一物者，“意”是也。不得钱，不可以取物；不得“意”，不可以明事，此作文之要也。(《韵语阳秋》卷三引)

“事典”若没有诗人之意以统摄之，不能够有力地表达诗人之胸臆，那么就是“编事”，而非“使事”。吴沆说：

> 诗人岂可以不用事也！然善用之，即是使事；不善用之，即反为事所使。事只是众家事，但要人会使，如“黄绮终辞汉，巢由不见尧”，巢、由、黄、绮是人能知，至“终辞汉”、“不见尧”六字，即非杜甫不能道矣。为巢、由合下使“不见尧”，黄、绮初非不出，但“终”能“辞汉”而已。(《环溪诗话》)

“黄绮”二句，是杜甫《朝雨》诗句。本来夏黄公、绮里季、巢父、许由，是汉语文化中公共的知识资源，人人皆知，但杜甫借其表达自己虽在明时犹避祸端的情怀，已经将古人之事涵容为胸中之意，意是主，事为次，这是善于使事。《室中语》中记载韩驹说“使事，要事自我使，不可反为事使”，也是这个意思。

① 黄彻《䂬溪诗话》卷十：“李商隐诗好积故实，一篇中用事者十七八。”《蔡宽夫诗话》：“义山诗，合处信有过人，若其用事深僻，语工而意不及，自是其短。世人反以为奇而效之，故昆体之弊，适重其失。义山本不至是云。”《冷斋夜话》：“诗到义山，谓之文章一厄，以其用事僻涩，时称‘西昆体’。”朱弁《风月堂诗话》卷下：“李义山《文帝庙》诗云：‘可怜半夜虚前席，不问苍生问鬼神。’用事如此，可谓有功矣。”

其次，用事要不露痕迹，事与意浑然为一。用事源于诗人的学养，出于诗人的构思运化，不宜显出作意的迹象。蔡绦《西清诗话》云：

> 杜少陵云："作诗用事，要如禅家语，水中著盐，饮水乃知盐味。"此说诗家秘密藏也。

"水中著盐"的譬喻见于宋人道原的《景德传灯录》，因此这话肯定不会是杜甫说的，不过是宋人的附会而已。《传灯录》原文曰："水中盐味，色里胶清。决定是有，不见其形。"这个譬喻很贴切地说明了诗中"事"与"意"契合相融、浑然不分的关系。蔡绦举杜甫诗为例说，如杜甫《阁夜》诗"五更鼓角声悲壮，三峡星河影动摇"二句，不作用事看，意思通顺明白，但若联系《后汉书·祢衡传》"挝渔阳掺声悲壮"，《汉武故事》"星辰动摇，东方朔谓民劳之应"来看，则是用事，意思更深一层。这样的用事，如系风捕影，毫无痕迹，是用事的最高境界。《王直方诗话》记载贺铸学诗于前辈所得的八句诀，其中一云"用事工者如己出"，就是水中著盐的境界。徐度《却扫编》引陈与义语曰："天下书虽不可不读，然慎不可有意于用事。"不可有意于用事，是宋人关于用事的一个重要原则，多有阐述：

> 诗之用事，不可牵强，必至于不得不用而后用之，则事辞为一，莫见其安排斗凑之迹。(叶梦得《石林诗话》卷上)
>
> 荆公尝云："诗家病使事太多，盖皆取其与题合者类之。如此乃是编事，虽工何益？若能自出己意，借事以相发明，情态毕出，则用事虽多，亦何所妨？"(《蔡宽夫诗话》)
>
> 论者谓：莫不用事，能令事如己出，天然浑厚，乃可言诗。(刘攽《中山诗话》,《历代诗话》本)

第三，用事要精切妥帖。从繁杂丰富的历史材料中能否拣选贴切的元素来指称所咏对象，表达诗人意旨，反映出诗人才学和智慧的高下。因此诗人用事，贵精切妥帖，能寻出最具有表现力的历史元素来指代对象。如唐代李颀的《送卢逸人》末二句"共惜卢敖去，天边望所思"就是以《淮南子》记载的"求神仙，亡而不反"的卢敖借指诗人所送的"卢逸人"。杜甫诗歌中这样的例子比比皆是，宋人对此是津津乐道的，并以其为法。黄庭坚之妾生子名小德，黄庭坚《嘲小德》诗有“解著《潜夫论》，不妨无外家”句，用汉故事。汉代王符因庶出而为人所鄙，于是埋头著《潜夫论》，黄庭坚借用此事嘲笑庶子小德。苏轼《次韵山谷嘲小德》诗末句云：“但使伯仁长，还兴络秀家。”用的是《晋书·周顗传》的故事。周顗的父亲周浚，为安东将军，纳普通人家女子李络秀为妾，后生周顗（字伯仁）等，皆列显位，李氏也因而成为方雅之族。苏轼本意是用周顗的发达祝愿黄庭坚的庶子。因为小德与伯仁都是庶出，在这一点上是非常贴切的。吴开《优古堂诗话》称赞说：“络秀本周伯仁父浚之妾，小德亦庶出，故坡用事其切如此。”苏轼诗歌用典之精切，时人屡屡称道，尊之为楷模。蒲瀛《漫叟诗话》云：

东坡《和李公择诗》云：“敝裘羸马古河滨，野阔天低糁玉尘。自笑餐毡典属国，来看换酒谪仙人。”盖为苏（武）、李（陵）也。用事亲切如此，他人不及。(《诗人玉屑》卷七引)

东坡最善用事，既显而易读，又切当。若《招持服人游湖不赴》云：“颇忆呼卢袁彦道，难邀骂坐灌将军。”（按，公自注：“皆取其有服也。”）《柳氏求书答》云：“君家自有元和脚，莫厌家鸡更问人。”天然奇特。（按，柳公权在唐元和间书有名。刘禹锡《酬柳宗元诗》云：“柳家新样元和脚，且尽姜芽敛手徒。”）(《诗人玉屑》卷七)

王安石也长于用典。李壁注王安石《送吴仲庶待制守潭》“自古楚有材，醽醁多美酒。不知尊前客，更得贾生否”四句，称道其用事之切说：

（贾）谊先为河南吴公客，后谪长沙。今公言“尊前客”，又施之吴姓，用事精切如此。

反言之，若随手凑事，用事有误，在宋人看来是作诗严重的毛病：

杜甫云：“轩墀曾宠鹤。”(《投赠哥舒开府翰二十韵》) 杜牧云：“欲把一麾江海去。”(《将赴吴兴登乐游原》) 皆用事之误。盖卫懿公好鹤，鹤有乘轩者，则轩车之轩耳，非轩墀也。颜延年诗云："屡荐不入官，一麾乃出守。"则麾，麾去耳，非麾旄也。然子美读万卷书，不应如是，殆传写之缪。若云轩车，则善矣。牧之豪放一时，引用之误，或有之邪？（张表臣《珊瑚钩诗话》卷一，《历代诗话》本）

荆公《桃源行》云："望夷宫中鹿为马，秦人半死长城下。"指鹿为马，乃二世事，而长城之后，乃始皇也。又指鹿事不在望夷宫中。荆公此诗追配古人，惜乎用事失照管为可恨耳。（曾慥《高斋诗话》，《苕溪渔隐丛话》前集卷三引）

（二）因难见巧觅险韵。险韵是指同一韵部可供押韵的字较少的韵，或多是冷僻字的韵，如《平水韵》平声中"三江"、"九佳"、"十五删"、"三肴"、"十五咸"都是险韵。庾信《赠别》"藏啼留送别，拭泪强相参。谁言畜衫袖，长代手中浛"，韵脚"浛"字，就是比较冷僻的字。陆龟蒙《寄吴融》末二句"到头江畔从渔事，织作中流万尺篊"，"篊"也是冷僻字，这都算是押险韵。

自觉地押险韵以获得奇峭新异的效果，是从韩愈开始的。欧阳修《六一诗话》云：

退之笔力，无施不可，而尝以诗为文章末事，故其诗曰，"多情怀酒伴，余事作诗人"也。然其资谈笑，助谐谑，叙人情，状物态，一寓于诗，而曲尽其妙，此在雄文大手，固不足论，而予独爱其工于用韵也。盖得其韵宽，则波澜横溢，泛入傍韵，乍还乍离，出入回合，殆不可拘以常格，如《此日足可惜》之类是也。得韵窄，则不复傍出，而因难见巧，愈险愈奇，如《病中赠张十八》之类是也。余尝与圣俞论此，以谓譬如善驭良马者，通衢广陌，纵横驰逐，惟意所之。至于水曲蚁封，疾徐中节，而不少蹉跌，乃天下之至工也。圣俞戏曰："前史言退之为人木强。若宽韵可自足，而辄傍出；窄韵难独用，而反不出，岂非其拗强而然与？"坐客皆为之笑也。①

韩愈《此日足可惜》凡140句，杂用东、冬、江、阳、庚、青六韵，故而欧阳修说韵宽则泛入傍韵。《病中赠张十八》押“江”韵，为险韵，但稳顺切当，毫无强凑之感。故而欧阳修说险韵是因难见巧，愈险愈奇。押险韵以出奇，一改寻常为诗庸熟腐廓之风，是韩愈诗歌的重要特点，并影响到宋代的苏轼、黄庭坚等诗人。张戒《岁寒堂诗话》云：“以押韵为工，始于韩退之，而极于苏、黄。”（卷上）虽然张戒对“以押韵为工”是贬斥的，但他认识到苏、黄和韩愈在这一点上的相承关系，是正确的。除了韩愈开风气的影响之外，宋人作诗追求险韵，可能与北宋早期帝王和上层文士的有意提倡不无关系。叶梦得《石林燕语》卷八记载：

> 太宗当天下无事，留意艺文，而琴棋亦皆造极品。时从臣应制赋诗，皆用险韵，往往不能成篇；而赐两制棋势，亦多莫究所以故，不得已则相率上表，乞免和、诉不晓而已。王元之尝有诗云：“分题宣险韵，翻势得仙棋。”又云：“恨无才应副，空有表虔祈。”盖当时事也。

所引王禹偁诗句出于其《谪居感事》诗，王禹偁自注曰：“每应制赋诗，上出险韵。”至仁宗时欧阳修与梅尧臣等人在试院以险韵唱和联句，与唐代元稹和白居易、韩愈和孟郊的唱和联句相比是有过之而无不及，且身为朝廷擢举才俊的主考官，他们的创作倾向对于一般士人作诗的影响会更为广大。据欧阳修《归田录》卷二记载，仁宗嘉祐二年(1057)，欧阳修与韩绛、王珪、范镇、梅挚、梅尧臣六人在试院作诗唱和：

> 前此有南省试官者，多窘束条制，不少放怀。余六人者，欢然相得，群居终日，长篇险韵，众制交作，……自谓一时盛事，此前未之有也。

① 欧阳修之意，喻良能《次韵王侍制读东坡诗兼述韩欧之美一首》概括为“韵宽泛押入傍近，窄韵宜搜期押尽”（《香山集》卷三）。

可能正是因为帝王和上层文士的影响，能押险韵成为宋代衡量诗人技艺的一个重要标准，押险韵成为诗人自觉的追求。险韵需要苦心斟酌，“险韵清诗苦斫新”（苏轼《次韵曾子开从驾再和二首》之一），所以在诗友奉酬唱和之时，押险韵成为其施展才艺、压倒对手的一种技艺。“赋诗各言怀，险韵对勍敌”（李纲《志宏得碧字以诗来次其韵》，《梁溪集》卷十三），“搜寻险韵少工夫，敢与诸公斗迟速”（吕本中《和汪教授》，《东莱诗集》卷十九），这甚至成为一种诗技游戏。

押险韵是因难见巧，可以彰显诗人驾驭文字的才能，古人誉之为“缚虎手段”。押险韵不能露出凑韵牵强的痕迹，而要妥帖稳顺。李纲称赞韩愈擅长险韵诗，说：

> 余事付诗篇，雅健古无有。尤工用险韵，妥帖等妍丑。(《读四家诗选四首·韩愈》，《梁溪集》卷九)

吴可《藏海诗话》说：“和平常韵，要奇特押之，则不与众人同；如险韵，当要稳顺押之，方妙。”这也就是欧阳修所谓“水曲蚁封，疾徐中节，而不少蹉跌”的意思，至难至险处，能从容驾驭，游刃自如，方显得技艺非凡。押险韵，绝处逢生，往往具有出其不意的奇峭效果，令人惊异。僧道潜《酬周亨叔主簿见赠》云：“长篇险韵使我惊。”（《参寥子集》卷六）饶节《次韵刘无言游法云寺》云：“险韵写胜赏，读之令人醒。”（《倚松诗集》卷一）赵蕃《梅花用东坡惠州韵呈子进昆仲》云：“东南文士推诸孙，妙处不在工语言。要于险韵出奇峭，敢云小技未为尊?”（《章泉稿》卷一）当一般的韵脚被频繁使用而失去敲击读者鼓膜和心灵的力度时，偶尔使用险韵，激活读者的审美感受力，增强其声韵感知的敏锐性，在读者心头击起新的鼓点，的确具有“使我惊”、“令人醒”的新奇效果。

宋代诗论颇为称道的是苏轼、黄庭坚押险韵之工巧。费衮论苏轼次韵诗押韵之工巧说：“盖其胸中有数万卷书，左抽右取，皆出自然。初不著意要寻好韵，而韵与意会，语皆浑成，此所以为好。”（《梁溪漫志》卷七）胡仔曰：

> 东坡《送顾子敦》诗有“会当勒燕然，廊庙登剑履”之句，

山谷和云："西连魏三河，东尽齐四履。"或云东坡见山谷此句，颇忌之，以其用事精当，能押险韵故也。然东坡复自和云："我以病杜门，商颂空振履。"盖诸公饯子敦，以病不往，押韵用事，岂复不佳。山谷亦再和，有"发政恐伤民，天步薄冰履"之句，押韵又似牵强也。(《苕溪渔隐丛话》前集卷三十九)

苏东坡《送顾子敦奉使河朔》诗押"四纸"韵，韵脚依次为伟、史、已、喜、里、美、纸、履、水、耳。黄庭坚《次韵子瞻送顾子敦河北都运二首》依次用原韵、原字，按原次序相和，用典精当，其才艺之高，甚至连苏东坡都忌之。我们先看苏轼原诗：

我友顾子敦，躯胆两俊伟。便便十围腹，不但贮书史。容君数百人，一笑万事已。十年卧江海，了不见愠喜。磨刀向猪羊，酾酒会邻里。归来如一梦，丰颊愈茂美。平生批敕手，浓墨写黄纸。会当勒燕然，廊庙登剑履。翻然向河朔，坐念东郡水。河来讫不去，如尊乃勇耳。

据施元之注，顾子敦，名临，会稽人。元祐二年，擢给事中，朝廷议回河拜侍制，为河北都漕。东坡与李常、孙觉、胡宗愈、梁焘等言顾临资性方正，学有根本，慷慨中立，凛然有古人之风，宜留置左右，别选深知河事者使往，不报，后诸公饯子敦。苏轼此诗寓宽慰劝勉于嘲戏之中。其中"会当勒燕然，廊庙登剑履"二句期望顾临在河北任上做出成绩，可以像汉初功臣萧何一样剑履上殿。再看黄庭坚的第一首和诗：

儒者给事中，顾公甚魁伟。经明往行河，商略颇应史。劳人又费乏，国计安能已。成功渠有命，得人斯可喜。似闻阻饥余，恶少惊邑里。启钥探珠金，夺怀取姝美。部中十盗发，一一书奏纸。西连魏三河，东尽齐四履。此岂小事哉，何但行治水。使民皆农桑，乃见真儒耳。

黄庭坚此诗也是劝勉顾临施仁政，行教化，建立功业。其中"西连魏三河，东尽齐四履"二句，用《左传》的语典形容河北地理位置之重要，顾临此任，事关重大。"履"字冷僻，而此典颇稳切。而和诗第二首

“发政恐伤民，天步薄冰履”，用《诗经·小旻》“战战兢兢，如临深渊，如履薄冰”的典故，形容其行事之艰难。

陈岩肖《庚溪诗话》也分析苏轼《次韵曾子开从驾二首》两押“辛”字，用《楚辞》草木之辛以喻贤人。陈岩肖赞叹说：“诗人押险韵，冥搜至此，可谓工矣。”（卷下）

以险韵为工，是宋人较为普遍的审美意识，但是明清时期的论者对此是有检省的。明人谢榛《四溟诗话》就批评韩愈、柳宗元的长篇联句“字难韵险，夸多斗靡，或不可解”。明末清初的顾炎武说：

> 诗主性情，不贵奇巧。唐以下人，有强用一韵中字几尽者，有用险韵者，有次人韵者，皆是立意以此见巧，便非诗之正格。（《日知录》卷二十一）

（三）严整雄健精对偶。对偶是律诗的重要法则，唐代“诗格”的一个重要内容就是归纳对偶的类型。宋人关于对偶的讲究，更体现出深意锻造的精神，其中以王安石诗歌对偶之严整精切最为时人称道。叶梦得《石林诗话》说：

> 荆公诗用法甚严，尤精于对偶。尝云，用汉人语，止可以汉人语对，若参以异代语，便不相类。如“一水护田将绿去，两山排闼送青来”（《书湖阴先生壁》）之类，皆汉人语也。此法惟公用之不觉拘窘卑凡。如“周颙宅在阿兰若，娄约身随窣堵波”（《与道原游西庄过宝乘》），皆因梵语对梵语，亦此意。尝有人面称公诗“自喜田园安五柳，但嫌尸祝扰庚桑”（《次韵酬徐仲元》，原句作：“每苦交游寻五柳，最嫌尸祝扰庚桑”）之句，以为的对。公笑曰：“伊但知‘柳’对‘桑’为的，然‘庚’亦自是数。”盖以十干数之也。（卷中，《历代诗话》本）

如此精严地推敲、斟酌对偶之切，体现了宋人对于诗歌技法的精求。当然，这种极具个性的诗歌技法，并不应作为普遍性的原则而束缚他人的手脚。正如葛立方《韵语阳秋》评论说：“余谓荆公未必有此意。使果如好事者之说，则作诗步骤亦太拘窘矣。”（卷二）在他人看来是精巧的技法，对于作者王安石来说，或许是意与言会，言随意遣，浑然天成，而无牵率累赘。王安石曾说过："凡人作诗，不可泥于对偶。"(《王直方诗话》引）他的《南浦》诗中"含风鸭绿粼粼起，弄日鹅黄袅袅垂"二句，鸭绿代指水，鹅黄代指柳，是天然"的对"，这是精思内运而不露圭角。

宋人的对偶，一方面是如王安石以"的对"为工，因难见巧；另一方面就是不避偏枯之对，或打破自然语序，以错综句法形成奇崛雄健的审美效果。苏轼《煎茶》诗"雪乳已翻煎处脚，松风仍作泻时声"二句，按自然语序应该是"煎处已翻雪乳脚，泻时仍作松风声"，杨万里《诚斋诗话》说："此倒语也，尤为诗家妙法。"江西派中人高荷有两句："沙软绿头相并鸭，水深红尾自跳鱼。"① 按自然语序应该是"沙软绿头鸭相并，水深红尾鱼自跳"，如此倒其句法，《雪浪斋日记》谓其"怪丽之甚"；王得臣《麈史》说"倒其句而用之"，"则语峻而体健"。吴可《藏海诗话》说："凡诗切对求工，必气弱。宁对不工，不可使气弱。"但是对于江西诗派之于律诗打破对偶规则，葛立方举杜甫为例子给予驳斥，又说："近时论诗者，皆谓偶对不切，则失之粗；太切，则失之俗。如江西诗社所作，虑失之俗也，则往往不甚对，是亦一偏之见尔。"(《韵语阳秋》卷一）唐人古诗为了避免掺入律句，有意打破对偶句式，如韩愈的古诗，《唐子西文录》说："韩退之作古诗，有故避属对者，'淮之水舒舒，楚山直丛丛'是也。"但是，宋人的古诗则有时故意用对偶，吴可《藏海诗话》引欧阳修话说："古诗时为一对，则体格峭健。"苏轼古诗就时用对偶句式，这也是宋人在有意突破唐诗规范的限制。

（四）避熟就生巧用辞。宋代诗人力主创新，往往通过求新求异来确证诗人主体精神的存在。这种求异意识表现在诗歌用语的选择上，就是"避熟就生"，追求新异的表达效果。韩驹说：

> 作诗不可太熟，亦须令生。近人论文一味忌语生，往往不佳。

---

① 按，此种句法从杜甫《秋兴》"红稻啄馀鹦鹉粒，碧梧栖老凤凰枝"和郑谷《慈恩偶题》"林下听经秋苑鹿，溪边扫叶夕阳僧"而来。《漫叟诗话》云："杜诗云：'红豆啄残鹦鹉粒，碧梧栖老凤凰枝。'若云'鹦鹉啄残红豆粒，凤凰栖老碧梧枝'，便不是好句。"郑谷诗按自然语序是："秋苑林下鹿听经，夕阳溪边僧扫叶。"

东坡作《聚远楼》诗，本合用“青山绿水”对“野草闲花”，此二字太熟，故易以“云山烟水”，此深知诗病者。予然后知陈无己所谓“宁拙毋巧，宁朴毋华，宁粗毋弱，宁僻毋俗”之语为可信。（《诗人玉屑》卷六引《复斋漫录》）

“避熟就生”表现在用典、用韵、句法、字法等方方面面，这里仅谈谈宋人津津乐道的代语现象。惠洪《冷斋夜话》卷四说：

用事琢句，妙在言其用不言其名耳。此法唯荆公、东坡、山谷三老知之。

如黄庭坚《戏呈孔毅父》“管城子无肉食相，孔方兄有绝交书”，以“管城子”代笔，“孔方兄”代钱；《次韵外舅谢师厚喜王正仲三丈奉诏祷南岳回至襄阳舍驿马就舟见过》“语言少味无阿堵，冰雪相看有此君”，“阿堵”代指钱，“此君”代指竹。其实，这种代语在杜甫诗歌中已经大量使用，宋人就是沿袭杜甫的方向而前进的。吕本中《吕氏童蒙训》云：

“雕虫蒙记忆，烹鲤问沉绵”①，不说作赋而说“雕虫”，不说寄书而说“烹鲤”，不说疾病而云“沉绵”。“颂椒添讽味，禁火卜欢娱”②，不说岁节，但云颂椒；不说寒食，但云禁火，亦文章之妙也。（《苕溪渔隐丛话》前集卷十二引）

这种代语的运用曲折其词，新奇雅健，是对读者胸中学问的挑战，偶一为之，的确具有出其不意，令读者耳目一新的效果，但若代语过于生僻，则成迷障，过于频繁使用，则又难免庸腐晦涩。晚清王国维《人间词话》说：“词忌用代字。”词和唐型诗都是称情而言，作用于读者的感性心灵；宋型诗出于意理，作用于读者的理性智力，是对读者智慧的考验，时用“代字”，若不晦涩，则有其妙处。

① 杜甫《秋日夔府咏怀奉寄郑监李宾客一百韵》诗句。雕虫指作赋，扬雄《法言·吾子》论赋说：“童子雕虫篆刻，壮夫不为。”烹鲤指寄书信，《古诗》：“呼童烹鲤鱼，中有尺素书。”沉绵指染病，王绩《久客病归》：“沉绵赴漳浦。”

② 杜甫《续得观书迎就当阳居止正月中旬定出三峡》诗句。颂椒属正月，禁火属寒食。

宋人沿袭自杜甫以来推敲锤炼、出语惊人的诗歌风气，作诗很重视词语的锤炼，在理论上曾提出“句眼”、“诗眼”、“响字”等范畴，所谓“眼”，就是锤炼关键字句，立一篇一句之警策。所谓“响”，也就是致力锤炼，以一字振起一句之精神。宋代诗话关于“悠然见南山”之“见”、“身轻一鸟过”之“过”、“春风又绿江南岸”之“绿”等字细致斟酌与推敲的故事，不一而足，都体现出宋人在诗歌技艺上的精求深研。宋人认为，锤炼一字若能稳切传神，就具有“点石成金”之妙。范温《潜溪诗眼》云：

> 诗句以一字为工，自然颖异不凡，如灵丹一粒，点石成金也。浩然云：“微云淡河汉，疏雨滴梧桐。”上句之工，在一“淡”字；下句之工，在一“滴”字。若非此二字，亦乌得而为佳句哉！（《苕溪渔隐丛话》后集卷九引）

孟浩然“微云淡河汉”二句是残句，无法联系全篇来分析，但是仅仅从这两句来看，“淡”、“滴”分别将前后本不相联系的意象组合成富有光感和动态的画面，这就是使一句顿显精神的“句眼”。罗大经将诗句中的关键字分为“健字”、“活字”两类：

> 作诗要健字撑拄，要活字斡旋：如“红入桃花嫩，青归柳叶新”；“弟子贫原宪，诸生老伏虔”，“入”与“归”字，“贫”与“老”字，乃撑拄也。“生理何颜面，忧端且岁时”；“名岂文章著，官应老病休”，“何”与“且”字，“岂”与“应”字，乃斡旋也。撑拄如屋之有柱，斡旋如车之有轴。（罗大经《鹤林玉露》卷十六）

不论“健字”、“活字”，都是将两个意象组合起来的关键字。所谓“健字撑拄”，是指恰当的动词、形容词赋予物象以动感和神态；所谓“活字斡旋”是指恰当的连词、副词等虚字将实词作不寻常的组合，使之顿显神采，以获得奇妙的表达效果。罗大经这里举的杜甫“红入桃花嫩，青归柳叶新”二句，显然对于王安石《宿雨》“绿搅寒芜出，红争暖树归”二句的句法是有影响的。

“锻炼精造”是宋代诗歌在唐诗之外别辟新界的重要方法。宋代诗论对此也给予多方面的总结，虽然零碎不成系统，但是联系起来考察，可以看出宋代诗论在诗歌形式法则的研求上与唐代相比迈出了一大步。魏庆之《诗人玉屑》卷八专门汇集宋代关于“锻炼”的各则诗话。其第一则引《唐子西语录》的话述其苦吟，可以代表宋代诗人对于诗歌技法的态度：

> 诗，最难事也。吾于他文，不至蹇涩；惟作诗甚苦，悲吟累日，仅能成篇。初读时未见可羞处，姑置之；明日取读，瑕疵百出，辄复悲吟累日，反复改正，比之前时稍稍有加焉；复数日取出读之，疵病复出。凡如此数四，方敢示人，然终不能奇。李贺母责贺曰：“是儿必欲呕出心乃已。”非过论也。今之君子，动辄千百言，略不经意，其可贵哉！①

---

① 按，此段文字的末句“其可贵哉”，唐庚《眉山文集》卷十《杂文》、《竹庄诗话》卷一引作“真可贵哉”，《苕溪渔隐丛话》前集卷八引作“真可愧哉”，清人周召《双桥笔记》卷七引作“不甚可愧哉”。文意有异，或以周引为胜。

第四编　格调神韵诗学

“格调”和“神韵”，是古代诗论的两个重要范畴。两者的意义指向，都是关乎诗歌文本自身，不同于前面“言志”、“缘情”、“尚意”之指向作者主体。格调诗学和神韵诗学都直接发源于严羽的《沧浪诗话》，以汉魏盛唐诗为取法的典范。明“前后七子”的格调诗学，标举的是格高调古、朴茂温雅的诗风，然而易落入古人窠臼，于是明末胡应麟、陆时雍乃至清康熙年间的王士禛提出神韵诗学，以清空淡远救格调诗学的粗豪嚣肆，然而标尚清虚的“神韵”缺乏鲸鱼碧海的宏大气势，于是沈德潜又重新倡导“前后七子”的格调论。总体上来说，格调诗学和神韵诗学存在较多的联系，两者是相互补充的关系，与宋代的尚意诗学、明清的性灵诗学存在较大的差异，因此将它们放在一起论述。

第一章
《沧浪诗话》与唐诗学的复兴

【内容提要】几乎与“宋型诗”成长同时，出现了对宋诗的批判性反省。至南宋后期，严羽标举盛唐诗歌为审美典范，主张“兴趣”，反对以才学、议论、文字为诗；由金入元的元好问也号召学诗须宗法唐诗，远绍汉魏。在“宗唐”观念影响下，金、元出现了《唐诗鼓吹》《唐音》和《唐才子传》等撰述。

在宋代诗歌理论中，除了一些为宋型诗歌开拓道路、总结宋诗特征技巧的理论外，还有对宋诗新风持审慎警醒态度的论者，提倡汉魏盛唐诗风以救宋诗之失，这种理论起初是零星的、微弱的，到严羽《沧浪诗话》出，终于汇聚成较为系统的理论，对于元明理论产生深远的影响。

第一节 宋代的汉魏盛唐诗论

宋代诗歌“以故为新，以俗为雅”，重意理，重思致，精工锻造，奇崛瘦硬，形成了与前代诗歌截然相异的审美范型。新的审美范型的成长，就意味着旧的审美范型的消解，当一种新的审美范型刚刚出现还没有得到普遍认可时，它的破坏性姿态必然会引起人们对旧的审美范型的留恋，特别是当新审美范型的缺点日益暴露时，人们的审美心理自然会复归于传统，从传统中索寻医治现实创伤的药方。旧的与新的，总是在相互斗争，相互消长，相互转化。宋代诗歌求新求变，颠覆传统诗美范式，也激起了人们对传统诗美的留恋。人们对传统诗美日益强烈的呼唤，伴随着宋代诗史的演进。这种呼唤日益壮大，终于构成了一股颠覆宋诗道路的力量。这一节里，我们从宋代诗学文献里搜索那些留恋于汉魏盛唐诗美趣味的零碎资料，这些在当时或许只是些微弱的声音，但是也可以视之为宋诗的自赎和自我反省。随着时间的推移，这些微弱的声音终于汇集为时代的强音，成为元明诗学的主旋律。

实际上早在北宋前期，苏轼就开始意识到汉魏盛唐诗风与中唐而下的差异。苏轼《书黄子思诗集后》云：

> 予尝论书，以谓钟、王之迹萧散简远，妙在笔画之外，至唐颜、柳始集古今笔法而尽发之，极书之变，天下翕然以为宗师，而钟、王之法益微。至于诗亦然，苏、李之天成，曹、刘之自得，陶、谢之超然，盖亦至矣，而李太白、杜子美以英玮绝世之姿，凌跨百代，古今诗人尽废，然魏晋以来高风绝尘亦少衰矣。

苏轼认为书法至唐代颜真卿、柳公权，诗歌至唐代李白、杜甫，都是达到了顶点，发露无余，但正是因其发露太尽，使魏晋以来的浑朴简易、高风绝尘的醇美衰微了。苏轼这里对艺术史的论述，带有庄子“道裂朴散”之意，其实也是对中唐以来诗歌穷极人巧的反思。朱熹《答巩仲至》论曰：“坡公病李、杜而推韦、柳，盖亦自悔其平时之作而未能自拔者。”① 可谓深中肯綮之论。在苏轼眼里，魏晋的天成自得已经是无法复现的艺术至境了。苏轼晚年神往于陶渊明诗之超然、韦应物和柳宗元诗“发纤秾于简古，寄至味于淡泊”的高古浑厚之美，正是在奇肆雄直、纵恣畅达抒写之后向传统的高古醇朴诗美的回归。

宋代诗风导源于苏舜钦、梅尧臣、欧阳修，而极盛于元祐。在元祐苏、黄风靡诗坛的时期，有一位与黄庭坚友善的魏泰，已经表露出对当时诗风的批评。魏泰《临汉隐居诗话》云：

①《晦庵先生朱文公文集》卷六十四，《朱子全书》第3093页。

诗者述事以寄情，事贵详，情贵隐，及乎感会于心，则情见于词，此所以入人深也。如将盛气直述，更无余味，则感人也浅，乌能使其不知手舞足蹈；又况厚人伦，美教化，动天地，感鬼神乎？“桑之落矣，其黄而陨”，“瞻乌爰止，于谁之屋”，其言止于乌与桑耳，及缘事以审情，则不知涕之无从也。“采薜荔兮江中，搴芙蓉兮木末”，“沅有芷兮澧有兰，思公子兮未敢言”，“我所思兮在桂林，欲往从之湘水深”之类，皆得诗人之意。至于魏晋南北朝乐府，虽未极淳，而亦能隐约意思，有足吟味之者。唐人亦多为乐府，若张籍、王建、元稹、白居易以此得名。其述情叙怨，委曲周详，言尽意尽，更无余味。及其末也，或是诙谐，便使人发笑，此曾不足以宣讽。愬之情况，欲使闻者感动而自戒乎？甚者或谲怪，或俚俗，所谓恶诗也，亦何足道哉！（《历代诗话》本）

若从汉魏盛唐诗的审美标准来看，“盛气直述，更无余味”，的确是苏轼诗歌的缺点。魏泰论诗重余味，尚含蓄，《风》《骚》传统和魏晋南北朝乐府的应物兴感、隐约蕴藉，是他的诗美理想，因此对于中唐以降的世俗化倾向明显流露出不满，而其批评的矛头，则直指元祐诗风。“犹及见元祐诸老宿”的许顗，在《彦周诗话》里也提出“六朝诗人之诗，不可不熟读”，认为萧悫名句“芙蓉露下落，杨柳月中疏”之锻炼，自唐以来，无人能及；对韩愈所谓“齐、梁及陈、隋，众作等蝉噪”，“不敢议，亦不敢从”。许顗既熏沐于元祐诗风中，又上溯六朝传统。

在南北宋之交江西诗派的弊端日益暴露的时候，也有一些论者表现出对汉魏盛唐诗风的追念。叶梦得的《石林诗话》，虽然也论句法，论用事，但是忌讳“用巧太过”，反对“意与语俱尽”的劖刻。他赞叹杜甫诗歌用意深远而不失古风，“雍容闲肆，出于自然，略不见其用力处”；欣赏“池塘生春草，园柳变鸣禽”之“猝然与景相遇，借以成章，不假绳削”的天然工妙；认为即使是讲究格律法度的律体，也应该做到“削鐻于神志之间，斫轮于甘苦之外”，“虽巧而不见刻削之痕”，“纡徐不失言外之意”。叶梦得试图提倡汉魏盛唐的天然之美，以“自然”济法度之穷，来矫正江西诗派因求新求变而产生的艰涩拗硬。四库馆臣称赞他“实南北宋间之巨擘”，“其所评论，往往深中窾会，终非他家听声之见，随人为是非者也”（《四库全书总目〈石林诗话〉提要》）。

和叶梦得同时代的朱弁，论诗也反对“夸故实”、“资博古”、“表学问”，强调诗歌胜语都是“得于自然”，“自肺腑中流出，初无缀缉工夫”。对于宋人津津乐道的“无一字无来处”的问题，朱弁标举钟嵘“自然英旨”论来加以批评，云：

> 论事当考源流。今言诗，不究其源而踵其末流，以为标准。不知《国风》《雅》《颂》祖述何人？此老句法妙处，浑然天成，如虫蚀木，不待刻雕，自成文理。其鼓铸镕泻，殆不用世间橐钥。近古以还，无出其右，真诗人之冠冕也。如近体格，俯同今作，则词不遗奇，杂以事实，掇英撷华，妥帖平稳。殆以文为滑稽，特诗中之一事耳，岂见其大全者耶？予每窃有所恨，故乐以嵘之言告人，吾子诚嗜诗，试以嵘言于爱杜者求之，则得矣。（《风月堂诗话》卷下）

钟嵘《诗品》的“自然英旨”论，是汉魏诗风的理论总结，宋人在批评当时穷极人巧、堆垛学问的风气时，常常把钟嵘的“自然英旨”论搬出来，以矫正时风。朱弁《风月堂诗话》卷上又说：“大抵句无虚辞，必假故实；语无空字，必究所从。拘挛补缀，而露斧凿痕迹者，不可与论自然之妙也。”这是以钟嵘诗美论为标准来批评宋诗。

葛立方的《韵语阳秋》也反对作诗一味好奇趋新，而推赏谢灵运“池塘生春草”和谢朓“澄江静如练”的“混然天成，天球不琢”，他称赞陶潜、谢朓诗“皆平淡有思致，非后来诗人怵心刿目雕琢者所为也”，对韦应物诗的高雅闲淡也屡为称赏，并在理论上提出“大抵欲造平淡，当自组丽中来，落其华芬，然后可造平淡之境”，而批评宋人“多作拙易诗，而自以为平淡，识者未尝不绝倒”。

虽然黄庭坚论诗把杜甫的“句中有眼”与陶渊明的“意在无弦”相并提，主张由精工锻炼而妙造自然，但是黄氏后学多是拘守“句中有眼”的法度，求巧求奇，仅仅模仿黄庭坚，少数人若晁冲之能上学杜甫，已经很难得了，所以得到吕本中的称赞。在北宋后期，已有不少人认识到江西诗派的弊端，提出了取法乎上的问题，要继续向上追溯，学习初盛唐，学习汉魏六朝，祖继《风》《骚》。理论上的代表是张戒和朱熹。

张戒诗论，“重要之点，乃在南宋苏、黄诗学未替之时，已有不满之论”①。张戒《岁寒堂诗话》论诗尚余韵，尚意味。他说：“大抵句中若无意味，譬之山无烟云，春无草树，岂复可观?”他强调远绍《风》《骚》、汉魏的“言志”传统，对于两晋以来的“专以咏物”，持有批评：“建安陶、阮以前诗，专以言志；潘、陆以后诗，专以咏物；兼而有之者，李、杜也。言志乃诗人之本意，咏物特诗人之余事。”而张戒论诗的矛头，则直接指向苏轼、黄庭坚，就在吕本中为黄庭坚后学整理诗派的同时，张戒已经对“苏、黄习气”展开严厉的批评。他斥责“苏、黄用事、押韵之工，至矣尽矣，然究其实，乃诗人中一害，使后生只知用事、押韵之为诗，而不知咏物之为工，言志之为本也，风雅自此扫地矣”，也就是说苏、黄诗歌是背离了《风》《骚》、汉魏“言志”传统，而舍本逐末，在用事、押韵上求奇斗巧。在张戒看来，这是偏离了诗歌正途，所以“乃诗人中一害”。张戒论诗史云：“自汉魏以来，诗妙于子建，成于李、杜，而坏于苏、黄。”之所以“坏于苏、黄”，是因为苏轼以议论作诗，黄庭坚“专以补缀奇字”，学者未得其所长，而先得其所短，诗人之意扫地矣。为了纠正诗坛的歧途，恢复《风》《骚》传统，张戒提出了“取法乎上”的学诗方法，他把诗歌史分为六等，“国朝诸人诗为一等，唐人诗为一等，六朝诗为一等，陶、阮、建安七子、两汉为一等，《风》《骚》为一等”。这显然具有每况愈下的意思，他提出“学者须以次参究，盈科而后进可也”，也就是说要探本溯源，逆流而上，由唐人而六朝而汉魏，乃至探得《风》《骚》本源。所以诗人应该摆脱“苏、黄习气”，取法乎上，“苏、黄习气净尽，始可以论唐人诗；唐人声律习气净尽，始可以论六朝诗；镌刻之习气净尽，始可以论曹、刘、李、杜诗”；“后有作者出，必欲与李、杜争衡，当复从汉魏诗中出尔”。张戒提出由学汉魏诗而跻李、杜坛，与当时占据主流的苏、黄后劲所谓由苏、黄而攀李、杜，是两条完全不同的诗学

① 郭绍虞《宋诗话考》，中华书局1979年版，第56页。

道路。

张戒算得上是朱熹的长辈，还曾受二程理学的浸染①，《朱子语类》中也多称引张戒的言行，所以不能排除张戒诗论对朱熹的启发。朱熹对于苏、黄诗歌的批评，对于诗歌史的态度，与张戒多有相通之处。朱熹论诗反复标举"言志"本旨，在"复变"问题上强调守正复古，反对过于求奇求变，对于变而不失其正，即没有背离"言志"传统的变，他是肯定的，他所反对的是变而失正："果然变而不失其正，则纵横妙用，何所不可？不幸一失其正，却似反不若守古本旧法以终其身之为稳也。"（朱熹《跋病翁先生诗》）朱熹认为李白、杜甫、韩愈、柳宗元，起初都是学《文选》诗。但是杜、韩变多，而柳、李变少。"变不可学，而不变可学"。对于被黄庭坚屡屡称道的杜甫晚年诗，朱熹批评云："夔州以后，自出规模，不可学。"（《朱子语类》卷一百四十）而苏轼、黄庭坚"只是今人诗"，因为苏诗一滚说尽，缺少余味，而黄诗则精细雕琢安排，过于奇巧。朱熹论学诗，也有"取法乎上"的意思，他指出，学诗"须先识得古今体制，雅俗向背，仍更洗涤得尽肠胃间夙生荤血脂膏，然后此语方有所措"，意即将后人设置的穷极形式工巧而偏离诗歌本旨的种种障碍扫除干净，正本清源，恢复古雅诗道。他说："古诗须看西晋以前，如乐府诸作皆佳。""作诗，先用看李、杜，如士人治本经。本既立，次第方可看苏、黄以次诸家诗。"（同上）这些观点，都是上承张戒而下启严羽。朱熹也将诗歌史分为不同的阶段。他的《答巩仲至》书云：

古今之诗，凡有三变。盖自《书》《传》所记，虞夏以来，下及魏晋，自为一等；自晋宋间颜、谢以后，下及唐初，自为一等；自沈、宋以后，定著律诗，下及今日，又为一等。然自唐初以前，其为诗者固有高下，而法犹未变。至律诗出，而后诗之与法始皆大

① 宋人周必大《文忠集·史馆吏部赠通议大夫朱公（松）神道碑》曾云："吏部侍郎徐度自言少多与前辈游，追识公及张戒定夫，始得为文之法。"这里的"公"，就是指朱熹的父亲朱松。又宋汪应辰《汪文定公集》卷七有《答张定夫》一文，其中提及张戒示以旧作四篇，称赞二程先生之论，"以为荀（卿）、杨（雄）、王（通）、韩（愈）固非其比"。（线装书局2004年影印清抄本）

变，以至今日，益巧益密，而无复古人之风矣。①

与张戒相比，朱熹对律诗的批评态度更严格，他实际上是把苏、黄“今人诗”弊病的源头追溯到唐初律诗的兴起。在朱熹看来，唐以前的古诗，虽有高下之分，但是言志抒情传统未变，而自唐初律诗兴起后，流荡至今，无复古人之风了。为了要矫正当时“益巧益密”、忘本趋末的诗风，朱熹“欲抄取经史诸书所载韵语，下及《文选》汉、魏古词，以尽乎郭景纯、陶渊明之所作，自为一编，而附于《三百篇》《楚辞》之后，以为诗之根本准则”（《答巩仲至》），通过选本来确立诗歌的正则，恢复风雅传统。

如果要说朱熹和张戒有什么不同，那么大致来说，张戒在恢复诗歌传统时更强调儒家诗教，而朱熹则更重视道学气象。张戒《岁寒堂诗话》多次论赞杜甫诗“正而有礼”、“微而有礼”；而朱熹则批评杜甫晚年诗“横逆不可当”、“说得郑重烦絮”、“叹老嗟卑，则志亦陋矣”，甚至由此而感慨“人可以不闻道哉”！朱熹论诗，是与他的道学人格论联系在一起的，首先重视人格基础，即闻道养气，而具有温润醇厚的道学气象。“气象”是朱熹理学的重要范畴，他常用“圣人气象”、“圣贤气象”、“颜曾气象”、“儒者气象”来概括一种道德修养深厚的人格境界。儒者识理明道，参赞化育，在应物处世中便呈现出泰和宏阔的气象，这种人格气象是诗歌的根基，气象的高低，决定着诗歌境界的高低。儒者的气象温润醇厚、光明正大、雄健豪逸，在诗歌中的表现，不是黄庭坚等江西诗人的劖刻瘦硬，也不是苏轼的恣肆奇崛，而是陶渊明、韦应物、柳宗元等人的温润深厚、渊粹高远、冲淡浑成。朱熹《与内弟程洵帖》云：

作诗须从陶、柳门庭中来，乃佳。不如是，无以发萧散冲淡之趣，不免于局促尘埃，无由到古人佳处也。如《选》诗及韦苏州诗，亦不可不熟观。然更须读《语》《孟》以探其本。……《三百篇》，性情之本；《离骚》，词赋之宗。学诗而不本之于此，是亦浅矣。……学者之要务，在反求诸已，别无要妙，《语》《孟》二书

①《晦庵先生朱文公文集》卷六十四，《朱子全书》第3095页。

精之熟之，求见圣贤所以用意处。

朱熹认为陶渊明、韦应物、柳宗元诗，具有道学气象，他曾说过韦应物诗“无一字做作，直是自在，其气象近道，意常爱之”（《朱子语类》卷一百四十），因此熟读他们的诗歌，不仅是学诗工夫，而且也是得道的途径。再加上常读《论语》《孟子》以涵养情性，扩充道义，在诗学工夫上就可以探得《风》《骚》之本源，颐养圣人的道学气象。从这个角度看，朱熹是在更高的道学层面来理解如何学习前代诗歌的，与张戒仅从诗歌角度立论还有一些差异。

宋代诗学，从总体倾向上说是求新求变，在诗学途径上存在学江西还是学晚唐的抉择，而复古论调相对来说较为微弱，虽然有人意识到苏、黄诗歌日益暴露的弊病，而将目光转向汉魏晋唐，甚至更为远古的《风》《骚》，但是尚不足以构成改变诗坛方向的力量。但是这或断或续的微弱声音，到南宋末年终于汇聚成洪钟巨响，由严羽发出“诗学盛唐”的响亮口号，并对后代诗学产生深远的影响。

第二节　严羽《沧浪诗话》之标举盛唐

严羽的《沧浪诗话》在诗学史上是宋代尚意诗学向明清格调神韵诗学转变的关捩。

南宋中后期，对北宋苏、黄诗歌的批判性反思，已经成为较为普遍的风气，严羽也置身于这种风气之中，他自谓“说江西诗病，真取心肝刽子手”（《答出继叔临安吴景仙书》），其诗学旨在廓清江西诗派末流的残余影响，同时对新起的晚唐诗风给予当头棒喝，但是与同时代其他诗学家不同，他不仅否定了宋代主流诗风，而且重新思考诗歌本体问题，标举新的诗歌典范，破立结合，因此能够对后代产生深远的影响。

其实，细检严羽论诗，与宋代其他诗论还是有着许多联系，严羽“以禅喻诗”，这是宋代的普遍风气。他强调诗人应识见高超，重视辨别体制，并且论诗法、尚活句、忌卑俗，这些都是宋代诗学频频出现的话题。他的诗论主张，与张戒、朱熹等人的诗学更具有内在直接的渊源关系。

严羽的"同郡后学"黄公绍在《沧浪吟卷序》里曾指出严羽"尝问学于克堂包公"。克堂包公，即包扬，字显道，号克堂，与兄约、弟逊"同学于朱、陆，而趋向于陆者分数为多"（黄宗羲《宋元学案》卷七十七），包扬甚至直接批评朱熹学说之非。包氏兄弟又喜欢谈禅，据刘克庄《南城包生行卷》所载，他们所谈之禅属于临济禅。可以想见，严羽在《沧浪诗话》中标举临济宗为第一义，与包扬思想是有联系的①。严羽论诗颇为自负，自许为"断千百年公案，诚惊世绝俗之谈，至当归一之论"，甚至于"得罪于世之君子，不辞也"，表现出挺起脊梁、独标新识的卓异精神，与象山心学、包氏兄弟的摆脱依傍、自我作法是相一致的。特别是严羽说其诗学主张"是自家实证实悟者，是自家闭门凿破此片田地，即非傍人篱壁、拾人涕唾得来者"，这既是得源于禅宗亲证亲悟说，又与象山心学的"自性"相通。

批评宋代诗风，扭转诗学道路是严羽论诗的动机。在《沧浪诗话·诗辩》里，他对宋代的诗歌创作现象给予激烈的抨击：

> 近代诸公，乃作奇特解会，遂以文字为诗，以才学为诗，以议论为诗。夫岂不工？终非古人之诗也。盖于一唱三叹之音，有所歉焉。且其作多务使事，不问兴致，用字必有来历，押韵必有出处，读之反复终篇，不知着到何在。其末流甚者，叫噪怒张，殊乖忠厚之风，殆以骂詈为诗。诗而至此，可谓一厄也。然则近代之诗无取乎？曰：有之。吾取其合于古人者而已。

对于宋代诗歌的发议论、讲道理、多使事、押险韵、用僻字，严羽之前的许多批评家也零星地给予批评，而严羽则将宋代诗歌的弊病凝练地概括为"以文字为诗，以才学为诗，以议论为诗"，实是击中要害。从汉魏盛唐诗的标准来看，宋诗的特点正在追求文字精工、才学繁富、说理严谨。在严羽看来，这种"工"正是宋诗的毛病，失去了古人之诗一唱三叹的意韵。至于严羽批评的"叫噪怒张"、"以骂詈为诗"的现象，北宋时黄庭坚也曾鉴于苏轼诗祸而提出"诗非怒邻骂座之为也"。严羽生活的南宋中后期，诗祸频仍，所以他也反对骂詈为诗。对于宋代诗歌

① 参见黄景进《严羽及其诗论之研究》相关部分，台湾文史哲出版社 1986 年版。

发展“误入歧途”，严羽将其责任归咎于苏轼、黄庭坚。他说：

> 国初之诗尚沿袭唐人：王黄州学白乐天，杨文公、刘中山学李商隐，盛文肃学韦苏州，欧阳公学韩退之古诗，梅圣俞学唐人平澹处。至东坡、山谷始自出己意以为诗，唐人之风变矣。山谷用工尤为深刻，其后法席盛行海内，称为江西宗派。近世赵紫芝、翁灵舒辈，独喜贾岛、姚合之诗，稍稍复就清苦之风，江湖诗人多效其体，一时自谓之唐宗；不知止入声闻辟支之果，岂盛唐诸公大乘正法眼者哉！嗟乎！正法眼之无传久矣！唐诗之说未唱，唐诗之道或有时而明也。今既唱其体曰唐诗矣，则学者谓唐诗诚止于是耳，得非诗道之重不幸邪！（《沧浪诗话·诗辩》）

国初之诗尚沿袭唐人，是同时人的普遍看法。至苏轼、黄庭坚才尽弃前人诗法而独辟蹊径，张戒已有此论。南宋后期诗学就是因为意识到北宋苏、黄诗歌的流弊而开始转向晚唐的。但是，严羽对四灵、江湖诗派之学晚唐给予更严厉的批评，认为他们路头差了，止入声闻辟支果，落入小局，未得正法眼藏。四灵、江湖诗派标举唐诗而未得唐诗之正法眼，矫正诗风而止入声闻辟支果，严羽慨叹这是：“诗道之重不幸！”与严羽有过交往的李贾、戴复古等人，或是江湖诗派中人物，或诗风近乎晚唐。如诗友李贾，也提倡唐诗而否定宋诗，刘克庄在《李贾县尉诗卷》里引述李贾的话说“诗道至唐犹存”，“诗至唐而止”。但是，李贾作诗“攻苦锻炼而成，诗深而语清，律体师岛、合，乐府拟籍、建”①，走的还是晚唐一路。严羽与他们在诗学旨趣上有着截然的分别。严羽心中的诗歌正法眼藏，乃是汉魏盛唐诗歌。

标举盛唐、以汉魏盛唐诗歌为典范，是严羽诗学的重心。在严羽之前，一些不满意于苏、黄诗风的批评家也提出恢复汉魏唐代诗歌道路的理想，但是，鲜明坚决地擎起学习汉魏盛唐诗歌的旗帜且有深刻理论支撑的，还得推严羽。在上面的引文里，他称盛唐诸公为大乘正法眼者。他以禅为喻，确定“诗之宗旨”是：

---

① 刘克庄《跋李贾县尉诗卷》，《后村先生大全文集》卷九十九，《四部丛刊》影印旧抄本。

推原汉、魏以来，而截然谓当以盛唐为法（后舍汉、魏而独言盛唐者，谓古律之体备也），虽获罪于世之君子，不辞也。（《沧浪诗话·诗辩》）

他以禅喻诗，提出："汉魏晋与盛唐之诗，则第一义也。大历以还之诗，则小乘禅也。已落第二义矣。晚唐之诗，则声闻辟支果也。学汉、魏、晋与盛唐诗者，临济下也。学大历以还之诗者，曹洞下也。"（同上）在诗学史上如此明确而严正地提倡汉、魏、晋、盛唐诗，特别是把盛唐与大历以下的中、晚唐划清界限，还是第一次。通过对诗歌典范的重新选择，严羽否定了江西诗派和江湖诗派取法乎下的诗学立场。严羽论诗重"识力"①。他说：

夫学诗者以识为主：入门须正，立志须高；以汉、魏、晋、盛唐为师，不作开元、天宝以下人物。若自退屈，即有下劣诗魔入其肺腑之间，由立志之不高也。行有未至，可加工力；路头一差，愈骛愈远；由入门之不正也。故曰：学其上，仅得其中；学其中，斯为下矣。又曰：见过于师，仅堪传授；见与师齐，减师半德也。工夫须从上做下，不可从下做上。（同上）

宋人学诗多主张下学而上达，由学黄庭坚而入杜甫堂奥，反对超越黄庭坚而直接学杜诗；由隋唐而上继魏晋，反对抛弃隋、唐而直接学汉、魏古体。四灵、江湖派之学晚唐，也只能说是"下学"。而严羽则主张取法乎上，立志高远，取法正途。他所谓的正途，就是师法汉、魏、晋、盛唐，摒弃开元、天宝以降"下劣诗魔"浸染胸襟。具体来说，就是："先须熟读《楚辞》，朝夕讽咏，以为之本；及读《古诗十九首》，乐府四篇，李陵、苏武、汉、魏五言皆须熟读，即以李、杜二集枕藉观之，如今人之治经，然后博取盛唐名家，酝酿胸中，久之自然悟入。"严羽所谓"如今日之治经"的学习态度源于朱熹。朱熹论诗也重视追溯根源，沿流而下，但是他并不完全排斥中晚唐和北宋苏、黄诗歌；而严羽

① "以识为主"云云，是宋代流行的话头。如范温《潜溪诗眼》云："学者先以识为主，禅家所谓正法眼，直须具此眼目，方可入道。"

“以汉、魏、晋、盛唐为师，不作开元、天宝以下人物”云云，真是一刀两断之语，态度斩钉截铁，严正而明确。

其实，宋人对于魏晋《选》体的态度，随着时间的久远，已经没有了唐人的那股热情。《文选》学在宋代相对沉寂，特别是苏轼还嘲讽过萧统之讥陶渊明《闲情赋》乃“小儿强作解事”，从中多少可见宋人对待《文选》态度之一斑。唐诗是摆在宋人面前既要学习更要超越的对象，所以宋人诗话常对唐诗品头论足。而评论的重心，除了孟浩然、王维、李白、杜甫等大家之外，多落在大历、元和以降的中晚唐诗上。然而严羽对唐诗的评论，则是另一番景象。他把唐诗分为“唐初体”、“盛唐体”、“大历体”、“元和体”、“晚唐体”，这是后来“四唐”说的先声。严羽提出这五期的划分，并非仅仅是时间上的切割，而是着眼于诗歌风格上的区别。他说：“盛唐人诗，亦有一二滥觞晚唐者；晚唐人诗，亦有一二可入盛唐者：要当论其大概耳。”（同上，《诗评》）“戎昱在盛唐为最下，已滥觞晚唐矣。戎昱之诗，有绝似晚唐者。权德舆之诗，却有绝似盛唐者。权德舆或有似韦苏州、刘长卿处。”（同上，《诗评》）这正是从诗歌风格上立论的。对于唐诗的五期，在严羽的心目中，盛唐与大历之间是质变，是鸿沟。他说：“大历之诗，高者尚未识盛唐，下者渐入晚唐矣。”（同上，《诗评》）也就是说大历诗风与盛唐差别大，与晚唐距离小。他说：“李、杜数公，如金鳷擘海，香象渡河，下视郊、岛辈，直虫吟草间耳。”（同上，《诗评》）“金鳷擘海”、“香象渡河”，比喻盛唐诗歌浑厚超迈、大气磅礴的气象，与中晚唐孟郊、贾岛“虫吟草间”的褊狭、局促截然不同。所谓“大历以前，分明别是一副言语；晚唐分明别是一副言语”（同上，《诗评》），意思也是在强调大历时期为唐诗的转折点。正是基于对唐诗史流变的这一认识，他特意标举盛唐为诗家正法眼，称赞盛唐诗“雄浑悲壮”，“有似粗而非粗处，有似拙而非拙处”，具体来说，有“少陵体”、“太白体”、“高达夫体”、“孟浩然体”、“岑嘉州体”、“王右丞体”。对于开元、天宝众多诗人，严羽评价最高的是李白、杜甫。在《诗辩》里，他提出诗的最高境界为“入神”，而入神境界，“惟李、杜得之”。他常将李、杜并举加以评论，如“李、杜二公，正不当优劣。太白有一二妙处，子美不能道；子美有一二妙处，太白不能作”；“子美不能为太白之飘逸，太白不能为子美之沉郁。太白《梦游天姥吟》《远离别》等，子美不能道；子美《北征》《兵车行》《垂老别》等太白不能作”；“少陵诗法如孙、吴，太白诗法如李广。少陵如节制之师”。严羽用“飘逸”评赞李白诗，用“沉郁”评赞杜甫诗①，将李、杜对举，此言一出，便为定论。杜诗法度精严，似孙子、吴起；李诗则气度超凡，不为法缚，故似李广。严羽提出“论诗以李、杜为准，挟天子以令诸侯也”，足以见得他对李、杜的至高推崇。对于盛唐的高适、岑参，严羽认为他们的诗“悲壮”。至于孟浩然和王维，严羽并没有多少具体评论，因此清人许印芳所谓严羽“名为学盛唐，准李、杜，实则偏嗜王、孟冲淡空灵一派”的说法，并没有什么依据②。对于大历以降的中晚唐诗人，严羽一方面把他们与盛唐诗人截然分开，另一方面也没有完全否定。他称赞顾况诗“稍有盛唐风骨处”，并明确提出“大历以后，吾所深取者，李长吉、柳子厚、刘言史、权德舆、李涉、李益耳”；“大历后，刘梦得之绝句，张籍、王建之乐府，吾所深取耳”；“玉川之怪，长吉之瑰诡，天地间自欠此体不得”；“马戴在晚唐诸人之上。刘沧、吕温亦胜诸人。李濒不全是晚唐，间有似刘随州处”（同上，《诗评》）。对于“刻苦”的孟郊、贾岛之辈，以及冷朝阳、陈陶、薛逢诗，严羽是持否定态度的。

值得提及的是，严羽论诗善于辨体，他辨别宋诗“本朝体”、“元祐体”、“江西宗派体”、“东坡体”、“山谷体”、“后山体”、“王荆公体”、“邵康节体”、“陈简斋体”、“杨诚斋体”，基本上涵盖了宋代诗歌创作的重要风格类型。特别是他还时而辨别各种体制的微妙之处，如指出陈简斋体“亦江西之派而小异”③，对于稍后方回的“一祖三宗”论不无启发。王安石晚年作诗转向学唐，特别是绝句体，与唐为近。严羽也肯定他“绝句最高，其得意处，高出苏、黄、陈之上”，但是与唐人尚隔一关。而这一关可能就在于唐人绝句风神骀荡，王安石绝句尚未

① 按据《遁斋闲览》，王安石曾说“太白歌诗豪放飘逸”，“沉郁”则出自杜甫《进雕赋表》。

② 许印芳《沧浪诗话跋》，见郭绍虞《沧浪诗话校释附录》，人民文学出版社1961年版。另关于严羽对杜甫的态度，可参拙文《从〈沧浪诗话〉“于诗用健字不得”考辨严羽评杜甫》，载于《古代文学理论研究》第20辑。

③ 宋末对陈与义诗的赞誉日隆，与时势境遇有关，可参见《方回的江西定论及其理论新变》一节。

完全摆脱义理的束缚。这些微妙之处的辨析，都不愧为“若辨苍素”。至于宋诗与唐诗的差别，严羽指出两者的高下不在工拙上，而在于“气象”之不同。他说：

> 诗有词理意兴。南朝人尚词而病于理；本朝人尚理而病于意兴；唐人尚意兴而理在其中；汉魏之诗，词理意兴，无迹可求。（同上，《诗评》）

所谓“汉魏之诗，词理意兴，无迹可求”，意即大朴未雕，气完神全，不应以法度求之，近似于吕本中所谓“无意于文者”，所以严羽“后舍汉魏而独言盛唐”。所谓宋诗尚理而病于意兴，唐人尚意兴而理在其中，也就是“气象”之不同。这与严羽对诗歌本体的认识是相联系的。

鉴于对宋诗“以文字为诗，以才学为诗，以议论为诗”的不满，严羽重新思考诗歌的本质，提出“别材”、“别趣”和“兴趣”说。《沧浪诗话·诗辩》云：

> 夫诗有别材，非关书也；诗有别趣，非关理也。然非多读书、多穷理，则不能极其至，所谓不涉理路、不落言筌者，上也。诗者，吟咏情性也。盛唐诸人惟在兴趣，羚羊挂角，无迹可求。故其妙处，透彻玲珑，不可凑泊，如空中之音，相中之色，水中之月，镜中之象，言有尽而意无穷。

所谓“非关书”的“别材”，是指书本学问之外的诗材；“非关理”的“别趣”，是指诗歌只可意会、难以言诠的意趣。“别材”、“别趣”与宋诗的“文字”、“才学”、“议论”相对。严羽说“盛唐诸人惟在兴趣”，“兴趣”也就是“别材”、“别趣”。他认为诗歌之“材”，不是事理，而是感物兴情，是“意兴”；诗歌之“趣”，不是“反常合道”的理趣，而是言有尽而意无穷的余韵。严羽的“别材”、“别趣”常招致后人的批评，其实严羽并不反对读书穷理，他紧接“别材”、“别趣”后，又补充说：“然非多读书、多穷理，则不能极其至。”他论盛唐诗“尚意兴而理在其中”，可见他并非反对诗理。不过他要求理在其“中”，即“不涉理路，不落言筌”，诗理不是浮在意兴之上，成为读者感受的障碍，而应该成为诗人感悟生活、传情达意的内质。文辞典实应该是传达意兴的通道，不能故作奇僻生涩，不应该为读者的会意设置陷阱。

严羽在《沧浪诗话》的另一处说“唐人好诗，多是征戍、迁谪、行旅、离别之作，往往能感动激发人意”。这句正可以作“别材”、“别趣”和“兴趣”的注脚。这里的“征戍、迁谪、行旅、离别”，就是指诗人的生平遭际、亲身实感，在严羽看来这才是写诗的材料，是诗歌的源泉，而不是像宋人所谓“无一字无来处”那样从故纸堆里讨生活、堆砌学问，或凭空谈理。“兴趣”说的“兴”，也就是征戍、迁谪、行旅、离别诸作抒发切己之情；“趣”，用严羽自己的话来说就是“一唱三叹之音”，含蓄蕴藉，空灵隐约，余味曲包。盛唐诗歌抒发切己的诚挚情感，情感的抒发能做到含蓄蕴藉而不直露劖刻，故“往往能感动激发人意”，这就是“兴趣”。严羽的“兴趣”说，与唐代殷璠的“兴象”说、司空图的“思与境谐”、“韵外之致”都有相通之处，它们都是对魏晋至盛唐“缘情”诗歌的理论概括。在宋代“尚意”诗歌风气炽盛而弊病滋生时，严羽提出“别材”、“别趣”和“兴趣”说，标举盛唐诗美，实际上就是要重新接续“缘情”诗学的绪脉，来端正诗歌发展的方向。

与“别材”、“别趣”、“兴趣”说相关联的还有严羽的“妙悟”说。前已说过，“妙悟”是宋代诗学中的重要范畴，而其最基本的含义是长期熟参、沉浸在前人优秀诗作中，忽生顿悟，心地朗澈。严羽论“悟”也有这个意思，如他说：先熟读《离骚》，再熟读《古诗十九首》、乐府四篇，及李陵、苏武、汉魏五言诗，再枕藉观李杜二集，“然后博取盛唐名家，酝酿胸中，久之自然悟入”。这里所谓“悟入”，就是对前代诗人匠心、诗歌法度的体会。但是严羽的“妙悟”说还有另一层含义，近似于魏晋盛唐诗学中的感物兴情、灵机触动。《沧浪诗话·诗辩》云：

> 大抵禅道惟在妙悟，诗道亦在妙悟，且孟襄阳学力下韩退之远甚，而其诗独出退之之上者，一味妙悟而已。惟悟乃为当行，乃为本色。然悟有浅深，有分限；有透彻之悟，有但得一知半解之悟。汉、魏尚矣，不假悟也。谢灵运至盛唐诸公，透彻之悟也。他虽有悟者，皆非第一义也。吾评之非僭也，辩之非妄也。天下有可废之

人，无可废之言。诗道如是也。若以为不然，则是见诗之不广，参诗之不熟耳。试取汉、魏之诗而熟参之，次取晋、宋之诗而熟参之，次取南北朝之诗而熟参之，次取沈、宋、王、杨、卢、骆、陈拾遗之诗而熟参之，次取开元、天宝诸家之诗而熟参之，次独取李、杜二公之诗而熟参之，又取大历十才子之诗而熟参之，又取元和之诗而熟参之，又尽取晚唐诸家之诗而熟参之，又取本朝苏、黄以下诸家之诗而熟参之，其真是非自有不能隐者。傥犹于此而无见焉，则是野狐外道蒙蔽其真识，不可救药，终不悟也。

严羽采用"以禅喻诗"的方式论"妙悟"，认为禅道在妙悟，诗道亦在妙悟，悟是诗的本色当行，是诗的思维特点。所谓"妙悟"，简单地说，就是触物兴感的艺术思维活动，心有郁积，感物生思，是"思与境谐"的直觉体悟。这"妙悟"，源自于诗人的心灵敏锐性，而无关乎学问。所以孟浩然学力比韩愈差得多，而其诗独出韩愈之上，就是因为孟浩然透彻的妙悟，而韩愈则因为学问滞塞了心灵的敏锐。汉魏之诗，完全是天机自动，满心而发，诗人的创作意识还不自觉，所以"不假悟也"。谢灵运至盛唐诗人，是有意为作手，而能感物兴情，兴发意生，所以是"透彻之悟"。而像晚唐、宋人那样仅仅在诗法上求新弄巧，在前人作品里打转，炫耀学力，只能算"一知半解之悟"。宋人对孟浩然的诗料不足是有批评的（如苏轼）①，而韩愈诗歌的逞才炫博求奇，常为宋人所赞许。严羽关于孟浩然、韩愈诗歌的颠覆性评论，正表明在学力工夫与兴会灵感两者之间，严羽更重视后者。

严羽称"辨家数如辨苍白，方可言诗"，他谈论诗歌体制和方法，评论前人创作得失，其中一些见解富有理论内涵，深为后人所许可。严羽曰：

诗之法有五：曰体制，曰格力，曰气象，曰兴趣，曰音节。

这五者是就诗歌文本而立论的。陶明濬《诗说杂记》卷七以人体为喻，解释这五点的关系：

---

① 陈师道《后山诗话》云："子瞻谓孟浩然之诗韵高而才短，如造内法酒手，而无材料尔。"可与严羽论孟对照。

此盖以诗章与人身体相为比拟，一有所阙，则倚魁不全。体制如人之体干，必须俊壮；格力如人之筋骨，必须劲健；气象如人之仪容，必须庄重；兴趣如人之精神，必须活泼；音节如人之言语，必须清朗。五者既备，然后可以为人，亦惟备五者之长，而后可以为诗。近取诸身，远取诸物，而诗道成焉。

大体来说，“体制”是指诗歌各种体裁的规格要求，古体、近体，律诗、绝句，都具有不同的文体规范，作诗应该“合体”。严羽论五言绝句云：“众唐人是一样，少陵是一样，韩退之是一样，王荆公是一样，本朝诸公是一样。”众唐人的五言绝句，有其基本的诗体规范，而杜甫、韩愈、王安石和其他宋人的五言绝句变革这种规范，形成了自己的特点。这就是关乎“合体”的问题。“格力”是指诗人的人格境界赋予诗歌的品格。严羽论诗忌俗，说：“学诗先除五俗：一曰俗体，二曰俗意，三曰俗句，四曰俗字，五曰俗韵。”这是就“格力”而论的。他尊尚格高调古的诗风，也是属于格力一面。“气象”是指诗歌的整体风貌。不同时代的诗歌，气象不同。汉魏古诗浑朴，与晋宋齐梁诗歌具有不同的气象，唐诗与宋诗的区别也在气象之不同。每一个时代都具有主导风格，就是气象。严羽说：“‘迎旦东风骑蹇驴’绝句，决非盛唐人气象。”意即“迎旦东风骑蹇驴”的衰飒颓唐，与盛唐的雄浑气象不相类。每一个成熟诗人的诗歌，也具有自己的气象。《考证》中辨《问来使》一篇，非陶渊明所作，依据就是“其体制气象，与渊明不类”。《诗评》所谓孟郊诗“憔悴枯槁，其气局促不伸”，也是着眼于气象而论的。“兴趣”，上文已说过。“音节”，指诗的音调语气，如“下字贵响，造语贵圆”之类。严羽所说的“体制”、“格力”、“气象”、“兴趣”、“音节”，明代胡应麟将之归纳为两个方面：

作诗大要不过二端，体格声调，兴象风神而已。体格声调有则可循，兴象风神无方可执，故作者但求体正格高，声雄调鬯，积习之久，矜持尽化，形迹俱融，兴象风神，自尔超迈。譬则镜花水月，体格声调，水与镜也；兴象风神，月与花也。必水澄镜朗，然后花月宛然，讵容昏鉴浊流求睹二者？故法所当先，而悟不容强

也。(《诗薮》内篇卷五)

联系胡应麟所论来看严羽的五点，体制、格力、音节，属于体格声调；气象、兴趣，属于兴象风神：前实而后虚。严羽的诗学对明清诗学产生了深远的影响，不论是明清的“格调”论，还是“神韵”说，都能够从严羽诗学中寻找到理论的依据。大致来说，严羽关于体制、格力、音节的理论开了明清“格调”论的先河，而“兴趣”、“气象”论则是清代“神韵”说的理论源头之一。

严羽诗学带有浓厚的复古思想。他说：“诗之是非不必争，试以己诗置之古人诗中，与识者观之而不能辨，则真古人矣。”这与宋代诗歌“自成一家”的追求是相矛盾的。宋代是诗歌史的新阶段，诗人的个性追求、创新意识更为自觉。但是严羽对这种新趋向是持否定态度的，他主张学习汉魏盛唐，实际上是标举汉魏盛唐的古典诗美，来否定宋代诗歌求新求异的方向。今天回过头来看，“以文字为诗，以才学为诗，以议论为诗”，应该说是宋诗的特点，而不能说是宋诗的缺点。宋人对诗歌道路的探索和开拓，尽管也出现流弊，但是总体上是值得肯定的。但是严羽却留恋于传统的诗美，主张恢复汉魏盛唐诗风来扭转诗歌发展的方向。明代诗歌的主流是复古，标举盛唐，而创新精神不足，未能形成自己的新面目，这不能不说与严羽诗论多少有点关系。从某种意义上说，严羽给宋代趋于自觉的诗歌创新精神设置了一道障碍，拆除这道障碍是诗歌创新发展的首要任务。所以，清代初期才有钱谦益、冯班等人的拆障工作，颠覆严羽诗学的偶像地位。

第三节　元好问的诗论

过去的文学史和批评史著作，一般把南宋末的严羽和金元之际的元好问划入不同的时期和章目中加以叙述，好像严羽与元好问相隔久远，其实他们生活的时代大致相同。严羽在南方反对宋风、标举盛唐的同时，元好问也在北方酝酿着诗歌风气的变革。他被公认为是金、元诗词泰斗，学者由他而知所指归，其理论新变的影响力在当时要远远超过严羽。他的宗法唐诗、远绍汉魏的号召，对于元代北方诗学的影响是直接而普遍的。

元好问28岁时，在三乡作《论诗三十首》，晚年可能还有所改定。这三十首论诗绝句，以评论前代诗人创作为主，而在评论之中贯穿着他自己的诗学主张。元好问论诗颇为自负，第一首云："汉谣魏什久纷纭，正体无人与细论。谁是诗中疏凿手？暂教泾、渭各清浑。"① 以诗歌历史长河的"疏凿手"自居，要正本清源，析别泾渭。元好问《赠答杨涣然》云："诗亡又已久，雅道不复陈。"《〈东坡诗雅〉引》云："五言以来，六朝之陶、谢，唐之陈子昂、韦应物、柳子厚最为近《风》《雅》，自余多以杂体为之，诗之亡久矣。"他感慨诗道消亡，雅道隐沦，杂体纷披，而正体湮没。所谓"正体"，就是雅道，与杂体相对。他要通过对历代诗歌的轩轾褒贬，崇扬正体，斥退杂体，来维持风雅。他的《论诗三十首》评论自建安至北宋二十余位诗人。其中评论汉魏六朝的诗人，激赏曹植、刘桢、刘琨激昂慷慨的雄壮气象，称赞阮籍、嵇康等人的诗歌发抒胸臆，也欣赏陶渊明诗歌"一语天然万古新"的真醇和《敕勒川》"穹庐一曲本天然"的豪壮自然，而贬斥陆机和齐梁诗歌的繁缛鞶帨，潘岳诗歌的矫饰伪诈。在元好问看来，六朝诗歌已经出现正体、杂体的分野。正心诚意地抒发雅正之情，是继承《风》《雅》的正体；而伪饰与繁丽，则属于需要荡涤的杂体。

再看元好问论唐代诗人：

> 沈、宋横驰翰墨场，风流初不废齐梁。论功若准平吴例②，合著黄金铸子昂。

沈佺期、宋之问的诗歌精切工丽，但是在诗格上依然是齐梁靡艳诗风的余波，只有至陈子昂，诗歌重视风雅兴寄，才将"绝不传"的"慷慨歌谣"传统恢复起来，调转了诗歌发展的方向，所以元好问对其评价尤高。"笔底银河落九天"一首，赞美李白诗歌汪洋恣肆、超拔脱洒。李白诗歌的直抒胸臆、天真自然，与元好问重视抒发豪壮之情、重视天然

---

① 姚奠中主编、李正民增订《元好问全集》，山西古籍出版社2004年版，第268页。本书引元好问文字出此书者不另注。

② 平吴例，春秋时范蠡助越王勾践平灭吴国后，弃官归隐于五湖。勾践思念其功，"乃使良工铸金，象范蠡之形，置之坐侧"（《吴越春秋》）。

本色之美是相一致的。杜甫诗，元稹《墓志铭》称赞其长篇排律“铺陈终始，排比声韵，大或千言，属对律切”，元稹、白居易更变本加厉，以长韵排律来斗能逞技，元好问辩驳云：

> 排比铺张特一途，藩篱如此亦区区。少陵自有连城璧，争奈微之识碔砆。

杜甫的连城璧是什么，他并没有明确说出，联系元好问的《杜诗学引》来看，可能主要是指杜诗“元气淋漓，随物赋形”，含漱经史百家之精华，而能自出胸臆的特点。元好问这首诗重点不是评论杜诗，而是批评中唐元稹、白居易等人片面发挥杜甫长篇大韵的一脉，而专事铺排议论，误入歧途。宋代苏、黄的长篇次韵，也是导源于此。所以元好问所论，也是针对宋代诗风而发。对于中晚唐诗人，他呼应元结对“拘限声病，喜尚形似”的批评，崇尚声韵自然。孟郊在诗中叹穷嗟贫，刻露逼仄，已落入怨，显示其气象促狭，遭到宋人的批评，元好问也批评孟郊不若韩愈，韩愈即使遭贬潮州，依然笔墨纵横，恣肆雄放。这涉及元好问论诗尚“雅正”的思想。元好问论诗重视“诚”，但是真诚抒情，需符合雅正原则。孟郊在诗歌中呼天抢地，表现一己的穷愁困踬，在元好问看来是不符合“雅道”传统的。元好问肯定李商隐诗的“精真”，但是批评其后以绮丽为体者。《论诗三十首》其二十论柳宗元诗发源于谢灵运，并以“深”字赞之①。元好问在《中州集》卷三王庭筠《狱中赋萱》诗下注，论柳诗为详：

> 柳州怨之愈深，其辞愈缓，得古诗之正。其清新婉丽，六朝辞人少有及者。东坡爱而学之，极形似之工，其怨则不能自掩也。大都柳出于《雅》，坡以下皆有《骚》人之余韵。所谓生不并世，俱名家者也。

柳诗“怨之愈深，其辞愈缓”，符合元好问所谓“辞不迫切而意独至”

---

① 元好问于柳宗元似有偏嗜好，《唐诗鼓吹》第一首就是柳宗元的《登柳州城楼》。明人孙绪《无用闲谈》批评说：“元遗山编《唐诗鼓吹》，以柳子厚《登柳州城楼》诗置之篇首，此诗果足以压卷欤？李、杜无容论矣，高、岑、王、孟而下，得意句比此诗奚啻什百，而遗山去取乃若此！”（《沙溪集》卷十二）

(《陶然集序》)的雅道原则，渊源于“怨悱而不乱”的《小雅》。在他看来，苏诗虽是学柳，但“怨”不能掩，微伤雅道。元好问“柳出于《雅》，坡出于《骚》”之论，与黄庭坚《胡宗元诗集序》所谓“其兴寄高远，则附于《国风》；其愤世疾邪，则附于《楚辞》”一样，是寓有高下之分的。

元好问诗“三分是韩、杜，三分是玉川”①，所以他推挹卢仝诗之纵横，但是对于金代一些诗人如李纯甫等师法李贺、卢仝“好作险句怪语”，他又给予严厉的批评，斥责今人“儿辈从教鬼画符”。元好问《论诗三十首》其十九是议论晚唐陆龟蒙的诗歌，联系他的《校〈笠泽丛书〉后记》来看，元好问一方面肯定陆龟蒙在晚唐末运中抒发“百年孤愤”，另一方面又批评陆龟蒙抒发愤激之辞“而少敦厚之义”，“镂刻太苦，讥骂太过”。元好问论诗重“诚”，但是“诚”必须符合“雅道”，反对“潜露浮躁，狂纵淫靡”(《陶然集序》)。元好问《杨叔能〈小亨集〉引》自述初学诗以数十条自警，其中有一条曰“无怨怼”。其《诗文自警》云：“要感讽，不要出怨怼。”陆龟蒙诗讥骂太过，出于怨怼，对此元好问存有遗憾。

总体来看，元好问对唐代诗人陈子昂、李白、杜甫、元结、柳宗元、韩愈等都极为推崇，也欣赏卢仝之怪异、李商隐之精真。这与《陶然集序》称赞“唐贤所为，情性之外，不知有文字”是一致的。但是他不满于后来者之走向极端，与雅道正途相悖异。对于孟郊、陆龟蒙诗，他也从尚雅正的诗学原则给予批评。从元好问对唐代诗人的褒贬轩轾我们可以看出他辨别泾渭的指归所在。

对于宋代苏、黄而下的诗人，元好问以“杂体”视之，明显流露出不满的态度。他在《论诗三十首》中论宋诗风气之变云：

> 百年才觉古风回，元祐诸人次第来。讳学金陵犹有说，竟将何罪废欧、梅？(其二十七)

宋初百年之中，欧阳修、梅尧臣的诗歌依然延续唐代古风，但是自从元

---

① 钱振锽《谪星三集笔谈》，转引自郭绍虞《元好问论诗三十首小笺》，人民文学出版社1978年版，第69页。

祐以来，欧、梅诗风已不入时人眼，王安石诗歌尚存晚唐风气，但时人亦因其变法而“讳学”，整个诗坛是苏轼、黄庭坚的天下。在《陶然集序》里，元好问肯定苏轼曰：“海南以后，皆不烦绳削而自合。”《东坡诗雅引》称赞苏轼为“陶、柳之亚”，也是针对苏轼海南以后诗而发。同时他也感慨苏轼“不能不为风俗所移”，“有不能近古之恨”。《论诗三十首》二十三云“曲学虚荒小说欺，俳谐怒骂岂诗宜？今人合笑古人拙，除却雅言都不知”，就是批评苏诗“好骂”及其后学“以骂詈为诗”的风气，这个态度与严羽是相同的。苏、黄诗歌刻意求新尚奇，倾动诗风，“一波才动万波随”，以致苏、黄末学“奇外无奇更出奇”，由新奇而发展至诡怪生涩。所以元好问感慨，苏、黄新声创而古雅正道亡，故曰“诗到苏、黄尽”。他论黄庭坚和江西诗派云：

> 古雅难将子美亲，精纯全失义山真。论诗宁下涪翁拜，未作江西社里人。(《论诗三十首》之二十八)

尽管对“宁下涪翁拜”还存在不同的解释，但是此诗关键在末句，即跳出江西派的窠臼。他批评陈师道作诗闭门苦思是“可怜无补费精神”(《论诗三十首》之二十九)，也是一样的意思。元好问评论苏、黄诗风截断众流的本意，就在于扭转诗歌发展方向，恢复唐音正调。他云：“苏门果有忠臣在，肯放坡诗百态新！”(《论诗三十首》之二十六）翁方纲《石洲诗话》卷五称此为元好问“自任之旨”，即摒斥杂体，恢复雅道正体的诗歌传统。

元好问《论诗三十首》评论建安以至宋代诗人，其基本态度是推尊建安晋唐诗歌的雅正传统，对于宋代诗风的批评较为严厉，对于繁缛、浓艳、奇险、新异的诗风都有所不满。元好问对前代诗歌史的基本态度与严羽的《沧浪诗话》比较接近，对于大历而下要宽容一些。但是元好问在评论诗史时体现出来的诗学观念，与严羽也有一些不同之处。

首先，元好问尊崇风雅正道。其反复慨叹“诗亡又已久，雅道不复陈”(《赠答杨焕然》)；“风雅久不作，日觉元气死”(《别李周卿》)，以恢复风雅正体自期。《杨叔能〈小亨集〉引》所谓“无怨怼，无谑浪，无骜狠，无崖异，无媕阿”等等，也就是崇尚雅正的意思。在

《赠答刘御史云卿》诗中他批评当时的诗文风气："温柔与敦厚，扫灭不复留。"和严羽一样，元好问论诗，也尊唐尚古；但崇尚雅正，却是元好问的独特之处。

其次，他论诗以"诚"为本，除了《论诗三十首》"心声心画总失真"一首外，他还在《杨叔能〈小亨集〉引》中深入展开，阐述诗人之"诚"：

> 诗与文，特言语之别称耳。有所记述之谓文，吟咏情性之谓诗。其为言语则一也。唐诗所以绝出于《三百篇》之后者，知本焉尔矣。何谓本？诚是也。……故由心而诚，由诚而言，由言而诗也，三者相为一。情动于中而形于言，言发乎迩而见乎远。同声相应，同气相求，虽小夫贱妇、孤臣孽子之感讽，皆可以厚人伦，美教化，无它道也。故曰不诚无物。夫惟不诚，故言无所主，心口别为二物，物我邈其千里。漠然而往，悠然而来，人之听之，若春风之过马耳，其欲动天地、感神鬼，难矣。其是之谓本。唐人之诗，其知本乎？何温柔敦厚、蔼然仁义之言之多也！幽忧憔悴，寒饥困惫，一寓于诗，而其厄穷而不悯，遗佚而不怨者，故在也。至于伤谗疾恶，不平之气，不能自掩，责之愈深，其旨愈婉；怨之愈深，其辞愈缓。优柔餍饫，使人涵泳于先王之泽，情性之外，不知有文字。幸矣，学者之得唐人为指归也！

元好问认为诗文一道，都是以诚为本。所谓"诚"，就是物我相称，心言相应，表现真景物、真感情。《论诗三十首》之十一云："眼处心生句自神，暗中摸索总非真。画图临出秦川景，亲到长安有几人?"眼处心生，触物兴感，就是诚，而暗中摸索，则是不诚。唐代诗人将"幽忧憔悴，寒饥困惫，一寓于诗"，也就是诚。当然，诚和雅是相联系、相呼应的，表现内心的不平和哀怨，应该"责之愈深，其旨愈婉；怨之愈深，其辞愈缓"，应该符合"温柔敦厚"的原则。严羽亦重性情之真，但是尚没有像元好问这样将"诚"上升至诗之本的高度。

第三，元好问一方面受到苏轼壮浪恣肆诗风的影响，另一方面受到北方刚贞质朴的地域文化的影响，再加上亲历战乱，因此诗歌表现出慷慨悲凉的雄壮风格。他论诗也重视雄奇壮丽之美，赞叹慷慨多气、风骨挺立的建安诗和刘琨诗，欣赏《敕勒歌》的豪壮自然，李白诗的豪逸纵横，杜甫诗的沉郁顿挫，韩愈诗的雄奇突兀，批评秦观诗为“女郎诗”，都表现出一位北方诗人的审美意趣。相对而言，严羽虽然也标尚“雄浑”、“悲壮”、“沈著痛快”，但是看他反复辨析“雄浑悲壮”与“雄深雅健”之异，就可以体味出他的“兴趣”说与元好问的审美意趣还有着较大的区别，体现出南北诗论家审美意趣的差异。两位诗论家都反对宋代苏、黄诗风的流弊，都主张恢复魏晋唐代诗歌传统，但是在具体的诗歌意趣上又是如此的不同。

元好问对于金元诗风的转捩具有关键性的意义。金代诗坛大略而言，不出苏、黄二派。但是自南渡以后，诗风发生重大的转向，即由宋而入唐。刘祁《归潜志》卷八记载：

> 明昌、承安间，作诗者尚尖新，……南渡后，文风一变，文多学奇古，诗多学风雅，由赵闲闲、李屏山倡之。……赵闲闲晚年，诗多法唐人李、杜诸公，然未尝语于人。已而，麻知几、李长源（按，长，原作“晨”，误，从《中州集》改）、元裕之辈鼎出，故后进作诗者争以唐人为法也。①

这段记载可以与元好问《杨叔能〈小亨集〉引》首段相参照。元好问记述：

> 贞祐南渡后，诗学大行。初亦未知适从。溪南辛敬之、淄川杨叔能以唐人为指归。敬之旧有声河南，叔能则未有知之者。兴定末，叔能与予会于京师，遂见礼部闲闲公及杨吏部之美，二公见其“幽怀久不写”及《甘罗庙》诗，啧啧称叹，以为今世少见其比。及将往关中，张左相信甫、李右司之纯、冯内翰子骏，皆以长诗赠别。闲闲作引，谓其诗学退之《此日足可惜》，颇能似之；至比之金膏水碧，物外自然，奇宝景星，丹凤承平，不时见之嘉瑞。叔能用是名重天下。今三十年，然其客于楚，于汉、沔，于燕、赵、魏、齐、鲁之间，行天下四方多矣，而其穷亦极矣。叔能天资澹泊，寡于言笑，俭素自守，诗文似其为人，其穷虽极，其以诗为业

① 刘祁《归潜志》，中华书局1983年版，第85页。

者不变也，其以唐人为指归者亦不变也。今年，其所撰《小亨集》成，其子复见予镇州，以集引为请。予亦爱唐诗者，唯爱之笃而求之深，故似有所得。

李纯甫的影响在文章，姑且不论。赵秉文倡导宗唐诗学，开一代风气。在贞祐南渡之初，还有辛愿、杨叔能“以唐人为指归”。杨叔能得到赵秉文的赏识，一生虽然坎坷，“其以唐人为指归”则坚守不变。元好问在金宣宗兴定末就与杨叔能相识，因共同的“宗唐”倾向而声气相通。元好问自称“予亦爱唐诗者”，主张学诗“得唐人为指归”（《杨叔能〈小亨集〉引》）。他曾受到赵秉文的推荐而入选宏词科，任国史院编修官，影响日益广远。大致来说，在金南渡时兴起的宗唐诗学，至元好问而渐成气候，因元好问的大力提倡而逐渐扇炽，成为诗学的主潮。

元好问之提倡“宗唐”还表现在编选《唐诗鼓吹》上。关于《唐诗鼓吹》是否为元好问所编，后世有不同的说法，但是与元好问同时的曹之谦有一首《读〈唐诗鼓吹〉诗》曰：“杰句雄篇萃若林，细看一一尽精深。才高不似人间语，吟苦定劳天外心。白璧连城无少玷，朱弦三叹有遗音。不经诗老遗山手，谁解披沙拣得金？”（《河汾诸老诗集》卷八）曹之谦与元好问为通家旧好，交往甚密，他的记述应该不成问题。《唐诗鼓吹》专选唐人七言律诗，凡96家，共596首，其中以中晚唐诗人占多数，基本上符合七言律诗成熟并繁荣于中晚唐的实际情况。元好问所选七律多伤时感世之作和慷慨悲壮之音。所谓“鼓吹”，原本属于军乐，这里“取声之宏壮而震厉者也”（姚燧《注唐诗鼓吹诗集序》），四库馆臣谓此书“大抵遒健宏敞，无宋末江湖、四灵琐碎寒俭之习”（《四库全书总目〈唐诗鼓吹〉提要》）。《唐诗鼓吹》选诗的这种风格特征与元好问的典雅宏壮诗学观是相一致的，也表现出经历时代纷乱后元好问之悲壮情怀，而且其风格与元好问的创作倾吐自己挣扎于乱世中真实感受的倾向也是一致的。钱谦益《唐诗鼓吹序》云：“遗山之称诗，主于高华鸿朗，激昂痛快，其旨意与此集符合。”（《牧斋有学集》卷十五）近人吴汝纶序亦云所选诗“多慷慨激昂、豪迈沉著之篇，与遗山所为诗同条共贯”。

元好问的《唐诗鼓吹》对于元代的诗歌风气发生了重要的影响。

明人王行说："元人为诗，独尚七言近体。迹其所由，盖元裕之倡之于先，赵子昂和之于后，转相染习，遂成一代之风焉。"①《唐诗鼓吹》对于元人的宗唐风气，具有推波助澜的意义。

第四节 元代的唐诗学及其理论问题

与宗唐诗风同步，并相互促进、相互影响的是元代唐诗学的发展。在金元之际，出现过一部专选中晚唐律诗的《唐诗鼓吹》，我们在上节已简要论及。这里着重论述两部著作：辛文房的《唐才子传》和杨士弘的《唐音》。阐述《唐才子传》，着力于严羽《沧浪诗话》对它的影响；阐述杨士弘的《唐音》，则联系明代顾璘的批语来论述。

《唐才子传》是元代辛文房的一部唐诗学著作，因诗系人，为唐代278位诗人立传，论诗兼记事。四库馆臣在《四库全书总目提要》中说此书："以论文为主，不以记事为主也。大抵于初盛稍略，中晚以后渐详，……下包五代矣。……间缀以论，多掎摭诗家利病，亦足以津逮艺林，于学诗者考订之助，固不为无补焉。"今学者傅璇琮先生亦谓其"因人而品诗，重点是标其诗格"②。但是，若仔细辨析辛文房品诗论文，会发现其自己的真知灼见并不是很多，大部分都是渊源有自。殷璠《河岳英灵集》的评语，几乎被全部采纳；而高仲武的《中兴间气集》、新旧《唐书》之《文艺（苑）传》和陈振孙《直斋书录解题》等中有关唐代诗人的评论，也是《唐才子传》品诗的基本依据。

值得注意的是，宋末严羽的《沧浪诗话》对于辛文房《唐才子传》品评唐代诗人也有着直接的影响，并且留下明显的痕迹。严羽的《沧浪诗话》沾溉着明清格调、神韵诗学，成为明代复古诗学的理论源头，影响深巨。过去我们一般认为《沧浪诗话》对后代诗学的影响首先体现在高棅《唐诗品汇》、李东阳《怀麓堂诗话》中。现在于元代的这部唐诗学著作中，我们依然清晰可辨地发现了严羽诗学的影子。这是值得我们注意的。

---

① 王行《柔立斋集序》，《半轩集》卷五，景印文渊阁《四库全书》本。

② 见傅璇琮《唐才子传校笺·前言》，中华书局2000年版。

《唐才子传》卷八《周繇传》中有一段文字以禅论诗，云：

尝谓禅家者流，论有大小乘，有邪正法，要能具正法眼，方为第一义，出有无间。若声闻、辟支、四果，已非正也，况又堕野狐外道鬼窟中乎！言诗亦然。

这段文字是源自于通行本《沧浪诗话》第一则“禅家者流”云云。《沧浪诗话·诗评》云：“晚唐之下者，亦堕野狐外道鬼窟中。”正是这段末句所本。同卷《皮日休传》中有大段批评次韵、和韵的文字，云：

夫次韵唱酬，其法不古，元和以前，未之见也。暨令狐楚、薛能、元稹、白乐天集中，稍稍开端。以意相和之法，渐废闲作。逮日休、龟蒙，则飙流顿盛，犹空谷有声，随响即答。韩偓、吴融以后，守之愈笃，汗漫而无禁也。于是天下翕然，顺下风而趋，至数十反而不已，莫知非焉。夫才情敛之不盈握，散之弥八纮，遣意于时间，寄兴于物表，或上下出入，纵横流散，游刃所及，孰非我有，本无拘缚瀎泧之忌也。今则限以韵声，莫违次第，得佳韵则杳不相干，龃龉难入；有当事则韵不能强，进退双违。必至窘束长才，牵接非类，求无瑕片玉，千不遇焉，诗家之大弊也。更以言巧称工，夸多斗丽，足见其少雍容之度。然前修有恨其迷途既远，无法以救之矣。

我们看《沧浪诗话·诗评》论和韵一则：

和韵最害人诗。古人酬唱不次韵，此风始盛于元、白、皮、陆，本朝诸贤，乃以此而斗工，遂至往复有八九和者。

很显然，《唐才子传》所论是源自于《沧浪诗话》而加以丰富、展开，阐述得更为细致。两者值得相互比照、相互印证。

《沧浪诗话》论唐诗，将其分为唐初体、盛唐体、大历体、元和体、晚唐体，为后来“四唐说”之先声。辛文房论诗主张“理穷必通，因时为变”（《唐才子传序》），肯定诗歌的发展变化。对于唐诗的流程，他概括为“三变”。在卷一《沈佺期传》里，他称“唐诗变体”，始于沈佺期和宋之问，肯定他们“回忌声病，约句准篇，著定格律，遂成近体”的功劳，犹如李陵、苏武之于汉代五言诗的兴起。同卷《陈子昂传》说：“唐兴，文章承徐、庾余风，天下祖尚，子昂始变雅正。……凡所著论，世以为法，诗调尤工。”也就是说沈、宋是实现了唐律体诗歌体制的创新，而陈子昂则在创作精神上力革旧弊，复归雅正。在卷四《卢纶传》里，他论“大历十才子”时又称“唐之文体，至此一变矣”。辛文房的唐诗“三变”说，前二变是描述由初唐而渐入于盛之势，第三变则是由盛而衰之渐。我们再看他在卷八《周繇传》所论：“自魏晋以降，递至盛唐，大历、元和以下，逮晚年，考其时变，商其格制，其邪正了然在目，不能隐也。”把这几句与“三变”论联系起来看，初唐、盛唐、大历、元和、晚年（即“晚唐”）的五期论，还是非常明显的。这种五期论显然是源自于严羽。如果要说辛文房的唐诗“五期论”与严羽有什么显著的不同，那么可以说其主要不同在于严羽对于“元和体”之代表白居易、元稹没有多少评论，显得较为冷淡，而辛文房则对元、白的“元和体”大加赞赏。在《张籍传》里，他论道：

> 自李、杜之后，风雅道丧，至元和中，暨元、白歌诗，为海内宗匠，谓之“元和体”，病格稍振，无愧洪河砥柱也。（《唐才子传》卷五）

这就涉及二人的思想倾向问题。严羽诗论较少受到儒家思想的影响，而辛文房受儒家诗学思想影响则大得多。

严羽诗学的一个重要范畴是“兴趣”，以“兴趣”论诗始于严羽。而辛文房的《唐才子传》则多次以“兴趣”评诗：如评张子容诗“兴趣高远，略去凡近”（卷一）；评张志和《渔歌》“兴趣高远，人不能及”（卷三）；评姚系与隐士酬酢之作“兴趣超然”（卷五）；评姚合诗“兴趣俱到，格调少殊”（卷六）；评于武陵诗“兴趣飘逸多感”（卷八）。不过相比较而言，严羽说“盛唐诸人唯在兴趣”，而辛文房则多以“兴趣”称中晚唐诗人。此外，《唐才子传》卷五评长孙佐辅乐府诗“如水中月，如镜中相，言可尽而理无穷也”，显然也是借用于《沧浪诗话》。辛文房把严羽称赞盛唐“妙处”的这几句话头不恰当地安在了诗名不彰的长孙佐辅身上。这样的例子在《唐才子传》中并非仅见。

如卷四评王建诗云："又于征戍、迁谪、行旅、离别、幽居、宦况之作，俱能感动神思，道人所不能道也。"这是直接抄自《沧浪诗话·诗评》"唐人好诗，多是征戍、迁谪、行旅、离别之作，往往能感动激发人意"一句。卷七评薛逢诗云："学力亦赡，故不甚苦思，而自有豪逸之态，第长短皆率然而成，未免失浅露俗。"这则评语中"豪逸"之态、"率然而成"，都是严羽《沧浪诗话·诗评》中对于李白诗的评语。最后一句"失浅露俗"，就是抄自严羽《沧浪诗话·诗评》"薛逢最浅俗"之品评。同卷评马戴诗云："优游不迫，沉著痛快，两不相伤。""优游不迫"、"沉著痛快"为严羽《沧浪诗话·诗辩》提出的"诗之大概"，辛文房将之套用在马戴诗上，似高估了马戴的诗作。

《唐才子传》品评初、盛唐诗人，多采纳殷璠《河岳英灵集》和高仲武《中兴间气集》的评语。品评中、晚唐诗人，则多沿袭严羽《沧浪诗话·诗评》。试看数例：

诗人	《沧浪诗话·诗评》	《唐才子传》
戎昱	戎昱在盛唐为最下，已滥觞晚唐矣。戎昱之诗，有绝似晚唐者。	昱诗在盛唐，格气稍劣，中间有绝似晚作。然风流绮丽，不亏政化，当时赏音，喧传翰苑，固不诬矣。(卷三)
冷朝阳	冷朝阳在大历才子中为最下。	朝阳工诗，在大历诸才子，法度稍弱，字韵清越不减也。(卷四)
释皎然	释皎然之诗，在唐诸僧之上。	公外学超然，诗兴闲适，居第一流、第二流不过也。(卷四)
孟郊	孟郊之诗刻苦，读之使人不欢。	工诗，大有理致，韩吏部极称之。多伤不遇，年迈家空，思苦奇涩，读之每令人不欢。(卷五)
马戴	马戴在晚唐诸人之上。	戴诗壮丽，居晚唐诸公之上，优游不迫，沉著痛快，两不相伤，佳作也。(卷七)
李频	李频不全是晚唐，间有似刘随州处。	频诗虽出晚年，体制多与刘随州相抗，骚严风谨，惨惨逼人。(卷七)
陈陶	陈陶之诗，在晚唐人中，最无可观。	陈陶于晚唐诸人中，最得平淡，要非时流所能企及者。(卷八)

通过比较可以看出，辛文房在评论中、晚唐诗人时，多采纳严羽的观点，在严羽品评的基础上加以引申和发挥。严羽评论较为简略，态度也较为苛刻，而辛文房则更为细致，态度也显得平和一些。不过就基本态度而言，辛文房对晚唐诗风是持批评态度的。《唐才子传》卷八《翁绶传》评其诗“音韵虽响，风骨憔悴，真晚唐之移习也”。同卷《于濆传》云：

观唐诗至此间，弊亦极矣，独奈何国运将弛，士气日丧，文不能不如之。嘲云戏月，刻翠粘红，不见补于采风，无少裨于化育，徒务巧于一联，或伐善于只字，悦心快口，何异秋蝉乱鸣也。于濆、邵谒、刘驾、曹邺等，能反棹下流，更唱瘖俗，置声禄于度外，患大雅之凌迟，使耳厌郑、卫，而忽洗云和；心醉醇醲，而乍爽玄酒。所谓清清泠泠，愈病析酲。逃空虚者，闻人足音，不亦快哉。

辛文房既感慨国运将弛而导致晚唐诗文运丧，批评晚唐嘲云戏月的诗风无补于政教，又欣喜地看到于濆、邵谒、刘驾、曹邺等人的清泠诗风高出时人。

如果说辛文房论唐诗与严羽之间存在显著区别的话，这区别就在于辛文房的儒家诗学思想更为浓厚。明代杨士奇《书唐才子传后》论此书云：“盖行事不关大体，不足为劝戒者不录，作史之体也。”（《东里文集》卷十）清王士禛《池北偶谈》也是这么认为的。辛文房在品评诗人时，称赏讥切当世、讽谕时政的精神，如赞赏鲍防诗“讥切世弊，正国音之宗派也”；元结诗“有忧道闵世之心”；刘叉《冰柱》《雪车》两篇“含蓄风刺，出卢仝、孟郊之右”；聂夷中乐府诗“裨补政治，乐而不淫，哀而不伤，正《国风》之义也”。而从儒家正统诗学立场来看罗隐的诗，多有讥诮嘲讪，所以辛文房贬责罗隐“褊急性成”，“阙慎微之豫”。受到殷璠思想的影响，辛文房屡屡感慨唐代诗歌史上“高才无贵士”的可悲现象，同情怀才不遇、沉沦下僚的诗人。如论杜甫时深情地慨叹：“惜乎长辔未骋，奇才并屈，竹帛少色，徒列空言，呜呼哀哉！”唐代有的诗人，既能够盘马弯弓，驰骋疆场；又能够搦管赋诗，且“词名藉甚”，这类应该算得上是辛文房心中的理想文士。在《畅当传》里，他发抒议论曰：

尝观建安初，陈琳、阮瑀数子，从戎管书记之任，所得经奇，英气逼人也。承平则文墨议论，警急则橐鞬矢石，金羁角逐，珠符相照，草檄于盾鼻，勒铭于山头。此磊磊落落，通方之士，皆古书生也。容有郁志窗下，抱膝呻吟，而曰时不我与，人不我知耶！大道无室，徒自为老夫耳。（《唐才子传》卷四）

这段议论，既符合儒家立功扬名的精神理想，也表现了辛文房这位出身西域的北方学者重事功和实务的思想特征。而这一点正是“在南宋区宇之中，著一不痛不痒之人”① 的严羽所不具备的。②

元代诗歌至皇庆、延祐前后，南北诗风合流趋势进一步加强，渐汇聚为宗法唐人的诗学主流，其代表人物是杨载、范梈、揭傒斯、虞集，号称元诗“四大家”。“四大家”居官朝阙，互通声气，倾动一时，而且还授人以法，指示门径，引导着元代诗风的走向。宗唐诗风渐趋主流的时势，需要有一部唐诗选本以示人典范，供人研习揣摩，杨士弘的《唐音》于是应运而生。杨士弘，襄城（今属河南）人，寓居临江（今属江西），生卒年不详，大致上接“四大家”，下启入明的刘崧。宋濂《刘兵部诗集序》提及杨士弘曾与刘崧交游。而刘崧诗歌“平正典雅”，可见他们在宗法唐诗上是相互呼应的。

杨士弘“自幼喜读唐诗”，认为诗“莫盛于唐”。为什么要编纂这部唐诗选？他在至正四年（1344）《自序》中说得明白：

余自幼喜读唐诗，每慨叹不得诸君子之全诗。及观诸家选本，载盛唐诗者，独《河岳英灵集》。然详于五言，略于七言，至于律、绝，仅存一二。《极玄》，姚合所选，止五言律百篇，除王维、祖咏，亦皆中唐人诗。至如《中兴间气》《又玄》《才调》等集，

① 朱东润《沧浪诗话参证》，《文哲季刊》第2卷第4号，收入朱东润《中国文学论集》，中华书局1983年版。

② 按，本节部分曾题《〈沧浪诗话〉对〈唐才子传〉唐诗观的影响》，发表于《古典文学知识》2005年第6期。

虽皆唐人所选，然亦多主于晚唐矣。王介甫《百家选唐》，除高、岑、王、孟数家之外，亦皆晚唐人诗。《鼓吹》以世次为编，于名家颇无遗漏，其所录之诗，则又驳杂简略。他如洪容斋、曾苍山、赵紫芝、周伯弜、陈德新诸选，非惟所择不精，大抵多略于盛唐，而详于晚唐也。①

也就是说，前代的各种唐诗选本都存在缺点，或者只选录唐代某一阶段，或者在各种诗体上有所偏废，或者拣择不精、驳杂简略。而杨士弘编选唐诗，是要贯通整个唐代，包罗各种诗体，确立较高标准。《唐音》录诗1341首，将整个唐代诗歌的历程概括为“始音”、“正音”、“遗响”，包括五、七言古、律、绝各种诗体，“审其音律之正变，而择其精粹”，确立了明确的选择标准。除了《自序》以外，《始音》《正音》《遗响》前都有《小序》②，大致可以了解杨士弘编选《唐音》所体现出来的诗学思想。《唐音》流传至明代，有苏州人顾璘的批点本，流传较广，多为后人称引。虽然顾璘与杨士弘相隔约二百年，但是顾璘批点对于我们理解杨士弘编选《唐音》的意旨很有帮助，所以我们这一节就联系顾璘的批点来进行参证。

《唐音》首卷《始音》，录初唐“四杰”王勃、杨炯、卢照邻、骆宾王四人诗93首，因为此时虽有五、七之殊，然音声一致，古、律之别尚未分明，所以未按体分类。为什么杨士弘把“四杰”作为“始音”独立出来呢？他在《始音小序》里说：

自六朝来，正声流靡，四君子一变而开唐音之端，卓然成家，观子美之诗可见矣。然其律调初变，未能皆纯，今择其粹者，列为《唐诗始音》云。

这也就是《凡例》中所谓“初变六朝”的意思。顾璘批杨炯诗云：“杨

① 陶文鹏先生等整理点校《唐音评注》，河北大学出版社2006年版，第8页。本书引顾璘批语，悉依复旦大学图书馆藏顾批嘉靖二十年刻本，并参考此整理本，文字、标点有异。

② 按，笔者所见明嘉靖刻本顾璘批点《唐音》和张震注《唐音辑注》均无“始音”、“正音”、“遗响”《小序》。这里转自陈伯海主编《历代唐诗论评选》，河北大学出版社2003年版，第503页。陈著注云：“录自明初刻本《唐音》。”笔者未见此本。

炯律诗已有盛唐温厚，但未开阔耳。”批王勃《临高台》云：“此诗不过是登高台望见许多景物耳，铺叙优柔，不觉重复，然无大兴意，所以为初唐。”批卢照邻《长安古意》云：“此篇铺叙长安帝都繁华，宫室之美，人物之盛，极于将相而止，然而盛衰相代，唯子云安贫乐道，乃久垂令名耳；但词语浮艳，骨力较轻，所以为初唐之音也。”这些批语的意思是说，“初唐四杰”有情致，感慨深，但是还没有完全脱尽六朝浮艳之风，尺幅尚窄，所以为初唐“始音”。

《唐音》的主体部分为《正音》，选69家诗，凡885首，先按体分为五古、七古、五律、七律、五绝、七绝等类。每一类再按时间顺序分卷。五言古诗独取盛唐为一卷；七言古诗、五言律、绝句分别厘为“唐初、盛唐诗”、“中唐诗”；七言律、绝分别厘为“唐初、盛唐诗”、“中唐诗”、“晚唐诗”。在卷首，他列举“唐音姓氏”，“自武德至天宝末六十五人为唐初、盛唐诗”，“自天宝至元和间四十八人为中唐诗”，“自元和至唐末四十九人为晚唐诗”。可见，在杨士弘的诗学思想中唐诗初、盛、中、晚的划分是非常明确的。《凡例》云：“李、杜、韩诗世多全集，故不及录。”《正音小序》云：

> 唐初稍变六朝之音，至开元、天宝间，始浑然大备，遂成一代之风，古今独称“唐诗”，岂不然邪？是编以世次之先后、篇章之长短、音律之和协、词语之精粹，类分为卷。专取乎盛唐者，欲以见其音律之纯，系乎世道之盛；附之以中唐晚唐者，所以幸其遗风之变而仅存也。故自大历以降，虽有卓然成家，或沦于怪，或迫于险，或近于庸俗，或穷于寒苦，或流于靡丽，或过于刻削，皆不及录。是以皇甫茂正而下，止得三十三人，以及晚唐三家体制、音律之相近者附焉，名曰“唐诗正音”。凡六卷，通六十九人，共诗八百八十五首。学诗者因其音响，审其制作，则自见矣。

这一段话里，杨士弘表达了崇尚盛唐的诗学思想，称赞开元、天宝间诗“浑然大备”，成一代之风，这是沿承严羽标举盛唐的诗学观念。对于中晚唐诗，杨士弘并非一概排斥，而是以盛唐之音为标准，录其“遗风之变而仅存者”，即中晚唐诗中近似于盛唐之音、为盛唐之变的，他也录得三十三人，而那些怪险、庸俗、寒苦、靡丽、刻削的，虽然“卓然成家”，也被逐出“正音”之外。从这里可以看出，杨士弘崇尚盛唐但不排斥中晚唐，这是元代唐诗学的基本倾向。辛文房的《唐才子传》亦是如此。元人把诗学方向从学宋转向学唐，从渊源上说还是“四灵”晚唐诗学的发展，元代晚唐诗学依然很有市场，不过元代诗学的主流是学唐诗，而不仅仅是学晚唐，更强调向前延伸，学初唐、盛唐，但是元人学初、盛唐，并不排斥中、晚唐。这一点，往前看与严羽诗学有相通之处。严羽虽然因为不满江湖诗风而标举盛唐，“不作开元、天宝以下人物”，但是《沧浪诗话·诗评》也说过：“大历以后，吾所深取者，李长吉、柳子厚、刘言史、权德舆、李涉、李益耳。”“大历后，刘梦得之绝句，张藉、王建之乐府，吾所深取耳。”往后看，明代前后七子标举“诗宗盛唐”与杨士弘《唐音》是一脉相承的，但是前后七子严守初盛、中晚的界限，他们贬斥中晚唐诗之严厉，要远远超过杨士弘。

杨士弘把自己的唐诗选本取题为“唐音”，论“正音”强调“音律之和协”。这一点要结合宋、元诗学大背景来看。

律诗发展至中晚唐，逐渐趋于庸熟浮弱，宋代诗歌的崛起，就是要有意识地以一种倔强坚挺的格调来拯救晚唐的浮靡。黄庭坚论诗提出“宁律不谐，而不使句弱”（《题意可诗后》）的说法，在句法和音节之间，更重视句法，而有意要打破唐诗音律准则，所以张耒说：“以声律作诗，其末流也，而唐至今谨守之。独鲁直一扫古今，直出胸臆，破弃声律。”（《王直方诗话》引）但是，“破弃声律”导致宋诗产生了生涩奥峭、难以卒读的弊病，于是反对宋诗者又从挽救声律做起。如严羽《沧浪诗话·诗辩》论“诗之法有五”，其中之一就是“音节”。元人论诗普遍重视音节，强调诗歌声韵自然之美，并从这个角度批评宋诗，推崇汉魏唐诗。如袁桷《书番阳生诗》云：

> 诗盛于唐，终唐盛衰，其律体尤为最精，各得所长，而音节流畅，情致深浅，不越乎律吕。后之言诗者不能也。①

又，袁桷《题闵思齐诗卷》云：

---

① 袁桷《清容居士集》卷四十九，北京图书馆出版社2006年影印元刻本。

唐诗有三变焉，至宋则变有不可胜言矣。诗以赋、比、兴为主，理固未尝不具。今一以理言，遗其音节，失其体制，其得谓之诗与？(《清容居士集》卷五十)

欧阳玄《虚籁集序》云：

古人之诗，被之弦歌，其入人之深，犹有待于声。今人之诗，简牍而已。①

杨士弘与袁桷、欧阳玄基本上是同一时代，他重视唐“音”，是整个时代诗风的反映。

五言古诗，《唐音》选诗数量由多而少依次是韦应物、储光羲、陈子昂、王维、孟浩然、常建、柳宗元。对于中唐以来的五言古诗，杨士弘认为“作者多无可取，独韦、柳远追陶、谢，有冲淡之味，可与前诸家相错而观”，所以只选取韦、柳二家。陈子昂的五言古诗，借用顾璘批陈子昂《感遇·仲尼探元化》来说，是“不及汉魏，远过齐梁，卓然与唐风作祖，可谓有功雅道者也”。五言古诗至储光羲以后，“别《选》入唐，自是成体矣”（顾璘批语）。王维、孟浩然则是盛唐五言古诗的代表。韦应物的五古，顾璘评云“独步唐室，以其得汉魏之质也”，所以“五言古诗，先学韦应物，然后诸家可入”。

七言古诗，《唐音》选录盛唐诗人主要为王维、岑参、高适、储光羲、孟浩然、崔颢、李颀、常建，此数人是盛唐七古公认的代表；中唐诗人主要是王建、韦应物、柳宗元、刘长卿、张籍诸人，杨士弘评论他们“音律往往不纯，……然声调亦有可为法者”。顾璘评王维《寒食城东即事》云：“摩诘七言绝高，情景故实，随取随足。”批李颀《缓歌行》“直陈情事，不绮丽，是唐风之盛”。评王建、张籍七言乐府体，“发人情极于纤悉，无不至到，后人不及者正在此，不及前人者亦在此”，写情细腻，发露无遗，无盛唐之浑厚，又高于晚唐之浮泛。评柳宗元时说：“柳公以下别是一格，作者当慎此关。”也就是说柳宗元而下，落入晚唐。

① 欧阳玄《圭斋文集》卷七，《四部丛刊》影印明成化刻本。

五言律诗，《唐音》以初盛唐为主，选录陈子昂、沈佺期、杜审言、储光羲、王维、孟浩然、常建、岑参、高适等人诗，其中又以王维、孟浩然为主。中唐诗人，选录韦应物、刘长卿、王建、张籍、钱起、郎士元等十七人“其音律近盛唐者”。顾璘评杜审言“未脱六朝”，沈佺期“律格甚整”，显示律体渐纯的态势；王维、孟浩然“得诗家之情”，为盛唐之代表；贾至“在盛唐中较弱”；岑参“五言豪整”，而“姿态当远让王、孟”；刘长卿“雅畅清夷，中唐独步”；自戴叔伦以下“说情渐细，格律之累，正坐此境”。顾璘对于五言律由初而盛，由盛而中的变化历程的勾勒，与杨士弘选录取舍的态度是一致的。

七言律诗，兴盛的时间要略晚于五律。杨士弘论七言律诗说：“中唐来，作者渐盛，然音律亦渐微，选其近盛唐者。”盛唐七言律，《唐音》主要选录王维、岑参、李颀、高适、崔颢，数量只有王维略多。重点是在中晚，选录刘长卿、李商隐、张籍、许浑诗较多。顾璘论七言律云：

> 七言律诗，务在雄浑富丽之中有清沉微婉之态，故明白条畅而不疏浅，优游含咏而不轻浮，最忌俗浊纤巧，则失古人风调矣。盛唐唯王、岑、高、李，最得正体，足为规矩，后之学者，不晓音调，学雄浑者必枯硬，学清沉者必软腐，而归于庸俗矣。

这段话正可以与杨士弘的取舍相互参证，顾璘论七律正体，正是杨士弘所谓盛唐正音，其论“后之学者”的庸俗，正是顾璘所谓“音律渐微”的具体阐述。

五言绝句，《唐音》选录王维诗最多，其次为张籍、刘长卿、郎士元、崔国辅、储光羲、孟浩然诗。顾璘批点云：“五言绝句以调古为上，以情真为得体，卷中唯王维名家可法，次则孟浩然。”而评中唐五绝云：“中唐音调柔弱，但不俗耳，就中唯刘文房、韦应物、王建、张籍可法。”可见顾璘推举盛唐，对中唐而下的批评，较杨士弘更为严厉。

七言绝句，《唐音》选王昌龄最多，其次依次是刘禹锡、杜牧、张籍、王建、韦应物、刘长卿、王维、储光羲等。王昌龄号称“七绝圣手”，唐人七绝以他为代表，是没有异议的。顾璘评王昌龄《闺怨》诗云：“宫情闺怨，作者多矣，未有如此篇与《青楼曲》二首雍容浑含，明白简易，真有雅音，绝句中之极品也。”杜牧擅长绝句，如《登乐游原》，顾璘批云：“晚唐唯杜牧之绝句稍温丽，有可法者。”刘禹锡的《竹枝词》堪称绝唱，也得到杨士弘的肯定。

《唐音》的主体部分为《正音》，标举盛唐之音，旁及中、晚。选录中、晚，基本上也是以盛唐诗风为标准，选“其近盛唐者”。至于大历以降，“或沦于怪，或迫于险，或近于庸俗，或穷于寒苦，或流于靡丽，或过于刻削”的诗，则归入《遗响》。值得注意的是，杨士弘把白居易、李贺、孟郊、贾岛都放在《遗响》中，而不入《正音》，这是有其用意的。金元时期，白居易、李贺诗都很有影响，如王若虚《滹南诗话》称赞白居易诗“殆与元气相侔”。杨维桢的“铁崖体”则追慕李贺。晚唐贾岛、孟郊、许浑的苦吟纤窄诗风，在元代也并未绝迹。所以，杨士弘有意把他们贬入《遗响》，其用意就是在矫正诗坛风气，提倡盛唐风雅正音。《正音小序》云“故自大历以降，虽有卓然成家，皆不及录”，归入《遗响》。

杨士弘《唐音》编成以后，得到多次刊刻，“天下学诗而嗜唐者，争售而读之，可谓选唐之冠乎”（宋讷《唐音缉释序》）。《唐音》编成十年后的至正十四年（1354），丹阳颜润卿“考事与景，缉而编之”，撰成《唐音缉释》，扩大其影响。明代李东阳《怀麓堂诗话》论选诗之难，并称赞杨士弘的《唐音》：

> 选诗诚难，必识足以兼诸家者，乃能选诸家；识足以兼一代者，乃能选一代。一代不数人，一人不数篇，而欲以一人选之，不亦难乎？选唐诗者，惟杨士弘《唐音》为庶几。

明初高棅虽然遗憾《唐音》有不录李、杜大家等缺点，但也肯定《唐音》“始能别体制之始终，审音律之正变，可谓得唐人之三尺矣”（《唐诗品汇总叙》）。高棅《唐诗品汇》就受到杨士弘《唐音》的深刻影响，“因其例而稍变之”（《四库全书总目〈唐音〉提要》）。明万历年间，还出现过赵完璧辑本《唐诗合选》，把杨士弘、高棅两个选本合为一家。总之，对于明代宗法盛唐、崇尚格调的诗坛，杨士弘的《唐音》影响深巨。

第二章
明清的格调诗学

【内容提要】明代前期，理学浸染诗风，置理于情之上，以理正情。同时，“诗宗盛唐”的观念也在滋长，经由高棅、李东阳，至弘治、正德年间，李梦阳、何景明等正式提出诗文复古的口号。“前后七子”擎起复古大纛，但具体的诗学主张却是有差异的，需要细致辨别。复古派的诗歌格调论发展至清中期，由沈德潜在当时的意识形态背景里作出了深入的理论阐发和总结。

明代诗歌创作的风气，大段时间里，总体上是古体尊汉魏六朝，律体尊盛唐。诗歌理论笼罩于严羽《沧浪诗话》、高棅《唐诗品汇》的影子，提倡格调。其理论代表是李（梦阳）、何（景明）、王（世贞）、李（攀龙）等“复古”派巨擘，徐祯卿《谈艺录》、谢榛《四溟诗话》等也阐发了格调诗学的主张。在明代前期，格调诗学是通过对台阁诗风的斗争而确立其地位的；在明代后期，格调诗学遭遇“性灵”说的挑战，似有偃旗息鼓之势，但并未彻底消失。至清代雍正、乾隆时期，得到沈德潜的重新激扬，格调诗学一度有中兴之势，然又遭遇袁枚“性灵”说挑战，渐趋颓势。

第一节 理学浸染与台阁诗风

元代诗学总体的倾向是返宋复唐。但是整个元代，诗学路向还是多样的，北方诗风和南方诗风分道发展，馆阁文士与地方诗人各极其趣，复古与求新，宗唐和法宋，种种互异对立的主张都在竞相上演。

朱元璋建立大明王朝，强化中央集权政治，变异元朝政体礼法，恢复汉唐政治制度、礼乐文化，大力提倡程朱理学，同时频兴文字狱，钳制思想。在这种思想专制制度下，明代前期的诗学，显得较为呆滞沉闷，一般都是从理学的立场和角度来论诗，强调诗人宜性情中正，作诗应关乎风教，温柔敦厚。这种理论风气一直在台阁诗人中游荡，延续到弘治、正德年间。

宋濂身为明朝开国文臣之首，深受朱元璋的器重。《明史》本传载其“自命儒者”，“傅太子先后十余年”。这种特殊的身份，决定了宋濂只能从当时正统思想来发表诗学见解。宋濂论诗，与“迈有奇气”的刘基呼吁诗歌发挥“美刺风戒”作用的论调是不同的。他重视诗歌对于主体道德心性的意义，要求诗歌源于仁义之性，得性情之正，从而能培养、提升读者的道德胸襟。宋濂《清啸后稿序》云：

> 诗之为学，自古难言。必有忠信近道之质，蕴优柔不迫之思，形主文谲谏之言，将以洗濯其襟灵，发挥其文藻，扬厉其体裁，低昂其音节，使读者鼓舞而有得，闻者感发而知劝，此岂细故也哉！

这里所谓“忠信近道之质”、“优柔不迫之思”，就是其《故朱府君文昌墓铭》所谓“欲得其性情之正”，也就是其《林氏诗序》所谓“本乎仁义者”；而“形主文谲谏之言”，即传统儒家诗论所谓“发乎情，止乎礼义”的原则。这样的诗歌，才能发挥对于接受者“洗濯其襟灵”、“感发而知劝”的陶冶作用。宋濂也认识到诗源自于感物触情。他在《霞川集序》里说：“情之所触，随物而变迁，其所遭也忳以郁，则其辞幽；其所处也乐而艳，则其辞荒；推类而言，何莫不然。此其贵乎止于礼义也欤？止于礼义，则幽者能平，而荒者知戒矣。”这里所谓“幽者能平，荒者知戒”，与钟嵘《诗品序》所谓“穷贱易安，幽居靡闷”

一样，最终都是达到心理的平衡，但是钟嵘强调的是情感能量的释放，而宋濂重在通过道德心性的提升而消释外物对于内心的激荡。与钟嵘之重视诗歌抒写“悲怨”之情不同，对于穷而在下者“其情抑遏而无所畅，方壹假诗以泄之”这种在古代文士那里较为普遍的创作现象，宋濂是觉得有遗憾的，认为这样的诗“愈多，则其人之愈穷也可知矣”（《马先生岁迁集序》）。宋濂认为诗文本出于一源，即仁义之道。他论文，强调因文入道，务本崇实，论诗更侧重于主体的内在道德情志的忠诚雅正，发为诗歌能够温柔敦厚，对于读者的情思意志具有感发和陶冶的意义。与这种观念相一致，宋濂批评“师心自高者”的“识卑而陋”（《刘兵部诗集序》），指示后学要返本师古。其《猗欤诗有序》云：“予谓作诗，必本于《三百篇》。”宋濂有一篇著名的《答章秀才论诗书》，较为详细地梳理了诗歌的历史，因为这封书信是针对章秀才所谓“历代诗人皆不相师”而发的，所以贯穿他所谓的诗歌史的最根本一点就是“相师”，一部诗歌史就是后代师法前贤或高下、或中正、或偏悖的历史。宋濂也认识到师法前贤有高下之别：“第所谓相师者，或有异焉。其上焉者，师其意，辞固不似而气象无不同；其下焉者，师其辞，辞则似矣，求其精神之所寓，固未尝近也。”宋濂虽然也主张在师法前人精神意趣的基础上自成一家言，但是其论述的重点还是在师法守成上，对于元代中后期的“师心自用”风气，是深有警惕的。

这种具有浓厚道学色彩的诗学理论，在明代初期上层政权的思想意识形态中具有一定的普遍性。王祎与宋濂同为朱元璋所赏识，被誉为“江南二儒”，与宋濂同总裁修《元史》事，后擢翰林待制。王祎论诗，与宋濂较为接近。他批评元末的诗风：“数十年来，士大夫气习日下，词章日堕于纤靡，翰墨日趋于颓媚，遂无复向时余韵矣。”（《书徐文贞公诗后》）在明朝开国的恢弘气势中，他不满意元末诗风的纤弱萎靡，在《学诗斋诗记》里提出“诗以理情性”的主张，要优柔敦厚，止乎礼义。所谓“理情性”，与魏晋盛唐时期诗学之强调发舒情感是不同的。这个“理”具有“以义制欲”的意思，就是用儒家的道德仁义来疏瀹、规范情性。同为明初大儒的方孝孺，论诗也处处强调“本之乎礼义之充，养之乎情性之正”（《答张廷璧》），“本于伦理之正，发于性情之真，而归乎礼义之极”（《刘氏诗序》）。宋濂、王祎、方孝孺等人论诗，不是以一个诗人或诗论家的身份，而是基于一个政治家的立场，因此其中充满着道学味。另外，如果联系元末以来的创作实际来看，他们所论也是有其现实的着眼所在。上文已经提及王祎对元末诗风的不满。一个崭新的明朝政权成立以后，是不能容忍这种阘茸纤弱的诗风存在的。元末诗风是怎样的呢？刘崧《萧子所诗序》云："自东南祸变，世之作者，往往有感于杜陵天宝以后之作，而诗道一变矣。"所谓"东南祸变"，就是指元末陈友谅、张士诚之乱，带给诗人的是乱世亡国之感。怨怒哀思的乱亡情怀，表现出来的必然是驰情骋欲，是对传统理义法则的破坏。罗性《征南诗集序》云："江表自兵兴以来，士卒之讴歌，童稚之谣唱，竞尚新声，尽变雅韵。士君子恶闻骇听，而悼其世益降，俗益偷，殆亦人心好乖极乱，而使之然欤？予固兴慨于此久之。"① 当这种"尽变雅韵"、"竞尚新声"的现象一直持续到明朝开国以后时，兴慨的就不仅仅是一个官至德安同知的罗性，更有帝王身边的这些官阁台臣。

明初这些官阁文臣在论诗时，都是置理于情之上，以理正情，得性情之正。曾官吏部主事的林弼，其《华川王先生诗序》云："古人之诗，本乎情而以理胜，故惟温厚平易，而自有余味。后世之诗，局于法而以辞胜，故虽艰险奇诡，而意则浅矣。"（《登州集》卷十三）本乎情而以理胜，以理胜情，是他们对诗歌本质的新理解。乌斯道《刘职方诗集序》云："诗必理，不使情胜道，不为物溺，天地万象皆吾之妙焉者也。故吐精萃华，自无不美矣！如《三百篇》皆思无邪，岂流于情欲之私翦翦焉！"（《春草斋集》卷八）王绅《刘大有诗集序》云："夫诗者，主乎理而发乎情性者也。天下之理无穷，而人之情性不一，为能不失于理而得乎情性之正，斯足以言诗矣。"（《继志斋集》卷五）他们都是在情性之上，衡以更高、更为根本的理，不失理，主乎理，以理胜情，而得乎情性之正。

"以理胜情"论的一个突出表现，是对"诗穷而后工"这一传统诗学命题的重新解读。从屈原的"发愤以抒情"、司马迁的"发愤著书"

① 罗性《罗德安文集》卷二，见吴文治主编《明诗话全编》，江苏古籍出版社 1997 年版，第 224 页，蔡镇楚编纂。

说，至韩愈的“不平则鸣”、欧阳修的“诗穷而后工”，都是在强调诗人不幸的社会遭遇对于诗歌创作的积极意义，这和“诗缘情”观念是相一致的。但是，宋代具有理学倾向的诗论家就提出对于诗歌创作应该超越一己之穷达得失。明初诗学沿着宋代理学的路线而又有所延伸。方孝孺论“诗能穷人”，不是把“穷”解释为社会遭际、仕途顺逆，而是认为“心不信道德之要，谓之心穷；身不循礼义之涂，谓之身穷；口不道圣贤法度之言，谓之口穷”（《题黄东谷诗后》），有此“三穷”，则诗不能工。这完全是道学家之论。刘永之在论述这一问题时，提出“不以穷达累其心，而后辞有大过人者”，并认为晋陶渊明，唐李白、杜甫、孟浩然、韦应物，虽不得志于时，而其胸中超然，无穷达之累，故而能成为第一流的诗人；反言之，“使其感愤郁积，出为穷叹羁愁之辞，譬之寒蝉、秋螟，哀吟悲唱于灌莽之中，以自鸣其不幸，虽工何足取哉！”① 黄佐《南戍稿序》专门从理论上辨析诗人穷达的问题：

> 人有恒言曰：“诗能穷人。”又曰：“诗能达人。”是安所取衷哉？穷达者，时也；裕乎穷达者，道也。有人于此，其心放，其性凿，其情荡，其声丽以淫、哀以怨，是岂可以言诗乎？吾知其虽达而终必穷也。有人于此，心通乎道，性定而情和，声依于正，而修辞立其诚，是岂不可以言诗乎？吾知其虽穷而终必达也。②

这些都是在强调诗人的道学根基，心通乎道，以道制情，超越一己在物质和境遇上的穷通得失。这是延续宋代理学家诗论而来的更为正统的官方诗论话语。这种理学意识形态性诗论话语，一直贯穿于明代的上层文艺思想中，并且发生影响，甚至于到万历以后的郝敬，在其《艺圃伧谈》中依然重复“情性之正”、“温柔敦厚”等老话头。当然，在弘治、正德以前的明代初期，这种理学诗论主霸诗坛舆论，几乎成为唯一的理论，在弘治、正德以后，则不再成为独霸诗坛的话语了。

明朝前期诗学的沉闷，要延续至成化、弘治年间陈献章的出现，才算得上是在正统思想氛围中培养出一位合格的诗人。陈献章是明代理学

---

① 刘永之《刘子高诗集序》，《刘仲修先生诗文集》卷七，《续修四库全书》影印清抄本。
② 黄佐《庸言》卷四《游艺》，《四库全书存目丛书》影印明嘉靖三十一年刻本。

大家，其思想表现出理学向心学的过渡，崇尚自然，重视自得自悟。他是一位富有诗学气质的理学家，诗歌是他言道的方式。其弟子湛若水说：“白沙先生无著作也，著作之意寓于诗也。是故道德之精，必于诗焉发之。”① 诗是陈献章的心法，他以诗为教。他论诗，没有宋濂、方孝孺等浓厚的道学气息，而是来自于他的自家证悟。他说：“自古未有足于道而不足于言者也。”诗，就是他“足于道”之后于齿颊间的自然流露。他论诗首重自然，反对刻意地雕琢。他在《认真子诗集序》里提出“诗之工，诗之衰也”的主张，认为诗歌是“受朴于天，弗凿以人”（《夕阳斋诗集后序》），应该是至性的萌动，率情盎然而出，若兢兢于字句法律的锻炼求工，则迷失了诗之本体，他认为诗歌“不离乎人伦日用而见鸢飞鱼跃之机”。所谓鸢飞鱼跃，是宋代理学的境界，也是他的哲学论，所谓心、理为一，“我”与宇宙万有在直觉中合而为一的境界。这既是道心的觉悟，也是审美的领悟。与此相一致的是，陈献章论诗重视“兴”，这也是延续宋代程朱理学的诗学路线，而与宋濂、方孝孺等不同，明初理学家强调理对于情的约束和抑制，而在陈献章看来，理不是外在于人的准则，而是内化于心，人心融于义理，心、理无碍，因此必须操持洒落。他在《杂诗序》中说，过去绝不作诗，每当“兴动”辄遏之，后来经历一番人生变故以后，“情危境逼，因缘成声”，得诗若干首。这些诗都是“诚意所发，辞不虚假”，是道心的自然流出。在《次王半山韵诗跋》里他也说，一日忽“兴动”，和得半山诗十八首。特别是在这种“兴动”的创作实践基础上，陈献章对诗的本质有了深层的理解。他说：

> 予尝爱看子美、后山等诗，盖喜其雅健也。若论道理，随人深浅，但须笔下发得精神，可一唱三叹，闻者便自鼓舞，方是到也。须将道理就自己性情上发出，不可作议论说去，离了诗之本体，便是宋头巾也。大概如此。（《次王半山韵诗跋》）

所谓“雅健”是宋代比较盛行的一个诗学范畴，朱熹就多次用“雅健”

---

① 湛若水《诗教解原序》，《陈献章集》，中华书局 1987 年版，第 699 页。本书引陈献章文字，均据此本。

论诗。“雅健”根源于诗人“配道与义”的敦厚、挺拔的人格。陈献章不反对诗歌论道理，但是道理应该“就自己性情上发出”，即来源于诗人对宇宙人生的心灵感悟，道理融会于情感之中，要“发得精神”，具有风韵。他批评宋人诗歌“作议论说去”，就是道理脱离情感，没有风韵。陈献章说：“大抵论诗当论性情，论性情先论风韵，无风韵则无诗矣。”（《与汪提举》）可见，风韵是诗之为诗的重要特征。他与弟子张翊谈诗，指出张翊诸作兴浓甚，但“发扬微过，更放平易沉著乃佳”，过于发扬，则有损于“风韵”；又说：“诗真是难作，其间起复往来脉络、缓急浮沉当理会处，一一要到，非但直说出本意而已。”宋人就是“直说出本意”，因此缺少风韵。“论诗当论性情”，陈献章称赞程明道、邵康节诗“真天生温厚和乐，一种好性情也”，批评谢枋得虽“气节凌厉”，然“不识大雅”（《批答张廷实诗笺》）。可见他是从自己的哲学立场来认识性情的。他说“情性所发，正在平日致养到醇细处，则发得又别”。不是靠外在的天理来规范性情，而是强调道心的修养、操存，达到情理“融通妙密”的洒脱境界。在明代前期的诗学中，我们很难找到有人像陈献章那样对“诗”与“理”等问题作如此亲切入微的阐发。

陈献章诗歌创作实践了自己的理论，在诗歌中展现对义理的觉解，为当时理学空气下的诗歌创作开辟一片天地，所以在当时产生了不小的影响。曾官至翰林学士的黄佐编撰有《白沙律诗解注》，“窃取乡先正白沙先生律诗，讽咏从容，觉胸次廓如也。……先生之诗，言近指远，因斯训释，当妙悟入神矣。”（《白沙律诗解注序》）在《翰林记》卷十九《文体三变》中，黄佐说：“弘治检讨陈献章、庄昶养高山林，以诗鸣，谓之陈庄体，为世所宗。李东阳极力变之。”

在少天趣而学力不逮的明前期诗坛上，陈献章的诗风“为世所宗”，得到士人的响应，可以想见黄佐还可能将这种诗风带入台阁。此时在台阁翰林流行的是平典雅正的台阁体。杨士奇宣扬“诗以理性情而约诸正”，“以其和平易直之心，发而为治世之音”，有裨于世道(《玉雪斋诗集序》)。金幼孜《书南雅集后》云：“诗发乎性，止乎礼义，其辞气雍容而意趣深长者，必太平治世之音。”这是台阁文臣诗学的主流声音。当然，有的人也作一定限度内的探索，如李时勉在论诗人须“学问以实之，仁义以达之，笃敬以足之”后，还提出必明体制，审音律，辨清浊，去固陋，得兴象(《李方伯诗集序》)。魏骥提出“本之以性情，文之以问学，发之以士气，扩之以思致，此谓之诗”(《讲余集序》)，都是对于诗人修养、个性精神、诗歌创作原则的探索。但总体上并不能改变台阁体庸熟平典、萎弱靡丽的风气。这实际上是由翰林特殊的身份所决定的。万历年间的何宗彦在《王文肃公文曹序》里说：“夫馆阁，文章之府也，其职专，故其体裁辨；其制严，故不敢自放于规矩绳墨之外，以炫其奇。”其职责和制度都决定他们的诗歌不能骋情炫奇，只能以平淡典雅的面目出现。值得提出的是，在翰林学士中有人也意识到这种诗风的问题，如吴宽、李东阳、康海和王九思。后二人与明代中期的复古思潮和格调诗学有密切的联系，留在下节叙述。我们且先看吴宽。吴宽官至礼部尚书，诗文为当时宗师。但是，他已经感受到思想拘束、不得自由骋性的痛苦。在《中园四兴诗集序》里，他有一段自赎性的话：

> 予自官于京师，承乏太史氏，四方之人，以京师为士林，而又以馆阁为词林，争有所求，然率不过庆贺哀挽之作而已。幸其或为贞孝节义事，正吾所当咏歌者，又无从核其事之有无，漫哵数语应之。至于中之所欲言者，反为所妨而未暇于作。常欲峻绝求者，以力追古人，而未能也。费君昭霁家贫好学，博闻强记，而尤攻于诗。平居凡有所感遇，有所触发，有所怀思，有所忧喜，有所美刺，一于诗发之。①

吴宽慨叹自己身居台阁，掌握文权，文事繁冗，因此心不由己地写了一些应酬之作，而真正心中所欲言者，又无暇或不便于写作。所以，他羡慕隐居不仕的费昭霁能够有感辄发，称心而言。他的《石田稿序》向往“隐而工”的诗人生活(《匏翁家藏集》卷四十三)。馆阁为词林，但恰恰馆阁与诗人的生活方式是相冲突的。吴宽《公余韵语序》云：“予自翰林承乏吏部，以旧习未忘，欲复事此，而兴致索然，执笔辄废，或终日不能成章，每以自笑。”(《匏翁家藏集》卷四十二）正是有了这种

---

① 吴宽《匏翁家藏集》卷四十，《四部丛刊》影印明正德刊本。

切已自觉的反省，吴宽才能够超越那束缚自己的氛围。王世贞《明诗评》称赞吴宽的诗“力扫浮靡，一归雅淡。诗如杨柳受风，煦然不冽。又如学究论天下事，亹亹竟日，本色自露”。

李东阳，弘治七年（1494）入内阁，官至吏部尚书、华盖殿大学士。先后在翰林院任职29年，参与内阁机务18年，以台阁耆宿主持弘治、正德两朝文坛权柄，并提携后进，培养一批追随者，在当时形成了“茶陵诗派”。李东阳任职翰林时，在一些书序、赠序中论诗也尚平正典雅，鸣国家之盛。但是，他的思想非台阁诗风所能限制，而是具有自己的诗学观念。在审美趣味上，他也欣赏“峭拔矫健”的诗风(《白洲诗集序》)，还称赞沈周“抚事触物，感时怀古”之作(《书沈石田诗稿后》)。李东阳《题张沧州遗诗后》称赞张泰诗歌“清古翘拔”。他自己的诗歌亦以清新俊逸为主，一变台阁体的庸肤平正。钱谦益称其诗“主清婉，多兴寄闲远之思，兼得唐人之风流”。李东阳在内阁时，“一时文人才士，罔不宗习诵法”，追随者众，影响亦巨大。其中邵宝的诗歌被钟惺称赞为李梦阳倡言复古时仅有的真诗。曾官任翰林庶吉士的谢铎则被称为“逊心长沙之门，用构台阁之体”（王世贞《明诗评》卷四)。另一位是顾清，钱谦益称其诗“清新婉丽，深得长沙衣钵。正、嘉之际，独存正始之音”（钱谦益《列朝诗集小传》丙集)。

李东阳在诗学史上的贡献，在于他的《怀麓堂诗话》和其他文章提出了一些重要的诗歌理论，对后来的复古派有直接的影响。大致来说，他的诗学理论包括下述内容。

首先，李东阳强调诗文之别，认识到诗歌和文章是两种不同的文体，具有各自的特征。他的《怀麓堂诗话》第一则就是“诗在六经中别是一教”，即诗歌具有音乐性：

> 诗在六艺中别是一教，盖六艺中之乐也。乐始于诗，终于律，人声和则乐声和。又取其声之和者，以陶写情性，感发志意，动荡血脉，流通精神，有至于手舞足蹈而不自觉者。后世诗与乐判而为二，虽有格律，而无音韵，是不过为排偶之文而已。使徒以文而已

也，则古之教，何必以诗律为哉?①

他认为诗歌若没有音韵，不过是排偶之文而已。可见“音韵”是诗之为诗的重要因素。他在《沧州诗集序》中说得更明白：

> 诗之体与文异。……盖其所谓有异于文者，以其有声律讽咏，能使人反复讽咏，以畅达情思，感发志气，取类于鸟兽草木之微，而有益于名教政事之大。(《怀麓堂集》卷二十五)

也就是说诗歌是依凭其音乐性的存在，让读者通过讽咏而得到情思的感发。在《春雨堂稿序》中李东阳说诗与文“各有所宜而不可偏废”，即用途不同。文章之用，“贵乎纪述铺叙，发挥藻饰，操纵开阖，为所欲为，而必有一定之准”；至于诗歌“歌吟咏叹，流通动荡之用，则存乎声，而高下长短之节，亦截乎不可乱”。李东阳以为关于诗歌音韵特征的认识是他自得之秘，当得知陆釴也意识到“诗与文各有体”时，他获得了此道不孤的信心。其实，李东阳关于诗歌音乐性的认识，主要是针对宋代以来“以文为诗”、“破弃声律”的流弊而发的。此前的严羽《沧浪诗话》论诗重“音节”，亦是如此。李东阳当是受到严羽的启发。

其次，与上面一点相关联，李东阳提出了他的“格调”说。他说：

> 诗必有具眼，亦必有具耳。眼主格，耳主声。闻琴断，知为第几弦，此具耳也；月下隔窗辨五色线，此具眼也。

所谓“具耳”、“主声”，就是指诗歌讲究声律音韵，具有音乐性。作诗不仅仅要言辞达意，还要“可歌可咏”，如王维的《送元二使安西》之音韵浏亮清远，则可以传远。又如温庭筠《商山早行》“鸡声茅店月，人迹板桥霜”二句，李东阳评论说：

> 人但知其能道羁愁野况于言意之表，不知二句中不用一二闲字，止提掇出紧关物色字样，而音韵铿锵，意象具足，始为难得。若强排硬叠，不论其字面之清浊，音韵之谐舛，而云我能写景用

① 李东阳著、李庆立校释《怀麓堂诗话校释》，人民文学出版社 2009 年版，第 1 页。以下引文出此书者，不再出注。

事，岂可哉？

温庭筠这两句诗，不仅平仄工整，而且“声”之长韵、“月”之短韵，与“迹”之仄声短韵、“霜”之长韵，跌宕回环，构成了铿锵的音韵。对于杜诗中古诗的声韵，李东阳也有独特的发现。《怀麓堂诗话》云：

五七言古诗仄韵者，上句末字类用平声。惟杜子美多用仄，如《玉华宫》《哀江头》诸作，概亦可见。其音调起伏顿挫，独为矫健，以别出一格。回视纯用平字者，便觉萎弱无生气。自后则韩退之、苏子瞻有之，故亦健于诸作。此虽细故末节，盖举世历代而不之觉也。偶一启钥，为知音者道之。若用此太多，过于生硬，则又矫枉之失，不可不戒也。

宋代以降，诗歌多不遵守唐诗声律规则，甚至有意要破弃声律，追求奇崛奥兀之美，因此古诗的声调节奏，渐成绝响。李东阳感慨“今之诗，惟吴越有歌，吴歌清而婉，越歌长而激，然士大夫亦不皆能”。他希望当时的诗歌创作能够重视诗歌的声律音韵，注意“声调有轻重、清浊、长短、高下、缓急之异”。

所谓“具眼”、“主格”，就是指诗歌的体制规范和风格范型。李东阳论诗，与严羽一样也重视“辨体”，他说:“诗太拙则近于文，太巧则近于词。宋之拙者，皆文也；元之巧者，皆词也。”这是在与文、词的比较中凸现诗歌的文体特征。他还辨别不同诗歌体制的差异，不同体制的诗歌，具有不同的体制规范，具有不同的风格范型，不可相紊。他说：“古诗与律不同体，必各用其体乃为合格。然律犹可间出古意，古不可涉律。”律诗间入古句，造成格调高浑古朴之美，而古诗中杂入律调，则已“移于流俗”了。对于诗歌的风格规范，他提出：“诗贵意，意贵远不贵近，贵淡不贵浓。”讲究辞近旨远的意蕴美。他说：

诗有三义，赋止居一，而比兴居其二。所谓比与兴者，皆托物寓情而为之者也。盖正言直述，则易于穷尽，而难于感发。惟有所寓托，形容摹写，反复讽咏，以俟人之自得，言有尽而意无穷，则神爽飞动，手舞足蹈而不自觉，此诗之所以贵情思而轻事实也。

这里论诗之比兴，重视托物寓情，贵情思而轻事实，都是属于汉魏盛唐诗歌的审美规范。他提出这些原则，显然是针对宋诗的流弊而发的。李东阳对宋诗基本上是持批判态度的。他甚至说“宋人于诗无所得”，从格调的标准给予批评。他评欧阳修诗“格调为深”，然较之唐诗，似与不似，亦门墙籓篱之间；苏轼才气过人，但其诗“伤于快直，少委曲沉著之意，以此有不逮古人之诮”；黄庭坚诗如熊蹯鸡跖，“筋骨有余，而肉味绝少”，即筋骨劲健，而丰润不足；杨万里、陆游虽学唐人，然“概之唐调，皆有所未闻也”。李东阳甚至把格调之失追诉到杜甫、韩愈。他说：

> 汉魏以前，诗格简古，世间一切细事长语，皆著不得。其势必久而渐穷，赖杜诗一出，乃稍为开扩，庶几可尽天下之情事。韩一衍之，苏再衍之，于是情与事，无不可尽。而其为格，亦渐粗矣。然非具宏才博学，逢原而泛应，谁与开后学之路哉？

“子美集开诗世界”（王禹偁语），杜甫对于宋诗的兴盛具有创始开道之功，李东阳对此是肯定的，但是同时，他也觉得有“格渐粗”的遗憾。可见在李东阳心中存在着恢复汉唐诗风的复古观念。他的这种复古观念和格调理论，对于稍后“前后七子”的复古诗学都具有直接的影响。

但是我们尚不能说李东阳就是一位复古论者，他曾批评林鸿学唐、袁凯学杜，“极力摹拟”，“宛若旧本”，遗憾地说他们的诗歌“求其流出肺腑，卓尔有立者，指不能一再屈也”。李东阳憧憬古典的格调，但是他更希望有所自立。

李东阳诗学在明代诗学史上的影响有一些曲折。四库馆臣概括说：“李（梦阳）、何（景明）未出以前，东阳实以台阁耆宿主持文柄，其论诗主于法度、音调，而极论剽窃摹拟之非，当时奉以为宗。至李、何既出，始变其体，然赝古之病，适中其所诋诃。故后人多抑彼而伸此。”（《文渊阁四库全书总目〈怀麓堂诗话〉提要》）李东阳诗学直接影响了“前七子”格调派，而格调复古派则多把矛头对准李东阳，至复古派走入末路时，又有钱谦益等人重新提起李东阳来。这大约就是历史上所谓“穷则变，变则通”和“无往不复”的规律吧。

第二节　格调诗学的诗歌范本——高棅的两部唐诗选

高棅诗学的近源是明初闽中诗人林鸿，远源则是严羽。林鸿诗歌，刘嵩称其“始窥陈拾遗之阃奥，而骎骎乎开元之盛风。若殷璠所论神来、气来、情来者，莫不兼备”（《鸣盛集序》）。李东阳《怀麓堂诗话》亦谓其“专学唐”，当时甚至有“唐临晋帖”徒肖其貌之诮①。林鸿对于明初的闽地诗人有直接的影响，据邵铜《鸣盛集序》，当时的“闽中十才子”皆出于其门，而高棅就是“十才子”之一。高棅《唐诗品汇》凡例云：

> 先辈博陵林鸿，尝与余论诗：“上自苏、李，下迄六代，汉魏骨气虽雄，而菁华不足；晋祖玄虚，宋尚条畅，齐梁以下，但务春华，殊欠秋实。唯李唐作者，可谓大成。然贞观尚习故陋，神龙渐变常调；开元、天宝间，神秀声律，粲然大备。故学者当以是楷式。”予以为确论。后又采集古今诸贤之说，及观沧浪严先生之辩，益以林之言可征。故是集专以唐为编也。②

这里明确交代了林鸿标尚盛唐为学诗者楷式之论对自己的影响。高棅还提到严羽的《诗辩》。在《唐诗品汇》中他不仅多次直接引述严羽《沧浪诗话》的内容，且初、盛、中、晚“四唐”说，就是从严羽的唐诗分期引申而来的。严羽所谓“作诗正须辨尽诸家体制，然后不为旁门所惑。……至识则自谓有一日之长，于古今体制，若辨苍素，甚者望而知之”的“辨体”批评，也直接启发高棅对唐人诗体的辨析。在《唐诗品汇总叙》中高棅说：

> 今试以数十百篇之诗，隐其姓名，以示学者，须要识得何者为初唐，何者为盛唐，何者为中唐，为晚唐，又何者为王、杨、卢、

① 徐子元云：“子羽师法盛唐，唐临晋帖，殆逼真矣，惜惟得其貌耳。”见朱彝尊《明诗综》卷十一“林鸿”条。

② 高棅《唐诗品汇》，上海古籍出版社 1982 年影印明汪宗尼校订本，第 47—48 页。本书所引《唐诗品汇》悉据此本。

骆，又何者为沈、宋，又何者为陈拾遗，又何为李、杜，又何为孟，为储，为二王，为高、岑，为常、刘、韦、柳，为韩、李、张、王、元、白、郊、岛之制，辨尽诸家，剖析毫芒，方是作者。

这虽是“英雄大言欺人之论”，但显然是由引申严羽的“辨体”论而来的。高棅的《唐诗品汇》是以选本的形式落实严羽“标举盛唐”的诗论主张。在《总叙》里，他指陈《文苑英华》《乐府诗集》等的缺点是“皆略于盛唐，而详于晚唐”。的确，在宋代初期和后期，晚唐诗歌都曾成为诗坛学习的典范。高棅则要纠正这种偏颇，为学诗者确立学习盛唐诗歌典范的标准课本。

《唐诗品汇》是一部大型的唐诗选本，九十卷，通得诗人620人，诗5700余首，有高棅洪武二十六年（1393）《总叙》，约是这年编成的。此书以诗体为纲，分为五言古诗、七言古诗、五言绝句、七言绝句、五言律诗、七言律诗六类，六言绝句和排律附见于诸体之末。诸体内列正始、正宗、大家、名家、羽翼、接武、正变、余响和傍流诸品。然五、七言绝句无“大家”、“名家”品目，五言绝句又无“正变”品目，五、七言律诗无“名家”品目。所列品目基本是依照时间顺序。高棅在《凡例》中说：

大略以初唐为正始，盛唐为正宗、大家、名家、羽翼，中唐为接武，晚唐为正变、余响。方外、异人等诗为傍流。间有一二成家特立、与时异者，则不以世次拘之，如陈子昂，与太白列在正宗。刘长卿、钱起、韦、柳，与高、岑诸人同在名家者是也。

又说：

是编之选，详于盛唐，次则初唐、中唐，其晚唐则略矣。

从这两则可以看出高棅持承严羽和林鸿“标举盛唐”的态度非常明显，不仅选诗数量“详于盛唐”，而且从品目上推盛唐为“正宗”、“大家”、“名家”、“羽翼”。同时高棅在选诗和品目安排上，也体现出鲜明的“辨体”意识。如李白各体均为“正宗”，作为盛唐的典范代表，而陈子昂的五言绝句、七言古诗、五言律诗为“正始”，五言古诗则为“正宗”。陈子昂诗歌以五言古诗占绝对多数，且其五言古诗如《感遇三十八首》兴寄深微，和李白《古风》均为五言正格，因此高棅将陈子昂和李白并列为五言古诗的“正宗”，是可以理解的。

孟浩然的五言绝句、五言律诗、七言律诗均列为“正宗”，五言古诗为“名家”，七言古诗、七言绝句为“羽翼”。高适、岑参五言律诗、七言律诗为“正宗”，五言古诗、七言古诗为“名家”，五言绝句和七言绝句为“羽翼”。这样的安排都是恰如其分的。再看王昌龄，一生作诗180余首，其中五言古诗68首，七言古诗7首，五言律诗13首，七言律诗1或2首，五言绝句14首，七言绝句74首。高棅于五言古诗列王昌龄为“名家”；于七言古诗、五言律诗、五言绝句列王昌龄为“羽翼”；于七言律诗和七言绝句二体中，王昌龄均列“正宗”。王昌龄被后人尊为“七绝圣手”，其七言绝句列入“正宗”是可以理解的。但是，王昌龄的七言律诗没有异议的只有一首《万岁楼》，另一首见于《唐文粹》的《东溪玩月》，《文苑英华》算为王维诗，就这唯一的一首《万岁楼》入选《唐诗品汇》便升入“正宗”地位，实在令人费解。可能的原因是七言律诗未列“名家”一目，而“羽翼”一目为大历诗人钱起、刘长卿所独占，因此只能将王昌龄挤入盛唐的“正宗”。

高棅对中唐以后诗人的评价，明显偏低，特别是对于白居易诗歌的安排。晚唐张为《诗人主客图》尊白居易为“广大教化主”，宋人如苏轼对白居易评价亦高。但是高棅则将白居易的五言绝句、七言绝句、五言律诗、七言律诗列为“接武”，五言古诗和七言古诗均列为“余响”。中唐之“接武”尚可理解，而白居易诗歌的典范体制乐府和歌行，即五、七言古诗，竟然列入晚唐的“余响”，实在不堪。这体现出在朱明开国之初，高棅对白居易的讽谕诗、闲适诗有意地予以贬抑。

杜甫在五言古诗、五言律诗、七言古诗、七言律诗四体居“大家”地位，但五言绝句和七言绝句居“羽翼”地位。这需要联系高棅《唐诗品汇》《唐诗正声》的品目和杜诗体制特点来分析。

高棅所谓的“正始”，就古体来说，是摆脱齐梁绮靡而恢复《风》《雅》传统，是唐诗兴盛的起点和准备；就律体来说，则是体制初备的起始阶段。所谓“正宗”，五古列陈子昂和李白，七古列李白，五绝列李白、王维、崔国辅、孟浩然，七绝列李白、王昌龄，五律列李白、孟浩然、王维、岑参、高适，七律列崔颢、李白、贾至、王维、李憕、李颀、祖咏、崔曙、孟浩然、万楚、张谓、高适、岑参、王昌龄。这些人均是盛唐诗人的代表，各类诗体的典范。“大家”一目于四体中仅杜甫一人，且五、七言绝句不立“大家”。那么“大家”是什么意思呢？所谓“大家”就是“集前人之大成，而自得其妙”的意思。高棅在《五言古诗叙目》中解释“大家”说：

元微之曰：予读诗至杜子美，而知古人之才有所总萃焉。唐兴，学官大振，历世之文，能者互出，而又沈、宋之流，研练精切，稳顺声势，谓为律诗，由是而后文变之体极焉。然而好古者遗近，务华者去实，效齐梁则不逮于魏晋，工乐府则力屈于五言，律切则骨格不存，闲暇则纤浓莫备。至于子美，盖所谓上薄风雅，下该沈、宋，言夺苏、李，气吞曹、刘，掩颜、谢之孤高，杂徐、庾之流丽，尽得古人之体势，而兼昔人之所独专矣。如使仲尼考锻其旨要，尚不知贵其多哉！苟以为能所不能，无可无不可，则诗人以来，未有如子美者矣。严沧浪曰：少陵诗，宪章汉魏而取材于六朝，至其自得之妙，则先辈所谓集大成者也。世称子美为大家，故略二贤之论，以冠其端云。

杜甫诗集前人之大成，是宋人的基本认识，秦观、严羽都有论述。高棅将杜甫一人列为“大家”，引述元稹、严羽的评论，正体现了唐宋以来对杜甫诗的推崇。有学者认为列杜甫为“大家”而不居“正宗”，有视杜甫为“变调”的意味。这可能并不是高棅的本意。若高棅有意要显示杜诗“变调”的话，那就应该把杜甫的五、七言绝句列入“大家”，因为宋人早已揭示了杜甫的五、七言绝句不合绝句常法，是盛唐绝句之变。高棅在《七言绝句叙目》中说：“杜少陵所作虽多，理趣甚异，故略其颇同调者数首，以通天宝诸贤得二十三人，共诗九十九首，为羽翼。”高棅把杜甫五、七言绝句放在“羽翼”中，显然是觉得杜甫五言、七言绝句“变调”不足以入“大家”①，而且即使对于杜甫绝句的

① 高棅对杜甫绝句的处理，显然受到严羽《沧浪诗话·诗评》所谓“五言绝句，众唐人是一样，少陵是一样”说法的启示，即视杜甫绝句不合唐人绝句的标准规范。

取舍，也是崇正黜变，选“其颇同调者”。这也说明“大家”一目，具有至高无上的意味，而非含有“变调”的意味。再者，《唐诗正声》中，五、七言古诗二体，都列“大家”一目，李白和杜甫均入此品，而其他盛、中唐诗人仅入“名家”。难道在《唐诗品汇》中被列为“正宗”的李白，到《唐诗正声》中就成了含有变调意味的“大家”了吗？

所谓“名家”主要为五、七言古诗二体。高棅《五言古诗名家叙目》云：

> 夫诗莫盛于唐，莫备于盛唐，论者惟杜、李二家为尤，其间又可名家者十数公，至如子美所赞咏者王维、孟浩然；所友善者高适、岑参。乾元以后，刘、钱接迹，韦、柳光前，人各鸣其所长。今观襄阳之清雅，右丞之精致，储光曦之真率，王江宁之声俊，高达夫之气骨，岑嘉州之奇逸，李颀之冲秀，常建之超凡，刘随州之闲旷，钱考功之清赡，韦之静而深，柳之温而密，此皆宇宙山川英灵间气，萃于时，以钟乎人矣。呜呼盛哉！今俱列之名家。

揣其本意，大约是各极其至，各鸣其长，具有独特风格，而各不相兼者为名家。列入名家的，五古体有孟浩然、王维、王昌龄、储光羲、李颀、常建、高适、岑参、刘长卿、钱起、韦应物，七古体有高适、岑参、李颀、王维、崔颢。

所谓“羽翼”，是与盛唐“正宗”、“名家”格调相近，足以辅助、烘染形成盛唐之盛者，五古有崔颢等51人，七古有孟浩然等21人，五绝有储光羲等18人，七绝有王维等23人，五律有王湾等30人，七律有钱起、刘长卿。所谓“接武”，高棅解释为“以绍天宝诸贤之后，俾学者知有源委矣”，也就是盛极而变的开始，表现出盛况过后的颓势，但尚能绍继前贤，不失根本。“接武”一目，主要为中唐诗人。“正变”和“余响”都属于晚唐，“正变”或偏意于“正中之变”，或偏意于“变中之正”，也就是“流于变”的意思，意指偏离盛唐正格。“余响”是指诗至晚唐，已成强弩之末，盛唐诗风已流荡忘返，然遗风余韵尚有幸存而可采者。

高棅继承严羽的“辨体”思想，对善于辨别唐诗体制而在当时影响甚巨的杨士弘《唐音》的“辨体”亦有不满，他说：

唯近代襄城杨伯谦氏《唐音》集，类能别体制之始终，审音律之正变，可谓得唐人之三尺矣。然而李、杜大家不录，岑、刘古调微存，张籍、王建、许浑、李商隐律诗载诸正音，渤海高适、江宁王昌龄五言稍见遗响，每一披读，未尝不叹息于斯。

“别体制之始终，审音律之正变”也是高棅编纂此选本的目标。杨士弘的《唐音》因为重视晚唐，故而出现将许浑、李商隐载诸正音的混乱现象。高棅不满于此，故而对唐诗体制的演化、音律的正变，重新进行细致的辨析。《唐诗品汇序目》可以说是一部简要的唐诗分体史：

五言古诗是汉魏六朝一枝独秀的诗体，当时四言已趋没落，七言尚未成熟，“五言居文词之要，是众作之有滋味者也”（钟嵘《诗品序》）。五言古诗也是唐代诗人的重要体制之一。正如后来李攀龙所说，唐人自有其五言古诗，唐人的五言古诗有其自身的特点。高棅把唐五言古诗的渐变分为四个阶段：一、“隋氏以还，一变而为初唐，贞观、垂拱之诗是也”。魏征、虞世南、“四杰”、“四友”、刘庭芝、上官仪等，稍变六朝的流靡；至沈佺期、宋之问、苏颋、张说等，恢复了抒情的传统，体合《风》《骚》，为盛唐的先导。二、“再变而为盛唐，开元、天宝之诗是也”。盛唐的“正宗”是陈子昂和李白。陈子昂提出风雅兴寄，始变雅正，上遏贞观之微波，下决开元之正派；李白的乐府古调，上薄曹、刘，下凌沈、鲍，卓尔不群。列为“大家”的杜甫，集前代之大成，而有自得之妙。能各备一体，各鸣其长，自具面目者，尚有“名家”王维、孟浩然、高适、岑参、刘长卿、钱起、韦应物、柳宗元等。而崔颢、薛据、张谓、王季友诸人，虽诗作不多，亦足以相与发明斯道，赓歌鼓舞，为之“羽翼”。值得注意的是，高棅接受严羽所谓“晚唐人诗，亦有一二可入盛唐者”的说法，没有机械地按时代切分“四唐”，而将中唐刘长卿、钱起、韦应物、柳宗元等人也列入“名家”，体现出对“大历才子”五言古诗的推崇。与严羽《沧浪诗话·诗评》所谓“大历之诗，高者尚未识盛唐”的评价是不一致的。三、“三变而为中唐，大历、贞元之诗是也”。对于大历、贞元之间诗人，高棅认为其“篇什讽咏，不减盛时，然而近体颇繁，古声渐远”，择其声之颇近者为“接武”。四、“四变而为晚唐，元和以后之诗是也”。韩愈和孟郊为

“正变”。韩愈“风骨颇逮建安，但新声不类”，为“正中之变”；孟郊诗“苦调凄凉”，但抒发悲怆之情，足以感人，为“变中之正”。至元和以后，体制始散，正派不传，人趋下学，古声愈微，择其声之颇纯者，为“余响”。

七言古诗，唐初作者尚少，擅长者有宋之问、郭元振、张说等。然而文体声律，抑扬顿挫，犹未尽善，是为“正始”。至李白七言乐府，乃天仙之词，率然而成者，长篇短韵，驱驾气势，揭为“正宗”。杜甫的七言歌行有平淡闲易者，有绮丽精确者，有严重威武若三军之帅者，有奋迅驰骤若泛驾之马者，有澹泊娴静若山谷隐士者，有风流蕴藉若贵介公子者，光掩前人，后来无继，为“大家”。同时的高适、岑参、李颀、王维、崔颢，沉郁顿挫，抑扬悲壮，法度森严，神情俱诣，足以与李、杜并驱而争先，是为“名家”。盛唐名家之外，列储光羲、张谓、王季友诸人为“羽翼”。中唐以来作者亦少，独刘长卿、钱起、韩翃可继前轨。至于李嘉佑、韦应物、皇甫冉、卢纶、戎昱、李益等，虽体制参差，而气格犹有存者，是为“接武”。张籍、王建的乐府，体制相似，稍复古意，或旧曲新声，或新题古义，词旨通畅，悲欢穷泰，慨然有古歌谣之遗风，虽未必尽被于弦歌，亦有诗人引古以讽之义，是乐府之变而“得其正”者；韩愈、李贺七古，文体不同，皆有气骨，列四人七言古诗为“正变”。元和以后，则为“余响”。

五言绝句源于汉魏乐府古辞，下及六代，述作渐繁。唐初诗人多务此体，王勃、杨炯、卢照邻、骆宾王、宋之问、韦承庆相与继出，颇为兴盛，为“正始”。开元后，独李白、王维尤胜诸人，次则崔国辅、孟浩然可以并驾，为“正宗”。储光羲、王昌龄、裴迪、崔颢、高适、岑参等得五绝之正格，词简而味长，与李白、王维等实相“羽翼”。至中唐，虽声律稍变，而作者接迹之盛，尤过于天宝诸贤，录刘长卿、钱起、韦应物、皇甫冉、韩愈等50人226首诗为“接武”。元和以后，不可多得，自李义山而下至唐末24人50首诗为“余响”。

七言绝句，始自古乐府。至唐初始稳顺声势，定为绝句，然而作者亦不多见。录23人42首诗为“正始”。盛唐绝句，以李白、王昌龄最高，为盛唐“正宗”。同时的王维、贾至、岑参、储光羲、常建、高适等，虽不多见，然其兴象声律一致。唯杜甫的七绝，虽多理趣，然为变调。选其《漫兴》《赠花卿》等“同调者”7首，为天宝诸贤的“羽翼”。大历以还，作者大盛，逮至元和末，而声律不失，足以继开元、天宝之盛，录70人361首诗为“接武”。文宗开成以来，作者互出，而体制始分。若李商隐、杜牧、许浑、温庭筠等人，兴象不同而声律俱变，是为“正变”。晚唐绝句之盛，不下数千篇，虽兴象不同，而声律亦未远，如韦庄后出，其赠别诸篇，尚有盛时之余韵，共得40人85首诗为“余响”。

律体之兴，虽自唐始，然实萌生于梁、陈以来的俪句。梁元帝、庾肩吾、徐陵、庾信已有合乎律诗体制的篇什。唐初工之者众，王、杨、卢、骆“四子”，以俪句相尚，美丽相矜，终未脱陈、隋气习。神龙以后，陈子昂、杜审言、沈佺期、宋之问、苏颋、李峤、张说、张九龄等，相与继述，五律始盛。这与当时君王的好尚不无关系。凡四时游幸筵宴，诸文臣学士应制唱和，因此海内词场翕然相习。然这些宫廷之作，兴象高远者不多。盛唐律句之妙者，李白气象雄逸，孟浩然兴致清远，王维词意雅秀，岑参造语奇峻，高适骨格浑厚，皆开元、天宝以来名家，列为“正宗”。杜甫五律变化尤高，难以句摘，足为“大家”。至王湾、卢象、崔颢等人，篇什不多，而神秀声律，与前数公实相“羽翼”。至中唐时，五律之作者尤多，然气亦少衰。若刘长卿、钱起、韦应物等人，绍续前雅。大历诸贤，声律犹近。降及贞元以后，戎昱、李益、戴叔伦、张籍、张祐之流，无足多得，其有合作者，遗韵尚在，犹可以继述盛时，录61人335首诗为“接武”。元和以还，律体多变：贾岛、姚合，思致清苦；许浑、李商隐，对偶精密；李频、马戴，兴致超迈。此数人五律，意义格律，犹有取焉，录为“正变”。开成后作者愈多，而声律愈微，为“余响”。

七言律诗为五律之变。唐初始专此体，沈佺期、宋之问等精巧相尚。开元初，苏颋、张说之流所作亦多，然多为君臣游幸唱和之什，是为七言近体之始。盛唐作者虽不多，而声调最远，品格最高。崔颢、贾至、王维、岑参、李颀、高适等，皆足为万世程法，是为“正宗”。杜甫七言律法，独异诸家，而篇什亦盛，择其37首诗为“大家”。天宝以后，钱起、刘长卿并鸣于时，与前诸家实相“羽翼”，品格亦近似，录二家诗为“羽翼”。中唐以来，作者渐多，篇什虽盛，而气或不逮。

李益、权德舆、杨巨源、戴叔伦、刘禹锡之流，宪章祖述，再盛于元和间，尚可以继盛时诸家。贾岛、姚合后出，格力犹有可取者，为“接武”。元和后，律体屡变，亦有可以卓然成家者，如李商隐长于咏史，许浑、刘沧长于怀古，此三人虽不足以鸣乎大雅之音，亦变风之得其正者矣，是为“正变”。唐末作者虽众，而格力无足取焉，“余响”仅存。

高棅在对唐诗各体演化历程的梳理中，表现出鲜明的“崇正黜变”思想，他标举盛唐的“正宗”、“大家”、“名家”、“羽翼”为唐诗之正，对于中晚唐诗的变而失正，是持严格批评态度的。这一点在《唐诗正声》中表现得更为突出。《唐诗正声》是高棅晚年对《唐诗品汇》加以进一步裁汰的一部唐诗选本，选诗 929 首，分为二十二卷。其中五、七言古诗只选元和以前唐人的诗篇。五、七言律诗则覆盖整个唐代，不过也以盛唐占绝对多数。五言绝句，杜甫仅选 3 首。七言绝句，不选杜甫诗。白居易、元稹各 1 首，韩愈、孟郊、李贺，或完全不选，或寥寥一二篇。总之，《唐诗正声》更为集中地凸现了高棅宗法盛唐、崇正黜变的诗学思想。

高棅的《唐诗品汇》和《唐诗正声》，在明正统、成化、弘治、正德年间不断刊刻①，影响越发广大，对于扩大严羽标举盛唐的诗学理论的影响，对于明代复古宗唐诗学的兴起，具有重要的意义。《明史·文苑传》称“终明之世，馆阁尊之”。的确，明人对高棅的这两部唐诗选多有赞誉。如何良俊说：“近世选唐诗者，独高棅《唐诗正声》颇重风骨，其格最正。”（《四友斋丛说》卷二十四《诗》）邵经邦《艺苑玄机》历数唐诗选本之缺点，最后说：“惟高棅所编《品汇》，庶几乎可观。”胡应麟《诗薮》亦说，唐诗选本“盖至明高廷礼《品汇》而始备，《正声》而始精，习唐诗者必熟二书，始无他歧之惑”（外编卷四）。谢肇淛《小草斋诗话》称赞说：“高廷礼才虽不逮，然其扬扢千古，陶铸百家，一经品题，无不破的，此其精识朗鉴，当是古今第一流法眼也。”甚至认为“明诗所以知宗夫唐者，高廷礼之功也”。把明人宗唐完全归功于高棅，不免夸大其词，但是高棅这两部唐诗选，的确是

① 现在存世的版本，据笔者检阅，有《唐诗品汇》九十卷、拾遗十卷，明成化十三年刻本；《唐诗正声》二十二卷，明正统七年刻本；《唐诗拾遗》十卷，明正德十三年刻本等多种。嘉靖以后刻本则更为繁多。

明代最为通行、影响最大的。明代后期拆破复古宗唐风气的，也多先从解构高棅唐诗选的权威性做起。如钱谦益《列朝诗集小传》乙集论高棅说："自闽诗一派盛行永、天之际，六十余载，柔音曼节，卑靡成风。风雅道丧，谁执其咎？"钱谦益虽然苛责高棅，但是他也指出了"闽诗一派盛行永（乐）、天（顺）之际六十余载"的事实。

附录：《唐诗正声凡例》论诗文字非高棅所作①

由元入明的高棅在文学史上的地位，是因他编选《唐诗品汇》和《唐诗正声》而确立的。这两部唐诗选，上承严羽标举盛唐的原则，下开明诗宗唐之风。"终明之世，馆阁尊之"。

常见的嘉靖刻本《唐诗正声》，在《总目》之后有《唐诗正声凡例》一篇。这篇《凡例》不仅介绍该选的体例，而且有大段文字阐述诗学观念，因此得到研究者的重视。我们现在看到的《唐诗正声凡例》包括两部分内容：一为引录严羽论诗八条；二为作者自己的论诗文字。现引出《凡例》中作者论诗的主要文字：

> 诗者，声之成文也，情性之流出也。情感于物，发言而为声，故感有邪正，言有是非。惟君子养其浩然，端其真宰，平居抱道，与时飞沉，遇物悲喜，触处成真，咨嗟咏叹，一出于自然之音，可以披律吕而歌者，律诗之正也。其发于矜夸忿詈谤讪侵凌，以肆一时之欲者，则叫躁怒张，情与声皆非正也，失诗之旨，得诗之祸也。观者先须遗妄返真，秉心明目，然后辨是非，察邪正，以定其取舍，而有迷谬者寡矣。
>
> 棅也不敏，窃愿偶心前哲，采摭群英，爰因栖迟，得谐夙志。尝谓风骚辍响，五言始兴。汉氏既亡，文体乃散。魏晋作者虽多，不能兼备诸体。齐梁以还，无足多得。其声律纯完，上追风雅，而所谓集大成者，唯唐有以振之。因编《唐诗品汇》一集，自贞观迄于龙纪三百年间，观时运之废兴，审文体之变易，凡所谓大、名家十数公与夫善鸣者殆将数百家，其言足以没世而不忘者，悉录

① 本节部分内容曾发表于《学术界》2007 年第 1 期。

之，分编定目，随体类从，凡九十卷，共诗五千七百六十九首，与好事者共之。切虑博而寡要，杂而不纯，乃拔其尤，汇为此编，亦犹精金粹玉，华章异采，斯并惊耳骇目，实世外自然之奇宝。题曰"正声"者，取其声律纯完而得性情之正者矣。仍掇严子之论列其端以质诸知音，庶几予用心之不谬矣。

这篇《唐诗正声凡例》，一直为高棅研究者所重视。但是笔者经考证，认为《唐诗正声凡例》并非出自高棅之手，不能算作高棅的作品，更不能据此而论高棅的诗学观念。

《唐诗正声》版本，常见的是明嘉靖二十四年（1545）何城重刻的桂天祥批点《唐诗正声》。嘉靖二十四年刻本中的确有这篇《唐诗正声凡例》。但是，笔者通过对存世的《唐诗正声》版本进行逐一排查，发现《唐诗正声凡例》的大量论诗文字，最早见于嘉靖三年（1524）刻本。嘉靖以前更早的版本，即成化十七年（1481）刊刻的《唐诗正声》，其中并没有《唐诗正声凡例》。

现在简述《唐诗正声》的早期版本源流：

（一）《唐诗正声》最早由高棅的同乡后学彭曜刊刻于正统七年（1442），现已不存。在现存各种《唐诗正声》全书末尾有彭曜的一则题识，有的版本称之为《唐诗正声后序》。彭曜的《题识》云：

予幼时尝闻先祖有言，新宁高先生工于诗者也。洪武甲子，尝取唐李、杜诸公诗，求其声律之正者，为《唐诗正声》，集成，二十二卷，共诗九百二十九首，以惠后学，惜无能传。予服膺斯言，每以未获抠衣为快。先是，予大父授燕山右护卫镇抚，没于北平，叔袭其官。洪武己卯，先君命往省之。比至，适皇上奉天靖难，偕叔从事，叔没而予袭之；既而陛处金吾，侍卫左右，通籍金门，遂得与先生遇，乃从之游。始获睹其所编，亟请录之，朝夕吟诵，诚一唱三叹而有余音者矣。噫，可以观，可以兴，予于是编，重有取焉。故不敢自秘，用锓诸梓，以传无穷，庶不泯吾先生采取之勤，嘉惠之意也。正统壬戌（七年，1442）孟夏吉日，明威将军金吾右卫指挥佥事合北彭曜谨识。

这则题识对于研究《唐诗正声》的刊刻很重要。彭曜这则题识介绍了他对高棅的仰慕和二人相识的过程。洪武己卯为建文元年（1399），彭曜受父命入京省视时为燕山右护卫的叔父。恰逢叔父去世，因而彭曜袭封。后来，又升任金吾侍卫。而高棅于永乐元年（1402）征辟入京，授翰林待诏。于是在京城中，这两位福建籍老乡得以相遇。彭曜乃从高棅游，并获睹高棅《唐诗正声》稿本。二十年后（1423 年），高棅去世。又过二十年，至正统七年（壬戌，1442），彭曜将《唐诗正声》锓梓行世。从彭曜的题识，我们可知，《唐诗正声》最早的刻本是彭曜正统七年（1442）刊刻的，时彭曜任京职，刊刻的地点可能就是北京，而不是福建或其他地方。

（二）《唐诗正声》的第二次刊刻是在成化十七年（1481），由官任南京户部尚书的黄镐出资刊刻并作序。这是目前可以见到的最早的《唐诗正声》版本。现在上海图书馆藏有《唐诗正声》残六卷二册，前面的“五言古诗六卷”系明成化十七年蓝印刻本，粗框，白口，板心题“唐诗卷一”，上单鱼尾，半页 10 行，行 21 字。这是成化十七年的原刻本。卷首为南京户部尚书黄镐的序，黄镐在序中提到：

> （《唐诗正声》）编成而先生没。时同乡金吾右卫指挥佥事彭伯晖从学于先生之门，乃捐俸梓以成先生之志，然斯板珍藏于家，得之者少。予历仕途几四十年，遍访之尚不可得。成化庚子，承乏南都民部，而伯晖之子致政都阃。大用与予有同乡之雅，始出是编，谓先人藏此岁久，缺板尚未能补，幸为我成之，并求一言以弁诸首。

彭伯晖就是彭曜，伯晖乃其字。此序说高棅活着时《唐诗正声》并没有刊刻，后来是由同乡的学生彭伯晖捐俸梓行的，与彭曜题识完全一致。到了成化十六年（1480），也就是《唐书正声》刊刻近四十年后，黄镐至南京任户部尚书，彭曜之子彭大用也到了南京，二人因为是福建同乡，就结识了。彭大用“始出是编”，于是黄镐题序，第二年即成化十七年（1481）刊刻于南京。现在存世的《唐诗正声》的最早版本，就是这部成化十七年的黄镐序刻本，它是基于彭曜的初刻本而重新刊刻的。这部成化十七年的蓝印刻本，卷前首先是黄镐序，接着一页首行题

"唐诗正声凡例"，但是从第二行开始，就是录述严羽论诗八条，严羽论诗八条录完以后，就空行了，然后是"凡例终"，并没有上面引述的高棅自己论诗的大段文字。显然，这个《唐诗正声凡例》是残缺的、不完整的。我们注意到黄镐序中提到彭曜的儿子彭大用说："先人藏此岁久，缺板尚未能补。"这里的缺板可能就包括《唐诗正声凡例》，也就是说，高棅本来写有《唐诗正声凡例》，但彭曜刻本久已阙损。这篇《唐诗正声凡例》到黄镐成化十七年重刻时已经缺失了，只剩下"严沧浪曰凡八举"（按，后来的嘉靖本为"凡八条"）。这个"严沧浪曰凡八举"，显然与"凡例"的要求不符，所以，成化十七年刊本在随后的重刊中都删去"严沧浪曰凡八举"，也就是说根本就没有《唐诗正声凡例》的内容和字样。上海图书馆还藏有成化十七年刻本的墨印本，二十二卷，六册，首尾完整，卷首是黄镐序，接着是《唐诗正声总目》，然后是《唐诗正声五言古诗目录》，接下来就是正文了，根本就没有《唐诗正声凡例》。

（三）《唐诗正声》第三次刊刻是嘉靖三年（1524）胡缵宗序刻本，藏于国家图书馆。现检嘉靖三年胡缵宗序刻本卷首，赫然刊入《唐诗正声凡例》，这是现今见到的刊有《唐诗正声凡例》的最早的《唐诗正声》版本。胡缵宗序刻本是从哪里来的呢？通过比勘可知，嘉靖三年胡缵宗序刻本，保存了成化十七年刻本的黄镐序和彭曜的题识，显然是依据成化十七年的黄镐序刻本。但是，成化十七年黄镐序刻本没有完整的《唐诗正声凡例》，即使蓝印本也只录"严沧浪曰凡八举"；而嘉靖三年胡缵宗序刻本中的《唐诗正声凡例》是完整的，增入了高棅大量的论诗文字。嘉靖三年，距离高棅去世已一百年，这忽然冒出来的完整的《唐诗正声凡例》怎可能是出于高棅之手呢？

《唐诗正声凡例》既然不是高棅自撰，那可能是谁补撰的呢？这还得从最早出现《凡例》的嘉靖三年刻本《唐诗正声》入手。

我们看嘉靖三年刻本卷首胡缵宗的《刻唐诗正声序》。胡序前面数句比较高棅《唐诗正声》和杨士弘《唐音》的异同，然后说：

> 华生见予是本，求刻焉，予弗许。长洲郭令曰："华生之请，富而好礼矣。"许之。

华生就是刊刻此书的华庆玄。胡缵宗家藏有《唐诗正声》，华庆玄索求胡氏藏本予以刊刻，胡氏不同意，后来在“长洲郭令”的劝说下才应允了。那么《唐诗正声凡例》是否为刊刻者华庆玄伪托的呢？不是的。一个重要的证据是，胡缵宗在嘉靖二十八年（1549）撰写的《唐雅序》中曾提到：

> 廷礼（高棅字）谓“予于欲离欲近而取之”，愚亦谓予于欲协欲谐而取之。

这里引用高棅的一句话，就出现在《唐诗正声凡例》中。如果胡缵宗家藏本没有《凡例》，而华庆玄拿它去刊刻的时候伪造了这篇《凡例》的话，肯定逃不过胡缵宗的眼睛，他肯定不会引用《凡例》的。但是胡缵宗家藏本的《凡例》是从哪里来的呢？在前代的版本和文献中都找不出源头。要知道“凡例”是一种特殊的文体，它都是附着于正文之中，不可能单行。既然此前的《唐诗正声》中没有《凡例》，因此很大的可能就是这篇《凡例》是胡缵宗伪撰的。《凡例》中“棅也不敏”云云，正是模仿高棅的口气，而“所谓凡例，见诸左方”，正是重复《唐诗品汇凡例》的话。

（四）《唐诗正声》的第四个版本是嘉靖二十四年（1545）何城重刻本。何城明确说明是依据胡缵宗序刻本重刊的。其中的《唐诗正声凡例》也是延续胡缵宗本而来的。

追溯《唐诗正声》的版本，会发现最早完整载入《唐诗正声凡例》的，是嘉靖三年刊刻的。再往前追溯，现在可见的两种成化刻本，都没有《唐诗正声凡例》，因此，《唐诗正声凡例》是在高棅死后一百年冒出来的东西，显然是后人补充伪托的，而不是出于高棅之手。

以上花费笔墨考证《唐诗正声凡例》不是出于高棅之手，并不仅仅是一则材料的辨伪问题，它还涉及对高棅诗学思想的认识。高棅《唐诗品汇》的一个重要思想是“诗体正变”论。他尊盛唐为“正宗”、“大家”，而批评中晚唐为“变调”。从《唐诗品汇》的辨体来看，高棅的“崇正黜变”，是针对诗歌的体制格调而言的，是诗体自身风格上的“正变”。但是上引《唐诗正声凡例》首段论“感有邪正，言有是非”，是谈“性情正变”的问题。也就是说，《唐诗品汇》的“正”，主要是诗体之正，其诗史正变观，主要是立足于诗歌的体制风格而言的。但是，《唐诗正声凡例》中的“正”，则是“性情之正”，它主要阐述的是情感的邪正问题。尽管自宋代以来“性情之正”就是重要的诗学原则，不仅黄庭坚，严羽的《沧浪诗话》中也有相近的认识，但是高棅的《唐诗品汇》和《唐诗正声》，主要还是从体制风格正变的角度论唐诗的，其所谓“正”和“变”，主要是格调问题——当然体制风格的正变与性情的正邪不无联系。如果要把《唐诗正声凡例》视为高棅所作，那么，在诗歌“正变”的问题上，高棅就有从《唐诗品汇》之“诗体正变”转变为《唐诗正声凡例》之“性情正变”的思想演化过程。高棅诗学思想是否具有这样一个过程呢？这就需要我们对《唐诗正声凡例》的真伪进行认真细致的辨析。

其实，因为高棅在明代诗学上地位高，影响大，托名于他的，不只《唐诗正声凡例》论诗文字这一篇。明代后期有一部郭濬刻本的《增定评注唐诗正声》十二卷①，是将高棅《唐诗正声》和李攀龙《唐诗选》糅合在一起重加编纂的唐诗选本，有评有注。卷首除了李维桢《增定唐诗正声序》、李攀龙《唐诗选序》、郭濬《增定唐诗正声序》之外，还录有高棅的《唐诗正声序》。文曰：

鲁郢，匠之巧者，不能使人巧；甘养，射之精者，不能使人精。能使人精与巧者，道也。锈鏇鋓锯，运绳度材，匠之道也；雕弧劲矢，控弦贯鹄，射之道也。彼二者，能诲人以道，由道而得乎精巧者，在乎人。推是以往，进吾诗道者，曷易哉？鸣呼，斯道也，岂易言哉？易学哉？易得哉？学斯道者而曰得斯道，是未可与言斯道也。夫道止于诗，止于言，止于真，止于古，可乎？曰：未也。进而求之，得乎诗中之诗、言外之言，非真之真。原汉魏，溯六代，以入于唐，又进而造乎开元、天宝之域，然后则曰：止斯可矣，止斯可矣！是谓道也。余费力于斯，实不暇惜，偶得此说，书以为《唐诗正声》序。新宁高棅述。

---

① 该刻本卷首有李维桢《序》，署“天启乙丑岁仲春”，天启乙丑，为天启五年；又有郭濬《序》，署“天启丙寅秋七月朔”，丙寅为天启六年，此书应该刻于天启六年或稍后。复旦大学图书馆、南京图书馆等都有庋藏，尚为常见。

这一段话，关于道的阐述有其精妙之处，似乎受到苏轼“道可致而不可求”的启发。但这篇序是高棅本人所作吗？这是充满疑问的。从高棅去世的永乐二十一年（1423），到天启六年（1626），长达二百年里，不论是在众多的《唐诗正声》版本中，还是在其他地方，人们都未见过这篇序言，而作者死后二百年忽然冒出一篇序言来，不是很值得我们怀疑吗？

对于诸如此类文献的真实性，如果我们不提出质疑，而贸然将其置于高棅的名下，这就不是应有的学术态度。

第三节　李梦阳、何景明的复古诗学

明代前期的诗歌风气，基本上是延续元代的道路走下来的，不脱元人靡丽卑弱之习。这一时期，元代吴中轻绮流丽的诗风，得到杨基、张羽、徐贲等的继承。高启在元明易代的动荡中，曾写诗表现时代的苦难，风格悲壮雄奇，其论诗尚格、意、趣，主张对于汉魏晋唐诗歌“兼师众长，随事摹拟”①。所以，明代有“高季迪、袁景文一变元风，首开大雅”的赞誉。② 但是，高启拟古得似而无自己面目，且未能彻底摆脱元代诗风的束缚。明初袁凯诗体格纯正，其《白燕诗》堪称绝唱，对“前七子”有直接的影响。所以，何良俊不同意杨慎的说法，他比较高启和袁凯云：“高比袁稍阔大，然不能脱元人气习；若论体裁，终是袁胜。”（《四友斋丛说》卷二十六《诗》）但不论是高启还是袁凯，都未能根本扭转明前期诗歌流靡卑弱的风气。对于明前期诗坛状况，明人的认识是基本相同的，即沿袭宋元之旧习。邵经邦《艺苑玄机》云：“国初诗，好者是元（如杨铁崖、解大绅）；成化间，好者是宋（如陈白沙、庄定山）。”杨维桢入明不久即去世，而解缙在洪武、永乐时期倾动时望，他持“华实之宜”的理想，论诗以唐为尚，贬斥元人的粗豪，更近于元代南方诗风。陈献章、庄昶的“性气诗”是秉承宋代邵雍、二程理学诗而来的，平淡近俚。至成化时期，台阁文学盛行，先后

---

① 高启《独庵集序》，《高青丘集》，上海古籍出版社 1985 年版，第 885 页。

② 杨慎《升庵集》卷五十四《丹铅总录》卷十引黄荐语。

有三杨（杨荣、杨溥、杨士奇）、李东阳、谢铎等操持文坛，虽然主要是在文章方面，但是于诗学风气也具有严重的影响。何良俊云："我朝如杨东里、李西涯二公，皆以文章经国，然只是相沿元人之习。"（《四友斋丛说》卷二十六《诗》）李开先《边华泉诗集序》云："国初诗微存古意，亦有古法，至成化年而萎腐极矣。"① 总体来说，至明成化年间的诗歌道路都是沿袭元代诗风，主流诗风是格卑语近，流易纤靡。

但是有两个问题值得提出来：一是在明初诗风中复古、拟古的声音日益增强。著有诗集《海桑集》曾被宋濂誉为"明初雅音"的陈谟提出："学诗必自拟古始，虽李、杜亦然。"（《书王伯允诗稿》）宋濂贬抑元代诗坛存在的一种师心自高的倾向："师心自高者，其识卑而陋。"（《刘兵部诗集序》）主张作诗必本于《三百篇》，复于古(《猗欤诗有序》)。对于在江南诗坛上依然流行的"四灵"晚唐诗风，宋濂斥之为"识趣凡近而音调卑促"，误江南学子。陶安也说："还期《大雅》作，颇厌晚唐葩。"（《寄人二首》之二）宣德年间的周叙，在《诗学梯航》中提出"凡作五言古诗，必以汉、魏为法"，"律诗必截然祖于唐人"。这些复古的主张，虽然多只是地方性的话语，尚没有进入国家意识形态中心成为主导理论，但是其针砭当时的主流诗坛，接续南宋末严羽以来的理论传统，提出复古的诗学道路，对于弘治、正德时期李梦阳、何景明等的复古主义思想是有影响的。历史的发展往往就是主流性的中心话语式微，边缘性的话语进入中心取而代之。

另一问题，就是以李东阳为中心的茶陵诗派与"前七子"复古思想的关系。李东阳把持文坛数十年，培植人才，奖掖后进，在成化、弘治时期，形成了诗文上的茶陵派。关于李东阳和复古派的关系，后代曾有不同的评论。大致来说，在弘治、正德时期，人们一般都强调李梦阳、何景明等人"反古俗而变流靡"② 的变革性一面。随着时间的推移，明代嘉靖、隆庆时期，王世贞虽然也倡言复古，但是其《艺苑卮言》卷四云："长沙（按指李东阳）之于何、李也，其陈涉之启汉高

① 李开先《对山康修撰传》亦云："国初诗文，犹质直浑厚，至成化、弘治间，而衰靡极矣。"（《李中麓闲居集》卷十，《续修四库全书》影印明刻本）

② 康海《渼陂先生集序》，《对山集》卷十，《四库全书存目丛书》影印明嘉靖二十四年刻本。

乎?”胡应麟也意识到复古派与李东阳之间的内在联系：

> 成化以还，诗道旁落，唐人风致，几于尽隳。独李文正才具宏通，格律严整，高步一时，兴起何、李，厥功甚伟。(《诗薮》续编卷一)

胡应麟把李东阳与成化时期“三杨”的台阁诗风分别开来，认为李东阳改变“三杨”台阁体的华靡繁缛，其清婉流丽的诗风和尊崇汉魏盛唐的态度，对于李梦阳、何景明的文学复古具有正面的启发意义。但是明末入清的钱谦益为了批判前后七子的文学复古，在《列朝诗集》中多次把李东阳与李、何对立起来，不过他的态度是褒扬李东阳而贬斥李、何。① 对于钱谦益如此轩此轾彼，清人多有反驳。王士禛《池北偶谈》卷十四引徐丰厓《诗谈》云：“本朝诗莫盛国初，莫衰宣、正。至弘治，西涯倡之，空同、大复继之，自是作者森起，于今为烈。”王士禛并指出“空同、大复皆及西涯之门”，批评钱谦益“竟不知源流所自，误后学不浅”。②

李梦阳、何景明“皆及西涯之门”是事实③，但是，发生在他们之间重要的事情是“台阁坛坫，移于郎署”④，也就是文权下移。王九思《漫兴》云：

> 成化以来谁擅长？豪杰争趋怀麓堂。不有李、康持藻鉴，都令后进落门墙。

此诗中“李”指李梦阳，“康”指康海，说的就是弘治、正德时期文权

---

① 钱谦益《列朝诗集小传》丙集：“国家休明之运，萃于成、弘，公（李东阳）以金钟玉衡之质，振朱弦清庙之音，含咀宫商，吐纳和雅，沨沨乎，洋洋乎，长离之和鸣，共命之交响也。北地李梦阳，一旦崛起，侈谈复古，攻窜窃剽贼之学，诋諆先正，以劫持一世；关陇之士，坎壈失职者，群起附和，以击排长沙为能事。王、李代兴，祧少陵而祢北地，目论耳食，靡然从风。”

② 沈德潜《明诗别裁集》亦云：“永乐以后诗，茶陵起而振之，如老鹤一鸣，喧啾俱废。后李、何继起，廓而大之，骎骎乎诚一代之盛矣！”

③《明史·何景明传》：“瑾诛，用李东阳荐，起故秩，直内阁制敕房。”李梦阳和李东阳共拒刘瑾。

④ 清·陈田《明诗纪事》丁签卷一，上海古籍出版社1993年版，第1135页。

由台阁翰林转移至六部郎署的事。① 具体来说，文权转移分两种情况、两个阶段。两种情况为台阁内部的反动和外部的怨望。外部的怨望是指李梦阳等人自负高才，抱怨不得入翰林。李梦阳《凌溪先生墓志铭》借朱应登生平不偶来揭露当时政坛文坛之弊：

> 执政者顾不之喜，恶抑之。北人朴，耻乏黼黻，以经学自文，曰："后生不务实，即诗到李、杜，亦酒徒耳。"而柄文者承弊袭常，方工雕浮靡丽之词，取媚时眼。……凡号称文学士，率不获列于清衔。②

所谓"执政者"，可能是指刘健。"柄文者"指李东阳，为翰林三阁老中的两位。前者尚实务，后者喜靡丽，所以文学之士手足无措。清衔即翰林，居官翰林为天下文士之莫大希冀。而"文学之士"却无进身之阶。李梦阳对李东阳的态度，是复杂的。他赠徐祯卿诗曾云："我师崛起杨与李，力挽一发回千钧。天球银瓮世希绝，鳌掣鲸翻难具陈。"(《徐子将适湖湘，余实恋恋难别，走笔长句，述一代文人之盛，兼寓祝望焉耳》) 称赞李东阳以千钧之力挽回颓波。但是这很难说是出自内心的真话。李梦阳居官京城时，曾对翰林诗风有过冲击。据《明史·康海传》，康海为翰林院修撰时，"与梦阳辈相倡和，訾议诸先达，忌者颇众"，可能就是康海引李梦阳为同道，在诗文观念上与台阁众臣不合，引起众怒。而且他们二人还影响到官居翰林院检讨的王九思。这是内部的反动。王九思云："予始为翰林时，诗学靡丽，文体萎弱，其后德涵（康海字）、献吉（李梦阳字）导予易其习焉!"③甚至于王九思后来还一直保留着李梦阳为他改的诗稿。李梦阳、康海有意通过讲讨诗文，培养同道，以与台阁诗文分庭抗礼。④ 后来，张治道追溯这段历史云：

---

① 可参考陈国球《明代文学批评研究》第二章《台阁体》，台湾学生书局 1989 年版。

② 李梦阳《空同先生集》第四十五卷，伟文图书出版社有限公司影印明嘉靖刻本。本书引李梦阳文字均据此本。

③ 王九思《渼陂集自序》，《渼陂集》卷首，《四库全书存目丛书》影印明嘉靖十二年刻本。

④ 王九思《渼陂集自序》云："献吉改正予诗者，稿今尚在也，而文由德涵改正者尤多，然亦非独予也，唯仲默诸君子，亦二先生有以发之。"李开先《渼陂王检讨传》引称云："虽何大复、王浚川、徐昌谷、边华泉诸词客，亦二子（指李梦阳、康海）有以成之。"

西涯在内阁，一时文人才士罔不宗习诵法，而先生亦随例其中，其诗往往为人传布，当时缙绅语曰："上有三老，下有三讨。"盖是时先生为检讨也。无何，崆峒（李梦阳号崆峒子）、对山（康海号）、大复（何景明号大复山人）诸先生相继至都下，厌一时为文之弊，又相与讲订考论。其文法秦汉，其诗法汉魏、李、杜，脱去近习，远追往古，高识之士，罔不争口爱慕，故今诗文之变，盖自诸先生发也。①

在李梦阳、何景明等的影响下，王九思对翰林诗文风气作了自赎和反省，批评馆阁诗文为"浮靡流丽之作"、"文气大坏"，提出"文必先秦两汉，诗必汉魏盛唐"（《明翰林院修撰儒林郎康公神道之碑》）的复古主张。王九思甚至在《杜甫游春》杂剧里揶揄李东阳诗歌"清新流丽，人人易晓"。最终因为诗文风格的暌离，康海与王九思被逐出翰林，迁官六部郎署。

李梦阳、何景明等人的复古诗学能够成为时望所归，还同他们与刘瑾的斗争有关。他们数人除了康海外，都与刘瑾阉党展开过激烈的斗争，并在斗争中表现出坚贞不屈的气节。王廷相称赞李梦阳的品格云：

空同为人，气高节挺，孤立峻视，不能少缩下时依贵人，又如风矫能变，人罔不知其为祥，亦罔不骇其异。故再罹颠蹶，卒不能起而大受。②

何景明的品格，《明史》本传云："景明志操耿介，尚节义，鄙荣利，与梦阳并有国士风。"李梦阳、何景明等人实际上代表着一种光明磊落、坚毅倔强的新的士风，这与李东阳之依违阴骘是截然不同的一种新精神。李开先《对山康修撰传》云：

自李西涯为相，诗文取絮烂者，人材取软滑者，不惟诗文趋

---

① 张治道《渼陂先生续集序》，王九思《渼陂续集》卷首，《四库全书存目丛书》影印明嘉靖二十四年刻本。

② 王廷相《李空同集序》，《王氏家藏集》卷二十三，《四库全书存目丛书》影印明嘉靖刻本。

下，而人材亦随之矣。对山崛起而横制之，天下始知有秦汉之古作，而不屑于后世之恒言。①

可见，诗文复古代表着一种新的士人精神的成长。而这种新士风的培植，与明孝宗敬皇帝是不无关系的。王九思《读仲默集》云："尔与崆峒子，齐升大雅堂。风流惊绝代，培植荷先皇。"明人在论述李、何复古思潮的发生，多与弘治年间孝宗皇帝兴文勤政，事简俗熙，士大夫以名节相高的新风气有关②。孝宗被誉为是"兢兢于保养持盈之道"的一位英明君主。我们甚至可以推测他有意格外呵护李梦阳，就是要弘扬一种刚劲明朗的士风来转变成化以来的流易靡弱。顾璘在《与陈鹤论诗》中追诉明代复古风气的兴起时说："文盛则运盛，文衰则运衰。"明代弘治、正德年间兴起的复古运动，从李梦阳、何景明的思想动机来说，他们是试图通过复兴汉魏盛唐诗文，来振兴文运；通过振兴文运来端正世风，激励志气，最终达到世运的复古隆盛。这才是复古派的真正目的。至嘉靖年间的皇甫涍，依然期望"复古之全盛，以成国家之弘化"③。

回头再来考察李、何复古派与李东阳的关系。实际上在弘治、正德年间，存在着文权由李东阳为中心的台阁转向李梦阳、何景明等郎署的"下移"过程。从观念上说，正如上节所言，在李东阳心中，存在着恢复汉唐诗风的复古观念。但是，他的性格和时代氛围，都不具备实现这一观念的条件。而李梦阳、何景明倡导并努力实践这一理想。崔铣称李、何具有共同的性格："激厉风节，敢上直谏，安于冗散，鄙忽骤贵。"（《江西按察司副使空同李君墓志铭》）他们以北人的刚贞俊爽改造了诗坛的纤靡流易，所以在诗文风格上发生了迥异的新变。关于诗坛主导风格的地域性因素，明人有过议论。李开先《海岱诗集序》云："成化以前，及南人纤靡之失也；弘治以后，及北人豪放之失也。"李开先是从"失"的反面来看问题的，其意思就是成化以前，南人李东阳将纤靡浮弱风气带入诗坛；而弘治以后，李梦阳、何景明以北人的刚

① 李开先《对山康修撰传》，《李中麓闲居集》卷十，《续修四库全书》影印明刻本。
② 参见李开先《边华泉诗集序》、王慎中《杭双溪诗集序》等。
③ 皇甫涍《因是子乐府序》，《皇甫少玄集》卷二十三，景印文渊阁《四库全书》本。

贞明朗改造之，而又落入“豪放之失”，这正是南北两种不同地域风格主导诗坛的交替过程。

李梦阳、何景明主导诗坛的弘治、正德年间，响应者众，有“前七子”之称，是明代诗歌的盛世，康海称此时“诗道始有定向”（《太微山人张孟独诗集序》）。《明史·何景明传》称“天下语诗文必称何、李”。何良俊《四友斋丛说》卷二十六《诗》把李梦阳比为横制颓波的陈子昂：“律以古人，空同其陈拾遗乎？”董份《与学宪寿斋乔公》云：“自空同氏起，始能上法楚《骚》，远追秦汉，泱泱乎有古人之风。”陈束《苏门集序》赞叹云：“及乎弘治，文教大起，学士辈出，力振古风，尽削凡调，一变而为杜！”顾起纶《国雅品》赞云：“明音中兴之盛，实二公倡之也。”这是时人的公论。

李梦阳诗歌理论最为精彩的部分是他的诗歌情感论。明代成化以前，理学家论诗以理制情，强调“性情之正”，台阁诗歌则受到各种规制的束缚，趋于程式化。前面已引述过吴宽感慨“中之所欲言者，反为所妨而未暇于作”。皇甫汸《解颐新语》也说过，明初士大夫喜用七言来赠送、酬答、唱和，以至于形成普遍的程式，“首原世家，中述扬厉，末致觊望”。他批评这是七言诗的极弊，“义同颂规，旨畔风雅，寖失作者之意”。而李梦阳论诗重视表现自然真情，特别是源自于个人切身遭遇的真情实感。若说李梦阳恢复了诗学史上一度销泯的抒情传统，并不为过。李梦阳所谓情，并非是源于性理的中正之情，而是源于时代生活变迁，个人生平遭际的真情。他在《张生诗序》里重提“诗发之情”的观念，并剖析时代之变对于情感性质的意义“故声时则易，情时则迁；常则正，迁则变；正则典，变则激；典则和，激则愤”，也就是说情感因时而变。从这个角度看，张生诗歌中愤激之情，正是“时使之然”也。在《梅月先生诗序》中，李梦阳提出“情者，动乎遇者也”的观念：“遇者，物也；动者，情也。情动则会心，会则契神，契则音，所谓随寓而发者也。”所谓遇，就是现实遭际、人生经历。时代的苦难，人生的不幸，都会牵动诗人的心灵，激发诗人的情感，诗歌就是这种心灵情感的艺术表达。李梦阳论情，与明代前期理学家、台阁文臣都不同，他强调情感的自然真实性。在《鸣春集序》中，他说：

天下有穷则声，有情则吟，穷而情，人与物同也。……夫天地不能逆寒暑以成岁，万物不能逃消息以就情，故圣以时动，物以情征，穷遇则声，情遇则吟，吟以和宣，宣以乱畅，畅而永之而诗生焉。故诗者，吟之章而情之自鸣者也，有使之而无使之者也。遇之则发之耳。(《空同先生集》卷五十)

就像自然界“有窍则声”那样，人类有情则吟，遇物有了触动，则宣泄之，自然而然，不受制约，不受束缚，这就是情感的“自鸣”。所谓“有使之”就是“感物造端”的触发；所谓“无使之”，就是无做作，无束缚。这可以称为自然情感论。明代前期理学家论诗人情感，对于穷愁悲怨之情是有所忌讳的。但是李梦阳不然，他自己诗歌中多执拗悲怨之音，对于时人和古人的悲怨之情，他也格外欣赏。他称赏曹植诗歌“其音宛，其情危，其言愤切而有余悲”（《陈思王集序》）；认为陈子昂《感遇》与阮籍诗歌一脉相承，开源唐音(《刻阮嗣宗诗序》)；感慨陶诗“有俯仰悲慨、玩世肆志之心焉”（《刻陶渊明集序》)。这是揉进了他自己人生辛酸的切己之谈。李梦阳《林公诗序》提出“诗者，人之鉴者也”的说法，也就是说诗歌是整个人格、内心世界的真实敞开，是自然真实的。正是从这一思想出发，李梦阳才真正认识到民歌的价值，肯定“真诗乃在民间”的说法。李梦阳的这种思想，放在明代诗学史的背景上来看，是具有摆脱精神束缚的思想解放意义的。对于后来公安三袁“性灵”说的提出，算得上是理论的铺垫。

情感论是李梦阳诗学的根本，他的复古论、格调说，都是以情为本。李梦阳晚年在《答周子书》中说：“仆少壮时振翮云路，尝周旋鹓鸾之末，谓学不的古，苦心无益；又谓文必有法式，然后中谐音度，如方圆之于规矩，古人用之，非自作之，实天生之也。”意即学古应以古代之法式为目标。他所谓复古，并非是字拟句模，形迹不离，而是“以我之情，述今之事，尺寸古法，罔袭其辞”，诗歌的情、事是诗人的独特经历，辞是诗人的自由运用，而法式则是遵守前轨。关于诗之格调，李梦阳提出：“夫诗有七难：格古、调逸、气舒、句浑、音圆、思冲、情以发之。”前六者为形式、法则、风格上的要求，都以“情以发之”为基础。李梦阳所谓学古，所谓“格古调逸”，都是属于他所谓“法式”的范畴。他论学古，与严羽“取法乎上”相一致，要求追溯到每一种文体最初兴起的源头，所以他在《潜虬山人记》中提出“宋无诗”、“唐无赋”、“汉无骚”之论。这种看似过激之论，其实是基于古人的历史观。古人一般认为某种文体在后来者的不断因袭模仿中生出弊端，弊端至极点，必然要变革，而最根本的变革路径就是返本归源，也就是以复古求通变。李梦阳亦是如此。

李梦阳对于诗歌法式也有一些零星的归纳，虽然不成系统、不够全面，但是对于学习前代典范、掌握基本法则，还是有意义的。如他在《秦君饯送诗序》中提出：“言不直遂，比兴以彰。假物讽谕，诗之上者也。……故古之人之欲感人也，举之以似，不直说也；托之以物，无遂辞也。”（《空同先生集》卷五十一）这是古代传统的比兴法则。联系明前期诗人作七言诗多“首原世家，中述扬历，末致觊望”（皇甫汸《解颐新语》）的弊端来看，李梦阳重提比兴法则是有意义的。运用比兴，也可以达到格古、气舒、思冲的效果。李梦阳之所以认为宋无诗，就是因为他觉得宋人诗专作理语，落入理障，不懂得比兴法则。在《缶音序》中，他依比兴法则批评宋诗说：

> 夫诗比兴错杂、假物以神变者也。难言不测之妙，感触突发，流动情思，故其气柔厚，其声悠扬，其言切而不迫，故歌之心畅，而闻之者动也。宋人主理，作理语，于是薄风云月露，一切铲去不为。又作诗话教人，人不复知诗矣。诗何尝无理，若专作理语，何不作文而诗为邪？（《空同先生集》卷五十一）

在《论学下篇第六》里，李梦阳也借用“水月镜花”来比喻诗歌“妙在形容”的特点，批评宋诗的“直陈”。这种理论自南宋严羽以来具有清晰的线索。

李东阳重视诗歌的声律音韵，注意“声调有轻重、清浊、长短、高下、缓急之异”。“诗有七难”中的调逸、气舒、句浑、音圆都与音调有关。他也从音调的角度比较唐宋诗歌：

> 诗至唐，古调亡矣。然自有唐调可歌咏，高者犹足被管弦。宋人主理不主调，于是唐调亦亡。黄、陈师法杜甫，号大家，今其词

艰涩，不香色流动，如入神庙，坐土木骸，即冠服与人等，谓之人可乎？（《缶音序》，《空同先生集》卷五十二）

宋代黄庭坚、陈师道等人诗作，有意地破弃声律，造成突兀奇拗之势，曾遭到李东阳的反对，也为李梦阳所激烈批评。在李梦阳看来，浑厚圆润的音调就如同人的神气一样，是诗歌生命精神的外观，不可或缺。

李梦阳《再与何氏书》从古人诗歌“多端”的法则中总结出“前疏者后必密，半阔者半必细，一实者必一虚，叠景者意必二”，自称为“圆规方矩”，如人之生有此体，即有此法。胡应麟《诗薮》内编卷四：

李梦阳云：“叠景者意必二，阔大者半必细。”此最律诗三昧。如杜“诏从三殿去，碑到百蛮开。野馆浓花发，春帆细雨来”，前半阔大，后半工细也。“浮云连海岱，平野入青徐；孤嶂秦碑在，荒城鲁殿余”，前景寓目，后景感怀也。唐法律甚严惟杜，变化莫测亦惟杜。

邓云霄《冷邸小言》称赞此言“泄律诗三昧”，并举例剖析云：

杜之“吴楚东南坼，乾坤日夜浮”，此叠景而意二也。然极阔大矣。下即接以“亲朋无一字，老病有孤舟”，又何情绪凄怆而极其细也！又“锦江春色来天地，玉垒浮云变古今”，下即接以“北极朝廷终不改，西山寇盗莫相侵”，亦是景二而上阔下细。大都唐人多得此法，不独杜为然。若只管阔大说去，便无收杀，自少风致。不观善歌者乎，一声高必一声低，诗安得不尔！名园花石，布置参差，古董炉瓶，决无一对。故诗之对偶，须变化开阖，呼应顾盼，两句字虽排比，而意迥不同，脉潜相贯，始称上谛。不然则貂珰几案，物物相配，俗气熏人矣。齐、梁、陈、隋诗所以流于绮靡不振者，只是对中合掌，初唐犹沿其习，沈、宋以后，洗前殆尽。

诗歌在立意运思和章法节奏上要注意虚实、顿挫、抑扬、跌宕之美，李梦阳的概括，实际上已经触及到诗歌的这种美学法则。《明史·李梦阳传》引王维桢云：“七言律自杜甫以后，善用顿措倒插之法，惟梦阳一人。”李梦阳论法，多源于对杜诗的体悟。

李梦阳、何景明早年都学杜甫。但是李梦阳官迁江西提学副使后“跅弛负气”，诗歌更显粗豪凌厉，而何景明则受到了杨慎的影响，有意转向六朝和初唐。杨慎曾说：“何仲默枕藉杜诗，不观余家，其于六朝初唐，未数数然也。与予及薛君采（按，即薛蕙）言及六朝初唐，始恍然自失。乃作《明月》《流萤》二篇拟之。然终不若其效杜诸作也。”（《升庵诗话》卷十）因此，何、李两人诗学观念日益分歧。何景明指出李梦阳“丙寅间诗为合，江西以后诗为离”①。何景明在《明月篇序》中一反既往而对杜诗提出批评，认为杜甫七言歌行“辞固沉著，而调失流转；虽成一家语，实则诗歌之变体也”，“子美之诗，博涉世故，出于夫妇者常少，致兼雅颂，而风人之义或缺，此其调反在四子之下与?”这与李梦阳之株守杜诗是有差异的。两人诗学观念的不同，导致最终发生了激烈的争论。李梦阳批评何景明“述作靡式而进退失步”，一味“清俊响亮”，失去“柔淡沉著含蓄典厚之义”；何景明则批评李梦阳“刻意古范，铸形宿镆，而独守尺寸”，并认为自己学古是“富于材积，领会神情，临景构结，不仿形迹”。大体而言，何景明重在“舍筏登岸”，而李梦阳重在“尺寸古法”②。李梦阳认为诗有常法，要以古之法写我之情；而何景明主张“拟议以成其变化”，不必拘泥成法，要称性言情。

关于这场争论，时人不无左右袒。杨承鲲《答永嘉刘忠甫书》以何景明为偏，认为没有规矩，不成方圆，同时反诘曰：“李有不自出伟词者乎，何以言古人影子也？何有不画一先哲者乎，何以言自开堂奥也?”意即李梦阳遵守成法而能自铸伟词；何景明未能自开堂奥，尚是筏中之人。何良俊从个性气质上比较二人：“空同关中人，气稍过劲，未免失之怒张；大复之俊节亮语，出于天性，亦自难到，但工于言句而乏意外之趣。”（《四友斋丛说》卷二十六《诗》）的确，二人之不同更多源于两个人的个性。顾璘云:“李气雄，何才逸；……李主杜，何主李。”（《与陈鹤论诗》）崔铣称李梦阳“雄厚”，何景明“逸健”（《江西按察司副使空同李君墓志铭》）。两人性情不同，取径亦异，风格也

① 冯复京《说诗补遗》说：“李崆峒江西后作，意苦者辞反常，词艰者意反近，太刻意之过也。”可以作为何景明此言的注脚。

② 参何景明《与李空同论诗书》，李梦阳《驳何氏论文书》《再与何氏书》。

大相径庭，所以在对待学古的态度上存在差异，但都未走出格调复古的樊篱。

第四节 李攀龙、王世贞与复古诗论的丕变

弘治、正德时期的诗文复古运动风靡诗坛，但是弊端也日益暴露。当时就有一些批评[①]。特别是到了嘉靖前期，复古派成员相继下世[②]，复古诗风便渐渐消歇了。在当时还形成一股对李、何复古进行反省的风气。俞弁于嘉靖七年（1528）撰成的《山樵暇语》说：“近世好高者，喜学晋魏间诗，然极力模写，终不可及，翻为怪怪奇奇，不可致诘之语，诚学者之大病。”（卷一）这是在嘉靖前期较为流行的看法。复古派声浪渐趋平息的同时，杨慎崇尚六朝诗风，影响渐大。四库馆臣称赞杨慎“其诗含吐六朝，于明代独立门户”（《四库全书总目〈升庵集〉提要》）。其实早在正德年间，杨慎的诗学思想曾经影响过何景明之转向初唐。又有高叔嗣，继承唐张九龄、孟浩然、韦应物清音古淡一派，自成一格。四库馆臣赞其“摆脱窠臼，自抒情性，乃迥与梦阳异调”（《四库全书总目〈苏门集〉提要》）。

于是，在嘉靖中期（嘉靖二十七至三十一年间，1548—1552），李攀龙、王世贞等人重新擎起复古的大纛。王世贞《徙倚轩稿序》云：

> 当德、靖间，承北地、信阳之创而秉觚者，于近体畴不开元与少陵之是趣，而其最后稍稍厌于剽拟之习，靡而初唐，又靡而梁、陈月露，其拙者又跳而理性。于鳞起济南一振之，即不佞亦获与盟焉。

李攀龙“高自夸许，诗自天宝以下，文自西京以下，誓不污我毫素也”[③]，拟作《古诗十九首》和乐府诗，要在古人法则框框中从容按辔

---

① 如李濂《绝句》云：“唐人无《选》宋无诗，后进轻狂肆贬词。真趣盎然流肺腑，底须摹拟失神奇。”见钱谦益《列朝诗集小传》丙集“李佥事濂”条，上海古籍出版社 1959 年版，第 325 页。

② 徐祯卿正德六年去世，何景明正德十六年去世，李梦阳嘉靖九年去世。

③ 钱谦益《列朝诗集小传》丁集上，第 428 页。

而不旁逸杂出，授人典型，影响甚巨，钱谦益称其“操海内文章之柄垂二十年”。李攀龙在去世前数年编纂了一部《古今诗删》，死后由汪时元梓行于世，一时盛传。

李攀龙的拟古、摹古，甚至将古诗更改若干字句而变为己作的复古实践，其实是将复古派的褊狭暴露无遗。王嗣奭说：“于鳞诗读至十余首，‘天地’、‘风尘’、‘百年’、‘万里’，屡出可厌。”（《管天笔记外编》卷下《文学》）李攀龙守古而不能化，也激起复古派内部的自省，促使复古诗学的转向。谢榛是“后七子”中具有深刻的诗学理论见解的一位。他虽然也与李攀龙、王世贞等一起倡言复古，但是，他更多地意识到复古派的症结所在，其《四溟诗话》的理论实际上多是针对守古不化的现象而发，是在纠复古之偏。复古巨擘李梦阳、李攀龙都以学杜著称，但是谢榛批评说：“今之学子美者，处富有而言穷愁，遇承平而言干戈，不老曰老，无病曰病，此摹拟太甚，殊非性情之真也。”他批评李梦阳仿杜诗亦作《七歌》，“惜非其时尔”。他更重视的是诗歌发抒性情之真，而非字拟句模。实际上，谢榛更主张独立创新，强调诗歌应该有“我”，诗歌是自我的个性学养的表现，应该表现独立不倚的见解和自我作古的创新精神。这表现出复古诗学的内部反动。《四溟诗话》云：

> 作诗最忌蹈袭，若语工字简，胜于古人，所谓“化陈腐为新奇”是也。（卷二）
>
> 凡袭古人句，不能翻意新奇，造语简妙，乃有愧古人矣。（卷三）
>
> 赋诗要有英雄气象：人不敢道，我则道之；人不肯为，我则为之。厉鬼不能夺其正，利剑不能折其刚。古人制作，各有奇处，观者自当甄别。（卷四）

这里他批评蹈袭拟古，死于句下，而主张化古生新，翻陈出新，大胆表现自我的见解和个性。《四溟诗话》曾记载他赋《牡丹》诗，后读羊士谔《郡中即事》“因与暗合，遂删己作”。又云：“予每读古人诗，有全句同者，即于稿中改窜。”这正是陆机《文赋》所谓“虽杼轴于予怀，怵他人之我先。苟伤廉而愆义，亦虽爱而必捐”的主创精神，恰为李攀龙之袭古痛下针砭。当然，谢榛重视创新，也不反对学古，他曾提出含漱杜甫、盛唐十四家的芳润，这与当时复古派株守一家一派的路径是不一样的。谢榛重视创新，但是反对刻意求涩求奇。《四溟诗话》说：

自我作古，不求根据；过于生涩，则为杜撰矣。（卷一）

自我作古，不求根据，即力主创造，但是过于生涩，则违背古法，丧失诗之为诗的原则了。所以谢榛提出“贵乎同不同之间”的说法，同而不流于俗，异而不失其正。谢榛论诗，重视“兴”，诗人天机自动，触兴辄发，顺其自然。这既是前期复古派的重要思想，对于疗救李攀龙的“貌古”也是有意义的。

王世贞早年在京师与李攀龙倡言复古，《艺苑卮言》自称认识李攀龙后，“自是诗知大历以前，文知西京而上矣”。他一生服膺李攀龙，李攀龙去世后，他实际上主持坛坫。但是，虽然王世贞接续“前七子”和李攀龙复古格调的绪脉，但是复古诗学到他手里已经发生了深刻的变化。王世贞的诗学思想，远非“复古”二字可以概括。这还得从明代的吴中诗风说起。

明代吴中诗学的第一人是高启，他天才高逸，博采众长，而尚未能独具面目。同时代的杨基、张羽、徐贲，再加上以《白燕诗》著名的袁凯，构成明初诗坛吴中独盛的局面。吴中诗风，亦学唐人，但是取径较宽，王维、孟浩然、高适、岑参、刘长卿、韦应物、柳宗元都是他们取法的对象。与吴地轻俊婉丽的人文风貌相一致，吴中诗风表现出清婉隽永、靡丽机趣的特点。在成化、弘治年间台阁文学盛行时，有吴宽、王鏊等人的奖掖，吴地沈周、蔡羽、史鉴、祝允明、唐寅、文征明等也步入诗坛，保持吴中诗风的固有特色。在正德、嘉靖初年李梦阳、何景明的复古思潮中，吴中诗人顾璘、徐祯卿和浙江的陆深都与李、何交游，加入复古派的行列。顾璘《与陈鹤论诗》论当时诗坛云：“李气雄，何才逸，徐情深，皆准则古人，锻炼成体，纯驳优劣，可略而言。大抵皆作家也。……李主杜，何主李，徐主盛唐王、岑诸公，皆因质就长，各勤陶铸，是以立体成家，咸归伟丽。”（《息园存稿·文》卷九）但是，顾璘并没有完全放弃吴中诗学传统。其嘉靖中《题批点唐诗正音前》云：“吾苏之诗，代袭人传，大小殊科，莫不以唐风为准，余每以为是也，或谓予习焉私之，余弗之信。”对于初盛中晚唐诗名家都有褒评。陆深《玉堂漫笔》主张“诗贵性情，要从胸次中流出”，他批评近时李梦阳、何景明的近体诗“似落人格套，虽谓之拟作，亦可也”（《俨山外集》卷十一）。徐祯卿是“前七子”中兼擅创作与理论的一位。他列名“前七子”，与李、何相善，深受复古诗学的影响。郑善夫《迪功集跋》云：“二十外稍厌吴声，一变遂与汉魏盛唐大作者驰骋上下，今之世绝无而仅有者也。”（《少谷集》卷十六）① 徐祯卿诗歌创作尚没有摆脱吴地特点。王世贞《明诗评》评其诗云“韵本清华，调复古秀”；还遗憾地说：“使少加沉郁之思，微振浑灏之气，何、李亡易也。”古秀清华，正是吴中诗风的特点。徐祯卿论诗，重情重兴，而不拘泥于法。其《谈艺录》云：“情者，心之精也。情无定位，触感而兴，既动于中，必形于声。”② 这既是吴中诗学传统，又与李梦阳之尚情论符契相合。他提出“因情立格”的命题。所谓“因情立格”，情是第一位的根本。不同的情感，表现的情状声气不同，“辞当因其势”，随规逐矩，称情立体，而不是先定格调，以格约情。与复古派着力于揣摩诗歌格调不同，他侧重于阐述诗人的主体精神和修养。《谈艺录》云：

> 诗之辞气，虽由政教，然支分条布，略有径庭。良由人士品殊，艺随迁易。故宗工钜匠，词淳气平；豪贤硕侠，辞雄气武；迁臣孽子，辞厉气促；逸民遗老，辞玄气沉；贤良文学，辞雅气俊；辅臣弼士，辞尊气严；阉童壸女，辞弱气柔；媚夫倖士，辞靡气荡；荒才娇丽，辞淫气伤。

这虽然是老调重弹，但是在正德、嘉靖时期士人激励气节的大势中还是有意义的。徐祯卿论学古，也多从主体修养角度立论。他说：“作者蹈古辙之嘉粹，刊佻靡之非经，岂直精诗，亦可以养德也。”（《谈艺录》）这与李梦阳、何景明之注力于古人之法度是不同的。

在“前七子”时代，吴中文学尽管受到影响，但是祝允明、唐寅、

① 钱谦益《列朝诗集小传》丙集卷九谓：徐祯卿年轻时与唐寅、祝允明、文璧齐名，号吴中四才子。持论喜唐刘禹锡、白居易。登第以后，与李梦阳游，悔其少作，改而趋汉魏盛唐，吴中名士颇有“邯郸学步”之诮。

② 何文焕辑《历代诗话》第765页，本书引徐祯卿《谈艺录》悉据此书。

文征明、蔡羽等，都秉承师授，自有学脉，不言复古。甚至有些吴中诗人诋斥李、何复古的优孟剽窃。王世贞《黄淳父集序》曾说过，“今吴下之士，与中原交相诋”，吴人批评李梦阳“太史公、少陵氏为渠剽掠尽，一盗侠耳”。王世贞是嘉靖后期到万历前期的诗坛巨擘，对李梦阳、何景明、李攀龙都表示高度的崇敬，称赞李梦阳、何景明倡言复古，“一扫叔季之风，遂窥正始之途。天地再辟，日月为朗，讵不美哉”！肯定李攀龙在嘉靖后期重擎复古大纛，“中兴之功，则济南为大矣”！（《艺苑卮言》，下引文出此者，不赘注）但是，他也意识到复古派的后学“正变云扰，剽拟雷同”，“不免邯郸之步，无复合浦之还”，结果是“深造之力微，自得之趣寡”。王世贞对复古派的流弊有着较为自觉的认识。另一方面，王世贞从来没有脱离吴中诗歌的传统。他常常炫耀“吴中一时之秀，海内寡俦”，尊吴中名士徐祯卿、祝允明、沈周为“国朝三绝”。他对吴地、中原诗风都有较为清晰的认识，看到各自的缺点。王世贞虽然十分尊敬和推崇李攀龙，但也批评李攀龙七律“三首而外，不耐雷同”，拟古乐府“不堪与古乐府并看，看则似临摹帖耳”。对吴地诗风，他常用“江左靡靡”、“清淑而柔”、“雅好靡丽，争傅色”来概括。他在《亟野诗集序》中比较不同地域的不同风格：“燕、赵之音，相率为悲歌慷慨，秦音则皦劲扬厉，吴音则柔靡清嘉。”而李梦阳、何景明和李攀龙“能以其北之完气而修词”，徐祯卿则“稍裁其南之藻辞而立骨”（《郢垩集序》）。王世贞提出“剂”的思想，即吴之词藻与北之气骨、吴之轻俊细腻与中原之粗豪精深相剂为用，达到“辞不必尽废旧而能致新，格不必步趋古而能无下”（《黄淳父集序》）的文质彬彬的境地。

王世贞在诗学理论上与李攀龙的拟古还是有明显区别的。在《答周组》的书牍中，他坦言自己“未能尽程古如于鳞耳”。他反对作诗摹拟古人，批评陆机诗歌病在模拟，寡自然之致，指出“剽窃模拟，诗之大病”，他多次提出“神与境触，师心独造”的思想，称赞何景明“义取师心，功期舍筏”，评论钱东畬作诗师心，“直举天则之所自溢”（《钱东畬先生集序》）；《艺苑卮言》论自己“自今而后……遇有操觚，一师心匠，气从意畅，神与境合”。甚至于在《湖西草堂诗集序》中提出勿“刿损吾性灵”的主张，透露出复古格调诗学向性灵诗学转变的端倪。

当然，王世贞与公安“三袁”的性灵说，还是有区别的。王世贞的师心和性灵，还受到格调的规范和制约。王世贞论诗讲究“格调”。但是相比而言，李攀龙更强调遵循前代诗歌典范的格调规则和范型，而王世贞的论述更偏重于创作主体方面。他说：

才生思，思生调，调生格。思即才之用，调即思之境，格即调之界。

“才”和“思”，属于诗人主体方面，格调则属于诗歌文本方面的特征。诗人的内在才气和情思，产生诗歌的格调。而诗歌的格调是诗人才思的艺术展示，又对诗人的才思起一定的制约与规范作用。“才”、“思”、“格”、“调”四个范畴中，“才”是最根本的，这体现出吴中诗人重“才”的思想特征。王世贞《陈于韶先生卧雪楼摘稿序》云：

诗之难言也。此何以故？夫工事则徘塞而伤情，工情则婉绰而伤气；气畅则厉直而伤思，思深则沉简而伤态，态胜则冶靡而伤骨。护格者虞藻，护藻者虞格。当心者倍耳，谐耳者恧心。信乎其难兼矣！虽然非诗之难，所以兼之者难，其所以难，盖难才也。（《弇州山人四部续稿》卷四十四）

诗人艺术构思和传达的种种矛盾，都归之于“才”之难。王世贞指出主体的“气”出自于“才”，但是不能让才气任意奔放，而应该以“格”止之，约束之。其《方鸿胪息机堂诗集序》云：

气完而辞畅，出之自才，止之自格。（《弇州山人四部续稿》卷四十五）

他在《明诗评》中批评李东阳“未讲体格，徒逞才情”，他反对“将超格而上之，而不知其所归”（《真逸集序》）的驰骋才情、抉奇逞怪，认为才情应该由格调所制约和规范。其《沈嘉则诗选序》云：

夫格者，才之御也；调者，气之规也。子之向者，遇境而必触，蓄意而必达。夫是以格不能御才，而气恒溢于调之外。故其合者，追建安，武开元，凌厉乎贞元、长庆诸君，而无愧色。即小不

合，而不免于武库之利钝。今子能抑才以就格，完气以成调，几于纯矣。(《弇州山人四部续稿》卷四十)

王世贞提出格以御才、调以规气的思想，即诗人应该掌握和遵循诗歌创作的基本格调规则，才气情意的发抒应该适应而不违背格调规则。在《答胡元瑞》的书牍中，他说："才骋则御之以格，格定则通之以变。"吴人重才情，中原讲格调。王世贞则主张才情与格调的相剂，以格御才，实际上是调和吴人与中原诗学的冲突。王世贞论诗重"格"，他之所以贬抑宋诗，是出于"惜格"，因为他觉得宋诗格卑。但是，他与李梦阳、李攀龙等人过于拘守格调不同，他对待格调的态度是"不倍格"而又"亡泥格"①。王世贞曾自省其与李梦阳、李攀龙之后学的"格调"论的差异，说：

苟其力足以矩矱往昔与近季北地、历下之遗，则皆偞然若有当焉。……不佞故不之敢许，以为此曹子方寸间先有他人，而后有我，是用于格者也，非能用格者也。(《邹黄州鹪鹩集序》，《弇州山人四部续稿》卷五十一)

泥于格调，即先有他人，而后有我，受缚于前人的格调，这是"用于格"，而王世贞主张"能用格"，即"大要以自当一时之适，不尽程古人。然试以协诸古，亡弗协也"(《朱在明诗选序》)，自我作宰，而又能协于古格。王世贞对格调的态度并不拘束，他所谓"格定则通之以变"，还是强调在守中有变。《艺苑卮言》卷一云：

诗有常体，工自体中。文无定规，巧运规外。……故法合者，必穷力而自运；法离者，必凝神而并归。合而离，离而合，有悟存焉。

这实际上就是宋人所谓"大体则有，定体则无"，也即刘勰《文心雕龙》所谓"设文之体有常，变文之数无方"的意思。每一种诗体，都有自己的诗体规范，而后代的创作，在遵循这种规范的同时，也在不断

① 参见王世贞《汪禹乂诗集序》和《项伯子诗集序》。

变化创新。这就是“能用格”而非“用于格”。

王世贞改造格调诗学的另一点是，在格调之外，强调才情意趣，也就是援吴中诗学之所擅，济中原诗学之所穷。他在《陈子吉诗选序》里批评复古格调诗学，可谓击中要害：

> 夫诗道辟于弘、正，而至隆、万之际盛且极矣。然其高者以气格声响相高，而不根于情实。骤而咏之，若中宫商，阅之若备经纬已。徐而求之，而无有也。(《弇州山人四部续稿》卷四十二)

又，其《巨胜园集序》云：

> 自余与历下生修北地之业，慕好之者，靡不鸿举豹蔚，金石其声以自附于古，而才、情未裕，景、事寡剂，骛于雄奇莽苍之观，而略于澹荡优柔之致，识者叹焉。(《弇州山人四部续稿》卷五十四)

针对复古格调诗学的枵空粗豪，王世贞强调诗之才情意趣。《苍雪先生诗禅序》提出“意趣在养，格调在审”。在书牍《答吴瑞谷》里他分析自己与李攀龙、汪道昆等格调派的区别，在于自己作诗“于意无所不达，于境无所不究，不至于作嗫嚅喉咽间次且半途耳”。他也向往“意在笔先，笔随意到，法不累气，才不累法，有境必穷，有证必切”的创作境界。关于意与境，他有自己的认识。其《二酉园集序》云：

> 有自外境而内触者，有自内境而外宣者，其所繇亦稍殊，其成于意一也。意者，诗与文之枢也，动而发，尽而止，发乎其所当发，止乎其所不得不止。(《弇州山人四部续稿》卷五十二)

所谓“自外境而内触者”，即感物兴情；所谓“自内境而外宣者”，即心中之情借外物以发之。不论怎样，诗文都应该是这种情意的表达，而不应该拘泥于格调。正是因为对诗歌格调法度和才情意趣的新认识，后期的王世贞能够充分肯定那些不属于格调复古派的诗人创作。在《王承父后吴越游编序》里他赞赏在复古风行时王承父独立不倚，“以为事与景者，天地所自有之物，偶遇而收之；情与意者，吾所本有之物，偶触而发之耳。彼吾役也，吾不彼役也”。他称赞王格诗文“脱摹拟，洗蹊径，超然于法之外”（《王少泉集序》）；朱察卿诗“虽不专为高、岑，亦时时入钱、刘，意清而调和，远于拘苦、粗豪之二端”（《朱邦宪集序》）。

当然，王世贞与明代后期的“性灵”派还是有区别的。“格”与“法”在他心中还有一定的地位，虽然他强调不为格所拘，但还是主张不倍格，离而能合。在王世贞“象必意副，情必法畅”（《胡元瑞绿萝馆诗集序》）的思想中，法还有着很重要的位置。所以，袁宏道在追溯吴中诗人由“人各为诗”蜕变为“共为一诗”时，遗憾地说：“使昌谷不中道夭，元美不中于鳞之毒，所就当不止此。”①

第五节　格调诗学的理论总结

明代复古派的格调诗学，在隆庆、万历时期，一方面内部在发生转变；另一方面，诗学界对其衣冠古人、粗声浮气的弊端有了比较自觉的意识，展开了对格调诗学的批判，如彭汝让《木几冗谈》抨击诗坛说：“古之所为诗者在情致，今之所为诗者在声响。”于慎行说：“古人之诗如画意，人物衣冠不必尽似，而风骨宛然。近代之诗如写照，毛发耳目无一不合，而神气索然。彼以神运，此以形求也。”② 都是直接指陈格调诗学的弊端。万历时期兴起的公安派尚新求变，走出了复古派的阴霾。但是公安派的变种竟陵派提倡的“幽深孤峭”，将诗歌引入了纤仄危辟的邪途，在明末又激起人们的不满。这一时期，陈子龙又重新搬出前后七子的复古格调诗学主张，但是随着明朝的灭亡，不久便消蔫了。钱谦益的《列朝诗集》将复古派剥得体无完肤，为清代宋诗派的兴起开辟了道路。清康熙朝是宗唐和尊宋两种诗学观念相互激荡的时期③。叶燮《三径草序》云：

① 袁宏道《叙姜陆二公同适稿》，钱伯城笺校《袁宏道集笺校》，上海古籍出版社 2008 年版，第 696 页。本书引袁宏道文字悉依此本。

② 于慎行《谷山笔麈》卷八《诗文》类。

③ 诗学史上有宗唐者，其极端是不读宋以下诗歌。然少有如此偏激的尊宋者，一般主张消除唐宋的界限，学宋而兼读唐诗，从未有人说学宋而不读唐以前之诗。因此，对于主张学宋，消除唐宋界限的理论倾向，统名之曰“尊宋”。

> 盖尝溯有明之季，凡称诗者，咸尊盛唐；及国初而一变，诎唐而尊宋，旋又酌盛唐与宋之间而推晚唐，且又有推中州以逮元者，又有诎宋而复尊唐者。纷纭反覆，入主出奴，五十年来，各树一帜。①

清初五十年的诗学大体上就是如此出主入奴，在选择诗型典范上彷徨不定。至康熙朝中后期，王士禛标榜神韵，宗唐诗学占据上风。但是“神韵”的清空淡远，和国朝盛世所需要的雄浑雅正还是不协调的。因此，在乾隆时期，沈德潜主持坛坫，又重新提倡格调和复古，弘扬宗旨典正、格调高古、音节浑厚的诗风，并且在理论上作出深入的阐发和总结，产生了广泛的影响，这可以看成是对格调诗学的理论总结。

沈德潜仕途通达而长寿，在诗学史上是少有的。他历跨康熙、雍正、乾隆三朝盛世，特别得到乾隆帝的赏识。诗学活动贯穿着沈德潜的一生：除了撰著诗学专书《说诗晬语》两卷外，康熙五十二年至五十五年（1713—1716），他尚是白身，与陈培脉合纂《唐诗别裁集》十卷，以雅正为归，扶掖雅道；宗唐而须上穷其源，于是三年后（1719年）又编选了《古诗源》十四卷，自隋、陈而上溯至远古，备采诗之雅正者，为学诗者导源；乾隆四年（1739）他中进士，这一年与周准合辑《明诗别裁集》十二卷；乾隆九年（1744），与王居正合辑《本朝应制和声集》六卷；乾隆十二年（1747），撰《杜诗偶评》四卷；乾隆十八年（1753），沈德潜辑王鸣盛、钱大昕、王昶、吴企晋、赵文哲、黄文莲、曹仁虎诗为《七子诗选》十四卷；乾隆二十五年（1760），辑评《国朝诗别裁集》三十六卷；乾隆二十八年（1763），91岁时，他重新编订《唐诗别裁集》，增删为二十卷。② 沈德潜选诗具有明确的批评

① 叶燮《己畦集》卷九，《四库全书存目丛书》影印康熙年间叶氏二弃草堂刻本。

② 按，有《宋金三家诗选》，署沈德潜选，乾隆三十四年陈明善亦园刻本，选苏轼、陆游、元好问诗。沈德潜这一年已97岁高龄。虽然他在陈明善《唐八家诗钞序》中提到宋金苏轼、陆游、元好问，“皆可续八家之后者”。但是，据陈明善《唐八家诗钞例言》：“归愚师云：三唐以后，作者代兴。宋如苏子瞻、陆务观，金如元裕之，明如何仲默、李献吉诸人，皆足继此八家者。当嗣钞锲梓。”从最后一句可知，在陈写此例言的乾隆三十四年，《宋金三家诗选》尚未成书，而沈德潜正是在这一年去世的，《宋金三家诗选》又是在沈德潜去世的这一年由陈明善亦园刊刻，疑陈之用力居多，或径出陈之手，而尊其师之意而已。

意识，命名所谓“别裁”，就是取杜诗“别裁伪体亲风雅”之意，通过“选本”批评来分别去取，正本清源，崇正黜邪，去郑存雅。由于沈德潜的崇高地位，加上他亲操选政，别裁伪体，对于转变诗坛风气，起到了重要的作用。阮元在《唐诗别裁集引典备注序》中说：

国朝诗家各就其性之所近者为之。北王南朱（按，指王士禛、朱彝尊），风格清正。而权衡中正，不致偏流者，莫如归愚先生。先生之诗雅主全唐，有《唐诗别裁》之选，久已家手一编矣。（清道光十七年白鹿山房刻本卷首）

罗汝怀在《唐诗六百篇例言》中云：

凡为一书，须求有用，若自出别见，弗惬众情，虽刊刻精美，亦废纸耳。渔洋一代宗工，所选《唐贤三昧集》，犹有过问者乎？即明人李于鳞所选《唐诗》，高廷礼《品汇》《正声》诸本，今皆不行，而长洲沈氏《别裁》一集，传百有余年而不废，无他，适用与不适用之别耳。（清同治十年刻本）

沈德潜虽然为叶燮的学生，但是诗学思想上与叶燮的尚变主创不同，而是“以雅正为归”（《唐诗别裁集凡例》），宗唐复古。据《唐诗别裁集序》，沈德潜年轻时，当世人竞尚宋元诗之际，他“喜钞唐人诗集”。但是，沈德潜的宗唐，与王士禛亦有不同。王士禛“神韵”说崇尚的是王维、孟浩然清空淡远的一派。在《说诗晬语》中，沈德潜感慨王士禛的《唐贤三昧集》只是遵从司空图、严羽所谓“味在酸咸之外”的意旨，尚无杜甫“鲸鱼碧海”、韩愈“巨刃摩天”的洪音巨响。他的《唐诗别裁集》就是“因杜、韩语意”而裁定的。王士禛的《唐贤三昧集》选诗以王维、孟浩然、王昌龄、李颀、高适、岑参为主。而《唐诗别裁集》以李白、杜甫诗歌占绝对多数。李白诗的纵横驰骤、雄快宕逸，杜甫诗的忠爱缱绻、沉郁顿挫，与沈德潜所崇扬的宗旨雅正、格调高古的诗风是相一致的，故被推为典范。沈德潜早年的《唐诗别裁集》十卷本，不选或少选白居易、元稹、张籍、王建、李贺、温飞卿诗。在十卷本《唐诗别裁集凡例》中，他说：

> 诗有脍炙人口而集中未及收者，如七言古诗，初唐《帝京篇》《长安道》等作，婉转环生，极工富丽；后如张、王之恬缛，元、白之近情，长吉之荒诞诡奇，飞卿之浓纤秀丽，皆一时杰作，恐途径多歧，俱未入选，俟另编入附览中。（康熙五十六年碧梧书屋刻本）

可见其所持“雅正”标准的严格。沈德潜宗法盛唐，但不拘守盛唐，而主张溯流而上，直探源头。他在《古诗源序》中说：

> 诗至有唐为极盛，然诗之盛，非诗之源也。今夫观水者，至观海止矣。……《记》曰：“祭川者先河后海。”重其源也。唐以前之诗，昆仑以降之水也；汉京魏氏，去风雅未远，无异辞矣。即齐、梁之绮缛，陈、隋之轻艳，风标品格，未必不逊于唐，然缘此遂谓非唐诗所由出，将四海之水非孟津以下所由注，有是理哉！

在沈德潜看来，明代复古派之弊，在于“株守太过，冠裳土偶”，“守乎唐而不能上穷其源”。他编纂《古诗源》，就是要“溯隋陈而上，极乎黄轩”，探风雅之源。他的《古诗源》既摘录经、史、诸子中有韵语可采者，也通过选诗，梳理隋代以前的诗史源流。如在《凡例》中指出，“诗至于宋，体制渐变，声色大开”；“萧梁之代，风格日卑”；隋炀帝边塞诗“矫然独异”，杨素诗“清思健笔”，对于初唐陈子昂、张九龄具有起衰开道的意义。沈德潜论诗标举“雅正”，因此《古诗源》中对于“事近于诬”的皇娥、白帝歌，“词近于时”的虞姬《答歌》、苏武妻《答诗》，“郑卫杂兴”的晋人《子夜歌》、齐梁人《读曲歌》等，一概黜斥，旨在提倡“穆如清风”的“雅音”。

对于唐代以后的诗史，沈德潜评论曰：“宋诗近腐，元诗近纤，明诗其复古也。”（《明诗别裁集序》）用“腐”概括宋诗的头巾气，用“纤”来批评元诗的逼仄纤巧，是明代复古格调诗学的一致态度，沈德潜在这点上是承续明代复古派的，而与康熙、乾隆朝尊宋者唱反调。清代尊宋的第一人为钱谦益。沈德潜则批评钱谦益推激韩愈、苏轼、陆游，“雅非正则”导致吴中诗学祖宋祧唐，几于“家至能（范成大）而户务观（陆游）”。① 与钱谦益《列朝诗集》之有意贬损明复古领袖李、何、王、李不同，沈德潜的《明诗别裁集》则有意识地推举明代复古派为“彬彬大雅”。《明诗别裁集序》论明诗史云：

尝取有明一代诗论之：洪武之初，刘伯温之高格，并以高季迪、袁景文诸人，各逞才情，连镳并轸，然犹存元纪之余风，未极隆时之正轨。永乐以还，体崇台阁，骫骳不振。弘、正之间，献吉、仲默，力追雅音，庭实、昌谷，左右骖靳，古风未坠。余如杨用修之才华，薛君采之雅正，高子业之冲淡，俱称斐然。于鳞、元美，益以茂秦，接踵曩哲。虽其间规格有余，未能变化，识者咎其鲜自得之趣焉；然取其菁英，彬彬乎大雅之章也。自是而后，正声渐远，繁响竞作，公安袁氏，竟陵钟氏、谭氏，比之自郐无讥，盖诗教衰而国祚亦为之移矣。此升降盛衰之大略也。

沈德潜编纂《明诗别裁集》取雅黜郑，“于洪、永之诗，删其轻靡；于弘、正、嘉、隆之诗，汰其形似；万历、天启以下，遂寥寥焉”。从选诗数量上看，复古派占据绝对优势。《明诗别裁集》虽然入选诗人达340人之多，然多数诗人仅选一至两首，选诗10首以上的仅10余人，依次是：何景明49首、李梦阳47首、王世贞40首、李攀龙35首、谢榛26首、徐祯卿23首、高启21首、刘基20首、陈子龙19首、顾炎武16首、杨慎15首、徐熥15首、边贡13首、李东阳11首、薛蕙11首，简直可以说这是一部明代复古派诗选。公安“三袁”中，仅袁宏道选1首，未选竟陵派诗人。沈德潜在《明诗别裁集》卷十“袁宏道”下论曰：

公安兄弟意矫王、李之弊，而入于俳谐，又一变而之竟陵，诗道遂不复振。人但知竟陵之衰，而不知公安一派先之也。

沈德潜又有《论明诗十二断句》（《归愚诗钞》卷二十七），对明诗人的评量与《明诗别裁集》是完全一致的，如：

---

① 参沈德潜《与陈耻庵书》《许素竹诗序》。

三杨以后诗卑靡，崛起西涯号中兴。北地雄才经冶铸，漫将胜、广比茶陵。[按，王世贞《艺苑卮言》卷四云："长沙（按，指李东阳）之于何（景明）、李（梦阳）也，其陈涉之启汉高乎?"]

李、何角立敬皇年，力扫纤浓障巨川。何事受之轻诋谰，一朝风雅许松圆。（按，钱谦益《列朝诗集》极力诋毁"前后七子"，而推尊程嘉燧。松圆，程嘉燧字。）

清才最数徐昌谷，年少居然格老成。《谈艺录》中宗法在，李青莲更谢宣城。

长句升庵独擅长，才人偏遣戍蛮荒。闺中锦字何由寄？空望金鸡下夜郎。（按，升庵，杨慎号。）

君采风裁孰与邻？苏门清萧并超尘。味无味处偏多味，不使才华见性真。（按，君采，薛蕙字；苏门，高叔嗣字。）

王、李相高过诩夸，虞山掎摭太求瑕。披沙大有良金在，正格终难黜两家。（按，王，王世贞；李，李攀龙；虞山指钱谦益。钱谦益在《列朝诗集》中尽其抨击"前后七子"之能事。）

眇目山人足性灵，诗盟寒后苦飘零。后来谁吊荒坟者？只有吴江计改亭。（按，眇目山人指谢榛；改亭，清初诗人计东号。）

二袁熄后钟、谭起，下里徒闻嘈杂音。独有黄门持雅正，枇杷晚翠岁寒心。（按，黄门指陈子龙。）

讨抉经腴鬓雪侵，遗民述作让亭林。即将韵语论忠爱，半是摇摇行迈心。（按，亭林指顾炎武。）

对于复古诸子，沈德潜并非盲目崇拜，而是通过"辨体"，指摘优劣。如《明诗别裁集》卷四评李梦阳：

空同五言古宗法陈思、康乐，然过于雕刻，未极自然；七言古雄浑悲壮，纵横变化；七言近体开合动荡，不拘故方，准之杜陵，几于具体。故当雄视一代，邈焉寡俦。而钱受之诋其模拟剽窃，等于婴儿之学语，至谓读书种子从此断绝。吾不知其为何心也！追逐少陵，实有面目太肖处。

卷八论李攀龙诗：

历下诗，元美诸家推奖过盛，而受之掊击，欢呼叫呶，几至身无完肤，皆党同伐私之见也。分而观之，古乐府诗及五言古体，临摹太过，痕迹宛然；七言律及七言绝句，高华矜贵，脱弃凡庸。去短取长，不存意见，历下之真面目出矣。七言律已臻高格，未极变态；七言绝句有神无迹，语近情深，故应跨越余子。

卷八评王世贞诗：

弇州天分既高，学殖亦富，自珊瑚木难以及牛溲马勃，无所不有。乐府古体高出历下何啻数倍。七言近体亦规大家，而锻炼未纯，故华赡之余，时露浅率。

沈德潜不仅指陈优劣，还通过这部选本严加汰存，摒弃那些模拟太甚、面目太肖，或浅率俗易，不合乎他高古雅正标准的诗篇。如程嘉燧是一个有争议的人物，钱谦益推为一代宗主，邵长蘅斥其诗“秽亵俚俗”，沈德潜则采取中正平和的态度录其“气清格整，去风雅未远者四章，见孟阳自有真诗”。卷十二论杜濬云：“茶村长篇颇近颓唐，兹录其整顿有骨格者”。这都表现沈德潜以格调论诗、选诗的批评意识。查为仁《莲坡诗话》称赞沈德潜“推论历代风雅源流，一一抒其心得，不袭《诗薮》《卮言》之弊”。在唐宋交争中，沈德潜毅然以汉魏盛唐为宗，具有不可动摇的定力。

沈德潜晚年还编纂了一部《国朝诗别裁集》，共三十二卷，选清初至乾隆时作者九百余人的作品，共三千多首。尽管这部选本带有“以诗存人”的性质，但是，也鲜明地表现出沈德潜的选诗标准，即以唐诗为趋向。在《国朝诗别裁集凡例》中，他说：

唐诗蕴藉，宋诗发露。蕴藉则韵流言外，发露则意尽言中。愚未尝贬斥宋诗，而趣向旧在唐诗。故所选风调音节，俱近唐贤，从所尚也。

“风调音节，俱近唐贤”，是他对清代前期宗唐、尊宋驳杂的诗坛加以汰选的基本标准。如选钱谦益诗，“录其推激气节，感慨兴亡，多有关风教者，余靡曼噍杀之音略焉”。吴伟业诗，世人欣赏其专仿元白的七言古体，沈德潜认为其七言古体“时有嫩句、累句”，而五、七言近体“声华格律不减唐人”，故所选吴诗28首中，五七言近体21首；施闰章《警志诗》，沈德潜赞其“不落宋人尘腐，是曰诗品”；汪琬“风格原近唐人，中年后以剑南石湖为宗，后则颓然降格”，沈德潜选择其“矜贵有余者，著于卷中”；毛奇龄在世人专尚宋体的风气中，诗学规模唐人，且“学唐而能自出新意，不同于规孟贲之目，画西施之貌者”，得到沈德潜的称赞；朱彝尊诗“各体俱备”，沈德潜所录“仍以唐体为归”；宋荦诗“古体主奔放，近体立生新”，而沈德潜所录者“俱近唐贤诸作”；邵长蘅诗早年学唐，“晚年入宋荦幕府，乃学宋”，但是沈德潜所选多为前中期近乎唐诗者；作诗“俱近宋人”的吴之振，沈德潜只录其诗一首。可见沈德潜选诗一以唐风为归，崇扬风雅、端正诗风的意图非常明显。这是贯穿于沈德潜一生的基本立场。但是沈德潜的宗唐，与明代复古派的拘守盛唐并不完全一致，他批评明代复古派“株守太过”，摹拟古人而“面目太肖”，他主张学古而达变。在《说诗晬语》卷上他说：

> 诗不学古，谓之野体。然泥古而不能通变，犹学书者但讲临摹，分寸不失，而己之神理不存也。作者积久用力，不求助长，充养既久，变化自生，可以换却凡骨矣。

沈德潜主张诗人“性情面目，人人各具”，但这各具的面目，不是刻意求新，而是诗人内在道德人格学识修养的外在表现。

贯穿沈德潜历代诗选中的一个重要思想是儒家传统的“温柔敦厚”的诗教原则。《唐诗别裁集》十卷本不录白居易、元稹、张籍、王建诗，《古诗源》不录《子夜歌》，《国朝诗别裁集》对于“动作温柔乡语”如王次回《疑雨集》之类“最足害人心术”者，一概不存，都是出于对儒家“温柔敦厚”诗教原则的维护。沈德潜《国朝诗别裁集序》云：“惟取诗品之高也。……惟祈合乎温柔敦厚之旨，不拘一格也。”《国朝诗别裁集》所选的闺阁诗，据其《凡例》云，“均可维名教伦常之大”。沈德潜是从执政者的诗学立场来看待诗歌问题的。《说诗晬语》

卷上开宗明义云：

诗之为道，可以理性情，善伦物，感鬼神，设教邦国，应对诸侯，用如此其重也。秦、汉以来，乐府代兴；六代继之，流衍靡曼。至有唐而声律日工，托兴渐失，徒视为嘲风雪，弄花草，游历燕衎之具，而诗教远矣。学者但知尊唐而不上穷其源，犹望海者指鱼背为海岸，而不自悟其见之小也。今虽不能竟越三唐之格，然必优柔渐渍，仰溯《风》《雅》，诗道始尊。①

这是追溯儒家诗教的传统。他反对诗歌流连光景、咏花弄草，而要求诗歌“必原本性情，关乎人伦日用，及古今成败兴坏之故”（《国朝诗别裁集凡例》），也即“言之有物”。这对于提高诗歌在社会文化中的地位，端正诗歌创作的方向是有意义的。历史上每当一个相对平稳的时局到来时，上层社会歌舞升平，流风所及，诗坛也会竞尚轻靡浮华之风。而沈德潜在康乾盛世中警告说，诗歌若与社会政治人伦一无关系，“徒办浮华，又或叫号撞搪以出之，非风人之指矣”。他提倡儒家“温柔敦厚”的诗教，崇扬“雅正”风格，强调诗歌应关乎人伦日用、成败兴坏，以浑厚渊穆的宏大之音来顺应康、乾盛世的时代要求。沈德潜以恢复儒家“温柔敦厚”诗教为目标的诗学思想，除了我们上面所述的宗唐趋向外，还包括这样几个方面：

首先，强调诗人道德人格的修养。一个新的朝代的建立，需要确立与自身相适应的文化精神，而文化精神的核心是人的道德品格。清初通过一系列的措施削解了狂热的反清复明思想之后，建立相应的文化精神和士大夫人格，也就成为迫切的时务了。沈德潜论诗，重视诗人的道德人格。《说诗晬语》卷上云：

有第一等襟抱、第一等学识，斯有第一等真诗。如太空之中，不著一点；如星宿之海，万源涌出；如土膏既厚，春雷一动，万物发生。古来可语此者，屈大夫以下数人而已。

① 沈德潜著、霍松林校注《说诗晬语》，人民文学出版社1979年版，第186页。下文引此书，不赘注。

沈德潜在这里持衡的标准很高，屈原以下，能有第一等襟抱、第一等学识的诗人，“数人而已”。“第一等学识”，联系《说诗晬语》下一则“以诗入诗，最是凡境。经史诸子，一经征引，都入咏歌，方别于潢潦无源之学（曹子建善用史，谢康乐善用经，杜少陵经史并用）”云云，应该是指诗人作诗不仅仅局限于诗词歌赋，而能穷研经史，学识渊博。《重订唐诗别裁》卷二评杜甫云：

> 唐人诗原本《离骚》《文选》，老杜独能驱策经史，不第以诗人目之。

诗人而能“驱策经史”，就是有“第一等学识”。“第一等襟抱”是什么意思呢？在沈德潜心目中，屈原、杜甫应该算得上有“第一等襟抱”了。我们看他论屈原和杜甫。《说诗晬语》卷上云：

> 《离骚》者，诗之苗裔也。第《诗》分正变，而《离骚》所际独变，故有侘傺噫郁之音，无和平广大之响。读其词，审其音，如赤子婉恋于父母侧而不忍去。要其显忠斥佞，爱君忧国，足以持人道之穷矣。尊之为经，乌得为过？

沈德潜发挥汉代以来屈原论中的“依经立论”原则，称赞《离骚》为“经”，他重在阐发屈原“显忠斥佞，爱君忧国”的思想，肯定这是上继《诗三百》“变风”、“变雅”的创作精神，虽为《诗》之变，然情出于忠爱，亦是诗之正。杜甫更是沈德潜心中的诗人典范，是他评论其他诗人的理想参照物。沈德潜一反明人的杜诗“变调”说，而远绍宋人的杜甫论，着重于杜甫“忠君爱国”的一面。《重订唐诗别裁集凡例》中说：“要其为国爱君，感时伤乱，忧黎元，希稷契，生平种种抱负，无不流露于楮墨中。”又同书卷二说：“圣人言诗自兴、观、群、怨，归本于事父事君。少陵身际乱离，负薪拾橡，而忠爱之意，惓惓不忘，得圣人之旨矣。”沈德潜在赞美杜甫忠爱之志时，格外推崇的是杜甫虽身遭困穷，依然无怨怼，依然心忧天下的仁厚情怀。他评杜甫《奉赠韦左丞丈二十二韵》云：

> 抱负如此，终遭阻抑。然其去也，无怨怼之词，有“迟迟我

行”之意，可谓温柔敦厚矣。(《重订唐诗别裁集》卷二，又《杜诗偶评》卷一)

又评《自京赴奉先县咏怀五百字》云：

首叙抱负，次述道途所经，末述到家情事。身际穷困，心忧天下，自是希稷契人语。(《重订唐诗别裁集》卷二，又《杜诗偶评》卷一)

在强调诗人道德修养这一点上，沈德潜与明代李梦阳、何景明等复古派是存在差异的。李、何二人在与宦官的斗争中表现出不与邪恶势力妥协的“诗可以怨”的抗争精神，展示出一种矫然特立的人格精神，故而影响世风。但是，在清代前期民族主义情绪逐渐平息之后，沈德潜强调的是忠君爱国，旨在重建一种与康乾盛世相适应的具有向心力的思想意识形态①。而诗教是实现这个目标的重要举措，所以他要在理论上加以引导。

其次，沈德潜对于关注现实弊政、民生疾苦的讽刺诗和源于自身苦难的“不平之鸣”，也是较为重视的。讽刺时政，是儒家诗学的传统，从《毛诗大序》到杜甫、白居易、苏轼，这种精神流贯在诗歌史中，虽然宋代黄庭坚对此有过自省，讽刺精神在北宋之后较为暗淡，但是并非完全消寂，元末明初的刘基就高呼诗歌应该讥切时政，清初的顾炎武也说过“诗之为教，虽主于温柔敦厚，然亦有直斥其人而不讳者”(《日知录》卷十九“直言”)。当然，刘基、顾炎武在“世变”中较少忌讳，故能有此直言谠论。沈德潜在政局稳定的雍正、乾隆时期，首先强调的是“温柔敦厚”，但是，沈德潜并不反对诗歌的讽谕作用，反而重视诗歌讽谕，称赞历史上具有讽谕精神的诗人诗作。《说诗晬语》卷上对于《诗》《骚》的讽谕精神，就多有掘发。统观沈德潜的一生可以发现，讽谕精神在他的思想中是越来越强烈的，突出的表现是他对于《唐诗别裁集》的重订。唐代白居易、元稹、张籍、王建等都写过大量的新乐府诗，表现讽谕时政的主题，而沈德潜初选唐诗时，认为唐诗

① 比沈德潜略后的纪昀在《诗教堂诗集序》云：“人品高则诗格高，心术正则诗体正。”他论诗强调“温柔敦厚”原则，也是从乾隆、嘉庆朝的国家意识形态出发来立论的。

“有优柔平中顺成和动之音，亦有志微噍杀流僻邪散之响”，元、白、张、王等的乐府讽谕诗，属于后者，故一概不选。到了写《说诗晬语》时，沈德潜的态度已经有了变化，他说：

> 白乐天诗，能道尽古今道理，人以率易少之。然《讽谕》一卷，使言者无罪，闻者足戒，亦《风》之遗意也。惟张文昌、王仲初乐府，专以口齿利便胜人，雅非贵品。

而乾隆二十八年（1763）增删的《唐诗别裁集》二十卷本，则选录了元稹、张籍、王建的讽谕诗，而选录白居易诗歌达60余首。《重订唐诗别裁集》卷三论白居易云：

> 乐天忠君爱国，遇事托讽，与少陵相同。特以平易近人，变少陵之沉雄浑厚，不袭其貌而得其神也。集中可采者多，兹取其大有关系者。

《重订唐诗别裁集》既大量选入了白居易讽刺贪官污吏的新乐府，也选了“女祸之诫，千古昭然”的《上阳白发人》和“讥明皇之迷于色而不悟”的《长恨歌》。

这里需要提及乾隆帝弘历的《御选唐宋诗醇》，虽然此书“去取评品，皆出于梁诗正等数儒臣之手”（序），但既然梁诗正等人向乾隆进呈“请示其梗概”，名曰“御选”，实亦是符合乾隆帝的文治思想的。这部《御选唐宋诗醇》，选录唐代李白、杜甫、白居易、韩愈和宋代苏轼、陆游六家诗，“断以《风》人之义，多取其有为而作者”（《凡例》），其中录白居易诗，讽谕诗占绝对多数；选苏轼诗，也大量录入《荔支叹》之类讽刺时弊之作。在品评时，《御选唐宋诗醇》也是很重视讽刺诗的，如卷四评李白的《草中树》为“讽刺之言，有关风教”；卷九评杜甫“凡其用意深切，极之讽刺怨诽，无所不有，而卒无悖乎臣子之义也”；又评杜甫《兵车行》“此体创自老杜，讽刺时事，而记为征夫问答之词。言之者无罪，闻之者足以为戒，《小雅》遗音也”；卷十九评白居易《秦中吟十首》引冯班的话称赞白居易讽刺诗“周详明直，娓娓动人”，“尽而露其妙处”，“亦出于《小雅》”。乾隆皇帝还亲自撰写过《御制拟白居易新乐府》。沈德潜重订《唐诗别裁集》二十卷，大量增加白居易等人的讽谕诗，未尝与乾隆皇帝肯定讽谕诗的态度没有关系。当然，影响不一定是单方面的，沈德潜早年就注意到讽刺诗的意义，在得到乾隆皇帝宠赏之后，沈德潜的态度亦可能影响到乾隆皇帝。总体上来看，乾隆朝与康熙朝对待讽刺诗的态度是不同的。康熙五十二年（1713）御定的《御选唐诗》，其序明确地说：

> 孔子曰："温柔敦厚，诗教也。"是编所取，虽风格不一，而皆以温柔敦厚为宗。其忧思感愤、倩丽纤巧之作，虽工不录。使览者得宣志达情，以范于和平，盖亦用古人以正声感人之义。……审此而朕之寄意于诗，与刊布是编之指，俱可得而见矣。

其态度与《御选唐宋诗醇》差异很明显。沈德潜正是沐浴在乾隆朝的诗学氛围中而重新认识到讽谕诗之意义的。

沈德潜在具体的品评中也是格外重视这些讽刺诗的，如在《唐诗别裁集》中，他评李白的《远别离》云："玄宗禅位于肃宗，宦者李辅国谓：'上皇居兴庆宫，交通外人，将不利于陛下。'于是徙上皇于西内，怏怏不逾时而崩。诗盖指此也。太白失位之人，虽言何补，故托吊古以致讽焉。"①评李白《夷则格上白鸠拂舞辞》云："时多酷吏与聚敛之臣，故作是诗以刺。"评杜甫《丽人行》云："极言姿态服饰之美，饮食音乐宾从之盛，微指椒房，直言丞相，大意本《君子偕老》之诗，而风刺意较显。"评杜甫《收京三首》"难显然直陈，故出以隐语"，"反词致讽，言外可思"。评杜甫《有感五首》"婉词以致讽谕"，"婉言以讽之"。沈德潜的《明诗别裁集》，于明初诗人选刘基诗达20首，且开篇第一首就是刘基的讽刺诗《走马引》，这是不无深意的。当然，沈德潜对于讽刺诗的肯定态度也是有限度的，除了在风格上有所规范之外，他所赞赏的讽刺诗多是针对各级官僚，而不是直接针对皇帝的，他虽然选了讥刺明皇的《长恨歌》，但是在选元稹的《连昌宫词》时因为这首诗直接批评帝王，所以他很犹豫，说："诗中既有指斥，似可不选。"苏轼的《荔支叹》"洛阳相公忠孝家，可怜亦进姚黄花"，沈德潜虽承认其

---

① 按，李白此诗见于《河岳英灵集》，当写于天宝十二年（753）之前。沈此评有误。明陆时雍《唐诗镜》卷十八"此诗殆为上皇，……痛上皇不得正其终也"。误评在先。

“犹属婉讽”，但是他认为潘耒《荔支盆》末四句“不贵异物惟吾皇，勤求民隐恒如伤。谁能上书罢贡献，令人千载思唐羌”，“此正襟而谈，归美君上，而望臣下之陈书，尤为得体”。从中我们可以看出，沈德潜是在“忠君”的前提下认识“讽刺”的。我们可以借用《清诗别裁集》卷二十李必恒《咏史》“时时一讽谏，彼自敬其事”来概括沈德潜对于诗歌讽刺作用的认识。

沈德潜对于诗人表现不幸遭际、苦难经历的悲怨之情，也是持肯定态度的。抒发个人的悲怨，在沈德潜看来，并不违背“温柔敦厚”的原则。《古诗源》卷三评蔡琰的《悲愤诗》说：“激昂酸楚，使人忘其失节，而只觉可怜，由情真，亦由情深也。”孟郊诗歌表现个人的穷愁舛背，写得很刻露，宋人批评他“非远器”（《韵语阳秋》卷十八），但是沈德潜称赞孟郊诗“其实从真性情流出”。《清诗别裁集》卷五论吴兆骞：

> 无辜被累戍宁古塔，比于苏武穷荒十九年矣，然缘此诗歌悲壮，令读者如相遇于丁零绝塞之间，则尝人世之奇穷，非正使之为传人耶！

又论宋琬，“以非辜系狱，故时多悲愤激宕之音，而溯厥指归，仍不盭于中正，此诗中之变雅也”（卷二）。可见，沈德潜对于悲怨之音也是肯定的，只要其不失于正，就是符合《小雅》精神的。当然，像柳宗元那样“处连蹇困厄之境，发清夷淡泊之音，不怨而怨，怨而不怨”（《重订唐诗别裁集》评柳宗元《溪居》），胸襟更高；而理想的境界则是杜甫的“身际穷困，心忧天下”。

其实，沈德潜较为反对的是在诗歌中直露地表现男女私情，而毫无比兴寄托。《唐诗别裁集凡例》云：

> 诗本六籍之一，王者以之观民风，考得失，非为艳情发也。虽《三百》以后，《离骚》兴“美人”之思，平子有《定情》之咏，然词则托之男女，义实关乎君臣友朋。自《子夜》《读曲》，专咏艳情，而唐末香奁体，抑又甚焉，去风人远矣。集中所载，间及夫妇男女之词，要得好色不淫之旨，而淫哇私亵，概从阙如。

《说诗晬语》中亦有相似的表述。《古诗源》卷十二“简文帝”条评语有云：“诗至萧梁，君臣上下，惟以艳情为娱，失‘温柔敦厚’之旨，汉魏遗轨，荡然扫地矣。故所选从略。”在《清诗别裁集凡例》中，他批评王彦泓（次回）的香艳体之类“温柔乡语”，最足害人心术，因此一概不存。自晚明以来，尊重和发抒个人私情，成为一股潮流，对清代诗坛亦有影响，在沈德潜看来，对“诗教”产生威胁的正是这类表现私情的诗歌，而非讽谕诗。因此对于艳情诗的批评，沈德潜的态度格外苛刻。王建的《当窗织》“当窗却羡青楼倡，十指不动衣盈箱”，写贫家女儿羡慕“青楼倡”，就遭到沈德潜的批评。另，张籍《节妇吟》“君知妾有夫，赠妾双明珠。感君缠绵意，系在红罗襦”云云，沈德潜批评道：“赠珠者知有夫而故近之，更亵于罗敷之使君也，犹感其意之缠绵耶?”“恐失节妇之旨，故不录”（《重订唐诗别裁集》卷八）。

最后，从“温柔敦厚”诗教原则出发，沈德潜主张诗歌应该比兴互陈、反复唱叹、委婉含蓄。《说诗晬语》卷上第二则论曰：

> 事难显陈，理难言罄，每托物连类以形之；郁情欲舒，天机随触，每借物引怀以抒之；比兴互陈，反复唱叹，而中藏之欢愉惨戚，隐跃欲传，其言浅，其情深也。倘质直敷陈，绝无蕴蓄，以无情之语而欲动人之情，难矣。

这是对《诗经》比兴艺术的阐发，与刘勰《文心雕龙·比兴》所谓“畜愤以斥言”、“环譬以托讽”的意思差不多。沈德潜所强调的重点在诗歌表达的情感态度，不能太直露，太激烈，而应该托物言情，隐约出之，言在此而意在彼，具有蕴蓄余味，让读者思而自得。这种比兴互陈，反复唱叹的艺术表现，首先需要诗人自己具有不得不发的情感，正如上面引文所说“以无情之语而欲动人之情，难矣”。《说诗晬语》第五则云：

> 古人意中有不得不言之隐，借有韵语以传之。如屈原“江潭”，伯牙“海上”，李陵“河梁”，明妃“远嫁”，或慷慨吐臆，或沉结含凄，长言短歌，俱成绝调；若胸无感触，漫尔抒词，纵办风华，枵然无有。

但是，这种不得不发的情感，若冲口而出，一泄而尽，在沈德潜看来，是不符合“温柔敦厚”原则的。在《说诗晬语》卷上中沈德潜列举了不少例子，来分析《诗经》含蓄言情的典范：

讽刺之词，直诘易尽，婉道无穷。卫宣姜无复人理，而《君子偕老》一诗，止道其容饰衣服之盛，而首章末以“子之不淑，云如之何”二语逗露之。鲁庄公不能为父复雠，防闲其母，失人子之道，而《猗嗟》一诗，止道其威仪技艺之美，而章首以“猗嗟”二字讥叹之。苏子所谓不可以言语求而得，而必深观其意者也，诗人往往如此。

《匏有苦叶》，刺淫乱也。中惟“济盈不濡轨”二句，隐跃其词以讽之。其余皆说正理，使人得闻正言，其失自悟。

《鄘风·君子偕老》，据《毛诗小序》是刺卫夫人淫乱，失事君子之道，而全诗都在写宣姜服饰仪态之美，只首章末句“子之不淑（失德），云如之何”，微露讽意。《齐风·猗嗟》一诗，据《毛诗小序》是刺鲁庄公的诗，但诗中描写鲁庄公仪容美态，只于每章开头用“猗嗟”感叹。沈德潜称赞这样的讽刺，并从理论上概括出“直诘易尽，婉道无穷”，这是很有理论意义的。在专制时代，为尊者讳，讽刺应该做到“言之者无罪，闻之者足戒”。从更普遍的意义上说，文学是作用于人的情感，应该以情感人，婉而讽之，往往比直露谩骂更为动人，更有效果。沈德潜在《清诗别裁集》中多次表达这一见解：论查慎行《拂水山庄》云：“讽刺以和婉出之，得《风》人之旨矣。”（卷二十）评孙贻武《吴越王》云：“婉讽贤于直斥。”（卷二十九）评周准《行经拂水山庄》云：“微言讽谕过于显斥也。”（卷三十）当然对于那些讽刺激切的诗篇，沈德潜也注意从创作动机角度来分析，即使是《诗经》的《巷伯》“投畀有北”、《墙有茨》“中冓之言，不可道也”、《相鼠》“人而无仪，不死何为”之类直斥之言，未留一毫余地，沈德潜亦说：“然想其用意，正欲激发其羞恶之本心，使之同归于善，则仍是温厚和平之旨也。”（《说诗晬语》卷上）

“温柔敦厚”还表现为诗人的“忠恕”，《说诗晬语》卷上举例云：

州吁之乱，庄公致之，而《燕燕》一诗，犹念“先君之思”。七子之母，不安其室，非七子之不令，而《凯风》之诗，犹云“莫慰母心”。温柔敦厚，斯为极则。

人有不平于心，必以清比己，以浊比人，而《谷风》三章转以泾自比，以渭比新昏，何其怨而不怒也？杜子美“在山泉水清，出山泉水浊”亦然。

《邶风·燕燕》，据郑玄笺，“庄姜无子，陈女戴妫生子名完，庄姜以为己子。庄公薨，完立，而州吁杀之。戴妫于是大归。庄姜远送之于野，作诗见己志”，那位弑君的州吁，是庄公与宠妾所生之庶子，“有宠而好兵”，但是庄公对其过于溺爱，不予禁止，才酿成这个恶果。但是，庄姜并没有责怪庄公的意思，依然在诗里表露“先君之思”。《邶风·凯风》，据《毛诗序》，“虽有七子之母，犹不能安其室”，七子尽其孝道，以慰其母心而成其志，虽然错不在七子，而诗中依然躬自苛责“莫慰母心”。《邶风·谷风》是一首弃妇诗，三章“泾以渭浊，湜湜其沚。宴尔新昏，不我屑以”，是以泾自比，以渭比新婚。杜甫《佳人》也是写弃妇的，其中亦云“在山泉水清，出山泉水浊”，这种“忠恕”的思想，也体现出“温柔敦厚”的原则。

此外，沈德潜还提出“情到极深，每说不出”，“诗意不在文辞中也”等说法，主张诗歌情感表现要含蓄蕴藉，委婉不尽。

沈德潜以格调论诗，他常常以“格调高古”、“诗格清远”等用语品评诗歌。与明代“前后七子”相比，沈德潜的“格调”说更为切实具体。他编选《唐诗别裁集》，据康熙五十六年（1717）序云：“既审其宗旨，复观其体裁，徐讽其音节。”四五十年后，在《七子诗选序》中，他说：“予惟诗之为道，古今作者不一，然揽其大端，始则审宗旨，继则标风格，终则辨神韵。”在《重订唐诗别裁集序》中，他又说：“至于作诗之先审宗旨，继论体裁，继论音节，继论神韵，而一归于中正和平，前序与凡例中论之已详，不复更述。”所谓“宗旨”、“体裁”、“音节”、“神韵”等，综合起来说，就是诗歌的格调。宗旨，包括上面所论述的“胸襟”、“怀抱”、“讽刺”等内涵。音节，指诗歌的音律声韵的美感特征。沈德潜很重视诗歌的音律之美。《说诗晬语》卷上第四则云：

> 诗以声为用者也，其微妙在抑扬抗坠之间。读者静气按节，密咏恬吟，觉前人声中难写、响外别传之妙，一齐俱出。朱子云："讽咏以昌之，涵濡以体之。"真得读诗趣味。

诗歌以声感人，读者在讽咏诵吟中获得情感的濡染和陶冶。因此音律的和畅舒徐或粗豪拗折，高古雅正或靡弱浮艳，都会产生不同的审美效果。沈德潜论诗多着眼于音节。梁元帝《折杨柳》（巫山巫峡长）平声韵，多对偶，沈德潜评云："此种音节，竟是五言近体矣。"（《古诗源》卷十二）陶弘景的《寒夜怨》以三、五、七字的杂言句式写孤栖相思之情，凄清悲怨，沈德潜评曰："音节近词。"（《古诗源》卷十三）《清诗别裁集》卷十评徐倬《采莲曲》云："音节声口，宛然齐梁。"卷十一评尤侗《送曾道扶司李汉中》云："音节高亮，七子中近李沧溟。"在早期编十卷本《唐诗别裁集》时，王士禛的"神韵"说风头正旺，沈德潜有意要在"神韵"说清空淡远风格之外，标举"鲸鱼碧海"、"巨刃摩天"的宏壮，故而在序中不提"神韵"。而到了乾隆中期，时论纷纷向"神韵"说发难时，沈德潜却意识到"神韵"说有其合理的一面，故而又补入"神韵"一项，其对"神韵"的态度，大约与袁枚《随园诗话》所谓"然不过诗中一格耳……诗不必首首如是，亦不可不知此种境界"相近似。如《清诗别裁集》卷二十二评张大受《题徐大临湖乡小景》时说："七言绝句，唐人以神韵胜，宋人以清新胜。"又，卷十三评李孚青《早秋送宋又宜由太原归里》曰："自是唐人神韵。"卷二十四评许廷鑅《七夕有感》曰："情深矣，以神韵佐之，觉其情愈深，当求之语言之外。"一般来说，绝句不可不具神韵。体裁是指各种不同诗体、诗类在历史上所各自形成的审美规范①。通观沈德潜的诗学，大体而言，近体宗盛唐，古体尊汉魏。《清诗别裁集》卷七论郁植诗"体裁盛唐，不落元和以下"，这是就"诗体"说的。卷九评李振裕

① 与沈德潜同时的谢鸣盛《范金诗话》云："说诗必先体格，犹剧场之有生旦丑净。以生旦而杂唱丑净腔调，亦将以其名子弟而赞赏乎？"（见蒋寅先生《清诗话考》，中华书局2005年版，第383页）比较形象地说明了诗歌的体制规范，可以参照。

《祠阙里雅》云："祠圣人与奏凯告成功不同：彼取古奥，此取和平也。古奥近韩，和平近柳。作者最得体裁。"这是就"诗类"说的。

"格调"论诗学，重视辨别体制，沈德潜《说诗晬语》尤其重视对不同诗歌体制规范的辨析，如论歌行，起步宜高唱而入，有"黄河落天走东海"之势；以下随手波折，随步换形，苍苍莽莽中，自有灰线蛇踪，蛛丝马迹，使人眩其奇变，仍服其警严；至收结处，纡徐而来者，防其平衍，须作斗健语以止之。论七言绝句，以语近情遥，含吐不露为主，等等，颇具真知灼见。

第三章
神韵论

【内容提要】 “神韵”论滥觞于司空图、严羽的诗论，作为对“格调”说的辅正和补救，它在明代后期得到发展。至清康熙年间，王士禛着意倡导“神韵”说，既消极地规避了朝廷的文化高压，又积极地响应了清空雅正的时代文化要求，在清代后期依然余响不绝。但其“诗中无人”的弱点，决定了必将式微的命运。

“神韵”说是清代诗论的重要命题，其理论代表是王士禛，然其源头则可以追溯到司空图、严羽的诗论。在明代后期，从外部对格调诗学进行反拨的是公安派的“性灵”论。同时在格调诗学内部也有论者意识到了“格调”的问题，提出用“神韵”救“格调”之失，因此可以说，明清时期的“神韵”说是对“格调”说的修正和补救。它们都以汉魏盛唐为旨归，在这一点上，与明末清初兴起的尊宋诗论是迥异其调的。

第一节　明代中后期神韵诗学的萌生

盛极而衰，穷极而变，是古代诗学发展的一个重要模式，许多诗学思想都是为了济当代之穷，纠诗学之偏而提出的。“神韵”说的提出亦是如此。在唐末，司空图批评白居易、元稹“力勍而气孱，乃都市豪估耳”，而提出“思与境偕”（《与王驾评诗书》）；严羽针对宋诗的流弊而提出“兴趣”说。到了明代中后期，在诗歌复古而粗豪之弊日益暴露时，“神韵”说亦作为纠偏的力量而逐渐萌生和成长起来。

其实“格调”和“神韵”思想，都可以从宋末严羽诗学中溯出源头。如果说严羽《沧浪诗话》所谓“格力”、“音节”是开启了格调诗学的话，那么“兴趣”说和“镜花水月”论则给予明代神韵诗学以理论支撑①。

明代的格调诗学在复古趋向基本一致的情况下，表现出理论的多样性、复杂性，除了李梦阳、何景明之间公开的直接诘难，王世贞早年响应李攀龙而后期转向徐祯卿、谢榛的理论，都表现出卓异的色彩，特别是诗人们的许多思想都是对格调复古诗学流弊的警戒，也表现出崇尚风神韵致的苗头。如王廷相《与郭价夫学士论诗书》提出“诗贵意象透莹，不喜事实粘著，……言征实则寡余味也，情直致而难动物也”，就涉及诗歌“含蓄”美、“神韵”美的问题。

在李攀龙重倡复古的嘉靖、隆庆年间，在复古派主持诗坛之外，有一位边缘性人物——胡直。他的思想受到王守仁心学和佛学“万法惟心”论的影响，迥异时流，反对摹拟，标举神韵，成为主旋律之外的异调。胡直在《答谢高泉书》中说：“方诸君子柄盟斯文，雅尚气骨。某独以为：‘气骨’尚矣，而‘神韵’先之。”（《卫庐精舍藏稿》卷二十）所谓“诸君子柄盟斯文”，是指李先芳、吴维岳结社于京师，李攀龙、王世贞等曾加入诗社，后来还成为诗社主盟。“雅尚气骨”是复古派诗风的主要特点，但是胡直则提出“神韵先之”的主张。胡直在《西曹集序》里批评都中结社诸君“搦笔席间，咄嗟成篇，往往缩朒不敢进”，受格调拘执，窘迫扭捏。他公开指出自己与李先芳论诗相抵：

> 伯承（李先芳字）重气骨，喜瑰壮语。予以气骨尚矣，而神韵先之；辟人之生，有颀然魁硕，鸷飙虎视，叱咤风雷者，至扣其

① 胡应麟《诗薮·杂编》卷五：“南渡人才，远非前宋之比，乃谈诗独冠古今。严羽卿崛起烬余，涤除榛棘，如西来一苇，大畅玄风。昭代声诗，上追唐、汉，实有赖焉。”

计画无所之，则何取焉？假令志意摧三军，智勇饶王公，虽身不七尺，或状类女妇子，其乌可尠哉！是故人不专颀硕，贵在神智。诗不专瑰壮，贵在神韵。虽然，世之语神韵者希矣！（《卫庐精舍藏稿》卷八）

他以人为喻，魁硕勇武，不如风神超迈。诗歌之气骨瑰壮，不若神韵悠扬之美。在“世之语神韵者希矣”的时代，他能独具慧眼，提倡神韵以纠格调之失，是富有识力的。在《刻王太史诗序》中他举出陶渊明、谢灵运、王维、储光羲、崔颢、孟浩然、李太白诸人诗，明代何景明、高叔嗣若干人诗，不为艰难愁苦之状，而飘飘然有“象外奇骤”，均为有“神韵”。他编撰过一部《唐诗律选》，在序中说：“诗之作，义取含蓄温厚，足以感人，而体制次之。今世唯骛词葩体奇以为胜，其于感人之义，咸盖而不彰。”与“格调”诗学之重视“辨体”不同，他所论重点在于诗歌“含蓄温厚”，具有感染力。胡直的诗学思想在当时是孤独的。但是，孤独正显示出其诗学思想的敏锐性和先见之明。随着格调气骨粗豪弊端的日益暴露，到了万历前期，复古派自身开始进行反思和自赎。反思之后，开拓的新方向，一是提倡“性灵”，一是走向“神韵”之路。明代“神韵”说，胡直开了先河之后，得到胡应麟、许学夷、陆时雍、王夫之等人弘扬，成为明代后期一股不可忽略的诗学思潮，虽然尚不能与万历时期的“性灵”说相提并论，但是这股潮流，汩荡至清代前期，由王士禛振臂高呼和实践，而成为当时诗坛的主潮。

胡应麟与“后七子”的追随者欧大任、黎惟敬等人有密切的交往，名列“末五子”。他在作诗和论诗上都受王世贞的赏识和奖掖。王世贞给胡应麟《绿萝馆诗集》作序称赞其诗“象必意副，情必法畅”；他和胡应麟常有书信往来，讨论诗学。在给李能茂的书信中，他赞誉胡应麟《诗薮》“实艺苑之功臣，近代无两”。胡应麟的诗学是沿着王世贞转向后的诗学道路走下来的。

胡应麟诗学鲜明地体现出格调诗学向神韵诗学转变的轨迹。

胡应麟在《诗薮》开篇就提出自己的诗歌史观，即“体以代变”、“格以代降”。《诗薮》内编分体论诗，具体阐释“体以代变”的思想；外编列论历朝诗歌演变，具体论诗“格以代降”的问题。关于诗歌的内质要素，胡应麟提出：

作诗大要不过二端：体格声调，兴象风神而已。体格声调有则可循，兴象风神无方可执。故作者但求体正格高，声雄调鬯，积习之久，矜持尽化，形迹俱融，兴象风神，自尔超迈。譬则镜花水月，体格声调，水与镜也；兴象风神，月与花也。必水澄镜朗，然后花月宛然。讵容昏鉴浊流，求睹二者？故法所当先，而悟不容强也。(《诗薮》内编卷五)

盖作诗大法，不过兴象风神，格律音调。格律卑陬，音调乖舛，风神兴象，无一可观，乃诗家大病。(《诗薮》外编卷一)

他提出“体格声调”和“兴象风神”为作诗之二端。所谓体格声调，是指“有则可循”的诗体规范，也就是“格调”派诗学所津津乐道的格调问题。“格调”派所谓的复古、拟古，就是要通过摹拟而习得这种纯正的诗体规范。兴象风神，则是诗歌整体的精神风貌、情韵意态，这是“无方可执”，难以言传的。胡应麟对诗歌内外层面的划分，往前面追溯，也有一些思想渊源。陆机《文赋》既认识到“操斧伐柯，取则不远”，又意识到“随手之变，良难以辞逮”；刘勰《文心雕龙·通变》提出“设文之体有常，变文之数无方”。他们都认识到创作诗文既有必须遵守的普遍规则，也应有所新变，有自己的个性创造。欧阳修《书梅圣俞稿后》云：“其声律之高下，文语之疵病，可以指而告余也。至其心之得者，不可以言而告也。”也是认识到诗歌体格声调之可言说，而作者心中所得，是不可言说的。这些理论，与胡应麟“体格声调”、“兴象风神”的“二端”意并不同，但有一定的联系。明代格调复古派注重的是“体格声调”，而胡应麟有意在“体格声调”外提出更高一层的“兴象风神”，旨在纠正格调派的偏向，恢复被格调派忽略的另一传统。陈束《苏门集序》批评当时诗坛“其声粗厉而畔规，其声阐缓而无当”。胡应麟赞叹云：“论国初及弘、正而下格调之变，无如此序之精当者。”他在《诗薮》中批评嘉靖诸子“气象既殊，风神咸乏”，所以便在格调之外，提出兴象风神。他用树木来比喻体格声调与兴象风神的关系，说：

诗之筋骨，犹木之根干也；肌肉，犹枝叶也；色泽神韵，犹花蕊也。筋骨立于中，肌肉荣于外，色彩神韵充溢其间，而后诗之美善备。(《诗薮》外编卷五)

在具体的评论中，胡应麟也常常从体格声调、兴象风神两个方面着眼。如其《瑞云楼稿序》论王守仁嫡孙之诗，云：

窃以世叔之诗，挥洒性灵，淘涜风骨，思深以远，绪密以清，于情靡弗达，而御之以格；于景靡弗会，而谐之以调；于境靡弗探，而裁之以法；于体靡弗备，而标之以神。兴会所触，一发之于诗歌。(《少室山房集》卷八十二)

又林烃序《覆瓿草》云：

先生之治诗，才高而絜之以法，气厚而标之以韵，骨澹而永之以思，情与景适，象与境镕，比兴弥深，而舫节靡减。(《林贞耀观察覆瓿草序》，《少室山房集》卷八十二)

这都是兼从“体格声调”和“兴象风神”两个方面立论的。在前面“镜花水月”的比喻中，胡应麟实际上提出以“格调”求“风神”的思想。所谓“作者但求体正格高，声雄调鬯，积习之久，矜持尽化，形迹俱融，兴象风神，自尔超迈”云云，即通过对有则可循的格调的遵循和摹拟，长久积累以后，摹拟痕迹渐渐消融，而达到兴象风神的超迈。他说“律诗全在音节。格调、风神尽具音节中”；“词胜而后有格，格胜而后有韵，自然之理也”。因此应该从音节、格调而求风神。反之，若拘束于格调而不能妙悟超迈，则绝无神韵。他说：“矜持于句格，则面目可憎；架叠于篇章，则神韵都绝。”这其中有一个从“法”到“悟”的过程。胡应麟云：

汉唐以后谈诗者，吾于宋严羽卿得一“悟”字，于明李献吉得一“法”字，皆千古词场大关键。第（按，第意为“只是”）二者不可偏废：“法”而不“悟”，如小僧缚律；“悟”不由“法”，外道野狐耳。(《诗薮》内编卷五)

李梦阳和李攀龙论诗都重视“法”。但是在守法而生弊时，有论者重提“妙悟”。如谢榛《四溟诗话》卷一云：“体贵正大，志贵高远，气贵雄浑，韵贵隽永。四者之本，非养无以发其真，非悟无以入其妙。”胡应麟搬出严羽的“悟”，也是要补救格调派拘泥守法的弊端。胡应麟比较禅悟和诗悟云：

> 禅则一悟之后，万法皆空，棒喝怒呵，无非至理。诗则一悟之后，万象冥会，呻吟咳唾，动触天真。然禅必深造而后能悟，诗虽悟后，仍须深造。自昔瑰奇之士，往往有识窥上乘，业阻半途者。(《诗薮》内编卷二)

一悟之后，万象冥会，动触天真，也就能够风神超迈。胡应麟指出诗在“悟”后仍须深造，锻炼推敲，这是以“法”济“悟”，仍带有格调论的特征。

在李梦阳的“法”之外，引入严羽的“法”，这与何景明的诗学思想较为接近。胡应麟在《诗薮》中称赞何景明“富于材积，使神情领会，天机自流，临景结构，不傍形迹”云云“直指真源，最为吃紧”。对于“前后七子”，他偏向于何景明而贬斥李攀龙。胡应麟的好友李仲子（字允达）就曾说胡应麟“进信阳而退历下”（见王世贞《与李允达》）。胡应麟说弘治、正德间诗流可分为两派，即“献吉派”和“仲默派”。我们也可勉强把胡应麟划入“仲默派”吧！

风神、兴象、神韵，是胡应麟诗论的重要范畴。在胡应麟看来，体格声调只是诗歌外在的体制规范，而诗之为诗，最本质的还是兴象风神。他说：

> 诗与文体迥不类，文尚典实，诗贵清空；诗主风神，文先理道。(《诗薮》外编卷一)

“诗主风神”就不能太切实、太黏着。他批评中唐自钱起、刘禹锡以后，“句渐工，语渐切，格渐下，气渐悲”。他不是一味地反对“切”，而是主张虽“切”但“不伤格，不贬调乃可”。他认为咏物诗“不可汗漫”，应该贴切所咏之物的特征，“至于登临、燕集、寄忆、赠送，惟以神韵为主，使句格可传，乃为上乘”。

胡应麟论诗，善于分辨体制和评论诗人。在阐述“体以代变”、“格以代降”中，也贯穿着他崇尚风神、神韵的思想。通观《诗薮》内外编，在辨析诗体时，胡应麟注意到不同诗体有不同的审美规范和风格要求。大致来说，“古诗之妙，专求意象；歌行之畅，必由才气；近体之攻，务先法律；绝句之构，独主风神”。歌行源自于《离骚》乐府，是一种特殊的诗体，要求骨气峻峭、散漫纵横，除此之外，“自五言古律以至五七言绝，概以温雅和平为尚”，也即应该讲究兴象风神和意韵。特别是绝句，“必不可失之峭峻”，“最贵含蓄”。他评论唐代绝句云：

> 盛唐绝句，兴象玲珑，句意深婉，无工可见，无迹可寻。中唐遽减风神，晚唐大露筋骨，可并论乎！（《诗薮》内编卷六）

这是把“风神”作为绝句的风格标准来比较盛唐、中唐绝句，认为中唐绝句“大露筋骨”，不够合体。胡应麟的辨体，还表现在善于区分同一种诗体在历代创作中形成的不同风格。他论五言古诗云：

> 古诗轨辙殊多，大要不过二格：有以和平、浑厚、悲怆、婉丽为宗者。……有以高闲、旷逸、清远、玄妙为宗者。六朝则陶，唐则王、孟、常、储、韦、柳。（《诗薮》内编卷二）

又论唐代五古分派云：

> 唐初承袭梁隋，陈子昂独开古雅之源，张子寿（按，张九龄）首创清淡之派。盛唐继起，孟浩然、王维、储光羲、常建、韦应物，本曲江之清淡，而益以风神者也。高适、岑参、王昌龄、李颀、孟云卿，本子昂之古雅，而加以气骨者也。（《诗薮》内编卷二）

又论唐代五言律分派云：

> 五言律体，极盛于唐。要其大端，亦有二格。陈、杜、沈、宋，典丽精工；王、孟、储、韦，清空闲远。此其概也。（《诗薮》内编卷四）

在这两种风格倾向之间，胡应麟更为倾心于王维、孟浩然、常建、韦应物等风神超迈、清空闲远一派。在《诗薮》外编卷四中他说：

诗最可贵者清，然有格清，有调清，有思清，有才清。才清者，王、孟、储、韦之属是也。

胡应麟所谓的格、调、思、才，正是源自于王世贞的“才生思，思生调，调生格”。胡应麟尚“清”，也是在王世贞倡导吴中诗风清婉隽永的基础上加以强调的。胡应麟说：

清者，超凡绝俗之谓，非专于枯寂闲淡之谓也。婉者，深厚隽永之谓，非一于软媚纤靡之谓也。(《诗薮》外编卷二)

胡应麟提出：“诗所以贵深婉也。”① 清婉，表现为诗人情思超迈和意蕴隽永，而非枯寂靡弱。胡应麟提出清婉的风格，与他论“神韵”是一致的，都是自觉地矫正复古诗学粗豪拘忌的弊端。

胡应麟评论历代诗人诗作，风神、神韵是重要的标准。他叹赏汉代《古诗十九首》及诸杂诗，“随语成韵，随韵成趣，辞藻气骨，略无可寻，而兴象玲珑，意致深婉，直可以泣鬼神，动天地”；称赞谢灵运五言古诗“风神华畅，似得天授”；评论谢灵运和谢瞻的《题戏马台》“神韵超然，绝去斧凿”；评颜延之、王俭、任昉等人与谢灵运相去甚远，正以“典质有余，风神不足耳”；评沈约诸作，亦“材力有余，风神全乏”。胡应麟评唐诗多从风神、神韵、兴象着眼。他说：“唐文绮绘精工，风神独畅。”而于古、律体所欣赏的主要是王、孟、储、韦一派，绝句则主要欣赏李颀、王昌龄风神骀荡之作。他品赞孟浩然《宿建德江》“野旷天低树，江清月近人”二句，神韵无伦，认为孟浩然的五言古绝，是在六朝短古的基础上，加以声律，“便觉神韵超然”；他评论储光羲诗“闲婉真至”，甚至在王、孟之上；胡应麟批评岑参诗“调稳于王维，才豪于李颀，而诸作咸出其下，以神韵不及二君故也”；批评韩愈诗“有大家之具，而神韵全乖”；对于杜甫诗，虽然胡应麟给予

① 胡应麟《与顾叔时论宋元二代诗十六通》，《少室山房集》卷一百一十八，《丛书集成续编》本。

至高的赞誉，曰“千古以还，一人而已”，但是也意识到后人学杜多得其粗豪，他说：“近体先习杜陵，则未得其广大雄深，先失之粗疏险拗，所谓从门非宝也。”① 这正是有鉴于明代复古派的教训。宋人学杜也是得其骨而不得其肉，得其气而不得其韵，得其意而不得其象，也就是沿着杜甫崇尚生意创新的道路走下来，而丧失了汉魏盛唐的兴象风神。

诗画本来相通，诗学中的“神韵”说，与绘画理论有着直接的渊源关系。早在南朝，《世说新语》中就常用风神来品评人物，如《德行》中桓彝称赞谢安“风神秀彻”；《雅量》中王夷甫自谓“风神英俊”；《续晋阳秋》谓谢安“弘雅有气，风神调畅”，王弥“风神清令”；《中兴书》谓郗恢“风神魁梧”②。顾恺之论画提出超越形似而要“传神写照”，谢赫“画有六法”，其中之一为“气韵生动”。唐张彦远《历代名画记》曰：

> 至于鬼神人物，有生动之可状，须神韵而后全；若气韵不周，空陈形似，笔力未遒，空善赋彩，谓非妙也。（卷一）

这时期的“风神”、“神韵”，一般是指人物性格爽朗鲜明，个性超世迈俗。到了唐宋，山水写意画兴起以后，风神、神韵更是画论和书论的基本范畴，这时的“风神”、“神韵”论，更多一层清远、幽淡、飘逸的内涵。《梦溪笔谈》载北宋沈辽论书法云：“书之神韵，虽得于心；书之法度，必资于学。”这里把书法分为得之于心的神韵和资之于学的法度，近似于胡应麟所谓兴象风神无方可执，体格声调有则可循。胡应麟诗学上的“神韵”论，与书画理论也是相资相发的。他的《跋周昉育婴图》云：

> 右图周昉作。昉尝与韩干俱貌赵郎，而昉得性情，韩得状貌，世以定二画师优劣。余谓得性情者，尚未离状貌也；必如顾虎头图

① 从门非宝，即“从门入者非宝也”，禅林用语，本指向外寻求，迷失自性，终无所得。胡应麟此处所言，本于杨慎。《丹铅总录》卷二十一载：“近有士人熟读杜诗。余闻之，曰：‘此人诗必不佳，所记是棋势残著，元无金鹏变起手局也。’因记宋章子厚日临《兰亭》一本，东坡曰：‘章七终不高，从门入者非宝也。’此可与知者道。”

② 参见徐复观《中国艺术精神》，华东师范大学出版社 2001 年版，第 93 页。

裴叔则，颊上加三毛，乃为得其神韵，而性情、状貌不足言矣。昉、干之优劣，世所共知，而虎头之所为异于昉，则画家所未究。余睹夫近世谈诗之士，咸致力状貌间，以为亲切。至情性之说，往往置之，而何有于神韵？辄因昉画漫及之。（《少室山房集》卷一百零九）

胡应麟在这里比较唐朝韩干、周昉与南朝顾恺之绘画之优劣。韩干画马，杜甫《丹青引》曾讥其“画肉不画骨，忍使骅骝气凋丧”。朱景玄在《唐朝名画录》中曾记载赵纵侍郎请韩干和周昉为其写真，赵夫人比较二真之别云：“前画者（按指韩干画）空得赵郎状貌；后画者（按指周昉画）兼移其神气，得赵郎情性笑言之姿。”胡应麟说“昉得性情，韩得状貌”，实本于此。在胡应麟看来，不管是状貌还是性情，都未能尽脱拘执，他说绘画最高的境界应该是顾恺之的颊上三毛。《晋书·顾恺之传》云：“尝图裴楷象，颊上加三毛，觉神明殊胜。”（又见于《世说新语·巧艺》）胡应麟认为顾恺之“得其神韵”，才堪称神品。五代时画家徐熙，善写花果，“虽蔬菜茎苗亦入图写意，出古人之外，自造乎妙，尤能设色，绝有生意”①。胡应麟在《跋陈道复水墨牡丹真迹》中评论徐熙绘画云：

五代时写生，徐熙独步，以其全用水墨，不假丹青，骤阅间，粗枝老枿，极似潦倒；熟玩之，神韵飞动，天真烂然。（《少室山房集》卷一零九）

在胡应麟心中，诗歌和绘画，都应该兴象高妙，神韵飞动。

在明代万历时期公安派和竟陵派盛行而又渐生弊端时，也有一些诗论家标举风神情韵为审美宗旨，以矫正性灵派的背古师心、肆情直达。许学夷的诗论上承严羽的“妙悟”、“兴趣”说和胡应麟的“兴象风神”论，但是他的诗学着重于辨析体制，我们放在本章第四节去谈。现在谈谈晚明的谢肇淛、陆时雍和王夫之。

谢肇淛在诗学上有一个从师法中原转向醉心吴地的过程。与他有过

① 宋刘道醇《宋朝名画评》卷三，刘道醇在该书中将徐熙列为“花卉翎毛门”神品四人之首。

交游的高承埏说："在杭（谢肇淛字）故服膺王（世贞）、李（攀龙），已而醉心于王伯谷（王稺登，字百谷），风调谐合，不染叫嚣之习，盖得之伯谷者为多。"① "叫嚣之习"是李攀龙复古派的口实，而谢肇淛在王稺登的影响下渐去格调流弊。王稺登是江苏江阴人，移居苏州，是王世贞之后对东南诗风颇有影响的人物，反对吴人趋风中原。在《与方子服论诗书》中，他比较中原与吴地源于风土民俗之异而形成的不同诗风：

> 盖李君之才，产于北郡，其地土厚水深，其民庄重质直，其诗发扬蹈厉。吾吴土风清嘉，民生韶俊，其诗亦冲和蕴藉。政自不能一律齐也。(《王百谷集》十九种《晋陵集》卷下)

谢肇淛诗学是糅合吴地和中原论诗宗旨而为一，既尚自然、重才情，也讲究音律、法度。他的《小草斋诗话》第三则云：

> 诗者，人心之感于物而成声者也。……百年之中忧乐半焉，百世之中治乱半焉，随其所感，皆足成声。然非约之以音律，闲之以法度，其敝且流荡放轶而不可止。

这是他论诗的主旨。他发挥传统的感物兴情理论，强调诗人应物斯感是自然而然的，诗歌应该表现人心中的真情，这是针对复古派而发的。谢肇淛对明代的复古派曾有过苛刻的批评，甚至说："人谓诗道中兴于弘、正，吾独以为运之衰也。"同时，他又指出，诗歌表现真情应该"约之以音律，闲之以法度"，即应该符合一定的形式法则。这是针对公安派和竟陵派的背古师心而言的。谢肇淛论诗与吴人徐祯卿一样，主张法与悟的结合：

> 若谓彀率绳墨足以尽良匠之能，固不可；而必舍彀率绳墨之外别求中与巧也，有是理哉？
>
> "悟"之一字诚诗家三昧，而今人借口于悟，动举古人法度而

---

① 郑方坤《全闽诗话》卷八引高承埏《稽古堂集》。按，钱谦益《列朝诗集小传》丁集卷十六谢肇淛条亦有此评，应出于高承埏。

> 屑越之，不知诗犹学也，圣人生知亦须好古敏求，问礼问官，步步循规矩，况智不逮古人，而欲以意见独创，并废绳墨，此必无之事也。……反古师心，径情失品，是或一道也。谓得艺林正印，不佞未敢云然。
>
> 参禅者，闻击竹轹锅皆能悟道，此理可思，功非一日，悟非偶然矣。诗无悟性，即步步依唐人口吻，千似万似，只是做得神秀地位，较之獦獠尚隔数尘在。(《小草斋诗话》，本节下文出此书者，不再赘注。按，獦獠，这里指六祖惠能。)

重“悟”是东南诗学的传统，南宋时福建的严羽就主张妙悟，明代福建诗人株守严羽诗学，谢肇淛也继承了这一传统。在公安派和竟陵派竞相师心独造、弃雅趋俗的时候，谢肇淛又试图以彀率绳墨之类法度以约束之。他说:“诗以法度为主，入门不差，此是第一义。”这似乎又回到复古格调诗学上来，其实不然。谢肇淛吸收格调派诗学的合理内涵，而其诗学的真正贡献是发挥了吴中诗学的崇尚称情自然的思想。用他自己的话来说就是：“准于前人之法度，而参合以自己之丰神。”（《文海披波·诗文书画》）不论与格调派还是性灵派诗学相比，这都是新的思想。他说：

> 宋人论诗云：“炼句不如炼字，炼字不如炼意。”夫字句可炼也。意者偶然触物而成，著境而应，若有若无，如月印万川，谓川各一月可也，谓川皆无月可也，宁可思议摸捉而炼之邪！
>
> 诗以兴为首义，故作诗何常？惟要情境皆合，神骨俱清。……境以适来，情随遇发，如风篁石涧，自然成韵矣。梅都官日课诗一篇，谓之苦于攻诗则可，谓得诗之趣则未也。

这些话若在魏晋或唐人那里都是很普通的思想，但是自宋代“尚意”诗学兴起后，很长一段时间内此调不弹了。自严羽以来，这种尚兴致自然的思想重新得到激活，但是在明代复古格调诗学中又渐渐被滞塞了。李梦阳、何景明论诗还重视“兴”，而李攀龙诗论则难以见到关于“兴致”的言论。但是在吴中，更广泛一点说，在东南诗学中，感物兴情、情随境发、触机成趣的思想还是形成了一脉延续的传统。谢肇淛虽然没有直接提出“神韵”这一范畴，但是他的思想与胡应麟等人在崇尚神韵这一点上是相通的。他论诗提出要境虚、情真、兴适、意寂，实际上可以说是对“神韵”的具体阐发：

> 诗境贵虚，故仙语胜释，释语胜儒；诗情贵真，故闺语胜市，市语胜朝；诗兴贵适，故湖海之语，胜于台阁；诗意贵寂，故穷愁之语，胜于富贵。诗无色，故意语胜象，淡语胜浓；诗无著，故离语胜即，反语胜正。

这是胡应麟所谓“有格清，有调清，有思清，有才清”的进一步引申。谢肇淛就直接说过诗要神境会合，神清境清，尘俗不到。谢肇淛说：“五言古须有淡然之色，苍然之音，象外之意，言外之旨。”因此，他批评李白五言古“稍涉豪放”，不及陈子昂，而“子美往往入别调”。在他心目中，五言古的典范是王维、储光羲、韦应物、柳宗元。这些正是“神韵”论者所推举的诗学典范。

陆时雍的《古诗镜》《唐诗镜》是论、选、评相结合的著作，选取汉魏以降至晚唐诗，凡九十卷。卷前有《诗镜总论》，泛述其基本诗学思想。四库馆臣评陆时雍诗学云：

> 其大旨以神韵为宗，情境为主。……盖其时王、李余波，相沿未息，学者方以吞剥为工，故于蹊径易寻者，往往加之排斥。欲以针砭流俗，故不免于惩羹而吹齑。然其采摭精审，评释详核。凡运会升降，一一皆可考见其源流。在明末诸选之中，固不可不谓之善本矣。（《四库全书总目〈古诗镜〉〈唐诗镜〉提要》）

标举“神韵”为诗歌的基本特征，是陆时雍诗学的重要内容，“神韵”是他论诗评诗的重要标准。他说：

> 诗之佳，拂拂如风，洋洋如水，一往神韵，行乎其间。（《诗镜总论》）

诗有神韵，则色泽生动，含渺无际，而若班固四言《明堂》等诗，过于质板，毫无生气，亦无神韵。陆时雍说：“精神聚而色泽生，此非雕琢之所能为也。精神道宝，闪闪著地，文之至也。”所谓诗歌之神，犹如人之精神，应该风采奕奕，自然明朗，流盼生辉，不应该过于雕琢，过于着意。所谓诗歌之韵，一方面是指诗歌的声韵和谐悠长。他说：“诗被于乐，声之也。声微而韵悠然长逝者，声之所不得留也。一击而立尽者，瓦缶也。诗之饶韵者，其钲磬乎？”这是明代格调诗学的一个重要内容，主要是针对宋诗的突兀拗涩而发的。另一方面是指写情不迫切，写景不繁缛，而能生气流动，余味曲包，令人流连咀嚼而有味外之味。陆时雍还常运用生韵、气韵、韵气、韵趣、余韵、风韵、远韵、高韵、雅韵等范畴论诗，这些范畴从不同角度点明“韵”所具有的生气流动、风神高雅、趣味玄远的特点。陆时雍甚至把“韵”上升为诗歌的审美本质，提出“有韵则生，无韵则死；有韵则雅，无韵则俗；有韵则响，无韵则沉；有韵则远，无韵则局”的说法。

陆时雍说:“情欲其真，而韵欲其长也，二言足以尽诗道矣。”（《诗镜总论》）情欲其真，是古代诗学自“诗言志”以来一以贯之的思想，而“韵欲其长”则是神韵诗学着力强调之所在。从“神韵”论出发，陆时雍论诗歌忌刻意、忌繁缛。他对“情”和“意”作出明确的划分：

> 夫一往而至者，情也；苦摹而出者，意也。若有若无者，情也；必然必不然者，意也。意死而情活，意迹而情神，意近而情远，意伪而情真。情意之分，古今所由判矣。（《诗镜总论》）

陆时雍所谓的“情”，是感物兴情、称情而言的“情”；而“意”则是刻意造奇、冥搜作意的“意”。他认为“情”与“意”之分，是古今所判别。大致来说，即汉魏盛唐以前“尚情”，而自杜甫以后乃“尚意”。他批评杜甫五古云：

> 少陵五古，材力作用，本之汉魏居多。第出手稍钝，苦雕细琢，降为唐音。少陵精矣、刻矣、高矣、卓矣，然而未齐于古人者，以意胜也。假令以《古诗十九首》与少陵作，便是首首皆意；假令以《石壕》诸什与古人作，便是首首皆情。此皆有神往神来不知而自至之妙。（《诗镜总论》）

自杜甫诗开始，逗天机而显人巧，“语不惊人死不休”的创新精神也是对传统以天合天的自然美的扬弃。宋代诗歌，就是沿着杜甫的道路走下去的。到了明代，诗论家在反思和批判宋诗时，也追溯至杜甫，杜诗“变调”说成为明代中后期杜甫论的基本态度①。对于杜诗之“变调”，陆时雍从理论上把它放在情与意转捩的关键点上。这个认识是深刻的，但是，以汉魏盛唐为诗歌准则，而据此否定杜甫以后诗风的新变，又是片面的。陆时雍批评杜甫五古《怀李白》，苦意摹情，过于悲而失雅；《石壕吏》《垂老别》诸篇，穷工造景，逼于险而不括。又说：“子美之病，在于好奇。作意好奇，则于天然之致远矣。”（《诗镜总论》）批评作意好奇，就是批评自杜甫以降的雕琢锻炼。他批评中唐诗雕刻太甚，元气不完。陆时雍所批评的“意”，一方面是指雕琢锻炼，另一方面是指诗歌把情感写得过于沉痛，过于直露，使意浮于辞。他批评元稹、白居易、张籍、王建说：“元、白好尽言耳，张、王好尽意也。尽言特烦，尽意则亵矣。”陆机《门有车马客行》将人间别乡之苦写得过于悲伤，所以他批评说：“惊心事，刻意语，所少者气韵流动。”而像《古诗十九首·行行重行行》，则“含情之妙，不见其情；蓄意之深，不知其意”。陆时雍要求诗歌要蓄意深隐，所以对于诗歌的叙事和议论是持反对态度的。杜甫诗就多叙事议论，但是在陆时雍看来，“叙事议论，绝非诗家所需”。对于诗歌的“情”，陆时雍也有自己的要求。他说：

> 古人善于言情，转意象于虚圆之中，故觉其味之长而言之美也。后人得此，则死做矣。（《诗镜总论》）

“转意象于虚圆之中”，即融情于景，情感表现得空灵幽远而不质实、不切直。他反对灪色腻情、扬才肆情，而认为“吞吐深浅，欲露还藏”，便是善于言情。

写景繁缛，必期穷形尽相，便过于黏着事实，难以有远神远韵，所以陆时雍对于写景也有独特的要求。他说：“诗不患无言，而患言之尽；诗不患无景，而患景之烦。”六朝诗歌以繁缛为美，所以言尽景繁，是较为普遍的现象，后代诗人有的也摆脱不了追求绮艳的风气。陆时雍在《古诗镜》里评颜延之“雕缋满眼，荆棘满手，以故意致虽密，神韵不

---

① 参拙文《杜诗“变调”说》，《杜甫研究学刊》2008 年第 1 期。

生，而语多蒙气。其人力虽劳，天趣不具耳”；王融艳句“涂泽劳而神色隐”；谢惠连《七月七日夜咏牛女》“缛语太繁，生韵绝少，却似晋人流弊”。繁缛和神韵是相对立的。诗歌写景，为的是“绘情”，而非“索相”，若镂金错采，令人应接不暇，自然难有渺远的神韵。所以陆时雍主张诗歌写景“绝去形容，略加点缀，即真相显然，生韵亦流动矣”。他说：“绝去形容，独标真素，此诗家最上一乘。”而过求硬做，往往妙境在眼前滑过。陆时雍称赞谢朓《晚登三山还望京邑》“余霞散成绮，澄江静如练”二句“景色最佳”、“得象最深”，因为二句即景自成，兴情即是，不待思索。但是，谢朓（一作王融）《别王僧孺诗》“花树杂为锦，月池皎如练”，则象浅而韵钝矣，因为写景中无情，而且“月池之景，‘练’不足以言之”，也不够贴切传神。六朝的繁缛写景，期穷形尽相，想把描写对象最真实的特征细腻地传达出来，这是当时的审美风尚。但是陆时雍的“神韵”要超越这种真实，他说：

诗贵真，诗之真趣又在意似之间，认真则又死矣。（《诗镜总论》）

实际内欲其意象玲珑，虚涵中欲其神色毕著。（《诗镜总论》）

他用绘画的“点染”来比喻诗歌描写物色重在取神传情，称赞薛道衡《昔昔盐》“暗牖悬蛛网，空梁落燕泥”二句，得景之佳，要道不烦，有悠然雅韵。总之，诗歌如何写情写景才能有神韵？陆时雍用八个字作出概括：“离象得神，披情著性。”更具体说，即：

物色在于点染，意态在于转折，情事在于犹夷，风致在于绰约，语气在于吞吐，体势在于游行。此则韵之所由生矣。（《诗镜总论》）

上面所谈陆时雍关于诗歌抒情写景的要求，大约属于“物色在于点染，意态在于转折，情事在于犹夷”的原则。“风致在于绰约”，就是不能太质实，太刻画，要虚里含神。沈约的诗，陆时雍评其“病于死实”；孟郊、贾岛诗，陆时雍讥其“拙苦”；骆宾王《帝京篇》过于铺排，也是没有绰约风致，没有神韵；萧纲《晚景出行》“轻花鬓边堕，微汗粉中光”，虚能领神，陆时雍赞其“有风韵”。“语气在于吞吐”，就是不逞才使气，而要温厚含蓄。陆时雍论鲍照诗“快爽莫当，丽藻时见。所未足者，韵耳”，就是语气不够吞吐；甄皇后的《塘上行》“出亦复苦愁，入亦复苦愁”云云，写情过于直露，也是怪其语气不能吞吐，所以陆时雍批评此诗：“质朴少韵，其意固佳，病太直耳。”沈约《夜夜曲》“零泪向谁道，鸡鸣徒叹息”，陆时雍批评其“语气斩绝，无复余韵”；郭元振《春江曲》“竹叶坏水色，郎亦坏人心”，过于刻露，有古意而无古韵；陆时雍评论元稹、白居易诗“意必尽言，言必尽兴”，也是怪其语气太直太露而蕴藉不足。“体势在于游行”，即诗歌一气婉转，生动多姿，而不死板。陆时雍赞赏李白诗歌如《捣衣篇》等“气韵流美”，即是才气内敛，婉转流荡之美；而王筠“下语方整如砌”，如其《寓直中庶坊赠萧洗马》“霜被守宫槐，风惊护门草”，对偶工整，“是小儿排语”，“绝少气韵流动”；虞羲（羲一作“謇”）《登钟山下峰望》“遥看野树短，远望樵人细”，亦“语死无韵”。

陆时雍标尚神韵，在诗歌典范的选择上，更倾心于汉魏浑厚蕴藉的古诗和唐代王维、孟浩然、韦应物、柳宗元，以及“大历才子”等清远素淡的诗风，与前后的“神韵”派在旨趣上是相通的。

第二节　王夫之的“情景”与“现量”论

王夫之是明末清初著名的学者和思想家，他全面总结并重新阐发了我国传统哲学中的唯物论和朴素辩证法，在哲学本体论、伦理学、历史观和认识论等方面，提出了成体系的深刻见解。王夫之又是一位优秀的文学家，其诗词寄寓了国破家亡的哀怨之情；他的散文思想犀利，文笔纵横捭阖，具有恢宏的气势；他还写过戏曲剧本。《薑斋诗话》是王夫之诗论的代表作。此外，他还撰有《古诗评选》《唐诗评选》《明诗评选》三部诗歌选评本和论《诗经》的著作《诗广传》。明末清初诗学理论界掀起一股清算晚明遗产的思潮，王夫之是踮起脚往远古眺望的诗论家，神往的是汉魏六朝初盛唐的风神绰约、余韵曲包之美。

“情”与“景”是王夫之诗学的基本范畴。“情景论”是《薑斋诗话》诗学思想中论述最充分、最精辟的部分。“情”与“景”的内在统一构成诗歌的审美意象，而《薑斋诗话》乃至王夫之的整个诗学理论就是以诗歌审美意象为中心的。王夫之在《薑斋诗话》中全面论述了艺术创作中“情”与“景”的关系。他反复强调，外部的“景”和内在的“情”紧密相联、契合融会，是审美意象不可分离的两个因素：

关情者景，自与情相为珀芥也。情景虽有在心在物之分，而景生情，情生景，哀乐之触、荣悴之迎，互藏其宅。(《薑斋诗话》卷一)

虽然未进入创作状态之前，“情”在心而“景”在物，分为主客二体，但是在诗歌创作中“情”和“景”相为珀芥，相互渗透，融为一体。景象孕育情感，情感整合景象，互发互生。明亮欢快的美丽景象可以勾起喜乐之情，沉寂萧索的凄清景色会引触忧伤悲凉情绪。反过来，心情欢然愉悦，即使见了黯淡凄苦之景，也会不觉地为之添上几分生机；心情怆然悲苦，即使遇着明媚春光，也会为之抹上灰暗色调。情能生景，景能生情，互相涵融。脱离“情”的孤立的“景”，仅是“虚景”，不能构成诗歌的审美意象；脱离“景”的孤立的“情”，只能是潜在的“虚情”，没有形成可感的意象画面。脱离了“情”，外在之“景”无法入心；脱离了“景”，心中之“情”也无从显形。只有情景内在地相统一，情非虚情，情从景生；景非虚景，景中含情，才能构成审美的意象。审美意象形成的过程就是“情”和“景”相互交合、孕育、萌生的过程。王夫之说：

夫景以情合，情以景生，初不相离。惟意所适，截分两橛，则情不足兴，而景非其景。(《薑斋诗话》卷二)

生活中客观实在之“景”是零散纷杂的，甚至美丑交错、善恶混杂。只有经过审美情感的过滤、融润，才能组合成浑一完整的美的意象，故曰“景以情合”。诗人之“情”在创作之先，只是潜伏在意识深层，即使表现出来，也只是不稳定的情绪状态；只有通过特定景象触媒的诱发，才能闪现出诗情的火花，得到净化，提纯为审美的感情，并融于景象，得到意象化的感性显现，故曰“情以景生”。在艺术创作中，“情”和“景”是不相分离的，随着审美意象的逐渐孕育，“情”和“景”才能得到内在的统一。如果硬性将审美意象中的“情”和“景”分开成为两截，则“情”不是景象触发的诗情，“景”也不是融入了情感的美景。“情”和“景”被机械割裂，这样就破坏了审美意象的浑融统一性。

《薑斋诗话》中的“情景论”，针对宋元以来割裂情景、强为二分的现象，给予迎头棒喝：“情景名为二，而实不可离。神于诗者，妙合无垠。”（《薑斋诗话》卷二）审美意象不是“情”和“景”的叠加，而是情景相互渗透、内在统一的结果。“情”和“景”巧妙地溶渗为一，不见分界，不相分离，才是作诗的“神化”境界。若创作中“情自情，景自景”，一情一景，互不搭界，硬性拼凑，就不能构成圆融完整的审美意象了，王夫之说：

> 近体中二联，一情一景，一法也。“云霞出海曙，梅柳渡江春。淑气催黄鸟，晴光转绿萍”，“云飞北阙轻阴散，雨歇南山积翠来。御柳已争梅信发，林花不待晓风开”，皆景也，何者为情？若四句俱情，而无景语者，尤不可胜数。（《薑斋诗话》卷二）

前一首是杜审言的《和晋陵陆丞早春游望》。王夫之认为四句分别写出四种景物，景物之间相互独立，不相关联，没有融情入景，组成不了完整的审美意象，和结句“忽闻歌古调，归思欲沾巾”的抒情互相悬隔分离。后一首是李憕的《奉和圣制从蓬莱向兴庆阁道中留春雨中春望之作应制》四句四景，和结句“已知圣泽深无限，更喜年芳入睿才”的颂美皇恩之情，分为两撅。这样的诗作，远非上乘。真正意境浑融的作品并非如此。王夫之举例说：

> 且如“九月寒砧催木叶’，二句之中，情景作对；“片石孤云窥色相”四句，情景双收。更从何处分析？陋人标陋格，乃谓“吴楚东南坼”四句，上景下情，为律诗宪典，不顾杜陵九原大笑。愚不可瘳，亦孰与疗之？（《薑斋诗话》卷二）

沈佺期《独不见》前四句：“卢家少妇郁金香，海燕双栖玳瑁梁。九月寒砧催木叶，十年征戍忆辽阳。”其中少妇独守和海燕双栖、征夫忆乡和寒砧催落叶，情景对照，相互生发。李颀《题璇公山池》中四句：“片石孤云窥色相，清池皓月照禅心。指挥如意天花落，坐卧闲房春草深。”情景双起双承，交相辉映，既写人之闲远恬淡的心情，又写皓月平素的清景，二者相融为一，是无法分开来看的。但是偏偏有人这样去划分，胡应麟《诗薮》内编卷四云：“作诗不过情景二端，如五言律，前起后结，中四句二言景，二言情，此通例也。”若照此“通例”将杜甫《登岳阳楼》诗中四句“吴楚东南坼，乾坤日夜浮。亲朋无一字，老病有孤舟”分析为上景下情之两橛，则实在是愚不可治了。其实，诗人眼中出现乾坤漂浮、天坼地裂之景，是因为此时孤独无依、老病缠身，面对山河破碎的时局，心境凄苦悲凉；诗人此时胸中充塞着悲凉失意之情，是因为面对此景此境，由景境触发而生，“情”和“景”互为因果，融洽为一。

在王夫之以前的诗论中出现的“情”和“景”的概念，意义常是含混的，在更多的情况下诗论家是把它们作为对诗句关系、外在结构的概括来解释的。但在《薑斋诗话》中“情”和“景”却有着明确的内在规定性。

王夫之认为创作主体之“情”，就是人心，是指人的喜怒哀乐的情感反应；它和抽象的理性认识不同，也不是思维上的是非判断。他主张诗歌要抒发真情至性。他说，乐和诗“二者一以心之元声为至”，并强调诗歌抒发的情感是出自“固有之心”的“元声”，应真实诚恳，朴素自然，忠实于本心，摆脱他人的束缚。这是王夫之自16岁学“韵语”，阅读大量诗作之后总结出来的对诗歌本质的认识。诗歌情感还应美好高尚，富有审美意义，而浪子之情、猥亵之情不是诗情。

诗歌创作中的审美客体，不论是自然之景、社会之景，都应该是诗人心目相接的具体感性的意象。没有直接的感知经验，没有深切的直观体验，就无法创作。艺术创作的起点是审美感知，心先注于目，而后目往交于彼，达到心物相接，否则，只是物自物而已自己，主体和客体处于对立的状态。王夫之特别强调对审美客体“景”的直观经验性把握。他说：

身之所历，目之所见，是铁门限。即极写大景，如“阴晴众壑殊”、“乾坤日夜浮”，亦必不逾此限。非按《舆地图》便可云“平野入青徐”也，抑登楼所得见者耳。隔垣听演杂剧，可闻其声，不

见其舞；更远则但闻鼓声，而可云所演何出乎？（《薑斋诗话》卷二）

写景必要亲目所见、切身所受，这固然有偏激之处，但王夫之本意在肯定直观体验的重要性，强调写景要心有所感，这不可谓不深刻。无论写壮阔无边的大景，还是写纤细入微的小景，都是如此。要心目相取，才能情切景真，否则，按图索骥式的强括狂搜，以浮辞矫饰感受的贫乏，就像远处听戏那样，不见其舞，甚至不闻其歌，没有视觉和知觉直接的审美体验，结果只能走上炫耀技巧的歧途，写不出完整的审美意象。

分而言之，曰情曰景。实际上，在创作者的心理机制中，“情”和“景”是不相分离、妙合无垠的。那么，“情”和“景”是以什么关系组合的？或者说审美意象中“情”和“景”具有什么样的结构呢？王夫之对这个问题的思考，显示他的诗学思想在前代的“情景论”基础上更深入了一步，论述也更为精细。

情景名为二，而实不可离。神于诗者，妙合无垠。巧者则有情中景、景中情。景中情者，如“长安一片月”，自然是孤栖忆远之情；“影静千官里”，自然是喜达行在之情。情中景尤难曲写，如“诗成珠玉在挥毫”，写出才人翰墨淋漓，自心欣赏之景。凡此类，知者遇之；非然，亦鹘突看过，作等闲语耳。（《薑斋诗话》卷二）

一看诗歌便说上句情、下句景或上联景、下联情的人，王夫之认为是“鹘突看过”，没有领略诗歌的意象。王夫之认为，诗歌审美意象中的‘情”和“景”如水乳交融，妙合无垠。而在具体结构上则有“情中景”、“景中情”之分。

“情中景”是以表情为主，但情感的表现并非质实言之，倾泻无余，这样就不可能具有审美意味，而是曲写心灵，以情役物，甚至借比兴手法将审美主体内在之情外化为“情中之景”，外物都“著我之色”，染上主体的情思，成为主体情思的对应物，使人思而咀之，默而契之，产生兴、观、群、怨的审美效果。“景中情”则是以景寓情，“自然感慨”，尽从景得。在熔铸审美意象的过程中，审美客体浸润着审美感情；而审美主体的内在情感融于外物之中，使主体内本不具有形式的情感通过对景物的描写而物化显现出来。这看似客观写景，而实际上从景物的选取、组合、着色、定调中，已流露出诗人的主观情意。李白《子夜吴歌》中“长安一片月”句，看似如实描绘长安月夜清景，但作者选取“月”这种意象，数量词“一片”，已含有“孤栖忆远”之情了。杜甫《喜达行在所》中的“影静千官里’，既是描绘百官上朝面君的实景，又体现出诗人对于“社稷复兴”的喜乐和逃难流落的悲戚。诗人在描写现实景象时，不露人工斧凿的痕迹，但已融情入景。景中之“情”是含蓄幽隐的，深藏于鲜明生动的感性形象中。

不论是“情中景”，还是“景中情”，都是“情”、“景”作为统一的有机体而互相渗透、交融，不过是在艺术表现时有所偏重而已。相比而言，写好“景语”是写好“情语”的前提。王夫之说：

> 不能作景语，又何能作情语邪？古人绝唱句多景语，如“高台多悲风”、“蝴蝶飞南国”、“池塘生春草”、“亭皋木叶下”、“芙蓉露下落”，皆是也，而情寓其中矣。(《薑斋诗话》卷二)

只有景象鲜明、富有美感，情感才有所寄寓。王夫之认为：“情中景尤难曲写。”难就难在如何使不具形的情感冲动形象化、物态化，而不至于冲口而出，失了诗味。如何才能写好情语呢？王夫之发表了较好的见解。

古代诗歌是以言情述志为本，而言情之作，贵在含蓄不露，“诗之至处，妙在含蓄无垠”（叶燮《原诗》内篇下）。怎样才能做到写情含蓄？王夫之指出，方法是化“情语”为“景语”，以写景之心理言情，“情语转折为含蓄”。

> 以写景之心理言情，则身心中独喻之微，轻安拈出。(《薑斋诗话》卷二)
>
> 情语能以转折为含蓄者，唯杜陵居胜。“清渭无情极，愁时独向东”、“柔橹轻鸥外，含凄觉汝贤”之类是也。此又与“忽闻歌古调，归思欲沾巾”更进一格，益使风力遒上。(《薑斋诗话》卷二)

以写景之心理言情，把心中微妙隐曲的情感轻安拈出，融入鲜明生动、具体可感的画面形象中，使读者在感受具体画面时，能体会出作者寄寓的情思妙意。通过“景语”，作者和读者获得感情上的沟通。即便是旨在抒情，也要“情语转折为含蓄”才好，像杜审言那样用诗直接表露闻古调而落泪的“归思”，在王夫之看来，就太直截了当，情感没有转折，缺乏含蓄不尽的诗味。而杜甫《秦州杂诗》之一结句“清渭无情极，愁时独向东”，意在写诗人愁情无极，不得东归，落笔时却转折幽隐，写渭水不解诗人之愁，独自东流，化情思为景物，借景传情。

情景交融、妙合无垠，构成完整的审美意象，这是王夫之《薑斋诗话》诗学思想的核心。那么，审美意象是如何创造的呢？创造审美意象的心理机制是什么？《薑斋诗话》对此作了探讨。

王夫之肯定直觉和感兴在美的创造中具有特殊重要的作用，认为审美创造的心理机制是“现量”，即感性的直觉。他说：

> 诗言志，歌永言，非志即为诗，言即为歌也。或可以兴，或不可以兴，其枢机在此。①

诗歌表达情志，但并非表达情志的都是诗歌。同样表达情志，诗和非诗，艺术和非艺术，其相区别的枢机是“兴”。感物兴情、情动景生而为诗，而非诗或非文学的写作是将固有的情志、思想和盘托出，直接发议论、讲道理。“兴”是诗歌审美创造的枢机，也就是审美直觉的过程。因“兴”而萌生审美的诗情，因“兴”而迸发灵感的火花，因“兴”而神理凑合、自然恰得。他说：

> 以神理相取，在远近之间。才著手便煞，一放手又飘忽去。如“物在人亡无见期”，捉煞了也；如宋人咏河豚云：“春洲生荻芽，春岸飞杨花。”饶他有理，终是于河豚没交涉。“青青河畔草”与“绵绵思远道”，何以相因依、相含吐？神理凑合时，自然恰得。（《薑斋诗话》卷二）

审美意象孕育形成的过程，是主体和客体相互转化、融合、渗透的过程。此时，对象的主体化和主体的对象化偕同进行。主体情思和客体景

① 王夫之《唐诗评选》卷三，孟浩然《鹦鹉洲送王九之江左》评语。

象不期而合，自然而然地交感碰撞。情感使景象重新组合，“离形得似”，景象使情感净化融润，含蓄不尽；二者相浸相濡，酝酿出美的意象。

情景结合是刹那间直觉感兴的结果，通过“即景会心”的心物相契，达到“神理凑合”。直觉感兴不需名理的思考判断。王夫之认为，像唐人李颀《题卢五旧居》中“物在人亡无见期”，道尽事理，过于切实直露，成了理性的判断，了无余味，是“著手便煞”。在这里，主体和客体构成了认识和被认识的知性关系，而不是审美的内在交融关系。宋代梅尧臣《范饶州坐中客语食河豚鱼》中“春洲生荻芽，春岸飞杨花”，题为咏河豚，却与河豚不着边际，心与物没有交融为一，意与象脱节，无可会心。没有主体对客体的审美直觉，就写不出神理凑合的好诗。像“青青河畔草”、“绵绵思远道”，主体之情和客体之景相依相存，融润为一，这正是因为诗人在审美直觉中情与景“自然恰得”，生出一段诗心，溢出一片神光。王夫之认为创作主体和客体之间还有个远和近的问题。情和景相离太远，没有达到心物交融，那只是隔雾看花的认识关系，没有构成审美的统一体，空而无当。太近，则在功利心的阻障下，失去适度的审美心境，主客体之间只能是理性和功利的判定，胶着固执，死板直露。只有“在远近之间’，既有主体的情感拥抱，心灵投入，又不过于飘忽，不着边际，才能达到“情”和“景”的契然神合，兴会超妙，神理凑合。这样写景，则逼真在目，葱茏一片，意味深长，蕴藉灵厚。

诗歌创作活动的一个突出特点，就是只能在个人亲身体验的基础上才能进行。诗人的独特之“怀”，是他亲身在生活中体验、感受而产生的创作激情，体现着诗人的人生经历、社会阅历、思想情感和生命感悟。以此“怀”去与景“相迎”，去“各随所得”，才会从别人司空见惯的景象中体验出新的意趣、新的韵味。即使是平凡的常景，“情”与“景”也会以独特的奇妙的方式结合统一。因此，王夫之主张诗人要忠实于本心情感，忠实于个性体验，要表现出丰富多彩的艺术创造性和独特性，因此对于宋人所谓“无一字无来处”的论调，他是反对的：

“落日照大旗，马鸣风萧萧”，岂以“萧萧马鸣，悠悠旆旌”

为出处邪？用意别，则悲愉之景原不相贷，出语时偶然凑合耳。必求出处，宋人之陋也。(《薑斋诗话》卷二)

宋人作诗但求出处，从古人作品中讨生活，炼辞造意因袭前人，违反审美创造直觉性思维的原则，遭到王夫之的批评。明代“前后七子”因袭拟古，也是无兴致而苦作诗，但求法度格调，不是凭靠主体的感兴直觉去创造形象，而是将诗料拼凑成篇。王夫之批评道：

如欲作李、何、王、李门下厮养，但买得《韵府群玉》《诗学大成》《万姓统宗》《广舆记》四书置案头，遇题查凑，即无不足。(《薑斋诗话》卷二)

仅有诗料、诗法，没有“兴会”，没有即目会心的直觉感悟，是作不出好诗的。遇题查凑，只能按着千篇一律的模式写出呆板机械的作品，创作不出兴象葱茏、兴味盎然的好诗。

对于诗人来说，审美的直觉感兴是首要的因素，有了审美直觉感悟带来的超妙兴会，就会吟思俊发，涌若源泉，捷如风雨，显现出丰富活跃的创造力。一个诗人若过于追求诗法的森严、技巧的精湛，为之殚思竭虑，就会破坏直觉感兴的审美心境和那份机玄，遏制审美思维的创造性，透出匠气，失去诗性。因此，诗人要正确认识并处理“诗法”和“诗兴”的关系。王夫之说：

“海暗三山雨”，接“此乡多宝玉”不得，迤逦说到“花明五岭春’，然后彼句可来，又岂尝无法哉？非皎然、高棅之法耳。若果足为法，乌容破之？非法之法，则破之不尽，终不得法。诗之有皎然、虞伯生，经义之有茅鹿门、汤宾尹、袁了凡，皆画地成牢以陷人者，有死法也。死法之立，总缘识量狭小，如演杂剧，在方丈台上，故有花样步位，稍移一步则错乱。若驰骋康庄，取途千里，而用此步法，虽至愚者不为也。(《薑斋诗话》卷二)

王夫之并不完全否定诗法。真正的诗法在他看来应是任兴而发，即景会心，使得情景契合，“以当念情起，即事先后为序，是诗家之第一矩矱”①。这样创作出的“至文”，是源于作者真实感受的表现，率性自然，毫不做作。这样的“法”，才是活法。王夫之又举例说：

含情而能达，会景而生心，体物而得神，则自有灵通之句，参化工之妙。若但于句求巧，则性情先为外荡，生意索然矣。“松陵体”永堕小乘者，以无句不巧也。然皮、陆二子，差有兴会，犹堪讽咏。若韩退之以险韵、奇字、古句、方言矜其饾辏之巧，巧诚巧矣，而于心情兴会，一无所涉，适可为酒令而已。黄鲁直、米元章益堕此障中。近则王谑庵承其下游，不恤才情，别寻蹊径，良可惜也。(《薑斋诗话》卷二)

诗人在直觉感兴中，与对象从相互对立的关系转化为相互交融、互为表里的关系，诗情旺然，汩汩流出，融于景象；景象葱茏，迎眸而来，默会意表。主体超越客体有限形象的束缚，使内在情思和审美对象妙合默契，这是艺术创作造化天工的境界，是无巧之大巧。若仅仅追求词句的工巧，关闭心情，窒塞性灵，刻意去独出心裁，则“生意索然”，枯燥无味。王夫之标举“兴会”，认为“兴会”才是审美创造的机心。兴会就是“情兴所会也”（李善注《文选·〈宋书谢灵运传论〉》），是思与神合、即景而生的直觉灵感状态。王夫之将这种在真切的审美体验中，审美主体直觉感兴地观照客体，达到与客体水乳交融，创造出审美意象的心理活动称为“现量”。王夫之借用“现量”一词，揭示了诗人审美直觉观照客体的性质。他是这样解释“现量”的：

“现量”，观者有“现在”义，有“现成”义，有“显现真实”义。“现在”，不缘过去作影；“现成”，一触即觉，不假思量计较；“显现真实”，乃彼之体性本自如此，显现无疑，不参虚妄。(《相宗络索·三量》)

王夫之解释“现量”有三层涵义。一是“现在”义，不依靠过去的知识和印象，抛开陈见，于当前的触景生情、即心即目中直接感知对象。

---

① 王夫之《古诗评选》庾阐《观石鼓》评语。

二是“现成”义，排除判断推理等抽象思维活动的参与，通过瞬间的直觉去把握对象。三是“显现真实”义，主体的自觉意识在和对象接触时完全消解，对象不借助于主体的思考和抽象，而直接完整地显现出本来的“体性”，主体纯任直觉去迎接、去感知这种“体性”，达到物我为一、梵我不二。

“现量”的这三层涵义，也就是审美直觉的基本特征。审美直觉是审美主体对审美客体直接感兴式的观照，是此时此境心与日的相与融浃。审美直觉是瞬间的感悟，不是刻意追求、苦心筹谋，也排除抽象概念的比较、推理。审美直觉既不脱离事物实相，虚无缥缈，也不是支取事物的某部分特征，目无全牛，而是“在乎远近之间”，对事物进行首尾浑融的一体化观照。

王夫之重视审美直觉的“现量”，认为这是影响创作高下的一个决定性因素。他评咏物诗的好坏，就看其是否是由审美直觉“现量”而生的。他说：

> 咏物诗，齐、梁始多有之。其标格高下，犹画之有匠作，有士气。征故实，写色泽，广比譬，虽极镂绘之工，皆匠气也。又其卑者，饾辏成篇，谜也，非诗也。李峤称“大手笔”，咏物尤其属意之作，裁剪整齐，而生意索然，亦匠笔耳。至盛唐以后，始有即物达情之作，“自是寝园春荐后，非关御苑鸟衔残”，贴切樱桃，而句皆有意，所谓“正在阿堵中”也。“黄莺弄不足，含入未央宫”，断不可移咏梅、桃、李、杏，而超然玄远，如九转还丹，仙胎自孕矣。宋人于此茫然，愈工愈拙，非但“认桃无绿叶，辨杏有青枝”，为可姗笑已也。嗣是作者，益趋匠画，里耳喧传，非俗不赏。……禅家有“三量”，唯“现量”发光，为依佛性；“比量”稍有不审，便入“非量”；况直从“非量”中施朱而赤，施粉而白，勺水洗之，无盐之色败露无余，明眼人岂为所欺耶？（《薑斋诗话》卷二）

盛唐诗人咏物是在审美直觉的“现量”中即物达情、观照事物的，故能得神于形，神形合一，又寄意玄远，意趣超然。宋代以降的诗人咏物带有匠气，似“村学究语”，咏“红梅”就说：远看像桃树却没有绿叶，细辨像杏树却有青枝，这简直就是哑谜。王夫之说，创作者全力模拟、规划事物的形象，就似佛家的“比量”。雕琢词句，征引故实，强相攀附，为死法所束缚者为“非量”。这样的创作都带有匠气，而没有即景会心、即物达情的“发光”的直觉“现量”。

诗人要“现量”分明，不用思致，完全以感官去捕捉形象，以心灵去体验境界。此时已超越了对对象实在性的考察而建立了物我相融相映、相互补充促进的关系。主体不是去认识对象，而是去融化对象，建构新的意象。因此，诗歌创作的直觉过程伴随着创造性想象。王夫之对想象在诗歌创作中的积极意义，作了充分的肯定。唐人王昌龄《少年行》曰：“白马金鞍从武皇，旌旗十万猎长杨。楼头少妇鸣筝坐，遥见飞尘入建章。”王夫之评曰：“想知少妇遥望之情，以自矜得意，此善于取影者也。”（《薑斋诗话》卷一）诗作从对面着笔，由出征沙场联想到楼头少妇鸣筝孤坐的情状，摇曳生姿。王夫之说这是“善于取影”，即避实就虚，借助于想象来营造意象。《小雅·出车》相对来说就更进一层了：“春日迟迟，卉木萋萋。仓庚喈喈，采蘩祁祁。执讯获丑，薄言还归。赫赫南仲，猃狁于夷。”王夫之对之作了精辟的评析：

> 征人归矣，度其妇方采蘩，而闻归师之凯旋，故迟迟之日、萋萋之草、鸟鸣之和，皆为助喜。而南仲之功，震于闺阁，室家之欣幸，遥想其然，而征人之意得，可知矣。乃以此而称南仲，又影中取影，曲尽人情之极至者也。（《薑斋诗话》卷一）

王夫之说，作者构思是“影中取影”，着实精切！本来，这首诗要表达一个征伐猃狁而胜利归来的战士的心情，并歌颂指挥这次战役的南仲的功绩。但是诗人不从实处下笔，而从虚处揣拟，通过战士对自己的妻子的想象来表现战士归途的喜悦。作者着意从侧面勾描：先写战士的妻子以喜悦来衬出战士的欢愉心情，这是“取影”的虚拟，又用已经虚化想象其然的战士的这种心情衬出南仲的功勋，这是“影中取影”。王夫之特别欣赏这首诗表情达意的曲折传神、摇曳生姿，把这首诗的“影中取影”作为审美创造中的艺术想象的典范来看待。

王夫之认为，诗歌本体是情景妙合无垠的审美意象，审美意象的创造是审美直觉、“现量”的过程，诗歌以吟咏性情为其基本功能。因此，诗歌必然有其独特的语言存在和文体形式。王夫之严格地划分

“诗”与“非诗”的界限，反复阐述了诗歌的文体特征。他说：“陶冶性情，别有风旨，不可以典册、简牍、训诂之学与焉。”（《薑斋诗话》卷一）诗歌是非功利的，不同于实用性散文。天下文体，各有分工，诗歌之功能在于陶冶性情，给人以审美愉悦和教益，使人获得灵魂的净化和提高。

王夫之承续钟嵘、司空图、严羽一派尚神韵、滋味的诗学思想，强调诗歌的审美性，追求诗歌文体“言已尽而意无穷”的审美风格。王夫之的诗论在清代前中期隐没不彰，直到同治、光绪年间因为曾国荃等人的张扬才得到世人的瞩目，因此对于清代诗学基本上是没有什么影响的。王夫之诗论称赏的是汉魏六朝的抒情小诗，对于杜甫、白居易的某些叙事诗和宋代诗歌持严厉的批评态度，显得思想狭隘、观念偏激。大致来说，从司空图、严羽，至明清之际的陆时雍、王夫之，再至康熙年间的王士禛，在诗学旨趣上存在着较多的一致性。尽管王夫之和王士禛之间事实上并不存在影响关系，但不妨将他们归纳在一起论述。①

第三节　王士禛与“神韵”说

王士禛是清代康熙朝诗坛盟主，主持坛砧垂四十年。他推敬先贤，奖掖后进，阅历丰富，交游广泛，兼擅理论与创作，因此在当时和后世都产生了深远的影响。特别是他在理论上标举“神韵”说，成为清朝前中期重要的诗学思想，引起强烈的反响。

王士禛28岁时，以诗集贽见钱谦益，受到钱谦益的赏识，到晚年他感慨钱谦益为“真平生第一知己也”（《古夫于亭杂录》卷三）。王士禛所活动于其间的康熙朝，是清代诗学思想大动荡的时期，是宗唐和尊宋相互胶着、冲突的时期。长期处于强势的宗唐风气并没有完全衰竭，而钱谦益对明代复古派的激烈抨击，吴之振、吴自牧、吕留良等编辑《宋诗钞》，叶燮、汪琬、查慎行等人在创作和理论上倡扬宋诗，都构成了康熙朝诗学语境，王士禛置身于此种语境中，不能不受影响，在诗

① 本小节是笔者对此前所撰写的《薑斋诗话评介》（收入赵宪章先生主编的《美学精论》，中国青年出版社2000年版）作删改、修正而成的。

学道路上必然有所抉择。俞兆晟在《渔洋诗话序》中引述王士禛自言其诗学道路的转变：

吾老矣，还念平生，论诗凡屡变，而交游中，亦如日之随影，忽不知其转移也。少年初筮仕时，惟务博综赅洽，以求兼长；文章江左，烟月扬州，人海花场，比肩接迹。入吾室者，皆操唐音，韵胜于才，推为祭酒。然而空存昔梦，何堪涉想？中岁越三唐而事两宋，良由物情厌故，笔意喜生，耳目为之顿新，心思于焉避熟。明知长庆以后已有滥觞，而淳熙以前俱奉为正的。当其燕市逢人，征途揖客，争相提倡，远近翕然宗之。既而清利流为空疏，新灵寖以佶屈，顾瞻世道，惄然心忧。于是以大音希声，药淫哇锢习。《唐贤三昧》之选，所谓乃造平淡时也。然而境亦从兹老矣。①

王士禛这里自述学诗取径的三变，少年时博综赅洽而操唐音，中年以后越三唐而事两宋，晚年又复归于唐而造平淡。王士禛虽在唐宋诗之间经历周折，但是他早年觑定的“神韵”，是贯穿他诗学道路的重要思想，特别是后期在理论上标识“神韵”为自得之秘，加以自觉倡导。但是，综观王士禛的诗学思想，又非仅仅“神韵”二字所能限。

王士禛论诗非常重视辨体。他在《池北偶谈》中说：“作古诗须先辨体。”不同诗体应该具有不同的审美规范和风格。王士禛所标举的“神韵”，主要是针对五言短古、五律、五绝、七律和七绝而言的，并不适用于七古和七言歌行。七言古诗和歌行，他欣赏鲍照的“遒宕”、岑参的“奇峭”、李白的“豪放”、元代吴莱的“瑰玮有奇气”，即使是明代李梦阳、何景明的七古，他也称其“独于沉郁顿挫处用意”（《七言诗凡例》）。王士禛论七言歌行，推尊唐代的李白、杜甫、韩愈，他主张七言长句“以杜为宗”。在《居易录》中他论唐代七言古诗，诸公是一调，“惟杜甫横绝古今，同时大匠，无敢抗行”。对于宋代的苏轼、黄庭坚、陆游的七古和七言歌行，他也给予高度的肯定：

七言歌行，至子美、子瞻二公，无以加矣。（《渔洋诗话》）

---

① 袁世硕主编《王士禛全集》，齐鲁书社2007年版，第4749页。本书引王士禛文字未注明者，均据此本。

山谷虽脱胎于杜，顾其天资之高，笔力之雄，自辟庭户。（《七言诗凡例》）

南渡气格，下东都远甚，惟陆务观为大宗。七言逊杜、韩、苏、黄诸大家，正坐沉郁顿挫少耳，要非余人所及。（《七言诗凡例》）

七言古，若李太白、杜子美、韩退之三家，横绝万古。后之追风蹑景，惟苏长公一人耳。（《诗问·答郎廷槐》）

王士禛论七言古诗，崇尚浑厚雄健的气格。在《居易录》中，他以书法上的“飞白”、绘画家所谓的“超腾回折逾五丈，通贯于波浪之间”来形容杜（甫）、李（白）、韩（愈）、苏（轼）之歌行大篇。这是七言古诗的正体。元人杨载《诗法家数》云：“七言古诗，要铺叙，要有开合，有风度，要迢递险怪，雄俊铿锵。忌庸俗软腐。”[①] 王士禛答郎廷槐问，亦说七言古，宜“词明意尽”，“通篇平韵，贵飞扬；通篇仄韵，贵矫健。皆要顿挫，切忌平衍”。他答刘大勤问又以“发扬蹈厉”概括七言古诗的特征，这就非“神韵”二字所能局限，与“贵词简味长”、“以蕴藉为主”的五言短古、律、绝相比，具有不同的审美规范[②]。王士禛自谓中年诗风转向两宋，其中一个重要表征，就是多作七言古诗，表现出遒逸苍劲的审美风格。作于康熙十一年（1672）的《故明景帝陵怀古》诗，翁方纲评曰：“此渔洋七古最整顿之作。”[③] 梁章钜《读渔洋诗随笔》云：

《故明景帝陵怀古》一首，选事配词，皆极点按切，无一字涉空支架。谁谓先生专以“不著一字”为高乎？此种七言诗直接杜、苏，正恐放翁、遗山集中选不出也。

王士禛早年作的《慈仁寺双松歌赠许天玉》，何焯评曰：“逸气卷舒。”

---

① 何文焕辑《历代诗话》第731页，本书引《诗法家数》悉依此本。

② 袁枚《随园诗话》卷八也论及这个问题：“如作近体短章，不是半吞半吐，超超元箸，断不能得弦外之音，甘余之味。沧浪之言，如何可诋？若作七古长篇，五言百韵，即以禅喻，自当天魔献舞，花雨弥空，虽造八万四千宝塔，不为多也；又何能一羊一象，显渡河、挂角之小神通哉？总在相题行事，能放能收，方称作手。”

③③翁方纲《复初斋诗评》，《烟画东堂小品》第6册，缪荃孙1920年刻本。

这也是七言正体。叶矫然《龙性堂诗话初集》论渔洋诗“歌行长篇偏注意坡公”，有遒劲雄厚之气，迥异于神韵的风格。翁方纲评王士禛诗，对其五古、五律、五绝评价都不高，以为“似旧录”，他评价王士禛的七言诗云：“即七古亦多为格调所牵，唯七律、七绝有神韵耳。”③本来王士禛的七古，就不追求神韵之美。

再从王士禛对诗史的评论来看，他是持着宽广的胸怀，以转益多师的态度来学习、评论前人的，正如他自己所说“唯务博综赅洽”。与明人喜立门庭以自限不同，王士禛论诗取径甚宽。

他论诗反对摹拟，崇尚本色。《池北偶谈》批评李攀龙所谓“拟议以成变化”云：“拟议将以变化也，不能变化而拟议，奚取焉？”李攀龙机械地摹拟古乐府，成为清人的话柄。清人不是不要学古，而是强调摆正学古的态度。王士禛提出：“善学古人者，学其神理；不善学者，学其衣冠语言涕唾而已矣。”④ 像明代复古派的学古，就近乎优孟衣冠了。学古，不在句摹字拟，而在于得诗之神理，求诗之风味，此外，应该有作者性情人格灌注其中，有诗人自己的本色。所以王士禛指出“论诗当先观本色”⑤。所谓本色，就是自家的兴会，自家的才气和学力。从这种观念出发，王士禛对遭受明人苛评的中晚唐、两宋、元代诗歌，都有充分的肯定。早在尊宋风气还未兴起的康熙二年（1663），年轻的王士禛就咏叹：

> 铁厓乐府气淋漓，渊颖歌行格尽奇。耳食纷纷说开宝，几人眼见宋元诗？（《戏仿元遗山论诗绝句三十六首》之一）

王士禛以一代有一代新风的通达态度来对待诗歌史，对于盛唐以后的元和诗、北宋诗都有肯定。其《鬲津草堂诗集序》云：

> 唐有诗，不必建安、黄初也；元和以后有诗，不必神龙、开元也；北宋有诗，不必李、杜、高、岑也。二十年来，海内贤知之流，矫枉过正，或乃欲祖宋而祧唐，至于汉魏乐府、古选之遗音，

---

④ 王士禛《晴川集序》，《王士禛全集》第1789页。
⑤ 王士禛《赵怡斋诗序》，《王士禛全集》第2011页。

荡然无复存者。江河日下，滔滔不返，有识者惧焉。①

在《香祖笔记》卷十中，他论宋诗的新变云：

宋人诗，至欧、梅、苏、黄、王介甫而波澜始大。前此杨、刘、钱思公、文潞公、胡文恭、赵清献辈，皆沿西昆体，王元之独宗乐天。然予观宋景文近体，无一字无来历，而对仗精确，非读万卷者不能，迥非南渡以后所及。今人耳食，誉者毁者，皆矮人观场，未之或知也。

西昆体尚是唐格，宋初至嘉祐年间犹未断绝，而欧阳修、梅尧臣等人尽变西昆体，推陈出新，波澜壮大，开启宋调。后人执唐诗为标准，贬抑宋诗的这种新变，但是王士禛对北宋诗风，还是给予很高的评价。在《黄湄诗选序》中他又说：

予习见近人言诗，辄好立门户，某者为唐，某者为宋。李、杜、苏、黄，强分畛域，如蛮、触氏之斗于蜗角，而不自知其陋也。唐诗三百年，一盛于开元，再盛于元和。……欧、梅、苏、黄诸家，其才力、学识皆足凌跨百代，使俯首而为撦拾吞剥、秃屑俗下之调，彼遽不能邪？其亦有所不为邪！②

这是“博综赅洽”、有容乃大的态度。黄庭坚的诗歌，在明代一直评价不高，如王世贞《艺苑卮言》云：“鲁直不足小乘，直是外道耳，已堕傍生趣中。”与王士禛同时的朱彝尊在《橡村诗序》也说“黄鲁直吾见其太生”，似有不满之意。但是王士禛对黄庭坚诗的戛戛独造，却给予很高的评价。《戏仿元遗山论诗绝句三十六首》之十三云：

涪翁掉臂自清新，未许传衣蹑后尘。却笑儿孙媚初祖，强将配飨杜陵人。

黄庭坚诗学杜甫而能笔力雄健，创造生新，自辟门户。而宋人作《江西

① 王士禛《高津草堂诗集序》，《王士禛全集》第1799页。

② 王士禛《黄湄诗选序》，《王士禛全集》1546页。

宗派图》，以黄庭坚上继杜甫，抹煞了黄诗创新独造的精神。王士禛在《居易录》中，评黄庭坚诗有“沉雄豪健之气”，“山谷千古奇作，于杜、韩、苏之外，自辟一宗，故为江西初祖”。《读黄诗》绝句云：“一代高名孰主宾，中天坡谷两嶙峋。瓣香只下涪翁拜，宗派江西第几人？”的确，王士禛“极推山谷，似是山谷知己”①。王士禛诗风空灵绰约，与黄庭坚诗境质实相去甚远，而能识得黄庭坚诗歌的妙处，实在难得。就像他的“神韵”论，近乎绘画上的南宗，而他又说：“近世画家专尚南宗，而置华原（范宽）、营丘（李成）、洪谷（荆浩）、河阳（郭熙）诸大家，是特乐其秀润，惮其雄奇，予未敢以为定论也。”在审美态度上，不拘一格。

从王士禛对历代诗作诗风的评述中可以看出他论诗忌俗忌腐，既批评钝滞冗长、粗豪嚣肆，也不满纤仄鬼趣。他批评杜甫的《八哀诗》钝滞冗长；元稹、白居易诗直露轻俗；诘责杜荀鹤、罗隐等的俚俗浅露诗歌“真风雅之厄也”；刘过的《龙洲集》“叫嚣排突，纯是子路冠雄鸡、佩猳豚气象，风雅扫地”（《香祖笔记》）；徐渭诗粗豪“欠雅驯”，未能“风调娴雅”（《古夫于亭杂录》）。而他更是有意突显诗歌史上风神骀荡、神韵清远的一脉。王士禛论唐代五言诗云：

> 唐五言诗，开元、天宝间大匠同时并出。王右丞而下，如孟浩然、王昌龄、岑参、常建、刘昚虚、李颀、綦毋潜、祖咏、卢象、陶翰之数公者，皆与摩诘相颉颃。独储光羲诗，多龙虎铅汞之气，田园樵牧诸篇，又迂阔不切事情，而古今称“储王”，何也？高适质朴，不免笨伯。杜甫沉郁，多出变调。李白、韦应物，超然复古。然李诗有古调，有唐调，要须分别观之。（《居易录》卷二十一）

王士禛这里列举的盛唐五言诗人，都具有风神圆润、兴象清远的特征，所以“皆与摩诘相颉颃”。至于储光羲的诗，历代多认为“位置于王维、孟浩然间，殆无愧色”（《四库全书总目〈储光羲集〉提要》）。但是储光羲诗有的过于直率朴质，神韵不足，所以招致王士禛的批评。至

① 翁方纲《石洲诗话》卷八，人民文学出版社1981年版，第244页。

于高适的质朴、杜甫的变调，都是与王士禛的“神韵”相违背的，所以只轻轻带过。

对于盛中唐之交的刘长卿、韦应物、柳宗元以及大历才子等人的诗歌，王士禛也认为不失神韵，并持欣赏的态度。宋人张镃《仕学规范》卷三十七引苏轼的话说“柳子厚诗在陶渊明下，韦苏州上”，并赞陶渊明、柳宗元的诗都是“外枯而中膏，似澹而实美”。但是，王士禛《分甘余话》批评苏轼之误，更正曰“韦诗在陶彭泽下，柳柳州上”。他的《戏仿元遗山论诗绝句三十六首》有云：

风怀澄淡推韦柳，佳句多从五字求。解识无声弦指妙，柳州那得并苏州。（其七）

从神韵清幽淡远的审美标准看，韦应物的诗歌的确要高于柳宗元。在《中兴间气集》中，高仲武曾批评刘长卿“诗体虽不新奇，甚能炼饰，大抵十首已上，语意稍同，于落句尤甚”，但是，王士禛却为刘长卿辩护说：

中兴高步属钱、郎，拈得维摩一瓣香。不解雌黄高仲武，“长城”何意贬文房！（《戏仿元遗山论诗绝句三十六首》之八）①

对于高仲武的批评，王士禛表示不满，他认为刘长卿和钱起、郎士元等一样，瓣香王维，具有清秀幽淡之美。当然刘长卿的诗歌工秀细密，也逗出中唐风貌，所以王士禛《答郎廷槐诗问》，说唐人七言律诗，以李东川、王右丞为正宗，杜工部为大家，刘文房为接武。高棅《唐诗品汇》中五七言律绝，刘长卿都是“接武”，即由盛转中的过渡。大历、贞元时期的李益、韩翃的七言绝句，王士禛赞其“蕴藉含蓄，意在言外，殆不易及”。中晚唐诗歌总体上不及盛唐之格韵高妙，特别是唐末五代诗，卑下猥琐，失去盛唐的神韵兴象，但是绝句则晚唐为盛，这是前人的共同看法，王士禛亦如此观。《诗问》答郎廷槐时，他说：“若

① 按，四库馆臣在这个问题上，是站在高仲武一边的。《四库全书总目〈刘随州集〉提要》论刘长卿诗虽“有高秀之韵”，“但才地稍弱，是其一短”，并批评王士禛此诗“非笃论也”。

以绝句言，则中、晚正不减盛唐。”就是因为晚唐绝句风神摇曳，兴象灵动。

王士禛在论明代诗史时，有意识地凸现出在李、何、王、李格调派之外还存在“古澹一派”。《池北偶谈》卷十二云：

明诗本有古澹一派，如徐昌国、高苏门、杨梦山、华鸿山辈。自王、李专言格调，清音中绝。

《戏仿元遗山论诗绝句三十六首》之二十五云：

中州何李并登坛，宏治文风竞比肩。讵识苏门高吏部，啸台鸾凤独逌然。

王士禛的这个思想，可能受到钱谦益的启发。钱谦益赞徐祯卿（昌谷）诗“标格清妍，摛词婉约，绝不染中原伧父槎牙奡兀之习，江左风流，故自在也”；高叔嗣（苏门）诗，钱谦益评曰“以清新婉约为宗，未尝登坛树帜而猷吉分别淄渑，固已深惩洗拆之病，而力砭其膏肓矣”。此前王世懋《艺圃撷余》就曾说过：“更千百年，李、何尚有废兴，二君（徐祯卿、高叔嗣）必无绝响。”① 王士禛称赞高叔嗣诗“自写胸情，扫绝依傍”。他早年辗转大江南北时，“必以《迪功》《苏门》二集自随，……尝取二集评次，录为一通”②。华察（鸿山）诗，钱谦益引王慎中《岩居稿序》谓其“意象之超越，音韵之凄清，不受垢氛，而独契溟涬”③。杨巍（梦山）诗，王士禛《居易录》评其“五言古诗，清真简远，陶、韦嫡派也，五律尤高雅沉淡”；《渔洋诗话》亦谓其“五言简古得陶体，五言近体声希味淡”。当李梦阳、何景明的影响在嘉靖朝日益黯淡时，此四人的诗歌都表现出古淡清远的特征，诗风因之而一变；但逮李攀龙、王世贞重倡格调时，又“清音中绝”了。王士禛在《五言诗凡例》中，论这种诗风时又加上高启、薛蕙、皇甫涍等人。杨慎的诗渊博雅丽，虽然不能称为古淡，但是不入李梦阳、何景明彀中，

① 何文焕辑《历代诗话》，中华书局 1981 年版，第 782 页。

② 王士禛《徐高二家诗选序》，《王士禛全集》第 1983 页。

③ 按，此处钱谦益评，均见钱氏《列朝诗集小传》。

所以王士禛赞曰："明诗至杨升庵另辟一境，真以六朝之才而兼有六朝之学者。"（《香祖笔记》卷五）

对于晚明诗人，王士禛推尊陈子龙（号大樽）和程嘉燧（号松圆）。《渔洋诗话》卷下云：

明末七言律诗有两派：一为陈大樽，一为程松圆。大樽远宗李东川、王右丞，近学大复；松圆学刘文房、韩君平。明末清初，又时时染指陆务观。此其大略也。

陈子龙当为晚明翘楚，叶矫然《龙性堂诗话》谓其诗"正大和平，折中风雅"。他自己论诗"好推崇右丞"（吴伟业《梅村诗话》）。程嘉燧的诗，曾得到钱谦益的高度推崇，《列朝诗集小传》曾说程嘉燧"七言今体约而之随州"。王士禛也称赞程嘉燧"七言近体学刘文房、韩君平，清辞丽句，神韵独绝"①，这显然是推衍钱谦益之论。在明代诗人中，王士禛还推出其乡贤边贡。早在明中期何良俊在批评李梦阳"失之怒张"、何景明"乏意外之趣"时就标举边贡"兴象飘逸，而语亦清圆，故当共推此人"（《四友斋丛说·诗》）。王士禛《戏仿元遗山论诗绝句三十六首》之二十八云：

济南文献百年稀，白雪楼空宿草菲。未及尚书有边习，犹传"林雨忽沾衣"。

李攀龙的白雪楼已经荒草菲菲，而边贡尚有其子（边习）能绍续先业，其"林雨忽沾衣"犹清新雅致。王士禛曾删选过边贡的集子，将其子边习诗附录其后，带有倡导文风的意义。王士禛《居易录》中谈到十七从叔祖季木（王象春）时，举其少时诗如"故人江汉绝，疏雨户庭过"等句，谓"不减大复（何景明）、苏门（高叔嗣）"。即使是对复古派的首领李梦阳、何景明，王士禛的态度也是不同的。对于李梦阳，王士禛多有批评；但是对于何景明，王士禛《戏仿元遗山论诗绝句三十六首》有"藐姑神人何大复，致兼《南》《雅》更《王风》"、"接迹风

① 王士禛《新安二布衣诗序》，《王士禛全集》第 1987 页。

人《明月篇》，何郎妙悟本从天”之句，对其赞不绝口①。何景明诗有清秀的一面，符合王士禛的审美趣味；何景明论诗所谓“领会神情”、“舍筏登岸”，王士禛也是认同的②。

通过简单梳理王士禛论明诗，可以看出他是有意识地凸现明代诗史上不同于格调复古派的另一脉，即古淡清远派。而这一派诗人学盛唐，特别是学王维、孟浩然、刘长卿、李颀、韩翃的清雅古淡，不同于格调派学杜甫的粗豪，他们诗歌的共同特征是有神韵。实际上，王士禛提出“神韵”说，就是要接续这一脉遭到格调复古派压制的古淡派。在复古诗学经历了明末清初的一番挫折之后，王士禛提倡“神韵”说，是把被挤压至边缘的古淡派提升到诗坛中心的位置，从支流、暗流变为主流。

王士禛的“神韵”说，就是对前述诗史上的古淡派的理论总结，旨在纠正格调诗学的张皇粗豪。在《燃灯纪闻》中王士禛云：

> 吾盖疾夫世之依附盛唐者，但知学为“九天阊阖”、“万国衣冠”之语，而自命高华，自矜为壮丽，按之其中，毫无生气。故有《三昧集》之选。要在剔出盛唐真面目与世人看，以见盛唐之诗，原非空壳子、大帽子话，其中蕴藉风流，包含万物。
>
> 彼世之但知学“九天阊阖”、“万国衣冠”等语，果盛唐之真面目、真精神乎？抑亦优孟叔敖也？苟知此意，思过半矣。

“九天阊阖”、“万国衣冠”是王维诗句，但非淳古淡泊之音，而是铺张伟丽之辞。王士禛这里指出的是复古派特别是李攀龙诗中较为普遍的现象，王嗣奭《管天笔记外编》卷下《文学》批评李攀龙说：“于鳞诗，读至十余首，‘天地’、‘风尘’、‘百年’、‘万里’屡出可厌。盖止学

---

① 按，在李梦阳与何景明二者之间，晚明和清初人的态度是有所轩轾的，总体上是扬何而抑李，如朱用纯《与唐履吉》云：“愚独谓明朝人诗确有胜于唐人者，不独在宋、元之上。明朝诗不肖未得多读，然所见而服膺者，则得二人：高太史、何大复，何又贤于高。高、何固难与李、杜齐肩，然唐人中求如两公工力完美者，正绝少也。”

②《香祖笔记》卷八云：“舍筏登岸，禅家以为悟境，诗家以为化境。诗禅一致，等无差别。大复《与空同书》引此，正自言其所得耳。顾东桥以为英雄欺人，误矣。”

少陵感激悲壮一种，且守而不化者也。”① 李攀龙诗的这种大帽子话，是学杜甫《登高》“万里悲秋常作客，百年多病独登台”云云的。杜甫诗里的“百年”、“万里”，源自于他深沉切己的忧愤，但是明代人常处承平而咏干戈，不愁言愁，多有空架子。所以王夫之《薑斋诗话》批评杜甫“江流天地外，山色有无中”、“江山如有待，花柳更无私”等诗“张皇使大，反令落拓不亲”。王士禛同样也是批评格调派粗豪空枵，他的“神韵”说主张清远蕴藉的诗风，正是对格调派的矫正。翁方纲《石洲诗话》云：“渔洋生于李、何一辈冒袭伪体之后，欲以冲淡矫之，此亦势所不得不然。”（卷八）纪昀《冶亭诗介序》云：“渔洋以清空缥缈之音变易天下之耳目，其实亦仍从七子旧派神明运化而出之。”② 都认识到王士禛“神韵”诗学与明代“前后七子”格调复古论的内在关系。

在理论渊源上，王士禛远绍钟嵘、司空图、严羽诗论，近接明代徐祯卿、薛蕙等的神韵论，旁通禅宗和南宗画派。王士禛云：

> 余于古人论诗，最喜钟嵘《诗品》、严羽《诗话》、徐祯卿《谈艺录》，而不喜皇甫汸《解颐新语》、谢榛《诗说》。（《渔洋诗话》卷上）

向远处说，他接受了钟嵘《诗品》的“直寻”说，司空图《二十四诗品》“不著一字，尽得风流”的含蓄论和“韵外之致”、“味外之旨”的诗味论以及严羽《沧浪诗话》的“镜花水月”论和“妙悟”说；向近处说，明人的神韵论思想，得到王士禛的发扬。徐祯卿的相关思想，我们上一节已提及。薛蕙是明代正德、嘉靖时期的一位诗人，与杨慎一样崇尚六朝的工丽渊雅，对何景明的诗学转向曾发生过影响。薛蕙《戏

---

① 李攀龙《春日韦氏园亭同元美赋》：“风尘犹傲吏，天地此空亭。”《雪溪徐山人》：“风尘余鬓发，天地此栖迟。”《送元美》：“吾曹天地在，不惜滞风尘。”《初春元美席上赠茂秦得“关”字》：“明时抱病风尘下，短褐论交天地间。”《初至京与元美明卿子与分韵》：“天地容吾常落魄，风尘对尔一加餐。”《除夕元美宅》：“何来天地愁相向，自信风尘意不违。”《答元美吴门邂逅于鳞有赠》其一：“共向风云论二子，谁知天地此徘徊。”《同子与登湖上台》：“词客百年相对酒，秋阴万里共登台。”《长松标》：“上栖万里风，下覆千年雪。”《春日闲居》其五：“白雪千人失，黄河万里还。”等等甚多。

②《纪文达公遗集》卷九，《续修四库全书》影印嘉庆十七年刻本。

成五绝》之四曰："俊逸终怜何大复，粗豪不解李空同。"在何、李之间轩此轾彼，他有过"神韵为胜，才学次之"，"清远秀丽，深服康乐"等说法①。王士禛《池北偶谈》卷十八也提到薛蕙论诗：

> 薛西原（按，薛蕙，字君采，号西原）论诗，独取谢康乐、王摩诘、孟浩然、韦应物，言"白云抱幽石，绿筱媚清涟"，清也；"表灵物莫赏，蕴真谁为传"，远也；"何必丝与竹，山水有清音"，"景昃鸣禽集，水木湛清华"，清远兼之也。总其妙在"神韵"矣。"神韵"二字，予向论诗，首为学人拈出，不知先见于此。

或许不能说王士禛论诗就是受到薛蕙的影响，但是王士禛的"神韵"论与明代的徐祯卿、薛蕙、胡应麟的诗学属于一脉统绪，应该是没有问题的。王士禛还以绘画史上的南宗与诗歌史上的神韵派相比照。他在《芝廛集序》里说：

> 画家自董（源）、巨（然）以来，谓之南宗，亦如禅教之有南宗云。得其传者，元人四家，而倪（云林）、黄（子久）为之冠；明二百七十年擅名者，唐（寅）、沈（周）诸人称具体，而董（其昌）尚书为之冠；非是则旁门魔外而已。唐宋以还，自右丞以逮华原（范宽）、营丘（李成）、洪谷（荆浩）、河阳（郭熙）之流，其诗之陶（潜）、谢（灵运）、沈（佺期）、宋（之问）、射洪（陈子昂）、李（白）、杜（甫）乎？董、巨其开元之王（维）、孟（浩然）、高（适）、岑（参）乎？降而倪、黄四家，以逮近世董尚书（董其昌），其大历、元和乎？非是则旁出，其诗家之有嫡子正宗乎？②

王士禛将绘画上的南宗、北宗与唐诗的雄浑悲壮、清幽雅淡两种类型相比拟。南宗画派认王维为鼻祖，画境有禅味，以清远幽淡为品，与诗歌史上盛唐王、孟和中唐"大历才子"属于同类的审美风格。王士禛论

---

① 陈田《明诗纪事》戊签卷三，上海古籍出版社 1993 年版，第 1423 页。

②《王士禛全集》第 1780 页。按，王士禛跋宋荦《论画绝句》云："近世画家专尚南宗，而置华原、营丘、洪谷、河阳诸大家。是特乐其秀润，惮其雄奇，余未敢以为定论也。"可与此段文字互参。

诗所主张的“神韵”，与南宗绘画的写意入禅、清逸淡雅是相通的，诗有神韵，也即诗有画意，诗境入禅。

王士禛“神韵”说的具体含义，我们可以从三个方面去把握：

首先，从创作论上看，诗人“伫兴而就”，天机自动的“妙悟”，是创造“神韵”的心理机制。古人论创作的心理机制，大体上分为两类：一类是感物兴情，敏感的心灵因外物的触动而产生创作激情；另一类是以意为主，注重学问识力，向主体内部的思想深度挖掘，翻新出奇。王士禛对此是有深刻认识的。其《突星阁诗集序》云：

> 夫诗之道，有根柢焉，有兴会焉，二者率不可得兼。镜中之象，水中之月，相中之色，羚羊挂角，无迹可求，此兴会也。本之《风》《雅》以导其源，溯之楚《骚》、汉魏乐府诗以达其流，博之《九经》《三史》、诸子以穷其变，此根柢也。根柢原于学问，兴会发于性情。戬于斯二者兼之，又干以风力，润以丹青，谐以金石，故能衔华佩实，大放厥词，自名一家。①

“根柢原于学问”，即严羽所谓“以文字为诗，以议论为诗，以才学为诗”，宋诗创作主要属于这种范型，清代中期也曾出现过诗歌学问化倾向。兴会发于性情，近乎严羽所谓“盛唐诸人，唯在兴趣”，触物兴感，感物吟志，莫非自然，汉魏六朝和盛唐诗歌创作，主要属于这种范型。王士禛主张“于斯二者兼之”，但是统观他的诗学，立论重点还在于“兴会发于性情”。王士禛对六朝和盛唐诗学中的“伫兴而就”深有会心。《渔洋诗话》卷上云：

> 萧子显云：“登高极目，临水送归。蚤雁初莺，花开叶落。有来斯应，每不能已。须其自来，不以力构。”王士源序孟浩然诗云：“每有制作，伫兴而就。”余生平服膺此言，故未尝为人强作，亦不耐为和韵诗也。

《诗问》张实居答郎廷槐，亦与其师王士禛思想相通：

① 王士禛《突星阁诗集序》，《王士禛全集》第1560页。

古之名篇，如出水芙蓉，天然艳丽，不假雕饰，皆偶然得之，犹书家所谓偶然欲书者也。当其触物兴怀，情来神会，机括跃如，如兔起鹘落，稍纵则逝矣。有先一刻后一刻不能之妙，况他人乎？

王士禛肯定这种触物兴情、目击心应、寓目辄书的创作心理状态，因此反对和韵诗的牵强扭捏。他自己的诗歌创作实践，也多产生于这种创作心理。《香祖笔记》卷二云：

予少时在扬州，亦有数作，如“微雨过青山，漠漠寒烟织。不见秣陵城，坐爱秋江色”（《青山》）；“萧条秋雨夕，苍茫楚江晦。时见一舟行，蒙蒙水云外”（《江上》）；“雨后明月来，照见下山路。人语隔溪烟，借问停舟处”（《惠山下邹流绮过访》）；“山堂振法鼓，江月挂寒树。遥送江南人，鸡鸣峭帆去”（《焦山晓起送昆仑还京口》）。又在京师有诗云：“凌晨出西郭，招提过微雨。日出不逢人，满院风铃语”（《早至天宁寺》），皆一时伫兴之言，知味外味者，当自得之。

从王士禛自身的创作经验来看，“伫兴而就”的，主要是那些简短的诗篇，主要内容是徜徉于青山绿水间的闲雅情致和离别思归等触景之情。王士禛的“神韵”说，主要就是指五、七言律绝和五言短古，而非五言长古、七言古诗、歌行、排律之类容量较大、气势恢弘之作。杜甫的《自京赴奉先咏怀五百字》《北征》，白居易的《长恨歌》《琵琶行》，决非“伫兴而就”的成果。《诗问》载：渔洋老人答刘大勤曰：“五、七言有二体，田园丘壑，当学陶、韦；铺叙感慨，当学杜子美《北征》等篇也。”“神韵”，主要是“田园丘壑”一类诗歌。

“伫兴而就”的心理状态，是“称情而言”的精神自由，因此需摆脱依傍，解放束缚。王士禛反对稗贩前人和牵率应酬，因为这些都是拘执，都非“偶然欲书”。他在《香祖笔记》里称赞姜夔诗“能深造自得”，就是因为姜夔能跳脱“江西”窠臼，不深染“江西”陋习。《渔洋诗话》卷上引用《庄子》的一则寓言：

《庄子》：“宋元君将画图，众史皆至，受揖而立，舐笔和墨。有一史后至，儃儃然不趋，受揖不立，之舍，使视之，则解衣盘

> 礴，赢。君曰：‘可矣。此真画者也。’”诗文须悟此旨。

《庄子》这则寓言就是强调艺术创作应该摆脱一切精神束缚，使艺术家天性呈露，天机自动。王士禛说：“诗文须悟此旨。”这是创作的普遍性规律，平时读书致学，心中应该有古人、有法度，创作时兴情写意，心中应该无古人、无法度。

唐人的“伫兴而就”与宋人诗论的“妙悟”说，都影响到王士禛。他论诗也重视“妙悟”，批评钱谦益：“不喜‘妙悟’之论，公一生病痛正坐此。”① 《分甘余话》中，他赞叹严羽论诗特拈“妙悟”二字，“发前人未发之秘”，“妙悟”就是不为法执而达到“笔忘手，手忘心”的境界。“伫兴而就”主要是对外物景色而言的，即感物性情；“妙悟”主要是对学问根柢而言的，王士禛不是说过“兴会”与“学问”二者兼之吗？诗歌若要根源于学问，诗人应该于学问有所“妙悟”，不是堆砌学问，滞塞义理，而应该“羌无故实使人思”，在拈花微笑的空灵中，使读者心领神会。

其次，从作品来看，“神韵”论要求作品意境清幽素淡，诗趣澄澈敻远，隽永超诣，诗味入禅。王士禛欣赏司空图《诗品》“含蓄”、“冲淡”、“清奇”、“纤浓”数品之绝妙诗境，司空图的这几品，近乎王士禛的“神韵”。王士禛的“神韵”，继承严羽的“以禅喻诗”，主张诗境入禅，应该有禅境和禅味。他说：

> 严沧浪以禅喻诗，余深契其说，而五言尤为近之。如王、裴辋川绝句，字字入禅。他如“雨中山果落，灯下草虫鸣”，“明月松间照，清泉石上流”，以及太白“却下水精帘，玲珑望秋月”，常建“松际露微月，清光犹为君”，浩然“樵子暗相失，草虫寒不闻”，刘眘虚“时有落花至，远随流水香”，妙谛微言，与世尊拈花，迦叶微笑，等无差别。通其解者，可语上乘。②

在《居易录》中，他说唐人如王维、孟浩然、刘眘虚、常建、王昌龄诸人之诗，“皆可语禅”。在《香祖笔记》中他说，唐人五言绝句，“往

---

① 王士禛《跋严沧浪吟卷》，《王士禛全集》第 2293 页。
② 王士禛《画溪西堂诗序》，《王士禛全集》第 2014 页。

往入禅”，有得意忘言之妙。观王维、裴迪《辋川集》及祖咏《终南残雪》诗，虽“钝根初机，亦能顿悟”。宋人以诗参禅，往往是受禅宗机锋、机趣的启发，诗歌中义理的表现圆融活络，翻案奇巧，妙趣横生。王士禛所谓“字字入禅”，则是诗歌意境淡远，由有限而通向无限。禅境的本质在于“定”，从王士禛列举王维、裴迪的诗句来看，其中的主体消泯了社会意志，完全以自然人的身份参与自然宇宙的运化，好像诗人只是一个聆听者，在静静地聆听宇宙天机自动的声音；或者说诗歌只是在“呈现”，将宇宙自然本身的意蕴呈现出来。这才是入禅的境界，也即“神韵”的境界。反之，若诗歌过多地呈露诗人主体的情感，或诗人用主体意志去剪裁、支配、组织自然意象，自然意象成为主体意识的附属物，或诗人刻意研炼、凿斫，这都是以“人”害“天”，也难以有“神韵”。《分甘余话》中，王士禛批评弟子曹禾长句“唯句句作意，此其所以不及前人也”。句句作意，就是以人力斫真质，难以有“神韵”。神韵还要求诗歌表现得不质实、不呆板、不黏着，要蕴情于景，远处含神，空灵蕴藉，具有一唱三叹的余韵。王士禛借用山水画论来喻诗，《香祖笔记》卷六云：

> 余尝观荆浩论山水，而悟诗家三昧。曰：“远人无目，远水无波，远山无皴。”又王楙《野客丛书》：“太史公如郭忠恕画天外数峰，略有笔墨，意在笔墨之外也。”

三“无”字，即脱略形迹，取其神情；“意在笔墨之外”即有远韵，有余味。有神韵之诗，就如画家之“逸品”，色相俱空，羚羊挂角，无迹可求。特别是“咏物诗”，“神韵”二字为咏物三昧，咏物诗不能不似，又不能太似；既不能太黏着形迹，又不能脱空不切。王士禛说：“咏物之作，须如禅家所谓‘不粘不脱，不即不离’，乃为上乘。”①《分甘余话》云：“咏物诗最难超脱，超脱而复精切，则尤难也。”石延年（字曼卿）《红梅》诗“认桃无绿叶，辨杏有青枝”，近乎猜谜，毫无神韵可言；而林逋《梅花》诗“疏影横斜水清浅，暗香浮动月黄昏”，皮日休《白莲》诗“无情有恨何人见，月冷风清欲堕时”，既贴切物情，又

---

① 王士禛《跋门人黄从生梅花诗》，《王士禛全集》第1962页。

有远神，可谓有神韵。

最后，从诗歌接受的角度看，神韵是优秀诗作的一种潜质，还需要读者具有活脱玲珑的鉴赏心理，才能够真正领略这种神韵。诗人作诗往往兴来辞发，寓目辄书，因此不可泥迹而求。沈括《梦溪笔谈》卷二十三批评杜甫《武侯庙柏》诗“霜皮溜雨四十围，黛色参天二千尺”二句“无乃太细长乎”，就是泥迹而求，如此读诗，尚有诗乎？更别谈神韵了。王士禛《渔洋诗话》卷上亦云：

香炉峰在东林寺东南，下即白乐天草堂故址，峰不甚高，而江文通《从冠军建平王登香炉峰》诗云：“日落长沙渚，层阴万里生。”长沙去庐山二千余里，香炉何缘见之？孟浩然《下赣石》诗：“暝帆何处泊？遥指落星湾。”落星在南康府，去赣亦千余里，顺流乘风，即非一日可达。古人诗，只取兴会超妙，不似后人章句，但作记里鼓也。

诗人创作“兴会超妙”，非完全纪实，因此读诗，应该心灵活络圆通，王士禛这里说得很有道理，读诗如果字字坐实，“神韵”二字就无从谈起。张继《题城西枫桥寺》“姑苏城外寒山寺，夜半钟声到客船”，可谓有神韵之作，但是据说欧阳修“病其夜半非打钟时”，对此宋人曾反复论辩，呆求死看，实属无谓。王士禛《池北偶谈》卷十八云：

世谓王右丞画雪中芭蕉，其诗亦然。如“九江枫树几回青，一片扬州五湖白”，下连用兰陵镇、富春郭、石头城诸地名，皆寥远不相属。大抵古人诗画，只取兴会神到，若刻舟缘木求之，失其指矣。

历来说诗，除了求凿之弊，还有求深之弊，认为字字比兴，言言寓讽，牵强附会。王士禛《万首绝句选凡例》曾批评元赵蕃《选唐绝句》：

元赵章泉选唐绝句，其评注多迂腐穿凿。如韦苏州《滁州西涧》一首：“独怜幽草涧边生，上有黄鹂深树鸣。”以为君子在下、小人在上之象。以此论诗，岂复有《风》《雅》耶？

古代诗歌情况较为复杂，有的可能有明确的寄托，有的可能有寄托而难以实指，大多数都是即景兴情式的创作，若非得要从中探赜深意，则违背了诗歌“兴象风神，无方可执”的特征，诗歌即使有神韵，也丧失殆尽。

王士禛是一位作、论、选、评兼擅的诗学家。门人汪洪度称赞他的诗歌“气超乎鸿蒙之先，味在酸咸之外，往往使人一唱三叹，恍游神于寥泬，驾鸾鹤摘星斗，苍苍然远而无所至极矣，而实不在格调、音响间也。”（《居易录》卷二十三）他曾编选边贡的《华泉先生诗选》、边习的《睡足轩诗选》，编选徐祯卿、高叔嗣诗为《二家诗选》，编选邹祇谟的《倚声初集》、王又旦的《黄湄诗选》；早年曾编选《唐诗七言律神韵集》；后编选《十种唐诗选》《古诗选》《唐人万首绝句选》；又编选《唐贤三昧集》，录自王维而下 42 人诗之“尤隽永超诣者”①。王士禛评点过华察的《岩居稿》、张笃庆的《百一诗》、唐梦赍的《志壑堂诗》、王士禧的《抱山集》、王士佑的《古钵集》、李雍熙的《翠岩偶集》、郎廷槐的《江湖夜雨集》等，算得上是一位全方位的诗学家，加上他在诗坛上的显赫位置，因此其“神韵”说影响深远。至于“神韵”说在清代的意义，我们引用翁方纲和纪昀的说法：

诗自宋、金、元接唐人之脉，而稍变其音，此后接宋、金、元者，全恃真才实学以济之。乃有明一代，徒以貌袭格调为事，无一人具真才实学以副之者。至我国朝，文治之光，乃全归于经术。是则造物精微之秘，衷诸实际，于斯时发泄之。然当其发泄之初，必有人焉，先出而为之伐毛洗髓，使斯文元气复还于冲淡渊粹之本然，而后徐徐以经术实之也，所以赖有渔洋首倡“神韵”，以涤荡有明诸家之尘滓也。（翁方纲《神韵论》下，《复初斋文集》卷八）

平心而论，当我朝开国之初，人皆厌明代王、李之肤廓，钟、谭之纤仄，于是谈诗者竞尚宋、元，既而宋诗质直，流为有韵之语

① 按，王士禛《唐贤三昧集》的编选，虽主“神韵”，但又不为神韵所囿，也选入一些历代传诵的名篇。潘德舆《养一斋诗话》卷八云：“右丞、东川、常侍、嘉州七古七律，往往以雄浑悲郁，铿锵壮丽擅长，渔洋选入《三昧集》，十居其四五，与其初意主于镜花水月，羚羊挂角，妙在酸咸之外者，绝不相合。”

> 录；元诗缛艳，流为对句之小词。于是士祯等以清新俊逸之才，范水模山，批风抹月，倡天下以“不著一字，尽得风流”之说，天下遂翕然应之。然所称者盛唐，而古体惟宗王、孟，上及于谢朓而止，较以《十九首》之“惊心动魄，一字千金”，则有天工、人巧之分矣。近体多近钱、郎，上及乎李颀而止。律以杜甫之忠厚缠绵、沉郁顿挫，则有浮声切响之异矣。故国朝之有士祯，亦如宋有苏轼，元有虞集，明有高启，而尊之者必跻诸古人之上，激而反唇异论遂渐生焉。此传其说者之过，非士祯之过也。（纪昀《四库全书总目〈精华录〉提要》）

但是，神韵之清远，可以涤荡明人的尘滓，尚不能适应盛清的浑厚气象。正如宋荦《漫堂说诗》所云，“以此力挽尊宋祧唐之习，良于风雅有裨。至于杜之海涵地负，韩之鳌掷鲸呿，尚有所未逮”。的确，稍后的沈德潜诗学，弘扬的就是“海涵地负”、雄浑深厚的风格。可参本章第二节第五小节。

第四节　神韵诗学的反响

王士禛提出“神韵”说，在当时和身后都引起了激烈的反响，批评矫枉者有之，引申发挥者有之。辨析他人的反响，可以更为清晰地考察“神韵”说的得失。

王士禛提倡“神韵”，在交游同辈中也有不同的反应，据王士禛《渔洋诗话》卷中记载，施闰章论诗就与“神韵”之旨不合：

> 洪升昉思问诗法于施愚山，先述余夙昔言诗大指。愚山曰：“子师言诗，如华严楼阁，弹指即现；又如仙人五城十二楼，缥缈俱在天际。余即不然，譬作室者，瓴甓木石，一一须就，平地筑起。”洪曰：“此禅宗顿、渐二义也。”

施闰章（愚山）这里的意思是说，王士禛论诗蹈虚空而不质实。他在

《绥庵诗稿序》中提出“夫诗以自然为至，以深造为功”①，所谓“以深造为功”，就是瓴甓木石，一一备就，而后才平地筑室，与王士禛所谓的“伫兴而就”是不同的。施闰章在《西江游草序》中说：

夫时有古今，风有正变，体虽则古，言必由衷。近之论诗者，惟尚声调噌吰，气象轩朗，取官制、典故、图经、胜迹缀辑为工，稍涉情语，訾以降格。于是前可移后，甲可赠乙，郛郭虽雄，中实弊陋。譬犹村童观剧，但取华冠彩服，摐金挝鼓，作轰雷裂石之声，目为上调。而赏音之士，如吴、越间善歌者，于江清月白，群籁俱静时，哀弦细管，按拍成声，或疾或徐，哀乐涕笑，各极听之者，不自知其所由然，是之谓能移人情。(《愚山先生文集》卷四)

这里所批评的“稍涉情语，訾以降格”，既是指明代格调派的后学，也未尝没有针砭王士禛神韵诗学的意思，他称赏吴越善歌者之能移人情，强调的是“言必由衷”。而神韵诗学遭批评的一点就是“诗中无人”。

首先站出来与“神韵”说大唱反调的是赵执信。王士禛是赵执信的“妻党舅氏”，赵曾问学于王，然一生立定在不背冯班，故对于王士禛“不执弟子之礼”(《谈龙录序》)，在诗学上，尊冯班、吴乔。冯班、吴乔、赵执信三人，诗学旨趣较为接近。在清康熙朝王士禛“神韵”说主导诗坛时，他们三人诗学，可谓“神韵”之对垒。

冯班比王士禛大三十余岁，曾师从钱谦益。在抨击明代复古思潮上，冯班与钱谦益是一致的。他采取釜底抽薪的方式，对复古诗学的理论源头——严羽的《沧浪诗话》给予苛刻的诘难，撰著《严氏纠谬》，对于《沧浪诗话》的“以禅喻诗”、“不落言筌，不涉理路”等命题，及《诗体》《诗评》《诗法》《考证》中诸条都给予批驳，对于王士禛的“神韵”说，无疑也产生了负面的影响。吴乔自谓论诗“惟常熟冯定远班、金坛贺黄公裳所见多合”(《围炉诗话自序》)。吴乔《围炉诗话》作于康熙二十年（1681）后。他一方面扫荡明代复古诗学的残余影响，另一方面对新起的宋诗学给予批评。吴乔自称最能辨别唐、明二

---

①《施愚山先生学余文集》卷六，上海古籍出版社《清代诗文集汇编》第67册，影印康熙四十七年刻本。

代诗歌，他批评明人之学盛唐“有词无意”，是“瞎盛唐”，斥责弘、嘉之诗同于大秽，与王士禛对待明诗的辨证态度显然不同。在唐宋之辨上，吴乔也是黜宋尊唐。他说：“诗以《风》《骚》为远祖，唐人为父母，优柔敦厚，乃家法祖训。宋诗多率直，违于前人，何以宗之?”（《围炉诗话》卷五）但是与明人之株守盛唐格调不同，吴乔论诗重情重意，《围炉诗话》卷一云：

> 人有不可已之情，而不可直陈于笔舌，又不能已于言，感物而动则为兴，托物而陈则为比。是作者固已酝酿而成之者也。所以读其诗者，亦如饮酒之后，忧者以乐，庄者以狂，不知其然而然。①

他还提出“诗乃心声”、“诗中有人”等说法。据赵执信《谈龙录》载，吴乔曾品评王士禛为“清秀李于鳞”，意思是王士禛变李攀龙的粗豪为清秀，然而诗中无人，空枵不实，两人是一致的。当然，吴乔重情意，与“性灵”诗派之尊情还不相同。吴乔所谓情意，从内容上说，还不脱儒家“发乎情，止乎礼义”的传统，他说：“优柔敦厚，言之者无罪，闻之者足戒，诗教也。”从表现风格上说，应该运以比兴手法，表现得含蓄委婉，不直露，不镵刻。他有一个著名的“文饭诗酒”的比喻：

> 问曰：“诗文之界如何?”答曰：“意岂有二?意同而所以用之者不同，是以诗文体制有异耳。文之词达，诗之词婉。书以道政事，故宜词达；诗以道性情，故宜词婉。意喻之米，饭与酒所同出。文喻之炊而为饭，诗喻之酿而为酒。文之措词必副乎意，犹饭之不变米形，啖之则饱也。诗之措词不必副乎意，犹酒之变尽米形，饮之则醉也。”（《围炉诗话》卷一）

这则精妙的比喻，比较诗文表现情意的方式和效果的差异。文章之意显且直，诗歌之意隐而曲。文章之意在于读者明白领会；诗歌之意，余味曲包，读者应咀嚼自得。

冯班和吴乔论诗，对于赵执信有着直接的影响。赵执信服膺吴乔

---

① 郭绍虞编选《清诗话续编》，上海古籍出版社 1983 年版，第 479 页。本书引《围炉诗话》均据此本。

“诗之中须有人在”和苏轼“诗之外须有事在”之论，并据此批评王士禛诗歌正“所谓诗中无人者”，据赵执信《谈龙录》说，这是“致疏之始”。赵执信在《沈东田诗集序》中自谓“颇有飞扬跋扈之气”，在诗学上也是撑开只眼，卓然领异，不迷信权威。《谈龙录》几乎全是针对王士禛诗学而发的。其第一则云：

钱塘洪昉思（升），久于新城之门矣，与余友。一日，并在司寇宅论诗。昉思嫉时俗之无章也，曰：“诗如龙然，首、尾、爪、角、鳞、鬣一不具，非龙也。”司寇哂之曰：“诗如神龙，见其首不见其尾，或云中露一爪一鳞而已，安得全体！是雕塑绘画者耳。”余曰：“神龙者，屈伸变化，固无定体；恍惚望见者，第指其一鳞一爪，而龙之首尾完好，故宛然在也。若拘于所见，以为龙具在是，雕绘者反有辞矣。”昉思乃服。①

这里以龙为喻，表达出三人不同的诗学观：洪升尚全尚实，认为诗歌应该首尾完整，面目具体；王士禛尚虚灵隐约，认为诗歌应该缥缈含蓄，有象外之象，韵外之致；赵执信则针对王士禛的虚灵无定提出诗歌在缥缈隐约中应该灌注生气，应有矫然精神充沛其中，也就是以诗人之情、诗外之事灌注于诗，而非一味空枵虚脱。赵执信的诗歌创作和诗论是一致的。陈恭尹为赵执信《观海集》作序，论赵执信诗“其要归于自写性真，力去浮靡”。卢见曾为赵执信《饴山集》作序云：“读先生之诗，而见先生之真性情。”崇尚真性情是赵执信诗学的精神所在，也是他矫正王士禛神韵诗学的金针砭石。许印芳《诗法萃编》跋《谈龙录》云：

渔洋诗，风格出自大家，惟于言志本旨不甚理会，故不免浮泛空滑之病。赵秋谷取吴修龄“诗中有人”之说，著《谈龙录》以攻其短。后之读渔洋诗者，弃短取长，始见庐山真面目，则秋谷此书虽出一时私憾，而实渔洋功臣，且可为学诗者千秋金鉴。夫学诗者无不用典求雅，摹古求高，而辞多意少，貌合神离，穷年苦吟，

① 赵蔚芝、刘聿鑫校点《赵执信全集》，齐鲁书社1993年版，第533页。

> 阴受渔洋之病，而不自知其非。读此书而翻然悔悟，去伪存真，不朽之业，于是乎在。其有益于后学，岂浅鲜哉！①

在赵执信与王士禛交恶后，时人不免门户之见，作左右袒。而许印芳这一段评论，可谓诛心之论②。

在乾隆朝沈德潜“格调”说鹊起后，王士禛的“神韵”说依然有其追随者。其中著名的是伊应鼎、田同之、赵文哲。

伊应鼎是王士禛的同乡晚辈，世有戚谊，王士禛晚年归里时，伊应鼎尝往来于渔洋先生家，亲承训诲。早岁为诗，常蒙称赏。伊应鼎编述《渔洋山人精华录会心偶笔》六卷，评论王士禛诗歌301首，乾隆二十四年（1759）刻本，其中对王士禛“神韵”说多有阐发。如伊应鼎评王士禛诗《皇厂河道中二首》③ 之二说：

> 诗之妙在于神韵，而神韵之妙存乎性情。性情正大者，所见之景写来无不正大；性情高旷者，所见之景写来无不高旷；性情幽闲者，所见之景写来无不幽闲；性情恬适者，所见之景写来无不恬适。本乎性情，征于兴象，发为吟咏，而精神出焉，风韵流焉。故诗之有神韵者，必其胸襟先无适俗之韵也。即如此诗，八句皆是说景，皆是说眼前之景，有何奇特？有何玄妙？然往复读之，正自令人百回不厌，此则神韵之为耳。诗如美女，神韵如美女之神情姿态，所谓临风转盼，百媚横生，西子之颦，非东家所可效者也。此诗之妙，尤在颔联及末二句，意超象外，画不能尽。④

很显然，伊应鼎既标举“神韵”为诗之妙，更强调诗人的性情和胸襟。这段文字的重点就是在阐述“神韵之妙存乎性情”。若要诗歌有神韵，诗人的胸襟应该超拔于世俗，胸次不使俗尘生。诗歌应该本乎性情，源

---

① 见张国庆选编《云南古代诗文论著辑要》，中华书局2001年版，第246页。

② 与赵执信同时而不满王士禛者，还大有人在，如《谈龙录》提到顾小夏有《消夏录》，“其自叙，颇诋阮翁”。蒋士铨《论诗杂咏三十首》批评王士禛“唐贤临晋书，真意苦不足”。沈德潜《清诗别裁集》卷二十七说王峻“惟时于王新城诗时加诋讥”。

③ 王士禛《皇厂河道中二首》之二：“云影稻畦浮，清泉更曲流。江乡宜晚照，水草入凉秋。沙鸟飞还歇，菱丝散复留。渐临瓜步岸，花外几渔舟。”

④ 拙编《渔洋精华录汇评》，齐鲁书社2008年版，第218页。

于不同性情的诗歌，写出的景象也是各有不同的。若联系时人批评王士禛“神韵”说“诗中无人”这一点来看，伊应鼎强调诗人的性情和胸襟，很明显具有补偏救弊的用意。具体评点中，伊应鼎也注意品赏王士禛诗歌的神韵。如《邓玉书简讨招饮梅园》一诗：

暨阳城外路，倚棹数寒鸦。何处吹横笛，江南雪后槎。故人碧山隐，招我问梅花。更上花间阁，香山数点斜。

伊应鼎评曰：

此诗通首是以梅之精神为诗之精神，即以诗之神韵传梅之神韵。其著题处，只有“招我问梅花”五字下。然“倚棹数寒鸦”，已同梅花之闲适；“吹横笛”，亦暗用《落梅花》曲意；“雪后槎”，与梅同其冷静；“碧山隐”，与梅共其高格。香山梅花盛开，登阁遥望，正览尽梅花无尽藏也。绝不粘滞梅园，而通体神理，处处写生，是为诗家三昧。

田同之为田雯之孙，田雯与王士禛同时，但论诗主张生新出奇。其《枫香集序》云：“诗变而日新，则造语命意必奇，皆诗人之才与学为之也。夫新非矫也，天下事无一不处日新之势，况诗乎！”田同之曾亲炙渔洋，笃信渔洋诗学而谨守之。“有攻新城学术者，几欲拼命与争”（沈德潜《清诗别裁集》卷二十四）。田同之在《与畹叔编修论诗因属其选裁本朝风雅以挽颓波》诗中斥责那些非议王士禛者曰：“狺狺众口嗥新城。”矛头所指应是赵执信。田同之《西圃诗说》第一则“诗之道，有根柢焉，有兴会焉。……根柢原于学问，兴会发于性情”云云，就是直接引述王士禛《突星阁诗集序》之论。在《西圃诗说》中田同之说：

前人论诗主格者，主气者，主声调者。而渔洋先生独主神韵。“神韵”二字，可谓放出三昧，直足千古。

田同之的《西圃诗说》多杂抄前人论诗语，亦有自己会心处，其大旨与王士禛不远，他反对时人言诗之“弃唐主宋”，而主张取法汉魏盛唐。他之学古，不在声句格套求似，而须“神韵相通”。王士禛“神韵”说，要求诗歌韵味要绵邈不尽，田同之《西圃诗说》云：

> 声情并至之谓诗，而情至者每直道不出，故旁引曲喻，反复流连，而隐隐言外，令人寻味而得。此风人之旨，所以妙极千古也。
>
> 不微不婉，径情直发，不可为诗。一览而尽，言外无余，不可为诗。美谓之美，刺谓之刺，拘执绳墨，不可为诗。意尽于此，不通于彼，胶柱则合，触类则滞，不可为诗。知此四者，始可与言诗矣。
>
> 古人诗意在言外，故从容不迫，蕴蓄有味，所谓温厚和平也。若剑拔弩张，无所不至，只自形其横俗之态耳，何诗之有？
>
> 诗之妙处无他，清空而已。然不读万卷，岂易言清；不读破万卷，又岂易言空哉！杜诗云：“读书破万卷，下笔如有神。”“神”者，清空之谓也。而“清空”二字，正难理会。(《清诗话续编》本)

这些都是对王士禛“神韵”说的引申发挥。

王昶《湖海诗传》卷二十六称赵文哲“论诗以新城为主”。赵文哲有《媕雅堂诗话》传世，分体论述汉魏至清代诗歌，诗学思想多本于王士禛，论学五古，应以谢灵运为根柢，以王维、韦应物为正宗①，并称赞王士禛的五古“本朝正宗”，“初年纯是王、韦，入蜀诗具体少陵，佳在格正词纯，韵远趣足，洵无遗议”。论七言古，则接近沈德潜的态度，他向往杜甫七言古的海涵地负，他说：“七古以盛唐人为极则，然尽其变，必极之宋人而后已。所谓变而不失其正者也。”又论王士禛七古，“本朝王渔洋七古全学韩、苏，稍嫌清薄，然无可瑕摘，究为初学所宜取法”。赵文哲论五、七言律，“当以右丞为正宗，襄阳、嘉州为

---

① 赵文哲《媕雅堂诗话》：“谢康乐善谈名理，其写山水之趣，凿险锤幽，迥非后人思议所及，妙在仍出以自然，故有初日芙蓉之目。学五言古者，不可不以此为根柢。”“王右丞无体不工，五言尤属绝品，其佳处去六朝人已远，而隽永超诣，全是一片妙悟，故王渔洋不入《古诗选》而以冠《三昧集》，学五古者断断以此为正宗。”“韦苏州与右丞同以微妙胜，而韦之设色微近六朝，字法句法二家又有不同，要之并属正宗，不可轩轾。渔洋之所以冠冕当代者，只于二家中独有神契耳。”(《媕雅堂别集》，《四库未收书辑刊》影印乾隆五十九年刻本)

辅”，“本朝王渔洋全以神韵擅绝，……直逼古人，毫发无憾”。论五七绝，“以盛唐为主，蹊径颇狭，无歧出之患，然七绝当兼中晚之刘（禹锡）、李（益）、杜（牧）、李（商隐）诸家并宋之苏东坡、陆放翁、姜白石”等。赵文哲评王士禛七绝“婉约轻妍，其风致全学北宋人，故是神品”。赵文哲论诗，继承渔洋诗学余绪，宗盛唐王维、韦应物一派，但是对于宋代并非一概否定，体现出清代中期诗学跳出轩唐轾宋的框框，而兼纳唐宋之长的趋向。此外，顾诒禄的外祖张大受为王渔洋门人，因此对于王渔洋亦有亲切感，顾诒禄的《缓堂诗话》也有神韵诗学的影子。

翁方纲师事黄叔琳，黄氏为王士禛弟子，因此翁方纲与王士禛也有一定的联系，但是翁方纲论诗尚宋重学，提出“肌理”说，与王士禛“神韵”说迥异其趣。翁方纲《复初斋文集》中有《神韵论》上、中、下三篇，除了上节末已引论王士禛“神韵”说在清代诗坛的意义外，翁方纲提出：一、“新城变‘格调’之说而衷以‘神韵’，其实，‘格调’即‘神韵’也”。他认识到王士禛“神韵”说与明代“格调”说的内在联系，但是对于王士禛标举明代高叔嗣、徐祯卿、皇甫汸“以遥接汉、魏、盛唐”提出批评。二、“神韵无所不该，有于格调见神韵者，有于音节见神韵者，亦有于字句见神韵者，非可执一端以名之也”，也就是说，翁方纲所谓“神韵”的内涵，远比王士禛的要宽广，所以他认为学问、义理都是神韵的“正旨”，实际上以“肌理”置换了“神韵”的具体含义。翁方纲的“肌理”说，强调诗歌“必能切己切时切事，一一具有实地”，因此在批点王士禛《渔洋精华录》时常常用“空架子”、“空调子”等字眼批评那些一般谓之有“神韵”的作品。

此外，史承谦《静学斋偶志》卷二云：“论诗当以神韵为胜，而才学次之。”吴翌凤的《唐诗选》六卷，据严荣序，“大致以风格神韵为主”，一扫俚浅芜杂之病而归于雅正，深得《唐贤三昧集》之旨。大抵而言，在乾隆、嘉庆朝，“格调”、“性灵”和“学宋”的弊病日益暴露时，也有学者留恋王士禛“神韵”说的风神骀荡，春容蕴藉。道光时期的黄培芳，虽然并非奉“神韵”说为诗学圭臬，但曾批点过王士禛的《唐贤三昧集》，他在自序中说：

阮亭先生此选，纯乎盛唐，实中和之元音、乾坤之清气。其操选大旨，序引沧浪、表圣二说，已为全书发凡起例，初不落言诠也。但既谓之“三昧”，非初学猝能领悟。余暇日展卷，随意加以评点，略启作诗秘钥，不必求与先生尽合，要非郢书燕说。

此书于光绪九年（1883）由翰墨园刊行套印本。可见王士禛之“神韵”诗学至晚清时还不失读者。

但是，总体而言，清代后期的诗学是向强调情感、尊重个性的方向发展的，因此王士禛“神韵”说“诗中无人”的空虚不实，多招致学人的批评。如翁方纲《坳堂诗集序》云，边连宝“极口诋斥‘神韵’之非，甚至目渔洋为‘神韵家’”。崔迈《尚友堂说诗》云：“诗道自王阮亭之后，人不复知有性情矣。”洪亮吉《道中无事偶作论诗截句》云：“何应一代才名盛，只办唐临晋帖诗。”许印芳针对王士禛“神韵”说的理论源头严羽“镜花水月”论加以批评云：

以严沧浪妙悟空灵之说讲兴会，殊欠精切。盖兴会之来，必有事物感触于心，然后喜怒哀乐，形诸咏歌，或悱恻缠绵，余情不尽，或痛快淋漓，意尽而止。此诗之实境，亦诗之真境，其言有物，不可伪为。若以妙悟空灵之说主持之，变实为虚，是蔑兴会矣。空腔滑调之病，伏根于此。后学读渔洋书，不可不知此病也。①

许印芳论诗主张“从现在境地摹写实情真景”（《诗法萃编〈古夫于亭诗问〉按》，宁切勿泛，因此对神韵诗学痛下金针。朱庭珍《论诗》绝句云：“昭代吟坛负盛名，正宗人竞说新城。沧浪《诗话》司空《品》，直误尚书过一生。”在晚清的个性意识日益高涨、民族危机日益急迫的时代氛围里，王士禛“神韵”说的失势，是理所当然的。

平心而论，对于王士禛“神韵”说，还是袁枚的态度最为平正通达。《随园诗话》卷八云：

① 许印芳《诗法萃编·带经堂诗话跋》，张国庆编选《云南古代诗文论著辑要》，中华书局2001年版，第238页。

严沧浪借禅喻诗，所谓“羚羊挂角”，“香象渡河”，有神韵可味，“无迹象可寻”。此说甚是，然不过诗中一格耳。阮亭奉为至论，冯钝吟笑为谬谈：皆非知诗者。诗不必首首如是，亦不可不知此种境界。如作近体短章，不是半吞半吐、超超玄箸，断不能得弦外之音，甘余之味。沧浪之言，如何可诋?①

对于王士禛之“神韵”说，亦应作如是观。

①《袁枚全集》第3册，江苏古籍出版社1993年版，第264页。